MITOLOGÍA UNIVERSAL

TODAS LAS MITOLOGÍAS Y SUS MARAVILLOSAS LEYENDAS

MITOLOGÍAS EUROPEAS: GRIEGA, ROMANA, CÉLTICA, GERMÁNICA, ESLAVA, LITUANA, FINLANDESA

MITOLOGÍAS ASIÁTICAS: ASIRIO-BABILÓNICA, FENICIA, PERSA, DE LA INDIA, DE LOS KAFIRS, CHINA, JAPONESA

MITOLOGÍAS AFRICANAS: EGIPCIAS Y DE LOS AFRICANOS

MITOLOGÍAS AMERICANAS

MITOLOGÍAS DE OCEANIA

MITOLOGÍAS BIBLICAS

1000+ NOTAS

Edición, traducción, introducción crítica y notas
del célebre crítico literario
JUAN BAUTISTA BERGUA

Colección La Crítica Literaria
www.LaCriticaLiteraria.com

ÍNDICE

DEDICATORIA

Dedico muy especialmente esta MITOLOGÍA a mis hijos y a mis nietos para que comprendan por la lectura de este libro el sentido de las palabras del «Rig-Veda» cuando afirma que «lo mortal ha hecho lo inmortal», y puedan, exentos de dudas y temores, cruzar con laboriosa y honrada serenidad la vida, y considerar con tranquilidad la muerte.

JUAN BAUTISTA BERGUA

PRÓLOGO

LAS RELIGIONES

Creo que se puede afirmar, sin temor a ser contradicho por ningún paleontólogo o antropólogo moderno, que el sentimiento religioso apareció en el hombre casi al mismo tiempo que los primeros destellos del espíritu, que hicieron de él un ser distinto y superior al animal.

Este espíritu, cuya potencia y desarrollo es hoy nuestro mayor orgullo y la mejor prueba de nuestra superioridad sobre el resto de la creación, no pudo alborear, como es lógico, sino cuando la materia viviente llegó, en su evolución incesante, a un determinado grado de perfección[1].

---

[1] Este *espíritu*, esta actividad mental que para mejor explorarla solemos dividir en varias ramas (religiosa, estética, social, intelectual y moral), cuyas manifestaciones escapan a las técnicas de la química y de la física, y cuyas funciones bien que no produzcan trabajo mecánico, calor, energía eléctrica o transformaciones químicas, como las funciones orgánicas, tengan infinitamente más fuerza que éstas, pues ellas son las que han hecho al hombre dueño de la Tierra, las que le han dado poder sobre animales y elementos y las que han construido y destruido civilizaciones e Imperios, quimeras y realidades, religiones, artes y ciencias; este «espíritu», creador y aparentemente distinto de la materia viva, que no se manifestó, no obstante, fuera de ella, sino tras una larga ascensión en las formas animales, pero que apenas nacido empezó a dirigirla y a dominarla, ¿nació, en efecto, en ella y de ella o antes de la aparición de la vida era ya una realidad no sólo en nuestro Mundo, sino en el Universo sideral (que él mismo nos ha revelado), realidad distinta de la materia misma y causa en ésta de la vida? ¿Es lo mismo o una de las manifestaciones, cuando menos, de esa fuerza misteriosa que parece presidir, callada en la planta, activa en los animales y preponderante en el hombre, a su nacimiento y desarrollo, es decir, a su vida? Este algo impalpable, pero, no obstante, tan real, que llevó al hombre, desde que fue capaz de pensar, a distinguir el *espíritu* de la *materia*, al alma del cuerpo, y a meterse, al hacerlo, en el campo de las religiones, ¿qué es en sí? ¿Una manifestación más, tal vez, de esa fuerza inmanente y creadora que transforma un hueso de aceituna en un olivo, una semilla ínfima de rosal en un maravilloso rosal y en rosas? ¿De esa fuerza que hace nacer la vida forzosamente allí donde las condiciones son favorables para ello y luego engendra y sostiene con no menos fuerza los *instintos* necesarios al mantenimiento de las especies? Y si es así y en todo caso, ¿qué es en realidad y de dónde viene este impulso soberano, este

¿Cuándo ocurrió esto? He aquí lo que no sabemos. Lo que tal vez no se sepa nunca.

La paleontología, ciencia que se ocupa de descubrir la historia del hombre mediante el estudio de sus restos o vestigios fósiles, es, y forzosamente tiene que ocurrir así, una ciencia imperfecta. La geología, su hermana, puede estudiar con más seguridad el pasado de la Tierra a causa de que los elementos que integran ésta son de una estabilidad tal, que han podido resistir, pese a los grandes cataclismos que han precedido a la formación de la corteza terrestre y a los que posteriormente la han trastornado mil veces. Gracias, pues, por una parte, a la naturaleza estable

---

esfuerzo creador que tras sacar a la materia del caos primitivo ha llegado al cabo de siglos, tras infinitos tanteos, retrocesos y ensayos, hasta el hombre mismo? «Lo que es esencialmente del dominio de la vida—escribía Claudio Bernard—y lo que no pertenece ni a la química, ni a la física, ni a otra cosa, es la idea directriz de la evolución vital.» Siglos antes, Anaxágoras de Klazomenai, el filósofo griego maestro de Sókrates, de Perikles y de Eurípides, había hablado ya de un principio ordenador e inteligente, el νοῦζ *(nous)*, que apareciendo organizó todo: principio o «inteligencia» simple, indivisible, sin mezcla, cuyos atributos eran el conocimiento y el movimiento, y que tras haber organizado las revoluciones de los astros, presidía la circulación universal y envolvía y dominaba el Mundo.

Según ambos sabios, pues, y según han querido siempre las religiones superiores, parece que hubiera un «algo», un principio ordenador anterior y superior a la materia. Pero ¿podemos advertirle fuera de ella, y ni siquiera sino como una consecuencia de ella? Esta energía, fuerza, alma, espíritu, pensamiento (como se dice especialmente cuando se aplica al hombre) o como se le quiera llamar, ¿hay que considerarle como un ser inmaterial, existiendo fuera del espacio y del tiempo, cual escribe Alexis Carrel, fuera de las dimensiones del Universo cósmico, e insertándose, mediante un procedimiento desconocido, en nuestro cerebro, que no sería sino la condición indispensable para sus manifestaciones y el vehículo que determinaría sus caracteres? ¿O se trata de una forma de energía diferente de las energías estudiadas por la física, con leyes diferentes, pero producida por las células de la capa cortical del cerebro?

En todas las épocas y en todos los países, los grandes filósofos se han propuesto y estudiado este enigma soberano. Ciertos han creído resolverle mediante una palabra. Pero una palabra no resuelve nada, pues nos deja siempre al principio de la cuestión.

Otros opinan que ni hay medio razonable de responder, ni el hombre lo hallará probablemente nunca.

Muy cierto. Descartes cometió un grave error. Pero la base de su error, ¿no la había establecido muchos siglos antes Platón con su *idealismo,* admirable en verdad, pero no más verdadero en muchos puntos esenciales que las fantasías mitológico-religiosas contra las que iba dirigido?

de los elementos naturales y, de otra, al copioso material de estudio que ofrecen los fenómenos geológicos[2], la historia de nuestro planeta ha podido ser trazada con admirable seguridad, determinando de un modo exacto los períodos geológicos, deduciendo que la vida apareció en nuestro planeta, probablemente por fotosíntesis[3], cuando las condiciones de temperatura y humedad fueron favorables para ello, y fijando cómo los seres vivos han ido evolucionando lentamente en el transcurso de millones de siglos, durante los largos períodos geológicos en los que la estratigrafía[4] ha fijado su diversificación y perfeccionamiento, hasta llegar a los primates o monos, de los que derivaron, en el período cuaternario, las diferentes ramas de los seres ya humanos[5].

---

[2] Los fenómenos geológicos, tanto externos (fenómenos atmosféricos, aguas corrientes, formación de las montañas, glaciares, acción del mar, acción de los seres vivientes y fosilización) como internos (volcanes y emanaciones volcánicas, movimientos del suelo y aguas subterráneas).

[3] *Fotosíntesis,* síntesis que se produce actualmente en las hojas de las plantas verdes bajo la influencia de la luz. En efecto, a causa de la luz, y como consecuencia de la descomposición del gas carbónico del aire, fórmanse hidratos de carbono en las hojas que contienen clorofila, y por el aflujo de los azotatos de las raíces, y gracias a la presencia de los hidratos de carbono, orígínase una síntesis de compuestos azoados, especialmente del ácido cianhídrico, primer paso hacia la materia albuminoidea. Lo que hoy se produce de este modo, ha podido originariamente producirse a causa de condiciones diferentes en medios y circunstancias también diferentes, y dar lugar a las primeras concreciones de materia albuminoidea, que originaría células elementales, dotadas ya, no obstante, de ese substratum que denominamos *vida,* es decir, de esa tendencia incontenible a desarrollarse y proliferar de que están dotados los seres orgánicos, que en el transcurso de los siglos ha dado lugar, evolucionando poco a poco, diversificando, transformándose y perfeccionándose, a todos los seres vivientes, tanto vegetales como animales.

[4] *Estratigrafía,* parte de la geología que se ocupa no tan sólo del estudio de las rocas estratificadas, es decir, de las capas de la tierra, rocas y fósiles que se encuentran en ellas, sino de reconstituir, en vista de su observación, el estado del globo físico en cada uno de los períodos de su historia.

[5] Cuando Carlos Darwin, el ilustre naturalista inglés (1809-1882), tan discutido como mal comprendido durante mucho tiempo, formó, gracias a su intuición, a sus estudios, a sus observaciones, a su talento y a su trabajo, la doctrina *transformista,* que ha quedado unida a su nombre; esta doctrina fue tan mal interpretada, que muchos la rechazaron acusándola de sostener que el hombre descendía de monos semejantes a los que suelen verse en los parques zoológicos o de cuadrumanos antropoides, como el gorila y el chimpancé. Darwin, naturalmente, no había dicho tal cosa. Una vez más se trataba de una mala

interpretación popular, ayudada tal vez por la no más acertada de la baja ciencia. El fanatismo y la envidia han sido siempre causa de que muchos hombres eminentes y sus obras hayan sido víctimas de duro calvario.

Pero si se quiere ser justos, conviene no ensañarse demasiado con los digamos mantenedores de la ignorancia. Sobre todo cuando ésta es tan general, cual ocurre en los comienzos de ciencias y religiones, que tan sólo escapan, parcialmente, de ella, los que precisamente en virtud del poder excepcional de su inteligencia las sacan de los marasmos y las hacen progresar.

Digo lo anterior porque si es innegable que ignorancia y fanatismos opusieron durante siglos diques a la razón y al progreso, luego, una vez hecha la luz, los que en modo alguno han tomado parte en este esclarecimiento suelen ensañarse contra los que levantaron tales diques, especialmente contra la Iglesia, sin querer darse cuenta de que ésta no ha hecho siempre, como es lógico, sino seguir a los hombres de su época reputados como peritos en las ciencias; por lo que si Kepler, Galileo y tantos otros, que gracias a su genio rompían bruscamente los marcos de estas ciencias, sufrieron persecuciones que hoy nos parecen abominables, de ponernos en el ambiente de la época, nos inclinaríamos a excusar a una Iglesia que si algunas de sus doctrinas se levantaban o se apoyaban sobre los errores corrientes y admitidos, mientras no pudo reconocerlos como tales errores, lógico era que los defendiese para defenderse ella misma.

Hay que tener también en cuenta dos cosas importantes: primera, que la verdadera misión de la Iglesia no era implantar la sabiduría ni sostenerla, sino una religión, la suya, y al mismo tiempo y con no menos fuerza, una moral, la que creía mejor. Y la prueba es que la Iglesia, gracias a su profundo conocimiento de la psicología humana, colocó siempre las actividades morales muy por encima de las intelectuales, pues si todos no podemos ser sabios, sí, y hasta lo debemos, ser morales, ser buenos. Ella, por su parte, consecuente con este principio, ¿a quién ha honrado siempre de preferencia, a los sabios y a los filósofos? No; ha honrado a los santos. Y hasta en la naturaleza humana, hecho innegable es que los hombres han sido marcados siempre con huella mucho más profunda por la inspiración religiosa que por el pensamiento filosófico. La segunda razón que hay que tener en cuenta es que basta la adhesión de nuestro espíritu a un sistema social cualquiera, político, religioso o moral, para que cambie el aspecto de los fenómenos que observamos. ¿Que ello ha hecho siempre que la Humanidad vea las cosas a través de prismas falsos, de doctrinas partidistas, de creencias interesadas y de ilusiones quiméricas? Indudablemente. Pero por ello mismo debemos inclinarnos a la tolerancia, pues ¿acaso los hombres que rigieron e integraron la Iglesia eran en realidad cosa distinta que esto: hombres? ¿Y sería justo medirlos con medida diferente de la que empleamos para los demás?

Todo sin contar que cuando la luz se hizo al fin, la Iglesia se inclinó siempre ante ella. Sin obstinarse siquiera en defender el daño hecho, sino reconociéndolo humildemente. Por lo que puede seguir su curso, cual lo hace, segura, y no es poco, no sólo de que esta moral es la más conveniente al hombre, sino que los

La geología, pues, es una ciencia amplia y segura por apoyarse en datos numerosos y permanentes; pero los deleznables materiales humanos, restos de esqueletos, de los que tiene que valerse la paleontología, ¿cómo podrían ofrecer la abundancia y seguridad que ofrecen las rocas y estratos geológicos? ¿No es casi milagroso que gracias a condiciones favorabilísimas hayan podido subsistir algunos de ellos, bien que mutilados e incompletos, escapando a la vorágine de los siglos?

He aquí por qué la historia que nos ofrece la paleontología no podrá ser nunca completa, ya que los elementos sobre los que se apoya son tan deficientes y precarios; y por qué, al revés que en la geología, la cadena que podría conducirnos sin saltos ni fallas a través de la marcha ascendente de los primates hasta el hombre actual, carecerá probablemente siempre de muchos eslabones[6].

---

principios superiores de su doctrina, si difíciles de demostrar, cierto, no menos difíciles de derrocar. Luego, con tan justificado derecho a sostenerlos, mientras no se compruebe y sea claro y evidente para todos su falsedad, como la ciencia sostiene a los suyos. De esta ciencia que, paso a paso, difícilmente, lentamente, va hacia donde ella mediante un impulso de intuición espiritual: hacia un principio que precisamente a causa de su grandeza y superioridad tan difícil es al hombre alcanzar, como inútil negar apoyándose tan sólo en su flaca razón.

[6] Hasta ahora, los más antiguos eslabones de esta cadena están representados por el *pithecanthropus* y por el *sinanthropus.* El primero, muy lejos ya del animal, es decir, distintamente humano, era un hombre primitivo, que no solamente marchaba derecho, sobre dos pies, como los hombres actuales, sino que había ya adquirido la facultad del lenguaje articulado. Los restos que permiten afirmar esto (la parte superior o bóveda de un cráneo, algunos dientes y un fémur) fueron descubiertos en Java el año 1887 por un anatomista neerlandés, el doctor Dubois. El examen de este fémur permitió asegurar lo relativo a la estación bípeda del ser al que había correspondido, y por ello mismo el llamarle *pithecanthropus erectus.* Del mismo período, que remonta quizá a un millón de años, pertenece el cráneo del *hombre de Pekín,* encontrado en Mongolia en 1926. Muchos caracteres anatómicos de ambos restos son los mismos. Estos cráneos revelan, según el anatomista Grafton Elliot Smith *(The evolution of man,* Londres, 1927), «una expansión localizada y precoz de las superficies cerebrales que asociamos al poder de emitir palabras articuladas». R. R. Marett, por su parte, escribe *(Anthropology,* pág. 130): «El carácter distintivo del hombre, la cualidad que le separa de los demás animales, es indudablemente la facultad del lenguaje articulado. Con ello su espíritu mismo se articula. Si en último análisis, la lengua es una creación del intelecto, el intelecto no es menos fundamentalmente una creación de la lengua».

En todo caso, dos cosas que ahora nos interesan particularmente están fuera de duda: la primera, que el cerebro se fue perfeccionando poco a poco durante cientos de millones de siglos, de un modo no regular y constante, pero sí progresivo; segunda, que pronto, en esta marcha

---

Muy posterior es ya el *hombre de Neanderthal,* del cual se han encontrado restos no tan sólo en diversos lugares de Europa, sino en Palestina, en Kenya y en África del Sur. Este hombre era contemporáneo en Europa del mammouth y del rinoceronte cubierto de lana, cuando la Gran Bretaña, Francia y España eran como actualmente Groenlandia o la parte más septentrional de la Siberia. Pero ya conocía el fuego, fabricaba armas y utensilios (aún no pulimentados) y creía, cual lo demuestran sus sepulturas, en una existencia póstuma.

Otro tipo de hombres cuyo cráneo difiere de los anteriores en no poseer ni la pesada línea de las cejas ni el *torus* (sólida barra ósea frontal), pese a pertenecer a un período tan remoto como el oligoceno, es el hombre llamado de *Piltdown,* por haber sido descubiertos sus restos en un lecho de arenas gruesas en Piltdown, Sussex (Inglaterra). Este hombre (si sus restos son tales restos, es decir, de un hombre remoto, y no una mistificación hábil, como se ha pretendido) poseía una frente unida y relativamente alta y, por consiguiente, una capacidad craneana ya muy considerable. El superior interés que ofrece el cráneo de Piltdown resulta del hecho de que este descubrimiento viene a confirmar la opinión según la cual fue el cerebro el que presidió la marcha de la evolución humana. Parece decir una perogrullada afirmar que el hombre ha emergido del estado simiesco en virtud del enriquecimiento de la estructura de su espíritu; no obstante, es singular que todas las vastas especulaciones biológicas hayan tenido a menos formular el reconocimiento de este hecho capital y de tanta importancia. El cerebro alcanzó lo que puede llamarse nivel humano en una época en que las mandíbulas, la cara y seguramente el resto del cuerpo conservaban aún el carácter torpe y rudimentario natural a nuestros antepasados simiescos. En otras palabras: por todo cuanto concierne a su aspecto general y a su estructura, este ser era ni más ni menos que un mono dotado de un cerebro desmesurado.» (Elliot Smith, *Essays in evolution.)*

Es decir, que poco a poco y gracias al desarrollo paulatino del cerebro y, consecuentemente, del sistema nervioso todo, una raza de primates separada de un tronco común al que pertenecía el gorila, que durante el período mioceno, hace tal vez treinta o cuarenta millones de años, erraba por los bosques de Europa, y cuyo cerebro no pasaba de los 600 centímetros cúbicos, se llegó al hombre de Neanderthal, cuya capacidad craneana era de 1.550 centímetros cúbicos aproximadamente, poco más o menos como la medida corriente actual, el cual, a su vez, dejó el puesto al *hombre de Cromagnon,* que vivía hace veinte o treinta mil años, cuyo ángulo facial alcanzaba ya 95 grados y cuya habilidad manual, sentido estético y poder de observación no debían de ser muy inferiores a los nuestros.

evolutiva del espíritu dentro ya del tipo humano primitivo, apareció, como decía antes, el primer atisbo del sentimiento religioso.

Empleo adrede la expresión «sentimiento religioso», en vez de la de «instinto religioso». Las palabras instinto e instintivo no deben ni pueden aplicarse al hombre, ni siquiera al hombre primitivo, del que ahora hablo, sino refiriéndonos a aquello que tenía de común con el animal[7]. Cuanto se

---

[7] Los dos instintos comunes no solamente a hombres y animales, sino a todo cuanto vive, son: el *instinto de conservación* y el de *propagación de la especie*. El primero se realiza tanto en unos como en otros, ora mediante la actividad inconsciente de nuestros tejidos, que da como resultado la adaptación al medio, en virtud ya de la lucha por la vida. Instintivamente, el hombre primitivo, para conservar su vida, cazaba, luchaba con los animales que podían arrebatársela y se protegía contra el frío mediante cavernas, fuego y las pieles de sus víctimas. Sólo así pudo subsistir en los períodos glaciales, que fueron funestos para muchos seres. Es decir, asociando, como en sus luchas, los primeros destellos de inteligencia al instinto animal: fabricando armas, por groseras que fuesen; construyendo trampas; reuniéndose con otros hombres para compensar su debilidad física frente a bestias mejor dotadas en este respecto que él. Estos instintos primitivos no han desaparecido enteramente hoy mismo. Cuando de pronto y sin reflexionar obramos movidos por un impulso de autodefensa, cuando cerramos los ojos ante la amenaza de un golpe o cuando nos echamos a un lado para evitar un vehículo que avanza hacia nosotros, hacemos exactamente como los animales: obramos instintivamente, sin reflexionar. Sin contar que, pese a todos los progresos de nuestro cerebro, los dos instintos mencionados, conservación de la vida y propagación de la especie, siguen dominándonos. Por causa del primero, se encienden las guerras actuales, bien que, para engañarnos o tratar de disimular su verdadero porqué, llenemos nuestra boca de palabras sonoras: patria, honra, gloria, etc. El monopolio de las materias primas, la conquista de mercados en los que dar salida al excedente de producción, la codicia de riquezas, en una palabra, el *struggle for life,* la célebre frase de Darwin que preside hoy, como siempre, la selección entre hombres y animales, la *lucha por la vida,* he aquí el verdadero motivo y causa de las contiendas armadas. En cuanto a la propagación de la especie, este instinto ciego y feroz entre los animales, que los lleva a matarse por poseer la hembra en las épocas de celo, o a ir a la muerte sin poderlo evitar (por eso el impulso es instintivo), como entre las arañas, en que generalmente el macho, menos fuerte que la hembra, es devorado por ésta, muchas veces sin llegar siquiera al contacto sexual o en plena cópula en todo caso; este instinto, que empuja a propagar la especie, en los hombres puede ser dominado por la voluntad, cual sucede gracias al ascetismo. Claro que también la voluntad lleva, en casos excepcionales, ora a sacrificar la vida en aras de un ideal superior, ya a oponerse al instinto de conservación mediante el suicidio. Pero, en general, es tan imperioso, que no solamente el hombre llega al crimen,

puede admitir es que las formas primitivas de religión entre los salvajes actuales se apoyan en estos instintos fundamentales[8], bien que no obstante

---

como los animales, por *amor,* sino que luego el no menos fuerte amor hacia los hijos mueve a sacrificar la vida, consciente o inconscientemente. Numerosos han sido los casos en que los padres han dado su vida por salvar la de sus hijos conscientemente y hasta alegremente, si pudiera decirse así. Inconscientemente: la madre en gestación que se depaupera muchas veces en provecho del feto que se va desarrollando en ella a expensas de su sustancia. Por consiguiente, cuando se habla de *instinto* y de actos *instintivos,* se habla, en general, de algo más fuerte que el individuo y que nada tiene que ver con lo *religioso,* en que ya entra una parte anímica: la imaginación; bien que, como es lógico, las primeras manifestaciones religiosas del hombre primitivo, como las formas más simples de religión entre los salvajes, vayan unidas, como todo en ellos, a aquellos dos instintos fundamentales.

[8] El hambre, móvil y acicate del instinto de conservación, parece asociarse al sistema, tan extendido entre los salvajes, del *totemismo.* El miedo, otra manifestación del instinto de conservación, a los infinitos *tabúes.* Como se sabe, *tótem* es todo animal considerado como antepasado de una tribu y adorado muchas veces, por este concepto, como un dios. También la representación de este animal. No pocos sociólogos creen ver en el totemismo la forma primitiva de las religiones. Según ellos, el culto a ciertos animales en Egipto (toros, serpientes, cocodrilos, ibis, milanos, etc.) no tenía otro origen, y en Grecia los dioses primitivos (zorro, lobo, pájaros diversos), lo mismo. En muchas tribus salvajes, como la idea de tótem va unida a la de generación (pues todos, hombres y animales, descienden del dios antepasado), da lugar a que los jóvenes de uno y otro sexo no puedan unirse entre sí cuando tienen el mismo tótem, de donde resulta la exogamia.

La palabra polinesia *tabú* se opone a la palabra *noa,* que se aplica a toda persona o cosa cuyo contacto y uso es libre y sin peligro. Luego «tabú», por el contrario, se emplea en Oceanía, muy particularmente en Polinesia, para designar una persona o una cosa de carácter sagrado cuyo contacto y uso está prohibido. Hay seres y objetos *tabúes* por naturaleza (los jefes de tribus, los sacerdotes-brujos, los cadáveres, las mujeres durante el período menstrual y parto) y otros que pueden llegar a serlo por la voluntad de quien los posee, como las armas y utensilios de los jefes. La violación del «tabú» trae consigo castigos sobrenaturales: enfermedades, locura, muerte; o represiones penales: multa, confiscación de bienes, decapitación. Esta institución, esencialmente religiosa, proviene del respeto mezclado de terror que inspiran a los pueblos primitivos los actos principales de la vida: los fenómenos de la generación, el nacimiento y la muerte, las personas investidas de autoridad y los poderes sobrenaturales. Pero si observamos que, en definitiva, redunda en beneficio de jefes de tribu, sacerdotes y brujos, comprobaremos cómo una vez más la desvergüenza humana, esta especie

sean superiores y diferentes de ellos. Pues evidente es «que los progresos del hombre en civilización y cultura son en gran parte una conquista obtenida sobre el instinto; en todo caso sobre los instintos groseros y brutales, por la inteligencia, por el idealismo moral y por la fe religiosa»[9].

Empleo, por otra parte, la palabra sentimiento porque cosa innegable es asimismo que cuando «el espíritu emergió de la materia—como con frase acertada dice Alexis Carrell—tomó dos direcciones distintas: la de la inteligencia, creadora de la filosofía y de la ciencia, y la del sentimiento, es decir, la del arte, de la religión y de la moral».

«Cosa demostrada es, en efecto, como afirma Murphy, y ello tiene enorme importancia para el estudio comparativo de la religión, que la región cerebral imaginativa, edificada sobre los centros visuales y auditivos[10], ha precedido en la evolución del espíritu humano al órgano

---

también de instinto que lleva a tantos hombres a vivir a costa de los demás, toma como pretexto lo religioso y sobrenatural en provecho suyo.

[9] J. Murphy: *Orígenes e Historia de las Religiones.*

[10] El primer paso hacia el perfeccionamiento de los primates fue la liberación de la mano. «Un mamífero típico—escribe J. Arthur Thomson *(Waht is man?,* p. 21)—empleaba sus miembros anteriores como órganos de apoyo, para sostenerse o agarrarse; pero una nueva puerta se abrió cuando, viviendo en los árboles, su pie llegó a ser el miembro de apoyo y asidero, mientras que la mano, liberada de tales usos, fue empleada para ganar en altura, para suspenderse, para coger los frutos, para estrechar contra sí a la cría.» La mano, pues, quedó emancipada; entre monos y hombres fue el órgano dócil, generalizado, adaptado a toda clase de empleos. En la mayor parte de los monos no pasó de esto, de ser un órgano de aprehensión y de suspensión; pero en los cuadrumanos superiores, y sobre todo en el hombre, la oposición del pulgar a los demás dedos le permitió entrar francamente por el camino del *trabajo,* y con él, en el del progreso. La mano, además, produjo otro avance importante cuando, al servirse de ella para llevar los alimentos a la boca, disminuyó la necesidad de un hocico avanzado y de labios salientes y prensores. Como si bien es cierto que la función crea el órgano, no lo es menos que una vez la función cesada, el órgano se atrofia. Cuando el hombre dejó de servirse de sus dientes como medio de defensa y, por otra parte, los alimentos, que acercaba a su boca con las manos, no tuvieron la dureza de los que a sus antepasados les exigían caninos y molares formidables (una de las acciones del fuego es, como se sabe, reblandecer lo que cuece), su dentadura y su rostro se fueron modificando lenta, pero progresivamente. La parte inferior de éste, pues, fue retrocediendo, por decirlo así, mientras que, como dice Thomson en la obra cita da, «hubo aumento correlativo de la cavidad craneana (al desaparecer la tenaza de los músculos poderosos, necesarios para accionar el enorme sistema molar, músculos que se insertaban en la parte superior del cráneo) y avance de la posición de los ojos».

cerebral del razonamiento lógico y del pensamiento reflexivo que apareció más tarde». Este hecho es aún cosa tangible en nuestros días. Los niños suelen estar dotados de una imaginación muy viva entre los tres y los seis años, es decir, cuando aún la facultad de razonar no ha dado ni el primer impulso. Si esto la psicología lo demuestra, la antropología, por otra parte, atestigua que los tipos humanos primitivos se caracterizan por una imaginación extremadamente activa, mientras que el juicio razonador y equilibrado apenas alborea en ellos. Gracias a lo cual han podido crear mitos antes de crear ciencia.

Este hecho natural y cierto de que tanto en el niño como en el hombre primitivo el órgano de la imaginación se desarrolle muy pronto, mientras que el del pensamiento abstracto y el del razonamiento lógico permanezcan rudimentarios, como dormidos, explica con claridad maravillosa el que las primeras religiones dignas de tal nombre tomen la forma mitológica; es decir, que sean una serie de fantasías hijas de la imaginación. Y en ciertos países, y por ello mismo, obra en gran parte, como en Grecia, de los poetas[11].

Ello originó nuevos cambios en la estructura física y mental de los hombres primitivos: el cerebro, que hasta entonces había sido un órgano principalmente olfativo, fue abandonando esta función, mientras que el tacto, mediante manos y vista, le ayudó aún a liberarse y a disponerse para otras funciones. Progreso importante fue asimismo el que los ojos tomasen una posición más avanzada hacia la frente y que con ello fuese posible la visión coordinada y estereoscópica. Pues la coordinación de imágenes separadas en una de conjunto produjo un desarrollo amplio de la atención y del pensamiento, influyó en el desarrollo del cerebro, y gracias a ello, éste empezó a poseer una especie de visión *interna* que le obligó a ver con el espíritu, además de con los ojos; a pensar mediante imágenes, a imaginar. Lo que justifica, y es hecho importante en lo que afecta a lo religioso, el que la región cerebral imaginativa, basada en los centros visuales y auditivos, haya precedido al razonamiento lógico, aparecido sólo posteriormente.

[11] Y que aún en las religiones superiores la fantasía toma una parte preponderante, cosa es innegable. Si en su lugar fuese la razón la que las presidiese, de no obrar en ellas principalmente la imaginación y el sentimiento, ¿habría necesidad de dogmas ni de tener que acudir constantemente a la *fe* con objeto de creer sin discutir lo que, evidentemente, no se puede comprender? En la ciencia no hay ni dogmas ni fe (si se descuentan la fe y la esperanza del que trabaja, en el resultado de su esfuerzo); no hay sino conocimientos basados en la experiencia, afirmaciones sentadas sólo cuando hay la seguridad de que son demostrables e intuiciones geniales que a veces ayudan a encontrar nuevos caminos (la intuición es el instinto de la razón; el faro, muchas veces, de la inteligencia). ¿Qué fue, por otra parte, el constante empeño de la *escolástica* durante los siglos medios sino el

Sea como sea, el estudio comparado de las religiones permite establecer lo siguiente: Que una vez separado el hombre del animal gracias a la liberación de la mano, a la estación bípeda, a la visión estereoscópica y, sobre todo, al lenguaje articulado, no tardó mucho en sentir el primer atisbo de intuición religiosa[12]. Y que si pasamos revista a la diversidad de razas que hoy pueblan la tierra, no hay ni una sola, incluso entre las sometidas al régimen tribal[13], es decir, entre las más atrasadas (los pueblos y tribus llamados comúnmente salvajes), que carezcan de sentimientos religiosos, bien que estos sentimientos sean casi tan rudimentarios como los que hace millares de siglos hicieron doblar por primera vez al hombre la rodilla. Más aún: que en lo que nos es dado

---

propósito de apuntalar la religión mediante la razón? ¿Qué otra cosa se proponía el sabio obispo de Cantórbery, San Anselmo, con su famoso «fides qucerens intellectum» (la fe tratando de comprender; creer primero, tratando de comprender al punto), y qué sino esta imposibilidad fue el nervio de su famosa controversia con Roscelín y Gaunilón, detractor y demoledor éste, pese a ser un fraile (y más tarde el propio Santo Tomás), de su prueba *ortológica* de la existencia de Dios? En todo caso, ¿no es mucho ya poder afirmar que la tendencia religiosa, hasta en su forma más primitiva, es decir, como creencia en un mundo que el hombre no ve y en seres o potencias que pueden influir en su vida, bien que tampoco las vea, puede ser comprobada entre los hombres primitivos casi como una «tendencia innata», junto a los verdaderos instintos?

[12] Si, evidentemente, las actividades mentales dependen de las fisiológicas, si muchos fenómenos psicológicos son determinados por ciertos estados funcionales de los órganos, también se observan modificaciones orgánicas correspondientes a la sucesión de los estados de conciencia. Es decir, que si muchos trastornos mentales, quizá todos, tienen como causa alteraciones fisiológicas anormales, no se puede negar que asimismo el dolor o la alegría pueden ser causa incluso de la muerte. Por ello, con razón dice el doctor Alexis Carrell que «el espíritu se confunde con el cuerpo como la forma con el mármol de la estatua». De tal modo, «que no se podría cambiar la forma sin romper el mármol». Lo que equivale a decir que el conjunto formado por el cuerpo y la conciencia es modificable tanto por los factores orgánicos como por los mentales. El mismo eminente sabio francés añade en apoyo de lo expuesto: «Existe otro sistema orgánico, compuesto de sustancia cerebral, nervios, músculos y cartílagos, que, tanto como la mano, contribuye a la superioridad del hombre sobre todos los seres vivientes. Está constituido por la lengua y la laringe y por su aparato nervioso. Gracias a él podemos expresar nuestros pensamientos, comunicarnos entre nosotros mediante sonidos. Sin el lenguaje articulado, la civilización no existiría. El uso de la palabra, como el de la mano, ha ayudado mucho al desarrollo del cerebro.» (*L'Homme, cet inconnu*, cap. III, X.)

[13] *Tribal*: que viven en tribus, que su organización social es la tribu.

profundizar en el pasado de los tiempos, el mismo sentimiento le hallamos, separado de nosotros por centenares de siglos (de cincuenta a cien mil años antes de nuestra Era), en hombres en los que apenas alboreaba la inteligencia. Este antepasado nuestro, de cuerpo poco gracioso (rechoncho, ancho, fuerte, el cuello poderoso y corto, el caminar como los antropoides aún), que habitaba el centro de Europa (se han hallado sus restos cerca de Dusseldorf y en Moustier, Dordogne), era ya religioso. En las cavernas en que vivía, obligado por el clima (pues Europa estaba entonces en uno de los períodos glaciales), se han encontrado sepulturas que demuestran que ya profesaba un verdadero culto a los muertos: protegían los cadáveres, particularmente la cabeza, mediante piedras planas, y dejaban a su lado no solamente alimentos, sino armas y útiles de trabajo, cual si su vida no estuviese en realidad interrumpida. Es decir, exactamente como en otras muchas religiones de los pueblos ya modernos.

Sin gran margen de error puede establecerse, pues, el siguiente esquema en lo que al nacimiento y desarrollo del «sentimiento religioso» atañe: Un tronco común de primates, hace cientos de miles de años, allá en el remoto oligoceno[14], se dividió en dos grandes ramas: una de ellas dio origen a los monos antropoides modernos (gibbón, chimpancé, gorila, orangután), la otra evolucionó hacia las razas humanoides y humanas[15].

Cuando los últimos seres de este grupo, que cada vez se separaba más del otro a causa del desarrollo de su sistema nervioso y de su capacidad craneal, pudo gracias a los primeros albores de la inteligencia, establecer un surco marcado entre él y el animal, estaría quién sabe aún cuantos decenios de siglos sin que los fenómenos exteriores hiciesen más mella en su espíritu aún nebuloso, casi en tinieblas todavía, que en los animales que iba dejando atrás[16]. Pero cuando ya en aquellas tinieblas clareó la aurora, esta aurora debió iluminar al mismo tiempo o casi: las primitivas formas de vida en común y los usos elementales que engendraron las primeras mores (costumbres, moral de la comunidad), las primeras manifestaciones del arte (construcción de armas toscas con sílex, palos y cuerdas vegetales, acondicionamiento de las cavernas, etc.) y las primeras, asimismo, del sentimiento religioso, al diferenciar ya lo que podía comprender e incluso

---

[14] Según L. S. B. Leaky (Adam's ancestors, p. 227).

[15] El doctor Leaky llama a estas dos grandes ramas o árboles genealógicos los palaeanthropidae y los neoanthropidae.

[16] El propio San Pablo reconoce y dice en la Epístola a los Corintios (2,14) que el hombre natural no acepta las cosas del espíritu y que no las comprende.

producir él mismo, el hombre ya pensante, de lo que para él era fenomenal y misterioso.

¿Cómo sería este primer impulso hacia lo desconocido, hacia lo superior, hacia lo misterioso, en que ha consistido siempre la esencia de toda religión?

Esto nos lleva a hablar de las diferentes clases de religiones o, como con más propiedad suele decirse, de los horizontes religiosos.

***

Creo que sobre nada de cuanto la imaginación de los hombres ha recaído, les ha hecho fantasear tanto como en lo relativo a lo religioso. En prueba o demostración de ello bastaría recordar los miles de religiones en las que creyeron tras inventarlas, cual si se tratase de positivas realidades. No obstante, entre tanta patraña, o a propósito de ellas, saltan algunas veces aquí o allá ciertas verdades, como, por ejemplo, la afirmación de Statius cuando dice en su Tebaida (III, 661): «Que lo primero que dio origen a los dioses fue el temor» (Primus in orbe deos fecit timor). De modo que, ante todo, habría que sentar, que aterrados los hombres ante los cataclismos naturales, empezarían a atribuirlos a seres poderosísimos ante los que no cabía sino doblegarse. Temor y hecho que dio lugar hace muchos, muchísimos siglos, al nacimiento de lo religioso.

Habría que no olvidar tampoco el culto a los muertos, asimismo antiquísimo, al cual les inducirían los ensueños, haciéndoles creer que había otra vida luego de ésta. Pero esta creencia, bien que les llevase igualmente a los campos de lo extranatural, no constituyó en sí uña forma religiosa propiamente dicha. Del mismo modo, dejaremos también a un lado, bien que haya estado siempre íntimamente unida a lo religioso, la magia, arte o «secreto—como decía Voltaire—de hacer lo que la Naturaleza no puede hacer». Magia que nacería en el hombre en cuanto aceptó la posibilidad de lo extranatural, y que de tal manera se unió a lo religioso, que ni la doctrina de este tipo, considerada hoy por muchos como la mejor, ha podido desprenderse de ella, pues, ¿qué son sino pura magia los «milagros»?, y ¿qué sino simples, totales e imposibles milagros los «dogmas»? Mas, como digo, olvidemos todo ello y vamos con los horizontes religiosos, que son:

1.º El primer horizonte religioso, o la forma primitiva de religión, es la conocida con el nombre de religiones de mana[17]. Esta religión es la propia de los primeros hombres cazadores. La forma más antigua que se conoce de ella consiste en una actitud religiosa rudimentaria producida en los hombres por ciertos objetos que, a su juicio, tienen mana, o por ciertos fenómenos dotados de este mismo algo misterioso: potencia e influencia sobrenatural que entra en juego para efectuar todo cuanto está más allá del poder ordinario del hombre. Es decir, que ofrecen a su espíritu un extraño misterio que no pueden comprender ni, por tanto, explicarse, y que como consecuencia les produce una especie de rudimento de predisposición religiosa que va de la sorpresa temerosa a la acobardada esperanza. Misterio y aspiración que se relacionan ya, como posteriormente se relacionará siempre, con los intereses supremos del que lo siente: su seguridad o su subsistencia. Hay temor, si el poder de lo misterioso, de lo que tiene mana, puede poner en peligro una de ambas cosas o las dos; esperanza, si puede, al contrario, a su juicio, salvaguardarle la vida o aumentar los medios para sostenerla. Un paso más y en virtud de la tendencia que desde el principio manifestará el hombre a interpretar las cosas de acuerdo con su propia naturaleza (antropomorfismo)[18], pues nadie puede ver a los demás, ni lo exterior a él, sino a través de sí mismo, le llevará a considerar lo misterioso como un ser vivo. Ser vivo que puede,

---

[17] El término *mana* ha sido adoptado por la escuela antropológica más reciente y por los historiadores que se ocupan de los orígenes de la religión para hacer referencia con él a las manifestaciones religiosas más primitivas. Ha sido propuesto por R. R. Marett, que asimismo ha sido el primero en establecer claramente la distinción, en el seno de dichas religiones primitivas, entre el *animismo,* que ya supone un progreso, y el culto enteramente rudimentario a potencias mágico-religiosas residentes en algo que hace impresión, que no se puede comprender ni vagamente, que permanece misterioso para el espíritu del salvaje, pero que precisamente a causa de todo ello le hace prosternarse sorprendido, cuando no aterrado.

[18] *Antropomorfismo:* creencia en la existencia de dioses que tienen la forma humana, y tendencia (considerado el término bajo su aspecto filosófico) inherente a nuestro espíritu, que nos empuja a atribuir a la Divinidad los sentimientos, las pasiones, las ideas y los actos de los hombres. Aun idealizando estos atributos al referirse a la causa primera, aun elevándolos a la más alta perfección, el antropomorfismo es inevitable no solamente porque el hombre no puede imaginar nada sino investido de las formas y elementos que conoce gracias a los sentidos, sino por cuanto, como dice Edmundo Goblot, filósofo francés muerto en 1935, «no podemos hacernos ninguna idea de Dios; no podemos, hablando de él, emplear ninguna palabra que no sea del antropomorfismo».

como el que le va creando con su imaginación sobresaltada, obrar: obrar en favor o en contra suya. De aquí a hacer con él como con todo lo que le es superior, inclinarse y suplicar para obtener o no ser víctima, no hay sino un paso. Paso pronto franqueado y que dará lugar a la primera forma de culto[19]. Y de todo ello a atribuir a lo misterioso, ya dotado por su imaginación de poder y vida, algo como un espíritu o fuerza propia, no va tampoco sino otro paso. Con lo que ya tenemos la religión primitiva encaminada hacia la segunda forma de su desarrollo: el animismo.

2.º El animismo, segundo horizonte religioso, segunda forma de religión, es la creencia en seres-espíritus, intangibles e invisibles por lo general, bien que algunas veces la fantasía del sujeto crea advertirlos en forma de espectros o fantasmas, y que viven en un mundo que les es propio. La idea religiosa se va precisando. Aquí se trata ya de seres independientes, con vida propia y hasta con un mundo o morada que les es particular. El hombre, en virtud del antropomorfismo, va moldeando la creencia y acercándola a su manera de ser y de vivir. Este horizonte animista se encuentra actualmente entre las innumerables tribus salvajes que viven en las diversas partes del Mundo. Tribus no nómadas, como los primitivos hombres cazadores que profesaban el horizonte mana, sino fijos en aldeas y viviendo principalmente (pues la caza es ya para ellos medio

---

[19] Este culto primitivo necesariamente tiene que tener la forma de todas las maneras de obrar del hombre primitivo, en las que el carácter determinante es la acción, sin que la reflexión intervenga, por decirlo así, en modo alguno. El hombre primitivo, en efecto, resuelve todos sus problemas (busca su alimento, escapa a los peligros mediante la huida, etc.), obrando instintivamente, como los animales. Y este modo de obrar pasa, naturalmente, a su religión, que se manifiesta, ante todo, como acción, haciendo cosas, o, por decirlo en una palabra, en el ritual, lleno de ceremonias mágico-religiosas. Si un pigmeo del Congo encuentra en un árbol un panal de miel, al punto echa un pedazo en plena maleza, como ofrenda a las potencias invisibles que pudieran, tal cree, estar envidiosas de su buena fortuna. Si el australiano desea aumentar el número de sus canguros, ejecutará un rito de magia imitativa destinado a hacer venir a estos animales. Precisamente si en los pueblos primitivos y salvajes la magia no puede distinguirse de la religión es porque tanto en una como en otra se hace siempre algo, se cumple un rito que lleva al resultado apetecido. Y sin necesidad de fijarse en los pueblos salvajes, en los mismos civilizados, ¿es que para la masa la religión es algo fuera de esto, de los ritos, de las ceremonias, de las manifestaciones externas, cuanto más vistosas mejor? De otro modo, ¿qué hombre dotado de ideas religiosas profundas, elevadas, dignas de la Divinidad, se prestaría a recorrer las calles, por ejemplo, vela en mano, detrás de unas esculturas de yeso o madera por artísticas que sean?

secundario de alimentación) de lo que cultivan en sus campos o huertos. Su instrumento de labor, la azada, no el arado aún. Su actividad se ejercita en espacios reducidos. Esto les diferencia del tercer horizonte llamado agrícola.

3.º Este horizonte agrícola supone ya un gran progreso, como el animismo de los primeros agricultores lo representaba sobre los cazadores del horizonte mana. Cuando el hombre sabe ya cultivar la tierra en gran escala, emplear el arado, servirse para ayudarse en sus faenas de animales domesticados, reunirlos en rebaños numerosos y explotarlos para su alimentación como complemento de las cosechas, e incluso emplear la irrigación para mejorar las condiciones de los terrenos; cuando el hombre, digo, hace todo esto es que su grado de civilización ha alcanzado un nivel suficientemente alto como para rebasar el nivel tribal; que ya es capaz de formar núcleos numerosos, y que se siente fuerte; a veces tanto como para lanzarse a la conquista de nuevas tierras, conquistas que incluso la necesidad, a causa de su número sin cesar creciente, le impone. Todo ello quiere decir que estamos ya en los pueblos cunas de las grandes civilizaciones primitivas; aquellos que se formaron en las márgenes de ciertos ríos caudalosos: el Eufrates, el Nilo, el Indus[20], y más tarde en Grecia y en Roma. Y como es lógico, la religión progresa con el hombre, puesto que es su obra. Y cada vez tiende más, en virtud del antropomorfismo creciente, a la personalización de los espíritus que llegan a adquirir el rango de potencias bien definidas[21]. Los espíritus del horizonte tribal son, pues, olvidados. Se adora a la tierra-fecunda, diosa-madre que personifica la fertilidad del suelo, base de la alimentación y de la vida, de la prosperidad de los rebaños e incluso de la especie humana. Y como al lado de los agricultores con sus dioses propios (los dioses protectores de sus cosechas), están los pastores nómadas que en sus largas

---

[20] *Indus*, río del Asia meridional que desemboca en el golfo de Omán. Nace en el techo del Mundo, en la elevada meseta tibe-tana (4.000 metros), y empieza a correr entre gargantas estrechas, limitadas, de un lado, por el Himalaya y, de otro, por el Kara-Korum. Al llegar al vasto delta que forma en su desembocadura, tras haber recibido numerosos e importantes afluentes, es enorme. En la época de las crecidas llega a verter en el mar 18.000 metros cúbicos por segundo. Su curso es de 2.900 kilómetros.—El *Éufrates* es, como se sabe, otro río de Asia que riega la parte oriental de Turquía, atraviesa el Irak y acaba en el golfo Pérsico tras un curso de 2.100 kilómetros.—El *Nilo* es el gran río de África, cuna de una de las más antiguas civilizaciones y gracias a cuyas aguas benéficas hay vida en Egipto.
[21] En algunas tribus actuales de Nueva Guinea, que hoy día representan este horizonte religioso, el gran espíritu de las iniciativas es casi un dios supremo.

horas de espera guardando los rebaños tienen tiempo para observar el cielo, que envía tanto las lluvias benéficas como las tormentas devastadoras, divinidades celestes vienen a sumarse a las terrestres, y el firmamento, el Sol, la Luna, ciertas estrellas y constelaciones y hasta las aguas y lluvias fertilizantes vienen a formar una especie de panteísmo del que el antropomorfismo, siempre alerta, deduce y saca divinidades a porfía.

4.º El cuarto horizonte cultural es el de los grandes Imperios y grandes civilizaciones antiguas, fruto de las anteriores, cuyo arte y cuya ciencia, bases de las actuales, tanto interesan y tanto enseñan todavía al hombre moderno, y cuyas religiones pueden designarse con el nombre de politeístas. La India, Egipto, Asiria, Babilonia con sus Imperios poderosos, el pequeño e inquieto pueblo hebreo o de Israel hasta el siglo VII, es decir, hasta la aparición de sus profetas, Grecia y Roma en su apogeo, entran en esta etapa en que la religión refleja en cierto modo el sistema político y social del pueblo que la practica. Religión politeísta integrada por un grupo de dioses perfectamente definidos ya, con su historia, su genealogía y hasta sus cosmologías totalmente establecidas. Grupo de dioses comparables al senado de una república, o tal vez mejor, en ocasiones, a la corte de un monarca supremo que desde su inaccesible morada gobierna no tan sólo a los otros dioses (dioses menores y subalternos), sino a los hombres. Dioses que además representan a las diversas fuerzas de la Naturaleza, como en el horizonte agrícola anterior, pero dotados ya de una personalidad perfectamente definida y de una realidad dramática, obra ora de la imaginación de los poetas formadores de las cosmogonías, ora del trabajo de una clase sacerdotal, casta en algunos sitios, como en la India, que cada vez con más fuerza va apoderándose de la religión, organizando sus ritos, y definiendo, iniciando con ello los futuros dogmas, las relaciones de los dioses de su panteón, bien entre ellos mismos, ya con sus adoradores humanos[22].

---

[22] En este horizonte aparece por primera vez, y es hecho de enorme importancia, lo que pudiera llamarse *espíritu civilizado*. Es decir, maneras de pensar, criterios morales y modos de vida social característicos del hombre moderno. En este período brillan ya hombres de tan elevada mentalidad como para dar la pauta al mundo en artes, en filosofía y para sentar los primeros jalones de las ciencias. Espíritus dotados de las tres grandes cualidades que fueron siempre la excelencia de los intelectos cultivados: la capacidad de emitir conceptos y pensamientos abstractos; la de formar juicios éticos, principios morales y leyes justas, base de toda conducta honrada, y el sentir profundamente el concepto, tanto ciudadano como jurídico, de libertad y de individualidad, tan superior y tan distante del

5.º En fin, el quinto horizonte comprende las religiones monoteístas[23]: judaísmo, cristianismo y mahometismo. En realidad, el cristianismo no. Pero nosotros nos quedamos ahora en el cuarto. En esas religiones absurdas, pero deliciosas, forjadas por pueblos de poderosa imaginación con los ojos puestos en la Naturaleza y sus fenómenos, y cuyos dioses, tan humanos, los poetas ordenaron más tarde, dando forma, al catalogarlos, a esas mitologías y leyendas, no por fantásticas menos maravillosas, particularmente la griega y su secuela la romana, de las que inmediatamente me voy a ocupar.

---

espíritu tribal, que hace de la unidad humana, según la expresión de Pringle-Patisson, *a tribesman,* es decir, una pieza, un simple elemento de la tribu más bien que un hombre.

[23] La división de las religiones en *monoteístas* (un solo dios) y *politeístas* (varios dioses) no suele ser exacta sino en lo que a es tas últimas respecta, bien que, como se verá en todas las mitologías, sobre todo en la griega, flotó desde muy pronto (claro que tan sólo entre los espíritus escogidos) la idea de un dios absoluto *(Zeus),* junto al cual los demás dioses, los dioses menores, los héroes, los demiurgos y los genios, no eran sino comparsas, por de cirlo así, bien que la masa, invariablemente inclinada en todas partes y épocas al politeísmo, les rindiese culto, les erigiese templos e incluso persiguiese implacablemente a quienes osaban negar su existencia. En todo caso, la idea «monoteísta», que había de llegar con los profetas de Israel, a partir del siglo Vlll, a su mayor per fección, ni fue comprendida entonces por la masa del pueblo grie go, como digo, ni lo ha sido nunca, en realidad, por el vulgo.

En cuanto a las grandes religiones actuales, que, nombradas teniendo en cuenta su número de adeptos, son: *brahmanismo, catolicismo, mahometismo, budismo y protestantismo,* tres de ellas, en verdad de verdades, no pueden ser consideradas como monoteístas. El mahometismo es una religión monoteísta («Alá es Alá (Dios) y Mahoma es su profeta», que repite mil veces el Corán), cuya Divinidad es un simple nombre, pues sus 375 millones de adeptos ante quien se prosternan es ante un hombre: su profeta. En cuanto al budismo, el caso es aún más curioso, pues se trata de 225 millones de criaturas que profesan sinceramente una religión sin dios: una religión atea.

A este último horizonte, caracterizado por el desarrollo del espíritu civilizado, se le llama también horizonte *profético* a causa de haber sido posible en él, gracias al fecundo lastre del horizonte anterior, la aparición de grandes individualidades: profetas, filósofos y directores ético-religiosos (Confucio, Buda, Zarathustra, etc.), que vivieron entre los siglos IV y III a. de J.

LOS MITOS

Se suele definir la palabra mito[24] diciendo que es mito todo relato de los tiempos fabulosos y heroicos. Esta definición, sin ser suficientemente comprensiva, lleva en sí dos de los rasgos esenciales a todos los mitos: primero, su carácter fabuloso, es decir, de algo inventado, de fábula sin existencia real; segundo, bien que este segundo rasgo no sea tan esencial como el primero, pues en la diversidad de mitos hay muchos que no tienen carácter heroico, tampoco está mal aplicado si se tiene en cuenta que no solamente en Grecia, sino en la India, en el Japón, en Irlanda y en otros países, la mitología es obra casi exclusivamente de los poetas épicos[25]. Pero la verdadera significación de la palabra mito, su definición más exacta y comprensiva es: fábula, cuento o narración fantástica en la cual uno o varios dioses, semidioses o héroes divinizados, tienen un papel predominante. De no intervenir personajes de un panteón religioso, en vez de mitos se trata ya de leyendas o de simples cuentos[26].

---

[24] *Mito* viene μῦθος,(mitos), palabra griega que en Horne ros significaba simplemente *palabra, discurso*, pero que luego ad quirió el sentido de *leyenda*, por oposición a λογοζ *logos*, relato confirmado mediante testimonios. Luego *mitos* significaba relato no histórico, relato fabuloso, cuento, por oposición a αληθες, *(aletes)*, verdadero, verídico, sincero, μυθουυζ λεγειν era inventar cuentos, decir mentiras. *Mitos* acabó por ser sinónimo de fábula, apólogo, relato legendario y fabuloso o simple relato carente de verdad e historicidad.

[25] La parte verdaderamente preponderante que tienen los dioses en *Ilíada* y *Odisea* hace de Homeros el padre de la mitología helénica. Téngase en cuenta, para comprenderlo, la importancia enorme de estas dos obras en las letras griegas hasta los últimos tiempos del helenismo; que poetas y filósofos las tuvieron siempre presentes y que si bien muchos de ellos abominaron de los absurdos y enormidades de la mitología (Platón, como se sabe, llegó a expulsar a Homeros, y por él, a los poetas, de su *República),* todos citaban, recordaban y ponían constantemente como ejemplo a Homeros. Lo que Homeros fue respecto a la mitología griega, lo fueron más tarde los *scaldes* noruegos e irlandeses para la mitología escandinava. En cambio, si la mitología romana vivió a expensas de la griega, pues por sí misma fue siempre imprecisa e incolora, debido fue a faltar en este país una verdadera epopeya. La *Eneida* no cuenta para el caso; sus dioses son puramente griegos; de modo que a este respecto no puede ser considerada como tal.

[26] Por consiguiente, *mitología* será, como su nombre indica, ora la ciencia de los mitos, ora el arte de interpretarlos. Inútil y falso hablar, pues, de *mitología prehistórica,* puesto que los escasos vestigios que quedan de las épocas primitivas nos pueden, sin duda, inducir a pensar que los hombres tuvieron ya en aquellos

remotos tiempos un atisbo de religión de *mana* y tal vez hasta un culto rudimentario de los muertos, pero no *mitos,* es decir, leyendas en que los dioses, aun no bien precisados, tuviesen un papel importante. Mas conviene no confundir *mitología* con *mitografía,* palabra ésta que designa simplemente la actividad de los compiladores alejandrinos y romanos que se ocuparon de los antiguos mitos de Grecia y Roma. La mitología es una verdadera ciencia, puesto que estudia, examina y clasifica los mitos empleando un método riguroso de análisis y verificación semejante al usado en todas las ciencias históricas. También hay que distinguir la mitología, que estudia tan sólo los mitos, de la historia de las religiones. El concepto *religión* es más comprensivo, más extenso, que el concepto *mito.* En toda religión se pueden observar los cuatro elementos siguientes: la *Divinidad,* los *dogmas,* los *mitos* y los *ritos.* Las mitologías carecen de dogmas y de ritos. Cuando una creencia, como, por ejemplo, el *budismo,* carece de dios, de Divinidad, no es propiamente una religión, puesto que no puede haber una religión *atea;* es simplemente una secta filosófica.

En cuanto a que no hay medio de hablar de mitología prehistórica, pues los pueblos primitivos sí tuvieron, empujados por el miedo a lo desconocido, la fantasía suficiente para inventar dioses, no, seguramente, para crear *mitos,* trataré de probarlo mediante un ejemplo: el de la religión prehistórica de nuestra Península Ibérica; ejemplo que, generalizado, puede servir para la de todos los pueblos.

Por supuesto, imposible decir sobre ella algo que no sea puramente conjetural, o más bien sobre ellas, pues a juzgar por lo que se puede deducir de los vestigios encontrados, mejor sería hablar de «religiones» que de «religión», ya que hasta la llegada de los romanos, todo cuanto afecta a nuestra prehistoria religiosa, apenas conocido, hay que ponerlo en cuarentena, a causa de que el silencio de los autores antiguos es casi absoluto, y los datos que suministran los descubrimientos arqueológicos, no hay medio de interpretarlos sino con ayuda de una buena dosis de fantasía. Por consiguiente, cuanto parece que pudiera deducirse de los elementos de que disponemos, es cierta diferencia entre las tribus que habitaron España, y la de sus vecinos inmediatos, los celtas, en lo que a la cuestión que nos interesa atañe; a saber, ausencia de culto a los héroes, y asimismo de toda preocupación de orden metafísico o moral. A causa de ello precisamente, los que han pretendido hacer un poco de luz en este campo, han tenido que agudizar el espíritu y dar rienda suelta a su fantasía para poder ofrecer un escaso e incierto boceto religioso de nuestros antepasados, basándose en los no muchos vestigios arqueológicos que han sido encontrados, a saber: *Verracos,* de Castilla (Ávila); *ciervas,* de Bocairente y de Balazote; las piedras portuguesas representando, según se cree, pesados guerreros; las estatuas del Cerro de los Santos y las figurillas de bronce (bronces votivos) de los santuarios de montaña de la provincia de Jaén (Castellar de Santiesteban), del santuario de la Sierra de Murcia, y, en fin, ver de interpretar lo hallado en las excavaciones hechas en el Monte de la Serreta, próximo a Alcoy, e incluso echar mano de las cerámicas de San Miguel de Liria. Pero ¿qué es en realidad todo ello cuando se trata de saber algo cierto sobre la religión de aquellos pueblos tan mal conocidos, incluso sumando a piedras, estatuillas y bronces el centenar de nombres de divinidades de las que tan sólo esto, el nombre, conocemos, a través de los textos epigráficos de la época romana? Y si no se puede hablar de religión, ¿cómo de mitología, que supone no ya creencias, sino que éstas estén tan desarrolladas como para que los dioses que figuren en ellas actúen y se mezclen con los hombres abundante y caprichosamente? En realidad, como religión, todo lo anterior es nada o poco menos. Nada, si se prescinde de las audaces suposiciones que se han hecho por ver de ofrecer algo. Casi nada, incluso teniéndolas en cuenta. Porque, como digo, sobre la religión de los celtas, a causa de haberse interesado por ella César y Tácito, no tan sólo se sabe mucho más, sino que las deducciones y las hipótesis pueden apoyarse en un doble trabajo de definición y de representación; pero en lo nuestro, todo es no menos misterioso que el dios mismo que, según se pretende, manifestaba su poder en los santuarios montañeros de Castellar de Santiesteban, de Collado de los Jardines (Despeñaperros), de Luz de la Serrata o el no menos misterioso dios innominado, señor del bosque sagrado de los *Caporos,* en la provincia de Lugo. Sobre el primero hay que acudir a los exvotos encontrados y, en virtud de ellos, tal vez no sea muy descaminado suponer, como se ha supuesto, que tal divinidad era considerada como un dios curandero y protector de los bienes de este Mundo. Porque justo es reconocer que en lo que afecta a las figurillas encontradas, nada hay que permita unirlas a cualquier sentimiento religioso, sea de la especie que sea, y tan sólo, y para ello deseando a todo trance encontrar indicios de religión y de culto, únicamente las imágenes representando esfinges, descubiertas en Castellar de Santiesteban, y las reproducciones del altarcillo de la Luz pueden representar, si se quiere, no simples adornos éstos y aquéllas, un capricho de la mano que las esculpió, sino personajes divinos. La llamada *cierva* de Balazote es una especie de toro echado con cabeza humana, y en el Museo Arqueológico de Madrid puede verse también una escultura, en alabastro, representando una mujer sentada, teniendo sobre los brazos, que apoya en sus muslos, una especie de recipiente, y junto a ella, a derecha e izquierda, dos esfinges. A causa de esto el suponer que representa a una diosa; así como la cierva algo relacionado con la religión. Pero ¿no pasará como con los *verracos* de granito (verracos, toros, leones, jabalíes o lo que sea o se quiera que sea) del valle del Tajo y de la vertiente septentrional de la Sierra de Guadarrama y otras regiones de la Península, en los que al punto la fantasía creyó ver genios funerarios guardadores de las tumbas, hasta que, inmediatos al recinto de un gran parque para ganado descubierto en la aldea fortificada de Las Cogotas de Cardeñosa (Ávila), se encontraron verracos semejantes y otros aún a lo largo del camino que debían seguir los rebaños?

Que la estatua encontrada en el Cerro de los Santos (hoy en el Museo Arqueológico de Madrid), representando una figura femenina sosteniendo algo entre sus manos, pudo significar una mujer llevando una ofrenda, cual se la ha bautizado, pase; que varios bronces representen escenas de sacrificio, también; pero que un carro sobre el que hay cuatro figuras, algo como un oso delante, inmediato a él un perro y siguiéndole muy cerca un hombre a caballo con una lanza en la mano, más grandes cencerros, uno al cuello del caballo y cinco colgando de la parte posterior del carro, que este carro, digo, que fue hallado en Mérida (y que hoy puede verse en el Museo de Antigüedades de Saint-Germain-en-Laye), tenga algo que ver con la religión, me extrañaría mucho. Y lo mismo lo que ha sido llamado el Sacerdote ibérico tonsurado, de la provincia de Jaén.

En cuanto a los nombres que conocemos por los mencionados textos epigráficos, entre ellos figuran *Endovellicus,* adorado, tal se supone, al menos, cerca de Evora, al que se cree una especie de *Dis Pater* ibérico y *Ataecina o Ataegina,* de la misma región, que en la época romana fue asimilada a Proserpina. Dícese también, deduciéndolo de ciertas figuras grabadas en las estelas, que en Galicia, en el País Vasco y en Lusitania practicaban la heliolatría. *Neto,* dios de los occitanos, dícese que era una divinidad guerrera, por el hecho de haber sido combinada posteriormente con el Marte romano. Estrabón señala también entre los Vascones (III, 3, 7) un dios que se acercaba a Ares o Marte. A Marte es aún asimilado un *Consus popular,* del Norte de la Península. Por supuesto, no es ilógico que hubiese por todas partes dioses guerreros en pueblos tan belicosos, tan inquietos y tan indomables como fueron los que habitaban nuestro territorio. Conócese también, en Galicia, la existencia de un gran dios solar, al que llamaban *Candiodo,* y *Dercetius, Bodus* o *Cariociecis* era también una divinidad guerrera. Asimismo se han encontrado vestigios en Galicia y en Portugal (aquí principalmente) del culto a una Serpiente que tuvo un papel muy importante en las creencias de estas regiones. Así como parece que debieron adorar, como, por supuesto, todos los pueblos antes de formarse las mitologías propiamente dichas, a los elementos naturales: además de al Sol y a la Luna, a las montañas, a los árboles, a los manantiales, etc.

Los bronces mencionados, interpretados como sacrificiales, parecen indicar asimismo, y no convendría rechazarlo enteramente, puesto que se trata de prácticas bárbaras comunes a todos los pueblos primitivos, que las religiones ibéricas serían religiones a base de sacrificios. También parece muy seguro, si se juzga por su ausencia total de vestigios (hasta ahora, por lo menos), que nuestros primitivos antepasados adoraban a sus dioses en lugares elevados, cimas de montañas o en cavernas próximas a ríos y manantiales, pero no en santuarios que, sin duda, no construyeron nunca. ¿Para qué, puesto que las cavernas naturales ofrecían un lugar adecuado y la Naturaleza, sobre todo las alturas, lo mismo?

En fin, como los bronces de Castelo-do-Moreira y del Museo de Valencia de Don Juan representan, tal se ha pretendido, al menos (ya digo que la imaginación tiene en todo esto un gran papel), que son sacerdotes y sacrificadores, se ha supuesto, pese al silencio absoluto de los textos, la existencia en aquella España primitiva de una casta sacerdotal. ¿Por qué no? ¿Acaso hay hoy poblado o aldea salvaje sin brujo? De haber sacrificios, seguro que habría sacrificadores. Como habría

En el estudio científico de los mitos hay que tener en cuenta, primeramente, los elementos que constituyen todas las religiones (V. n. 26); luego la historia del pueblo al que pertenezca el mito, su historia política y su historia parcial (raza, vida, costumbres), y, por supuesto, la lingüística[27].

---

adivinación y adivinos y cuanto y cuantos ayudasen y se beneficiasen del siempre pingüe manantial que es la superstición, tanto más rico cuanto mayor es la ignorancia.

En definitiva, ¿qué podría afirmarse sin temor a equivocarse mucho ni fantasear demasiado, es decir, tan sólo valiéndose de los hallazgos, de la lógica y del buen sentido, sobre las religiones y creencias religiosas de los ibéricos primitivos? Pues que tal religión sería, como en todas partes, reflejo de la organización social de los pueblos que la inventaron. Ahora bien, ¿cómo se presentaba esta organización social? Pues como una serie de poblados o de grupos sin gran cohesión entre ellos, es decir, sin esa armadura fuerte indispensable para elaborar una religión importante, servida por una casta sacerdotal poderosa, superior a las vicisitudes políticas, como la que en la India, y si se quiere no ir tan lejos, entre los celtas, aseguró su cohesión. Por consiguiente, religión o religiones enteramente primitivas, bien que con sacrificios, adivinación, presagios y magia seguramente. Sacerdotes, probablemente sí, pues más fácil sería ver encina sin muérdago y soga sin caldero, que señor sin servidores; pero sin gran influencia, más bien ordenadores de sacrificios y ritos, éstos incipientes, y mantenedores, pues en ello hallarían su provecho, del culto a unos dioses *desconocidos,* culto que en los santuarios naturales montañeros, y con carácter eminentemente popular, debió subsistir, en ciertos lugares, aun a través de la dominación romana, que trajo dioses ya de elaboración sabia. Únase a esto la ausencia de preocupaciones por todo sistema metafísico y moral relacionado con el destino humano (lo que ya requiere estados de espíritu añejos en cuestiones de religión y relativamente superiores) y se tendrá una idea, imperfecta, claro, pues, como se ha visto, hay poco en qué apoyarse, pero aproximada, de aquellos cultos bárbaros, como los pueblos que los inventaron, pero que reflejaban, como no podían menos de hacerlo, el temperamento de unos hombres indomables, de quienes los autores antiguos escribieron: *prodiga gens animi et properare jacillima morten* (Silio Itálico, I, 225). Tendencia, inclinación a la independencia, mucha; religión, poca y sin carácter de yugo; mitología, ninguna. Que era lo que se quería demostrar.

[27] La lingüística, evidentemente, es de gran utilidad; pero sin creer por ello, como Max Müller y Adalberto Kuhn, que la importancia de la lingüística era de tal modo excepcional, que el simple análisis de los nombres divinos bastaba para revelar su origen histórico. El fracaso de sus escuelas lo demuestra. (V. H. Pi-nard de la Boullaye: *Etude comparée des religions.)* Más de estimar es el método *neofilológico,* inaugurado por H. Gungique, profesor que fue de la Universidad de Heidelberg, bien que no tenga en cuenta, como debiera, las modificaciones

Los mitos son esencialmente populares[28] y anónimos. Cuanto hace la colectividad es apoderarse de ellos y aceptar su enriquecimiento y sus modificaciones cuando otros narradores añaden o cambian el mito primitivo. De aquí el que no haya personaje mítico en la Mitología griega que no tenga varias leyendas[29].

Los poetas influyeron mucho en la formación de los mitos y aún más en su evolución, es decir, en que adquiriesen no solamente vida y consistencia, sino fijeza gracias a la forma poética. En verso sentó Homero las bases de la mitología griega[30]; en verso fue escrito el documento más antiguo de la cosmogonía mítica de los griegos: la Teogonía de Hesiodos. En cambio, el papel de los sacerdotes en la formación de los mitos fue

---

lingüísticas debidas a alteraciones caprichosas originadas por las etimologías populares hieráticas y las modificaciones dialectales. Pero el hecho de dar más importancia en la interpretación de los nombres a la *semasiología* que a la *fonética,* ya tiene considerable importancia. *Semasiología* es una palabra inventada por Reisig para designar el estudio de los elementos del lenguaje considerados según sus significaciones. Viene a ser, como la *semántica,* una especie de ciencia de la «vida de las palabras», puesto que estudia su sentido y sus variaciones.

[28] Las colectividades no han inventado ni imaginado nunca nada. Cuanto hacen es obedecer ciegamente las ideas o excitaciones de cerebros poderosos, en bien o en mal. Si alguna vez tienen movimientos impulsivos, por lo general son ciegos, desordenados y funestos.

[29] Al lado de los mitos *populares* están los mitos *sabios.* Es decir, aquellos inventados por un poeta o un filósofo, o sea, cuyo origen se conoce perfectamente. Vaya uno de muestra: Cuando *Zeus* y los Inmortales, luego de su triunfo sobre los *Titanes,* se distribuyeron el Universo, la isla de Rodas aún no emergía de sobre las aguas. *Helios* estaba ausente en el momento de la adjudicación de los lotes a cada divinidad, de modo que, olvidado, no tuvo el suyo. Cuando supo lo que había pasado en su ausencia, corrió a quejarse a Zeus, y éste se dispuso a rehacer el reparto. Pero Helios se opuso diciendo que en el fondo del inquieto mar una isla emergía, isla apta para la vida de los hombres e incluso para la de los rebaños. Y al punto invocó a *Láchesis* (una de las tres *Parcas),* la de la venda de oro, para que extendiese sus manos y pronunciase, sin reticencia, el gran juramento sagrado, con objeto de prometer, en unión del hijo de *Kronos,* que una vez que la isla en cuestión apareciese a la luz, sería su parte. (Píndaros, I, v. 97.) Este mito, inventado por Píndaros en honor de Diágoras de Rodas, el pugilista, no tuvo otro objeto sino explicar el culto de Helios en la isla de aquel nombre.

[30] Todas las cosas y todos los dioses deben su nacimiento a *Okeanos,* cuya esposa es *Tethis. Okeanos* es el padre generador. Tethis es la madre, la madre fecunda que pare y alimenta.

mínimo, por no decir nulo, en contra de lo que creía la escuela simbolista de Federico Creuzer, que atribuía al clero el papel principal en su formación. Para comprenderlo basta considerar que las religiones más ricas en mitos, como la helénica, la escandinava y la polinesia, no tenían, ni mucho menos, un clero profesional; mientras que las que han tenido un clero que a veces llegó incluso, como en la India, a constituir una verdadera casta, y luego los persas, Egipto, Roma, los druidas celtas y los sacerdotes sacrificadores del antiguo México, en ninguno de estos países se desarrollaron mitologías importantes. Y ello, porque, en general, el clero se opone a la idolatría. Como es hostil a la magia (ejercida por los brujos, sus rivales, sobre todo antiguamente); y porque, asimismo, posee un instinto muy pronunciado de la decencia (recuérdese los adulterios, los incestos, los raptos y demás lindezas que llenan gran número de los mitos del vasto repertorio griego). Además, como género folklórico, el mito es anterior a la constitución de los cleros.

¿Cuándo aparecieron los mitos? Sin que se pueda precisar en modo alguno la fecha, sí se puede afirmar que durante el tercero de los horizontes religiosos. Es decir, cuando la religión tiende a la personalización de todo cuanto previamente la fantasía ha divinizado. O sea, en cuanto apareció el teísmo[31], o si se quiere, su base, el animismo[32]. El cómo y por qué aparecieron los mitos no es difícil de comprender. Cómo, en virtud del trabajo de la imaginación de los hombres[33]. El por qué, a causa de la necesidad que siente el espíritu humano, en cuanto la

---

[31] *Teísmo*, doctrina filosófica que afirma la existencia personal de Dios y su acción providencial en el Mundo. Se opone al *ateísmo*, que niega la existencia de Dios; al *panteísmo*, que niega su personalidad al diluirla en todo cuanto existe, y al *deísmo*, que niega su acción en el Mundo.

[32] V. n. 35.

[33] En efecto: en cuanto se presta alma a las cosas, como hacían los griegos, ya tenían personalidad y, por consiguiente, el mito entraba en acción. Recuérdese, entre otros mil ejemplos que se podrían citar, cuando en el canto XXI de la *Ilíada*, para contener a *Aquiles*, el *Skamandros*, río divinizado y personificado de la llanura troyana, no solamente se opone al enfurecido héroe, sino que incluso llama en su auxilio a otro de los ríos de esta misma llanura, el *Simoeis*. Y mal lo hubiese pasado el hijo de *Tetis* si a ruegos de *Hera*, que teme también por su vida, no acudiese *Hefaistos* a incendiar la llanura de tal modo, que los mismos ríos están a punto de secarse. La personificación de ambos ríos es innegable: Skamandros, sobre figurar en el poema como hijo de *Zeus*, uniéndose a la ninfa *Idaea*, había engendrado a *Teukros*, el primer rey de la Troade. Por su parte, Simoeis, hijo de *Okeanos* y *Tethis*, tuvo también dos hijas.

inteligencia empieza a alborear, de comprender las cosas, y para conseguirlo (cuando aún no es capaz de observar debidamente, enlazar las observaciones y deducir consecuencias lógicas), poniendo en juego, que es mucho más fácil, la fantasía. Por ello los mitos nacieron para explicar siempre algo, ora la causa de un fenómeno natural[34], ora el origen de una institución o una costumbre.

Pero si no sabemos cuándo nacieron los mitos, sí cuándo dejaron de producirse. Es decir, cuándo mueren.

Para componer un mito, cuanto necesita el hombre, como se ha visto, es que un fenómeno natural extraño a él, y cuanto más insólito y espantoso mejor, excite su imaginación al llenarle, ora de miedo, ora de curiosidad. Esto producido interpretará el sucedido de acuerdo con su experiencia personal buscando la causa del hecho en un ser dotado de voluntad, y, personificando el fenómeno para comprenderle mejor, dará lugar al mito. Pero la humanidad acabó a fuerza de años por desconfiar de la imaginación. Sobre todo cuando algunos hombres particularmente avisados, diéronse cuenta de que para el conocimiento de los hechos valía más la observación que la loca de la casa. Con ello, relegaron ésta al mundo de los poetas, sobre todo al encontrar un medio para transmitir las observaciones de generación en generación, medio que fue la escritura, y cuando aprendieron a coordenar los hechos observados y a sacar de ellos deducciones y experiencias. Aquel día el mito murió. He aquí por qué el resultado de todas las operaciones anteriores, que se puede definir con una palabra: ciencia, hirió gravemente, al acabar con los mitos, a las religiones. Y por qué tenía y tiene razón Carreal al afirmar «que la razón ha expulsado a las creencias religiosas».

En todo caso y para sentar bien la cuestión conviene insistir sobre el proceso del mito: El hombre presta a los miembros de la creación su propia vida mental y sentimental, sus propias acciones y sus reacciones. En un principio a la Naturaleza toda, tanto animada como inanimada, en virtud del antropomorfismo, pues, como muy acertadamente decía Goethe: «El hombre no se da cuenta nunca hasta qué punto es antropomorfo». Y a este prestar vida, espíritu, alma, a las cosas, es a lo que a partir de Edward B. Tylor se da el nombre de animismo[35].

---

[34] Αιτια «aitía», que decían los griegos: causa, motivo; por ello los «mitos» eran esencialmente etiológicos, es decir, que buscaban la causa de las cosas.

[35] *Animismo,* sistema que considera el alma como causa primera no solamente de los hechos psicológicos, sino de los vitales. En religión: creencia de ciertos pueblos que suponen la existencia

Viniendo a Grecia, que es lo que por el momento nos interesa, los griegos, para explicar la formación del Mundo y de las cosas, tenían fatalmente que acudir a considerar, en virtud de una analogía natural, a las diferentes partes del Mundo bajo la forma de seres semejantes al hombre. Porque el genio griego era demasiado naturalista y politeísta para concebir, como Zoroastro y los judíos, que todo pudo ser llamado a la existencia por la simple palabra de un creador. En Hesiodos, los dioses mismos habían sido creados y hasta establece varias generaciones de ellos; exactamente como entre los hombres; e incluso les atribuye sus mismos

---

de espíritus en todos los seres de la Naturaleza. El *animismo,* como teoría médico-filosófica, se opone a la vez al *mecanicismo,* que no ve en los fenómenos vitales sino fenómenos físico-químicos, y al *vitalismo,* que los explica en virtud de un principio vital, semimaterial, semiespiritual, distinto a la vez de las fuerzas físico-químicas y del alma pensante. El origen de la teoría animista, cuyo principal representante ha sido Sthal, remonta a Aristóteles. Alberto Réxille explica en sus *Prolégomenes de l'histoire des religions* el origen del animismo o «culto a los espíritus» del modo siguiente: «La vista del cadáver sugirió muy pronto al hombre que lo que le hacía querer, hablar y obrar algunas horas antes no estaba ya allí, pero que no podía haber sido destruido. Su propia experiencia, fundada en el fenómeno de los ensueños, le dirigía hacia una conclusión análoga.» De ello a pensar que lo mismo que a él le abandonaba el espíritu durante el sueño le podía ocurrir a todos los seres animados, no había sino un paso. Y de ello pasó a creer que había incluso espíritus que nada tenían que ver especialmente con la naturaleza, pero que, dotados de un poder superior (a juzgar por sus manifestaciones, horrendas muchas veces), podían, de proponérselo, tener influencia sobre ella y provocar los fenómenos que su razón, incapaz aún de observar serenamente y de coordenar lo observado, no comprendía. ¿Cómo entrar en relación con ellos? ¿Cómo aplacarlos y atraerlos? El arte de hacerlo engendró la *brujería,* la *magia* y el *fetichismo* (precursores de las religiones propiamente dichas), que no son sino la presencia de un espíritu en un objeto cualquiera, al que a causa de ello se adora. Según Taylor *(La educación primitiva),* el animismo salvaje representa el sistema primitivo mediante el cual empezó la larga educación del mundo, y en él se encuentra la explicación de ciertas prescripciones y de ciertas ceremonias en uso en las religiones de los países civilizados. El sistema *preanimista,* como no conocía sino fuerzas impersonales (el *mana* polinesio, el *orenda* iroqués, el *manitú* algonquino, el *hasina* malgache o el *dolat* malayo), fue incapaz de producir mitos. Como tampoco el estado *postanimista* o *científico,* que no conoce sino las *ondas* o *rayos,* obrando de acuerdo con fórmulas matemáticas. A causa de todo ello, la mitología coincidió, de modo general, con el período animista de la evolución humana.

defectos y los mismos modos de pensar y considerar las cosas[36]. En virtud de todo ello no hubo en Grecia una divinidad que pudiera ser considerada como causa eterna de todo cuanto existe, ni siquiera que tuviese sobre la Naturaleza un poder incondicional[37]. Había un dios superior a todos los demás, Zeus, y hasta una tendencia entre los espíritus superiores a considerarle como una Divinidad absoluta y todopoderosa, pero para la masa hubo siempre muchos dioses y para cada dios muchos mitos. Mitos

---

[36] Hizo falta que pasasen varios siglos para que un Ploutarchos, por ejemplo, se expresase sobre la Divinidad, pese a ser aún afecto a la mitología, como él lo hace en sus tratados religiosos; por ejemplo, como el lector puede ver, en el llamado *Por qué la Ptía no da ya los oráculos en verso.* (V. mi traducción de *Los tratados,* de dicho autor.)

[37] En efecto, según ya hizo notar David Hume *(The Natural History of Religion),* los dioses de la antigüedad clásica no eran creadores. La mayor parte de las cosmogonías imaginadas por los mitógrafos se parecen mucho más al sistema de Lucrecio que al relato del Génesis. La idea, en efecto, de un creador *ex nihilo* es, evidentemente, el producto de especulaciones sacerdotales y, por tanto, esencialmente extraña a la imaginación primitiva. Esta idea debió ser invención no de la masa, sino de algún filósofo desconocido, quién sabe de qué raza ni de qué pueblo, modesto predecesor de Moisés, de Confucio y del Buda. En cuanto a la segunda idea, a su falta de poder incondicional sobre la Naturaleza, la mitología helénica, como la germana y, sobre todo, la de la India (incluso la budista), encadena ya a sus dioses, como a los hombres, a la *Necesidad (Αναγχη) Zeus* se inclina ante la *Μοιρα; Odín* ante las *Nornes,* y los dioses védicos ante el orden cósmico *(rta).* He aquí un interesante mito hindú, resumen de un texto pracrit, que lo prueba: «Un gallo era amigo del pájaro *Garuda* (ave-dios inmensa y poderosa). Un día que estaban encaramados en una rama, uno junto a otro, vieron venir al dios de la *Muerte,* que al acercarse a ellos empezó a reír a carcajadas al ver al gallo. Temiendo alguna trastada, el inmortal Garuda, deseoso de salvar a su amigo, se lo llevó lejos de allí, a la montaña Sumerugiri, con objeto de esconderle en una caverna. Luego volvió al sitio de. donde había partido. Al ver de nuevo a Garuda, la Muerte empezó otra vez a reír. Y, obligada a explicarse, dijo: Han enviado a un ángel de la Muerte, en forma de gato, para matar al gallo, a una caverna del Sumerugiri. Al ver al gallo contigo, no pude menos de reír pensando en la imposibilidad de encontrar al gallo en la caverna citada, que está a miles de leguas de aquí. Y has sido tú mismo quien, con intención de salvar a tu amigo, le has llevado donde únicamente la Muerte podía cogerle. En efecto: volviendo a la caverna, Garuda encontró a su amigo muerto por las garras del gato»,
En las religiones *politeístas,* los dioses están siempre sometidos al *Destino.* En Homeros, el propio *Zeus,* cuando el fin de *Hektor* está próximo, en vez de salvarle, pues no se atreve, deja su vida en manos del Destino, que le condena. Podrían multiplicarse los ejemplos.

que no eran otra cosa, como se ha visto, que la expresión, oral o escrita, de observaciones elementales, o de ideas tales cuales la imaginación de los hombres ha producido en todas partes en la infancia del conocimiento. Así vemos en Hesiodos que Erebos engendra con Nix a Aiter y a Hémera[38], porque el día, con su brillo, sucede a la noche y a lo sombrío, de los que, por tanto, es hijo. La Tierra engendra el Mar ella sola, pero a los Ríos con la cooperación ya del Cielo; a causa de que las fuentes, origen de los ríos, son alimentadas por la lluvia que cae de las alturas, mientras que el Mar parece ser una masa de agua residente desde los orígenes en las partes más bajas y cóncavas de la Tierra. Mediante una concepción simplista análoga, Afrodite nace de la simiente de Ouranos, porque la lluvia despierta, en primavera, el deseo de reproducción en toda la Naturaleza. Los Cíclopes, los Hekatogcheires y los Gigantes[39] son hijos de Gaia (la Tierra), otros

---

[38] *Erebos* es el nombre de las tinieblas infernales. Personificado, tuvo su genealogía. Hicieron de él el hijo de *Chaos* (el Caos, personificación del Vacío primordial, anterior a la creación, cuando el Orden no había sido impuesto aún a los elementos) y el hermano de *Nix*. Esta, Nix, es la personificación y la diosa de la noche. Engendró dos elementos, a *Aiter (Eter)* y al *Día (Hemera)*, y toda una serie de abstracciones: *Moros* (la Suerte), las *Keres* (genios violentos, especie de Destinos), *Hipnos* (el Sueño), los Ensueños, *Momos* (el Sarcasmo), la *Miseria* (la Angustia, el Apuro), las *Moiras* (personificación del Destino de cada uno), *Némesis* (la Venganza divina), *Apaté* (el Engaño), *Filotés* (la Ternura), *Geras* (la Vejez), *Eris* (la Discordia) y, en fin, las *Hespérides* o Ninfas del Poniente. *Aiter*, el Eter, es la personificación del cielo superior, donde la luz es más pura que en el cielo que está más próximo a la Tierra. *Hemera* es la personificación del Día.

[39] Los *Cíclopes*, monstruos con un solo ojo en la frente y dotados de gran fuerza y habilidad manual (fabricarán para *Zeus* el trueno y el rayo), eran hijos de *Ouranos* y de *Gaia* (el Cielo y la Tierra). Eran tres: *Brontés* (el Trueno), *Steropes o Asteropes* (el Relámpago) y *Argés* (el Rayo). A *Haides*, dios de los muertos, le dieron un casco que le hacía invisible. A *Poseidón*, su tridente. Éstos son los Cíclopes *ouranios;* pero había, además, los sicilianos, compañeros de *Polifemos*, el que figura en uno de los más interesantes relatos de la *Odisea*, y los Cíclopes constructores, que fabricaron, entre otras muchas cosas, las flechas de *Apolo* y *Artemis*, que no erraban golpe. Estos estaban dirigidos por *Hefaistos*, el dios herrero, y trabajaban en una fundición subterránea en Sicilia: el ruido que hacían era, en realidad, el ruido causado por los volcanes de la isla. Los *Hekatogcheires* eran tres gigantes: *Kottos, Briareos o Aigaión* (los dioses le llamaban del primer modo; los hombres, del segundo) y *Giges*. Eran también hijos de Ouranos y de Gaia, y, como los Cíclopes, ayudaron a Zeus en sus luchas contra los *Titanes*. Los Gigantes eran hijos de Gaia y de la sangre que salió de la herida de su marido Ouranos cuando fue mutilado por *Kronos*, su hijo. Aunque de origen divino, eran

monstruos, de la Noche y de las Aguas. Y ello no sólo a causa de su carácter físico primitivo, sino porque, en general, los monstruos no pueden venir de divinidades luminosas y celestes, sino de los abismos y las tinieblas insondables. Y si los Titanes son vencidos por los habitantes del Olimpos, es porque, así como la luz del cielo triunfa de las tinieblas de la Tierra, del mismo modo la divinidad ordenatriz ha domado las fuerzas salvajes de la Naturaleza.

Ahora bien, ¿quién ha hecho toda cosa y cómo las cosas han sido hechas? Esto es ya más de lo que puede dar la fantasía y justificar el antropomorfismo, por lo que el poeta que escribe la Teogonía sale de apuro tan grave limitándose a considerar como primer ser lo que no se puede explicar; y luego hace salir de él todo lo demás mediante una analogía que le sugiere la experiencia.

¿Cuál es el ser que existía primitivamente?, se pregunta. Indudablemente la Tierra. Pues bien, de ella hará salir, como base inmutable del Mundo, todo lo demás. ¿Qué podía haber fuera de la Tierra? ¡La Noche profunda! La Noche profunda, puesto que las antorchas del Cielo no existían aún. Y como hay que hacerlas nacer, Erebos y Nix son contemporáneos de la Tierra. Pero, ¿cómo ha podido Erebos engendrar con Nix a Aiter y a Hémera? Pues porque el instinto de generación, Eros[40], existía también desde el principio. «Ante todo fue Caos; luego, Gaia, la del ancho seno, eterno e inquebrantable sostén de todas las cosas; y Eros, el más hermoso de los mortales, que penetra con su dulce languidez a dioses y hombres, doma los corazones y triunfa de los consejos prudentes», dice Hesiodos.

---

mortales o, al menos, podían ser muertos de atentar a la vez contra su vida un dios y un mortal. La *Gigantomaquia* o lucha de los Gigantes contra los dioses fue un tema utilizado no solamente por la literatura, sino por la escultura, sobre todo para adornar los frontis de los templos.

[40] La personalidad de *Eros* fue una de las que más evolucionó desde la época arcaica. En las más antiguas teogonías era considerado como un dios nacido al mismo tiempo que la Tierra y salido directamente del *Caos* primitivo. Como tal era adorado en Tespiai (Boiotia), bajo la forma de una piedra en bruto. O bien nacía de la primitiva noche profunda que lo llenaba todo en un principio, es decir, del huevo primordial engendrado por ésta, cuyas dos mitades, al dividirse, dieron origen a la *Tierra* y al *Cielo,* que la cubre. En efecto, sin él, que asegura la continuidad de las especies y la cohesión interna del *Cosmos,* ¿cómo podría existir algo? Obsérvese, de todos modos, qué lógica admirable acompañaba a tanta fantasía.

Si con la imaginación, es decir, con el mismo recurso con que fueron creados, suprimimos todos estos seres, ¿qué queda? El espacio infinito. Luego antes que todas las cosas existía el Caos, como queda dicho[41].

---

[41] Además, de Hesiodos, escribieron *teogonías* Ferékides de Skiros, Epiménides, Akousilaos y *Orfeus*. Ferékides fue autor de una teogonía en prosa relacionada estrechamente con el orfismo y cuyo título era, sin duda, Ἑπταμυχος (*Heptamichos;* algo así como «el antro de los siete reptiles o de las siete grutas»). Ferékides vivía probablemente en la primera mitad del siglo vi a. de J. Según Suidas, fue maestro de Pitágoras y discípulo él mismo de los fenicios. Epiménides, personaje evidentemente real, pese a las leyendas que han envuelto siempre su persona (se le decía hijo de una ninfa; que pasó muchos años durmiendo en una gruta antes de profetizar; que vivía de una sustancia que le procuraban las ninfas y que guardaba en una pezuña de buey; que su vida duró ora ciento cincuenta y siete años, ora doscientos noventa y ocho, etc.); fue autor, entre otras muchas obras (suyas o que le eran atribuidas), de una *Teogonía* en versos hexámetros, en la que contaba que todas las cosas habían salido de un huevo, engendrado el mismo por diversos elementos, entre los cuales los más antiguos eran el aire, la noche y luego el *Tártaros* (Damascius *De principis).* Akousilaos de Argos fue el historiador griego de este nombre. Se sabe de él muy poco. En fin, Orfeo *(Orfeus* u *Orfeis* en griego) es uno de los personajes más oscuros y más cargados de simbolismo que conoce la mitología helénica. Cantor por excelencia y músico (tocaba la lira y la cítara, de la que pasaba por inventor, cantando al mismo tiempo de tal modo que las fieras le seguían y árboles y plantas se inclinaban ante él), era, además, poeta. Tomó parte en la expedición de los *Argonautas;* pero su mito más célebre es el relativo a su bajada a los *Infiernos* con objeto de rescatar a su mujer, *Euridike,* a la que adoraba, y de cuya muerte no podía consolarse. Como se sabe, *Haides y Perséfone,* conmovidos ante su amor, consintieron en devolvérsela, pero con la condición de que no se volviese, para mirarla, antes de salir del reino de los muertos. No habiéndola cumplido, la perdió para siempre. Sobre la muerte de Orfeo hay asimismo gran número de tradiciones. La más aceptada cuenta que fue destrozado por las mujeres de Trakia, ora por celos a causa de que, fiel siempre a su amor por Eurídike, no quería comercio con otra alguna; ora a causa de haberse vuelto pederasta, de cuyo vicio se le decía inventor. Tras su muerte, su lira fue transportada al Cielo, donde quedó transformada en una constelación. Su alma pasó a los *Campos Elíseos,* donde, vestida con una túnica blanca, continuó cantando para deleite de los Bienaventurados. De la cosmología de Orfeo se conocen cuatro versiones. La primera coloca la *Noche* al origen de todas las cosas. La segunda, de la mezcla de todas las cosas separa la Tierra, el Cielo y el mar. La tercera colocaba al principio del Mundo el agua y el limo primitivo, que se condensaba para formar la tierra. El primer ser, según la cuarta, era *Kronos.* Éste engendraba a *Aiter* y al abismo

Después, mediante generaciones sucesivas semejantes en su mecanismo a las que producen las generaciones de los hombres, luchas y disturbios como las que entre ellos se originan constantemente, y fenómenos que no se diferencian de los humanos sino en su mayor proporción, nacieron los dioses. Y como estos dioses no podían, naturalmente, ser distintos de sus inventores, tuvieron la misma ética, la misma moral, la misma idea de la justicia y del bien, así como del mal, y los mismos vicios, defectos y realizaron los mismos crímenes que los hombres. Poetas y escultores idealizándolos hicieron de ellos la expresión misma de la belleza; su vida, su genealogía y sus hechos fueron fijados mediante los mitos[42].

---

sombrío e inmenso o *Caos*. Con Aiter y Caos formaba un huevo de plata, y de ese huevo salía el dios nacido primero, que iluminaba todas las cosas.

[42] En pueblo tan ricamente dotado intelectualmente y tan particularmente favorecido por las circunstancias como el pueblo griego, la reflexión no pudo tardar en nacer. A causa de ello, el que muy pronto tratasen, como trataron, de considerar el Mundo no a través de fantasías y mitos, sino de razones naturales. Ello hizo que naciesen, apenas formadas las *Teogonías* de los poetas, las *Cosmogonías* de los primeros hombres de ciencia, sistemas primeros asimismo del pensamiento filosófico. Estas cosmogonías hermanaron el gusto poético del mito con la observación concreta y el razonamiento lógico. Los principales autores de estas primitivas explicaciones del Universo fueron: entre los *ionicos,* Tales de Miletos, Anaximandros, Anaximenes y Herakleitos de Efesos; entre los *pitagóricos,* Pitágoras y Filolaos; entre los *dialécticos,* Parménides, Zenón de Elea, Empédokles de Agrigente, Anaxágoras de Klazomenai, Leukippos y Demókritos. Sin olvidar a Platón (cosmólogo en el *Timaios)* y a Epikouros, cuyas teorías conocemos gracias a Lucrecio.

Todos ellos ejercieron una influencia considerable en los filósofos posteriores, tanto por la riqueza y variedad de los problemas por ellos levantados como por las eminentes cualidades de su pensamiento y la manera de exponerlo.

El difícil problema de determinar la formación del *Kosmos* no se detuvo con ellos. Entre otras cosas, por la simple razón de que sus teorías, por curiosas, brillantes o notables que fuesen, no satisficieron a los hombres que siguieron tejiendo la ciencia. De modo que cuando en los tiempos modernos, sobre todo la astronomía, estaba ya tan lejos de la astrología como la medicina de la magia, otras teorías, empezando por la de *Laplace,* vinieron a dejar a las primeras, bien que con todos los respetos, en el capítulo de las antigüedades gloriosas. Esta teoría de Laplace, destinada a explicar, si no la formación del Cosmos, por lo menos la del sistema solar, brilló un momento, luego de ser aceptada con aplauso general. Pero los progresos de los conocimientos físicos y astronómicos acabaron por arruinarla. Otros hombres estudiosos, observadores y eminentes, han ofrecido después nuevas teorías: todas han seguido, hay que reconocerlo, el camino de la de Laplace. La actualmente en favor es la propuesta por Weizsacker en 1943,

LA MITOLOGÍA

El hecho de que las mitologías estén integradas por una serie de fábulas no puede hacer desconocer, primero, el valor de las fábulas, es decir, de las mentiras aceptadas, y ello, no sólo como base de todo conocimiento (que suele empezar por esto, por mentiras aceptadas), sino de la vida y de la civilización de los pueblos; segundo, que estas fábulas han sido durante siglos objeto de creencia y veneración por pueblos muy grandes, o sea, que constituyeron para ellos cauces, normas, dogmas; y tercero, que sobre servir de base a creencias e instituciones que fueron respetadas mucho tiempo, aún tuvieron la virtud de inspirar a los artistas del estilo, del pincel, del buril o de la lira obras maestras cuya hermosura bastaría para justificarlas. Sin contar que las mentiras, como los errores, sólo dejan de serlo cuando otras mentiras y otros errores aceptados por quienes rechazan los anteriores, ocupan orgullosa-mente su puesto, donde triunfan hasta que a su vez tienen que inclinarse ante pretendidas verdades nuevas[43].

---

llamada «de los torbellinos». Pero es que ya no se ambiciona tan sólo explicar el sistema solar, sino, como los maestros griegos, el origen del Universo todo: la formación de los átomos de las estrellas y de las galaxias. (Véanse todas estas interesantísimas teorías en la nota núm. 94 del tomo VII de mi traducción de los *Diálogos* de Platón, que contiene el *Filebos,* el *Timaios* y el *Kritias.)*

[43] El deseo, por mejor decir, la verdadera necesidad que empuja al hombre a conocer el porqué de las cosas, es de tal modo apremiante, que rara vez va guiada por la *razón.* Las teorías filosóficas, tan varias, dispares y cambiantes, sobre difíciles por lo general y, por tanto, inaccesibles a la masa, aún no han podido pasar de hipótesis más o menos ingeniosas. La ciencia camina despacio (aun hoy, que su curso parece desbocado), además de hacerlo por vías que tampoco están al alcance de todos. Y como, entre tanto, los hombres se han visto siempre rodeados de fenómenos sorprendentes y extraordinarios que nada ni nadie podía explicarles y que querían comprender, acabaron por darse enteramente a sus medios habituales de llegar al conocimiento de las cosas: el *sentimiento* y la *imaginación.* Con lo que gustosos cayeron en brazos de sus primeros maestros, los poetas, que satisfacían su curiosidad mediante invenciones maravillosas; y luego, de los que dieron la fuerza de dogmas a tales invenciones: los teólogos. He aquí en pocas palabras el porqué, origen y vida de las mitologías. Y el secreto de su éxito, como el de toda creencia religiosa, en ello mismo está, puesto que vienen a satisfacer la curiosidad de los hombres dándoles para cada misterio una explicación adecuada a su *curiosidad* y a su *inteligencia.* Una mentira, se dirá. Cierto; pero una mentira idealizada. Una fantasía, siempre grata, envuelta además en el seguro engarce del antropomorfismo. Del mismo modo que las delicias suficientes para el mundo

Llegar al fondo de algo, quiero decir a su verdadero conocimiento, sin medios para ello, o sea, sin ciencia o por lo menos experiencia, es imposible. Mas como el deseo de saber es una especie de instinto del espíritu, la antigüedad, allí donde encontró un misterio lo solucionó, a falta de medios científicos, inventando una divinidad. El procedimiento era no sólo expeditivo, sino cómodo. Ello explica el gran número de dioses de las mitologías. Pues estos dioses podían sacar de todo atolladero con su poder, como las hadas con su varita mágica. He aquí por qué, allí donde el miedo, el asombro o la admiración sobrecogía a los hombres, éstos inventaban un dios, gracias al cual quedaba al punto explicada y justificada su sorpresa[44].

---

fantástico de los niños son las hadas, los duendes, los trasgos, las brujas y los genios, los hombres, tanto más cuanto más niños, es decir, más primitivos, encuentran todo ello en sus divinidades. O sea, en sus mitologías. He aquí por qué, mientras la ciencia que buscaba verdades, el cómo de las cosas, y la filosofía principios y razones de ellas, metas ambas lentas y difíciles de descubrir, tuvieron que seguir un camino tortuoso, lento y duro, mitologías y religiones que inmediatamente satisfacían la curiosidad de los que interrogaban mediante una explicación suficiente para su inteligencia, «las cosas son así porque la divinidad lo quiere», dominaron el Mundo al dominar a los hombres. ¿Que envejecieron y cayeron? ¡Naturalmente! Como el hombre mismo, y precisamente por ser su obra. La palabra «eterno», «eterna», ora se aplique a pasiones, cosas, pueblos, creencias, teorías o doctrinas, no pasará nunca de un propósito sincero, de una aspiración soñada, de un buen deseo. Si este pequeño planeta donde vivimos y forjamos tan quiméricas ilusiones, chispa de sol un día, rodará mañana muerto, fría y pálida luna, por los espacios inmensos, en espera de un cataclismo que la vuelva de nuevo polvo cósmico, ¿a qué decir ni hablar de eterno o eternidad si todo al fin ha de pasar como un ensueño?

[44] La sorpresa, en efecto, ha sido siempre para el hombre la gran palanca del conocimiento. Espíritu sorprendido, espíritu ávido de saber. Las sorpresas de Tales de Miletos, de Anaximandros, de Anaxímedes y de Pitágoras fueron el origen de la ciencia y de la filosofía griega. En cuanto a los espíritus incapaces de pensar, de observar debidamente y de sacar consecuencias lógicas de lo observado y pensado, en ellos, como la sorpresa no hiere sino sus ojos y su imaginación, poniendo ésta en juego no tardaron en hallar un expediente rápido y suficiente para calmar su curiosidad: los dioses. Y como las cosas que sorprenden unas son buenas y otras son malas, de aquí que encontrasen divinidades para todo: para lo bueno como para lo malo. Con lo que hasta las pasiones y vicios de los hombres, al verse reflejados en la divinidad que creaban a su imagen y semejanza, quedaron, si no justificados, sí, en cierto modo, tolerados y como disminuidos.

Por otra parte, imposible conocer bien las grandes civilizaciones antiguas sin conocer sus mitologías. No menos imposible leer provechosamente a sus grandes autores a menos de suspender mil veces la lectura para acudir en busca de informes sobre dioses y tradiciones, a un buen diccionario. Y si de la literatura pasamos a las demás artes, ¿a quién deberán más pintura y escultura que a la Mitología? Lo que es natural que ocurra, puesto que en los dominios del arte, que son los campos por excelencia de la imaginación, jamás, no digo ya la ciencia y la filosofía, pero ni tan siquiera la historia, podría tener la importancia de la fábula.

Se dirá, cierto, que las fábulas de la mitología griega, despojadas de su encanto poético son, o totalmente extravagantes (de una fantasía desbordada), o profundamente inmorales, puesto que crímenes, raptos, violaciones, incestos y demás lindezas, son en ellas cosa corriente por obra de dioses y héroes. Que hinchadas, además, del más descomunal antropomorfismo, no solamente prestan a las divinidades la forma e inteligencia del hombre, sino también sus vicios, sus pasiones y sus peores debilidades. Que estas divinidades no piensan ni obran, en fin, sino, cosa lógica, como sus inventores; es decir, como los hombres; y muchas veces cual los más desalmados. Innegable todo ello. Pero, ¿quiere esto decir que el genio helénico, tan grande y tan mesurado en todo lo demás, fue incapaz de sentimiento religioso?

Temerario y falso sería afirmar tal cosa. Porque no solamente ocurrió lo contrario, sino que el sentimiento religioso alboreó en Grecia antes que apareciese el primer destello de intuición artística y, por supuesto, filosófica. Como en todas partes, la explicación de lo desconocido en virtud de medios puramente imaginativos, procedió en mucho a las explicaciones lógicas y racionales[45]. En aquel suelo tan privilegiado intelectualmente, primero fueron las teogonías, y sólo muy posteriormente las cosmogonías. Y aún en las teogonías, a través de lo ciertamente censurable, pueden recogerse aquí y allá destellos de algo superior a lo puramente mitológico, y lindando ya, o dentro incluso, de lo verdaderamente religioso.

En Homeros mismo, si por una parte se habla, y con indudable complacencia, de los amores ilegítimos de Zeus, por ejemplo (el legítimo, con Hera, empezaba por ser incestuoso, puesto que esta diosa era su hermana), y de la intervención, más caprichosa que justa, de los demás dioses en las cosas humanas, siéntese ya asimismo de un modo que no deja lugar a duda, el propósito de considerar al soberano del Olimpos no

---

[45] V. Louis Ménard: *La Morale avant la Philosophie.*

sólo como dios supremo y todopoderoso[46], sino como padre de la raza humana sobre la cual vela constantemente, como un dios justo que recompensa o castiga, según lo merecen, las acciones de los mortales. Dispensador soberano de bienes y males, de quien el hombre lo espera todo, y al que trata de ganar mediante humildes rogativas y frecuentes sacrificios[47]. Hesiodos, por su parte, dirá al punto: «El ojo de Zeus ve todo, conoce todo». Posteriormente, todo a lo largo de la poesía griega se encuentra continuamente plasmado el sentimiento de la debilidad del hombre y de la dependencia en que se halla respecto a las potencias

----

[46] En la *Ilíada,* en efecto, las pruebas de temor y veneración de todos los demás dioses hacia *Zeus* son frecuentes. En el canto I, cuando este poderoso dios vuelve a su palacio tras haber hablado con *Tetis,* la madre de *Aquiles,* véase lo que dice a *Hera* que tras salir a recibirle respetuosamente, en unión de las demás divinidades olímpicas, luego, celosa, le increpa en los versos 560 y siguientes: «... Siéntate, acaba, guarda silencio y medita mis palabras, no sea que si dejo caer sobre ti mis irresistibles manos, no te valgan ni todos los dioses del *Olimpos* juntos». En el canto IV, Hera dice a su marido, a propósito de que no intentaría defender las ciudades que más ama (Argos, Esparta y Micenas) si él se empeñase en destruirlas: «Es más: aunque tratase de hacerlo y de oponerme, ¿de qué me valdrían todos mis esfuerzos, siendo tú el más fuerte?» (v. 56 y sig.). En fin, podría multiplicar los ejemplos, pero baste con éstos. A principios del canto VIII, he aquí cómo trata y amenaza Zeus a todos los demás dioses, a los que ha reunido en consejo en la más alta de las cumbres del Olimpos: «...Aquel de los dioses que intente apartarse de los demás para socorrer, bien sea a los aqueos, bien a los teucros, como yo lo vea volverá al Olimpos, pero después de haber sido tratado por mis manos como no corresponde a un dios. O tal vez le precipite en los profundos abismos del *Tártaros* tenebroso. Allá lejos, en las espantosas cavernas de hierro y de bronce que, bajo la tierra, se hallan a tanta distancia del ya profundo *Orco,* donde moran los muertos, como hay de la Tierra al Cielo. De este modo, y por su suplicio, conocerá el osado que se atreva a desobedecerme, en qué medida soy yo solo más poderoso que todos los dioses juntos. Y si es que queréis convenceros de ello, suspended del Cielo una cadena de oro y tratad, tirando todos a una y reuniendo vuestras fuerzas, de arrastrarme hacia la Tierra, lo que no habréis de conseguir por mucho que os fatiguéis. En cambio, yo, si me decidiese a tirar de ella, sin esfuerzo os levantaría más la Tierra y el mar, y luego, atando el cabo a la cima del Olimpos, os dejaría a todos en el aire. De tal modo mi poder sobrepuja al vuestro y al de todos los hombres reunidos.» (V. 10 al 27. Véase mi traducción en la «Colección La Crítica Literaria».)

[47] E. Haver, en sus *Origines du Christianisme,* prueba, mediante demostraciones concluyentes, que no pocas ideas religiosas modernas son herencia del helenismo.

superiores, protectoras y vengadoras de las leyes divinas y de la moral ultrajada[48].

Es decir, que cuando los griegos dejan de hablar en lenguaje mitológico, su concepción de la divinidad no difiere de la nuestra. Esto prueba que en ellos mitología y religión eran ya distintas y, con frecuencia, contradictorias.

¿Cómo puede explicarse esto?

Como se explica siempre: por el hecho innegable de que ocurría allí, como en todas partes donde ha brotado ya una religión digna de tal nombre, que una cosa es el verdadero sentimiento religioso, es decir, la idea grande y elevada que anima al hombre superior, y otra el fanatismo torpe y necesariamente politeísta de la masa. Ahora mismo, ¿tienen el mismo concepto de la Divinidad y de la religión, el brahmán que en los monasterios de la India se dedica al estudio de los Vedas, que el ignorante fanático que hasta ayer mismo se arrojaba bajo las hoces del carro de Kalí, creyendo con ello ser agradable a la diosa y merecer sus favores? ¿Un príncipe de la Iglesia, sabio y prudente, que los que sacan a los santos, en procesión, para que llueva? ¿O un doctor de La Meca o de Medina, que los isauas y jamachas que se martirizan y laceran el cuerpo públicamente, creyendo con ello ser gratos al Profeta?

Probando lo anterior, es decir, la diferencia que ha habido siempre entre religión y fanatismo, Platón expulsaba a Homeros y a los poetas de su República ideal, por haber dicho cosas torpes y absurdas de los dioses. Xenófanes, llevado asimismo de un elevado sentimiento de la Divinidad, declaraba: «Dios es uno, el más grande de todos los seres, y no se parece a los hombres ni en cuanto a la forma ni en cuanto al pensamiento». Los poetas mismos, en general, pese a hallar en la Mitología una verdadera cantera para sus creaciones, indignábanse de la opinión que el vulgo tenía de los dioses. Píndaros, por ejemplo, rechazaba todas las tradiciones místicas que deshonraban la majestad divina[49]. Eurípides llamaba a tales relatos «miserables historias de poetas»[50], y afirmaba, «que si los dioses hacen algo malo, no son dioses»[51]. Y era que el buen sentido se indignaba

---

[48] V. J. Girard: *Sentiments religieux en Grece d'Homère á Eschyle.*
[49] *Olímpicas,* IX, v. 35 y sig.
[50] *Herakles furioso,* v. 1.346.
[51] *Bellerofontes,* frag. 23; *Ifigeneia en Taurike,* v. 387, en donde se niega asimismo a reconocer el festín de *Tántalos.* Véase también, sobre el progreso del sentimiento religioso en los grandes trágicos, la nota número 19 de mi traducción de Xenofón, *Sókrates,* de la «Colección La Crítica Literaria».

y se negaba a admitir que seres superiores a los que como tales había que reverenciar, se comportasen como los hombres, mostrándose borrachos, asesinos, parciales, traidores y adúlteros[52].

Otros poetas, tales que Epicharmos[53], viendo en la mitología una simple envoltura para ocultar al pueblo significados misteriosos (los de la ciencia primitiva que de tal modo había sido transmitida por los primeros maestros a sus discípulos), decía que los dioses no eran otra cosa (significado simbólico) que los vientos, el agua, la Tierra, el Sol, el fuego y los astros[54]. Esta interpretación simbólico-alegórica debió de ser invención de los físicos iónicos que, tras haber reducido el Universo a una serie de fuerzas elementales, no dudarían en identificar a los dioses del Olimpos con estas fuerzas. Con lo que Poseidón llegó a ser el agua; Hera, el aire, etc.[55]. Y no hubo tan sólo interpretaciones, naturalistas de los dioses olímpicos, sino alegorías morales. En efecto, otros, viendo en la religión un simple freno contra las pasiones y vicios humanos, decían, que cuanto habían pretendido los antiguos con tales fábulas, era causar un terror saludable a la masa, e imponerla una moral que tuviese como resultado volver a los hombres mejores. En lo que afecta a las fábulas que referían los vicios y torpezas de los dioses, tales fábulas no eran, según ellos, sino la obra de poetas libertinos y desvergonzados.

----

[52] De ello a negarlos no había sino un paso, que fue pronto franqueado. Eurípides se atrevió a hacerlo ya desde la escena. En *Melanippe,* el primer verso del coro decía de esta manera: «Dime, *Zeus,* ¿quién eres? Tan sólo sé tu nombre.» Ante el escándalo que esto produjo, tuvo que cambiarle por el siguiente: «¡Oh tú, que con razón eres llamado Zeus!» Platón en el *Timaios* forma el Mundo sin intervención alguna de los dioses de la Mitología y sin hacerlos aparecer posteriormente ni nombrarlos. Habla tan sólo de un Dios supremo, de dioses subalternos (los *Astros)* y de Demiurgos o dioses menores, de los que se ayuda aquél para acabar de formar las cosas. Véase mi traducción en la «Colección La Crítica Literaria».
[53] Epicharmos, poeta cómico griego, nacido en Kos y muerto en Siracusa hacia el año 450 a. de J. Pasó casi toda su vida en esta ciudad, adonde había ido siendo muy joven. Fue uno de los fundadores de la comedia. Sus obras alcanzaron a todo, desde la vida popular a la mitología. Vivo, espiritual, de gran fantasía y humor, era asimismo un realista. Gustaba también de las frases sentenciosas y de las discusiones filosóficas. Una leyenda hizo de él incluso un pitagórico.
[54] Stobaios, *Florilegio,* 91, 28.
[55] Por infantiles que aparezcan estas fantasías, no se olvide que en pleno siglo xix ha habido mitólogos que creyeron deber identificar a ciertas divinidades griegas o germanas ¡con el oxígeno! Y que, sin llegar a tanto, Max Müller veía a la aurora en todas las figuras divinas o semidivinas.

Claro que el que ya en la antigüedad misma los hombres sensatos rechazasen las fábulas de la Mitología, no impidió, y precisamente para poder hacerlo con fundamento, que tratasen de hallar una explicación respecto al origen de los antiguos mitos. Ello hizo, como ya ha sido indicado brevemente, el que tratasen de encontrar una interpretación adecuada en virtud de causas ora alegóricas, bien físicas, ya morales.

Este examen serio de los antiguos mitos no empezó hasta Sókrates y los grandes sofistas[56], y en realidad no hubo sino dos métodos de interpretación: el alegórico, ya mencionado, y otro que gozó de gran autoridad en la antigüedad[57], a saber, la explicación o teoría de Evemeros[58].

---

[56] Es decir, empezó cuando se empezó a dudar, pues mientras se cree, se acepta, no se explica. Explicar equivale a exponer imparcialmente el contenido de una cosa, aclararla mediante la verdad, con lo que examinar lo falso equivale ya a criticarlo. Por esto, como digo, el examen verdadero de los mitos comenzó cuando se empezó a dejar de creer en ellos. Comprobando esta afirmación, se puede observar que en los países en que el espíritu vuela aún bajo, por decirlo así, la crítica religiosa no existe; los hombres siguen creyendo con la misma buena fe inocente, y muchas veces torpe, de hace siglos. Torpe para la religión misma, que sólo se ilumina en virtud de una fe serena, esclarecida e inteligente. El atraso anterior ocurre aún en la religión islamita y en la brahmánica. La crítica de la mitología judía y de la cristiana igualmente, no empezó sino cuando el espíritu filosófico, adulto ya, se rebeló contra lo aceptado hasta entonces. Fue en el siglo XIX cuando empezó en Europa el estudio crítico, serio, desapasionado, verdaderamente sabio y erudito, de las religiones (no como en los salones de los filósofos ateos de París un siglo antes, en que todo se urdía a base de ingenio y maledicencia), estudio inaugurado por sabios tales que H. Usener, A. Dieterich, Rendel Harris y sir James G. Frazer. Cuando dichos estudios empezaron, los círculos católicos de Europa y América mostraron al punto su desagrado. Lo que es lógico. Recuérdense las palabras de Ernesto Renán: «Una cosa hay que el teólogo no podrá ser jamás, quiero decir, historiador. La historia es esencialmente desinteresada. El historiador no tiene sino una preocupación: el arte y la verdad. Los teólogos tienen un interés: su dogma».

[57] Y en los tiempos modernos, hasta muy recientemente, como lo demuestran, entre otras obras, las siguientes: *La mythologie et les fables expliquées par l'histoire*, de Bannier, y *Les temps mythologiques, essai de restitution historique*, de Moreau de Jonnes. Para este último, los dioses son los antepasados, los reyes deificados por la veneración de sus descendientes. Em. Offmann llega a resultados diferentes, pero partiendo del mismo principio o del mismo espíritu, en su *Mythen aus der Wanderzeit der graeko-italischen Stämme*, primer tomo: *Kronos und Zeus*. Nótese que, aunque fuese verdad que los dioses no eran sino personajes antiguos importantes deificados, ello en modo alguno explicaría los

mitos formados, en realidad, por ese enjambre de peripecias fantásticas tan interesantes. Sin contar que en gran parte de estos enjambres, sobre todo en los básicos, en los esenciales, se transparenta el fenómeno natural, que es lo que verdaderamente les dio nacimiento.

[58] Evemeros, mitógrafo griego que vivía en tiempos de Kassandros, príncipe que reinó en Macedonia desde el año 311 antes de nuestra era hasta el 298. Monarca ambicioso y sin escrúpulos, pero amigo de las letras y curioso de conocimientos, encargó a Evemeros que hiciese un viaje de exploración por el mar Rojo y las costas meridionales de Asia. El resultado de tal viaje fue la *Historia sacra,* obra hoy perdida (tenemos noticia de ella por las *Instituciones divinas,* de Lactancio, que, a su vez, la conocía por la traducción de Ennius), en la cual Evemeros cuenta que en el curso de su viaje descubrió en el océano Indico la isla *Panchaia,* y en ella un templo cuyas inscripciones le habían revelado el origen de los dioses y de los cultos. Los dioses no eran, según él, ni habían sido jamás, tales dioses, sino hombres: príncipes, guerreros, filósofos, personajes ilustres, en una palabra, a quienes el temor, la gratitud o la admiración de sus contemporáneos había deificado. Breve, un mito para explicar los mitos. Pero un mito que probaba el buen sentido de su autor, que, cortesano, sabía muy bien de lo que es capaz el servilismo, sobre todo si se asocia el interés, y que, sin duda, había observado que si muchos hombres son «grandes» es debido tan sólo a que los demás los realzan al arrodillarse o inclinarse ante ellos. Por lo demás, doblar el espinazo ante los poderosos ha sido siempre la tarea principal, tanto de los muy tontos como de los muy vivos. Estos empujados por el deseo de medrar; aquéllos por no nadar bien sino en la charca del servilismo.

El sistema de Evemeros, interpretado en Roma por Ennius y aplicado más tarde a los dioses de Oriente por Platón de Biblos, Beroso, Diodoros de Sicilia y Loukianos, fue la gran cantera de la Iglesia en manos de los Padres (especialmente San Agustín, Lactancio y Arnobio), para demostrar la falsedad de las creencias paganas. Más tarde, como en tiempos medievales el Olimpo celta (en Irlanda) y el germano (en Escandinavia), vinieron a unirse a los dioses greco-romanos. Todas las crónicas divinas de estos países (los anales de Keating, de los Cuatro Maestros, de Ari el Irlandés, de Snorri Sturluson y de Saxón el Gramático) fueron interpretadas eveméricamente. Pero no acabó el evemerismo con la Edad Media: el Renacimiento trajo una nueva floración, y Boccaccio en su *Genealogía de los dioses,* Gyraldy en su *Historia de los dioses paganos,* Noel Conti en su *Mitología* y Bacon en su tratado *De Sapien-tiae veterum* siguieron a Evemeros, corrigiéndole y aumentándole incluso, mientras que otros se inclinaban hacia el método alegórico; entre éstos, el humanista italiano Cristóforo Landino, que interpretó a su gusto el mito de Amfión (hijo de Zeus y de Antiope, músico consumado, que, reinando con su hermano Zetos en Tebas, atraía con sólo los acordes de su lira las piedras necesarias para acabar de construir la muralla; las otras las acarreaba Zetos con sus brazos y espaldas); el holandés Vossius, dos siglos más tarde; el abate Antonio Bannier, ya en el siglo xviii para quien Kronos

Por supuesto, las fantasías de Evemeros, pese al éxito que tuvieron, no podían ser aceptadas. Que haya habido y siga habiendo dioses que no son sino mortales divinizados, cosa es evidente; que incluso en la antigüedad había una marcada tendencia a ello (recuérdese, ya dentro de la historia, el número de dictadores en oriente y de emperadores en Roma, con quienes tal se hizo), innegable. Pero de ello a pensar que todos los dioses, semidioses y héroes fueron primeramente mortales, hay un abismo. Y un abismo lleno de errores y falsedades[59]. No más cerca parece estar de la

---

era un tirano y Zeus un sultán polígamo, y el mitólogo alemán P.F. Kannesiesser, según el cual la mitología griega había sido como la historia de los tiempos antiguos, puesta por escrito por los sacerdotes, es decir, poco más o menos, como Federico Creuzer, que consideraba la mitología, en su obra *Symbolique et Mithologie des peuples anciens,* como el conjunto de dogmas misteriosos de una casta sacerdotal. En fin: gracias a Otfried Müller, mediante sus *Prolegómenos a una mitología científica,* aparecidos en 1825, fue abandonada la teoría de Creuzer, e igualmente el considerar que la mitología fuese exclusivamente invención artificial de los poetas, empezándose a ver en ella la obra ingenua e inocente de la humanidad en su infancia, la creación del espíritu del hombre cuando aún no era capaz de abstracción y consideraba todas las cosas bajo una forma concreta y viva. Otfried Müller quería, además, que el estudio de la mitología no se limitase a Grecia, sino que se estudiase y comparase las de otros países, deseo que dio origen, por decirlo así, a la *mitología comparada,* de la que Max Müller y Adalberto Kuhn echaron los primeros jalones.

[59] Puede dar una idea de lo absurdo y pintoresco de este sistema la interpretación de su inventor, Evemeros, del mito de Kadmos, por ejemplo; véase: *Kadmos,* según la mitología, era un héroe del ciclo tebano, cuya leyenda, como la de *Herakles,* se extendió por todo el Mediterráneo. Hijo de *Agenor,* rey de Tiro o de Sidón, y de *Telefassa,* y hermano de *Kilix,* de *Foinix* y de *Europe* (a la cual amó y raptó *Zeus,* transformado en un toro de inmaculada blancura), salió en unión de sus hermanos y de su madre, por mandato de Agenor, en busca de la raptada. Muerta de fatiga Telefassa, Kadmos, por consejo del oráculo de Delfos, abandonó la busca de Europe y, siguiendo a una vaca que le condujo a través de toda la Boiotia, llegó al sitio donde debía fundar la ciudad de Tebas. Una vez allí, envió a varios de sus compañeros por agua a una fuente, llamada la fuente de *Ares.* Pero un dragón que la guardaba mató a la mayor parte. Acudió Kadmos en su socorro y mató al dragón. Al punto se le apareció *Atería* y le aconsejó que sembrase los dientes del animal. Kadmos obedeció, y al hacerlo salieron de la tierra hombres armados (los *Spartoi,* es decir, los *Sembrados*) de aspecto amenazador. Al verlos, Kadmos tuvo la idea de lanzar entre ellos varias piedras. Los Spartoi, no sabiendo de dónde venían empezaron a acusarse recíprocamente, disputaron, vinieron a las manos, y cinco de ellos tan sólo quedaron con vida: *Echión* (que se casó con *Agaié,* una de las hijas de Kadmos), *Ondaeos, Chtonios, Hiperenor* y *Peloros,* que

verdad la afirmación de sir Walter Leaf cuando dice en su obra Homer and History: No hay duda sobre que la humanidad no convirtiese los dioses en hombres, así como que continuamente está deificando mortales. Hasta que estemos mejor informados, no tendremos más remedio, cada vez que encontremos un carácter de doble aspecto, mitad humano, mitad divino, que concluir que el elemento humano es primitivo, el divino secundario, añadido por conveniencia.

Ya en los tiempos modernos, la base de la mitología griega había que buscarla, a creer a Max Müller, en los Vedas. Además, según su célebre afirmación: Nomina Numina (los nombres son los Dioses, o hacen los Dioses), éstos no fueron, en un principio, sino simples epítetos aplicados por los aryas a los fenómenos que sorprendían sus miradas. Luego esclareciendo el significado de estos epítetos aplicados por los primeros adoradores de la Naturaleza, la propia naturaleza de los dioses quedaba aclarada[60]. Para Kuhn y los colaboradores de su revista Zeistschirift für

---

fueron los antepasados de los tebanos. Por haber matado al dragón, Kadmos tuvo que servir como esclavo a Ares, dueño y protector del animal, durante varios años. Acabada su penitencia, Kadmos fue rey del país y Zeus le casó con la diosa *Harmonía,* hija de Ares y de *Afrodite.* El matrimonio fue suntuoso. Los regalos, como de los dioses, lo mismo. Entre otros, una túnica maravillosa, tejida por las *Chantes,* y un collar de oro, obra del herrero celestial, *Hefaistos.* Collar y túnica que luego tendrían un papel importante en la expedición de los Siete contra Tebas. Pues bien: según Evemeros, Kadmos era un simple cocinero del rey de Sidón, y Harmonía, con la que escapaba del palacio, una tocadora de flauta del monarca. ¿Vale la pena de estropear así las leyendas más interesantes, si ha de hacerse, sobre todo, de modo tan insignificante y prosaico?

[60] El hecho de que esto pueda ocurrir en algún mito *histórico* no justifica en modo alguno la verdad ni la generalidad de la teoría. En ciertos casos, como digo, tal ha ocurrido, en efecto: del nombre ha salido el dios. Pero es excepcional. Citaré, de todas maneras, algún ejemplo: el del dios *Mercurio.* Este antiguo dios etrusco nada tenía que ver con el comercio, como pretendían en Roma cuando adquirió carta de naturaleza en esta ciudad. Lo que pasó fue que, como su nombre etrusco era *Mirqurios y* dicho vocablo recordaba a los latinos la palabra *merces* (mercancías), Mercurio se tornó el Dios del comercio. Del mismo modo, si San Leonardo ha llegado a ser el patrón de los prisioneros, es a causa de que se puso su nombre en relación con la palabra *lien* (ligadura, atadura, lazo). Si el arcángel San Miguel goza de gran popularidad en los pueblos germanos, es porque han puesto su nombre en relación con la palabra *michel* (grande). Pero esto son, como digo, excepciones. Mientras que lo que no hay medio de sostener es el descrédito en que cayó pronto esta teoría: lo confirma el que las palabras, los epítetos mediante los cuales los antiguos griegos habían traducido sus primeras

verglei-chende Sorachforschung[61], no eran los fenómenos regulares de la Naturaleza, sino, al contrario, sus convulsiones irregulares y sus caprichosos furores los que más debieron sorprender el espíritu de los observadores primitivos[62].

Pese al valor indudable de la «mitología comparada», como no se podía aceptar ni que los nombres bastasen para explicar los mitos[63] ni que toda la mitología griega proviniese de los aryas, puesto que no habiendo éstos visto el mar antes de su dispersión, mal podían las divinidades helenas del Mediterráneo, por ejemplo, proceder de ellos, tal teoría quedó pronto desechada, y hacia donde volvieron los ojos los mitógrafos modernos, con objeto de buscar el origen de las fábulas griegas fue, a la impresión o impresiones simples producidas en el alma de los hombres por el espectáculo de la Naturaleza y sus fenómenos. Por tanto, ni la mitología griega, ni la india, son producto, en un principio, según ellos, de una consecuencia lingüística, de una divinización de personajes reales y ni tan siquiera de una poesía reflexionada y premeditada y voluntariamente oscura; sino de una poesía ingenua, espontánea, de perfecta claridad en su fuente.

En Grecia, como en todas partes, como hace observar muy justamente P. Decharme en su excelente «Mythologie de la Grece antique», es mediante la Naturaleza como lo divino parece haberse revelado al alma del hombre. Y esta revelación, produciendo en él mil sentimientos, ora de asombro, bien de encanto, ya de terror, dio nacimiento a todos esos relatos maravillosos, que integran el tesoro de la Mitología. Viendo a la

---

impresiones ante el espectáculo de la Naturaleza, conservasen durante mucho tiempo el valor de simples nombres poéticos y que tan sólo muy tarde adquiriesen una existencia sustancial, una personalidad divina que no estuvo en modo alguno en el pensamiento de sus inventores.

[61] Aufrecht, Jacob Grimm, Pott, Schleicher, G. Curtius, etc.

[62] En virtud de ello afirmaba «que los movimientos corrientes y diarios cesaron pronto de ser para el hombre motivos de asombro y que, vueltos indiferentes a espectáculos que les eran demasiado familiares, debieron sentir especialmente la presencia divina en las apariciones inesperadas y siempre aterradoras y fenomenales de los cataclismos geológicos, los rayos y las tempestades».

[63] ¿Cómo unir la mayor parte de las leyendas de ciertos dioses, tales que *Dionisos, Demeter, Perséfone* y muchos más, a los fenómenos de la luz, como quería Max Müller, o de las tormentas, cual opinaba Kunh? ¿Y las divinidades de los campos y de los bosques, sobre las que W. Mannhartt hizo dos notables trabajos: *Der Baumkultus del Germanen und ihrer Nachbarsttamme y Antike Wald-und Feldkulte?*

Naturaleza siempre activa, poderosa, inmortal, dominándole y anonadándole con sus fuerzas implacables, el hombre supuso que todos sus fenómenos no eran otra cosa que actos de seres poderosos, muy superiores en fuerza a la pobre y desvalida humanidad. De aquí el considerar estos fenómenos del mundo exterior como otras tantas actividades individuales. Antropomorfismo puro. Puesto que los actos humanos eran obra de los hombres, los de la Naturaleza tenían que ser obra de seres también; superiores al hombre, pero corpóreos, visibles y tangibles asimismo. Tras esto, naturalmente, nacieron mito tras mito con objeto de explicar y justificar hechos que se repetían constantemente y que, por lo mismo, no podían ser obra del azar, de fuerzas ciegas. En el seno de un mundo inconsciente, en virtud de la simpatía entre la vida humana y la de la Naturaleza, el hombre primitivo vio una acción en cada fenómeno inexplicable: esta acción, contada con viva imaginación en sentido figurado, constituyó el mito. Luego, los poetas dieron forma acabada a estos mitos, nuevas leyendas vinieron a añadirse a las primeras, como vamos a ver, y con ello el tiempo, complementando a la fantasía, hizo lo demás.

MITOLOGÍA GRIEGA[64]

LOS ORÍGENES

Según Hesiodos, «Ante todo fue el Chaos; luego Gaia, la del ancho seno, eterno e inquebrantable sostén de todas las cosas[65], y Eros, el más hermoso de los Inmortales, que penetra con su dulce languidez a dioses y hombres, doma los corazones y triunfa de los consejos prudentes»[66].

---

[64] La diversidad de las fuentes mitológicas es muy grande. Va desde las obras literarias (a partir de los poemas homéricos) y las compilaciones de leyendas populares, a las obras, mucho más numerosas, de origen erudito. Sin olvidar los abundantísimos documentos que suministran la escultura, la cerámica y la pintura. La bibliografía, por consiguiente, es sumamente copiosa, por lo que me limitaré a citar unas cuantas obras esenciales. En las de tipo diccionario son básicas las siguientes: W. H. Roscher: *Ausfuhrliches Lexicon der griechischen und römischen Mythologia* (Munich, 1884-1937). H. J. Rose: *A. Handbook of Greek Mythology, including its Extensión to Rome* (Oxford, 1933). P. Lavedan: *Dictionnaire illustré de la Mythologie et des Antiquités grecques et romaines* (París, sin fecha). Pierre Grimal: *Dictionnaire de la Mythologie Grecque et Romaine* (París, 1951). Para el estudio de las leyendas: L. Preller y C. Robert: *Griech. Myth.* (Berlín, 1887-1929). Respecto a las leyendas en su forma popular, es decir, transmitidas mediante la tradición oral, sigue siendo de un valor inapreciable la *Descripción de Grecia,* de Pausanias (siglo n d. de J.), y el importantísimo *Comentario* sobre ella de J. G. Frazer (Londres, 1913), más el *Atlas* (texto de A. W. Van Burén, Londres, 1930). Asimismo, la mejor edición de la *Biblioteca* de Apollodoros (obra excelente en lo que afecta a recoger, sin comentarios, los relatos fabulosos) es la de Frazer (Londres, 1931), que, además de una excelente traducción inglesa, es importante a causa de su sabia introducción y de sus comentarios de primer orden. Entre los mitógrafos latinos merece especial mención Hygin, autor de dos colecciones que han llegado hasta nosotros: las *Fábulas* y la *Astronomía Poética,* de las cuales la mejor edición sigue siendo la de H. J. Rose *(Hygini Fabulae,* Leiden, sin fecha). En fin: aparte la *Ilíada* y la *Odisea,* tan ricas en elementos mitológicos, en Roma, Ovidio escribió sus *Metamorfosis* a base de la mitología griega, y sus *Fastes,* calendario poético de las fiestas romanas, de las que no hizo sino los libros correspondientes a los seis primeros meses del año. Para la mitología hindú es fuente magnífica el *Ramayana,* de Valmiki. («Colección La Crítica Literaria»)

[65] Los dos versos que siguen suelen ser considerados como una interpolación de origen órfico.

[66] El *Chaos* era para Hesiodos, como lo interpretaba Aristóteles de acuerdo con la etimología de la palabra, el espacio abierto (sima, abismo inmenso), el Vacío.

Chaos, Gaia y Eros[67] fueron, pues, los tres elementos primordiales. Pero no coexistentes, sino aparecidos en el orden en que van nombrados.

Luego, en virtud de la acción de Eros, de Chaos[68], salieron Erebos y Nix; es decir, la oscuridad primordial dividida en dos principios, uno macho y otro hembra; principios que al unirse[69] darán nacimiento a la «luz», doble asimismo, personificada en Aiter y Hemera. Aiter (el Eter) o la luz de las regiones superiores, y Hemera (el Día), luz de la atmósfera terrestre[70].

Una vez hecha la luz, Gaia entra en acción empezando la necesaria y abundante serie de sus generaciones, que se suceden en el orden siguiente: Como con Chaos, con el Vacío, no se puede engendrar, pues los griegos jamás pudieron admitir que de la nada pudiese salir algo, por ser la «nada» la negación misma de todo elemento, de toda combinación, de toda fuerza y de toda vida, Gaia empieza a engendrar sola; es decir, sin el concurso de principio macho. Y lo primero que engendra es a Ouranos[71]; luego a las

---

Posteriormente se designó con esta palabra la masa confusa, informe de elementos diseminados por el espacio, materia en estado inerte y confuso, semejante a la «rudis indigestaque moles» de Ovidio. Es decir, el *Vacío* ilimitado, no como el *Ginnungagap* (sima de las simas) de la *Voluspa* escandinava, que está limitada, por un lado, por la región de las nubes y la escarcha *(Niflheim)* y, por el otro, por el país del fuego *(Muspelsheim)*.

[67] *Gaia* no era la tierra tal cual estaba cuando los griegos la contemplaban en tiempos de Hesiodos, sino la materia terrestre en vías de formación; concebida como elemento primordial del cual iban a salir las razas divinas. *Eros* no era aún tampoco el *amor* humano personificado del que Praxiteles fijó la imagen, puesto que aún no existían los hombres y ni siquiera los dioses, sino esa especie de fuerza misteriosa que empuja a todo a combinarse, mezclarse y unirse para dar origen a la vida. Fuerza que, sin producir nada por sí misma, hace producir a todo cuanto toca. Y, en primer lugar, a *Chaos* y a Gaia, que, gracias a él, empezarían la serie de sus generaciones.

[68] V. sobre Eros la n. 40.

[69] Al unirse mediante la acción de *Eros* también. Este hecho de la unión de un elemento macho a un elemento hembra por la influencia de *Amor* dará la pauta para todas las sucesivas creaciones cosmogónicas que, en adelante, procrearán según la ley de los sexos impuesta a la generación humana.

[70] En lo sucesivo, la *creación* va a desarrollarse no como en el *Génesis* hebraico, es decir, por voluntad y palabra de un dios supremo, sino bajo la férula de *Eros*. Del mismo modo, pues, que en la cosmogonía fenicia atribuida a Sanchoniathón, en la que el *Deseo* es el principio creador.

[71] *Ouranos* es la personificación del *Cielo*, que cubre la *Tierra* como elemento fecundante. En Hesiodos, como se ve, es hijo de *Gaia*, la Tierra, antes de ser su

Montañas (la Tierra va formándose en el tiempo), y en seguida a Pontos, el Mar (personificación masculina del elemento marino). Es decir, que da origen al Cielo (Ouranos) y al Mar, que el cielo cubre. Y cubierta a su vez por Ouranos y fruto de su unión con él[72], es decir, transformada en la gran fuente de vida del Universo, constituyendo entre ambos la primitiva pareja inmortal celebrada antes de Hesiodos por la poesía védica; fruto de su unión con él, decía, serán, primero, los Titanes, seis: Okeanos, Koios, Kreios, Hiperión, Iapetos y Kronos; luego las seis Titánidas: Teia, Rea, Temis, Mnemosine, Foibe y Tethis[73]; después los Cíclopes: Argés,

---

esposo; pero otros poemas le hacen hijo de *Aiter* (el Eter). El primero de estos poemas, la *Titanomaquía,* no da el nombre de su madre, que tal vez fuese *Hemera,* personificación femenina del Día. En la teogonía órfica, tanto Ouranos como Gaia eran hijos de la *Noche.* Pero no se olvide que las diversas *Teogonías* griegas (V. n. 41) son trabajos sistemáticos que suponen un esfuerzo de síntesis y de reflexión que fatalmente tuvo que alterar en más de un punto las creencias primitivas. Unidas, no obstante, íntimamente a las tradiciones populares, fueron los primeros ensayos destinados a explicar el difícil problema del origen de las cosas antes de las especulaciones *científicas* de la escuela iónica. Por lo demás, si la *Teogonía* de Hesiodos, bien que mitológica por la forma, es filosófica por su fondo, la órfica, tras tomar no pocos elementos del Oriente, aún sufrió más arreglos y modificaciones que la anterior (y ésta, compuesta de poesías de épocas diversas y de muchas interpolaciones, no lo fue poco); en cuanto al sistema de Ferékides de Skiros, su intención de conciliar las fábulas tradicionales con la filosofía es demasiado evidente para que permita acercarse a esta fuente sin desconfianza.

[72] Su himeneo, mil veces cantado luego por los poetas griegos, fue un tema preferente de la poesía. Véase, por ejemplo, el hermoso fragmento de *Las Danaides,* de Aischilos.

[73] *Okeanos* (el primero de los *Titanes),* río de los ríos, imagen de la formación de las aguas en fuentes y manantiales, que, en efecto, son hijos del cielo (lluvias) y de la tierra (que las filtra y recoge), era la personificación del agua, que, según las concepciones helénicas primitivas, rodeaba al Mundo (le representaban como un río que corría alrededor del disco plano de la Tierra). Okeanos era el padre de todos los ríos, que había engendrado con *Tethis* en número de más de tres mil. Tuvo asimismo con Tethis otras tantas *Oceánidas,* divinidades menores del mar. Esta Tethis, su hermana, con la que forma pareja, representaba la potencia fecunda, femenina, del mar.

Koios, por su parte, uniéndose a *Foibe,* su hermana, engendró a *Leto* (que con *Zeus* tuvo a *Apolo* y a *Artemis)* y a *Asteria,* que, amada también por Zeus, por escapar al dios se transformó en una codorniz (o en una tortuga) y se arrojó al mar. Y una vez en el mar, en una isla, la isla *Ortigia,* isla errática hasta que acogió a Leto, que, acosada por los celos de *Hera,* esposa legítima de Zeus, no encontraba sitio en la Tierra donde dar a luz. Como Ortigia era una isla estéril que nada tenía que temer de las furias de Hera, consintió en recibir a Leto, que parió en ella a sus hijos Apolo y Artemis. En recompensa, Zeus la fijó sólidamente al fondo del mar mediante cuatro columnas; además, en adelante recibió el nombre de *Delos,* la Brillante, a causa de haber nacido en ella Apolo, el dios de la luz. Más tarde, Asteria, uniéndose a *Perses,* hijo de *Kreios,* tuvo a la benéfica *Hekate.* *Hiperión* engendró con su hermana *Teia* a *Helios* (el Sol), *Setene* (la Luna) y *Eos* (la Aurora).

Kreios y *Euribie* tuvieron a *Astraeos,* a *Pallas* y a *Perses.* Astraeos, uniéndose a Eos, engendró a los *Vientos (Céfiro, Bóreas, Euros y Notos),* a *Eosforos* (la Estrella de la Mañana) y a los *Astros.* Pallas tuvo con *Stix* (el río de los *Infiernos)* a *Zelos, Niké, Kratos* y *Bia,* es decir, el Ardor, la Victoria, el Poder y la Violencia. Perses, con Asteria, a Hekate, como ya se ha dicho.

Iapetos, uniéndose con *Klimene* (una de las Oceánidas, hija de Okeanos y de Tethis, otras leyendas dicen que con *Asia,* otra de las Oceánidas), tuvo cuatro hijos: *Atlas,* condenado por Zeus a sostener con sus espaldas la bóveda del Cielo; *Menoitios,* hundido en el *Tártaros* por los rayos del Olímpico, a causa de su orgullo y de su brutalidad; *Prometeus,* que, por haber engañado al Padre de los dioses y haber dado a los hombres el fuego, fue encadenado en el *Káukasos,* donde un águila le devoraba el hígado, que se rehacía continuamente, y *Epimeteus,* causante de los males de la humanidad por haber aceptado a *Pandora,* la primera mujer, creada por *Hefaistos* y *Atena,* ayudados por los demás dioses. Epimeteus tenía encerrados en un ánfora a todos los males. Pandora, curiosa (los dioses, al fabricarla, la habían adornado de todas las gracias y seducciones, pero *Hermes* puso en su corazón la mentira, el engaño y la curiosidad), abrió el ánfora y los males escaparon, no quedando en ella, pues asustada Pandora, se apresuró a cerrarla, sino la *Esperanza.* Epimeteus y Pandora tuvieron una hija, *Pirra* (la Roja), que unida con *Deukalión,* hijo de Prometeus y de *Kelaino,* fueron los verdaderos padres del género humano, pues cuando Zeus decidió enviar un diluvio para destruir a los hombres de la edad de bronce, a excepción de Deukalión y Pirra, éstos construyeron un *arca,* en la que se metieron y flotaron durante nueve días y nueve noches. Cesado el diluvio y habiendo tomado tierra en los montes de Tessalia, Zeus les envió a Hermes, su mensajero, para que les preguntase qué deseaban. Deukalión dijo que tener compañeros, y entonces Zeus le mandó que tirase, y Pirra lo mismo, piedras por encima de su hombro. Así lo hicieron, naciendo de ellas los hombres y las mujeres. Deukalión tuvo dos hermanos: *Likos* y *Chimaireus.* Cuando estalló la peste en Lacedemonia, antes de la guerra de Troya, el oráculo de Apolo declaró que no cesaría la epidemia sino cuando un noble lacedemonio ofreciese un sacrificio en la tumba de los hijos de Prometeus. Al punto, *Menetaos* se puso en viaje, y en Troya fue huésped de *París,* con lo cual entraron en relación, hecho que originaría más tarde la guerra cantada por Homeros.

Steropes y Brontés[74], y tras ellos, los Ekatogcheires: Kottos, Aigaion y Giges[75].

En fin: *Kronos,* el último de los Titanes, el de los hábiles consejos uniéndose a *Rea* tras destronar a su padre, luego de haberle mutilado con la hoz que para ello le dio *Gaia,* engendró a los *Olímpicos,* es decir, a *Hestia, Demeter, Hera, Haides, Posiedón* y *Zeus.*

Temis, diosa de la Ley, fue, luego de *Metis,* la Oceánida hija de Okeanos y Tethis (Metis o la Prudencia, en mal sentido, la Perfidia), la segunda esposa divina de Zeus, con el que engendró a las *Horas;* las *Moiras (Parcas);* a la Virgen *Astraia,* personificación de la Justicia; a las *Ninfas* del río Eridanos, a las que *Herakles* preguntó cuál era el camino para ir al país de las Hespérides, y, según algunos, a las *Hespérides* mismas.

En cuanto a *Mnemosine,* personificación de la Memoria, Zeus se unió con ella en Pieria, comarca de Macedonia, cerca del *Olimpos,* durante nueve noches consecutivas, haciéndola madre de las nueve *Musas.*

[74] V. n. 39.

[75] *Gigantes,* dotados de cien brazos y cincuenta cabezas: *Kottos* (el Furioso), *Briareos o Aigaión,* los dioses le llamaban del primer modo y los hombres del segundo (el Vigoroso), *Giges* (el Membrudo), que desde su nacimiento sintieron aversión hacia su padre y que los movía contra el Cielo un horror implacable. Esta idea de hijos duros, enconados contra sus padres, provenía de la mitología primitiva de los aryas, toda llena de los relatos de las luchas sostenidas por *Indra,* el dios celeste, contra sus enemigos, es decir, contra los enemigos de la luz, los negros demonios de las nubes y de la oscuridad, a los que hería con sus rayos y traspasaba con sus flechas. Igualmente, los monstruos odiados de *Ouranos* y que no le odiaban menos, que describe Hesiodos, son las nubes de formas múltiples y gigantescas, nacidas de los vapores terrestres, que entablan con el firmamento luchas perpetuas. Posteriormente, estos Gigantes tomarán parte en la contienda de *Zeus* contra los otros Gigantes, los nacidos de la sangre de Ouranos, mutilado, al caer sobre la *Tierra,* pero de parte de Zeus, al que ayudarán a triunfar. Una vez los vencidos encerrados en el *Tártaros,* los *Hekatogcheires* serán sus guardianes. E incluso cuando *Hera, Atería, Poseidón* y *Apolo* intentan rebelarse contra Zeus, es Aigaión, a quien *Iris,* la mensajera de Zeus, llama en socorro de éste. Su sola presencia, su fuerza prodigiosa, bastan para hacer desistir a los revoltosos. Porque es curioso observar (siempre el antropomorfismo en juego) que el mejor poder, por decirlo así, de los dioses de la Mitología, es su *«fuerza física»;* exactamente como entre los hombres de entonces. Tienen también la otra, es decir, la que les confiere la *magia* (facultad de transformarse en animales diversos; de trasladarse por el espacio; de hacerse obedecer de animales, cosas y elementos; de emplear medios extraordinarios, como Zeus el rayo, etc.); pero es, sobre todo, la fuerza física lo que los hace prevalecer. Y a Zeus contra todos, como se puede ver por los relatos de la *Ilíada* citados en la n. 46, pese a que los demás olímpicos no son mancos, pues en su lucha contra los Gigantes vemos a Atena echar sobre

Pero Gaia (la Tierra) no está contenta ni del trabajo a que la somete sin descanso el elemento fecundante del Cielo (Ouranos) ni, sobre todo, de su crueldad, pues Ouranos, a medida que va naciendo su progenie, la hunde en las entrañas de la tierra. Para librarse de semejante tiranía pide a sus hijos que la venguen. Pero todos se niegan, excepto el más pequeño, que es, asimismo el más hábil y el más prudente. Este, nacido el último, es Kronos. Gaia, obtenido su consentimiento, le da una hoz, y con ella Kronos corta a su padre los testículos y los arroja, así como la hoz de que se ha servido, al espacio[76].

Hoz y testículos caen al mar; pero la sangre que éstos van derramando se esparce en gotas por la tierra y la fecunda por última vez, dando lugar a las Erinies, a los Gigantes y a las Ninfas de los Fresnos[77].

Enkelades la isla de Sicilia y a Poseidón romper la de Kos y aplastar a *Polibotés* con el pedazo que ha arrancado. (V. n. 77.)

[76] La mutilación se suele situar en el campo de *Drepanón,* que tomó su nombre de la guadaña, *drepanón, de Kronos.* O en Drepane, isla del mar Iónico (la *Skeria* de Homeros, Corfú actual), de *drepane,* hoz. Es decir, que esta isla no sería sino la hoz con la que Kronos emasculó a su padre, que al caer al mar echaría en él raíces. Otra tradición dice que fue en Sicilia, que fecundada por la sangre del dios adquirió, gracias a ello, su admirable fertilidad. Diodoros de Sicilia da una tradición relativa a *Ouranos,* diferente de la de Hesiodos. Sin contar la leyenda asiria relativa tanto a él como a Kronos.

[77] Las *Erinies,* llamadas también las Benévolas, esto por miedo a atraer su cólera si se las denominaba por el primer nombre, eran las diosas violentas que los romanos identificaban con las *Furias.* Como las *Moiras (Parcas o Destinos),* no reconocían más ley que ellas mismas. Sus normas todos, hasta *Zeus,* tenían que obedecer. Por consiguiente, ni los dioses tenían autoridad sobre ellas. Eran tres: *Alekto, Tisifone y Megere.* Se las representaba como genios alados cuyos cabellos estaban entremezclados de serpientes. En las manos llevaban ora látigos, ora antorchas. Cuando se apoderaban de una víctima, la volvían loca a fuerza de atormentarla. Su morada era el *Erebos* (las Tinieblas infernales). Eran, además, las protectoras del orden social y castigaban cuantos crímenes podían perturbarle. Representaban en el mundo helénico la idea fundamental de que el orden debía de ser protegido contra las fuerzas anárquicas. Y, naturalmente, una de sus funciones esenciales era el castigo de los asesinos. Acabaron por ser consideradas como las divinidades de los castigos infernales. Virgilio las pinta atormentando a las almas de los muertos, en el *Tártaros,* mediante sus látigos y aterrándolas con sus serpientes.

Los *Gigantes,* aunque de origen divino, eran mortales o, al menos, podían ser muertos a condición de serlo a la vez por un dios y por un mortal. Había una hierba mágica que podía sustraerlos a los golpes fatales; pero Zeus la cogió él mismo, haciendo que ni el *Sol,* ni la *Luna,* ni la *Aurora* brillasen hasta que la

Rota de este modo la primera pareja divina integrada por la Tierra y el Cielo, con objeto de poder continuar su obra creadora, se une a otro de los grandes elementos que ella misma, como se ha visto, ha engendrado: a Pontos, que a causa de ser la personificación masculina del mar es el antecesor de todas las divinidades que representan las fuerzas y los mil aspectos del elemento líquido: mar, ríos y fuentes. La *Teogonía* de Hesiodos hace una larga y cumplida enumeración de ellos del verso 240 al 265.

---

encontró. Los Gigantes eran seres enormes, de una fuerza invencible y de un aspecto espantoso: cabellera espesa, barba hirsuta, piernas como cuerpos de serpientes. Su leyenda estaba integrada por su lucha contra los dioses *(Gigantomaquia)* y su derrota. Como tenían que ser muertos a un tiempo por un dios y un mortal, *Herakles* ayudó a los Olímpicos a vencerlos. *Alkioneus,* el principal de todos los Gigantes a causa de su talla y su fuerza, como no podía ser muerto mientras combatiese en la tierra en que había nacido, *Atena* aconsejó a Herakles que le sacase fuera de Pallene (Macedonia), y una vez hecho le mató con una de sus flechas, no sin que antes el Gigante aplastase con una roca enorme a veinticuatro de los compañeros del héroe. Otro, *Porfirión,* atacó a Herakles y a *Hera;* pero Zeus le inspiró el deseo de unirse a Hera, y mientras trataba de arrancarle sus vestiduras, Zeus le lanzó un rayo y Herakles le acabó con uno de sus dardos. *Efialtes* murió al recibir una flecha de *Apolo* en el ojo izquierdo, al tiempo que otra de Herakles en el derecho. *Euritos* fue muerto por *Dionisos* de un golpe de tirso. *Klitios,* por *Hekate,* a golpes de antorcha. *Mimas,* por *Hefaistos,* mediante proyectiles de hierro al rojo (por supuesto, siempre Herakles con sus flechas para el golpe de gracia). *Enkelades* huyó, pero Atena le echó encima, cuando corría, la isla de Sicilia. *Polibotes* fue perseguido por *Poseidón,* el cual, rompiendo la isla de Kos, le aplastó lanzándole un pedazo enorme que había desprendido de ella. *Hermes,* llevando el casco de *Haides,* que le hacía invisible, mató a *Hippólitos; Artemis* a *Gratión.* Las *Moiras,* armadas con sus mazas de bronce, acabaron con Agrios y *Toas.* Los demás fueron fulminados por Zeus con sus rayos, y Herakles los remató con sus flechas.

Las *Ninfas de los Fresnos* eran una de tantas categorías de Ninfas. Y todas ellas, «mujeres jóvenes» que poblaban los campos, los bosques y las aguas. Personificaban esto: los campos y la Naturaleza en general, su fecundidad y su gracia. Aunque divinidades secundarias, podían llegar a ser temibles. Pasaban la vida en grutas, cantando e hilando. De todas las Ninfas, las *Melíades* o Ninfas de los Fresnos eran las más antiguas. En recuerdo a su nacimiento (de la sangre de *Ouranos* caída sobre la *Tierra),* los palos de las lanzas guerreras de fresno se hacían. Así como de los fresnos nació la tercera de las razas que poblaron la tierra, raza batalladora y dura y mala: la raza de bronce que Zeus exterminó mediante un diluvio.

La unión de Gaia con Pontos es fecunda también: Nerus, Taumas, Forkus, Keto y Euribie, serán el fruto[78].

---

[78] Véase el cuadro.

GENERACION DE GAIA CON PONTOS

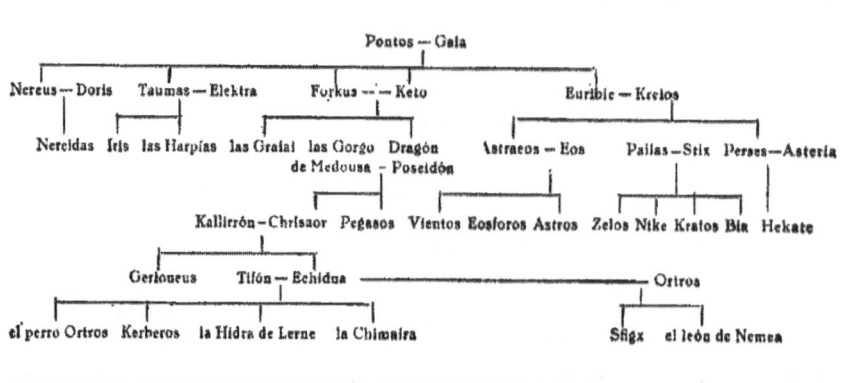

Nereus, uno de los *Viejos del Mar,* uniéndose a *Doris,* otra de las hijas de *Okeanos* (personificación del agua que, según las concepciones helénicas primitivas, rodeaba al Mundo), engendró a las *Nereidas* (en griego, *nereis;* plural, *nereidessin),* divinidades marinas, personificación de las olas del mar. En general, eran cincuenta; a veces, se las hacía llegar hasta ciento. Vivían en el fondo del mar, en el palacio de su padre, sentadas en tronos de oro. Pasaban el tiempo hilando, tejiendo y bailando. Las más conocidas son: *Tetis,* la madre de *Aquiles,* al que tuvo con *Peleus; Amfitrite,* la mujer de *Poseidón; Galateia,* amada, según un *Idilio* de Teokritos, por *Polifemos,* el Cíclope siciliano de cuerpo monstruoso. Pero ella amaba, a su vez, a *Akis,* hijo del dios *Pan* y de una ninfa. Un día que Galateia estaba entre los brazos de su amado, al borde del mar, Polifemos los sorprendió, y cuando Akis trataba de huir, el Cíclope le lanzó una roca enorme que le aplastó. Galateia transformó a su amado en un río de limpias aguas. Otra Nereida célebre es *Oreitiia,* que ciertas leyendas dan como una de las hijas de *Erechteus,* el rey de Atenas, y que fue robada por *Bóreas,* el viento del norte. Nereus, más antiguo que Poseidón, estaba entre los dioses relacionados con las fuerzas elementales del Mundo. Vivía en su palacio, en el fondo del mar, con sus hijas, y tenía el don de poder metamorfosearse en toda suerte de animales y seres diversos.

Taumas se unió con *Elektra,* hija de Okeanos, y de ellos nacieron las *Harpías (Aello* o *Nikotoé, Okupete* y *Kelaeno,* es decir, Borrasca, Vuela-Aprisa y Oscura), mujeres provistas de alas o pájaros con cabeza de mujer, garras agudas y ladronas de niños, e *Iris,* símbolo del arco iris, es decir, de la unión del *Cielo* y la *Tierra,* de los dioses con los hombres. A causa de ello, Iris era, en unión de *Hermes,* la mensajera de los dioses, muy particularmente de *Zeus* y aún más de *Hera.* Se la representaba alada y cubierta con un velo ligero al que el Sol daba los tonos del iris. Taumas carece de leyenda especial.

Forkus desposó a *Keto,* su propia hermana, y de ella tuvo a las *Forkides,* a las *Gorgo* (Gorgonas) y a un *Dragón.* Las *Forkides,* las tres *viejas* llamadas también *Graiai,* jamás fueron jóvenes: habían nacido ya viejas. Sus nombres eran *Enio, Pefredo* y *Diño.* No tenían para las tres sino un ojo y un diente, que se prestaban sucesivamente. Vivían en el más apartado Occidente, en el país de la noche, donde jamás brillaba el Sol. Su misión consistía en guardar el camino que conducía a las Gorgo, para que nadie llegase hasta ellas. Cuando *Perseus* fue a matar a una de ellas, la única que era mortal, *Medousa,* arrancó el ojo a la que lo tenía en aquel momento (las otras dos dormían), con lo que hizo dormir también a la tercera y pudo pasar. Las Gorgo eran tres asimismo: *Steno, Euríale* y Medousa. Inmortales las dos primeras; la última, mortal, como queda dicho. Esta Medousa es la Gorgo por excelencia. Las cabezas de estos tres monstruos estaban coronadas de serpientes; sus dientes eran como colmillos de jabalí; sus manos, de bronce; sus alas, de oro. La mirada de sus ojos era tan atroz, que transformaba en piedra a quienes osaban desafiarla. Hasta los Inmortales huían de ellas espantados. Tan sólo Poseidón no tuvo miedo de unirse a Medousa, a la que dejó encinta. Al matarla Perseus, de su sangre salieron *Pegasos,* el caballo alado, y *Chrisaor,* «el hombre de la espada de oro», hijos, naturalmente, de Poseidón, dios especializado en la fabricación de monstruos (como correspondía a los que encerraba o creían que encerraba la insondable profundidad del mar). *Atería* puso la cabeza de Medousa en su escudo, con lo que petrificaba a cuantos le miraban. Perseus recogió la sangre, que tenía propiedades mágicas: la de la vena izquierda era un veneno mortal; la de la derecha era, por el contrario, un bálsamo capaz hasta de resucitar a los muertos. Además, un solo bucle de los cabellos de Medousa, presentado a un ejército, le ponía en fuga. En fin: el tercer descendiente de Forkus y Keto era el Dragón o Serpiente que guardaba las manzanas del *jardín de las Hespérides* y a las *Hespérides* mismas, que asimismo custodiaban el Vergel de los Dioses donde nacían las manzanas de oro y los manantiales de los que brotaba la ambrosía.

Euribie tuvo con *Kreios* a *Astraeos,* a *Pallas* y a *Perses. Astraeos,* uniéndose a *Eos* (la Aurora «de rosados dedos»), engendró a los *Vientos (Céfiro,* Bóreas, *Euros* y *Notos),* a *Eosforos* (la Estrella de la Mañana) y a los *Astros.* Pallas, con *Stix,* dio nacimiento a *Zelos, Nike, Kratos* y *Bia* (Celo, Victoria, Poder y Fuerza). Stix es la *Estigia* española, vuelta laguna para poder hacerla femenina. Habiendo ayudado a Zeus, en unión de sus hijos, en la lucha del Olímpico contra los *Gigantes,* Zeus, en recompensa, le concedió el ser garante de los juramentos solemnes pronunciados por los dioses. Castigos terribles sobrevenían al que no los cumplía:

Pero aún hay en el Mundo una región profunda, la más profunda de todas: el Tártaros. Tan profunda, que estaba bajo los Infiernos mismos. En la primitiva cosmografía griega, el Universo se dividía en tres zonas: la Tierra, situada en el centro; encima de ella el Cielo, aún sobre éste el Éter, y debajo el Tártaros, prisión tenebrosa de los dioses vencidos y de los hombres merecedores de los más grandes castigos. Parte inferior del

---

durante un año quedaba privado de alimento, de néctar y de ambrosía; luego, aun durante nuevos años, veíase apartado de los dioses, sin participar en sus festines ni consejos. Las aguas del Stix volvían invulnerables a los que se bañaban en ellas: Tetis metió en ellas a Aquiles, su hijo, que quedó invulnerable, salvo el talón por el que le sostenía su madre. E hiriéndole en el talón vulnerable la flecha disparada por *París,* le dio muerte. Perses y *Asteria* engendraron a la benéfica *Hekate,* diosa emparentada con Artemis, que no posee mito propio. Pero que extendía su benevolencia entre los hombres, concediéndoles cuanto la pedían, especialmente la prosperidad material, el don de la elocuencia política, la victoria en las batallas y hasta suerte en los juegos.

Chrisaor y la Oceánida *Kallirón* engendraron a *Gerioneus,* el gigante de tres cabezas y cuerpo triple asimismo hasta las caderas, dueño del magnífico rebaño de bueyes que guardaba el perro *Ortros* en Eriteia, isla cerca de Gades (Cádiz). *Herakles* mató a perro y amo y se llevó los bueyes, como le había ordenado *Euriteus,* y además de a Gerioneus, a *Echidna,* la *Víbora,* monstruo con cuerpo de mujer y cola de serpiente. Este monstruo, uniéndose a *Tifón,* engendró a los perros *Ortros* y *Kerberos,* el *perro de Haides,* que guardaba el Imperio de los muertos (los Infiernos), impidiendo que entrasen los vivos y, sobre todo, que saliesen. Tenía tres cabezas, una cola formada por una serpiente y en el lomo infinidad de cabezas de serpiente aún. Herakles, por orden de Euristeus, le sacó del *Infierno,* y luego, por orden aún del aterrado rey (al verle), le volvió a meter en él. *Orfeus,* más tarde, le durmió con su lira cuando fue a los Infiernos en busca de su mujer, *Euridike.* Además de a estos perros, Tifón y Echidna dieron nacimiento a la *Hidra de Lerne* (que mató Herakles) y a la *Chimaira,* animal fabuloso con cabeza de león, cuerpo de cabra y cola de serpiente, que respiraba llamas. *Iobates,* rey de Likia, ordenó a *Bellerofontes* que la matase, lo que éste consiguió montado sobre Pegasos. Echidna, en fin, unida a su mismo hijo, el perro Ortros, engendró al monstruo femenino *Sfigx* (la Esfinge), que tenía cuerpo de león y cabeza de mujer; monstruo enviado por Hera a Tebas para castigar a la ciudad por el crimen de *Laios,* su rey, que había amado al hijo de *Peleops, Chrisippos,* con amor culpable. Sfigx se estableció en una montaña situada al oeste de Tebas, muy cerca de esta ciudad, donde detenía a los que pasaban para proponerles enigmas. Como no eran capaces de resolverlos, los mataba y los devoraba. Cuando *Oidipous* (Edipo) se los acertó, desesperada se arrojó desde lo alto de una roca matándose. El *león de Nemea* (llanura de Argólide), al que mató Herakles, era también fruto de los amores adúlteros de Echidna y Ortros.

Mundo era el contraste del Olimpos, región superior y luminosa morada de las divinidades triunfantes que personificaban el nuevo orden de cosas instaurado tras su no fácil victoria[79].

---

[79] El *Tártaros,* verdadera base o cimiento del Universo, estaba a tanta distancia del *Haides* (los *Infiernos*) como la *Tierra* del *Cielo.* Era, pues, por naturaleza, una prisión perfecta, y por ello, los primitivos amos del Mundo, *Ouranos, Kronos* y luego *Zeus,* encerraban en ella a sus enemigos. Ouranos envió a ella a los *Cíclopes,* a los que Kronos, al destronar a su padre, puso un momento en libertad, a ruegos de *Gaia,* pero para volver a sumirlos allí al punto. No se vieron libres sino cuando Zeus les tomó a su servicio para que le ayudasen a vencer a los *Titanes.* Vencidos éstos, fueron, a su vez, a la horrenda prisión. Horrenda y temible hasta para los *Olímpicos,* pues cuando alguno de ellos osaba oponerse a Zeus, éste le amenazaba con enviarle al profundo lugar tenebroso, de donde nadie escapaba. *Apolo* estuvo a punto de ser su huésped cuando mató a los Cíclopes con sus flechas; le salvaron del castigo los ruegos de *Leto,* su madre. Pero no tuvieron la misma suerte los *Aloadai,* es decir, los gigantes Oíos y *Ejialtes* (éste, distinto del gigante del mismo nombre, muerto durante la *Gigantomaquia* por las flechas de Apolo y *Heracles),* monstruos terribles que cada año crecían un codo de anchura y una braza (dos varas) en altura. Eran hijos de *Poseidón* y de *Ifimedeia.* Ésta, enamorada del dios del mar, se paseaba por la orilla cogiendo espuma de las olas que se rompían a sus pies y echándosela en el seno, cuando Poseidón, satisfaciendo su pasión, la hizo madre de ambos gigantes, cuyo padre humano era el marido de Ifimedeia, *Aloeis,* hijo él mismo de Poseidón y de *Kanake,* que, por su parte, tuvo cien hijos con el dios del mar. Cuando los dos gigantes tuvieron nueve años, es decir, cerca de 17 metros de altos por cuatro de anchos, decidieron hacer la guerra a los dioses. Para ello pusieron el monte Ossa sobre el Olimpos y aun encima el Pelión, decididos a escalar el Cielo. Amenazaban, además, con llenar el mar de montañas con objeto de desplazar el agua y que inundase las partes entonces en seco. Esto sin contar que llevaron su audacia hasta coger a *Ares,* dios de la guerra, y meterle en un puchero de bronce, y allí le tuvieron prisionero trece meses. *Hermes* pudo liberarle, gracias a sus mil endiabladas artes, cuando ya estaba en un punto de debilidad extrema. Por si todo lo anterior fuese poco, aún llevaron su osadía hasta requerir de amores Efialtes a *Hera,* Otos a *Artemis.* Naturalmente, tanta desvergüenza no podía quedar sin castigo. Fueron reducidos, ora por los rayos de Zeus, bien por Artemis misma, que, transformándose en cierva, se metió entre ellos, con lo que, presurosos por herirla, se mataron recíprocamente. En los Infiernos continuó su castigo: Atados mediante serpientes a una columna, una lechuza venía constantemente a atormentarles con sus graznidos. Asimismo, *Salmoneis,* el hijo de *Aiolos* y de *Enarete* (este Aiolos ha sido identificado algunas veces con el Amo de los Vientos; pero generalmente no se da tal título sino a otro Aiolos, nieto del anterior e hijo de Poseidón y de *Amé),* que tuvo la audacia de imitar a Zeus, al Tártaros fue. Era sumamente

Este Tártaros, personificado en la *Teogonía* de Hesiodos, constituye uno de los elementos primordiales del Mundo, con Eros, Chaos y Gaia (la Tierra). Y ésta, uniéndose a él, engendró, como es natural, a monstruos tales que Tifón y Echidna, a los cuales se suelen añadir el águila de Zeus y Tanatos, el Genio de la Muerte[80].

---

orgulloso, y este orgullo le llevó a construir una carretera solada de bronce, por la que se paseaba sobre un carro con ruedas de hierro, arrastrando cadenas; todo por imitar el fragor del trueno. Y al mismo tiempo lanzaba a derecha e izquierda antorchas encendidas, cual si fuesen rayos. Zeus, sobre abrasarle con uno de verdad, le envió al Tártaros. Poco a poco, el Tártaros fue confundido con el Infierno, a causa de lo cual fue la morada y mansión de los grandes criminales. Es decir, el lugar opuesto a los *Campos Elíseos,* mansión de los Bienaventurados. En la *Ilíada,* Zeus amenaza en varias ocasiones con precipitar en el Tártaros a las divinidades que desobedezcan sus órdenes. Hesiodos, en su *Teogonía* (v. 722 y sig.), reproduce la imagen de Homeros, «morada de bronce cerrada por puertas de hierro, situada debajo del Haides y tan lejos de él como el Cielo de la Tierra». Y aún precisa añadiendo: «Si un yunque de bronce fuese precipitado desde el Cielo, caería durante nueve días y nueve noches, no alcanzando la Tierra, sino a la décima aurora. Cayendo de la Tierra, bajaría aún otros nueve días y otras nueve noches, y a la décima aurora tan sólo entraría en el Tártaros, sima inmensa, de la que no se podría alcanzar el límite en el decurso de un año entero, durante el cual sería sin cesar y sin tregua transportado de aquí para allá por impetuosos torbellinos» (v. 736-742). Por debajo del Tártaros estaban las raíces de la Tierra y del mar. Aún más abajo, los últimos límites de las cosas. Más tarde, cuando los Titanes allí encerrados se confundieron con otros monstruos que eran, como ellos, imagen de las fuerzas desordenadas de la Naturaleza, se les atribuyó una morada más próxima a los dominios del hombre. Con ello llegaron a ser las malas potencias, que habitaban las entrañas del suelo, donde se oía el rugir de su cólera, manifestada en el estruendo de los temblores de tierra, y desde donde amenazaban aun a la brillante luz del Cielo, mediante los torrentes de humo que vomitaban desde los cráteres de los volcanes. Los órficos siguieron esta idea de la *Teogonía* al hacer de los Titanes los elementos desordenados y perversos de la Naturaleza; siempre rebeldes al orden establecido por los Olímpicos, y cuando los pintan despedazando y devorando con furor salvaje el cuerpo de *Zagreus.*

[80] *Tifón* era un ser monstruoso que sobrepujaba en talla y fuerza a todos los demás hijos gigantescos de la *Tierra*. Más grande que las montañas, su cabeza daba a veces con las estrellas. Cuando extendía los brazos, una mano alcanzaba el Oriente, y la otra, el Occidente. Como dedos tenía cien cabezas de dragones. De cintura abajo estaba rodeado de víboras. Su cuerpo era alado y sus ojos despedían llamas. Cuando los dioses le vieron, llenos de horror huyeron a Egipto, escabulléndose en el desierto tras disimularse aun bajo la apariencia de diversos animales. Tan sólo *Zeus* y *Ateria* se atrevieron a afrontarle. Zeus le lanzó varios

rayos, y con ellos y su *harpé,* es decir, su garfio de acero, consiguió abatirle. Esto ocurrió en el monte Kasios, en Siria. La Tierra no había sido jamás campo de lucha semejante. Pero Tifón, que no estaba sino herido, acabó por llevar ventaja en la descomunal agarrada, y cortando a Zeus los tendones de piernas y brazos, cuando ya le tuvo a su merced y sin defensa, se le echó a la espalda y lo llevó hasta Kilikia (Cilicia), donde le encerró en una caverna. Los músculos y tendones que le había cercenado los metió en una piel de oso, y luego encargó su custodia a *Delfine,* un dragón hembra. Pero *Hermes* y *Pan* (según otra tradición, *Kadmos)* los robaron y volvieron a ponerlos en su sitio, en el cuerpo de Zeus. Con ello, éste recobró al punto su fuerza y, subiendo al Cielo en su carro tirado por caballos alados, reanudó la lucha, acribillando al monstruo con sus rayos. Tifón, incapaz de resistirlos esta vez, huyó. Al llegar a Trakia empezó a lanzar montañas contra Zeus, pero éste, a fuerza de rayos, las hacía retroceder y caer sobre el monstruo. Huyendo siempre Tifón, cuando atravesaba el mar de Sicilia, Zeus lanzó sobre él el Etna, que le aplastó. Las llamas que salen del volcán son, ora las que vomita el engendro infernal, ora lo que queda de los rayos de Zeus.

Las tradiciones difieren sobre el origen de *Echidna,* la «Víbora», monstruo cuyo cuerpo era de mujer, pero que terminaba en una cola de serpiente. Unas la hacen hija de *Tártaros* y de *Gaia.* Hesiodos dice que descendía de *Forkus* y de *Keto,* los hijos de *Pontos* y *Gaia* (la Ola del Mar y la Tierra); en otras parece provenir de *Stix* o de *Chrisaor.* En todo caso se decía que moraba en una caverna en Sicilia, en el país de los Arimes. O en el Peloponeso, a escuchar otras tradiciones. Y aquí fue muerta por Argos, el de los Cien Ojos. Este Argos (tataranieto de otro Argos, hijo de Zeus y *Niobe,* primera mujer mortal a la que Zeus dio hijos) tenía, ora una infinidad de ojos repartidos por todo el cuerpo, ora uno solo, bien cuatro: dos que miraban por delante, los otros dos por detrás. Dotado de una fuerza prodigiosa, libró a la Arkadia de un toro que devastaba el país, con cuya piel se vistió. Luego, de un sátiro que robaba los rebaños, y, en fin, mató a Echidna, que se apoderaba de los caminantes y los devoraba. Sorprendiéndola dormida, acabó con ella. Fue aún a él a quien *Hera* encargó de la buena custodia de la vaca lo, joven bellísima amada por Zeus y transformada por él en ternera para librarla de los celos de Hera. Zeus encargó a Hermes que se la robase, y éste cumplió el encargo que se le había hecho tras matar a Argos. Hera, para inmortalizar a éste pasó sus ojos a las plumas del pavo real, animal que le estaba consagrado. Echidna, uniéndose a Tifón, engendró al perro *Ortros,* a su hermano ¡*Cerberos,* a la *Hidra de heme* y a la *Chimaira* (v. n. 78).

El *Águila de Zeus* cumplió varias misiones; entre otras, devorar el hígado de *Prometeus* a medida que se rehacía. En cuanto a *Janatos,* éste era el genio alado, masculino, personificación de la muerte. Hesiodos le hace, así como a su hermano *Hippnos* (el Sueño), hijo de la *Noche* (Nix). Tanatos no poseía mito propio.

Aún se unió Gaia a Poseidón, y de él tuvo a Antaios[81]. En fin, cierta leyenda atribuía a Gaia y a Okeanos la paternidad de Triptolemos[82].

He aquí en un cuadro sinóptico estas primeras generaciones divinas, según Hesiodos:

---

[81] *Antaios,* que habitaba en Libia, obligaba a cuantos pasaban cerca de su morada a luchar con él. Y cuando los había vencido, los mataba y adornaba con sus despojos el templo dedicado a su padre. Cuando *Herakles* pasó por allí en busca de las manzanas de oro de las *Hespérides,* tuvo que luchar también con él. Antaios era invulnerable, pues en cuanto tocaba a su madre (la *Tierra,* el suelo) recobraba nuevas fuerzas. Pero Herakles le aplastó entre sus brazos, manteniéndole en el aire.

[82] Este *Triptolemos* era un héroe eleusino, unido indisolublemente a la leyenda de *Demeter.* Empezó por ser considerado simplemente como rey de Eleusis. Luego se le atribuyeron antecesores diferentes, entre ellos *Gaia* y *Okeanos.* Se decía de él que en re compensa a la hospitalidad que concedió a Demeter cuando, desesperada, pasó por Eleusis en busca de *Perséfone,* robada por *Haides* estando cogiendo flores en unión de varias ninfas en cierto prado, la diosa le dio un carro tirado por dragones alados, ordenándole que recorriese el Mundo sembrando por todas partes granos de trigo. Más tarde, Triptolemos llegó a ser uno de los jueces de los *Infiernos,* a causa de lo cual figuraba a veces al lado de *Aiakos, Minos* y *Radamantos.* Se le atribuía también la institución de las *Tesmoforias,* es decir, de las fiestas en honor de Demeter, que se celebraban en Atenas.

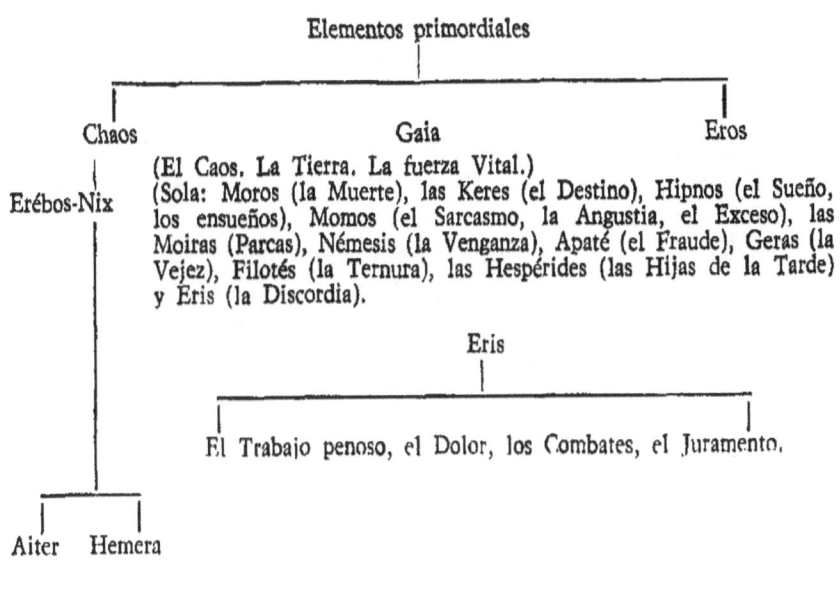

Elementos primordiales

Chaos   Gaia   Eros

Erébos-Nix

(El Caos. La Tierra. La fuerza Vital.)
(Sola: Moros (la Muerte), las Keres (el Destino), Hipnos (el Sueño,
los ensueños), Momos (el Sarcasmo, la Angustia, el Exceso), las
Moiras (Parcas), Némesis (la Venganza), Apaté (el Fraude), Geras (la
Vejez), Filotés (la Ternura), las Hespérides (las Hijas de la Tarde)
y Eris (la Discordia).

Eris

El Trabajo penoso, el Dolor, los Combates, el Juramento.

Aiter   Hemera

Gaia (la Tierra, como generadora de ella misma y del Universo).

Gaia ...

Sin elemento macho ....
- Ouranos (el Cielo).
- Las Montañas.
- Pontos (el Mar).

Con Ouranos ....
- Titanes: Okeanos, Koios, Kreios, Hiperión, Iapetos, Kronos.
- Titánidas: Teia, Rea, Temis, Mnemosine, Foibe, Tethis.
- Cíclopes: Argés, Steropes, Brontes.
- Ekatogcheires: Kottos, Aigaión, Giges.

De la sangre de Ouranos ..
- Erinies.
- Gigantes.
- Ninfas de los Fresnos.

Con Pontos ....
- Nereus, Taumas, Forkus, Keto, Euribie.

Con Tártaros ....
- Tifón, Echidna, Tanatos.

Con Okeanos ....
- Triptolemos.

Con Poseidón ....
- Antaias.

Cuando Kronos, el más joven de los Titanes, hijo de Gaia y Ouranos, tras mutilar a éste y hacerle perder la virilidad, ocupó su puesto luego de destronarle[83], lo primero que hizo fue hundir en el Tártaros a sus hermanos, tanto a los Hekatogcheires como a los Cíclopes (a éstos los había puesto en libertad a ruegos de Gaia), con lo que quedó dueño absoluto del Mundo. Entonces desposó a Rea, su hermana, a la que hizo madre de Hestía, Demeter, Hera, Haides (Plutón) y Poseidón. Pero como Gaia y Ouranos, depositarios de la sabiduría y del conocimiento del porvenir, le aseguraron que sufriría la suerte que él había hecho sufrir a su padre, es decir, que sería mutilado y destronado por uno de sus hijos, para impedirlo, a medida que nacían los iba devorando. Los cinco anteriores, pues, sufrieron esta suerte. Desesperada Rea al verse encinta por sexta vez, huyó a Kreta, y en el monte Dikté (hoy Lasthi) parió, en secreto a Zeus. Luego, dejándole al cuidado de los Kouretes, de las Ninfas y de Amalteia[84], se reunió con Kronos, al que ofreció una piedra envuelta en pañales, que el dios devoró ávidamente sin sospechar el engaño. Cuando Zeus fue ya adulto, ayudado por Metis[85], según una leyenda, o por Gaia,

---

[83] La figura de *Ouranos,* personificación del *Cielo,* tras representar un papel importante en las cosmogonías hesiódica y órfica, desaparece hasta la época de Alexandros. Por mejor decir, luego de este conquistador, cuando al ponerse en candelero muchas religiones orientales que rendían culto a divinidades siderales, Ouranos gozó de un tardío resurgimiento. El dios romano *Caelus* o *Caelum* es un legado de esta revivificación. En la cosmogonía órfica, Ouranos era hijo de la *Noche,* como *Gaia,* y de ambos nacieron los *Titanes,* los *Cíclopes* y muchos otros monstruos (v. n. 803). Ouranos, que reinaba sobre el mundo material, fue destronado por uno de los Titanes, *Kronos,* que, a su vez, lo fue por *Zeus.*

[84] *Amalteia,* cabra o ninfa. Ninfa según la tradición más corriente. La cabra que alimentó a *Zeus,* animal espantoso descendiente de *Helios,* se llamaba simplemente *Aix,* la Cabra. Amalteia colgó al dios recién nacido de un árbol, para que su padre no pudiera encontrarle «ni en el Cielo, ni en la Tierra, ni en el mar».

[85] *Metis,* hija de *Okeanos* y de *Tethis,* pasaba por ser la primera amante o mujer de *Zeus.* Al quedar encinta de él, como *Gaia* y *Ouranos* dijesen a Zeus que, tras la hija que iba a tener con Metis, vendría un hijo que le destronaría, como él había destronado a su padre, y su padre a su abuelo (según otros, fue Metis misma, encarnación de la Prudencia, quien se lo dijo), Zeus se tragó a su amada cuando le llegó el momento de dar ésta a luz. Luego, como sintiese un gran dolor de cabeza, ordenó a *Hefaistos* que le diese un hachazo en la frente para que se le quitase. Y al hacerlo el dios-herrero, salió de la brecha una joven enteramente armada ya: la diosa *Atena.* Ambos símbolos son claros: Zeus se traga a Metis, la Prudencia, para que ésta viva y anide en él; así mismo, la Inteligencia, representada por Atena, es hija suya, y no solamente salida de su ser, sino de su misma cabeza.

según otra, consiguió que Kronos absorbiese una droga que le obligó a vomitar los hijos que se había tragado. Una vez reunidos los seis hermanos, declararon la guerra a su padre, y tras diez años de lucha, en la que combatieron, por una parte, Kronos y los Titanes, sus hermanos, y por la otra, los Olímpicos y los Cíclopes, sus tíos, a los que Zeus sacó del Tártaros tras dar muerte a Kampe, ser femenino monstruoso a quien Kronos había encomendado su guardia, consiguió la victoria[86].

---

[86] Los mitógrafos han asimilado con frecuencia *Kronos*, el dios, a *Chronos*, el Tiempo. Bréal, en *Hercule et Cacus*, deriva Kronos de la raíz *Kar*, hacer, *crear*, de *Krairein*, y hace observar que, en los *Vedas*, *Kranan* es un dios creador. El primer vestigio de aquella asimilación se encuentra en Aristóteles; pero la idea es órfica, puesto que los órficos hacían de Kronos, sucesivamente, el generador y devorador universal, el principio del torbellino vital; en una palabra, el *tiempo*, en el que todo nace y todo sucumbe y se consume. La misma tradición órfica libraba a Kronos de sus cadenas y unía su nombre a la Edad de Oro. El origen de esta *Edad de Oro* estaba en un mito de Hesiodos relativo a las diferentes razas que se habían sucedido desde el comienzo de la humanidad. La primera, al principio, esta *raza de oro*, cuando Kronos reinaba en el Cielo. En aquel venturoso tiempo (verdadero Paraíso terrenal griego), los hombres vivían, como los dioses, libres de penas, trabajos y miserias. Todo era común: lo *tuyo* y lo *mío* no existían. Como no existían la vejez ni las enfermedades. Por lo que los hombres pasaban los días en regocijos, festines y fiestas. Como el suelo producía espontáneamente lo necesario, no se conocía tampoco el penoso trabajo. Pues bien: en Roma, donde Kronos fue identificado con *Saturno*, colocaban la edad de oro en los tiempos en que este dios reinaba en Italia, cuando este país llamábase aún Ausonia. Entonces, Dioses y mortales vivían en intimidad. No existiendo el robo, las puertas no habían sido aún inventadas. Además, los hombres nada tenían que ocultar, pues no deseando sino lo necesario y dándose los frutos de que vivían, liberalmente, la riqueza estaba al alcance de todos, por lo que nadie, para procurársela, tenía que matar. Saturno introdujo los primeros usos civilizados: enseñó a los hombres a usar la hoz, a utilizar la fertilidad del suelo de un modo adecuado y provechoso y mil cosas más, útiles y buenas. A causa de ello, su culto era esencialmente el culto debido a una divinidad de la Naturaleza bienhechora, causante de la fecundidad de la tierra. En Atenas, cerca del Olimpeión, había un santuario común a Kronos y a *Rea*. En Iliria le ofrecían caballos, que eran precipitados al mar en su honor. Pero el culto principal ofrecido a Kronos tenía lugar en Sicilia, tierra que pasaba por haber sido fertilizada por la sangre de *Ouranos* al ser mutilado. Kronos fue identificado a varios dioses extranjeros. Con el dios semita *El*, y sobre todo con el *Baal-Moloch* de los fenicios. Los cartagineses ofrecían a este ídolo víctimas humanas que arrojaban vivas en el vientre de una imagen gigantesca de él calentada al rojo. La misma costumbre se encuentra en la época histórica de Krete y en Cerdeña, donde las víctimas eran prisioneros de guerra y ancianos. En Rodas,

en la gran fiesta llamada *Kronia,* se inmolaba a un hombre. Estas prácticas duraron hasta la época del Imperio romano. Puso fin a ellas Tiberio. Sófokles y Platón oponen el modo mediante el cual honraban a Kronos griegos y bárbaros: de un lado, sangre; del otro, ofrendas piadosas y clementes. En cuanto a Roma, en memoria de la felicidad de la edad de oro, fueron instituidas las *Saturnales,* que al principio duraban un día, que Augusto prolongó a tres, a los cuales Calígula añadió un cuarto. Durante estas fiestas se suspendía el poder de los amos sobre los esclavos; tribunales y escuelas vacaban; no se emprendían guerras, ni se ejecutaba a los criminales, ni se practicaba arte alguno fuera de la cocina, y todo eran placeres, alegría y banquetes copiosos. Cicerón decía a propósito de la imagen Kronos-Tiempo, que el dios que devoraba a sus hijos no era sino el *tiempo,* insaciable de años, a los que va devorando a medida que transcurren. En el templo de este dios en Roma, situado en la vertiente del Capitolio, se guardaba el tesoro público, precisamente por haber sido la edad de oro la edad de Saturno. Su día era el sábado: *Saturni dies.* Del mismo modo que Kronos fue identificado con Saturno, Rea, su esposa, la antiquísima divinidad de la Tierra, fue asimilada a *Cybele,* la Madre de los dioses. Cybele (Cibeles), cuyo nombre ritual era *Kibele* (Κιβελη),]era gran diosa de Frigia, llamada con frecuencia Madre de los Dioses o Gran Madre, cuyo poder se extendía a la Naturaleza entera, de la que ella personificaba el poder de vegetación. Llegada de Frigia a Roma en el siglo lll a. de *J.,* su culto tuvo una importancia enorme en el Imperio romano. El culto a una *Diosa Madre* era de los más antiguos en la cuenca del mar Aigeus (Egeo). En la Krete minoense era ya la diosa de la fecundidad la que hacía fructificar a la Naturaleza entera, la madre de hombres, animales y plantas. En el paganismo griego sobrevivió más o menos confundida con *Gaia* (la *Tierra* considerada como elemento cosmogónico) o con Rea, la Tierra Madre, y su culto se mantuvo muy activo en el Peloponeso. Pero fue, sobre todo, en Asia Menor donde la antigua diosa egea conservó su prestigio, especialmente en Frigia, donde su culto se caracterizaba por su desenfreno. Introducido este culto en Roma, sufrió transformaciones profundas, con objeto de ser romanizado. Cybele fue allí la diosa «del gran poder», y competía con *Júpiter* el dominio del Mundo. Era la «que existía por sí misma y no había tenido madre»; estaba al principio de todo, incluso de Júpiter, de quien había hecho su esposo. Como *Isis* y *Astarté,* era reina del Cielo, ama del relámpago y del rayo, así como de las lluvias fertilizantes. Y del mar, y por ello invocada por los marinos como *Afrodite* o la Astarté de los sidonios; era también divinidad chetónica, la señora de mieses y vendimias, de las minas (ella había enseñado a los hombres a trabajar los metales) y dominadora de leones y fieras, símbolos de destrucción. Como madre de los hombres, regulaba su destino. Creadora de almas, ella las protegía contra el espíritu del mal, pues era llena de benevolencia y constantemente dispuesta a socorrer a quienes la invocaban. Su culto en Roma adquirió importancia considerable a partir de Augusto, que sentía por ella una veneración particular. Las fiestas frigias se celebraban todos los años del 15 al 27 de marzo. A partir de Antonino, el culto a

Mas no se crea que le bastó a Zeus vencer a Kronos y demás Titanes para hacerse dueño del Universo; aún tuvo que dominar a los Gigantes, que se levantaron contra él excitados por la Tierra, furiosa al ver a sus hijos encerrados en el Tártaros, y todavía, última y terrible prueba, necesitó anonadar al más poderoso de sus enemigos, a Tifón, encarnación de los últimos elementos destructores del planeta, monstruo terribilísimo engendrado por Gaia y Tártaros, es decir, producto de las últimas convulsiones perniciosas de la Tierra.

Estas luchas, como las anteriores de Kronos contra Ouranos, no son, seguramente, invenciones de Hesiodos, sino que debían corresponder a

---

Cybele tuvo incluso una serie de ritos secretos *(Misterios)*. El principal santuario de Cybele en Roma fue siempre el primero, levantado en el Palatino e inaugurado el año 191 antes de Jesucristo. Las más antiguas imágenes de esta diosa consistían en simples piedras, incluso en Roma, donde se hizo venir de Pessinoeis (ciudad de Galatia, Asia Menor, hoy ruinas cerca de Bala Hissar) la piedra negra, símbolo de la Kibele asiática. Luego se la representaba con el *kalatos* (peinado en forma de cesta, símbolo de las divinidades de la fecundidad), un gran velo sujeto en la cabeza mediante una corona de torres (símbolo de las ciudades donde imperaba), el *timpanón* (tambor) en la mano izquierda o bien una cornucopia, un cetro o un puñado de espigas mezcladas con amapolas. Los leones que tiraban de su carro indicaban que nada hay, por feroz que sea, que no sea domado por la ternura maternal. El único mito relacionado con Cibeles era la historia de *Agdistis* y de *Attis* (dios frigio, compañero de Kibele, y con el cual se la representaba a veces; su culto fue introducido en Roma por Claudio). Pausanias cuenta la siguiente leyenda relativa a Agdistis. En el transcurso de un ensueño, *Zeus* dejó caer por tierra su simiente. De esta simiente nació un ser hermafrodita, Agdistis. Los otros dioses le emascularon, y del miembro cortado nació un almendro. La hija del dios-río *Sangarios* cogió una almendra de este árbol, la puso en su seno y concibió un hijo, *Attis (attagus,* en frigio, macho cabrío y también *el Hermoso),* al que abandonó. Cuando fue joven era tan hermoso, que Agdistis se enamoró de él; pero sus parientes le enviaron a Pessinoeis para que se casase con la hija del rey. Estaba haciéndolo cuando se presentó Agdistis. Attis, al verle, se volvió loco y se castró. El rey de Pessinoeis hizo otro tanto (transposición de las escenas que se desarrollaban durante el culto asiático a Kibele). Attis murió de la herida, pero Agdistis obtuvo de los dioses que su cuerpo permaneciese incorruptible. Su tumba se llenaba de flores. Otra leyenda hacía que Agdistis y Kibele se disputasen al hermoso Attis. Aquí el rey se llamaba *Midas,* y la hija con la que se iba a casar Attis, *Nana.* Cuando Kibele le enterró al pie de un pino, del cuerpo nacían violetas que se enroscaban en torno al pino. Nana murió también; ella, de desesperación. Y de su tumba nacían también violetas. Agdistis trasladó el cuerpo de Attis a Pessinoeis, donde le enterró, y fundó una cofradía de sacerdotes y una fiesta en su honor.

antiguas tradiciones, según las cuales en las luchas de las fuerzas de la Naturaleza aquellos terribles cataclismos primitivos que la geología ha podido comprobar después, cataclismos incesantes hasta la consolidación de nuestro planeta, siempre triunfó lo mejor y lo más fuerte, lo necesario para que subsistiese. Hesiodos, haciendo suya esta idea y magnificándola con su genio, dará a comprender con sus luchas teogónicas que el Mundo no pudo llegar a un estado de equilibrio sino a través de una serie de convulsiones terribles. En esta marcha del Universo hacia su perfección, se vislumbra poco a poco la idea de *orden*. Pero este orden no será una realidad sino cuando Zeus haya vencido a todas las fuerzas enemigas que se oponen a la consolidación de su poder. En otros términos, cuando la corteza de la Tierra sea suficientemente sólida como para poder resistir los embates de las fuerzas tanto internas como externas. Y esta lucha de fuerzas contrarias que durante millones de siglos sometieron a la Naturaleza a inmensas crisis, en las cuales las resistencias más perfectas triunfaron de las violencias inferiores a ellas, es la que expresa el poeta en todas estas luchas por el Poder, es decir, por la paz y la estabilidad, que quedan brevemente enumeradas.

Que el mito de los Titanes es muy anterior a la *Teogonía* de Hesiodos lo prueba el que ya en la *Ilíada* se encuentran una porción de alusiones al castigo que sufrían en el Tártaros Kronos y sus hermanos[87]. La lucha de Kronos y Titanes, por una parte, y de Olímpicos y Hekatogcheires, por otra, tampoco era nueva. En la mitología persa los Devs y los Izeds, los buenos y los malos genios luchan asimismo implacablemente por el dominio de la Tierra y del Cielo. Como luchan también «los ángeles de Dios contra los ángeles de Satán», en uno de los libros apócrifos del Antiguo Testamento. Pero expresar, como hace Hesiodos con sus luchas,

---

[87] «Aunque te vayas a los confines de la tierra y del mar —dice *Zeus* a *Hera*, canto VIII, v. 479 y sig.—, donde moran *Iapetos* y *Kronos*, en lugares inaccesibles, adonde no llegan los benéficos rayos del Sol ni los refrescantes hálitos de los vientos, lugares que el tenebroso *Tártaros* rodea por todas partes.» «Voy a ir a los confines de la Tierra—dice Hera a *Afrodite*—a ver a *Okéanos*, padre de los dioses, y a la madre *Tethis*, que, como sabes, me recibieron en otro tiempo de manos de *Rea*, mi madre, y me criaron y educaron en su palacio, cuando el poderoso Zeus arrojó a Kronos debajo de la Tierra y de los abismos del mar» (XIV, v. 200 y sig.). «Jura por las sagradas aguas del *Stix*, tocando con una mano la fértil tierra y con la otra el inquieto mar—dice *Hippnos* (el Sueño) a Hera—, para que cuantos dioses están con Kronos bajo el suelo sean testigos...» (XIV, v. 270 y sig.). «... Que hasta los dioses que están con Kronos en el Tártaros hubieran oído el ruido de nuestra pelea». (Palabras de Zeus a Apolo, XV, v. 225-26.)

es decir, restituir poéticamente las grandes revoluciones que en tiempos removieron el suelo de Grecia, esto es tan sólo la obra de su genio de poeta. Los volcanes en las Kiklades (Cícladas), hoy extintos, bastarían para suministrarle elementos con que hacer su descripción, por ejemplo, del último y terrible combate con Tifón. La verosimilitud de su leyenda queda confirmada por la descripción que hace Píndaros de una erupción del Etna, cuyos efectos son atribuidos por Hesiodos al horrendo monstruo hijo de Gaia y Tártaros, aplastado por el peso de esta montaña cuyo fuego él provoca aún con sus estertores[88].

---

[88] Como se ve en el cuadro genealógico inmediato, *Kronos,* además de los tres hijos y tres hijas que tuvo con *Rea,* con *Filtra* engendró al centauro *Cheirón.* Sobre estos amores hay dos versiones. Según una, el dios, temiendo los celos de Rea, se transformó en caballo para unirse con Filira. Y a causa de ello, Cheirón resultó un ser doble, mitad hombre, mitad caballo. Según la otra versión, Filira, por pudor a unirse con un dios y con objeto de escapar a su persecución, se transformó en yegua. Kronos entonces tomó la forma de un caballo y la poseyó violentamente. Filira parió a Cheirón en el monte Pelión, en Tessalia, y allí se estableció con él en una gruta. Más tarde le ayudó a educar a los jóvenes que fueron confiados a su hijo a causa de su prudencia y sabiduría. Cheirón fue el protector de *Peleus,* rey de Ftía, cuando éste, perseguido por el odio de *Astidameia,* mujer de *Akastos,* rey de Iolkos, que había pretendido hacerse amar de Peleus, diciéndole que su marido iba a unirse con *Sterope,* hija de Akastos (a causa del cual, la mujer de Peleus se ahorcó), le acusó ante su marido de que había querido seducirla. Akastos, dando crédito a su mujer, pero no atreviéndose a matar a Peleus, porque era su huésped, le llevó con él de caza al Pelión, y una vez en pleno bosque le abandonó mientras dormía, tras quitarle la espada, arma maravillosa, obra de *Hefaistos,* y esconderla. Desarmado Peleus, hubiese sido víctima de las fieras de la montaña o de los centauros, si el más benéfico de éstos, Cheirón, no le hubiese despertado a tiempo y devuelto su espada. Desde entonces fueron amigos, y por ello Cheirón educó a *Aquiles,* hijo de Peleus y de *Tetis,* a cuyo matrimonio había contribuido asimismo, enseñando a Peleus cómo podría hacer que esta Nereida consintiese en unirse con él, es decir, impidiéndola metamorfosearse. Además de a Aquiles, Cheirón educó a *Iasón* y a *Asklepios.* Cheirón era también médico e incluso cirujano. Cuando Aquiles, de niño, se quemó un tobillo a causa de las operaciones mágicas a que le sometía su madre, Cheirón le reemplazó el hueso que le faltaba con otro que tomó del esqueleto de un gigante. Hasta se dice que dio lecciones a *Apolo.* En todo caso, en sus enseñanzas, además de la medicina, entraba la música, el arte de la guerra y de la caza y la moral. Cuando *Herakles* acabó con los *Centauros,* Cheirón, que estaba de su parte, fue herido por el héroe involuntariamente. La herida era muy grave, pues las flechas de Herakles, envenenadas con la sangre de la *Hidra de Lerne,* producían lesiones que no tenían cura. Cheirón, víctima de agudísimos dolores, se

LOS OLÍMPICOS

Se llaman Olímpicos, por antonomasia, a aquellos de entre los grandes dioses de la mitología griega, que tras la victoria de Zeus sobre Titanes, Gigantes y Tifón (V. n. 75, 77, 79 y 80) habitaban con él, según la tradición homérica, la más alta de las cumbres de Grecia, el «Olimpos» tesalio, desde donde «el padre de dioses y hombres» (παιηρανὸρων τε θεων τε) vigilaba el destino de Mundo[89].

---

retiró a su gruta. Sufría tanto, que a todo trance quería morir. Pero no podía conseguirlo, a causa de ser inmortal. Apiadado de él, *Prometeus,* que había nacido mortal, le ofreció su derecho a morir a cambio de la inmortalidad, que tanto le pesaba. Y así pudo el pobre y benéfico centauro hallar, al fin, reposo.

[89] Aparte del *Olimpos* principal, es decir, de la montaña de este nombre que se levanta en los confines de Macedonia y de Tessalia, separada del macizo de Ossa por las gargantas de Selemvria, y cuya cima, de 2.995 metros, sobre estar siempre cubierta de nieve, rara vez es visible, pues asimismo suelen cubrirla las nubes; aparte de este gigante—decía—, había en el mundo griego varios otros montes de gran elevación que llevaban este mismo nombre. Uno en Misia, que domina el lago de Apolonia y que, con sus 2.910 metros, casi alcanza al anterior. Otro en Chipre, alto, de 2.010 metros. Otro en Elide y aun otro en Arkadia. El primero era considerado en los tiempos homéricos como morada de los dioses, y en particular, de *Zeus.* En la *Ilíada* es citado muchas veces. En el canto I, Aquiles dice a su madre: «Sube al *Olimpos,* y si alguna vez fuiste útil a Zeus con palabras u obras, ruégale por mí» (cuando furioso contra *Agamemnón,* que le ha arrebatado a *Briseis,* no solamente se niega a combatir con los griegos, sino que quiere que Zeus conceda la victoria a los troyanos. El magnífico cuadro de Ingres que hoy se puede admirar en el Museo Granet, en Aix en Provence, representa precisamente a Tetis tratando de interesar a Zeus por su hijo Aquiles.) En el verso 493 de este mismo canto se lee: «Cuando al duodécimo día, Zeus, seguido de los demás dioses, volvió al Olimpos, *Tetis,* que no olvidaba el encargo de su hijo ni la promesa que le había hecho, dejó con el alba los profundos abismos del mar y remontó por los aires hasta alcanzar las alturas del Olimpos». El canto IV empieza de esta manera: «Sentados en el atrio de oro del Olimpos, a la vera de Zeus, los dioses celebraban consejo». El VIII comienza asimismo como sigue: «La *Aurora* de azafranados velos se esparcía ya por toda la Tierra cuando Zeus, amo del trueno, reunió la asamblea de dioses en la más alta de las cumbres del Olimpios». Y desde el Olimpos lanza Zeus a *Hefaistos* a la Tierra, por salir en defensa de su madre, *Hera,* cuando una de sus reyertas con su marido, etcétera. No obstante, poco a poco, la morada de los dioses dejó de ser la montaña terrestre, y si se la siguió denominando con este nombre, se quería decir, al citarla, no la montaña real, sino, de un modo general, las *mansiones celestiales* en donde residía la

Estos dioses Olímpicos eran los siguientes: Zeus (Júpiter), Hera (Juno), Atena (Minerva), Apollon (Apolo), Artemis (Diana), Herirles (Mercurio), Hefaistos (Vulcano), Hestia (Vesta), Leto (Latona), Demeter (Ceres), Ares (Marte) y Afrodite (Venus). Entre las grandes divinidades estaban aún Poseidón (Neptuno), Haides (Plutón) y Bakchos o Dionisos (Baco); pero estos tres últimos no eran considerados Olímpicos, pues el primero moraba en los abismos del mar; el segundo, en las profundidades de la Tierra, y el tercero era más bien una divinidad errante y terrestre.

Veamos las grandes figuras olímpicas[90]:

---

divinidad. Estas mansiones no eran ya, como digo, la cima del Olimpos cubierta de nieve y tantas veces de los elementos desencadenados, sino la segura región del éter, lejos y fuera de los embates de los elementos. Y lo más curioso es, que en la *Ilíada* misma, que, como se ve, tantas veces nombra el Olimpos, reconoce la otra mansión, pues en el canto II, verso 412, dice por boca de Agamemnón: «¡Zeus poderosísimo, dios el más grande, que amontonas las nubes y vives en el éter!» (αιθερί γαιων).

[90] He aquí estos nombres en griego, latín y español:

Ζευς. Jupiter, Juppiter, Jovis. *Zeus, Júpiter.*

Ηρα. Juno. *Hera, Juno.*

Λθήνά. Minerva. *Atena, Minerva.*

Εστιά. Vesta. *Hestia, Vesta.*

Λητω. Latona. *Leto, Latona*

Απλλων. Apollo. *Apollan, Apolo.*

Αρτεμις. Diana. *Artemis, Diana.*

Λήμήτήρ. Ceres. *Demeter, Ceres.*

Ἡράίστος. Vulcanus. *Hefaistos, Vulcano.*

Ερμής. Mercurius. *Hermes, Mercurio.*

Αιδης.Pluto, Plutón. *Haides, Plutón.*

Αρης.. Mars. *Ares, Marte.*

Αφροδίτή. Venus. *Afrodite, Venus.*

Ποσέιδων. Neptunus. *Poseidón, Neptuno.*

Βαχχος. Διονυσος. Ἰαχχος. Ζαγρευς. Bacchus, *Bakchos, Dionisos, Iakchos, Zagreus.*

Los nombres latinos de los dioses han pasado directamente del latín al español; en cambio, los nombres griegos, en general, nos han llegado de un modo indirecto. La regla es (véase mi estudio preliminar al *Faidon,* de Platón, y la noticia que encabeza la obra *Sókrates,* de Xenofón, de la «Colección La Crítica Literaria») que del griego hayan sido transcritos al latín, de éste al francés, y del francés al español. ¿Por qué? La razón es fácil de comprender. Del mismo modo que a través de los árabes españoles, y gracias a las numerosas versiones que hicieron al latín los traductores toledanos, la ciencia antigua, y a su cabeza Aristóteles, pudo ser conocida en Europa en la Edad Media (la *ciencia,* es decir, lo neutro en

ZEUS

Según queda indicado en la nota 71, el objeto de las teogonías fue no sólo sistematizar y ordenar el laberinto de dioses y diosas que llenaba y complicaba la primitiva mitología griega, sino algo mucho más difícil y más importante, que era hacer un poco de luz en el problema de los problemas, es decir, en el conocimiento del origen y formación del Universo, en general, de la Tierra en particular, y con ello de todas las cosas. Y este fenomenal intento justifica, como vamos a ver, la separación total (visible, sobre todo, en la figura de Zeus, pues los demás dioses, semidioses y héroes, salvo tres o cuatro, no son sino comparsas a su lado), entre la *mitología* y la *religión* griega. Es decir, entre lo que necesitaba y comprendía la masa, a la que sólo satisface el *culto,* y lo que pensaban y creían los espíritus superiores a propósito de esa incógnita tan grande y tan

---

cuestiones de mitología y religión), del mismo modo las letras y la filosofía de la antigüedad, es decir, las *humanidades* en general, pudieron ser divulgadas, gracias a la imprenta, en aquel período incomparable, de resurgimiento espiritual, que fue el Renacimiento. Los Alde Manuce, los Estienne, los Dolet, los Plantin y los Elzevir pudieron, a partir de fines del siglo xv (Alde Manuce fundó en Venecia, el año 1490, su gloriosa dinastía de impresores; los Elzevir honraron la suya, su ciudad, Leiden, Alemania y el Mundo entero de 1592 a 1700) empezar a hacer ediciones admirables en griego y latín, pues ellos mismos eran no solamente impresores, sino humanistas consumados. Y luego traducciones a sus idiomas respectivos. Y como fueron, sobre todo, las ediciones francesas las que pasaron a España, pues, claro, del francés fueron acomodados al español los nombres propios. Así como, por ejemplo, el *Daidalos* griego se suele traducir en español *Dédalo,* porque en francés se escribe *Dédale,* y el *Timaios, Timeo,* porque los franceses dicen *Timée,* etc. Mas como yo creo que lo lógico y conveniente es respetar cuanto se pueda, en honor no tan sólo de la ortografía griega, sino de la fonética, el modo como los helenos escribían sus nombres, he aquí por qué los transcribo tal cual lo hago, ajustándome lo más que puedo al modelo original. Porque ¿es justo ni lógico que al que los griegos llamaban *Achuleis* o *Achilleus* (la u «psilon», u simple, tal vez la pronunciasen los griegos como u francesa; yo la transcribo unas veces por /, otras por *u),* nosotros le llamemos *Aquiles,* y a *Odisseus, Ulises?* (no obstante, estos dos nombres son, tal vez, los dos únicos que he dejado de este modo, por no despistar demasiado al lector). ¿Qué nos parecería si pudiéramos oír decir dentro de algunos siglos que Miguel de Cervantes (al que ya hemos rebajado la cuarta letra del apellido nosotros mismos) era denominado, por ejemplo, «Mitul de Pervintos»?

inquietante, siquiera sea como suprema curiosidad intelectual, cuya misteriosa esencia se encierra en la palabra DIVINIDAD[91].

GENERACIÓN DE TITANIDES Y OLÍMPICOS

Ouranos-Gaia

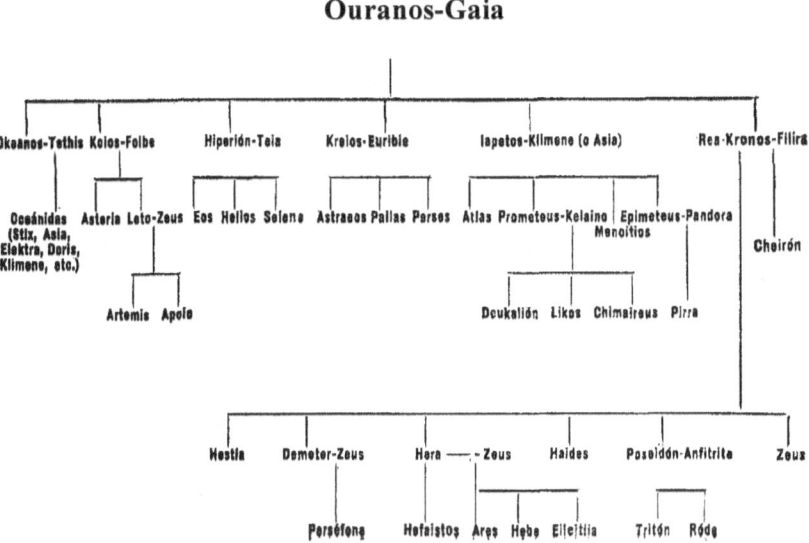

El Chaos, Gaia, Ouranos, Pontos, los Titanes y Titánidas, los Cíclopes y los Gigantes, es decir, las primitivas personificaciones, ora de los elementos de la Naturaleza en su prístino estado de mezcla, confusión y desorden, ya de los cataclismos conservados por remotas tradiciones, de las perturbaciones de la Tierra, tantas veces víctima mediante diluvios, volcanes, terremotos y tormentas; cataclismos de los que los mismos autores de las teogonías serían testigos muchas veces, bien que no tuviesen el horror y amplitud de las convulsiones pasadas; todas aquellas

---

[91] La diferencia entre la *mitología,* única religión de la masa, en realidad, y la verdadera *creencia,* la verdadera *religión* de los no muchos espíritus, únicos capaces de preocuparse por la verdad de las cosas y de tratar de llegar a ella a fuerza de reflexión y de conocimientos, es cualidad común a todas las religiones. La *beata,* por ejemplo, esa especie de topo espiritual para la que toda la religión consiste en el culto y todo deber religioso en engullir misas, tragar novenas, atascarse de rosarios, ser lapa de confesonarios y tortura de sacerdotes, víctimas sin culpa de su devoción mecánica y de su piedad insignificante, ¿qué sabe siquiera de la doctrina atribuida al Cristo?

representaciones simbólicas, decía, de los grandes fenómenos naturales, no podían quedar como dioses. No podían pasar de concepciones destinadas a explicar mediante personificaciones vagas los grandes hechos naturales. Pero la tendencia al *orden* que cada vez con mayor seguridad ofrecían las cosas en virtud de una superior estabilidad de los elementos, la aspiración a una *perfección* que se deseaba, a una era de *paz* natural y de *luz,* tenía que dar lugar en Grecia, como en todas partes, a la suposición de un dios grande, bueno, claro, brillante; de un dios sin horrores, sino todo lo contrario: luminoso, como el luminoso cielo de los días prósperos y tranquilos; aquel cielo que solía cubrir a Grecia, y cuya contemplación llevaría a los griegos, como a todos los hombres, a un sentimiento divino a base de bondad y de orden, más grato y necesario que el terrible originado por el miedo. A este sentimiento y a esta necesidad corresponde Zeus, empezando por su nombre[92].

Veamos, pues, a Zeus, en sus dos manifestaciones opuestas: el Zeus de la mitología, primero, y luego el de la religión. Oposición y hasta antagonismo, pues si por una parte era el dios supremo, el «padre de dioses y hombres», el ordenador de todas las cosas, el ser todopoderoso cuya soberana inteligencia veía y comprendía todo, es decir, un dios en nada diferente del que haya podido concebir la religión más perfecta[93], por otra, no solamente tenía padres y abuelos, como tenía hermanos e hijos, es decir, *origen* y descendencia como los mortales, cosa que consideramos opuesta a la idea de *divinidad,* sino *historia.* E historia impropia de un dios por dos razones: primera, por imperfecta, por difícil, pues no sin grandes esfuerzos y gracias a poderosas ayudas había conseguido vencer a sus enemigos; segunda, por su carácter vergonzoso: piénsese en los

---

[92] *Dyaus,* en la India; *Zeus,* en Grecia; *Deus* e *Iovis,* en Roma; *Tyr,* en Germania, como *Dieu,* en francés, y Dios, en español, todos estos nombres provienen de una raíz común, *div,* que en sánscrito quiere decir *brillante,* resplandeciente. Los hindúes védicos, lo mismo que los griegos, conocían otro dios del cielo llamado *Varuna,* entre aquéllos, y *Ouranos,* entre éstos. Ambos nombres derivados probablemente de la raíz *var, cubrir.* En efecto: en Grecia, Ouranos era la personificación del Cielo que cubría a la Tierra (él a Gaia). Puede ser también que en un principio no hubiese en la India sino un solo Dios del Cielo, llamado *Dyaus-Varuna,* como en Grecia el *Zeus-Ouranios* espartano; expresión que luego se dividió para formar dos dioses: uno que, por *cubrir,* es él mismo un Cielo *cubierto,* y otro, el Cielo *claro, limpio, brillante,* es decir, el día.

[93] De tal modo, que ello indujo a Welcker *(Griechische Gotterlehre)* a suponer la existencia en Grecia de un monoteísmo primitivo.

inacabables incestos, raptos, adulterios, parcialidades y demás lindezas, impropias de un dios, que rodeaban su figura.

Veamos con algún detalle esta curiosa historia, que ya conocemos en parte (notas 46, 79, 80, 83, 84, 85 y 87).

Zeus era el último, es decir, el sexto de los hijos que tuvieron Kronos, el titán, y Rea, la titánida, su hermana. Como «Kronos había sabido por Ouranos y Gaia que el Destino le condenaba a verse sometido al yugo de uno de sus hijos, a sucumbir bajo los mandatos de Zeus»[94], por ver de impedirlo devoraba a su progenie a medida que nacían. Rea, desesperada, al sentirse madre por sexta vez, decidió salvar al ser que iba a nacer valiéndose de la astucia. Y en efecto, tras parirle de noche, a la mañana siguiente ofreció a su marido una piedra envuelta en unos pañales[95] que Kronos, sin sospechar el engaño (los dioses eran aún imperfectos, como el Mundo), se tragó al punto.

Las ninfas del monte donde había sido escondido el recién nacido le recibieron en sus brazos y le echaron a dormir en una cuna de oro; una de ellas sobre todo, Adrastea, vigiló y dirigió sus primeros pasos. Por supuesto, todos los seres de la montaña velaban por el futuro dios y

---

[94] *Teogonía,* v. 463 y sig.

[95] «A favor de las sombras de la noche, la diosa, con rápida carrera, se va a Liktos. Lleva allí el fruto de sus entrañas, que es recogido por *Gaia* y escondido en las profundidades de una caverna, al fondo de los espesos bosques del monte *Aigaios.* Envolviendo en pañales una enorme piedra, *Rea* se la ofrece al poderoso hijo de *Ouranos,* el precedente rey de los dioses. Este la coge y la traga al punto. ¡Insensato! No sabe que, en vez de aquella piedra, un hijo le ha sido conservado. Un hijo que no conocerá ni la derrota ni las inquietudes; que pronto deberá dominarle mediante la fuerza de su cuerpo, despojarle de sus honores y reinar, en vez de él, sobre los inmortales.» Hesiodos, *Teogonía.* El «Aigaios» (el monte de las cabras), es una región del monte Ida, en Kreta (Creta, hoy Candía); según otras versiones, en el monte Dikte (hoy Lasthi), de la misma isla. Según Kallímachos, en su *Himno a Zeus,* en las montañas de Arkadia. Cuenta incluso en sus versos que, como no hubiese entonces manantiales ni arroyos en aquellas montañas, Rea, deseando lavar al niño, golpeó el suelo con su cetro, implorando, al hacerlo, a Gaia (la Tierra), y que al punto apareció una fuente abundante junto al sitio donde se levantó más tarde la ciudad de Lepreión. *Rea* dio a esta fuente el nombre de una ninfa: *Neda.* Kallímachos era un gramático y poeta alejandrino (310-235 a. d. J.). Ptolemaios Filadelfo le hizo director de la Biblioteca de aquella ciudad. Hizo obras de erudición y otras de poesía. Gracias a una traducción de Cátulo, conservamos su poema *Sobre la cabellera de Berenice.* Más varios fragmentos y seis *Himnos* religiosos y mitológicos, que dan una idea de la poesía alejandrina, erudita y espiritual.

contribuían a su maravilloso desarrollo. Las abejas destilaban para él su miel más dulce; las cabras (V. nota 84) le ofrecían su leche[96], los Kouretes[97], en fin, ejecutaban en torno a su cuna de oro la danza pírrica, entrechocando escudos y lanzas, para impedir mediante el estrépito que hacían, que el llanto o los gritos del niño-dios, llegasen hasta su padre.

Tanta solicitud unida a su buena cepa, hizo que Zeus se desarrollase a maravilla[98]. Y cuando fue adulto ya, deseando destronar a su padre, pidió consejo a Metis (V. n. 73 y 85). Esta le dio una droga por obra de la cual Kronos vomitó los hijos que se había tragado. Entonces, con ayuda de sus hermanos, de los Hekatogcheires y de los Cíclopes, a los que por consejo de Gaia sacó del Tártaros tras matar a Kampe, ser monstruoso femenino que les custodiaba por orden de Kronos (los Cíclopes dieron a Zeus el

---

[96] Según otras tradiciones, en vez de *Aix,* la cabra espantosa (que ha debido de aparecérsele en un ensueño a Picasso, a juzgar por la suya), cabra que descendía de *Helios,* que de tal modo aterraba a los *Titanes,* que la Tierra, a petición suya, tuvo que ocultarla en una caverna, en las montañas de Kreta, y con cuya piel se hizo luego *Zeus* la famosa *égida:* pues en vez de con leche de esta cabra, según otros, fue alimentado con néctar y ambrosía. Un águila enorme, tomando el néctar de una roca, se lo traía al futuro dios. Palomas llegaban desde el Occidente remoto para traerle asimismo la sabrosa ambrosía.

[97] Sobre estos *Kouretes* hay una porción de leyendas. Una habla de un pueblo muy antiguo que ocupaba Etolia, de la que fueron expulsados por *Aliolos,* rey de Elis. Otra los hace originarios de Euboia y en número de siete. Otras, en vez de siete, dos, nueve, o indeterminados. Pasaban, en todo caso, generalmente por una especie de demonios pertenecientes al culto de *Rea* (de la *Rea* cretense), así como los *Koribantes* eran los sacerdotes de *Kibele,* en Frigia. Y que, lo mismo que éstos con su diosa, ellos celebraban los misterios de Rea con cantos y danzas desordenadas. La *pírrica* había sido inventada por *Neoptoletnos* (llamado también *Pirros),* el hijo de *Aquiles* y de *Deidameia,* cuando, lleno de alegría por haber dado muerte a *Euripilos,* el hijo de *Telefos,* improvisó y ejecutó esta danza ante su cadáver. Los Kouretcs fueron muertos por Zeus, con el rayo, por haber ocultado (por mandato de *Hera)* a *Epafos,* hijo del Olímpico y de *Io.* Este Epafos se casó con *Memfis,* la hija de *Nilo,* con la que tuvo a su vez una hija, *Libia,* que dio nombre al país inmediato a Egipto. Según otra leyenda, en vez de con Memfis, fue con *Kassiopeia* con quien se casó.

[98] «Entre tanto, el joven dios se criaba rápidamente; su fuerza crecía al mismo tiempo que su valor. Cuando fue preciso, sorprendido por las astucias de *Gaia,* vencido por el brazo y poder de su hijo, el astuto *Kronos* volvió a la luz a los hijos salidos de su sangre que había tragado, y ante todo, la piedra engullida tras ellos. *Zeus* la fijó en la tierra, en la divina Pito, al pie del Parnasos, para que fuese un día, ante los ojos de los mortales el monumento que proclamase sus maravillas». (Hesiodos, *Teogonía,* v. 492 y sig.)

rayo, a Haides un casco que hacía invisible a quien lo llevaba, y a Poseidón un tridente cuyo choque trastornaba mar y tierra), con tales aliados y tales ventajas, decía, y tras una lucha que duró diez años, Zeus consiguió vencer a Kronos y a los demás Titanes, sus auxiliares, a todos los cuales encerró a su vez en el profundo Tártaros, confiando a los Hekalogcheires su buena guarda[99].

Tras la victoria vino el reparto del botín: el Universo. Este reparto se hizo a suertes, y como Zeus debía ser el favorecido, a él le tocó el Cielo y la preeminencia sobre todo lo existente; a Poseidón, el Mar, a Haides, el Mundo subterráneo[100].

Vencidos y encadenados los Titanes, aún tuvieron los Olímpicos que luchar con los Gigantes (V. n. 5 y 77), y, finalmente, con el peor de tanto poderoso enemigo, con Tifón (V. n. 80). Pero todos fueron dominados y entonces empezó el verdadero triunfo de Zeus, su dominio indiscutible sobre cuanto había sido creado, su intervención en los asuntos de la Tierra (de lo que *Ilíada* y *Odisea* son prueba repetida y constante), y, en fin, el capítulo, no menos fantástico, pero también no menos interesante, de su leyenda: sus múltiples uniones y aventuras amorosas tanto con diosas como con criaturas mortales.

Según Hesiodos, Zeus se unió primeramente a Metis[101]. Esta unión dio origen a Atenea. Zeus amó en seguida a Temis, que le dio aún más

---

[99] En esta terrible y larga lucha, *Zeus,* subido en su carro y armado de rayos y relámpagos, encarna no solamente el triunfo del cielo luminoso que pone en fuga a las tinieblas endemoniadas, sino el dios del orden y de la armonía física, que triunfa de las fuerzas desordenadas de la naturaleza

[100] En realidad, tal reparto fue una simple fórmula, pues *Zeus* era de tal modo superior a sus hermanos (v. nota 46), que no había otra potestad que la suya. Para los griegos, ya desde los tiempos de Homeros, tan sólo había un dios dotado de fuerza soberana: Zeus. Fuerza tan superior a la de los demás dioses, que éstos estaban enteramente en su mano y bajo su dependencia. Si Poseidón intentaba alguna vez rebelarse (v. el canto XV de la *Ilíada),* pronto se daba cuenta de la inutilidad de sus empeños. En cuanto a *Haides,* ya en Homeros es el más indefinido y mínimo de los dioses. Una especie de representación de Zeus bajo la tierra: *Zeus katachtonios.* Los demás dioses y diosas estaban aún más inmediata y estrechamente sometidos a la gran Divinidad.

[101] «Que sabía más cosas que todos los dioses y los mortales juntos». (*Teogonía,* v. 886.) Por consiguiente, esta cópula no es sino la unión de *Zeus,* como dios todopoderoso y soberano, con la *sabiduría,* con la *ciencia* personificada. Como era lógico que ocurriese, pues, ¿hubiera podido verdaderamente ser tal dios grande y poderoso sin empezar por ser sabio? Cuando Homeros dice que Zeus «encerró en sus entrañas a su joven esposa para que, oculta en él mismo, le

numerosa descendencia[102]. Luego llevó su ardor amoroso hacia Mnemosine (V. n. 73), a la que hizo madre de las amables Musas[103]. Con Eurinome tuvo a las graciosas Chantes[104]. Los amores de Zeus y Leto

---

revelase el conocimiento del bien y del mal», no quiere decir otra cosa, como indicado queda, sino que la inteligencia soberana debía ser una parte de la sustancia del dios y el primero de los atributos de su divinidad.

[102] *Temis* (V. n. 73) era la personificación de la Ley. Y decir *ley* es decir *orden* tanto físico como moral. En el primer sentido, Temis era la madre de las *Horas* y de las *Estaciones*. En el segundo, de ella nacieron *Eunomia* (el Orden personificado, las buenas leyes), *Diké* (la Justicia), *Eirené* (la Paz), y las *Moiras o Parcas* (V. n. 37, 38, 73, 77), a quienes *Zeus* había encargado de distribuir a los hombres, durante su vida, los bienes y los males.

[103] ¿Podía un dios sabio carecer de memoria o dejar de ser él mismo fuente primera de toda inspiración artística, muy especialmente de la poética? He aquí, pues, que todas estas uniones fueron inventadas por los poetas reflexivamente, con objeto de dotar a dios, tan grande como le iban formando, de todos los atributos no solamente físicos, sino intelectuales.

[104] Esta *Eurinome* hija de *Okéanos* y *Tethis,* había reinado con *Ojión,* en las nevadas vertientes del *Olimpos,* antes del advenimiento de *Kronos.* Al empuñar éste las riendas del poder tras mutilar a su padre, los echó de allí. Eurinome y Ofión se refugiaron en el mar, que todo puede ocultarlo. Y allí, y en unión de Tethis, acogieron a *Hefaistos* cuando éste fue precipitado por *Zeus,* desde lo alto del Olimpos, por haber liberado a su madre, encadenada por su esposo. Lo que no impidió que al caer en la isla de Lemnos se rompiese ambas piernas y cojo quedase para siempre. En cuanto a Eurinome, amada por Zeus, engendró a las *Charites* (las Gracias) y al dios-río *Asopos.* Las Charites, expresión ideal de la gracia, de la perfección de los seres humanos y de las obras de los hombres, así como de la Belleza (todo lo cual no podía provenir sino de Zeus), eran tres, según Hesiodos: *Eufrosine,* la alegre; *Agaia,* la brillante, y *Talía,* la floreciente. «Madres de la alegría, diosas amables y benéficas» las llamaba un himno órfico. Píndaros, por su parte, escribía: «Con ellas todo se torna encantador y amable. Gracias a ellas, el hombre es sabio, seductor e ilustre». Se las representó siempre como tres jóvenes desnudas enlazándose por los hombros. Si se tiene en cuenta que el nombre Eurinome era uno de los numerosos epítetos de la aurora y que las Charites son los cabellos del Sol levante, o dicho de otro modo, sus rayos, el amor de Zeus hacia Eurinome no sería sino la expresión poética del hecho de que cada mañana el cielo parezca unirse a la aurora para dar nacimiento al día. Asopos, el dios del río de su nombre (que ciertos autores dicen hijo de *Poseidón* y de *Pero)* era, según otros, hijo, como todos los ríos, de Okéanos y de Tethis. Se casó con la hija de otro dios-río, el *Ladón,* y tuvo con ella dos hijos y veinte hijas. Diodoros, más modesto, las reduce a doce Ya está bien, incluso para un dios.

dieron nacimiento a Apolo y a Artemis (V. n. 73 y 79)[105]. Otra diosa, Demeter, hermana suya, le dio a Perséfone (bien que cierta leyenda diga que Perséfone era hija de Zeus, pero no de Demeter, sino de Stix, la ninfa del río infernal de este nombre)[106]. La diosa del amor, Afrodite, es

---

[105] La unión de *Zeus* y *Leto* (la *Latona* romana) representa la fusión del cielo y la noche, cuyos frutos son: *Apolo* los rayos del Sol, y *Artemis,* los de la Luna. Una leyenda contaba que *Hera,* llevada siempre de sus implacables celos había jurado que Leto no podría dar a luz en parte alguna donde brillase la luz del Sol. Zeus ordenó entonces a *Bóreas* que llevase a su amada hasta *Poseidón,* el cual levantando las olas del mar, formó una especie de bóveda líquida sobre la isla de Delos. Allí protegida por las aguas contra los rayos del Sol, Leto pudo traer al Mundo a sus dos gemelos. Otra leyenda hacía que Leto, por escapar a la implacable persecución de Hera se transformase en loba, yendo a refugiarse al país de los hiperbóreos (pueblos situados al norte de las regiones conocidas por los antiguos donde creían que reinaba un clima uniforme y seis meses de día y otros tantos de noche; Apolo y *Perseus* habían estado allí). Lo que explica el epíteto *Likogenes* nacido del lobo, aplicado a veces a Apolo. Otra leyenda refiere aún que estando Leto y sus hijos en Likia y como la diosa se detuviese junto a una fuente para lavar a aquéllos, unos pastores trataron de impedirlo; Leto, entonces, los transformó en ranas. Leto fue muy amada de sus hijos. Por complacerla inmolaron a la prole de *Niobe* a quien *Amjión,* el hijo de Zeus y de Antiope y hermano de *Zetos* (V. n. 108), había dado siete hijos y siete hijas (el número varía según leyenda: en Homeros son doce; según Hesiodos, veinte; según Herodotos de Herakleia, cinco tan sólo). Orgullosa Niobe de su descendencia, se atrevió a decir que era superior a Leto, que no tenía sino dos. Esta encargó a sus hijos que vengasen la ofensa y éstos mataron con sus flechas a todos los hijos de Niobe, salvo dos: un hijo y una hija. El gigante *Titios,* hijo de Zeus y de *Elara,* a quien su amante tuvo que esconder en las entrañas de la Tierra para librarle de Hera (por lo que de la tierra salió Titios al nacer), instigado por Hera, que la odiaba siempre, trató de violar a Leto. Naturalmente, Apolo y Artemis le mataron con sus flechas. Según otra versión, fue Zeus mismo quien, sobre acabarle con el rayo, le hundió en los *Infiernos,* donde dos serpientes (o dos águilas) devoraban su hígado, que, como el de *Prometeus,* se formaba inmediatamente para ser devorado de nuevo. En fin, la serpiente *Pitón* fue muerta asimismo por Apolo (cuando apenas hacía tres días que había nacido el terrible arquero), por haber amenazado a Leto. En su honor, no obstante, fundó juegos fúnebres: los Juegos Píticos. Decíase que Pitón estaba enterrada debajo del *Omfalos* (centro, ombligo; centro de la Tierra, hablando de Delfos, que es de donde aquí se trata), del templo de Delfos.

[106] Las aventuras de *Demeter* y *Perséfone* eran lo esencial de su leyenda. Y por ello mismo, de las iniciaciones en los célebres *Misterios de Eleusis.* Jugando un día Perséfone con sus hermanas (de padre) *Atena* y *Artemis,* más varias Ninfas, en la pradera de Enna (Sicilia), apareció de pronto *Haides,* su tío, que estaba

también, según cierta tradición, hija de Zeus y de Dione[107]. Con Hera, su esposa legítima y hermana asimismo, tuvo a Ares, el dios de la guerra (era lógico pues, como se verá, en el matrimonio Zeus-Hera no había paz; como es lógico también lo que ocurre en las uniones mortales tras tan alto ejemplo), a Hebe (personificación de la Juventud), que hasta el rapto de Ganimedes era la que servía el néctar de los dioses, y que con Musas y Horas bailaba al son de

---

enamorado de ella, y ayudado por *Zeus* (¡qué familia!), la raptó. Demeter, no sabiendo dónde podría estar, empezó a recorrer el Mundo, angustiada, buscándola. Al desaparecer Perséfone en el abismo, había lanzado un grito. Este grito enloqueció a su madre, que, como digo, desatinada se lanzó en su busca. Durante nueve días y nueve noches, con una antorcha en cada mano, Demeter vagó por la Tierra. Al décimo encontró a *Hekate* (V. n. 73, 77 y 78), que había oído también el grito de la joven, pero que no había podido reconocer al raptor, cuya cabeza estaba rodeada de sombras. Pero quien podía saber dónde se hallaba era *Helios* (el Sol), que desde su altura brillante lo veía todo. Y, en efecto, Helios lo sabía: Poseidón había raptado a Perséfone con la complicidad de Zeus. Furiosa Demeter, pero comprendiendo que nada puede, por estar el Olímpico mezclado en la cuestión, decide no volver al Cielo. Permanecer en la Tierra, pero abdicando, olvidando sus funciones propias de divinidad del suelo. Consecuencia: la tierra se torna estéril, y con ello todo el orden y vida del Mundo se sienten perturbados. De tal modo, que Zeus tiene que ordenar a Haides que devuelva Perséfone a su madre. Pero la cosa es imposible, por haber comido Perséfone un grano, uno tan sólo, pero ello basta, de cierta granada que le ha ofrecido su enamorado raptor, con lo que ha quedado ligada a él para siempre. Hay que llegar, pues, a un acuerdo: Demeter volverá a ser la diosa benéfica de la tierra e incluso se dignará ocupar su puesto en el Olimpos, pero con la condición de que su hija salga del *Infierno* cada seis meses, es decir, cada primavera. Luego, pasados otros seis meses, volverá a las tinieblas con su esposo. Pero con su benéfica presencia la simiente germinará en los surcos, la Naturaleza volverá a llenarse de flores y de frutos, y la vida podrá seguir su curso hasta que vuelva a desaparecer cuando el helado invierno. He aquí la explicación de la leyenda y lo que debía de formar el fondo de las iniciaciones de los mencionados Misterios de Eleusis. O bien que Zeus, dios de la lluvia, al unirse a Demeter (la tierra cultivable), la penetraba y fecundaba con su humedad y su calor, gracias a lo cual cada primavera podía dar nacimiento a una nueva y brillante vegetación. Los atributos de Demeter eran la espiga y la adormidera. Su pájaro, la grulla. Su víctima predilecta, la cerda. Se la representaba sentada, llevando en las manos antorchas o serpientes.

[107] Esta *Dione,* según cierta tradición, era hija de *Ouranos* y de *Gaia.* Según otra, una de las *Oceánidas,* y, por consiguiente, hija de *Okéanos* y de *Tethis.* Incluso se la pone entre las hijas de *Atlas.* Dione, con *Zeus,* tuvo a *Afrodite;* luego, con *Tántalos* (el hijo de Zeus y de *Pluto),* a *Niobe* y a *Pelops.*

la lira de Apolo, y aun a Eileitiia, genio femenino que presidía los partos. En fin, con Perséfone a Zagreus-Bakchos (V. n. 406).

Para mayor claridad, pues todavía faltan los amores de Zeus con simples mortales, amores aún más numerosos y hasta interesantes si se tiene en cuenta que a veces el poderoso y prolífico dios tuvo que revestir las formas más peregrinas (toro, cisne águila, monedas de oro, etc.) para poder satisfacer su pasión, véase el cuadro siguiente:

CUADRO DE LAS UNIONES AMOROSAS DE ZEUS

ZEUS:

(uniones divinas)

> Metis: Atena.
> Temis: las Horas, las Moiras.
> Mnemosine: las Musas.
> Leto: Apolo, Artemis.
> Furinome: las Charite
> De meter: Perséfone.
> Dione: Afrodite.
> Hera: Ares, Hebe, Eileitiia.
> Perséfone: Zagreus Iakchos.

(uniones humanas principales)

> Alkmene: Heracles.*
> Antiope: Amfión, Zetos.
> Kallisto: Arkas.
> Danme: Perseus.
> Aigina: Aiakos.
> Elektra: Dardanos, Iasión, Harmonía.
> Europe: Minos, Sarpedón, Radamantos.
> Io: Epafos.
> Laodameía: Sarpedón.
> Leda: Helene, los Dioskouroi.
> Maia: Hermes.
> Niobe: Argos, Pelasgos.
> Plouto: Tántalos.
> Semele: Dionisos.
> Taigete: Lakedaimón.

*Heracles[108]

---

[108] ALKMENE, mujer de gran hermosura, había sido unida a *Amfitrión,* hijo de *Alkaios,* rey de Tirintos, por su padre, *Elektrión.* Pero con la condición de que Amfitrión no consumase el matrimonio sin haber vengado a Alkmene de la muerte de sus hermanos que habían sucumbido, menos uno, *Likimnios,*

combatiendo contra los hijos de *Pterelaos*. Amfitrión partió, pues, dispuesto a vengar a su mujer. Lo consiguió, y cuando, tras haber dado muerte a Pterelaos y haberse apoderado de todo el territorio de los teleboenes, volvía cargado de botín, ocurrió que *Zeus,* tomando su apariencia, pues sabía cuán virtuosa era Alkmene, se unió con ella durante larga y deliciosa noche, que duró un plazo igual a tres días completos (para ello ordenó al Sol que no saliese hasta transcurrido dicho plazo). De modo que al llegar Amfítrión en el momento mismo, sobre quedar sorprendido de no ser recibido con más alegría, aun lo fue más cuando, al referir a su mujer las peripecias de la gloriosa campaña que acababa de terminar, encontró que ésta ya las conocía. Todo ello le preocupó de tal modo, que, sospechando que ocurría algo anormal, consultó el caso con *Tiresias* (el célebre adivino que es para el ciclo tebano lo que *Kalchas* para lo relativo a Troya). Y, naturalmente, Tiresias le reveló lo que no hubiese querido escuchar: la honra deshonrosa que le había cabido en suerte. Furioso entonces, decidió hacer morir a su inocente mujer. Pero, apenas encendida la hoguera en que debía abrasarse, un verdadero diluvio la apagó como por encanto. Ante tan clara intervención de la Divinidad, Amfitrión se conformó con su suerte. No olvidaba, sin duda, que el dios de la lluvia y el del rayo eran uno y el mismo. Valía más, sí, ser prudente. En cuanto a Alkmene, concibió dos gemelos, que nacieron con una noche de intervalo: *Herakles,* hijo de Zeus, e *Ifkles,* hijo de Amfitrión. Para saber cuál de los dos era su hijo, éste metió en el cuarto dos enormes serpientes. Ifikles se tiró por la ventana; Herakles las ahogó con sus manos. Otra tradición dice que las serpientes fueron enviadas por *Hera,* eternamente celosa. Amfitrión enseñó a Herakles a conducir un carro. Más tarde murió combatiendo a su lado contra los guerreros de Orchómenos, ciudad vecina a Tebas, en defensa de los habitantes de esta ciudad. En cuanto a Alkmene, se hizo muy vieja y, una vez muerta, Zeus envió a *Hermes* a que trasladase su cuerpo a la *isla de los Bienaventurados.* Allí se casó con *Radamaníos.* Otra leyenda dice que si se casó con Radamantos fue tras la muerte de Amfitrión, cuando Radamantos estaba desterrado en Boiotia. También se decía que Alkmene fue la última de las mujeres mortales con quien se unió Zeus. Tal vez por ello el hacer la noche tan larga. Por supuesto, un Herakles necesitaba bien una buena fabricación para salir tan robusto.

ANTIOPE era una de las hijas del dios-río *Asopos*. Amada por Zeus a causa de su belleza extraordinaria, el dios se unió a ella tras tomar la forma más agradable, sin duda, a una ninfa: la de un sátiro. Y la hizo madre no de un hijo, sino de dos, y gemelos: *Amfión* y *Zetos.* Según otra leyenda, el padre de Antiope no era Asopos, sino el tebano *Nikteis.* Por miedo a su padre (al que fuese), Antiope escapó, antes de dar a luz, de la casa paterna. Desesperado, Nikteis se suicidó. Pero no sin haber encomendado a su hermano *Likos* que le vengase. Antiope se había refugiado en la corte del rey de Sikione, *Epopeus.* Las bellas encuentran fácilmente buenos protectores. Likos atacó Sikione, la tomó, mató a Epopeus y trajo a Antiope prisionera a Tebas. Como en el camino diese a luz, Likos abandonó a los gemelos en la montaña pero fueron recogidos por unos pastores. Más tarde se reunieron con su madre y se vengaron de Likos y de su mujer, *Dirké,* que había tratado a Antiope peor que a una esclava. El castigo de Dirké fue terrible: la ataron viva a un toro, que, arrastrándola, la deshizo contra las rocas. Luego, ambos hermanos reinaron en Tebas. Cuenta la leyenda que cuando rodeaban esta ciudad de murallas, Zetos transportaba las enormes piedras a espaldas, mientras que Amfión las hacía venir a los acordes de su lira. Más tarde, Amfión se casó con *Niobe,* la hija de *Tántalos,* y, según cierta leyenda, fue muerto por *Apolo* al mismo tiempo que sus hijos (V. n. 105). Según otra, habiéndose vuelto loco de dolor ante la crueldad del hijo de *Leto* (realmente, el dios-músico era atroz: al pobre *Marsias* también le había despellejado vivo, como ya veremos), intentó, sin saber lo que hacía, destruir un templo dedicado a Apolo. Éste, sabiendo muy bien lo que hacía, por el contrario, le atravesó con sus flechas. KALL1STO, cuya paternidad varía según las leyendas, era una ninfa que había decidido no perder su virginidad. Naturalmente, pasaba la vida cazando en unión de la diosa eternamente virgen, *Artemis,* y de sus compañeras, asimismo irreductibles en cuestiones sexuales. Pero *Zeus* la vio, la encontró a su gusto, y tomando la forma de Artemis misma, pues Kallisto huía de todos los varones, se unió con ella. En esto, y cuando estaba encinta de *Arkas* (los dioses, como dice Parny, «hacen las cosas pronto y bien», salvo, claro, cuando las hacen por última vez, como hemos visto con *Alkmene,* en cuyo caso se duermen en la suerte), Artemis tuvo el gusto, un día, de bañarse. Y como al hacer Kallisto como las demás, es decir, al quitarse la ropa para echarse al agua, dejó ver su estado, la diosa, llena de cólera, la transformó en oso. Como luego la matase por instigación de la enconada *Hera,* Zeus la transformó en una constelación: la Osa Mayor. Se suele atribuir a Kallisto un segundo hijo, gemelo de Arkas, el dios *Pan.* En cuanto a Arkas, siendo ya mayor y estando de caza, un día encontró a su madre, siempre transformada en oso. Naturalmente, quiso matarle; pero el oso, por escapar, se refugió nada menos que en el templo de Zeus *Licio.* Arkas, llevado por su instinto de cazador, entró tras ella en el recinto sagrado. Pero, como una ley del país condenaba a muerte a quienes entrasen en el templo con armas, Zeus apiadado de ellos, los transformó en la constelación citada; a Arkas, en la denominada Arturo.

DANAE era hija de *Akrisios,* rey de Argos, y de *Euridike,* hija a su vez de *Lakedaimón,* a quien *Zeus* había tenido con *Taigete.* Este Lakedaimón, casado con *Sparta,* hija del rey *Eurotas,* al heredar el trono de su suegro, dio el nombre a la tierra que pasaba bajo su feudo (Lacedemonia), y el de su mujer a la capital (Sparta). En cuanto a Akrisios, que había tenido que dividir la Argólide con su hermano *Proitos* (ambos hermanos, según la leyenda, se odiaban implacablemente, como *Eteokles y Polineikes;* tanto, que se batían ya en el vientre de su madre), quedó como rey de Argólide, mientras que Proitos subía al trono de Tirintos. Pues bien: Akrisios, deseando tener un sucesor varón, fue a consultar al oráculo. Este le respondió que, en efecto, quien tendría un hijo sería *Danae,* pero que este hijo le mataría: Naturalmente, Akrisios encerró a Danae en una cámara subterránea, toda de bronce, que hizo construir, con objeto de que no pudiera escapar y exponerse a ser seducida. Pero *Zeus,* que la amaba, encontró el medio de llegar hasta ella, transformado en lluvia de oro, que entró por una hendidura del techo. Claro: por allí no hubiera podido pasar ningún mortal; pero sí el oro, que se cuela, ciertamente, por todas partes. De la dorada unión nació *Perseus.* Cuando Akrisios supo que, pese a todas sus precauciones, su hija estaba encinta, la metió, en unión del recién nacido, en un cofre que arrojó al mar. El cofre, protegido por Zeus, llegó hasta la isla de Serifos, donde fue recogido por *Diktis.* Perseus, ya hombre y tras haber realizado hazañas prodigiosas, que serán referidas más adelante, tuvo deseos un día de conocer a su abuelo. Era natural y hasta delicado. Y para ello se encaminó hacia Argos, en unión de su madre y de *Andrómede,* su mujer. Akrisios, al saber que iba a llegar y temiendo siempre que el oráculo se cumpliese, se marchó como por casualidad a Larissa, al otro extremo de Grecia, ciudad donde el rey *Teutamides* celebraba juegos en honor de su padre. Perseus, impulsado por el implacable *Destino,* fue allí también a tomar parte en los juegos. Y al lanzar el disco, un viento impetuoso que se levantó de pronto lo desvió, lanzándole contra Akrisios, que murió del golpe. Perseus enterró a su abuelo y regresó a Argos.

AIGINA, hija del dios-río *Asopos,* fue robada por *Zeus,* enamorado de ella. De creer a la leyenda que hacía a este río hijo de Zeus y de *Eurinome,* habría que reconocer que el padre de los dioses tenía por sus nietas una predilección particular, puesto que con otra de ellas, *Antiope,* se unió transformado en un sátiro, mudanza que debió costarle poco trabajo conseguir, dado su fogoso temperamento. Asopos, que sin duda, empezaba ya a encontrar los devaneos de sus hijas un poco fuera de medida, se echó a recorrer Grecia en busca del raptor. Y andaba en ello cuando supo por *Sísifos* quién había sido. Por supuesto, si éste se lo dijo fue porque quería tener un manantial en la acrópolis de Korintos. Asopos le concedió el llamado *Peirene* (hoy Dragonera, fuente cerca de Korintos); pero cuando quiso cantarle las cuarenta a Zeus, éste, por toda respuesta, le fulminó, obligándole a volver a su lecho en el río. A causa de ello se encontraban, desde entonces, carbones entre las arenas de éste. En cuanto al soplón, a Sísifos, el más astuto y menos escrupuloso de los mortales, hijo de *Aiolos* y de *Enarete,* una versión dice que asimismo Zeus le fulminó con su rayo inmediatamente, precipitándole en los *Infiernos,* donde aún, de propina, le impuso el castigo de subir eternamente una roca enorme por la vertiente de una montaña, roca que, al llegar arriba, caía de pronto, arrastrada por su peso, obligando al pobre condenado a recomenzar el trabajo. Este castigo, referido ya en la Odisea, tiene otra versión que cuenta que, furioso Zeus a causa de haber sido denunciado (sin duda, como entre sus virtudes como dios estaba la prudencia, le gustaba nadar y guardar la ropa), envió a Sísifos cierto peligroso personaje: *Tanatos* (el genio de la Muerte), con objeto de que le ajustase las cuentas de su parte. Pero Sísifos, anticipándose y sorprendiendo a Tanatos, le encadenó con tal habilidad, que le puso incapaz de todo movimiento. Con ello, los hombres empezaron a dejar de morir. Lo que obligó a Zeus a intervenir de nuevo en el asunto, con objeto de obligar a Sísifos a que pusiese en libertad a su prisionero. Naturalmente, apenas libre Tanatos, al primero que dedicó sus atenciones fue a Sísifos. Pero este, que había previsto lo que podía ocurrir, había hecho que su mujer le prometiese que le enterraría sin concederle las honras fúnebres acostumbradas. De modo que cuando llegó a los Infiernos, *Haides,* que, por lo visto, para la cuestión de formalidades era muy serio, le preguntó por qué no llegaba a su reino como era debido. Sísifos, entonces, empezó a quejarse de la impiedad de su mujer. Y tan bien lo hizo, que Haides, que ya debía de tener la mosca en la oreja, como suele decirse, pues la suya, *Perséfone,* se le escapaba durante seis meses cada año, le concedió el que volviese a la Tierra a dar a la desvergonzada un buen recorrido. Sísifos, una vez en vida de nuevo, no se preocupó, naturalmente, de volver al Infierno y llegó a disfrutar, según se afirmaba, de una edad muy avanzada. Claro que cuando murió ya por las buenas, al bajar de nuevo a la morada de Haides le fue impuesta la pena mencionada, que no le volvió a dejar tiempo para urdir otra treta. En cuanto a Aigina, llevada por Zeus a la isla de Oenone (que luego tomó el nombre de la amada de Dios), dio a luz allí a Aiakos. Más tarde pasó a Tessalia, donde, casándose con *Aktor,* tuvo a *Menoitios,* el padre de *Patroklos,* el amigo-amante de *Aquiles.* En cuanto a Aiakos, el más piadoso de los griegos, como la isla de Oenone estaba desierta y se aburría, deseando tener compañeros pidió a Zeus que transformase las hormigas, que había en gran cantidad, en hombres. Zeus accedió, y de este modo nació el pueblo llamado de los *Mirmidones* (de *mirmikes,* hormigas). Aiakos tuvo con *En-deis,* la hija de *Skirón* (héroe perverso según unas leyendas; bienhechor, según otras), a *Telamón* y a *Peleus,* cuya descendencia se haría famosa en Troya. Y luego, con la nereida *Psamate,* a *Fokos,* llamado así porque su madre, por escapar de Aiakos, bien que ni por ésas, se había transformado en foca. Fokos sobresalía en los juegos atléticos. Sus hermanos, envidiosos, se las arreglaron para matarle, lanzándole un disco de tal modo que fue a parar a su cabeza. Aiakos los desterró de Aigina. Más tarde, Aiakos, a causa de su piedad y de su justicia, fue nombrado, según una leyenda que Homeros desconocía (sin duda, era posterior a él), juez de los Infiernos en unión de *Minos* y *Radamantos.* El primero que nombra a Aiakos para tal cargo es Platón. Otra leyenda le hacía participar, en unión de *Poseidón* y *Apolo,* en la construcción de la muralla de Troya.

ELEKTRA es el nombre de varias heroínas griegas. Pero la amante de Zeus, o amada, para el caso es igual, era una de las *Pleiades, o Pleyades,* es decir, una de las siete hijas de Atlas. Que, como se sabe, a su vez era uno de los *Gigantes,* al que Zeus, tras vencerle, castigó a que sostuviese sobre sus hombros la bóveda del Cielo. Su madre era *Pleione.* Elektra, uniéndose a Zeus, tuvo a *Dárdanos,* a *Iasión* y a *Harmonía,* la mujer de *Kadmos.* Otra versión hace a Harmonía hija de *Ares* y de *Afrodite.* (¿Armonía entre la guerra y la hermosura? Quedémonos con la primera leyenda.) Dárdanos habitaba en Samotrakia con su hermano Iasión. Habiendo sobrevenido un diluvio (Iasión había ya muerto), Dárdanos consiguió llegar, en una almadía, a la orilla asiática fronteriza a Samotrakia. Allí reinaba

Teukros, hijo del dios-río *Skamandros* (el río que corría por la llanura de Troya) y de la ninfa *Idaea.* Teukros le recibió hospitalariamente y no sólo le dio una parte de su reino, sino a su hija *Bateia* en matrimonio. Dárdanos construyó la ciudad de su nombre y luego la ciudadela de Troya. Y reinó en la Tróade. Hay otras leyendas sobre él. Iasión fue amado por *Demeter* (según Diodoros). Otras leyendas dicen que él fue quien se enamoró de la diosa, a causa de lo cual Zeus le mató con un rayo. Aun otras aseguran que el amor fue mutuo y que se unió a la diosa «en un barbecho trabajado tres veces» (recién segado, hubiese sido demasiada pasión), y que de sus amores nació *Ploutos* (la Riqueza), que recorría la Tierra sembrando por todas partes la abundancia. Demeter dícese que regaló a su amado la semilla del trigo. Más tarde, Iasión se casó con *Kibele,* de la que tuvo un hijo, *Koribas,* epónimo de *Koribantes* (los sacerdotes de Kibele, en Frigia). En cuanto a Harmonía, Kadmos (según la leyenda de Samotrake) al pasar por la isla en busca de su hermana *Europe,* raptada por Zeus, vio a Harmonía, se enamoró y se casaron. En la leyenda tebana, que hace a Harmonía hija de Ares y de Afrodite, es Zeus quien casa a Harmonía con Kadmos. El matrimonio se celebró en Kadmea, la ciudadela de Tebas, y los dioses asistieron (como más tarde, cuando el matrimonio de Tetis, la nereida, y *Peleus).* Asistieron y les hicieron valiosos regalos. Entre ellos, un vestido, presente de *Atena* (o de Afrodite), que había sido tejido por las *Charites,* y un collar, regalo de *Hefaistos.* Ambos regalos tendrían más tarde gran importancia en la leyenda de los *Siete Jefes* contra Tebas. Ofrecidos posteriormente como exvotos a Delfos, fueron robados en tiempos de Filippos de Macedonia.

EUROPE. También hay varias heroínas con este nombre. La más célebre era la hija de *Agenor* (descendiente de Zeus) y de *Telejassa.* Zeus vio a Europe cuando estaba jugando con varias amigas en la playa de Sidón o de Tiro, ciudades de las que su padre era el rey. Loco de amor, a causa de su belleza, se transformó en un toro de inmaculada blancura, cuyos cuernos eran como la luna en creciente. Europe, asustada al principio, al ver luego que el toro venía mansamente a echarse a sus pies, se tranquilizó, y, tras acariciarle, acabó por sentársele encima. ¡Qué más quería el dios cornudo! Apenas lo había hecho, se levantó y corrió hacia el mar con su preciosa carga. Y cruzándole rápidamente no paró hasta Kreta (Creta), donde cerca de un manantial, en Gortina (hoy ruinas no lejos de Hagios Dheka), bajo unos plátanos (árboles que desde entonces gozan del privilegio de no perder sus hojas), se unió con ella. De esta unión nacieron tres hijos: *Minos, Sarpedon* y *Radamantos.* Se atribuye también a Europe la maternidad de *Karnos*—no el adivino de este nombre—, que fue amado por *Apolo.* E incluso la de *Dodón.* Zeus le hizo luego tres regalos, u otros tres si se quiere: un muñeco de bronce, obra de *Hefaistos* o de *Daidalos,* que, según algunos, era más bien el último representante en la Tierra de la raza de bronce. En todo caso, este hombre-muñeco era el guardián infatigable de Kreta. Cada día, armado, daba tres veces la vuelta a la isla, impidiendo a los extranjeros penetrar en ella, y a los habitantes salir, sin autorización de Minos. Daidalos, para poder escapar, se marchó por los aires. Los

emigrantes clandestinos sufrían un tormento horrible que les infligía *Talos* (nombre del famoso hombre-muñeco). Cuando los cogía, se metía entre fuego y, una vez su cuerpo al rojo, los abrazaba tan cariñosamente que los asaba vivos. Talos era invulnerable, salvo en la parte baja de la pierna, donde tenía una diminuta vena cerrada mediante una clavija. Cuando la llegada a Kreta de los *Argo nautas, Medeia* consiguió, gracias a sus artes mágicas (era una maga consumada), desgarrar esta vena, y Talos murió. Otra versión dice que *Poeas,* uno de los argonautas, padre de *Filoktetes,* había atravesado tal vena de un flechazo. El segundo regalo fue un perro que no podía dejar escapar ninguna presa (estos dos regalos pasaron luego a manos de *Prokris,* y ésta se los dio a *Kefalos,* su marido). Y el tercero, un venablo de caza que no erraba golpe. Luego (las leyendas no lo consideran como cuarto regalo) la casó con *Asterión,* rey de Kreta, que, como no tenía hijos, adoptó los de Zeus. Europe, tras su muerte, recibió honores divinos. El toro cuya forma había revestido Zeus fue una constelación, y además, colocado entre los signos del zodíaco (V. n. 59, 80, sobre Agenor y Kadmos, hermanos de Europe). Minos reinó en Kreta a la muerte de Asterión. Como sus hermanos no tomasen la cosa bien, él les dijo que para demostrarles que los dioses le destinaban! a él a reinar, el Cielo le concedería cuanto pidiese. Para probarlo, solicitó, al tiempo de hacer un sacrificio a Poseidón, un toro. Prometiendo al dios, a su vez, sacrificárselo luego. Poseidón le envió el animal. Pero era tan hermoso, que, deseando guardarle como reproductor, en vez de cumplir su promesa lo envió con sus rebaños. Poseidón, para castigarle, sobre volver al animal peligrosísimo (Herakles tuvo que domarle más tarde), hizo que *Pasifae,* la mujer de *Minos,* hija de *Helios* y *Perseis,* se enamorase del hermoso animal, con el cual tuvo al *Minotauros,* monstruo al que Minos tuvo que encerrar en un palacio, el *Laberintos,* obra de Daidalos. Perseus entró más tarde en el palacio, mató al monstruo y pudo salir gracias al hilo que le dio *Ariadne.* Se atribuía a Minos un gran número de aventuras amorosas. E incluso la invención de la pederastia, variedad de amor que tanta fortuna tuvo en Grecia y que, por lo visto, aún no carece por todas partes de adeptos. Pero como había reinado con justicia sobre los cretenses, les había civilizado y habíales dado leyes excelentes, a su muerte mereció ser nombrado juez de los *Infiernos.* Sarpedon pasó a Asia Menor y se estableció en Likia, en la región de Miletos, donde fue rey. En cuanto a Radamantos, célebre también a causa de su sabiduría y su equidad, fue llamado asimismo, luego de su muerte, para ser, en unión de Minos y de *Aiakos,* juez de los difuntos.
IO era una joven de Argos, sacerdotisa de *Hera.* Sobre su paternidad, las leyendas difieren. Pero que esto no nos preocupe mucho. En definitiva, se trata de cuestiones de familia, en las que no nos interesa meternos. Ahora estamos con los amores de *Zeus,* y basta. Pues bien; asimismo, unas leyendas dicen que el padre de los dioses se enamoró de lo porque *Iugx* le dio un brebaje de esos que aprisionan los corazones, y otras (la verdad es que Zeus no necesitaba de brebajes ni filtros para enamorarse), que simplemente porque la hermosura de lo, brebaje

por excelencia, le hizo, una vez más, olvidarse de su divino rango. Pero voy a presentar a Iugx. Iugx era la hija de *Pan,* dios de rebaños y pastores, y de *Echo* (Eco), la ninfa de bosques y fuentes, que no obstante dejarse cortejar, y algo más, como se ve por los resultados, por el dios silvestre, se enamoró de tal modo de *Narkissos* (Narciso), que, al no ser correspondida, pronto no fue sino la triste sombra de sí misma; una voz lastimera que repetía las últimas sílabas de las palabras que pronunciaba (el eco). Pero volvamos con Io. Por supuesto, Zeus se unió a ella; y como esta vez Hera tenía doble motivo para estar celosa, pues, como ya hemos dicho, la joven seducida era hasta sacerdotisa suya, Zeus, para protegerla, la transformó en una ternera de maravillosa blancura (ya hemos visto, pollo que pasó con *Europe,* que para él transformarse en toro blanco, por amor, era cosa fácil, de modo que todo podía marchar a maravilla). Pero como Hera no admitía supercherías en cuestiones matrimoniales, exigió la ternera, la obtuvo y, para que no se le escapase con el adúltero, la confió a la buena custodia de *Argos.* Argos, como ya hemos visto en la nota 80, era un barbián que hasta para dormir dejaba siempre un ojo abierto. Pero, claro, como vimos también, Zeus encargó a *Hermes* (dios de los amigos de lo ajeno en todas sus variedades: paguen contribución o no) que le robase a Argos la ternera blanca, y éste lo hizo tras matar al gigante. A Argos se le podía burlar; a Hera, no. Implacable, lanzó contra Io un tábano que, persiguiéndola sin descanso, la obligó a partir, enloquecida, a través de Grecia. Empezó a correr a lo largo de las costas, por lo que el mar que las baña fue llamado Iónico. Luego le atravesó por la parte estrecha que separa Europa de Asia, lo que valió a este lugar el nombre de Bosforos («Pasaje para un buey»), y finalmente, tras errar en Asia de un lado para otro, siempre perseguida por el celeste insecto, llegó a Egipto, donde fue bien acogida. Y allí parió, tras recobrar la forma humana (y fastidiar al tábano al hacerlo), al hijo de Zeus que llevaba en el vientre: a *Epafos.* Cuando a Hera le falló lo del tábano, ya sabemos que encargó a los *Kouretes* que robasen a Epafos. Hemos visto también que Zeus mató a éstos con el rayo. Y ya completaremos la historia diciendo que cuando lo encontró al fin a su hijo volvieron a Egipto, donde reinaron. Io recibió, tras su muerte, honores divinos. Fue, además, transformada en constelación (sin duda, para librarla definitivamente de los tábanos). En Egipto fue identificada a la diosa *Jsis.*

Con el nombre de LAODAMEIA hay varias heroínas, cosa natural, pues es nombre bonito, pero la principal, a la que se cita ante todo, es la hija de *Bellerofontes,* el vástago de Poseidón (véase nota 78), que amada por *Zeus* tuvo con él, según la tradición homérica a *Serpedón.* Otras le hacen hijo de Zeus y de *Europe.* La pobre Laodameia murió joven. Artemis, irritada contra ella, la mató con una de sus flechas. Qué le vamos a hacer. Hasta para ser amante de un dios hace falta suerte. De Sarpedón ya nos hemos ocupado al hablar de Europe. Vamos con *Leda.*

LEDA, según la tradición más corriente, era hija de *Testios,* rey de Etolia, y de *Euristemis.* Cuando *Tindáreos,* expulsado de Lacedemonia por *Hippokoon* y sus hijos (a los que más tarde mató *Herakles,* poniendo a Tindáreos en el trono), se refugió en Etolia, en la corte de Testios, éste le concedió la mano de su hija Leda. Los amores de *Zeus* y Leda no carecen de ternura. Claro que todos los amores son tiernos. La ternura es una de sus características. La generosidad, otra. El engaño...; pero no: la ilusión, la ilusión, sí, la tercera y la que lo envuelve todo tras volverlo de color de rosa. Pero es que el contacto de Zeus y Leda fue particularmente tierno. Leda vio un pobre cisne perseguido, acosado por un águila tremenda. Lo que no sabía era que el cisne era Zeus, que con cada mujer de su gusto empleaba el ardid más conveniente para no perder tiempo. Y como, sin duda, ella era una sentimental, pues se hizo perseguir por el águila, que no era otra que *Afrodite,* tampoco manca en cuestiones del corazón. Apiadada Leda, cuando el ave blanca bajaba aterrada, le abrió sus brazos para ahuyentar al águila, y, claro, lo demás se comprende. Pero como poco después, cuando llegó la noche, Tindáreos reclamó sus derechos de esposo, Leda, doblemente fecundada, por decirlo así, cuando fue tiempo, puso dos huevos. De uno de ellos salieron *Poludeikes* (Pólux) y *Helene,* hijos del cisne; quiero decir, de Zeus. Del otro, *Kastor* y *Klitaimnestra,* obra de Tindáreos. Helene fue la hermosísima heroína por cuya belleza ardieron todos los príncipes griegos, y que *Menelaos* obtuvo (con la ayuda de *Ulises).* La que o por la que, a causa de haberse escapado con *París,* el príncipe troyano, se armó la guerra de Troya. Klitaimnestra fue la mujer de *Agamemnón.* Mujer y verdugo, pues a la vuelta del rey, de Troya, le asesinó con el pretexto de vengar el sacrificio de su hija *Ifigeneia,* ayudada por Aigisíos, su amante. En cuanto a los *Dioskouroi* (Dióscuros: Kastor y Poludeikes), tras numerosas aventuras, como Kastor fuese muerto por su primo *Idas,* Poludeikes se negó a sobrevivirle. Mas como era inmortal, por ser hijo de Zeus, sin duda (bien que otros, no obstante esta apreciable paternidad, lo fuesen), el dios, para arreglar la cuestión, les concedió, y con ello siguieron siempre juntos, pasar seis meses en los *Infiernos,* es decir, muertos, y otros seis en el *Olimpos,* vivos.

MAIA, hija de *Atlas* y de *Pleione,* era una ninfa del monte Killene, en Arkadia. *Zeus* la vio, se prendó de ella y la hizo madre de *Hermes.* Su leyenda se reduce a esto. La del 99 por 100 de las mujeres, lo mismo: ser ninfas un día, encontrar un enamorado, llegar a madres, tal vez a abuelas, y dejar el puesto a las que vienen detrás. Maia hizo, no obstante algo de propina, criar, además de a Hermes, que le salió bastante aprovechado, a *Arkas,* el hijo de *Kallisto,* a la muerte de ésta.

La NIOBE con la que se unió *Zeus* no era la heroína de este nombre más conocida (V. n. 105), es decir, la hija de *Tántalos* y hermana de *Pelops,* o sea, la que, unida a *Antjión* (V. Antíope), tuvo una hermosa descendencia, que *Apolo* y *Artemis* inmolaron por orden de *Leto,* sino una hija de *Foroneus,* el primer hombre, y de la ninfa *Teledike.* Esta Niobe fue la primera mujer con la que se unió Zeus. Tuvieron dos hijos, Argos y *Pelasgos.* Niobe hija del primer hombre, era considerada como la primera mujer mortal, como la «madre de los vivos». Argos (que compartió el dominio del Peloponeso con su hermano, dio nombre a la ciudad llamada como él, y a la región Argólide, que la rodea) pasaba por haber introducido el arte de arar en Grecia, así como el haber sido el primero en sembrar trigo. En cuanto a Pelasgos, este nombre es el de varios héroes epónimos del pueblo, «mítico», de los pelasgos. Uno de ellos, este hijo de Zeus y de Niobe, al que una leyenda arcadia hace padre de *Likaón,* el primer hombre que había vivido en Arkadia. Pelasgos reinó el primero en dicho país e inventó el uso de las casas y a distinguir las plantas útiles de las perjudiciales.

PLUTO, hija de *Kronos* o de *Atlas,* tuvo con *Zeus* a *Tántalos.* liste Tántalos, riquísimo y amado de los dioses (aquí ha habido una mezcla de leyendas, puesto que *Ploutos,* que tanto se asemeja a Pluto, era la personificación de la riqueza. Este Ploutos era, en la teogonía hesiódica, hijo de *Demeter* y de *lasón* y figuraba en el cortejo de su madre y de *Perséfone* bajo los rasgos de un joven o un niño llevando en sus brazos un cuerno de la abundancia. Se le decía, además, ciego, por repartir o conceder la riqueza tanto a los buenos como a los malos, es decir, sin saber, por no ver, a quién la daba. Según Aristófanes, era Zeus quien le había cegado. Pero ya sabemos que Aristófanes era un embustero), pues decía que Tántalos, rico y amado de los dioses, era admitido por éstos a sus festines. Se cuentan varios episodios de él, pero el más célebre es el relativo al castigo a que fue condenado, ora por haber divulgado los secretos de los dioses (que escuchaba comiendo con ellos), ora por haberles robado néctar y ambrosía, bien porque habiéndoles invitado a su vez, les sirvió, como uno de los manjares, a su hijo *Pelops* guisado. Por supuesto, Pelops fue restituido a la vida, y un hombro que le faltaba, por haber sido comido antes de advertir el engaño, se lo pusieron de marfil; pero Tántalos fue enviado a los *Infiernos,* donde moría eternamente de hambre y sed, pese a estar metido en un río con el agua al cuello y de pender sobre su cabeza una rama cargada de los frutos más exquisitos. Porque cuando bajaba la ardiente boca, el agua escapaba, y lo mismo los frutos en cuanto llevaba a ellos sus manos. (V. sobre Tántalos, el admirable soneto de Juan de Arguijo (1567-1623), titulado *La avaricia* en *Las mil mejores poesías,* publicadas en esta misma «Colección La Crítica Literaria».)

SEMELE era, según la tradición tebana, hija de *Kadmos* y de *Harmonía* (v. n. 59). Amada por *Zeus,* tuvo de él a *Dionisos. Hera,* celosa una vez más, le sugirió una idea perversa y desdichada (los celos son capaces de todo): que se empeñase en ver a su amado en toda su grandeza. Como Zeus, en un momento de pasión, le había prometido concederle cuanto le pidiese, no tuvo más remedio que mostrarse a la infeliz rodeado de rayos. Ni que decir tiene que Semele murió achicharrada. Cuando Dionisos más tarde ganó el ser divinizado a fuerza de hazañas (no se vaya a considerar como heroico el emborracharse sabiendo que es el dios del vino, cuidado), bajó a los *Infiernos* a sacar de ellos a su madre, se la llevó al Cielo y en adelante vivió allí, donde (sin duda, por despistar a Hera) fue llamada *Tione.*

TAIGETE, hija de *Atlas* y de *Pleione,* es decir, otra de las *Pleiades* (esta pareja, como se ve, tuvo una carnada de chicas guapas), se unió a *Zeus* y le dio un hijo, que fue llamado *Lakedaimón.* Pero como, más arisca que otras hermanas suyas, no fue poseída por el dios sino cuando se hubo desvanecido (a lo mejor la llamo arisca y fue de pura emoción al verse favorecida por el padre de los dioses, nada menos), se contaba que al volver en sí, llena de vergüenza (o por aislarse y tratar de recordar), corrió a esconderse en el monte Taigeto, en Lakonia. Otra leyenda cuenta que *Artemis,* para librar a Taigete de las asiduidades de Zeus, la transformó en una cierva. En agradecimiento, cuando Taigete pudo, al fin, recobrar su forma de mujer sin temor a ser inquietada por Zeus, que, sin duda, buscaba otra flor en otros jardines, dedicó a la diosa la cierva de los cuernos dorados, cuya captura fue uno de los trabajos de *Herakles.* Lakedaimón era, como ya hemos visto, el que se casó con *Sparta,* hija del rey *Eurotas.*

Aunque la lista anterior es considerable, no he citado sino las principales de entre las innumerables mortales que fueron amadas por *Zeus;* pero antes de cerrar el capítulo amoroso del padre de dioses y hombres, citaré otra de sus grandes pasiones, y esta vez no por una mujer, divina o humana, sino por un adolescente: *Ganimedes.* Cierto que este adolescente pasaba «por el más hermoso de los mortales». No hacía falta menos, sin duda, para que el más grande de los Olímpicos se decidiese a ser pederasta. Este hermoso mancebo pertenecía a la raza real de Troya. Su madre era una de las varias *Kallirrón* de las que guarda memoria la mitología griega: la hija o una de las hijas, pues los dioses griegos, como se va viendo, eran fecundísimos, del dios-río *Skamandros.* Kallirrón quiere decir «el hermoso arroyo»; naturalmente, de un hermoso arroyo, lógico era que saliese un tan lindo y apetitoso pez como su hijo. Respecto al padre de este pez, las leyendas varían. Pero, en general, se le hace hijo de *Tros,* el héroe epónimo de la raza troyana y del país troyano. Otros padres posibles eran *Laomedón, Ilos, Assarakos* y *Erichtonios.* A cuya lista se puede añadir, si se quiere, a *París,* el amante y raptor de *Helene,* que amó mucho a una Kallirrón, que debe ser esta misma, cuando guardaba los rebaños de su padre en el monte Ida, y al que ella lloró inconsolable cuando la abandonó para ir en busca de la hermosísima griega. El caso fue que apenas adolescente Ganimedes, y cuando, asimismo, guardaba los rebaños de su padre en las montañas que rodean la ciudad de Troya, fue visto por Zeus, que al punto concibió por él una pasión irresistible. Consecuencia obligada, el rapto. El propio Zeus, tomando la forma de un águila, un águila verdadera, su águila, *Minos, Tántalos,* incluso *Eos* (la Aurora), no se sabe quién exactamente, pero el caso fue que el pobre pastorcito se vio de pronto separado de sus ovejas, elevado por los aires y transportado al *Olimpos.* Pero digo pobre; nada de pobre, pues que de pastor pasó a copero de dioses. En efecto: su misión consistió, en adelante, en sonreír a su señor y en servirle el néctar, así como a los demás dioses, función que hasta entonces había cumplido la amable y graciosa *Hebe.* Como Zeus hacía bien las cosas, en compensación del hijo-pastor que le quitaba regaló a su padre, al que fuese, según unos autores, una pareja soberbia de caballos divinos; según otros, una planta de viña de oro, obra de *Hefaistos.* Si esta cepa era como el famoso escudo de Aquiles (en el cual había también, cincelada, «una hermosa viña de oro cuyas cepas, cargadas de negros racimos, estaban sostenidas por rodrigones de plata». *Ilíada,* v. 561-62), debía de tener en ella incluso quien la

Pero que no asombre demasiado el gran número de amores tanto celestes como terrestres del primero de los dioses griegos. La necesidad de una especie de orden en el panteón de divinidades, de una genealogía más o menos fija de ellas, fue responsable de sus matrimonios divinos; en cuanto a los humanos, tampoco debe asombrar si se tiene en cuenta que el sistema mitológico de los griegos se compone, como hace notar con mucha razón Decharme, de fábulas tomadas de varios ciclos legendarios, distintos en su origen, pero que se confundieron más tarde. A causa de ello, las leyendas locales que contaban los amores de Zeus no eran muchas veces sino variantes de un tema único y la expresión diversificada de los mismos fenómenos naturales. Como en la mayor parte de Grecia, cual sucede en España, la fertilidad del suelo dependía de las lluvias, Zeus empezaba por ser el amo de éstas[109], y a causa de ello, en muchos cantones de Grecia, se representaba a Zeus como habiéndose unido en los tiempos primitivos a la ninfa o heroína que con su nombre había creado la denominación del país, del cual era, como consecuencia, la personificación viva, sobre pasar por haber sido la madre primera de la raza que su suelo había alimentado.

A esta especie de necesidad de que el cielo (Zeus) hubiese fecundado a la tierra (la ninfa o heroína que la representaba), para que produjese frutos abundantes, hay que añadir otra razón no despreciable que explica asimismo la gran cantidad de uniones extramatrimoniales del dios. Y esta razón, es simplemente, el orgullo de las familias nobles que, queriendo hacer remontar su origen hasta los mismos dioses, no tenían más remedio para conseguirlo, que prostituir a una de sus ilustres antepasadas, haciéndola concubina de un inmortal. Se dirá que el procedimiento no era muy limpio, pero en todo caso era práctico; sobre todo que podía hasta justificar más tarde el derecho de pernada; sin contar que si otros cuarteles del escudo habían sido ganados, tal vez, a fuerza de bestialidades, de

---

trabajase. (V. la extraordinaria descripción de este escudo incomparable en el canto XVIII del poema homérico, publicado en la «Colección La Crítica Literaria».)

[109] No se olvide que los griegos, en vez de decir, como nosotros, *llueve*, decían *Zeus llueve* (Ζευς υει); pues Zeus era un dios lluvioso: *hielos* (υετιοζ) que enviaba lluvia; *omdrios* (όμδριοξ), que producía lluvia; por lo que cuando los campos necesitaban agua, los atenienses le dirigían la siguiente súplica: «Vierte, vierte la lluvia, ¡oh Zeus!, nuestro dios, sobre los cultivos y tierras de los atenienses.»

crímenes y de violaciones, una amable complacencia bien podía justificar el más glorioso[110]. En fin, téngase en cuenta también, que en un principio,

---

[110] En Aigina, por ejemplo, se contaba que la ninfa *Aigina,* hija del río *Asopos* (v. n. 108), que riega la Argólide, había sido robada por *Zeus,* que, transformado en águila, la había llevado por los aires hasta la isla de Oinopia (que cambió este nombre por el de la ninfa cuando ésta tuvo a *Aiakos).* Leyenda inventada para explicar el hecho de la colonización de la isla por los argianos y la pretensión que tenían los pretendidos descendientes de Aiakos *(Peleus, Aquiles, Neoptolemos, Telamón, Aiax,* etc.) de descender de Zeus. En Arkadia decíase que el amo de los dioses había amado a *Kallisto,* hija de *Likaón* (v. n. 108), ninfa amiga de *Artemis,* y que para poder disfrutar con su amada sin ser molestado por *Hera,* la había metamorfoseado en oso. Otfried Müller ha demostrado que Kallisto es lo mismo que Kalliste (muy hermosa), epíteto de la Artemis arcadia, de la cual el oso era el símbolo. Como «madre de Arkas», el hijo de Kallisto y Zeus, y «madre del pueblo arcadio», eran asimismo expresiones sinónimas. Los ejemplos podrían multiplicarse, pues tal vez no haya habido una región en el mundo helénico que no se vanagloriase de haber tenido como héroe epónimo un hijo nacido de los amores de Zeus con una antepasada de la región. Así, los heráclidas no descendían sólo de la unión del dios con *Alkmene,* sino todavía antes, de los amores de Zeus y *Danae,* puesto que eran perseides. Si en la *Ilíada* vemos a todos los príncipes griegos, incluso al feroz Aquiles, someterse a la voluntad de *Agamenón,* es porque éste descendía, por *Tántalos,* de Zeus y de *Pluto,* sin contar que su autoridad, como la de todos los reyes, era emanación de la autoridad divina y porque hasta el cetro que empuñaba era el cetro del propio Zeus *(Ilíada,* II, v. 10). Los troyanos, igualmente, tenían por antecesor a *Dárdanos,* hijo de Zeus y de *Elektra.* Los cretenses venían, por su parte, de los tres hijos que habían tenido Zeus y *Europe.* Y los lacedemonios, también de Zeus, puesto que éste y la ninfa *Taigete* habían engendrado a *Lakedaimón,* su antepasado. El origen, pues, de la mayor parte de los mitos de *nobleza* ha sido siempre la vanidad humana, cuando no cosas peores, como crímenes, expoliaciones y violencias, bien a la sombra de un rey, ya por cuenta propia. La riqueza, sospechosamente adquirida, muchas veces ha sido también un peldaño propicio para llegar hasta los blasones. Pero, sobre todo, el primer medio, la vanidad. Naturalmente, cuando se está ya en el último escalón de la Tierra, se trata de llegar, si es posible, a emparentar con el Cielo. La graciosa reina Isabel II de Inglaterra desciende, según se dice, de un modo más o menos directo, del dios *Wodan;* en alemán, Woothan, el Othin u Odín del Norte. Los merovingios debían su origen al rapto cometido por un dios marino en la persona de una reina de los francos (v. Godefroy Kurth: *Histoire poetique des Merovingiens,* pp. 147 y sigs.). El primer rey de Roma era el hijo bastardo del dios *Marte* y de una princesa latina. El hecho de que una mujer de alcurnia sea una libertina o una gran dama depende no del acto de prostituirse, sino de la persona con la que se prostituya. Como un hombre, de ser un ladrón o

los relatos amorosos de Zeus no debieron ser sino expresiones poéticas de las relaciones del cielo con los cuerpos brillantes que recorren su extensión, y con los diversos fenómenos de la luz. Y sobre todo, no se olvide que estos amores con mortales, jamás fueron tomados muy en serio por los griegos. Los poetas cómicos lo demostraron cien veces parodiándolos y burlándose de ellos. Los filósofos, condenándolos y tachándolos de fábulas impías y absurdas. En cambio, su verdadera importancia consistió en ser una cantera inagotable para la poesía y para las artes plásticas, que hasta hoy día no han dejado de encontrar en estas interesantísimas leyendas pretexto para creaciones de particular hermosura, salpicadas unas veces de inefable sentimiento voluptuoso, embellecidas, otras, por un innegable encanto sensual.

Aparte de estas leyendas amorosas, la figura de Zeus interviene en otras muchas que ya he nombrado en distintas ocasiones y que aún citaré en lo sucesivo. Así como interviene en todas o casi todas las querellas que se suscitaban entre los dioses, o entre los hombres mismos, de ser estas querellas importantes[111].

---

ser un héroe, como decía La Rochefoucauld, no dependía sino de robar, en vez de un pan, una provincia.

Por otra parte, muchos mitógrafos, sobre todo a partir de la época cristiana, consideraban las uniones de los dioses de la mitología griega como simples actos de libertinaje. Pero los mitógrafos anteriores daban, por el contrario, explicaciones que trataban de justificar tales apareamientos. Así, por ejemplo, explicaban el nacimiento de *Helene* como una necesidad, con objeto de disminuir, mediante el conflicto que originó su hermosura (la guerra de Troya), la excesiva población de Grecia y de Asia. *Herakles* había respondido a la necesidad de un héroe que limpiase la Tierra de malhechores. Incluso justificaban más o menos bien las transformaciones de Zeus y sus amadas, o de otros dioses, en animales o en objetos diversos. La lluvia de oro en que se había cambiado Zeus para unirse con *Danae* no era sino la imagen del mucho poder de la riqueza que pasa por todas partes, y ante cuyo brillo hasta la virtud se funde como por encanto.

[111] En la *Ilíada*, la intervención de los dioses, especialmente de *Zeus*, es cosa constante. No solamente intervienen para ayudar descaradamente a unos o a otros de los contendientes, sino que sacan de la batalla a sus favoritos cuando los ven amenazados de muerte (como *Afrodite* a *Aineias*), e incluso pelean entre ellos, llevados de su celo por defender a sus protegidos. Cuando la lucha entre *Apolo* y *Herakles*, porque éste quería llevarse el trípode de Delfos y Apolo impedirlo, Zeus tiene que lanzar entre ellos el rayo para que se separen. En otra ocasión, en que Apolo quiso quitar a *Idas*, el más fuerte y atrevido de los hombres, según la *Ilíada*, a *Marpessa*, la hija de *Eienos*, el rey de Etolia, y nieta de *Ares*, pues los dos la amaban, héroe y dios vienen a las manos, y Zeus tiene que intervenir aún,

Hasta aquí el dios *humano.* El dios producto del más completo antropomorfismo. El dios creado a fuerza de fantasías y leyendas. Plasmado en *mitos,* ora por la vanidad caprichosa de los hombres, ya por la necesidad de hallar una razón a los cambiantes fenómenos de la Naturaleza.

Pero al lado de esta idea de la divinidad de Zeus, obra del pueblo y que, como dicho queda, pronto fue puesta en la picota por los poetas que sucedieron a los que habían contribuido a formarla, aparece claramente otra que le consideraba como potencia universal, como dios grande, justo, paternal, poderoso y verdaderamente único, idea que nacida ya en los poemas homéricos, fue tomando cuerpo hasta llegar a la seguridad rotunda de un Chrisippos[112], que no dudaba en asegurar que Zeus era el símbolo del dios único encarnado en el Cosmos.

Pero ya mucho antes de él, desde los siglos séptimo y sexto, no solamente la idea elevada y muy cerca del monoteísmo que evoca el Zeus homérico se mantiene, sino que su figura crece en dignidad de tal modo, que escuchando a los poetas pudiera creerse, a veces, que hablan no del Zeus helénico, sino del Dios cristiano[113].

---

dejando a Marpessa el derecho de escoger entre los dos aspirantes a su amor. Por cierto, que Marpessa escogió a Idas ante el temor de que Apolo la abandonase más tarde si cedía a su pasión (temor que ya antes que ella había tenido *Koronis,* a causa de lo cual se unió a *Ischis,* pese a estar encinta—de *Asklepios*—por obra del dios músico. Por supuesto, éste mató a ambos, a Koronis y a Ischis, al saber que había sido postergado en el corazón de la bella). Cuando *Afrodite* y *Perséfone* se disputaron a *Adonis,* lo mismo: Zeus tuvo que ofrecerse como mediador. Y del mismo modo tiene que intervenir, para castigarlos, con dioses, héroes u hombres cuando los cree merecedores de ello. A *Hera,* en una ocasión, la encadena dejándola colgada del Cielo con un yunque atado a cada pie. A *Hefaistos* le tira del Olimpos a la Tierra. A *Prometeus* le fija en una roca, allá en el *Káukasos.* A *Salmoneis,* tras fulminarle por orgulloso, le encierra en el *Tártaros.* A *Ixión,* luego de enloquecerle, le ata a una rueda de fuego. A Likaón le fulmina asimismo por haber servido a los dioses una víctima humana en un banquete. Y lo mismo a *Tántalos.* Sin olvidar a *Sisifos,* y a *Titanes* y *Gigantes,* y hasta a su mismo padre, *Kronos.*

[112] Chrisippos, filósofo griego (281-205 a. de T.), uno de los jefes del estoicismo en unión de Zenón de Kitión y de Kleantes, a cuya muerte le sucedió en la dirección de la escuela. Sumamente instruido, era denominado «la columna del Pórtico». Escribió muchísimo. En su poema a *Zeus* sentaba la afirmación mencionada.

[113] Para Aischilos es el dios que abraza y comprende todo: lo visible y lo invisible. «*Zeus* es el éter, Zeus es la Tierra, Zeus es el Cielo, Zeus es todas las cosas y lo

Padre todopoderoso, con incomparable majestad ocupa su trono en el cielo donde las Charites «adoran su gloria eterna»[114]. A quien las Musas en el Olimpos y los poetas en la tierra «pro digan merecidas alabanzas al principio y al fin de sus cantos»[115]. «Jefe de todos los seres y supremo conductor de las cosas»[116]. Zeus es asimismo el dios que desde lo alto del cielo, ve y vigila cuanto ocurre entre los hombres: «¡Oh Zeus! Zeus padre, a ti pertenece la soberanía del cielo. Tú, asimismo, vigilas las acciones de los hombres, tanto las culpables como las conformes a la justicia»[117]. «¡Oh rey de reyes, el más feliz de los bienaventurados!»[118], etc.

Su morada pronto deja de ser, como ya he indicado, la cumbre del Olimpos tesalio desde el que, sentado, presenciaba los combates entre griegos y troyanos; y ni siquiera habitaba el cielo visible, sino el éter, dominio inmutable y de sereno esplendor[119]. Y si alguna vez consiente o consentía en descender hasta las cumbres donde era adorado, jamás en bajar a la tierra, que estaba a sus pies, con objeto de no mezclarse en las querellas de los hombres, pues él era el dios Alto *(Ipatos)*, el dios Muy Alto *(Ipsistos)*[120].

Podía oscurecer, si le placía, el azul deslumbrante del cielo. A causa de ello era *kelainefes* (dios de las nubes sombrías), y *nejelegeretes* (amontonador de nubes; es decir, el que descarga las tormentas). Pero como de las nubes que podía amontonar si le placía, provenía el agua de la lluvia, que, sobre permitir la floración de los campos, formaba fuentes, manantiales, torrentes y ríos, era asimismo el dios providencial, por excelencia, de la tierra; y a causa de ello había en la Akrópolis de Atenas[121] una estatua de Gaia (la tierra personificada), en la actitud de una suplicante que rogaba a Zeus le enviase la lluvia que había de penetrar en su seno para llenarla de vivificante humedad. Por la misma razón, una de las esposas del gran dios era Demeter, la Tierra-Madre. Y a causa de ello,

---

que está por encima de todas las cosas» (frag. 354). El propio nombre de Zeus no tiene valor en sí, lo que cuenta es la idea de la Divinidad que este nombre representa: «Zeus, quienquiera que seas, si así es como la Divinidad quiere ser llamada, con tal nombre a ella me dirijo». *(Agamemnón, v. 160 y sig.)*
[114] Píndaros: *Olímpicas, XIV,* 12.
[115] Hesiodos: *Teogonía,* v. 47. Píndaros: *Nemeas,* II, 3.
[116] Terpandros: *Frag.* 1.
[117] Archílochos: Frag. 88.
[118] Canto del coro de *Las Suplicantes,* en su invocación a *Zeus.*
[119] Ya he indicado que esto mismo se afirma en la *Ilíada,* II, v. 412: αιδεδιναίων.
[120] «Las noches, como los días, vienen de *Zeus»* (Odisea, XIV, v. 93).
[121] Según Pausanias (1, 24, 3).

igualmente, el fruto de sus uniones con muchas mortales, eran imagen de los productos que las aguas del cielo hacen germinar cuando riegan y penetran el suelo.

Naturalmente, se le adoraba como *Zeus Trojonios* (alimentador); como el que daba a los hombres los bienes de la tierra *(dotor eaón)*; como el dios que hacía germinar los granos en los surcos *(Zeus georgos)*, y como el dios de flores y frutos *(epikarpios, melosios, sinasios, morios)*.

En Keos adoraban a *Zeus Ikmaios,* el dios que enviaba los vientos cargados de humedad. En Esparta, se invocaba a *Zeus Euanemos* (que procuraba un viento favorable). Los navegantes se encomendaban a *Zeus Oírlos* (que procuraba asimismo un viento favorable, y, con ello, una buena travesía). Este Zeus protector de los navegantes tenía un santuario a la entrada del Pontos Euxenios (Mar Negro), y era adorado igualmente en Siracusa y en Delos.

Claro que si era el dios de la bonanza, también de las tormentas, puesto que era él el que tenía la égida, *aigiochos*[122], es decir, el que desencadenaba las tempestades. A causa de ello, temido y adorado como dios del trueno, era llamado *Keraunios,* en Olimpia, *Keraunobolos,* en Tegea (Arkandia, hoy ruinas cerca de Piali); en otras partes, *Astrapaios* (que lanza relámpagos)[123].

Todas estas funciones físicas llevaron, naturalmente, en particular en Homeros, a hacer de Zeus el dios de la naturaleza física toda entera, por lo que bien que, según el propio Homeros, el Mundo hubiese sido repartido

---

[122] Desencadenaba no tan sólo las tempestades, sino todas las calamidades naturales, como castigo a los delitos y crímenes de los hombres.

[123] Precisamente en las terribles convulsiones de la Naturaleza, en el fragor del trueno y en los cataclismos causados por el rayo y los cegadores relámpagos, era donde los griegos, como los demás pueblos de la antigüedad, creían, sobre todo, ver el poder incontestable del rey del Cielo. En el *Salmista,* los fragores del trueno son los ecos de la voz de *Jahvé* irritado, cuyas narices dejan escapar nubes de humo, cuya boca vomita torrentes de llamas y que vuela por el espacio, sobre un querubín, con ayuda de los vientos. El dios único que en tiempos adoraban los eslavos (Procopio: *De bello Gothico,* III, 14) era el que, según decían, había hecho el rayo. Entre los lituanos, *Perkunas,* el dios de la tormenta, era sinónimo de *devaitis,* de divinidad (Schwenck: *Slavische Mythologie*). En la mitología teutónica, el soberano del Universo, el padre de todas las cosas, era *Thor* o *Donar,* el dios del trueno, que lanzaba por el cielo, con fragor horrísono, su carro, uncido a machos cabríos. Imagen que tampoco era extraña a Grecia, puesto que algo semejante se encuentra en Píndaros: *Olímpicas,* I, v. 1.

entre Haides, Poseidón y Zeus[124], este último no sólo tenía el dominio del mar de un modo efectivo, en vez de Poseidón, sino del mundo subterráneo, pues Haides no era de verdad otra cosa que Zeus subterráneo *(Zeus kalachtonios)*.

Por ello, cuando en el capítulo quince de la *Ilíada,* Poseidón trata de revelarse contra Zeus, pronto reconoce su importancia y se somete.

Por consiguiente, todos los fenómenos atmosféricos tanto favorables como adversos, eran debidos, según los griegos, a la acción de Zeus, y él era el que precipitaba «una lluvia abundante, o el granizo, o la nieve cuyos copos blancos cubren los campos»[125]. No limitándose incluso a considerarle como el único y verdadero dios, pues los otros, inferiores en poder y fuerza a él[126], si representaban algo en el dominio y régimen del Mundo era por concesión suya, el pensamiento griego llegó a concebir a Zeus en determinados momentos (detalle que demuestra una vez más la diferencia entre la *mitología* y *la religión* griega), como un dios eterno. En efecto, según Pausanias (X, 12, 10), las sacerdotisas del santuario de Dodone[127], cantaban: «¡Zeus era, Zeus es, Zeus será! ¡Oh gran Zeus!»

Según Homeros, Zeus era, cual se ha visto, el más grande, el más poderoso, el más fuerte, el mejor y más majestuoso y glorioso de los dioses, y el que reinaba no solamente sobre los hombres, sino sobre los inmortales. Según Aratos[128], «llena todas las calles, todas las plazas públicas; llena el mar y los puertos del mar; por todas partes, en efecto, tenemos necesidad de Zeus». Aischilos afirma por su parte: «Zeus es el éter, Zeus es la tierra, Zeus es el cielo, Zeus es toda cosa y lo que hay por encima de toda cosa». Ideas ambas entera y perfectamente panteístas.

---

[124] El poeta los da nacidos en este orden: *Zeus, Poseidón* y *Haides (Ilíada,* XV, v. 184 y sig.). Tal vez considera primero a Zeus, a causa de haber sido éste el que hizo tomar a *Kronos* la mixtura que le obligó a vomitar a los hijos que se había tragado.

[125] *Ilíada, X,* 5.

[126] V. n. 46.

[127] Ciudad de Epiro, célebre a causa de su templo y de su oráculo de *Zeus,* hoy Mitsikeli o Drisko.

[128] Aratos, poeta didáctico y astrónomo griego de mediados del siglo III a. de J. Vivió en la corte de Alejandría, junto a Ptolemaios Filadelfos, y más tarde en Macedonia con Antígonos Gonatas, que sentía hacia él vivísima amistad. Es autor de un poema didáctico titulado *Los Fenómenos,* en el cual expone las ideas que había en su tiempo a propósito de la tierra, los astros y los signos precursores del tiempo. Cicerón tradujo este poema en versos latinos.

Este dios omnipotente era, además, soberanamente sabio: *metieta Zeus;* es dios supremo: *Zeus upator;* el que todo lo dirige: *Zeus mestor.* Como dueño absoluto que es de cuanto existe, a nadie daba cuenta de sus resoluciones. Sus propósitos eran impenetrables para los demás dioses, incluso para Hera, su esposa. Lo que decidía su prudencia se cumplía siempre. La Fama[129] era su mensajera, le anunciaba, le precedía. En Eritrai y en Lesbos le llamaban *Femios* o *Eufemios* (el «afamado», el «bien, el justamente renombrado»). Zeus veía todo, nada escapaba a su mirada profunda, a su vista penetrante. Y asimismo sabía todo y conocía todo.

Por oír todas las voces era denominado *Pannonfaios.* Asimismo él era quien divulgaba todas las noticias[130]. Tenía el don de ubicuidad. Conocía el pasado, el presente y el porvenir. Sin ser esencialmente un dios profético, tenía sus oráculos, especialmente en Dodone y en Lebadeia (Boiotia), hoy Livadia, en el antro de Trofonios[131]. Era, pues, el dios que enviaba los presagios.

---

[129] La fama, οσσα voz de los dioses, voz profética.

[130] Herodotos cuenta que la victoria de Plataia (Platea) fue anunciada, por obra de *Zeus,* en Mikale, promontorio de la costa de Asia Menor.

[131] *Trofonios,* héroe de Lebadeia, pasaba por hijo de *Apolo* y de *Epikaste* (la que luego se casó con *Agamedes,* el célebre arquitecto). Decíase asimismo que había sido amamantado por *Demeter.* Su reputación como arquitecto era grande también. Se le atribuía la construcción, en colaboración con Agamedes, de varios edificios famosos: la casa de *Amfitrión,* el hijo de *Alkaios,* rey de Tirintos, y de *Astidameia;* el tesoro de *Augeias,* en Elis, y el de *Hirieus* (hijo de *Poseidón* y fundador, en Boiotia, de la ciudad de Hiria). A propósito de este tesoro se cuenta la leyenda siguiente, que nos va a traer hasta el *antro* mencionado: Agamedes y Trofonios, que habían sido encargados de su construcción, dispusieron una piedra tan hábilmente, que la podían desplazar con facilidad. Y por la noche entraban sigilosamente y aligeraban el tesoro del rey. Este, habiéndose dado cuenta de que le robaban, pidió consejo a *Dáidalos,* el habilísimo ateniense. Dáidalos dispuso un lazo en el que cayó Agamedes. Entonces, Trofonios, para impedir que hablase y le denunciara, le cortó la cabeza. Pero apenas lo había hecho, la tierra abriose y le tragó. En el bosque de Lebadeia había un agujero enorme, y junto a él una estela que llevaba el nombre de Agamedes. Allí se levantaba el oráculo de Trofonios. Otra leyenda dice que como ambos arquitectos pidiesen a Apolo, tras construir su templo, el premio por su trabajo, el dios les contestó que, en efecto, por haber merecido la recompensa mejor, iba a concedérsela: habiéndose dormido, no despertaron más. (V., sobre la muerte como recompensa a la virtud, el tratadito de Ploutarchos titulado *Sobre la muerte* o *Consejos a Apollonios,* en mi traducción en el tomo primero de los *Tratados* de este autor, publicados en la «Colección La Crítica Literaria».)

Con todo ello, como se ve, se llega a la idea de la divinidad suprema de Zeus. Para completarla, examinemos aún dos puntos esenciales: su papel como dios *creador,* y si en realidad era *todopoderoso.*

¿Qué parte hay que atribuir a Zeus en la creación del Mundo y de los hombres? Como ya hemos visto, Homeros le llamaba «padre de dioses y hombres». El mismo sentimiento se escapaba del grito de desesperación de uno de los personajes de la *Odisea:* «¡Oh Zeus padre!—exclama Filoetios—, ningún dios es tan cruel como tú; no tienes piedad de los hombres y no obstante eres tú quien los ha engendrado». En lo que afecta a la creación del Mundo, Homeros se la atribuye a Okéanos, diciendo repetidamente de él, es decir, del río fabuloso que rodeaba el mundo según su concepción, que era «el origen de los dioses, el origen de todas las cosas». Según Hesiodos, ya hemos visto que «Ante todo fue el Chaos, luego Gaia la del vasto seno, y Eros». Las demás cosmogonías reconocen asimismo divinidades creadoras anteriores a Zeus.

En cuanto a ser todopoderoso, ¿quién puede serlo sin ser independiente? Aischilos así lo cree y así lo dice: «Ningún dios es libre, excepto *Zeus»*[132]. Asimismo, uno de los epítetos dados a Zeus, en Atenas, en Olimpia, y en Delfos, con motivo del culto que celebraban en su honor, era el de *Moiragetes,* es decir, director, conductor del Destino *(moira).* Pero no todos pensaban del mismo modo. El buen instinto de los griegos les hizo comprender, ante el espectáculo de las duras realidades de la Tierra, que si en el Ciclo podía existir un dios todopoderoso, también parecía haber otra potencia ciega, sorda, inexorable, ante la que todo parecía inclinarse, y a la que denominaron *Moira* (el Destino fatal de cada uno). Grave problema éste, porque si verdaderamente toda existencia humana estaba determinada, fijada y limitada por un *destino* inexorable, por una *ley* inmutable, por una *fatalidad* superior a toda otra fuerza, ¿quién era el más poderoso en realidad, la Moira o Zeus, si él mismo estaba sometido al Destino?[133]. Pero en esencia, la majestad divina quedaba

---

[132] *Prometeus encadenado,* v. 50.

[133] Las relaciones de *Zeus* con el *Destino* no están bien determinadas en Homeros. En la *Ilíada* y la *Odisea,* el Destino no acaba de ser considerado por el poeta como una personalidad definida. En general, es Zeus quien dispensa a los hombres el bien y el mal. En el canto XXIV de la *Ilíada,* v. 527 y sig., *Aquiles* dice a *Príamos* que ha venido hasta su tienda a reclamarle el cadáver de *Hektor:* «En los umbrales del palacio de Zeus hay dos toneles con los dones que el dios reparte a los mortales: en uno de ellos están los azares desdichados; en el otro, las suertes venturosas. Aquel a quien Zeus tonante se los da mezclados, unas veces topa con la desdicha y otras con la buena ventura. Pero el que tan sólo recibe

intacta pese a la Moira, si se tiene en cuenta que entre la voluntad de Zeus y la del Destino no podía haber contradicción. ¿Cómo podía la inteligencia suprema de Zeus querer que hubiese desarmonía tan grave en el Universo del que había sido, en tiempos, ordenador y después su regulador soberano? Luego entre el poder de Zeus y las leyes naturales había

---

azares, vive miserablemente, padece toda suerte de calamidades y obligado se ve a ir de un lado para otro sin consuelo y sin que le honren ni hombres ni dioses.» No obstante, en ciertos pasajes se marca la idea de un poder superior al que el propio Zeus tiene que someterse. El episodio más marcado, en este respecto, es cuando la muerte de *Sarpedón,* el propio hijo de Zeus y de *Europe (Ilíada,* XVI, v. 425 y sig.). Zeus ve a su hijo en peligro de morir. «¡Ay de mí!—exclama—; el *Hado* dispone que Sarpedón, a quien amo más que a todos los hombres, sea muerto por *Patroklos Menetíada».* Y vacila entre dejarle que muera o llevársele a Likia, su país. Pero no lo hace *(Hera* le disuade) y Sarpedón muere obedeciendo el mandato del Destino. En la *Odisea* (XVI, v. 326 y sig.), pone en boca de *Atena* lo siguiente: «Pues justo es reconocer que por lo que a la muerte se refiere, término fatal de todos los hombres, ni los mismos dioses podrían librar de ella a un mortal, por muy querido que les fuese, cuando la *Moira* cruel le empujaba a su hora extrema.» Asimismo, cuando el combate entre Aquiles y Hektor, Zeus deja morir a éste, no obstante estar en su voluntad protegerle, al ver que la balanza en que ha puesto las dos suertes, la suya y la de Aquiles, desciende del lado del primero hacia el *Orco.* En Hesiodos, las tres Moiras son hijas de Zeus y, por consiguiente, una emanación de su poder y de su voluntad. Pero el conflicto entre Zeus y el Destino no tardó en presentarse a los ojos de los griegos. Tal vez a causa de las especulaciones iónicas relativas a la existen cia de las leyes fijas. Todo el *Prometeus* de Aischilos reposa sobre la idea de que existe un poder superior a Zeus. Cuando *Prometeus* dice al corifeo que la habilidad es nada ante la *Necesidad* (su habilidad ante el Destino, *Anagké),* el corifeo le pregunta: «Y ¿quién gobierna a la Necesidad?» «Las tres Moiras y las *Erinies,* de implacable memoria», responde Prometeus. «¿Su poder es entonces superior al de Zeus?» «Ni éste podría escapar a su destino». (V. 508 y sig.). Otras mitologías pensaban asimismo que el Destino era superior a los dioses. En Escandinavia, *Odin* y demás divinidades se inclinaban ante la fatalidad, identificada en las tres *Nornes.* Entre los germanos, el hombre nada tenía que temer mientras el destino le era favorable; pero cuando el día llegaba a ser *fey* (el destinado a morir), la suerte de todo hombre era la misma que la de Hektor. Otras religiones han resuelto el problema, con objeto de no disminuir el poder de Dios, mediante la supresión momentánea de las leyes naturales en virtud de un acto de la voluntad divina. Atribuyendo a Dios la instauración de dichas leyes, bien pueden atribuirle, no menos caprichosamente, su suspensión.

acuerdo perfecto; los decretos divinos y la fuerza fatal se confundían en una misma necesidad por y para el bien de hombres y cosas[134].

En todo caso, los griegos lo esperaban todo de Zeus. «Seres de un día ¿qué somos y qué no somos? El hombre es el dueño de una sombra. Pero cuando llega un rayo de esperanza enviado por Zeus, los mortales gozan entonces de una luz brillante y de una amable vida»[135]. Desde los primeros tiempos de la civilización griega. Zeus era todo para el hombre. El, según la *litada* (XIII, v. 750), hace los guerreros y los sabios. El da la gloria a unos y se la quita a otros (XV, v. 90; XX, v. 242). «Fácilmente concede la fuerza, dice Hesiodos, fácilmente aplasta al fuerte; por él el hombre altivo es humillado; el humilde, ensalzado». La prosperidad, como la desgracia de toda existencia humana, en manos de Zeus estaban. Su providencia se extendía a todos, desde los reyes, que según Homeros, eran especialmente sus amigos y a quienes concedía el poder, puesto que la autoridad real era una emanación de la autoridad divina, hasta los simples mortales.

Claro que si, por una parte, Zeus era *Meilichios* (el benévolo) por excelencia, *Hikesios* (que calma a los suplicantes, que es su protector), también era *palamnaios timoros,* es decir el dios que no olvidaba y que castigaba a los culpables, a veces hasta en su segunda y tercera generación[136]. Por supuesto, en general, estos castigos iban en bien de la sociedad humana. Sobre todo, cuando servían para proteger las leyes sobre las que la sociedad reposaba. Así, era implacable, por ejemplo, con los que faltaban a sus juramentos[137].

---

[134] Véase, sobre esta cuestión, la obra de Nagelsbach: *Homerische Theologie.*

[135] Píndaros, Píticas, VIII, v. 95 y sig.

[136] Esta idea de que los culpables podían ser perseguidos por la venganza divina hasta en sus sucesores, cosa a todas luces injusta, estaba tan arraigada en el espíritu griego, que muchos siglos después Ploutarchos la defiende en su tratado *Sobre los plazos de la venganza divina.* Como *Diké,* la *Justicia* era hija de *Zeus,* y a Diké nada ni nadie escapaba, Solón decía, a su vez: «No puede escapar a la mirada divina el que abriga en su corazón un pensamiento malvado: pronto o tarde, su perversidad estalla en pleno día. Pero uno paga hoy, si falta; otro, más tarde. Si los culpables escapan ellos mismos al castigo, si la venganza divina, que los persigue, no los alcanza, tiempo llegará en que ocurrirá. Entonces los inocentes pagarán por los culpables, ora sus hijos, ora la posteridad».

[137] Para comprender esto bien es preciso tener en cuenta que el *juramento* (en griego, *horkos)* era en Grecia uno de los raros obstáculos que se oponían a la violencia en una época en que ésta hubiese dominado todo, de no haberse opuesto a su curso el miedo al castigo inmediato operado, a falta de verdadera justicia, por una divinidad protectora y vengadora del derecho. (V. el tratadito de Ploutarchos:

Su misión de proteger a la sociedad humana hacía de Zeus, *Xenios,* es decir, el dios de la hospitalidad. «De parte de Zeus vienen todos los extranjeros y todos los pobres»[138]. «Si me apiado de tu miseria, es porque temo a Zeus hospitalario», dice Eumaios, el porquerizo, de Ulises a éste, al que no ha reconocido bajo sus andrajos de mendigo[139]. Con ello, el pobre no solamente era respetado, sino sagrado. Muchas veces, los propios dioses al bajar a la tierra, vestían los harapos mismos de los pordioseros, con objeto de poder sondear mejor el corazón humano; porque en verdad pocas puertas se abren ante el que no llega dando.

Era aún *Filios,* es decir, el dios de la amistad; y bajo este nombre era invocado en Megalópolis, en Epidauros, y en Atenas, donde su sacerdote tenía siempre en el teatro una plaza reservada.

Como se ve pues, la creencia en un Zeus amo todopoderoso del Mundo, alcanzaba grados de elevada moralidad. Moralidad incompleta, cierto, pero en la cual estaban ya en germen todas las grandes aspiraciones que otras religiones superiores desarrollarían más tarde[140].

Narraciones amorosas, en el tomo 1.º de *Los Tratados,* publicado en nuestra «Colección La Crítica Literaria».) El deber de respetar los juramentos no eran tan sólo un precepto sagrado para los hombres, sino lo mismo para los dioses, como se ha dicho en otra parte. (V. n. 78.) La religión de *Zeus,* pues, imprimía fuertemente en las almas el respeto a la palabra jurada, salvaguardando con ello a la sociedad humana. El que se hacía culpable de perjurio era castigado por Zeus *Horkios,* guardián de los juramentos. Su estatua se levantaba en Olimpia, armada de un rayo en cada mano. Pausanias decía no haber visto otra más terrible.

[138] *Odisea,* VI, v. 207.

[139] *Odisea,* XIV, v. 389.

[140] En fin: *Zeus* era *Palroios* (paternal, que protegía las familias, que aseguraba a los padres el respeto de sus hijos, que velaba sobre los matrimonios y sobre el nacimiento de los vástagos), *Teleios* (que llevaba todo a su conclusión, especialmente las uniones venturosas, y en este mismo sentido también *Gameíos), Herkeios* (que protegía los cercados—*herkos*—, el recinto de la casa; su altar, en calidad de tal, es decir, de protector del hogar, estaba siempre a la entrada, en el patio que precedía a la casa propiamente dicha). Con el nombre de *Ktesios* (distribuidor de la riqueza) era adorado en Ática. La imagen de Zeus Ktesios se colocaba en las tiendas. Culto semejante se daba en Esparta a Zeus *Plousios,* y en Kilikia, a Zeus *Olbios.* Zeus *Fratrios* era inseparable de Zeus Herkeios. Aquél velaba en Atenas por la organización de las fratrías. Cada año, los recién nacidos eran inscritos en el registro de la fratría. Con tal motivo, el ciudadano que presentaba al niño inmolaba una oveja o una cabra en el altar de Zeus Fratrios o de Atena Fratría. La gran fiesta de las fratrías era la Apaturia, que duraba, primero, tres días; luego, cuatro. El Zeus *Polieis* era el símbolo de la

Los santuarios de Zeus y sus fiestas eran demasiado numerosos para citados aquí. Me limitaré, pues, a los más importantes[141]. En la época

---

unidad del Estado. Su estatua y su altar se alzaban en la Akrópolis de Atenas. Zeus *Boulaios* era el dios de las asambleas. A él se dirigían, antes de sus deliberaciones, los miembros de la *Boule* (Senado). En uno de los picos de la isla de Aigina se levantaba un templo a Zeus *Panellenios* (de todos los griegos). Los embajadores atenienses declararon a los espartanos, según Herodotos, que no habían querido tratar con los medos ni traicionar la causa griega por respeto y temor a este dios. Adriano le dedicó luego un templo en Atenas. Uno de los epítetos dado más frecuentemente a Zeus era el de *Soter* (Salvador), cuyos equivalentes eran: *alexikakos, apotronaios y apenaos* (que aparta los males, que los hace variar de dirección y que preserva del sufrimiento). Zeus Soter libraba de todos los males. Habiendo salvado a los griegos en la batalla de Kounaxa (donde murió Kiros el Joven, y tras la que empezó la retirada de *Los diez mil),* el grito de «¡Zeus, Soter y Niké!» quedó luego como toque de llamada en los ejércitos griegos. El templo a Zeus Soter se levantaba en Atenas, en el Pireo. Su fiesta era la *Diisoteria.* En los festines, la tercera libación se hacía siempre en honor de Zeus Soter. *Eleuterios* (Liberador) era otro epíteto equivalente a Soter. Se aplicaba al dios que había salvado a los griegos de los persas. Tenía un altar en Plataia (donde se había celebrado la batalla de su nombre), cerca de la sepultura común de los helenos. Y una estatua en Atenas. El culto a Zeus Eleuterios se practicaba también en Samos, Siracusa, Tretón y Lakonia. Sería cuestión de nunca acabar el querer citar todos los nombres aplicados a Zeus. Pero ello mismo demuestra que a despecho de la mitología, era el dios por excelencia, dotado de todas las atribuciones y gozando de la plenitud del ser. Era el *dios (teos),* como le llamaban frecuentemente los griegos. Y esta noble, y total, y elevada concepción del Zeus griego, libre de las impurezas y fantasías de la mitología, era poco más o menos aquella ante la cual los hombres capaces de tener una idea elevada y digna de la Divinidad, se inclinaban entonces, como ante algo semejante se inclinan en nuestros días.

Tretón, citado un poco más arriba, no era una ciudad, sino un monte situado entre Keonés y Argos. Era llamado así *(Tretón,* neutro de *tretos,* agujereado, hundido) a causa de sus muchas grietas, hendiduras y precipicios.

[141] Muchos de ellos, sobre todo los más antiguos, se celebraban en montañas. En Kreta, ningún dios fue más adorado que *Zeus.* En 1883 se descubrió no lejos de la aldea de Psichro, junto a la antigua Liktos, el antro sagrado de Dikté, formado de dos cavernas superpuestas. Una gruta superior, con santuario y altar, dedicada a los sacrificios, y otra inferior, a 65 metros de profundidad, que servía de cámara del tesoro y depósito de ofrendas. Se encontraron en ella muchos objetos de oro y de bronce anteriores al siglo xi a. de J. Se cree que era el antro citado por Hesiodos, a propósito de su relato del nacimiento del dios. Otra gruta descubierta en uno de los flancos del Ida correspondía a la en que Zeus pasó su infancia. Fue explorada en 1885. También se encontraron en ella muchos objetos (escudos,

clásica, el más famoso era el de Olimpia[142]. Las fiestas que en esta ciudad se celebraban cada cuatro años (Olimpíadas) en honor de Zeus eran de una magnificencia y popularidad extraordinarias. Durante ellas había una tregua sagrada. Todas las ciudades de Grecia enviaban sus delegaciones o teorías, cuyos miembros eran alojados y alimentados a costa de la ciudad. El primer día se celebraban procesiones y sacrificios. El segundo, juegos y concursos. El último se reservaba para la procesión solemne de los vencedores y el banquete que ofrecía el Pritaneo.

En el Peloponeso, Zeus poseía en Nemea un templo magnífico, rodeado de un bosque sagrado donde se celebraban los juegos Nemeos. En Ática, Zeus era objeto de varias fiestas importantes. Como protector de las fratrías era honrado durante las Apaturias. Como Zeus *Sóter* (Salvador) tenía derecho, el último día del año, a un sacrificio público. Como Zeus guardián de la ciudad *(Polieus)*, poseía un altar en la Akrópolis, y se le ofrecía la fiesta de las *Diipolia* el 14 de Skiroforión de cada año, día de la Luna llena del último mes ático. Zeus Olímpico poseía en Atenas un templo muy antiguo, situado al sur de la Akrópolis, templo reconstruido varias veces, la última por el Emperador Adriano. Cada año, en primavera, se celebraban en él grandes fiestas (las *Olimpeia*). Zeus Meilichios era honrado mediante dos fiestas: *Maimakteria* y *Diaisia.*

El Zeus helénico fue muy pronto confundido con otros dioses extranjeros, pero que ofrecían con él ciertas analogías. El Zeus cretense *Kretagenes* pertenecía originariamente a las religiones asiáticas. El culto de Zeus *Idaios* (del monte Ida) tenía un carácter místico que no tuvo jamás la religión del Zeus helénico. Sus iniciaciones se confundían con las de Zagreus y Rea, lo que asimismo demostraban su origen asiático. Las influencias de las religiones fenicias, de las que son huella los mitos de Europe, Minos y el Minotauros, se notaban igualmente en Krete, en el culto a Zeus. Egipto debió dar a Grecia el culto de Zeus-Ammón, puesto

---

puntas de lanza, vasos y figurillas) anteriores o, por lo menos, de los siglos xi, x y ix antes de Jesucristo. Otra gruta dedicada al culto de Zeus era la de Arkolokori. Otra, la de Komarés. Esta parece ser aún más antigua que la del Ida. En Delos, en la cumbre del Kintos (lugar de nacimiento de *Apolo* y de *Artemis),* ocupada por los hombres del III milenario y luego abandonada, se instituyó un lugar sagrado, a partir del siglo vII, en honor de Zeus. En fin: el santuario más antiguo de Grecia era, sin duda, el de Dodone. El de Likeia, en Arkadia, era también conocido desde los tiempos remotos.

[142] Olimpia (territorio en la Elide, cerca de Pisa), ciudad donde se celebraban los Juegos Olímpicos y las grandes fiestas en honor de Zeus cada cuatro años. Del templo dedicado a este Dios quedan restos magníficos.

que este dios era idéntico al Amoun, una de las grandes divinidades solares egipcias.

Primitivamente Zeus no tuvo en Grecia ni templos ni imágenes. No obstante, la expresión *Zeus fegos (fegós,* encina de fruto comestible), aplicada alguna vez al dios de Dodone, prueba que las encinas que le estaban consagradas no fueron nunca sus imágenes. Tampoco parece haber sido adorado bajo la forma de esas piedras sin tallar que, según Pausanias, fueron las primeras imágenes de los dioses. Sus más antiguas representaciones llevan ya la marca del arte humano. Al dar el arte primitivo forma humana a Zeus, le esculpió en madera antes de fundirle en bronce o de tallarle en mármol. Había en Grecia varias *soanón* (estatuas de un dios en madera o en piedra) atribuidas a Daidalos, el artista legendario cuyo nombre comprendía todo el período primitivo del arte griego. El más significativo de estos soanón era el que se veía en la akrópolis de Argos. Estaba consagrado a Zeus *Triopas,* llamado así porque en la cabeza del dios, entre los dos ojos que ocupaban su sitio natural, había un tercero en medio de la frente. Pausanias, de quien se tiene el detalle, explica esta anomalía en virtud de la soberanía de Zeus sobre las tres partes del Universo (II, 24, 3). Si llega a tener ciento, como Argos, hubiéramos tenido el primer catálogo de estrellas.

El primer artista conocido que representó a Zeus fue el espartano Dontas (mediados del siglo vi). Estaba en un grupo que representaba el combate de Herakles con Acheloos[143], del que Zeus formaba parte. Las

---

[143] *Acheloos* era el nombre del río más grande de Grecia y el del dios de este río. Habiendo pedido a *Oineus,* rey de Kalidón (Etolia), la mano de su hija *Deianeira* (Dejanire), ésta quedó aterrada, pues Acheloos tenía el poder de tomar, cuando le placía, la forma de cualquier animal. La joven debía decirse que puesto que hay hombres ya de por sí bastante animales, ¿qué ocurriría si además de ser unos verdaderos burros, unos bueyes totales, con forma humana, podían revestir el aspecto y corpulencia de estos animales? Por todo ello daba largas al matrimonio cuando, por fortuna suya, *Herakles* se presentó en la corte de Oineus y pretendió su mano. Ni que decir tiene que Deianeira le aceptó en seguida. Pero como Acheloos no estaba dispuesto a ceder por las buenas, se la disputaron. El combate fue terrible, según parece. El dios-río desplegó todo su poder, que era mucho; Herakles, toda su fuerza, que tampoco era grano de anís. En plena lucha, Acheloos se transformó en un toro. Pero Herakles, que ya había tenido que entendérselas con varios cuadrúpedos con cuernos (precisamente acababa de despachar guapamente al que *Poseidón* había enviado para que enamorase a *Parsifae,* mujer de *Minos* (v. Europe), sin arredrarse, cuando el otro se le echó encima, le agarró por uno de los cuernos y se lo arrancó. Entonces Acheloos,

figuras estaban talladas en cedro incrustado de oro. Klearchos de Regium hacía poco después, para los espartanos, un Zeus *Hipatos* (dios supremo) en bronce, el primero en su género. Como aún no se había descubierto el arte de fundir el bronce, la obra de Klearchos se componía de una serie de hojas de cobre batido, trabajadas con martillo y luego remachadas[144]. Aún hay otra porción de estatuas del dios, que le representan de pie, en actitud de marcha, con el brazo izquierdo extendido hacia adelante, y el derecho, llevado hacia atrás, blandiendo el rayo. Pero todas estas imágenes, de cabeza grande, barba puntiaguda, cuerpo rechoncho y musculatura muy acusada, carecen aún de gracia y de nobleza, siendo preciso llegar a Fidias[145] para encontrar el tipo ideal de Zeus.

La estatua de Zeus, en oro y marfil, que hizo Fidias, era tan admirada, que se consideraba como una desgracia morir sin poder haber ido a verla. Decíase en Elide que cuando acabó de hacerla rogó a Zeus que le testimoniase, mediante un signo, si la obra le gustaba; y que al punto un rayo cayó en el atrio del templo.

El Zeus de Olimpia era la obra maestra de Fidias y de todo el arte griego. Pausanias hace de él una descripción perfectamente detallada en el capítulo XI de su obra, que dedica a ello por entero. El dios estaba sentado. En la mano izquierda tenía el cetro, coronado por un águila. En la derecha, una Victoria. La cabeza de Zeus era hermosísima, llena de calma, majestad y gracia. El trono en el que estaba sentado era de ébano y marfil,

---

antes de perder el otro, se dio por vencido. Pero reclamó a Herakles el que le acababa de arrancar. Sin duda, debía de pensar, como muchos lo han hecho después, que los cuernos no son cosa despreciable, pues si, como suele decirse, al principio no es agradable soportarlos, luego se come con ellos. Total: Acheloos, a cambio de su cuerno, dio a Herakles uno de los de la cabra *Amalteia,* que, por lo visto, daba en abundancia flores y frutos. Otros pretenden que el cuerno que tenía tal propiedad era el de Acheloos mismo y que por ello no se resignaba a perderle.

[144] Pausanias, III, 17, 6.

[145] Fidias, escultor griego del siglo v a. de J. Nació en Atenas en fecha que se ignora y murió el año 431. Dirigió, bajo Perikles, la decoración del Partenón. Se le atribuye el célebre friso interior representando las *Panateneas* y la ordenación de los frontones. Hizo una porción de estatuas representando a *Atería,* todas muy hermosas. A propósito de la del Partenón, que tenía 12 metros de alta y era toda de marfil y oro, se le acusó de haber sustraído parte del precioso metal. Se defendió, indignado, ante el pueblo, e indignado se marchó de Atenas, yéndose a Olimpia, donde esculpió su famosísimo *Zeus Olímpico.* Otros dicen que, encarcelado, murió en la prisión. La verdad es que se sabe muy poco de su vida. Pero sí que fue el mejor escultor griego.

incrustado de piedras preciosas. El respaldo, muy alto, estaba rematado por dos grupos: uno con las Horas o Estaciones del año, de las que Zeus dirigía el curso; el otro representaba las tres Charites. Haciendo contraste con tanta gracia y delicadeza como había en estas figuras, en uno y otro lado del trono veíanse Esfinges que torturaban y ahogaban a muchachos jóvenes, y a los Nióbides, heridos por las flechas de Apolo y Artemis. Es decir, junto a la gracia y la abundancia, el dolor: ambas cosas atributo de la Divinidad, para premio o castigo de los mortales.

Agorakrites, los dos Polikleitos, Praxiteles y Lisippos[146] hicieron también magníficas estatuas de Zeus. Pero ninguna alcanzaba la hermosura y sublime majestad de la de Fidias.

---

[146] Agorakrites de Paros, escultor griego de fines del siglo v antes de Jesucristo. Fue discípulo de Fidias. Se recuerdan de él varias esculturas famosas. Una *Madre de los dioses,* de Efesos, y la *«Némesis»* colosal, en mármol, de Ramnonte, cuya base, adornada de bajos relieves muy estropeados, fue encontrada en 1880.— Polikleitos, estatuario griego nacido en Sikione o en Argos hacia el año 400 antes de Jesucristo. Teórico antes que artista, estableció sus principios sobre las proporciones en un libro llamado *Canon.* Y luego los puso en práctica en una célebre estatua a la que dio el mismo nombre, pero que los modernos apodan el *Doriforos* (portador de lanza). Ejecutó también un *Diadutnenos* (joven ciñéndose la cabeza), de la que han quedado copias en mármol. Pero, como todos los maestros de la escuela de Argos, fue principalmente un broncista.—Descendiente del anterior fue Polikleitos el Joven, artista de la primera mitad del siglo Iv, arquitecto además de escultor. Como arquitecto hizo, entre otras obras, el teatro de Epidauros. Como escultor, una *Afrodite* armada, para conmemorar la victoria de Egos-Pótamos *(Aigos Potamoi,* en griego), río del Chersonesos, donde Lisandros venció a la flota ateniense, con lo que acabó en el año 405 la guerra del Peloponeso.—Praxiteles, escultor griego nacido y muerto en Atenas (390-335 a. de J.). Hacia el año 365 ejecutó para Mantineia las estatuas de *Leto* y de sus hijos *(Apolo* y *Artemis),* cuyo zócalo, adornado con relieves, ha sido encontrado. Friné, la célebre cortesana, le sirvió como modelo cuando estaba en Atenas. La mayor parte de sus estatuas las hizo en mármol de Paros. Se citan como principales un *Sátiro sirviendo de beber,* el *Sátiro en reposo,* el *Eros* de Tespiai, el *Apolo matador de lagartos* y el *Hermes llevando a Dionisos niño.* Era perito, sobre todo, haciendo figuras femeninas.—Lisippos, escultor griego nacido en Sikione. Aunque discípulo de Polikleitos, no por ello dejó de crear un nuevo *canon,* del cual su *Apoxiomene* era el tipo perfecto. Fue elegido por los atenienses para hacer la estatua de Sókrates y la de Alexandros el Grande. De este conquistador hizo varias, representándole en edades diferentes. Hizo también estatuas de *Zeus,* de *Herakles,* de *Aisopos,* de las *Musas* y una muy notable de un perro lamiéndose una herida.

La gran variedad de imágenes de Zeus respondía a tres tipos bien definidos: uno de ellos representaba al dios Muy Alto *(Ipsistos)*, en su majestad todo poderosa y en su sabiduría infinita; el segundo correspondía a las imágenes que nos muestran al dios del relámpago y del rayo; el tercero expresa, sobre todo, al padre de los hombres, es decir, el dios misericordioso. El busto llamado Otrícoli, del Vaticano, corresponde al primer tipo. Las representaciones del segundo son más raras: un ejemplo notable de ellas es el busto colosal del Louvre. Del dios de la bondad hay una estatua muy hermosa (el Zeus Verospi, del Vaticano), que le representa sentado, con un águila a los pies, la mano derecha sobre el muslo de este lado, con el rayo, apagado en ella; el brazo izquierdo levantado, sosteniendo el cetro. Un manto cubre la parte baja de la figura, dejando el atlético torso al descubierto.

JÚPITER

Júpiter, divinidad romana asimilada a Zeus, es el dios principal de la mitología latina en la época clásica; pero el puesto por excelencia en el panteón romano no lo adquirió sino poco a poco y a consecuencia de la influencia griega[147]. Sus funciones eran poco más o menos las del Zeus

---

[147] En un principio había tres dioses, por lo menos, superiores a *Júpiter*. Eran: *Janus* (Iano), *Mars* (Marte) y *Vulcanus* (Vulcano). Janus era una de las divinidades más antiguas de Roma. En todo caso, era un dios propio de Italia. Su origen tal vez, el antiguo rey de este nombre, divinizado. En ningún otro país hubo una divinidad semejante ni equivalente. Las funciones de Janus eran múltiples. Ante todo, era guardián de las puertas. Pero que esto no choque. Téngase en cuenta la importancia enorme de las puertas, sobre todo en las ciudades fortificadas, donde las puertas podían ser el flaco de las murallas o, por el contrario, su solidez, y el estar bien vigiladas y defendidas, la mejor garantía contra sitiadores y asaltantes. Como en las casas particulares, contra los ladrones. Sólo en la *Edad de Oro* no había puertas. Pues siendo todo común, nada había que guardar. Pero aquella edad pasó (por la imaginación de los poetas), y al punto hubo que inventarlas. Janus, pues, como protector de las puertas (y, por ello, de quienes las guardaban), tenía dos atributos: la vara de portero (para apartar a los visitantes importunos) y la llave. Su mismo nombre, «Janus», indicaba las puertas en forma de arco, bajo las cuales pasaban las vías más frecuentadas. Para poder cumplir bien su misión, consistente en «guardar», tenía dos caras: una, que daba al exterior, y la otra, al interior de la ciudad o de la casa. Naturalmente, lo veía todo y todo lo vigilaba. Janus era, además, el dios de cuanto tenía principio. Se le evocaba al comenzar el día, el mes, etc. A causa de él, el primer mes del año era llamado *Januarius*. Se le invocaba asimismo al comienzo o fundación de

cualquier empresa, y como presidía todas, también la que daba origen a la vida (la concepción). Esta idea llegó a hacer de él el dios que había presidido el nacimiento del Mundo, el sembrador (origen) de todas las cosas y el todo creador: *Janus pater,* padre de todos los hombres y de todos los dioses del Universo. Las puertas del santuario de Janus en el Forum estaban constantemente abiertas en tiempos de guerra. Se cerraban cuando llegaba la paz. Naturalmente, se cerraron muy pocas veces. Una vez, en tiempo de Numa; tres, reinando Augusto; luego, con Nerón (las revoluciones y crímenes interiores ayudaban a que estuviesen abiertas), y cuando Marco Aurelio, Cómodo y Gordiano III. Y más tarde, en el siglo IV. El origen de esta costumbre fue la siguiente leyenda. En tiempos de Rómulo, éste y los bandidos que le acompañaban robaron, como se sabe, a las Sabinas. Titius Tatius y los sabinos atacaron la nueva ciudad. Y ocurrió que una noche, Tarpeia, hija de Sp. Tarpieus, al que Rómulo había confiado la guardia del Capitolio (recinto sagrado dedicado al dios o dioses supremos), Tarpeia, decía, enamorada de Tatius (que le había prometido casarse con ella, como premio a su traición), les entregó la ciudadela. Habiendo, pues, los sabinos escalado las alturas del Capitolio y estando a punto de sorprender a sus defensores por la espalda, ocurrió que Janus, que vigilaba siempre, hizo brotar ante ellos un torrente de agua hirviendo. Naturalmente, aquello les aterró y se pusieron en fuga. He aquí por qué se decidió dejar siempre abierta la puerta del templo de Janus en época de guerra, con objeto de que el dios pudiese salir en todo momento en socorro de los romanos. En cuanto a Tarpeia (que luego dio nombre a la famosa roca desde la que se precipitaba a los criminales), Tatius, en vez de casarse con ella, hizo que sus hordas la aplastasen bajo el peso de los escudos. Janus decíase que se había casado con la ninfa *Juturna,* de quien tuvo al dios *Fons o Fontus,* dios de los manantiales. Con el tiempo, Janus, como todos los dioses, sirvió para que se burlasen de él los poetas y los filósofos. En la *Apocoloquinlosis* (poema burlesco de Séneca, en el cual se cuenta la transformación del emperador Claudio en calabaza), Janus, habituado al foro y experto, tanto delante como detrás de él (es decir, en examinar las cuestiones bajo todos sus aspectos), abogaba en favor de Claudio.—*Marte* era uno de los dioses más antiguos de Italia y asimismo uno de los más importantes. Superior incluso, en un principio, a Júpiter. Posteriormente, pero tarde ya, fue identificado a *Ares,* el dios guerrero griego. Y, naturalmente, la mayor parte de las leyendas en las cuales toma parte no son sino trasposiciones de mitos griegos (por ejemplo, los amores de Marte y *Venus,* cantados por Lucrecio al principio del poema *Sobre la Naturaleza,* no son sino los amores de *Afrodite* y *Ares* referidos por Homeros). Pero primitivamente no era tan siquiera el dios de la guerra, sino un dios rústico, expresión de las fuerzas productivas de la Naturaleza y que presidía la vegetación. Catón dice que los pastores y los ganaderos le invocaban bajo el nombre de *Silvanus.* Era el dios asimismo de la primavera, y el caballo y el lobo, *lupus Marlius,* y el pájaro carpintero, *picus Martius,* le estaban consagrados. Luego esta divinidad puramente agrícola llegó a ser el dios de la guerra, sin duda bajo la influencia del Ares griego. Por supuesto, el mismo pueblo griego, como lo demuestran los epítetos que le señalaban según sus diversos cultos. Ante todo, dios de los fenómenos celestes, de la lluvia y del rayo, se le invocaba con el nombre de *Júpiter elicius* (el que hace caer) en momentos de sequía. En el monte Esquilino había un templo a *Júpiter Fagutalís,* en medio de un bosque de hayas, lo que parece probar que era también dios de los árboles. Como *Pecunia y Liber,* era el dios alimentador, el que distribuía liberalmente los bienes de la tierra. Cuando la sementera, los labradores celebraban a *Júpiter Dapalis.* Un *flamen Dialis,* sacerdote especial, le invocaba el 19 de agosto, cuando las vendimias se acercaban. Como *Júpiter terminus,* protegía los límites de los campos. *Júpiter Fulgur,* era el dios de tempestades y rayos. Era asimismo el dios de la fecundidad familiar, protegía las uniones, y en los matrimonios por *confareatio* (matrimonio solemne precedido de la toma de auspicios, signos enviados por Júpiter para hacer conocer su voluntad),

---

romano, pastor en un principio, fue luego el pueblo guerrero, invasor y conquistador por excelencia. *Mars vigila* era la fórmula sacramental que, una vez declarada la guerra, el general que debía dirigirla pronunciaba ante el santuario de Marte al tiempo que las lanzas golpeaban los escudos. Como dios de la guerra *(Mars militaris, propugnator, victor, invictus),* extendía su protección a todo cuanto significaba lucha, incluso a los gladiadores. Augusto instituyó, además, el culto a Marte *Ultor,* para pedir venganza contra los asesinos de César.—El *Vulcanus* latino, antes de la influencia griega, era un dios del rayo y del Sol. Luego forjaba los rayos para Júpiter cuando este dios quitó el imperio a los demás. Pero antes era Vulcanus el que los lanzaba (en Italia, por supuesto) y quien tenía la personificación de ellos. Asimismo, él era el que había construido el carro del Sol. Primitivamente había sido el *Sol* mismo. Era, además, una divinidad del agua, y especialmente encarnaba el río que riega el Latium, el Tíber. Asimismo, Vulcanus, en vez de desposar a *Venus,* se había casado con una divinidad latina como él, *Maia,* personificación del despertar de la Naturaleza y que nada tenía que ver, por supuesto, bien que posteriormente se confundiesen, con la *Maia* griega, la ninfa de Arkadia, que, amada por *Zeus,* fue madre de *Hermes.* En fin, como *Yahvé* para el pueblo judío, y como *Teutades* para los galos, Vulcanus era para los romanos el dios nacional. Es decir, el que conducía a la guerra y al que debían la victoria. Luego vino el Vulcanus clásico, identificado a un dios llamado *Mulciber,* dios de los incendios, asociado frecuentemente a *Vesta,* la diosa del fuego. Era, por otro lado, un dios bienhechor que, como herrero divino, alimentaba y protegía las industrias humanas. Con lo que ya podía identificarse, como ocurrió, con el *Hefaistos* griego. Su culto estaba a cargo de un *flamine* especial (los flamines eran los sacerdotes dedicados particularmente al culto de una divinidad), el *flamen Volcanis.* La fiesta de las *Volcanalia* se celebraba el 27 de agosto.

los esposos le ofrecían los granos de una variedad de trigo denominada espelta. Cuando un joven llegaba a la pubertad se le dedicaban sacrificios como *Júpiter Penetralis, Herceus*. Protector de la ciudad y del Estado, era *Júpiter Víctor* por conceder victorias a las armas romanas, a las cuales patrocinaba. O bien *Júpiter Stator (qui sistit aciem)* que cumplía el mismo cometido. Como *Júpiter Lapis* o *Feretrius* presidía la confección de los tratados. A causa de ello era el dios federal. Era, en fin, como el Zeus griego, el dios de la hospitalidad. Dido, en la *Eneida* (I, v. 731), le invoca en estos términos: «Júpiter, tú eres quien aseguras los derechos de los huéspedes...». En la *Eneida,* asimismo, y como dios purificador un sacrificio celebrado en honor suyo purifica a los troyanos del contacto de las Harpías[148]. Un doble epíteto compendiaba su perfección y su poder: *Júpiter Optimus Maximus,* declarándole, como se ve, el mejor y el más grande de los dioses.

HERA

Con Hera, lo mismo que con Zeus, se muestra de un modo claro la oposición total entre la *mitología* y la *religión.* Aquélla, haciendo de la más grande de las diosas del Olimpos, en virtud de una acomodación perfecta del antropomorfismo a la figura de una diosa femenina, el tipo acabado de la *mujer.* Por una parte, de la mujer en sí; hermosa, seductora, engañadora, astuta; por otra, de la mujer casada honesta: honesta, pero al mismo tiempo y por ello (las mujeres casadas, honestas, suelen creer que es tan gran mérito su honestidad que ella les da derecho a todo y de todo las excusa), celosa, implacable con sus rivales, vengativa, altanera, disputadora y furiosa. La religión, por su parte, rodeando a Hera, como corresponde a la esposa del más grande de los dioses, de una aureola moral que hacía de ella la verdadera reina del cielo, el tipo ideal de la hembra seria y casta y, por ello mismo, de la esposa divina[149].

---

[148] V. n. 78.

[149] Contra esta castidad, una leyenda sumamente sospechosa habla de cierto gigante llamado *Eurimedón,* que en la extremidad de la Tierra reinó sobre un pueblo de gigantes, como él, y cuyas violencias causaron su ruina y la de su pueblo. En la *Odisea* (VII, v. 295 y sig.) se le menciona. Véase: es *Atena,* la que habla, animando a *Ulises* a entrar en el palacio de *Alkinoos,* rey de los feacios: «*Periboia* era la mujer más hermosa de su tiempo e hija del valeroso *Eurimedón,* el cual había reinado en otro tiempo sobre los orgullosos *Gigantes.* Este héroe hizo perecer a todos sus malvados súbditos en las guerras que emprendió, y él mismo perdió la vida con ellos.» También la mencionan Apollodoros en su

En lo que a la mitología, es decir, en cuanto a la «leyenda» afecta, la mejor fuente de información que tenemos respecto a Hera, es, una vez más la *Ilíada*. A través de todo el poema la vemos poderosa, fuerte, respetada por los demás dioses[150], en una palabra, verdadera reina del Olimpos. Pero también mujer ciento por ciento. Y como mujer, vanidosa de su belleza, insolente a causa de su rango, orgullosa de su posición, zalamera cuando quiere obtener algo, embustera por conveniencia, perjura por temor, coqueta, celosa e implacable en todo momento. Veámoslo: Vanidosa de su belleza: Cuando en plena boda de Tetis y Peleus (V. n. 78, 88, 89, 108 y 110), Eris (la Discordia), lanzó una manzana de oro diciendo: «¡Para la más hermosa!» Hera, sin dudar que la más hermosa es ella, se somete sin vacilación al arbitrio de Paris, en quien los dioses descargan la difícil resolución. Insolente a causa de su rango: En la misma boda de Tetis y Peleus más de una vez[151], se rebela en cuanto puede contra su marido o trata de hacer que se rebelen contra él los demás dioses[152]. En una ocasión entre ella, Poseidón, Atena y tal vez Apolo, a punto estuvieron de apoderarse de Zeus y de encadenarle. Gracias a que Tetis corrió a llamar a Aigaión, el gigante de cien brazos, cuya sola presencia y fuerza les hizo desistir de su propósito. No obstante, y conocer el poder de Zeus, trata de

---

Biblioteca (II, 5, 9; III, 1, 2, 3; edición J. Frazer, Londres, 1921), Pausanias (II, 16, 6) y un escolio al verso 295 del canto XIV de la *Ilíada,* que dice, a propósito de cuando *Hera* va toda engalanada a seducir a *Zeus,* que está en la cumbre del Ida contemplando cómo teucros y aqueos luchan a sus pies, y que, en efecto, al verla «se apoderó de su espíritu el mismo deseo que cuando gozaron las primicias del amor, acostándose a escondidas de sus padres». Si comenta esto el escoliasta es porque precisamente entre las violencias atribuidas a Eurimedón estaba la de que siendo Hera niña, la había violado, teniendo con ella a *Prometeus.* Pero se trata seguramente de una interpolación reciente a la propia leyenda de Prometeus.
[150] «Los dioses inmortales que se hallaban reunidos en el palacio de *Zeus* levantáronse al verla y la ofrecieron copas con néctar. Y *Hera* aceptó la que le presentaba la delicada *Temis*». (*Ilíada*, XV, v. 84 y sig.)
[151] «¡Diosa embustera!—la dice su marido al principio del canto XV de la *Ilíada*—, ¿es que has olvidado ya cuando encadené tus manos a irrompible cadena de oro, colgué de tus pies dos pesadísimos yunques y, suspendida de este modo en el espacio, estuviste mucho tiempo en medio de la indignación de los demás dioses, que no podían desatarte?»
[152] «Si cuantos dioses nos interesamos por los danaos nos propusiéramos rechazar a los teucros, pese a la protección que *Zeus* les dispensa, éste acabaría por aburrirse al verse sentado, solo y débil, allá en la cima del monte Ida», dice *Hera* taimadamente a *Poseidón,* incitándole, una vez más, a levantarse contra el poderoso amo de hombres y dioses *(Ilíada,* VIII, v. 204 y sig.).

dominarle, cuando no puede con humillaciones, por la violencia. Orgullosa de su posición: Orgullosa de su posición, su cólera es casi tan temible como la de Zeus, único ante el cual cede, claro que por la fuerza[153]. De tal modo orgullosa, que en toda ocasión no deja de recordar a su marido que su linaje no es menos augusto que el suyo[154]. Ni de hacer, cuando furiosa se agita en su trono, «estremecer el espacioso Olimpos» (*Ilíada*, VIII, v. 198).

Zalamera cuando quiere obtener algo: Esto lo es a maravilla. Y ello no tan sólo con su omnipotente marido, sino con los demás dioses[155].

Embustera por conveniencia: Como tal, no vacila en engañar a dioses u hombres cuando quiere satisfacer sus caprichos o imponer su voluntad[156].

---

[153] Cuando, en el canto VIII de la *Ilíada, Zeus* dice a *Hera* y a *Atena,* al verlas enojadas contra él: «Sabed que mi poder es tal y tal la fuerza de mis manos invictas, que, seguro de ellas, no me harían cambiar de resolución, si una vez la he adoptado, ni todos los dioses del Olimpos juntos» (v. 445 y sig.). Atena, aunque poseída de feroz cólera contra su padre, nada dice, pero Hera, incapaz de contener la ira que desbordaba su pecho, exclamó: «¡Con qué dureza, con qué imperio, con qué arrogancia hablas, oh el más cruel de los hijos de *Kronos!*» Y cuando el poderoso dios, tras dejarla desahogarse, le replica que está dispuesto a reírse de su furor y a confundir su insolencia, si calla es, como digo, por miedo. «Así dijo (Zeus), sin que la diosa de niveos brazos osara replicarle viéndole tan irritado» (v. 484-85).

[154] «Sobre todo, que también yo soy una deidad y el mismo nuestro linaje, pues hija, como tú, de *Kronos,* ninguna otra diosa iguálame en el Universo no tan sólo por ello, sino por llevar el nombre de esposa de quien, como tú, reina sobre los inmortales todos. Transijamos, pues, yo contigo y tú conmigo, y nuestra buena inteligencia acrecentará la dependencia y el respeto que los demás dioses deben sentir hacia nosotros». *(Ilíada,* IV, v. 58 y sig.)

[155] «¡Hija querida!—dice *Hera* a *Afrodite* cuando va a pedirla el cinturón bordado que hace a quien le lleva dueña del amor y del deseo, y con el que piensa seducir a su marido para engañarle—, ¿querrás complacerme en lo que te voy a decir, o irritada conmigo, porque protejo a los danaos, te negarás?» *(Ilíada,* XIV, v. 190-92.)

[156] «Encantada *Hera* de sus buenas disposiciones y dispuesta a engañarla mediante una falsa confidencia, la dijo...» (XIV, v. 197-198.) Y tras engañar a *Afrodite,* corre a hacer lo mismo con el *Sueño,* hermano de la *Muerte,* al que dice también con dulces y zalameras palabras: «¡Oh Sueño, rey de todos los dioses y todos los hombres! Si en otra ocasión escuchaste mi voz, obedéceme ahora también, y mi gratitud será eterna». Y le pide que adormezca a *Zeus* apenas se haya juntado carnalmente con él. Y como el Sueño se resiste por temor al Olímpico, para vencerle le ofrece lo único ante lo cual el Sueño no puede vacilar: una de las Gracias, a la que ama sin poder conseguirla: «¡Bah! Ea, cesa en tus temores. No te preocupes; obedéceme y te daré, para que te cases con ella y sea tu esposa, a la más joven de las *Gracias, Pasitea,* cuya posesión constantemente

Perjura por temor: Pese a saber muy bien a los castigos que se expone si jura en falso (V. n. 78), cuando Zeus, al que por orden suya el Sueño ha adormecido en la cumbre del Ida, despierta y ve que le ha engañado, a causa de lo cual corre a su encuentro y la llena de insultos y amenazas terribles, Hera no duda en jurar por cuanto hay que jurar que no ha sido ella la que ha aconsejado a Poseidón que dañe a los teucros. Y como acabamos de ver en la nota 152, ¡hasta ha pretendido que se rebele contra su marido![157].

De su coquetería da idea la descripción de su tocado, cuando se perfuma y engalana para ir a engañar y seducir a Zeus, en el canto XIV de la *Ilíada*[158].

En cuanto a que es celosa, pero celosa a un punto como para no respetar, no ya a sus rivales, sino a la inocente descendencia de ellas, lo demuestra en cien ocasiones, como hemos visto en la nota 108, con motivo de los amores de Zeus con ninfas y mortales. Pero celosa incluso, como hace observar atinadamente Voltaire cuando asegura «que las mujeres son capaces de ser celosas antes mismo de amar», celosa por simple vanidad, por despecho ante su orgullo herido. Así, cuando Paris da la manzana de oro a Afrodite, en vez de a ella (igual hubiese sido de habérsela concedido a Atena), concibe un odio celoso tan enorme contra el hermoso juez, que este odio alcanza a Helene, a todos cuantos pertenecen a la raza de Paris, a Troya, a la Tróade entera y a cuantos vienen en su auxilio; como lo demuestra constantemente la *Ilíada*. ¿Se puede, pues, ser más implacable?

Y si se quieren más pruebas, recuérdese cuando por orden suya los Kouretes hacen desaparecer a Epafos, el hijo de Io y de Zeus (V. n. 97 y 108). Cuando hace incurrir en locura a Atamas y a Ino, su mujer, por haber recogido al pequeño Dionisos, hijo de Semele y de Zeus, que éste

---

anhelas». Tras lo cual, no hay dos sin tres, engaña al propio Zeus. Cuando éste la pregunta, al verla tan engalanada, que adónde va, pese a venir tan sólo para seducirle, le responde, mintiendo siempre: «Voy a los confines de la Tierra a ver a *Okéanos,* padre de los dioses, y a la madre *Tethis...*» (XIX, v. 300 y sig.)

[157] Espantada *Hera* al oírle expresarse así, respondió con voz llena de dulzura: «Te juro por el *Cielo* y por la *Tierra,* y por el agua de la laguna *Stix,* de subterráneas corrientes, que es el mayor y más inviolable de los juramentos que un dios puede hacer, y por tu sagrada cabeza y por nuestro tálamo nupcial, por el que nunca juraría en vano, que no ha sido a ruegos ni por consejos míos por lo que *Poseidón* daña a los teucros y a *Hektor,* y auxilia a los aqueos...» (XV, v. 34 y sig.)

[158] Véase la deliciosa descripción de su tocado en el canto XIV de la *Ilíada,* en mi traducción de nuestra «Colección La Crítica Literaria».

les confía. Cuando sugiere a esta misma Semele que pida a Zeus, su amante, que se la presente en toda su gloria, segura de que va a costarle la vida y para ello mismo (V. n. 108). Cuando impedía que Leto pudiese dar a luz en cualquier sitio adonde llegase la claridad del Sol. Cuando aconseja y empuja a Artemis para que mate a Kallisto. Y cien casos más. Tantos que el propio Zeus se ve obligado a ocultar a sus amadas, como a Elara, en las entrañas de la tierra o a transformarlas en animales, como a lo en ternera, por ver de librarlas de las persecuciones de la implacable Hera. Pero ni por ésas. Hera envía, como se sabe, contra esta última un tábano atroz, que la obliga a recorrer, huyendo, toda la Grecia. Y que no le da paz sino cuando ya en Egipto recobra su forma humana.

Otras veces la cólera de Hera (cólera de mujer orgullosa de saberse casada con el más poderoso de los dioses; orgullosa y torpe, pues hasta contra el omnipotente marido se enfrenta mil veces); otras veces la cólera de Hera, decía, y sus venganzas, tienen motivos distintos de los celos. Por ejemplo, cuando dejó ciego a Tiresias, el adivino, por haber dado la razón a Zeus, y no a ella, en la disputa sobre quien gozaba más en el acto sexual, si los hombres o las mujeres[159].

---

[159] *Zeus* y *Hera* discutían cierta vez, a propósito de quién sentía más profundamente, si la mujer o el hombre, los goces del amor. Zeus decía que las mujeres; Hera, que los hombres. No pudiendo ponerse de acuerdo decidieron consultar el caso con un mortal que habiendo disfrutado los dos sexos podía, a causa de estar bien informado, sacarles de apuro. Este hombre era *Tiresias*. Fueron, pues, a encontrarle, y Tiresias dio la razón a Zeus. Si los placeres del amor eran computados como diez, las mujeres ganaban nueve partes y el hombre tan sólo una. Hera, furiosa no solamente por haber perdido, sino por ver de aquel modo descubierto el gran secreto de su sexo, le dejó ciego en el acto. Zeus, para compensar el daño, si ello era posible, concedió a Tiresias el don de profetizar. ¿Cómo había podido Tiresias gozar de los dos sexos? He aquí lo que se contaba a propósito de esto. Un día que se paseaba por el monte Killene, en Arkadia (hoy Ziria), o, según otras versiones, por el Kitairón (entre el Ática y la Boiotia), poco importa el sitio, pues no creo que ningún lector intente reproducir la experiencia, sobre todo ahora que estos cambios de sexo los hacen en las clínicas, pues decía que paseando vio dos serpientes acopladas. Según unos autores, las separó; según otros, al hacerlo mató a la hembra. En todo caso, él mismo quedó transformado al instante en mujer. Y mujer fue durante siete años. Hasta que, paseándose otra vez, al cabo de este tiempo, por el mismo sitio, volvió a encontrar a otras dos serpientes en igual tarea. Intervino otra vez; mató, sin duda, ahora al macho y se tornó varón de nuevo. Esto le hizo célebre, y como los dioses no ignoraban el suceso, he aquí por qué Zeus y Hera le tomaron como árbitro de su discusión.

En fin, a veces, por si la guerra doméstica fuese poco, Hera mostrábase también avasalladora fuera del Olimpos. En el canto XX de la *Ilíada* vemos que cuando Zeus autoriza a los demás dioses a bajar al campo de Troya y tomar parte, de modo abierto ya, por los combatientes que más les plazcan, descienden todos veloces y pronto «al poderoso Poseidón le hizo frente Foibos Apolo con sus aladas flechas; Ares a Atena, la diosa de los brillantes ojos; a Hera, Artemis, que lleva arco de oro, gusta del bullicio de la caza, se complace en tirar saetas y es hermana del Flechador; a Leto, el poderoso y benéfico Hermes, y a Hefaistos, el gran río de profundos vórtices llamado por los dioses Janto, y por los hombres, Skamandros». Pero en el canto siguiente, no contentos con ayudar, los unos a los teucros y los otros a los aqueos, acaban ellos mismos por venir a las manos. Y he aquí cómo habla y obra la reina del Olimpos pese a todo su empaque y majestad: «Hera, no pudiendo reprimir su cólera, increpó a Artemis de este modo: "¿Cómo es que pretendes, perra atrevida, oponerte a mí? ¡Pues cuidado!, que difícil te será resistir mi fortaleza, pese a tus flechas y a haberte hecho Zeus leona entre las mujeres, permitiéndote matar a las que te plazca. No olvides que es más fácil y prudente cazar en los bosques fieras y veloces ciervos, que luchar abiertamente con los que te superan en poder. Y si lo dudas, empieza y sabrás en qué modo soy más fuerte que tú, y de qué te sirve querer emplear contra mí tus furias." Esto diciendo, asiola con la mano izquierda por ambas muñecas, y, quitándole de los hombros, con la derecha, el arco y el carcaj, empezó a golpearla, entre burlas, las orejas con ellos». Luego Artemis, cuando pudo librarse, «huyó la diosa de los bosques vertiendo lágrimas, y dejando allí su arco y su aljaba» (versos 468 y sig.). En la lucha contra los Gigantes (V. n. 77), también Hera había tomado parte. Sin duda a causa de sus instintos bélicos, en ciertas fiestas de Argos y do Samos, era considerada como una diosa guerrera.

Como se sabe, Hera había sido una de las tres hijas (Hestia, Demeter, Hera) que, además de tres hijos (Haides, Poseidón y Zeus), habían tenido Kronos y Rea. Ella misma cuenta dos veces, en el canto XIV de la *Ilíada*, que había sido criada y educada por Okéanos y Tethis en el palacio de éstos[160]. Otra tradición dice que fue educada por las Horas[161]. Y una

---

[160] *Hera* misma se lo dice, primero a *Afrodite,* luego a *Zeus,* en los versos 199 y siguientes y 301 y siguientes del canto XIV de la *Ilíada.*
[161] Eran llamadas *Horas,* tomando esta palabra de la latina *Horae,* a las divinidades de las estaciones. Eran hijas de *Zeus* y de *Temis* (v. n. 73 y 102) y hermanas de las *Moiras.* Como éstas, eran tres: *Eunomia, Diké* y *Eirené*

leyenda local recogida por Pausanias, habla de un tal Temenos, hijo de Pelasgos, que según tal leyenda educó a Hera, en cuyo honor erigió más tarde tres santuarios: el primero a Hera Niña, el segundo a Hera Casada y el tercero a Hera Divorciada, suponiendo sin duda, que tras una de las innumerables reyertas con Zeus, había acabado, como cualquier mujer, por separarse de él. Pero en ninguna otra leyenda se habla de tal divorcio. Zeus, grande en todo, no podía dejar de serlo en paciencia. En cambio se hablaba mucho de sus bodas solemnes. Según Hesiodos, Hera había sido la tercera mujer «legítima» de Zeus (la primera, Metis; la segunda, Tremis; v. 73, 85 y 102). No obstante, como ya hemos visto, la *Ilíada* cuenta que ya se amaban y hasta folgaban a escondidas de sus padres; por supuesto, siendo muy jóvenes.

Del matrimonio Zeus-Hera nacieron cuatro hijos: Hefaistos, Ares, Eileitiia y Hebe[162]. No obstante, una tradición hace a Hefaistos hijo sólo de Hera. Como Zeus había tenido a Atena sin su concurso, ella, despechada y por no ser menos, había alumbrado al Herrero divino por su propia cuenta. Afirmación peregrina en todo caso, puesto que Hefaistos había sido precisamente quien, por mandato del Olímpico, le abrió la cabeza de un hachazo, para que pudiese salir Atena moza ya y armada de todas armas. Pero no nos asombremos mucho: de los dioses hay que esperarlo todo.

En cuanto al sitio donde tuvo lugar su matrimonio, digamos espectacular, puesto que a escondidas ya se habían casado muchas veces cual se ha visto, varía también según las leyendas. Se cita el Jardín de las Hespérides (símbolo mítico de la fecundidad, de la eterna primavera, de la perpetua ventura); la *Ilíada,* por su parte, da como lugar de su unión la

---

(Disciplina, Justicia y Paz); pero los atenienses las llamaban *Tallo* (de *tallo,* florecer, cubrirse una planta de flores o de frutos; floreciente, próspero, abundante en bienes; si una persona, ser rico y dichoso), *Auxo (auxo,* aumentar, crecer, tomar fuerza) y *Karpó (karpos,* fruto, grano, simiente), nombres que, como se ve, daban la idea de crecer, prosperar, fructificar. Por consiguiente, tenían un doble aspecto: divinidades de la Naturaleza que presidían el ciclo de la vegetación, y divinidades del orden, que, como hijas de Temis, la Justicia, aseguran el mantenimiento de la sociedad. Su papel o misión en el Olimpos era plural: decíase que habían educado a *Hera,* velaban por las puertas (como *Janus* en Roma), servían a la reina de los dioses (ellas eran las que uncían su carro, así como el del Sol), servían también a *Afrodite* en unión de las *Gracias,* jugaban con *Perséfone* y figuraban en el cortejo de *Dionisos.* Se las representaba como tres jóvenes graciosas y bellas, llevando en la mano una flor o una planta.

[162] V. n. 39, 77, 78, 79, 82, 100, 106, 108, 111, 124 y 147.

cima del Ida de Frigia; otras tradiciones hablan de Euboia. Los tres puntos podían sostener su afirmación con sólo recordar que Zeus tenía el don de ubicuidad. En todo caso, en diversos puntos de Grecia, en muchos celebrábanse fiestas destinadas a conmemorar esta gran unión. Durante ellas, se adornaba la estatua de la diosa con los atavíos propios de una mujer que va a casarse, y tras pasearla así por la ciudad, era conducida al santuario donde de antemano se la había preparado el «lecho nupcial».

Si, cierto, Zeus había tenido muchos devaneos extraconyugales, Hera no había dejado tampoco, por lo menos, de ser solicitada. Y aunque sin duda, en honor a su grandeza y majestad hacíase una excepción en el adagio que afirma: «plaza sitiada, plaza tomada», sí se contaba, que además del mencionado gigante Eurimedón, del que he hablado en la nota 149, otros habían querido, por lo menos violentarla también. Entre ellos los gigantes Efialtes y Porfirión, y, lo que es aún más grave, y hasta tal vez menos apetitoso, pues un gigante al fin y al cabo es un buen mozo en toda la regla; un simple mortal lo había pretendido también: Ixión[163].

---

[163] V. n. 77 y 111. Este *Ixión,* a quien se hace hijo ora de *Flegias,* rey de los lápitas (y hermano, por tanto, de *Koronis),* ora de *Ares,* bien de *Aetón,* de *Antión o* de *Pisión;* su madre se llamaba *Perimelé* (lástima no poder consultarla a ella sobre la paternidad de su hijo; por supuesto, a lo mejor se la ponía en un apuro); pues bien: este Ixión era un rey tesalio que reinó, como el primero de sus supuestos padres, sobre los lápitas (pueblo tesalio que pertenece tanto o más a la mitología que a la historia; lápitas fueron una porción de héroes mitológicos, y los *lapitai,* como decían los griegos, intervinieron en multitud de leyendas puramente míticas). Para obtener la mano de *Día,* hija del rey *Deioneo,* Ixión le hizo grandes promesas. Pero celebrado el matrimonio, cuando el suegro le reclamó lo ofrecido, Ixión, por todo pago, le arrojó a traición a un foso lleno de carbones encendidos. Su crimen era tan tremendo (perjurio y asesinato), que nadie se atrevió a purificarle, como era costumbre. No obstante, *Zeus,* siempre amigo de los reyes, se apiadó de él, le purificó y hasta le libró de la locura en que había caído tras su crimen. Pero Ixión, para demostrar su agradecimiento (no debía de estar bien curado aún), trató de violar a *Hera,* por mejor decir, de violentarla, pues doncella, si alguna vez lo había sido, cualquiera se acordaba ya. Zeus entonces dio a una nube la apariencia de la diosa e Ixión, amoroso siempre, se unió con la falsa apariencia tomándola por la verdadera. Pero con tal ardor, que le hizo un hijo: *Centauros.* Padre luego, por lo visto, de todos los monstruos de su clase. Zeus, para castigar tanta atrocidad, no encontró mejor medio que emplear otra: le ató a una rueda inflamada que giraba sin cesar y le lanzó a través del espacio. Pero como cuando le había purificado, le había hecho probar la ambrosía, con lo que había quedado inmortal, aún debe de andar por las galaxias el pobre Ixión girando sin poder detenerse. Ixión fue el padre de *Peiritoos,* el amigo-amante de *Teseus.*

En fin, varias leyendas atribuyen otro hijo a Hera, y de marca. El monstruoso Tifón (V. n. 78 y 80). Cuentan que, descontenta Gaia a causa de la derrota y prisión de sus hijos los Gigantes, empleó contra Zeus sus armas propias de mujer furiosa: la calumnia. Y precisamente con Hera, tan dispuesta siempre a creer lo que iba contra su augusto esposo, y a encolerizarse. Y, ni que decir tiene, que, rabiosa al punto, corrió a pedir a Kronos un medio para vengarse. Entonces, Kronos le dio dos huevos untados con su propia simiente: enterrados, debían dar nacimiento a un demonio capaz de destronar a Zeus. Este demonio fue Tifón.

Hasta aquí la mujer. La mujer malmaridada con la diosa. Veamos ahora a ésta. Como tal, parece ser que desde los tiempos más remotos fue adorada, ante todo, como esposa de Zeus; y, por consiguiente, y en su calidad de esposa «legítima», como protectora del matrimonio. Argos, Micenas, Esparta, Euboioa, Samos, en una palabra, todas las ciudades de antigua civilización la reverenciaban por este concepto. La unión de las dos divinidades superiores, *ieros gamos, teogamia,* representaba el matrimonio sagrado por excelencia[164].

Se la adoraba también como divinidad celeste y asimismo terrestre. Según ciertos mitólogos, el primer culto estaba justificado por ser la gran divinidad femenina del Cielo (Zeus era el gran dios, masculino, del Cielo, cual se sabe), e incluso como parecía probar la etimología (bien oscura por cierto) de su nombre; así como diversos caracteres mitológicos. Como reina del Cielo, ejercía su autoridad sobre los astros que le recorrían. Una leyenda de Argos decía que Hera había tenido como nodrizas a las hijas de Asterión, cuyo solo nombre indica ya su significado. La elección, por Hera, del animal, sagrado por excelencia a causa de ello, el pavo real, tenía la misma significación: su plumaje brillante y constelado, pasaba por

---

[164] Dionisios de Halikarnasos dice que fueron la primera pareja unida por el lazo conyugal. En Argos, sobre el monte Arachnaión, había dos altares frente a frente, uno en honor de *Zeus,* otro en el de *Hera:* se ofrecían sacrificios en ellos con objeto de obtener la lluvia. Cerca de Esparta, en dos colinas próximas, ocurría lo mismo. Y se refería, curiosa leyenda, que Zeus había enamorado y seducido a Hera tras tomar la apariencia de un cuclillo o cuco mojado. En Samos se contaba que había robado a la diosa y la había ocultado en un mimbreral; sobrevivencia de la época en que era costumbre que el novio robase a su futura de la casa de sus padres. Una vez en la mimbrera, se comieron a medias un bollo de harina, modesto banquete de boda, pero origen del matrimonio por *confarreatio.*

imagen o símbolo de la magnificencia del cielo estrellado[165]. La planta preferida de Hera, el lirio; como fruto, la granada.

La imagen citada, del cuclillo, en la n. 164, parece justificar, entre otras, que fuese asimismo, adorada como divinidad terrestre, si se tiene en cuenta que este animal, en efecto, es el pájaro que desde las ramas de las encinas, donde gusta ocultarse, anuncia mediante su canto monótono la llegada de la estación florida y las lluvias vivificantes de la primavera[166]. Esta germinación espontánea del suelo se interpretaba como imagen de la fecundidad de la tierra en primavera, debida a la acción de las grandes fuentes, celestes, de vida: el Sol cálido ya, y benéfico, y las nubes que se deshacen en agua para caer sobre la tierra penetrándola y resucitándola.

No obstante, la función esencial de Hera fue siempre como diosa del matrimonio. Es decir, que su culto estaba fundado sobre una verdadera concepción moral. Para los griegos, Hera, reina del cielo, fue, ante todo, el modelo sagrado de la «mujer»; el tipo perfecto de la «esposa» (en lo que transformó el antropomorfismo este tipo sagrado, haciendo de la diosa una mujer entera y simplemente humana, ya acabamos de verlo). En todo caso, como diosa *gamelios,* presidía las uniones legítimas, y el mes de Gamelión la estaba consagrado. Las jóvenes desposadas la ofrendaban su velo el día mismo del matrimonio[167].

Argos era la ciudad griega más particularmente afecta al culto de Hera. En su territorio se levantaba el más suntuoso de los templos erigidos en honor de la esposa de Zeus. Obra de Polikleitos (V. n. 146), era una de las maravillas del arte helénico[168]. En Homeros, Hera es ya denominada *argiana.* Píndaros llama a Argos «el sitio venerable de su culto». En efecto, ya en los tiempos históricos Hera tuvo en esta ciudad cinco templos. El más notable era el llamado *Heraión.* A él acudieron, según se decía, los príncipes griegos a prestar juramento de fidelidad a Agamemnón

---

[165] Según otros, el plumaje del pavo real representaba los cien ojos de Argos. (V. n. 80, 108, 146.)

[166] La escena de la unión de *Zeus* y de *Hera* en la cumbre del Ida, contada en la *Ilíada* (XIV, v. 352 y sig.), parece justificar esta hipótesis: «Dijo Zeus, y estrechó entre sus amorosos brazos a la esposa. La tierra produjo verde hierba, loto fresco, azafrán y jacinto espeso y tierno para levantarlos del suelo».

[167] Ploutarchos habla de la afición particular de *Hera* por las uniones honestas y tranquilas, entre otras muchas cosas curiosas sobre el matrimonio. (V. *Sobre el matrimonio,* en el tomo 1.º de *Los Tratados,* de Plutarco (Pluotarchos), publicado en nuestra «Colección La Crítica Literaria».)

[168] En la *Ilíada* (IV, v. 51 y sig.), *Hera* misma dice: «Tres son las ciudades que más quiero: Argos, Esparta y la rica y espléndida Micenas».

antes de partir para Troya. Del edificio primitivo, que databa del siglo VIII a. d. J. que es el templo griego más antiguo de los conocidos, queda aún un basamento colosal.

En Olimpia, también el culto a Hera tenía gran importancia. En Esparta, una de las siete colinas sobre las que estaba edificada la ciudad, llevaba el nombre de colina de Hera, *Argeia*. En Korintos era honrada como guardiana de la ciudadela, *Akraia*. Cada año le consagraban siete jóvenes de cada sexo, pertenecientes a las mejores familias, los cuales, tras afeitarles los cabellos, quedaban afectos al templo durante doce meses. En Atenas le estaba consagrado, además del mes de Gamelión, la fiesta denominada *Teogamia*. En Boiotia, la llamada de las *Daedalia*. Por cierto, que aquí se refería una curiosa leyenda. Hera, un día, habiéndose enfadado con Zeus, se marchó, por no verle siquiera, al monte Kitairón (situado entre el Ática y la Boiotia). Zeus, para atraerla, imaginó la intriga siguiente: Hizo correr la voz de que iba a casarse con otra, labró un tronco de encina de modo que representase una mujer, le vistió como a una novia y poniéndole en un carro y al son de los cantos propios del himeneo, empezó a recorrer el país. Hera, al saberlo y al oírlo, bajó como un rayo y se precipitó sobre su rival. Luego, al darse cuenta del engaño, se echó a reír y, muy satisfecha, volvió al Olimpos. Las mencionadas *Daedalia* eran una reproducción mímica de esta leyenda.

Las primeras imágenes de Hera, como las de Zeus, son groseras e insignificantes artísticamente consideradas. Más tarde, los escultores llegaron, representándola, a grados inimitables de perfección. Si la estatua por excelencia de Zeus era la de Fidias, ya descrita, la mejor de Hera fue la de Polikleitos (V. n. 146). Máximo de Tiro[169] dice a propósito de esta estatua en sus *Disertaciones* (XIV, 6): «Es la diosa de los brazos blancos, de los brazos de marfil, de mirada magnífica, de vestido espléndido; la diosa real sentada en un trono de oro». La corta descripción de Pausanias (II, 17. 4) indica los atributos con los cuales Polikleitos la había embellecido: «La estatua de la diosa, sentada en su trono, es notable a causa de su tamaño. Es de oro y de marfil. Su cabeza está coronada por un *stefanos*[170] en el que están trabajadas en relieve las imágenes de las

---

[169] Máximo de Tiro, filósofo griego del siglo II de nuestra era. Viajó mucho y vivió en Roma en tiempo de Cómodo. Se daba como discípulo de Platón, pero era un filósofo ecléctico. Quedan de él cuarenta y una disertaciones, en las que trata de todo.

[170] *Stefanos,* todo lo que rodea; corona de hierbas, de flores o de metal. Aquí seguramente de oro.

Chantes y de las Horas. Una de sus manos tiene el fruto del granado; la otra, el cetro, al extremo superior del cual hay un cuclillo»[171].

La hermosura de la gran diosa, a juzgar por sus estatuas, era enteramente distinta de la de Afrodite. Constituía el tipo perfecto de la mujer madura, en toda la esplendidez admirable de esta madurez[172]. Se suelen distinguir, como con Zeus, tres tipos de Hera, según sus estatuas: el tipo severo, el tipo majestuoso, y el tipo amable. Uno de los mejores modelos del primero nos lo ofrece el busto Farnesio, de Nápoles: cabeza colosal, los cabellos partidos en dos y ceñidos por una cinta, la frente bastante alta, los ojos un poco cerrados, la boca, grande y carnosa. Como tipo majestuoso, la cabeza llamada Ludovisi que se halla en Roma, en el Museo de las Termas. Esta cabeza tiene una diadema en los cabellos, cuyos bucles caen a uno y otro lado de la nuca. Gran pureza en el perfil. Gran majestad en todas las líneas. El tipo amable es más difícil de determinar. Tal vez era el de la estatua de Praxiteles, su Hera *Teleia.* Hoy, hay que acudir, para imaginarle, a las monedas. Las de Plataia tal vez puedan servir de modelo.

JUNO

Juno era una de las grandes diosas de la mitología romana. Figuró desde muy pronto en la Tríada honrada primero en el Quirinal y luego en el Capitolio: Júpiter, Juno, Minerva. Su culto era antiquísimo entre los pueblos de raza itálica, sabinos, ombrios, oscos, latinos y etruscos. Más tarde fue asimilada a Hera. No obstante, su personalidad siguió siendo, en realidad, distinta.

Uno de los epítetos más antiguos que se daban a Juno era el de *Lucina.* Indicaba que el imperio de la luz nocturna y, como consecuencia, de todos los fenómenos de los cuales la Luna asegura el orden y regularidad, estaban bajo su dirección. También dependían de ella todas las manifestaciones particulares de la fisiología femenina. Ella edificaba la

---

[171] La granada, símbolo del amor conyugal y de la fecundidad. Recuérdese que *Perséfone,* la hija de *Demeter,* no pudo dejar enteramente los *Infiernos* por haber aceptado de *Haides* un grano de granada, con lo cual quedó unida a él para siempre.

[172] «Era la imagen ideal de la matrona en plena posesión de su belleza, formada por el tiempo, y a la que nada se puede añadir. Belleza inalterable, que se refrescaba constantemente en las fuentes de la juventud», según expresión de Otfried Müller. Homeros llama a *Hera* repetidamente la de los «grandes ojos» y la de los «brazos níveos o blancos».

armadura ósea de los niños *(Ossipago)*; ella hacía subir la leche al seno de las madres *(Rumina)*. Las mujeres encinta, o de parto, estaban especialmente bajo su protección. También era la protectora de las uniones legítimas. Juno *Pronuba* presidía la conclusión de los desposorios. Como *Domiduca*, conducía a la recién casada al domicilio conyugal. *Unxia* frotaba con perfume los montantes de las puertas. *Cinxia* desataba, junto al lecho nupcial, el cinturón de la novia virgen. Juno *Populonia* era llamada así porque «quod populos multiplicet». Como Juno *Martialis*, libraba a la madre de los dolores del parto. Como Juno *Monda*, es decir, «la diosa que advierte» (de *moneo*, advertir, no de moneda), recibía un culto particular en el *Arx* (cumbre NE. del Capitolio). Cuando la invasión de los galos el año 390 a. d. J., fueron los gansos que se criaban en su santuario los que dieron, con sus gritos, el alerta, y con ello, tiempo a Manlio, para salvar la colina y rechazar a los invasores. Pero la forma más elevada de la divinidad de Juno se expresaba mediante el epíteto de *Regina*. El nombre de Juno era el equivalente femenino de *Genius*. Es decir, que así como cada hombre tenía su *Genius,* cada mujer, su *Juno.* En fin, Juno fue asimilada a divinidades extranjeras; por ejemplo, a la Astarté púnica, con el nombre de *Caelestis.*

Juno *Lucina* tenía en Roma, en el Esquilmo, un altar muy antiguo, levantado el año 735 a. d. J., por el rey sabino Titius Tatius. Su fiesta se celebraba a principios de marzo, que era, al mismo tiempo, el principio del año. Esta fiesta era llamada *Matronalia.* De ella estaban excluidos los solteros y las mujeres de vida dudosa. Era una fiesta de carácter familiar sobre todo. El padre y los hijos honraban en la madre al ama de la casa. El marido le ofrecía regalos. Luego, ella servía de comer a los esclavos, como en las Saturnales. La Juno *Juga,* que también tuvo en Roma un altar desde tiempos muy antiguos, dio su nombre al *vicus Jugaris,* uno de los barrios más viejos de la ciudad. La Juno *Caprotina* era objeto de fiestas, a principios de junio, esencialmente populares. A la sombra de los cabrahigos comían y se refocilaban tan libremente sus devotos, que los primeros apologistas cristianos censuraron estas fiestas con dureza. Juno estaba también mezclada a la ceremonia de las Lupercales, que, cubiertas con una piel de cabra *(amiculum Junonis),* golpeaban con sus correas a las mujeres estériles, con objeto de hacerlas fecundas. Juno *Regina* tenía su puesto, al lado de Júpiter, en el Capitolio. En fin, estaba considerada como una de las divinidades protectoras de Roma. Una sacerdotisa especial, la *Flamínica,* esposa del *flamen Dialis,* atendía su culto. La unión de ambos oficiantes, simbolizaba la de los dos grandes dioses. La *Flamínica* conservaba siempre el traje que había llevado el día de su boda. Si moría, el flamine cesaba en sus funciones. La iconografía de Juno hay que buscarla hoy, principalmente, en las antiguas monedas romanas.

ATENA

¿A quién no le ha ocurrido sentarse a contemplar el lento crepúsculo, en una de esas hermosas tardes de verano, cuando el Sol que cae tras haber abrasado la tierra durante muchas horas parece querer resarcir a los hombres dándoles no solamente tregua, sino entretenimiento delicioso, incendiando de mil maneras y con mil colores los grupos de nubes entre los que se va ocultando poco a poco? Si seguimos con la vista cómo el ligero viento que osa al fin mostrarse, separa poco a poco unas nubes de otras, y nos fijamos particularmente en cualquiera de ellas, la veremos cambiar de tonalidad a medida que el astro va perdiendo fuerza al desaparecer lentamente, e incluso de forma, e ir tomando los aspectos más caprichosos, hacerse cada vez menos densa, desgarrarse minuto tras minuto, y, finalmente, quedar reducida a varios filamentos blancos, incoloros ya, para al punto desvanecerse en el fondo azul, cada vez más oscuro, del cielo.

Pues algo semejante ocurre cuando de cualquiera de esas nubes mitológicas que son la figura de cada dios del panteón griego, y, por supuesto, de todos los panteones, tratamos de llegar a su origen. En efecto, encontramos que todo se va desvaneciendo en cien filamentos, en cien leyendas. Leyendas que en un principio son poco más que nada. La expresión simbólica de un fenómeno natural, celeste o terrestre. Pero cuya aglomeración ocasiona la nube, el milo o el conjunto de mitos que se ofrece a nuestra consideración.

Pues bien, de esta formación plural y arbitraria, Atena es un caso típico. El primer jirón, la síntesis de su origen, es la siguiente: Zeus, uniéndose a Metis, prima hermana suya (V. n. 73 y 85), la dejó encinta. Pero sabiendo por Ouranos y Gaia, que tras la hija que ya había concebido Metis, si luego tenía un hijo, éste le arrebataría el imperio del Cielo, como él se lo había arrebatado a Kronos, su padre, para que tal eventualidad no se produjese, acudió a un expediente heredado de su progenitor: se tragó a Metis. Como ésta estaba a punto de dar a luz, ocurrió que llegado el trance, Zeus fue atacado de un violentísimo dolor de cabeza. Tan atroz, que para librarse de él, el amo del Olimpos ordenó a Hefaistos que le diese un hachazo allí donde le dolía. Obedeció Hefaistos, y al hacerlo, salió por la brecha una joven enteramente armada: Atena[173].

---

[173] *Atena,* forma ática del nombre de esta diosa y la más usada, por corresponder a la prosa (el nombre épico era *Atene;* en los dialectos iónico y dórico variaba aún),

Hasta aquí, la nube ya formada. Si la empujamos con el viento de la imaginación, es decir, de la investigación, la veremos deshacerse poco a poco. Sin necesidad de remontarnos mucho, vemos que en la *Ilíada* tiene sólo padre; la figura de Metis no aparece por ninguna parte. Ha sido engendrada por Zeus sólo[174]. Y que el padre de dioses y hombres, a creer a otro de sus hijos, Ares, apasionado por ella, la deja hacer cuanto la viene en gana. Pero el mito no se detiene aquí. Un paso más y en un himno, homérico asimismo (XXVII, 4-16), aprendemos algunos detalles de su curioso nacimiento: «Zeus, el de los prudentes consejos, la dio a luz él mismo de su cabeza augusta, ya enteramente cubierta de armas guerreras, de armas doradas y resplandecientes. Al verla, todos los inmortales quedaron sobrecogidos de asombro y de respeto. Y ante los ojos mismos del dios que tiene la égida, de pronto, impetuosamente, saltó de la cabeza inmortal, blandiendo su acerada jabalina»[175].

No basta. Los poetas seguirán trabajando, aderezando, magnificando a Atena, como a los demás dioses. Los poetas por una parte y el pueblo por otra. Es decir, las ciudades al apoderarse de su culto e introducirla en su repertorio de dioses. Y para ello, fabricarán nuevas leyendas con objeto de justificar en su favor, el favor y simpatía de la diosa por los que la veneran. Así, Píndaros, por ejemplo, es el que muestra a Hefaistos

---

es, según Max Müller, una modificación o adaptación de la palabra sánscrita *Ahana (la ardiente),* uno de los epítetos de la Aurora. Pero esta palabra no se encuentra sino una vez en los *Vedas.* James Darmesteter la emparenta, por su parte, con *Athar* (el Fuego), hijo de Ahura Mazda (Arimán). Haciendo notar que en los *Vedas, Varuna* (el Cielo) es el padre de *Atharvan* (el Relámpago); a causa de ello une *Atena* a la misma raíz que *Athar.*

[174] «Pero de nuestras discordias, únicamente tú tienes la culpa por haber engendrado a esa loca funesta (Atena), que sólo se ocupa de acciones inicuas. Cuantos dioses somos en el *Olimpos,* te obedecemos y acatamos; sólo ella diríase que está libre de tu tutela. Para ella no hay palabras, amenazas ni obras. Al contrario, parece que la instigas a que haga cuanto le place por haber nacido de ti tan sólo.» Palabras de *Ares a Zeus. (Ilíada,* V, v. 874 y sig.)

[175] El himno sigue de este modo: «El vasto *Olimpos* se estremeció profundamente a causa del impulso de la diosa de los chispeantes ojos. La tierra resonó con estrépito terrible; el mar se agitó y sus sombrías ondas se encresparon... En el cielo, el brillante hijo de *Hiperión* detuvo mucho tiempo sus corceles, de ágiles pies, hasta que la virgen *Pallas Atena* hubo quitado de sus espaldas inmortales las armas divinas.» Este lanzarse rápida, impetuosa, fulgurante, de la cabeza de *Zeus,* y el desorden producido en la Naturaleza por su súbito impulso se ha tratado de explicar considerando a la diosa como la personificación del rayo. (Schwartz: *Der Ursprung der Mythologie,* p. 88 y sig.)

hendiendo la testa de su padre, de la que sale Atena lanzando un horrísono grito de triunfo[176]. Probando lo segundo, en Krete introducen una de tantas variantes a su leyenda: la diosa, decían, estaba oculta en una nube. Zeus había golpeado esta nube con su cabeza, o había chocado con ella violentamente, con objeto de hacer salir a su hija[177].

Y ya la tenemos nacida (adulta y armada como queda dicho), según la tradición más corriente, al borde del lago Tritonis, en Libia[178]. Y, como es lógico, el hecho de salir de la cabeza de Zeus, la hace diosa de la Inteligencia por excelencia; la circunstancia de nacer armada la obligará a ser diosa guerrera.

---

[176] *Olímpica,* VII, v. 35.

[177] En Rodas se decía también que en el momento de aparecer *Atería, Zeus* había vertido desde lo alto del Cielo una lluvia de oro que había fertilizado los campos de este país. No es difícil tampoco comprender el sentido simbólico de esta afirmación si se tiene en cuenta que con frecuencia el relámpago, brotando del seno de las nubes tempestuosas, es mensajero del diluvio, que le sigue.

[178] A causa de ello, el que uno de los más antiguos epítetos de Atena sea el de *Tritogeneia (la nacida de Tritos, la hija de Tritos).* Este Tritos no es otro que *Tritón,* el dios marino, hijo de *Poseidón* y de *Amfitrite*—en este nombre de la madre está la raíz del nombre del hijo—, que, aunque dios esencialmente marino, había torrentes que llevaban su nombre en Boiotia, Tessalia y Arkadia. Sin contar que, como dios del mencionado lago Tritonis, una leyenda tardía hacíale padre de *Pallas,* joven compañera de juegos de *Atena.* Ambas muchachas ejercitábanse juntas en el arte de la guerra. Pero un día disputaron. Al ir Pallas a golpear a Atena, *Zeus,* para protegerla, puso ante los ojos de su agresora la *égida.* Cuando Pallas, asustada, retrocedía, no pudo parar el golpe que, a su vez, le dirigió Atena, por lo cual ésta la hirió, sin querer, mortalmente. En recuerdo de su amiga y compañera, la diosa modeló una estatua en todo semejante a ella (el *Palladión),* la revistió con la égida y le concedió honores divinos. Esta estatua estuvo en el Cielo hasta el día que Zeus trató de violar a *Elektra,* una de las hijas de *Okéanos* y *Tethis.* Elektra se refugió junto al Palladión, creyéndose allí segura. Pero Zeus lanzó la estatua a la Tierra desde lo alto del Olimpos. El Palladión fue a caer no lejos de la ciudad que estaba fundando *Ilos,* ciudad que más tarde se llamaría Ilion o Troya. Como la vieron caer milagrosamente del Cielo, su llegada fue interpretada como aprobación de la divinidad por la construcción de la ciudad y fue puesta en el templo de Atena, aún no acabado de edificar. Como de la suerte del Palladión dependía la de la ciudad, por ello el que una noche *Ulises* y *Diomedes* entrasen a robarle y toda la serie de leyendas que se forjaron sobre su destino posterior. Y, naturalmente, acabó por haber Palladiones en muchas ciudades, cada una de las cuales hubiese ardido antes que declarar que no era el suyo el verdadero.

A este respecto sus leyendas son múltiples. En la lucha contra los Gigantes (una de las razones de su nacimiento había sido ayudar a su padre a vencerlos), toma una parte importante no sólo mediante sus consejos, por ejemplo, diciendo a Herakles cómo tiene que obrar con Alkioneus para poder matarle (V. n. 77), sino mediante su propio brazo. Pallas (uno de los gigantes esta vez, pues este nombre tiene significación plural) y Enkkelades murieron por sus manos. Al primero le despellejó y con el despojo se hizo una coraza. A Enkelades le persiguió hasta Sicilia, donde le inmovilizó lanzándole encima el Etna. Que ya antes, como se sabe, su padre, Zeus, había lanzado contra Tifón.

Luego, en la *Ilíada,* la vemos constantemente tomando parte por sus favoritos, los griegos[179]. Y lo mismo cuando se trata de Herakles: siempre a su lado en las batallas[180].

Otra leyenda quiere que sea Atena la que mate a la Gorgo (V. n. 78). Y cuando otros relatos atribuyen la hazaña a Perseus, ella le da la cabeza de Medousa para que la fije en su escudo[181].

A causa de su acción como diosa guerrera, era *Hippia,* es decir, domadora de caballos[182]. El caballo de madera que causó la ruina de Troya, ofrenda consagrada a Atena era. En Korintos llevaba el sobrenombre de *Chalinitís* (diosa del freno). En Atenas había enseñado a

---

[179] *Atena* odiaba a los troyanos, como *Hera,* a causa del juicio de *París.* Es decir, por no haber sentenciado éste, con motivo de la célebre manzana de oro de *Eris,* que ella era la más hermosa. En cambio, la vemos constantemente junto a *Aquiles, Ulises, Dio-medes, Menelaos,* etc. Y luego sigue protegiendo y ayudando a Ulises en la *Odisea,* cuando su regreso a Itake, acabada la guerra de Troya.

[180] El espíritu complemento y guía de la fuerza bruta. Empieza por armarle cuando va a comenzar sus trabajos. Luego le da las castañuelas de bronce, mediante las cuales puede espantar y levantar, para poder matarlos, a los pájaros del lago *Stimfalos.* Y cien ayudas más. Por su parte, *Herakles* lucha a su lado contra los Gigantes. Y le da las manzanas de oro del *Jardín de las Hespérides,* cuando *Euristeus* se las devuelve.

[181] Si se tiene en cuenta que las *Gorgos* (Gorgonas), que, según Hesiodos, habitaban más allá del océano occidental, cerca de la *Noche* y de las *Hespérides (Teogonía,* v. 274), eran potencias de las tinieblas, que no eran, pues, otra cosa, en realidad, sino imagen de las nubes tempestuosas que ocultan y ensombrecen la luz del día; monstruos temibles que no pueden ser vencidos sino por un héroe solar *(Perseus)* o por la diosa del relámpago *(Atena),* si se tiene en cuenta lo anterior, decía, se ve claramente el significado del complicado mito.

[182] Como tal, tenía en Grecia varios altares. Y culto en diversos lugares, asociada a *Ares Hippios* y, sobre todo, a *Poseidón Hippios,* según se lee en Pausanias (I, 30, 4; 31, 6; V, 15, 6).

Erichtonios a enganchar los caballos al carro. Y la rivalidad entre Poseidón y Atena prueba que el caballo les estaba consagrado a los dos. El origen de esta enemistad tal vez fuese la disputa por ver cuál de ambos era elegido patrón del Ática. En efecto, habiendo decidido los dioses que lo sería el que hiciese un presente mejor a la ciudad, Poseidón, de un golpe de tridente, hizo aparecer un lago salado en la Akrópolis de Atenas[183]; la hija de Zeus, por su parte, hizo nacer un olivo. Los doce dioses tomados como árbitros, reconociendo que el olivo era mejor y más útil, le dieron a ella la soberanía sobre Atenas y su región.

Atena, como Artemis, permaneció siempre virgen. Pero se cuenta que, no obstante, tuvo un hijo del curioso modo siguiente: habiendo ido a visitar a Hefaistos para que éste la procurase armas, el dios cojo, a quien Afrodite había abandonado, se encaprichó de ella y quiso poseerla. Atena escapó. Pero Hefaistos, cojo y todo, espoleado por el deseo, consiguió cogerla y la estrechó entre sus brazos. Atena le rechazó con violencia. Pero la pasión del Herrero divino era tan fuerte, que en el forcejeo, no pudiendo hacer otra cosa, profanó una de las piernas de la diosa con su esperma. Ella, llena de asco, se limpió con un trozo de lana, que luego arrojó al suelo. Y de la tierra así fecundada nació Erichtonios (nombre que recuerda la *lana* y el *suelo,* donde el niño había nacido), al que Atena consideraba como su hijo, al que metió en un cesto, y al que confió a las

---

[183] Según otra versión, un caballo. Aun otra leyenda dice que la disputa fue entre *Hera* y *Atena*. Y que Hera fue la que hizo a la ciudad el don del caballo.

hijas de Kekrops[184]. Estas, llenas de curiosidad, le abrieron, encontrando dentro a un niño guardado por dos serpientes[185].

Los atributos de Atena eran la lanza, el casco y la egida (que compartía con su padre). Su animal favorito, la lechuza. Su planta, el olivo. Se la llamaba «la diosa de los ojos glaucos»[186]. *Pallas* era su epíteto ritual.

Además de la Atena guerrera y de la Atena domadora de caballos, el carácter político y civil de la diosa eran de los más característicos. Comúnmente, era la diosa poliada por excelencia; la divinidad protectora de las acrópolis y la guardiana de las ciudades. Ella tan sólo compartía con Zeus el epíteto de *palias*. A causa de ello habitaba siempre en las alturas que tenían importancia estratégica. La Akrópolis de Atenas le pertenecía especialmente. En ella se conservaba la estatua más antigua, que se decía caída del cielo. Además, como ya he indicado, en muchas ciudades poseían una imagen milagrosa de Atena (el Palladium, *Palladión,* en griego), que era considerado como un talismán maravilloso.

---

[184] *Kekrops* pasaba por ser el primero de los reyes (míticos) de Atenas. Había nacido del suelo mismo del Ática, por lo que ésta se llamó *Kekropeia* (antes se llamaba *Akte).* Casado con *Aglauros,* hija de *Akteios,* que gobernaba al país, tuvo con ella un hijo y tres hijas. En cuanto a *Erichtonios,* a quien *Atena* crió en el recinto sagrado de su templo en la Akrópolis de Atenas, más tarde heredó el poder de Kekrops. O bien, según otros autores, Erichtonios expulsó a *Amfiktión,* el hijo de *Deukalión* y de *Pirra* (como éste había expulsado antes a su suegro, *Kranaos,* rey de Atenas), y reinó en su lugar. Casado con *Praxitea,* tuvo de ella a *Pandión,* que le sucedió en el trono. Se atribuía a Erichtonios la invención de la cuadriga, la introducción en Atenas del uso del dinero y la organización de las *Panateneas.* De Amfiktión decíase que él era el que había dado a Atenas este nombre al consagrarla a la diosa que, reinando él, era cuando *Dionisos* había venido a Ática y que había sido su huésped. La *Amfiktionia* (reunión de los diputados griegos en Delfos en primavera, y en otoño en Antela, cerca de las Termópilas, para tratar de cuestiones políticas y religiosas relativas a toda la Grecia) sería también obra suya.
[185] Según ciertas versiones, el niño mismo tenía el cuerpo terminado en una cola de serpiente, como la mayor parte de los seres nacidos de la tierra. O bien, una vez abierto el cesto escapó en forma de serpiente y se refugió en el escudo de la diosa. Las muchachas, enloquecidas por el terror, se arrojaron desde lo alto de las rocas de la Akrópolis, matándose.
[186] Este epíteto de *glaukopis,* que los intérpretes de Homeros han traducido, como dicho queda, por *la diosa de los ojos glaucos,* en Eurípides es uno de los epítetos de la Luna. De derivarle, pues, del verbo *glausso* (brillar), Atena *Glaukopis* significaría no la diosa de los ojos color de cielo o color de las olas azules del mar, sino la diosa del *mirar centelleante,* es decir, personificación de los meteoros luminosos.

Cual divinidad familiar era honrada, en Atenas, como *Fratia* o *Apatouria,* palabra que recuerda las fiestas solemnes de las fratrías. En Trezene, era la diosa por excelencia de la familia y del matrimonio. Como *paidotrofos,* extendía su protección a los niños. En Elis, las mujeres la llamaban *Atena Meter* (madre).

Atena presidía, además, todas las artes y trabajos de la paz. Pues si como diosa guerrera aseguraba la victoria, consecuencia natural era que asegurase a quienes en ella creían los beneficios de la paz. Los trabajos de sus manos estaban caracterizados por la más perfecta habilidad. En el mito de Pandora (V. n. 73) ella era quien, con Hefaistos, había modelado la estatua maravillosa, y ella quien la había provisto de cuantas artes y recursos habían de servir a la futura mujer para seducir a los hombres. Desde la más remota antigüedad, era la patrona, asimismo, de hilanderas y tejedoras. Por ella misma había tejido y confeccionado un *peplos* (vestido de mujer, por oposición a *chitón,* túnica de hombre) maravilloso. Y otro para Hera. Un proverbio bien conocido en todos los talleres de Atenas decía: mover los dedos con la ayuda de Atena. El epíteto que indicaba su maestría en todos los trabajos femeninos era el de *Ergane* («la obrera industriosa»).

Era, además, la patrona de los alfareros. Pasaba por haber inventado el torno de que se sirven, y por haber fabricado las primeras ánforas. Del mismo modo, era la patrona de las artes metálicas y de todos los trabajos en bronce. A los arquitectos, escultores y pintores se les decía «hábiles en las artes de Atena».

Fue también considerada, a veces, como diosa de la Naturaleza y de la vegetación. Y desde antes del siglo VI era invocada en Atenas como la deidad de la salud: *Higieia.* «Atribuirnos a Atena, decía Aristóteles, la ciencia y las artes», lo que prueba que era considerada como diosa de la Inteligencia en todas sus manifestaciones.

Era, en efecto, la diosa de la razón y del saber. En la *Odisea* personifica ya el pensamiento reflexivo, la *fronesis,* la *metis.* Ulises, el más sutil de los mortales, era su favorito. Guiaba no solamente a los hombres, sino a los Estados; por lo que era llamada, en Atenas, *Boulaia* (consejera de los poderes públicos). Un tribunal especial que llevaba su nombre, el Palladión, juzgaba los delitos por muerte involuntaria.

En Boiotia, una leyenda aseguraba que Atena había inventado la flauta, y que ella había enseñado a Apolo a tocar este instrumento. Se le daban los epítetos de *aedón* (el ruiseñor), y de *bombulia* (zumbadora). Su efigie se colocaba en las bibliotecas; era el símbolo del pensamiento activo. En una palabra, era la personalidad divina que expresaba mejor los caracteres propios de la civilización helénica, guerrera o pacífica, pero siempre inteligente y reflexiva, sin misterios ni misticismos, sin ritos orgiásticos, desenfrenados y bárbaros.

Atena, honrada en toda Grecia, lo era muy particularmente en su ciudad preferida: Atenas. En esta ciudad, que hasta llevaba su nombre, además de un templo pequeñito dedicado a Atena-Nike (Atena Victoriosa), había en la Akrópolis, dos santuarios que le estaban dedicados: uno, reconstruido en tiempos de Perikles para sustituir al antiguo destruido por los persas, era el célebre Partenón, dedicado a la diosa Virgen *partenos* (virgen); el otro, construido igualmente durante la guerra del Peloponeso, estaba consagrado a Atena-Polias; se llamaba el Erechteión.

En cuanto a las fiestas que se celebraban en su honor, las más célebres e importantes eran las Panateneas. Estas Panateneas eran de dos clases: las pequeñas, que tenían lugar todos los años, y las grandes, que, a partir de Pisistratos[187], se celebraban el tercer año de cada Olimpíada, a fines del mes de Hekatombaeón. El acto principal de ambas fiestas consistía en una procesión destinada a llevar al santuario de Atena-Polias el *peplos,* nuevo, bordado, que cada año era ofrecido a la diosa[188]. La procesión durante las grandes Panateneas era de una grandeza y una solemnidad incomparable[189]. Juegos y carreras de todas clases precedían a esta procesión solemne, que cerraba las fiestas.

---

[187] Pisistratos, tirano de Atenas (600-527). Habiendo llegado a ser el jefe del partido popular consiguió, gracias a una estratagema (se hizo unas heridas sin importancia y lleno de sangre se presentó en la plaza pública acusando a los eupátridas de haber querido asesinarle) adueñarse del poder. Gobernó bien y mantuvo la mayor parte de las leyes de Solón. No obstante, fue expulsado de Atenas. Vuelto a la ciudad, aún fue expulsado otra vez. Pero habiendo desembarcado en Maratón, con ayuda de mercenarios ocupó por tercera vez el Poder, que ya conservó hasta su muerte. Le sucedieron sus hijos Hipparchos e Hippias.

[188] Este *peplos* era una amplia pieza de tela que, según los tiempos, fue ora un vestido para *Atena (xoanón),* ora una cortina para su estatua, bien una especie de tapiz para las paredes de su santuario. El trabajo de este peplos, que estaba enteramente bordado, empezaba a fines del mes de Pianepsión (octubre) y duraba nueve meses. Era ejecutado, bajo la vigilancia de la sacerdotisa, por jóvenes o mujeres hábiles en el arte de tejer y en el de bordar, denominadas *ergatinai* (las obreras). Uno de los motivos favoritos de los bordados que le adornaban era la lucha entre los dioses y los gigantes, durante la cual, como se sabe, Atena había vencido al principal de todos, a *Enkelades.*

[189] La procesión, saliendo de la Kerameikos exterior, entraba por la puerta Dipile, se desplegaba en el ágora y atravesaba las principales calles de la ciudad. Los

En cuanto a las imágenes de Atena (ya quedan mencionados los primitivos *Palladión,* en los cuales estaba representada de pie, armada de lanza y escudo), las más notables eran, sin duda alguna, las de Fidias, que no solamente fijó el tipo de Zeus, sino el de su hija. Entre las numerosas estatuas de esta divinidad que hizo, había tres, en la Akrópolis, cada una de un carácter diferente. La primera era la Atena *Promachos* (que combate en primera línea; epíteto que se le daba con gusto), divinidad protectora y guerrera, armada de casco, lanza y escudo. La segunda, la Atena *Lemnia*[190], que, por el contrario, representaba la Atena pacífica. La cabeza de esta estatua, según las referencias antiguas, era de una hermosura notable, llena de gracia virginal, y seguramente desprovista de todo atributo bélico. Pero los caracteres de ambas estatuas, la inocencia y pureza de la Lemnia, y la arrogancia y hermosura brutal de la Promachos, se fundían armoniosamente en la tercera y más perfecta salida del cincel de Fidias, es decir, en la que adornaba y era la maravilla del Partenón. Esta estatua representaba a la diosa de pie, vestida con un largo chitón que le llegaba hasta los pies, y con el pecho adornado y cubierto por la égida, en cuyo centro se destacaba la cabeza de la Gorgo. En la parte delantera del

---

discípulos de Fidias han dejado un testimonio de su magnificencia en el friso, por desgracia mutilado, de la cella (lugar del templo donde estaba situada la estatua del dios o diosa) del Partenón. Esta procesión estaba compuesta de gentes elegidas entre todas las clases y edades de la ciudad. A continuación del sacerdote, de los servidores del culto y de los magistrados enviados por los representantes de las cosas sagradas avanzaba una sección de jóvenes con la cabeza ligeramente inclinada en señal de pudor y recogimiento, teniendo en las manos las pateras y los vasos destinados a los sacrificios. Luego venían las *kaneforas,* llevando en la cabeza cestos con los objetos sagrados; después, las hijas de los metecos, condenadas por la ley al modesto oficio de sirvientas; éstas llevaban jarras, asientos y quitasoles. En medio del cortejo iban las víctimas ofrecidas por la ciudad, por los demos de Atenas y por las colonias, que participaban de este modo en las fiestas de la metrópoli. Luego los músicos, que, a los acordes de la flauta y de la lira, debían acompañar la inmolación de las víctimas. Una multitud de ancianos, pero todos notables a causa de su hermosura (nada feo ni desagradable podía figurar en el cortejo), iba aún, llevando en las manos ramas de olivo; *talloforos* eran llamados por ello. Y, finalmente, desfilaban hombres armados, carros y cabalgatas formadas por efebos. (V., para más detalles sobre las Panateneas y los concursos que durante ellas se celebraban, la nota 106 de *Sókrates,* de Xenofón, de esta «Colección La Crítica Literaria».)

[190] Llamada así por haber sido consagrada por los *klerouchos* áticos de Lemnos. Estos *klerouchos* o *kleroichos* eran los labradores que poseían un lote de tierra, en una colonia, adjudicado a suertes.

casco había una esfinge; a los lados, dos grifos[191]. La mano derecha tenía una Victoria: la izquierda, una lanza colocada verticalmente a lo largo del cuerpo. A los pies de la estatua, en el suelo, la serpiente consagrada a la diosa. En el suelo también, el escudo, adornado con relieves que representaban, por el exterior, el combate con las Amazonas; por el interior, la lucha de dioses y gigantes. Las estatuas que ahora poseemos pertenecen a dos variedades: o la diosa guerrera completamente armada blandiendo la lanza y de cara sombría y temible, o la divinidad pacífica, sin armas, de rostro fino, noble frente y a la que la expresión penetrante de los ojos, la severidad de la boca y la firmeza del mentón dan a la hermosa cara un sello de inteligencia soberana.

MINERVA

Minerva, equivalente latino de la Atena griega, era la divinidad que con Júpiter y Tuno formaba la trinidad capitolina. Ello prueba que su importancia era grande en Roma. Pero sus orígenes latinos son inciertos. ¿Era divinidad antigua en este panteón? Difícil precisarlo. Según una tradición, los falerios[192] honraban una Minerva que fue instalada en Roma al píe del monte Coelius, con el nombre de *Minerva Capta* (Minerva Cautiva); pero el culto a esta diosa, libre, existía ya en Roma (sin duda llevado por los etruscos), pues en el Aventino había un santuario que la estaba dedicado.

Esta Minerva indígena era la protectora del comercio y de la industria; la diosa de artesanos, bataneros, zapateros, carpinteros, pintores y tocadores de flauta y de trompeta. Como protectora de los médicos era *Minerva Médica,* cuyo templo estaba en el Esquilmo. Más tarde, bajo la influencia de la Atena griega, fue como ésta, una divinidad poliada, guerrera y política. Sus fiestas principales eran las Quinquatrias, mayores y menores. Las primeras, que se celebraban en el momento del equinoccio

---

[191] Animal fabuloso: de medio cuerpo arriba, águila; de medio cuerpo abajo, león. El *grifo* aparece por primera vez en una cratera consagrada en el Heraeón de Samos *(Herodotos,* IV, 152).

[192] Falerios, habitantes de Faleria (Etruria), a cuarenta kilómetros de Roma. Fundada por los sículos, fue conquistada por los pelasgos siglos después, por los etruscos y, finalmente, por los romanos, el año 394 a. de J. A esta época se refiere la anécdota contada por Tito Livio y por Ploutarchos, del maestro de escuela que llevó como rehenes a Camilo (el general romano que mereció el sobrenombre de «segundo fundador de Roma») los niños de Faleria, a causa de lo cual fue vergonzosamente entregado a los malos tratos de sus alumnos.

de primavera (Ovidio —«Fastos», III, v. 807 y sig.—hace una interesante descripción de ellas), duraban cinco días; las menores, tres; éstas empezaban el 13 de junio.

Minerva, además de en el Capitolio, tenía un sitio en todos los capitolios romanos. Pompeyo erigió en el Campo de Marte un templo a Minerva Calcídicamque; incendiado más tarde, fue reedificado por Domiciano[193]. Este mismo emperador, que estimaba particularmente el culto de Minerva, instituyó para ella un magnífico santuario en el Forum de Nerva.

Toda la iconografía relativa a esta diosa repite el tipo de la Atena guerrera: casco, escudo, égida y lanza.

LETO

Leto, hija del titán Koios y de la titánica Foibe, hijos de Ouranos y de Gaia pertenecía a la primera generación divina; te nía como hermanas a Asteria y a Ortigia. Amada por Zeus, éste la hizo madre de Artemis y Apolo, a los que tuvo en un parto doble, en la isla de Delos (V. Apolo, Artemis, y las n. 73, 105, 197, 198 y 199).

Leto tenía en Delos un santuario particular, el Letoon, mencionado en los textos literarios e identificado en 1929 por R. Vallois. Era un *temenos* (espacio de terreno, campo o bosque, con un altar o un templo consagrado a una divinidad) de poca importancia. Contra lo que se podía creer, la madre de Apolo, que lo era todo en Delos, no tenía el santuario más importante luego del de su hijo. Además de en esta isla, Leto era adorada en muchos otros santuarios de Grecia y de Asia Menor, especialmente en Xantos (ciudad a orillas del Xante, en Likia, hoy ruinas cerca de Sounik).

---

[193] Domiciano, emperador romano nacido y muerto en Roma (51-96 d. de J.), hijo de Vespasiano y hermano de Tito, fue el último de los doce Césares de los que Suetonio ha escrito la historia. Aunque intrigante y pervertido, era enérgico y amigo de las letras. Los trece primeros años del *Nerón calvo* fueron buenos, pero ya en el año 93 empezaron las crueldades. Suetonio trata de explicarlas diciendo de su tiranía que «la necesidad le hacía ávido; el miedo, cruel», como a Claudio. Y como a tantos otros. En 96, un complot, a la cabeza del cual estaba su propia mujer, Domicia, puso fin a sus días. Un esclavo imperial le acribilló a puñaladas. Pompeyo, como se sabe, era el general romano que fundó con César y Crassus el primer triunvirato. Y que, enemistado con el primero y vencido en Farsalia, fue poco después asesinado en Egipto, adonde había ido a refugiarse junto a Ptolemaios XIV (107-48).

En su honor se celebraban fiestas, en Delos, en el mes de Artemisios (mes consagrado a Artemis como su nombre indica); y lo mismo en Xantos. Estas servían de reunión a los licios, y tal vez fueron origen de la Confederación licia. Los romanos la honraban también bajo el nombre de Latona. Reconocían en ella una diosa de la salud.

Los textos enumeran una porción de estatuas de Leto y de Latona, pero, en general, se la representaba en unión de sus hijos: Apolo y Artemis. Una de las más célebres era el grupo de Mantineia, del que no queda sino la base que representa a Apolo y a Marsias, y está en el Museo de Atenas. En el Museo de Palermo hay una metopa (trozo de friso, entre dos triglifos, en el friso dórico), reconstruida no hace mucho, hallada en Selinonte (ciudad de Sicilia, hoy ruinas de Castel Vetrano), sumamente interesante, bien que esté muy deteriorada; pues las cabezas de Latona y Artemis faltan. Se trata, por supuesto, de una escultura primitiva. Latona figura asimismo, y Leto igual, siempre en compañía de sus hijos, en muchas pinturas de vasos.

APOLO

Apolo[194] es uno de los dioses más complejos del panteón griego. Y uno de los más brillantes; sea o no, cual se pretende a veces, un dios importado[195]. Como su legitimidad es cuestión erudita y complicada que no interesa de momento, veamos su historia, empezando, como es lógico, por su nacimiento.

---

[194] No ha habido medio de ponerse de acuerdo hasta ahora sobre la etimología de la palabra Apolo (Απολλών, *Apollon.* Απελλών, *Apellon* en su forma antigua). La más moderna de estas tendencias es hacer este nombre equivalente a Άλεξιχάπος, *(Alexikakos,* alejador de males). Pero no parece convenir mucho, puesto que este apelativo se daba a numerosos dioses griegos, y en primer lugar, como he indicado, a Zeus. En cambio, su otro nombre corriente, θοιδος *(Foibos),* que le acompañaba en los poemas homéricos, es perfectamente claro. Derivado de la misma raíz que ωφς *(fos,* luz; luz del Sol; luz del día; luz de las estrellas, de la Luna; relámpago), quiere decir, literalmente, el dios luminoso, el dios brillante. Lo que indica la naturaleza solar de Apolo, aceptada hoy ya sin discusión.

[195] El hecho de que los antiguos mismos distinguiesen varios *Apolos* parece permitir conjeturar que diversas personalidades divinas, llegadas a Grecia de procedencia distinta, acabaron por confundirse en una sola. En cuanto a esta procedencia, ¿vinieron del Norte con las invasiones que se produjeron al declinar la potencia minoense? ¿Tendrían su origen en Kreta misma? ¿Llegaron de Asia Menor? Difícil también decidir esta cuestión.

Según el más antiguo de los relatos concerniente a su origen, que es el himno homérico a Apolo, este dios era hijo de Zeus y de Leto[196]. Pertenecía, pues, a la segunda generación de los Olímpicos, puesto que Leto era, como se sabe, hija del titán Koios y de su hermana la titánida Foibe. Encinta Leto, perseguida por los celos implacables de Hera, y sin poder encontrar en toda la Tierra un lugar donde dar a luz, pues en todas partes era temida la cólera de la gran diosa del Cielo, tuvo que refugiarse, desesperada, en una isla flotante y estéril: la isla Ortigia[197], donde, al pie del único árbol que había en ella, una palmera[198], trajo a la vida primero a Artemis y luego, y ayudada por ésta (además de por Eileitiia y demás diosas, como se va a ver), a Apolo. Pero no sin que previamente, durante nueve días y nueve noches, fuese víctima de los crueles dolores del alumbramiento, sin conseguir dar a luz (pese a estar rodeada de todas las compadecidas diosas del Olimpos). Y ello a causa de retener Hera, siempre vengativa, a su hija Eileitiia, la diosa de los partos, que al fin consintió en acudir[199]. Y apenas Eileitiia junto a ella, Leto, sintiendo que

---

[196] Sobre Leto, v. n. 73, 79, 105, 108 y 146.

[197] *Ortigia,* la isla de las codornices (de *ortix,* codorniz). Esta isla se había llamado primeramente *Asteria,* a causa de que habiéndose enamorado *Zeus* de la hermana de *Leto,* llamada de este modo, ella, a quien, por lo visto, no le gustaba el dios, pese a todo lo que pudiera prometerle su grandeza, para escapar más deprisa a su persecución se transformó en codorniz. Pero acosada por el poderoso enamorado, que quién sabe en lo que se cambiaría por alcanzarla, se arrojó al mar, donde quedó transformada en Asteria u Ortigia, la isla que luego, al dar a luz en ella Leto, sobre quedar fijada al fondo del mar por cuatro poderosas columnas, por obra de Zeus, feliz del doble parto *(Artemis-Apolo),* recibió el nombre de Delos (la clara, la visible, la brillante), y aun, el ser rodeada, en señal de admiración y acatamiento, por las otras Kiklades (Cicladas), en el centro de las cuales, en efecto, se halla. Hoy es la llamada Dili, donde hay aún los restos de un templo a *Apolo.*

[198] En griego, la palabra *foinix* (palmera) designa al mismo tiempo el color rojo. Y por ello también ese tinte purpúreo del que se tiñe el cielo por oriente antes de salir el Sol. Si se tiene en cuenta que *Leto* era una de las personificaciones de la *Noche,* la significación del mito que cuenta su largo vagar y aun, en la isla *Ortigia,* sus esfuerzos durante nueve días y nueve noches antes de poder dar a luz, se torna diáfana: Leto era la noche, que abrazada por el cielo, tras largas horas tristes y sombrías, acababa por dejar paso o dar a luz al día, es decir, a *Apolo,* ayudada por *foinix,* la aurora.

[199] Habiendo decidido las apuradas diosas que rodeaban a *Leto,* especialmente *Atería,* ver a todo trance de acabar con sus dolores, enviaron al *Olimpos* a *Iris,* la mensajera celestial, con encargo de que, burlando como pudiera la vigilancia de

el ansioso momento llegaba al fin, «rodeando con sus brazos la palmera, apoya sus rodillas sobre el tierno césped, la tierra, bajo ella, sonríe, y el fruto sale a la luz»[200].

Apenas nacido Apolo, los cisnes de Maionía[201] dieron siete veces la vuelta a la isla celebrando y cantando el parto de Leto, según Kallímachos, el poeta[202]. Por su parte, Zeus le dio una mitra de oro, una lira y un carro tirado por cisnes[203] y le ordenó que fuese a Delfos. Pero los cisnes le llevaron primero al país de los hiperbóreos[204]. Este primer viaje de Apolo

---

Hera, se pusiese de acuerdo con *Eileitiia,* la diosa de los partos, y la trajese. Y, en efecto, mediante el ofrecimiento de un collar de oro y ámbar de nueve codos de espesor, la partera celeste consintió en ir.

[200] El himno de *Apolo Delio* sigue contando el gozo de las diosas presentes y cómo lavaron y vistieron al recién nacido con un liegro velo blanco que sostuvieron con un cinturón de oro. Luego *Temis* le hizo gustar el néctar y la ambrosía. Y apenas *Apolo* estuvo harto, el cinturón de oro fue incapaz de contenerle; todo cuanto le habían puesto saltó, y, libre e impetuoso, empezó su gloriosa carrera. Como el Sol, que, saliendo al fin tras la aurora, sigue glorioso su marcha, sin que nada sea capaz de detenerle, a través del vasto espacio, llenándole con su morada luz. Kallímachos, más tarde, hablando de Apolo en su himno a Delos, es decir, del momento del nacimiento del dios, dice: «¡Oh Delos!; en este instante, todo tu suelo se torna de oro. Tu lago circular, durante este día, estuvo rodeado de oro. El joven brote de olivo, al pie del cual *Foibos* ha nacido, dio sombra de hojas de oro. Y el oro hinchó las ondas del profundo *Inopos*» (*v.* 226 y sig.).

[201] Maionia, antiguo nombre de Lidia. Posteriormente, una sola parte de Lidia, la comprendida entre Misia y Frigia.

[202] En memoria a este canto, *Apolo* había dotado de siete cuerdas la lira. Este número, el siete, era el número sagrado del dios de la luz; presidía los meses y sus divisiones, por corresponder a las diversas fases de la Luna. Y es que, como era lógico, el dios que iluminaba al Mundo tenía que estar en relación con el calendario. Los epítetos de *Hebdomaios* y de *Hebdomagenes* indicaban que la fecha de su nacimiento era el 7 del mes, día que, a causa de ello, estaba colocado bajo su protección. Así como Apolo *Noumenios* era el que renovaba los meses, quien regulaba su curso, por lo que el principio de cada mes le estaba consagrado.

[203] El cisne, de blancura inmaculada y plumaje deslumbrador, era el emblema natural de la luz pura y resplandeciente que *Apolo* venía a dar a los hombres.

[204] La leyenda según la cual *Apolo* se iba todos los años voluntariamente al país de los *hiperboreos,* que celebraban en su honor un culto incesantemente renovado, dio también en Grecia nacimiento a los cultos, que lamentaban su marcha en otoño *(apodemía),* es decir, el alejamiento del Sol a la llegada del invierno (lamentaban este alejamiento mediante himnos graves y tristes), y luego, al de su vuelta *(epidemia),* que, por el contrario, celebraban mediante los *Kantikoi,* himnos alegres y dichosos.

a su país amado fue breve, puesto que tres días después de su nacimiento, es decir, apenas salido del seno de su madre, mató a Pitón, dragón terrible que vivía junto a Delfos, al pie de una fuente, y que era el terror de hombres y ganado[205]. Por haber dado muerte a Pitón, Apolo tuvo que ir a purificarse al valle de Tempea[206]. Esta purificación va unida en ciertas leyendas a su servidumbre en el palacio de Admetos, rey de Ferés, en

---

[205] *Apolo* mata a *Pitón,* ora porque este monstruo persigue a su madre por orden de *Hera* (que antes le había confiado la custodia de *Tifón* y que sabía, por haberlo predicho un oráculo, que Pitón moriría a manos de un hijo de *Leto,* razón por la cual aún la perseguía con mayor encarnizamiento); o bien le mató porque el dragón, como hijo de la Tierra, daba oráculos. Y como Apolo quería instalar un oráculo suyo en Delfos, natural era que hiciese desaparecer previamente a su rival. Por supuesto, la victoria de un dios sobre una serpiente es tradición común a todas las mitologías de la raza arya. En los *Vedas, Indra,* el dios de la luz, triunfa de *Ahi,* la serpiente (la nube que se alarga en el cielo), o de *Vritra,* el dragón celeste. En el *Avesta, Mitra,* el dios del cielo puro, combate a la culebra, que es el símbolo de *Ahura-Mazda,* genio del mal, demonio. En el *Génesis,* la serpiente, encarnación igualmente del demonio, tienta a *Eva* y la hacer caer. Un papel análogo al de Mitra cumple *Sigfrido* en la mitología nórdica, y *San Jorge,* en la cristiana. Y así como Tifón (monstruo parido por Hera en un día de cólera contra *Zeus)* representaba, según el himno a Apolo Pítico, las fuerzas violentas y desordenadas de la Naturaleza, Apolo, que era la luz, el día, el orden natural, tenía que combatirle. Según Forchhammer, Pitón era la personificación del torrente que, a principios de primavera, desciende del Parnasos, forma una cascada entre las rocas Nauplia e Hiampleia, salta a lo largo de las terrazas superpuestas del anfiteatro de Delfos y va a precipitarse en el valle de Pleistos, donde su curso, tortuoso como el de una serpiente, deshace todo a su paso con impetuoso fragor cuando, hinchado a causa de las lluvias y del deshielo, crece desmesuradamente. Tan sólo la llegada de Apolo (el ardiente sol del verano) es capaz de agostarle y volverle a su primitivo lecho. El monstruo, acribillado de lejos por las flechas del dios (los rayos del sol estival), muere y se pudre, tomando el nombre de *Pitón,* que quiere decir el *que pudre:* «Púdrete ahora ahí donde estás—le dice Apolo tras haberle acribillado con sus flechas poderosas, en el Himno a Apolo Pítico, v. 179 y sig.— sobre la tierra nutridora de los humanos. No; la muerte cruel no podrá ser apartada de ti ni por Tifón ni por la odiosa *Chimaira* (V. n. 78), sino que pudrirás ahí, bajo la acción de la *tierra negra* y del brillante *Hiperión».* Sobre Hiperión, el titán que con *Teia* engendró al *Sol,* a la *Luna* y a la *Aurora,* v. n. 75. Pero con frecuencia el nombre de Hiperión se aplicaba, como ahora, al Sol mismo.

[206] Tempea, valle de Tessalia, afamado a causa de su calma y su frescura, cerca del Peneo, entre Olimpos y el Ossa. Su nombre quedó como sinónimo de lugar delicioso y encantador.

Tessalia[207]. En efecto, los delfios pretendían que esta servidumbre había sido la consecuencia de la muerte del dragón. Según otras tradiciones, Apolo se vio obligado a servir a Admetos, como penitencia impuesta por Zeus a causa de haber matado Apolo a los Cíclopes con sus flechas[208]. Por

---

[207] *Admetos* era un héroe que había participado de joven en la caza del jabalí de *Kalidón* y en la expedición de los *Argonautas*. A la muerte de su padre ocupó él el trono, y fue entonces cuando tuvo a su servicio a *Apolo* como boyero. Habiéndose enamorado de *Alkestis,* hija de *Pelias,* rey de Iolkos, y como éste hubiese decidido no casarla sino con quien consiguiese uncir a un mismo carro a un león y a un jabalí, Admetos consiguió hacerlo gracias al tiro que le proporcionó Apolo. Mas habiéndose olvidado en la ceremonia de su casamiento de sacrificar en honor de *Artemis,* ésta, furiosa, llenó la cámara nupcial de serpientes. Apolo prometió a Admetos intervenir con objeto de aplacar a su hermana, y asimismo pidió al *Destino* que su amo y amigo no muriese el día fijado por la *Suerte* si encontraba quien lo hiciese en su lugar. Para conseguir tal privilegio, parece ser que Apolo emborrachó al Destino. También se murmuraba que si el dios hacía tanto por Admetos era por estar enamorado él mismo de Alkestis, y, claro, trataba de adorar al santo por la peana. En todo caso, cuando a Admetos le llegó el turno de morir, nadie, ni sus padres, tan sólo su mujer, consintió en hacerlo por él. Y por él, en efecto, bajó Alkestis a los antros de *Haides.* Por venturosa causalidad, *Herakles* pasó por Feres cuando todo eran alabanzas (esta vez, justas), lágrimas y suspiros (Herakles era amigo de Admetos, pues habían sido compañeros cuando la expedición de los Argonautas). Y habiendo preguntado qué ocurría, al saberlo, bajó a los *Infiernos* a por Alkestis y se la trajo a su marido más joven y bella que nunca. Tal, al menos, cuenta Eurípides en su drama *Alkestis.* Otra tradición dice que fue *Perséfone* quien la volvió a la vida, conmovida ante su abnegación y sacrificio. ¡Ella, que había perdido la mitad de su libertad por un simple grano de granada!

[208] Si *Apolo* había matado a los *Cíclopes,* la causa era que éstos habían forjado el rayo para *Zeus,* y Zeus se había valido del arma mortífera para fulminar a *Asklepios* (el *Escapulario* latino), dios y gran maestro de la medicina, y sobre todo, hijo de Apolo. Este Asklepios, como digo, según la tradición más corriente y la seguida por Píndaros, era hijo de Apolo y de *Koronis* (la hija del rey *Flegias,* citado ya en la *Ilíada).* Por cierto que Koronis, estando encinta por obra de Apolo, cedió a los amores de un mortal, *Ischis* (v. n. 111), y se casó con él. Al saberlo, el dios los mató a los dos. Había que hacer un escarmiento con las infieles. Y estando ya el cuerpo de Koronis en la hoguera y a punto de ser consumido por las llamas, Apolo sacó de él al niño. Tal fue el nacimiento de Asklepios, según la tradición que refiere, haciéndolo así, que nació en Epidauros. Asklepios fue confiado por su padre al centauro *Cheirón* (V. n. 88). Éste, que sabía muchas cosas, le educó y enseñó la medicina. Y tan hábil llegó a ser Asklepios en el arte de curar, que hasta a los muertos resucitaba. Cierto que podía hacerlo por haber

una u otra causa, Apolo apacentó las yeguas y los rebaños de bueyes y ovejas de Admetos durante nueve años. Otra fábula análoga, pero ésta localizada en la Tróade, le mostraba guardando en las vertientes del Ida los rebaños del rey Laomedón[209].

Estos castigos de Apolo tienen su explicación simbólica: El Sol, que durante todo el verano es el amo de la Naturaleza, al llegar el invierno para expiar su tiranía de durante la canícula, y encadenado por los lazos de éste, pierde su fuerza y su brillo, palidece y hasta llega a desaparecer, con frecuencia, tras nubes y brumas. En Grecia parecía relegado a la región norte, de donde venían las nieves y las escarchas. Es decir, como en la fábula de los hiperbóreos (n. 204). Sólo que aquí el destierro era querido; no impuesto, sino voluntario.

En cuanto al santuario de Delfos, no solamente tuvo que disputárselo a Pitón, como se ha visto en la nota 205, sino más tarde defenderle contra

---

recibido de *Atería* la sangre de las venas del lado derecho de *Medousa* (V. n. 78), que tenían tal propiedad. En todo caso, como ello era amenazador para el orden del Mundo, en que todos, grandes y chicos, tenían y tienen que seguir inclinándose ante la *Parca* cuando les llega la hora, o bien porque *Haides* se quejó de que si se seguía de aquel modo se le acabarían los clientes, lo cierto fue que Zeus le mató con uno de sus rayos. Y, claro, para vengarse del único modo que podía, Apolo acabó con quienes se los fabricaban.

[209] Este *Laomedón* era uno de los primeros reyes de Troya, hijo de *Ilos* (V. n. 178) y de *Eurídike*. Su leyenda se reduce a la historia de sus perjurios, pues era un mal pagador y un desvergonzado, y de las calamidades que a causa de ello atrajo a su pueblo. Como para construir las murallas de la ciudad de Troya aceptase los servicios de *Poseidón* y de *Apolo,* más los de *Aiakos* (V. n. 82, 108, 110), que se ofrecieron a ayudarle mediante el beneficio correspondiente, y luego no les pagase este beneficio, lanzaron sobre el país toda suerte de desgracias, especialmente un monstruo marino que devoraba sin piedad a los habitantes. Habiendo dicho un oráculo, consultado al efecto, que la cólera de Poseidón se calmaría ofreciéndole en sacrificio a *Hesione,* la hija de Laomedón, ésta fue atada a una roca, y esperaban que el monstruo se la merendase guapamente, cuando *Herakles,* llegado a Tróade, se ofreció a matar al monstruo si el rey le daba en recompensa sus caballos. Laomedón, que en prometer era más largo que en dar, prometió al punto; Herakles mató al monstruo; pero, como no recibiese el premio ofrecido, vino años después, cuando pudo, pues siempre tenía grandes cosas que hacer, al frente de un ejército, tomó *Troya,* mató a Laomedón y a todos sus hijos, excepto a *Friamos,* y como el primero que había escalado la muralla había sido *Telamón,* Herakles, para recompensarle, le casó con Hesione. Este Telamón fue más tarde el padre de *Aiax* el más fuerte de los héroes griegos que fueron a Troya, luego de *Aquiles.*

Herakles, que habiendo ido a aconsejarse del oráculo, y como la Pitia se negase a responder, la tiró del trípode y se apoderó de éste dispuesto a llevársele y a fundar él un oráculo en otro sitio, que, por ser suyo, le respondería siempre que le consultase. Naturalmente, Apolo corrió en ayuda de lo que le pertenecía; vinieron a las manos, y como la lucha estuviese indecisa, Zeus, para evitar mayores males, lanzó entre ambos contendientes uno de sus rayos a modo de advertencia. Ellos comprendieron, dando por terminada la disputa. Pero trípode y oráculo siguieron en Delfos.

Apolo era muy hermoso. Los griegos se le imaginaban y le representaban como a un hombre en la flor de la juventud, lleno de atractivos y de gracia. Pero encantos y gracia enteramente viriles. Es decir, de una hermosura llena de energía y de fuerza. Carácter este último que, con toda su rudeza, hacía resaltar, principalmente, el arte arcaico en sus representaciones del dios. «El dios era semejante a un hombre lleno de savia y de vigor, en la esplendidez de la primera juventud; una cabellera flotante caía por sus amplios hombros», dice el Himno a Apolo Pítico (v. 271 y sig.).

Si los dioses feos y cojos, como Hefaistos, contaban en su lista amorosa muchos triunfos, piénsese qué no les ocurriría a los hermosos. No obstante, pese a su hermosura y poder, Apolo no consiguió hacerse amar de Dafne, ninfa profética del Parnasos, hija e intérprete del oráculo de Gaia[210]. Dafne, que era tan casta como bella, al ser requerida de amores

---

[210] Las tradiciones locales, al apoderarse de esta figura, cambiaron una vez más su paternidad y con ello su leyenda. A *Dafne* se le atribuían los siguientes padres: *Tiresias,* el adivino (V. n. 108, 159); *Ladón,* el dios del río de Arkadia del mismo nombre, o a *Peneios,* dios-río asimismo, pero de Tessalia. Max Müller, para explicar esta linda leyenda, opina que la palabra griega «Dafne» es la transcripción de la sánscrita Dahana, proveniente de la raíz *dah,* quemar. Y como Dahana es uno de los nombres de la Aurora (la abrasadora), Dafne sería la Aurora, joven y bella, que escapa ante el Sol levante, que muere pronto, es decir, inmediatamente que el Sol la abrasa con sus rayos, o, siguiendo la expresión védica, «La Aurora que expira apenas el ser poderoso que ilumina el cielo empieza a respirar». Pero los griegos se contentaron con imaginar que la joven fue metamorfoseada en laurel *(dafne),* y consagraron este arbusto al dios. Con ello, el laurel llegó a ser uno de los atributos de *Apolo.* Sobre todo en Delfos, donde era considerado como uno de los emblemas de su poder profético E inversamente, para explicar por qué el laurel estaba atribuido a Apolo, inventaron la linda fábula expuesta. Del mismo modo que el caramillo de *Pan* (V. n. 78, 80, 108), llegó a ser la ninfa *Siringx.* Que, por supuesto, también tiene su amable y graciosa leyenda.

por el dios, huyó. Perseguida por Apolo, al ir éste a alcanzarla, ella lanzó un grito al tiempo que se encomendaba a su madre. Gaia, al oírla, abrió su seno para protegerla en él. Y en lugar de la desaparecida Dafne, brotó un arbusto graciosamente joven y verde: un laurel. Fontenelle ha hecho un soneto delicioso a Apolo y a Dafne.

Con Kirene, la ninfa tesalia, tuvo más suerte. Kirene guardaba en el Pindo los rebaños de su padre, Hipseios, rey de los lápitas (V. n. 163). Un día la animosa pastora atacó, sin otras armas que sus manos, a un león. Y le sujetó, Apolo, que por casualidad contempló tal hazaña, se enamoró de ella; y dando más pruebas de bravura que cuando mató a Pitón de lejos y con sus flechas, la cogió, la metió en su carro de oro y se la llevó, cruzando el mar hasta Libia. La leyenda no da muchas explicaciones; no obstante, una, suficiente para dejar comprender que, como Dafne se le había escapado, esta vez tomó sus precauciones para no tener que cambiar una ninfa por una planta y quedar otra vez él plantado. Esta vez lo que hizo previamente fue ir a preguntar al centauro Cheirón (V. n. 88) quién era la hermosa domadora. Cheirón debió venir con él hasta junto a ella, y Kirene pensaría que valía más dejarse raptar que exponerse a un galope inútil, perseguida por un centauro. Total, que llegaron a Libia, donde el dios, satisfecho de los encantos de Kirene, la hizo un doble regalo, un hijo, Aristaios, y una parte del país que les había servido de tálamo: el país de Kirene[211].

Véase: Pan, como Apolo tras Dafne, corrió para poseerla. Pero en el momento en que igualmente iba a alcanzarla, ella se transformó en una caña, al borde del río Ladón. Con la caña-ninfa o ninfa-caña se hizo Pan el caramillo. Luego le puso en una gruta cerca de Efesos, gruta que servía para someter a prueba a las jóvenes que se alababan de ser vírgenes. Se las encerraba en ella y, en efecto, si estaban puras se oían salir de la gruta sonidos melodiosos, tras lo cual la puerta se abría por sí sola y la joven aparecía coronada de ramas de pino. Caso contrario, oíanse gritos fúnebres, y cuando se abría la puerta, la joven había desaparecido.

[211] *Aristaios* fue educado por *Gaia* y por las *Horas* (V. estos nombres). Luego, las *Musas* acabaron de instruirle, instrucción en la que, por lo visto, también intervino el centauro *Cheirón.* Las *Ninfas* le enseñaron a fabricar quesos y a cultivar las abejas y la viña. Hombre ya, Aristaios participó en unión de *Dionisos,* al frente de un ejército, en la conquista de la India. Virgilio cuenta de él que persiguiendo un día a *Eurídike,* la mujer de *Orfeus* (V. estos nombres), Eurídike, según huía, fue mordida por una serpiente y murió. Los dioses, enfurecidos contra Aristaios, le enviaron una epidemia que destruyó sus colmenas. El, entonces, por consejo de su madre, fue en busca del dios marino *Proteus,* que cuidaba los rebaños de focas y otros animales acuáticos de *Poseidón.* Este dios, Proteus, podía metamorfosearse en cualquier clase de animal e incluso en agua o en fuego. Empleaba este ardid

También con las Musas (V. n. 73) tuvo Apolo sus devaneos. Dícese que con Talía fue padre de los Koribantes (V. n. 97, 108). Que con Ourania engendró a Linos y a Orfeus, músicos consumados ambos[212]. Otra de sus aventuras amorosas es la relativa a sus relaciones con Koronis, fruto de las cuales fue Asklepios, dios de la medicina (V. Koronios e Ischis). Poco más o menos que con Koronios le pasó con Marpesa (V. n. 111 y la palabra Idas). Tampoco tuvo mucha suerte con Kassandra. Kassandra (llamada a veces *Alexandra*) era hija de Príamos y de Hekabe, su segunda mujer. Para poder seducirla, Apolo la prometió enseñarle el arte de la adivinación. Kassandra aceptó sus lecciones complacida, mas una vez instruida, es decir, ya profetisa, se negó a pagar las enseñanzas recibidas en la moneda que el dios quería. La leyenda no lo dice, pero tal vez Kassandra desconfiaba de la pericia de Apolo como adivino del porvenir, pues de otro modo, ¿cómo no había sabido éste que ella no

---

para escapar a las preguntas de los inoportunos que llegaban pretendiendo que les aconsejase, pues su sabiduría era casi tanta como la ignorancia de los que necesitaban de él. Aristaios tuvo la suerte de hallarle dormido sobre una roca, pudo encadenarle y con ello le obligó a que le dijese lo que tenía que hacer para volver a montar su colmenar. Claro que dan ganas de preguntar: pero al agua, por ejemplo, en qué podía transformarse Proteus, ¿se la puede encadenar? Bien que podrían responder con otra pregunta: ¿No intentó Xerxes, y no era ni mucho menos hijo de un dios y de una ninfa, encadenar el mar? Además, si los historiadores cuentan lo que les da la gana, ¿no podrá también hacerlo una leyenda?

[212] Sobre la paternidad de *Linos* varían las leyendas. Esto de que no encontremos un héroe al que no se le atribuyan tres o cuatro progenitores es terrible para sus madres. Claro que ¡eran tan hermosas las griegas, a juzgar por las estatuas! En todo caso, todas, me refiero a las leyendas ahora, están conformes en que Linos era un músico consumado. Tanto, que él fue el que tuvo la idea de reemplazar las cuerdas de lino, que hasta entonces se empleaban en las liras, por otras hechas de tripa, es decir, mucho más sonoras (no se vea en esta afirmación un doble sentido) y más resistentes. También se le atribuye la invención del ritmo y de la melodía. Todo lo cual, no padeciendo de jaquecas, hay que reconocer que es admirable. Otra leyenda contaba que, habiendo sido encargado de enseñar la música a *Herakles* y que como éste tuviese la cabeza dura para las corcheas, Linos perdía la paciencia y le castigaba. Hasta que un día el discípulo la perdió también, y cogiendo un pedrusco enorme se lo acercó a la cabeza con tal afán, que allí acabaron las lecciones de solfeo. Otros dicen que le mató con el plectro. Incluso una tradición decía que quien le había hecho pasar a mejor vida había sido *Apolo*, por haber pretendido Linos rivalizar con él en el canto. Sobre *Orfeus*, V. este nombre.

estaba dispuesta a entregarse a él? En todo caso, el dios, furioso, hizo que nadie creyese en las predicciones de la desdeñosa.[213]

En cambio, si la hija no había querido nada con él, la madre, Hekabe, no contenta con los 18 hijos que había dado a Príamos, le dio otro: Troilos. Y lo que es peor, prestado, pues decíase que el verdadero padre era Apolo.[214] En Kolofón (Asia) decíase también que Apolo había gratificado con un hijo a Manto, la adivina. Este hijo fue Mopsos, vidente también. Pero de los de primera fila, puesto que sobrepujó a Kalchas, el

---

[213] No obstante, decíase que *Kassandra* era una profetisa *inspirada* como la *Pitia* o la *Sibila*. Dos de sus profecías especialmente eran citadas de continuo en todos los momentos angustiosos de la guerra de Troya. La primera, relativa a *París:* Cuando París, que había estado mucho tiempo guardando los rebaños de *Príamos,* su padre, en el Ida, fue reconocido como tal hijo del rey, Kassandra predijo que aquel hermano suyo, que aparecía de improviso, ocasionaría la ruina de la ciudad. Más tarde, cuando París llegó a Troya con *Helene,* predijo aún, que tal rapto sería funestísimo. Pero nadie la hizo caso. Asimismo, ella fue la primera en saber que Príamos llegaba con el cuerpo de *Hektor,* cuando *Aquiles* se lo entregó. Y ella se opuso con todas sus fuerzas, ayudada por *Laokoon,* sacerdote del *Apolo Tímbrico* (de la ciudad de Timbra) en Troya, al proyecto de introducir en la ciudad el caballo de madera dejado por los griegos en la playa, cuando fingieron que se tornaban a Grecia. Por supuesto, sin hacerles caso, introdujeron el caballo en la ciudad, y Troya fue tomada. En cuanto a Laokoon, estando ofreciendo un sacrificio a *Poseidón* para que acumulase las tormentas sobre las naves griegas que partían (tal creía, al menos), salieron del mar dos serpientes enormes que atacaron a sus dos hijos. Laokoon corrió en su ayuda, y los tres murieron ahogados por ellas. Y era que Laokoon se había atraído la cólera de Apolo por haberse unido con *Antíope,* su mujer, ante una estatua consagrada al dios. Tomada y saqueada Troya, Kassandra le correspondió a *Agamemnón* en el reparto del botín. Aga-memnón se enamoró perdidamente de ella (Kassandra había conservado hasta entonces su virginidad) y la hizo madre de dos gemelos, *Teledamos* y *Pelops.* Cuando *Klitaimnestra* asesinó a Agamemnón, celosa de Kassandra, la hizo perecer también.

[214] Este *Troilos,* que pasaba por el último de los hijos de *Príamos,* fue causa de un oráculo según el cual Troya no sería tomada si él no llegaba a alcanzar los veinte años. No obstante, fue muerto por *Aquiles* apenas llegados los griegos ante la ciudad. Sobre esta muerte hay dos tradiciones. Una dice que fue sorprendido por el héroe cuando una tarde llevaba las cabras al abrevadero; la otra, que, hecho prisionero, fue sacrificado sin piedad por el hijo de *Tetis.* Aun se contaba que habiéndole visto Aquiles, cuando el joven estaba en una fuente, se enamoró de él. Que el efebo escapó, refugiándose en el templo de *Apolo Tímbrico.* Que su enardecido perseguidor trató en vano de hacerle salir. Y que finalmente, no pudiendo conseguirlo, entró en el santuario y le atravesó con su lanza.

gran adivino griego, en un concurso que hubo tras la guerra de Troya. En Asia también Apolo tuvo tres hijos con Akakallis, la hija de Minos (V. esta palabra). Estos hijos fueron: Naxos (que dio su nombre a la isla así denominada), Miletos (fundador de la ciudad de su nombre) y Amfitemis (conocido también con el nombre de Garamantos). En Grecia, Apolo era considerado como el amante de Ftía, epónimo de la región de Tessalia del mismo nombre. De esta unión nacieron otros tres hijos: Doros, Laodokos y Polipoetés, muertos por Aitolos, rey de Elis, el que dio su nombre a Aitolia, donde reinó tras haber expulsado a los Kouretes. (V. n. 97, 108).

Algunas leyendas atribuyen también a Apolo la paternidad de Tenes, héroe epónimo de la isla de Tenedos.[215]

Apolo no sólo gustaba de las mujeres, sino que, como buen griego, no desdeñaba tampoco a los bellos efebos. Entre sus amados, los más célebres fueron Hiakintos (Jacinto) y Kiparissos, la muerte de los cuales tanto le afligió.[216]

---

[215] Este *Tenes,* cuando los griegos, camino de Troya, llegaron a Tenedos, isla de la que Tenes era rey, trató de impedir que desembarcasen lanzándoles piedras enormes. Pero fue muerto por *Aquiles.* Ciertas leyendas atribuyen la paternidad de Tenes a *Kidnos,* que, por ser hijo de *Poseidón,* era invulnerable. Aliado de los troyanos, Kidnos vino en su socorro con una flota e impidió a los griegos avanzar durante mucho tiempo. Hasta que se encontró con Aquiles. Pero éste, para acabar con su enemigo, tuvo que golpearle la cara con el puño de la espada y rechazarle a golpes de escudo. Kidnos, al retroceder, tropezó con una piedra y cayó. Entonces Aquiles se echó encima de él y le ahogó. Poseidón le transformó en un cisne, que es lo que quiere decir su nombre, *kidnos.*

[216] A propósito de *Hiakiníos* decíase, que, por amor hacia él, *Tamiris* había inventado la pederastia. Este Tamiris era, además de muy hermoso también, músico y cantor. Pasaba por maestro de Homeros. En todo caso, éste cuenta que habiendo pretendido Tamiris rivalizar con las *Musas* en cuestiones de música y canto, éstas, tras vencerle, le dejaron ciego y le privaron de sus habilidades artísticas. Volviendo a Hiakintos, como era sumamente hermoso, *Apolo* se enamoró de él. Y un día que lanzaban jun tos el disco, al tirar el dios, el disco rebotó contra una roca, dio a Hiakintos en la cabeza y le mató. Apolo, apenadísimo, transformó la sangre que corría de la herida en la flor que desde entonces lleva el nombre de su amado: el jacinto. En cuanto a *Kiparissos,* también de gran hermosura, tenía como compañero a un ciervo amaestrado. Pero un día de verano, en que el ciervo dormía a la sombra, Kiparissos le mató sin querer con su jabalina. Desesperado y deseando morir también, pidió al cielo que sus lágrimas corriesen eternamente. Entonces los dioses le transformaron en el árbol de la tristeza: en un ciprés. Que es lo que quiere decir en griego *kiparissos.*

A Apolo le estaban consagrados los animales siguientes: el lobo, el corzo, la cierva, el cisne, el milano, el buitre, el cuervo (cuyo vuelo servía para los presagios) y el delfín (cuyo nombre recordaba el santuario de Delfos, el principal de los de Apolo). Como planta, el laurel. La Pitía masticaba una hoja de laurel durante sus transportes proféticos.

Pero he dicho al principio que Apolo era uno de los dioses más complejos del panteón griego, y esto es preciso demostrarlo, siquiera brevemente.

Sus relaciones con el calendario griego ya han quedado indicadas en la nota 202. Las que mantenía con Gracias y Musas son asimismo evidentes. Con las Gracias (Charites), con motivo de la naturaleza luminosa y solar del dios, puesto que ellas eran también las imágenes de los rayos deslumbradores del Sol naciente[217]. En cuanto a sus relaciones con las Musas, aparte de las amorosas ya citadas, eran múltiples y muy importantes. Con la música, en los poemas homéricos, Apolo es ya el dios de la armonía que encanta con sus acentos los afortunados ocios de la vida de los Olímpicos[218]. En el Himno a Apolo Pítico, las Musas cantan con voz magnífica, y las Chantes, las Horas, Harmonía, Hebe y Afrodite danzan a coro mientras Foibos-Apolo toca la cítara (v. 10 y sig.). Y precisamente porque es el dios de la música y su habilidad en tocar la lira no tiene rival, despelleja a Marsias, el sileno, cuya flauta había osado rivalizar con su lira. Como más tarde mataría a Linos, que también pretendía cantar mejor que él[219]. Con el tiempo, las actividades musicales

---

[217] Las *Charites* griegas han sido comparadas por Max Müller a las *Harits* de los *Vedas,* es decir, a las yeguas uncidas al carro del *Sol.* Pero en la mitología griega hay pruebas de que las consideraban incluso de naturaleza ígnea. En Homeros, por ejemplo, *Charis* es la esposa de *Hefaistos,* el dios del fuego. Según una tradición seguida por Antimachos, las Charites eran hijas de *Aeglé* y de *Helios.* Los nombres de las dos Charites espartanas, *Kleta* y *Faenna,* no pueden ser más expresivos en lo que afecta a su semejanza al Sol en lo que este astro tiene de testigo de cuanto ocurre en la tierra, además de astro luminoso. En fin: el *Apolo* colosal de Delos, obra de Tektaeos y de Angelión, tenía un arco en una mano, y en la palma de la otra, a las tres Charites.

[218] «De aquel modo y en continuo festín pasaron el día hasta el momento de ponerse el Sol, no faltándoles nada ni en cuanto al deleite de los manjares ni en cuanto al de la música, pues *Apolo* pulsó a su placer la lira, y las *Musas,* con dulce voz, cantaron alternando». *(Ilíada,* I, 601 y sig.).

[219] *Marsias* era un sileno que pasaba por inventor de la flauta de dos tubos (no había que confundirla con el caramillo, inventado por *Pan.* V. n. 210), bien que en Atenas se afirmase que quien la había inventado había sido *Atena,* pero que al ver

de Apolo se fueron generalizando, y todas las artes, de las cuales las Musas eran la encarnación, dependieron de él y fueron consideradas como emanación de la divina e inextinguible fuente de la inspiración que llevaba en sí.

Esta inspiración apolínea se manifiesta aún mediante efectos maravillosos en el entusiasmo o inspiración profética que, para los griegos, no era sino una inspiración poética sublimada. Poetas y profetas, pues, estaban sometidos a la acción todopoderosa del dios de Delfos. En cuanto a él, si era el profeta por excelencia, era simplemente por haber recibido este don de Zeus. Foibos, decía el himno homérico, anuncia a los hombres «la voluntad infalible de su padre». Sus oráculos eran, por consiguiente, los oráculos de Zeus mismo[220]. Y como las colonias tenían

---

en un arroyo, en el que se miró al pasar, que su cara se deformaba desagradablemente al tocar la flauta, además de tirarla al punto, profirió los más terribles castigos para quien la recogiese. Y el que vino a pasar por allí a poco y la recogió fue el pobre Marsias; y los castigos le llegaron de manos de *Apolo*. En efecto: habiéndose hecho Marsias habilísimo en tocar el instrumento que había encontrado, se atrevió a desafiar a Apolo a que él tocaría mejor la flauta que el dios la lira. Éste aceptó el reto, pero con la condición de que el que perdiese quedaría a merced del vencedor. Convino en ello Marsias y empezó la competición. La primera prueba acabó en un empate. Entonces Apolo invitó a su adversario a que tocase la flauta volviéndola del revés, como él era capaz de hacer con la lira; y, claro, siéndole esto imposible a Marsias, la lira fue declarada más perfecta, el dios vencedor, y, aunque en realidad la artimaña se salía de lo apostado, Apolo ató a Marsias y le despellejó vivo. Luego se arrepintió de su injusta crueldad y le transformó en río. Por cierto que como estuviese presente en desafío y tormento el rey *Midas,* que por casualidad pasaba por el monte Tmolos, donde ocurrió, y como se atreviese a decir que la sentencia proclamada por el propio *Tmolos,* declarando al dios vencedor, era injusta (sin duda, como rey, estaba harto de la vil adulación y quería ser sincero), Apolo, furioso, le gratificó con un par de orejas de asno. Este Midas era el pobre rey de Frigia que, habiéndole preguntado *Dionisos* qué quería, para concedérselo, le dijo que ver cómo cuanto tocaba se convertía en oro. Codicia funesta que estuvo a punto de costarle la vida, pues hasta los alimentos que tocaba, como era lógico, se transformaban al punto en el antes ansiado metal. Habiendo implorado a Dionisos que le librase del don que le había concedido, el dios le hizo lavarse en la fuente del Paktolo. A causa de ello, este río arrastraba arenas de oro. En cuanto a Apolo, no contento con despellejar a Marsias, más tarde mató también a *Linos* por haber dicho que cantaba mejor que él.

[220] La importancia de los oráculos en Grecia era enorme. Pero todos ellos, hasta los de Boitia, fueron pronto eclipsados por el de Delfos. Este oráculo famosísimo, antes de pertenecer a *Apolo,* había sido de *Gaia,* su fundadora, a la que había

origen, con frecuencia, en las prescripciones de un oráculo que desplazaba hacia tal o cual dirección a los que venían a consultarle deseando nuevas tierras donde establecerse, Apolo llegó a ser también, como es lógico, el dios fundador de colonias. Kallimachos, en su *Himno a Apolo* (v. 54 y sig.), decía: «Foibos se recrea en la construcción de las ciudades y es él mismo quien establece sus fundamentos». Consecuentemente, sobre todo entre los dorios, de los que era el dios principal, las leyes que presidían la construcción de las ciudades estaban colocadas bajo su protección, e incluso muchas veces eran consideradas como dictadas por él[221].

Colonizador, legislador, fundador de ciudades; tras todo esto, ¿cómo no relacionarle con las empresas marítimas? En efecto, con el nombre de *Delfinios* era también dios de la navegación[222].

Si como *Delfinios* era dios del mar, su acción sobre la tierra, en cuanto dios solar, y sobre sus frutos, era aún más inmediata y evidente: acción

---

sustituido *Temis* y luego *Foibe* (la Brillante), una de las titánidas. Esta se lo regaló a Apolo (que era nieto suyo) con motivo de su aniversario. El oráculo de Delfos era, pues, un oráculo esencialmente de la tierra *(manteión chtonión)*. El modo mediante el cual la *Pitia* lanzaba sus profecías recordaba este origen. «El sitio donde se dan las respuestas de la Pitia es un antro profundo, poco ancho en su entrada, del cual se exhala un vapor que produce el entusiasmo (éxtasis profético). En la abertura del antro hay un trípode bastante elevado; la profetisa se sienta en él, y pronto, penetrada por el vapor, pronuncia sus predicciones» (Strabón, IX). Justino dice asimismo *(Historias,* XXIV, 6) que existía en Delfos «un agujero profundo en la tierra, de donde se escapaba con cierta violencia un aire frío que obraba en el espíritu de la sibila y le comunicaba el don profético». Este don se manifestaba mediante palabras ininteligibles que los sacerdotes del templo, allí presentes (perfectamente informados de cuanto pasaba en el mundo griego y sus inmediaciones, además de quién era el que consultaba y lo que quería), interpretaban, ora en verso, ora en prosa. (V. mi traducción del tratadito de Ploutarchos *Por qué ya no da la Pitia los oráculos en verso,* en nuestra «Colección La Crítica Literaria».)

[221] El sobrenombre de *Karneios,* que daban a *Apolo* los dorios, recordaba que así como un borrego portador de una esquila conduce a todo el rebaño, él, Apolo Karneios, había sido el jefe y conductor de las expediciones de otros tiempos en busca de tierras donde establecerse, de la raza dórica. Y según Pausanias (III, 13, 3), los habitantes de Lakonia, antes de las invasiones de los heráclidas, honraban a un dios *Karneios,* dios doméstico de las tribus pastorales que poblaban entonces el Peloponeso, y protector de sus hogares y de sus rebaños. Este dios se confundió posteriormente con Apolo, que usurpó sus atribuciones.

[222] El Himno a *Apolo* explica cómo y por qué su culto, como dios *Delfinico,* empezó en Kreta, o Krete.

que podía ser favorable o funesta. Favorable, en primavera; funesta, en verano. Por ello, las fiestas que con el nombre de *Targelia* se celebraban en su honor, tenían una doble significación: darle gracias por la madurez de los frutos, es decir, para que llegasen sin trastorno a perfecta sazón (las fiestas se celebraban cuando estaban a punto de conseguirlo, en el mes de Targelión, mayo) e implorarle al mismo tiempo para que no los destruyese con el excesivo calor de sus rayos, o mediante calamidades y epidemias, en lo que faltaba hasta la recolección[223].

Apolo *Nomios*[224] era el dios pastor que habitaba en los pastizales y velaba por los rebaños. Apolo-pastor aparece en varias leyendas: cuando guarda los rebaños de Laomedón (V. este nombre) en los barrancos y bosques del Ida, por ejemplo; o cuando hace pacer en las amplias llanuras de Tessalia las yeguas y ovejas de Admetos (V. este nombre). Y este mismo oficio de pastor lleva aún a considerarle una vez más como dios músico, puesto que en las largas horas tranquilas de la guarda de los rebaños hacía sonar el caramillo o la lira, y a los acordes de su divina música las bestias feroces y los animales todos de los bosques venían a bailar al son de sus armonías. (Eurípides, *Alkestis*, v. 569 y sig.)

Por otra parte, el dios solar de los rayos ardientes, el arquero celeste cuyos dardos herían de lejos sin fallar jamás, tenía, lógicamente, que ser considerado como un dios todopoderoso, fuerte, invencible y sumamente peligroso y dañino para sus enemigos. Pitón, los Gigantes, los Cíclopes (V. todos estos nombres), Euritos, el arquero peritísimo que osó desafiarle y que, según Homero, fue muerto por el hijo de Leto «antes que alcanzase la vejez», los hijos de Niobe (V. n. 80, 105, 107, 108) y tantos otros cayeron atravesados por las flechas de Apolo. A consecuencia de todo ello, el dios arquero era considerado, a veces, como un dios de los combates, cuyo poder era irresistible; como el dios *Bondromios,* que cubría a sus favoritos con protección eficaz cuando era invocado en el fragor de las contiendas sangrientas.

---

[223] A este efecto se le enviaban las primicias de las cosechas, y ciertas ciudades, hasta una corona de oro, como ofrenda al dios *Targelios.* En una moneda de Metaponte se ve, por un lado, la cabeza de *Apolo* coronada de laurel; por el otro, una espiga sobre la que hay una rata, animal roedor, plaga de los campos, del cual Apolo *Sminteus* (destructor de ratas; de *smintos,* rata) era el gran enemigo. Asimismo, los labradores imploraban a Apolo *Parnopios* contra otra plaga de las cosechas aun más terrible que las ratas: la langosta *(parnopes).*

[224] El epíteto de *Nomios,* es decir protector de pastores y rebaños, era dado también a *Hermes* y a *Zeus.* Según cierta leyenda, el hijo de *Apolo* y de *Kirene* llevaba este mismo nombre de Nomios.

De la guerra a la muerte no hay sino un paso. Por ello, Apolo, dios guerrero, sería asimismo un dios exterminador. Sus flechas, como la hoz a las mieses, segaba a aquellos a quienes alcanzaban. En la *litada* le vemos diezmar a los griegos, al principio del poema, para vengar la afrenta hecha por éstos a su sacerdote Briseis. Cierto que, como la muerte que daban sus flechas era inmediata, los griegos le consideraban aun en esto como un bienhechor[225]. Por ello, para explicar las muertes súbitas, los griegos se servían de la expresión de heridos «por las dulces flechas de Apolo y Artemis». Si al mismo tiempo que dios de la vida, de la alegría y de la armonía de la Naturaleza, era dios de la destrucción y de la muerte *(Moiragetes,* conductor de las Moiras, como era llamado), no por ello se le revestía de un carácter lúgubre y sombrío, como a las divinidades infernales, sino que su naturaleza de dios bienhechor y luminoso se manifestaba hasta en el hecho de conceder una muerte rápida y sin dolor.

La vida está separada de la muerte por el espacio de un segundo. Mientras este breve espacio no se salva, nos salvamos del Orco. Apolo, del mismo modo que era el dios que mataba, era el que impedía la muerte protegiendo la vida contra las enfermedades. Silenos[226] tal vez le

---

[225] *Hekabe,* en presencia del cadáver de *Hektor,* su hijo, a quien, por obra de *Apolo,* ni la muerte ni el haberle arrastrado *Aquiles* en torno a Troya con su carro ha podido desfigurar, no puede menos, pese a su dolor de madre, de comparar el noble cuerpo de su hijo a los de los mortales «que Apolo, el del arco de oro, ha alcanzado y muerto con sus dulces flechas» *(Ilíada,* XXIV, v. 757-58).

[226] *Silenos,* nombre genérico de los sátiros al llegar a viejos, era asimismo el nombre de un personaje que decíase había educado a *Dionisos.* Las tradiciones sobre su genealogía eran, una vez más, muy diversas. Su padre, ora era *Pan,* ora *Hermas;* la madre, una ninfa, o bien decíase que había nacido de las gotas de sangre de *Ouranos,* cuando éste fue mutilado por *Kronos* (V. ambas palabras). Este Silenos poseía gran sabiduría; pero, como *Proteus* (V. n. 211), era avaro de ella y no la comunicaba a otro, sino por la fuerza. *Midas* consiguió capturarle una vez, y como este monarca (v. n. 219) le preguntase cuál era el mayor bien que le podía caber a un hombre, Silenos le respondió «que no haber nacido; de ocurrir esto, morir lo antes posible». Se atribuía a Silenos la paternidad del centauro *Folos,* cuya madre había sido una de las ninfas de los fresnos (nacidas de *Gaia* y de la sangre de Ouranos). Otras leyendas le hacían padre de Apolo *Nomios,* el Apolo pastor (V. n. 224). Silenos era muy feo: chato, barrigudo, los labios muy gruesos, la mirada de toro. Iba siempre, borracho, montado sobre un asno. En cuanto a Folos, que vivía en Foloé, cuando Herakles cazaba el jabalí de *Erimantos* le hizo una visita. Folos le recibió cordialmente y le dio de comer carne asada, siendo así que él no la comía sino cruda. Herakles era de opinión que un buen asado es mejor con vino, y se lo pidió. Folos tenía. Tenía una tinaja llena. Pero

reprochase el matar cuando curaba, pues que prolongaba la vida, y por el contrario, salvar al dar la muerte; puesto que ésta, según él, era el mayor bien que podía alcanzar a los mortales. Pero no nos metamos en filosofías y veamos, por el contrario, de explicar por qué el dios de la muerte era al mismo tiempo el de la vida y de la salud. La explicación simbólica lo demuestra fácilmente. Si el Sol es capaz de matar a los que se exponen imprudentemente al fuego de sus rayos, en verano, y a causa del calor excesivo de que es fuente se originan epidemias, enfermedades y pestes, también es él quien purifica la atmósfera con sus rayos, quien deseca el suelo, quien mata gérmenes nocivos y quien da fuerza, energía y vida a la Naturaleza. Y en este sentido, en su facultad de hacer cesar los males originados por calamidades y pestes, los griegos le llamaban *Alexikakos*. Y a este dios alejador de males fue al que dedicaron una estatua en la Akrópolis, según Pausanias (I, 33), al final de la guerra de Peloponeso[227].

Y del mismo modo que la muerte, en sus manos, salvaba a causa de hacer el tránsito supremo rápido y sin dolor (puesto que forzoso era partir, fortuna era hacerlo del mejor modo posible), igualmente su acción benéfica como curandero de los males físicos, no se detuvo aquí, sino que se extendió a los mortales; por lo que, médico también de las almas, era un verdadero dios *katarsios* (purificador), puesto que su intervención lavaba las almas de las manchas e impurezas que las ensuciaban. Esta idea de

---

pertenecía en común a todos los centauros. Herakles le dijo que no se preocupase y que la abriera. Folos lo hizo; pero al olor del vinillo acudieron los demás centauros, armados de rocas enormes y de troncos de árbol, suponiendo que ocurría en el antro de Folos algo que no era normal. La batalla fue inmediata. Ya la contaré cuando lleguemos a Herakles. Enterrando Folos a sus congéneres, al retirar una flecha de una herida empezó a examinarla y a preguntarse cómo una cosa tan pequeña podía causar tan terribles efectos. Cayósele sin querer en un pie y le hirió mortalmente (no se olvide que Herakles había envenenado sus flechas con la sangre de la Hidra de Lerne). Herakles le hizo funerales magníficos. Luego acabó con el vino que quedaba en la tinaja (esto no lo dice la leyenda, pero es seguro).

[227] Como era el dios socorredor *(Epikourios)* al que, a creer al mismo Pausanias, erigieron los habitantes de Frigaleia (Arkadia) un templo. En Lindos le llamaban *Loimios* (que trae la peste de *loimos,* peste). En *Oidipous Rey,* de Sófokles, cuando esta enfermedad agobia a Tebas, se oye por todas partes entonar los peanes que suplican la protección del dios de Delos contra el azote destructor. *Apolo* era, pues, por excelencia, el médico celeste que venía en socorro de la humanidad doliente. Y si los atributos médicos parecen pertenecer a *Asklepios* (V. n. 208), no se olvide que Asklepios era hijo de Apolo, y éste, quien le había comunicado su experiencia como curandero.

misericordia y perdón era una verdadera necesidad en el mundo antiguo, donde todas las potencias sombrías que habitaban el seno de la tierra encarnizábanse en la persecución de los criminales sin darles tregua ni perdón. Ya hemos visto cómo la venganza divina pasaba de los padres a las generaciones sucesivas, colmo de crueldad e injusticia, admitido sin vacilación y hasta justificado. Pues bien, esta tan necesaria idea de misericordia fue a él, a Apolo, a quien le cupo en suerte. Gracias, sí, a su acción, toda traza de crimen, por profunda que fuese, podía ser borrada. Y puesto que él mismo había podido «purificarse» tras la muerte de Pitón, normal y justo era aplicar este bien a los demás. Pero lo grande, desde el punto de vista religioso y moral, lo interesante era la idea, la concepción en sí, de que el arrepentimiento podía lavar las manchas del alma, como el agua las del cuerpo. El criminal, bien que regado con la sangre de su víctima, si tocado con el ramo sagrado de laurel que le libraba de las impurezas que le manchaban, quedaba bajo la protección del dios misericordioso, del que se tornaba el servidor, hasta que, juzgada su expiación suficiente, podía volver sin desdoro junto a los demás hombres. Apolo, pues, era un verdadero dios *soter* (salvador), como era llamado. Y esta prerrogativa excelente fue, sin duda, la que le acercó a los Misterios.

Apolo, dios joven y hermoso, verdadero tipo de la belleza varonil, comparte con Afrodite el privilegio de haber sido mimado por los artistas de todas las épocas, que rivalizaron siempre en representarles de cuantas maneras la hermosura, la gracia y la masculinidad o la feminidad pueden ser interpretadas. Ningún dios, en efecto, ha sido tan reproducido como él.

En un principio se le representaba, como a todas las divinidades, de un modo rudimentario: en Argos mediante un pilar cónico, en Atenas valiéndose de una piedra redonda. Luego empezaron las representaciones antropomórficas, a las que acompañaban los atributos de sus diversas funciones. El Apolo hiperbóreo, un grifo. Apolo, dios marítimo, un tridente, un delfín o diversos animales marinos. Apolo, protector de los campos, una espiga y una rata (como en la moneda citada, de Metaponte). Apolo cazador iba asociado a los animales salvajes (gamuza, ciervo, corzo). Apolo músico (que es el tipo más frecuente), con una lira. También se le ve en relieves y monedas, con alas en los pies.

Las representaciones de Apolo que han llegado hasta nosotros se pueden ordenar en tres clases, de acuerdo con las tres variedades principales de su leyenda. El dios victorioso, joven, fuerte y batallador, es decir, el Apolo *Kallinicos* (que consigue una gran victoria, glorioso, vencedor), es representado de pie, marchando con paso rápido, la clámide hacia atrás, la cabeza levantada, la cara animada, resuelta, satisfecha, victoriosa: como el célebre Apolo de Belvedere. El segundo tipo es el Apolo en calma. Es decir, en el estado de reposo y satisfacción que sigue a la lucha y al triunfo. En este estado se le representaba, por lo general, adosado o acodado a una columna, el carcaj, ya inútil, a sus pies; un brazo, el derecho, indolente, sobre la cabeza; toda la actitud reflejando cansancio, tranquilidad, abandono. La tercera expresión, frecuente también, es la que representa al dios músico. Ahora, algunas veces está desnudo, pero generalmente va envuelto en una túnica amplia de pliegues sueltos, armoniosos y flotantes. En las manos, la lira. Así se le ve en el Apolo *Musagetes* del Vaticano, imitación probable de alguna escultura célebre de Skopas, el estatuario de Paros (420-350 a. d. J.), del cual no ha llegado hasta nosotros ninguna escultura original.

Los santuarios de Apolo eran numerosísimos; se cuentan por centenares; muchas veces su culto se celebraba en grutas; pero los principales eran el de Delos y el de Delfos. La mayor parte de estos santuarios eran al mismo tiempo oráculos. En Asia Menor los dos principales estaban en Klaros, ciudad de Ionia (hoy ruinas cerca de Zille), y en Diduma, próximo a Miletos.

Las fiestas en honor de Apolo se celebraban en primavera y en otoño. Ciertos días del mes le estaban consagrados: 1, 7, 14, 20, sobre todo el séptimo, que era considerado como su día de nacimiento y en el que se hacían coincidir ceremonias como las Dafneforías de Delfos. Las fiestas de Delos, que tenían lugar el tercer año de cada Olimpíada, distinguíanse, sobre todo, por su carácter artístico y musical. Los atenienses enviaban a ellas una teoría, en la galera sagrada, y ofrecían al dios una corona de oro. En Delfos, la gran fiesta pítica celebrábase cada cuatro años el 7 del mes Bukatión, segundo mes del calendario délfico. Durante ella se celebraban una serie de juegos y concursos que marcaban el apogeo de la civilización griega. El carácter artístico y cultural de estos juegos, los diferenciaba de los de Olimpia, que eran preferentemente atléticos. En Atenas, la fiesta más importante en honor de Apolo era la de las Tesmoforias.

APOLO EN ROMA

El culto de Apolo se introdujo muy pronto en Roma. Su primer templo estuvo en el Campo de Marte. Fue construido en el año 431 a. d. J. Luego hubo que restaurarle varias veces. Una de ellas y con todo cuidado, por Augusto, que había tomado a Apolo como protector especial. Este emperador le atribuía la victoria naval de Actium, sobre Antonio y Kleopatra, victoria que le hizo dueño único del Imperio. Decíase también (el servilismo y estupidez de la gente llega fácilmente a los límites postreros de la incongruencia) que Atia, la madre de Augusto, había concebido a éste, por obra del dios, una noche que había dormido en el templo. El templo del Campo de Marte era muy rico, sobre todo en obras de arte, y poseía cuatro estatuas del dios. Como su importancia religiosa era muy grande, de él partían las procesiones más solemnes. Pero la verdadera importancia del culto a Apolo en Roma fue debida a las relaciones establecidas entre el oráculo de Delfos y los Libros Sibilinos. Estos libros fueron guardados en otro templo, siempre dedicado a Apolo, que Augusto hizo construir en el Palatino. En las provincias romanas se solía asociar al culto de Apolo, el de Esculapio. En fin, Apolo y Artemis eran como divinidades intermediarias entre el pueblo romano y Júpiter. Extendían y transmitían las bendiciones y mercedes celestes.

La iconografía romana de Apolo no añadió nada nuevo a los tipos clásicos de este dios.

ARTEMIS

No en vano Artemis era hermana, y hermana gemela de Apolo. La variedad de facetas, de dones, de atributos, es decir, la complejidad de este dios, la encontramos asimismo en ella, empezando porque con su nombre había en la propia Grecia varias divinidades de origen y carácter diverso. Quede, pues, sentado ya, que la Artemis de la Grecia clásica, la diosa cazadora por excelencia, no fue sino el resultado, la fusión, de cierto número de divinidades diferentes del mismo nombre; pero no tan perfecto, en todo caso, que no siguiesen subsistiendo varias diosas, «la misma», enteramente opuestas. Es más, en la resultante, en la Artemis clásica, se daban, como vamos a ver, divergencias difíciles de explicar.

Mas, para no perdernos en un laberinto de tradiciones y de figuras de esta diosa o sobre ella, antes de examinarlas, brevemente, tracemos, como con Apolo, su ««historia». Por mejor decir, la más aceptada de sus historias.

Cual ya sabemos por las de Leto y Apolo, Artemis era hija de esta diosa y de Zeus, y hermana (nacida la primera), de un parto doble: ella y el Flechador[228]. A causa de ello, sin duda, su unión íntima con su hermano y el que tantas veces figurase a su lado, e incluso tomando parte activa en lo que él realizaba. Cuando Apolo mató a la serpiente Pitón, dragón horrendo que llenaba de espanto la región de Delfos, allí estaba Artemis. Cuando

---

[228] Las tradiciones relativas al nacimiento de *Artemis* son varias. Herodotos, por ejemplo, cuenta que Aischilos, en una tragedia perdida, la daba como hija de *Demeter*. Y lo mismo se creía, se decía y se enseñaba en Eleusis. Pero la leyenda que predominó fue la relativa a *Leto* y al nacimiento par *Artemis-Apolo* en la isla de Delos, tradición homérica seguida por los poetas.

iba al país de los hiperbóreos, ella le acompañaba. Juntos (V. n. 105) dieron muerte a Titios, el gigante que instigado por Hera, eternamente rencorosa, había tratado de violentar a Leto[229]. Juntos asimismo, mataron con sus flechas a los hijos de Niobe. Apolo, a los varones cuando estaban cazando; a las hembras, Artemis. En la leyenda que hace morir a Flegias a manos de Apolo, junto a él estaba Artemis con su arco mortífero[230]. En la disputa de Apolo y Marsias (V. n. 219), que costó la vida de éste por el crimen de pretender tocar la flauta mejor que su contrincante la lira, Artemis presente siempre. En la contienda con Herakles por el trípode de Delfos (V. n. 111) lo mismo.

Esta comunidad de nacimiento, y en muchas ocasiones, de vida, les da semejanzas que no pueden menos de hacerse evidentes. Como Apolo, Artemis va siempre armada de un arco. Un arco de oro que no abandona. Como él, es belicosa[231]. Como él, implacable, cruel, orgullosa, vengativa. Aunque varias tradiciones griegas, nacidas de ese deseo que sienten los hombres de perfeccionar poco a poco a sus dioses tras haberlos inventado, deseo, por supuesto, que responde a una verdadera necesidad, puesto que esperando tantas cosas de ellos lógico es que les hagan capaces de concedérselas; pues aunque varias tradiciones, decía, hacían de Artemis una deidad bienhechora, veamos algunos botones de muestra probando lo contrario: su carácter cruel y sanguinario.

---

[229] Según una versión, *Titios* fue muerto por *Apolo* y *Artemis;* según otra, fulminado por *Zeus.* Esta versión parece menos aceptable, puesto que era su hijo. De uno u otro modo, volvió a la tierra, de donde había salido, pues, como ya se ha dicho en la nota 105, Zeus tuvo que esconder a *Elara,* la madre de *Titios,* en las entrañas de la Tierra, para librarla de los celos de *Hera,* y, por tanto, de la tierra había salido, y a la tierra, donde su cuerpo cubría nueve «hectáreas», volvió. En Euboia había una gruta donde se celebraba culto en su honor.

[230] *Flegias* es el héroe epónimo de los flegios. Pasaba por hijo de *Ares* y de *Dotis* o de Ares y de *Chrise,* una de las dos hijas de *Halmos,* el hijo de *Sísifos,* que reinó sobre una parte del territorio de Orchómenos que le cedió *Eteokles.* Habiendo hecho un viaje al Peloponeso, con objeto de conocer el país para preparar una expedición contra él, *Koronis,* su hija, que le acompañaba fue seducida por *Apolo* (V. n. 111, 128). Flegias, para vengarse, intentó incendiar el templo del dios en Delfos, por lo que Apolo le mató. Virgilio le representa en los *Infiernos,* castigado a causa de su impiedad.

[231] En la *Ilíada* se la ve tomar parte decidida por los teucros y ser, a causa de ello, abofeteada por *Hera* en el canto XX. Antes, durante la lucha contra los Gigantes, había matado a *Gratión,* ayudada por *Herakles* (V. n. 77). Y en todo momento, su vida consistía en cazar, perseguir y matar por montes y bosques, ora a fieras, ya a indefensos animales.

A Orión, el hermoso cazador gigante, le mata haciendo que le pique un escorpión que lanza contra él[232]. ¿Por qué esta crueldad? Pues, según se decía, ora por haberla desafiado a tirar al disco (¿se quiere más orgullo?), bien por haber intentado raptar a Opis, una de las compañeras de Artemis, venida, por orden de ésta del país de los hiperbóreos (¿se puede ser más celosa e implacable?), ya por haberse enamorado Orión de ella misma y haber intentado probarle su amor (¿no era mostrarse tonta, cruel, injusta y vengativa?). Otro cazador, Aktaión, muere también por obra suya pese a ser su pariente[233]. ¿Motivo de esta muerte? Que Aktaión, yendo de caza, había pasado por casualidad junto a una fuente en la que se bañaba la ferozmente púdica diosa que encolerizada al punto, transforma a Aktaión en ciervo, y sus mismos perros le destrozaron. Aun otro cazador (¿no se la diría envidiosa de todos los amantes, como ella, de la caza?), Meleagros, moriría también por culpa suya[234]. Y otro tanto Kallistos, a la que mata,

---

[232] *Orión* era hijo de *Poseidón* y de *Euríale,* o bien, de *Hi-rieus.* También se le decía nacido de la *Tierra* (Gaia), como casi todos los gigantes. Podía, como su padre, Poseidón, caminar sobre el agua. Su fuerza era prodigiosa; su hermosura, mucha. Se casó primero con *Side,* que, sumamente hermosa también, tan orgullosa estaba de su belleza, que por pretender rivalizar con *Hera* fue muerta por ésta. Orión, llamado por *Oinopión* para que limpiase de fieras la isla de Chios, se enamoró de *Merope,* su hija. Pero Oinopión, para impedir la boda, le emborrachó y luego le dejó ciego. Orión recobró la vista, colocándose frente al Sol levante. Y si no se vengó de Oinopión fue porque éste, al saber que volvía a ajustarle cuentas, se escondió en una cámara subterránea que había hecho para él *Hefaistos. Aurora,* que había visto a Orion, sin duda cuando fue a curarse los ojos, se enamoró de él y le transportó a Delos. Y en Delos le hizo morir *Artemis.* En cuanto a Hirieus, la leyenda que le hace fundador de Hiria le pone en relación con *Trofonios* y *Agamedes* (V. n. 131), arquitectos de su tesoro. Otra, tardía, le convierte en un anciano labrador que dio hospitalidad en su cabaña a *Zeus,* a Poseidón y a *Hermes.* Estos, para recompensarle, le preguntaron qué podrían darle, y él les pidió un hijo. Los dioses engendraron uno orinando en la piel del buey que había matado para obsequiarlos, y este hijo fue Orión.

[233] *Aristaios,* hijo de *Apolo* y de la ninfa *Kirene,* había tenido con *Autonoé,* la hija de *Kadmos,* a *Aktaión,* que fue educado por el centauro *Cheirón.* Otra leyenda, poco segura, hace morir a Aktaión por obra de *Zeus,* por haber pretendido quitarle el amor de *Semele.*

[234] *Meleagros* era hijo de *Oineus,* rey de Kalidón, y de *Altaia,* la hija de *Testíos,* el rey de Pleurón. Cuando Meleagros tenía siete días, las *Moiras* vinieron a decir a Altaia que su hijo moriría cuan do el tizón que en aquel momento ardía en el hogar se consumiese enteramente. Naturalmente, ella se apresuró a apagarle y a meterle en un cofre bien cerrado. Pasó el tiempo, y Meleagros fue el héroe

ora por complacer a Hera, que se lo insinúa llevada siempre también de sus terribles celos, ora por haberse dejado seducir, la pobre ninfa, por Zeus[235].

---

principal de la aventura conocida con el nombre de *La cacería de Kalidón,* que, ya en la *Ilíada, Foinix* refiere a *Aquiles* tratando de vencer su obstinación y por ver si consigue que vuelva a pelear al lado de los griegos. He aquí esta leyenda: Oineus olvida, en un sacrificio a todas las divinidades, a *Artemis.* Esta, implacable y vengativa, envía contra Kalidón un jabalí enorme, que empieza a destruir campos y árboles. Para ver de acabar con él, Meleagros, en unión de muchos cazadores llegados de todas las ciudades vecinas, va en su busca. El jabalí mata a varios de los cazadores; pero, al fin, es muerto por Meleagros. Artemis, cada vez más furiosa, suscita una querella, entre los que quedan, por la posesión de los restos del animal, es decir, entre etolios y kuretes. Mientras Meleagros combate, la victoria sonríe a los de su bando. Pero, habiendo matado a los hermanos de su madre, se retira de la lucha por miedo a la cólera de los dioses. Y entonces, los etolios son rechazados y obligados a protegerse tras las propias murallas de Kalidón. Cuando al fin, tras muchas súplicas (como Foinix a Aquiles), a las que se unen las de su propia mujer, *Kleopatra Alkione,* la hija de *Idas* y de *Marpessa* (V. estos nombres), consiente Meleagros en volver a combatir, la victoria le corona otra vez, pero a costa de la vida. Luego, la leyenda se complicó haciendo intervenir en la famosa caza a todos los grandes héroes griegos (los *Dióscuros,* de Esparta; *Teseus,* de Atenas, *Admetos,* de Feres; *Iason,* de Iolkos; *Ifikles,* de Tebas; *Telamón,* de Salamina; *Peleus,* de Ftía; *Amfiaraos,* de Argos, etc.; hasta una cazadora, *Atalante,* de Arkadia). Esta Atalante hirió la primera al jabalí con una flecha. Amfiaraos, al punto, le alcanzó con otra en un ojo, Meleagros le acabó hundiéndole su cuchillo en un costado. Habiendo merecido por ello los despojos del animal, en vez de tomarlos se los cedió a Atalante, de la que estaba enamorado. Entonces, sus tíos quisieron impedirlo, y Meleagros los mató. Indignada de tal conducta, Altaia echó inmediatamente al fuego el tizón mágico que había conservado tantos años, y Meleagros murió. Luego, arrepentida de aquel movimiento de cólera, Altaia se ahorcó, y lo mismo, llena de dolor, Kleopatra, la mujer de Meleagros.

[235] Como se ha visto en la nota 110, la palabra *Kallisto* no era sino uno de los epítetos de *Artemis.* Pero como los arcadios querían, como tantos otros pueblos, descender nada menos que de *Zeus,* para conseguirlo hicieron de uno de sus apelativos una persona, la hicieron aun amada de Zeus, y de estos amores nacería *Arkas,* padre de los arcadios (Pausanias, VIII, 35, 8). Luego completaron la leyenda haciendo que Zeus transformase a Kallisto en oso, para librarla de los celos de *Hera.* Y una vez muerta, volviéndola una constelación. *Arktos* (oso en griego), la Osa Mayor. Juego de palabras, que en todo caso demuestra que el oso era el símbolo de Artemis en Arkadia.

Sí, la cólera de Artemis no era difícil de excitar. Herakles mismo tuvo que darle, pese a no estar acostumbrado ni ser su gusto, toda suerte de excusas, y no poco le costó calmarla, cuando cogió a la cierva de los cuernos de oro que Euristeos le había mandado que le trajese. En cuanto a Agamemnón, forzoso le fue asimismo consentir en sacrificar a su hija, Ifigeneia, para que pudiesen salir las naves griegas del puerto de Aulis. ¿Qué delito había cometido el poderoso rey para merecer castigo tan grave? Hay dos tradiciones: según una, el haber dejado escapar una frase imprudente. Habiendo dado muerte a un ciervo de un golpe afortunado, en cierta partida de caza, se le escapó decir lleno de alegría: «¡Ni Artemis le hubiese matado mejor!» Según la otra, porque habiendo prometido sacrificar en honor de la diosa el mejor fruto que recogiese aquel año (el año en que nació Ifigeneia), no sacrificó a la inocente niña que, sin duda alguna, era el mejor fruto que había obtenido. Según ciertas tradiciones, estando ya a punto de morir la inocente virgen, Artemis, aprovechando que todos los presentes bajaban la cabeza abrumados por la pena y el horror, la sustituyó por una cierva. Pero en todo caso dejó a su padre sin ella puesto que, arrebatándola, se la llevó a Tauride (Crimea), como sacerdotista del culto que la rendían en aquel lejano país[236].

Ahora bien, ¿cómo prestar otros sentimientos a quien como ella no hacía, de ordinario, otra cosa que perseguir, acosar y dar muerte por montes y bosques a inocentes animales? Sus ocupaciones, en efecto, estaban en relación con la comarca que había escogido como morada preferida: Arkadia. Reina de bosques y montañas, era el Ama, *Despoina*[237] que los arcadios honraban con un sentimiento de respeto mezclado de terror, cuando recorrían sus soledades salvajes. Ella era la diosa, *Hegemone,* que protegía el caminar de los hombres por los senderos escarpados y por los pasos difíciles de las montañas. Así como la divina cazadora que se complacía, como ellos, en acechar y perseguir piezas. Porque ante todo y sobre todo, como indicado queda, y aunque se la atribuían otras actividades pacíficas y hasta bienhechoras, la Artemis griega era esencialmente cazadora. De las cumbres del Taigetón[238] a las del Erimantos[239], escoltada de un tropel de ninfas[240] y precedida de una jauría de perros, Artemis, ágil, impetuosa, vestida con una túnica corta que

---

[236] Tauride y, mejor aún, Taurike, puesto que en griego es «la Taurike».
[237] Pausanias, VIII, 10, 4.
[238] Taigetón, cadena de montañas entre Lakonia y Messenia.
[239] Erimantos, monte en las fronteras de Arkadia, Achaia y Elide, hoy Olonos.
[240] *Odisea,* VI, v. 102.

no embarazaba sus movimientos, y armada de carcaj y de flechas, corría a través de cañadas y valles persiguiendo a los rápidos ciervos, a los que asaeteaba con sus certeros dardos. «En las montañas umbrosas, en lo alto de las cimas azotadas por los vientos, loca por la caza, tiende su resplandeciente arco de oro y lanza dardos mortales: la crestas de las montañas tiemblan y el bosque espeso retumba bajo el terrible escapar de las bestias salvajes. Un estremecimiento sacude la tierra y el mar, fecundo en peces, mientras la diosa del corazón intrépido destruye por todas partes las razas de animales feroces»[241].

En los poemas homéricos un epíteto de caza acompaña siempre a su nombre: *iocheaira,* que se complace en lanzar flechas, que tira con el arco. Aquel famoso arco de oro tantas veces citado, obra, como las flechas, de Hefaistos y de los Cíclopes, con el cual, dispuesta siempre a sembrar la muerte por simple placer, recorría, como dice el poeta, las cimas batidas por los vientos, los bosques y las montañas, sin dar paz a gamos, corzos, ciervos y ciervas.

Sófokles y Eurípides la llaman «la diosa de los pies ligeros, la deidad que persigue a los ciervos moteados, la divinidad que conduce los perros». Por supuesto, Artemis no temía ni vacilaba en atacar también a los animales feroces. A los lobos, a las panteras e incluso a los leones. Los perros eran sus auxiliares indispensables. El dios Pan la había regalado «seis perros animosos, dos con las orejas colgantes, dos negros y blancos, uno, de diversos colores. Todos capaces de derribar leones, de hacer presa en su melena y de arrastrarlos vivos». A lo anterior unió siete lebreles de Lakonia «más ligeros que el viento, más rápidos que la liebre o que el cervatillo, hábiles, sobre todo, en descubrir la carnada del ciervo, la madriguera del puerco espín y el rastro del gamo»[242]. «Cantemos a la

---

[241] *Himno homérico,* 27, ed. Baumeinster.

[242] Lógicamente, esta diosa, esencialmente cazadora, era natural que diese origen, entre otros muchos, al citado mito de *Kallisto,* su compañera, enemiga desde el momento que se deja seducir por *Zeus.* Y como el oso era uno de los emblemas de *Artemis,* ello da lugar a otra leyenda, la Artemis *Brauronia.* Suidas cuenta que un oso domesticado circulaba libremente por Braurón, uno de los poblados del Ática. Un día mató a una niña. Y a su vez fue muerto por los parientes de ésta. Al punto, una epidemia cayó sobre el país. El oráculo hizo saber que se trataba de una venganza de Artemis y que la diosa exigía que los habitantes del Ática le erigiesen un templo y le consagrasen sus hijas núbiles. Como, aparte de esto, hasta las sacerdotisas del santuario de Artemis llevaban el nombre de *arktoi* (ositos), todo induce a creer que antes que diosa *benéfica* y demás caracteres que le fueron atribuidos sucesivamente, fue la diosa de la Naturaleza salvaje, de las

diosa que se complace en lanzar dardos, en perseguir a los gamos... Dame, ¡oh padre mío!, un arco y flechas... Dame el poder llevar una túnica a franjas que no llegue sino hasta mis rodillas para que no me estorbe cazando. Que veinte ninfas vengan a servirme en las horas en que deje de atravesar linces y ciervos, y que se ocupen de mis perros fieles», canta el *Himno a Artemis* de Kallimachos.

Tal era la diosa *Agrotera* (cazadora) a la que invocaban los cazadores en el momento de partir, jurando obedecer sus mandatos. Porque los reglamentos destinados a proteger la caza, estaban bajo su protección, y nadie se hubiera atrevido a dañar a los animales jóvenes, que le estaban consagrados y que eran considerados como su propiedad[243]. He aquí una primera manifestación de la Artemis benéfica. Constituyendo a causa de la influencia de su imaginada realidad, una primitiva forma de «veda» en provecho de la conservación de las especies venatorias. Esta vez por lo menos, su intervención no era dañina. Por supuesto, no era piedad sin interés: para matarlos luego más gordos y lustrosos.

«Que veinte ninfas vengan a servirme en las horas que deje de atravesar linces y ciervos...» Porque la divina Artemis, si pasaba gran parte de su tiempo en cacerías, no todo. Al ardor de la caza seguía otras ocupaciones más dulces y templadas. «Cuando la cazadora ha satisfecho su alma, distiende su arco flexible y entra en el vasto dominio de su hermano Apolo-Foibos, en el rico país de Delfos, para formar el hermoso coro de Musas y Chantes. Allí cuelga su arco y sus dardos, y, revistiendo graciosos adornos, se pone a la cabeza de los coros que dirige. Y todas, con acentos divinos, celebran a Leto, la del andar ligero, y cantan como dio el día a hijos que se distinguen entre los mortales por sus pensamientos y acciones»[244].

---

aguas corrientes y de los bosques y, por consiguiente, de aquellos sus adoradores que vivían más, como ella misma, de la caza o de la pesca que de la agricultura. En Arkadia, en Lakonia, en Sikione, era adorada como *Limnetis y Limnaia* (diosa de los pantanos: de *limne*, agua estancada, pantano, estanque). Cerca de Stimfalos era la diosa del lago, *Stinfelia.* Y con el mismo título era adorada en un pantano cerca de Trezene. En otras partes se la asociaba a los ríos y a los manantiales. Así fue la diosa del Alfeios. Y como amiga del elemento húmedo, protectora de árboles y peces.

[243] Xenofón, *Sobre la caza,* V. 14.
[244] *Himno homérico, 11,* v. 12 y sig.

Cual diosa música, pues, y con el nombre de *Himnia*[245], era adorada como divinidad del canto. Es decir, poco más o menos, una vez más, como Apolo[246].

Y como tal diosa Himnia tenía un templo en Arkadia. Y, asimismo, como Apolo, tenía el poder de dar oráculos. A causa de ello, con frecuencia tomaba el nombre de *Pitia* y el de *Sibila*. En Adrastea existía un oráculo común a Apolo y a Artemis. Y en Kilikia otro de ella sola.

Era, además, como su hermano, una divinidad curadora. En la *Ilíada* la vemos ayudando a Apolo y a Leto a vendar una herida que ha recibido Aineias. En Lakonia y Sirakousa era adorada como *Lue,* diosa de las curas. Y a causa de ello mismo era la protectora de las aguas termales. Era también *Alexikakos* (alejadora de males), y Strabón[247] cuenta que daban a su nombre la etimología «apo tou artemeas poiein», porque hacía que los hombres tuviesen buena salud.

Como *Aleximoros,* alejaba aún los males y las desgracias. Ella fue quien curó la locura de las hijas de Proitos, que la llevó Melampous[248].

---

[245] Pausanias, VIII, 5, 8.

[246] Este contraste entre la diosa de la naturaleza salvaje y de la caza, y al mismo tiempo de las dulzuras del reposo y del canto, era casi natural (otros veremos más sorprendentes), habiéndose forjado su leyenda en Arkadia, al menos la primera; región poblada por una raza de cazadores y pastores que endulzarían éstos sus ocios y aquéllos sus reposos con los sencillos acentos de la flauta y agradables danzas.

[247] Strabón, geógrafo griego (58 a. d. J., 21 d. d. J.). Vivió mucho tiempo en Roma y en Alejandría. Sus *Memorias históricas* no han llegado hasta nosotros; la mayor parte de su *Geografía,* sí. Las mejores ediciones son las de Dubner y Ch. Müller.

[248] *Proitos* (V. n. 108) tuvo con *Steneboia* dos o tres hijas, según la tradición: *Lisippe, Ifianassa* e *Ifinoé,* las cuales, al llegar a la edad núbil, *Hera* volvió locas. La causa de este castigo es contada de diverso modo: dícese, en primer lugar, que por haber pretendido ser más hermosas que la diosa; ora, que por haberse burlado de su templo diciendo que el palacio de su padre era más rico; en fin, otros aseguraban que por haber robado oro del vestido de la diosa para adornar los suyos. Sea por lo que fuese, fueron transformadas en terneras, escaparon por los campos y se negaron a volver a la morada de su padre. Como tal conducta asemejábase a la de las *Bacantes,* nació otra leyenda según la cual no fue *Hera,* sino *Dionisos,* quien las había castigado por negarse a adoptar su culto. ¡Qué imaginación la de aquellos poetas griegos! Y he aquí que *Melampous,* el adivino, prometió a Proitos curarlas si éste le daba la tercera parte de su reino, Argos. El rey encontró el precio demasiado caro y no aceptó. Entonces, la locura de sus hijas creció y empezaron a recorrer la Argólide y el Peloponeso en todos sentidos. Proitos llamó de nuevo a Melampous. Pero éste reclamó entonces no solamente

Artemis era también, como Apolo, divinidad marítima. La diosa de las costas *(paralia)* y la protectora de los navegantes. Ella procuraba travesías felices y, como dueña del mar, podía también impedir la navegación. A causa de ello el detener en Aulis, el puerto de Boiotia, a la flota griega que pretendía salir hacia Troya. Bien que otros dicen que lo que hizo fue pedir a Aiolos, el amo de los vientos, que encadenase a éstos con objeto de inmovilizar las naves griegas.

Por si todo lo anterior fuese poco, era aún, como el Flechador siempre, favorecedora de ciudades[249]. Y como consecuencia la diosa urbana por excelencia: protectora de las puertas *(propulaia)*, de los mercados *(agoraia)*, de los viajeros *(enodia)*, de los oradores en tanto que diosa de los buenos consejos y de la persuasión *(peito)*.

Y, contraste curioso: ella, enemiga implacable de los inocentes cervatillos, de ciervos, ciervas, gamos, linces y demás animales monteses, protegía la agricultura y el cultivo de los animales domésticos. Pensemos que había sin duda tantos de aquellos, que los campos estaban siempre en peligro. Su víctima preferida, como Apolo, era la cabra[250].

---

una tercera parte del reino para él, sino otra tercera parte para su hermano *Bias*. Proitos, ante el temor, si no aceptaba, de que pidiese el reino entero, se conformó. Una tradición habla entonces de la intervención de *Artemis* en la cura de las jóvenes; pero la más seguida dice que Melampous, llevando con él al más resistente de los jóvenes de Argos, empezó a perseguir a las princesas por las montañas sin darles punto de reposo, al tiempo que lanzaba grandes gritos para asustarlas. La mayor murió de cansancio; las otras dos curaron. Melampous se casó con una de ellas; Bias, con la otra. Este Melampous (el Hombre de los Pies Negros), llamado así porque al nacer su madre le puso a la sombra, menos los pies, que se le tostaron, había alcanzado el don de profetizar del modo siguiente: habiendo encontrado una serpiente muerta, sobre hacerle funerales, quemándola en una hoguera, crió con todo cuidado a sus hijos. Estos, agradecidos, *purificaron* sus orejas con sus lenguas. Pero tan bien purificadas, que desde entonces Melampous entendía el lenguaje de los pájaros y, en general, el de todos los animales. Además de adivino, Melampous era sacerdote-médico capaz de purificar él mismo a los enfermos y de devolverles la salud. Conocía también las hierbas mágico-medicinales, y, por supuesto, quiénes eran los padres de las serpientes que encontraba: secreto, y saber precioso y útil que se ha perdido después.

[249] En el *Himno a Artemis,* de Kallimachos, *Zeus* la promete: «Treinta ciudades: treinta, que no tendrán otro dios que tú ni llevarán otro nombre que el tuyo». Más adelante la menciona como protectora de caminos y puertos.

[250] En Atenas, el 6 del mes de Boedromión (septiembre) la ofrecían 500. La misma costumbre existía en Esparta. Como protectora de la agricultura, mal se la

En definitiva, Artemis no era sino el doble femenino de Apolo. El carácter *lunar* de esta diosa acabará de probarlo de un modo evidente. En efecto, Artemis estaba estrechamente relacionada como Foibos, con la luz celeste. Si Apolo era Foibos (el brillante), Artemis será *Foibe* (la brillante). Si Apolo (en su origen) un dios solar, ella, naturalmente, la diosa lunar. Y esto mismo, es decir, el ser la diosa de la luz pura y fría del astro de la noche, la transformó en una casta virgen que jamás gozó de las dulzuras del himeneo, bien que tampoco de las manchas y torturas que a veces acarrea el amor. Decíase que esta castidad, que en ella llegaba a verdadero odio a los hombres o al sexo contrario al suyo, le provenía de haber asistido a Leto, su madre, cuando el parto de Apolo. Las angustias y dolores de que entonces fue testigo la apartaron, para siempre, de toda inclinación al contacto carnal[251].

---

puede considerar cuando la vemos lanzar contra *Oineus* al famoso jabalí de Kalidón (V. n. 234); no obstante, como tal se la consideraba. Y la prueba era que muchas estatuas de la diosa se levantaban en pleno campo. Y lo mismo muchos de sus santuarios.

[251] La conducta de *Artemis* aterrándose ante el parto de su madre recuerda el cuento del niño que no quiso nacer. En atención a lo que este libro pueda tener de instructivo y por si algún lector no lo conoce, le voy a referir. Pues señor: era una mujer que estaba en ese trance angustioso que son los últimos momentos del parto. Tanto más cuanto que era primeriza. Naturalmente, el acto era largo (más que los tres de un drama que no gusta); largo y penoso. Penosísimo. Mas al fin, tras un postrero esfuerzo y gracias (como se sabe, hay gracias desgraciadas) a un cruento desgarro perineal, el feto consiguió sacar la cabeza. Y al abrir los ojitos, ¿qué ve? ¡Horrible espectáculo! Junto a él, casi oliéndole, un hombre más bien viejo, más bien feo, más bien calvo: blusa que fue blanca; gafas de oro, también salpicadas de rojo; manos de carnicero en faena; en los labios, una sonrisa feroz ¡de triunfo! A su lado, una mujer, también casi de blanco, más bien gorda, más bien chata, más bien despeinada, aire de atreverse a todo, viento... ¡en popa! a juzgar por la prisa con que avanzaba unas tijeras y unos hilos trenzados. Al pie de la cama, en desorden, una señora de cuerpo fofo, de cara indescriptible (for fortuna), de gesto entre colérico y angustiado; los ojos, húmedos; las manos, agarrotando los barrotes del lecho. A su lado, una muchacha, hoy menos horrible por más joven; mañana, su retrato. Aun, si cabe, más apenada y a punto de ahogarse, pues tenía en la amplia boquita, y casi tragado ya (hacía esfuerzos inauditos por parirle también, tirando de una punta mínima que intentaba agarrar), un pañuelo de hierbas que, sin saber lo que hacía, había engullido; como distraída, asimismo, le había arrancado de las manos de un atribulado caballero que en los ojos saltones y nariz roma pregonaba que era su padre. ¿Padre? ¡Un guiñapo todo pálido, todo sudoroso, todo jadeante de empujar él también, creyendo con ello

Y a causa de ello, su crueldad con cuantos fueron seducidos por su mucha hermosura. Aktaión incluso, como sabemos ya, tan sólo por haberla visto desnuda. Hemos visto también que exigía de sus compañeras la misma castidad y el mismo horror hacia el sexo contrario. Naturalmente, esta castidad de la diosa era indispensable asimismo en sus sacerdotisas[252]. En todo caso, esta pureza moral de la religión de

---

ayudar a la hijita adorada! Allá al fondo, hecho un ovillito en una butaca, temeroso, como culpable, un hombre joven, al que, de cuando en cuando, la que agarrotaba los barrotes lanzaba miradas que él interpretaba como que aquellas manos crispadas iban a pasar de un momento a otro a su garganta. En la puerta, una mujer, buena para no ser vista tampoco. La querida tía Balbina, que no podía faltar. Solterona para quien se hizo el refrán; corazón de oro, curiosidad de periodista bien pagado. En sus manos, trémulas, una aljofaina; en el brazo, varias toallas; el rostro, un mar de angustia, una fuente de lágrimas. Aun tras ella, asomando apenas la cara, imagen viva de la curiosidad aterrada, una criada que de un momento a otro lanzaría sobre tía Balbina una olla de agua hirviendo que sostenía ladeada. En fin, saliendo sin saber cómo por entre las dos, un chaval (¡ojos de lince!) que estaba allí porque se le había ordenado que no se moviese de la cocina.

El niño (el otro, ¡el tan esperado!), como con la cabecita había sacado el cuello (suele ocurrir así), giró éste a un lado y a otro, y al no ver en todas direcciones sino sangre, angustia, lágrimas y dolor, exclamó: «¿Y esto es el Mundo...?» Y se volvió a meter.

[252] Los textos más antiguos la designan como la diosa «del huso de oro, del trono de oro, de las riendas de oro» *(Ilíada,* VI, v. 208; IX, v. 520; XX, v. 70; *Odisea,* IV, v. 122). *Kallímachos,* en su *Himno a Artemis,* dice (v. 154 y sig.): que lleva una antorcha, encendida con inextingible fuego, de la cual brota el rayo de *Zeus.* Esta concepción de Artemis, como diosa de la luz, es más antigua que la que la considera como divinidad lunar, que no aparece hasta el siglo v a. d. J. Y sin duda fue debida, como ha sido dicho, a querer hacerla participar de la naturaleza divina de su hermano, de la que llegó a ser como la forma femenina. Por ello, al lado del Sol resplandeciente, ella fue la diosa de la claridad más dulce. La idea está ya en Aischilos, que la asocia a *Hekate,* representación de la Luna: Artemis *Ekata.* Cuando en Messenia, Mounichia y Bizantión (Bizancio), la llamaban *Fósforos* (luminosa), en Lakonia *Selasia* (brillante, de *selas,* brillo, luz, claridad brillante), y en Atenas *Selásforos,* la leyenda estaba ya formada. Tan formada que el perro que ladraba a la Luna la estaba consagrado Y los lunáticos eran *selenobletoi* o *artemidobletoi* (heridos por los dardos de Artemis). En cuanto a *Hekate* si bien está próxima a Artemis a causa de su carácter eminentemente lunar, se diferenciaba de ella en que Hekate pertenecía a las religiones de los pueblos bárbaros, del Norte: religiones tristes, de un misticismo sombrío y de un entusiasmo fanático, precisamente a causa de su barbarie e ignorancia, pues

Artemis[253], se compagina mal con otro de los aspectos bajo los cuales era considerada: como protectora de los desposados y de las madres de prole numerosa. En efecto, ¿cómo podía ser la misma diosa, la virgen feroz con cuantos quedan cautivos de su hermosura, la que ayuda a su hermano a acabar con los hijos de Niobe, o casi (no respetaron sino a dos, como se

---

cuanta más ignorancia, más fanatismo siempre; mientras que la Artemis griega acabó por participar de la gracia ática que conducía invariablemente a todo cuanto alcanzaba, hacia la belleza (material o espiritual). Y por ello Artemis llegó a ser la deidad más hermosa, tanto más cuanto que era la más pura. En la *Odisea* son comparadas a ella las dos mujeres más bellas: *Helene y Penélope* (IV, v. 122; VI, v. 151). En cuanto a Hekate, poco a poco, llegó a ser la diosa del miedo, de los espectros, de las evocaciones, de los terrores. Ante las lámparas encendidas en su honor y al siniestro clamor producido por los aullidos de los perros nocturnos, los magos pronunciaban sus fórmulas de encantamiento, destinadas a atraer las almas de los muertos, a encadenar a los vivos, a encender el amor en los corazones descuidados, e incluso a hacer bajar a la propia Luna del cielo (V. la descripción de estas prácticas mágicas en el *2° Idilio,* de Teókritos, y en la 8.ª égloga de Virgilio). Con todo ello, Hekate llegó a ser una de las divinidades favoritas de los ignorantes y de los espíritus débiles y enfermos. Claro que, en definitiva, ¿qué más daba creer en una Artemis lunar o cazadora que en una Hekate tétrica y bruja?

[253] Donde se manifiesta mejor esta virtud, la *castidad,* que hasta el culto a *Artemis* era extraña a las religiones antiguas, y que, en cambio, tanta importancia adquiría más tarde, con el cristianismo, es en el hermoso mito de *Hippólitos,* tal cual se encuentra desarrollado en Eurípides. Hippólitos, hijo de una amazona *(Antíope, Melanippe o Hippólite)* amada por *Teseus,* había heredado de su madre la pasión por la caza y los ejercicios violentos. Naturalmente, honraba preferentemente a Artemis, entre todas las divinidades. En cambio, despreciaba a *Afrodite;* era casto. El *fosé* de la Mitología. Esta diosa, para vengarse de él, suscitó en el corazón de *Faidra,* mujer de *Teseus* (al que dio dos hijos: *Akamas* y *Demofón;* ella era hija de *Minos* y de *Pasifae* y hermana de *Ariadne),* una pasión violenta hacia el joven. Pero Hippólitos la rechazó. Entonces ella desgarró sus vestidos, rompió la puerta misma de su alcoba y pretendió que Hippólitos había querido violentarla. Teseus, no queriendo matar a su hijo él mismo, pidió a *Poseidón,* que le había prometido concederle cuanto le pidiese, que lo hiciera. El dios hizo salir del mar un monstruo marino, los caballos del carro de Hippólitos se espantaron y desbocaron y el joven cayó y se mató. Faidra se ahorcó al saber el daño que su calumnia había causado. Al morir Hippólitos a causa de su castidad, Artemis le consoló. Su inocencia y su pudor no quedarían sin recompensa. Recibiría, en Trezene, honores divinos. Durante muchos siglos, «las vírgenes jóvenes, antes de su matrimonio, le ofrecerán el tributo de sus lágrimas y le considerarán como el eterno motivo de sus lastimeras canciones». *(Hippólitos,* v. 1.425 y sig.)

sabe), la que luego se interesase especialmente por los matrimonios y por las madres prolíficas? A no ser por arrepentimiento, no se comprendía. Pero no nos preocupemos. Pedir lógica en la mitología sería no seguir adelante. Pero en todo caso, lo cierto es, por inverosímil que sea, que los múltiples cultos dedicados a la Artemis griega, iban más bien dirigidos a la diosa maternal, a la distribuidora de la fecundidad y a la que presidía la vida vegetativa, que a la diosa y a la luz, hermana de Apolo, cantada por Homeros.

Es asimismo cosa probada que entre esta Artemis griega y la diosa lunar del mismo nombre de Tauride, cuyo culto fanático iba unido a sacrificios y prácticas sangrientas y salvajes, nada había de común[254]. Introducido en Grecia el culto a Artemis *Brauronia,* según se ve en la nota anterior, su fiesta, la Brauronia, se celebraba cada cinco años en el templo que había en Brauron, poblado del Ática[255]. En el Peloponeso, las fiestas a Artemis eran en honor de la diosa salvaje que mataba animales y fertilizaba la tierra. Las *Titanidia,* era una fiesta laconia en honor de Artemis *Korutalia,* diosa de la fecundidad y de la vida vegetativa. Durante ella, las madres nodrizas consagraban a sus hijos varones en el templo de la diosa, en medio de danzas y de un banquete rústico, tras el sacrificio de un gorrinillo. Las *Lajria* eran celebradas en honor de Artemis *Lafria*[256]. En la procesión que se organizaba, la sacerdotisa de Artemis iba de pie, en un carro tirado por ciervos. En el sacrificio se quemaban, mezclados y

---

[254] Según la leyenda griega desarrollada por Eurípides, todos los extranjeros que eran arrojados por el mar en las costas de Taurike debían ser sacrificados a la *Artemis* cruel que allí era venerada. La sacerdotisa encargada de tal misión era *Ifigenia,* la hija de *Agamemnón,* salvada por Artemis, según cierta leyenda, cuando ella misma iba a ser sacrificada en Aulis (o en Braurón, a creer a otra de las tradiciones: en su lugar puso la diosa una cierva o un oso). En Taurike, adonde la diosa misma la había conducido, estuvo la joven varios años cumpliendo su macabro oficio, hasta que un día le fueron llevados para que los inmolase, su hermano *Orestes* y el gran amigo de éste, *Pilades,* a quienes el oráculo de Delfos había enviado a Taurike a buscar la estatua de la diosa. Ifigenia, al reconocerlos, huyó con ellos y con la estatua, que se llevaron, y al llegar a Grecia, ora la entregaron al santuario de Braurón, bien, según otra versión, en la propia Atenas fundaron un templo para ella y en su honor. En todo caso, la Artemis *Brauronia* fue honrada en varias ciudades griegas.

[255] Luego tuvo otro santuario en Atenas misma, descubierto y explorado en 1922.

[256] Nombre dado por su fundador, *Lafrios,* según Pausanias (IV, 31), que había consagrado en Kalidón (Etolia) una estatua Chriselefantina (de oro y marfil) de la diosa.

echados unos sobre otros, jabalíes, ciervos, lobatos oseznos, pájaros y otros animales salvajes.

El culto a Artemis estuvo muy extendido en Asia Menor, pero siempre revistió caracteres sangrientos. El centro principal de este culto fue Efesos. El gran número de sacerdotes y hieródulos que atendían al culto en el gran templo de esta ciudad[257], la magnificencia del santuario adornado con todos los recursos de la arquitectura, de la escultura y de la pintura y demás artes decorativas, y el esplendor de las ceremonias, atraía a Efesos a numerosísimos peregrinos, tanto asiáticos como extranjeros. Esta Artemis de Efesos se distinguía de la griega en que, lejos de ser virgen, era una verdadera nodriza. La nodriza universal de todos los seres. Su acción fecundante alcanzaba a todas las formas de vida, tanto animal como vegetal. Su culto también era de un fantismo feroz, como lo prueba no sólo la mutilación de los hombres adscritos a su servicio, que tenían que ser eunucos, sino los sacrificios humanos y las sangrientas danzas guerreras que se celebraban en su honor[258].

---

[257] Los *hieródulos* eran los esclavos adscritos al servicio del templo.

[258] Se atribuía a las Amazonas la fundación de este culto. Estas Amazonas (*Amazones,* en griego) eran un pueblo de mujeres guerreras, descendientes de *Ares* y de la ninfa *Harmonía.* Los griegos le atribuían existencia histórica, pero no pasaba de ser un mito más. Colocaban su reino, ora en las pendientes del Káukaso, ora en Trakia, bien en la Scitia meridional (en las llanuras de la orilla izquierda del Danubio). Estaban dirigidas por una reina. No toleraban la presencia de los hombres sino en calidad de servidores y aun para los oficios y menesteres más bajos, y para poder perpetuarse, como es lógico; pero luego los mataban, así como a los descendientes varones. A las niñas les quitaban un seno, el izquierdo, para que no las molestase al tirar al arco. Artemis, no obstante, con la que simpatizaban por todas estas razones, y a la que adoraban, bien tiraba al arco todo el día conservando los dos. Precisamente su nombre *(Amazones)* provenía de esta costumbre, según se decía (ά-ροξών, «sin seno»). Hoy se admite, por el contrario, bien que la falsa explicación anterior diese origen a la fábula, que el prefijo de la palabra Αμάξονες debía de tener un valor aumentativo y que, por tanto, Amazonas, en un principio, debió significar sencillamente las mujeres de senos numerosos o muy grandes. Cual parece probar su relación con la *Artemis de Efesos,* cuyos senos eran múltiples. La ocupación principal de las Amazonas era la guerra. No en vano eran hijas de Ares. Contra ellas lucharon varios héroes griegos: *Bellerofontes, Herakles* (que mató a *Hippólite), Teseus* (que robó a *Antiope),* lo que originó una incursión de las Amazonas que llegó hasta Atenas misma, en cuyas calles hubo una gran batalla. Por haber acampado, la víspera, en una colina inmediata a la ciudad, esta colina fue denominada luego *Areópago* (Colina de Ares). Se contaba también que habían enviado un fuerte contingente en

La imagen de la Artemis de Efesos es esa curiosa escultura bien conocida, que representa a la diosa con una especie de corona en forma de torre o de cesto, más ancha de arriba que por la parte que se adapta a la cabeza; un gran halo con adornos; infinidad de senos que le llenan todo el pecho; los brazos pegados al cuerpo hasta el codo, y luego abiertos en ángulo recto. De cintura abajo una especie de faja, ceñida, hasta los pies, dividida en seis secciones circulares y llena de adornos, en relieve, con animales.

El tipo de la Artemis griega era completamente diferente. En general, se la representaba bajo los rasgos de una cazadora joven acompañada de un perro o de una cierva. Por supuesto, sus primeras representaciones, como las de todas las divinidades griegas, eran un tronco de árbol o una piedra sin ninguna semejanza con la figura humana. Luego se fue evolucionando hasta llegar al tipo arcaico del que una estatua de Herculano nos ofrece la imagen: la de una mujer ya hecha, de cara severa y formas en toda su plenitud, cuyo cuerpo está cubierto por una larga estola que le llega hasta los pies. Pero Praxiteles y Skopas la concibieron de otro modo. Es decir, cual indicado queda: como una virgen llena de gracia y de nobleza, de cuerpo esbelto, talle airoso y andar rápido. Como vestido, un chitón dórico sólo hasta las rodillas, cuyos pliegues se recogían en una especie de cintura, por debajo del pecho. Tal es la hermosa Diana del Museo del Louvre, que avanza sujetando con la mano izquierda a un cervatillo al que tiene por los cuernos, mientras que con la derecha hace además de sacar una flecha del carcaj. Este es el tipo ideal de la Artemis cazadora de Delfos.

DIANA

Diana era la divinidad itálica que correspondía a la Artemis griega. Esta identificación debió de comenzar muy pronto. Tal vez antes del siglo vi a. d. T. Pero la diosa original romana debió de ser, como la primitiva Artemis, una diosa de la naturaleza salvaje. Cátulo[259] la llama «la dueña de

socorro de Troya, mandadas por *Pentesileia* (hija de Ares y de *Otreré* y madre de *Kaistros,* que dio nombre a un río del Asia Menor). Pentesileia murió a manos de *Aquiles,* que la hirió en el seno derecho. Al verla caer, tan hermosa, y mirarle expirando, de un modo indefinible, se enamoró de ella. Se atribuía a las Amazonas la construcción del templo de Efesos.

[259] Cátulo (Caius Valerius Catullus), poeta latino, nacido en Verona (84-54 a. de J.). Sus mejores versos se los inspiró una mujer, Lesbia, cuyo verdadero nombre parece ser que era Clodia, la hermana de P. Clodius Pulcher, el enemigo de

las montañas y de los verdes bosques, de los calveros y desiertos de los ríos murmurantes». Varrón[260], por su parte, habla de una Diana sabina cuyo culto fue introducido en Roma por el rey Tatius[261]. La Diana *Tifatina,* honrada en Campania, tenía un santuario en el monte Tifata, cerca de Capua. Pero la Diana más famosa de Italia era la de Aricia, cuyo santuario situado en plenos montes Albanos no lejos del lago Nemi (cerca de Roma), estaba a cargo de un sacerdote-rey, *Rex Nemorensis,* a causa de lo cual la diosa era llamada *Diana Nemorensis.* A este Rey del Bosque se refiere la leyenda sangrienta que mencionan Strabón y Ovidio[262]. Según esta leyenda, en determinadas circunstancias, el que aspiraba a ser Rey de los Bosques, podía matar, si lo conseguía, al rey-sacerdote en ejercicio. Pero había de hacerlo arrancando primeramente una rama de cierto árbol, y golpeándole con ella. Naturalmente, el Sacerdote-Rey estaba siempre armado y dispuesto a defenderse. Esta Diana de Nemi venía a ser, pues, como la sangrienta Artemis de Taurike con toda la barbarie de sus ritos,

---

Cicerón. Clodia era conocida por su hermosura, su agudeza de espíritu, su lujo y sus malas costumbres. Por supuesto, no se considere como mala costumbre el enamorar a un poeta, pues de lo contrario, de Clodia a Jorge Sand y de ésta a Zenobia Camprubí, muchas mujeres merecerían tal atribución, lo que no sería, a veces, justo.

[260] Varrón (Marcus Terentius Varro), polígrafo romano (116-27 a. de J.). Fue amigo de Cicerón, lugarteniente de Pompeyo en la guerra contra los piratas y tras Farsalia se reconcilió con César. Fue condenado a muerte a causa del asesinato de éste, pero pudo escapar. En tiempos de Augusto se dedicó al estudio. Fue uno de los hombres más sabios de Roma, y sus escritos una verdadera mina para los eruditos posteriores y, por supuesto, para los Padres de la Iglesia, muy particularmente San Agustín. Queda de él completo un tratado de agricultura (los *Res rusticae),* su *De lingua latina* (filosofía) y fragmentos de sátiras y de su obra principal, que era una historia de la civilización antigua.

[261] Tatius (Titus), rey de los sabinos que, según la leyenda, tomó las armas contra los romanos para vengar el rapto por éstos de las sabinas. La traición de Tarpeia (v. n. 147) le dio el Capitolio. Se repartió el dominio de Roma con Rómulo. Murió asesinado.

[262] Strabón (v. n. 220-247).—Ovidio (Publius Ovidius Naso), poeta latino (43 a. de J.-18 d. de J.). Tras haber estudiado concienzudamente letras y derecho, viajó por Grecia y Asia Menor. A su vuelta a Roma brilló en el foro y ocupó cargos administrativos importantes, pero, sobre todo, descolló como poeta, llegando a ser el vate favorito de su tiempo. Posteriormente, por causas desconocidas, fue desterrado allá al fondo del mar Negro. Las *Tristes* y las *Ponticas* cantan su dolor al verse separado de los suyos. Lo que hoy se lee más de él son *Las metamorfosis* (compilación de las leyendas mitológicas griegas).

trasplantada a Italia. El santuario de Nemi llegó a poseer grandes riquezas, como pudieron probar las excavaciones realizadas en 1885. Ovidio cuenta en sus *Fastos*[263] «que durante la guerra civil, los tesoros sagrados de Nemi fueron utilizados para llenar los cofres vacíos de Octavio». Pero se repuso pronto, puesto que dos siglos más tarde era considerado como uno de los más ricos de Italia. La fiesta de Nemi se celebraba cada año el 13 de agosto. En ella, el fuego tenía un papel considerable: iluminaban el boscaje, y las mujeres desfilaban coronadas de rosas y con una antorcha encendida en la mano. Ello era la señal de grandes fiestas en toda Italia, durante las cuales «se coronaba a los perros de caza, no se mataba a las fieras, corría el vino, y los festines se componían de cabritillos, y de las manzanas que colgaban aún de sus ramas»[264].

Diana tenía en Roma varios santuarios. El más importante de todos era el del monte Aventino. *Diana in Aventino* presidió, en los tiempos primitivos, una confederación de pueblos latinos. Según la tradición, su templo había sido fundado por Servius Tullius[265] para que sirviese de centro a la liga que acababa de constituirse bajo la hegemonía de Roma. La ley de fundación («lex arae Dianae in Aventino»), grabada en bronce, se conservaba aún en tiempos de Augusto. De otro de sus santuarios situado en el Vicus Patricius, entre el Viminal y el Esquilmo, eran excluidos los hombres: uno que pretendió entrar por la fuerza, fue despedazado por los perros de la diosa.

En las provincias, el culto de Diana revistió formas muy diversas. En cuanto a su reproducción plástica, el arte romano, como la literatura, conocía sobre todo el tipo helénico de la diosa. Las efigies romanas que han quedado no son, en realidad, sino copias de la Artemis cazadora griega.

---

[263] Fastos, en latín *Fasti,* especie de calendario romano, con indicación especial de las fiestas. La obra de Ovidio de este nombre no es otra cosa: una enumeración de las fiestas religiosas paganas, con sus prácticas y particularidades características. Por desgracia, no hizo sino las de los seis primeros meses del año.

[264] Frazer: *Los orígenes mágicos de la realeza.*

[265] Servio Tulio, sexto rey de Roma (578-534). Hijo, por lo visto, de un esclavo, fue criado y educado en el palacio de Tarquino el Antiguo, al que sucedió. Dividió la sociedad romana en clases, según la riqueza; rodeó la ciudad de poderosas murallas, de las que quedan vestigios, e incorporó las doce tribus etruscas a la alianza romana. La ambición de su hija mayor, Tullia, empujó al marido de ésta (nieto de Tarquino el Antiguo) a asesinarle para apoderarse del trono. No contenta, hizo pasar su carro sobre el cadáver de su padre.

HERMES

En un monte que hoy se llama Ziria y entonces Killene, al NE. de la Arkadia, esa región tan accidentada del Peloponeso que, a causa de su carácter rústico, fue idealizada por los poetas que situaron en ella al paraíso de la vida pastoril, nació Hermes[266]. Su padre fue Zeus, su madre Maia, la ninfa de las bellas trenzas, la mayor, según unas tradiciones, la última, según otra, de las siete Pleiades, las hijas de Atlas y de Pleione, que más tarde, divinizadas, constituirían la constelación de su nombre[267].

Hermes fue concebido en una gruta umbrosa del mencionado Killene, pues su madre «no gustaba del trato de los bienaventurados dioses»[268], adonde Zeus iba a reunirse con ella a media noche, «mientras el sueño envolvía a Hera, la de los níveos brazos»[269].

---

[266] Todo, en efecto, concurre a hacer pensar que *Hermes* era un dios originario de Arkadia, bien que en Homeros y en los autores clásicos aparezca como el tipo perfecto de la raza griega. Su epíteto más antiguo, *Killenios* (el dios de Killene); su lugar en las tradiciones locales; su recuerdo, celosamente conservado en diferentes ciudades de la región (Feneos, Figaleia, Stimfalos, Te-gea); su relación con muchos héroes arcadios, por ejemplo, con *Arkas,* antecesor epónimo del país (que en una moneda de Faneos se le ve en brazos de Hermes); todo concurre a probar lo anterior. Luego si esto parece fuera de duda, no así su significación originaria, pues si para un erudito es el dios de la generación, el dios que entretiene la vida en la Naturaleza, para otro es el dios del falo; si para éste es «el movimiento vivificante, las revoluciones del cielo, el día y la noche, la vigilia y el sueño, la vida y la muerte» (Weicker: *Griech, Gotterlehre),* para aquél personificado las revoluciones de la luz y los cambios atmosféricos, la formación de las nubes de las que salen las lluvias fecundantes, el crepúsculo de la tarde y de la mañana. Uno verá aún en él el dios del Sol levante y del Sol poniente. Otro, el crepúsculo de la tarde. Sin contar Adalberto Kuhn y Max Müller, que ven en Hermes 'Ερμης la palabra védica *Sarameya* derivada de *Sarama,* que para el primero es la tendencia impetuosa y para el segundo, como siempre, una de las mil formas de la *Aurora.* En fin, no ha faltado quien le considere, Cox primero *(Mythol, of the aryan nations)* y Roscher después *(Hermes der Windgott),* como la encarnación del dios del viento, que parece lo más probable.

[267] Si una de las siete estrellas *Mérope* brillaba menos que las otras, era porque Mérope, en vez de unirse con un dios, como cada una de sus hermanas, se había unido con un mortal; *Sísifos.*

[268] *Himno a Hermes.* (V. mi trad. al final de la *Odisea* en nuestra «Colección La Crítica Literaria».)

[269] *Himno a Hermes.* Siendo *Zeus* el dios del éter, donde los antiguos creían que los vientos tenían su nacimiento, y *Maia* una de las *Pleiades,* ninfas de las nubes lluviosas (la puesta de las Pleiades en otoño anunciaba a los griegos la proximidad

La astucia, el arte, la habilidad que empleaba el padre de dioses y hombres para desprenderse de los «níveos brazos» sin que su dueña, tan celosa y avisada, lo notase, fue, sin duda lo primero que heredó su hijo, y a causa de lo cual nació tan extraordinariamente precoz y tan incomparablemente audaz. Como dice el himno: «un hijo de multiforme ingenio, sagaz, astuto, ladrón, cuatrero de bueyes, príncipe de los sueños, espía nocturno, vigía y guardián de todas las puertas y que muy pronto había de hacer alarde de gloriosas hazañas ante los inmortales dioses».

En efecto, «nacido al alba, a mediodía pulsaba la cítara y por la tarde robaba las vacas del flechador Apolo; y todo esto ocurría el día cuarto del mes, en el cual le había dado a luz la venerada Maia».

Veamos un poco esta sagacidad (cualquiera dice granujería, bien que éste sea su verdadero nombre, tratándose de un dios), antes de pasar a sus funciones divino-terrestres.

Dotado, como dice el poeta, de una precocidad realmente admirable, el mismo día de su nacimiento[270] hizo las dos cosas mencionadas que, aun en un hombre hecho y derecho hubieran sido extraordinarias: inventar y construir una cítara, y robar un rebaño de vacas; y esto, nada menos que ¡a Apolo!

Escapando de la larga venda que le servía de pañal y saltando del harnero que según cierta tradición tuvo por cuna, sale de la gruta y lo primero que halla es una tortuga «que pacía la jugosa hierba delante de la morada», y que andando lentamente con sus torpes pies le salió al encuentro cuando trasponía la puerta. Feliz al verla, la saludó lleno de alegría: «Salve, criatura naturalmente amable, reguladora de la danza, compañera del festín, en feliz momento te me has aparecido gratamente... Tú serás, mientras vivas, quien preserve de los dañinos sortilegios; y luego, cuando hayas muerto, cantarás dulcemente».

---

de nubes abundantes y de tormentas), del seno de las cuales parece salir el viento, y siendo, en lenguaje mítico, representadas con frecuencia las nubes como montañas huecas o como cavernas, se explica que el dios del viento, *Hermes* naciese en una caverna o antro tenebroso, donde, lejos de las dormidas divinidades, Zeus iba a encontrar a Maia.

[270] Se cuenta que *Maia* le fajó perfectamente, como era costumbre entonces. Es decir, con una especie de faja, cintura o venda que enrollaban en torno al cuerpo de los niños, inmovilizándoles brazos y todo (salvo en Esparta, donde dejaban sus movimientos enteramente libres). Y así fajados, si se cree a Platón, estaban hasta los dos años. Pues bien, Maia, tras envolverle como era debido, le colocó en un harnero a guisa de cuna.

Y, en efecto, para que pueda regular la danza, acompañar los festines y cantar dulcemente, la coge, entra con ella en la gruta, la vacía «con un buril de blanquecino acero», corta cañas, coge una tripa seca, cuerdas hechas asimismo de tripas y cuanto es necesario, y fabrica la primera cítara[271].

Tras haberla ensayado, la deja en la cuna, y «ávido de carne» corre hasta las montañas de Pieria[272], adonde llega «cuando el Sol se hundía con

---

[271] «Entonces, cogiendo el amable juguete que ha construido, ensaya cada nota con el arco, y bajo sus manos suena un ruido sorprendente.» *(Himno a Hermes.)* Varios autores hablan de esta leyenda, especialmente Sófokles en su drama satírico *Los Ojeadores.* Leyenda aparte, parece ser que la lira tuvo primeramente tres cuerdas, luego cuatro, cifra que Terpandros aumentó hasta siete. Con siete estuvo hasta mediados del siglo V, en que le fue añadida una cuerda más. Finalmente, acabó por tener 15 cuerdas, y de este modo se empleaba en la época alejandrina, es decir, teniendo una extensión de dos octavas.—Terpandros, poeta y músico griego, nacido en Lesbos; vivió en el siglo VIII a. de J. Fundó en Esparta la escuela citarédica y ganó el primer concurso que hubo con motivo de las fiestas celebradas en honor de Apolo, *Karneios* (sobrenombre debido a tener lugar dichas fiestas en el mes así llamado en el Peloponeso—Agosto—, correspondiente al Metegeitnión ateniense; las fiestas duraban nueve días), el año 676. Se le atribuían numerosas invenciones: el barbitón (lira de gran tamaño), la cítara de siete cuerdas, el modo eólico, el modo boiotio, etc. Entre sus numerosos discípulos estuvieron Alkaios y Safo («Sapfo», en griego).

[272] El primer vestigio de esta proeza era, por lo visto, una fábula muy antigua titulada *El rebaño de bueyes sustraído por Hermes,* que posteriormente reprodujo el autor del *Himno a Hermes* homérico de un modo tan libre como gracioso. A su exposición, que es la que sigo y cito con frecuencia, fueron añadidos posteriormente detalles complementarios: en vez de cincuenta vacas, como él dice, se hablaba de doce vacas y de cien terneras. Se dio nombre al anciano, al que *Hermes* aconseja primero que no le conviene haberle visto, que no diga nada si le preguntan y que luego habla con Apolo: *Battos.* Se decía que, no habiéndole escuchado, Hermes le quitó la vida. En fin, hasta se explicaba por qué *Apolo* no estaba con sus rebaños (que en vez de ser propiedad de los dioses, eran del rey *Admetos,* v. n. 207, 234), diciendo que a causa de hallarse muy entretenido amando a *Imenaios* (más tarde *I meneo,* el dios que conducía el cortejo nupcial). Este Imenaios era un joven hermosísimo, tan hermoso que se le tomaba a veces por una mujer de soberana belleza. Imenaios amaba a una joven ateniense. Pero como ella era noble y rica y él de condición modesta, desesperaba de poder casarse con ella. Pero un día en que ella, en unión de otras jóvenes de su clase, iba a Elcusis a celebrar un sacrificio en honor de *Demeter* salieron de pronto unos piratas y se apoderaron de ellas y, por supuesto, de Imenaios, que las seguía, y al que tomaron por otra mujer. Y habiendo cargado con su precioso botín, tras una

su carro y sus corceles debajo de la tierra», dispuesto a robar parte del rebaño de los bienaventurados dioses[273]. Y, en efecto, roba cincuenta vacas, las lleva de un sitio para otro, protegido por las sombras de la noche, y para confundir sus huellas se vale de toda suerte de tretas; por ejemplo, «haciendo que las pezuñas de delante marchen hacia atrás y las de atrás hacia adelante, y andando él mismo, al guiarlas, de espaldas», amén de ponerles ramas en la cola para hacer las huellas más confusas; y clareando el día llega al borde del Alfeios, inventa el fuego, inmola dos de los animales en honor de los dioses, esconde las vacas en una caverna, hace desaparecer los rastros del sacrificio, tira sus sandalias al río, escapa, y cuando la luz del alba asoma ya bien, llega a Killene y se mete en su antro por el ojo de la cerradura «achicándose cual hubiera podido hacerlo la neblina o el aura otoñal», llega a la cuna sin hacer ruido, se cuela en ella, se faja, «y se pone a juguetear, como un niño, con el lienzo que le envolvía, pero asiendo a su amada tortuga con la mano izquierda».

Naturalmente, Apolo no tarda en estar allí, pues su arte y pericia en adivinar, le hace descubrir dónde se esconde el ladrón. Y aunque Hermes niega con la mayor audacia, acaban por recurrir a Zeus quien, pese a mostrarse muy satisfecho de la precocidad de su nuevo hijo, le obliga a

---

larga travesía llegaron a una costa desierta, donde desembarcaron, cansados, y se durmieron. Entonces, Imenaios los mató a todos y volvió con las jóvenes a Atenas, obteniendo, en pago a su hazaña, la mano de la que amaba. En recuerdo a esta proeza, su nombre era invocado en cada casamiento, como signo de buen augurio. ¿Cuándo y en signo de qué se le invocaba por haberse dejado amar del dios? La leyenda no lo dice; tal vez sea mejor.

[273] *Hermes* es el ladrón que, tras la puesta del Sol, roba las vacas de los dioses, que conduce a Pilos durante la noche y que, al aparecer la aurora, se ve obligado a restituir. Para comprender el significado *simbólico* de estos hechos hay que tener en cuenta que el rebaño de los dioses helénicos recuerda al del dios *Indra,* de la mitología védica, cuyas vacas son asimismo robadas por *Vala,* el ladrón, o por los *Panis.* Y que asimismo Indra, al alba, se dispone a combatir contra el ladrón con objeto de recuperar lo suyo. Ahora bien, en los *Vedas,* las nubes cargadas de lluvia eran, primitivamente, comparadas a ubres de vaca llenas de leche. Luego las vacas de los dioses helenos son las nubes; Hermes es el viento, que durante la noche echa a las nubes del cielo ocultándolas en un lugar desconocido. Pero al llegar la mañana, *Apolo* (el *Sol)* descubre dónde están las vacas (nubes) y éstas reaparecen en el cielo. Hermes era, en efecto, el dios *puledokos* (que velaba o acogía, a las puertas de una ciudad), amante de *Herse* (el rocío) y padre de *Kefalos,* «la cabeza del día» (Apollodoros, III, 14, 3). Es decir, que era el portero del cielo, el viento de la mañana que precede y anuncia la aurora,

devolver lo robado. Por mejor decir, lo sustraído. Los fuertes no roban: conquistan o sustraen.

Pero faltan dos vacas: las sacrificadas. Para calmar la cólera de su hermano, Hermes hace sonar la lira tocando «con el plectro todas y cada una de las cuerdas, y al vibrar éstas armoniosamente, llenose de gozo Apolo, pues su grato sonido le embelesó y le hizo sentir al punto vivísimo deseo de apoderarse de ella». Hermes, al ver que el dios músico, el que dirigía el coro de las Musas, envidiaba su instrumento, se lo ofreció al punto. Apolo, feliz y olvidando sus rencores le dio a él su látigo de vaquero y hasta le instó para que se ocupase en adelante de las vacas. Con lo cual, hecha la paz y sellada con promesas solemnes de no perjudicarse mutuamente, en lo sucesivo nadie hubo más amigos que ellos: Apolo sería el dios de la lira y Hermes el divino protector de los rebaños.

Hermes figura, naturalmente, no podía ocurrir otra cosa dada su malicia y habilidad para todo, en numerosas leyendas. En la *Gigantomaquia*, vuelto invisible gracias al casco de Haides, que este le presta, da muerte, con su cayado de oro, a uno de los gigantes: Hippolitos. Cuando los Aloadai (Otos y Efialtes) encierran a Ares en un recipiente de bronce, es él quien le libra de su prisión. Antes, es asimismo gracias a Hermes, ayudado por Pan, su hijo, como Zeus puede continuar la lucha con Tifón (V. n. 80) hasta conseguir vencerle. Como mensajero de Zeus, rinde innumerables servicios. Por ejemplo, él es quien va de parte de su padre, tras el diluvio que Zeus envía para destruir a los hombres, a preguntar a Deukalión (V. n. 73) qué desea que le conceda. Él quien conduce a Príamos hasta la tienda de Aquiles, cuando el rey de Troya va a suplicar al matador de su hijo Hektor, que le devuelva el cadáver. Él quien interviene en favor de Ulises, primero, transmitiendo a Kalipso la orden de dejarle en libertad y de ayudarle a construir una almadía; luego, dándole a conocer la planta mágica *(moli)*, que le protegerá contra las artes de Kirke. Él quien conduce las tres diosas junto a París, para que éste falle respecto a cuál de ellas es la más hermosa. El quien da a Nefele[274], la madre de

---

[274] *Nejele* (que significa *Nube*) es el nombre de varias heroínas, pero la principal es la primera mujer de *Atamas,* rey de Koroneia o de Tebas, de compleja leyenda. Casado con Nefele, tuvo de ella un hijo y una hija: *Fríxos y Helle.* Luego, habiendo repudiado a Nefele, se unió con *Ino,* con la que tuvo otros dos hijos: *Learchos y Melikertes.* Ino, deseando hacer morir a los hijos de Nefele, ideó la siguiente treta: aconsejó y persuadió a las mujeres del país para que tostasen el trigo destinado a la simiente. Naturalmente, no germinó. Consultado el oráculo de Delfos, Ino sobornó a los mensajeros que traían la respuesta, y éstos dijeron que el oráculo aconsejaba el sacrificio de Frixos si se quería que la calamidad cesase.

Frixos y de Helle, el carnero del vellocino de oro que salva a éstos. Él quien impide que Herakles luche, en los Infiernos, contra el fantasma de Medousa. Él quien se encarga de encontrar un amo a Herakles también, cuando éste tiene que purificarse tras haber dado muerte a Ifitos, y para ello venderse como esclavo, y quien arregla la compra con Omfale[275]. Él

---

Iba a ser conducido Frixos al altar para ser sacrificado (algunas leyendas dicen que en unión de su hermana), cuando su madre le dio un borrego con lana de oro, regalo de Hermes (según otra leyenda de Apolo), que transportando a ambos hermanos por los aires les libró de la muerte. Escapando de este modo hacia Oriente, Helle cayó al mar y se ahogó en el estrecho, que a causa de ello se llamó *Hellespontos* (mar de Helle, hoy estrecho de los Dardanelos), mientras que su hermano llegaba sano y salvo a Kolchis (Colchide, comarca del Ponto-Euxino), donde el rey *Atetes* le dio la mano de su hija *Chalkiope*. Frixos sacrificó el borrego a *Zeus* y ofreció el *vellocino* de oro al rey, quien, a su vez, lo consagró a *Ares* y lo clavó en una encina sagrada del bosque del dios. Y es por conseguir este vellocino por lo que posteriormente tendría lugar la famosa expedición de los *Argonautas*. Sobre la muerte de Ino y de Atamas hay varias leyendas. Los trágicos griegos se apoderaron de estas figuras y les dieron suerte diversa.

[275] *Ifitos,* hijo del rey de Oechalia, *Euritos,* era, como su padre, un arquero consumado. Y de su padre había heredado el arco divino que a éste le había ofrecido *Apolo* (arco que él, en prenda de hospitalidad, dio a *Ulises*. Ulises a él una espada y una lanza, y con el arco Ulises mató más tarde a los *Pretendientes).* En cuanto a Ifitos, éste fue muerto por *Herakles* cuando el héroe dio muerte a Euritos y a sus cuatro hijos. El motivo fue haberse negado Euritos a darle la mano de su hija, *Iole,* como había prometido hacer, al vencedor de cierto concurso de arco que había abierto, creyendo que nadie le vencería a él, y que Herakles fue quien lo ganó. Otra leyenda dice que Ifitos murió en Messene, cuando fue en busca de las yeguas que Herakles había robado. O bien que Herakles no había sido el ladrón, pero que cuando Ifitos fue a pedirle ayuda para poder recuperar sus yeguas, Herakles, en uno de aquellos ataques de locura con que de cuando en cuando le obsequiaba la siempre implacable y vengativa fiera, le mató sin saber qué hacía. Esto le obligó a purificarse, y para ello, el tener que venderse como esclavo. Y su ama fue *Omfale,* la reina de Lidia. Y *Hermes* quien hizo el trato. Omfale le impuso, entre otras obligaciones más dulces, como se va a ver, que limpiase su reino de bandidos y de monstruos. A causa de ello, y para cumplirlo, Herakles empezó por luchar contra los *Kerkopes* (gigantes de estatura enorme y fuerza prodigiosa), a los que, naturalmente, venció; luego contra *Sileus* (un viñador que detenía a los que pasaban cerca de su viña, les obligaba a trabajarla y luego, en pago, les quitaba la vida: Herakles arrancó todas las cepas y luego le mató a él de un golpe de azadón); en fin, combatió a los *Itones,* que saqueaban las tierras de Omfale: los venció, destruyó su ciudad y a los que quedaban con vida los trajo prisioneros. Omfale, agradecida, sobre devolverle la libertad, se casó con

quien protege a Dionisos niño contra la cólera vengativa de Hera. Y él, en fin, quien mata a Argos (V. n. 80 y 108) para libertar a lo[276].

Ni que decir tiene que dios tan particularmente avisado, útil y sagaz, no podía ser manco enamorando, por lo que las tradiciones le atribuían la paternidad de varios hijos, empezando por la de Autólikos, el más desvergonzado de los ladrones de la Mitología, y asimismo el más afortunado, puesto que Hermes le había concedido el don de no ser jamás sorprendido[277]. Con Antianeira tuvo otros dos hijos, éstos gemelos: Eritos y Echión, que figuraron entre los Argonautas. Otro vástago de Hermes era Abderos, joven que fue amado por Herakles y muerto por las yeguas de

---

él. Tuvieron un hijo: *Lamón*. Ésta es la versión digamos *histórica*, contada por Diodoros; la leyenda *novelesca* refería que todo el tiempo que Herakles estuvo con Omfale, cuanto hizo fue estar a sus pies, vestido con una túnica lidia, que incluso Omfale le enseñó a hilar y que el héroe manejaba la rueca y el huso por complacerla, mientras que ella revestía la piel de león de su marido y jugaba con su maza.

[276] Uno de los más antiguos epítetos de *Hermes* era el de *Argeijontes* (matador de *Argos)*, con el que es designado frecuentemente en los poemas homéricos. Este epíteto conduce asimismo a considerarle como el dios del viento, bien que una falsa interpretación haya originado la leyenda anterior, es decir, Hermes *matador de Argos*, mito desconocido por los poetas homéricos y probablemente de origen reciente. Si este epíteto, cual se suponía ya en la antigüedad, es la forma eólica de *argeijontes*, significaría: aquel que hace aparecer a la luz brillante *(argos)*, y aplicado al viento, «aquel que vuelve claro el cielo», limpiándole de nubes.

[277] La *Odisea* celebra ya sus hurtos atrevidos y sus audaces perjurios: «Al padre de la madre de *Ulises*, varón que excedía a todos sus contemporáneos en hurtar y mentir, presentes que le había hecho el propio *Hermes.*» (XIX, v. 394 y sig.) La *Ilíada* le cita también como ladrón: «Este casco (el que *Meriones* da a Ulises cuando éste se dispone a ir con *Diómedes* a espiar el campo troyano) era el que *Autólikos* había robado, en Elion, a *Amintor».* (X, v. 267 y sig.) *Euritos* hubiera podido dar también fe de sus habilidades, puesto que le robó sus rebaños. Pero con quien le falló el golpe fue con *Sísifos.* Cierto que éste, sobre ser tan desvergonzado como él, era el más astuto de los mortales. De tal modo que cuando Autólikos le quitó sus rebaños pudo demostrar que le pertenecían, pues, por precaución, había grabado su nombre en la pezuña de cada animal. Por cierto que esto ocurría la víspera de la boda de *Antikleia,* la hija de Autólikos, con *Laertes,* el padre del héroe, y durante la noche Sísifos se las arregló para pasar a la alcoba de la joven, a la que hizo madre de Ulises. Otros dicen que fue el propio Autólikos quien le facilitó la empresa, deseando tener un nieto de hombre tan avisado como él. Autólikos pasaba también por haber enseñado el arte de luchar a *Herakles.* Y por haber tomado parte en la expedición de los *Argonautas,*

Diomedes[278]. Cierta leyenda atribuía también a Hermes la paternidad de Kefalos, habido con Herse, una de las hijas de Kekrops[279]. Entre las divinidades había amado a Afrodite, con la cual tuvo a Hermafroditos. En fin, tradiciones poco dignas de crédito decían que Hermes, uniéndose con Penélope, la mujer de Ulises, cuya fidelidad era tema legendario en la antigüedad, había tenido de ella el dios Pan, engendrado en las montañas de Arkadia.

Las diversas habilidades de Hermes le relacionaron con una porción de actividades de las que fue, ora simple cumplidor, ora divinidad protectora.

---

[278] Este *Diómedes* era un rey de Trakia, hijo de *Ares* y de *Pirene*, que hacía que sus yeguas devorasen a los extranjeros que llegaban de arribada forzosa a su país. *Euristeus* encargó a *Herakles* que le trajese tan curiosas yeguas, y el héroe fue a por ellas, y tras someter a los criados que las guardaban, las cogió. Cuando estaba en la playa dispuesto a embarcarlas, fue atacado por los del país, y como para defenderse encargase a *Abderos* que cuidase de ellas, éste fue arrastrado y muerto por los embravecidos animales. En su honor, su amigo-amante fundó la ciudad de Abdera. Euristeus dejó en libertad a las yeguas, que fueron devoradas por las fieras de los bosques. Según otra leyenda, Herakles hizo que las yeguas devorasen al propio Diómedes. Luego, Euristeus las consagró a *Hera*.

[279] *Kefalos* era el héroe de varios mitos. El primero, el relativo a sus amores con *Aurora*, que, prendada de él, le raptó, y a la que hizo madre de *Faetón*, en Siria. Pero pronto Kefalos, abandonando a su divina amante, volvió a Atica, donde se casó con *Prokris* (hija ora de *Erechteus*, bien de *Kekrops*). Prokris le regaló un perro, que *Zeus* había dado a *Minos*, y Minos a ella, can que tenía el don de no fallar animal al que persiguiese cazando. Kefalos prestó este perro a *Amfitrión* (v. n. 108, 131) para que matase al zorro de *Teumesos* (monte y valle de Boiotia), que asolaba la comarca de Tebas. Este zorro no podía ser alcanzado corriendo. Ante tal problema, Zeus, por respeto al *Destino*, transformó a ambos animales en estatuas de piedra. Prokris, celosa de su marido (no obstante a que ciertas leyendas aseguran que adornaba prolijamente su cabeza), le siguió un día, sin que él se diese cuenta, cuando iba de caza. Kefalos, habiendo oído de pronto un ruido en un matorral, y sin saber que era Prokris, que trataba de disimularse en él, lanzó su jabalina, que tenía la virtud de no fallar jamás. Naturalmente, hirió de muerte a su mujer. Acusado por ello ante el *Areópago*, fue condenado a destierro. Entre otras aventuras, se cuenta también de él que habiendo ido a Delfos a preguntar al oráculo qué tendría que hacer para tener hijos (peregrina pregunta, sobre todo, que acababa de obsequiar con cuatro a *Lisippe*), el oráculo le respondió una verdad de Pero Grullo, pues, sin duda, conocía sus excelencias como reproductor: que se uniese a la primera hembra que encontrase. Habiendo topado con una osa, el admirable Kefalos, sin miedo a sus uñas y dientes, se apareó con ella. Y apenas lo había hecho, el animal se transformó en una bellísima joven. El resultado, a los nueve meses, fue *Akrisios*.

Como mensajero de Zeus (función que compartía con Iris [V. n. 78, 199], bien que ésta estaba más inmediatamente a las órdenes de Hera), ya le hemos visto cumplir diferentes misiones por mandato y encargo de su padre, del cual, como dicho queda, era correo y servidor *(Dios angelos, Dios Erochis,* mensajero de Zeus, corredor de Zeus). Alado, como los hijos de Bóreas, atravesaba el espacio en un instante, para ir a cumplir los mandatos que su padre le confiaba.

Otra de sus actividades especiales, la que le transformaba en divinidad chetónica[280], era su calidad de dios *Psichopompos o Psichagogos,* es decir, conductor de almas. En la *Odisea* le vemos conducir las almas precediéndolas armado de su varita de oro. En Samotrake y Eleusis[281] antiguas tradiciones le hacían el amante de Hekate y de Perséfone: ponían su imagen en las tumbas y sacrificaban en honor suyo en el momento de la muerte. Y, naturalmente, si las almas bajaban a las tinieblas infernales guiadas por él, igualmente podía, de quererlo, volverlas a la luz.

Cuando Herakles va a los dominios de Haides a por Kerberos (V. n. 78, 80), Hermes y Atena le guían por el imperio subterráneo y luego le sacan de nuevo a la región superior. Cuando Perséfone salía de su mansión profunda, él era quien la acompañaba. Hermes era invocado también en las Antesteria atenienses[282]. Y lo mismo en Plataia, cuando las fiestas conmemorativas de los caídos en el campo de batalla. En Tessalia, le estaban consagradas las tumbas. El coro de *Los Persas,* de Aischilos, a él

---

[280] Chetónica, *subterránea,* de *chetonios, x θοντος* que está bajo la tierra, subterráneo.

[281] Samotrake (Samotracia, hoy Samothraki), isla en la embocadura del Hebros, río de Trakia, hoy Maritza.—Eleusis, ciudad de Ática (hoy Levsina), célebre por su culto a Demeter y los misterios de Eleusis.

[282] *Antesteria,* lit. *fiesta de las flores.* Fiesta que se celebraba en Atenas, durante tres días, en el mes de Antesterión (8.° mes ateniense, correspondiente al fin de febrero y principios de marzo), en honor de *Dionisos.* Los dos primeros días eran consagrados al vino. El primero se bebía el vino nuevo. El segundo había concurso de bebedores: el que más pronto consumía un jarro enorme que les ofrecían ganaba un pellejo colmado. El tercer día era la fiesta de las ollas *(chutroi).* Al revés de lo que pudiera creerse, es decir, de que se trataba de empapar el vino de la víspera, era una ceremonia fúnebre. Tras la alegría, la tristeza; tras el vino, el llanto. Se hacía cocer en marmitas de barro toda clase de semillas, que nadie podía probar, y eran ofrecidas a *Hermes Infernal* (es decir, al Hermes conductor de las almas de los muertos) y a Dionisos. Este día los templos permanecían cerrados, como la víspera y la antevíspera, pues las tres fechas eran consideradas como nefastas (menos, sin duda, para el que había ganado el pellejo de vino).

se dirige como divinidad que puede permitir que la sombra de Dareios vuelva a la tierra. Igualmente, al principio de los *Choeforoi*[283], es a Hermes a quien Orestes, arrodillado sobre la tumba de su padre, dirige la más ferviente de las súplicas[284].

El carácter de Hermes como dios protector de caminos y caminantes no es difícil de comprender si se tiene en cuenta, primero, que él era caminante infatigable dada su cualidad de mensajero de Zeus; por lo que, lógicamente, tenía que transformarse en dios *«agetor»* (conductor, guía), *«hegemonios»* (el que servía de guía), *«enodios»* (que protege por los caminos); segundo, consecuencia ahora de su carácter de divinidad chetónica, porque una superstición muy extendida pretendía que los cruces de caminos eran sitios favoritos de fantasmas y almas en pena. Y a causa de ello, el que, por espantarlas, se colocase una imagen de Hermes, que solía consistir en una columna de piedra o madera, coronada por una o varias cabezas del dios (se acabó por poner una cabeza con varias caras en dirección a cada uno de los caminos que se encontraban en aquel lugar), y, saliendo de la columna, unos órganos genitales muy pronunciados[285].

---

[283] ἁί Χοηφοροί los que llevan ofrendas funerarias, título de una tragedia de Aischilos (Esquilo).

[284] Las relaciones de dios tan alegre y despreocupado como *Hermes* con la muerte, no tiene otra explicación lógica que el hecho de haber sido, primitivamente, el dios del viento. Es decir, por ser el alma humana como un hálito o un soplo de naturaleza análoga a la del viento. En el momento de la muerte, este viento se escapaba del cuerpo y volaba, conducido por el dios de este elemento, al aire, donde había tenido origen. Como asimismo se creía que los fantasmas que constituían los ensueños, esas fantasías imprecisas y desbocadas que forja la mente mientras dormimos, eran de naturaleza aérea *(aeroeides)* y que por los vientos eran traídas hasta los hombres dormidos. A causa de lo cual, Hermes era también el dios del sueño y de los ensueños. En la *Ilíada* se dice de él (XXIV, v. 342 y sig.): «Calzose al punto los divinos talares de oro que le llevaban sobre tierra y mares con la rapidez del viento, y tomó la vara mediante la cual duerme a los que velan o despierta a los que duermen».

[285] En el campo, los montones de piedras que había en las bifurcaciones de los caminos o en los límites de las propiedades eran considerados como representaciones toscas de *Hermes*. Todos cuantos pasaban junto a ellos añadían siempre una. Y, según Teofrastos *(Caracteres,* 16), coronaban tales montones con flores y vertían sobre ellos aceites (ofrendas rituales). Estos montones tenían, a veces, en su parte superior un falo, lo que indicaba con más precisión la presencia del dios. En Ática hubo los Hermes *Trikéfalos* y los *Tetrakéfalos*. Es casi seguro, como se ha supuesto, que el origen de esta superstición procedía de un equívoco

De protector de los caminos pasó, era lógico, a protector de los caminantes (velaba muy particularmente sobre heraldos y viajeros públicos que, a causa de ello, tenían carácter sagrado). Y no se limitaba a guardar los caminos, sino las propias puertas de las casas, razón por la cual era *pulaios* o *propulaios*. No era otra la causa en virtud de la que su imagen se levantaba, en Atenas, en la Akrópolis y especialmente en el propulaios del Partenón, además de en la puerta de diversos edificios públicos[286].

---

de palabras: *herma* (mojón, hito, poste), *hermas* (montón de piedras) y *Hermes,* el dios.

[286] ¿Cómo un dios esencialmente ladrón, como *Hermes,* llegó a protector y guardián de caminos, caminantes y puertas? Esto es ya más difícil de comprender. Y que era un dios esencialmente ladrón no hay duda alguna. Como hemos visto, su primer acto, apenas nacer, fue cometer un robo, que le vale, sin disputa, el nombre de rey de los cuatreros. Tan buena pieza ha salido para quedarse con lo ajeno, que Maia, su propia madre, le increpa de este modo, ¡y son las primeras palabras que le dirige!: «¿Qué has hecho, taimado imprudente, y de dónde vienes a estas horas de la noche? Milagro será que no salgas pronto de aquí amarrado por el hijo de *Leto*». *(Himno a Hermes.)* Momentos después le dice *Apolo* al oír el desparpajo con que miente, niega y jura no haber robado nada: «Ahora sí que te digo, ¡pícaro embustero, maquinador de engaños!, que con frecuencia penetrarás por las noches en las casas ricas sin ser visto ni oído y que desvalijarás la morada de más de un varón, cuando con tal audacia mientes». Y al punto, el propio *Zeus:* «Tras haber corrido no poco he hallado a este ladronzuelo en los montes de Killene. Ladronzuelo tan fullero como no hay otro igual, entre hombres y dioses, de cuantos engañan a los mortales.» En cuanto a Hermes, a las palabras anteriores de su madre, responde de este modo: «Bien sabes que para tu provecho y el mío he de ser maestro en mi arte, sin duda el mejor de todos. Quiero tener idénticos honores divinos que tiene Apolo.

Y si mi padre no me los concede seré, pues puedo serlo, capitán de ladrones». Éste es el dios guardador de rutas y puertas: astuto como ninguno, ladrón como él solo, embustero, sinvergüenza, audaz y timado. ¡Famoso genio guardián de fincas y bienes! Claro que tal vez los griegos pensasen como el baturro del cuento, que yendo con su mujer a Zaragoza, un pie tras otro, les sale un ladrón al paso y cortésmente (enseñándoles sin disimulo un cuchillo de tres palmos) les invita a aligerarse de dinero y cuanto pudiese Valerio.

Y como la mujer le suplicase de rodillas y con acento que partía las piedras: «¡Lléveselo usted todo si quiere! ¡Todo! ¡Pero déjeme esta medallica por todos sus difuntos!» (un medallón con un hilito de plata, en el que guardaba el retrato de la hija que se fue de fiebres), el marido la atajó: «Calla, Miguela, que ya sabe el señor ladrón lo que tiene que hacer».

De dios protector de viajeros y caminos, pasó a dios protector de los negocios, pues nadie circulaba tanto como mercaderes y comerciantes. En este aspecto era *Kerdoos* (que preside la ganancia), *Tuchón* e incluso *Dolios* (astuto, engañador, trapacero). Natural todo ello si no se olvida que, en general, frente al provecho no hay entrañas; que ante el beneficio y la ganancia, la moral se esconde. Como *Agoraios* (dios de los mercados), y *Empolaios* (que preside el comercio), su estatua era colocada en las ágoras (plazas públicas) de todas las ciudades griegas. Y a causa de todo ello se le atribuía la invención de medidas, pesos y cuanto concierne al comercio y tráfico de mercancías.

Es decir, que pasó de lo más elemental, de presidir la sencilla vida campestre, a ser el patrón y protector de las formas más complejas de la actividad urbana.

Porque no hay duda de que en un principio fue una divinidad esencialmente pastoril. Ya hemos visto cómo en el cambio con Apolo, es decir, en el primero que efectúa apenas nacido, acepta el cayado de pastor, de éste, contra la lira que él ha fabricado. Y la prueba de que como divinidad protectora de pastores y rebaños se le consideraba esencialmente, por decirlo así, es que una de las formas en que más se le representaba era como Hermes *Kríoforos* (portador de un cordero o carnero), es decir, llevando al cuello un carnerillo, oveja o cordero, al que sostiene por las patas[287]. Todos aquellos cuya fortuna consistía en ganado, estaban inmediatamente bajo su protección especial; bajo la protección solícita de Hermes Pastor. Y, naturalmente, su relación a causa de ello con Naiades, Ninfas, Silenos, Sátiros y Pan, es decir, con todos los dioses y semidioses de campos, montes y ríos, era estrecha e inmediata.

En fin, como su cualidad de mensajero, y por ello de corredor infatigable, le obligaba a tener un cuerpo robusto, ágil, juvenil, apto para toda clase de trabajos y ejercicios físicos, ello hizo de él el tipo de los efebos griegos cuyos ejercicios en los gimnasios eran a base no solamente de fuerza, sino de agilidad: como Hermes, que era al mismo tiempo fuerte y ágil.

¿Qué mejor prueba de su fuerza que verle, apenas nacido, arrastrar sin esfuerzo hasta donde había encendido fuego, a «dos magníficas vacas de retorcidos cuernos—pues la fuerza del dios era muy grande—, a las que

---

[287] Tipo que ha pasado al simbolismo cristiano, que ha hecho de él la imagen del *Buen Pastor*.

derribó, jadeantes, de espaldas al suelo, y luego, inclinándose sobre ellas y volviéndolas, les perforó la médula, tras lo cual las cortó en pedazos»?[288].

En cuanto a su agilidad, por ágil precisamente había sido elegido por su padre, además de por avisado, como heraldo, comisionado y mensajero suyo. Naturalmente, dios tan bien dispuesto para toda clase de ejercicios físicos, tenía que ser el patrón de gimnasios y pruebas corporales: dios *Agonios* (que preside las luchas y concursos gimnásticos). Como *Enagonios* (que concierne a luchas y concursos: que los preside), era representado por los artistas griegos como un adolescente, vencedor en las carreras, llevando la palma y la corona que había ganado. A causa de todo ello, palestras y gimnasios estaban llenos de imágenes de Hermes, más numerosas, sin duda, o tanto, por lo menos, como las de Herakles, representante del vigor físico que, no obstante, no se confundía con él. Herakles era el atleta de fuerza prodigiosa e incomparable; Hermes, el atleta completo; el atleta capaz de realizar toda suerte de ejercicios; bien que en los de fuerza pura dejaba la primacía al héroe de la maza.

Las fiestas denominadas *Hermaia*, eran celebradas en su honor el cuarto día (día de su nacimiento) de cada mes. Consistían, esencialmente, en carreras y juegos. Como ya hemos visto, en Atenas, el tercer día de las Antesteria le estaba consagrado. En Tanagra, las fiestas de Hermes eran celebradas en su calidad de dios de los rebaños. El efebo más hermoso de la ciudad la recorría llevando sobre los hombros un cordero. Esta práctica estaba destinada especialmente a alejar las enfermedades y plagas que atacaban a los animales. En Kidonia (Krete), las *Hermaia* eran una fiesta esencialmente popular y rústica, comparable a las Saturnales romanas. Durante ella, los amos ofrecían un banquete a sus esclavos, les servían a la mesa y hasta se dejaban reprender y pegar por ellos.

Los atributos de Hermes eran primero, el caduceo *(kerukeión),* que empezó por ser un simple bastón al cual, luego, fueron añadidos dos serpientes enlazadas. El caduceo tenía la virtud de dormir o despertar a los mortales, de atraer las almas de los muertos, de transformar en oro todo cuanto tocaba. A causa de esta última propiedad, el epíteto de *chrusorrapis,* aplicado a Hermes. Es decir, que el caduceo venía a ser como un símbolo de abundancia y riqueza análogo a la vara mágica *(Wunschelruthe)* de las leyendas germánicas. Otro de los atributos de

---

[288] *Himno a Hermes.* Todos los trozos que cito de este curiosísimo himno están tomados, como he dicho, de mi traducción, que encontrará el lector, si la busca, con los demás himnos homéricos, al final de la *Odisea,* publicada en nuestra «Colección La Crítica Literaria».

Hermes eran las sandalias: «sandalias doradas, que llevan, ora sobre el elemento húmedo, ora sobre la tierra inmensa, con el soplo del viento»[289]. A estas sandalias, los poetas adaptaron alas; alas que más tarde pasaron al tercero de los atributos: a un sombrero de anchos bordes llamado *petasos,* con el que se le solía representar.

Las esculturas de Hermes responden a dos tipos, ora pertenezcan al arte arcaico, ora a la nueva escuela ática. El tipo antiguo representaba al dios bajo la apariencia de un hombre robusto, en la plenitud de la edad, barbado, los cabellos ceñidos por una banda y cayendo hasta media frente; por detrás, en bucles sobre los hombros. El Hermes de la guerra del Peloponeso (segunda escuela), era, por el contrario, un efebo en todo el esplendor de la juventud, lleno de gracia y de vigor juvenil: músculos formados en la carrera y en la lucha, robustos y flexibles a la vez, fuertes y elegantes a la par. Los cabellos cortos y crespos como los efebos áticos. La cara fina e inteligente. En monedas, piedras grabadas, vasos y demás monumentos artísticos de orden secundario, es en donde se encuentran las diferentes escenas que representan no sólo los principales momentos de la vida del dios, sino sus diversas funciones. De un lado, el dios del culto, de otro, el idealizado, el artístico.

MERCURIO

Mercurio *(Mercurius)* era la divinidad romana que en la época clásica se identificó con el Hermes griego. Pero antes, probablemente, era un dios indígena protector no ya de los comerciantes, como parece indicar su nombre formado con la palabra *merx, merces,* mercancías, sino y, además, de los ladrones; de éstos, protector y patrón.

Es natural que así sea, puesto que los romanos tenían la costumbre de crear divinidades abstractas que personificaban los actos ordinarios de la vida. Por lo que tras el tráfico, el cambio y el comercio, el dios que le protegía y representaba, no pudo tardar en aparecer por todas partes. Como, por otro lado, nadie puede ganar sin que otro pierda y nadie pierde con gusto sino engañado o a la fuerza, para obtener un beneficio cualquiera siempre fue indispensable el concurso del ingenio, de la audacia e incluso, con frecuencia, de una buena dosis de rapacidad, caracteres propios tanto del Hermes griego como del Mercurius romano, ladrón aquél desde su nacimiento, y patrón éste también de los amigos de lo ajeno, al mismo tiempo que genio tutelar de los comerciantes.

---

[289] *Ilíada* (XXIV, v. 340); *Odisea* (V, v. 44); Virgilio: *Eneida* (IV, v. 239).

Como tal protector del comercio y como genio que presidía los cambios, y por ello honrado por los comerciantes, se sabe de un templo de Mercurio erigido en Roma a principios del siglo v. Que Mercurio, en efecto, era un dios puramente comercial en un principio lo prueban los epítetos que le eran atribuidos: *Negotiator, Nundinator* (dios del mercado), *Lucri conservator:* breve, el dios de la ganancia.

La cofradía de los *Mercuriales,* adoradores de Mercurio, era una de las más antiguas de Roma. Estaba localizada en las inmediaciones del *pomerium* (espacio libre que quedaba en las ciudades a un lado y a otro de las murallas). Más tarde, bajo los efectos de la influencia griega, fue el dios de los viajeros, dios salvador y hasta protector de los hombres y de los Estados en peligro. En el *Amfitrión,* de Plauto, no se distingue del Hermes griego, pues hace hasta de alcahuete de los amores de su padre (Júpiter). En cambio, en una de las odas de Horacio (1, 2), es Mercurio, de preferencia a Vesta, Apolo, Venus y Marte, el encargado de salvar la República cuya ruina se acentúa.

Mercurio, dios de cofradía, el único templo importante que tuvo en Roma fue el construido el año 495, en el Aventino, frente al Circo Máximo. Consagrado durante los *Idus*[290] de mayo, este día fue el de la fiesta del dios. Pero donde su culto tuvo verdadera importancia fue fuera de Roma, en las provincias, lejos de Italia. Muy principalmente en la Galia, en los bordes del Rin y en el Danubio. Tal hacen creer, al menos, las referencias de César y de Tácito.

La iconografía del Mercurio romano, ya desde el siglo IV a. d. J., era un calco de la del Hermes griego. Se le representaba como a éste; es decir, como a un joven imberbe cubierto con el petasos y provisto de alas. Más tarde se le ve con el caduceo, la bolsa (que también llevaban en la mano ciertos Hermes griegos), y a veces el cuerno de la abundancia (cornucopia). También se le representaba junto a animales tales que la tortuga, el gallo y el carnero, todo lo cual se veía asimismo en el frontón de su templo, en Roma. La pluralidad de cabezas, como en los cruces de caminos griegos, era también frecuente, sobre todo en las provincias.

---

[290] Idus, fecha inicial de la tercera parte del mes en el calendario romano. Caía ocho días después de las *nonae* (nonas), es decir, el 15 de marzo, mayo, julio y octubre, y el 13 de los demás meses. Todos los Idus estaban consagrados a Júpiter.

HEFAISTOS

Hefaistos[291] es uno de los pocos dioses griegos que personificó incontestablemente, desde que fue imaginado, un elemento natural: el fuego. Si sobre otros hay dudas, ya lo hemos visto, entre lo que pudieron representar primitivamente y los atributos y encarnaciones que se les atribuyeron después, sobre Hefaistos, no; pues, como digo, pocas divinidades helénicas tuvieron una significación tan clara como la suya: desde el principio fue el dios del fuego, terrestre o celeste; y, por supuesto, del submarino, pues, como vamos a ver, su primer taller o su primera forja, fragua, ferrería o como se le quiera llamar, debajo del mar la tuvo[292].

Por otra parte, si ciertos elementos naturales puede extrañarnos, hoy, que fuesen elevados a la categoría de divinidades, el fuego, no. El fuego como el Sol, era natural que fueran para el hombre primitivo, los primeros seres maravillosos, y, por consiguiente, los primeros dioses. El Sol, como fuente que es y ha sido siempre no solamente de luz y de calor, sino de toda vida en la Tierra; en cuanto al fuego, ¿cómo hubiera podido dejar de maravillar a los hombres primitivos, sobre todo antes de poder producirle ellos a voluntad, al verle aparecer inopinadamente tan terrible, tan brillante, tan ardiente, tan destructor, tan poderoso, en una palabra? Pues ¿y luego cuando gracias a él pudieron echar los primeros jalones de la vida civilizada mediante las industrias, sólo gracias a él posibles?[293].

Naturalmente, se hizo de él al punto un dios en todas partes. Un dios terrible en muchas ocasiones, pero en otras, infinitamente benéfico, puesto

---

[291] V. n. 39, 77, 85, 89, 104.

[292] *Hefaistos,* en efecto, estuvo siempre unido al fuego y sólo al fuego. Por otra parte, la idea de que el fuego era cosa divina estaba tan arraigada en el espíritu de los griegos, que numerosas expresiones, tanto populares como poéticas, indicaban el nombre de Hefaistos de un modo antonomástico para designar el fuego. Homeros, por ejemplo, describiendo una escena de cocina, dice: «Lo tuvo suspendido encima de Hefaistos» (en vez de encima del hogar o, simplemente, del fuego), y expresiones equivalentes se leen en otros diversos pasajes *(Ilíada,* II, v. 426; IX, v. 468; XVII, v. 88; *Odisea,* XXIV, v. 71).

[293] La propia filología comparada nos enseña que hay que reconocer en el nombre *Hefaistos* uno de los epítetos más frecuentes de *Añi,* el dios védico del fuego. Max Müller identificaba Ἡφαιατος con *Yavishtha,* epíteto de Añi. Yavishtha es superlativo de *Yuvah,* es decir, de *joven.* Si Hefaistos era el más joven de los dioses, ello no ocurría por sus años, que para esto no contaban, sino porque el fuego no perdía jamás la fuerza.

que suavizaba y mejoraba las condiciones de vida de los que le empleaban, hasta entonces puramente animal. Y en Grecia este dios del fuego, en todas sus manifestaciones, fue personificado en Hefaistos. En Likia y en Lemnos, donde su culto revistió las formas no solamente más amplias, sino más originales, fue relacionado especialmente con el fuego terrestre. Y ello porque el suelo de estas dos regiones desprendía gases que se inflamaban fácilmente[294]. Y como es lógico también, el dios del fuego fue, en cuanto el hombre le utilizó en la tierra para fabricar los primeros utensilios y las primeras armas, un dios herrero como ellos: el herrero divino. Dios dotado, como tal, de todas las habilidades en su arte, pero nada más que en ella y sin invadir otras actividades, como les ocurrió a la mayor parte de sus compañeros del Olimpos. Cierto que la importancia de su función era tal (piénsese en lo que ha representado siempre para el hombre todo cuanto producen las industrias metalúrgicas, en especial como instrumentos de trabajo y de defensa), que no se pensó siquiera en atribuirle ninguna más.

Otra particularidad, asimismo exclusiva y característica, distinguía a Hefaistos: el ser tullido; cojo de ambas piernas, o, si se quiere, de ambos pies, que tenía como torcidos y disminuidos de tamaño. *Killopodión* (el Cojo) *riknos podas* (pies deformes), era llamado por ello. Esta cojera hacía su andar tan particular, que excitaba esa tendencia que tiene el espíritu a encontrar divertidas ciertas desgracias ajenas, por lo que al verle caminar de aquel modo, sin duda como una especie de gran cangrejo, producía la hilaridad de los dioses. Cómo soportaba el incomparable herrero que se riesen de él las leyendas no lo dicen; probablemente mal, pues no es lo mismo hacer reír que mover a risa. Seguramente los dioses, como los hombres, si nada les placería tanto como hacer reír, nada tampoco les

---

[294] Aún se produce el mismo efecto o fenómeno actualmente en la península de Apcherón, en la costa occidental del mar Caspio, a 15 kilómetros de Bakú. El suelo de esta región es teatro de una incesante actividad volcánica: impregnado de nafta, de gases surgentes, de aguas termales, de yacimientos de aceite mineral, de volcanes de barro y gases e incluso de lava. En el foco principal de estos gases ardientes, al borde de un estanque salino, está aún el famoso santuario de *Atesh-Gah,* donde hasta no hace mucho ardía constantemente el *juego eterno* (gases ardiendo, que eran conducidos allí por una tubería) y donde había incluso culto. Los rusos acabaron con él y apagaron los gases. Gente poco dada a los mitos religiosos (prefieren los políticos), acabaron con esta superstición al empezar la lucrativa religión moderna del dios *petróleo.*

enfurecería y movería al odio como que se riesen de ellos. Pero antes de hablar de cómo Hefaistos fue encojado, veamos un poco su nacimiento[295].

El origen de Hefaistos era referido por dos tradiciones de modo diferente. Según la *Ilíada*[296], era hijo de Zeus y de Hera; según

---

[295] Si se tienen en cuenta ciertas pinturas antiguas en que no sólo se representaba a *Hefaistos* tullido, sino muy inferior, físicamente, a los demás dioses que le rodean (cual le representan los vasos en los que hay, figurada, su *vuelta al Olimpos, conducido por Dionisos),* dan ganas de pensar que su desgracia era muy superior a una simple cojera. Y si el primitivo Hefaistos, además de cojo era enano, no sería desemejante en su parte física a los *Pigmeos (Pigmaioi)* mencionados en la *Ilíada,* que habitaban al sur de Egipto, o bien en la región de la India, pueblo de enanos, enemigos de grullas y cigüeñas; de los *Telchines,* especie de demonios de Rodas, hijos de *Pontos* (dios masculino del mar) y la *Tierra,* que fueron para *Poseidón* lo que los *Kouretes* para *Zeus,* y que eran no solamente hábiles, sino hasta magos, pues podían adoptar la forma que les plugiese y hacer llover, granizar o nevar si se les antojaba, pero tan perversos, que fueron fulminados por Zeus o muertos por *Apolo* con sus flechas, y de los *Daktiles (Daktiloi),* los demonios del Ida, también magos y hábiles en toda clase de artes e industrias, pues ellos eran quienes habían inventado los *Misterios;* ellos los que habían organizado, para distraer a Zeus niño, los primeros juegos *Olímpicos;* ellos los que habían enseñado la música a *París* cuando éste guardaba los rebaños de su padre en el Ida, y que, en fin, si se los llamaba *los Dedos,* era a causa de su habilidad en los trabajos manuales, especialmente en metalurgia, cuya invención a ellos era debida. Por lo demás, en todas las mitologías, seres enanos y defectuosos, pero hábiles, llamados *gnomos* o «enanos», son los encargados de trabajos semejantes, es decir, de forjar el hierro en sus cavernas subterráneas. Pero sin necesidad de esto, lógico era, en lo que afecta a Hefaistos, que al hacerle dios de las llamas que surgían del suelo, se pensase en el taller subterráneo donde trabajaba. Ello era tan natural, que precisamente la leyenda de Hefaistos *herrero* nació y se desarrolló en las islas Lipari, donde el Stromboli arroja siempre llamas y donde una tradición local decía que bastaba dejar por la noche hierro junto a un cráter para encontrarlo forjado a la mañana siguiente. El templo más antiguo que tuvo Hefaistos, al pie del Mosichlos, volcán de la isla de Lemnos, fue erigido allí, donde se decía que el dios había instalado la primera fragua cuando le arrojaron del *Olimpos,* y de la que *Prometeus,* según Aischilos, había cogido la llama para dársela a los hombres. De esta fragua salieron, además de las numerosas obras de arte que los antiguos decían ser obra del cojo divino, las armas de *Aquiles* y las de *Aineias,* el trono mágico de *Hera,* el cetro y la égida de Zeus, las moradas de los dioses en el *Olimpos,* los perros de oro y plata de *Alkinoos,* el palacio del *Sol,* la red que permitió mostrar el adulterio de *Afrodite* y *Ares,* el cetro de *Agamemnón,* el collar de *Harmonía,* la corona de *Ariadne,* el refugio subterráneo de *Oinopión,* etc., etc.
[296] I, v. 577 y sig.

Hesiodos[297], era Hera quien le engendró sola, ora por despecho a causa de haber dado nacimiento Zeus a Atena sin su concurso, bien con propósito de venganza un día de altercado matrimonial[298].

La cojera de Hefaitos era objeto, asimismo, de otras dos versiones. Según una, referida por la *Ilíada*[299], cierta vez que Hefaistos trató de defender a su madre con ocasión de uno de aquellos frecuentes disgustos matrimoniales que distanciaban a los dos dioses mayores, Zeus cogió a Hefaistos por un pie, le lanzó al espacio, y el pobre, despedido, tras rodar, hacia abajo, por los aires un día entero, fue a parar a Lemnos, donde tuvo que ser recogido por los sinties (población tracia emigrada a aquella isla) y reanimado por ellos, pues llegó como asfixiado y casi sin vida. Según la otra leyenda, fue Hera misma quien, apenas le había parido, al verle feo y deforme, avergonzada de su obra y temiendo que los demás dioses se burlasen de ella, le lanzó ella misma al espacio. Por fortuna para el desdichado dios, cayó esta vez en el mar, donde Tetis y Eurínome[300] le recogieron, consolaron y condujéronle a una gruta submarina, donde durante nueve años se dedicó a forjar no solamente joyas admirables para

---

[297] *Teogonía*, v. 927 y sig.; Apollodoros, I, 3, 5.

[298] En otro lugar he hecho ya notar lo absurdo de que *Hera* concibiese ella sola a *Hefaistos* a causa del despecho que sintió ante el nacimiento de *Atería*, cuando fue precisamente Hefaistos quien hendió la frente de su padre para que saliese la diosa de la sabiduría. Por otra parte, si Hera engendró ella sola a Hefaistos, en contra de las leyes ordinarias de la generación divina, no se olvide que del mismo modo había engendrado a *Tifón* (v. n. 78, 80, 205). Estos hijos, nacidos del furor de Hera, no eran, simbólicamente considerados, sino las calamidades terribles de la Naturaleza, originadas por fenómenos enteramente distintos de los que ocasionaban sus acciones benéficas. Estos parecían frutos de una unión venturosa; aquéllas, por el contrario, mal nacidas, como nacidas sin amor, puesto que tan sólo la discordia de los esposos celestes las había dado vida. Seres monstruosos, eran hijos tan sólo de Hera irritada, es decir, del cielo en desorden, donde reinaba el trueno y se desencadenaba la tormenta. Y en este caso, y de seguir a Hesiodos, Hefaistos sería como la imagen del relámpago, o mejor aún, del rayo, que no nace sino en el seno de la tempestad. En fin, una tradición de Kreta, que, por supuesto, no merece ser tenida en cuenta, la cito como simple curiosidad, hacía a Hefaistos hijo de *Talos* (v. n. 108), y a *Radamantos* hijo de Hefaistos (v. sobre Radamantos las n. 82 y 108).

[299] I, v. 590; Apollodoros, I, 3, 5.

[300] Véanse estos nombres.

sus protectoras, a las que siempre estuvo reconocidísimo, sino toda suerte de obras maravillosas[301].

Para explicar la vuelta de Hefaistos al Olimpos se inventó el mito siguiente: Habiendo fabricado en su gruta-taller del fondo del mar un maravilloso trono de oro, se lo envió como regalo a la vanidosa madre, a Hera. Esta, encantada del obsequio, apresurose a sentarse en él. Pero apenas lo había hecho quedó prisionera, y de tal modo, que imposible la fue hacer el menor movimiento. Los dioses mismos, Zeus el primero, que acudieron en su auxilio, no consiguieron libertarla. Entonces el padre de dioses y hombres decidió lo único práctico: hacer venir al endiablado constructor del precioso artefacto. Pero Hefaistos, que aún se acordaba de las volteretas que había dado bajando del Cielo, se negó a recorrer el mismo camino aun de un modo normal, y cuantas instancias se le hicieron fueron vanas. Por fortuna estaba allí Dionisos, a cuyos recursos era difícil resistir, y, en efecto, bajando a la gruta, emborrachó a Hefaistos y, más patizambo y pintoresco que nunca, a causa del vino, le condujo al Olimpos[302].

---

[301] *Ilíada,* XVIII, v. 395 y sig.; *Himno a Apolo,* v. 140 y sig. Ambos relatos, pese a la diferencia de detalles, tienen un sentido idéntico. Si se piensa en la naturaleza volcánica de la isla de Lemnos y de otras islas del archipiélago helénico, llenas de volcanes submarinos, cuyo misterioso trabajo tan pronto hacía desaparecer islotes y masas de rocas, como las hacía surgir, se comprenderá cuan fácil fue imaginar que el forjador divino hubiese permanecido encerrado allí durante años, produciendo obras en verdad fenomenales y maravillosas. Como, además, con frecuencia estos volcanes tenían, como en la actualidad, períodos de calma que duraban años, ello se interpretaba como que *Hefaistos* había vuelto al *Olimpos.* Asimismo se comprende que cuando *Tetis* se presenta a Hefaistos, según refiere la *Ilíada* en el canto XVIII, para pedirle nuevas armas para *Aquiles,* su hijo, el dios se las fabrique al punto, y maravillosas, pues no había olvidado el agradecimiento que debía a la nereida que le recogió tras rodar doce horas por el espacio.

[302] Numerosos son los vasos que reproducen esta graciosa escena, que asimismo era el motivo de una de las pinturas que, según Pausanias, adornaba el templo de *Bakchos,* en Atenas. Esta escena tiene también su interpretación simbólica. La inmovilidad de *Hera* prisionera en el sillón de oro, simbolizaba a la atmósfera en reposo durante ciertos períodos de tiempo; su desencadenamiento, gracias a *Hefaistos,* los movimientos tempestuosos de los que el fuego (el rayo) parece la causa natural. El papel de *Dionisos* en esta escena parece aún más claro, si se piensa que en Grecia, como en Italia del Sur y demás regiones pródigas en volcanes, los terrenos víctimas de lava durante las erupciones son luego particularmente favorables para el cultivo de la vid. En Grecia, las islas de Lemnos, Naxos y Santorin, por ejemplo, producen hoy mismo vinos excelentes,

Reconciliado con su madre, se le ve, en adelante, entre los dioses, mezclándose en sus aventuras, pero siempre valiéndose de sus artes de herrero incomparable y de su elemento, el fuego. Cuando no está en su forja produciendo obras maravillosas, pues para él, como para Daidalos en la Tierra, ningún prodigio de técnica era imposible, le vemos fuera de ella, bien que sirviéndose en toda ocasión del fuego. Delante de Troya, con la llama combate[303]; durante la lucha entre dioses y gigantes[304], Hefaistos mata a uno de éstos, a Mimas, lanzándole proyectiles de hierro al rojo; los volcanes son sus talleres y en ellos trabaja ayudado por los Cíclopes; su intimidad con Helios (el Sol, manantial inagotable de fuego y de calor) era cosa indudable[305]; en fin, hasta en sus aventuras amorosas principales parece intervenir su carácter de dios del fuego, como se va a ver. Claro que el amor en sí, ¿qué es sino esto: fuego?; fuego que si bien, como el

---

cuyo fuego gratísimo lo toman, no hay duda, del suelo volcánico, que hace crecer y madurar los pródigos racimos. Por consiguiente, el dios de las viñas y el de los volcanes, ambos, por supuesto, de origen tracio, hallábanse unidos de este modo por lazos de verdadera confraternidad. En Samos, no obstante, decíase que se habían disputado por la posesión de los campos de la isla; pero, sin duda, esta leyenda tenía por fundamento la vanidad y orgullo de los samianos por su tierra. Lógico era, pues, que quien llevase al *Olimpos* a Hefaistos fuese Dionisos; sobre que el hecho decían ocurrido en la época en que los hombres empiezan a embriagarse con el zumo de la uva fermentado, es decir, en el otoño, en que asimismo las primeras tormentas hacen sentir la acción del fuego, ahora ya celeste, puesto que Hefaistos estaba en el Olimpos. Otras tradiciones muestran también que Hefaistos era el dios del rayo (el dios que le creaba, que le daba su fuerza y su fuego). Por ejemplo, cuando hiende la cabeza de *Zeus* para que salga *Atena,* como lo hizo, toda llena de viveza y de luz; en otros términos, el dios que hace brotar el relámpago de la frente del tempestuoso cielo. En una palabra, todo concurría a hacer del *Herrero* divino el señor del elemento ígneo, ora del Cielo, ora de la Tierra, especialmente en lo que a su génesis afectaba.

[303] En el canto XXI, cuando *Zeus* ha permitido a los dioses que ayuden a quienes les plazca, ya sin disimulos, *Hefaistos,* a ruegos de *Hera,* para proteger a *Aquiles,* amenazado por las aguas del *Skamandros* y del *Simoeis,* que se han juntado para combatirle, incendia la llanura, y no detiene su ardor sino cuando el Skamandros, casi agotado por el fuego, se da por vencido.

[304] V. n. 77.

[305] Ciertos textos, bien que muy tardíos, por ejemplo, Cicerón en *De Nat. Deorum,* III, 22, y otros, decían que la unión de *Atena* y *Hefaistos* había sido consumada y que de ella había nacido ora *Apolo Patroos* (paternal), ora *Helios.* En todo caso, Helios es quien revela a Hefaistos que *Afrodite,* su esposa, le engaña con *Ares.*

que se enciende con pelos de liebre, pasa pronto, mientras arde quema y consume como ningún otro.

Porque, pese a que, como hemos visto, Hefaistos distaba mucho de ser un adonis, pasaba por haberse unido a mujeres muy hermosas. Tal vez el dicho que asegura que «el hombre y el oso, cuanto más feo más hermoso» era un refrán salido del Olimpos. A los paremiólogos, el comprobarlo. Pero lo que sí saben muy bien los mitógrafos es que si las damas del Olimpo no parecían desdeñar a sus congéneres que no eran un dechado de perfecciones físicas, en lo que afecta a los hombres, de los que también gustaban, no parecían tener en cuenta otra cosa que su hermosura. Y esto no tan sólo las diosas, sino los dioses, que, como ya hemos visto varias veces no desdeñaban tampoco a los jóvenes que se distinguían a causa de su belleza. Pero volvamos con el herrero divino para no caer en cosa tan fea, bien que sea grata, como la murmuración.

La *Ilíada* da a Hefaistos como esposa a *Charis*[306], la Gracia por excelencia. Hesiodos, a la mayor de las Charites, Aglaia, *la brillante,* personificación de los rayos de la aurora[307]. La *Odisea* le designa como esposa aun a otra divinidad más brillante, si se tiene en cuenta que no hay brillo comparable al de la hermosura: a Afrodite. Pero como esta tradición tenía enfrente otra que hacía a la diosa del amor mujer de Ares, el poeta resolvió la dificultad haciéndoles en vez de esposos amantes, cosa que tiene hasta cierta grata picardía; y aun añadiendo a la pimienta del sucedido un poquito de sal, haciendo que Hefaistos supiese que era engañado, gracias a Helios, que desde las alturas donde reinaba lo veía todo y lo sabía todo. Como Hefaistos era hombre de recursos, sobre todo en la desgracia, para vengarse fabricó una red, que colocó alrededor de su lecho, y cuando los adúlteros volvieron a reunirse los dejó prisioneros estando formando, como dice el gran poeta inglés, «la bestia de dos espaldas». Luego llamó a todos los dioses para que fuesen testigos de la infidelidad, para satisfacción suya y vergüenza de la inconstante, que, cuando al fin se dignó soltar tras haber hecho a los dioses reír a más no poder, huyó corrida, furiosa y avergonzada.

Aun una tradición particular, de Lemnos, daba a Hefaistos otra esposa, Kabeiro, hija de Proteus y de Anchinoé, con la que tuvo a los Kabires y

---

[306] «Mientras que tales obras hacía con sabia inteligencia (veinte trípodes que, sobre ruedas de oro, acudirían solos a la llamada de los dioses) llegó *Tetis,* y al verla venir la hermosa *Charis,* la esposa del dios...» *(Ilíada,* XVIII, v. 380 y sig.)
[307] *Teogonía,* v. 945. Sobre las *Chantes,* v. n. 104, 108, 217.

Gabirides[308]. En fin, no hay que olvidar su aventura amorosa con Atena, que he referido hablando de esta diosa.

Las tradiciones le atribuían también, como era lógico, varios hijos. Por ejemplo, Palaimón, uno de los Argonautas[309]. Ardalos, escultor legendario que, como Palaimón, había heredado de su padre la habilidad manual, y Perifetes, uno de los bandidos muertos por Teseus[310]. En fin, como hijo suyo se consideraba también a Erichtonios, el nacido de su esperma lanzada a tierra por Atena. Además, si en realidad no fue el verdadero padre, quiero decir el padre carnal, sí intervino de un modo eficacísimo en otros dos nacimientos de gran importancia: el de Atena, abriendo la frente de Zeus de un hachazo de mano maestra, y el de Pandora[311] la primera mujer, a la que Hefaistos modeló con arcilla y agua, por orden de Zeus, y tras darle forma la infundió vida y voz. Como no podía menos de ocurrir, con el creador del primer hombre, Prometeus[312], tenía que tener contactos con Hefaistos; así, por ejemplo, él fue quien, asimismo, obedeciendo a Zeus, le clavó o amarró bien amarrado en el monte Kaukasos.

En cuanto a su taller, unas veces se le situaba en el Olimpos mismo[313], otras en Leninos; primitivamente estuvo, como hemos visto, en el fondo

---

[308] Los *Kabires (Kabeiroi)* eran divinidades misteriosas, cuyo principal santuario estaba en Samotrake, bien que fuesen adorados en todas partes, incluso en Egipto y en Memfis, a creer a Herodotos. Solían pasar por hijos de *Hefaistos* y de *Kabeiro,* y eran seis, tres Kabires y tres Kabirides. Otra tradición habla de cuatro, que fueron identificados con *Demeter, Persefone, Haides* y *Hermes* (en Roma: *Júpiter, Mercurio, Juno* y *Minerva).* En Fenicia se los consideraba como genios marinos. Divinidades misteriosas, sin duda a causa de su misma imprecisión, no podían ser nombrados impunemente, por lo que generalmente eran llamados los *Grandes Dioses.* En Grecia continental tuvieron un santuario en Boiotia y otro en Euboia. Uno de los más antiguos ha sido descubierto en Doukos, cerca de Chalkis. A fines de la época clásica aparecían como protectores de la navegación, con el mismo título que los *Dioskouroi* (o Dioskoiroi).

[309] *Palaimón* significaba *el Luchador,* por lo que otras tradiciones le hacían hijo de *Herakles* e incluso de *Aitolos,* rey, primero, de Elis, y luego, de Aitolia, región a la que dio su nombre.

[310] La madre de *Perifetes* era *Antikleia.* Perifetes vivía en Epidauros y, lo mismo que su padre, su flaco eran sus piernas. A causa de ello se sostenía y se ayudaba al andar con una maza de bronce. Esta maza le servía, además, para matar con ella a los que pasaban a su alcance.

[311] V. n. 73.

[312] V. n. 73, 80, 88, 105, 111, 133, 149.

[313] Donde le halla *Tetis* cuando sube al Olimpos a que le haga armas para *Aquiles:* «Tetis, la de los pies de plata, llegaba al palacio de *Hefaistos;* palacio maravilloso,

del mar, y en la época del establecimiento de los primeros griegos en Sicilia (y por supuesto, luego siempre, hasta en la época romana), en el inmenso brasero del Etna, donde trabajaba en compañía de los Cíclopes hasta la muerte de éstos por Apolo. De estos talleres-fragua no sólo salían obras raras y maravillosas, sino con frecuencia otras dotadas de movimiento y vida. Hefaistos era quien había fabricado los perros de oro de Alkinos y los toros de bronce de Aites que vomitaban llamas[314]. En la mansión de Hefaistos, en el Olimpos, Tetis, cuando va a visitarle para que le fabrique armas para Aquiles, no ve tan sólo máquinas automáticas, sino vírgenes de oro que servían a su constructor, pues estaban dotadas de inteligencia, movimiento y palabra[315]. Pero, ¿no le acabamos de ver fabricar a Pandora e incluso dotarla no sólo de vida, sino de alma?[316].

---

todo moteado de brillantísimas estrellas; mansión que lucía entre la de las demás deidades y que el dios mismo había construido enteramente de bronce.» *(Ilíada, XVIII, v. 369 y sig.)*

[314] *Alkínoos,* rey de los faiakes (feacios), pueblo mítico adonde llegó *Ulises* al salir de la isla de *Kalipso.* Alkínoos, casado con *Arete* («la Virtud») y padre de *Nausikaa* (a la que había encontrado Ulises, al llegar a tierra, lavando ropa con sus esclavas), le dio una nave para que pudiese volver a Italike.—*Aietes,* hijo del *Sol* y de *Perseis,* la Oceánida, había recibido de su padre el reino de *Korintos;* pero lo dejó para ir a establecerse en Kolchis, país situado al pie del Káukasos, a orillas del mar Negro. Hermanas suyas eran *Kirke,* la maga, y *Parsifae,* la mujer de *Minos.* A él fue a quien *Frixos* (v. n. 274) entregó el *Vellocino de oro.* Cuando los *Argonautas* fueron en su busca e *Iason* se lo pidió, Aietes, para desembarazarse de él, le exigió, entre otras pruebas, que dominase a los toros monstruosos que le había fabricado *Hefaistos.* Lo que Iasón consiguió ayudado por *Medeia,* la hija de Aietes.

[315] La interpretación alegórica ha visto en estas vírgenes a las nubes movibles, que en el cielo, iluminado por la antorcha solar, toman formas fantásticas (de animales, de personas, etc.). Como ocurre también en el *Kalevala* (runa 37), donde el herrero *Ilmarinen* ve salir de su fragua, sucesivamente, «un borrego con el vellocino de oro, con el vellocino de cobre, con el vellocino de plata; un potro con la crin de oro, con la cabeza de plata, con los cascos de cobre; en fin, una joven con la cabeza de plata, con el cabello de oro, con el cuerpo lleno de encantos».

[316] Notable tradición, que prueba que antes del desarrollo de la filosofía, el alma humana había sido concebida ya como una fuerza ígnea y que era para los primeros griegos una chispa divina. Por supuesto, esta idea estaba ya en las tradiciones aryas anteriores. En los *Vedas, Bhrigú,* el dios del relámpago, ¿no es asimismo un creador? Y su hijo *Kiavana,* cuyo nombre expresa la idea del rayo caído sobre la tierra, ¿no llegaba a ser el antecesor de toda la raza humana casándose con la hija de *Manú?*

Los principales centros del culto a Hefaistos fueron la región del Olimpos, en Licia, Lemnos, Atenas y las islas Lipari. Los textos mencionan un templo y un culto muy activo en Olimpos. Hefaistos aparece en las monedas de esta ciudad. Y lo mismo en Karia, donde era adorado en más de cincuenta ciudades. Pero sobre las ceremonias de este culto no se sabe gran cosa. En Magnesia de Meandros se celebraban grandes procesiones. En Efesos, una inscripción del siglo II d. d. J. menciona Misterios. Lemnos tuvo mucha importancia también en lo que al culto a Hefaistos respecta. No en vano le hace caer en esta isla el primer canto de la *Ilíada*. En la *Odisea*, Demodokos, el aedo, llama a Lemnos «la tierra más amada por Hefaistos entre todas las tierras». Según los textos, la isla entera estaba consagrada al dios. Una ciudad incluso llevaba su nombre: Hefaistia. En Atenas, el culto a Hefaistos no parece anterior al siglo VII. Su templo se levantaba, según Pausanias, en la ciudad baja de la plaza de la Cerámica *(Kerameikos)*. En su honor se celebraban las *Chalkeia* (fiesta de las fraguas) y las *Hejasteia*. En el resto de Grecia su culto tuvo poco desarrollo.

Los escultores griegos, para representar a Hefaistos, adoptaron el tipo ofrecido por el antropomorfismo homérico, que le describía como un hombre robusto, en todo el apogeo de la virilidad, bien barbado, musculoso. La cojera la suprimían; aunque, a creer a Cicerón[317], en ciertas estatuas, como, por ejemplo, en una de Alkamenes, el escultor ateniense, se evidenciase, sin por ello hacer desmerecer al dios, el defecto que le aquejaba. En general, era representado como un obrero: bonete puntiagudo, el *exomis* de los trabajadores (túnica corta, caída por el lado derecho de modo a dejar ver el hombro, el brazo y parte del pecho) y en las manos, en una, la izquierda, unas tenazas; en la otra, un martillo.

VULCANO

Vulcanus era el dios romano que con el tiempo fue asimilado al Hefaistos griego, pero que, en un principio, era una divinidad latina que, aunque con ciertos puntos de contacto con el dios forjador griego, nada debía a la influencia *de éste. Según* Carcopino[318], «no era ni un dios secundario ni un símbolo, sino la fuerza superior que presidía los destinos nacientes de la ciudad nueva». Vulcano tenía su sacerdote especial *(flamen Volcanalis)*, en nada inferior a los flamines de Júpiter y Marte, instituido,

---

[317] *De Nat. Deo,* I, 30; Valerio Máximo, VIII, 11.
[318] *Virgile et les origines d'Ostie.*

según Ennius, por el rey pontífice Numa Pompilius; y un culto, asimismo, que le era propio.

La mitología clásica representaba a Vulcano fabricando el rayo de Júpiter; pero el Vulcano primitivo había tenido el privilegio de lanzarle y hasta había sido su personificación como dios del fuego. Summanus, otro dios encarnación también del fuego celeste, dios arcaico, según Ovidio, no era sino otro epíteto de la misma divinidad: el rayo[319]. Summanus era la encarnación del rayo nocturno. Vulcanus, la del diurno.

Asimismo, la mitología clásica atribuía a Vulcano la construcción del carro del Sol; pero primitivamente era el Sol mismo. Paulino de Nole cuenta que el día de la *Vulcanalia* había costumbre de extender toda la ropa doméstica al sol. Así como el Apolo más antiguo era hijo no de Júpiter, sino de Vulcano.

Vulcano era también una divinidad del agua, y especialmente la encarnación del Tíber, río que regaba el Latium. Además, el Vulcano latino no tenía por esposa a Venus, sino a una divinidad latina, como él, Maia, encarnación de la Tierra Madre *y* asimilada también a la Buena Diosa *(Bona Dea),* diosa socorredora y alimentadora (se le ofrecía, como sacrificio, una cerda preñada), con la cual tuvo Vulcano una numerosa descendencia, entre ella y principalmente a los dioses Lares[320].

---

[319] Es indudable que los fenómenos naturales, ora celestes, tales que el rayo, el relámpago, el trueno y las tormentas, en general, ora terrestres, como terremotos y volcanes, fueron origen, a causa del miedo a lo irremediable, de las primeras divinidades. ¿Qué podía hacer el hombre ante los terribles fenómenos, cuya causa no comprendía, sino atribuirlos a seres infinitamente poderosos, y al mismo tiempo misteriosos, e hincarse de rodillas? El hacerlo ante los dioses benéficos vendría más tarde.

[320] La *Maia* latina, personificación del despertar de la Naturaleza en primavera, y cuya fiesta se celebra en mayo, mes al que tal vez había dado nombre, nada tiene que ver con la ninfa griega madre de *Hermes,* bien que más tarde fuesen identificadas, como lo fue el propio Hermes con *Mercurio* y *Vulcano* con *Hefaistos.*— Los *Lares* eran unas divinidades muy complejas: divinidades agrícolas, divinidades protectoras del hogar, divinidades guardianes de las puertas y de las almas divinizadas de los muertos. El documento más antiguo en el que figura el nombre de Lares es un canto de los hermanos *Arvales* (colegio de sacerdotes romanos encargados del culto a una divinidad agrícola llamada *Dea Dia*). Catón aconsejaba a los labradores que los implorasen. Tíbulo los llama *custodes agri.* Cicerón dice que hay que honrar a los Lares en medio de los campos, en los bosques sagrados y a la puerta de las alquerías. Una de sus fiestas principales eran las *Campitalia,* en las que se veneraba a los Lares protectores de los cruces de caminos. Como protectores del hogar, velaban por la salud, la

En fin, como Iahvé para el pueblo judío y como Teutates para los galos, Vulcano era para los romanos el dios nacional que conducía los soldados durante la guerra y quien les concedía la victoria. Fue, antes que Marte, el dios romano de los conflictos armados, y cuando éste apareció como el dios bélico, no hizo sino arrogarse las funciones de Vulcano, relativas a la guerra.

Posteriormente aún, el Vulcano clásico se identificó con el dios llamado *Mulciber,* dios útil, representación del fuego benéfico que alimentaba las industrias humanas y que al mismo tiempo era el herrero divino. Era también el dios de los incendios: podía tanto desencadenarlos como extinguirlos. Por todo ello se le asociaba a Veta. La pareja Vesta-Vulcano fue admitida en el panteón oficial romano. Pero ya aquí la influencia griega era evidente.

Además de en Roma, Vulcano fue honrado en Etruria, en las islas meridionales y, muy particularmente en Ostia. En Roma, el altar a Vulcano (el *Vulcanal)* se levantaba en el Forum. Su fiesta, la *Vulcanalia,* se celebraba el 27 de agosto. En Etruria el culto a Vulcano se dirigía especialmente a la divinidad del fuego, al dios herrero *Sethlans,* equivalente al Hefaistos griego. En el Sur, en las islas Lípari y en Sicilia, a Hefaistos mismo, que habitaba en las profundidades del Etna y del Stromboli y que, ayudado por los Cíclopes, fabricaba rayos para Zeus. En Ostia, por el contrario, era el dios primitivo latino al que celebraban en toda su gloria. El jefe de su culto era el *pontifex* por excelencia. Sus fiestas, los *Ludí Castores* (fiestas en honor de los Dioskuroi: Kastor y Poludeikes; se asociaba el nombre de Vulcano al de los Dioscuros por asimilación de éstos con los Lares, hijos de Vulcano y de Maia), figuraron hasta fines del Imperio en los fastos de la religión romana. En las provincias, fue sobre todo en la Galia donde Vulcano fue honrado; y ello a

---

fortuna y la prosperidad de la familia. En esto tenían cierta semejanza con *Vesta,* a causa de ser, como ella, divinidades del fuego doméstico. En este sentido, la palabra Lares era empleada en singular, puesto que para cada casa había un solo *Lar,* mientras que los *Penates* (divinidades también de la casa y del hogar) eran, por lo menos, dos. Los *Lares praestites,* dos también siempre, eran los guardianes de las puertas. A causa de ello llegaron a ser divinidades públicas: guardianes de las ciudades, puesto que guardaban sus entradas. En fin: así como Lares y Penates acabaron por confundirse, lo mismo ocurrió con Lares y *Manes* al darles por madre a *Manía.* Pero ello fue debido a la influencia griega. Es decir, cosa reciente, pues antes eran perfectamente distintos. Las fiestas de los Manes (en honor de los difuntos deificados) tenían carácter fúnebre, mientras que las de los Lares se distinguían por su alegría y animación.

causa de que los primitivos galos tenían ellos también un dios del fuego que fue asimilado al de los conquistadores.

La iconografía romana de Vulcano, sobre ser escasa, las representaciones que quedan se identifican, por lo general, con el Hefaistos griego, es decir, con el dios forjador.

HESTIA

Hestia, como su propio nombre indica[321], era la diosa del hogar, del que era la personificación. Según Hesiodos[322], Hestia era la primera de los seis

---

[321] La palabra *hestia* (εστια) designaba el *hogar*. Pero el hogar en sentido religioso, pues el hogar corriente, el sitio donde se encendía el fuego para los usos domésticos, era llamado *eschara* o *eschare*. Aquél era, por consiguiente, la parte íntima de la casa en la que estaba el altar de los dioses domésticos. De aquí pasó a significar la casa misma, la morada, el hogar. Luego el corazón, el hogar de un país; su ciudad principal, su capital. A causa de su significación de altar llegó a tener también la de santuario público, lugar de refugio de los suplicantes, y en los Consejos, el altar del Consejo. Tomada la palabra literalmente, era el hogar (el fuego) del centro de la Tierra. Es decir: para los griegos, el altar situado en el santuario de Delfos, que, según ellos, era el centro no solamente de Grecia, sino del Mundo. El *omfalos,* el ombligo del Mundo, pues dos águilas lanzadas por Zeus desde los extremos de la Tierra, una desde Oriente y la otra desde Occidente, habíanse encontrado allí, en Delfos (Aischilos, *Choeforoi,* v. 1-030 y sig.). Pues bien: Hestia llegó a ser la divinidad de todo lo anterior. Al transformarse «hestia» (el hogar) en una entidad divina, el centro sagrado en torno al cual se agrupaba la familia llegó a ser la residencia de Hestia, y ella, «que residía en el centro de la habitación» (pues el hogar sagrado estaba exactamente en el centro de la sala), la primera divinidad de la familia, y por ello, la que había enseñado a los hombres a construir las casas y la que les procuraba todos los beneficios de la vida doméstica. Pero como en Grecia la ciudad no era sino la imagen en grande de la familia, en cada ciudad había un hogar común, donde era mantenido un fuego perpetuo en honor de la diosa. Este fuego del hogar sagrado de la patria era el que se llevaba en las expediciones guerreras y en el que los emigrantes venían a encender la llama destinada a ser llevada a las moradas de la nueva colonia que habían fundado. En el santuario de *Apolo* délfico había, además, un altar consagrado a *Hestia,* que era objeto de una veneración singular a causa de ser considerado como el *hogar común (kioné hestia)* de Grecia y del Mundo. Este altar estaba en el centro mismo del santuario, indicando con ello la antigua creencia según la cual la Tierra tenía la forma no de una esfera (a esto sólo se llegó más tarde), sino de un disco en el que había un fuego central. Homeros y Hesiodos, como un disco la consideraban; disco cuya circunferencia estaba rodeada por el río *Okeanos,* y el todo, recubierto por la bóveda celeste. Pues bien,

hijos que tuvieron Kronos y Rea, y por consiguiente, hermana de Demeter, Hera, Haides, Poseidón y Zeus[323]. Y si bien su figura simbólica fue menos precisa que la de sus hermanos, su influencia fue ensanchándose poco a poco, pues a partir del humo de los sacrificios familiares[324], que unía la tierra con el cielo y del fuego del hogar doméstico, llegó a ser o a representar el fuego central de la Tierra y la Tierra misma. Y no solamente la Tierra, que poseía en su centro el fuego, manantial de vida, sino la Tierra considerada teniendo en cuenta el lugar que ocupa, como astro, en el seno del Universo[325]. El trono de Hestia era el «sitio central del Cosmos», y este sitio era inmutable. «Hestia, dice Platón en el *Faidros,* permanece sola, en reposo, en la morada de los dioses». Era, pues, considerada como la Tierra colocada en el centro del Mundo, en el que

---

este fuego central, principio de toda vida terrestre, no era otra cosa sino Hestia. En vista de ello, se comprende que esta divinidad fuese confundida, como ocurrió, con la Tierra misma.

[322] Antes de Hesiodos, en la poesía homérica, *Hestia* era desconocida como divinidad.

[323] En la *Teogonía* se designa a *Hestia* como la primera de los hijos de *Kronos* y *Rea* (v. 453). Más tarde, los poetas la celebraban como la primera nacida *(prota),* como la más antigua *(presbeira)* de las divinidades, y los usos del culto y de la vida helénica no cesaron de testimoniar la primacía que le estaba asignada en la jerarquía de los seres divinos. En Olimpia, su altar era el primero en el que se sacrificaba, a creer a Pausanias. La locución proverbial *af Hestias* recuerda que Hestia recibía las primicias de todos los sacrificios y que en los festines la primera libación se hacía siempre en su honor. A causa de ser la primogénita, ocupaba un rango superior a sus hermanos y tenía el derecho de presidir a las grandes divinidades.

[324] En las casas primitivas de Grecia, el hogar, además de servir para las necesidades diarias de la vida, era el altar en el que se hacían los sacrificios a las divinidades domésticas. Era, pues, un lugar sagrado. Y, por consiguiente, ocupaba el mismo lugar exactamente que el fuego en el altar, es decir, que estaba colocado en el centro de la casa, sitio o habitación cuyo techo estaba agujereado para que pudiese escapar el humo. Cuando el hogar, *hestia,* se transformó en una persona divina, el centro sagrado en torno al cual se agrupaba la familia se tornó residencia de Hestia, que, a causa de tener su trono en medio de la casa, llegó a ser la primera divinidad de la familia.

[325] A causa de ello, el que a veces *Hestia* fuese confundida con *Gaia*, es decir, con la *Tierra,* bien que esta Gaia representase la tierra como elemento cosmogónico, es decir, como elemento natural distinto del agua y del aire, y también con *Rea,* que, como madre de los dioses y divinidad generadora por excelencia, y por ello con la tierra, fuente de toda vida y asiento de toda generación, era también comparada a veces.

permanecía estable e inmóvil, mientras que los otros cuerpos celestes cumplían sus revoluciones. Esta inmovilidad originó la falta de acción de Hestia, y consecuentemente su pobreza de leyendas. A causa de ello acabó por ser más bien una divinidad abstracta: la Idea del hogar, de preferencia a una diosa, sobre todo a una diosa viva y actuante. Y ello mismo explica el mito de su virginidad. Apolo y Poseidón, por supuesto, la habían cortejado, pero ella obtuvo de Zeus el don de conservar su pureza. Zeus la había concedido, además, honores excepcionales: el de recibir culto en todas las casas de los hombres y en los templos de todos los dioses[326].

Aunque divinidad menos precisa que las otras, su culto, en efecto, manteníase vivo en todas las casas y en todas las ciudades griegas. Allí donde había un hogar y un fuego sagrado, allí estaba Hestia y allí era honrada. Cuando los emigrantes partían a fundar una colonia llevaban con ellos una parcela del hogar de la ciudad que sería siempre su primitiva madre, su metrópoli: en aquella parcela iba Hestia. En el hogar común, que era el Pritaneión[327] de Atenas, allí estaba Hestia. En Delfos, hogar común no ya del Ática, sino de toda la Grecia, lo mismo. Tras Plataia[328], a este hogar de Delfos, que era el hogar sagrado por excelencia de todos los griegos, fueron a por fuego los helenos para encender sus hogares privados, apagados antes de huir a la llegada de los persas. En una palabra,

---

[326] Si era una diosa virgen, decía la explicación simbólica, no era tan sólo porque el fuego es el elemento puro por excelencia, sino porque la Tierra, en virtud de su estabilidad, no entraba en comunicación con los elementos movibles del Cielo. *Apolo,* el Sol, que la contemplaba amorosamente durante todo el día, jamás podía unirse con ella: condenado a recorrer sin cesar la bóveda celeste, acercábase cada día a *Hestia,* mas sin poder alcanzarla, puesto que acababa por hundirse en el Océano. Asimismo, *Poseidón,* que amaba a Hestia y la acariciaba con sus olas, cuanto hacía era rozar apenas su cuerpo divino, pues le estaba prohibido penetrar hasta el seno de la tierra, donde residía la diosa.

[327] El *Pritaneión* era un edificio público de las ciudades griegas destinado a contener el hogar sagrado y a alimentar a los embajadores, huéspedes públicos y pensionistas del Estado. Como esto se consideraba como un honor excepcional, *Sókrates,* durante su proceso, burlándose de los que le acusaban injustamente, decía que el castigo que merecía por lo que había hecho por los atenienses era ser alimentado en el Pritaneión. (V. mi trad. de la *Apología* de Platón, que refiere este famosísimo proceso.)

[328] Plataia (traducida caprichosamente, como tantos otros nombres griegos, por Platea), ciudad de Boiotia (comarca de Grecia central llamada corrientemente Beocia), en la vertiente septentrional del Kitairón, donde, el año 479 a. de T., Pausanias y Aristeides vencieron a los persas. Donde estaba la antigua ciudad se levanta hoy la aldea de Palaeo-Castro.

la figura de Hestia fue creciendo sucesivamente como esos círculos que forma el agua tranquila cuando se arroja una piedra en ella. Mediante una serie de concepciones cuya amplitud se fue ensanchando sucesivamente, fue, a partir del fuego colocado en el centro del altar doméstico, el hogar colocado en el centro de la morada, el de la ciudad, el de toda la Grecia, el fuego central de la Tierra, y la Tierra misma, hogar fijo e inmutable del Universo.

Como su personalidad mitológica se desarrolló tarde, su representación artística apareció también tarde. Los textos antiguos hablan de una estatua suya en el Pritaneión de Atenas; otra en Olimpia, obra de Glaukos de Argos; otra en Paros, estatua tan hermosa que, según cuenta Pausanias (I, 18, 3), Tiberio la hizo transportar a Roma, donde la consagró en el templo de la Concordia. En fin, se sabe de una célebre escultura de Skopas. Sentada o de pie, siempre se la representaba en completa inmovilidad, tal cual se la concebía. La mejor reproducción de Hestia que ha llegado hasta nosotros es la del palacio Justiniano de Roma, probablemente de origen griego. Esté de pie; es una severa matrona vestida sencillamente con una túnica que la cae hasta los pies formando pliegues iguales. La cabeza, el pecho y la espalda, cubiertos con un velo. El cabello, sin adornos. El rostro, severo. El brazo derecho, cayendo a lo largo del cuerpo y un poco hacia atrás; el izquierdo, con la mano a la altura de la cabeza, señalando al cielo. Toda ella serena, tranquila, grave, dignamente religiosa.

VESTA

La Vesta latina es una diosa que tiene los mismos caracteres y hasta el mismo nombre *(Hestia,* Vesta) que la diosa griega, a la que equivalía en Roma. Empezando porque en esta ciudad Vesta tenía la misma jerarquía de hogares que Hestia en Grecia: cada casa poseía el suyo, y luego, la ciudad y el Imperio. Catón recomendaba mantener el hogar doméstico limpio, dar una vuelta por él cada noche antes de acostarse y llevar a Vesta una corona de flores tres veces al mes: en las calendas, en las nonas y en los idus[329]. Como por sobre todos los hogares privados estaba el de la ciudad, tras la fundación del Imperio, el hogar del emperador adquirió el

---

[329] *Calendas,* primer día del mes en el calendario romano; *nonas,* fecha inicial de la segunda parte del mes, correspondía al séptimo día de cada mes en marzo, mayo, julio y octubre, y al quinto en los otros meses; *idus,* fecha inicial de la tercera parte del mes, ocho días después de las nonas, es decir, el 15 en unos meses y el 13 en otros.

valor de una religión dinástica. Los ministros de Vesta eran las Vestales[330], dirigidas por el flamine[331] de Júpiter y por el gran Pontífice[332]. El culto de

[330] El colegio de las *Vestales* (sacerdotisas de *Vesta*) pasaba por anterior a Roma misma, puesto que se decía que *Rhea Silvia,* madre de Romulus y de Remus, fundadores de Roma (según la leyenda que incluso deificó al primero), había sido ya vestal. En todo caso, el colegio decíase haber sido organizado por Numa Pompilius, el segundo rey. Al principio tuvo cuatro sacerdotisas; luego, seis, y finalmente, siete. Las condiciones exigidas para entrar eran rigurosísimas. La joven elegida debía tener entre seis y diez años, ser sana de cuerpo, sin taras físicas y nacida de parientes unidos por *confarreatio* (es decir patricios). Se elegía a suertes entre veinte jóvenes propuestas por el Gran Pontífice. Una vez dentro recibían una educación especial y permanecían treinta años al servicio de la diosa. Luego quedaban libres y podían, si querían, casarse. Pero durante su sacerdocio se les exigía, bajo pena de ser enterradas vivas, la castidad más absoluta. En cambio de ello gozaban de grandes privilegios, además de dirigir el culto de la diosa y de fabricar el bollo salado llamado *mola salsa.* Entre sus atribuciones, pues, como digo, gozaban de inmenso prestigio, estaba la de graciar a los condenados a muerte a los que encontraban a su paso; como podían testimoniar en juicio sin prestar juramento, escapar a la autoridad paternal y disponer enteramente de su fortuna. Parece ser que en diez siglos tan sólo hubo un número reducidísimo de casos en que algunas vestales faltaron a la castidad exigida; de doce a veinte, según se decía.

[331] Los flamines *(flamen* o *flamine)* eran sacerdotes especiales adscritos a un servicio divino. El flaminato era un sacerdocio individual en oposición a los sacerdocios colegiados. La etimología de la palabra es dudosa. Tal vez procediese de *fiare,* soplar; y entonces, el flamine sería el sacerdote que soplaba el fuego del altar para encenderle.

[332] Los Pontífices pertenecían a un colegio de sacerdotes romanos encargados de la vigilancia de la religión. Religión, por supuesto, que en Roma tenía más carácter práctico que sentimental. Y como consistía en una serie de ritos y de reglas, los Pontífices velaban por su exacta ejecución y por su adaptación perfecta a las diversas circunstancias de la vida. Cicerón, Ploutarchos y Tito Livio atribuyen la fundación del colegio a Numa. Fueron tres; luego, cuatro o cinco. En un principio, la presidencia correspondía a un rey. Luego, cuando la realeza cayó, el Gran Pontífice *(Pontifex Maximus)* llegó a ser un magistrado nombrado de por vida, y hasta el siglo III a. d. J., elegido libremente por sus colegas. A partir del siglo I era el pueblo el que los nombraba. El Imperio los puso, como todo, bajo su potestad. Los Pontífices Máximos eran todopoderosos en cuestiones de religión. No solamente sobre sus compañeros, sino que ellos eran los que mandaban, nombraban, dirigían y vigilaban a sacerdotes, flamines, vestales y cuanto se relacionaba con los infinitos cultos.

Vesta fue mantenido en una atmósfera de perfecta pureza. Subsistió frente a la religión cristiana hasta fines del siglo IV.

Los santuarios de Vesta, como los de Hestia en Grecia, solían ser edificados en forma de rotonda (planta circular). El de esta diosa, en Roma, estaba en el Forum, próximo a la Regia[333]. Se le decía construido por Numa[334]. «Numa, dice Ploutarchos, le dio forma redonda con objeto de imitar, no la forma de la Tierra, cual si ésta fuese designada por Vesta, sino la del Universo, cuyo centro, según los pitagóricos, está ocupado por el fuego que ellos llaman Vesta (Hestia) y la unidad».

La iconografía de Vesta era la misma que la de su homologa la diosa griega.

ARES

Ares era, en la mitología griega, el dios de la guerra por excelencia. Si, como hemos visto, la mayor parte de las grandes divinidades del panteón griego se distinguen por su carácter batallador, vengativo y pendenciero, como producto que eran de la fantasía de un pueblo que durante siglos vivió entre guerras y reyertas (lo que no le impidió por supuesto, realizar

---

[333] La Regia era el centro religioso de Roma durante todo el período republicano. En ella estaba establecida la administración del colegio de los Pontífices y donde residía el Pontífice Máximo. Los Arvales reuníanse también allí. Era un vasto edificio que se levantaba en el Forum, cuya construcción era atribuida a Numa. En sus muros estaban grabados los fastos consulares y los fastos triunfales (documentos capitales de la historia de Roma). En el interior de la Regia había dos santuarios muy antiguos, uno dedicado a *Marte* y el otro a *Ops Consiva*. En éste, tan sólo las Vestales y el Gran Pontífice tenían derecho a entrar. Esta Ops era una divinidad mitológica, originaria de Sabina. Expresaba la idea de abundancia y particularmente de fecundidad agrícola. Era honrada, ora sola, ora asociada a *Consus;* uno de los dioses más antiguos de Roma, divinidad, sin duda agraria, pero que también pasaba por dios de la muerte. Sus fiestas se celebraban dos veces por año: el 15 de diciembre (decimoctavo día de las calendas de enero), luego de acabada la sementera, y la otra, acabada la recolección, el día 21 de agosto (duodécimo día de las calendas de septiembre). Del culto a Ops se sabe poco. Sus fiestas, las *Opiconsiva,* se celebraban el 25 de agosto (tras la recogida de las cosechas); las *Opalia,* el 19 de diciembre, luego de la sementera de otoño. Ops no fue representada sino en las monedas: sentada en un tronco, tenía en la mano un cetro, un globo o bien unas espigas.

[334] Numa Pompilius fue el segundo rey (legendario) de Roma. Se le atribuye, naturalmente, la organización de muchas instituciones, tanto civiles como religiosas.

sus mejores hazañas en letras, filosofía y artes) y con las armas en la mano. El propio Zeus no consiguió imponerse sino tras cruentas luchas, como sabemos; los otros grandes dioses y diosas, salvo Vesta, no se detenían tampoco ante cualquier atrocidad con tal de llevar a cabo un capricho o una venganza; no obstante, el carácter de todos ellos era, como el de los hombres que le habían dado vida y alma, una mezcla de pasiones perniciosas las unas, generosas y nobles las otras. Mientras que Ares no. Ares, ya en Homeros y en Hesiodos, es simplemente el dios de la guerra. Y el dios de la guerra en lo que ésta tiene de bestial, de implacable, de feroz, de inhumano[335]. Guerrero ante todo y sobre todo, no solamente su nombre era sinónimo de la intrepidez belicosa, sino del valor ciego, del atrevimiento insensato[336]. Empezaba porque si bien nacido en los espacios celestes, había escogido por morada en la Tierra la región, a juicio de los griegos, más ruda, agreste y fría del Mundo: la Trake (Tracia), región al norte de Grecia de donde venían escarchas y tormentas[337]; país habitado por tribus belicosas y de bárbaras costumbres. Es decir, en armonía con Ares, que era un dios violento, bestial, ávido de sangre, que no respiraba sino la matanza y el asesinato y que ora a pie y armado hasta los ojos

---

[335] El breve himno homérico, en el cual *Ares* es invocado como una potencia cósmica y planetaria, ha sido considerado como un fragmento de la literatura órfica posterior. Otros textos, poco numerosos, que le representan como dios solar, no pasan de ser pasatiempos mitológicos de los que fueron inventores Onomákritos, el poeta y adivino ateniense, y sus sucesores; pues, lo repito, si los demás dioses se nos ofrecen con frecuencia batalladores, es, ora movidos por la necesidad de defenderse, ora por defender a pueblos o a héroes a los que protegen, bien impulsados por un sentimiento de rencor o de venganza. Mientras que Ares combate simplemente porque su elemento, su gusto, su inclinación, es la guerra y tan sólo la guerra, sin que la amistad ni otro motivo particular intervengan en su manera de obrar.

[336] En efecto, ares(ἄρης) quiere decir guerra, carnicería, matanza, mortandad, humo guerrero, asesinato, homicidio, muerte por lapidación, herida mortal. Según los mitólogos, *Ares* era la personificación de la tormenta. Si hijo de *Zeus,* también lo era de *Hera,* diosa de carácter disputador, vengativa, implacable, a quien Zeus mismo «apenas podía dominar», pese a ser el padre de hombres y dioses, como dice Homeros al final del capítulo V de la *Ilíada;* y por todo ello, la diosa que personificaba las perturbaciones atmosféricas. Y Ares había heredado sus cualidades implacables y violentas.

[337] Posteriormente se llamó Trakia a la comarca de Europa y Asia comprendida entre la Prepóntide y el mar Aigeus (Egeo); pero en un principio se designaba con este nombre la región norte de Grecia, región más conocida, que separaba a los griegos del, por el contrario, delicioso y soñado país de los hiperbóreos.

(casco, coraza, escudo, espada, lanza), ora montado en un carro cuyos corceles le llevaban de un sitio a otro con impetuosa rapidez, su intervención en los combates iba acompañada de terrible estrépito, siendo su paso y su presencia sinónimo de destrucción y de muerte[338]. A causa de ello era objeto de espanto para los hombres y de aversión hasta para los dioses, sobre todo para las divinidades solares como Zeus, Atena y Apolo[339].

He aquí por qué aunque Ares formaba parte de los doce grandes dioses, nunca tuvo en Grecia, ni en lo que al culto afectaba, ni en las creencias, el rango que Marte ocupó en el panteón romano, pues no era ni el dios protector de una raza ni siquiera de una ciudad. Y aunque en la *Ilíada,* poema de guerra, ocupa el lugar que lógicamente le corresponde como señor de ella, diríase que el natural feroz y violento que por ello mismo le caracterizaba, repelía a un pueblo que pronto estuvo más inclinado a los trabajos del pensamiento y a las agitaciones y turbulencias del ágora[340] que a los conflictos de pura fuerza y a los combates sangrientos.

---

[338] Los epítetos que se solían aplicar a *Ares* eran adecuados a su manera bestial y sanguinaria de ser. Véanse algunos: *pelorios* (de un grosor o tamaño enorme; extraordinario, prodigioso, monstruoso) se le aplicaba para indicar su estatura colosal. Cuando cae herido por la piedra que le lanza Atena *(Ilíada,* XXI, v. 407), cubre con su cuerpo enorme siete yugadas de tierra. *Karterocheir* (el de las fuertes manos, el de las manos poderosas) da idea de su fuerza muscular. *Toos* (rápido, pronto, ágil, hablando de combatientes) y *Oxus* (agudo, cortante, penetrante) indican su rapidez incontenible e impetuosa. *Mainomenos* (poseído de furor asesino) era aplicado a su crueldad sanguinaria, y lo mismo *Miaiforos* (homicida, asesino) y *atos polemoi* (insaciable de guerra).

[339] «¡Pérfido! Me eres más odioso que ninguno otro de los moradores del Olimpos. No te complaces sino en riñas, luchas y peleas, y tienes el espíritu soberbio, que nunca cede, de tu madre *Hera.»* Le dice *Zeus (Ilíada,* V. v. 890 y sig.). En realidad, para *Ares* no había ni amigos ni enemigos. No había sino lucha, guerra, muerte. Por ello era designado frecuentemente con el epíteto de *Enialios* (el Belicoso), epíteto que recordaba, por una parte, a Enio; por otra, el grito de *alalé, alalá,* que lanzaban los guerreros al correr al combate, *Enio* era la diosa de la guerra, que le acompañaba siempre (pasaba por ser su hija o su hermana; hasta su madre, según ciertas tradiciones) y a la que representaban ensangrentada y en actitudes violentas. Enio fue identificada en Roma con *Belona* (Bellone), la diosa romana de los combates guerreros. En su templo, situado en el extremo del Campo de Marte, recibía el Senado a los generales vencedores y a los embajadores extranjeros.

[340] El *ágora* era la plaza pública principal de las ciudades griegas. En realidad y más exactamente, pues esta significación sólo la adquirió tardíamente, el barrio

Ares, además de por Enio la diosa de la guerra, iba siempre acompañado de Deimos (el Espanto), y de Fobos (el Terror), ambos hijos suyos; de Eris (la Discordia), y de una multitud de demonios que le servían de escuderos, caballerizos y servidores. Y es curioso observar que, pese a ser el dios de luchas y batallas, en la mayor parte de sus mitos, mitos guerreros, naturalmente, era siempre vencido. Por lo menos en las luchas que sostuvo contra las divinidades brillantes[341]. Le venció Atena[342], le venció Heraldos[343], le vencieron los Alodai[344], en fin, hasta hombres, por ejemplo, Diomedes, claro que apoyado por Atena, quien sobre infundirle los ánimos necesarios para que no le acobardase la imponente presencia del dios, invisible como se hallaba ella a causa de ir tocada con el casco de Haides, sobre desviar los golpes que Ares dirigió al héroe, guió, por el contrario, los de éste, que al fin consiguió herir a su potente enemigo[345]. Asimismo cuando Pentesileia, la amazona hija del belicoso dios, es muerta delante de Troya por Aquiles, y Ares, furioso, corre

---

comercial, emplazado por lo general en el centro de la ciudad y cuyas calles concurrían todas a la plaza central.

[341] En todas las mitologías aryas, los dioses que oscurecen el cielo, y *Ares* era el dios de la tormenta por excelencia, son considerados como enemigos de las divinidades del cielo brillante. Por ello, sobre no amar mucho *Zeus* a Ares, pese a ser su hijo, éste tenía sobre todo como enemiga a Atena, la diosa que simbolizaba el relámpago; diosa en lucha siempre contra los dioses o demonios (ambas palabras son sinónimas en griego) de la tempestad. He aquí por qué vemos que en la *Ilíada,* por ejemplo, ora arma el brazo de Diómedes contra Ares y le evita, por el contrario, los golpes del dios; ora combate ella misma con él y le vence. Asimismo, en *El Escudo de Herakles,* cuando Ares sustituye a *Kiknos,* su hijo, muerto por el héroe, Atena desvía los golpes del dios para que no toquen a *Herakles,* y, en cambio, guía los del hijo de Alkmene, que acaba por herir a Ares, que tiene que salir huyendo. Este Kiknos, hijo de Ares y de *Pelopia,* era descrito como hombre violento y sanguinario, como un bandido que detenía a los viajeros, los mataba y ofrecía los despojos a su padre en holocausto. Se encarnizaba, sobre todo, con los peregrinos que iban a Delfos. Esto atrajo sobre él la cólera de Apolo, que lanzó contra él a Herakles para que le diese muerte.

[342] *Ilíada,* XXI, v. 400 y siguientes (V. mi trad. en nuestra «Colección La Crítica Literaria»).

[343] *Herakles,* dos veces, una en Pilos, donde incluso le despojó de sus armas: la otra, en Tessalia, cuando *Ares* intentó vengar a *Kiknos,* muerto por el Héroe.

[344] *Otos y Efialtes* (V. n. 79), que le encerraron en una tinaja de bronce y en ella le tuvieron tres meses, hasta que le libertó *Hermes.*

[345] *Ilíada,* V. v. 846 y sig.

dispuesto a vengarla, Zeus le manifiesta su enojo y su voluntad de que no lo haga, lanzando un rayo a sus pies.

A otro acto de violencia de Ares va unido el nombre del Arcópago[346], tribunal encargado de juzgar los crímenes, especialmente los religiosos. Al pie de una colina próxima a Atenas había un manantial. Junto a él, un día, Ares sorprendió a Halirrotios, hijo de Poseidón y de la ninfa Eurife, tratando de violar a Alkippe, la hija que él había tenido con Aglarios. Lleno de cólera se lanzó contra Halirrotios y le mató. Entonces Poseidón le hizo comparecer ante un tribunal formado por los grandes dioses, que se reunieron en la propia colina donde había sido cometido el asesinato. Ares fue absuelto. La colina recibió su nombre.

La leyenda atribuye a Ares muchas aventuras amorosas. La más célebre era la ya referida (al tratar de Hefaistos) a propósito de sus amores con Afrodite, esposa del Herreno divino. Como se sabe, éste preparó en torno al lecho donde le engañaban una sutilísima red que los encadenó e inmovilizó. Y de este modo los entregó al regocijo de los demás dioses. Con mujeres mortales tuvo también numerosos devaneos. Por supuesto, no tan devaneos, ya que el resultado fueron una porción de hijos. Las mujeres han gustado en todo tiempo de los hombres brutales y guerreros. Muchas han visto siempre en la brutalidad una prueba más de virilidad. Los vástagos que tuvo Ares con sus amantes terrestres fueron todos violentos, inhospitalarios, bandidos que gustaban entregarse a actos de violencia y de crueldad. A Kiknos ya le hemos visto (n. 341); su hermano Diomedes, el rey de Trakia, era el que se complacía en criar yeguas con carne cruda (la de los desdichados extranjeros que caían en sus manos) (n. 278); el tercero de los hermanos, Likaón, también fue muerto por Herakles. Se atribuía asimismo a Ares la paternidad de Meleagros, y de Drías, que participaron en la caza del jabalí de Kalidón. En fin, decíase, igualmente, que Ares había dado a su hijo Oinomaos las armas y medios con las que mataba a todos los pretendientes a la mano de Hippodameia, su hija[347].

---

[346] *Areios pagos,* la colina de *Ares,* es decir, la colina de la muerte o del homicidio, porque en ella habían establecido el tribunal que entendía en los asuntos de crímenes; y *Areópago,* el tribunal que actuaba en dicha colina.

[347] *Oinomaos* era un rey de Pisa (Elide), hijo de *Ares* y de *Harpinna,* hija, a su vez, del dios-río Asopos (se le atribuían otros progenitores). Este Oinomaos tuvo a su vez una hija, *Hippodameia,* que tuvo muchos pretendientes no sólo por princesa, sino por hermosa. Pero su padre (decíase, ora que él mismo estaba enamorado de ella, bien que un oráculo le había predicho que moriría a manos de su yerno) exigía a cuantos querían casarse con Hippodameia que le venciesen a él conduciendo un carro. Como Oinomaos tenía un carro tirado por caballos divinos,

En Grecia, el centro más antiguo del culto a Ares fue Boiotia. De aquí pasó a Atenas. En el Peloponeso tuvo poca importancia, pese a ser este pueblo esencialmente bárbaro y guerrero, a causa, sin duda, de los Dioskouroi, adorados con el mismo carácter. En cambio, figura en las monedas de Argos, lo que prueba que allí era celebrado. En Lakonia, pese al carácter guerrero de los naturales de esta comarca, no parece que tenía templo. Se le sacrificaban perros (el perro y el buitre le estaban consagrados) y en algunos sitios hasta seres humanos.

Según el escoliasta de Eurípides, existía una antigua costumbre según la cual en el momento de entrar en campaña, los ejércitos enemigos avanzaban precedidos de portadores de fuego *(pirforoi)* que lanzaban en el espacio libre que separaba los ejércitos que iban a encontrarse una antorcha encendida. Acto que constituía la declaración de guerra. Estos «pirforoi», sacerdotes de Ares, eran inviolables. El rito recuerda, en cierto modo, a los Feciales romanos *(Fetialis),* colegio de 20 miembros a la vez magistrados y sacerdotes (verdaderos heraldos de guerra) que, en caso de conflicto de Roma con otro pueblo, apreciaban la gravedad de la ofensa, pedían u ofrecían reparación, y, en su caso, declaraban la guerra. Una vez terminada celebraban la paz y consagraban los tratados mediante ceremonias religiosas.

La iconografía de Ares es escasa. En el arte arcaico aparecía como un hoplita[348]. En el siglo v cambió su efigie, como la de Hermes, y se empezó a representarle imberbe. Como armas no conservó sino la lanza y el casco

---

que no podían ser vencidos, caballos que le había dado Ares, una vez empezada la carrera sacrificaba un carnero a *Zeus* mientras su contrincante galopaba en vano. Pues apenas Oinomaos en su carro, le alcanzaba y pasaba fácilmente. Una vez vencido, inmolaba al infeliz. Así, con trampa, había ganado ya doce victorias e inmolado doce inocentes, cuando se presentó *Pelops,* el resucitado, es decir, el hijo de Tántalos (V. este nombre), a quien éste había servido en un banquete a los dioses, y al que los dioses, tras de castigar a su padre, habían vuelto a la vida. Pelops, evidentemente, hubiese sido una víctima más de no haberse enamorado Hippodameia de él. Pero con su ayuda y con la de *Mirtilos,* el cochero de su padre, a quien convenció Hippodameia, en plena carrera el timón del carro de Oinomaos se rompió, haciendo que el carro cayese y que su dueño muriera al ser arrastrado. Otras leyendas dicen que le mató Pelops tras vencerle. En todo caso, no sobrevivió a su derrota. Pelops tuvo con Hippodameia una numerosa descendencia.

[348] Los *hoplitas* eran los soldados de infantería pesada, griegos. Pesada porque iban armados de casco, coraza, lanza, escudo, polainas, todo de bronce muy pesado. La infantería ligera estaba constituida por los *peltastes.*

(el arte empezaba a importar ya más que la creencia). El siglo iv produjo su mejor estatua: el *Ares Ludovisi*. En esta estatua el dios está sentado; una pierna, normal; la otra un poco levantada y las manos sobre la rodilla de ésta. Junto a él, su escudo. A los pies, un Eros (añadido, sin duda, por el que reprodujo la escultura original, pues se trata de una copia de otra, de Skopas seguramente). El cuerpo y la cabeza son hermosos. La cara en modo alguno brutal; más bien soñadora. Pensando tal vez en Afrodite si se juzga por el amorcillo que retoza a sus pies.

MARTE

Marte era el dios romano que fue identificado con el Ares griego. Pero antes de la influencia griega existía ya en la religión romana, mejor dicho en las religiones itálicas, puesto que varios pueblos de esta península llevaban nombres (los *marses,* los *manucinos,* los *mamertinos,* etc.) que sin duda, pueblos esencialmente guerreros, habían derivado su apelación del nombre del dios (V. n. 147). Luego, como digo, sus leyendas, así como su nacimiento, fueron los mismos del Ares griego. No obstante, una tradición curiosa, referida por Ovidio, pretendía que Juno había engendrado a Marte sin el concurso de Júpiter, y gracias a una flor mágica, de virtudes fecundantes, que le había proporcionado Flora[349]. Otra leyenda atribuía a Marte la paternidad de Romulus y de Remus (fundadores legendarios de Roma; Rómulo mató a su hermano Remo, fue el primer rey de Roma y, a su muerte, divinizado), a los que había tenido con Rhea Silvia (hija bien de Aineias, ora de Numjtor, rey de Alba), llamada

---

[349] *Flora* era una de las más antiguas divinidades itálicas. Presidía el crecimiento de los cereales, la floración de los árboles frutales, y luego llegó a ser la diosa de las flores. Tenía un flamín especial en Roma y un templo en el Quirinal. En las ceremonias agrarias que cada año se celebraban en el mes de abril, con objeto de asegurar las cosechas, su puesto era muy importante. Ovidio supone que Flora y la ninfa griega *Chloris* eran la misma divinidad. *Céfiro,* el dios del viento, que, enamorado de Flora, se unió legítimamente con ella, le concedió reinar sobre todas las flores, cultivadas o no. Ella había dado a los hombres, no solamente la miel, sino la semilla de innumerables plantas. Como se ve, es el mismo mito griego de *Bóreas* y *Oreitiia.* Pero aún añade Ovidio lo siguiente, seguramente invención suya: descontenta *Juno* del nacimiento de *Minerva* sin su intervención, quiso a su vez concebir un hijo sin su marido. Con este objeto se dirigió a Flora, que le dio una flor que bastaba tan sólo tocarla para que la mujer que lo hiciese quedase encinta. De este modo, Juno dio nacimiento en el primer mes de la primavera a un dios, *Marte,* que a su vez daría nombre a dicho mes.

también Ilia (la troyana, la mujer de Ilión). Abandonados en una montaña, caso que se repite en muchas leyendas, la montaña sería aquí el monte Palatino, fueron alimentados por una loba, animal sagrado enviado por su padre. A causa de ello los jóvenes romanos podían ser llamados «hijos de la loba» o «hijos de Marte».

En la época clásica, Marte aparece en Roma como el dios de la guerra. Pero no era ésta su sola atribución. Sus fiestas, agrupadas por lo general en el mes que le estaba consagrado (marzo), ofrecían rasgos evidentemente agrarios, lo que ha llevado a los mitógrafos modernos a suponer que, primitivamente, Marte era un dios de la vegetación.

El culto de Marte estaba asegurado por un flamin especial y *por* dos colegios de sacerdotes salios *(Salii)* con residencia en el Palatino y en el Quirinal. Marte tenía un altar en el Campo de Marte donde se celebraba su fiesta principal, llamada *Equirria,* durante dos días, a principios de la primavera, el 27 de febrero y el 14 de marzo de cada año. En la Vía Apia estaba el templo a Marte *Gradivus* (uno de sus nombres) que, según Tito Livio, tenía una estatua del dios rodeada de lobos. En fin, Augusto erigió en honor de Marte *Ultor* (Vengador) dos templos: uno en el Capitolio y otro sobre el Forum nuevo que él mismo había ordenado disponer. Este último era uno de los edificios más suntuosos de Roma. Dos soberbios arcos de triunfo magnificaban aún el lugar.

AFRODITE

Lo primero que suelen decir los mitógrafos cuando se ocupan de Afrodite, diosa de las más importantes del panteón griego, es que precisamente no es griega. O sea, que se trata de una divinidad importada. Que Istar en Asiría, Atargatis en Ascalón, Militta en Babilonia y Astarté entre los fenicios eran ya diosas del amor adoradas por los pueblos semitas antes que naciese Afrodite en la imaginación de los poetas griegos. Y que, en definitiva, lo que éstos hicieron fue reunir en la diosa, que fueron creando para que encarnase la más grande de las pasiones, los diversos caracteres de las que la habían precedido[350].

---

[350] *Istar, Astarté* y *Astoret* son tres nombres que designaban a la misma diosa entre los fenicios, entre los asirios y entre los hebreos; diosa sideral constantemente asociada a *Baal.* Como además de *Luna* (evidentemente, diosa sideral) se la consideraba diosa del amor, era unas veces diosa virgen; otras, diosa madre. De aquí que su culto pasase de puras ceremonias simbólicas a escenas de verdadero libertinaje. Y que, lo mismo que con Baal, se hiciesen en honor suyo sacrificios humanos, especialmente holocaustos de niños. La *Afrodite* griega

A esto se podría responder dos cosas no menos justas. La primera, que en *mitología,* ciencia y arte a base de literatura, como construida sobre puras fantasías, el robo es legítimo si, como decía Dumas padre, va seguido de asesinato. Es decir, si lo construido sobre lo robado es muy superior a ello. ¿Y cómo dudar que entre la deliciosa Afrodite griega y sus sanguinarias madrastras asiáticas hay la misma diferencia que entre un trozo de cuarzo y un diamante? Segundo, que el hecho de que la mitología griega aceptase en esta ocasión un préstamo de la semita, no por ello deja de ser cosa evidente que, aunque las mencionadas diosas no hubiesen existido, Afrodite hubiera aparecido de todas maneras en el panteón griego, y siempre como una de sus estrellas más brillantes. Porque este panteón que, como todos los panteones religiosos iba inventando dioses a medida que los necesitaba[351], ¿hubiera podido no imaginar tal cual lo hizo,

---

conservó algunos rasgos de ella. Se ha pretendido incluso llegar al nombre de Afrodite a través de Astarté, Astoret, Aftoret. Como a *Amfítrite,* de *Amftoret.* Baal era un apelativo que entre los semitas servía para designar al dios supremo *(Señor, Amor)* y que iba seguido siempre del nombre del lugar o de la ciudad en que era adorado; bien que luego este dios tuviese en cada país un nombre propio que se desconoce. En estilo bíblico solía servir para designar colectivamente a los falsos dioses. *Atargatis* era la forma griega del nombre de cierta divinidad (nombre abreviado frecuentemente en el de *Derketo)* de los filisteos, de los fenicios y de los sirios, honrada en Ascalón, Hierápolis (la ciudad de este nombre del *É*ufrates), en Palmira y en Astarot. Se la representaba con cuerpo de mujer acabado en cola de pescado. *Militta* era una diosa asiría citada por Herodotos y por Strabón; se asemejaba en ciertos rasgos a la Astarté fenicia ya la Afrodite griega.

[351] El miedo, la fantasía y el antropomorfismo son los gran des materiales mediante los cuales los hombres han fabricado siempre castillos religiosos. La base, el germen de toda creencia religiosa primitiva fue el miedo. Ese miedo espantoso, ese pánico *(deima panikón* de los griegos, *amat Jahvé* de la Biblia: E*xodo, XXIII,* 27; *fob, IX,* 34; *XIII,* 21), esa sensación atroz, ese hundimiento moral del alma, que nada tiene que ver con el miedo que despiertan las formas conocidas de peligro. Imaginada, supuesta en virtud del miedo la existencia de un ser superior, ser terrible, misterioso, desconocido (Dios), la imaginación y el antropomorfismo hicieron lo demás. Es decir, la necesidad, impuesta por la misma Naturaleza, de protección, de ayuda, precipita en el politeísmo en que fatalmente caen y han caído siempre las religiones, si se exceptúa el budismo. Y forzoso es que así sea, desde el momento en que la etiología religiosa trata de explicar cada fenómeno mediante la acción arbitraria de un actor sobrenatural. De ello resulta que para cada fenómeno nace un actor especial, un dios particular los «dioses especiales» *(Sondergoiter,* término inventado para designarlos por el gran filósofo alemán Hermann Usener: *Gotternamen,* Bonn, 1896, 2.ª edición, 1929).

es decir, con toda la potencia de la fantasía griega, una diosa que personificase la función más importante de la vida humana, puesto que sin ella ni vida y, por tanto, ni seres habría, como es el *amor?* Pero ¿es que no hemos visto acaso que, según Hesiodos, en un principio, cuando no había sino el Caos y Gaia, es decir, los elementos confundidos, y entre ellos la Tierra, elemento generador por excelencia, existía ya Eros, el Amor, potencia germinativa eterna, fuerza generadora inmortal, impulso natural de vida, esencia reproductora, sin la cual el Caos no hubiese podido entrar en actividad ordenadora ni Gaia empezar a producir?

No nos preocupe, pues, si el lugar de nacimiento de Afrodite[352] y el primer nombre que recibe en la *litada,* no una, sino tres veces[353], *Kipris*[354],

---

A estos infinitos dioses el antropomorfismo acaba por adaptarlos a sus necesidades, y ya tenemos la religión en marcha en virtud de la tendencia del hombre primitivo a proyectar su propia personalidad sobre cuanto le rodea y a animar y prestar vida a las cosas inertes, plantas y animales, en las que supone un alma semejante a la suya, dotada de la facultad de sentir y sufrir como él. Iniciada la serie, la labor ya no se interrumpe, y para cada necesidad, para cada conveniencia, incluso para presidir cada orden de cosas, se crea un dios, de acuerdo con la costumbre que tiene el hombre de dividir y ordenar las cosas de la vida para realizarlas más cómodamente. No es otro el origen de los innumerables dioses de todos los panteones politeístas de los que, tomando como ejemplo a Grecia y a Roma, vemos que tenían un dios para cada necesidad, un protector para cada apuro, un patrón no sólo para cada ciudad, sino para cada oficio y hasta para cada casa (los *Lares).* Algunas veces, el mismo dios cumplía varios papeles; pero ninguna necesidad, entidad o agrupación particular o social, como ninguna función importante, carecía de dios protector. Y si los honorables ladrones tenían a *Hermes* como patrón (honorables, pues, como hasta en el mal hay categorías, era más honroso robar simplemente, que hacerlo previo asesinato; como lo era más aún robar en valor, medida, peso y calidad, pero dando mercancía, que no dando nada), si los ladrones, decía, tenían como patrón a Hermes, los cazadores a *Artemis,* los guerreros a *Ares* y los borrachos a *Dionisos,* etc., ¿hubieran podido los enamorados no tener su diosa y su dios *(Afrodite* y *Eros),* y hubiese dejado fatalmente aquélla de aparecer como ocurrió, siendo el amor la eterna y universal necesidad? Repetiré que si los griegos no tenían ya una divinidad del amor antes de entrar en contacto con Asia (y que la tenían es seguro si se tiene en cuenta el nacimiento de Afrodíte, según la *Ilíada),* en todo caso la hubiesen tenido, y pronto, sin necesidad de préstamos. Además, que, en definitiva, la Afrodite griega fue al instante superior a todas las divinidades asiáticas semejantes, esto es cosa fuera de toda duda.

[352] En el mar y no lejos de las playas de Kipros (Chipre), isla de la costa sur del Asia Menor (hoy Cipro; en turco, Kibris).

[353] Canto V, v. 330, 422, 760.

recuerda su carácter oriental; si en la *Odisea,* corrida de vergüenza a causa de haber sido testigos todos los dioses de su unión amorosa con Ares, se refugia en Pafos[355], donde estaba «su santuario y su altar perfumado con incienso»; si se la llamaba *Ourania,* palabra traducción seguramente de otra semítica[356]; si el más antiguo templo de Afrodite Ourania era el de Ascalón (Siria), como afirma Herodotos, y, en fin, si hay evidente relación entre esta Afrodite Ourania y la Astarté fenicia, la Istar asiria y, en general, con las divinidades asiáticas de la fecundidad y del amor, cual están conformes en reconocer los mitólogos modernos, así como los antiguos admitían que su religión y su culto pasó de Asiría a Fenicia y de Fenicia a Chipre y a Kitera[357], de donde se extendería a Lakonia y luego por el Peloponeso. Sí, dejemos todo esto para los mitólogos, infatigables en correr tras los detalles como los galgos tras las liebres; dejémosles discutir el origen y procedencia de Afrodite y vengamos a la diosa, ya huéspeda de honor de Grecia, que es lo que nos interesa.

Sobre el nacimiento de este encanto de diosa hay dos versiones. Una, corriente, que pudiéramos decir; fruto de la unión carnal de dos seres anteriores. La otra curiosísima, y que, pese a empezar de un modo bárbaro, acaba llena de encanto y de poesía.

La primera es la que hace a Afrodite hija de Zeus y de Dione[358]. La segunda, referida por Hesiodos, dice que cuando Kronos, tras mutilar a su

---

[354] *Kipris,* la diosa de Chipre (Κύπροτ, Kipros), es decir, Κυπριςο, Afrodite. Por extensión, se llamaba «Kipris», como hoy decimos una Venus a una joven o mujer hermosa. Y esta palabra era, asimismo, sinónima de amor, de ternura y, por supuesto, servía para designar al planeta Venus.

[355] Pafos (hoy Baffa), ciudad de Chipre en la que había un gran templo consagrado a *Afrodite.*

[356] Lo mismo que el Zeus *Epouranios* de las inscripciones fenicias, correspondiente al *Samemroum* de Filón de Biblos. Este Filón de Biblos era un historiador, retórico y gramático griego, nacido en Biblos (Fenicia) hacia el año 70 d. d. J. (quedan fragmentos de una porción de obras de todas clases que escribió). Parece ser que interpretó equivocadamente el nombre de Samemroum, fundador de Paletiro (la Tiro continental, la otra, la Tiro importante, estaba en una isla y había sido fundada por su hermano Hisoos), con el nombre de la divinidad *Baal-asn-Roum,* es decir [el Señor] «del elevado cielo».

[357] Kitera (κυθηρά), la mal llamada Citeres, isla y ciudad de Lakonia (hoy Cerigo). Por tener esta ciudad culto especial a Afrodite, esta diosa era llamada *Kitereia* (Citerea).

[358] Ésta es la de la *Ilíada,* donde la vemos llegar, tras haber sido herida por *Diomedes,* a refugiarse junto a su madre: «Entre tanto, Afrodite corrió a refugiarse en el regazo de su madre, Dione» (V, v. 370). Según esta versión, los griegos

padre con su afilada guadaña *(harpé),* lanzó los despojos de la virilidad de Ouranos al mar, en torno a estos despojos que flotaron sobre las olas mucho tiempo, se amontonó una gran cantidad de blanca espuma en cuyo albo y blando regazo nació y creció como una perla maravillosa, una virgen: Afrodite[359]; virgen que iba a ser la diosa del amor y de la belleza, de la amistad amorosa y de todos los placeres y pasiones que tienen su origen en el corazón, herido por esa dulce y torturante, eterna y pasajera locura llamada amor.

Recostada sobre el suavísimo e irisado nácar de una concha marina que le servía a un tiempo de cuna, lecho y nave, y a la que empezó a empujar dulcemente el soplo acariciador del húmedo céfiro[360], llegó pronto a la costa de Chipre, donde fue recibida por las Horas[361], que maravilladas y absortas, la hicieron avanzar divinamente hermosa chorreando aún agua salada que no quería acabar de caer por no abandonar aquel cuerpo perfecto formado de marfil, de seda, de alabastro, de luz, de pétalos de rosa, ¡de gozo de vivir y de alegría viva!, y haciendo brotar al suave contacto de sus pies delicadas flores maravillosas. Tal la vieron llegar toda juventud, toda encanto, toda gracia, toda hermosura; envuelta en el resplandor incomparable de su propia belleza, y adornada, mejor que con las más ricas galas, con su virginal, noble y perfecta desnudez. ¡Ah esos

---

tenían ya a *Afrodite* como diosa del amor antes que llegasen las influencias asiáticas, cual ya he indicado al final de la n. 351.

[359] La nacida de la «espuma» del mar: άφρος, espuma.

[360] La incomparable figura de *Afrodite,* imagen y encarnación de la hermosura femenina, fue en todo tiempo el tipo ideal para las creaciones artísticas. Escritores, pintores y escultores vieron siempre en esta deliciosa figura el campo incomparable para dar rienda suelta a su genio creador. Por ello, el que fuese representada de mil maneras y que sus pasos, sus andanzas, sus leyendas y sus amores fuesen fuente inagotable de inspiración para el arte. Así vemos, por ejemplo, que el propio nacimiento de la diosa fue diversamente interpretado por los grandes estatuarios de la antigüedad. Según Pausanias (V. 11, 8), en la base de la estatua de Fidias que representaba a *Zeus Olímpico,* se veía a *Afrodite* en el momento en que, saliendo del mar, era recibida por *Eros* y coronada por *Peito* (la *Persuasión,* divinidad que luego figuraría generalmente en el cortejo de Afrodite). En el grupo de *Poseidón* y *Amfitrite,* consagrado en Korintos por Herodes Atticus (retórico y elocuente orador griego [101-177] d. d. T.), que, tras haber sido maestro de Marco Aurelio y de Vero y cónsul con Antonino el Piadoso, volvió a Grecia y empleó su fortuna en dotar a su país de monumentos, tanto artísticos como útiles, *Taíassa* (personificación del mar), rodeada de *Nereidas,* sacaba a su hija, Afrodite, del seno de las aguas (Pausanias, II, 1, 8).

[361] V. n. 161.

ojos ciegos, torpes, podridos, que tachan de impúdico el cuerpo desnudo de una mujer hermosa, incapaces de sentir ni comprender su encanto incomparable!

Apenas llegada, las Horas pusieron en torno a su cuello de nieve un collar resplandeciente, sobre su cabeza una corona, proclamándola con ello soberana total de la hermosura, y la condujeron al punto al palacio de los dioses, al Olimpos, donde todos los inmortales quedaron absortos y maravillados ante el espectáculo incomparable de su divina hermosura[362].

Esta aparición maravillosa de una mujer, casi una niña, toda pureza, toda juventud, toda gracia, toda sonrisa, saliendo de las aguas y retorciendo, al hacerlo, con los lirios de sus manos sus cabellos de oro, es la Afrodite *Anadiomene* del célebre cuadro de Apelles[363].

Inútil esforzarse en demostrar si a causa de ser hija de Ouranos (el Cielo), si por haber sido adorada en Elís como tal hija del Cielo y del Día (Hemera), de que se le consagraban templos en lugares elevados, de que en Asiria recibía culto como *Tea Ourania* (Diosa Celeste), de que el rocío de la mañana era uno de sus dones, de si había amado y raptado a Faetón, la estrella brillante de la mañana y de la tarde e hijo del Sol, inútil, decía, tratar de demostrar que a causa de todo ello era una de las divinidades de la luz. Como inútil asimismo el amontonar pruebas comenzando por las palabras con las que empieza el himno citado en la n. 360, con objeto de demostrar que no tan sólo era diosa celeste, sino la divinidad por excelencia de la Tierra, puesto que todo estaba sometido a su maravilloso

----

[362] «Musa, cuéntame las maravillas de la dorada *Afrodite Kiprogeneia* (nacida en Chipre), que infunde en los dioses suaves deseos y subyuga a las razas de los mortales hombres, a las aves mensajeras de Zeus y a las fieras todas, tanto las que cría en gran número la tierra como las que viven en el mar; que a todos alcanza el poder y encanto de Kitereia». «Salve, diosa de arqueadas cejas, diosa dulce como la miel». «Cantaré a Kitereia, nacida en Chipre; la que tan dulces presentes concede a los mortales. Aquella cuyo divino rostro lleva siempre la dulce flor de una sonrisa». *(Himnos homéricos.* V. mi trad. al final de la *Odisea,* en nuestra «Colección La Crítica Literaria».)

[363] Contábase que un día, en plenas fiestas de Eleusis, Friné, la célebre cortesana, hermosa entre las hermosas de entonces, salía retorciéndose el pelo para escurrir el agua que lo empapaba, tras haberse bañado. Y que en aquel momento, Apelles, que estaba en la playa, alcanzó a verla surgir del agua en aquella actitud, serena, púdica (pues iba envuelta como Afrodite, al llegar a Chipre, en la sublime pureza de su desnudez), púdica, decía, hermosísima, distraída, ocupada tan sólo en estrujar sus cabellos, y que al punto concibió la idea y hasta trazó un rápido y primer boceto de su luego famoso cuadro «Venus, saliendo del mar».

influjo y a su irresistible poder[364]. Vano también el tratar de invocar su nacimiento en el mar, con objeto de proclamarla reina y dueña también de este elemento[365]. En efecto, para qué, digo, esforzarse en buscar pruebas tratando de demostrar que era la dueña de cielo, tierra y mar: siendo la diosa de la hermosura y del amor, ¿podía dejar de serlo? ¿Y qué mejor prueba de todo ello que saber que imperaba en los corazones? Y puesto que en virtud de su poder irresistible dominaba a dioses y hombres, ¿cómo no iba a ser dueña absoluta de todo cuanto vive y alienta?[366].

Por otra parte, la diosa que iba sembrando amor a su paso, ¿podía ella misma ser insensible a tan dulce y engañoso sentimiento? Uno de los himnos homéricos a Afrodite cuenta, que, con objeto de que «ni ella estuviese exenta del concúbito humano», y para que no pudiera vanagloriarse delante de los demás dioses, que tan numerosas aventuras amorosas habían tenido con mortales, que en esto ella les era superior. Kronos inspiró a Afrodite el irresistible deseo de unirse con Agchises. «Este, que era hermosísimo, apacentaba vacas en las alturas del Ida, tan abundante en manantiales. Y apenas le vio la riente Afrodite, sintió que un vehemente e irreprimible deseo se apoderaba de su albedrío y se enamoró

---

[364] Lucrecio, en su magnífica invocación a *Venus,* se hacía eco de los sentimientos poéticos de los griegos cuando consideraba a *Afrodite* no solamente como dueña de los corazones de dioses y hombres, sino de la Naturaleza entera, cuya vida, además de fecundar y animar, llenaba de alegría. Sólo a la presencia de la brillante diosa, escribe el gran poeta latino, «los vientos huyen, el cielo, encalmado, vierte torrentes de luz, las olas del mar la sonríen».

[365] Montada en un hipocampo, escoltada de la tropa de locos *tritones* y de las *Nereidas* y asociada en su culto al dios del mar *(Poseidón), Afrodite* era la diosa *galenain* (que calmaba las olas encrespadas), la diosa *euploia* (que empujaba dulcemente las naves hasta el término de su viaje). El delfín era su símbolo como divinidad marina. El cisne, como divinidad terrestre. La paloma (que en bandadas tiraban de su carro), como divinidad celeste.

[366] El himno homérico, no obstante, hace una excepción a este poder absoluto de *Afrodite,* es decir, de la belleza, de la hermosura, sobre cuanto alienta. Tres seres había, tres diosas, a las que no había podido someter a la magia de sus encantos: «*Atena,* la de los ojos de lechuza, pues ésta no se solaza con los deleites que Afrodite procura, sino con las luchas, con los combates y con las empresas esforzadas... Tampoco la riente Afrodite ha podido domar con el amor a *Artemis,* la bulliciosa de las flechas de oro... Ni son gratas sus obras y seducciones a *Hestia,* la honestísima doncella, engendrada la primera por el artero *Kronos...»* Pero si no las venció a fuerza de amor (peor para ellas), sí en hermosura.

de él». El himno describe precisamente estos amores de los que nació Aineias (Eneas), el héroe de Virgilio[367].

Sí, la diosa del amor tenía que justificar con su ejemplo tan glorioso título. ¿Y cómo hacerlo mejor que amando mucho y dejándose amar? Veamos un poco los principales de estos amores (para contarlos todos haría falta un libro entero), empezando por las uniones divinas.

Los poetas hacían a Afrodite, unos, la mujer; otros, la amante tan sólo de Ares. En esto la tradición más seguida es la de la Odisea, según la cual, el verdadero esposo de Afrodite había sido Hefaistos; Ares, el amante. Zeus y Hera debían al pobre Herrero divino esta compensación. Lo menos, en efecto, que podían hacer por él, ya que sobre engendrarle feo aún le habían dejado cojo, era darle como mujer a la diosa más hermosa. Y, como ya sabemos, la *Odisea* cuenta también cómo, avisado por el Sol de que era engañado, preparó una habilísima celada a los amantes y, tal cual estaban en plena pasión (demostrando no ser un marido de esos bárbaros e idiotas que, sobre poner su honor en sitio tan vulnerable quieren lavarle con sangre; ni de los avisados que aprovechan la coyuntura para sacar partido; sino simplemente inteligente), tal cual estaban en plena pasión, decía, los inmovilizó y expuso a la burla y regocijo de los demás dioses.

Además de este marido y este amante, Afrodite, como nacida en el mar que tan clemente había sido con ella, no podía mostrarse ingrata con Poseidón, señor y dueño del elemento líquido marino: cedió, pues, a sus rendidas instancias, y le aceptó como amante asimismo.

Mucho menos aún podía oponerse ni rechazar las promesas y caricias de dios tan simpático y servicial como Hermes. Dejose, pues, querer por él, y fruto de sus amores fue el bello Hermafroditos[368].

---

[367] *Afrodite* aconsejó a Agchises que no revelase ni se alabase ante nadie de haber amado y sido amado por una diosa, pues, de lo contrario, *Zeus* le castigaría. Pero un día de fiesta, habiendo bebido demasiado, *Agchises* habló. Y Zeus le dejó cojo (ciego, según otra versión) con un rayo. Cuando Troya fue tomada, *Aineias* salvó a su padre sacándole sobre sus espaldas de la ciudad, que ardía. Luego le llevó con él durante sus viajes. El anciano tenía ya noventa años. Sobre su muerte hay varias versiones.

[368] *Hermafroditos,* cuyo nombre, como se ve, estaba formado por el de su padre y de su madre *(Hermes* y *Afrodite)* era hermosísimo. No podía ser menos con tales progenitores. Las *Ninfas* le criaron en los bosques del Ida, en Frigia, y a los quince años se lanzó a recorrer el Mundo. Estando en Karia, un día llegó a un lago situado en un lugar ideal. La ninfa de este lago, llamada *Salmakis,* se enamoró de él al verle e incluso le declaró su pasión, porque las Ninfas sabían que perder el tiempo era cosa inútil y torpe. Pero Hermafroditos la rechazó; era joven formal.

Entre los mortales, como acabamos de ver, amó y fue amada por Agchises, pero su grande, su verdadera pasión fue Adonis. He aquí la leyenda primitiva de este devaneo, leyenda asiría a la que hace alusión Hesiodos: Teias, el rey de Siria, tenía una hija llamada Mirra, o Smirna. Esta Mirra concibió amor incestuoso hacia su padre, y, ayudada por Hippólite, su nodriza (al lado de las Melibeas hubo siempre Celestinas), consiguió unirse con él durante doce noches seguidas. Pero, durante la última, el padre diose cuenta del engaño y, dispuesto a matar a su hija, se lanzó contra ella espada en mano. Mirra, aterrada, se puso bajo la protección de los dioses, y éstos, clementes siempre con los enamorados, libraron a Mirra del furor de su padre transformándola en el árbol que produce la olorosa resina que lleva su nombre *(smirna)*. Pasados los meses necesarios, la corteza del árbol, que había ido hinchándose poco a poco, estalló, y de ella salió un niño que recibió el nombre de Adonis[369]. Afrodite, conmovida ante la hermosura singular de aquel niño, le recogió, le encerró en un estuche adecuado y se lo confió a Perséfone, creyendo que con ello estaría seguro allá en las profundidades del mar. La diosa era, sin duda, más perita en el corazón de los hombres que en la psicología de las de su sexo. De otro modo hubiese pensado que la curiosidad obligaría a Perséfone a realizar lo que hizo al punto: abrir el cofre misterioso a ver qué contenía. Y, naturalmente, seducida también por tan precioso hallazgo, no hay mejor recomendación, suele decirse y es mucha verdad, que un rostro hermoso, y aquel niño lo era todo él; seducida, decía, cuando Afrodite la reclamó el tesoro que la había confiado, Perséfone se negó a devolvérselo. Zeus, padre, señor y juez de las contiendas divinas, tuvo que intervenir en el asunto. Su sentencia, si tal vez no fue muy justa, sí, en todo caso, muy hábil: Adonis pasaría un tercio del año con Afrodite, otro tercio con Perséfone, y el tercero donde le plugiese, incluso en el Olimpos si quería, ¡era tan hermoso! Naturalmente, Adonis pasaba ocho meses con Afrodite en el paraíso (en el paraíso de sus brazos), y cuatro en el Infierno (lo digo sin segundas; ya, se sabe que Perséfone era la mujer de Haides, señor de la región tenebrosa). Más tarde, un día nefasto, cazando el

---

Ella, entonces, fingió resignarse. Pero como Hermafroditos tuvo deseos de bañarse en aquella agua cristalina y maravillosa, apenas estuvo en ella, Salmakis, viéndole a su merced, se abrazó a él al tiempo que suplicaba a los dioses que hiciesen de modo que sus cuerpos no pudiesen separarse nunca. Los dioses escucharon su ruego y fundieron ambos cuerpos en uno solo, dotado de los dos sexos. Desde entonces reciben el nombre de *hermafroditas* los seres cuya naturaleza es doble, masculina y femenina a la vez.

[369] *Adonis,* palabra cuyo origen está en otra hebrea que significa *Señor.*

hermoso y afortunado doncel, fue herido mortalmente por un jabalí enviado por Artemis, la virgen feroz enemiga, como era lógico y tal vez hasta envidiosa, de Afrodite, y en el regazo de ésta, inconsolable, expiró aquel joven tan amado. Esta escena final es la que ofrecen numerosos bajorrelieves y sarcófagos antiguos[370].

Afrodite no tuvo tan sólo amantes entre los hombres, sino también amigos, favoritos, sin que su amistad con ellos llegase a ser amorosa. Entre éstos se cita a Faetón, uno de los hijos del Sol, a quien raptó para hacer de él «el guardián de su santuario»[371].

---

[370] Este mito primitivo, en el que puede reconocerse el símbolo del misterio de la vegetación en este niño nacido de un árbol, que pasa un tercio del año (la estación fría) bajo tierra (en el Infierno, con *Proserpina)* y el resto en la superficie, adonde salía en primavera por obra de la diosa de la belleza y el amor (la primavera misma), fue enriquecido y completado por los poetas, que empezaron por explicar por qué *Mirra* había concebido un amor incestuoso como el suyo, por *Kenchreis;* decían que la madre de *Mirra,* mujer de *Kiniras* (en vez de mujer de *Teias),* había ofendido a *Afrodite* asegurando que su hija era más hermosa que ella, por lo que la diosa se vengó haciendo que Mirra se enamorase de su padre. Una vez cometido el incesto, Mirra, avergonzada, corrió a esconderse en un bosque. Y fue Afrodite quien, apiadada de ella, la transformó en el árbol de su nombre. Luego, quien había abierto este árbol había sido Kiniras mismo o bien un jabalí con sus colmillos. En cuanto a la muerte de *Adonis,* ésta ocurrió no por obra de *Artemis,* sino que quien había enviado el jabalí que le dio muerte había sido *Ares,* el amante de Afrodite; o bien *Apolo,* para vengarse de la diosa que había dejado ciego a *Erimantos* por haberla contemplado desnuda cuando se estaba bañando. Apolo, furioso, se transformó él mismo en un jabalí y mató al inocente joven. Adonis era, pues, la imagen de la primavera, personificada en un adolescente de maravillosa belleza, amado por Afrodite-Astarté, diosa de la Naturaleza y de la vegetación. Su vida, como la de la primavera misma, tenía que ser breve, y por ello el mito.

[371] Hesiodos, *Teogonía,* v. 989. Este *Faetón* era hijo del *Sol* y de *Klimene;* según otros, de *Eos* (la Aurora) y de *Kefalos.* A la primera filiación va unida la siguiente leyenda: Habiendo pedido a su padre autorización para conducir su carro, montó en él y se puso a seguir el camino trazado para el Sol en la bóveda celeste. Pero aterrado pronto, no tan sólo por la altura alcanzada, sino al contemplar de cerca los animales de los signos del *Zodíaco,* descendió tanto que estuvo a punto de incendiar la Tierra. Escapando otra vez hacia lo alto, llegó tan cerca de los astros, que éstos empezaron a quejarse a *Zeus.* Breve, éste para evitar una conflagración, le mató con uno de sus rayos y le precipitó en el Eridanos. Sus hermanas las *Heliades* le recogieron y le lloraron tanto, que fueron convertidas en sauces. Sus lágrimas, en gotas de ámbar. Dícese también que fueron transmutadas en castigo

Otro de sus protegidos fue Kiniras, primer rey de Chipre y fundador de Pafos[372].

Afrodite, imagen de la gracia soberana, de la belleza triunfadora, modelo perfecto e incomparable de la hermosura femenina y a causa de ello tipo de comparación de todas las grandes bellezas griegas (Helene, Penélope, la hija de Agamemnón, etc.), la de la dulce sonrisa *filommeides,* la de los resplandecientes ojos, la del blanco pecho, la de la magnífica corona *(eustefanos),* joyas de oro *(chrisein)* y vestidos suntuosos tejidos por las Charites mismas; la que gracias a todo ello y por todo ello reinaba como dueña absoluta en los corazones, podía, a su antojo, o apartarlos de la pasión amorosa, o, por el contrario, precipitarlos en ella fuesen cuales fuesen las consecuencias. Tal le ocurrió a Helene, echada por ella en brazos de Paris y por cuyo amor abandonó a su marido, a su patria e incluso encendió la más terrible y memorable de las guerras. Y a Eos (la Aurora), a quien, para castigarla por haber cedido a las súplicas amorosas de Ares, que entonces la interesaba a ella, la hizo concebir una pasión loca por Orión[373], que habría de abandonarla. Y a Medeia, a la que enamoró de Iasón, amor que la sería funestísimo[374]. Y a Pasifae, mujer de Minos, a

---

por haber sido ellas quienes le habían dado el carro del Sol a Faetón sin permiso de su padre.

[372] *Kiniras* fue el introductor del culto de *Afrodite* en Chipre, donde tuvo enorme importancia. Se le decía dotado del don de profecía y excelente músico. Una leyenda aislada cuenta su muerte por haber osado rivalizar, como músico, con *Apolo.* Pero generalmente se admite que, protegido especialmente por Afrodite, no solamente ésta le concedió grandes riquezas, sino vivir hasta la edad de ciento sesenta años. Kiniras pasaba por el introductor de la civilización en Chipre a causa de haber descubierto las minas de cobre, que hicieron la riqueza de la isla; y asimismo del arte de fabricar y trabajar el bronce.

[373] V. n. 232.

[374] *Medeia* era la hija de Kolchis, *Aites* (V. nota 314) y de *Idia* la Oceánida. Su historia está íntimamente unida a la de *Iasón* y a la leyenda de los *Argonautas.* Extravida por la pasión hacia el héroe, que le había inspirado *Afrodite,* tomó contra su padre el partido de Iasón cuando éste desembarcó en la isla para pedir a Aietes el *Vellocino de oro.* Y ella fue quien le facilitó los medios gracias a los cuales pudo triunfar en cuantas pruebas le impuso el rey. Maga, consumada, empezó por darle una pomada, untándose con la cual pudo uncir a los bueyes de bronce que lanzaban llamas al respirar, sin ser abrasado por ellas. Luego le aconsejó que lanzase piedras entre los gigantes nacidos al sembrar los dientes del dragón, lo que originó entre ellos una disputa tras la que acabaron por matarse. Ella le dio el medio, asimismo, para que adormeciese al monstruo que custodiaba el Vellocino. Y cuando, dueños de él, los Argonautas se hacían a la vela, Medeia,

quien hizo perder la cabeza por el toro que Poseidón había enviado a su marido, toro que la hizo madre del Minotauros. Y a Faidra[375], cuyo deseo incestuoso hacia Hippólitos les costó a ambos la vida; y a muchas más heroínas víctimas de las pasiones insensatas que Afrodite supo inspirarlas. Asimismo, castigó también a todas las mujeres de Lemnos por no celebrar culto en su honor. Para demostrar su poder, que menospreciaban, hizo que su cuerpo despidiese un hedor tan insoportable, que sus maridos se negaron a acercarse a ellas, prefiriendo unirse con esclavas tracias. Entonces, las desdeñadas mataron a todos los hombres de la isla, y vivieron sin varones hasta la llegada de los Argonautas, que les dieron hijos. Más vale llegar a tiempo que rondar un año, se dirían aquellos afortunadísimos varones que en busca del Vellocino de Oro toparon con tan dulces y bien dispuestas ovejas. También castigó Afrodite a las hijas de Kiniras, en Pafos, que la habían ofendido, inspirándoles el deseo de

---

para retardar la persecución de su padre, no dudó en matar y descuartizar a su propio hermano, a quien había atado al efecto. Mientras Aietes recogía los restos de su hijo y les daba sepultura, los Argonautas escaparon seguros. El matrimonio de Medeia e Iasón se celebró en el palacio de *Alkinoos* (V. n. 314), rey de los faiakes. Vueltos a Iolkos, Medeia, para vengarse de *Pelias,* el rey, que era quien había enviado a Iasón a buscar el Vellocino con la esperanza de que pereciese en la empresa, persuadió a sus hijas de que era capaz de rejuvenecer a cualquier ser vivo haciéndole cocer en una composición mágica de la que tenía el secreto. Y para probárselo, hizo la experiencia con un carnero muy viejo que, en efecto, salió del caldero transformado en un corderillo fresco y triscante. En vista de ello, las hijas de Pelias mataron a su padre, le descuartizaron y le echaron al caldero; pero ¡para qué insistir que muerto y bien muerto se quedó! En vista de ello, *Akastaos,* el hijo de Pelias, desterró a Iasón y a Medeia de su reino. Entonces se fueron a vivir a Korintos. Allí, *Kreón,* el rey, quiso casar a su hija con el héroe; y para conseguirlo expulsó a Medeia. Ésta le pidió un día de plazo para preparar el viaje. Pero lo que preparó fue un vestido de apariencia suntuosa, varias joyas y otros adornos que envió a su rival, que al ponérselos se vio envuelta en llamas, pereciendo abrasada, así como su padre, que acudió a sus gritos. El palacio mismo ardió. En cuanto a Medeia, luego de matar a los hijos que había tenido con Iasón, para vengarse de él por haber aceptado el matrimonio con la hija de Kreón, huyó a Atenas en un carro conducido por caballos alados, regalo del *Sol,* su abuelo. Desterrada de Atenas por *Aigeus,* marchó a Asia en compañía de su hijo, *Medos* (epónimo de los medos), que había tenido con Aigeus. En fin: los poetas la hacían volver de nuevo a Kolchis, donde *Perses* había destrona do a Aietes y donde, tras matar al usurpador y devolver el reino a su padre, se reconcilió con Iasón.
[375] V. n. 253.

prostituirse con los extranjeros que llegaban a la isla[376]. Y no solamente extraviaba los corazones de las mujeres que la ofendían, sino los de los hombres. Ahora, vieja ya y más agria y cruel, suele extraviarlos aun sin que la ofendan. Para vengarse del Sol por haber revelado su concubinato con Ares, el buen mozo, le hizo desgraciado en la mayor parte de sus aventuras amorosas. De Diomedes, que la había herido delante de Troya, se vengó (Atena, la verdaderamente culpable, era inatacable para ella, como hemos visto en la n. 366), haciendo que Aigialeia, su mujer, no solamente le engañase con varios héroes (tómese esta palabra no en el sentido de que fuese un heroísmo el unirse con ella, que era muy reguapa, sino en el verdadero sentido, el propio), sino que al regresar a su patria una vez tomada Troya, tuvo que huir sin demora para escapar a las intrigas de Aigialeia y de (Cometes, el último de sus amantes, que le hubiesen sido más funestas que las flechas troyanas. Por cierto que este Kometes había sido antes tan amigo suyo, que a él había encargado, al partir, que velase por Aigialeia. Claro que la mejor manera de proteger y velar por una mujer es, diríase Kometes, tenerla entre los brazos. Del casto Hippólitos, que había desdeñado su amor, se vengó, como sabemos, suscitando en Faidra la pasión criminal que les hizo a ambos descender al Orco. En fin, a Tindáreos, el padre de los Dioskouroi, de Helene y de Clitaimnestra[377], que había hecho una estatua de Afrodite con los pies encadenados, es decir, tachándola de demasiado libre y corretona, le castigó haciendo que sus hijas diesen ciento y raya a las más ardientes.

Afrodite tuvo una descendencia numerosa. Diosa de la fecundidad de la Naturaleza, justo y hasta necesario era que diese buen ejemplo. Sobre que la gracia y peligro del amor está en esto: en sus una vez gratas, y mil desagradables, consecuencias. De sus hijos, los más conocidos eran Eros y Aineias[378].

---

[376] Pafos era una ciudad de Chipre.

[377] V. n. 108.

[378] *Eros* era el dios del amor. Su personalidad fue una de las que más evolucionó desde la era arcaica hasta la época alejandrina y romana. En las primeras teogonías era considerado como un dios nacido del *Caos* primitivo al mismo tiempo que *Gaia* (la Tierra) (V. n. 39, 67). Luego se tejieron en torno a su figura infinidad de mitos, con lo que, así como acabó por haber varias Afrodites, del mismo modo hubo varios Eros. Uno, el hijo de *Afrodite Ourania* y de *Hermes.* Otro, el llamado *Anteros* (el Amor contrario o recíproco), hijo de Afrodite (hija de *Zeus* y *Dione*) y de *Ares*. Un tercer Eros pasaba por hijo de Hermes y de *Artemis* (hija de Zeus y *Perséfone).* Mas, en definitiva, quedó como cosa admitida y corriente, no tan sólo que Eros era hijo de Afrodite, sino fijada su figura, tan

En fin, uno de los episodios más célebres e interesantes en que se mezclaba a Afrodite era el famoso relativo al *juicio de París,* cuando la diosa se le presentó, en unión de Hera y de Atena, para que el hijo de Priamos decidiese cuál de las tres era la más hermosa[379].

---

conocida por todos y celebrada por los poetas: el niño, ora alado, ora sin alas, pero que con sus flechas (o con su antorcha), inflamaba los corazones. Al nombre de Eros va unida una de las leyendas más lindas de la antigüedad. La de *El Amor y Psiché,* que conocemos por *Las metamorfosis,* de Apuleyo. Ya la veremos. En cuanto a Anteros, se cuenta a propósito de su origen, que Afrodite se quejaba a *Temis* (diosa muy estimada por las demás divinidades y que incluso, a causa de ser la *Justicia* y gozar del don de profecía, era consultada por éstas en sus apuros y dificultades), pues Afrodite se lamentaba ante ella de que Eros, su hijo, no crecía; que seguía siendo niño. Oyéndola, Temis la dijo que si quería que creciese, que le diera otro hermano. Entonces Afrodite y Ares tuvieron a Anteros, y, en efecto, Eros empezó a crecer. Con esta amable ficción, los poetas han querido dar a entender que el amor, para que sea grande, tiene que ser contrariado. También encarnaba Anteros el amor desgraciado, ora la resistencia a amar, bien la venganza del amor desdeñado. Pausanias cuenta (I, 30) que un joven extranjero llamado *Timágoras,* se suicidó por amor. La insensible que le había desdeñado se mató a su vez; y los *metecos,* para honrar en Anteros al vengador de Timágoras, le levantaron un altar en Atenas. Como se sabe, los metecos eran los extranjeros que se establecían en Atenas y que no gozaban de todos los derechos de ciudadanía. El Eros romano fue *Cupido,* nacido, como su homólogo griego, de la unión de *Venus* con *Marte.* Apenas nacido, *Júpiter,* previendo los males que iba a causar, quiso que Venus se deshiciese de él. Venus, para librarle de la cólera de Júpiter, le escondió en un bosque, donde fue alimentado con su leche por las fieras que en él habitaban. Apenas pudo manejar el arco, se hizo uno con la rama de un fresno, y con la de un ciprés fabricó flechas, ejercitándose sobre los animales para no fallar luego golpe con los hombres. Más tarde cambió su arco y su carcaj contra otros de oro. Se le representaba como al Eros clásico griego. Algunas veces, ciego, queriendo dar a entender con ello que el amor no ve los defectos del ser amado. También junto a la *Fortuna.* O sobre carros, leones o delfines, indicando que nada hay, cosa o animal, que le resista. Además de la fábula de Psiché, de Apuleyo, había otra menos interesante, que hacía a esta heroína, amada de Cupido, una princesa; que Venus se opuso mucho tiempo a la boda de ambos enamorados y que, finalmente, fue Júpiter quien dio la razón a Cupido, y la boda, a la que asistieron todos los dioses, se celebró con gran pompa y regocijo. Eros y Cupido tenían como animales favoritos el cisne (como Afrodite y Venus) y el gallo. A veces, cuando se pensaba en la crueldad de que en ocasiones hace gala el amor, se le pintaba con alas de buitre.

[379] *Paris* era el hijo menor de Príamos, rey de Troya, y de *Hekabe,* su mujer. Estando ésta a punto de traerle al Mundo, se vio en un ensueño, dando a luz una

Afrodite era venerada bajo tres aspectos: *akraia* (celeste, que reside en las alturas), *euploia* (marina, que concede una feliz navegación) y *doritis* (como divinidad chetóniea, subterránea). Eurípides dice de ella: «Kipris está en los aires, como está en el fondo del mar. Todo ha nacido de ella. Ella es quien hace germinar y nacer el amor, al cual todos, en la tierra,

---

antorcha que hacía arder la ciudad. Temiendo que el ensueño se convirtiese en realidad un día, Príamos decidió matar al niño en cuanto naciese. Pero Hekabe, madre al fin, se contentó con abandonarle en el Ida. Allí fue encontrado, recogido y criado por unos pastores, que le pusieron como nombre *Alexandros* («el hombre que protege»—nada para proteger como el hijo de un rey—, o «el hombre protegido», puesto que había sido protegido por ellos). Pasaron los años, y un día los servidores de Príamos fueron a buscar en los rebaños del rey, que guardaba siempre París, un toro que éste amaba especialmente. Al saber que estaba destinado, como premio, a ciertos juegos fúnebres en honor de un hijo de Príamos, muerto apenas nacido (él, que no sabía tampoco que era su hijo), se presentó a disputar estos premios, y, en efecto, venció con el arco a todos sus contrarios, entre ellos a sus hermanos. Furioso uno de éstos, *Deifobos,* sacó la espada dispuesto a matar a Paris. Pero éste se refugió en el altar de *Zeus,* donde *Kassandra* (V. n. 213) le reconoció como el hijo que creían muerto, y le dio el puesto que le correspondía en el palacio de su padre. No obstante, París volvió a su oficio de pastor. Eran los tiempos felices en que los hijos de los reyes no desdeñaban ser pastores, ni las princesas lavar la ropa, como *Nausikaa.* Y estaba otro día guardando los rebaños de su padre, cuando *Eris* (la Discordia), en plenas bodas de *Tetis* y *Peleus,* lanzó una manzana de oro entre *Afrodita, Atena* y *Hera,* diciendo: «Para la más hermosa». Como las tres se creían con derecho a ella y los demás dioses estimaron como empresa sumamente arriesgada el dar su opinión, Zeus encargó a *Hermes* que condujese a las tres hermosas ante Paris, para que éste decidiese. Fueron, en efecto, y cada una de ellas, por obtener la manzana, le hizo diferentes promesas. Hera le ofreció el imperio de Asia entera. Atena, la sabiduría y la victoria en todos los combates. Afrodite, una cosa mucho más modesta, al menos en apariencia: el amor de la mujer más hermosa: *Helene* de Esparta. Paris era también hermoso y, además, joven. Y claro, joven, hermoso y en pleno vigor, ¿qué eran para él todos los Imperios, la sabiduría, que ni tenía idea de lo que pudiese ser, y todas las victorias, al lado de una sola: la conseguida sobre el corazón de la mujer más hermosa? Y dio la manzana a Afrodite. Y luego raptó a Helene. Y a causa de su rapto se encendió la guerra de Troya, que costó la vida a tantísimo héroe y la pérdida de la rica ciudad. El que quiera censurar a Paris, que le censure. Yo no lo haré. Yo, hoy, hubiera dado la manzana a Atena; a Afrodite me hubiese contentado con darle un pellizco, de haberse dejado. Pero es que tengo sesenta y cinco años. Hace cuarenta no doy a Atena, no digo la manzana, ¡ni una pipa!

debemos la vida»[380]. Como divinidad del mundo subterráneo su culto pasó a Grecia desde Asia. Evidentemente, sólo como tradición podría considerarse como divinidad de la muerte y del mundo subterráneo, una diosa como ella origen de toda vida. Por ello, si en Argos era llamada *Tumborichos* (que cava una tumba, diosa de las tumbas), en Krete, en cambio, la denominaban *Antaia* (la diosa de las flores). Si en Tespiai, Korintos y Mantineia era *Maleinis* (la sombra), en Atenas y en otras partes, con el epíteto de *Doritis,* recordaban los innumerables beneficios que se la debían como diosa de la primavera y de la fuerza vegetativa.

Por esta misma cualidad de dueña de la fecundidad del mundo, era también la diosa del matrimonio, de la familia y de las ciudades, pues, ¿quién sino la diosa del amor podía velar por aquello que del amor depende? Otras divinidades, como hemos visto (Vesta, Hera, etc.), eran también protectoras del matrimonio, pero bajo otro concepto, desde el punto de vista formulario, legal, social, es decir, terminando su misión a la puerta de la alcoba; que era, precisamente, donde empezaba la más interesante: la de Afrodite. Por ello, porque el amor era (y sigue siendo) una cosa muy seria, muy importante y muy grande, puesto que, como con razón dice Eurípides, todos le debemos la vida, Afrodite, su diosa y su dispensadora, era una divinidad muy grande y muy venerada también,

Por supuesto, con el tiempo llegó a ser también la diosa de esa forma de amor que es el simple placer amoroso, la *Ponte*[381], la *Etaira*[382]. Pero esto fue debido a que poco a poco las cortesanas fueron adquiriendo influencia en la sociedad griega, de tal modo que su frecuentación, en vez de ser una cosa mal vista, constituía, por el contrario, una especie de timbre no solamente de riqueza, sino de buen tono, de elegancia, de saber vivir. Y claro, la presencia de Afrodite fue reclamada al punto para acabar de justificar la costumbre. ¡Cuántas mucho más horribles y condenables no se ha pretendido justificar antes y después en nombre de un dios o por su servicio!

Recordaré aún que en tiempos de Sókrates se hablaba ya de dos Afrodites, la *Ourania* (Celeste) y la *Pandemios* o *Pandemiona* (Popular).

---

[380] *Hippólitos,* v. 447 y sig.

[381] *Porne,* mujer de mala vida; de *pernemi,* vender porque las prostitutas eran, en general, primitivamente, esclavas.

[382] *Etaira,* cortesana, querida, por oposición a mujer legítima, y con todos los matices que envuelve la idea de una mujer de vida no regular, desde la concubina a la cortesana. Pero no mujer prostituta, sino mujer que ejercía con decoro y dignidad la profesión de tener amantes; profesión que en Grecia no era deshonrosa, y para cuya práctica hacía falta tanta hermosura como tacto y talento.

Esta, la diosa del amor digamos corriente, del amor carnal; la otra de un amor retóricamente superior, de un amor sin amor, pero amor de todas maneras. Remito al lector, si quiere tratar de comprender este amor inspirado por' la Afrodite Celeste, a Platón y a Xenofón[383].

El centro principal del culto a Afrodite fue Chipre. En esta isla la diosa poseía varios santuarios, entre los cuales los más famosos eran el de Pafos y el de Anatous (hoy Limisso). La fiesta principal se celebraba todos los años en primavera. Había una gran procesión, sacrificios y concursos (hípicos, gimnásticos y musicales). Se bañaba en el mar a la estatua de la diosa y se celebraban misterios que decían instituidos por Kiniras, que también pasaba por el constructor del santuario de Pafos. En Atenas tenía los siguientes: el templo de Afrodite *Hippolitia,* en la vertiente sur de la Akrópolis; el de Afrodite *Pandemos,* inmediato al anterior (tal vez el mismo); el de Afrodite en *Kepois* (en los jardines), unido a la Akrópolis por un subterráneo en el cual se desarrollaban los ritos misteriosos llamados *Arreforia*[384]; y el templo a Afrodite *Ourania,* en Kolonos[385]. En Esparta, el santuario más antiguo de la diosa albergaba una Afrodite armada y otra Afrodite *Morfo* (La Hermosura). Esta era una escultura que la representaba sentada, cubierta la cabeza con un velo y las piernas encadenadas. La belleza no debía triunfar sobre la austeridad espartana. No pudiendo desconocer a Afrodite, trataban de dominarla.

Afrodite fue siempre, como ya he indicado, el tipo ideal para los artistas, que en todos los tiempos se complacieron en representarla de mil formas y maneras. Pintores y escultores en la antigüedad reproducían a los demás dioses por interés, por dinero: a Afrodite, ante todo por goce espiritual, por arte puro. Las Friné y las Lais fueron durante siglos las Afrodites vivas que inspiraron a los hijos del Arte sus mejores creaciones.

En Pafos, la imagen más antigua y venerada de la diosa era una especie de cono o pirámide de piedra blanca, rodeada de candelabros encendidos[386]. Al darle forma humana, primitivamente, en Asia, sus primeras representaciones serían probablemente como esos ídolos de tierra cocida que se encuentran en gran número en Chipre y en Siria, en los

---

[383] V. Ambos *Banquetes,* el de Platón y el de Xenofón, en mi traducción de esta «Colección La Crítica Literaria».

[384] Arreforia, acto de llevar en procesión los vestidos o atributos sagrados de una diosa, especialmente *Atena.*

[385] Kolonos, demo ático de la tribu Egaida, situado en una colina al Norte de Atenas.

[386] El arte moderno diríase que quiere volver a la sencillez del primitivo. Pero lo que entonces era natural, hoy es ridículo.

cuales Afrodite está enteramente vestida, cargada de collares y brazaletes (gusto asiático puro), el brazo izquierdo cayendo a lo largo del cuerpo, y el otro, sobre el pecho. En Grecia, sus imágenes ora tienen un carácter grave, ora un carácter sensual. Las primeras corresponden a la Afrodite Ourania y a la Afrodite protectora de los matrimonios *(Venus genitrix)*. Esta diosa Celeste suele estar vestida con un largo *chiton* (túnica) que le llega hasta los pies. La cabellera sencillamente arreglada y cogida mediante una modesta diadema. Con la mano derecha levanta un poco los pliegues de su vestido; en la izquierda lleva una flor, símbolo de su acción sobre la vida vegetativa. Otras veces sostiene una adormidera o una manzana, emblema de la fecundidad.

Praxiteles y Skopas sólo pensaron, como verdaderos artistas que eran, en la belleza cuando trataron de representar a Afrodite. La diosa saliendo del mar toda juvetud, toda gracia, toda hermosura, alegría y sonrisa, fue para ellos suficiente. Esta imagen verdaderamente divina de la belleza y de la juventud inspiró todas sus obras. Y, naturalmente, ¿podían hacer resaltar tanta hermosura sin mostrar desnuda la perfección de las perfecciones: su cuerpo?

De esta nueva concepción artística han quedado unas cuantas Afrodites encanto de los ojos que las contemplan y gloria de los museos que las poseen. Las principales son: mostrando tan sólo un brazo, los hombros y el seno izquierdo (pero cubierta apenas con un velo maravilloso que aún hace más pujante la soberana esplendidez de su cuerpo), la Afrodite de Frejus[387]. De la variedad con sólo medio cuerpo vestido, como la Venus de Milo, está la Afrodite de Capua, la de Arlés, y la Afrodite retorciendo su cabellera, del Vaticano. Desnudas enteramente, la admirable Afrodite de Knidos (Vaticano), la Afrodite de Médicis (Florencia), verdadera apoteosis de la hermosura femenina, y la maravillosa Afrodite de Kirene, descubierta en 1913 (Roma, Museo de las Termas), a la que desgraciadamente le faltan los brazos y la cabeza. En fin, dos estatuas notables de Afrodite agachada, también desnuda, son la del Louvre (incompleta también; sin cabeza y sin brazos) y la de Rodas, deliciosa estatua apretándose la cabellera para hacer salir el agua de que está empapada.

---

[387] Nombre del poblado francés donde fue encontrada.

VENUS

Venus, la diosa del amor entre los latinos, era una divinidad muy antigua que en unión de *Flora* (diosa itálica de la floración) y de *Feronia* (diosa sabina de la fertilidad de los campos), era primitivamente una divinidad que simbolizaba también la fertilidad del suelo y muy especialmente de las huertas. Su nombre era de la misma familia que *venutus* (gracioso), y tal vez de la misma raíz que la palabra sánscrita *vana* (amable). Parece ser que poseía un santuario en Ardea[388] cuando aún Roma no había sido fundada. Venus no estaba entre las grandes divinidades romanas. Fue a partir del siglo n antes de nuestra Era, es decir, cuando los dioses romanos empezaron a confundirse con los griegos y a ser sustituidos por éstos, cuando Venus y Afrodite no fueron ya sino una sola divinidad con el carácter y funciones de la diosa griega. No obstante, se siguió adorando una especie de variante latina bajo el nombre de *Murcia* (de *mulcere,* tocar) y de *Libertina* (de *libido,* placer; *libet,* agrado). *Venus genitrix, Venus madre* y *Venus victrix,* que se acerca a *Victoria* (la Victoria), eran ya concepciones griegas adoptadas por la religión romana. Venus, la Venus asimilada ya a la Afrodite griega e incluso tomando la personalidad y la leyenda de ésta, tuvo varios templos en Roma. Los más célebres fueron el de *Venus genitrix,* que estaba en el centro del Forum Julium, edificado por César, y el de *Venus-et-Roma,* del que subsisten ruinas imponentes, construido en 135 por orden de Adriano y reconstruido en 307 por Maxencio. La antigua *gens Julia,* que pretendía descender de Aineias, se alababa con ello el tener como antecesora a Venus.

DEMETER Y PERSÉFONE

Demeter, diosa de la agricultura, divinidad maternal de la tierra, *Tierra-Madre*[389], dispensadora de los frutos del suelo, especialmente del

---

[388] Ardea, ciudad de Italia central, en el Latium, cerca del mar Tirreno. Fue capital de los rótulos. En la legendaria época de Achaia, *Turnus* era su rey. Más tarde, Ardea fue una de las 30 ciudades de la liga latina. El año 442 a. d. J. se convirtió en colonia romana. Hoy es una modesta aldea de la provincia de Roma. Conserva vestigios de sus antiguas murallas.

[389] *Demeter* es un nombre compuesto, cuya segunda palabra significa *madre* (υπτηρ, meter). En cuanto a la primera, probablemente no procede de la raíz *de* o *di,* que ha dado nacimiento en griego y en latín a los nombres de los dioses, sino

trigo, base de la alimentación del hombre, pertenecía a la segunda generación divina (la de los Olímpicos), puesto que era hija de Kronos y de Rea. Pasaba por nacida la segunda, después de Hostia y antes que Hera. Unida luego a Zeus, su hermano, tuvo de él a Perséfone, de la que fue inseparable en las leyendas, de tal modo que con frecuencia se las designaba llamándolas simplemente *las diosas*[390].

Todas las tradiciones relativas a Demeter están conformes, bien que la mitología la ofrezca, en realidad, bajo dos aspectos[391], en que era una

---

de *ge* o *ga* (la tierra), que en ciertos dialectos, especialmente el eólico, se encuentra también bajo la forma *de* o de *da*.

[390] Las opiniones relativas al origen de esta importante diosa pueden reducirse a tres hipótesis: hipótesis egipcia, hipótesis tesalia e hipótesis egeana. Según la primera, de acuerdo con Herodotos, que cuenta que *Danaos,* un egipcio, fue el fundador de una de las principales fiestas de *Demeter,* las *Tesmoforias.* Este Danaos, al llegar a Grecia en tiempos de la XVIII dinastía faraónica, trajo, pues no existía aún, el cultivo de la viña y el de los cereales. Y al mismo tiempo, los cultos de *Isis* y *Osiris,* inventores de ambas artes. En Grecia, con el tiempo, Isis se transformó en Demeter; Osiris, en *Dionisos.* P. Foucart es el principal sostenedor de esta hipótesis. La segunda, apoyándose en que en el Norte de Grecia (que era uno de los grandes manantiales de las religiones griegas; *Apolo* y Dionisos, según ciertos autores, tuvieron allí su origen) existía una gran llanura agrícola, al Sudoeste del Ossa (Tessalia), la llanura de Dotión, cuyo nombre vendría de Dois, y de Dois, Domater, forma eolia de Demeter, funda en esto su teoría, cuyo principal mantenedor fue Kern, que se apoya aún para reforzar su opinión, en que ésta era la antigua región de la Achaia, epíteto que se daba con frecuencia a Demeter. Sin contar que a poca distancia de Dotión había antiguos santuarios, rupestres, de la diosa. Ch. Picard, sostenedor de la tercera hipótesis, hace observar que en dicha región no hay testimonio de que Demeter fuese adorada antes de los siglos VII y VI, mientras que añade en apoyo de su tesis, que Kreta, en cambio, puede ser considerado como el primer lugar donde Demeter tuvo culto, donde Hesiodos coloca sus amores con Jasión, que el himno homérico afirma que su culto pasó de Kreta a Elieusis; que, como se sabe, los pueblos egeanos tuvieron el culto de una Diosa-Madre, que gracias a su universal fecundidad hacía crecer las plantas, y, en fin, que muchas particularidades del culto eleusiano son propias a esta Diosa-Madre.

[391] Dos aspectos, porque según la etimología vulgar de su nombre es la *Tierra-Madre* símbolo de las fuerzas productoras de la Naturaleza, la diosa de las labores, la portadora de los bienes de la tierra; pero también era esta misma tierra, considerada en sus profundidades misteriosas, donde se elabora la vida de los vegetales. Y este sentido, inseparable de *Perséfone,* presidía con ella la religión de Eleusis. Luego su carácter era, ora sencillo y claro; diosa agrícola, ora místico; diosa de los Misterios.

diosa eminentemente agrícola. Ahora bien, aunque diosa por excelencia de la tierra, de los campos labrados, de la gleba cultivada por el hombre, su personalidad nada tiene que ver con otras diosas vinculadas asimismo a la tierra, como, por ejemplo, Gaia, que si es la significación de la Tierra, es, considerada ésta como elemento cósmico, no como elemento productivo. Rea, su madre, también era considerada como divinidad de la tierra, pero ello era debido a que encarnando el tipo de diosa generadora por excelencia, puesto que era madre de los Olímpicos, se la asimilaba místicamente a la tierra, generadora a su vez de la vida en primer lugar, y luego de cuanto es necesario para sostenerla. Afrodite también representaba y era considerada como divinidad de la tierra, pero a causa de ser, como diosa del amor, el principio activo de toda generación, pero no como diosa protectora de la agricultura especialmente, de las labores de la tierra y de la producción de frutos, como Demeter.

En cuanto a ésta, siendo Demeter la personificación de la tierra nutridora, de la tierra como base de alimentos y de vida, se comprende que su culto en Grecia (como el de las divinidades similares en otros países) fuese antiquísimo. Si en la *Ilíada* y la *Odisea* no tiene la acción que otros dioses y diosas es precisamente a causa de su índole bienhechora y pacífica, pues ¿qué iba a hacer la diosa de la agricultura y del trabajo de los campos, en dos poemas heroicos destinados a cantar, sobre todo el primero, todo lo contrario del bienestar, del trabajo y de la abundancia: la guerra? No obstante, en la *Ilíada* misma, Demeter preside ya las faenas agrícolas: «Cuando la rubia Demeter separa el grano de la paja al soplo del viento»[392]. Y para designar el pan se vale de la expresión *Demeleros akté* (el grano triturado de Demeter)[393]. En cuanto a la *Odisea,* uno de sus mitos, reproducido luego por Hesiodos, es el relativo a su unión con Jasión (mejor, Iasión) en un campo tres veces labrado. El fruto de esta unión campestre fue Ploutos[394]. Luego Demeter era desde el principio, y tan sólo ello, la diosa de los campos labrados, y esto la distinguía, como dicho queda, de las demás divinidades relacionadas con la tierra. «Es la Tierra la que hace salir los frutos del suelo; dad, pues, a la Tierra el

---

[392] *Ilíada,* V. v. 500.

[393] *Ilíada,* XIII. v. 322. La misma expresión se encuentra también, y repetidas veces, en *Los trabajos y los días,* de Hesiodos.

[394] *Jasión o Iasión* era, sin duda, el sembrador primitivo. *Ploutos,* la riqueza. Imagen clara de la tierra cultivada, en la que la semilla que se arroja produce pingüe cosecha; abundancia, bienestar, riqueza.

nombre de Madre»[395], cantaban las sacerdotisas de Zeus en Dodone[396]. Demeter conservó siempre su carácter de divinidad protectora de los campos y de sus cultivadores, de diosa rubia de las cosechas, de dispensadora del codiciado trigo, de divinidad tranquila, benéfica, tipo perfecto de la actividad agrícola e incluso de la solicitud maternal, aun cuando más tarde su significación mística llegó a todo su apogeo en virtud de los Misterios de Eleusis. Y la mejor prueba es que las fiestas populares de De-meter correspondían siempre a los momentos más importantes de la vida agrícola; vida y prosperidad que los agricultores ponían siempre bajo su protección. Antes de labrar los campos se dirigían a Demeter *Proerosia* (que precedía a la labranza); cuando brotaba el trigo y su color alegre empezaba a adornar los campos, a Demeter *Chloé* (verde); luego, tras segar, celebraban la fiesta de las *Aloa* (la fiesta de las eras; de *aloao,* golpear las gavillas para hacer saltar el grano), destinada a ofrecerle las primicias de la cosecha. Una porción de epítetos, además, indicaban siempre su condición esencial de diosa de la tierra y de las labores[397].

De los campos de trigo tomaba asimismo sus atributos principales (la espiga y la amapola), y como esta planta (el trigo) era un don suyo, lógico era atribuirle, como se hacía, la invención de los instrumentos necesarios para su cultivo y, en general, los diversos trabajos del campo. Por todo ello cuanto de útil había para las tierras no era sino favores concedidos a los hombres por la benéfica diosa. Y por ello también el que todos los héroes cuyo nombre iba unido a algo relativo a los campos y a las cosechas dependiesen de Demeter. Por ejemplo, Bouziges y Triptolemos[398].

---

[395] *Pausanias*, X. 12, 10.

[396] *Dodone,* hoy Mitsikeli, o Drisko, ciudad de Epiro, célebre a causa de su santuario y de su oráculo de *Zeus.*

[397] *Foinikopeza* (por el color rojizo de los rastrojos). Píndaros menciona su túnica de un rojo amarillento, como los trigos que ondulaban alrededor de sus pies *(Olímpicas,* v. 94). *Azesía* (el grano seco), *ioulo* (la diosa de la gavilla), *polisoros* y *sorites* (el montón de trigo), etc.

[398] *Bouziges,* el «uncidor de los bueyes al yugo», figura mítica del inventor de este instrumento de labranza. El fue el inventor también del arte de domar a los toros para poder uncirlos al arado. El quien había prohibido, el primero, matar bueyes ni toros, a causa de su utilidad en la agricultura. Pasaba también por uno de los primeros legisladores. Sobre *Triptolemos,* V. n. 82. Decíase también de Triptolemos que era hijo de *Disaules* o *Diaulos,* es decir, del doble surco que trazan los bueyes yendo y volviendo, al labrar, en el campo. En las creencias populares, Triptolemos era el buen genio de las tierras cultivadas. Sus favores

Una leyenda secundaria cuenta los amores de Demeter con Poseidón, de cuyos amores nació el caballo Areión[399]. Una variante de la leyenda anterior hacía que Demeter, fecundada por el dios del mar contra su voluntad, diese a luz *Despoina*[400]. Otra leyenda habla de la lucha de Demeter contra Hefaistos por la posesión de la isla de Sicilia; lucha en la que Aitne (ninfa siciliana que dio nombre al Etna) fue mediadora. Aún otra, de su disputa con Dionisos, a propósito de Campania, mito reciente, alusión clara a la riqueza de esta comarca en trigos y vino. En fin, Erusichtón, hijo (o hermano) del rey tesalio Triopas, hombre impío y violento, taló un día un bosque sagrado consagrado a Demeter. Ésta le castigó haciéndole víctima de un hambre tal, que nada podía saciar. Habiendo devorado todas sus riquezas, su hija Mnestra, que tenía la facultad de transformarse en lo que quería (don que la había concedido Poseidón, de quien había sido amante), se vendía como esclava, para procurar recursos a su padre, y luego, cambiándose de forma, escapaba y volvía a su casa, para venderse de nuevo más tarde. Pero ni ello era

---

concedían a los campesinos la abundancia y la riqueza. Una obra perdida de Sófokles, que llevaba su nombre, contaba sus viajes y andanzas por el Mundo, dando a conocer el trigo por orden de *Demeter*.

[399] En Figalia (Arkadia), el santuario de *Demeter* era una caverna, y su imagen una piedra sin tallar. Habiendo sido destruida esta imagen por el fuego, fue reemplazada por una estatua de bronce, obra de Onata de Aigina, uno de los precursores de Fidias, que representaba a la diosa con cuerpo de mujer y cabeza de caballo, y con serpientes a modo de crines. Esta imagen era el símbolo de su unión con *Poseidón*. Es decir, Poseidón, el elemento húmedo (el agua), fecundando la tierra al penetrarla. La unión de Poseidón con Demeter se había efectuado contra la voluntad de ésta, del modo siguiente: cuando la diosa buscaba por todas partes a su hija raptada por *Haides*, Poseidón, que la amaba, la seguía sin cesar. Para escapar a sus importunidades, Demeter se transformó en yegua y se metió entre los caballos del rey *Onkos*, en Telefousa (Arkadia). Pero Poseidón, tomando la forma de un caballo, se apareó con ella a la fuerza. De esta unión nació una hija, que como estaba prohibido decir su nombre, se la llamaba *Despoína* (el Ama, la Dueña, la Señora), y un caballo: el caballo *Areión*. Este caballo perteneció primeramente a Onkos y luego a *Herakles,* que se sirvió de él en la expedición contra Elis y luego en su lucha contra *Kiknos* (V. n. 341).

[400] *Despoína* (ama, dueña) corresponde a un nombre sánscrito idéntico: *Desapatni, el ama* (de los esclavos). Como *Demeter* había sido poseída contra su voluntad, habíase encolerizado mucho, y por ello, el nombre de *Demeter Erinis,* Demeter irritada, que llevaba en Arkadia (Pausanias, 25, 6, 42). Despoína se confundió más tarde con *Perséfone,* el ama y la reina de los Infiernos.

bastante para el desdichado, que acabó, en un acceso de locura, por devorarse a sí mismo.

Pero todo esto son fabulillas. El gran mito de Demeter es el relativo al rapto de Perséfone por Haides y a las andanzas de la desolada madre por la tierra, en su busca[401]. Este mito es la expresión de la idea de la maternidad de la tierra, idea desarrollada en Grecia desde los tiempos más remotos. Significaba el retorno de la vegetación brillante que cubre los campos, los árboles y la Naturaleza toda en primavera, obra de Kore (nombre de Perséfone en Ática), «la joven virgen», hija tan amada de Demeter, cuando salía de los infiernos. Cuando en invierno aquella hija, orgullo de su madre, era arrebatada a la ternura maternal por tener que volver junto a Haides, su esposo, toda la vegetación desaparecía.

En fin, a Demeter y Perséfone iban unidos los célebres Misterios de Eleusis, ciudad donde había terminado la peregrinación de la angustiada diosa en busca de su hija[402]. Esta peregrinación constituye, por decirlo así, la segunda parte de su mito (la primera es la referida en la nota 106). Voy a contarla con objeto de llevar al lector hasta lo verdaderamente importante: los *Misterios* de Eleusis[403].

---

[401] V. n. 106.

[402] La ciudad de *Eleusis* estaba donde hoy se levanta la aldea empezada a formar en el siglo XVII sobre las ruinas de aquélla, destruida por Alarico el año 396 d. d. J. Está hoy la aldea, y estuvo la ciudad antigua, en una comarca fértil, a 22 kilómetros de Atenas, a su Oeste, no lejos del monte Kerata y al fondo de una bahía que se abre detrás de la isla de Salamina. Luego de haber formado un reino independiente, fue conquistada en la época semi-mítica por los atenienses, tras largos y duros combates. El lugar que, a causa del templo de *Demeter* y de los *Misterios,* era entonces un importantísimo centro de peregrinación, está hoy afeado por varias fábricas. Pero entonces, la tríada agrícola *Demeter-Perséfone-Iakchos,* fue para Eleusis una inagotable fuente de riquezas, pues de toda Grecia iban peregrinos con la esperanza de, gracias a la *iniciación,* asegurarse la ventura luego de la muerte. A partir del año 1860, excavaciones bien dirigidas han sacado a luz los restos de varios edificios de la ciudad santa de Ática, entre otros, el templo de Demeter.

[403] La fuente más antigua y más segura relativa al gran mito de *Demeter* y a los *Misterios* es la admirable poesía llamada *Himno homérico a Demeter.* En realidad, no es de Homeros. Por antiguo que sea, es una versión posterior, como lo prueba la alusión que intencionadamente hace a la institución de los Misterios. Pero el hecho de que en este himno se considere a *Eleusis* libre aún de la tutela ateniense, y que sus principios figuren como los primeros iniciados, parece demostrar que la institución de los famosos Misterios, perdiéndose en las brumas de los tiempos prehistóricos, no permite ni presumir cuándo pudo aparecer este

Según el himno, Demeter, en su loca peregrinación en busca de Perséfone, encontró por primera vez asilo y consuelo en el palacio de Keleos. primer rey mítico de Eleusis. Estaba «sentada en el camino, con el corazón desgarrado por el dolor, cerca del pozo de Partenios, a la sombra de un espeso olivo que la cubría con sus ramas». En esto, las hijas de Keleos, que venían al pozo a por agua, vieron a la pobre anciana en qué se había transformado. Es decir, la vieron tan miserable y desdichada, que, apiadadas de ella, la interrogaron. Demeter les contestó que había sido robada por unos piratas y abandonada luego en la costa de Ática. Que buscaba asilo, y se emplearía como niñera o como criada. Las hijas del rey contaron su encuentro a Metaneira, su madre, y la instaron a que socorriese a la desgraciada. Y como ésta tenía un hijo pequeño, Demofón (hermano menor de Triptolemos), tomó a Demeter a su servicio, encargándola que se ocupase de él. Por cierto que al entrar la diosa en el palacio, éste se iluminó con claridad maravillosa, y Metaneira misma fue sobrecogida al verla de tal mezcla de temor y de respeto, que le ofreció el asiento donde estaba. Pero Demeter, que había cubierto su rostro con un velo, permaneció largo tiempo inmóvil, sin que nada pudiera consolarla ni distraerla. Tan sólo la joven Iambe, la hija de Pan y de la ninfa Echo, criada de la reina, consiguió al fin, con sus bromas, que la sonrisa asomase a los labios de la diosa[404].

Demeter, encargada de Demofón, empezó a hacerle crecer y prosperar «como un dios, sin alimentarle con pan ni hacerle tomar leche». Le ungía con ambrosía, le acariciaba dulcemente con su aliento cuando le tenía en sus brazos, y por la noche, sin que nadie lo supiese, le metía en el fuego, como a un tizón, con objeto de purificarle y hacerle inmortal. Pero en cierta ocasión, Metaneira la vio; espantada empezó a gritar, creyendo que su hijo iba a morir, obligando con su desesperación a que la diosa retirase al niño de las brasas. Tras ello, e increpando a la espantada madre, acabó de sobrecogerla manifestándose como diosa, es decir, tal cual era en realidad: «Soy Demeter, la dijo, la diosa colmada de honores; alegría y provecho de dioses y mortales. Pero vamos, quiero que el pueblo entero

---

culto. En todo caso, lo seguro es que, unida Eleusis a Atenas por una vía especial que adquirió carácter sagrado, millares de peregrinos iban por ella en procesión durante la fiesta de los Misterios, llevando a Eleusis la imagen de *Iakchos* sacada de un templo de aquella ciudad.

[404] *Iambe* es la personificación de los versos *iámbicos* o *yámbicos* y de las escenas cómicas que interrumpían en plena iniciación el duelo de los iniciados. El *yambo* era un pie de poesía griega compuesto de dos sílabas, la primera breve y la segunda larga.

me construya sobre la ciudad y sus altos bastiones, allá en el Kallichoros[405], sobre la colina que domina todo, un templo grande y un altar. Y yo misma os enseñaré mis misterios, con objeto de que en lo sucesivo practiquéis los ritos sagrados». He aquí justificada y hasta explicada la institución de los famosos Misterios de Eleusis[406].

---

[405] *Kallichoros,* lit. «las hermosas danzas», pozo sagrado cerca de Eleusis.

[406] El *misterio* es la esencia de las religiones, su pasta propia, su cimiento más sólido, ya que enraíza en algo tan general y constante cual la credulidad humana. Todas las religiones, en su origen, son puro misterio, puesto que el hombre empieza por hincar la rodilla ante lo que le aterra, pero sin tener la más remota idea de lo que pueda ser. Luego, con el tiempo, aliado el temor a la fantasía y a la conveniencia (deseo humano de evitar el mal de conseguir, por el contrario, el bien), da cuerpo a una creencia que acaba por tomar una base de doctrina, de la cual tan sólo la parte superficial, el rito y sus alrededores, pasa al dominio de la masa, que para creer no tiene necesidad de comprender: palabras y espectáculos le bastan. Pero el fondo íntimo de la doctrina, lo que verdaderamente tiende a ser la unión del creyente con la divinidad, esto, inabordable siempre para los más, es manjar y privilegio exclusivo de un grupo restringido de adoradores, por lo que permanece esotérico, misterioso. Y no porque los iniciados quieran darle intencionadamente este carácter, sino porque acaban por comprender que hay pocos espíritus bien dispuestos para entrar en contacto, o pretenderlo cuando menos, con lo que es difícilmente abordable; que ser *fanático* es fácil; *religioso,* difícil. Por ello, todas las religiones de la antigüedad, como todas las modernas, pertenezcan a pueblos civilizados o salvajes, han tenido y tienen ritos que los sacerdotes mantenían ocultos a los ojos del vulgo, que no comunicaban a todos y que incluso cuando lo hacían era previa una iniciación especial. Iniciación que comprendía varios grados, que necesitaba una preparación y diversos altos y paradas en diferentes fases o estaciones del trayecto, sólo al término del cual se llegaba a la vista, a la posesión y al goce de los misterios divinos o tenidos por tales.

Los misterios de Eleusis, que son los que ahora nos interesan, tenían asimismo dos partes: primera, la formularia (preparación e iniciación); segunda, la doctrinal, si se puede emplear esta expresión, es decir, la razón, el porqué, la meta a alcanzar, el beneficio a conseguir mediante ellos; beneficio que justificaba no tan sólo el deseo de ser iniciados, sino las pruebas (a veces duras y difíciles) hasta conseguirlo. Veamos, ante todo, la primera.

Así como *Demeter* se ofrecía ella misma, en cuanto diosa, bajo un doble aspecto, uno relativo al nacimiento y el otro a la muerte de la vegetación, sus *Misterios* se dividían también en dos partes: los *pequeños Misterios* (llamados también *Misterios de Agra,* por ser éste el nombre de la colina situada al borde del Ilisos, donde se celebraban), que eran una iniciación y una preparación a los *grandes Misterios*. Los *pequeños* se celebraban en Atenas en el mes de Antesterión (febrero). Para tomar parte en esta primera iniciación hacían falta condiciones especiales: ser presentado por dos *mistes (mistes,* iniciado en los misterios o iniciador; *misterión,* misterio, cosa secreta, misteriosa; *ta mikra misterión,* los pequeños misterios en honor de *Perséfone; ta megala misterión,* los grandes misterios en honor de Demeter, éstos en el mes de Boedromión); estos dos mistes que presentaban al aspirante eran como sus padrinos. Hacía falta, además, ser ciudadano libre de un Estado helénico y no haber incurrido en ninguna falta grave, en particular no haber cometido homicidio. Los extranjeros y los malhechores estaban, pues, excluidos. Para acercarse a los misterios de la vida y de la muerte se exigía, como se ve, cierta pureza de costumbres. Ya era algo. Los candidatos eran llamados *neofoitos* (neófitos, recién llegados); luego de haber recibido la iniciación, *mistes.* ¿En qué consistía esta iniciación? No lo sabemos. Una de las condiciones esenciales para ser iniciados era el silencio. Y fue tan bien guardado siempre, que lo que se ha llegado a saber sobre el formulismo de los Misterios ha sido gracias a referencias y deducciones indirectas.

Probablemente, la iniciación consistía en una ceremonia simbólica: rezos, letanías, recitación de la leyenda sagrada *(ieros logos)* y tal vez una representación mímica. Una vez iniciados en los «pequeños» misterios, se pasaba a los «grandes». Estos se celebraban en el mes de Boedromión (septiembre). El 15 se reunían los «mistes» en los pórticos del Eleusinión para escuchar las condiciones, proclamadas por el hierofante, necesarias para ser admitidos a los grandes Misterios. Al día siguiente se iba al borde del mar para hacer las abluciones y purificaciones prescritas *(alade mistai.* al mar los mistes), los tres días siguientes se dedicaban a prácticas y ceremonias (exactamente no se sabe a qué) y, en fin, el 20 poníase en marcha la procesión mística, llevando solemnemente la imagen de *Iakchos.* Este Iakchos, dios que conducía místicamente, como digo, la procesión de los iniciados de *Eleusis,* era, por lo visto, la deificación del grito ¡*iakche!* que lanzaban los fieles conduciéndole. Mas como su nombre recordaba a *Bakchos,* otro de los apelativos de *Dionisos,* era considerado como un intermediario entre las diosas de Eleusis y el dios del vino, que también era dios de *Misterios.* Se acabó, pues, por hacer a Iakchos hijo de Demeter, e incluso decíase que la había acompañado, niño aún, en su peregrinación en busca de *Perséfone.* Y que él había sido quien, riendo a más no poder ante el gesto de *Baubo,* había conseguido alegrar a la entristecida diosa. Pero más generalmente, este Iakchos era considerado no como hijo de Demeter, sino de Perséfone y de *Zeus.* Y en este caso, como la reencarnación de *Zagreus,* hijo de Perséfone y de Zeus, que se había unido a ella en forma de serpiente y que tenía a Zagreus tanto cariño que pensaba que fuese su sucesor en la soberanía del Mundo. Pero *Hera,* invariablemente celosa y perversa, lanzó contra él a los *Titanes.* Y aunque Zagreus, por escapar, se transformó varias veces, y la última en toro, fue reconocido por sus perseguidores, cogido, descuartizado, echado en una caldera y puesto a cocer. Zeus, por supuesto, acudió en socorro de su hijo amado, pero tarde. Mató con el rayo a los Titanes, pero de Zagreus cuanto halló con vida fue el corazón, palpitante aún, que le trajo *Atena,* y que se tragó al punto, mientras *Apolo* recogía los demás restos. Y habiendo regenerado a Zagreus, éste en adelante fue llamado Iakchos. Y a causa de lo anterior, sus misterios: del mismo modo que el dios había renacido a una nueva vida, los iniciados en sus Misterios podrían, tras la muerte, renacer a una vida mejor, en vez de permanecer sin pena ni gloria en el confuso *Haides.* Esta afirmación fácilmente creída como todo lo que se desea (y nada más deseado por la mayor parte de los hombres que la ilusión de una vida luego de ésta, sin fin y mejor), serviría a su vez de base a los dioses *Soter* (Salvadores), dioses que sustituyeron a los de las mitologías, y que a su vez fueron base de nuevas religiones, las principales, o más afortunadas de las cuales, aún duran.

Otras veces, Iakchos pasaba por el marido de Demeter. O por el hijo de Dionisos, habido con la ninfa *Aura* en Frigia: ninfa que habiendo tenido dos gemelos, devoró a uno en un ataque de locura. El otro, Iakchos, había sido salvado por otra ninfa y confiado a las *Bacantes.* En fin, también se le identificaba con Dionisos, declarando que esta dualidad era un misterio más.

En cuanto a Baubo, ésta era la mujer de *Disaules,* que habitaba en Eleusis. Cuando Demeter, siempre en busca de su hija, llegó a esta ciudad acompañada de Iakchos, niño aún, Disaules y Baubo acogieron a madre e hijo con toda solicitud. Baubo, para dar fuerzas a Demeter, le ofreció una buena sopa, que la diosa, siempre amargada, no aceptó. Entonces Baubo, que, sin duda, tenía poca paciencia, ora por mostrar mediante un gesto impremeditado su descontento, tal vez por ver de animar a la diosa con una broma de su gusto, se volvió rápidamente, levantó la túnica y le mostró el trasero. («¡Cómo!, ¿que no quieres la sopa? ¡Pues toma éste!») El niño, Iakchos, empezó a reír de tal manera, que Demeter, ganada por su infantil regocijo, acabó por reír también. E incluso se comió la sopa.

Pero volvamos a la procesión que hemos dejado camino de Eleusis, adonde llegaba ya bien entrada la noche. Eran 22 kilómetros entre paradas, cánticos y cuanto se quiera imaginar. Y era entonces, al llegar a Eleusis, cuando empezaban los verdaderos Misterios. Es decir, una larga serie de ceremonias que se celebraban en plena noche. ¿En qué consistían tales ceremonias? No se sabe sino por conjeturas. Por lo visto, en *actos* cumplidos por sacerdotes e iniciados *(ta dromena)* y en *espectáculos (ta deiknumena)* relativos a la peregrinación de Demeter. Reproducción de escenas imaginadas: unas, en el misterio de la más completa oscuridad, en que sólo se oirían los gritos y la voz en llanto de la diosa llamando a su hija; otras, a toda luz, a la que se pasaría de pronto: cuestión de asombrar e impresionar a los ya bien dispuestos a creer y admirar todo, pues el que cree y espera con poco se contenta.

Entre los actos, uno de los más importantes era, por lo visto, una colación *(paradosis),* cena divina, en la que los iniciados participaban tras haber tocado ciertos objetos sagrados. Tal parece indicar, al menos, la siguiente fórmula usada en esta ocasión: «He ayunado, he bebido el kikeón, he tomado de la kiste, y tras haber probado, he dejado en el kalatos, y he vuelto a coger del kalatos para poner en la kiste». El *kikeón* era un brebaje que se preparaba de diversas maneras. Como licor sagrado, parece ser que se hacía con agua, menta y miel. En la *Ilíada,* con harina de cebada, queso rallado y vino de Pramnios. *Kirke,* la maga, con harina, agua y adormideras. Posteriormente con ingredientes diversos empleados en medicina. La *kiste* era un cesto o una cestita. El *kalatos,* lo mismo, una especie de cesto.

Estas ceremonias, ¿iban acompañadas de enseñanzas dogmáticas o se trataba simplemente de ritos desprovistos de todo sentido esotérico y destinados tan sólo a sorprender la imaginación de los ya bien dispuestos iniciados? Probablemente esto último, a juzgar por los textos de varios autores, único medio de información que tenemos. «Aristóteles—dice Sinesios (el orador, poeta y filósofo griego que fue obispo de Ptolemais—370-413 d. de J.—, además de escritor muy fecundo y muy personal, cuya obra está llena de espiritualidad y de gracia; interesantísima, sobre todo, su *Correspondencia)*—, Aristóteles opina que los iniciados no aprenden nada preciso, sino que reciben impresiones y que son puestos en determinado estado de espíritu tras haber sido convenientemente preparados.» *(De Orat,* p. 48.) Oigamos a Ploutarchos: «Yo escuchaba tales cosas con sencillez, como en las ceremonias de la iniciación y de los misterios, que no entrañan ninguna demostración, ninguna convicción producida mediante el razonamiento.» *(De dejectu oraculorum,* XXII.) Clemente de Alejandría dice, por su parte *(Stromata,* V): «Tras las purificaciones, vienen los pequeños Misterios, que entrañan cierto fundamento de instrucción y una preparación a lo que debe seguir. En los grandes Misterios ya no hay nada que aprender, no hay sino contemplar y concebir.» La cuestión es, pues, evidente: todas las ceremonias de los grandes Misterios no tenían otro objeto que impresionar a los iniciados («mistes»), haciéndoles *ver* una serie de representaciones fantástico-teatrales relativas a la vida y andanzas de Demeter en busca de Perséfone, y en virtud de ellas acabar de hacerles creer que aquello bastaba para conseguir, luego de la muerte, un más allá mejor. Tras aquellas contemplaciones, los que habían gozado de ellas dejaban de ser *mistes,* pasando a ser *epoptes,* es decir, los que *por haber visto* estaban salvados. Isókrates, el logógrafo, orador y escritor ateniense (436-346), expresa cuanto allí ocurría, de un modo perfecto, en pocas palabras: «Cuando Demeter, errando por toda la Tierra tras el rapto de su hija, llegó a nuestro país, quiso testificar a nuestros antepasados su reconocimiento a causa de las atenciones que de ellos había recibido, lo que tan sólo los iniciados deben conocer. Les obsequió, pues, con los dos mejores presentes que pueden hacerse a los hombres: la agricultura, gracias a la cual la debemos una vida mejor, que nos eleva sobre la condición de las bestias, y los Misterios, que aseguran a los que son admitidos en ellos las más dulces esperanzas no tan sólo para el fin de esta vida, sino aun para toda la duración de los tiempos». *(Panegírico,* VI.) *El pan nuestro de cada día* y la *salvación eterna:* ¡ahí es nada! Ninguna religión ha podido ofrecer más ni ningún creyente, pensar en obtener bienes mayores: no solamente asegurar esta vida, sino, por si todo no acaba aquí, la otra.

En cuanto a los iniciados en los Misterios de la próvida Demeter, ¿qué esperanzas les daba a ellos respecto a una vida futura mejor? Pues sencillamente, que en vez de ir, luego de muertos, «a la polvorienta mansión del glacial Haides», transformados en fantasmas impotentes e indiferentes; aquel existir sin existir, aquel vagar inciertos en estado de leves sombras que hace exclamar a *Aquiles* dirigiéndose a *Ulises,* que ha bajado a los Infiernos: «No intentes consolarme de la muerte, esclarecido Ulises; preferiría ser labrador y servir a otro, aunque fuese un hombre indigente y que tuviera pocos recursos, a reinar sobre los muertos.» *(Odisea,* XI, v. 488 y sig.) Pues bien, que en vez de ir a tal lugar, que a nadie apetecía, los Misterios ofrecían y aseguraban a quienes se iniciaban en ellos una existencia gloriosa y de inacabables venturas al lado de los dioses. Es decir, lo que ha servido de cebo a los grandes anzuelos religiosos posteriores.

La idea, en efecto, de un *Infierno* mucho peor que el primitivo *Haides* griego o el *Cheol* judío, donde también se permanecía sin pena ni gloria en una especie de semi-insensibilidad casi absoluta, se fue dibujando poco a poco. En el propio himno homérico a Demeter, dice Haides a Perséfone: «Aquí tú serás la dueña de todo cuanto vive, de todo cuanto se arrastra por el suelo. Tú obtendrás entre los inmortales los mayores honores. En cuanto a los hombres que hayan vivido en la injusticia, encontrarán aquí su castigo de todos los días, al menos aquellos que no aplaquen tu cólera mediante sacrificios y santas prácticas.» La *eternidad* de los castigos infernales no era aún cosa fija: agradando a Perséfone se podía evitarla. Pero poco a poco el Infierno se fue perfeccionando. Sófokles exclamaba: «¡Oh tres veces dichosos aquellos entre los mortales que tras haber contemplado estas ceremonias (las de los grandes Misterios) santas irán al Haides, pues para ellos, y tan sólo para ellos, la vida es posible en el mundo de abajo. Para los demás no puede haber sino sufrimientos!» Aun, pues, para Sófokles la bienaventuranza consistía tan sólo, no era poco, en conseguir en el Haides una vida exenta de sufrimientos. Platón, tras decir, refiriéndose a los órficos: «Quien llega al Haides no iniciado y sin haber participado en los misterios, allí permanecerá en el fango», echó su maravillosa fantasía a volar, y dejándola ser mecida, ora por los Misterios de todas clases, bien por las reencarnaciones de su admirado Pitágoras, labró los admirables mitos del *Gorgias,* de la *República* y del *Faidon* (v. mis trad. de estos diálogos admirables), en los que «mejorando» el Infierno anterior, le dejó poco más o menos como ahora disfrutamos de él: con su escala de castigos espantosos y eternos, en oposición a las delicias que aguardaban a las almas puras.

En todo caso, entre los indudables beneficios que sembraron los Misterios, pues librar a los mortales del terror que les inspira el desconocido más allá no es flojo provecho, no fue el menor la idea de que las prácticas, cuyo efecto consistía en purificar el alma, eran condición indispensable para la salvación. La Iglesia perfeccionó esta idea, heredada de la antigüedad, como tantas otras, asegurando que lo que verdaderamente purifica el alma no es la práctica de los ritos, sino una

Unas palabras aún a propósito de las *Tesmoforias,* fiestas atenienses en honor de Demeter, cuya magnificencia rivalizaba con las tan conocidas *Panaieneas.* Las Tesmoforias se celebraban en el mes de Pianepsión (octubre), cuando iba a empezar la sementera de invierno. Duraban tres días y solo tomaban parte en ellas las mujeres. Niñas, jóvenes y hombres estaban excluidos. Pena de muerte a éstos si se atrevían a profanar con su presencia fiestas o santuario. El primer día se celebraba una procesión hasta el cabo Kolias, y vuelta a Atenas. El segundo día era un día de duelo; no había sacrificio. Las mujeres permanecían sentadas en el suelo y ayunaban. El tercer día había sacrificio y banquete.

Pero, ¿por qué la diosa de la agricultura era adorada en esta fiesta tan sólo por las mujeres, con exclusión de los hombres (agricultores), y no como diosa de los campos, sino como diosa legisladora, *Tesmoforos?*

Ello era debido, sin duda, a que Demeter era, más bien que una fuerza o potencia elemental, una diosa que instruía, que favorecía la ciencia (agrícola), el trabajo y la vida social. Y por ello la vida misma de la esposa y de la madre, de acuerdo con la antigua y augusta institución del matrimonio, que el poeta de la *Odisea* designaba ya con el nombre de *tesmos*[407], todo ello fundado sobre *layes* consideradas como inmutables. Diosa, en fin, que más que toda otra, estaba destinada a ser el centro de iniciaciones y ritos *legales.*

Demeter, como todas las divinidades griegas, empezó por ser representada mediante una piedra o un tronco de árbol. Con el tiempo, cuando la hermosura fue para los escultores el mejor signo de divinidad y, por tanto, el mejor medio de honrarla, Demeter y Perséfone, siempre juntas, ocuparon, por lo visto, un lugar importante en la obra de Fidias. En el frontón oriental del Partenón están representadas. Por desdicha, muy mutiladas por el tiempo. Sin cabeza y casi sin brazos. El admirable relieve de Eleusis en el cual Demeter aparece con Kore y Triptolemos, pertenece también a la escuela de Fidias. La Demeter del Museo Cherchell pasa también por una copia de cierto original de Fidias. Aquí la diosa está en pie. También mutilada. La hermosa estatua del Museo Británico, proveniente de Knidos, pertenece al período siguiente. En fin, en el Museo de Atenas hay una cabeza colosal de Demeter, modelo de energía y

---

vida inclinada hacia la virtud y el cumplimiento constante del deber. Lo menos bueno fue que como *deberes* estableció «idealismos» no menos fantásticos que los de Platón, y prácticas, creencias y obligaciones que sólo a sus flamines convenían y siguen conviniendo.

[407] *Odisea,* XXIII, v. 296.

sencillez, traída de un santuario de Likosoura. Está cubierta con un velo. El escultor fue, por lo visto, Demofón de Mesina.

CERES

Ceres, diosa de la agricultura, es el nombre romano de Demeter, con la cual se identificó enteramente. La diosa griega no tan sólo ocupó el lugar de Ceres, sino, en gran parte, el de otras divinidades latinas de la fecundidad del suelo, tales que Ops, la Buena Diosa, la Tierra Madre y Tellus[408]. Todos estos nombres correspondían a divinidades de la Tierra, concebida como elemento productor y nutridor, pero el primer puesto entre esta clase de divinidades benéficas le correspondía a Ceres. Ceres era, además, una de las diosas del matrimonio y, asimismo, de los divorcios pronunciados con multa. La mitad de estas multas eran para su templo. El culto de Ceres fue siempre considerado, en Roma, como un culto extranjero *(sacra peregrina),* exactamente igual que los de Asklepios y Kibele. Su fiesta principal era la *Cerealía* (del 12 al 19 de abril), fiesta alegre, con juegos, en la que los que participaban se vestían de blanco.

---

[408] Sobre *Ops,* v. n. 333. La *Buena-Diosa* era una de las divinidades de la fecundidad, en la mitología romana, identificada frecuentemente con *Maia* (v. n. 320). Pasaba por hija de *Faunus,* el cual, tras haberla embriagado, abusó de ella transformado en serpiente. Su culto era esencialmente practicado por mujeres (como las *Tesmoforias* griegas). Su fiesta principal se celebraba a principios de diciembre. Conducidas por las *Vestales* (v. n. 330), las adoradoras de la Buena-Diosa iban a su santuario llevándole flores (excepto mirto) y le ofrecían en sacrificio una marrana y vino. Luego comían, bebían, bailaban y la fiesta acababa en orgía. Faunus era el *Pan* romano. Es decir, la divinidad de los rebaños, a los que multiplicaba y defendía, especialmente contra los lobos. Como *Silvanus,* dios protector también de rebaños, campos, bosques y casas rurales, Faunus tenía el don de profetizar. Y como aquél, dejaba oír su voz en el silencio de la noche. Su principal santuario era el *Lupercal,* en el Palatino. Sus fiestas, las *Lupercales.* Se le adoraba también en las *Faunalia* de primavera y de diciembre. El carácter agrario de la primitiva población romana explica la importancia que se concedió desde los tiempos más antiguos a *Tellus Mater,* es decir, a la *Tierra-Madre.* Ésta era la Madre por excelencia, y el hecho de que se la asociase a *Júpiter* demuestra la consideración en que se la tenía. Luego, poco a poco, fue suplantada por *Ceres. Tellus* era otra diosa de la tierra alimentadora. Y al mismo tiempo, divinidad de las regiones subterráneas. Los brujos y los buscadores de tesoros tenían predilección por ella. Parece ser, no obstante, que no tuvo muchos santuarios. Claro que para qué más santuario que el peculio de sus adoradores. En las provincias fue honrada, particularmente en Dacia.

Había otra en julio, en la que tan sólo tomaban parte las mujeres, tras nueve días de abstinencia conyugal. Vestidas de blanco y adornadas con coronas de espigas iban a ofrecer a la diosa las primicias de la cosecha. La introducción de Demeter-Ceres en Roma fue debida al hambre que amenazó a esta ciudad cuando Porsena, conduciendo a los etruscos, la puso sitio. Consultados los Libros Sibilinos (colección de oráculos griegos), aconsejaron introducir en Roma los cultos de Demeter y de Dionisos.

POSEIDÓN

Sin necesidad de caer en las exageraciones de los fundadores de la *mitología comparada* para quienes los dioses no eran sino personificación de los fenómenos naturales, y, además, originarios de la mitología aria[409], se puede admitir, por ser absolutamente lógico, que cuando los antepasados primitivos de la raza europea abandonaron las mesetas del Asia Central para extenderse por Occidente, trajeron con ellos sus creencias religiosas, es decir, sus dioses y sus mitos. Se puede admitir también, pues no podía ocurrir de otra manera, que estos dioses y estos mitos fuesen la base de la futura mitología griega. Y que en su mayor parte los dioses griegos siguiesen siendo la personificación de los fenómenos, fuerzas y elementos naturales, admitido asimismo. Pero lo que no se puede aceptar a rajatabla es, ni el *Nomina Numina* (que los dioses no fuesen otra cosa que lo que representaban sus nombres), y ello no tan sólo porque la etimología de muchos de estos nombres es desconocida e incierta, sino porque a veces nada tiene que ver el nombre con las funciones del dios; ni que todos los dioses griegos no fuesen sino trasposiciones de los del *Rig-Veda,* como quería Max Müller, que reducía todas las divinidades a la Aurora, y Adalberto Kuhn, que las vinculaba

---

[409] Cuando los admirables trabajos de Schlegel, Humboldt, Bopp y Eugenio Burnouf y sus discípulos, demostrando el parentesco que unía al sánscrito con los idiomas de los principales pueblos de Europa, es decir, que la lengua de los brahmanes, la de los persas, la de los griegos y las que hablan los pueblos de raza latina, céltica, teutónica y eslava, debían ser consideradas como lenguas hermanas, simples variantes de un mismo tipo; cuando todo lo anterior, los fundadores de la *mitología comparada* (Max Müller y Adalberto Kuhn) creyeron que lo que era verdad para el lenguaje, lo era también para la religión, y de aquí sus teorías, que pronto cayeron en descrédito y que ya hoy no tienen sino un honroso puesto de paso en la historia de la Mitología universal.

exclusivamente a los fenómenos irregulares (tempestades, volcanes, terremotos, ciclones, etc.) de la Naturaleza.

Y bastaría para rechazar tales afirmaciones, aparte de otras razones evidentes, el considerar que por lo menos Poseidón y todos los dioses relacionados con el tercer gran elemento de la Naturaleza, el «agua», en modo alguno podían ser originarios de la mitología aria, puesto que los pueblos que emigraron de las mesetas del Asia Central no estuvieron en contacto (ni tal vez le conociesen siquiera) con el origen de toda agua, el «mar», hasta que llegaron a las costas occidentales del Mediterráneo.

Puede afirmarse, por consiguiente, que la mitología *acuática griega* nada debió a la aria. Marcada estuvo siempre, por el contrario, con el sello de su genio particular, y si algo debió, no mucho en todo caso, a otros pueblos, sería a los vecinos costeros del Mediterráneo (especialmente los fenicios, con los cuales entraron al punto en comunicación), pero no a los arios, que siempre fueron continentales.

Que asimismo en pocos dioses se nota de un modo tan perfecto la correlación entre los fenómenos naturales y las divinidades que los encarnan, evidente es. Y la prueba palpable está en que sin necesidad de pensar en Poseidón, representación inmediata del mar, no hubo fuente que no tuviese su ninfa, río que no estuviese guardado, regido y representado por el dios de su nombre, lago sin su divinidad tutelar, ni torrente sin, por lo menos, su dragón protector. Empecemos, pues, por el dios supremo de las aguas: Poseidón.

Poseidón[410], dios del agua, especialmente del mar, pero también de ríos, arroyos, lagos, manantiales y fuentes, era uno de los grandes dioses de entre los Olímpicos. Como Zeus y Haides, había nacido de la pareja Kronos-Rea. Y según la tradición más antigua, el mayor de los tres hermanos. Luego, en virtud siempre del antropomorfismo, se consideraba a Zeus como el primogénito. Pero fue simplemente por ser el dios supremo; del mismo modo que en las casas el hijo por excelencia era siempre el primogénito; y el primogénito el que, luego del padre, mandaba; y el que heredaba incluso. Como Zeus mandaba sobre dioses y hombres, ocupó el primer puesto tanto en nacimiento como en jerarquía. Pero esto, en definitiva, es cuestión de poca monta. Vamos a lo importante.

Vencidos Titanes y Gigantes y al hacer el reparto del Mundo, botín obtenido con la victoria, a Poseidón le correspondió la soberanía del

---

[410] M. Fick ha demostrado que el nombre *Poseidón* significa *amo de las aguas*, exactamente como la palabra sánscrita *idaspati*.

elemento líquido. Su lote fue «el mar blanco de espuma», más todas las aguas fuese cual fuese su origen.

Poseidón habitaba en el fondo del mar, en su palacio de *Aigai*[411], y armado de su tridente[412], recorría sus dominios en un carro arrastrado por corceles impetuosos, imagen de las olas espumantes que se empujan, obligadas por el viento, con loca precipitación[413].

---

[411] «Tres pasos dio, haciendo retemblar las altas colinas y las espesas selvas bajo sus inmortales pies; al cuarto llegó al término de su viaje, a *Aigai.* Allí, en las profundidades del mar, tenía palacios magníficos de oro, resplandecientes e indestructibles.» *(Ilíada,* XIII, v. 21 y sig.) También se situaba su palacio en Helike, por lo que se le daba el sobrenombre de *«Helikonios».* Helike era una ciudad de la costa de Achaia que fue destruida dos años antes de la batalla de Leuktra por una tromba marina, acompañada de un terremoto. Como se recuerda, la batalla de Leuktra fue ganada por los tebanos, mandados por Pelópidas y Epameinondas, contra los lacedemonios, a los que capitaneaba Kleombrotos, el año 371 antes de Jesucristo. En cuanto a Aigai, esta palabra era una simple perífrasis de *aiges,* el movimiento impetuoso de las olas. Así como la etimología de Halike provenía de *helisso,* la ola que gira deshaciéndose en espuma tras chocar contra la roca o el escollo que detiene su furia.

[412] El tridente de *Poseidón,* emblema de los arpones empleados por los pescadores de atunes, era su arma favorita y de la que se servía para todo: para levantar las olas del mar, para hacer brotar fuentes y manantiales, aparecer pozos y lagos y para provocar los terremotos. Cuando, en el canto XX de la *Ilíada, Zeus* autoriza a los dioses a bajar a combatir delante de Troya y hace temblar el firmamento con el trueno, Poseidón «agitó por debajo la inmensa Tierra y las altas cimas de las montañas. Toda la cadena del Ida, la de los surgientes manantiales, tembló desde sus raíces a las crestas, y la ciudad de los troyanos y los navíos de los griegos» (v. 56 y sig.). Que los griegos atribuyesen los terremotos a Poseidón era lógico en un país en que tales fenómenos se reproducen con harta frecuencia en las islas, en el istmo de Korintos y en Achaia, y donde suelen ir acompañados, además, de erupciones de volcanes submarinos. Y como, según ellos, tales cataclismos eran debidos a la cólera del dios, para calmarle celebraban sacrificios en su honor y le imploraban mediante ruegos especiales. Así se lee en Xenofón *(Helénicas,* IV, 7, 4), que habiendo invadido los espartanos, conducidos por Agesípolis, el territorio de Argos, fueron sorprendidos por un temblor de tierra. Y que al punto se pusieron a entonar el pean en honor de Poseidón.

[413] Tratándose del mar, los caballos de *Poseidón* eran las olas que se encrespan y cubren de espuma al soplo de la tempestad. En tierra, el caballo era el agua de los manantiales surgiendo a borbotones y saltando de roca en roca, o el curso impetuoso de los ríos de Grecia, torrenciales en su mayor parte. Por ello, el animal consagrado preferentemente a Poseidón fue el caballo. Recuérdese (v. n. 399) los amores de Poseidón con *Demeter,* origen de *Areión,* el caballo divino

Naturalmente, como dios y dueño del mar, lo era de la navegación y de los navegantes. Pero también era el que suscitaba las tempestades[414]. El era asimismo el dios que sostenía la Tierra, como Atlas sostenía el Cielo. Ficción que se explica teniendo en cuenta la situación geográfica de Grecia, península que parece reposar sobre el mar y ser soportada por él, como las islas que la rodean. Él era también quien, con su tridente, había accidentado las costas, ora formando golfos y bahías protectoras, bien deshaciendo acantilados. Como él quien, en el continente, tierras adentro, había abierto un camino a las aguas a través de montañas y rocas. El quien había hendido en dos la mole inmediata del Ossa, para abrir un camino al Peneios, río de Tessalia que regaba el valle de Temple; y, en fin, tantas

---

(nacido, según otra variante, de la *Tierra* y Poseidón o de Poseidón y una *Harpía).* Asimismo, de la unión de Poseidón y *Medousa* salió *Pegasos,* el caballo alado, mito que recuerda al manantial, *pege,* brotando del seno de la tierra. Igualmente, *Hippokrene* (el manantial del caballo) había brotado de una roca del Helikón, herida por uno de los cascos de Pegasos. Y en la querella de Poseidón con la *diosa de la Egida,* por la posesión de Atenas, Poseidón ofreció a la ciudad, como ya he dicho, un caballo. Poseidón era no tan sólo el creador del caballo, sino del arte de domarle y someterle al freno; a causa de ello era llamado *damaios* (el domador). Los caballos amaestrados por el dios estaban hasta dotados de razón y de palabra. Los caballos de Eberfeld, de que habla Maeterlink en *El huésped desconocido,* que sabían hacer operaciones matemáticas, debían ser descendientes de aquéllos, a menos que Poseidón bajase, haciendo una escapada, de la guardilla donde estén amontonados los dioses caducos, a darles unas lecciones.

[414] Como dios de las travesías fáciles y dichosas, se le consagraba el delfín, animal cuya aparición y retozos es presagio de buen tiempo. Pero más frecuentemente personificaba la majestuosa inmensidad del mar, y en este sentido era el dios *eurikreión* o *eurimedón* (del vasto Imperio); el dios *ouristernos* (del ancho pecho), dios feroz, fácilmente irritable, y cuyas cóleras encendían las tempestades *(eriktinos);* el dios cuya sombría cabellera *(kianochaites)* era imagen de las olas ennegrecidas por la tempestad. En la *Odisea,* él era quien, enemigo de *Ulises,* amontonaba las nubes, encrespaba las ondas y desencadenaba los vientos. Cuando durante las guerras médicas, la flota persa fue destruida por una tempestad junto al promontorio de Sebias, a *Poseidón* le fue atribuido el feliz acontecimiento, y como *Soter* (Salvador) fue honrado (Herodotos, VII, 192). La irresistible violencia del mar desencadenado recordaba también a los griegos la impetuosidad del ataque de los toros, y por ello el epíteto de *taureos* que daban a Poseidón y los combates de estos animales que celebraban en su honor. El toro de Kreta, padre del *Minotauros,* regalo fue de Poseidón a *Minos.* El que asolaba Maratón y mató *Herakles,* lo mismo. Otras veces sus cóleras producían monstruos marinos espantosos, como el que desbocó los caballos del carro de *Hippólitos* y causó la muerte de este honesto héroe.

cosas más creadas por la imaginación de un pueblo de marinos, bañado y envuelto por el mar por todas partes, y que en el interior, a causa de ser sumamente montañoso, fuentes, ríos, manantiales, lagos y torrentes, surgían y le cruzaban en todas direcciones.

Poseidón, pues, tanto en la literatura como en el arte, era, ante todo, el soberano de los mares. Así lo indicaban epítetos tales que *Pelagios* (dios de alta mar, que compartía con Afrodite), *Pontios* (el Marino), *Talassios* (dios del mar), etc. Los navegantes, los pescadores y cuantos tenían que cruzar el mar ora por motivos bélicos, bien para transportar mercancías, estaban en sus manos; de él dependían y a él invocaban. Sobre todo en los momentos de apuro; pues para las travesías favorables había divinidades marinas exclusivamente benéficas, como Nereus, *el Viejo del mar,* y Afrodite.

Poseidón era el que desencadenaba huracanes y tempestades, y por ello, por fuerte y funesto muchas veces, temido. Como *tropaios* (que daba la victoria) se le invocaba antes de los combates navales, y después, en acción de gracias.

Símbolo de sus múltiples actividades marinas eran el tridente y el delfín. De las belicosas y violentas, el primero; de las pacíficas, este pacífico animal. Pero a esta función de soberano absoluto del mar iba unida otra terrible: el poder de hacer temblar la tierra. Poder que se traducía por los epítetos de *ennosigaios* (el que hace vacilar la tierra) y *enosichtón* (el que conmueve la tierra).

Si Poseidón tenía tal poder era porque los antiguos creían que islas y continentes flotaban en el mar, y claro, el dios de este elemento, agitándole a su capricho, hacía temblar e incluso destrozaba, de placerle, cuanto en él flotaba. A causa de ello era también *agaieochos* (que abrazaba o sostenía la tierra)[415].

Pero si Poseidón era un dios *destructor*[416] a cuyo poderoso tridente nada resistía, también era *constructor (domattes)*. Muchas veces, si

---

[415] Aristóteles mismo atribuía una gran parte de los fenómenos sísmicos a la acción de las aguas.

[416] Antiguas tradiciones recogidas por Kallímachos contaban que las islas Kíklades y las Sporades (islas del mar Aigeus, cerca de la costa de Asia Menor) debían su origen a un cataclismo espantoso obra de *Poseidón:* «¿Contaré cómo este dios poderoso, de un golpe con el tridente, que le habían fabricado los *Telchines* (véase n. 295), hirió y hendió las montañas, las arrancó de sus bases y haciéndolas rodar hasta el mar formó las primeras islas? ¿Diré que las fijó en el abismo, mediante profundas raíces, para hacerlas olvidar el continente?» *(Himno a Delos,* v. 30 y sig.) La isla de Nisiros, no lejos de la costa de Karia, era un

quebrantaba la tierra, era para consolidarla mejor en beneficio de los hombres. Todas las islas del mar Aigeus cuyas masas rocosas emergen de las aguas como torsos gigantes, eran obra de Poseidón[417]. Él había hecho también las puertas de bronce que cerraban el Tártaros[418], y las murallas de Troya[419].

En lo que a las aguas respecta, no se limitaba a ser el dios del mar, sino que lo era asimismo del elemento líquido en general: fuentes, manantiales, lagos, ríos y torrentes le estaban sometidos. Era *krenouchos* (que preside los manantiales), *epilimnios* (que forma los pantanos). Minias, padre de la raza de los minios que tuvieron un pequeño reino inmediato a Boiotia, pasaba por hijo de Poseidón; y estos minios ocuparon primeramente Tessalia, cuya rica llanura fue durante mucho tiempo un lago. Su culto era también muy antiguo en Boiotia, comarca abundantísima en aguas y en la que están el lago Copais, charco enorme, y sus dos lagos secundarios[420].

Mas no era tan sólo, como digo, señor de los lagos, sino de cuantas aguas fecundaban el suelo. Y esta feliz unión del agua con la tierra, gracias a la cual nacían los frutos, había sido expresada, en lenguaje mítico, mediante la unión amorosa de Poseidón con ninfas o hijas de personajes fabulosos[421].

---

pedazo de la de Kos, arrancado por Poseidón, cuando la lucha contra los *Gigantes,* para lanzársela a *Polibotés* (Apollodoros, I, 6, 2, 4; Pausanías, I, 2, 4).
[417] Como tal se interpretaban los cataclismos sísmico-volcánicos que las hacían aparecer y desaparecer entonces, como aún ocurre en nuestros días de cuando en cuando. En el año 237 antes de Jesucristo, se produjo en la isla de Tera un fenómeno análogo al observado hace ochenta o noventa años: una erupción volcánica hundió en el mar una parte de la isla, haciendo emerger, por el contrario, un islote. Naturalmente, el hecho fue atribuido inmediatamente a *Poseidón.*
[418] Hesíodos: *Teogonía,* v. 732. Sobre el *Tártaros,* v. n. 79.
[419] *Ilíada,* XXI, v. 441 y sig.
[420] En Arkadia, el pantano de Stimfalos, el sombrío lago Fe-neos y las simas donde se hunden sus aguas habían bastado para dar nacimiento al mito de la unión violenta de *Poseidón* con *Demeter.*
[421] En Trezene se contaba que el primer habitante del país, *Horos,* había tenido una hija, *Leis* (la tierra labrada), que, fecundada por *Poseidón,* había dado a luz a *Altenos,* el fruto alimenticio. (Pausanias, II, 30, 6.) Pero más interesante es la leyenda de *Amímone.* Amímone era una de las cincuenta hijas del rey *Dánaos y de Europe.* Dánaos dejó la Libia y vino a instalarse en Argos. Pero el país carecía de agua, porque Poseidón, furioso de que le hubiese sido atribuido a *Hera,* le había desprovisto de su elemento. Dánaos, ya rey de Argos, envió a sus hijas en busca del precioso líquido, nunca tanto como cuando se carece de él, y Amímone

Si era dios del agua fecundadora de la tierra, ¿cómo no iba a serlo de la vegetación? En efecto, Poseidón era reconocido como una de las divinidades de la fertilidad del suelo. Ploutarchos cuenta que en muchas ciudades (Atenas, Trezene, Rodas, etc.) era llamado *Futalmios* (que hace nacer, que hace crecer, que nutre, que engendra; epíteto que también era aplicado a Zeus y a Dionisos). Asociábanle asimismo a divinidades agrarias tales que Demeter y Dionisos. En fin, como otros grandes dioses (Zeus, Atena, Artemis, Apolo). Poseidón tenía una función social y política. Ploutarchos habla de que los descendientes de los helenos sacrificaban a Poseidón *Patrigeneios* (generador de la raza). En Eleusis era adorado como *Pater* (padre). En Atenas estaba de tal modo asociado a Erechteus, héroe por excelencia del suelo ateniense, que el Erechteión era común a los dos.

Poseidón era el esposo de Amfitrite, una de las Nereidas (véase nota 78). Sobre sus amores se cuenta, ora que la raptó un día que jugaba con sus hermanas cerca de la isla de Naxos, ora que la joven que se sabía amada por el dios, le huía por simple pudor. De tal modo, que fue a esconderse allá al otro lado del mar, pasadas las Columnas de Hércules. Pero el enamorado dios mandó a los delfines en su busca, y uno de ellos, que la encontró, la convenció y la trajo consigo. El papel de Amfitrite junto a Poseidón era el mismo que el de Hera con Zeus: papel de esposa legítima... y engañada. La cosa es tan frecuente entre dioses y hombres, que acaba uno por creer que es legítima también. En todo casi, si Hera, como hemos visto, tenía un esposo que no era un modelo de fidelidad (por supuesto, un dios, por su misma cualidad de dios, tiene que ser grande en todo, hasta en las distracciones conyugales, si las tiene); sí, si Zeus cometió bastantes infidelidades a su esposa, al lado de su hermano casi fue un modelo de maridos. Pocos dioses, en efecto, tuvieron tantas amantes como Poseidón, y una progenie tan cumplida. La primera de estas bienamadas fue tal vez, cualquiera lo sabe con seguridad, Halia, la hermana de los Telchines (V. n. 295), que, según se decía, le había criado.

---

partió, como sus hermanas, cada una en una dirección. Cansada de andar acabó por dormirse, rendida, en pleno campo. Dormía aún cuando llegó un sátiro, que encontrando la ocasión de perlas trató de violarla. La joven, defendiéndose, invocó a Poseidón. El dios vino al punto, tiró el tridente al sátiro, que pudo evitarle y salió escapado, y el arma, chocando contra una roca, hizo brotar un chorro magnífico. ¿Fue la presencia del dios? ¿El chorro? ¿La ayuda oportuna? En todo caso, la joven, agradecida, concedió al dios lo que había negado al sátiro. Y éste a ella, un hijo: *Naupulios,* fundador más tarde de la ciudad de su nombre. En fin, muchos santuarios de Poseidón eran erigidos junto a las fuentes.

Enamorado de ella, y como de hacer las cosas, hacerlas bien, o no ser dios, la hizo madre de seis hijos varones y de una hembra que se llamó Rodós. La tierra, cuna de tan fecundos amores, recibió el nombre de la hija: Rodas. De sus amores con Amimone ya he hablado en la nota 421. De sus relaciones amoroso-violentas con Demeter, también. Citaré aún (pues una enumeración detallada sería larguísima) los amores de Poseidón con Medousa, una de las Gorgo o Gorgonas (V. n. 78), unión que demuestra que en cuestiones amorosas, el gran Húmedo era un barbián que no hacía ascos a nada.

En cuanto a su numerosa descendencia, si alguna vez fue padre de un héroe digno de tal nombre, como Teseus, en general, no engendró sino monstruos y bandidos. Voy a citar algunos como muestra: los Kérkopes (V. n. 275), los Aloadai (V. n. 79), Polifemos, el célebre cíclope de la *Odisea*[422], al que tuvo con la ninfa Toosa; el gigante Antaios (V. n. 81), Lamos, el rey de los lestrigones, gigante antropófago, como sus súbditos, a cuyo país llegó Ulises seis días después de haber sido rechazado por Aiolos, el dios de los vientos[423]; Kerkión, el bandido que en el camino de Eleusis a Megara detenía a los viajeros, les obligaba a luchar con él, y tras vencerlos, los mataba. Teseus, al pasar por allí, luchó con él también, pero, levantándole en vilo, le tiró y destrozó contra una roca. Otro de los hijos del dios, Skirón, había sentado sus reales en un camino que iba a lo largo de la costa de Megara, y obligaba a cuantos pasaban por allí (era asesino, pero limpio) a que le lavasen los pies; y cuando estaban haciéndolo los tiraba al mar, donde tras hacerse migas contra las rocas que había debajo, una enorme tortuga devoraba sus restos. El día que pasó por allí Teseus, la tortuga se comió los trozos de Skirón. Y Orión, el cazador maldito (V. n. 232). Y los hijos que había tenido con Halia, que, enloquecidos por Afrodite, harta de sus crueldades, intentaron violar a su madre. Poseidón hizo, de un golpe de tridente, que se los tragase la tierra. Su madre, desesperada, se arrojó al mar. Como, sin duda, en aquel momento Poseidón andaba distraído con otra, se ahogó. Etc., etc.

Si Poseidón no fue muy afortunado con su descendencia adulterina[424], tampoco tuvo más suerte como patrocinador de ciudades. Porque ocurrió

---

[422] V. el canto IX en mi trad. en nuestra «Colección La Crítica Literaria».

[423] V. el canto X de la *Odisea*.

[424] De la unión de *Poseidón* con *Amfítrite* nacieron varios hijos, de los cuales el más conocido es *Tritón*. Más tarde, habiéndose enamorado Poseidón de *Skille*, Amfítrite consiguió convertirla, mediante un filtro mágico que le dio *Kirke*, en un monstruo de seis cabezas y doce pies, y cuya parte inferior estaba rodeada de seis

que cuando los hombres dejaron de vivir en los árboles, de comer carne cruda y demás cosas por el estilo, es decir, cuando ya en vías de civilizarse poco a poco se agruparon en ciudades, los dioses, queriendo patrocinar cada uno las mejores de ellas con objeto de recibir asimismo el mejor culto, vanidosillos que eran, se disputaron el ser patrones o protectores, como digo, de las más importantes. Mas como ocurrió que varios inmortales aspiraban a la misma ciudad, hubo que zanjar las querellas mediante un arbitraje. Arbitraje que, en general, no fue favorable al inconstante esposo de Amfitrite.

Por ejemplo, en la disputa por Atenas (a la que aspiraban la de los ojos de lechuza y él), se decidió que la obtendría el que ofreciese a los atenienses el mejor presente. Poseidón, según una leyenda, de un golpe de tridente hizo aparecer en la Akrópolis un lago salado; según otra tradición más lógica (¿para qué se quería, en efecto, agua salada en Atenas, estando tan cerca el mar, sobre todo que entonces ni se bautizaba siquiera a los chicos?), lo que salió por el hueco abierto por el tridente fue un caballo. Esto ya era otra cosa. Pero es que Atena dio a la ciudad un olivo, y se llevó la palma.

Por Korintos se disputó con Helios (el Sol). El gigante Briareus (V. n. 39, 75), elegido como árbitro, se la dio a Helios. Aigina que se la disputó con Zeus, ni que decir tiene que no fue para él. ¡A quién se le ocurre ponerse frente al gran Olímpico! Salvo para enamorar, a veces Poseidón

---

perros furiosos que devoraban a cuanto pasaba a su alcance. En la *Odisea* vemos a esta Skille devorar a seis de los compañeros de *Ulises,* al pasar el héroe con su barco por el estrecho de Mesina, donde el monstruo tenía su morada. Otra tradición dice que quien la transformó en monstruo fue *Kirke,* la maga, abandonada por *Glaukos* a causa de ella. O Poseidón mismo, por la misma razón. Se atribuía la muerte de Skille a *Herakles.* Cuando el héroe atravesó la Italia meridional al volver con los bueyes de *Cerioneus,* el monstruo devoró a varios, y entonces Herakles luchó con él y le mató. También se decía que más tarde, *Forkus* volvió a su hija a la vida. En cuanto a Tritón, dios del mar, donde se le hace por primera vez hijo de Poseidón y de Amfitrite es en la *Teogonía* hesiódica, pero antes era una de tantas divinidades del mar (como Glaukos, *Nereus, Proteus,* etc.) que pasaron a segunda línea al aparecer Poseidón. Tritón estaba dotado, como todos los genios marinos, del don de profecía, y los episodios principales de su leyenda, aparte sus aventuras amorosas con las *Nereides,* fueron sus luchas con Herakles y con *Dionisos.* Ambos consiguieron dominar al monstruo marino. Se decía también que para vencerle bastaba darle una cratera de vino, pues la bebía y caía dormido. En el siglo IV, Tritón se convirtió en una serie innumerable de ellos, cortejo de Poseidón y de otros grandes dioses o diosas del mar.

tenía cosas de tonto. En Naxos se disputó con Dionisos. Y claro, también ganó Dionisos. ¡Disputarle a Dionisos Naxos! ¡La isla deliciosa que en sus rientes valles entre los naranjos, granados, higueras y olivos crecía tan a maravilla la viña!

Pues ¿y cuando pretendió quitarle a Apolo, Delfos? Si cuando digo... Famosa fue también la disputa por Argos. Esta vez tenía enfrente nada menos que a Hera. Y un juez difícil de sobornar: Foroneus (V. n. 108). Cuanto pudo hacer, furioso al ver que Hera se la llevaba, fue secar todas las fuentes del país. Mas como ya he referido, Amimone, acariciándole, o dejándose acariciar (seguramente ambas cosas), consiguió que el terrible dios desarrugase el ceño.

¿Y en Argólide, que por rencor contra Foroneus, inundó de agua salada? Hera le obligó a retirarla más que a escape. Ya digo que fuera del mar no acertaba una. Salvo con las bellas.

En todo caso poseía una isla maravillosa que ésta si que nadie se la podía disputar: la *Atlantis*[425].

La Grecia épica y clásica consagró a Poseidón *Hippios* (Caballar) el caballo, e hizo de este animal su bestia favorita. Era asimismo la víctima que se le sacrificaba preferentemente. Su carro iba tirado, ora, como ya he dicho, por caballos que le llevaban volando sobre la superficie del mar, ora por otros, monstruos, mitad caballos, mitad serpientes. Se decía también a Poseidón, inventor de la equitación.

El culto de este dios empezó en Tessalia. En el Ática se le adoraba también como *Hippios*. En Korintos, los juegos ístmicos, los más brillantes de Grecia luego de los de Olimpia, pasaban por establecidos ora por Sísifos (V. n. 277), ora por Poseidón. Eran como el pacto tras la distribución de la ciudad de que antes he hablado, y según la cual a Helios

---

[425] Cuando los dioses se distribuyeron la tierra, *Atlantis* (la Atlántida) le correspondió a *Poseidón*. En esta isla, situada delante de las *Columnas de Hércules,* según se salía del Mediterráneo para entrar en el Atlántico, vivía una joven huérfana, llamada *Klito,* de la que se enamoró Poseidón. Con ella, que habitaba en la montaña central de la isla, vivió Poseidón mucho tiempo, haciéndola cinco veces madre de dos gemelos. Poseidón dio al mayor, llamado *Atlas,* la superiorioridad. No obstante, dividió la isla en diez lotes, uno para cada uno de sus hijos, y la dotó de grandes defensas. La isla era riquísima. Los atlantes, orgullosos de su prosapia, de su riqueza y de su fuerza, trataron de subyugar a los demás pueblos, pero fueron vencidos por los atenienses nueve mil años antes de los tiempos de Platón, que es quien cuenta todo lo anterior y mucho más en el *Timaios* y, sobre todo, en el *Kritias* (v. mi traducción de ambos diálogos en nuestra «Colección La Crítica Literaria»).

le había sido concedida la parte alta y a Poseidón el Itsmo. En Esparta, Pausanias menciona el santuario común a Atena *Agoraia* (protectora del ágora de la ciudad) y a Poseidón *Asfalios* (que da la seguridad), así como otros santuarios particulares a este dios, especialmente uno a Poseidón *Hippokourios* (protector de los caballos), y otro a Poseidón *Tainarios* (de *Tainarón,* cabo de Lakonia, donde se situaba la entrada de los Infiernos, y junto a la que había un santuario dedicado al dios del mar). En las islas era también muy celebrado. En Tenos, por ejemplo, se daban en su honor unas fiestas conocidas en toda Grecia, las *Poseidonia.* Y lo mismo en Asia Menor, en Halikarnassos (ciudad de Karia, hoy Budrum), en Rodas, y al otro lado, en Sicilia. El templo de Poseidón en Paestum (en griego *Poseidonia),* ciudad de Italia en el golfo de Salerno, era famosísimo. Quedan de él ruinas magníficas. Es uno de los mejor conservados y muestra importante de la arquitectura helénica en su género.

La iconografía de Poseidón, dada la importancia de su personalidad, es relativamente poco abundante. Su representación más antigua era, según Strabón, una pintura de Kleantes de Korintos en una de las paredes del templo de Artemis, cerca de Olimpia. Reproducía el nacimiento de Atena, y a Poseidón se le veía en ella ofreciendo un atún a Zeus. Pero Strabón nada dice acerca de cómo era el Poseidón Hippíos que Pausanias vio en Feneo (Arkadia), y que según la tradición era el propio Ulises quien le había consagrado. Para las antiguas representaciones del dios hay que acudir a los vasos y a las monedas. Más tarde, los artistas griegos representaron a este dios en su doble tipo: es decir, como hermano de Zeus y como soberano del mar. En general, le ofrecían bajo los rasgos de un hombre maduro, muy musculoso, amplio el pecho, actitud y fisonomía majestuosas. Pero esta majestad no serena como la de Zeus, sino más bien de facies sombría y preocupada. La animación adversa de su cara, el desorden de su cabellera, la rudeza y espesura de la barba, eran otros tantos rasgos que indicaban la violencia de los sentimientos que, según las leyendas, turbaban con frecuencia al dios del asimismo más turbulento de los elementos. Con mucha frecuencia también se le ponía al lado de Amfitrite. Como, por ejemplo, en Olimpia, en la base de la estatua colosal de Zeus, o en el frontal occidental del Partenón. Cuando se representaba a Amfitrite sola, se la ponía montada sobre un tritón y con el tridente en la mano, signo éste de la soberanía del mar que compartía con su formidable esposo.

NEPTUNO

Neptuno (Neptunus) es el dios latino equivalente a Poseidón en la mitología romana. ¿Cuál fue la divinidad indígena que desapareció bajo la figura del gran dios heleno? Se ignora. En todo caso, lo indudable es que Poseidón era muy popular en la Italia meridional, es decir, en la parte de la península colonizada por los griegos (Tarento, Poseidonia, Paestum, ciudad de Lucarna célebre por sus rosas, etc.), y que fue introducido en Roma cuando el primer *lectisternium*[426], al mismo tiempo que Hermes (Mercurio) y otros cuatro grandes dioses. Neptuno era honrado en Roma y en toda Italia como dios del mar. Se le ofrecían sacrificios en el momento de partir las expediciones navales. Y lo mismo hacían los navegantes antes de emprender sus travesías. Era, además, el patrón de barqueros y pescadores. Neptuno tenía por lo menos dos templos en Roma: el primero

---

[426] El *lectisternium* era una comida ofrecida a los dioses con motivo de ciertas solemnidades. Una ceremonia propiciatoria. La idea de atraerse el favor de los dioses ofreciéndoles alimentos no puede ser más antropocéntrica, pues, como ocurre y ha ocurrido continuamente, con nada ganan los hombres mejor a sus semejantes que acariciándoles el vientre. En todos los templos antiguos había mesas de ofertorio, en las que se depositaban los manjares destinados a los dioses (origen de los *diezmos* y *primicias* para la Iglesia de Dios, de los actuales *cepillitos,* de las *mesas petitorias,* etcétera), manjares que les llegaban, evidentemente, a través del tubo digestivo de sus ministros. Cuando se trataba de un lectisternium, tras llenar bien las mesas, se ponía todo a su alrededor lechos para los dioses *(lectus);* si en vez de lectisternium era un ágape más modesto, sillas simplemente *(sella),* y entonces la productiva ceremonia recibía el nombre de *sellisternium.* La costumbre existía ya en Grecia. Fue introducida en Roma al mismo tiempo que los Libros Sibilinos, y entonces se creó un colegio especial de sacerdotes, los *duumviri sacris faciundis,* honorables varones destinados a interpretar las profecías sibilinas en virtud de su mucha ciencia y constante apetito. Tito Livio cuenta (V, 13) que habiéndose desencadenado en Roma el año 399 a. de J. una epidemia de peste terrible, que ni la virtud y sublimes consejos de los Pontífices, ni siquiera la ciencia de los arúspices (tan versados en predecir el porvenir examinando las entrañas de las víctimas y comiéndose luego los filetes), podía cortar, dejo la palabra a Tito Livio: «Como no se hallaba la causa de la epidemia ni se adivinaba su fin, los Libros Sibilinos fueron abiertos por orden del Senado. Tras ello, los dumviros (uña y carne de los dioses mayores), por medio de un lectisternium celebrado entonces por primera vez en la ciudad de Roma, aplacaron durante ocho días a Apolo, Latona, Diana, Hércules, Mercurio y Neptuno, colocados sobre tres lechos, tan suntuosos como pudieron ser preparados entonces.» Nada más. Es decir, sí: dos palabras aún. Como cosa tan interesante como los *lectisternium,* banquetes ofrecidos a los dioses, era práctica que merecía vivir bien que los dioses hubiesen muerto, hoy siguen celebrándose aunque con otro nombre aparentemente engañoso, pero que a nadie engaña: con el de cenas o comidas «de trabajo». (El trabajo de masticar mucho y de digerir luego.)

(no se sabe en que fecha fue erigido), estaba situado cerca del Circo Flaminius. Por cierto que encerraba un famoso grupo de Skopas (Poseidón, Tetis y Aquiles, más Nereidas y Tritones), y un altar cuyo friso representa la boda de Poseidón y Amfitrite; altar que está hoy en Munich. El segundo templo fue levantado por Agrippa el año 25 a. d. J., para conmemorar sus victorias navales. Este estaba en el Campo de Marte. Las *Neptunalia,* celebradas anualmente el 23 de julio, en plena canícula, son mal conocidas. Su iconografía no variaba de la griega. Las representaciones más numerosas y bellas de Poseidón que se han encontrado son en mosaico. Ello se explica a causa de ser el dios de las termas y éstas, que eran abundantes en todas las grandes poblaciones, se solían adornar con mosaicos.

HAIDES

Hasta para ser dios (o demonio, puesto que en realidad Haides era el gran demonio de la religión griega) hace falta suerte. Y Haides no la tuvo. Hijo de Kronos y de Rea y hermano, por consiguiente, de Zeus y de Poseidón, mientras Zeus se quedaba, además de con la supremacía absoluta, con el dominio del Cielo y de la luz, y a Poseidón le correspondía el mar y todas las aguas, a él le dejaron el mundo de las tinieblas y de la oscuridad tétrica y sombría, la región profunda, temida, odiada, del seno jamás iluminado de la Tierra[427].

Otros dioses, sin ser tan favorecidos por los poetas sus creadores, como Zeus y Poseidón, fueron dotados de atributos envidiables, de leyendas que, aunque no siempre dignas de una divinidad, tenían su parte aceptable; e incluso fueron favorecidos con aventuras amorosas que hubiesen bastado para hacer felices a la mayor parte de los mortales. Un bribón tan completo como Hermes, por ejemplo, hay que reconocer que acaba por hacerse simpático. Hera nos enoja a fuerza de celos, de odios y de venganzas implacables, pero es tan real moza, que no podemos odiarla del todo. Artemis nos parece perfectamente tonta en su doble obstinación de cazar y no dejarse ser cazada, pero pensamos: ¡bah!, es que era joven, y, como todas las bellas a su edad, tenía la cabeza llena de ilusiones y se bañaba en orgullo. Afrodite, bueno sobre Afrodite para qué insistir, si se

---

[427] Oigamos a *Poseidón:* «Cuando se dividió el universo en tres partes fue para que cada uno reinase en la suya. Por suerte, obtuve el imperar sobre el espumoso y agitado mar; tocole a *Haides* las tinieblas sombrías, y a *Zeus* el anchuroso cielo en medio del éter y las nubes.» *(Ilíada,* XV, v. 191 y sig.)

ha podido hablar de castidad y de ascetismo fue cuando ella ya había dejado de ser diosa. Breve, con todos los dioses los poetas fueron clementes en general, con muchos, verdaderamente benéficos, de algunas diosas, incluso diríase que se enamoraban a medida que las iban creando; pero con el pobre Haides no hicieron sino ensañarse.

Empezaron por darle, cual digo, y no así como préstamo o dádiva transitoria, sino en propiedad y dominio absoluto, el Infierno; palabra a la que los más graves embusteros de todos los tiempos cosieron otra terrible: *eternidad* (un florentino feo, avinagrado, enamorado sin suerte, atrabiliario y quimérico—no tenía de bueno, aparte de ser genial, que conocer a los papas de su época y odiarlos a causa de conocerlos, y haberse valido de su enorme talento poético para inventar, no creyendo en los «oficiales», un Infierno, un Purgatorio y un Paraíso, el primero de los cuales se lee aún con agrado—, escribió con caracteres negros en la puerta del suyo: «Lasciate ogni speranza, voi ch'entrate»). No contentos con ello, adornaron al pobre dios con un carácter digno de sus dominios: le hicieron feroz, le hicieron intratable, le hicieron inexorable a todo ruego, sin un adarme de piedad, sin saber lo que era compasión. Por si todo ello no fuese ya bastante, aún como súbditos, le dieron a los muertos; como esposa, a Perséfone, compañera que la *Ilíada,* poema serio, como tejido de crímenes, muertes, violencias y atropellos, no hace un ápice menos sombría y terrible que su marido: tenía siempre al alcance de su mano la espantosa cabeza de Medousa, que, muerta y todo, petrificaba a quienes la miraban; como servidoras a las terribilísimas Erinies; como cámara nupcial, una tumba[428]. A las órdenes de Haides estaban Charón (Caronte), las Keres, las mencionadas Erinies y Tanatos, otro alegre, el Geneio de la Muerte. Como su Imperio no podía ser más caliente, si se quería bañar, allí estaban a su disposición tres o cuatro ríos a cual más apetitoso: el Stix[429], el Acherón[430], el Piriflegetón («el torrente de fuego») y el Kokitos («el río de los gemidos»)[431].

---

[428] «La tumba, esa morada de negras murallas, grata a *Perséfone.*» (Píndaros: *Olímpicas,* XIV, v. 20).

[429] La llamada laguna *Estigia.* (V. *Stix.)*

[430] El *Acherón* era el río que tenían que atravesar las almas para llegar al Imperio de los Muertos. *Charón,* el barquero infernal, las llevaba de una orilla a otra. Era casi un pantano, casi barro puro: sus fangosos bordes estaban llenos de cañas. Una tradición le hacía hijo de la *Tierra (Gaia),* y añadía que, a causa de haber permitido a los *Gigantes* apagar la sed en sus aguas, cuando estos monstruos combatían con los dioses, fue condenado a ir al *Infierno.* Uniéndose a *Orfné,* la ninfa de la Oscuridad, o a *Gorgira,* había engendrado a *Askalafos.* Este Askalafos

Si quería darse un paseo por sus deliciosos dominios, un amable can le seguía: Kerberos[432], vigilante perpetuo de la puerta de su Imperio[433], animal tan terrible como pérfido[434]. En fin, por ensañarse con él, hasta de leyendas pintorescas le privaron, pues pocas aventuras podía correr quien no salía jamás de sus dominios, y Haides no los dejó sino dos veces, que no es mucho en toda la vida de un dios: una, y por brevísimo tiempo, el suficiente para cometer la fechoría, cuando raptó a Perséfone, que jugaba inocentemente en un prado, con varias compañeras; otra, cuando intentó impedir que Herakles, que había bajado hasta el Infierno para llevarse a Kerberos, penetrase en él. En el amplio vestíbulo mismo lucharon, y herido en un hombro por una de las flechas del héroe, tuvo que correr al

---

estaba en el jardín del Infierno cuando *Perséfone* comió un grano de granada, rompiendo con ello el ayuno que la hubiese permitido volver a reunirse para siempre con su madre. Pero como Askalafos la denunció, no pudo conseguirlo, sino temporalmente, como se sabe. *Demeter,* furiosa, transformó a Askalafos en lechuza. Ahora bien, el origen del Acherón no era una fantasía poética, sino el verdadero río de este nombre, torrente que baja de las montañas de la Tesprótide y que antes de arrojarse al mar frente a la isla de Paxos forma un lago: el *Acherusias.* Las aguas pestilentes de este pantano, pues más es pantano que otra cosa, y su color sombrío, habían dado origen a ciertas tradiciones locales de las que se aprovechó el poeta de la *Odisea* para transformarle en un río del Infierno (X, v. 513). Por cierto, que las antiguas creencias populares siguen aún vivas, bien que, claro, adaptadas a las nuevas ideas. Hoy, el antiguo dios infernal, el *Haides* o *Aidoneus* griego, cuyo Imperio comunica con las aguas del Acherón, es un santo cristiano. *Hagios Donatos* (se pronuncia *Aidonat),* cuya leyenda refiere su lucha contra un dragón fantástico. Las iglesias de la región están todas consagradas a este santo híbrido.

[431] Platón hace en el mito final del *Faidon* una descripción soberbia del mundo infernal y de sus ríos. (Véase en mi tradicción de la «Colección La Crítica Literaria».)

[432] El nombre, *Kerberos* (Cerbero), es idéntico a la palabra sánscrita *Sarvari (la noche),* personificación de las tinieblas que siguen a la puesta del Sol, así como otro perro hermano de Kerberos, *Ortros* (el *Vitra* de la mitología india), expresaba la oscuridad antes de nacer el día. (V. n. 78, 80.)

[433] *Herakles,* por orden del rey *Euristeus,* bajó a por *Kerberos* y, como queda dicho, tuvo que luchar con *Haides* para poder llevársele. Luego le volvió a su sitio, pues el rey se espantó al verle.

[434] «Los que entran en el Infierno, *Kerberos* los acaricia con su cabeza y sus orejas, pero luego no les deja salir. Siempre en acecho, devora a quien pretende franquear las puertas». (Hesiodos: *Teogonía,* v. 311, 799 y sig.)

Olimpos a que Paieón le curase[435]. Y, en efecto, Paieón le aplicó un bálsamo maravilloso que hizo que la herida cicatrizase en un instante. Otras leyendas dicen que no fue con una flecha, sino con una piedra enorme con la que le hirió el hijo de Alkmene, pero el detalle no tiene importancia. Lo interesante es el carácter del personaje al que ya la *Ilíada* hacía «la más odiosa a los hombres de todas las divinidades». Y la simpatía fue en aumento a medida que pasaron los siglos. De tal modo que llegó un momento en que ni nombrarle se quería por miedo a irritarle al hacerlo[436], por lo que, para hablar de él, se empleaba un eufemismo denominándole *Ploutón*, el *Rico,* alusión a las riquezas inagotables que la tierra, su dominio, contiene en su seno. Por ello mismo se le representaba algunas veces, pocas en todo caso, como luego se dirá, con una cornucopia en las manos.

Mas así como Perséfone no era siempre una divinidad terrible, sino que, como se ha visto, cuando en primavera salía del Infierno era para ser beneficiosa a los hombres, pues hacía germinar las plantas y cubrirse los árboles de frutos, del mismo modo Haides, como todas las divinidades chetónicas, pasaba por un dios de la fecundidad del suelo. Porque cierto que flores y frutos nacen sobre la tierra y acariciados por el sol, pero sus raíces, es decir, con lo que toman sustancia y vida, en la tierra se hunden, y como el dominio de lo subterráneo pertenecía en absoluto al terrible dios, lógico era que como dios benéfico se le considerase a causa de ello. He aquí por qué se le denominaba también Ploutón, es decir, el distribuidor, gracias a la abundancia agrícola, de la riqueza. La palabra no

---

[435] *Paieón* era el médico celestial. Curaba empleando solamente plantas. En la época clásica, su figura desapareció absorbido por *Apolo curandero y* por *Asklepios.*

[436] *Haides* quiere decir el *Invisible.* Su atributo principal era el tocado que los griegos llamaban *kinee.* Es decir, un casco hecho con piel de perro o de otro cuero cualquiera, guarnecido de metal si se destinaba a casco de combate; si tan sólo para protegerse del Sol o de la lluvia, como los que usaban los campesinos, de cuero únicamente. El casco de Haides, que le habían fabricado y regalado los *Cíclopes,* hacía invisible a quien lo llevaba (era como el símbolo de la noche profunda donde moraba el sueño). Haides lo prestaba en ocasiones. *Atena* lo llevaba a veces. Delante de Troya, tocada con él, ayuda a *Diómedes* para que éste pueda herir a *Ares. Perseus* pudo también, poniéndoselo, hacerse invisible a la terrible *Medousa y* matarla. El *kinee* de Haides era lo opuesto al *nimbus* o aureola luminosa que coronaba la testa de los Olímpicos; aureola análoga a la *Nebelkappe* de los espíritus mitológicos germanos, y a la que, naturalmente, heredaron luego muchos santos cristianos del tipo de los católicos, apostólicos, romanos.

era antigua; se encuentra por primera vez en los trágicos atenienses la idea de que: «Antes de empezar los trabajos, es preciso rogar a Zeus chetónico y a la casta Demeter para que vuelvan pesado el grano de la sagrada diosa»[437].

Mas a pesar de los trágicos, a pesar de Empédokles, que llamaba a la tierra «el Adoineus nutridor», no obstante ser Perséfone tan favorable cuando no estaba a su lado, y, no obstante, asimismo, el cuerno de la abundancia con que se le representaba a veces por dulcificar su verdadero carácter y misión, no hubo medio de convencer a los griegos de que Haides era otra cosa que el dios de los muertos, y de que morir era distinto de entrar, para no salir nunca, de sus dominios: el Infierno o Haides; pues el nombre del dios y el de su Imperio acabaron por ser sinónimos. Y por si aún cupiese duda del horror que inspiraba (como inspira al hombre cuanto se relaciona con la muerte), citaré algunos de los epítetos con los que se le abrumaba. Se empezaba por tratar de disminuirle haciendo de él una simple manifestación de Zeus, es decir, *Zeus Katachtonios* (epíteto que ya le aplicaba Hesiodos), *Zeus Chetonios* (es decir, Zeus subterráneo). Era, además, *Pelorios*(monstruoso, aterrador), *Stignos* (que odia, hostil), *Amerliktos* (imposible de dulcificar, amargo, duro), *Adamastos* (indomable, inflexible); por eufemismo, *Klumenos* (afamado, célebre), y *Euboulos* (prudente, de buen consejo). Era, además, «el gran hostelero» *(Poludegmón,* que recibe o contiene a una gran multitud, o *Poludektes,* es decir, aquel en cuya casa cabían todos). Era el anfitrión que presidía un banquete perpetuo en el que todos recibían la misma porción *(Isodaites,* que distribuye a todos por igual), era *Agesilaos* (conductor de pueblos, de multitudes innumerables), en fin, era *Zagreus,* el gran cazador a la espera, seguro siempre de su presa.

Y veamos un poco sus dominios, puesto que a él le conocemos bastante; bien que nosotros no tengamos por qué temerle, puesto que, retirado, ha sido suplantado como dios por otros más simpáticos, como demonio, por uno más alegre, más amigo de alternar con los hombres, que lejos de estar encerrado como él, anda siempre suelto, por lo visto, de un lado para otro tratando de hacer adeptos, y, ¡qué diablo! (supongo que este recuerdo indirecto le agradará), por lo que parece, no es tan temible, ni siquiera tan fiero como le pintaban los teólogos antiguos, dominados aún por la idea del doble Haides: el Haides dios, y el Haides lugar de prisión y tormentos.

---

[437] Recomendaba Hesiodos a los agricultores en *Los trabajos* y *los días,* v. 465 y sig.

Ante todo, es preciso no confundir el *Tártaros*[438], prisión de Titanes y Gigantes y lugar reservado por Zeus para los dioses que incurrían en su enojo, con el *Haides,* el Infierno de Ploutón, lugar de castigo de la mitología griega adonde iban las almas de los hombres tras la muerte, pues, como acabo de decir, para los griegos, morir equivalía a entrar en los dominios de Ploutón.

Sobre esta odiada mansión había dos tradiciones. Una, la más antigua y la que prevaleció, la de la *Ilíada;* la otra, más conocida por la *Odisea,* que poco a poco se fue perdiendo. Según ésta, el Haides estaba en los últimos límites del mundo visible y del río Okéanos; río que corría todo alrededor del disco plano que, para los antiguos, era la Tierra, y que, por tanto, marcaba, por decirlo así, sus fronteras[439]. Límite occidental del Mundo, más allá del sitio por donde se ponía el Sol.

La *Ilíada,* en cambio, situaba el Haides en las profundidades de la Tierra[440], y separado de ésta por ríos que la limitaban y contenían entre sus vueltas y revueltas. Cuando una corriente de agua desaparecía en las entrañas de la tierra cayendo en un abismo del que no se la veía salir, los griegos creían que era porque iba a regar el mundo infernal. En la *Ilíada* el único río infernal que se cita es el Stix, río terrible hasta para los dioses, que juraban solemnemente por él, pero llenos de miedo[441]. Para penetrar

---

[438] V. n. 79.

[439] A medida que el conocimiento de la Tierra fue más preciso, el nombre de *Okeanos* fue reservado para el océano Atlántico, límite occidental del mundo antiguo.

[440] Los caminos o bajadas al Haides desde la Tierra eran numerosos. Cada cantón de Grecia poseía uno. En el cabo Tainarón (hoy Matapán), en Dakonia, había una sima en plena roca que Píndaros aseguraba que era la entrada del Infierno; por ella, se decía, había bajado *Herakles* a por el perro infernal y luego a por *Alkestis,* la mujer de *Admetos.* (V. estos nombres.) La ciudad de Hermione, en Argólide (cuyo puerto se llama hoy Castri), se alababa de poseer el camino más corto para bajar al *Haides:* era un abismo que se abría en un recinto consagrado a *Ploutón.* (Pausanias, II, 25, 4; Strabón, VIII.) Había otro en Kolone; otro camino en Trezene; otro en Koroneia (Boiotia); otro en la Tresprótide, junto al pantano formado por el Acherón, etc. Toda sima o caverna a cuyo fondo no se había llegado, o todo barranco profundo donde se perdían las aguas de los torrentes, eran otras tantas entradas del temido Haides, cuya leyenda, pobre en un principio, creció gracias a la bajada a él de tanto héroe: *Herakles, Orfeus, Teseus, Peritoos,* etc. *Ulises* donde estuvo fue en el Infierno de la *Odisea,* es decir, el situado en el extremo occidental del Mundo.

[441] Hesiodos habla también con espanto de «esta agua glacial que se desliza en silencio, cayendo por una roca inmensa, escarpada, y que recorre largo camino en

en la última morada, las almas tenían que atravesar, primero, el Stix, y luego los otros ríos infernales ya citados, ríos que separaban el Infierno del mundo de los vivos. En tiempos de Homeros y de Hesiodos, hacían este viaje y travesía solas, pero más tarde, al enriquecerse la leyenda de la temida región, empezó por aparecer el barquero infernal *(Charon)*[442], y, además de él, todas las divinidades o genios que he mencionado de pasada: las *Keres,* divinidades sombrías, hijas de la Noche[443], vírgenes aladas, con los vestidos rojos de sangre, que, como las Walkyrias de la mitología escandinava, se abatían sobre los campos de batalla haciendo víctimas suyas a los moribundos y a los heridos[444]; *Tanatos*[445], la muerte

---

la sombría noche de la tierra, la de los vastos repliegues.» *(Teogonía,* v. 785 y sig.) La tradición antigua colocaba este río en la parte más salvaje de Grecia, en Arkadia, al pie de los montes Aroanios, no lejos de la ciudad de Nonakris. Hoy, como entonces, en efecto, hay allí uno de los paisajes más tétricos y sombríos que se pueden contemplar: una garganta estrecha de montaña, encerrada entre rocas enormes de tintes lívidos cual cráteres de volcán. Ni árboles, ni plantas, ni traza de vida en aquel abismo. De pronto, la garganta se cierra mediante un enorme amontonamiento de rocas, verdadero caos pétreo, y arriba, en lo alto de la cresta más empinada, se ve un hilillo de agua negra que se desliza sin ruido a lo largo de la muralla vertical de granito rojo, y que al llegar abajo, de pronto, súbitamente, desaparece, se hunde en la nieve o en la roca, según la estación. ¿Dónde podía ir aquella agua sino al Infierno, y qué otra cosa podía ser sino el origen del terribilísimo *Stix,* puesto que nadie, hombre o animal, podía probar aquel líquido sin morir y cuyos efectos eran tan corrosivos que al oro mismo atacaban? Aún hoy, al cabo de tantos siglos, este Stix, conocido con el nombre de *Mevro-Nero* (el *Agua Negra),* inspira a los habitantes de la comarca un terror supersticioso.

[442] *Charón,* al que Polignotos, en la Lasché de Delfos, representó con los rasgos de un viejo que hacía cruzar el río infernal a las sombras de *Tellis,* el efebo, y de la virgen *Kleoboia. (Pausanias,* X, 28, 2.) En la misma Lasché (lugar cubierto, especie de pórtico o de galería donde los habitantes de una ciudad podían reunirse para pasear, charlar o pasar el tiempo), Polignotos había representado también la imagen espantosa de la *Muerte:* un demonio que roía la carne de los cadáveres y no dejaba sino los huesos.
«Este demonio—dice Pausanias—es de un color azul tirando a negro, como esas moscas que se ponen en las carnes; enseña los dientes; el sitio donde está sentado se halla recubierto por una piel de buitre.» (X, 28, 7.)

[443] Hesíodos: *Teogonía,* v. 211.

[444] «Las *Keres* negras, haciendo rechinar sus blancos dientes, las de los terribles ojos, ensangrentados, insaciables, se disputaban a los que caían. Todas estaban ávidas por devorar la negra sangre. Cuando cogían a un guerrero que yacía en el suelo o que acababa de ser herido, hundían sus enormes uñas en su carne, y su alma íbase al *Haides* helado. Hartas de sangre humana, arrojaban el cadáver

personificada (que era representado, por lo general, como un hombre barbudo, robusto, con grandes alas, llevándose en los brazos a sus víctimas)[446]; las *Erinies*[447], cuya función esencial en los poemas homéricos era la venganza de los crímenes[448]. Guardianas de la armonía del Mundo y de los seres, su misión era hacerla respetar[449]. Cuando algo amenaza destruir el equilibrio universal o social, ellas aparecían al punto para

---

detrás de ellas y corrían, a través del tumulto y la carnicería, en busca de nuevas presas». *(El Escudo de Hércules*, v. 249 y sig.) Ciertas expresiones homéricas prueban, no obstante, que se las concebía también como *Destinos* de los hombres; que personificaban no solamente su suerte, sino su género de vida. Posteriormente, en la época clásica, ya no eran sino puras reminiscencias literarias. Los hombres al dejar de creer, empezaron por abandonar lo menos humano. Las Keres, pues, se fueron confundiendo con las divinidades análogas: con las *Moiras* y las *Erinies,* a las que se asemejaban a causa de su carácter infernal y salvaje. Al llegar las tragedias, ya no eran sino préstamos de la época homérica. Platón, en un paisaje poético, las considera como malos genios que, semejantes a las *Harpías,* manchan cuanto tocan de la vida de los hombres. Es casi seguro, en fin, que las creencias populares acabasen por identificarlas con las almas maléficas de los muertos, a las que trataban de calmar mediante sacrificios.

[445] V. n. 80 y 108.

[446] *Tanatos* es, como se sabe, uno de los personajes de *Alkestis,* de Eurípides. La poesía, desde muy pronto trató de hacer a este personaje menos odioso y horrible, asociándole a su hermano *Hipnos* (el Sueño). Ambos gemelos, hijos de la *Noche,* eran «dioses sombríos a quienes jamás el Sol mira con sus ojos brillantes, ni cuando asciende hacia el cielo ni cuando baja de las alturas celestes. Uno de ellos, tanto en la tierra como sobre la vasta espalda del mar, revolotea tranquilamente, lleno de dulzura, hacia los mortales. El otro tiene un alma de hierro, un corazón de bronce: inaccesible a toda piedad, no suelta a aquel que ha cogido». (Hesíodos: *Teogonía*, v. 758 y sig.) A la Noche se la representaba como una mujer que llevaba en la mano derecha un niño blanco (del color del cadáver, es decir, Tanatos) dormido, y en la izquierda otro negro, que fingía dormir (el Sueño). Con el tiempo, ambos hermanos acabaron por confundirse.

[447] Los indianistas han identificado la palabra *Erinies* con la sánscrita *Saranyú,* en la que, una vez más, Max Müller ve a la *Aurora*.

[448] V. n. 77. Como era *Haides* quien las enviaba, pues estaban a sus órdenes, la misión de vengar los crímenes envolvía una idea moral (justicia, es decir, castigo al mal), que más tarde se desarrollaría al hacer del Infierno el lugar donde se pagaban las faltas cometidas en la Tierra.

[449] «¿Quién tiene en el Mundo el timón de la necesidad?», preguntan a *Prometeus* las *Oceánidas.*—«Las tres *Parcas* y las *Erinies,* las de la memoria feliz.» (Aischilos: *Prometeo encadenado*, v. 516.)

restablecerle[450]. Las leyes de la sociedad y de la familia estaban especialmente bajo su custodia. Más inmediatamente aún, los padres y los pobres. ¡Ay de quien los ultrajase!, como ¡ay del perjuro! Pero sobre todo perseguían a los asesinos. Eran, pues, las protectoras de la vida humana y las vengadoras de los asesinados[451]. Si el asesinato era cometido en la persona de un padre o de una madre, entonces la venganza de las Erinies doble en cuanto a rapidez o intensidad. Dado su carácter en que el terror se aliaba a la justicia (que también suele causar siempre miedo), estas divinidades eran sumamente temidas, y, aunque se trató de dulcificar el terror que producían llamándolas *las Benéficas,* siguieron siendo siempre objeto de espanto para la imaginación popular. Tanto más cuanto que su acción se ejercía no solamente en la Tierra, sino en el mundo de abajo, es decir, en el Haides. El papel que luego se confió a los *demonios* de torturar a los condenados, empezaron por asumirlo ellas. Pero lo verdaderamente interesante de esta concepción fue el que gracias a ella los griegos concibiesen la idea de una justicia que debía ejercerse luego de la muerte. «El gran Haides, como decía Aischilos, pide cuenta a los hombres de su vida. Su memoria no olvida nada. Su espíritu examina todo». En esta tarea de juzgar a los muertos, Ploutón era ayudado por tres jueces: Aiakos, Minos y Radamantos; a los que más tarde fue unido Triptolemos[452].

---

[450] «El Sol mismo—decía Herakleitos—no irá más allá de los límites que le han sido fijados; si no, las *Erinies,* auxiliares de *Dike,* sabrían volverle a ellos.» (Ploutarchos: *Sobre el destierro,* 11; *Sobre Isis y Osiris,* 48.)

[451] «Los que han cometido muchas muertes no escapan a la mirada de los dioses. Un día llega en que las negras *Erinies* hunden al mortal que, valido de su prosperidad, va más allá de la justicia.» (Aischilos: *Agamemnón,* v. 461.)

[452] V. todos estos nombres. Los jueces infernales pronunciaban la sentencia que le cabía a cada uno según su vida anterior. Pero, en general, estas sentencias no eran *eternas.* Pasado más o menos tiempo, el reo purgaba, como es natural, su falta y alcanzaba una vida nueva. Esta idea, nacida, sin duda, por influencias pitagóricas, era la de los filósofos en general, y Platón mismo se hace eco de ella. Y entonces, antes de volver a la vida y con objeto de perder la memoria de lo que habían hecho durante la anterior, bebían el agua del *Lete,* fuente del *Infierno,* llamada por ello la Fuente del Olvido. Esta fuente o manantial estaba junto a la puerta de salida del *Haides,* puerta opuesta a aquella por donde se entraba, que hallábase junto al *Kókitos.* Los poetas llamaban al Lete el *Río de aceite,* a causa de que su curso no hacía el menor ruido. Personificada esta fuente, era *Lete* (el *Olvido)* hija de *Eris* (la Discordia) y, según cierta tradición, madre de las *Chantes* (las Gracias). En el oráculo de *Trofonios,* en Lebadeia, había dos manantiales en los que debían beber los consultantes: la Fuente del Olvido *(Lete)* y la Fuente de la

Naturalmente concebida la posibilidad de un tribunal infernal y de un juicio destinado a diferenciar los buenos de los malos, si lógico era que éstos fuesen castigados, justo que aquéllos obtuviesen recompensa. Esta recompensa era la que los Misterios ofrecían a sus iniciados, y que luego se extendió a todos los hombres piadosos. Lo mismo hicieron los órficos, e igual, bien que de otra forma, los pitagóricos. Ello hizo suponer que desde el sitio en que las almas eran juzgadas, partían dos caminos: uno conducía al lugar de castigo, el *Infierno* o Haides; el otro, a los *Campos Elíseos* o a las Islas de los Bienaventurados.

El nombre de *Elíseos* se encuentra por la primera vez en la *Odisea*. Según este poema, Menelaos, tras su muerte, sería enviado por los dioses a la deliciosa mansión situada en la extremidad de la Tierra, allí donde remaba el rubio Radamantos, lugar que no conocía ni la nieve ni las tormentas, y que las dulces brisas del Okéanos refrescaban sin cesar[453]. Pero ello no como premio a sus virtudes, sino simplemente como favor concedido por Zeus por haber sido el esposo de su hija Helene. Asimismo, en los poetas épicos posteriores e incluso en Píndaros, los Campos Elíseos y las Islas Bienaventuradas eran lugares privilegiados destinados exclusivamente a los hijos de los dioses, a los héroes glorificados y a los grandes poetas. Más tarde, bajo la influencia de los *Misterios* y demás doctrinas similares que ofrecía la salvación a las almas, este privilegio fue ensanchándose, y gozaron de tal favor cuantos habían sido debidamente iniciados. Mas como tampoco era justo que bastase la *iniciación* para cosa de tanta importancia, pues podían ser iniciados verdaderos bribones[454], los

---

Memoria *(Mnemosine)*. Los poetas nombraban a Lete de un modo alegórico, haciéndola hermana de la *Muerte* y del *Sueño*.

[453] *Odisea*, IV, v. 561 y sig.

[454] Bribones o individuos con fuerza suficiente para hacerse iniciar en virtud de esto, de su poder y autoridad, como ocurrió, según cuenta Ploutarchos en la *Vida de Demetrios*, con Demetrios Poliorketes. Este rey de Macedonia, que acababa de echar a Kassandros del Peloponeso, escribió a Atenas, adonde iba a entrar, que quería ser iniciado apenas llegase, pero no sólo en los «pequeños Misterios», sino en los «grandes Misterios también»; breve, la iniciación completa. Ahora bien— como dice Ploutarchos—: «El deseo de Demetrios era contrario a las leyes religiosas y nada semejante se había hecho hasta entonces. Los pequeños Misterios se celebraban en el mes de Antesterión; los grandes, en el de Boedromión, y tras ello era necesario, para ser admitido a la epoptía, que transcurriese, por lo menos, un año.» ¿Qué hacer, pues? La cosa era tremenda, pero ¿cómo oponerse a la voluntad del macedonio todo poderoso? Para salir del paso sin disgustarle, se cambió el nombre del mes en que se estaba en el de

poetas posteriores llevaron a esta mansión de delicias no solamente a los héroes y a los iniciados, sino a los buenos y a los justos. A todos cuantos habían pasado por la Tierra sembrando el bien. Como decía Virgilio: «Quique sui memores alios facere merendos».

Asimismo, la idea del lugar destinado a los castigos fue perfeccionándose (pues perfección es, en la maldad, el llegar a grados verdaderamente superiores). Primero hubo el *Tártaros,* lugar de prisión y tormento para los enemigos de los dioses (Titanes y Gigantes) y otros grandes ofensores de las divinidades. Luego, el *Haides,* donde se empezó por castigar tan sólo a los grandes delincuentes. Ulises vio allí, además de a Minos, como Juez, a Orión, persiguiendo por la pradera de asfódelos a las fieras que antes había perseguido en la Tierra. Como él era una sombra y las fieras imaginarias, es de suponer que su castigo consistía en esto, en el perpetuo engaño a que estaba sometido; a Titios, el gigante, a quien dos buitres comían el hígado, castigo que había merecido por haber intentado violar a Leto. Y a Tántalos y a Sísifos. Pero aún no se trataba sino de castigos excepcionales impuestos por los dioses a determinados malhechores y asesinos; como asimismo había sido castigado Ixión a rodar eternamente atado a una rueda de fuego. Si estos castigos, así como las recompensas, fueron extendidos a todos los hombres, debido fue, como he dicho a la influencia de las doctrinas órficas y a los Misterios. Es decir, cuando al ver que muchos crímenes y delitos quedaban sin castigo, se empezó a pensar que era justo que se pagase más tarde lo que no se había pagado en la Tierra; he aquí el verdadero origen de la mansión; con objeto de que nadie quedase sin la recompensa o el castigo merecido. Con todo lo cual, *Cielo* e *Infierno* quedaron ya formados y a disposición del cristianismo y del catolicismo que no tendrían sino que acabarlos de

---

Antesterión, y una vez que Demetrios hubo recibido los pequeños Misterios, un segundo decreto impuso al mismo mes el nombre de Boedromión y asunto concluido. Yo encuentro que aún fue modesto. Estando como estaba en plena gloria guerrera pudo, en vez de a Atenas, dirigirse al *Olimpos* y exigir a *Zeus* que fuesen construyendo un camino digno de él para cuando tuviese que ir a los *Campos Elíseos.* Cuando en Gordion le presentaron a Alexandros el Grande el famoso nudo que, según la tradición, había que deshacer para poder conquistar el Asia, le cortó en dos con su espada y en paz. Las leyes y los nudos (sobre todo los corredizos) se hicieron siempre para los desdichados, no para los fuertes; para los fuertes no hay otra ley que su voluntad. Cuatro mil años llevan los hombres escribiendo en *mitos* o en *historias,* es igual (un nombre no es sino el eufemismo del otro) las hazañas de sus héroes y ciego será el que no vea que no hay agua mejor que la que mana del manantial del triunfo o de la fuente de la victoria.

perfeccionar con arreglo a la fantasía, fanatismo y perversidad moral de muchos de sus teólogos y adaptarlos al servicio de las necesidades no siempre derechas de su creencia[455].

---

[455] Creo que no haya nada tan vergonzoso para la naturaleza humana ni que haya prostituido y envilecido tanto esa facultad del pensamiento, en general excelente, que es la fantasía, como el empeño, el celo, el fervor de los teólogos de ciertas religiones, ocupándose más que de llevar a los creyentes por la recta vía mostrándoles las ventajas de una moral perfecta, en tratar de apartarlos de la torcida mediante mentiras en las que en vez de su celo por la virtud, se advierte el placer morboso de inventar castigos tan desproporcionados a las culpas, tan injustos y tan imposibles, que sublevan la razón con doble motivo: haciendo pensar en la maldad innata de los que inventan tales insensateces y en la tonta credulidad, no menos innata, de los que las tragan.

Hinduismo, budismo, taoísmo, zoroastrismo, orfismo, judaísmo, islamismo y cristianismo, es decir, todas las religiones que, ocupándose de la salvación de las almas, prometen y aseguran que en la vida futura el bien será recompensado y el mal castigado, han demostrado tal celo, una vez el lugar del castigo «post mortem» inventado, en hacer este lugar abominable, que no les ha detenido ni la consideración de que al mismo tiempo le hacían imposible, de que su fantasía iba más allá de toda justicia y que cuanto conseguían era no hacer mella en lo que se proponían: la maldad humana, sino en aquello a lo que no apuntaban por ser campo trillado de antemano: el fanatismo, la credulidad ciega y la tontería perfecta de los más inferiores de sus semejantes.

Cuarenta siglos o tal vez más antes que Platón, con su tan alabado *idealismo* y sus *mitos,* echase los cimientos de la metafísica católica, la exuberante fantasía del genio oriental había enriquecido ya con fecundidad inagotable la región de horrores destinada a las faltas, delitos, pecados o crímenes, que generalmente con las sanciones terrestres están más que purgados.

En el *Rig Veda,* monumento de la más antigua literatura hindú, se encuentran ya los primeros atisbos del *Infierno,* que no tardando mucho, y por obra de la fantasía oriental, llegaría a ser, en cuanto a castigos y horrores, una obra maestra. En él es aún simplemente un profundo abismo abierto bajo las *tres tierras* donde los dioses precipitan a los malos cuando se dignan escuchar las insinuaciones de los que se las dan de buenos.

En el *Atharva-Veda,* de fecha posterior, el propósito de aumentar el horror de tal mansión se precisa al evolucionar. Aquí el Infierno es ya negro, ciego, tenebroso, y los castigos llegan a grados de sadismo y de crueldad verdaderamente refinados. Citaré como ejemplo el castigo de los culpables a causa del crimen de no haber dado suficientemente a los *brahmanes,* es decir, a los inventores de sus castigos: los, como se ve, terriblemente perversos, sentados en un charco de sangre que se va coagulando lentamente, son obligados a masticar cabellos. No obstante, para descripciones más amplias y completas del Infierno hay que llegar a las *Leyes de*

Manú y a los *Preceptos de Vichnú,* verdaderamente completos ya en la materia. Las *Leyes de Manú* mencionan y dan los nombres de veintiún infiernos. En uno corre un río de llamas; en otro crece un bosque cuyos árboles tienen como hojas espadas (árboles, por supuesto, muy espesos y bajos); en un tercero, los que a él han sido conducidos son devorados por cuervos, búhos u otros animales no menos gratos, cuando no tostados entre arena ardiendo, cocidos en grandes marmitas, asados tras haber sido espetados en hierros erizados de púas, etc. Los nombres de estas diversas mansiones de tortura, los medios gracias a los cuales los condenados son llevados hasta ellos y luego en ellos torturados, dan ya una idea suficiente de hasta dónde puede llegar la fantasía humana empujada, ora por el interés (una gran parte de los delitos son merecidos por causas tan graves como la ya mencionada: por no haber dado suficientemente de lo ganado a costa de mucho trabajo a los grandes parásitos distribuidores de la justicia divina: los brahmanes), ora por el benéfico deseo de hacer al prójimo bueno a la fuerza, entendida la bondad, por supuesto, a gusto del que se erige en maestro de ella.

Al nacer el *budismo,* en el siglo v a. de J., recibió del brahmanismo y del hinduismo la concepción que éstos tenían del Infierno. Como la nueva doctrina se extendió durante más de doce siglos hacia Oriente (China y Japón), sufriendo la influencia de los diversos pueblos que la aceptaban, se dividió, respecto a lo que ahora nos interesa, en dos grandes ramas: la Hinayana (budismo de Birmania y de Ceilán) y la Mahayana (budismo de la India, de China y del Japón). Aunque esta segunda rama ha insistido menos que la otra en lo relativo a la vida futura, sus libros sagrados no dejan de contener lindezas en lo que afecta a los castigos de ultratumba; por ejemplo, los siguientes, que tomo del *Madjihina Ni-Kaya,* según el cual (mentira evidente) Buda mismo describió algunas de las torturas que en él figuran: uncidos a carretas pesadísimas, los condenados son obligados a recorrer campos llenos de llamas; otros deben subir y bajar por los flancos de montañas cubiertos de cenizas incandescentes; otros, tirarse de cabeza en calderos de bronce hirviendo. Todo esto es ya bonito, pero ¿y los que hundidos en un río de fuego, son arrastrados, tras ser pescados con un anzuelo, corriente arriba por los agentes de *Yama,* que si tratan de resistir, les abren violentamente la boca y les echan dentro una bola de cobre al rojo o, de quejarse de sed, cobre derretido? Otros libros, cuando se cansan de describir tormentos de la dulzura de los anteriores, dan detalles sobre la topografía y profundidad de los infiernos y sobre la duración de los suplicios. Un comentario del *Dammapada,* hablando del *Infierno del Caldero de Hierro,* especifica que mide sesenta leguas de perímetro y que los que van a él tardan treinta años, bajando siempre a todo correr, en llegar. El *Soutta Nipata* da una lista de diez infiernos a cual más agradables. La duración del castigo en el más benigno de ellos equivale al tiempo necesario para sembrar una carga inmensa de *granos de sésamo* al ritmo de una semilla por siglo. De ciertos de estos infiernos dice que la duración del castigo a que en él están sometidos los que van es de quinientos setenta y seis millones de siglos. Se dirá, claro, que mucho es, sobre todo si la falta ha consistido en haber negado a los brahmanes o a los bonzos el diezmo y primicias de las cosechas; pero aunque el condenado lo haya sido por haberse comido crudos, tras haberlos matado a disgustos, a sus padres, a su mujer, a diez hermanos y a veinte hijos, ¿qué son estos quinientos setenta y seis millones de siglos al lado de la *eternidad* prometida de todo corazón por los seráficos teólogos de otras religiones?

Pero el modelo de los infiernos budistas es uno que cita la forma mahayana, que consiste en ocho recintos calientes y en otros ocho fríos, cada uno rodeado de 16 infiernos menores, en total 256, que, unidos a 16 compartimientos anejos, hacen la bonita suma de 272 deliciosas estancias. Para no fatigar al lector, citaré tan sólo el primero de cada uno de ambos grupos. Entre los tórridos, el llamado *Samjiva,* donde las víctimas se arrancan mutuamente las carnes con garras de metal al rojo y donde un viento fresco reanima a los que caen para que tomen fuerza y continúen el jugueteo. En el denominado *Arbuda,* primero de los frígidos, el frío es tan vivo como para que la carne de los enviados allí estalle y se cubra de llagas. Cierto que los huéspedes alternan, pasando de los fríos a los calientes cuando se juzga oportuno.

Por horrible que parezca todo esto, no lo es enteramente si, como he dicho, se tiene en cuenta que los castigos no son eternos. Yama es el gran demonio, el amo del Infierno, pero no el amo supremo. *Jizo,* dios bondadoso, «el de la mano fuerte y dulce», puede penetrar en los dominios de Yama y llevar su misericordia divina hasta los que ya, a su juicio, han purgado suficientemente sus culpas.

Ni que decir tiene que la propagación del budismo en un pueblo como el chino, en el que, lo mismo que en el Japón, la vida humana jamás tuvo valor alguno, produjo maravillas en cuanto a castigos de ultratumba. Y que incluso, dada la manera social de ser de este pueblo (me refiero, evidentemente, hasta la invasión del comunismo; ahora no sé lo que ocurrirá allí, bien que presumo que para muchos el infierno no habrá hecho sino adelantarse), el Estado infernal fue minuciosamente organizado a semejanza del Estado terrestre, de tal modo que había en él hasta diez tribunales de justicia, cuyo jefe supremo era *Yenlo-Wang,* el Yama chino, Rey del Infierno. Ahorro detalles al lector sobre las penas impuestas por estos diez tribunales, los lugares deliciosos para cumplirlas y el modo de llevarlas a cabo. Los desesperados a causa de un mal matrimonio, una situación económica desastrosa o una salud deficiente, que me pidan pormenores y los convenceré al punto de que esta Tierra nuestra es de todas maneras, comparada con lo otro, una mansión de delicias.

Entre la horrible precisión plástica de los infiernos hindúes y chinos y el infierno persa del zoroastrismo hay una diferencia fundamental. En aquellos infiernos, como en los que siguieron, el fuego ocupó y ocupa un lugar privilegiado; el más modesto de los pecadores de cualquiera de las religiones que pudiéramos tildar de *ígneas* está seguro de ser poco más que una castaña asada a los diez minutos de haber dejado este apreciable valle de lágrimas. Pues bien: en el antiguo infierno persa, no. De detestar el calor, advertido queda todo persa por si quiere cambiar de religión. Y ello por la simple razón de que para esta creencia el *fuego* era entonces el elemento sagrado por excelencia, y, claro, no podía degradarle haciéndole descender hasta los dominios del *Malo*. En este infierno, lo que sufren los condenados es a causa no del fuego, sino de su privación, es decir, como los hombres en la Tierra en las mismas circunstancias: a causa del frío y de la odiosa y odiada oscuridad que la ausencia de aquél acarrea asimismo. Una noche total, una soledad sin alivio, un silencio absoluto, un frío más que polar: atroz, cruel, lacerante, insoportable. Más hambre y sed perpetuas, pues los condenados son alimentados por demonios con una comida pútrida, corrompida, hecha a base de veneno de víboras y de escorpiones, de tal modo que al comerla con voracidad, empujados por su hambre implacable, sobre no calmarles ésta, les produce cólicos, náuseas y toda suerte de vómitos y violencias dolorosísimas. Por si todo ello fuese poco, sus guardianes los pinchan, muerden, roen y ulceran sin tregua ni piedad.

Pero tampoco es un infierno eterno. Estos castigos no durarán sino hasta la *Renovación del Mundo*. Entonces, bien que la *resurrección* general pueda hacerse esperar miles y miles de años, los condenados renacerán a una vida nueva en una Tierra nueva también, donde sólo reinará la justicia.

En Grecia, hasta la aparición del *orfismo y* los *Misterios* con su idea de *salvación,* los griegos no tuvieron infierno. Como se sabe, el *Haides* primitivo, el de Homeros, era una simple región tonta y melancólica, donde las almas de los muertos se amontonaban sin pena ni gloria. En la *Odisea,* el panorama cambia algo. Ya se ven *(Ulises* los vio) unos cuantos condenados. Pero aún no se trata sino de grandes criminales castigados especialmente por los dioses. Mas con el desarrollo del orfismo y de los Misterios apareció el *Infierno* al mismo tiempo que los *Campos Elíseos*. Platón, con sus «mitos» admirables (v. en mis traducciones del *Gorgias,* de la *República y* del *Faidon),* dio al infierno griego una sorprendente plasticidad. En este infierno imaginado por el gran filósofo y aún más gran literato, a influencias del orfismo, el fango, el fuego y toda una variada gama de tormentos físicos son cosa ya admitida y corriente. Ploutarchos, siguiendo a Platón, al que adoraba, hizo una nueva descripción de la región maldita, que el lector que guste podrá ver en mi traducción de su tratado *Sobre los plazos de la venganza divina.* Y es precisamente este infierno de los órficos, de Platón y de Ploutarchos, el que heredó la Iglesia cristiana y al que hay que remontarse si se quiere descubrir el origen de las torpes y estúpidas fantasías que llenan los *apocalipsis* cristianos y las *visiones* infernales de la Edad Media.

El *Cheol* hebreo era muy semejante al Haides primitivo helénico. Pero también sufrió una evolución análoga. A medida que los hombres parecían mejorar en lo relativo a las actividades materiales, a la civilización, al progreso, diríase que se volvían con ello mismo más implacables y crueles. El Cheol, tras haber sido la región triste e incolora adonde los muertos iban, se transformó, a partir del *Libro de Enoch,* en apocalipsis antes insospechadas. Este libro habla de cuatro compartimientos: el primero, para morada de los justos, que esperan la resurrección, y los otros tres, para los condenados por diferentes motivos;

secciones o compartimientos que anuncian ya los rudimentos de un *paraíso,* un *purgatorio* y un *infierno.* Fuera del Cheol está aún el siniestro valle llamado en hebreo *Ge Hinnom* (la *geenne* griega, lugar de tortura), el *valle maldito* donde los verdaderamente malos, los sin redención, serán arrojados y entregados a las llamas luego del *Juicio final.*

Y, cosa curiosa, en otra parte de los escritos clasificados bajo el nombre de Enoch, compuesto poco antes del supuesto advenimiento de Jesús, el infierno es situado en el tercer Cielo: «Y habrá en este lugar toda clase de torturas, una oscuridad feroz e impenetrables tinieblas. Y no habrá ninguna luz, sino un fuego sombrío, que arde allí siempre, y un río de llamas que lo atraviesa. Y este lugar tiene fuego por todas partes. Y por todas partes también hielo. De modo que allí se es quemado y helado al mismo tiempo. Y los prisioneros son desdichadísimos. Y los ángeles terribles e implacables, y llevan armas crueles que les sirven para infligir castigos sin descanso.» No hay originalidad, no hay fantasía, todo ha sido dicho antes; pero hay, en la repetición de las palabras y en la expresión, la imagen perfecta del espíritu judío, de entonces teñido de odio a causa de la deportación y la servidumbre.

Los demás apocalipsis (los *Oráculos Sibilinos,* los *Salmos de Salomón, El Libro de los Jubileos)* son del mismo género. Amasados con veneno y odio. La enseñanza apocalíptica fue arreglada y dispuesta por los jefes del pensamiento judío hasta que alcanzó la forma que luego ha conservado. Es decir, que las almas de los malos habitarán el *Valle Siniestro* desde su muerte hasta la resurrección. Tras el Juicio final irán, las que no hayan sido absueltas, al mismo sitio, a seguir siendo atormentadas con el fuego. Los culpables de haber abandonado a Dios o blasfemado valiéndose de su nombre serán castigados *eternamente;* con los demás habrá más clemencia.

El infierno musulmán está también hecho esencialmente de fuego. A base del *fuego del infierno* (tratando de hacerle temer) realizó Mahoma sus primeras predicaciones. Los textos corrientes dicen que en el infierno el cuerpo de los incrédulos será de un tamaño anormal, con objeto de que tengan más sitio donde ser torturados, lo que, evidentemente, aumentará sus agonías. Y serán torturados de diverso modo: por serpientes negras tan gruesas como el cuello de un camello; por escorpiones grandes como muías; por hambre, pues no recibirán sino un alimento infecto; por la sed, pues no tendrán para beber sino cobre fundido. Pero, sobre todo, por el fuego. Un fuego setenta veces más fuerte que el fuego del Mundo. Fuego que cuando se enciende tarda mil años en ponerse rojo, otros mil en tornarse blanco y mil aún en volverse negro. Por lo demás, se trata de un infierno que no es para los musulmanes, pues cuantos profesen la fe de *Alá* no lo conocerán sino como lugar de purificación, del que saldrán tras una corta permanencia. Para los cristianos hay en este infierno un fuego achicharrante; para los judíos, un fuego incandescente; para los sabeos, un fuego llameante; para los magos (los persas), un fuego desecante; para los idólatras, un fuego enormemente caliente; para los hipócritas y los apóstatas, el hornillo de un abismo sin fondo.

El cristianismo primitivo heredó del judaísmo la doctrina según la cual las almas pecadoras habitarán un lugar de miseria hasta la resurrección, y luego un infierno de fuego. Esta creencia fue tanto más rápidamente aceptada cuanto que las palabras atribuidas a Jesús por los *Evangelios* se conforman en esto a las enseñanzas de su tiempo. En el evangelio de San Mateo, por ejemplo, hay numerosas alusiones a la Gehenne. Jesús habla del *juicio de la Gehenne y* de «aquel que tiene el poder de destruir el alma y el cuerpo en la Gehenne». Afirma que «todo el que llama insensato a su hermano será castigado mediante la Gehenne de fuego», y advierte a quienes le escuchan que los obreros de iniquidades serán arrojados «en la hoguera de fuego», en la que habrá «lamentos y rechinar de dientes». El cuadro que traza del Juicio final acaba por esta solemne declaración, que va dirigida a los que el Hijo del hombre, vuelto a su gloria, ha puesto a su izquierda por no haber ayudado a sus hermanos: *«E irán a castigo eterno».* Todas estas expresiones, ¿corresponden, en verdad, al dulcísimo Jesús? No es posible. Tanto más cuando que en Lucas las alusiones análogas tienen un carácter más benigno. Los que escribieron los *Evangelios,* hombres al fin, pondrían de su cosecha, al transcribir el texto primitivo, sobre todo en ciertos pasajes, lo que su fe, no exenta de fanatismo, les dictaba en aquel momento. Por supuesto, con la creencia de que interpretaban mejor lo que transcribían. En todo caso, la Iglesia, al aceptar los *Evangelios,* integró lo que éstos contenían al dogma; al fanatismo ignorante de los que tal realizaron no se les ocurrió hacer otra cosa; e hizo de las mentiras de los *Evangelios* uno de los elementos fundamentales de su estructura y la esencia de su doctrina.

San Pablo, que tanto contribuyó a edificar la creencia en la resurrección, nada dice, o casi nada, del infierno. En los siglos siguientes, los teólogos cristianos siguieron sosteniendo, y luego ya siempre, que el infierno era un lugar de castigos *eternos* para los pecadores impenitentes. En lo relativo al *purgatorio* hubo desacuerdo entre las Iglesias de Oriente y Roma, como luego lo hubo con los protestantes; pero respecto al infierno, no. Los predicadores, sobre insistir en lo de *castigo eterno,* se diferenciaron de los teólogos en el dejar correr libremente su imaginación en cuanto a la cantidad, calidad y variedad de castigos, demostrando una vez más que el «hábito» cambia más fácilmente que el «monje»; que las ideas evolucionan más fácilmente que los hombres que las sostienen. Hace falta llegar a San Agustín para encontrar un pensador, no un autómata fanático, cuyas ideas sobre la cuestión que nos ocupa están enteramente de acuerdo con la potencia de su hermoso, bien que no siempre acertado entendimiento. Y, claro, estas ideas, tomando otros derroteros, le hicieron insistir más en la pena de *alienación,* entendida como desesperación del alma que ha perdido a Dios, que sobre los castigos físicos.

Por supuesto, como Padres de la Iglesia y teólogos, escribían para gentes de cierta cultura, no se atrevieron a dar rienda suelta a su imaginación, por lo que de querer saber lo que pensaba el pueblo ciego e ignorante sobre lo que nos ocupa, durante los tiempos de la Iglesia primitiva y medieval, hay que acudir a los *apocalipsis* cristianos de los siglos II, III y IV, y luego a las *visiones* de la misma época, de las que la *Divina Comedia* fue la obra maestra y coronamiento.

Por no extenderme demasiado, me limitaré, como guía para el lector curioso, a una brevísima enumeración de lo esencial. Citaré, como apocalipsis, el *Apocalipsis de Pedro* y el *Apocalipsis de Pablo,* que contienen cuanto se puede apetecer como fantasía sobre el infierno. En el primero, esencialmente pagano, los pecadores son devorados por pájaros comedores de carne, o atados a ruedas de fuego giratorias, o suspendidos ¡por la lengua! a llamas desecantes, etc.; en el segundo se habla de grandes gusanos con dos cabezas, largos de tres pies, que roen las entrañas de sus víctimas; de ruedas de acero erizadas de puntas infinitamente cortantes; de otras inflamadas, que dan mil vueltas por día (para no haber electricidad en el infierno, ya es bastante), y cada revolución tortura mil almas; de que en un calabozo profundísimo, una escaldadera que contiene a los que condenaron a muerte al Señor es mantenida en constante y perpetuo horror y tortura por 10.000 demonios (si valiese la pena de poner un poco de buen sentido en tanta insensatez y disparate habría que entender *ángeles* en vez de demonios, porque ¿cómo hubieran los demonios torturado a quienes hicieran daño a su mayor enemigo?). Más serpientes venenosas y sumamente agresivas, navajas de afeitar calentadas al fuego blanco, ríos de sangre envenenada, diablos cornudos... Inútil seguir.

Ni que decir tiene que la literatura medieval de las *visiones* nació apoyándose en todas las verdades anteriores. Citaré la *Visión de Adamnán,* del siglo X, y la *Visión de Alberico,* del siglo XIII. Si en la primera, en cierta delicada mansión, especie de gran pantano, los condenados están hundidos hasta medio cuerpo, recibiendo las caricias de demonios que corren todo alrededor empuñando mazas inflamadas, y otros son encadenados, mediante serpientes, en columnas de metal al rojo; en ésta hay también un lago, pero, mejorando el anterior, el elemento líquido que le colma es una grata mezcla de plomo fundido, pez y resina, y a la puerta del infierno, para evitar evasiones, no solamente un *Kerberillo,* como en el Haides, que cualquier *Hércules* es capaz de encadenar, sino, además, un león, ambos ferocísimos y cuyos alientos son pura llama. La *Visión de Thurcill,* del mismo siglo, incluye mejoras y perfeccionamientos estimables, por ejemplo, cuatro calderos inmensos: uno de pez ardiendo; otro de nieve helada (¿cómo sería la natural en aquel tiempo?); el tercero de azufre y licores fétidos, y el cuarto de agua negra (tinta, sin duda), salada y corrosiva. Y las almas pasando de un caldero a otro sin descanso, tras una permanencia en cada uno de ocho días. En fin: más perfecta y bonita aún la *Visión de Tundale,* tan completa es en cuanto a variedad y abundancia de demonios (dirigidos por *Satanás,* que, por supuesto, es judío) y tan acabada en lo que a tormentos afecta, que basta leerla un poco para darse cuenta de hasta dónde puede llegar la fantasía humana empujada por el más estúpido e insano de los fanatismos. Daré una muestra leve por si alguien creyese que exagero: ciertos diablos extienden a los culpables sobre sábanas de hierro convenientemente agujereadas y sostenidas por colchones de carbón ardiendo;

Haides no tenía templos ni recibía culto, si se exceptúa, cual afirma Pausanias que cita el hecho como excepcional, entre los eleatas. ¿A qué rogar, en efecto, a una divinidad que se sabía feroz e implacable? Como dios chetónico, es decir, como divinidad benéfica (como Ploutos, dios de la riqueza), fue honrado al mismo tiempo que Demeter y Perséfone. A ésta misma no se la adoró nunca como reina de los Infiernos, sino como diosa benéfica de la primavera y del renacer de flores y cultivos. En una palabra, la personalidad de Haides era, por decirlo así, como divinidad, insignificante; una especie de abstracción divinizada; e incluso, muchas veces, un aspecto especial de Zeus, el Zeus chetónico. El Zeus todopoderoso que castigaba a las almas de los muertos merecedoras de castigo, como premiaba a las dignas de recompensa.

Por todo ello, las imágenes aisladas de Haides son sumamente raras. Se le encuentra algunas veces en representaciones de conjunto del mundo infernal, o en las relativas al rapto de Perséfone. Los textos hacen alusión a algunas representaciones, pocas, obra de la escultura clásica; pero tan escasas debieron de ser, que ninguna ha llegado hasta nosotros. Con frecuencia las imágenes de Zeus y de Haides eran tan parecidas (lo que confirma la unidad fundamental de ambas figuras) que los mismos antiguos las confundían. Así, en Cheironeia, en un grupo de Agorakrites,

---

gozan viéndolos fundirse como cera y colarse a través de la sábana y luego volver a tomar la forma primitiva para empezar de nuevo el festival. Otros, en acecho en torno a una casa-palacio que tiene la curiosa forma de una sartén, cogen a los golosos que se aproximan, los cortan en pedazos y los lanzan a la pasta hirviente, que crepita de gozo al recibirlos.

Pasar, tras estas *visiones,* a la *Divina Comedia* es perder un trozo de vidrio sucio y hallar un diamante. El ser esta obra sorprendente bien conocida me exime de hablar de ella. Pero sí diré, acabando, que desde entonces, es decir, desde Tomás de Aquino (cuya concepción del Infierno sigue el poeta italiano), la doctrina católica no inició la menor tendencia a contener tal cúmulo de insensateces hasta los tiempos modernos. Por fortuna, hoy, un número apreciable de pensadores cristianos eminentes se han levantado contra la concepción tradicional del Infierno, habiéndose acabado por admitir que consiste «en la privación de la vista de Dios». Así las cosas, he aquí que de pronto el papa actual Juan Pablo II acaba de decir ante un numerosísimo grupo de jóvenes: «Que la causa de los males actuales la tiene ¡el Demonio!» ¿El Demonio otra vez, santísimo Wojtyla? ¿En qué quedamos? Pero los sumos pontífices, ¿no son «infalibles» en cuestiones de fe y religión? ¿Entonces? Porque una de dos: o mintieron los que jubilaron a Satanás, a sus diablos, calderas de pez hirviendo y demás estupideces afirmadas y creídas durante tanto tiempo, o lo hace el archipiadosísimo y archicreyente pontífice sumo de la Iglesia actual.

discípulo de Fidias en que Atena figuraba en unión de otro dios, Strabón reconocía en este dios a Zeus, Pausanias a Haides. Y en las representaciones de los vasos, lo mismo. Un vaso de Vulci, que está en el British Museum, muestra un dios barbudo llevando una cornucopia, que lo mismo puede ser Zeus que Haides. Incluso en algunas representaciones se ve, junto a la serpiente, emblema del mundo subterráneo, el águila del amo de los dioses. En un vaso de Xenokles, en que están representados los tres dioses mayores, Zeus, Poseidón y Haides, éste sobre no tener ningún atributo distinto está con la cabeza vuelta, cual si el artista hubiese considerado mejor que no fuese visto. Cuando Haides y Perséfone están juntos, como en los sarcófagos romanos y en dos pinturas funerarias de Orvieto y de Vulci (de pura inspiración griega, por supuesto), el dios es representado con barba y lleva, a modo de casco, una cabeza de lobo.

En la religión romana hubo una gran divinidad infernal, equivalente al Haides o al Ploutón griego, y que pronto cedió el puesto a éste; tal dios fue el llamado *Dis Pater*. En la época clásica fue olvidado. Poquísimas son las inscripciones en su honor que han sido halladas. Pero a finales del paganismo, cuando todas las divinidades antiguas eran pocas por ver de contener la nueva doctrina que las iba apagando[456], reapareció la figura de Dis Pater. En una pintura de las Catacumbas se le ve como juez de los muertos.

Los romanos dieron a Perséfone el nombre de *Proserpina,* que asimilaron a la antigua diosa italiana *Libera,* compañera de *Liber* o *Liber Pater,* el dios romano que fue con el tiempo identificado con Dionisos. Libera fue siempre una divinidad secundaria. Se la honraba el 17 de marzo, en las *Liberalia,* al mismo tiempo que a Liber. En Proserpina los romanos no vieron sino a la reina del mundo infernal, a la esposa de Ploutón. Su culto fue introducido en Roma el año 429 a. d. J., por orden de los libros Sibilinos. Proserpina tenía en el Campo de Marte, en el lugar denominado *Tarentum,* un altar común con su esposo, «ara Ditis et Proserpinae». Allí se celebraban los Juegos Tarentinos.

---

[456] Los *Padres de la Iglesia,* obrando con mucha prudencia, no se atrevieron a negar de golpe a los dioses que iban arrinconando, fundándose en la absoluta imposibilidad de su existencia; pues los que por fe, fanatismo o conveniencia los sostenían aún, les hubieran exigido que demostrasen la de los que ellos patrocinaban. Limitáronse, pues, a colocarlos entre el número de los demonios.

DIONISOS

Dionisos, llamado también en Grecia *Bakchos,* e incluso *Zagreus*[457], en Roma *Bacchus* y entre nosotros *Baco,* era el dios de la viña, del vino y del delirio místico o báquico, delicado eufemismo para expresar de una manera discreta los efectos de la embriaguez en la que incurrían sus adoradores y sus sacerdotisas (ménades o bacantes y tiiades) a fuerza de amarle (y gustarle), en su manifestación humana más aparente: el zumo de uva fermentado. Pues bien, este dios, alegre y plural, como se va a ver, encontró cierto día, a creer a una de sus leyendas, una delicada planta que le fue simpática. Delicada porque naciente apenas, sólo tenía unos pujantes brotes verdes; no aún pámpanos ni asomo de racimos. Como era mínima y frágil en aquel momento, para protegerla la metió en un hueso de pájaro. El débil tallito, satisfecho, creció pronto, y de tal modo, que el dios, viendo que la cuna que le había deparado era insuficiente, le metió en otra mayor, quiero decir en otro hueso mayor, esta vez de león. Pero como su protegido siguiese prosperando, acabó por acondicionarla en un fémur de asno. Adulta la planta, dio fruto: la uva. Entonces el dios, cada vez más interesado por su hallazgo, descubrió el modo de transformar aquellas uvas en vino, y el maravilloso licor nació con las cualidades de los seres a los que habían correspondido sus tiestos: alegría, fuerza y estupidez. Desde entonces todo el que bebe de modo opuesto a como reza la expresión griega [μηδεν αγαν](meden agán) *nada en exceso,* es decir, que al que se le va la mano bebiendo, adquiere las dos primeras cualidades: disfruta, momentáneamente, de una alegría de pájaro y de una audacia de león. Al que abusa de continuo, debilidad y embrutecimiento le esperan. O sea, tornarse un asno de dos patas, bestia infinitamente más inútil y estúpida que los de cuatro.

¿Garantiza la fábula que el vino nació en Grecia? Atrevido y equivocado sería afirmar tal cosa. Esta engañadora delicia no puede ser atribuida al genio griego. Muchos pueblos, de la India a las Columnas de Hércules, pasando por Egipto y las costas del Mediterráneo, hasta llegar a España y a la Galia, la conocían ya desde muy antiguo. Algunos antes seguramente de que los arios, buscando pastos para sus ganados, llegasen al suelo de lo que más tarde sería la Hélade. Entre ellos los hebreos. Pues sabemos por el *Génesis* (IX, 20-25) y es dato curioso, por marcar la primera borrachera de que habla la historia, que el patriarca Noé se

---

[457] V. n. 406.

embriagó sin darse cuenta, como a muchos graves varones les ha ocurrido después: «Y comenzó Noé a labrar la tierra y plantó una viña.—Y bebió del vino y se emborrachó». Cham, su segundo hijo, le vio en aquel estado hasta entonces desconocido: «Y estaba descubierto en medio de su tienda». Cham corrió alborozado a contarles lo que ocurría a sus hermanos Sem y Japhet. Y éstos entraron en la tienda y, sin mirarle, le cubrieron. Y al despertar el patriarca y saber lo ocurrido, maldijo al indiscreto. Pero no a la vid. Y como ésta se salvó podemos hablar de Dionisos.

Si el vino, pues, fue descubierto por Noé o por Baco, averígüelo Vargas. Quién sabe si no lo descubriría algún brahmán indio o algún sacerdote egipcio, castas ambas muy sabias. Sobre todo, que cosa de tanta monta no pudo ser obra de un destripa terrones cualquiera, sino de gente avisada. A menos que su madre fuese, como de tantos otros hallazgos e inventos grandes y estimados, esa diosa loca y útil llamada Casualidad. Mas como la cuestión es ardua, yo a mi dios me vuelvo, pues bastantes quebraderos de cabeza da ya el averiguar algo de los graves problemas que su variada personalidad mítica despierta.

Porque, en efecto, en la multiplicidad pintoresca de dioses los hay ciertamente que son, en verdad, complejos; pero como éste no creo que se dé otro. De tal modo, que ya los antiguos hablaban de varios Dionisos, y hasta hicieron listas de ellos. La más conocida de estas listas es la de Cicerón, que clasificaba bajo su nombre a los cinco Dionisos siguientes: el cretense, el egipcio, el frigio, el tebano y un quinto hijo de Nisos y de Tione[458].

Esta complejidad es lógica si se tiene en cuenta la costumbre de los antiguos de imaginar un dios para cada fenómeno de la Naturaleza o para cada cosa o función importante. ¿Y se podrá negar que como fenómeno natural es difícil hallar otro superior al de la uva, que siendo en sí cosa de todo punto excelente basta una simple fermentación para que se convierta en un producto de todo punto también nocivo y perjudicial a poco que se abuse de él? Por otra parte, ¿para cuántos mortales hay cosa más

---

[458] Según ciertas tradiciones tardías, *Nisos* era el padre adoptivo de *Dionisos* y el que le puso nombre. Durante la expedición del dios a la India, le confió la ciudad de Tebas. Al volver, Nisos se la negó. Dionisos no quiso disputar con él; pero cuando regresó a la ciudad, con objeto de celebrar la fiesta trienal que en otro tiempo había instituido, vistió a sus soldados de bacantes, los metió así en la ciudad y con su ayuda se apoderó fácilmente del poder y de su detentador. En cuanto a *Tione,* en ciertas tradiciones no era sino otro nombre de *Semele.* Semele, el nombre «mortal»; Tione, su nombre «divino». Es decir, el que Dionisos le dio tras su apoteosis al llevarla con las divinidades, tras haberla sacado del Haides.

importante que el vino, ni función comparable a la de empaparse de él? Y como esto ha ocurrido en todos los tiempos y a varones con los que los dioses no se rebajaban en alternar, como el mencionado patriarca, que era estimadísimo incluso por el suyo, natural es que cuando el dios-vino, divinidad universal por excelencia, llegó a Grecia, ya hacía muchos siglos que «embriagaba» con su gloria y alegre poder a numerosos pueblos. Como fue natural asimismo que en cada región de Grecia donde se cultivó la viña, naciese por lo menos una leyenda relativa al espiritual y espirituoso dios. Si ahora se tiene en cuenta que, aparte del «peleón» corriente que se daba un poco en todas las comarcas griegas, Chios, Kos, Metimna, Lesbos, Karia, Tessalia, Frigia, Trakia, Tasos, etc., eran islas y ciudades afamadas a causa de sus vinos, sin contar el famoso ««pramnios» y otros veinte más, se comprenderá que la abundancia de leyendas relativas a Dionisos fuese tan cumplida como el culto que recibía; bien que ello no impida que fuese un dios importado.

Por consiguiente, sin necesidad de acudir a Herodotos, que afirma[459] que Dionisos era el más joven de todos los dioses griegos; a la *Ilíada,* que le dedica algunos versos en el canto VI para relatar lo que ocurrió con Likourgos, el rey de Trakia[460] y de la conocida hostilidad de ciertas regiones griegas a la introducción de su culto, se puede afirmar que su mito, como el del vino y la viña, estaban ya formados cuando este dios

---

[459] *Historias,* II, 52.

[460] Habiendo venido *Dionisos* con las *Ninfas,* sus nodrizas a este país, *Likourgos,* matador de lobos, empezó a perseguir a éstas por la sagrada montaña de Nisa. El niño-dios, lleno de miedo, se arrojó al mar, donde fue recogido por *Tethis* (V. n. 73). *Zeus* castigó a Likourgos dejándole ciego. Aischilos, en una tragedia perdida, modificaba esta leyenda. Según él, Dionisos era adulto y trataba de atravesar la Trakia para ir a conquistar la India, cuando Likourgos le negó el paso. Entonces, el dios le volvía loco, a causa de lo cual, tomando Likourgos a su hijo *Drías* por una cepa (pues, en su odio contra el dios, estaba desarraigando todas), le daba con su hacha, causándole la muerte. Tras ello recobraba la razón. Pero el suelo de su país era condenado a la esterilidad por el dios. Entonces, sus habitantes, a quienes un oráculo hacía saber que, para que cesase la calamidad, Likourgos tenía que morir, le ataban a cuatro caballos, uno de cada extremidad, los cuales le descuartizaban. Hygin (V. n. 64) da aún otra variante: Likourgos expulsa a Dionisos de su país y hasta niega su divinidad. Luego, habiendo bebido, borracho, trata de violar a su propia madre. Al darse cuenta de lo que le ha ocurrido, con objeto de impedir que a otros les suceda igual, manda arrancar todas las cepas. Dionisos le enloquece, le deja en tal estado en el monte Rodope para que las panteras le devoren y mata a su mujer y a su hijo. Aún hay una versión evemerista a propósito de este rey.

llegó a Grecia, y que, por lo tanto, era un dios extranjero. Pero como vuelto Olímpico, su acción en Grecia fue incomparablemente fecunda en todos sentidos; especialmente desde el punto de vista religioso y artístico, voy a exponer lo esencial de sus leyendas y de su culto, empezando por advertir que si estas leyendas, como he dicho, son muy numerosas, también su explicación simbolista es de las más sencillas y evidentes[461].

Su leyenda por excelencia es la leyenda tebana[462], que cuenta lo que ha quedado dicho en la nota 108, y cuya significación simbólica es la siguiente. Semele era, probablemente, la significación de la tierra en primavera. Zeus, el dios del cielo, la fecunda como a Danae, en forma de lluvia de oro; es decir, mediante lluvias bienhechoras que ablandan el seno endurecido de la tierra al tiempo que penetran en él y desarrollan la vida. Cuando llega el verano (ha deseado ver a su amado en toda su fuerza y esplendor) su calor, los rayos ardientes del Sol, la secan y matan; pero antes deja escapar el fruto de sus entrañas (las cosechas: Dionisos). En efecto, al morir Semele abrasada por los rayos de Zeus, las leyendas cuentan, ora que Zeus hizo que Hefaistos sacase a Dionisos del vientre de su madre, que se achicharraba en el palacio convertido en una inmensa hoguera, y que se le entregase a Makris[463], bien que fueron las Ninfas quienes le sacaran de las cenizas maternales y le criaron; ya, y es la tradición más aceptada que, salvado por Zeus, éste le cosió en uno de sus muslos, y cuando fue el momento (pues Dionisos sólo tenía seis meses cuando murió abrasada Semele) salió perfectamente vivo y formado. Y he aquí por qué era el dios *dos veces nacido* prodigio que dará lugar a sus Misterios.

---

[461] En el propio mito de *Likourgos,* expuesto en la nota anterior, no es difícil entrever una explicación puramente física. Likourgos, literalmente, significa que aparta o mata a los lobos; pero también, puesto que la raíz *luk* expresa la idea de luz, y la raíz *erg* la de apartar, significa el que aparta la luz; es decir, el invierno, que con sus fríos mata la vegetación y, por tanto, a *Dionisos,* que es su dios, le mata o le aparta.

[462] Probablemente formada de la mezcla de leyendas tracias y de leyendas eolias, pues la Trakia fue la región donde debió aparecer primeramente el culto de *Dionisos,* en Grecia.

[463] *Makris,* hija de *Aristaios* (V. n. 211, 233), crió, según una tradición al pequeño *Dionisos,* que le había sido confiado por *Hermes* en Euboia. Cuando *Hera,* que reinaba en la isla, expulsó de ella al dios, éste se refugió en Kerkira (Corfú), que desde entonces se llamó «Makris»; y allí vivió en una gruta con doble fondo. En esta gruta se casaron más tarde *Iasón* y *Medeia.* (V. estos nombres.)

Una vez en vida, fue confiado a Hermes, quien a su vez, según esta leyenda, le dejó en manos de Atamas, rey de Orchómenos, y de su segunda mujer, Ino[464], para que le criasen. Aconsejándoles que le vistiesen como si fuera una niña, para ver de engañar a Hera y librarle así de su cólera celosa. Pero la diosa descubrió el ardid, y para vengarse de Ino y de Atamas los volvió locos. Entonces Zeus llevó a Dionisos fuera de Grecia, al país llamado Nisa, que unos situaban en Asia, otros en Etiopía y otros en África, sin especificar la región; y allí se le confío a las Ninfas. Además, para impedir que Hera le reconociese, le transformó en un cabritillo[465]. Las Ninfas que le criaron llegaron a ser más tarde, como recompensa a sus trabajos, las estrellas de la constelación llamadas las Hiades[466].

---

[464] V. n. 274.

[465] Este episodio explica el epíteto de «cabrito» llevado por Dionisos e incluso el nombre de *Dionisos,* si se le quiere derivar de Nisa.

[466] *Hiades,* lit. «las lluvias», constelación de siete estrellas en la cabeza de Tauro. En lo que afecta a los *dos nacimientos,* los indianistas han hecho notar la analogía entre la manera de nacer *Bakchos* y la del dios *Soma.* Soma, en los *Vedas,* es el jugo de la planta ácida que servía a los dioses hindúes para hacer sus libaciones. Personificada, llegó a ser una divinidad mediadora entre los dioses y los hombres con el sobrenombre de *Vinas* (amado), epíteto que los arios, al pasar a Europa, dieron al zumo de la uva, al *vino. El* dios Soma había sido arrancado también del seno de su madre, muerta por un rayo, y recibido por *Indra* en su cadera, a causa de lo cual había tenido dos nacimientos, por lo que era denominado *Dwidianman* (nacido «dos veces» o «bajo dos formas»); como los griegos llamaban a Bakchos *dimetor* (que tiene dos madres), y *ditirambos* (nacido dos veces). Dionisos, creado por las *Ninfas,* era un tema grato a los artistas griegos, que se complacieron en reproducirle. Ahora bien: las Ninfas, como se sabe, representaban la humedad de la tierra. Todas ellas estaban adscritas, por decirlo así, ora a una fuente o manantial, ya a un río o torrente, bien a un lago. De ser *Ino,* la hermana de *Semele,* la que acogió al niño-dios, *Ino-Leukotea* era asimismo una divinidad de las aguas. Si fueron las *Hiades,* ya hemos visto que eran «las lluviosas». De ser las Ninfas del monte Nisa, es preciso tener en cuenta que este nombre fantástico se aplicó a montañas de todas las regiones griegas donde se cultivaba la viña, pues todas pretendían que había sido en ellas donde había sido criado el dios del vino, y que esta palabra, *Dionisos,* descompuesta en dos mitades, no podía significar otra cosa que *Zeus* o el dios de Nisa *(Dionisos).* Si, como se ha pretendido, *nisos* venía de una raíz sánscrita que expresaba la idea de humedad, de fluidez, la leyenda de las Ninfas, nodrizas del dios, y su mismo epíteto de *Híes* (húmedo), que se le aplicaba algunas veces, quedaría perfectamente justificado. En todo caso, esta unión de Bakchos a divinidades secundarias que figurarían luego siempre ya en su cortejo, es algo que le es característico.

En Ikaria (Boiotia) se formó otra leyenda curiosa. Había un rey, sin duda el primero, puesto que dio nombre al país, llamado *Ikarios.* Un día Dionisos, en uno de sus viajes se detuvo allí y fue bien recibido por el monarca. Al partir, y para recompensar a Ikarios por su buena hospitalidad, el dios le regaló una cepa y le enseñó a hacer el vino. Llegada la época de la vendimia, Ikarios quiso hacer disfrutar a todos sus súbditos de su tesoro, y empezó a recorrer los campos llevando pellejos llenos de vino, del cual, labradores y pastores bebieron sin moderación. Pero al sentir sus extraños efectos, creyéndose envenenados, mataron a Ikarios. Este tenía una hija llamada Erigoné, que empezó a buscar a su padre por todas partes sin que pudiera encontrarle hasta que una perra que la acompañaba, Maira, la hizo comprender mediante sus ladridos dónde el cuerpo había sido enterrado. Erigoné, desesperada, se ahorcó del árbol mismo a cuyo pie había sido sepultado su padre[467]. Dionisos se vengó enviando a los culpables una curiosa plaga: las jóvenes, atacadas de locura, se ahorcaban. Consultado el oráculo de Delfos, respondió que lo que ocurría no era sino el castigo del dios a causa de haber dejado impune la muerte de Ikarios y de su hija Erigoné. Entonces los atenienses castigaron a los pastores criminales e instituyeron en honor de Erigoné una fiesta que, entre otras ceremonias, se hacía una consistente en suspender a las muchachas jóvenes de las ramas de los árboles. Más tarde fueron reemplazadas por discos en los cuales se pintaban caras de muchachas. Este fue el origen legendario del rito de las *oscilla,* practicado posteriormente en Roma y en Italia durante las *Lieraíia,* fiestas en honor de *Líber Pater,* el Dionisos italiano.

Chios, la hermosa isla que entonces como ahora producía uno de los mejores vinos de Grecia, no podía tampoco dejar de tener su leyenda. En esta leyenda no figura Dionísos, pero sí su hijo Oinopión *(el Bebedor de Vino),* al que el dios había tenido con Ariadne. Este Oinopión que reinaba en la isla y que había introducido en ella el cultivo de la viña y el arte de transformar las uvas en mosto, tuvo con el gigante Orión la aventura relatada en la nota 232, a la que remito al lector.

En cambio, en el mito de la isla de Naxos, el papel de Dionisos es preponderante. Me refiero al mito relativo al encuentro del dios con

---

[467] Apollodoros (III, 14, 7). Si tenemos en cuenta que *Erigoné* es «la que nace en primavera» (el racimo cuando aparece) y que *Maira* (la «brillante», la «resplandeciente») es la constelación del Perro, la canícula, el mito es claro: en primavera nace el racimo; grande ya, cuelga del sarmiento que le sostiene; los rayos del Sol le acompañan en su crecimiento, le doran y le hacen madurar.

Ariadne, la hija de Minos y Pasifae, abandonada allí por Teseus, según refiere antes que otro alguno Ferékides de Skiros[468]. Cuando Ariadne dormía en la playa, ignorante aún de su desgracia, fue vista por Dionisos, que, enamorado de ella al punto, la hizo su esposa y le ofreció como regalo de boda la famosa corona de oro obra maestra de Hefaistos. Pocas escenas han inspirado tanto a los artistas como esta del dios hallando a Ariadne divinamente hermosa, dormida sobre la blanda arena, y extasiándose ante la graciosa indolencia incitante de su joven y perfecto cuerpo desnudo. Pinturas, bajorrelieves, vasos y gemas reprodujeron la escena de mil maneras, pero conservando siempre la idea fundamental: la seducción que ejerce la hermosura femenina, aun para un dios. Si se tiene en cuenta, además, que la etimología del nombre Ariadne, evoca la idea de gracia y de alegría, atributos esenciales de la primavera, se comprende la pasión súbita de Dionísos, dios de la fuerza vegetativa de la Naturaleza.

Otro mito en que es citada esta misma isla, es el curiosísimo relativo al rapto de Dionísos por los piratas, mito que refiere de un modo encantador un breve pero delicioso himno homérico[469], del cual voy a dar un resumen: Unos piratas que navegaban a lo largo de las costas de la isla, ven a Bakchos, que, hermosísimo tal cual era, estaba descansando en un promontorio. ¡Buena presa aquel efebo para venderle como esclavo! Pensado y hecho, acostan, le rodean, se apoderan de él, le llevan al barco y se hacen otra vez a la vela. Pero el piloto, reconociendo en el robado a un dios, les aconseja que le desembarquen al punto si quieren evitar grandes males, mas sus compañeros se ríen de él.

No por mucho tiempo en todo caso, pues el dios empieza a hacer milagros. El primero consiste en hacer correr por toda la nave olas de un vino delicioso que exhala un olor divino. Al punto ven trepar por el mástil y enroscarse en la vela una viña que empieza a invadirlo todo con sus ramas, más una hiedra toda fresca y enflorecida. Contemplando tanto prodigio, los piratas, aterrados y comprendiendo al fin que el piloto tiene razón, le instan a que vuelva el barco a la costa. Pero el dios se transforma en un león y crea incluso una osa, con la que siembra el espanto entre sus ladrones, que corren a refugiarse junto al piloto. El león salta entonces sobre el jefe de la banda; los demás, por escapar, enloquecidos, se tiran de

---

[468] V. n. 41.

[469] V. en mi traducción de estos himnos, al final de la *Odisea,* en nuestra «Colección La Crítica Literaria».

cabeza al mar, donde son transformados por el dios en delfines. Al piloto le salva por haber reconocido su naturaleza divina[470].

Si, como es posible e incluso probable, por no decir seguro, Dionisos, su culto y su vino llegaron a Grecia desde Asia, los griegos devolvieron cumplidamente el importante préstamo haciendo, mediante un célebre mito más, que el dios fuese hasta la propia India (límite extremo, para muchos, del Mundo por aquella parte) a conquistarla. Esta conquista decíase que había sido llevada a cabo no solamente con el ejército de Dionisos, pues el dios tenía uno, sino en virtud de su fuerza mística (entiéndase los efectos del vino que sin duda fue sembrando mientras avanzaba). En todo caso, en esta conquista aparece ya su cortejo de

---

[470] Este mito, además de su interés intrínseco, tiene el ser, como si dijéramos, el principio de un nuevo cielo de la leyenda del dios: el de su irresistible poder. Poder, por supuesto, unido estrechamente al de su elemento, el vino, que, en cierta medida, duplica y cuadruplica el ánimo y energía de quien le ingiere y que, en definitiva, vence al más fuerte, pues no hay nadie que entregándose a él no sea víctima de su dominio. Y considerado *Bakchos* como dios fuerte y poderoso, nacen otra porción de leyendas: su participación en la lucha contra los *Gigantes,* en la que su intervención y la de *Herakles* deciden la partida a favor de los dioses *(Dionisos* mata durante esta lucha al gigante *Euritos* a golpes de tirso). La leyenda de *Agaié* y de su hijo, *Penteus,* probaba también que nada resistía la fuerza del dios. Agaié, hermana de *Semeíe,* había hecho correr la voz, por envidia, de que Semele, tras unirse a un simple mortal, había dejado creer que su amante era el propio *Zeus.* Penteus, por su parte, había tratado de impedir que en Tebas, donde reinaba, se celebrase el culto de Dionisos. Este, entonces, llega a la ciudad, inspira a todas las mujeres su delirio báquico, las hace correr a la montaña vestidas de bacantes, con objeto de celebrarle, y cuando Penteus, que las sigue para ver lo que hacen y que las espía tras un árbol o subido a él, es visto por ellas, las mujeres, en su furia, derriban el árbol y le dan muerte destrozándole. Su misma madre, que ha sido la primera en llevar sus manos sobre él, entra en la ciudad con la cabeza de Penteus clavada en un tirso. Cabeza que, en su delirio, tomaba por la de un león. Eurípides llevó este mito a la escena. Penteus quedó como el emblema del impío que acaba por recibir el castigo que merece. Mil otras leyendas demuestran que Dionisos extendía su poder omnímodo (el vino) por tierra y mar. En Tanagra se contaba que, estando un día bañándose las mujeres del país, fueron atacadas por un *tritón.* Habiendo invocado a Dionisos, éste acudió al punto, luchó con el tritón y le dominó. En las costas de Boiotia había otro que causaba estragos enormes. Dejaron a su alcance un tonel lleno de vino; llegó, se emborrachó y entonces pudieron cortarle fácilmente la cabeza. Este mito es aún la imagen fiel del vino, que todo y a todos vence. Esta fuerza irresistible de Bakchos explica asimismo sus transformaciones. Es el vino, que a todos cambia (al hombre, en bestia), transforma y trastorna mientras dura su influencia. Con el hábito, para siempre.

Silenos, Bacantes, Sátiros y demás dioses campestres, incluso Priapos y tal vez Pan.

Si, cual es probable, el vino, al ser conocido y gustado, en cada país donde tal ocurriese daría origen a una divinidad, por lo cual, al llegar la viña a Grecia, con ella vendría su dios; como en esta península se aclimató y prosperó la planta admirablemente, e incluso en muchas regiones de un modo especial, natural era que el culto a tan pródigo dios se extendiese, como su fruto, por todas partes, es decir, por continente, islas y regiones griegas del Asia Menor; y más tarde en las colonias de Sicilia y de la Gran Grecia. Ello hizo que la personalidad divina de Dionisos fuese verdaderamente excepcional en la historia religiosa de Grecia. Mucho contribuyó también a esta universalidad la pluralidad de caracteres que fue adquiriendo, caracteres fáciles de conciliar con los cultos ya establecidos; a causa de lo cual, si en unas partes tenía fiestas y cultos que le eran propios, en otras fue asociado a los que por diferentes conceptos recibían otros dioses. Veamos brevemente los principales de estos cultos.

En primer lugar era considerado como el dios de la vegetación y, muy especialmente, de la vida de los árboles. La mayor parte de las ciudades griegas le ofrecían sacrificios como Dionisos *dendrites* (protector de árboles y arbustos, en especial la viña). Como *Kissos* era el dios de la hiedra. En Tebas era honrado como *perikionios,* palabra que significando literalmente «rodeado de columnas», envolvía la idea del dios de la hiedra que se enrosca a árboles o columnas envolviendo lo que abraza con las columnillas de sus ramas. En Atenas era *«Anitos»* (dios de los vergeles y jardines). A causa de ello dos vegetales le pertenecían especialmente: la higuera y la viña. Era asimismo *stafílites* (dios de las uvas) y *eustafilos* (el de los hermosos racimos). Era también el dios de la humedad de la primavera y del principio líquido. Su culto se asociaba, pues, a todos cuantos se hacían en honor de las divinidades de fuentes, manantiales, arroyos, torrentes, lagos y ríos, es decir, con ninfas y silenos. Muchas fuentes le estaban consagradas especialmente, y algunos de sus santuarios se levantaban en lugares húmedos, como sitio apropiado a su naturaleza. Siendo el agua el principio vital de las plantas, Dionisos, su dios, era la divinidad del vigor fecundo, y a causa de ello, el asociarle a ciertos animales, como el toro y el macho cabrío, emblemas de la virilidad el uno y de la lujuria viril el otro. Como toro, según cierto mito, había sido despedazado por los Titanes, por lo que era «el dios toro», «el dios que tiene la forma de un loro», «el dios con cara de toro», etc.

Como en la religión griega los dioses de la vegetación eran al mismo tiempo divinidades del mundo subterráneo, Dionisos era dios de los muertos, «Haides y Dionisos son idénticos», decía Herakleitos. Ploutarchos, por su parte, enumera los epítetos de *Zagreus, Niktelios,*

Isodaites, Euboileis (Plutoniano, el del culto nocturno, distribuidor a todos por igual, buen consejero), como otros tantos testimonios de su carácter chetónico. Zagreus era el Dionisos de la leyenda cretense que muere, y luego resucita, dios principal de los órficos y del mundo subterráneo, y, por tanto, el único que podía dar a sus iniciados una eterna felicidad. En fin, era *Melantides o Melanaigis* (el de la negra égida, el que levantaba negros torbellinos).

Dionisos tenía también carácter profético. En Delfos compartía el oráculo con Apolo. Le estaban consagrados los tres meses de invierno. Pero aquí, no como dios profético, sino porque la leyenda decía que cuando Zagreus-Dionisos había sido despedazado por los Titanes, Zeus ordenó a Apolo que buscase y reuniese sus pedazos. Y este dios, tras encontrarlos, los trajo por orden de su padre a Delfos y allí los enterró. En tiempos de Ploutarchos mostraban aún en este lugar una tumba con la inscripción: «Aquí yace Dionisos, el hijo de Semele». La leyenda que muestra a Zagreus despedazado por los Titanes y vuelto a la vida por Zeus (que para ello se tragó el corazón, palpitante aún, que le trajo Atena), fue popularizada por los órficos, que sacaron de ella su doctrina cosmogónico-teosófica. Como dios profético, Dionisos tenía un oráculo en Amfikleia (Fokide), cuyos ritos describe Pausanias. Allí se curaba a los enfermos que venían a consultar al dios, mediante *incubación*. Es decir, provocando la aparición, en los ensueños, de una divinidad (aquí Dionisos), para obtener de ella la curación, si era esto lo que se pretendía, o la revelación del porvenir en su caso.

Tenía también un conjunto importante de caracteres morales. Era *Hegemón* (conductor, guía), y era *Polites, Demosios* y *Demoteles* (que presidía la organización de demos y ciudades). Pero en este orden de ideas, su verdadera originalidad era el papel que desempeñaba en las artes. La embriaguez báquica tuvo mucho que ver con la inspiración musical y poética; y una gran parte de la música y de la poesía griega, especialmente cuanto era teatro (tragedia, comedia, drama satírico y ditirambo), del culto dionisíaco salieron o derivaron. Muchos de los epítetos del dios se referían a esta misión: En Atenas era *Auloneus* (el dios de la música de flauta) y *Melpomenos* (el dios del canto). En otras partes le llamaban *Choreus* o *Chorelos* (el dios de los coros de baile) y *Ditirambos*. Los artistas del canto, del baile, de la declamación lírica, los poetas mismos, se agrupaban bajo el nombre de artistas dionisíacos.

Esta pluralidad de funciones tenía necesariamente que acarrear una gran variedad de cultos; tanto más cuanto que al culto propiamente dicho se añadía la particularidad o particularidades de la región donde se celebraba[471]. Mas como una enumeración, siquiera somera, de tal lujuria religiosa, sobrepasaría los límites de este libro de simple vulgarización, reduciré las fiestas que se le tributaban a tres grupos: fiestas campestres (como dios de la viña, de los campos y de los árboles), fiestas atenienses (Grandes Dionisíacas o Dionisacas urbanas; Dionisos, inspirador de las artes), y fiestas orgiásticas (Dionisos, dios de los Misterios).

Las fiestas campestres eran fiestas sencillas[472] y llenas de franca alegría. Como en ellas se celebraba ante todo al dios del vino y el medio más natural de realizarlo consistía en hacer correr éste, tenían toda la alegría y entusiasmo que el grato caldo inspira, y eran, bajo el pretexto del dios, un himno a la buena cosecha de uva. Solían consistir en procesiones y banquetes bien remojados. En aquéllas se paseaba triunfalmente el *jalo,* símbolo de la fuerza productriz, y en estas *faloforias* todo era, como digo, cantos alegres y más o menos atrevidos, más por lo general, bufonadas, danzas grotescas y cuanto suele inspirar el vino. Estas fiestas que en un principio se celebraban solamente en las aldeas, acabaron por entrar en las ciudades, donde pronto, como todo lo popular y alegre, adquirieron importancia. Las celebradas en Atenas eran llamadas *Pequeñas Dionisíacas,* para diferenciarlas de las *Grandes Dionisíacas,* cuya importancia era considerable, como se va a ver[473]. Se celebraban hacia fines de diciembre (cuando ya se podía gustar el vino del año), en todos los demos. Las más modestas consistían en una procesión y un *komos* (cantos y bailes). De estos cortejos procesionales, alegres y escandalosos, que entonaban a grito pelado el *falikós* (canto en honor al falo), salió la comedia. En las fiestas de los demos ricos había hasta representaciones dramáticas[474]. Las que se celebraban en Braurón (Ática), se distinguían

---

[471] No se olvide que el culto a *Dionisos* no solamente se celebraba en la Grecia peninsular, sino en las islas, en Asia Menor, Sicilia y Gran Grecia, desde donde se corrió luego a Roma y a Etruria.

[472] En estas fiestas campestres era celebrado simplemente el dios del «vino», sin que en ellas hubiese nada de artístico, aparte de la gracia natural de los oficiantes antes o después de empapados; ni de orgiástico, de no llegar a la borrachera total.

[473] En un principio, su nombre era *teonía,* es decir, fiesta del dios del vino.

[474] Demo, territorio que integraba una división administrativa. La organización de los demos áticos (por supuesto, existían en todas las ciudades griegas) remontaba a Kleistenes, 509 a. de J. La extensión de los demos no era la misma. El más grande de Atenas era el de Acharnia. Durante la guerra del Peloponeso dio él solo 3.000 hoplitas (soldados de infantería pesada). Una de las comedias más célebres de Aristófanes lleva el nombre de este demo: *Los Achamianos.*

por su carácter licencioso. Otras fiestas distintas de éstas, pero siempre en honor de Dionisos, eran las llamadas *Oschoforia;* éstas se celebraban en la segunda quincena de octubre, cuando ya la vendimia había terminado, y consistían esencialmente en una procesión en la que se exhibían sarmientos cargados de racimos (lo mejor que podía presentar, orgullosamente, cada viñador); eran también fiestas atenienses. Las *Antesterias,* de las que ya me he ocupado en otro lugar (n. 282), y las *Lenaia,* fiestas del lagar, eran también importantes. Estas últimas, que se celebraban a fines de enero, consistían en una procesión en la que la alegría permitía todo, seguida de concursos de comedias y tragedias.

Pero las más importantes de las fiestas atenienses en honor de Dionisos (y de toda la Grecia), eran las Grandes Dionisíacas, que se celebraban en primavera, a fines de marzo. Su brillo y esplendor no cedía sino ante las Panateneas. Las dirigía el primer magistrado de la ciudad (el arconte epónimo) y atraían gente de todo el mundo helénico. Como ya he indicado, eran una fiesta, o serie de fiestas en realidad, de carácter esencialmente artístico, y la prueba es que el programa empezaba incluso con un *proagón* (preludio) que servía de introducción al concurso dramático. En este proagón se anunciaba el título de las obras presentadas y el nombre de los poetas. Al día siguiente había una procesión magnífica seguida de un alegre banquete (el objeto de la procesión había sido llevar la imagen de Dionisos del templo al teatro), y, en efecto, llegada la noche y a la luz de las antorchas, la estatua divina era instalada en la *orchestra*[475]. Al día siguiente se celebraba el concurso de ditirambos[476]. Para este concurso, cada tribu, que presentaba su coro, elegía un corega encargado no solamente de dirigir el coro de su tribu, sino de sufragar todos los gastos que ocasionaba. Los tres últimos días estaban consagrados a las representaciones dramáticas: comedias y tragedias. Los jueces que escogían las consideradas como mejores, eran designados a suertes, entre los miembros del Consejo de los 500, a los que se juzgaba capaces de cumplir debidamente tal misión. El poeta vencedor, coronado de hiedra, recibía un macho cabrío, como premio, para la tragedia; para la comedia, un cesto de higos. Más tarde los premios consistieron en dinero. Además, su nombre pasaba a las *didascalias,* listas destinadas a guardar los nombres de los poetas premiados.

---

[475] Orchestra, parte del teatro entre la escena y el sitio para los espectadores, es decir, donde el coro hacía sus evoluciones.

[476] Ditirambo, himno en honor de *Dionisos.* De estos himnos salió más tarde la tragedia griega.

Las fiestas *orgiásticas,* es decir, a base de rito y misterio, se caracterizaban por el hecho de estar los que las llevaban a cabo fuera de razón; es decir, hundidos en un estado de éxtasis, anormal; o bien sumidos en embriaguez salvaje. Como las mujeres llegaban más fácilmente que los hombres a este estado de alienación pasajera, tenían el primer puesto en tales ceremonias, cuyos ritos, como he dicho, con el tiempo dieron origen a la poesía dramática. Estos ritos se reducían, en definitiva, a dos ceremonias esenciales: la *comunión* del oficiante con el dios, y la conmemoración de la *muerte y resurrección* de Dionisos-Zagreus. Este Dionisos-Zagreus, según la teología órfica, era hijo de Zeus y de Perséfone, a la que se unió en forma de serpiente, y, como también he indicado ya, perseguido por los implacables celos de Hera, que lanzó contra él a los Titanes, fue despedazado por éstos cuando había tomado la forma de un toro por ver de escapar al acoso de que era objeto. Su corazón, palpitante aún, fue llevado por Atena a Zeus, éste se lo tragó al punto, y el *segundo Dionisos* renació a la vida. Dionisos-Zagreus era, pues, un dios esencialmente órfico, y su culto enteramente distinto en cuanto a su origen, prácticas y significado, del culto al Dionisos verdaderamente griego[477]. La iconografía de Dionisos corresponde a los

---

[477] Estas fiestas orgiásticas de exterior escandaloso y de interior místico, no solamente no eran griegas, sino que estaban muy lejos, en cuanto a este último carácter, del dios alegre, pero sencillo, viril y humano de los viñadores griegos. El genio religioso asiático, encarnado en este dios y llegado a Grecia a través de la barbarie y salvajismo de Trakia, dio como resultado una divinidad extraña, en la que se daban en inarmónico concierto el misticismo órfico y el sanguinario desenfreno de las *bacanales.* Y aunque tal vez no se deba tomar al pie de la letra el cuadro que describe Eurípides en *Las Bacantes,* lo vivo no distaría mucho de lo pintado, puesto que de la realidad tuvo que inspirarse el poeta para componer su obra. En todo caso, es seguro que el ideal de este tipo de religión dionisíaca era la unión del creyente con Dios, que una serie de ritos conducían a ello y que el mejor medio para conseguirlo y el primer escalón, por decirlo así, era el entusiasmo, el delirio divino. *Menades y Tiiades* llegaban a este estado en las *orgías,* mediante músicas y bailes desordenados, llamadas frenéticas al dios, contorsiones violentas del cuerpo (en especial el echar bruscamente la cabeza hacia atrás), lo que, unido al empleo de bebidas a base del licor del dios más narcóticos y estupefacientes, su razón acababa por turbarse y conducirlas a un estado de verdadera locura mística, durante el cual se entregaban a toda clase de excesos, y entre ellos a la zoofagia, es decir, a desgarrar animales vivos, en los cuales creían encarnado a *Dionisos* y a comerlos, palpitantes aún, para unirse, haciéndolo, al dios, seguras de que el mejor medio de participar en su personalidad era asimilando un pedazo de su cuerpo, comiendo un pedazo de él.

Las leyendas de *Penteus y Orjeus,* destrozados vivos, son un eco de esta práctica. Nada representaba mejor al dios, seguramente, que un hombre, y en las primeras orgías de este género las víctimas debieron de ser humanas. Luego, al dulcificarse las costumbres, las víctimas fueron animales en los que creían encarnado al dios. Machos cabríos, toros y pavos reales eran los que, pensaban, que escogía el dios preferentemente para encarnar en ellos, y estos animales eran despedazados y devorados inmediatamente con objeto de recibir y participar, al hacerlo, del poder y vigor divino. En el último punto de la evolución de esta idea, bastó el vino, sangre del dios, para recibirle y gozar de tales efectos. Esta *comunión* hombre-dios iniciaría el camino seguido por las comuniones de otras religiones posteriores. A este primer rito, consistente, como se ve, en ingerir la sustancia corporal del dios, seguían otros no menos importantes que tenían por objeto celebrar su muerte y su resurrección, prácticas que también dejaron rastros importantes. Pero antes de seguir adelante, con objeto de decir unas palabras sobre el orfismo que tanto influyó en estas prácticas religiosas, indicaré que las citadas Menades no eran sino las compañeras de Dionisos, es decir, las mujeres que se consagraban a su culto: las Tíiades, sus sacerdotisas, en Delfos. La misión de estas sacerdotisas consistía en despertar al dios dormido, lo que tenía lugar cada dos años, en el mes de noviembre (cuando ya la savia de la cepa estaba en las raíces, bajo tierra). Una vez despierto (simbólicamente), se dirigían al monte Parnasos, donde se entregaban a su entusiasmo báquico durante mucho tiempo. Tres meses más tarde celebraban del mismo modo, mediante gritos, danzas desatinadas, movimientos desordenados y libaciones copiosas, la muerte del dios. En todas partes, las mujeres, víctimas siempre de sus nervios y con frecuencia de su imaginación, han sido más propicias que los hombres a toda suerte de locuras místicas y extravíos religiosos. Si los hombres inventan dioses y religiones, las mujeres las mantienen. Por ello, el que las mujeres griegas acogiesen el culto orgiástico de Dionisos con los brazos abiertos, y que a él se consagrasen muchas en cuerpo y alma, haciéndose iniciar en su ciencia sagrada, seguras de que con ello iban a encontrar, mediante la embriaguez de los sentidos y la beatitud del éxtasis, la purificación de su alma y la santidad de su vida. Si, como suele decirse, el fin justifica los medios, nunca mejor que aquí. El propósito era tan noble, que casi hace olvidar la insensatez de los medios que ponían en práctica para ver de conseguirle. Respetemos, pues, a cuantos creen y su creencia. Ilusiones y esperanzas son el bálsamo de la vida, y torpe sería quitar la esperanza suprema y la mejor ilusión a los que tienen la suerte de gozar de ella. Tanto más cuanto que los verdaderos, los grandes, los positivamente elevados goces espirituales no suelen estar a su alcance.

Evidentemente, la virtud de las prácticas secretas no favorecía sino a los iniciados. Dionisos no se comunicaba a todos. Quería, además, que los que venían a él se le entregasen enteramente, sin reservas, haciendo lo que hubiese que hacer y sin tener en cuenta si ello era o no razonable. Razón y religión siempre fueron frutos de árboles distintos. El misticismo dionisíaco, como todos los misticismos, sentía el mayor desprecio hacia la razón humana. «La prudencia no es en modo alguno sabiduría», empezaba diciendo el coro de *Las Bacantes*. Menades, Tiiades e iniciados de uno y otro sexo, despojándose de la razón como de una traba inútil, no obedecían sino a sus sentimientos, dirigidos por un cerebro en pleno delirio, que corrían sin freno alguno en busca de una adoración en la que se perdía su alma y su vida entera. A cambio de absoluta sumisión, Dionisos les llenaba de aquella divina posesión, que era para ellos fuente de mil delicias, de embriagadores goces y de esperanzas maravillosas. Esperanza, primero de la perfección, de la beatitud; segundo, de la unión con su dios; tercero, y consecuencia de ésta, el llegar ellos mismos a la divinidad. ¿Que eran esperanzas fuera de toda razón, entera, total y absolutamente imposibles, disparatadas y locas? Cierto. Pero, ¿es que de la mano de la razón se puede entrar por el bosque de mitologías y religiones, chungla infranqueable sin el yatagán de la fantasía? ¿No nos hemos convencido aún leyendo todo cuanto antecede?

Esta unión mística de las almas piadosas con el dios que adoraban, era tanto más apasionada, como dice Decharme hablando de esta cuestión, cuanto que, según una transformación nueva de la leyenda dionisíaca, Bakchos había llegado a ser un dios que tan sólo había conseguido su dicha inmortal a costa del dolor y de la muerte. Un texto de Herodotos nos permite saber cuándo se verificó este injerto místico en la leyenda de Dionisos. «Los sikionenses, dice el historiador, entre otros honores que rendían a *Adrastos,* su héroe, celebraban "sus sufrimientos" *(ta patea aitoi)* mediante coros trágicos. Fue Kleistenes quien devolvió estos coros a Dionisos.» Es decir, Kleistenes sustituyó en la escena (que entonces nacía) el relato de los sufrimientos del dios, a los del héroe de Sikión. Por consiguiente, seiscientos años antes de la era cristiana se introdujo y se desarrolló en Grecia la leyenda de la *pasión* de Dionisos *(Dionisoi ta patemata)*.

¿Qué relación pudo haber, o qué influencia pudo tener la *pasión* de otros dioses tales que *Osiris,* el dios egipcio, *Attis,* el frigio, y *Adonis,* el fenicio, en la de *Bakchos?* No es éste el momento de averiguarlo. Más interesante es hacer observar que lo que seguramente había acabado por cristalizar en tal pasión, no era otra cosa que las numerosas vicisitudes de la planta de Dionisos (poda, hielos del invierno, fuego del Sol en verano, inundaciones con las lluvias, faenas de la tierra, enemigos del cielo y plagas del suelo, vendimia, tortura en el lagar...), hasta tras tantas pruebas resurgir a una vida nueva, exuberante, insospechada, con la fermentación. El vino que bullía y se cocía en la cuba, era Dionisos transformado y transfigurado. Dionisos, que conquistando nueva vida al precio de la muerte, pasaría al hombre para infundirle maravillosos transportes.

En el tratadito de Ploutarchos *Sobre la El de Delfos* se dice: «Se habla de Dionisos como de un dios que es destruido, que desaparece, que abandona la vida y que renace al punto a la existencia». En efecto, en Delfos, durante tres meses, los tres meses de invierno, no era *Apolo,* sino *Dionisos* quien recibía los honores del culto. «El resto del año, dice siempre Ploutarchos, es el pean el que resuena durante los sacrificios; pero al empezar el invierno, el ditirambo despierta, el pean se calla, y durante tres meses, un dios sucede al otro en las invocaciones». Dionisos era entonces considerado como el dios desaparecido que había descendido a las tinieblas terrestres y al mundo de los muertos. Esta idea de las vicisitudes del destino de Bakchos, de su muerte y de su vuelta a la existencia, era el fondo, como ya hemos visto, de la leyenda de *Dionisos-Zagreus,* creada por los órficos, según la cual, a los mitos antiguos que contaban las muchas pruebas sufridas por el dios, venía a añadirse uno nuevo y de la mayor importancia: el de su doloroso suplicio. Dionisos, renacido de su propio corazón palpitante, era para los órficos, el símbolo de la vida poderosa, inmortal, que circulaba por todas partes en el Universo, que animaba sin interrupción las diversas partes de la Naturaleza, en la que las apariencias de destrucción no son sino signos de la transformación de la vida. Luego para los órficos, Dionisos no era otra cosa sino el Alma Universal. La fuente común de todas las almas humanas que deben tender sin cesar a separarse y purificarse de toda alianza grosera; es decir, a liberar de la materia el elemento divino que hay en ellas y que les viene de Bakchos. Las admirables palabras de Sókrates en el *Faidon,* cuando habla de que el cuerpo no es sino la cárcel y tumba del alma, y se eleva discurriendo sobre ello a los más sublimes grados de la espiritualidad no eran, en efecto, sino reminiscencias, en Platón, de las teorías órficas. En virtud de una manera de pensar semejante, igual en el fondo, bien que no tan incomparable en cuanto a la forma, los que se consagraban a Dionisos buscaban, mediante la práctica de determinados ritos, entrar en comunión con él. Cuando los iniciados mataban y al punto comían la carne del toro, no era el cuerpo de este animal, sino el del dios el que comían simbólicamente, como era la sangre del dios la que bebían en el feroz, pero místico banquete. Y con ello estaban seguros de hacer bajar el dios hasta ellos. Más aún, llenar su alma de divinidad. Tal era el más grande de los ritos de la *vida órfica:* el gran misterio de la *iniciación báquica.* Vida e iniciación sometidas a reglas ascéticas, a estrechas prácticas que aseguraban a los que las cumplían la paz espiritual en esta vida y luego, tras la muerte, cuando descendieron junto a *Zagreus* en su Imperio subterráneo, el paso fácil de sus almas a nuevos cuerpos en los que tenían que habitar sucesivamente con objeto de acabar de purificarse para poder llegar un día a la completa liberación y a la total beatitud. Admitiendo la doctrina órfica, como la pitagórica, de que el alma, divina por esencia, había sido expulsada del Cielo a causa de una falta (bien que no dijesen qué falta era ésta ni en qué había consistido), para volver a unirse con la divinidad, preciso era aquella purificación en virtud de la metempsicosis.

He aquí cómo Dionisos, tras haber tenido una historia mítica llena de fases trágicas, llegó a ser, al final, un dios *salvador,* que venía a traer a la humanidad doliente, no tan sólo el vino y la alegre embriaguez de sus fiestas, sino una felicidad que prometía, incluso, prolongarse en el más allá, para aquellos que se uniesen a él mediante una fe sin límites.

Ahora bien, como estos creyentes no eran sino una minoría al fin y al cabo, esta doctrina tan consoladora para los que creían en ella, propaló unas cuantas ideas

dos tipos en los que, como hemos visto, cristalizó este dios: el asiático y el griego propiamente dicho. Según el asiático, se le representaba como un joven imberbe, de formas delicadas y cara virginal encuadrada por lindos bucles de color, rubios. Como vestido, una túnica larga, verdadero traje femenino, mas la *bassara,* piel de zorro que usaban las bacantes de Trakia y que luego adoptaron las menades griegas, e incluso, a veces, se

nefastas que aún hoy día pesan sobre la conciencia temerosa de millones de hombres. Estas ideas, que desde entonces torturan el alma de los no iniciados (de los pecadores, que se diría más tarde), son las del *pecado original* y las del *Infierno,* ideas absolutamente contrarias al genio griego, de por sí tan claro, tan alegre, tan optimista, tan amigo de la vida y de la luz, tan orgullosamente altivo. Ideas, por el contrario, que revelaban su origen oriental; nacidas en medios tan injustamente oprimidos, que precisamente habían surgido buscando una justicia compensadora fuera de la Tierra, que no era para ellos sino un verdadero valle de lágrimas y de esclavitud.

Al tiempo que estas dos ideas, el orfismo introdujo en el dominio religioso otros dos elementos cuyas consecuencias no serían menos fastidiosas, y, por supuesto, igualmente extrañas al pensamiento griego; un dogmatismo rígido que tras expulsar a la razón humana hizo de la fe una sumisión ciega; más innumerables preceptos obligatorios para cuantos pertenecían a la secta, muchos de los cuales tendían a un tan riguroso como inútil ascetismo; pues tanto el orfismo como el pitagorismo después (V. mi obra *Pitágoras),* en contra del espíritu griego, tan amante de todo lo natural, concebían la existencia corporal como algo manchado que tenía que ser *purificado* de los elementos titánicos que le ensuciaban. Porque, según los órficos, *Zeus,* tras matar a los *Titanes* con el rayo, había dispersado sus cenizas por la Tierra, y de la mala semilla habían nacido los hombres. Y he aquí por qué los hombres tenían un elemento divino, el alma, y otro perverso, titanesco, el cuerpo (idea que encendería más tarde una célebre herejía, la de los albigenses). Y de éste había que librar a aquélla, empezando por mejorarle a fuerza de abstinencia y privaciones. Sólo así, es decir, mediante varias vidas de purificación y sucesivas reencarnaciones, se llegaba al fin a la perfección y a la unión con la divinidad.

El orfismo, pues, mediante la doctrina mística de Dionisos-Zagreus, introdujo en el pensamiento helénico una porción de ideas nuevas y de puntos de vista tan profundos como falsos relativos a la vida futura, a las obligaciones morales, a la conciencia en lo que afecta al pecado, sobre la penitencia y el arrepentimiento, sobre la justicia distributiva, sobre la posibilidad de redención y sobre la necesidad de castigar el cuerpo, de anularle en la medida de lo posible, mediante la supresión del goce, para salvar el alma. Ideas que muchas religiones posteriores heredaron, y que aún, según unos, iluminan las conciencias; según otros, torturan inútilmente a los cuerpos y les roban la paz, sin fruto alguno, pretendiendo salvar lo que sólo el cuerpo crea y con él perece: el alma.

completaba este atavío, enteramente femenino, con la *krokotos,* túnica corta, sin mangas, de color de azafrán, que se colocaba sobre todo lo demás. Atavíos que, como digo, eran llevados tan sólo por las mujeres, o por los hombres de gustos y costumbres afeminadas[478]. Y sobre los largos cabellos con bucles, en vez de corona de pámpanos o de hiedra, o bien combinándose con ella, el *kredemnón,* especie de mantilla que cubría la cabeza y colgaba a cada lado con objeto de poderla traer, si se quería, sobre la cara. Completaba el tocado la «mitra» (cinta para la cabeza) y la «Stefane» (diadema). Este dios juvenil imperó en la estatuaria a partir de Praxiteles. De modo que la escultura clásica, en vez de representar al Bakchos viril, masculino, barbado, tipo del Dionisos campestre griego, hizo el Bakchos lindo, afeminado, efebo. En cierto modo y desde el punto de vista puramente artístico, era lógico, puesto que esta figura casi femenina se prestaba mejor a realizar en ella la belleza. Por supuesto, este Bakchos efebo no era tampoco el efebo viril cual se representaba a Hermes efebo, sino un dios tan lindo, hermoso y seductor que casi era una mujer, y en cuya preciosa y delicada cara se dibujaba una mezcla particular de borrachera suave y feliz y melancolía vaga e indefinida. Cuando no le ponían por los hombros la piel de cervatillo *(nebris)* ni se la ceñían a la cintura, le representaban completamente desnudo; y entonces aquellos ojos griegos tan codiciosos de la belleza masculina, se recreaban siguiendo el contorno del divino adolescente; aquel cuerpo tierno y delicado, de formas ambiguas, que lo mismo podían ser las de un joven afeminado que las de una virgen. Antes de llegar a esto, el Dionisos del arte griego era, como he dicho, el Bakchos viril, *pogonites, katapogón* (de larga barba), de monedas y vasos, con la frente simplemente coronada de hiedra, y vestido con una larga túnica que le llagaba hasta los pies. Y aún antes, primitivamente, se le representaba, como a todos los dioses, mediante imágenes groseras, piedra o madera: un árbol recubierto de hiedra en el que suponían que habitaba el dios, lo mismo que Zeus en la encina de Dodone. O un tronco de árbol apenas desbastado, al que en los días de fiesta envolvían en vestiduras y ponían, a modo de cara, una especie de máscara. A veces le añadían también un falo, para expresar su calidad de dios fecundo y generador.

---

[478] Aristófanes, en *Las Tesmoforias,* haciendo de Agatón, el poeta trágico, el tipo perfecto del hombre afeminado, le describe vestido con una túnica color de azafrán, es decir, con el *krokotos* (Véase mi traducción del *Banquete,* de Platón, en esta «Colección La Crítica Literaria»).

BACCHUS

Los romanos, al adoptar al Dionisos griego, arreglaron su segundo nombre *Bakchos* (Bachus, en latín) nombre tardío que apenas se encontraba fuera de los trágicos; transformaron, pues, este nombre en «Bacchus», y empezaron a darle un culto que tuvo un carácter exclusivamente privado. Sectas de iniciados introdujeron también en Roma las *bacanales.* Pero éstas llegaron a tener un carácter tan escandaloso, que el Senado tuvo que prohibirlas (sin gran resultado, por supuesto), el año 186 a. d. J. En lo que afecta, pues, a la religión popular, Bacchus no tuvo importancia alguna. Cuanto hizo fue confundirse y anular al dios romano *Liber Pater.* Este dios, esencialmente romano, y su culto, eran muy antiguos. Pero los romanos del último siglo de la República no conocían ya el sentido primitivo y etimológico de su nombre: es decir, al antiguo dios de la fertilidad, que en tiempos más rústicos era evocado para que protegiese la fertilidad de los campos y tal vez la del ganado. Aquel dios olvidado cuyo símbolo, como el Dionisos campestre griego, había sido el falo. Ovidio cuenta[479] que con motivo de su fiesta (la *Liberalia),* mujeres ancianas vendían por Roma bollos hechos con harina, aceite y miel; y que de cada bollo cogían, antes de entregarle, un pedacito que ofrecían al dios al que llevaban en un altarcillo portátil. Aquel día también era el señalado para que los jóvenes cambiasen la toga pretexta contra la viril. San Agustín habla de otra ceremonia, puramente fálica, en honor del dios. En cuanto a su sustituto, Bakchus, tuvo más importancia en la literatura y en el arte que en los altares. Virgilio hace de él, en *Las Geórgicas,* el dios de la viña y del vino. Y le llama *Pater Lenaeus* (el amo de los lagares). En el arte plástico aparecía con los atributos de dios de la viña y de las vendimias: un tirso[480], racimo y vasos para beber. De su carro tiraban leones o panteras. Y se le representaba, ora solo, bien en unión de Ariadne o de alguno de los personajes de su comitiva, ménades o sátiros.

---

[479] *Fastos,* III, 725.
[480] Tirso, bastón adornado con hiedra y terminado en una pina.

DIVINIDADES OLÍMPICAS SECUNDARIAS

Entre las divinidades secundarias del Cielo, hay que ver, en primer lugar, las que constituían el cortejo de los Olímpicos, luego los astros deificados y meteoros celestes que adquirieron asimismo tal categoría; en seguida los genios del fuego, y, por último, los de las tormentas y los vientos.

EL CORTEJO DE LOS OLÍMPICOS

Homeros dice refiriéndose a los Olímpicos[481]: «De aquel modo y en continuo festín pasaron el día hasta el momento de ponerse el Sol, no faltándoles nada ni en cuanto al deleite de los manjares, ni en cuanto al de la música, pues Apolo pulsó a su placer la lira y las Musas, con su dulce voz, cantaron alternando».

Ni Homeros ni los demás poetas griegos podían, en efecto, representarse la corte de sus dioses sino como una imagen, magnificada si se quiere, pero imagen al fin, de la de un monarca terrestre. La fantasía, por poderosa que sea, no puede inventar imágenes ni combinar representaciones sino a base de elementos que o ha conocido por medio de los sentidos o que han llegado hasta ella por referencias, asimismo, formadas mediante cosas sensibles. Así vemos que el arte, en cualquier tiempo, ha tenido que valerse de figuras humanas cuando ha querido concretar cosas tan incorporales como las puras abstracciones; y a mitologías y religiones dar cuerpo material a los dioses para poder *comprenderlos* y adorarlos. En la corte, pues, de los Olímpicos, no podía faltar un jefe de ceremonias, un heraldo, un consejero, quien llevase órdenes y mensajes, un copero, puesto que el néctar corría allí con la abundancia que el vino en las mesas terrestres, más músicos y danzantes, en una palabra, servidores que mediante sus buenos oficios, ora cumpliesen órdenes, ora sirviesen de grato entretenimiento y regalo.

Las tres primeras funciones eran cumplidas a maravilla por TEMIS[482]. Como heraldo, convocaba los consejos de los dioses; como consejero, se la representaba frecuentemente sentada junto al trono de Zeus, conversando con él familiarmente e inspirándole, mediante sus discretas

---

[481] *Ilíada,* I, v. 601 y sig.
[482] V. sobre *Temis* las n. 73, 102, 150, 161, 200 y 220.

razones, la sabiduría[483]: por ser razonable y sabia y emblema de la justicia divina, lo era asimismo de la humana, rama de la celeste, es decir, parte del orden universal del que el Amo de dioses y hombres era el soberano absoluto. Para cumplir debidamente misiones tan importantes como las de diosa de la Justicia y protectora del Derecho, Temis necesitaba no solamente la memoria de lo pasado y el conocimiento de lo presente, sino del porvenir: por ello el que ciertas tradiciones le concediesen también carácter profético[484]. En fin, como maestra de ceremonias, además de ejecutar los mandatos de Zeus y de hacer reinar el buen orden en el Olimpos, presidía los banquetes de los inmortales y daba ejemplo de buenas maneras y de cortesía. Cuando Hera entraba en el palacio divino, ella la precedía. Cuando se le ofrecía el néctar o la ambrosía, su mano era la primera que alargaba la copa de oro a la reina del Olimpos, y esta copa era la que Hera cogía de preferencia a toda otra.

Temis tuvo un santuario en Ramnous[485], cerca del consagrado a Némesis[486]; otro en Atenas, en la vertiente sur de la Akrópolis; y en Tebas,

---

[483] Si *Temis* era sabia y discreta, era porque sus ojos lo veían todo. A causa de ello era considerada algunas veces como hija de *Helios,* el *Sol,* que por dominarlo todo desde la altura que recorre, ve cuanto ocurre en la Tierra.

[484] Aischilos hacía de *Temis* la madre del «previsor» *Prometeus;* y en Delfos se contaba que Temis había sucedido a *Gaia,* su madre, en la posesión del oráculo, que luego, a su vez, había cedido a *Apolo.* Como protectora del Derecho, Píndaros la adscribía muy especialmente al más sagrado de todos: el de hospitalidad *(Olímpicas,* VIII, 21; *Nemeas,* XI, 8).

[485] Ramnous, demo del Ática, de la tribu Oiántida.

[486] *Némesis* (V. n. 38) era a la vez una divinidad y una abstracción. Como divinidad tenía la siguiente leyenda: sabiéndose amada por *Zeus,* trataba de escapar a sus asiduidades transformándose de mil diversos modos. Pero una vez que se había cambiado en ánsar, Zeus, tomando la forma de un cisne se unió a ella. Fruto de esta unión fue un huevo que unos pastores encontraron y dieron a *Leda.* Y de este huevo nacieron *Helene* y los *Dioskouroi* (V. todos estos nombres). Como símbolo, es decir, como idea moral, Némesis personificaba la *venganza divina,* más propiamente aún, la *envidia divina.* Los dioses, hechos por los hombres a su imagen en virtud del antropomorfismo, tenían las mismas virtudes y los mismos defectos que éstos, y, entre ellos, el de la envidia, que un eufemismo adulador hacía pasar por venganza. Esta envidia o venganza, llámesela como se quiera, consistía en tratar de rebajar a los mortales en cuanto iban más allá de un cierto límite de riqueza, felicidad, poder, etc. Todo lo que iba, o todo el que iba más allá de este cierto límite, turbando con ello el equilibrio del Mundo, se exponía a la *némesis* divina: a la represalia, a la venganza, a la envidia divina. *Moira, aisa, némesis* eran la misma cosa: la parte correspondiente a cada uno, su

y en Tanagara; y en Korintos, y en Epidauros, etc. Su iconografía, como la de Gaia, es escasa. En el Museo de Atenas hay, sin embargo, una estatua colosal de Temis, obra de un tal Chairestratos, encontrada en Ramnous. Se supone hecha hacia el año 300 a. d. J.

Como copero estaba Ganimedes. Como dulce, grata y amable servidora, la diosa Hebc.

GANIMEDES

Ganimedes, «el más hermoso de los mortales», pertenecía a la raza real de Troya. Descendía de Dárdanos, el hijo de Zeus y de Elektra. Cuando adolescente aún guardaba los rebaños de su padre (Tros; su madre era

---

suerte, su destino; la decisión, la voluntad de un dios, el lote que la *Suerte* asignaba a cada cual: el *Destino* que daba a todo ser, su parte; la justicia distributiva. En definitiva, expresiones diferentes de la misma cosa: la envidia de los dioses hacía quienes sobresalían por algo, y su *venganza;* es decir, el arrebatarles aquello en que sobresalían; el humillarles poniéndoles a la altura de la mediocridad general, con pretexto del orden del Mundo. «¿No ves, dice Artabán a Xerxes, cómo Zeus fulmina a los animales de gran talla y no les deja engallarse mucho tiempo, mientras que los pequeños no le preocupan? ¿No ves cómo es siempre en los tejados y en los árboles más altos donde lanza sus rayos? Porque la divinidad se complace en rebajar todo cuanto se eleva.» (Herodotos.) *Prometeus,* que tenía un gran ingenio, fue pronto humillado. *Kroisos,* el rey de Lidia, orgulloso de sus riquezas fue arrastrado por Némesis a la expedición contra Kiros, que causó su ruina. Y *Faetón,* y *Tántalos,* y *Agamemnón,* y *Odipous,* y *Polikrates,* y tantos otros fueron humillados por haber querido elevarse demasiado. Y no era Zeus sólo el envidioso de la gloria y poder de los demás, sino todos los dioses de todas las religiones. Por la *Biblia* sabemos que *Yahvé* no lo era menos. Un salmo canta que se complacía en humillar a los poderosos y en ensalzar a los humildes: «El que se ensalza, será humillado; el que se humilla, ensalzado». Ensalzado un instante para humillarle luego a su vez. Los griegos, espíritus prácticos, trataban de conjurar esta envidia aconsejando sabiamente mediante máximas llenas de prudencia. Claro que su alabado espíritu de mesura no era, en realidad, sino una forma de humildad forzada, como lo prueban unas cuantas de estas máximas bien conocidas, atribuidas a los Siete Sabios: «Nada mejor que la mesura» (Kleóboulos), «Observa la mesura» (Tales o Pittakos), «Nada en exceso», «Conócete a ti mismo», y demás principios esenciales de moral práctica. Némesis tenía en Ramnous un santuario célebre. La estatua de la diosa había sido tallada por Fidias en un bloque de mármol de Paros traído por los persas, y que éstos destinaban a convertir en trofeo tras la toma de Atenas. Némesis, para castigar su orgullo (falta de mesura), levantó contra ellos el ejército que les deshizo en Maratón.

Kallirón, la hija del dios-río Skamandros), en las montañas inmediatas a Troya, Zeus, enamorado de él, se transformó en águila y arrebatándole (o haciendo que le arrebatase el águila, ave que tenía a su servicio), le transportó al Olimpos e hizo de él el escanciador de los inmortales[487]. Antes que le cupiese esta suerte, la encargada de verter el néctar en las copas de los dioses era HEBE, personificación de la Juventud, privilegio admirable de los dioses. La graciosa Hebe, hija de Zeus y de Hera, cumplía, además, en el palacio aquello que las hijas de los reyes hacían en los palacios de éstos en la edad heroica: preparaba el carro de su madre, lavaba las vestiduras de Ares, su hermano, y se las tenía siempre limpias y dispuestas; bailaba con Musas y Horas a los acordes de la música de Apolo, etc. Esta dulce virgen divina, más tarde, cuando la apoteosis de Herakles, que, reconciliado con Hera, que tanto le había perseguido en la Tierra, fue admitido en el Olimpos, llegó a ser la esposa del formidable héroe. Esta unión simbolizó la accesión del hijo de Alkmene a la juventud eterna, privilegio, como acabo de decir, de las divinidades. Pero el nombre de «Hebe» siguió unido al de esa cosa admirable llena de gracia y falta de experiencia que es la juventud. Solía asociarse el culto de Hebe al de su madre. Pero también era adorada particularmente. En Fleious (Argólide) tenía, en un bosque sagrado, un santuario, que era al mismo tiempo lugar de asilo (como las iglesias y monasterios cristianos en la Edad Media). Los esclavos y los prisioneros liberados iban a este santuario a colgar sus cadenas. De no existir para la juventud la dulce y terrible cadena del amor, se podría ver en esta costumbre un símbolo más.

El músico celestial por excelencia era Apolo. Digo por excelencia porque también eran músicas las MUSAS. Al son de la cítara o de la lira del Flechador bailaban, para lucirse y gozo de los demás dioses, las Charites, las Horas, Hebe y hasta Afrodite, al tiempo que las Musas cantaban a coro, como hemos visto que asegura Homeros[488].

---

[487] *Zeus,* para compensar el rapto, regaló a *Tros* caballos divinos magníficos. O, según otra versión, una variedad de cepas de oro, obra de *Hefaistos.*
[488] Según la *Teogonía,* de Hesiodos, las *Musas* inspiraban a los cantores y *Apolo* a los citaristas. Más tarde, aedos y citaristas tomaban su inspiración de uno y otras. «Demodokos, dice *Ulises,* te venero más que a otro mortal alguno. O es la Musa, hija de *Zeus,* quien te ha instruido, o ha sido Apolo.» *(Odisea,* VIII, v. 486 y siguiente.) «Voy a cantar a las Musas, a Apolo y a Zeus. Pues gracias a las Musas y al Flechador Apolo existen en la Tierra aedos y citaristas.» *(Himno homérico,* frag.) Ulises dice aún en la *Odisea,* a continuación de lo anterior: «Los aedos como él (Demodokos) deben ser honrados y respetados por todos los hombres, pues es la Musa misma quien les enseña sus cantos y quien les ama y favorece».

LAS HORAS

Las Horas, según la *Teogonía,* eran hijas de Zeus y de Temis[489]. Según la *litada,* su misión era abrir y cerrar las puertas del Cielo[490]. Su nombre venía de *hora,* palabra que designaba toda división del tiempo: día, mes, años, estaciones, y muy particularmente la estación por antonomasia: la primavera. La primavera, toda gracia, toda vida, toda flores, como ellas, que estaban siempre en la flor de la edad y en el esplendor de la belleza. Posteriormente tuvieron otras atribuciones: *Eunomía* llegó a personificar los beneficios de una legislación sabia; *Diké* revelaba a Zeus las acciones injustas de los hombres; *Eirené,* madre de Ploutos (la riqueza), menos grave que sus hermanas (pasaba por fuente de todos los bienes y de todas las alegrías de la vida), mezclábase algunas veces al cortejo de Dionisos. Las Horas, pues, representaban el orden regular, ora de la Naturaleza sometida al tiempo, ora el orden moral[491].

Las Horas eran honradas, sobre todo en Ática. Su fiesta, las *Horaia,* tenía por objeto ver de conseguir una temperatura favorable para las cosechas. Filochoros[492] dice que en el sacrificio que se hacía, las carnes, en vez de ser asadas, se cocían. En el resto de Grecia se asociaba el culto de las Horas al de otras divinidades. Iconográficamente les sucede como a las Musas, que no son fáciles de reconocer si no han sido representadas

---

[489] V. sobre las Horas las n. 73, 102, 161 y 211.

[490] «Abriéronse rechinando formidablemente las puertas del Cielo, puertas de las que se ocupan las *Horas,* quienes desde el principio de los tiempos tienen a su cuidado la vigilancia del espacioso *Olimpos* y del brillante palacio de *Zeus,* y que, cuando es preciso abrir aquéllas, juntan o separan sin esfuerzo las espesas nubes que les sirven a modo de tranca o de barrera.» *(Ilíada,* V, v. 749 y sig.)

[491] Para Píndaros, las *Horas* representaban la primavera, la hermosura de las jóvenes, las nodrizas que acunan a los niños. Es decir, cuanto era hermoso y tierno. Residían, según él, en Korintos. Pausanias dice que las diosas de la Vegetación, adoradas en Atenas con los nombres de *Karpó* y *Talló,* eran idénticas a las Horas. Ello, sin duda, porque primitivamente no había en Grecia sino dos estaciones: la buena, la estación fecunda *(teros),* y la mala *(cheimón).* Más tarde, el año fue dividido en tres estaciones, y las Horas fueron una tríada. En fin, la escuela pitagórica estableció cuatro estaciones, y el número de las Horas acabó por conformarse a este sistema.

[492] Filochoros, historiador griego, nacido en Atenas hacia mediados del siglo IV a. d. J., muerto hacia el año 260. Era adivino de oficio. Antígonos Gonatas le condenó a muerte. Había compuesto muchas obras. De su manual de *Inscripciones áticas* y de su *Historia del Ática* quedan fragmentos.

con sus atributos, pues se las confunde fácilmente con las Ninfas: unas y otras eran siempre mujeres jóvenes y bellas, en cuyas manos se ven flores y frutos.

LAS CHARITES

Las Charites eran, según la *Teogonía,* hijas de Zeus y de Eurinome[493]. Estas diosas, según los griegos, encarnaban la fuente de toda gracia y alegría, tanto para la Naturaleza como para el hombre. Nada sin su presencia era amable y seductor. La belleza de las mujeres, don era de las Charites; las excelencias de los hombres, lo mismo. Hasta la poesía recibía de ellas todo su encanto. Los filósofos mismos les atribuían cuanto representaba beneficio y agradecimiento[494].

El culto a las Charites empezó en Orchómenos (Boiotia). Primitivamente se las adoraba en forma de piedras que se decían caídas del cielo. Tan sólo en tiempos de Pausanias se les consagraron verdaderas estatuas. Sus fiestas eran las *Charitesia.* Consistían en concursos musicales, poéticos y dramáticos, y en bailes nocturnos durante los cuales los asistentes comían bollos de miel y otras golosinas. En Atenas se les dedicaba culto como divinidades de la Naturaleza, asociándolas a otras divinidades relacionadas con la fertilidad del suelo, tales como Hermes, Demeter y Pan. En Eleusis se celebraba en su honor, el día 21 del mes de Boedromión (septiembre), un sacrificio solemne, al mismo tiempo que a

---

[493] Sobre las *Charites,* Gracias, V. n. 104, 108, 156, 161, 217 y 452. Sobre *Eurinome,* las n. 104 y 108. Varios indianistas han creído ver en las *Chantes* a las *Harits* del *Rig-Veda* (las «brillantes»), yeguas que el Sol uncía a su carro. Que unos animales puedan transformarse en diosas parece poco probable. La regla es, por el contrario, que sean los dioses los que, cuando les place o les conviene tomen la forma de animales, pero no lo contrario. En todo caso, significando en griego la palabra *charis* brillo, gracia, encanto, hermosura, alegría, placer, las «Chantes» serían los rayos solares que alegran y embellecen la Tierra y que son la vida de todos los seres a los que colman, además, de dones; pero no las yeguas del carro solar.

[494] Un himno órfico llama a las *Charites* «madres de la alegría, diosas amables y benéficas». «Con vosotras, dice Píndaros, todo se torna encantador y grato. Por vosotras es el hombre sabio, seductor e ilustre». Las jóvenes hermosas eran llamadas las flores, las guirnaldas de las Charites. «La belleza sin la "gracia", dice un poeta, nos agrada, pero no se apodera de nosotros: es como un cebo separado del anzuelo». «Las Charites, dice Pausanias, pertenecen a *Afrodite* antes que a toda otra divinidad.» Píndaros añadía aún: «Las Charites tienen en el Olimpos su trono cerca del de *Apolo Pitico,* el del arco de oro».

Iakchos, las grandes diosas (Demeter y Perséfone), Triptolemos, Hekate y Hermes *Enagonios* (que preside los juegos). También se las honraba frecuentemente al mismo tiempo que a Dionisos.

En la época arcaica las Charites eran representadas siempre vestidas; pero luego, al contrario, tanto en escultura como en vasos, como a tres mujeres jóvenes y bellas, enteramente desnudas, y teniéndose enlazadas, mediante los brazos, por los hombros.

Al cortejo de los dioses pertenecían también, y con la importante misión de mensajera de sus órdenes y deseos, IRIS, personificación del arco de su nombre que unía el Cielo con la Tierra[495]. Como este lindo fenómeno natural suele durar poco, ella, la diosa mensajera, era la diosa de los pies rápidos que volaba como el viento o como el soplo de la tempestad, bajando del Cielo a la Tierra «como cae de las nubes la nieve o el helado granizo a impulso de Bóreas»[496]. Con objeto de poder cumplir su misión con tal presteza, tenía sandalias de oro, aladas. En Homeros es la sola diosa que vemos dotada de alas. En la *Teogonía* se la ve ir con una jarra, siempre de oro, a buscar agua al Stix, pues, como se sabe, los inmortales juraban solemnemente por el agua de este río infernal. Aunque Iris era la mensajera de todos los dioses, estaba más especialmente al servicio de Zeus y de Hera. Esta la acaparó, por decirlo así, cuando Hermes fue designado por Zeus no solamente como su mensajero, sino como su alcahuete.

Las representaciones de Iris suelen encontrarse en los vasos. En ellos se la ve no solamente con alas en las sandalias, sino en las espaldas, y vestida con una amplia túnica ligera y flotante. De ordinario lleva, como Hermes, un caduceo en una de las manos, varita que en la antigüedad era emblema de la paz, y hoy del comercio. Como Iris tenía gran analogía, en sus representaciones, con Niké (la Victoria), no es fácil identificarla de no llevar una inscripción que facilite su reconocimiento.

---

[495] V. n. 78.
[496] *Ilíada,* XV, v. 170 y sig.

LAS MUSAS

Con Horas y Chantes, las Musas completaban el cuadro artístico celestial, que dirigido por Apolo hacía grata y envidiable la vida de los Olímpicos. Las Musas no solamente cantaban con dulce y hermosa voz, como dice Homeros, sino que incluso danzaban acompasadamente a los acordes de la cítara del dios de Delfos. Por si todo ello fuese poco, eran aún ellas mismas divinidades musicales, bien que esta excelencia, lo mismo que su número (nueve), país de origen e incluso genealogía, no quedó todo ello fijado sino a partir de Hesiodos, pues en la *Ilíada* (que no se ocupa gran cosa de ellas) son presentadas, sobre todo, como divinidades de la memoria dotadas de ubicuidad y de una especie de omnisciencia particular[497]. Pero según la *Teogonía,* habían nacido en Pieria[498] de la unión de Zeus y de Mnemosine[499]. Píndaros contaba que los dioses habían pedido a Zeus, tras vencer a los Titanes, la creación de seres divinos capaces de cantar debidamente tan gran victoria, y que Zeus entonces, uniéndose a Mnemosine, titánida ella misma e hija de Ouranos y de Gaia, en nueve noches de amor había engendrado a las nueve Musas. Evidentemente, sin *memoria* (Mnemosine era la diosa de esa facultad), imposible poesía y cantos antes de la invención de la escritura. Aunque esta genealogía Zeus-Mnemosine fue la que prevaleció, diversas tradiciones dieron otras diferentes[500].

---

[497] «Ahora oh *Musas* que habitáis en lo alto del Olimpos, decidme, ya que como diosas todo lo sabéis y conocéis, mientras que nosotros, simples mortales, apenas distinguimos el confuso ruido de la fama sin saber nada con certeza». *(Ilíada,* II, v. 484 y sig.)

[498] Pieria, comarca de Makedonia (país al NE. de Grecia), cerca del Olimpos.

[499] V. n. 73.

[500] Una, por ejemplo, hacía de las *Musas* las hijas de *Pieros* (epónimo de Pieria), bien que, en general, lo que se atribuía a éste, Pieros, era la paternidad de las *Piérides,* epíteto que, aunque aplicado a las Musas, especialmente por los poetas latinos, correspondía más bien a las nueve hijas de Pieros y de *Euippe,* que eran tan diestras en el canto, que se atrevieron a rivalizar con las Musas. Vencidas, fueron transformadas por éstas en pájaros (en urracas, afirma Ovidio). Nikandros da los nombres de estas jóvenes, pero Pausanias no está conforme, y dice que tenían los mismos nombres que las Musas, y que a causa de ello, los hijos que tuvieron las Piérides fueron atribuidos erróneamente a las Musas, que permanecieron siempre vírgenes. Eurípides dice, por su parte *(Medeia,* v. 833), con la sola intención de halagar a los atenienses, que *Harmonía,* la hija de *Ares* y *Afrodite,* casada por *Zeus* con *Kadmos,* había dado las nueve Musas a los

El número de Musas variaba asimismo según las leyendas. Pero también acabó por prevalecer el de nueve fijado por Hesiodos[501].

Las Musas empezaron por ser simples divinidades de las aguas; Ninfas de manantiales y torrentes transformadas luego en divinidades del canto y de la inspiración poética, sin duda a causa de la sonoridad, en cierto modo musical, del agua que cae o corre. Y como en este grato o terrible clamor de las aguas en movimiento los antiguos creían oír también sonidos proféticos y adivinatorios, las Musas fueron dotadas asimismo de carácter y dones proféticos[502]. Era, además, natural, si se tiene en cuenta que desde muy pronto fueron asociadas a Apolo, dios por excelencia de los oráculos. Precisamente el dios de Delfos era llamado frecuentemente a causa de esta unión con las Musas, e incluso representado como *Musagetes* (conductor o director de las Musas).

Habiendo prevalecido, como acabo de decir, la genealogía, número y atribuciones establecidas por Hesiodos, vamos a ver éstas brevemente, y a enumerarlas en el orden que lo hace la *Teogonía,* empezando por Kleio.

KLEIO

Kleio, como su nombre indica[503], era la musa que cantaba las hazañas gloriosas y las empresas nobles de los héroes, acompañándose con la cítara. Su nombre, pues, fue unido a la *historia (Kleo historian).* Se la representaba con un manuscrito en la mano y junto a ella el *scrinium*[504]. Otras veces con una trompeta en la mano derecha (la trompeta de la fama)

---

atenienses. Mimnermos, el poe ta elegiaco y Alkmán, el lírico, además de las Musas, hijas de Zeus, hablaban de otras más antiguas nacidas de *Ouranos* y de *Gaia.*

[501] Según Pausanias, las *Musas* primitivas, cuyo culto fue instituido por los *Aloadai* (V. n. 79), eran tres: *Meleté, Mnemé* y *Aoidé,* palabras que indican la división del arte de los rapsodas en inventiva, memoria y canto. De un modo semejante, las siete Musas de Lesbos fueron creadas para celebrar el heptacordio, inventado por Terpandros, o la relación de este número de Musas con *Apolo Hebdomagetes* (el instigador de los siete jefes). Y las ocho de los pitagóricos, a causa de las ocho esferas celestes.

[502] «Mediante sus cantos, las *Musas* alegran en el Olimpos el poderoso espíritu de *Zeus,* diciendo lo que es, «lo que será» y «lo que ha sido» (Hesiodos, *Teogonía,* v. 37-38).

[503] *Kleio,* de *kleio,* ponderar, alabar, ensalzar, celebrar.

[504] *Scrinium,* cofrecillo, arquilla, especie de caja cilindrica en la que se metían libros, papeles, cartas, etc.

para proclamar los grandes hechos. O una clepsidra, emblema del orden cronológico de los hechos históricos. O con un globo terráqueo, y junto a ella, Kronos (el Tiempo), para indicar que su misión o papel abrazaba todos los lugares y épocas.

EUTERPE

Euterpe[505], su nombre habla por ella también (enteramente regocijante, encantadora) era una de tantas divinidades alegres y gratas inventadas por los poetas griegos. Representaba, no la música sabia, sino la popular. Su jefe de coro, a juzgar por la doble flauta que tañía era más bien Dionisos que Apolo.

TALÍA

Talía[506] despertaba ya con su nombre (fiesta, festín, banquete; abundancia, buena mesa) como Euterpe, la alegría, la felicidad, cuanto hace la vida grata y florida. Talía pasó de divinidad campestre, de virgen loca, retozona, dionisíaca, a Musa de la *comedia*. Su carácter alegre y báquico era representado ciñéndole la cabeza con hiedra (no se olvide que la «comedia» salió de las fiestas báquicas), poniéndole un bastoncillo en la mano derecha (el bakterión) y llevando una careta en la izquierda.

MELPÓMENE

Melpómene[507] empezó, como su nombre indica, «la Cantadora» (de *melpo,* cantar, hacer música), siendo una divinidad del canto y de la armonía musical, y unida íntimamente a Dionisos, que, como jefe de coro, era llamado *Melpomenos*. Mas como para la comedia ya había Musa, y como, por otra parte, la *tragedia* nació también del culto dionisíaco, bastó transformar la cara de Melpómene en grave y apasionada, su actitud en la de los héroes de los cuales la tragedia cantaba las hazañas, y ponerla en las manos los atributos del más grande de todos, Herakles (su careta trágica y su maza), para que pudiese representar dignamente su papel de diosa de la tragedia.

---

[505] *Euterpe,* de *euterpe,* enteramente regocijante, encantador.
[506] *Talia,* de *talla,* brote tierno (gracia, frescura); festín, banquete.
[507] *Melpómene,* de *melpo,* cantar, componer música, celebrar mediante cantos y danzas.

TERPSÍCHORA

Terpsíchora[508] seguía a Melpómene, como la tragedia a los coros líricos, de los que nunca se separó. Esta Musa *terpsichoros* (que gusta, que ama el baile) presidía, pues, los coros de baile y los dramáticos, de los cuales la danza fue el elemento primitivo. Su atributo ordinario era la cítara, cuyas cuerdas pulsaba. Presidía, por derecho propio, la danza.

POLIMNIA

Polimnia[509] era representada siempre en actitud meditativa (Polimnia, de *polis,* mucho, e *himnos,* himno, canto en honor de un dios o de un héroe) cual si estuviese recordando algo. Carecía de atributos. Una larga túnica la envolvía enteramente. Acababa de darle un aire meditabundo su mentón, que descansaba en su mano derecha. Presidía, además de lo mencionado en la nota 509, el arte mímico.

ERATO

Si el atributo de Terpsíchora era la cítara, el de *Erato (eratos,* tocar agradablemente la lira), era la lira. Esta Musa era representada siempre de pie y como si estuviese iniciando el baile de la música que ejecutaba. Más apasionada y alegre que Terpsíchora, era la Musa del *himeneo* y la que presidía las bodas y la poesía erótica.

OURANIA

Ourania (la *Celeste* de *ouranos* el Cielo) presidía y representaba el estudio de lo relativo al Cielo[510]. Sus atribuciones ordinarias eran un globo celeste y un compás, o una varita que le servía para designar en la esfera la posición de los astros y sus evoluciones. Era, pues, la Musa de la *astronomía.*

---

[508] *Terpsíchora,* de *terpsíchoros,* que gusta de las danzas.
[509] *Polimnia,* la etimología de esta palabra es incierta. La más probable la inclina a ser la Musa de los himnos o cantos en honor de dioses y héroes. Otra, recogida por Ploutarchos, la llevaba a presidir la facultad de aprender y retener lo aprendido. Casi se confundía, pues, con Mnemosine.
[510] «*Ourania* observa, dice Ausonius, los movimientos de los astros del Cielo».

KALLIOPE

Kalliope[511] era la primera y principal de las Musas. La más poderosa y augusta. La *Teogonía* la daba ya esta preponderancia, que siempre conservó. Algunas veces, incluso parecía disputar a Apolo su papel de jefe de coro que formaba con sus hermanas las otras ocho Musas. De acuerdo con su importancia, empezó por presidir el género poético más estimado: la *poesía épica.* Luego se la puso también a la cabeza de la *oratoria.* Un epigrama de la Antología llegó hasta hacer de ella la Musa de la *ciencia.* Se la solía representar sentada y en actitud meditativa: un codo apoyado en la rodilla, el *stilo* y las tablillas en la otra mano. Diríase que iba a empezar a escribir o a leer lo ya escrito.

El culto a las Musas debió de nacer en Trakia, o más exactamente, en las inmediaciones del Olimpos tesalio, muy cerca de Pieria, a causa de lo cual, sin duda, las Musas eran llamadas a veces *Piérides,* otras *Olimpiades.* Allí colocaba asimismo la leyenda la cuna de los poetas tracios, Linos, Orfeus, Mousaios Tamiris, etc. En el siglo v, Archelaos de Macedonia instauró allí una fiesta que duraba nueve días. Más tarde el culto pasó a Boiotia, en donde, según Pausanias, acabó por ser considerado como autóctono. En todo caso fueron los rapsodas heliconenses, de los cuales Hesiodos es para nosotros el principal representante, los que dieron a la religión de las Musas la forma que luego conservó ya siempre. Posteriormente, el nuevo culto pasó a Delfos, donde las Musas tuvieron un santuario cerca de Kastalia, la fuente del Parnassos, con lo que se unieron a Apolo. De aquí pasaron a Eleuterai[512], y finalmente al Ática, de donde se extendió este culto por toda Grecia. Pero el culto más importante era el que recibían en el Helikón[513], donde, según Pausanias, había sido instaurado por los propios Aloadai, héroes tesalios de la región del Olimpos. Cuando Askra, patria de Hesiodos, fue destruida por los tespios, Tespial fue el centro del culto a las Musas. Pues los antiguos destruían a veces las ciudades que vencían, pero sus dioses se los asimilaban. Del mismo modo que les parecía normal que cada pueblo o ciudad tuviese sus dioses, asimismo creían que cuando estos dioses

---

[511] *Kalliope,* de *kalliope,* que tiene una hermosa voz, que razona agradablemente.
[512] Eleuterai, ciudad en la frontera de Ática y de Boiotia.
[513] Helikón, lit. «la montaña tortuosa»; monte de Boiotia, célebre a causa de su culto a *Apolo* y a las *Musas.*

extranjeros habían permitido que sus creyentes fuesen vencidos, era que estimaban preferible ser adorados por los vencedores, y, agradecidos, los adoptaban. El creer que su dios era el único verdadero, fue manía exclusivamente judía. Al prevalecer esta idea trajo primero, hasta fijar bien los caracteres y atributos de este dios único, toda la serie de herejías que esmaltan la historia del cristianismo; luego ya la Iglesia en marcha, las guerras de religión, fruto exclusivo de la intolerancia de unos y de otros partidarios de esta o aquella tendencia. Es decir: torpezas y males.

Pausanias habla también de las admirables obras de arte con que los escultores griegos habían embellecido el *Mouseión* (templo de las Musas). Sus fiestas principales, las *Mouseia,* se celebraban cada cinco años en el santuario del Helikón. Duraron hasta que Constantino le despojó. Estas fiestas consistían esencialmente en concursos musicales y poéticos: poesía épica, flauta, flauta y cantos alternados, cítara y cantos acompañados con la cítara. Más tarde se enriquecieron con otros concursos: tragedia, comedia, drama satírico, trompeta, etc. Todas las ciudades griegas, especialmente Atenas, enviaban a estas fiestas su adhesión por medio de representantes.

LAS DIVINIDADES ANTERIORES EN LA MITOLOGÍA ROMANA

En Roma, Temis apenas fue otra cosa que una abstracción personificada, conocida con el nombre de *Justitia* (la Justicia). No obstante, recibió culto en algunos lugares, y su imagen figuró en ciertas monedas de Nerva y Adriano. Las Charites pasaron al panteón romano con el nombre de las *Gracias (Gratiae),* pero sin introducir en su personalidad ni en sus atribuciones y funciones ninguna modificación. Las Horas romanas, a juzgar por como las representan los monumentos artísticos y literarios de la época, eran enteramente distintas de las griegas. Hijas de Helios y de Selene (el Sol y la Luna), no eran otra cosa que la representación de las cuatro estaciones del año de las que llevaban los atributos[514]. Otras veces representaban las divisiones del tiempo establecidas por la ciencia alejandrina (las doce horas del día y las doce horas de la noche). En todo caso, personificaciones frías, en sustitución de las imágenes poéticas que los griegos habían dado a estas divinidades. Como diosas de la vegetación fueron, en cierto modo, representadas por *Flora, Feronia, Pomona* y *Vertumnus.* Flora era la diosa de las flores (primitivamente de los cereales y de los árboles frutales). Feronia, divinidad rural, era adorada por ciertos pueblos italianos, especialmente en Capena[515]. Su santuario, muy rico, fue saqueado por los cartagineses durante la segunda guerra púnica. Durante la fiesta anual que se celebraba en su honor, los sacerdotes adscritos a su culto, pasaban con los pies desnudos sobre carbones encendidos. Aunque el fanatismo es capaz de todo (un rito semejante se practica aún, como medio de purificación, en Benarés), a mí me hubiese gustado, no obstante, ver el caso de cerca. Pues los sacerdotes antiguos, a partir ya de los tiempos más remotos del Egipto, eran maestros en dar a los creyentes gato por liebre. Fuegos parlantes, estatuas que gesticulaban y movían los ojos o lanzaban chispas por ellos, piedras proféticas y cosas semejantes, eran moneda corriente en templos y santuarios. Moneda corriente y para ellos efectiva. Feronia era también la

---

[514] Un fresco de Pompeya ofrece la imagen de estas *Horas-Estaciones* mediante cuatro jóvenes que llevan en las manos: una, un ramo florido y una cesta asimismo llena de flores (la primave ra); otra, ésta casi desnuda, una hoz (el verano); la tercera, un corderito al cuello y algo en la mano, como un pan o un bollo (el otoño, sin duda); la cuarta, la más cubierta, lleva un velo hasta por la cabeza, ostenta en una de las manos una rama sin hojas (el invierno).

[515] Capena, ciudad de Etruria, a orillas del Tíber.

diosa de los libertos. Pomona era una divinidad protectora de los árboles y de sus frutos; en fin, Vertumnus presidía los cambios de las estaciones.

Las Musas griegas fueron identificadas muchas veces con las *Camenes* romanas. Originariamente, las Camenes pertenecían al grupo de las fuerzas de la Naturaleza, eran divinidades de las aguas y de los bosques, y más especialmente genios de las fuentes semejantes a las Náyades griegas. Pero como al mismo tiempo presidían el canto, por esta razón tomaban el papel, con frecuencia de las Musas. Una de estas ninfas-musas era Carmenta, que, además de poseer facultades proféticas en grado elevado, también artísticas, y por ello enseñaba a los niños a cantar. Y es, como digo, esta facultad musical vinculada en las Camenes lo que hizo que fuesen asimiladas a las Musas.

DIVINIDADES CELESTES SECUNDARIAS

Como hemos visto, en un principio, todos los dioses en Grecia no eran otra cosa que fenómenos físicos personificados; pero pronto, los dioses superiores, es decir, los Olímpicos, empezaron a ser idealizados por los poetas y al recibir cualidades morales e intelectuales, estas cualidades fueron haciendo olvidar su primitivo carácter físico. Ahora bien, entre el Olimpos, donde los grandes dioses residían[516], y la Tierra, cumplían sus revoluciones seres extraordinarios y maravillosos, los astros. Y si todo fenómeno natural había acabado por ser adscrito a una divinidad, cuando no transformado en ella, ¿podían los meteoros celestes[517], de los que tanto dependía la vida en la Tierra, dejar de ser considerados como dioses? Si para Platón mismo, Platón que se encogía de hombros, como era lógico, ante la mitología corriente, los astros eran dioses[518], ¿cómo no iban a serlo

---

[516] En los poemas homéricos, la residencia de los dioses mayores era el *Olimpos* tesalio; pero luego, poco a poco, la palabra «Olimpos» fue aplicada, sin determinar su emplazamiento, a la morada de la *Divinidad,* que acabó por suponerse que estaba en la región superior del éter, es decir, por encima de los astros visibles.

[517] La palabra *meteoros,* en griego, quiere decir lo que está en lo alto o lo que se eleva (en el aire): suspendido en el aire. Platón, en el *Protágoras,* y Xenofón, en su *Banquete,* emplean la expresión *ta meteoro,* en el sentido de los espacios, los fenómenos o los cuerpos celestes.

[518] Platón, en el *Timaios,* hace al Universo obra de un Dios único, bien que empiece por advertir la dificultad que representaría «descubrir al autor y padre del Universo; y, una vez descubierto, revelarle a todos, imposible». Luego este Dios, con objeto de que su obra fuese perfecta y digna de él, empezó por colocar la

para los poetas y para los demás mortales? No, no podían dejar de serlo, y por ello vemos aparecer en la mitología griega como dioses secundarios, pero como dioses al fin, a los astros que recorrían a diario el firmamento o brillaban más particularmente en él; así como a los fenómenos luminosos más conocidos y notables. Por consiguiente y en primer lugar, a Helios (el Sol), Selene (la Luna) y Eos (la Aurora). Y tras ellos, como vamos a ver, a los astros y constelaciones principales.

HELIOS

Helios, *el abrasador*[519], había nacido del titán Hiperión y de la titánida Teia, hijos, a su vez, de Ouranos y de Gaia[520]. Hermanas suyas eran Selene

---

inteligencia en el alma (por hacer inteligente el elemento esencial, el alma), y luego el alma en el cuerpo (distinción, alma de un lado y cuerpo del otro, es decir, como cosa distinta desde su origen, distinción que luego regiría toda la metafísica futura). El cuerpo (el cuerpo del Universo) estaba integrado por cuatro elementos: fuego, tierra, aire y agua. Con cuanto había de estos elementos (entonces en desorden), Dios construyó un todo único y perfecto, dotado de forma esférica (la mejor), de movimiento circular, y al que dotó de alma (el Alma del Mundo); con todo ello nació con la categoría, a su vez, de «Dios venturosísimo». Luego formó el «tiempo», los planetas, para medirle (el Sol, la Luna, Mercurio, Venus, Marte, Júpiter y Saturno), y finalmente, las cuatro especies de seres vivientes, de las cuales «la primera es la especie celeste de los dioses (los astros)». V. mi trad. del *Timaios* en nuestra «Colección La Crítica Literaria».

[519] La adoración de la luz y del Sol tuvo una importancia preponderante en las religiones primitivas. Max Müller y su escuela pretendían que toda la mitología griega no era sino una larga lista de fenómenos solares personificados. Afirmar tal cosa es, evidentemente, exagerar, bien que, en efecto, en la mitología griega haya muchas divinidades solares. Pero lo que sí se puede asegurar tras un estudio atento de las creencias antiguas relativas al Sol, es: primero, que en los tiempos prehistóricos tuvo una gran importancia el culto solar (cosa natural, puesto que en este astro tuvieron que ver siempre los hombres el origen de toda vida en la Tierra); segunda, que en la época clásica fue, por el contrario, una divinidad secundaria (cosa lógica también si se tiene en cuenta que su leyenda, formada sobre el trayecto que recorría hasta hundirse por la noche en el río *Okéanos,* la travesía nocturna de Occidente a Oriente, etc., fue abandonada a medida que la astrología progresaba), y tercero, que a finales del paganismo, volvió a adquirir importancia a causa de los cultos orientales que invadieron Roma (especialmente el de *Mithra),* por lo que, en virtud de un vasto sincretismo, todos los dioses tendieron a fundirse con él. En lo que a Grecia respecta, la personalidad de *Helios* fue muy inferior a la de otros dioses. Tuvo pocas representaciones, careció, salvo quizá en la isla de Rodas (la isla del Sol), de culto regular, y el propio

y Eos. Por su parte, unido a Perse o Perseis, su esposa legítima, tuvo cuatro descendientes: Kirke, la maga[521]; Aietes, el rey de Kolchis[522]; Pasifae, la mujer de Minos[523], y a Perses[524]. Helios se unió, además, a otras mujeres de las que asimismo tuvo descendencia. Con Rodos, la ninfa[525]; con Klimene, hija de Okéanos y de Tethis, con la que tuvo a Faetón y a las cinco Heliadai[526]; con Hermione, a la que hizo madre de Augeias y de Aktor[527]; con Naieris, que le dio dos hijas, Lampetis y Faetousa, que más tarde eran las pastoras de los rebaños del Sol, y, en fin, con Lei-kotón y con Klitia[528].

---

antropomorfismo no le marcó con su sello, como a otros dioses, y esto por dos razones: la primera, la dificultad de eliminar en él el elemento material, que se tenía ante los ojos constantemente; luego, que muchos de sus rasgos pasaron a *Apolo,* y de tal modo, que ya a partir de Aischilos, puede decirse que Foibos-Apolo había ocupado el puesto del primitivo Helios.

[520] V. el cuadro de la página 34. Aunque, como digo a continuación, *Perseis* pasaba, en general, por su esposa legítima, otra leyenda da a ésta el nombre de *Eurifaessa* (que brilla a lo lejos, o cuyo brillo se extiende desde lejos). Así como *Hiperión* es «el que marcha por encima de la Tierra», y tal vez *Teia*, «la que corre por el Cielo». En todo caso, como se ve, la idea era la misma: el hacer corresponder todos estos nombres al trayecto que recorría el Sol en la bóveda celeste.

[521] *Kirke*, que habitaba en la isla de Aea, intervenía en la expedición de los *Argonutas,* pero su leyenda principal era la relatada en la *Odisea* a propósito de *Ulises* y sus compañeros.

[522] V. n. 314.

[523] V. estos nombres.

[524] *Verses* destronó a su hermano Aietes y fue muerto a su vez por *Medeia.*

[525] Esta *Rodos,* epónimo de la isla de Rodas, no es bien distinguida por los mitógrafos, de *Rode,* la hija de *Poseidón* y de *Amfitrite, o* de Poseidón y de *Halla,* la hermana de los *Telchines.* Rodos tuvo con *Helios* siete hijos, los *Heliades,* astrólogos expertos, más hábiles en esta ciencia que otros algunos de su tiempo. Dos de ellos, *Ochimos* y *Karjajos,* reinaron en Rodas y tuvieron hijos que se repartieron la isla.

[526] V. estos nombres.

[527] *Augeias* era el rey de Elis (Peloponeso), a quien *Herakles* limpió los establos y al que más tarde dio muerte por haberse negado a pagarle el precio convenido por su trabajo. *Aktor* fue rey de Feres (Tessalia). Cuando *Peleus,* el padre de *Aquiles,* fue expulsado por su padre por haber matado a *Fokos,* Aktor le purificó, le guardó en su compañía y más tarde le legó su reino.

[528] *Klitia* era una joven a la que amaba *Helios,* pero a la que abandonó al enamorarse de *Leikotón.* Klitia, celosa y desesperada, denunció al padre de su rival los amores de su hija con el *Sol.* Leikotón, entonces, la encerró en un foso

En Homeros, la idea mitológica de Helios-Hiperión es muy sencilla. Cada mañana el dios salía, por oriente, del curso profundo del río Okéanos[529], se elevaba por sobre la Tierra y subía al Cielo, donde continuaba su eterna carrera. A mediodía alcanzaba «el medio del Cielo»[530], y desde allí empezaba a descender hacia la Tierra, esta vez por occidente, para hundirse otra vez en el río de donde había surgido horas antes. ¿Cómo pasaba de occidente a oriente cada noche? Ni Homeros ni Hesiodos lo dicen. Los poetas posteriores, que no podían dejar en vilo cosa tan importante, sí: ora en una barca de fondo plano, bien en un lecho de oro, obra de Hefaistos, donde se acostaba tras declinar. Lecho con alas, que mientras dormía, le llevaba del país de las Hespérides al de los Etiópicos (quemados por el sol), que eran, entre todos los hombres, los que más de cerca veían la gloria del dios[531].

Se representaba a Helios como un joven muy hermoso en todo el esplendor de la virilidad, en cuya cabeza, los rayos que le rodeaban formaban como una cabellera de oro. Durante el día, recorría la bóveda del cielo en un carro de fuego arrastrado por cuatro velocísimos caballos alados: Pirois, Eoos, Aitón y Flegón[532]. Con el crepúsculo de la tarde llegaba al río Okéanos, en el que se hundía.

Helios era luz y calor. Vivificaba y nutría todo. Y asimismo, todo lo veía. En Homeros es el vigilante de dioses y hombres. Aquel a cuyas miradas penetrantes nada podía escapar. Cuando Ares y Afrodite se amaban a escondidas de Hefaistos, él lo veía; y acabó por denunciarles.

---

tan profundo que, incapaz de salir de él, la infeliz Klitia acabó por morir. Helios, al saber la crueldad de Leikotón, no volvió a verla. Entonces la apasionada amante se consumió de amor, transformándose en helio-tropo, flor que, como se sabe, se vuelve siempre hacia el Sol como buscándole. De los amores de Leikotón y de Helios nació un hijo, *Tersanor,* que, en ciertas listas, figura entre los *Argonautas.*

[529] *Ilíada,* VII, v. 422; *Odisea,* III, v. 1; XI, v. 16 y sig.

[530] *Ilíada,* VIII, v. 68; XV, v. 777.

[531] *Odisea,* I, v. 22-24. Los Etiópicos son respecto a *Helios* lo que los *Hiperbóreos* para *Apolo:* hombres piadosos y buenos junto a los cuales se retiraba en invierno. Hombres amados por todos los dioses, que venían a tomar parte en sus festines. Es decir, imagen de la abundancia eterna y de la maravillosa fecundidad de la comarca inmediata y vecina del divino Sol. Herodotos decía ya que la mesa del *Sol,* entre los etiópicos, estaba siempre cubierta de manjares *(Historias,* III, 18).

[532] Nombres todos que recuerdan la idea de llama de fuego o de luz: Pirois, de *pir* (fuego); Eoos, de *eos* (aurora); Aitón, de *aitón* (que brilla como el fuego, chispeante, resplandeciente); Flegón, de *flego* (inflamar, encender, quemar).

Cuando Haides robó a Perséfone, él dijo a Demeter el nombre del raptor[533]. Espías y soplones pueden, cuando menos, vanagloriarse de tener un antecesor ilustre.

Si en Tainarón y en Apollonia, según Herodotos[534], se consagraban rebaños a Helios, rebaños que eran alimentados en el recinto de los santuarios, era porque, como ya refiere la *Odisea*[535], Helios poseía en Trinakin[536], un rebaño de bueyes inmaculados y otro de ovejas de hermoso vellón. Ganado que no aumentaba ni disminuía; que no moría ni se reproducía[537]. Los compañeros de Ulises, sin escuchar los consejos de Kirke, se comieron estos rebaños. Entonces Helios, cuyo poder, como dios secundario, no alcanzaba, sin duda, a castigar a los culpables por sí mismo, invocó a Zeus pidiendo venganza: si no se le hacía justicia, abandonaría la Tierra y bajaría al Infierno a alumbrar a los muertos. Ante tan grave amenaza (el crimen también había sido grave), Zeus suscitó una tormenta en la que todas las naves de Ulises zozobraron, y de la que tan sólo él, que había aconsejado bien a sus hombres, sin ser oído, se salvó[538].

---

[533] La antigua asimilación del Sol a un ojo inmenso, siempre avizor sobre la Tierra, se encuentra en la mitología de todos los pueblos arios. Entre los griegos era «el ojo del Cielo, o el ojo del éter» (Aischilos, *Prometeo encadenado,* v. 91; Sófokles, *Oidipous en Kolone,* v. 704; Aristófanes, *Las Nubes,* v. 285). En el *Avesta* era el ojo del dios supremo *Ahura-Mazda,* y en el *Edda, Odín* es representado asimismo con un ojo único a causa de haber dado el otro, en prenda, a *Mimir.* Según Píndaros, el ojo solar era el padre de los ojos mortales (frag. 84). A *Helios* debían los hombres la vista o la ceguera. Y, como hemos visto en la leyenda de *Orion,* él le devolvió la vista cuando *Oinopión,* tras emborracharle, le dejó ciego.

[534] *Historias,* IX, 33.

[535] En el canto XII.

[536] Isla desconocida de la que habla Homeros. Más tarde se dio este nombre a la de Sicilia.

[537] *Odisea,* XII, v. 127 y sig.

[538] Estas vacas y ovejas de *Helios,* cuyo número no aumentaba ni disminuía, designaban los 350 días y las 350 noches del año primitivo. La sucesión de los días había sido comparada a un brillante rebaño cuyos animales avanzaban unos en pos de otros por los pastizales celestes. *Faetousa* («la brillante») y *Lampetis* («la resplandeciente»), hijas del *Sol* y de la ninfa *Naieris,* los cuidaban. Estos nombres, como el de la isla Eriteia *(la rojiza),* situada cerca de Gades, en la que tradiciones posteriores ponían a los rebaños, son por ellos mismos suficientemente expresivos. Teókritos, en uno de sus *Idilios* (XXX, 19), habla de doce vacas solamente; doce en representación de los doce meses del año.

La acción benéfica de Helios alumbrando y haciendo posible la vida en la Naturaleza, era la imagen opuesta a la de su hijo Faetón[539]. En la *litada,* Faetón es simplemente un epíteto del Sol. Pero luego se le hizo hijo suyo y de Klimene[540].

Helios apenas tuvo culto fuera de la isla de Rodas. Las fiestas llamadas *Helikaia* fueron famosas a partir del siglo III a. d. J. Se celebraban todos los años, pero cada cinco con solemnidad particular. Comprendían una gran procesión, más juegos, luchas, carreras de caballos y de carros, carreras de antorchas y pentatlo. Los vencedores recibían coronas hechas con hojas de álamo blanco, árbol consagrado al Sol. Se acababan arrojando al mar, en honor de Helios, cuadrigas engalanadas. También fue honrado, bien que con menos aparato, en Korintos y en Krete.

SOL

El dios Sol ocupó un lugar muy modesto en la antigua mitología romana. Cuando las poblaciones rústicas de Italia adoraban a los astros, a los que tanto debía la agricultura, el Sol ocuparía un puesto seguramente preferente; bien que nunca, a juzgar por los raros testimonios que han quedado sobre su culto, de gran importancia. Varrón le cita antes que a la Luna entre las 12 divinidades tutelares de la agricultura, pero después de Júpiter y de Tellus[541]. El 9 de agosto se ofrecía un sacrificio público al Sol *(Soli indigiti in colle Quirinale).* La importancia de esta divinidad creció mucho, en Roma, tras la introducción de los cultos orientales, en los cuales el concepto del Sol era extraordinariamente rico. Entonces durante aquel período que condujo al monoteísmo pagano, fue identificado a numerosas personalidades divinas[542].

---

[539] V. n. 371.

[540] V. n. 371.

[541] V. n. 408.

[542] Bajo la doble influencia de la filosofía griega y de las enseñanzas de los Misterios, el paganismo acabó en monoteísmo. Un triple movimiento, religioso, filosófico y político, contribuyó a ello.
Religioso: la figura de *Helios* era, en la mitología griega, más pura que la de la mayor parte de las divinidades Olímpicas. Identificada primero con *Apolo,* y luego con los grandes dioses, especialmente con *Zeus,* dio por resultado una personalidad única que las inscripciones designaban con el triple nombre de *Zeus-Helios-Serapis.* A partir del Imperio, el concepto del *Sol* se enriqueció aún de un modo prodigioso a causa de haber sido asimiladas a él numerosas divinidades orientales, especialmente los *Baal* asirios y *Mithra,* divinidades que introdujeron

SELENE

Selene, la Luna, era, según Hesiodos, hija de Hiperión y de Teia, y, por consiguiente, hermana de Helios, el Sol, y de Eos, la Aurora. Además de este nombre *Selene,* que recordaba el resplandor de su luz[543], era también

---

en Roma los soldados originarios de las provincias de Oriente, de guarnición en la capital del Imperio. Tácito cuenta que en la batalla de Bedriac (localidad de la Galia cisalpina, donde Otón fue vencido por Vitelio [69 d. d. J.], y algunos meses más tarde, éste por Antonius, que mandaba las legiones de Iliria, que combatían por Vespasiano), los soldados de la tercera legión saludaron al Sol mediante una gran aclamación, de acuerdo con la costumbre siria. Pero, sobre todo, lo que aseguró la victoria del Sol fue la difusión del misterio de Mithra. *Movimiento filosófico:* la filosofía solar fue una consecuencia de las doctrinas astrológicas caldeas. El Sol, centro del Mundo, determinaba, según los *Magos,* la marcha de los demás astros. De considerar al Sol como un centro de acción, se pasó a considerarle como centro de luz y de inteligencia *(fos neorón)* y como la razón directriz del Mundo. Si, de una parte, el Sol determinaba, según los Magos, la marcha de los demás astros, también la marcha del pensamiento. Más tarde, cuando el Ser supremo fue localizado fuera del mundo sensible, el Sol llegó a ser el intermediario entre el Ser supremo y los mortales (desarrollo de las teorías neoplatonianas y más especialmente de la filosofía de Juliano). *Razones políticas:* en Egipto, como en Babilonia, el Sol había sido, desde los tiempos más antiguos, el protector de los reyes. En Egipto incluso, los faraones eran encarnación de *Ra.* La coincidencia en Roma del desarrollo de una monarquía oriental en la que el príncipe tenía carácter divino, y el de la religión solar, hizo lo demás. Aureliano, instituyendo el culto oficial del Sol y declarándose en sus monedas *deus et dominus natus,* acabó por asimilar la personalidad real al astro y, por consiguiente, por juntar la realeza con la divinidad. Los reyes posteriores, *por la gracia de Dios,* no eran sino vestigio de aquella megalomanía de grandeza. En el año 274, este mismo emperador fundó en Roma un templo consagrado al Sol. *Sol invictus,* que, naturalmente, era el protector, por derecho propio, de los emperadores y del Estado. Su fiesta se celebraba el 25 de diciembre, día considerado como el del renacimiento del Sol. Cada cuatro años esta fiesta se celebraba con solemnidad extraordinaria. El templo, además de enriquecido con el botín cogido en Siria, fue dotado con recursos especiales. Se creó incluso, para servirle, un nuevo colegio de sacerdotes. El desarrollo del culto solar a fines del paganismo no dejó de tener influencia sobre el cristianismo, que recogió, espiritualizándolas, ciertas tradiciones. Las fiestas de Navidad, de San Juan e incluso las de Semana Santa son originariamente fiestas solares, determinadas por los dos solsticios y el equinoccio de primavera.

[543] Selene, de *selas,* brillo, luz, luz brillante.

llamada *Mene* cuando, en vez de considerarla poéticamente como a una mujer (o virgen) cuya resplandeciente hermosura hacía palidecer de envidia a los demás astros nocturnos al asomar por el profundo Cielo su cambiante rostro de plata, se consideraban tan sólo sus transformaciones periódicas en el transcurso de cada mes[544].

Los griegos, sensibles como ningún otro pueblo a la belleza en todos sus matices, dedicaban a la Luna las más apasionadas imágenes. Un himno homérico la hacía aparecer resplandeciente llevada por grandes alas y coronada de oro, tras haber bañado su hermoso cuerpo en las aguas del río Okéanos; y ascender al punto majestuosamente, vestida con ropaje deslumbrador, llevada por un carro del que tiraban tuertes y luminosos corceles. Luego, cuando ya declinaba como fatigada y cual si hubiese perdido en la estrellada ruta parte de su brillo y esplendor, era una simple amazona bajando hacia el horizonte terrestre por donde saldría al punto la cuadriga del Sol. Pero todo esto no era aún sino una brillante descripción poética destinada a poner en evidencia su hermosura. Como puras descripciones poéticas eran las dedicadas al Sol cuando todavía en la *Ilíada* y en la *Odisea* no era, como su hermana, una divinidad; ni tenían genealogía, que no adquirieron sino con la *Teogonía* de Hesiodos.

Selene no tuvo más leyendas que las leyendas de amor, a las que tanto se prestaba no sólo su hermosura, sino la misma noche, su elemento. Pero de éstas no le faltaron, como era natural, a la argentada diosa. Abrió la marcha en su corazón el tenorio de Zeus, que la hizo madre de *Pandía*[545]. Luego, en Arkadia, país agreste, había tenido relaciones muy íntimas con Pan, dios también sumamente amoroso, que se unía con ella en la cima de las montañas, ante el escándalo de las estrellas, cuando Selene se acercaba para envolverlas mejor con su luz[546]. Pero el más célebre y celebrado de los amores de Selene fue su pasión por Endimión (leyenda plural, pues se refería en Elide y en Karia), pastor hermosísimo de quien se prendó ciegamente la soberana de la noche, cierta en que rendido el mozo por el sueño dormía a la entrada de una caverna del monte Latmos[547]. Verle y amarle fue todo uno. Flechada quedó al punto sin que estuviesen allí

---

[544] En este caso, de la palabra *men* (mes) salía su segundo nombre, *Mene*.

[545] *Pandía,* la claridad serena de las luminosas noches del Ática era festejada en Atenas al mismo tiempo que su padre, *Zeus,* al llegar el equinoccio de primavera.

[546] Virgilio recuerda estos amores en *Las Geórgicas* (III, v. 391 y sig.): «Gracias al regalo que te hizo de un vellocino blanco como la nieve, *Pan,* el dios de Arkadia, te sedujo, ¡oh Luna! Te sedujo llamándote para que fueses al fondo de los bosques. Y tú no desdeñaste a aquel que te llamaba.»

[547] Latmos, en Karia, hoy Monte di Palatschio.

Apolo ni Artemis, con la que habría de confundírsela más tarde; y sin poder ni querer contenerse (la noche incita a las locuras amorosas), bajó hasta él y se acostó a su lado. ¡Dulce despertar el del afortunado pastor! A ruegos de la aún más rendida amante, Zeus decidió conceder al venturosísimo joven lo que le pidiese. Y ¿qué cosa mejor podía pedir, como lo hizo, que permanecer eternamente joven y eternamente dormido, para que su amada bajase cada noche a despertarle enlazándole con sus brazos de plata? Fruto de aquellos amores fueron, según se decía, cincuenta hijas. Número justo por partida doble, en este caso: como pastor, natural era que tuviese un rebaño de hijas; como amado por tal beldad, una menos hubiese sido una injuria a su bien probada ternura[548].

Así como Helios, hasta que la preponderancia de Apolo acabó por anularle como dios, en la época clásica, se diferenciaba de éste, pese a ser ambos divinidades solares; asimismo Selene no se confundía con Artemis, pese a que también se llegó a asimilar a ambas figuras con el andar del tiempo. Pero durante no poco estuvieron separadas y distintas. El mito de Artemis se complicó mil veces; el de Selene fue siempre simple. En Hesiodos, además, la distinción es neta: en la *Teogonía*, las Musas empiezan por invocar a Artemis entre los diez grandes dioses Olímpicos, y cuatro versos después, a Selene, la brillante, como divinidad de la luz.

Selene empezó a ser representada mediante una simple media luna. En Homeros es un astro, asimismo, cuando habla del escudo fabricado por Hefaistos. Pausanias cuenta que en el ágora de Elis había una estatua de la diosa con una media luna sobre la cabeza. En general, se ponían sus imágenes frente a las de Helios. A éste, en su carro, tirado por cuatro caballos, y a ella, en el suyo arrastrado por dos. Luego en la época helenística, lo mismo que le ocurrió a Helios con Apolo, que le absorbió la importante figura de éste, le ocurrió a ella con Artemis. Entonces fue cuando la diosa cazadora empezó a mostrar, como uno de sus atributos esenciales, una media luna sobre la cabeza. Por supuesto, cuando está con Endimión o con Pan, entonces es ella y sólo ella y no hay confusión posible.

---

[548] Para ciertos mitógrafos, *Endimión* es el que se sumerge (se zambulle, se hunde) en las olas del Okéanos (de *endúo*, entrar en, penetrar en), por consiguiente, el Sol poniente. Según esto, el mito es claro: el que penetraba en la caverna de Latmos para dormir no era otro que el Sol, que entraba en las sombrías profundidades de la noche. Pero como el Sol aun desapareciendo es hermoso y brillante, Endimión era joven y hermoso también aun dormido. Y la Luna, al levantarse en el horizonte, no podía menos de contemplarle con amor y de acariciar su lecho con sus rayos plateados.

El culto a Selene tal vez fue uno de los más antiguos y populares de Grecia; sobre todo en Arkadia, donde se la adoraba en las grutas. Pero en la época clásica perdió importancia. En Epidauros tuvo un altar de mármol. Una inscripción tardía, de Guteión[549], menciona a cierto personaje que era a la vez sacerdote de Zeus, Boulaios (consejero del Senado), de Selene, de Helios y de Asklepios. Son los principales testimonios que quedan de su culto, que acabó por ser, en general, privado. En Atenas se hacían en su honor libaciones de agua pura y se comían bollos en forma de disco o de media luna. Píndaros dice que era invocada por los enamorados. En las prácticas mágicas parece que tampoco era olvidada.

LUNA

La existencia de una divinidad lunar en Italia parece anterior a la introducción del helenismo. Varrón pretende que el culto a la luna fue introducido en Roma por Tatius[550]. En efecto, diversos ritos prueban su carácter original. Pero más tarde se confundió con Diana, como en Grecia Selene con Artemis. Por sí misma, Luna tenía una personalidad muy pobre. Virgilio habla más bien del astro que de la diosa, pues describe sus fases y sus eclipses. Como culto, la Luna *Noctiluca* (la que luce durante la noche) tenía en Roma un templo en el Palatino, en el cual una lámpara permanecía encendida toda la noche, y otro en el Aventino, más arriba del Circus Maximus. La fundación de este segundo es atribuida por Tácito a Servius Tullius; detalle que por lo menos prueba su antigüedad. Vitrubio[551] dice que los templos de Luna, como los de Júpiter, y los consagrados al Rayo, al Cielo y al Sol, estaban a cielo abierto. Se ofrecían sacrificios a Luna el 31 de marzo en el Aventino, y el 24 de agosto. Este día toda la vida pública se detenía. El 28 de agosto se celebraban 24 carreras de caballos en el circo en honor del Sol y de Luna, en torno a un altar erigido bajo el auspicio de la diosa. Hacia finales del paganismo la pareja Sol-Luna anuló a la Apolo-Diana. En cuanto a la representación de

---

[549] Guteión, puerto de Lakonia, hoy Paliópolis o Pasabos.

[550] V. n. 147 y 261.

[551] Vitrubio (Marcus Vitruvius Pollio), arquitecto romano (88-26 a. de J.). Constructor de máquinas de guerra (acompañó a las legiones romanas a la Galia y a España), de la basílica de Fano (a orillas del Adriático, provincia de Urbino-Pesaro), y de magníficas iglesias. Su obra *De architectura* es sumamente interesante, pero escrita en un lenguaje muy oscuro y en una tecnología que no ha podido ser completamente elucidada.

Luna, en Roma, los artistas se limitaron a aceptar y copiar las ofrecidas por sus colegas griegos[552].

EOS

Helios, además de a Selene, tenía como hermana a Eos (la Aurora), la de los rosados brazos *(rodopechus),* o la de los rosados dedos *(rododaktilos);* la que nacía con la mañana *(erigeneia);* la joven, la madrugadora, la fresca, la eternamente alegre y graciosa. El mismo padre y la misma madre, los titanes Hiperión y Teia, habían engendrado a los tres. Homeros ya la decía hermana del Sol y de la Luna; pero quien dio a conocer el nombre de sus padres fue Hesiodos. Si Selene seguía siempre a su hermano, apareciendo cuando él se hundía en el río Okéanos al llegar el crepúsculo vespertino, Eos, por el contrario, le precedía cada mañana, despertando con su presencia al Día, *Hemera* (con cuya luz la confundían algunas veces los poetas), y siendo a su vez precedida por su hijo *Fósforos,* que volaba ante ella en forma de genio alado, levantando la radiante frente como trazando al hacerlo el camino que al punto

---

[552] Se sabe por la *Historia Augusta* que en Mesopotamia un dios lunar llamado *Men* era objeto de culto. El dios anatolio del mismo nombre nada tenía que ver, según parece, con él. Se trataba, por lo visto, de un hombre adornado con varios epítetos: *tirannos* (señor, rey), *fósforos* (luminoso), *katachtonios* (subterráneo, protector de tumbas), etc. Se le atribuían poderes variados: devolvía la salud a los hombres, aseguraba las transacciones difíciles y protegía a los huérfanos y a los colonos. Men era representado como un joven imberbe de largos cabellos, vestido con una túnica ajustada por la cintura, pantalón y clámide. Su atributo esencial, que le distinguía de las demás divinidades asiáticas, era la media luna que llevaba al cuello. Parece ser que su culto fue introducido en Ática en tiempos muy antiguos, y que se le sacrificaban borregos y gallos. En ciertas monedas se le veía acompañado de otros dioses: *Zeus, Apolo, Ares, Artemis,* o asociado a emperadores. La diversidad de origen de los documentos arqueológicos en que aparece prueba la extensión de su culto. La mayor parte, no obstante, provienen de Frigia, que parece haber sido el país de origen de tal culto. En Ática, una inscripción del siglo II d. de J., encontrada en Laurión, habla de la consagración de una capilla a Men y da el reglamento de su santuario: nadie podía acercarse sin ser previamente purificado mediante un baño, si había comido ajo o si se había juntado con una mujer, pues de otro modo su sacrificio no era agradable al dios; las víctimas que se le ofrecían eran distribuidas entre el dios, el templo y el donante. En el Imperio romano, Men fue un dios muy popular no solamente entre la gente modesta, esclavos o libertos, sino que llegó a ser, como lo demuestran las leyendas de las monedas, el patrón de ciudades muy importantes.

emprendería el luminosísimo Helios. Eos, pues, cotidianamente; Eos, la de los blancos corceles *(leukopolos)* y trono de oro *(chrisotronos)*, dejaba cada mañana el lecho donde había reposado con su esposo Titonos[553] para correr a abrir las puertas del día y franquear el paso a la cuadriga de Helios.

La leyenda de Eos, como la de Selene, no es otra cosa que la relación de sus amores. De muchas mujeres cuyo nombre ha perdurado no podría contarse más. ¿Qué, por otra parte, se podría decir mejor de una mujer sino que amó y fue amada, que fue flor y dio fruto? En cuanto a Eos, ¿qué otra cosa hubiera podido hacer sino amar y dejarse amar, divinidad tan fresca, tan eternamente joven, tan sonrosada, tan bella y tan apetitosa?

Empezó, pues, por ceder a las insinuaciones de un ser de su propia raza, Astraeos[554], con el que engendró a los *Vientos*[555], a *Fósforos,* la estrella de la mañana, y a los *Astros.* Pero luego, así como la Naturaleza entera la admiraba a ella, ella empezó a admirar y apasionarse por cuanto era joven y hermoso. Y como para los griegos la hermosura masculina no contaba menos que la femenina, hicieron que Eos se enamorase del hermoso Kefalos[556], del incomparable Orión[557], de Klitos el famoso[558] y del bello Titonos. De éste decíase que, dotado no solamente de gran hermosura, sino de gracia, que tanto influye en la seducción, inspiró tal pasión a Eos, que raptándole se le llevó a su morada, el palacio brillante al borde del Okéano, e hizo de él su esposo[559]. Y tan feliz era a su lado, que rogó a Zeus (y éste se lo concedió) la inmortalidad para su amado. Pero habiendo olvidado en su entusiasmo pedir al mismo tiempo que no envejeciese, el pobre Titonos no pudo librarse de esta fatalidad, y el don se convirtió en desgracia. Porque como cuanto Eos amaba en él era su hermosura y su gracia, y una y otra fueron desapareciendo con las arrugas, las canas, los achaques y los años, pronto (¿qué es un siglo en la vida de un dios?) el antiguo fuego de la enamorada diosa se extinguió ante la

---

[553] *Titonos* era hijo de *Laomedón* (v. n. 209) y de *Strimo,* hija del dios-río *Skamandros, y,* por consiguiente, hermano mayor de *Priamos.*
[554] V. n. 73 y 78.
[555] *Záfiros,* el viento del Oeste (violento o lluvioso, en general, bien que algunas veces fuese una brisa agradable); *Bóreas,* el viento del Norte; *Notos,* el viento del Sur, y *Euros,* el viento del Este.
[556] V. n. 279.
[557] V. n. 232.
[558] *Klitos* (el glorioso, el célebre, el ilustre, del que se oye hablar) carece de leyenda, no obstante.
[559] Según M. Sonne, *Titanos* equivale al sánscrito *Didhyanan* («brillante»).

inevitable decrepitud de Titonos; decrepitud que llegó a tal punto como era forzoso, que todo encogido, arrugado y mísero no fue con el tiempo, aquel tiempo que para él sólo era una cadena, sino un pobre despojo humano dotado únicamente de un poquito de voz chillona, que se oía salir en lamento siempre, de la cuna de mimbre donde Eos acabó por meterle, como a un niño recién nacido, cuando ya ni andar pudo. De tal modo, que la antigua enamorada, harta al fin, tuvo que metamorfosearle en el animal cuyo chirrido recordaría en adelante su eterno lamento: en cigarra[560].

De la unión de Eos y Titonos en los tiempos felices nacieron dos hijos: Memnón y Ematión. Este carece de leyenda (un poco más y pasa a insecto, como su padre); en cambio, Memnón[561] hizo un papel importante en el sitio de Troya. Empezó luchando con Aiax, quedando indecisa la victoria (como en el caso Aiax-Hektor referido en el canto VII de la *Ilíada);* luego mató a Antilochos[562], y, finalmente, fue muerto por Aquiles[563].

---

[560] *Titonos,* amado primero y luego desdeñado, era la imagen del día. Del día, inmortal, puesto que renace alegre, joven, seductor, cada mañana, mas para envejecer pronto y acabar tristemente con el segundo crepúsculo. El nombre de Titonos quedó entre los griegos como símbolo de decrepitud y vejez extremada.

[561] Las hazañas de *Memnón* en Troya eran contadas por la *Pequeña Ilíada* y por la *Etiopeia,* de Arktinos, el poeta épico. Su historia, de la que se apoderó la poesía griega, debió de formarse en Asia.

[562] *Antílochos* era hijo de *Néstor. Aquiles* le amaba más que a ningún otro luego de a *Patroklos.* Muerto por *Memnón* y, a su vez, Aquiles por *París,* los tres héroes, amigos en vida, continuaron siéndolo tras la muerte.

[563] Como *Memnón* era hijo de *Eos* y *Aquiles* de *Tetis,* cuando empezaron a combatir, ambas madres acudieron a *Zeus* pidiendo cada una por su hijo. El dios, como en el caso de Aquiles-Hektor, tomó las *Suertes* de ambos héroes para que el destino decidiese, y fue la de Memnón la más pesada, es decir, la que inclinó la balanza hacia el *Orco.* Venció Aquiles, pues, pero Eos obtuvo de Zeus la inmortalidad para su hijo amado, cuyo cadáver transportó a Etiopía, de la que Memnón era rey. Las lágrimas vertidas sobre su cuerpo eran las gotas de rocío que cada mañana esmaltaban hierbas y flores. Una tradición colocaba su tumba en la desembocadura del Aesopus, en el Hellespontos, y decía, además, que cada año, el día aniversario de su muerte, se congregaban allí multitud de pájaros que se dividían en dos bandos, y que luchaban hasta que todos los de uno de ellos habían perecido. Respecto a su patria, ora se decía que era Siria, ora Susa o la Baktriana, en el Asia inferior; bien en el país de Tebai (la Tebas egipcia), en Egipto. Esta última hipótesis llevó a dar el nombre de «Memnón» a uno de los colosos erigidos por Amenotep III, afirmándose incluso que cuando los primeros

Se representaba a Eos coronada con una diadema de rayos refulgentes, y subida, como Helios, en una cuadriga de la que tiraban cuatro fogosos corceles. Solía precederla Fósforos, su hijo. Si se la representaba sola, entonces se la vestía suntuosamente y se la figuraba llevada por el aire gracias a dos alas poderosas y sosteniendo en las manos un ánfora, inclinada, con la que llenaba la tierra de rocío. En muchos vasos se cuentan sus aventuras amorosas.

AURORA

Aurora, personificación romana de Eos, tiene poca importancia en la mitología latina. Virgilio sigue la tradición homérica, y si nombra a Aurora en varias ocasiones es a causa de ser Titonos, su esposo, hijo del rey troyano Laomedón y aliado de los troyanos. Pero no se conoce templo ni culto a esta diosa en Italia.

LOS ASTROS

Los hombres han levantado siempre los ojos al Cielo por una de estas cuatro razones: por *interés* (los agricultores), cuando del aspecto del cielo podía depender el éxito o fracaso de su trabajo y de sus bienes; por puro *placer estético* (los artistas y cuantos han sido atraídos siempre por todas las formas de la belleza), cuando querían darse el noble goce producido por la contemplación de las maravillas siderales; por *útil curiosidad* (los inclinados a las ciencias y a los conocimientos astronómicos), por ver de adivinar los secretos y leyes de los astros y del firmamento; por *egoísmo y miedo* (los más), aquellos que creían y creen que, sin saber dónde, en un lugar misterioso de la bóveda estrellada, o más allá aún, hay seres todopoderosos que se preocupan de su insignificancia, y a los que pedían, pidieron y siguen pidiendo, ora que les concedan beneficios, ya que les eviten daños.

A causa de ello, una de las primeras ciencias, y la que más pronto se desarrolló, fue la *astrología,* hermana mayor de la *astronomía* y su predecesora (como la *magia* lo fue de la *medicina),* de la que los caldeos fueron los grandes maestros en la antigüedad. Pero de dos aspectos que tenía entonces la astrología, como *ciencia* y como *religión* (astrolatría), los griegos sólo se interesaron por esta última. La astrología, en cuanto

---

rayos de la aurora (Eos) acariciaban a esta estatua, emitía una música dulcísima como en salutación a la aparición de su madre.

ciencia, cuyo objeto esencial era la adivinación del porvenir, revelado por los astros, no se extendió por el mundo griego sino tras las expediciones victoriosas de Alexandros el Grande; es decir, cuando los antiguos medios de adivinación carecían ya de crédito, y cuando el tiempo de los oráculos había pasado. Pero fue sobre todo en el paganismo latino, en tiempos del Imperio, cuando todas las fantasías astrológicas fueron recibidas a brazos abiertos. Que ha sido norma general en la historia el que los hombres, en las épocas de decadencia, hayan tratado de hallar siempre, mediante toda suerte de fanatismos, prácticas y creencias absurdas, consuelos y recursos que eran incapaces de encontrar en ellos mismos.

En cuanto a Grecia, cuando el pastoreo y la agricultura permitieron a los hombres ocios honestos que no habían conocido sus antepasados los pueblos cazadores, y emplear estos ocios en echar los primeros cimientos de artes y ciencias, el espectáculo del cielo estrellado y del curso del Sol fue para muchos motivo de observaciones que aplicaron, ora al cultivo de los campos, ora a la navegación, bien incentivo de simple inspiración poética de donde nació seguramente la primitiva poesía popular. A causa de todo ello y guiados cada vez con mayor interés por lo que tales beneficios les procuraba, los griegos se darían cuenta muy pronto de una porción de fenómenos celestes tan admirables como curiosos: la influencia del color y posición de las nubes en la predicción del mañana y de los meteoros acuosos; la de los vientos en la temperatura y en la humedad; la diferencia de brillo de ciertas estrellas respecto a otras; su aparición o desaparición en el cielo según las épocas y estaciones; la forma o figura de determinados grupos de ellas; el lugar que invariablemente ocupaban en el cielo y sus cambios y movimientos; las horas a las que se levantaban y se ponían, etc.; y poco a poco, a fuerza de años de observaciones pacientes y sensatas, fueron formando un pequeño tesoro, por decirlo así, tesoro práctico, sumamente útil, como queda dicho, para las labores campestres y la navegación, incluso hasta para la salud; y por otra parte, tesoro poético que cristalizó en una serie de mitos que son los que ahora nos interesan.

FÓSFOROS Y HÉSPEROS

Fósforos o Eosforos[564] era el planeta Venus[565], único que parece haber atraído la atención de los griegos. Como este planeta es visible en dos

---

[564] *Fósforos* (portador de luz), *Eósforos* (portador de *Eos,* que trae a la aurora). El *Lucifer* de los latinos (de *lux* y *Fero,* que trae luz, que da claridad) era, evidentemente, el Fósforos griego. Los escritores eclesiásticos hicieron de él el

ocasiones, antes de salir el Sol y luego de su puesta, este hecho dio resultado a dos seres distintos, seres divinos que eran considerados como hermanos: Fósforos, la estrella de la mañana, y Hésperos[566], la de la tarde.

Fósforos era hijo de Astraeos y de Eos, o bien de Kefalos y de Eos[567]. Fósforos, saliendo del río Okéanos, levantaba en el cielo su brillante cabeza para anunciar a los hombres la llegada de la divina luz[568]. Con una antorcha en la mano volaba por el aire precediendo al carro de la Aurora. Por la tarde era Hésperos, el hijo de Atlas (el gigante que sostenía en Occidente el peso del Cielo con sus hombros, padre de las Hespérides, las nubes doradas del Poniente), el que empezaba a brillar cuando el Sol dejaba de hacerlo, Hésperos, a quien Homeros llamaba «el lucero más hermoso de cuantos hay en el cielo»[569] y a quien los epitalamios celebraban como el genio hermoso de la cabellera de oro. Los epitalamios, por ser él quien conducía el cortejo nupcial, y quien llevaba a la esposa a los brazos de su esposo[570].

ORIÓN

Orión[571], el gigante, cazador consumado, muerto por Artemis, que lanzó contra él al escorpión que picándole en un talón le quitó la vida, fue convertido en constelación, así como el escorpión mismo, por lo que la constelación de Orión huye a la de su enemigo[572]. Cazador siempre, en el

---

principal de los ángeles rebeldes, el más grande y brillante *Lucifer,* por otro nombre *Satanás* (Satán, Satanás, palabra hebrea que quiere decir *adversario, enemigo),* es decir, el mal espíritu, el Diablo.

[565] *Venus,* planeta del sistema solar, el segundo, en orden de distancia, partiendo del Sol, del que dista una media de ciento ocho millones de kilómetros.

[566] *Hésperos,* de *hésperos,* de la tarde, la estrella de la tarde, del poniente, de occidente. A *Haides* se le daba también este nombre a causa de suponerse, según la *Odisea,* que su reino estaba en la parte occidental de la Tierra, hacia el sitio por donde el Sol se pone.

[567] La primera filiación es de Hesiodos *(Teogonía,* v. 381); la segunda, de Hygin *(Poet. Astron.,* II, v. 42).

[568] *Ilíada,* XXIII, v. 226; *Odisea,* XIII, v. 93; *Eneida,* VIII, v. 589.

[569] *Ilíada,* XXII, v. 317.

[570] Safo: *Frag.,* 133; Catulo: *Carmen nuptiale.*

[571] V. n. 232.

[572] *Orión* es la hermosa constelación de la zona ecuatorial. A simple vista ofrece un grupo de siete magníficas estrellas, de las cuales cuatro forman cuadrilátero y las otras tres están colocadas en el centro en sentido oblicuo. Rica en otras muchas estrellas, es una de las constelaciones más bellas del Cielo. Como durante

Cielo como en la Tierra (y como en el Infierno mismo, donde Ulises le vio perseguir a fieras imaginarias por el campo de asfódelos), y acompañado del Can[573], parecía perseguir a los demás astros, que huían, palideciendo de miedo, ante su luz. Como por la mañana aparecía por oriente todo luminoso, hasta ser oscurecido y anulado poco después por la luz del día, decíase que amado por Eos, la Aurora, ésta le había raptado (como en el cielo le raptaba, por decirlo así, su luz). Cuando meses después se levantaba hacia la media noche, como ello coincidía con la época de cosechas y vendimias, entró en la leyenda dionisíaca. Llegado el invierno, al coincidir con lluvias y tormentas, era el dios lluvioso compañero de Notos, dios de los vientos del Sur, calientes y cargados de humedad. El hecho de estar su constelación oculta una buena parte del año dio origen a la leyenda de su muerte por Artemis, ora por haberla desafiado en cuestiones de caza, ya por haber intentado forzarla; pretendiendo rivalizar en claridad con la Luna, era eclipsado por ésta. Otra leyenda decía, por el contrario, que Orión, bienamado de Artemis, había sido víctima de los celos de Apolo hacia tal amistad. Un día en que Orión se bañaba en el mar, o bien avanzaba cruzándole, pues era tan alto que cuando le atravesaba sus pies iban por el fondo y su cabeza sobresalía entre las olas, Apolo desafió a su hermana a alcanzar con una flecha a aquel punto incierto que se movía allá en el horizonte sobresaliendo un poco sobre las inquietas aguas. Artemis armó el arco de oro y disparó. Y claro, como no erró el tiro, mató a Orión. En todo caso, la muerte de Orión por Artemis era la imagen personificada de la declinación de la constelación de su nombre a la aparición de la Luna en el horizonte.

---

la mala estación brilla también, se la hizo siempre responsable de lluvias y tempestades en invierno. La constelación de *Escorpión* pertenece al *Zodíaco*. Está situada entre la *Balanza y Sagitario.* Es la octava del Zodíaco. El Sol entra en el signo de Escorpión a mediados de octubre. Situada en el hemisferio austral, está formada por estrellas numerosas y brillantes, cuya disposición, más un poco de imaginación, puede dar la imagen aproximada del animal de su nombre. Su estrella principal, *Antares,* es la más grande de las estrellas conocidas actualmente.

[573] *Can Mayor,* constelación del hemisferio austral, por debajo y a la izquierda de *Orión,* al borde de la *Vía Láctea.* Su estrella principal, *Sirio,* es la más brillante del Cielo. La constelación llamada el Can Menor está en el hemisferio boreal, cerca del Ecuador, por debajo de los *Gemelos.*

SIRIO

Como dicho queda en la nota 573, Sirio (en griego *Seirios)* es la estrella más brillante de la constelación del Can Mayor, por lo cual los antiguos hacían de ella el perro de Orión. La poesía homérica aún no conocía su nombre, pero sí su brillo, que la *litada* compara a la centelleante armadura de Aquiles, una vez, y de Héktor y de Diomedes, otra. A principios del canto V Atena, deseando proporcionar gloria a Diomedes y aumentar aún su fuerza y su intrepidez, hace salir de su casco y de su escudo «una incesante llama parecida al astro que en otoño luce y centellea después de bañarse en el Okéanos»[574]. En el canto XI, Homeros dice de Héktor: «Cual astro funesto, que unas veces fulgura en el cielo y otras se oculta tras de las pardas nubes»[575]. Funesto, porque Sirio hacía (y hace) su aparición en el crepúsculo matutino, en lo más fuerte de la canícula (palabra que por ello mismo, de *Can* ha salido), es decir, cuando los fuertes calores y cuando, según la expresión de Hesiodos, la piel del hombre está seca a causa del ardiente calor[576] y cuando los perros son más fácilmente víctimas de la rabia. Y como tales calamidades se atribuían al astro, era considerado como funesto. Aun en el canto XXII de la *Ilíada* (v. 26 y sig.), Príamos compara a Aquiles, al verle avanzar por la llanura en dirección a Troya, todo resplandeciente dentro de la maravillosa armadura que para él ha fabricado Hefaistos: «al astro que en el otoño se distingue por sus vivos rayos entre muchas estrellas, durante la noche oscura». Al asimilar a Sirio a un perro rabioso, el nombre de este animal acabó por pasar a toda la constelación. El protector de los mortales contra los funestos ardores de Sirio era Aristaios[577], pues se contaba de él que durante una peste que devastaba las islas Kiklades durante la estación de Sirio, los afligidos habitantes pidieron a Aristaios un remedio para sus males. Este, por orden de Apolo, su padre, fue y se instaló en Keos (una de las Kiklades). Una vez allí levantó un gran altar en el cual empezó a ofrecer sacrificios, a diario, a Zeus y a Sirio. El padre de los dioses, conmovido ante sus súplicas, le envió los vientos estesios que, resfrescando la atmósfera, echaron de allí el mal aire que la viciaba. A

---

[574] *Ilíada,* V, v. 5 y sig.
[575] *Ilíada,* XI, v. 62 y sig.
[576] *Los Trabajos y los Días.* v. 587; *El Escudo de Herakles,* v. 397; Virgilio: *Geórgicas,* IV, v. 425.
[577] V. n. 211 y 233.

partir de aquella fecha, los sacerdotes de Keos realizaban cada año sacrificios expiatorios antes que la constelación del Can apareciese.

La fábula de Aktaión[578], el hijo de Aristaios, devorado por sus propios perros (habiendo sorprendido a Artemis un día que iba de caza, cuando la diosa se bañaba, ésta, furiosa, le transformó en ciervo y su propia jauría le destrozó), respondía seguramente a los mismos fenómenos. Esta leyenda y la de Orión tienen analogías evidentes, ambos son víctimas de la cólera de Artemis. Ello prueba que probablemente Aktaión y Sirio eran la misma cosa: la constelación del Can que desaparece en el horizonte a la presencia de la Luna (Artemis), a la que se acerca como si pretendiese eclipsar su brillo.

LAS PELEIAI (PLEYADES)

Las Peleiai o Pleiades eran siete hermanas que divinizadas, fueron transformadas en las siete estrellas de la constelación de su nombre[579]. Estas Peleiai[580] eran hijas de Atlas y de Pleione. Todas se unieron con dioses, salvo Merope, que se casó con un mortal, Sísifos, a causa de lo cual era la menos brillante[581]. Sobre su transformación en estrellas había varias leyendas. Según una, Zeus había tenido piedad de ellas al verlas siempre afligidas a causa de que su padre, Atlas, estaba obligado a sostener el Mundo, sobre sus hombros, con grandísimo dolor y trabajo. Según otra, que estando en Boiotia en compañía de su madre Pleione, fueron sorprendidas por Orión, el terrible cazador, que, enamorado de ellas empezó a perseguirlas. Cinco años duró la persecución, que sólo Zeus pudo poner fin, transformándolas en estrellas. La semejanza de su nombre, *Peleiai* con *peleia* (paloma), había dado origen a otra fábula que las transformaba en animales de esta especie.

---

[578] V. n. 233.

[579] Las *Pleiades o Pleyades* son un grupo de estrellas de la constelación de Tauro. Sus seis estrellas principales se ven sin necesidad de anteojo. Con un telescopio, la riqueza de este grupo es enorme; la fotografía muestra la presencia de extrañas nebulosas.

[580] V. n. 108 y 269.

[581] No obstante, los que tienen buena vista, además de las seis estrellas que se ven sin dificultad, perciben a *Merope*, a *Pleione*, a *Asterope* y a otras cinco estrellas que carecen de nombre.

LAS HIADES

A las Hiades, grupo de estrellas vecinas de las Pleyades[582], cuya aparición coincidía con la estación de las lluvias de primavera, se las decía hijas de Atlas y de una Oceánida, ora Pleione, ora Aitra. Sobre su transformación en estrellas había dos tradiciones. Ya Zeus lo había hecho en agradecimiento a que habían cuidado a Dionisos, su hijo: bien porque habiendo sido muerto su hermano *Hias* cuando cazaba en Libia (por una serpiente que le mordió, por un león o por un jabalí), ellas se suicidaron o se murieron de pena. Y en atención a esta prueba de amor fraternal, fueron transformadas en la constelación de su nombre.

LA OSA MAYOR

Esta constelación entró en la mitología a causa de una confusión de nombres. *Arktos*[583] significaba originariamente *la brillante,* pero como este epíteto llegó a ser, no se sabe por qué, el nombre del oso[584], olvidado el primero, hubo que explicar por qué la constelación era llamada la *Osa Mayor.* Y para ello, se inventó el mito de Kallisto y de Arkas[585]. No obstante, la constelación de Arktos despertaba en los griegos más bien la imagen de un carro[586] que la de una osa. Hoy mismo, la fantasía popular ve en la constelación polar la figura de un carro cuyas cuatro ruedas son las cuatro estrellas que forman un cuadrado, y cuyo timón es representado por otras tres estrellas, en fila, hacia la izquierda. Este carro, que en las tradiciones griegas, como en las romanas, era conducido por un tiro de

---

[582] Las *Hiades* son un grupo de estrellas colocadas en forma de Y, o mejor aún, de V inclinada. Están en la constelación de Tauro. La principal es *Aldebarán.*

[583] *Arktos,* oso, osa y la Osa Mayor, llamada también El Carro *(Amaxa);* también en el Polo Norte, el Norte.

[584] Del mismo modo que en sánscrito, *Riksha* (el *brillante)* se tornó en el nombre del oso, epíteto aplicado también, según Max Müller, a las estrellas.

[585] V. n. 108, 110, 235 y 242.

[586] En efecto, esta constelación consta de siete estrellas, que con buena voluntad y un poco de imaginación representan un carro con su vara y todo, y mejor aún, si se quiere, una cacerola con su mango. Rodea al Polo Norte. Sus estrellas son de mediana magnitud. Corrientemente, su nombre es no *Kallisto* (la enteramente hermosa), como decían los griegos, sino el *Carro de David* o simplemente el *Carro.*

bueyes, tenía incluso su boyero llamado aún *Arturo (Arktouros,* el Guardián de la *Osa).* A su lado está la Menor.

GALAXIAS

Los griegos llamaban *Galaxias*[587] a la Vía Láctea, es decir, a esa vasta nebulosidad que vemos desarrollarse todo alrededor del Sol a modo de una cintura irregular, formada por miríadas de estrellas imposibles de distinguir sin la ayuda de un instrumento óptico. Su verdadera naturaleza, en efecto, no ha podido conocerse sino con la ayuda de los telescopios. Pero, naturalmente, los griegos inventaron, para explicarse lo que era, o para creer que lo explicaban, la correspondiente leyenda: aquella inmensa mancha blanca era, desde luego, el camino por el que Zeus entraba en su morada; a derecha e izquierda de él, estaban los palacios de los dioses. En cuanto al origen de tal camino decían lo siguiente: que habiendo acercado Hera, por consejo de Atena, a Herakles, cuando éste acababa de nacer, a su pecho, el futuro héroe, que ya empezaba a hacer de las suyas, chupó tan fuerte, que al apartarle la diosa, dolorida, el chorro mismo que los labios del niño habían hecho brotar, formó la galaxia en cuestión.

EL ZODÍACO

El *Zodíaco*[588], esa zona circular de la que la eclíptica (círculo máximo de la esfera celeste que señala el curso del Sol durante un año) ocupa el centro, y que contiene las doce constelaciones que el Sol parece recorrer durante doce meses, no dejó de atraer la atención de los griegos, que fueron quienes la dividieron en doce secciones, e incluso dieron a cada una nombre, de acuerdo con la figura que les pareció que representaban las estrellas que contenía. Y que, como siempre, pasaron a la mitología en el orden siguiente que han conservado: *El Carnero.* El «Carnero» era el famoso animal de este nombre del «Vellocino de Oro», inmolado a Zeus y transportado por éste al cielo. *El Toro.* El «Toro» era el toro en que habíase transformado Zeus para raptar a Europe; o bien, Ino, a quien el mismo Zeus, su amante, había llevado al cielo luego de transformarla en ternera. *Los Gemelos.* Los «Gemelos» eran Kástor y Poludeikes (los

---

[587] *Galaxias* de leche, lacteada; la *Vía Láctea* (lit. el círculo lácteo; en latín, *circulus lacteus).*
[588] *Zodíaco* viene del griego *zodión* (figurilla de animal), en plural los signos del Zodíaco.

Dioskouroi). *Cáncer*. «Cáncer» era el cangrejo que Hera lanzó contra Herakles cuando éste combatía con la Hidra de Lerne, y al que mató su sobrino Iolaos, a quien el héroe llamó en su ayuda. *El León*. El «León» era el león de Nemea, muerto por Herakles. *La Virgen*. La «Virgen» era, ora Erigone, modelo de amor filial, llevada en recompensa al cielo, bien Astraia (la Justicia), hija de Zeus y de Temis, que reinó en la Tierra durante la Edad de Oro, pero que luego, espantada de los crímenes de los hombres huyó de ellos y se volvió al cielo. *La Balanza*. La «Balanza», símbolo de la equidad, era el emblema de Astraia, a causa de lo cual estaba a su lado. *Escorpión*. «Escorpión» era el animal de esta especie que por orden de Artemis, mató a Orión, y que para recompensarle la diosa colocó en el cielo. *Sagitario*. «Sagitario» era el centauro Cheirón que, a causa de su ciencia y virtudes, había merecido ocupar un puesto en el firmamento. *Capricornio*. «Capricornio» era la famosa cabra Amalteia que una leyenda daba como nodriza de Zeus. *Acuario*. «Acuario» era, ora Ganimedes, el copero celestial, ora Aristaios, el padre de Aktaión. En fin. *Los Peces* eran los animales de esta especie que transportaron a Afrodite y a Eros, su hijo, cuando la diosa, perseguida por Tifón, fue llevada lejos del Éufrates por dos peces que, a causa de ello, merecieron los honores divinos.

DIVINIDADES Y GENIOS DEL FUEGO

Nada contribuyó tanto a que el hombre empezase de hecho a ser superior y distinto de los demás animales, como el descubrimiento del fuego. Quiero decir, el poder producir a voluntad aquella fuerza utilísima, aquel «ser» misterioso y terrible que debía de ser el fuego para las inteligencias primitivas, fuerza que hasta aquel instante no conocían sino como causa de daños y de espanto, pero gracias a la cual pudieron, en adelante, no tan sólo mejorar las condiciones de vida teniendo a raya a las fieras, defendiéndose contra el frío y variando la alimentación, sino empezar el dominio de la Naturaleza gracias a las industrias y al arte de trabajar los metales. Cuando tras el fuego, el hombre descubrió la rueda, que a su vez le permitió dejar de ser prisionero de la tierra donde había nacido, abandonar la vida sedentaria y empezar la era de las grandes emigraciones, nada pudo detenerle ya en la vía del progreso material. El intelectual no le iría a la zaga, pues son como dos hermanos gemelos que constantemente se ayudan y mantienen. El moral ya sería otra cosa, advenedizo en la familia, despreciado y hasta con frecuencia ultrajado, destinado estaba a seguirlos de lejos, avanzando un paso por cada legua que recorrían los otros. Pero volvamos al fuego, que es lo que ahora nos interesa.

Acordes en que los griegos, como todos los pueblos, viesen un dios en aquel elemento ora terrible y perjudicial, ora insustituible y beneficioso, este dios, es decir, el dios por excelencia del fuego, era entre ellos, como ya se ha dicho, Hefaistos. Pero al mismo tiempo que él y como él, unido especialmente al elemento ígneo, estaba la interesantísima figura de Prometeus[589].

Prometeus pertenecía a la raza de los Titanes. Hesiodos le hace hijo de Iapetos y de la oceánida Klimene; otra tradición de Iapetos, el titán, y Asia[590]. Aischilos le hacía nacer del seno de Temis que, como el propio poeta dice, no era sino una forma de Gaia, la Tierra[591]. Es decir, que,

---

[589] V. n. 73 y 88.
[590] *Asia,* personificación etnográfica de la raza que pobló la Eurasia.
[591] Los griegos explicaban el nombre *Prometeus* fundándose en la analogía aparente de esta palabra con el verbo *promantano,* es decir, viendo en Prometeus el prototipo del hombre «previsor», en oposición precisamente con el hermano que le habían dado: *Epimeteus,* es decir, «el que aconseja cuando el hecho ya ha ocurrido», el torpe, el inhábil, el incapaz por excelencia. Pero los indianistas modernos dicen que en la palabra griega «Epimeteus» hay que ver el equivalente

aunque de la raza de los dioses, los griegos consideraban a Prometeus más como un ser de la Tierra que del Cielo; más amigo de los hombres que de sus congéneres celestiales; y del cual, en todo caso, había salido la raza terrestre puesto que era el padre de Deukalión[592], el antecesor del género humano según los boiotios; Deukalión que, casado con Pirra, dio nacimiento a Hellen, padre de los griegos que a causa de su progenitor fueron llamados «helenos».

PROMETEUS

Que Prometeus era más amigo de los hombres que de los dioses empezó a probarlo al atreverse a engañar nada menos que a Zeus tan sólo por favorecer a sus protegidos. En efecto, cierta vez, en Mekone[593], tras un sacrificio a los Olímpicos, Prometeus hizo dos partes con el buey que acababa de inmolar. En un lado puso la carne y las entrañas y cubrió el todo muy bien con la piel del animal; en otro montón, los huesos, a los que disimuló bajo unos pedazos de grasa perfectamente limpia y blanca. Hecho esto invitó a Zeus a que escogiese: lo que él no quisiera sería para los hombres. El dios se apresuró a escoger la buena grasa blanca, sin suponer ni adivinar lo que había debajo, y al sentirse engañado, concibió un odio implacable no solamente contra Prometeus, sino contra los

---

de la forma sánscrita *pramathyus,* derivada de la palabra *pramantha,* que quiere decir «el que obtiene el fuego por frotamiento». Las dos hipótesis se pueden defender. La de los griegos está perfectamente de acuerdo con las cualidades que atribuían a Prometeus, puesto que hacían de él un genio superiormente hábil. No solamente había formado con barro al primer hombre (en tiempos de Pausanias mostraban aún en Fókide cierto limo que incluso tenía el olor de la carne humana y que aseguraban ser con el que Prometeus había modelado el primer hombre), sino que le había enseñado toda suerte de industrias útiles, cuya enumeración podrá verse en la edición del *Prometeus encadenado,* de Aischilos, que en unión de las demás tragedias de este autor aparecerá en nuestra «Colección La Crítica Literaria». En cuanto a los indianistas, cierto que los primitivos hombres debieron descubrir el modo de hacer fuego (por casualidad seguramente, como tantos descubrimientos importantes posteriores) frotando dos trozos de madera, cual se hace aún hoy o se hacía, al menos, hasta hace poco en la India para encender la llama del sacrificio. Pero como Prometeus no se procuró el fuego de este modo, sino robándole, ora de las ruedas del carro del Sol, bien de la fragua de Hefaistos, yo con la primera hipótesis me quedo.

[592] V. n. 73.

[593] Mekone, antiguo nombre de Sikuón, capital de la Sikuonia, hoy ruinas, cerca de Vasilika.

hombres mismos cuyas carcajadas debieron de llegar distintas hasta él. El castigo contra éstos fue inmediato: decidió no darles el fuego que tan útil podía serles; la reacción de Prometeus no menos inmediata: puesto que el Inmortal se lo negaba, él se lo procuraría. Y fue cuando, robando la semilla del fuego, ora de las ruedas del carro del Sol, bien de la fragua de Hefaistos, lo trajo a la Tierra. Zeus, envidioso una vez más de la suerte de los hombres, cayó sobre su bienhechor, al que encadenó ora a una columna, ora a un monte del Káukasos[594], en donde un águila le devoraba continuamente el hígado durante el día, hígado que volvía a formarse por la noche para que el ave de Zeus pudiese reanudar su banquete al llegar la aurora. Para que su venganza fuese completa, juró aún por el Stix no desencadenarle jamás. Zeus, por supuesto, no faltó a su juramento, pero lo que él no hizo lo realizó Herakles, quien, al pasar por la región del Káukasos, atravesó con una de sus flechas al águila y libertó al prisionero. Zeus, orgulloso de la hazaña de su hijo, al que tanto amaba, orgulloso de él una vez más, no protestó. Mas para que su juramento se cumpliese no obstante, constriñó a Prometeus a llevar siempre una sortija hecha con el hierro de la cadena que le había atenazado, en la que estaba, engarzado, un pedazo de la roca de la que había sido prisionero.

En la nota 88 se ha visto cómo consiguió Prometeus la inmortalidad. Tampoco Zeus se opuso a ello. Esta vez, a causa de estar agradecido al amigo de los hombres, por haberle éste revelado un antiguo oráculo según el cual, el hijo que tuviera con Tethis sería más poderoso que él y le destronaría.

A Herakles, Prometeus que gozaba del don de adivinación, le indicó el modo de procurarse las manzanas de oro, enseñándole que tan sólo Atlas podía cogerlas en el jardín de las Hespérides. En fin, él fue quien dijo a su hijo Deukalión cómo podría salvarse del diluvio que había decidido Zeus que ocurriese, con objeto de exterminar la raza humana, que se hacía cada vez más poderosa.

Prometeus recibió culto por lo menos en el Ática. En el *temenos*[595] de Atena, no lejos de la Akademia y del demo de Kolonai, tuvo un altar. A la entrada, en un zócalo, estaba representado junto a Hefaistos. En su honor, además, se celebraban fiestas llamadas *prometela,* durante las cuales uno de los espectáculos consistía en una *carrea* de antorchas.

---

[594] Ora el Elbruz (5.630 metros), ora el Kasbech (5.050 metros).
[595] Temenos, porción de territorio (campo o bosque) con un altar o un templo consagrado a una divinidad.

Su personalidad, y más especialmente tres de los episodios de su leyenda, fueron frecuentemente motivo de inspiración para los artistas: la creación del hombre, su propio suplicio en el Káukasos, y su liberación por Herakles. Estas escenas fueron grabadas y reproducidas muchas veces en piedras, vasos y sarcófagos. Se dice también que Parrasios, el pintor de Efesos, había hecho un cuadro relativo a su suplicio en la roca[596].

FORONEUS, KABIRES Y TELCHINES

La mitología griega conocía aún a otro personaje divino o divinizado, cuya leyenda tenía algunos puntos de contacto con la de Prometeus. Este personaje era *Foroneus*. Foroneus, según las leyendas de Argólide (Peloponeso), había sido el primer hombre. Su padre era el dios-río Inachos[597]; su madre, una ninfa llamada Melia[598]. Una leyenda le casaba

---

[596] Parrasios, pintor griego de fines del siglo v a. de J. Fue, con Zeuxis, el gran representante de la escuela iónica. Era peritísimo dibujante y, por lo visto, para pintar no se valía sino de cuatro colores, lo mismo que Zeuxis. Sus principales cuadros eran: «Aiax y Ulises disputándose las armas de Aquiles», «Filoktetes herido» y «Ulises simulando locura».

[597] *Inachos,* dios-río de la Argólide, era hijo de *Okéanos* y de *Tethis.* Unido a *Melia,* hija de Okéanos, tuvo a *Foroneus* y a *Aigialeus.* Inachos, según la leyenda, vivía antes de la raza humana, puesto que Foroneus, el primer hombre, fue su hijo. Otra variante de su leyenda decía que tras el diluvio, en el cual figura *Deukalión,* él reunió a los hombres y los estableció en la llanura que riega el río, que a causa de ello recibió su nombre. Cuando *Hera* y *Poseidón* se disputaron el ser patrones del país, Inachos fue tomado como árbitro, en unión de *Kefisos* y de *Asterión.* Poseidón, al ver que acordaban la preferencia a Hera, les maldijo. A causa del encono del dios, el lecho del Inachos se secaba todos los años y sólo en la estación de las lluvias volvía a ser visitado por las aguas. Decíase también que el primer templo a Hera argiana había sido levantado por él o por su hijo Foroneus.

[598] *Melia,* según su nombre indica, era la personificación del «fresno», árbol del que salieron, según Hesiodos, los hombres de la edad de bronce; era, además, el «árbol celeste», como en todas las mitologías arias. Los antepasados de esta raza se imaginaban el Cielo como un árbol inmenso, a la sombra del cual vivían. Este árbol tenía un fruto (o una rama) inflamado, que era el rayo. Un pájaro divino, que anidaba en el árbol, sustrajo fruto o rama y en su propio pico lo trajo a la Tierra. Ahora bien, la palabra *Foroneus* es lo mismo que en sánscrito *bhuranyú* («el rápido»), epíteto de *Agni,* considerado como el portador de la chispa divina. Luego Foroneus, hijo de Melia, corresponde, sin duda, a la antiquísima tradición relativa al pájaro que trajo el rayo a la Tierra.

con Kerdo, otra con Tstrediké, otra con Peito. La lista de sus hijos no era menos variada. Decíase también que Foroneus había enseñado a los hombres a reunirse en ciudades, y el uso del fuego.

Otros genios del fuego eran los *Kabeiroi* (Cabires), y aun otros los *Telchines*. Sobre los primeros véase la nota 308; sobre los segundos, la 295.

DIVINIDADES Y GENIOS DE TORMENTAS Y HURACANES

La mitología, que en general, no es otra cosa que la personificación de las fuerzas de la Naturaleza y de los fenómenos naturales, no podía dejar de divinizar a los vientos, que tanta importancia tienen en la vida del hombre, no sólo por su acción sobre el clima, y con ello sobre las cosechas y la salud, sino sobre la navegación que, dada la configuración y situación geográfica de Grecia, tanta importancia tuvo, ora como elemento de paz mediante las emigraciones, origen de las colonias, y el comercio, ora como factor de guerra; y, por consiguiente, como razón de su historia y palanca de su civilización.

Pero como estos fenómenos, fuerzas o elementos naturales, unos eran favorables al hombre y los otros perjudiciales, con estos últimos, sin dejar de divinizarlos, hicieron un grupo de genios inferiores a los Olímpicos y sometidos, como es lógico, a ellos, del mismo modo que en la Naturaleza los elementos nefastos, si bien se desencadenan inconteniblemente dejando sentir con violencia su poder, son, por fortuna, no solamente pasajeros, sino como vencidos por los elementos buenos que, con más o menos trabajo, acaban por restablecer el orden perturbado por aquéllos, para que pueda continuar la vida.

TITANES Y GIGANTES

Los elementos nefastos fueron personificados primeramente, como sabemos, en Titanes y Gigantes[599], los cuales fueron vencidos, no sin dificultad y grandes luchas, por los Olímpicos, y encerrados en el Tártaros. Estos monstruos personificaban las primitivas convulsiones de la corteza terrestre, y los grandes cataclismos que trastornaron a esta corteza en el período de formación, durante los millares de siglos que necesitó que transcurriesen hasta poder adquirir la solidez necesaria para servir de refugio a la vida y de cuna a los seres animados.

El *fuego,* tanto celeste como terrestre, ya hemos visto que, lo mismo que la tierra, fue deificado, o sometido al poder de las divinidades; pues bien, con el otro gran elemento natural, el *viento,* tenía que ocurrir lo

---

[599] V. n. 73 y 77.

mismo. Mas como este viento era unas veces favorable y otras adverso, cual se sabe, de aquí el que naciesen ciertas potencias divinas vinculadas a los vientos, unas favorables, las otras hostiles a los hombres.

TIFÓN Y LOS VIENTOS

Los vientos malos se los consideraban nacidos de Tifón[600], monstruo contra el que tuvo que sostener Zeus la más terrible de sus luchas, nacido de una discordia de la pareja celeste (rabiosa, le engendró Hera ella sola, tras una de sus frecuentes trifulcas con el Olímpico), en otras palabras, de las perturbaciones atmosféricas[601]. El, a su vez, uniéndose con Echidna (la víbora), la nube tempestuosa, había dado nacimiento a otros seres no menos monstruosos: a los perros Ortros y Kerberos, el primero de los cuales personificaba la luz pálida y triste del crepúsculo, y el segundo, las tinieblas de la noche; a la Hidra (la nube lluviosa), y a la horrible Chimaira[602], todos los cuales, relacionados con Tifón, eran la imagen del aspecto sombrío del cielo a la llegada de la tempestad[603]. A la familia de Tifón pertenecían también las Harpías[604], «las rapaces» las que arrebataban y destruían todo en medio del soplo furioso de la tormenta[605].

---

[600] V. n. 80 y 298.

[601] La descripción que hace Hesiodos de este monstruo *(Teogonía,* v. 823-835) nos muestra en él un ser análogo a las serpientes *Ahí* de los *Vedas.* En los versos 871 y siguientes dice que de él vienen los vientos tempestuosos, que opone a los regulares. Vientos nefastísimos en tierra y mar. En éste hunde los navíos y hace perecer a sus tripulantes; en aquélla, «destruye los dulces frutos del trabajo humano, envolviéndolos con estrépito en espesos torbellinos de polvo». *Tifón,* además de estos torbellinos huracanados, representaba los torbellinos de humo. Es decir, que no solamente era el monstruo cuyo soplo húmedo desencadenaba las tempestades, sino el gigante cuyo aliento abrasador escapaba por el cráter de los volcanes. Y bajo este segundo aspecto era el hijo de *Gaia* y *Tártaros.* Fulminado por *Zeus,* acabó, en efecto, como se sabe, aplastado por el Etna y personificando su volcán.

[602] V. n. 78.

[603] *Echidna* había sido originalmente la nube de tormenta de negros repliegues, tantas veces comparada a la serpiente de la mitología aria, nube que era la compañera natural del huracán. Había sido asimismo, originariamente, una divinidad de la tempestad y del invierno.

[604] V. n. 78.

[605] Según Homeros, una de las *Harpías, Podargé,* se unió a *Záfiros* para dar nacimiento a los corceles de *Aquiles,* «que vuelan con los vientos». *(Ilíada,* XVI, v. 150.)

En Hesiodos, las Harpías son los genios fogosos de la tempestad marítima, pero, con el tiempo cada vez fueron siendo consideradas como más temibles y odiadas. Monstruos alados rápidos como el viento, tenían una cara horrible y pálida, siempre torturada por el hambre, porque ni las presas que aprisionaban con sus enormes garras y que devoraban al punto, podía calmar su insaciable voracidad.

A los vientos de las tempestades se oponían los vientos regulares cuya acción, si bien violenta muchas veces, no era para el hombre mortífera, ni perjudicial para sus bienes. A causa de ello no eran considerados como monstruos, sino como seres con forma humana. Ni debían su nacimiento a potencias gigantescas y desordenadas, sino a divinidades tranquilas. Los cuatro principales, únicos que Homeros conocía, eran Bóreas, Notos, Euros y Záfiros[606].

En cuanto a *Aiolos* (Eolo), tenido generalmente como dios, o cuando menos rey de los vientos, aparece por primera vez en la *Odisea;* pero no como dios, sino como un rey a quien las divinidades habían concedido la facultad de excitar, o bien calmar, a su capricho, a los vientos. Cuando Ulises llegó a la isla Aiolia, Aiolos le recibió cordialmente y le retuvo junto a él un mes entero. Al marchar el héroe, le entregó un odre en el que estaban encerrados todos los vientos menos uno, que debía empujar a su nave para que pudiese llegar a Itake. Pero en plena navegación y mientras Ulises dormía, sus compañeros, creyendo que el odre contenía vino, le abrieron imprudentemente. Los vientos escaparon entonces con tal violencia, que desencadenaron una tempestad que volvió a empujar a la nave hasta la costa de Aiolia. Pero esta vez, su rey, creyendo ver en lo acaecido una prueba de la cólera divina contra Ulises y sus compañeros, se apresuró a obligarlos a que embarcasen de nuevo.

En todo caso, si en la mitología romana Aiolos llegó a ser el padre o rey de los vientos, no en la mitología griega cuyo papel fue siempre mucho más modesto: el de simple soberano tanto en Homeros como en Apollonios de Rodas[607].

---

[606] V. n. 73, 78 y 555.

[607] «En una amplia caverna tiene encerrados y prisioneros a los Vientos, que tratan de escapar, lo mismo que la ruidosa tempestad. Cuando su cólera estalla, la montaña tiembla a causa de los mugidos que lanzan. *Eolo,* cetro en mano, está sentado encima de la roca. *Júpiter,* temiendo la cólera de los *Vientos,* los ha encerrado en cavernas y ha amontonado sobre ellos masas enormes de montañas. Se los ha confiado a Eolo, que, según pacto, debe apretar o aflojar las riendas». *(Eneida,* I, v. 52 y sig.) Los romanos colocaban esta morada de Eolo en las islas Lípari. Plinio dice a propósito de los vapores del Estrómboli que domina estas

Los vientos fueron objeto de un culto cuyo carácter, en un principio, era netamente expiatorio, y que incluso tuvo siempre algo de misterioso. Los sacrificios en su honor (gallos y carneros de color oscuro), se celebraban por la noche. A veces, se les ofrecía incluso víctimas humanas. Antes de la batalla de Leuktra, Epameinondas ofreció a Tifón, padre de los vientos, la vida de una virgen. Los atenienses levantaron al borde del Ilisos un santuario en honor de Bóreas y un altar en el de Zéfiros.

En Roma, aunque Vitrubio, por ejemplo, trató de explicar lo que eran los vientos de un modo natural y hasta científico («El viento, dice, es una onda de aire. Nace cuando el calor choca contra la humedad») la masa siguió rindiendo culto a los vientos, pensando en los efectos que causaban en los campos. Los hombres políticos y los emperadores, lo mismo. La fuerza y el poder han solido dar todo menos sabiduría. Estos, a causa de los efectos de los vientos en la marcha de las batallas navales llegaron hasta rendirles cultos especiales. Cuando M. Cornelius Scipión deshizo la flota cartaginesa en 250 a. d. J., erigió en Roma un templo a las Tempestades, cerca de la puerta Capena. Pero era sobre todo a orillas del mar donde se solían levantar los altares dedicados a los vientos con objeto de tenerlos propicios a combatientes, pescadores y traficantes. En Aptium eran asociados a Neptuno y a la Tranquilidad. También se asoció su culto al de Mithra. Y esto, por el hecho de que en la doctrina mitraísta, el soplo de los vientos con el aire, la tierra y el fuego, era uno de los cuatro elementos fundamentales.

La representación material de los vientos databa de antiguo en el arte griego. En un cofre de Kipselos, del siglo VIII a. d. T., Bóreas es representado con cuerpo de hombre terminado en cola de serpiente. Pero el monumento más interesante es la torre de los Vientos de Atenas; edificio octogonal de doce metros de altura, cada una de cuyas caras está decorada con una figura, en la parte superior, simbolizando un viento colocado hacia cada punto del horizonte; Kaikias *(Aquilo)* del Nordeste; Bóreas *(Septentrio)*, del Norte; Apeliotés *(Subsolanus)*, del Este; Euros *(Vulturnus)*, del Sudeste; Notos *(Auster)*, del Sur; Lips *(Africus)*, del Sudoes te; Zéfiros *(Favonius)*, del Oeste, y Skirón *(Corus)*, del Noroeste. Todos son personajes, ora jóvenes e imberbes, ya maduros y bien barbados que parecen flotar, horizontalmente, a través del aire, llevando cada uno un atributo en la mano. La obra data del siglo I a. d. J.

---

islas: «Se asegura que mediante el examen de los humos del volcán, los habitantes predicen con tres días de anticipación el viento que va a soplar, por lo que opinan que los vientos obedecen a Eolo». *(Historia Natural,* III, 14.)

DIVINIDADES DE LAS AGUAS.
DIVINIDADES DEL MAR.

OKÉANOS Y PONTOS

Los primitivos griegos no sabían que la Tierra era esférica. Creían que era redonda y plana, y que su enorme disco estaba rodeado enteramente por el río OKÉANOS[608]. Estas ideas, que hoy hacen sonreír, eran perfectamente lógicas, si damos el nombre de lógicas a las deducciones que hacían como consecuencia de sus observaciones de los fenómenos acuosos. Veían, en efecto, que el agua caía siempre del cielo; más exactamente, de las nubes que de tiempo en tiempo le cubrían; que muchos ríos y fuentes no poseían agua sino en la época de las lluvias; que unos y otras tenían su origen en las montañas, pues constantemente veían también que la nieve que cubría las cimas, al fundirse, originaba corrientes de agua, o lagos de donde éstas salían. Todo ello les indujo a pensar, como era natural, que si sus fuentes, ríos y lagos existían era gracias a las lluvias. Y puesto que las lluvias eran producidas por las nubes, como estas nubes llegaban de todos los puntos del horizonte, ¿no era lógico suponer que rodeando el disco plano de la tierra tenía que haber un depósito inmenso de agua, que no podía ser sino un *río,* en el que bebían las nubes que luego, al deshacerse, originaban los demás ríos e incluso el propio mar donde estos ríos se volcaban? ¿No era lógico también que creyesen, pues asimismo lo veían, que el Sol y los astros se hundían por Occidente en el seno del gran río, del que salían por Oriente al comenzar el nuevo día? He aquí por qué era natural que Homeros dijese: «Ya el Sol, escalando el cielo desde la plácida corriente del profundo Okéanos...»[609]. «Y cuando la Aurora surge del seno del Okéanos...»[610]. «A poco la brillante luz hundíase en el Okéanos»[611]. Y natural asimismo que considerase al remoto río como «el grande y poderoso Okéanos, de profunda corriente, del que nacen todos los ríos, mares, fuentes y pozos»[612].

Por consiguiente, antes que toda otra divinidad de las aguas, existió entre los griegos la concepción de Okéanos como dios primitivo respecto a

---

[608] V. n. 30, 73, 156 y 439.
[609] *Ilíada,* VII, v. 421-22.
[610] *Odisea,* XXII, v. 197.
[611] *Ilíada,* VIII, c. 485.
[612] *Ilíada,* XXI, v. 195-957.

este elemento, primer principio, elemento creador de todas las cosas[613]. Padre, por lo tanto, de todos los dioses, como dice también la *Ilíada*[614]. Mas como la imaginación de los griegos no podía concebir la generación, salvo casos completamente excepcionales, sino como el resultado de la unión de dos seres de sexo diferente, colocaron al lado de Okéanos a Tethis, *la nodriza;* es decir, el agua considerada como principio femenino fecundante.

El hecho de que posteriormente Poseidón llegase a ser el gran dios de las aguas, fue una simple consecuencia de la mitología sabia. De la distribución que Hesiodos hizo del Universo entre Zeus, él y Haides, tras la victoria sobre los Titanes. Pero antes de ser inventado Poseidón había ya otros dioses del elemento líquido, como vamos a ver en seguida, empezando por los del mar. El mar, PONTOS, uno de los elementos primitivos del Mundo, engendrado por Gaia (la tierra), ella sola esta vez (pues entonces no había aun elemento macho), así como a Ouranos (el Cielo) y las Montañas. Uniéndose al punto con Pontos, dio nacimiento a Nereus[615].

NEREUS, PROTEUS, TAUMAS, FORKUS Y GLAUKOS

NEREUS, «el anciano del mar» *(geron halios),* era un dios bondadoso y benéfico[616]. Es la personificación de uno de los aspectos del mar; representaba al mar tranquilo que con su plácida y grandiosa hermosura invita a navegar o a extraer de su seno fecundo, para nuestro regalo, los animales comestibles que le pueblan. Nereus vivía con sus hijas, las Nereidas, en una gruta brillante (palacio de luz), situado en el fondo del mar. Las Nereidas eran también divinidades amables y benéficas. Los nombres que les da Hesiodos recuerdan los beneficios que procura el mar, las riquezas de las cuales es manantial para el hombre, las facilidades que da al comercio y al tráfico de mercancías. Las Nereidas fueron asociadas luego al cortejo de Poseidón y de Amfitrite. Y al de Afrodite, considerada como diosa marina. De tal modo eran miradas como ninfas bienhechoras y favorables, que la creencia en ellas no se ha borrado aún completamente

---

[613] Como lo será más tarde en Herakleitos.

[614] *Ilíada,* XIV, v. 201.

[615] V. n. 78.

[616] «*Nereus* no engaña a nadie dada su bondad. Ni olvida jamás las leyes de la equidad. No tiene otros pensamientos que los de justicia y rectitud.» (Hesíodos: *Teogonía,* v. 233 y sig.)

del espíritu de los griegos modernos. En cuanto a su carácter de divinidades, según Pausanias, fueron honradas al pie del Pelión al mismo tiempo que Tethis y Peleis. Y en Kardamile[617].

Otro dios marino que compartió con Nereus el calificativo de «anciano del mar» (tenía asimismo ciertas propiedades que les hacía comunes: por ejemplo, la de poder transformarse en toda suerte de animales y elementos, y la de poseer, como Nereus, gran sabiduría), era PROTEUS[618].

En ciertas partes de Grecia, especialmente en las costas occidentales, «el anciano del mar» era llamado FORKUS. Según otras leyendas, Forkus era uno de los hijos de Gaia y Pontos, y, por lo tanto, hermano de Nereus[619]. Forkus parece expresar la idea del mar agitado. Su nombre recuerda el color blanquecino de la espuma del mar[620].

Otro genio marino era TAUMAS[621]. Taumas se unió con Elektra (la brillante, la radiante), hija de Okéanos. Esta pareja era como la encarnación de los reflejos admirables del cielo en las olas, a las que llena de luz y de color. Su unión produjo nuevos meteoros celestes: Iris, el arco

---

[617] Pausanias, II, 1, 7; III, 26, 5.—Kardamile, ciudad de Messenia, hoy Scardamula.

[618] V. n. 211. Véase también en el canto IV de la *Odisea* el interesantísimo encuentro entre esta divinidad marina y *Ulises;* cómo se transformó en león, serpiente, pantera, jabalí, agua y árbol para escapar a las preguntas del héroe. Precisamente por el hecho de poder tomar a voluntad las más diversas formas simbolizaba a las olas fugitivas, vagas e inaprensibles, hasta el momento en que encadenadas por los vientos suaves son llevadas a apagarse, a morir, en la orilla. Según Herodotos, *Proteus,* en vez de ser una divinidad marina, había tenido existencia real y había reinado en Egipto en tiempos de *Menelaos.* Cuando *Helene* y *París* fueron arrojados por una tempestad en las costas de Egipto, les condujeron ante Proteus, que reinaba en Menfis. Proteus se quedó con Helene y despachó a París, que volvió a su país. Más tarde, una vez los griegos ante Troya, reclamaron a Helene. *Príamos* les hizo saber que no estaba con ellos, pero no lo creyeron y fue la guerra. Una vez la ciudad tomada vieron, en efecto, que no estaba. Entonces fueron a reclamarla a Proteus, que se la devolvió sin dificultad. Esta leyenda sirvió a Eurípides para su *Helene,* bien que introdujo en ella algunas modificaciones. Por ejemplo, Proteus no era rey de Menfis, sino de Paros. Paris lleva a Troya no a Helene (que *Hermes* confía a Proteus por orden de *Hera),* sino un fantasma hecho a su imagen por la diosa, etc.

[619] V. n. 78.

[620] La *Odisea* (I, v. 71) hace hija suya a *Toosa,* la ninfa de las tempestades. Y Píndaros dice que las *Gorgo* son también hijas suyas.

[621] V. n. 78.

de su nombre que suele aparecer tras las tormentas, y las Harpías, los vientos violentos que con su furia arrebatan todo.

Personaje marino también era GLAUKOS, que de simple pescador (se le hacía hijo de Antedón, fundador de la ciudad de su nombre, y de Halkioné; o de Poseidón y una Náyade), tras haberse hecho inmortal, consiguió, como era natural, la divinidad. Obtuvo el primer beneficio a causa de haber comido, por casualidad, cierta hierba; o bien, de creer a Pausanias[622] y a Strabón[623], por haberse precipitado desde lo alto del promontorio de Antedón, en el canal de Euboia. Al llegar al agua, las diosas marinas, admiradas (hembras al fin, no podían dejar de ser sensibles a las proezas masculinas), le purificaron. Entonces, Glaukos, tras tomar una forma nueva (sus hombros se ensancharon, la parte baja de su cuerpo se transformó en cola de pescado, sus mejillas se cubrieron de una barba espesa, color, como su tez, de un precioso broncíneo verdeazulado); tras modificarse tan ventajosamente para vivir, como iba a hacerlo en adelante, como el más hermoso de los besugos, quedó convertido en divinidad no solamente marina, sino profética incluso. Y, además, fue el emblema vivo de la ola verdeazulada que refleja, deslumbrante, el azul inmaculado del cielo en los días de bonanza[624].

TRITÓN

Aún citaré a TRITÓN. No quisiera que, de olvidarle, se enfadase conmigo. Pues fue un dios poderoso y terrible según el autor de su poema la *Tritogeneia,* y quién sabe si, dada la inconstancia de tiempos y cosas, no lo vuelve a ser aún un día[625]. Tritón era desconocido en los poemas homéricos. Fue traído a Grecia por los marinos que de Sicilia pasaron a África, donde se había formado su leyenda (en la costa de Libia). Aquí era un dios benéfico (había protegido a los Argonautas a raíz de un naufragio) y de gran sabiduría, como todos los dioses del mar (esta sabiduría era como el emblema de la grandeza y antigüedad del elemento en que vivían); pero ya digo que posteriormente el autor de la *Tritogeneia* modificó su carácter e hizo de él una divinidad poderosa, gigantesca y terrible, imagen del mar cuando se enfada; de los mugidos de las olas

---

[622] IX, 22, 6.
[623] VIII, 405.
[624] V. las líneas admirables que le dedica Renán (inspirándose en un estudio de E. Vinet sobre el *Mythe de Glaucus el Scylla),* en sus *Etudes d'histoire religieuse,* p. 21-22.
[625] V. n. 178 y 424.

desencadenadas; «del ruido con que rueda la ronca tempestad». Me he acordado de este verso de Zorrilla, porque precisamente Tritón era lo más escandaloso que nadaba entre dos aguas. Jamás dejaba de la mano una enorme caracola marina. Y cuando se le ocurría soplar en ella, le arrancaba sones de incomparable potencia. Qué ruido haría, que cuando la lucha entre dioses y Titanes, la hizo resonar de tan espantoso modo, que estos últimos echaron a correr aterrados[626].

LEUKOTEA, PALAIMÓN, SKILLE Y CHARIBDIS

La mitología cita aún a varios personajes relacionados especialmente con el mar, pero que no son divinidades de este elemento. O si llegaron a serlo fue incidentalmente. Por ejemplo, Leukotea y Palaimón, nombre de Ino y de su hijo Melikertes[627], cuando tras su muerte fueron deificados[628]. Citaré también a Skille (Escila por mal nombre), el monstruo marino[629] que devoró a seis de los compañeros de Ulises. A Charibdis, el otro monstruo del estrecho de Mesina (eran vecinas; vivían a un tiro de flecha), hija de la Tierra y de Poseidón. Zeus la fulminó a causa de su voracidad (que no se me acuse de parcial, pero en nombre y representación de los que gozan de buen apetito no tengo más remedio que protestar de tal conducta), y de propina la precipitó en el mar. En él quedó transformada en un monstruo que devoraba cuanto pasaba a su alcance. Y constantemente agua, que sorbía a toneles para escupirla al punto tras haber engullido cuanto de sólido encontraba dentro. Los navíos, lo mismo; se los tragaba y luego soltaba tan sólo las tablas muy descompuestas,

---

[626] Hygin: *Poet. Astron.,* II, 23.

[627] V. n. 274.

[628] A la muerte de *Semele,* la madre de *Dionisos, Ino,* mujer de *Atamás,* consiguió de éste que acogiesen al niño-dios tan amado de *Zeus.* Pero *Hera,* furiosa por ello, les volvió locos a ambos. Atamás mató a *Learchos,* su hijo mayor, de un flechazo, tomándole por un ciervo (o contra una roca creyendo que era un cachorro de león), mientras que Ino, tras echar al hijo menor, *Melikertes,* en una caldera llena de agua hirviendo, se arrojó luego con su cadáver al mar. Entonces las divinidades marinas tuvieron piedad de ella y la transformaron en una nereida, con el nombre de *Leukotea* (la Diosa Blanca), y a su hijo en el pequeño dios *Palaimón,* divinidades ambas favorables a los navegantes. Más tarde, en Roma, Leukotea fue identificada a *«Mater Matuta»* (cuyo templo estaba en el *«Forum Boarium»,* no lejos del puerto de Roma), y a Palaimón con *Portunus,* rey de los puertos, que tenía su santuario en el mismo barrio.

[629] V. n. 424.

Ulises tuvo la fortuna inmensa de escapar dos veces seguidas a su insaciable apetito[630].

LAS SIRENAS

Otros monstruos poco graciosos eran las SIRENAS, demonios marinos mitad mujer, mitad pájaros, que son mencionados por primera vez en la *Odisea*[631]. Atraían con su dulcísimo canto a los navegantes, y cuando los incautos se acercaban, el barco rompíase contra los escollos, los infelices iban en busca de otras armonías al Infierno o a los Campos Elíseos, y ellas bajaban y devoraban sus cadáveres. Pero un oráculo había predicho que el día que cruzase un navío sin hacerles caso, morirían, y tal ocurrió al pasar por allí Ulises. Desesperadas, se arrojaron al mar y se ahogaron. Sobre su origen había varias leyendas. Ovidio dice que en un principio no tenían alas (en la *Odisea* eran dos y luego su número creció hasta cuatro), pero que, compañeras de Perséfone, cuando ésta fue raptada por Haides, pidieron alas a los otros dioses con objeto de poder buscarla por tierra y mar. Otra tradición dice, por el contrario, que fue Demeter quien las transformó, en castigo a haber dejado que su hija fuese raptada. Otra aún, que su segundo estado fue obra de Afrodite: ésta, sobre quitarles su hermosura, las cubrió de plumas, por despreciar, como se alababan por lo visto de hacerlo, los dulces placeres del amor. En fin, que habiendo querido rivalizar, en el canto, con las Musas, éstas, irritadas, las habían vuelto pájaros.

SARÓN

También se suele citar, a causa de haber muerto en el mar, a Sarón, rey legendario de Trezene. Sarón había levantado al borde del mar un templo a Artemis, tan suntuoso, que a causa de él el golfo de Trezene era llamado «golfo de Foibé». Ni que decir tiene que Sarón era un cazador empedernido. Tan apasionado, que un día en que una cierva, a la que perseguía, se lanzó al mar, esperando escapar, él se tiró de cabeza tras ella. Y tanto nadó por alcanzarla, que llegó un momento en que, falto de fuerzas, se ahogó. Su cuerpo, traído por las olas, fue recogido no lejos del templo suntuoso. Como era rey de la región, el golfo volvió a cambiar su nombre y en adelante fue y sigue siendo el golfo de Sarónica.

---

[630] V. el canto XII de la *Odisea*.
[631] V. el canto XII.

DIVINIDADES DE LAS AGUAS DULCES

LOS RÍOS

Los ríos, según Hesiodos, eran hijos, como las Oceánidas, de Okéanos y de Tethis. El poeta cita por sus nombres a 25 de los primeros y a 41 de éstas. Pero eran unos y otras muchos más. Tres mil de cada clase, y puede que me quede corto. Los griegos, en efecto, en virtud del antropomorfismo, tras personificar a los ríos, dieron a cada uno, con objeto de justificar su nombre y su progenitura, una leyenda; y tras todo ello, el culto correspondiente. Pero el culto a ríos y corrientes de agua, concebido de un modo vago e impersonal, era práctica antiquísima. Su origen tal vez habría que ir a buscarle, si se pudiera, a los orígenes mismos de las razas. En los *Vedas* los ríos son divinizados ya frecuentemente, como potencias benéficas y saludables. Y era lógico que así ocurriera, puesto que en todo tiempo el hombre encontró en ellos gran parte de cuanto necesita para la vida. El agradecimiento mismo le llevaría, pues, a deificarlos y a rendirles culto. En todo caso, cosa innegable es que en las márgenes de los ríos caudalosos se formaron las grandes civilizaciones y los Imperios, que la navegación fluvial debió preceder a la marítima y que pueblos enteros, como Egipto debieron su vida (y siguen debiéndola), o cuando menos su prosperidad, a un río.

En Grecia los ríos no solamente eran considerados como potencias benéficas y saludables, sino como elementos creadores y purificadores. Es decir, con virtudes análogas, en lo que a este último punto afecta, a los santuarios de Apolo. «No atraveséis jamás las aguas de los ríos, dice Hesiodos, sin haber pronunciado una oración con los ojos fijos en sus magníficas corrientes y sin haber mojado vuestras manos en la onda agradable y límpida. El que cruza un río sin purificar sus manos del mal con que están manchadas, atrae sobre él la cólera de los dioses, que más tarde le envían castigos terribles»[632].

Antes que él, Homeros no solamente había dado a los ríos una genealogía, haciéndoles, como luego Hesiodos, hijos de Okéanos, sino que, consecuente con la opinión griega de hacer a los ríos protectores especiales de la juventud (como emblema que eran de la fecundidad), recuerda la costumbre, en ciertos lugares, de que los jóvenes de uno y otro sexo se reuniesen un día marcado de cada año a orillas de determinados

---

[632] *Los Trabajos y los Días*, v. 735 y sig.

ríos para ofrecer sus cabelleras, que previamente se cortaban, al dios que la corriente representaba. Pues bien, Homeros evoca esta práctica piadosa en la emocionante escena en que se ve a Aquiles hacer lo mismo en honor de Patroklos, tras invocar al río de su patria: el Sperchios[633].

Aunque todos los ríos eran considerados en Grecia como divinidades, los principales, sobre tener una leyenda importante, recibían culto especial. Entre ellos merecen citarse los siguientes: En primer lugar el Acheloos[634], el Acheloos de Etolia, porque había en Grecia seis ríos que llevaban este nombre. Luego, el Asopos[635], río de importante leyenda y de numerosa prole, cuya suerte fue tan variable como pintoresca. En seguida el Alfeios, el más grande de los ríos del Peloponeso, cuyo culto pasó a Sicilia en unión del de Artemis, a la que, por cierto, varias leyendas decían que Alfeios había tratado de seducir (la diosa resistió siempre), y lo mismo a varias Ninfas (tal vez por hacer picar, por celos, a la diosa). A una de éstas, Aretousa, a la que perseguía infatigablemente con el objeto de hacerlo aún mejor, se aficionó a la caza (a la otra caza, pues para la de ninfas tenía, sin duda, disposiciones innatas). Y de tal modo llegó a asediarla, que para librarla de él Artemis la transformó en fuente. Pero ni por ello escapó, pues el dios-río se las arregló para mezclar con ellas sus aguas.

Hay que citar también al Ilisos, el río de Atenas, cuya imagen fue esculpida por Fidias en el frontón occidental del Partenón. Y en Esparta, al Eurotas. Eurotas era nieto de Lelex (primer rey de Laconia, «nacido del suelo») y padre de Sparta (eponio de la ciudad de su nombre). Una leyenda dice que como fuese vencido en una batalla por no haber esperado, antes de entablar el combate, a que brillase la Luna llena, desesperado se arrojó al río, que entonces era llamado Himera, y que a partir de aquel momento recibió su nombre. En sus orillas, llenas de mirtos y adelfas, ocurrieron cosas notables: Zeus se unió con Leda; Apolo lamentó mucho tiempo inconsolable la pérdida de Dafne; Kástor y Poludeikes se ejercitaban allí en la lucha; Helene había sido raptada por Paris; Artemis gustaba de cazar con sus compañeras y su jauría; todo ello sin contar que sus aguas tenían la propiedad de fortificar no solamente el cuerpo, sino el alma.

Aún habría que mencionar al Pamisos, adonde los mesenios iban en primavera en unión de sus reyes para implorar del río la independencia de

---

[633] *Ilíada*, XXIII, v. 141 y sig.
[634] V. n. 143.
[635] V. n. 104.

su patria. Al Neda, donde los jóvenes de uno y otro sexo de Elide y Messenia acudían, como dicho queda, a ofrecer sus cabelleras. Al Ladón, en cuyas márgenes el dios Pan encontró a la ninfa Sirigx[636], y al mencionado Inachos[637].

El culto de los ríos estaba también muy extendido en Asia Menor y en diversos países. Respecto al Asia Menor, me limitaré a citar dos particularmente conocidos a causa de su intervención en la *Itíada:* el Skamandros y el Simoeis[638].

NINFAS Y NÁYADES

Las Ninfas eran las *mujeres jóvenes* que poblaban campos, bosques, fuentes, manantiales y lagos. Estas, las de las aguas, eran llamadas especialmente Náyades *(Naides,* en griego). Por consiguiente, las Náyades eran las Ninfas del agua dulce, como las Oceánidas las del mar. El origen, pues, de Ninfas y ríos era el mismo; cosa lógica, puesto que fuentes, manantiales, lagos y ríos tenían como causa la lluvia. Pero mitológicamente, las Náyades tenían genealogía diversa cada una, y cada una su leyenda. Homeros las llama *hijas de Zeus.* En otros sitios son hijas de Okéanos. Pero, en general, eran simplemente hijas de un dios-río, y en el río donde habiendo nacido, habitaban[639].

La creencia en las Ninfas y su culto estaba tan arraigado en Grecia, que Pausanias refiere[640] que aún en su tiempo encontró en vigor, en Arkadia, la siguiente costumbre: en tiempos de sequía, el sacerdote de Zeus *Licio* iba junto a la fuente Hagno, a cuya ninfa trataba de hacerse propicia mediante sacrificios y ruegos. Luego echaba una rama de encina sobre el agua según

---

[636] V. n. 210.

[637] V. n. 597.

[638] V. n. 303.

[639] Tal vez el tipo primitivo de las *Ninfas* helénicas de las aguas sean las *Apsaras,* de la mitología védica, divinidades «que se mueven en las aguas»; las que habitaban en las movibles nubes, de las que personificaban la humedad y acción fecundante. Pero en Grecia dejaron sus moradas celestes para residir en la Tierra, donde, según la *Ilíada* (XX, v. 8), habitaban los bosques, las fuentes y los prados. Si alguna vez dejaban tan gratos lugares era para acudir, como se dice en el mismo canto, a la llamada del Olímpico. La *Odisea* (XIII, v. 102 y sig.) habla también de su residencia en una gruta deliciosa, donde las *Náyades* se entretienen «fabricando purpúreas telas que son el encanto y el asombro de quienes las contemplan».

[640] VIII, 38, 4.

salía del manantial. Pronto se veía al agua agitarse, crecer el movimiento, empezar a cocer, levantarse vapores que subiendo al cielo formaban una nube, esta nube atraer a otras, y deshacerse todas en lluvia que caía como una bendición sobre las sedientas tierras arcadias. «Se non é vero, é bene trovato», que dicen los italianos. Por mi parte, si cuando hace falta lluvia conviene invocar a una entidad extraterrestre, yo invocaría con más gusto, aunque ya soy viejo, a una ninfa que a un santo.

Ninfas y Náyades pasaban por poseer poderes extraordinarios. No solamente hacían llover, sino que curaban las enfermedades. Para ello, para que les lloviese también la salud, los enfermos bebían las aguas de fuentes y manantiales invocando a la ninfa correspondiente, e incluso a veces se bañaban en ellos. Pero con los baños había que tener cuidado, pues con frecuencia el meterse desnudo en un manantial era sacrílego. Y entonces la náyade del manantial profanado manifestaba su cólera, su venganza y su descontento enviando enfermedades misteriosas. En Roma, donde también se creía en las virtudes de las fuentes, le ocurrió a Nerón algo desagradable. Habiéndose atrevido, el irreverente, a meterse en la de Marcia (que proveía de agua a uno de los acueductos más estimados de la ciudad), fue cogido de una especie de parálisis y de una fiebre que le tuvo postrado muchos días. Otro peligro al que se exponían los que disgustaban a las Ninfas y Náyades era la locura: era fama que cuantos las veían eran *poseídos* por ellas y víctimas de extravíos mentales. Esto no es muy de extrañar si se tiene en cuenta los infinitos extravíos de que somos víctimas cuando nos «poseen» esas ninfas corrientes que son nuestras compañeras de planeta.

El origen de muchas genealogías célebres era, con frecuencia, una ninfa o náyade. Asimismo como se ha visto, muchas de las leyendas más lindas corrían a su cargo. En fin, dentro de la palabra *Ninfas* estaban comprendidas no solamente las *Náyades,* ninfas del elemento líquido, sino las *Oreades,* que poblaban las laderas y cimas de los montes; las *Meliades* o Ninfas de los Fresnos[641]; las *Dríades,* ninfas de bosques y encinas, y las *Hamadriades,* que nacían con los árboles, los protegían y compartían su destino.

No era difícil tampoco que una ninfa se enamorase de un mortal. Tal ocurrió como se sabe con Narciso, por quien la ninfa Eco murió de amor[642]. Por cierto, que en Tespiai había dos leyendas a propósito de Narciso *(Narkissos* en griego), en las que no intervenía la ninfa. Una, que

---

[641] V. n. 77.
[642] V. n. 108.

el hermoso joven habiéndose contemplado un día en el espejo de una fuente de agua tan clara que reflejó su rostro de un modo perfecto, quedó tan prendado de sí mismo, que hundió sus brazos en el agua para acariciar y coger aquella imagen, que tan súbitamente había embargado sus sentidos. Y que no habiendo podido conseguirlo, consumido a causa del deseo insatisfecho, murió allí mismo de languidez. La segunda era diferente: Esta contaba que Narciso tenía una hermana que se le parecía como una gota de agua a otra, y de la cual se enamoró ciegamente. Habiendo muerto la joven, Narciso iba todos los días al borde de un manantial con objeto de contemplar su propia imagen, contemplación que le daba la ilusión de ver aún a la adorada muerta. El sentido de esta amable leyenda es claro: Narciso no era otra cosa que la flor de su nombre, que suele crecer libremente, en primavera, a orillas del agua clara, en la que se refleja y admira. Pero al llegar la estación cálida, su tallo se inclina como si buscase su imagen en el agua, pero es que languidece, se aja rápidamente y muere.

DIVINIDADES DE LA TIERRA

«Antes que todo fue el Chaos[643]; luego Gaia, la del ancho seno eterno, inconmovible sostén de todas las cosas»[644]. En Grecia, como en todos los pueblos indo-europeos, la Tierra era una divinidad primordial, lo mismo que el Cielo, su esposo[645]. La Tierra, divinizada por la imaginación griega, recibió tres nombres de acuerdo con las tres personificaciones sucesivas que le fueron dadas: GAIA, REA y DEMETER[646]. Gaia era la tierra considerada como elemento primordial del que todo cuanto existía había salido: la base, el origen y fundamento de todas las cosas[647]. Rea era también la tierra divinizada, pero considerada como generadora, como madre generadora por excelencia, a causa de haber dado nacimiento a los dioses; es decir, como fuente de vida y asiento de toda generación como lo es la tierra misma[648]. Demeter era también una divinización de la tierra,

---

[643] *Chaos,* espacio inmenso y tenebroso que existía antes del origen de las cosas; masa confusa de elementos extendidos por el espacio, Caos.

[644] Hesíodos: *Teogonía,* v. 16-17.

[645] El *Rig-Veda* ya habla del *Cielo* y de la *Tierra.* Los llama la «pareja inmortal, los dos grandes del Mundo». En Grecia, la creencia en la Tierra, cuyo primer nombre fue *Gaia,* como divinidad primordial, no era una simple creencia mística, sino una creencia general, corriente, verdaderamente popular. «Hay filósofos que han escogido como principio universal de las cosas, unos el fuego, otros el agua, otros aun el aire. ¿Por qué no hablan jamás de la Tierra, como hace la gente para quien la Tierra es todo? Por tanto, Hesíodos dice que la Tierra es el primero de los cuerpos; de tal modo es antigua y popular esta opinión». (Aristóteles: *Metafísica,* I, 8, 5.)

[646] V. n. 67, 73, 106 y 325.

[647] Y no era solamente la madre de todos los seres que nacen del suelo y que el suelo nutre, sino, según ciertas leyendas áticas, del hombre mismo, puesto que *Erichionios* había nacido de su seno.

[648] *Rea* fue designada muchas veces con el nombre de *Kibele,* la diosa frigia, y a causa de ello confundida con ella. Pero esta divinidad de la Tierra tenía en Asia Menor un carácter particular, que ni *Gaia,* ni *Rea,* ni *Demeter* tuvieron en Grecia. Kibele no era la diosa de la tierra considerada como elemento primordial, la diosa generadora por excelencia, ni la diosa de los campos cultivados y de los fértiles valles, como sus congéneres griegas, sino la divinidad de la tierra libre y salvaje tal cual la ofrecen las montañas; la *diosa montañera,* como era llamada. La que reinaba en las cimas y en las soledades impenetrables de los bosques. Y como reina de la naturaleza salvaje, hasta los animales que en ésta vivían la obedecían y

pero de la tierra cultivada, de los campos fecundos y prósperos gracias al trabajo de los hombres, de los que era protectora por excelencia a este respecto; y de las semillas y plantas útiles, especialmente el trigo[649]. También PERSÉFONE, SU hija, era, en uno de sus aspectos, divinidad de la tierra, puesto que personificaba a la primavera y, por consiguiente, el resurgimiento de la vida de las plantas de los campos, de la vegetación toda. Como divinidades de la tierra, de la tierra considerada en sus profundidades, estaban HAIDES y todos los genios infernales que hemos visto al ocuparnos de él.

Otra divinidad de la tierra era DIONISOS, e igualmente, bien que de segundo orden, los genios y duendecillos agrestes que componían su cortejo, a saber: Pan, las Ninfas, los Silenos y los Sátiros.

PAN

PAN, el antiguo dios de los pastores de Arkadia, era ante todo esto: el dios nacional de la comarca más agreste, salvaje y montañosa de Grecia. Su nacimiento en ella y hasta su nombre los garantizaba la siguiente leyenda: Cuando Hermes guardaba los rebaños de Driops (el hombre de los bosques de encinas) se enamoró de su hija. Era demasiado pícaro Hermes para no saber enamorar, y a la vez, harto simpático para no ser correspondido; y fruto de aquellos amores fue un niño sumamente extraño, monstruoso se puede decir: nació enteramente velludo, de medio cuerpo abajo como un macho cabrío (atención, hermosas no os dejéis amar en los apriscos) y la frentecilla adornada con dos lindos cuernos. El magnífico personaje, apenas salido del vientre de su madre, escapó saltando como un corzo y echó riscos arriba llenando la montaña con la gracia de sus cabriolas y de su loca alegría. Menos tenía la madre, que asustada (el caso no era para menos) se apresuró a abandonarle. Pero Hermes salió tras él, le dio caza y envolviéndole en una piel de liebre le subió al Olimpos, donde su aspecto, sus piruetas y sus chillidos regocijaron tanto a los Inmortales, «que éstos le dieron el nombre de Pan[650] a causa de haber regocijado a todos»[651]. Esta filiación no fue la única que tuvo el pintoresco dios de la naturaleza agreste; otra le hacía hijo de Penélope, la mujer de Ulises, y de

---

la servían de cortejo. Por ello el representarla siempre con leones que o iban a su lado o tiraban de su carro. (V. n. 86.)

[649] V. n. 106.

[650] *Pan* neutro de *pas* (todo), «a causa de haber producido regocijo a todos».

[651] *Himno homérico a Pan.*

Hermes. ¡De Penélope, que la antigüedad quería transmitirnos, cual cosa sumamente rara, como el prototipo de la esposa fiel! Pero las malas lenguas no descansan; no satisfechas con hacerla compartir su lecho con Hermes, que por ser un dios admitiría excusa, aún inventaron otra leyenda según la cual con quienes se refocilaba la bella mientras su marido peleaba en Troya y corría luego las infinitas y maravillosas aventuras que refiere la *Odisea* (yo he hecho una traducción preciosa, que recomiendo al lector) era con todos y cada uno de sus «pretendientes»; y el fruto, hijo de *todos* bien merecía el nombre de Pan. En fin, otros menos maledicentes le hacían hijo de Zeus y de Hibris, o de Zeus y Kallisto.

Otra bonita leyenda es la relativa a sus amores con Pitis, la ninfa. Pitis (ya el nombre parece evocarnos algo ligero, gracioso, joven, nacarado; seductor) era tan linda que enamoró al mismo tiempo a Pan y a Bóreas. Como era bastante honrada dio preferencia a uno solo: al dios cabrío. Entonces Bóreas, furiosísimo (el viento norte monta fácilmente en cólera y sus cóleras son terribles), se lanzó contra la virgen y tras golpearla bárbaramente la precipitó desde lo alto de una roca. Gaia, compadecida de ella, la transformó en el árbol de su nombre: en pino. Desde entonces la bella conífera sigue mostrando los sentimientos que la animaban cuando era ninfa: corona al amado, a Pan, con su follaje, y gime y se lamenta cuando Bóreas la sacude.

El fracaso amoroso de Pan (digo fracaso, pues no llegó a gozar de la bella ninfa) no impidió, cierto, que el dios silvestre gustase sobremanera de estas divinidades, pues era fama que las perseguía infatigablemente. Dotado de una actividad sexual más que considerable («ninfomanía», se ha llamado después a la pasión amorosa exagerada, pensando en él), agazapábase en matorrales y rocas para sorprenderlas; si se le escapaban no desdeñaba tampoco a los lindos pastorcillos; incluso decíase (conste que yo me lavo las manos; repito lo que he aprendido) que en momentos de penuria sexual contentábase por sí mismo. Además de ninfas y efebos, entre sus placeres diarios estaban la música y la danza (se le hacía inventor de la flauta). Era, además, cazador, curandero y adivino. Posteriormente, la metafísica platoniana encarnó en él la personificación del Gran Todo; es decir, la síntesis misma del paganismo en el momento en que el paganismo moría. Ploutarchos cuenta[652] cómo se tuvo noticias, en tiempos de Tiberio, de la muerte del Gran Pan.

En la época clásica, el centro principal de su culto fue Atenas. Si no tenía grandes santuarios como otros dioses, sí, en cambio, ocupaba un

---

[652] V. mi traducción de *Los Tratados.*

puesto importante en la devoción popular. Tras Maratón fue admitido entre el número de los grandes dioses reconocidos por el Estado. Entonces, se le consagró una de las grutas de la vertiente Norte de la Akrópolis; y se instituyó en su honor una fiesta anual con su correspondiente carrera de antorchas.

El dios que correspondía en Roma a Pan era SILVANUS, dios de los bosques, de los campos, de las casas rústicas y de los rebaños; es decir, lo mismo que otro dios romano, FAUNUS, dios campestre asimismo y profético, como Pan, y que por gustar como éste de montes y riscos, con él puede ser comparado también.

De la gran ilusión de Pan, las NINFAS, ya me he ocupado al hablar de las divinidades del agua. Añadiré que se dividían en varios grupos perfectamente distintos; a saber: las *Oreades* u *Orestiades,* ninfas de las montañas; las *Agronomoi,* ninfas de los campos; las *Dríades, Amadriades* y *Melíades,* ninfas de los árboles, y las *Náyades,* ninfas de las aguas.

En Roma, la concepción de las Ninfas fue mucho más restringida que en Grecia. Los romanos no veían ni honraban en ellas sino a las divinidades del agua; especialmente de las aguas termales.

En Grecia, su culto, aunque sencillo fue general. Como solían ser divinidades locales, se las adoraba allí donde cada una de ellas estaba vinculada; es decir, donde se admitía que vivían: fuente, manantial, río, árbol o gruta. El caso de Nisa, nodriza de Dionisos, que fue adorada oficialmente por el Estado ateniense, era una excepción. Esta ninfa era tan considerada, que se sabe por una inscripción, que sus adoradores oficiales tenían sitios especiales en el teatro. Se rendían a las Ninfas honores parecidos a los que recibían los dioses; sacrificios y demás. Pausanias dice que en las ceremonias en su honor estaba proscrito el vino. No obstante, es cosa sabida que en Sicilia, por ejemplo, los naturales del país danzaban, esperando agradar con ello a las Ninfas, cuando estaban completamente borrachos.

LOS SILENOS Y LOS SÁTIROS

Los SILENOS eran confundidos con frecuencia en los textos griegos, con los SÁTIROS[653], pero en realidad ni tenían el mismo origen ni el mismo carácter. Los Sátiros eran los demonios de las montañas griegas y

---

[653] «Se da el nombre de *Sílenos* a los Sátiros viejos». (Pausanias, I, 23, 5.) Platón, en el *Banquete,* parece confundir también a Silenos y a *Sátiros.* (Véase mi tradicción de este diálogo en esta «Colección La Crítica Literaria».)

solamente griegas, mientras que los Silenos nacieron de tradiciones pertenecientes a la religión del Asia Menor y de Frigia. Los Silenos[654] asiáticos no eran, como los Sátiros, espíritus elementales de bosques y montes, sino genios machos de fuentes y ríos. Luego entre Silenos y Sátiros se puede establecer, entre otras, la misma diferencia que entre Náyades y Ninfas, sin contar que su forma no era la misma. Los Sátiros tenían la parte inferior del cuerpo como las cabras, los Silenos como los potros. Aquéllos, la pezuña bífida; éstos, entera. Y la cola lo mismo.

Los SÁTIROS, aquellos ardientes y lascivos genios de bosques y montañas, consiguieron humanizarse cuando Atena les dio ciudanía. Es decir, cuando los elevó a la categoría de personajes poéticos e incluso concedió su nombre a un género particular de drama, pero primitivamente eran simples demonios de la Naturaleza. En el cortejo de Dionisos entraron, también en Atenas, hacia el siglo vi. El más importante de los Sátiros fue MARSIAS[655]. El prototipo de los Silenos y el que les dio nombre, SILENO. Padre adoptivo de Dionisos, su leyenda se constituyó tarde. Se le decía, generalmente, hijo de una ninfa y de Pan. Había sido criado en Nisa, de donde fue rey. Las ninfas le encomendaron la educación de Dionisos, al que luego acompañó al Ática. Era sabio y profeta, pero, como he referido en la nota 226, había que arrancarle su ciencia por la fuerza. Se le representaba (y a todos los Silenos lo mismo), con cara ancha y jovial, orejas de cerdo, cabeza calva y un vientre panzudo. Montado, además, sobre un asno. El arte romano solía hacerle llevar sobre la espalda su atributo esencial: un odre.

PRIAPOS

Al cortejo de Dionisos pertenecía también PRIAPOS, gran dios de la ciudad asiática de Lampsakos (Misia), donde por lo visto, según Ateneo, su nombre no era sino un seudónimo del de Dionisos. Pero luego se los diferenció y a Priapos le fue atribuida su genealogía propia. Generalmente se le decía hijo de Dionisos y de Afrodite. O de Afrodite y de Adonis. O de Zeus y Afrodite. En fin, una cuarta leyenda explica incluso su deformidad del modo siguiente: Cuando Afrodite apenas nacida fue al país de los etiópicos (país que, como ya he dicho en otra parte, los dioses gustaban visitar, e incluso asistir a los banquetes que en su honor daban sus habitantes), Zeus, al verla, se enamoró de ella. El resultado,

---

[654] V. n. 226.
[655] V. n. 219.

naturalmente, no se hizo esperar. Y estando la sublime diosa a punto de traer al Mundo el fruto de su primera pasión, Hera, no solamente rabiosa de celos, sino sospechando que el hijo que naciese, por reunir la hermosura de la madre al poder del padre, fuese funesto al influjo de los demás inmortales, le tocó el vientre. Pero de tal manera y formulando al hacerlo tan terrible voto, que hizo que el niño saliese deforme. En efecto, Priapos vino al Mundo dotado de un miembro viril enorme, desmesurado. Afrodite, al ver aquello, temiendo que el prodigioso apéndice sirviese de burla a los dioses *(meden agan,* nada en exceso, decía entre otras cosas razonables la sabiduría que las divinidades inspiraban a algunos griegos), le abandonó en la montaña. Encontrado por unos pastores, éstos le criaron y cuidaron. A esto era debido el carácter rústico de este genio forestal que representaba, de modo general, la energía productiva de la Naturaleza. La potencia fecundadora de la Naturaleza tanto vegetal como animal. A causa de ello era itifálico, como Pan y como Hermes Nomios. En los misterios dionisíacos, Priapos fue el símbolo del poder fecundante de la Naturaleza.

A todos estos dioses secundarios que formaban la aristocracia, por decirlo así, del cortejo de Dionisos, se juntaban una multitud de geniecillos menores que si no llegaron, por lo general, a tener culto ni puesto siquiera entre las leyendas, sí en el arte que se complació en representarles. Citaré los principales. El primero a *Ampelos*[656], hermoso adolescente amado por Bakchos, que de ordinario era representado apoyándose en él tiernamente. *Heduoinos* (el vino dulce); se le reproducía en forma de un sátiro medio tumbado. *Oinos* (el vino), que bailaba llevando en las manos una antorcha inflamada. *Akraios* (el vino puro). *Mete* (la borrachera), representada como una mujer que llenaba hasta el borde las copas de sátiros y silenos. Ahora los genios musicales: *Molpos* (el canto escandaloso). *Hedumeles* (la dulce melancolía; entiéndase la borrachera incompleta y sentimental). *Komos* (la procesión alegre y tumultuosa de Bakchos; este Komos era representado bajo los rasgos de un niño adornado con la nebride[657] y una antorcha en la mano. *Komodia* (la comedia, es decir, el canto del *komos). Ditirambos, Teleté* (la iniciación), etc.

---

[656] Éste sí tuvo leyenda y vida poética. (V. Ovidio: *Fastos,* III, 409.)
[657] Nebride, túnica formada con la piel y plumas de un pavo real.

ARISTAIOS

Otro enamorado de la naturaleza agreste era ARISTAIOS[658]. Menos salvaje que Pan, gustaba más de los valles alegres y de los campos bien cultivados que de montañas umbrías y de las alturas ricas en fuentes y manantiales. Hijo de Apolo y de Kirene y confiado por Hermes a Gaia y a las Ninfas (que le alimentaron con ambrosía a causa de lo cual era inmortal), creció en plena naturaleza y educado cuidadosamente en toda clase de artes rústicas por sus avisadas nodrizas. Además de poseer por su padre la ciencia de curar y el don profético, y de personificar la acción benéfica que ejerce el Sol en la tierra, presidía la guarda de los rebaños, la caza, el cultivo de las abejas, el arte de cuajar la leche, la plantación de los árboles (especialmente el olivo) y el cuidado de las viñas. En una palabra, cuanto competía a un genio campestre perfectamente instruido en lo que a la agricultura e industrias rurales se refiere. No en vano era llamado como era llamado: Aristaios (el *excelente).*

DAFNIS

Criado también por las Ninfas y originario de los altos valles sicilianos, fue DAFNIS, niño favorecido por la Naturaleza, nacido en un bosque de laureles consagrado a las divinidades que se encargaron de él[659]. Este semidiós siciliano era el fruto de los amores de Hermes y de una ninfa. Llegó a ser el más hermoso de los pastores de la isla. Tan hermoso que otra ninfa, Liké *(la luminosa),* se enamoró de él. Pero de tal modo, que le hizo prometerle que jamás amaría a otra mujer. Si faltaba a su promesa, le amenazó con dejarle ciego. Fácilmente y de buena fe promete y jura el que ama. Pero luego es tan difícil librarse de ciertas asechanzas. Durante mucho tiempo, Dafnis resistió a las mil tentaciones que su hermosura y sus gracias (era habilísimo tocador de flauta y cantaba mejor aún que tocaba) le deparaban por todas partes, pues mujeres y ninfas querían a porfía que tomase como flauta su boca, y por motivo de sus canciones los poemas que le decían con ojos y labios. Hasta que un día, una de sus enamoradas, la más enamorada o la más atrevida (y enamorada de calidad, pues era la hija de un rey), harta de esperar, acudió, para vencer sus escrúpulos, a la gran arma de su sexo: la astucia. Breve, le embriagó. Y ya,

---

[658] V. n. 349.
[659] *Dafnis* de *dafnis,* baya de laurel.

sólo en libertad los sentidos, o al menos el que ella quería... Y el castigo no se hizo esperar. Privado de la luz, Dafnis trató de consolarse con el sonido de su caramillo y la dulzura de sus propios cantos, que empezaron a repetir, aun con más frecuencia, el eco de montes y valles. Hasta que una tarde, extraviado, cayó desde lo alto de una roca.

Otra leyenda, menos triste pero también menos bella, cuenta sus amores con otra ninfa llamada Pimplea o Talía. Esta, en pleno idilio y antes de hacerle prometer algo funesto, fue arrebatada por unos piratas que la vendieron como esclava al rey Litierses. Dafnis, buscándola, enloquecido de amor, por todas partes, no paró hasta llegar a Frigia. Mas por tratar de libertarla fue él mismo hecho cautivo. Y le hubiera cabido la suerte que el rey destinaba a sus huéspedes, sin la oportuna llegada de Herakles, el gran «desfacedor de entuertos». Quijote de la mitología griega, que tras matar al monarca, puso en el trono a Dafnis y a su amada. Sosisteos[660], el poeta alejandrino, compuso un drama satírico con esta leyenda.

En Roma, *faunos* y *silvanos* eran lo que sátiros y silenos en Grecia, divinidades campestres menores. Del mismo modo que la personalidad de Faunus acabó por disolverse en una multitud de pequeños genios rurales, los faunos, lo mismo le ocurrió a Silvanus. Este dios, que cuando la mitología griega fue introducida en Italia, acabó por identificarse con Pan, ya había empezado por tomar un aspecto múltiple. Cuando un agrimensor romano nos dice que «cada propiedad contaba con tres Silvanos: uno llamado *domesticus,* destinado a la guarda de la casa; el segundo, apodado *agrestis,* que se ocupaba de los rebaños, y el tercero *orientalis,* consagrado en un claro que formaba la línea de demarcación de la propiedad con los colindantes», se comprende que este dios estaba destinado a proliferar en una multitud de diosecillos menores adaptados a todos y cada uno de los usos campestres.

VERTUMNUS

VERTUMNUS no solamente presidía los cambios de las estaciones, sino que era el dios de los árboles frutales. Ovidio habla en sus *Metamorfosis* de los amores de Vertumnus con Pomona, diosa que presidía asimismo el cultivo de los frutales. Vertumnus tenía el privilegio de cambiar de forma a su capricho; y se valió de ello para hacerse amar de Pomona. Esta pareja feliz envejecía para rejuvenecer luego, periódicamente. En estos cambios

---

[660] Poeta griego del siglo III a. de J. que intentó restaurar el drama satírico.

no hay dificultad en ver la sucesión de las estaciones. Ovidio lo indica asimismo al decir que Vertumnus tomaba sucesivamente la figura de un labrador (primavera), de un segador (verano), de un viñador (otoño) y de un anciano (invierno). Tuvo un templo en Roma, en el mercado de legumbres y frutas, de los que era dios tutelar. Otra diosa romana de los agricultores era FLORA[661].

PALES

PALES era una de las antiguas divinidades romanas protectoras de pastores y rebaños. Unas veces hacían de él un genio masculino y otras femenino. Su fiesta, las *Palilies,* se celebraban el 21 de abril. Ovidio las describe con todo detalle en sus *Fastos*[662]. Empezaban mediante una gran ceremonia de purificación. Se echaba sobre las ovejas el agua lustral y luego se purificaban los establos con azufre. En los hogares no se quemaba aquel día sino leña de pino. A la diosa se le ofrecían bollos hechos con mijo y leche. El rezo que se acompañaba a la ofrenda era repetido tres veces. Luego venían los grandes fuegos hechos con paja, como los de San Juan. Asimismo sobre las nogueras se saltaba tres veces con objeto de purificarse. César intentó transformar esta fiesta en otra pública para conmemorar la batalla de Munda, ganada por la misma época. También se decía que las Palilies coincidían y eran como el aniversario de la fundación de Roma por Rómulus.

TERMES O TÉRMINUS

TERMES O TÉRMINUS era el dios que presidía los límites de los campos, función que durante mucho tiempo fue encomendada a Júpiter. Quizá a causa de ello su capilla se levantaba en el Capitolio en el interior del templo consagrado al padre de los dioses. En todo caso contaba con una leyenda que lo justificaba. Decíase, en efecto, que cuando se trató de construir en el Capitolio el templo consagrado a Júpiter Optimus Maximus, las numerosas divinidades de las diferentes capillas que había en el lugar aceptaron retirarse con objeto de ceder el sitio al dios todopoderoso. Sólo Términus se negó a partir. A causa de ello hubo que dejar su santuario dentro del gran templo. La introducción en Roma de Términus era atribuida, como la de la mayor parte de las divinidades

---

[661] V. n. 349.
[662] *Fastos,* v. 727 y sig.

agrícolas, a *Titus Tatius*[663]. Su fiesta, llamada *Terminalia,* ce celebraba cada año el 23 de febrero. Sobre JANUS, véase la nota 147.

JUTURNA

JUTURNA era una ninfa de las fuentes que primitivamente fue honrada a orillas del Numicius, no lejos de Lavinium y cuyo culto fue luego trasladado a Roma, en donde se dio el nombre de *Pilón de Juturna* a un manantial situado en el Forum romano, no lejos del templo de Vesta e inmediato al templo de los Dios-kouroi (Kástor y Poludeikes), de los que se la decía hermana. Como la mayor parte de las divinidades de los manantiales, pasaba por favorable a la salud. Los poetas de la época imperial hicieron de ella la hija del rey mítico Daunus y la hermana de Turnus, el enemigo de Aineias. Virgilio hasta la hace tomar parte en la lucha al lado de su hermano. A causa de haber sido amada por Júpiter, y en recompensa, recibió la inmortalidad, y desde entonces reinó sobre los manantiales del Latium. Ovidio cuenta que era esquiva a los deseos del amo de los dioses, y que de tal manera le huía, que éste tuvo que reunir a las demás ninfas y valerse de ellas para poder cogerla. Pasaba también por esposa de Janus y por madre de Fontus, el dios de las fuentes.

CARMENTA

CARMENTA, ninfa hija del río Ladón, era, según la leyenda romana, madre de Evandros (el fundador de Pallanteum, ciudad que se levantaba en el Palatino, antes de la fundación de Roma por Rómulus), con el que había venido de Arkadia cuando él fue expulsado de este país (se contaba que por haber asesinado a su padre en defensa de su madre) y vino a refugiarse a Italia. Carmenta poseía en grado superior el don de profetizar. Vivió ciento diez años; su hijo la enterró al pie del Capitolio, no lejos de la puerta *Carmentalis,* llamada así precisamente en recuerdo de la extraordinaria profetisa. Carmenta tuvo un templo en Roma, cerca del Capitolio, y un doble altar no lejos de la puerta de su nombre. Este altar estaba dedicado a las dos formas, *Postvorta* y *Antevorta,* mediante las que la invocaban con todo respeto y veneración, las madres que iban a tener un hijo, a causa de ser ella la que fijaba el destino de los que iban a nacer, empezando por este nacimiento; es decir, con el primer nombre si presentaban la cabeza, y el segundo si, por el contrario, los pies. Según

---

[663] V. n. 147 y 261.

Ovidio, se sacrificaba dos veces en su honor con objeto de asegurar la conservación de la descendencia. Sus fiestas, la *Carmentaíia,* se celebraban del 11 al 15 de febrero.

DIVINIDADES ESPECIALMENTE RELACIONADAS CON LA VIDA HUMANA

LAS RAZAS, EL DILUVIO Y DEUKALIÓN

Ni las teogonías ni las cosmogonías griegas se ocuparon (no tenían por qué) del origen del hombre. El objeto de las primeras era, como su nombre indica, trazar el cuadro de las generaciones divinas; si incidentalmente se ocuparon de la formación del Mundo, fue porque, naturalmente, sus autores no pudieron concebir que los dioses careciesen de origen (idea demasiado abstracta y elevada para una filosofía que alboreaba), los hicieron nacer de los elementos, una vez ordenados. En cuanto a las cosmogonías, tampoco tenían por qué inquietarse de otra cosa que de la formación del Mundo, no de la raza humana.

Esto no quiere decir que este arduo problema no se presentase a la mente de los griegos. La prueba es que habiendo tenido conciencia de él desde muy antiguo, hicieron salir al hombre, como a todos los seres, del seno fecundo de la Naturaleza. Cuando la *Ilíada* dice (y es el más antiguo testimonio que hay de esta concepción en Grecia) que todo, dioses y cosas, deben su nacimiento a Okéano, que tiene por esposa a Thetis[664], personificando en el primero las aguas y en la segunda la tierra, es porque de estos dos elementos, origen de cuanto existe, hacían salir al hombre. Más tarde, la inquietante pregunta tuvo varias respuestas. Respuestas que, como es lógico, no precisaban ni definían exactamente el problema (¡cómo hubiera podido hacerlo, puesto que hoy mismo, para ver de establecerle, partimos de deducciones!), sino que se limitaban a adaptar la cuestión a sus puntos de vista particulares. Así, los habitantes de costas e islas para quienes el mar era lo principal vieron, como Homeros, en Okéanos el generador de los hombres. En los valles, cuya vida dependía de las aguas de sus ríos, estos ríos habían sido los antepasados de sus héroes epónimos[665]. En Boiotia, Alalkomeneus había sido el primer ser humano «cuya cabeza se había levantado sobre el pantano formado por el

---

[664] *Ilíada*, XIV, v. 201, 246.

[665] En Argólide, *Foroneus,* el primer hombre, había tenido por padre a *Inachos,* el dios-río, que existía antes que la raza humana apareciese en el Mundo, a la que él dio comienzo engendrando con una ninfa, *Melia* (cuyo nombre recuerda los fresnos), al mencionado Foroneus.

Kefisos»[666]. Pero lo más general era considerar a los hombres como nacidos de la tierra. La creencia en la *autoctonía* (cada región griega tenía como timbre de gloria el que su héroe epónimo hubiese salido de su suelo) había venido a formar, o a reforzar cuando menos, tal opinión. En Ática a Erechteus «habíale dado a luz la fértil Tierra»[667]. Erichtonios, lo mismo: también era hijo de la Tierra[668]. Varios monumentos del arte griego representaban este nacimiento. En ellos se ve a Gaia (la Tierra) sacando la mitad del cuerpo del suelo y ofreciendo, con los brazos levantados, un niño a Atena (Erichtonios) en presencia de Hefaistos. De Kekrops, el primer rey mítico de Atenas, se decía lo mismo: había nacido del propio suelo del Ática, que, a causa de ello, empezó a ser llamada Kekropeia[669]. En Arkadia, «la Tierra negra había dado el día a Pelasgos en las altas montañas coronadas de bosques»[670]. Otras veces era el agua y la tierra las que habían concurrido a la formación del hombre, que gracias a esta colaboración había germinado en el suelo como una planta cualquiera. Incluso los árboles mismos, hayas o fresnos, habíanse abierto, en ocasiones, para dar paso a los primeros hombres: como cuenta Hesiodos que salieron los de la tercera generación[671].

Estas generaciones o razas de hombres fueron obra, según el autor de la *Teogonía*, de los elementos. La de oro y la de plata[672], de todos los dioses. La de bronce y la de hierro, de Zeus solo. Pero en realidad la raza humana fue considerada durante mucho tiempo no como obra de los dioses, sino independiente de ellos y nacida, como las divinidades mismas, de la Naturaleza. Como el propio Hesiodos acaba por reconocerlo así[673]; hay que suponer que la afirmación anteriormente mencionada quiere decir que los dioses, una vez creadas las razas de los hombres, se interesaron más o

---

[666] Píndaros: *Fragmento. Alalkomeneus* pasaba por fundador de la ciudad de Alalkomenes y por inventor de las *hierogamias* de Zeus y de *Hera;* ceremonias religiosas destinadas a reconciliar a ambos dioses, tan frecuentemente en discordia, mediante la imagen de su himeneo.

[667] *Ilíada,* II, v. 547.

[668] V. n. 184, 185 y 647.

[669] V. n. 184.

[670] *Pausanias,* VIII, 1, 4. Este *Pelasgos,* «nacido del suelo», fue, según esta leyenda, el primer hombre que reinó en el país, el que inventó el uso de las casas y el que distinguió las plantas útiles de las perjudiciales.

[671] *Los Trabajos y los Días,* v. 145.

[672] V. n. 86.

[673] *Los Trabajos y los Días,* v. 108.

menos por ellas, según la índole de las variedades citadas[674]. Píndaros dice también: «Hombres y dioses somos de la misma familia; debemos el soplo de vida a la misma madre»[675]. De acuerdo con esto, se creía que mortales e inmortales vivieron cierto tiempo en condiciones de igualdad e incluso juntos. Hasta que la maldad de los hombres hizo no solamente que los dioses les distanciasen de ellos, sino que incluso pensaran en exterminarlos. Como acabó por ocurrir mediante el *diluvio*.

El diluvio nos conduce a la leyenda de Deukalión. La de Deukalión a la de Prometeus. Y la de Prometeus a la de Pandora[676]. Deukalión, Noé griego, para escapar al diluvio fabricó, por consejo de su padre, Prometeus, una embarcación, en la que desafió durante nueve días y noches el desencadenamiento de las cataratas que enviaba Zeus, decidido a exterminar a los mortales. A la décima aurora, la nave, cesado el fenomenal chubasco, se detuvo en la cima de una montaña (Otris, Parnasos, Atos). Al volver Deukalión a pisar la tierra, lo primero que hizo fue ofrecer un sacrificio en honor de Zeus *Fixios* (protector de los fugitivos), y éste, sensible siempre a los homenajes, le envió a Hermes para que le dijese que lo primero que pidiese le sería concedido. Deukalión entonces, temiendo sin duda aburrirse en aquel mundo tan grande y tan húmedo, cara a cara con su mujer, pidió que volviese a renacer la vida humana. El medio para ello se lo dio al punto el celestial Mensajero (según otra tradición, Temis, pues esta tradición contaba que Deukalión y Pirra, su compañera, habían ido a Delfos en consulta; santuario que aún Temis no había pasado a Apolo); sea cual fuese el aconsejante, lo aconsejado fue lo siguiente: Si querían ver aparecer nuevos humanos no tenían sino, tras taparse la cara, arrojar hacia atrás los huesos de su madre. El consejito huele, en efecto, a oráculo. Dicho de otro modo (los oráculos eran siempre suficientemente misteriosos y oscuros como para que los sacerdotes pudiesen alargar el cepillo tras interpretarlos), echar hacia atrás por encima del hombro piedras recogidas del suelo: la *madre* era la Tierra, madre común; los *huesos* de la madre, las rocas de la tierra; rocas que formaban las montañas, esqueleto terráqueo. Lo hicieron así y las piedras lanzadas por Deukalión se transformaron en hombres; las que arrojó Pirra, en mujeres. La leyenda no lo dice, pero es de suponer que tendrían buen cuidado en lanzar cada uno el mismo número de cantos.

---

[674] Este mito griego de las diferentes edades corresponde al de los cuatro *Yugas* de la India.

[675] *Nemeas*, VI, 1.

[676] V. n. 73.

Una más que hubiese lanzado Deukalión, y la serie de crímenes de los nuevos hombres hubiese empezado allí mismo, lo que hubiera precisado otro diluvio.

Otro mito contaba cómo el primer hombre había sido fabricado con barro por Prometeus. La primera mujer, Pandora, asimismo con arcilla y agua, por Hefaistos obedeciendo a Zeus. Hefaistos, tras formar el cuerpo lo mejor que pudo (no lo hizo mal; a veces, maravillosamente; era habilísimo), dio a la estatua «la voz, la fuerza vital, la cara de las diosas inmortales, las gracias de una virgen». Por si todo ello fuese poco, pobres de nosotros, Atena, Afrodite, las Charites y las Horas la añadieron todos los encantos necesarios para hacer a la apetitosa estatua viva más deseable. Tras ello, y sin acordarse de la fidelidad, de la paciencia, de la modestia en palabras, y demás dones que tanto las costó adquirir a algunas más tarde; sin pensar en más, de tal modo estaban maravillados de su obra, se la enviaron a Epimeteus, hermano de Prometeus, pero que, en vez de ser como éste, infinitamente avisado, era infinitamente tonto; tonto de capirote. Lo que ocurrió después ya se sabe: la famosa cajita, la curiosidad de la bella y la Esperanza que desde entonces nos mantiene.

Los hombres de la raza de oro, el más brillante y precioso de los metales y digno, por tanto, de dar nombre a la Edad mejor, «vivían como los dioses, con el corazón exento de penas, extraños a la fatiga y al dolor. La triste vejez no venía a visitarlos; conservaban siempre el vigor de pies y manos. Gustaban la alegría de los festines al abrigo de todos los males; morían como vencidos por el sueño. Todos los bienes eran para ellos. La fecunda tierra les ofrecía ella misma pródigamente sus frutos, de los que gozaban tranquilamente en el seno de la abundancia»[677].

Los hombres de la edad de plata eran ya otra cosa: débiles e inertes, su vida no fue sino una larga e insulsa infancia. Al llegar a la juventud morían víctimas de su insignificancia y de su impiedad. Zeus, al ver que no honraban a los dioses, les hizo desaparecer. Vino en seguida la edad de bronce (reminiscencia tal vez de un período histórico remoto, pero no olvidado), llamada así porque este metal servía en ella para la fabricación de las armas. Los hombres de esta edad eran robustos y violentos; de corazón duro, de fuerza extremada. «Tenían armas de bronce, moradas de bronce. El hierro, ese metal negro, era aún desconocido»[678]. La cuarta generación, siempre según Hesiodos, fue la de los héroes que cayeron en Troya.

---

[677] Hesíodos: *Los Trabajos y los Días*, v. 109-120.
[678] Hesíodos: *Los Trabajos y los Días*, v. 143 y sig.

Una vez el Mundo lleno de nuevo de hombres, éstos, por miedo e interés, empezaron a ocuparse activamente de las divinidades, creándolas a medida que las necesitaban. Veamos las que inventaron para que se ocupasen no sólo de su vida física, sino de la moral, que cada vez contaba más. Porque si bien todo en ellos dependía de Zeus, como este dios andaba con tanta frecuencia perdido en devaneos amorosos y en disputas conyugales, los hombres juzgaron prudente contar con divinidades que, si menos importantes y poderosas, también menos ocupadas y preocupadas. Veámoslas, empezando por las que tenían a su cargo el velar sobre el nacimiento de las criaturas, e inmediatamente las que protegían cosa tan importante como su salud.

EILEITIIA

La diosa que presidía los nacimientos era EILEITIIA[679]. Eileitiia era hija de Zeus y de Hera y, según Olen[680], la madre de Eros. En Homeros no había una sola Eileitiia, sino varias. Y más bien que benéficas, eran divinidades fatales, puesto que ellas eran las que producían a las mujeres los incómodos dolores del alumbramiento. Más tarde, al quedar reducidas a una sola, se dulcificó el carácter de esta divinidad, transformándose en genio favorable.

Los vestigios del culto más antiguo a Eileitiia han sido encontrados en Krete. De allí pasó a Délos, donde una inscripción menciona cierta fiesta en su honor las *Eileitiiai,* que se celebraban en el mes de Poseidón, y durante la cual se la inmolaban ovejas. Luego su culto pasó a diversas ciudades griegas: Atenas, Argos, Esparta, Olimpia, etc., y llegó hasta Etruria y Egipto. El emblema principal de Eileitiia era la antorcha.

ASKLEPIOS

La salud tenía también su dios tutelar. Este dios, en quien los hombres confiaban como custodio de su mejor bien, a quien pedían alivio si sufrían y curación si enfermaban, era ASKLEPIOS[681]. En la *Ilíada,* Asklepios no

---

[679] V. n. 199.

[680] Olen, poeta griego de los tiempos primitivos. En la época de Herodotos se le atribuían himnos que eran cantados por las mujeres de Delos. Pausanias, que, como se sabe, vivió en el siglo n de nuestra era, le atribuía aún diversas composiciones poéticas: por ejemplo, un himno a *Eileitiia.* No obstante, tal vez ese personaje no sea sino una personificación de la poesía apolínea primitiva.

[681] V. n. 208.

tenía aún la categoría de dios. Era simplemente «un médico excelente», padre de Podaleirios y de Machaón, los dos galenos del ejército griego que fue a Troya. El médico de los dioses era a la sazón Paieón[682]. Asklepios, además de haber sido discípulo de Cheiron, el sabio centauro y expertísimo curandero, había heredado la ciencia médica de su padre, Apolo. Sin contar que el nombre de su madre, Koronis *(korone,* corneja, pájaro de larga vida y, por consiguiente, símbolo de salud) parecía garantizar también su destino hacia la medicina. Todo anunciaba en él, como se ve, el médico perfecto.

Otra tradición destinada a explicar por qué Asklepios era el gran dios de Epidauros (Peloponeso), cuenta que habiendo venido a este país Flegias[683], saqueador famoso, a ver qué se podía robar por allí, su hija, que le acompañaba, robó, por su parte, el corazón de Apolo. Dulcifiquemos la cosa diciendo que fue seducida por el dios. En todo caso el fruto de estos amores fue Asklepios, que abandonado por su madre, fue dejado por ésta al pie de un monte, el Mirtión. Una cabra, más maternal, iba a alimentarle; un perro compasivo, a preservarle de las alimañas. Cierto día un pastor, Arestanas, que vagaba por la montaña en busca de una cabra perdida, oyó llorar al niño y se dispuso a recogerle. Pero al ir a llevársele, la cabeza del pequeño Asklepios se iluminó súbitamente con una llama celeste cuyo fulgor hizo escapar, lleno de espanto, al incauto pastor. Aún otra tradición, ésta mesenia, daba por madre de Asklepios a Arsinoé, hija de Leukippos.

El culto de Asklepios empezó en Tessalia. De aquí pasó, como su leyenda, al Peloponeso; luego a todos los países habitados por griegos; e incluso a Krete y al Asia Menor (Pergamón y Smirna). Asklepios tuvo muchos santuarios. Pausanias menciona 63. Los más célebres eran los de Kos, Knidos, Pergamón, Atenas y, sobre todo, Epidauros. En esta ciudad las fiestas en honor de Asklepios *(Asklepieia)* se celebraban cada cinco años, nueve días después de los Juegos ístmicos. Consistían en procesiones, juegos gimnásticos y concurso musical. En Atenas, el culto a Asklepios fue introducido oficialmente el 18 de boedromión (septiembre) del año 420-419. Su templo, el Asklepeión, estaba situado en la vertiente sur de la Akrópolis. Como en Epidauros, sus fiestas consistían en procesiones, concursos atléticos y concurso musical. Los santuarios de Asklepios eran verdaderos hospitales adonde los enfermos venían a consultar al dios. Solían estar construidos a cierta distancia de las ciudades, en lugares elevados, tranquilos y saludables, inmediatos a

---

[682] V. n. 435.
[683] V. n. 230.

fuentes de aguas cristalinas y en el centro de bosques sagrados cuya verdura encantaba los ojos y recreaba el espíritu. Ni que decir tiene que estaban dirigidos por sacerdotes que ejercían de médicos, interpretando gravemente los supuestos diagnósticos y subsiguientes tratamientos que les sugería el dios. La historia de la medicina griega se confunde en su origen con la de los santuarios de Asklepios: la ciencia médica fue en un principio monopolio de familias sacerdotales que, de padre a hijos, se transmitían los secretos de un saber, misterio grande para los profanos. Cuando la clientela llegó a ser numerosa y el negocio pingüe, salían incluso de los sanatorios llevando su ciencia allí donde era reclamada, llegando a fundar una verdadera escuela en la que acabaron por admitir discípulos extraños a su casta. Pero esta secularización de la medicina no hizo sino aumentar la fama de los santuarios *(Asclepieia),* que ellos se encargarían de aconsejar discretamente, bien que no hiciese mucha falta, pues el doble carácter médico-religioso de las importantes instituciones, bastaba para que la gente acudiese cual hoy sucede con los lugares semejantes, en tropel. Una escena del *Ploutos* de Aristófanes describe la jornada de un suplicante en Epidauros. Antes de poder consultar al dios en su santuario, había que someterse a un gran número de prácticas. En la complicación y misterio de estas prácticas estaba, por lo menos, la mitad del secreto de su posible triunfo. Ciertas de estas prácticas eran puramente higiénicas, tales los ayunos, baños y abluciones; otras entraban ya en lo religioso-económico, como los sacrificios y purificaciones. Ante la divinidad era necesario presentarse bien dispuesto: puro, es decir, limpio de espíritu (creyente) y limpio de cuerpo. Tras ayunos y baños, era norma excelente y sumamente purificadora, el echar, antes de pisar el pórtico del templo, algunas piezas de oro, o en todo caso de plata, en la fuente sagrada que precedía a la solemne entrada. Inmediatamente, si el enfermo era pobre ofrecía bollos en el altar del dios; si rico, un sacrificio en proporción a sus medios. Llegada la noche, eran instalados en el dormitorio sagrado. Los enfermos tenían que llevar con ellos provisiones y mantas, pues la administración del templo sólo suministraba lechos hechos con hojas, y buenos consejos. Una vez congregados los pacientes, el sacerdote o sacerdotes, tras haber encendido las lámparas sagradas, celebraba una especie de oficio de noche. Luego, las luces eran apagadas y la cura misteriosa empezaba. La imaginación y estado de espíritu de los enfermos hacía lo demás: el misterio del amplio y perfumado templo, la creencia de que el dios podía presentarse de improviso (como en tantos casos que muchos citaban sin que nadie hubiese visto); la solemnidad del oficio que acababan de escuchar; la sabia y grave voz del oficiante, preñada de santidad y de consejos sembrados con solemnidad y largueza mientras eran recogidas las ofrendas; luego aquel silencio lleno de esperanza y de misterio; en fin, la fe, sublime aguja que estaba alerta para enhebrarlo todo, eran elementos, muchas veces suficientes, allí como en los lugares semejantes en todos los países y tiempos, para realizar curaciones evidentemente milagrosas. Cuando se producían, los favorecidos hacían grabar en estelas su nombre, la enfermedad de la que habían curado y los remedios a los cuales debían la salud. Pausanias cuenta que vio allí, en Epidauros, seis estelas conmemorativas de las curas maravillosas realizadas por Asklepios. Cada una de ellas relataba 20 ó 25 casos. En total, unos 50 milagros. No es mucho, se dirá: pero es que seguramente aquellas estelas no recordaban sino las curas fuera de serie. Además, Asklepios no curaba, inútil decirlo, a todos cuantos venían en su busca. En la misma comedia mencionada, en *Plautos,* un enfermo se queja y se lamenta agriamente de que el dios no quiere hacer nada por él. Claro que el pícaro Aristófanes no cuenta lo que pretendía el desesperado paciente que hiciese la divinidad por él; ni lo que él había hecho antes para necesitar tan urgentemente socorro del Cielo.

Hay que decir también que Asklepios no hacía curas por nada. Quiero decir que todo enfermo tenía que pagar. Y a veces sumas enormes. Se sabe de una de las curas por la cual exigió una suma equivalente a 600.000 pesetas de las de antes. Por supuesto y cual ya he indicado, hacía pagar a cada cliente de acuerdo con sus medios; como recomendaba también Hippókrates. A los incrédulos los castigaba: ora no curándoles, ora de diversas maneras. Una mujer llevada por lo visto a la fuerza a Epidauros, entró vociferando que no creía en las curas milagreras del dios. Asklepios la humilló doblemente: primero, curándola, luego, imponiéndola la obligación de que donase un cerdo de plata «en recuerdo y ejemplo a la estupidez que había demostrado». Contra los malos pagadores era implacable. Un ciego al que curó, al negarse a pagar volvió a dejarle ciego. Como arrepentido, dio el doble, le devolvió la vista en ambos ojos. En cambio, los enfermos agradecidos llenaban sus santuarios de exvotos: bocas, manos, pies, narices, orejas, piernas, corazones en oro y plata, de todo se veía allí. Los inventarios de los templos, minuciosamente llevados, daban cuenta de curaciones y ofrendas. La religión de Asklepios, no obstante todo cuanto encerraba de charlatanismo y de superstición, como todas las religiones semejantes, tuvo una gran influencia en el desarrollo de la medicina griega.

PANAKEIA, IGIEIA, IASO Y ESCULAPIO

Asklepios tuvo, o se le atribuyeron, varias hijas. Entre ellas estaba PANAKEIA (Panacea), que simbolizaba la curación universal en virtud de las plantas; IGIEIA, personificación de la salud, e IASO, la Cura.

En Roma, ESCULAPIO no fue sino la identificación romana del Asklepios griego. Cuanto he dicho sobre éste se le puede aplicar enteramente, empezando por sus virtudes y artes curativas.

Pasemos a las divinidades de la vida moral.

DIVINIDADES DE LA VIDA MORAL

LAS MOIRAI (MOIRAS Y PARCAS)

Entre éstas hay que citar en primer lugar a las MOIRAI (las *Moiras*)[684], personificación del destino de cada uno; divinidades terribles ante las cuales los propios dioses se inclinaban. Las Moiras griegas fueron más tarde las PARCAS romanas *(Parcae):* Clotho, la hilandera, hilaba la trama de la vida de los hombres; Lachesis, personificación del destino que la casualidad vinculaba en el hombre, y Atropos, que representaba el carácter inmutable del Destino. Como su acción aparecía en la cuna y acababa en la tumba, se las solía asociar, de una parte, a *Eiíeitiia;* por otra, a las *Keres* y a las *Erinies*[685].

NÉMESIS

NÉMESIS[686] era la personificación de la *Venganza divina.* Abstracción primero, fue más tarde una divinidad. Como abstracción o idea moral es una de las mejor marcadas de la religión griega: la envidia de los dioses hacia cuantos hombres se distinguían por su poder, riqueza o sabiduría (ingenio). Los principales santuarios de Némesis estuvieron en Asia Menor (Smirna). En Ática hubo uno muy célebre en Ramnous, a orillas del mar, cerca de Maratón. Han llegado muy pocas imágenes de esta diosa tan célebre y temida, hasta nosotros. Era divinidad, como la envidia que personificaba, siempre funesta.

TICHÉ (LA FORTUNA Y LOS DEMONIOS TUTELARES)

En cambio, era enteramente favorable TICHÉ (la Fortuna). Desconocida en Homeros, fue adquiriendo importancia hasta la época helenística de Roma, ciudad en donde fue identificada con FORTUNA. La *Teogonía* la hacía hija de Okéanos, a causa de lo cual empezó por proteger el comercio marítimo, fuente de riqueza para los hombres. En Píndaros ya tenía un sentido más general: era hija de Zeus, con lo que personificó la

---

[684] V. n. 37, 38, 73, 77, 102, 133, 444, 449.
[685] V. n. 38, 444 y 77, 447, 448, 449, 450 y 451.
[686] V. n. 38 y 486.

abundancia y la riqueza. Se la representaba con una cornucopia en la mano izquierda y un timón en la derecha; símbolo éste, ora de su primera misión protectora de los navegantes, bien como emblema de la dirección que imprimía a la vida humana. Se ponía también una rueda a su lado: imagen de su naturaleza cambiante. Cuando la dominación romana y al pasar su influencia a Italia, quedó en Grecia como simple protectora de las ciudades. También se la solía representar ciega, indicando con ello que la fortuna favorece a los hombres, en general, de un modo así, ciego; no a los que verdaderamente lo merecen, sino a los que ella alcanza de casualidad.

En Roma, *Fortuna* era la verdadera divinización del Destino. La imagen simbolizada del destino caprichoso y arbitrario. Y precisamente porque el destino era caprichoso, convenía protegerse contra su adversidad posible y ver de tornarle favorable, dándole culto. La institución de este culto era atribuida a Servius Tullius, verdadero hijo mimado de la suerte puesto que, de esclavo que nació, había llegado a rey. Cuando las religiones egipcias fueron introducidas en Roma, Fortuna fue asociada a Isis y hasta se la fundió con ella: Isis-Fortuna o Isis-Tiché, como en Grecia.

Fortuna tuvo numerosos templos no solamente en la capital, sino en toda Italia. En Roma, el más antiguo era el del *Forum Boarium,* situado frente a frente del santuario de Mater Matuta. Este santuario había sido construido en sustitución del fundado por Servius Tullius, que por lo visto fue destruido por un incendio. Por cierto que a propósito de este rey se contaba que, pese a no ser sino un mortal, había sido amado, y muy amado, por la diosa Fortuna; e incluso que ésta tenía la costumbre de venir a reunirse con él entrando en su alcoba por una ventana. En todo caso, en el templo de la diosa había una estatua del antiguo rey.

Durante el Imperio hubo en Roma hasta ocho templos consagrados a esta diosa. Los más célebres, según Tito Livio, eran el de *Fortuna Primigenia,* erigido el año 194 en el Quirinal, y el de *Fortuna Esquiestris,* levantado en 173, no lejos del teatro Pompeyo. Ambos, como se ve, en la época de los desastres durante la segunda guerra púnica y demostrando con ello el interés que tenían los romanos en período tan angustioso, en atraerse el favor de la Fortuna. Fuera de Roma había dos templos notables: el de Prenesto y el de Antium. El primero era uno de los santuarios más célebres del mundo romano. Estaba dedicado a *Fortuna Primigenia* o *Fortuna Praenestina;* poseía un oráculo. La divinidad de Prenesto, además de serlo de la Naturaleza, era protectora de las madres, en particular, y de todas las mujeres en general. La de Antium era divinidad campestre y diosa de la navegación. Horacio dedicó a esta *Fortuna Esquiestris* una de sus mejores odas[687]. La diosa Fortuna era invocada bajo toda clase de nombres (según lo que el que la invocaba necesitaba). Bajo el Imperio, cada emperador tuvo la suya, y uno de los cultos más importantes era el que la tributaban estos emperadores. Las imágenes de Isis-Fortuna son particularmente numerosas: es una mujer de pie llevando la cornucopia, y sobre la cabeza una flor de loto y una media luna; más el *moclius*[688] y el sistro *(sistrum)*.

Como divinidades menores, pero relacionadas también especialmente con el hombre, hay que citar, en Grecia, cuando este país estaba ya bajo la dominación romana, a los *demonios* tutelares. Cada hombre era acompañado durante toda su vida por un demonio benéfico (el ángel de la guarda de más tarde) que velaba por él[689]. Y del mismo modo cada pueblo, cada cantón de Grecia tenía su genio bueno *(Agatos daimon),* cuya benéfica influencia se dejaba sentir sobre la tierra. La fecundidad del suelo, debida a su acción, se simbolizaba mediante una serpiente o mediante un falo. Su imagen era la de un adolescente ataviado con una clámide brillante y llevando en las manos, como Tiché, el cuerno de la abundancia.

PENATES, LARES, MORS, ORCUS, MORFEO, CARDEA Y CARNA

En Roma hay que mencionar a los dioses PENATES y a los dioses LARES[690], a MORS o MORTA (nombre éste dado a una de las tres Parcas), genio de la muerte (el Tanatos griego). Este Mors era una de las divinidades de las *Indigamenta*[691], más tarde ORCUS, en cuya figura se

---

[687] *Odas,* I, 34.

[688] *Modius,* celemín, signo de abundancia; *modio plena,* abundantemente, largamente. El *sistro* era, como se sabe, un instrumento músico de metal, en forma de aro o de herradura, atravesado por varillas, que se hacían sonar agitándolas con la mano.

[689] Esta creencia, por supuesto, era muy antigua. Se encuentran vestigios de ella en Teognis y más tarde en Menandros.

[690] V. n. 320 y 351.

[691] Indigamenta, conjunto de oraciones que contenían los nombres de las divinidades que había que invocar en cada circunstancia de la vida (especie, pues, de libro de piedad o de libro-guía de los rezos); divinidades creadas por la fe popular (diosecillos intermedios entre la religión oficial y los cultos domésticos) y que dan idea perfecta de las creencias religiosas del pueblo romano, es decir, de

fundieron el Tanatos y el Hermes griego, y el Charón de los etruscos. MORFEO *(Morpheus)* era uno de los mil hijos del Sueño *(Hipnos),* palabra derivada de otra griega que significa *la forma,* lo que indica su función: el Sueño, encargado de tomar la forma de los seres humanos y de mostrarse a los hombres de mil maneras durante su reposo, produciéndoles los ensueños. Se le representaba con grandes alas de mariposas, que agitaba sin ruido, alas que le llevaban de un punto a otro de la Tierra en un instante. En la mano le ponían una planta: la adormidera.

En fin, aún citaré a CARDEA y a CARNA, que algunas veces fueron confundidas. Cardea era la divinidad de los goznes y tenía por misión expulsar de las puertas a los vampiros que venían a chupar la sangre de los niños. La segunda, Carna, era la protectora de los órganos del cuerpo.

---

su fanatismo y su carencia de elevación en estas cuestiones (como, por supuesto, los demás pueblos), y su creencia, por el contrario, en que el Mundo estaba poblado de seres misteriosos que eran los verdaderos dueños de los actos de los hombres y sin los cuales y contra los cuales éstos nada podían.

LOS HÉROES

Si buscamos en un diccionario la palabra *héroe,* veremos que la primera definición que da es la siguiente: «Semidiós; hijo de un dios y de una mortal, o de una diosa y un mortal». Luego encontramos otras, por ejemplo: «Hombre elevado al rango de semidiós», «muerto elevado a la categoría de héroe», «varón ilustre y famoso por sus hazañas o virtudes», «el que lleva a cabo una acción heroica», etc. Mas como se ve, refiriéndose especialmente a la antigüedad clásica, y como definición esencial, la primera de las mencionadas.

No obstante, sería error creer que todos los antiguos sólo consideraban como héroes a los semidioses. Al contrario, tal creencia fue una excepción. La palabra ηρως en griego, tenía el valor de las dos palabras latinas *heros* y *vir.* Y ello ya desde Homeros. Cuando Agamemnón, al principio de la *Ilíada,* tras haber reunido al ejército griego y a sus jefes, empieza a hablar de este modo: «Amigos míos, héroes de la Grecia inmortal, y vosotros, discípulos de Ares, escuchadme»[692], entiende por héroe no solamente a los hijos de un dios y una mortal o de un mortal y una diosa, porque entre los que le siguen puede haber alguno que excepcionalmente reúna esta condición, como Aquiles, sino de un modo más general a los jefes griegos que, a causa de su fuerza física, su arrojo, su valor y sus hazañas, se comportan como verdaderos «héroes»; los demás, bien claro lo dice, los simples soldados no pasan de discípulos de Ares.

Hesiodos, en cambio, es de la primera opinión. Por lo que vemos en *Los Trabajos y los Días,* los «héroes» eran para él más que simples mortales; eran seres de naturaleza intermedia entre la de los dioses y la de los hombres. Del mismo modo que la edad y tiempo a que él pertenecía eran nada, pálida sombra, en comparación con las edades míticas pasadas. Así los hombres que habían vivido en estas edades soñadas y remotas habían sido infinitamente superiores en fuerza física, arrojo y valor a los de entonces. Y es a causa de ello por lo que los calificaba de ημιθεοι *(hemiteoi,* semidioses). Naturalmente su destino, tras haber llevado a cabo empresas como las suyas, no podía ser el mismo, tras la muerte, que el de los vulgares mortales; por ello, Zeus les había enviado, si no con los dioses, claro, tampoco adonde iban los demás hombres, sino a las islas de

---

[692] *Ilíada,* II, v. 110-111.

los Bienaventurados, allá, junto al profundo Okéanos, donde libres de todo dolor y exentos de peligro llevaban una vida colmada de delicias.

Pero estas ideas de Hesiodos no pasaron nunca, en Grecia, de la categoría de amables fantasías poéticas. Los héroes no eran para los griegos otra cosa que los más ilustres de los muertos de la antigüedad, de las edades pasadas, y por ello les dieron culto de un modo análogo a como honraban a sus muertos familiares, bien que con más pompa, y en templos y santuarios especiales que les dedicaban. En cuanto a su morada y vida de ultratumba, sin necesidad de estar lejos de los hombres allá, en las islas Bienaventuradas, sino muy cerca de ellos, por el contrario, no era la vida pálida y sin brillo que vio Ulises al bajar a los Infiernos, sino que más fuertes y brillantes que nunca, disfrutaban sin tasa de la nueva existencia que se les había concedido, de una parte por voluntad de los dioses, y de otra, en virtud de la admiración de los hombres. Y era a causa de ello por lo que, deslumbrantes de gloria, se dignaban mostrarse de cuando en cuando a los mortales, como para probarles que agradecían el culto que éstos les tributaban. Los marinos que solían viajar por el Pontos-Euxeinos (Mar Negro), cuando llegaban a la desembocadura del Ister, junto al sitio donde estaba la tumba y el templo de Aquiles, contaban que más de una vez le habían visto surgir bajo la apariencia de un joven de celestial belleza, y adornado con la incomparable armadura de oro puro que para él había fabricado Hefaistos. En cuanto a los habitantes de la Tróade, éstos contaban con no menos buena fe que Hektor estaba siempre entre ellos. Que con frecuencia, a la caída de la tarde, cuando ya las sombras que siguen al crepúsculo empezaban a envolverlo todo, el héroe, recorría la llanura, antiguo teatro de sus hazañas, envuelto en tal fulgor que la iluminaba vivamente. Y que gozaban de una existencia póstuma llena de gloria y de poder lo probaban aún numerosos hechos que se referían como cosas perfectamente acaecidas: El poeta Stesichoros, por ejemplo[693], que había hablado mal de Helene en una de sus composiciones, ¿no perdió súbitamente la vista? Instruido por las Musas acerca de la causa de su ceguera, se retractó en otro poema y la heroína le devolvió la luz[694]. Era incluso creencia corriente que, como más tarde los santos católicos, los héroes intercedían en favor de los hombres que acudían a su mediación,

---

[693] Stesichoros, poeta lírico griego (640-550), originario de Hi-mera (Sicilia). Su nombre era Tisias, pero a causa de su arte fue apodado *Stesichoros* (el Maestro del coro). No se sabe nada de su vida. Sólo que engrandeció versos y estrofas y que sus poemas formaban 26 libros. Quedan de ellos algunos fragmentos.
[694] Isókrates: *Elogio de Helene,* 64.

suplicando a los dioses que les favoreciesen. En tiempos de interminable sequía que hacía perecer a hombres y animales, cuenta aún Isókrates[695], que los magistrados de Aigina[696] tuvieron la idea de celebrar sacrificios en honor de Aiakos para pedirle que hiciese cesar el daño. Este intercedió por ellos dirigiéndose a Zeus, su padre, y la calamidad cesó. Ploutarchos cuenta, por su parte, que en Maratón[697] más de un combatiente vio el espectro de Teseus que, revestido de brillante armadura, iba al frente de los atenienses animándolos a cerrar contra los bárbaros. Cuando Salamina[698], que al alba, tras los rezos en honor de los dioses, los marinos griegos invocaron a gritos a Aiax Telamón, se vio en lo más duro de la batalla a fantasmas armados que desde las cimas de la isla extendían sus manos protectoras sobre la flota griega: eran los Aiakides[699], que respondían a los gritos de sus adoradores[700]. Tras el combate, Temístokles dijo: «No hemos sido nosotros los que hemos vencido a los persas; han sido los dioses y los héroes».

Los héroes, pues, para los griegos, no eran solamente los hijos mortales de Zeus o de los demás dioses, ni tan sólo los grandes guerreros de los ciclos épicos, sino también los primeros reyes y jefes legendarios que habían dado nombre a una ciudad, una raza o una porción de territorio. Y a todos les erigían monumentos y los honraban debidamente. Luego, llevados inconteniblemente de ese deseo que sienten los hombres de sumarse a todo lo ya a punto de admiración (pues si es difícil conseguir fama, no conservarla e incluso engrandecerla), y a seguir magnificando lo ya engrandecido, cual si de la gloria ciega que conceden les llegase a ellos una parte; y a arrodillarse tras deificarlos, ante seres que fueron hombres como ellos, y esto con más gusto, pues son como «suyos», que no ante los otros dioses impuestos a los que adoran por rutina, pero sin comprenderlos ni, por lo tanto, amarlos; los griegos, decía, transformaron en *héroes* y

---

[695] *Eiágoras,* 14, 15.

[696] Aigina, isla del golfo de Sarónikos (hoy *Egina).* También nombre de la madre de *Aiakos,* rey de Aigina y luego juez de los Infiernos.

[697] Maratón, nombre de la batalla (490 a. de J.) en la que Miltiades, al frente de los griegos, derrotó a los persas, cerca de la aldea de aquel nombre, situada entre el Atica y la Boiotia.

[698] Salamina, isla de la costa oeste del Atica, célebre por la victoria naval ganada en sus inmediaciones por los griegos, contra los persas, el año 486 a. de J- Los mandaba Temístokles.

[699] Aiákides, hijos o descendientes de Aiakos. En particular, Aquiles y Aiax Telamón.

[700] Herodotos: *Historias,* VIII, 64.

rindieron culto, no sólo a sus hombres ilustres, sino a los que perdían la vida en las grandes batallas. Así, tras las guerras Médicas, los habituales de Maratón ofrecían sacrificios a los caídos en el campo de batalla. Leónidas, Pausanias y Lisandros tuvieron altares en Esparta. Miltiades y Brásidas fueron considerados también como verdaderos héroes, y adorados. Más tarde ocurrió lo propio con Aratos y Filopoimén[701]. Y no sólo fueron considerados como héroes y dignos de culto los grandes capitanes, sino también los legisladores, los filósofos, los poetas y cuantos habían hecho algo grande y merecedor de estima y memoria. Hesiodos en Boiotia, Likourgos en Esparta, Bias en Priene, Demókritos, que tuvo una capilla en Abdera; Aristóteles, a quien los estagiritas erigieron un templo, según cuenta Pausanias, y también Diógenes Laertios, y tantos más, eran considerados como héroes.

Como en todas las cosas, el uso engendró el abuso; en Grecia, bajo la dominación romana, como en Roma durante el Imperio, fueron divinizados, pero entonces por baja adulación, magistrados y emperadores. Más aquí intervenía ya, no el fanatismo religioso, que tiene su disculpa en la misma debilidad humana y en la aspiración a un algo superior, sino el fanatismo político, en el que todo suele ser cuestión de codicia, deseo de medro personal, egoísmo servil.

Dejemos, pues, como tales héroes, como héroes verdaderos, a aquellos cuyas leyendas están llenas de hechos no por fabulosos menos interesantes, y veamos de hacer conocimiento, para empezar con esta rama de la mitología griega, con los tres más grandes de la antigüedad mítica: Herakles, Teseus y Perseus.

HERAKLES

---

[701] Leónidas, el héroe de las Termópilas. Pausanias, el vencedor en Plataia (479 a. de J.). Lisandros, general que acabó la guerra del Peloponeso venciendo a los atenienses en la batalla naval de Egos-Pótamos (405 a. de T.). Miltiades, héroe de Maratón (490 antes de Jesucristo). Brásidas, vencedor de Kleón, en Amfípolis (422 a. de J.). Aratos Sikione, jefe de la liga aquea (271-213 antes de Jesucristo), que a los veinte años había librado a su patria de la tiranía, agregándola a la liga formada contra Macedonia por los pueblos griegos. Filopoimén, general griego nacido en Megalópolis (Achaia) (253-183), último héroe de la libertad helénica. Ploutarchos le llama «el último de los griegos». Estratega de la liga aquea, se esforzó por mantenerla. Murió envenenado. Sus cenizas fueron llevadas solemnemente a su patria.

Herakles es la figura legendaria más importante de la mitología clásica, tanto griega como latina. Ningún otro héroe ni ningún otro dios han sido sujetos de tan numerosas tradiciones como él. Esta misma abundancia sin igual de leyendas, evidencia no sólo que su persona acabó por ser el resultado de la fusión de varias divinidades, sino que, a causa sobre todo de las emigraciones dóricas, pueblo en el que era una de las grandes figuras, por no decir la principal, su personalidad, y consiguientemente su leyenda, fue absorbiendo las hazañas de numerosos héroes locales e incluso de dioses cuya naturaleza era análoga a la suya. Encarnación por excelencia de la fuerza física en una época en que el vigor muscular era, en general, la cualidad más estimada y notable del hombre[702], su importancia tenía que ser enorme, su popularidad, incomparable, sus mitos, un perpetuo enriquecimiento y una perpetua evolución desde su nacimiento en la época prehelénica hasta el fin de la antigüedad, pues, como vamos a ver, en Roma misma, este mito fue enriquecido aún con numerosas aportaciones a la figura de Hércules, el Herakles romano[703].

Veamos, pese a la complejidad del origen del héroe y a la multiplicidad de sus leyendas, muchas veces contradictorias, leyendas que ya Apollodoros y Diodoros de Sicilia trataron de coordinar, de exponer de la

---

[702] Su genealogía preparaba ya a *Herakles* a ser el gran campeón de la fuerza física. Su bisabuelo, *Perseus,* se había hecho famoso por su arrojo y la potencia de sus brazos. Un hijo de Perseus, *Alkaios,* había recibido este nombre, que significa *fuerte,* a causa de su fuerza muscular. Alkaios, uniéndose a *Astidameia,* engendró a *Amfitrión* (el *infatigable).* Y bien que este Amfitrión no fuese el padre de Herakles, que lo fue *Zeus,* su madre, *Alkmene* (la *fuerte),* mujer de Amfitrión, era hija, a su vez, de otro de los hijos de Perseus, Elektrion (el *brillante,* el *deslumbrante).* La idea, pues, de fuerza, inherente a los descendientes de Perseus, y que aún se encuentra en los nombres de otros dos, *Stenelos* y *Euristeus,* encarnó en Herakles del modo más total y perfecto.

[703] Sobre el origen de esta importantísima figura de la mitología clásica, y dejando aparte la confusión entre el *Herakles* griego, el *Sandón* lidio y el *Melikertes* fenicio, que hizo pensar un momento en el origen semita del héroe, se emiten hoy las siguientes hipótesis: 1.ª La más corriente, que hace de él un héroe puramente griego y particularmente dórico. Esta hipótesis explica la riqueza de su leyenda en virtud de las emigraciones dóricas al Asia, a Kos y a Rodas; en Africa, a Kirene; luego, a Sicilia y a la Gran Grecia. 2.ª Origen argiano. Originario de Argólide, si Herakles llegó a ser el héroe dórico por excelencia, sólo fue más tarde y cuando la poesía épica de Rodas y de Samos popularizó sus leyendas. 3.ª Herakles tebano. La patria del héroe según esta hipótesis sería Boiotia, región de Grecia que dio nacimiento a tantos otros dioses. 4.ª Herakles cretense. Fundada en la influencia enorme de la civilización egea sobre la helénica.

manera menos confusa, lo esencial de cuanto atañe a esta figura tan plural y curiosa[704], empezando por su nacimiento.

La madre de Herakles, Alkmene, estaba casada con Amfitrión[705]. Pero la misma noche que éste volvía de su excursión contra los teleboai, Zeus,

---

[704] El nombre mismo *Herakles* no era, según los mitógrafos, el verdadero nombre de nuestro héroe, sino un nombre místico que le fue impuesto por *Apolo,* bien directamente, bien por mediación de la *Pitia,* cuando se vio obligado, a causa de la astucia maliciosa de *Hera,* a ser su servidor al tener que someterse a los trabajos que, por consejo o imposición de la diosa, le obligó a realizar *Euristeus.* Según esto, Herakles no quería decir otra cosa sino *la Gloria de Hera,* pseudónimo que hizo olvidar su verdadero nombre, *Alkides,* patronímico sacado del de su abuelo, *Alkaios.*

[705] *Amfitrión* era hijo de *Alkaios,* rey de Tirintos, y de *Asti-dameia.* Tomó parte en la guerra que sostuvo su tío y cuñado *Elektrión,* rey de Mikene, contra *Pterelaos,* que reivindicaba este reino. En la lucha murieron todos los hijos de uno y otro, salvo uno de cada familia: *Likimnios* y *Everes.* Elektrión, para vengar la muerte de sus hijos, decidió atacar a Pterelaos. Pero antes de ponerse en campaña confió su reino y su hija *Alkmene* a Amfitrión, que le prometió respetar a la joven durante su ausencia. Mas antes de partir y cuando Amfitrión le devolvía el ganado que le había sido robado en la campaña anterior y que él había rescatado, una vaca tornose de pronto furiosa, y al lanzarle Amfitrión su cayado con objeto de reducirla, el palo, rebotando en los cuernos del animal, vino a golpear a Elektrión y le dio muerte. Entonces *Stenelos,* soberano de Argos, de cuya corona dependía el reino de Mikene, desterró a Amfitrión de su territorio. Amfitrión partió en unión de Alkmene y de Likimnios, yendo a Tebas, donde fue purificado por el rey *Kreón.* Pero como Alkmene no consintiese en unirse con él mientras sus hermanos no fuesen vengados, es decir, hasta que la voluntad de su padre quedase cumplida, Amfitrión se dispuso a entrar en campaña contra Pterelaos y los teleboai, que eran sus aliados. Pidió entonces permiso a Kreón, con objeto de poder partir. Este no se lo negó, pero le exigió que previamente librase a la región de Tebas de un zorro que asolaba el país. Este zorro, el zorro de *Taumesse,* no podía ser alcanzado corriendo. Amfitrión pidió a *Prokris* (v. n. 279) un perro que ésta tenía, que pasaba, en la carrera, a todo animal al que persiguiese. La caza empezó. Mas como dadas las condiciones de ambos animales, no tenía solución, *Zeus,* con objeto de respetar al *Destino,* encontró el resultado, que parecía imposible, transformando a ambos animales en estatuas de piedra. Sólo entonces pudo partir Amfitrión. Pero aún tuvo una grave dificultad. La capital de sus enemigos, Tafos, no podía ser tomada mientras Pterelaos viviese. Y la vida de éste estaba ligada a un pelo, oculto entre los demás de su abundante y espesa cabellera. Pero aún salió airoso Amfitrión del apuro gracias a que la hija de Pterelaos, *Komaeto,* que enamorada de él, cortó ella misma, mientras su padre dormía, el pelo misterioso que protegía a éste. Con ello, Pterelaos murió,

como queda dicho en la nota anterior, tomando la apariencia de Amfitrión e incluso refiriéndole cuanto había ocurrido en la expedición guerrera que acababa de terminar, hizo creer a Alkmene que él, Zeus, no era otro que su marido y yaciendo con ella la hizo madre de Herakles poco antes de que el verdadero Amfitrión en persona la hiciese concebir a Ifikles. Pero la gracia de la aventura fue el asombro del recién llegado al ver la tranquilidad con que era recibido por la amante esposa, pues no podía imaginar que la mucha alegría y regocijo ya había tenido lugar horas antes, y el aún mayor asombro al darse cuenta de que Alkmene sabía tan bien como él mismo las proezas que durante varios meses había realizado. Naturalmente, lo que primero fue sospecha acabó en certeza, y al ver que había sido engañado, trató de castigar a la inocente adúltera quemándola viva. Mas al ver que, pese a todos sus esfuerzos, no podía hacer arder la leña que para tal efecto había amontonado, comprendiendo que la divinidad andaba de por medio, hombre prudente, se resignó en evitación de mayores males.

Entre tanto, allá en el Olimpos, el padre de dioses y hombres estaba tan orgulloso del hijo que había engendrado en la hermosa mortal, que el día en que ésta debía darle a luz se glorificó en plena asamblea de dioses de que estaba a punto de nacer un niño llamado a realizar las más gloriosas empresas y a extender su dominio sobre toda la Grecia. Por la boca muere el pez, como suele decirse: para qué quiso más Hera. Comprendiendo al punto que había sido engañada una vez más y que aún el adúltero se refocilaba, celosa siempre y sobre celosa implacable y pérfida, hizo jurar a Zeus lo que acababa de decir: que aquel día nacería un niño que reinaría sobre Grecia entera. Y apenas el incauto lo había hecho, voló a Argos, donde hizo que la mujer de Stenelos, embarazada de siete meses, pariese a Euristeus; corriendo al punto a Tebas a retrasar el parto de Alkmene el tiempo fue suficiente para que apuntase el nuevo día; hecho de gran importancia en la vida del héroe, pues al quedar Herakles sometido a Euristeus, este rey le impondría más tarde, siempre por insinuación de Hera, que a toda costa quería vengarse, los famosos *trabajos* que son el núcleo de su leyenda. Y de su gloria, pues generalmente, el mal viene a caer sobre quien le siembra. Por supuesto, cuando Zeus supo de qué modo

---

Amfitrión pudo apoderarse del territorio de los teloboai y, tras hacer dar muerte a Komaeto, volvió a Tebas cargado de botín. Y fue precisamente la noche que llegaba cuando Zeus, tomando su apariencia, hizo a Alkmene madre de Herakles. No clareaba aún el día, cuando Amfitrión, tomando el puesto que acababa de dejar el dios, hizo, a su vez, a Alkmene, que ya tenía a Herakles en sus entrañas, madre de *Ijikles,* que nacería con unas horas de diferencia. (V. n. 108: Alkmene.)

había sido burlado, su cólera fue terrible. Mas como había jurado y no iba a comportarse como los mortales, que con la misma facilidad perjuran que juran y no cumplen lo jurado, tuvo que tragarse su rabia y someterse una vez más a las astucias de Hera.

Amfitrión, por su parte, devanábase los sesos por averiguar cuál de los dos niños sería su hijo y cuál el resultado de la lujuria celeste. Mas pronto iba a saberlo gracias a una nueva treta de la irritada diosa, que una noche metió en la alcoba de los niños, que alcanzaban ya los ocho meses, dos serpientes tremendas. Ni que decir tiene que ambos dragones se apresuraron a envolver a los infantes entre sus fríos anillos, pero mientras Ifikles, aterrado, empezó a llorar a más no poder, Herakles cogió a cada una con una mano y las estranguló bonitamente.

Algún tiempo antes, y como se tratase de conceder a Herakles la inmortalidad, otra noche, Hermes, sustrayendo al hijo de Zeus de su cuna le subió al Olimpos y mientras Hera dormía, le acercó a uno de sus senos. El terrible angelito, apenas sintió el tibio contacto empezó a chupar. Mas lo hizo con tan terrible fuerza, que la diosa, despertando dolorida, se apresuró a rechazarle. Pero el propósito estaba conseguido. El chorro que aún escapó del magnífico pecho formó la Vía Láctea[706].

Zeus no descuidó la educación de Herakles. Este tuvo por maestros al centauro Cheirón, a Linos, el músico admirable[707] y a Teutaros, boyero escita que le enseñó a tirar al arco; otra leyenda decía que de quien aprendió esta habilidad fue de Radamantos, que, como buen cretense, era sumamente experto en la cuestión; aún otra, que fue el propio Amfitrión el que le hizo maestro en ello, así como en conducir un carro; también se hablaba de Euritos, heredero de la habilidad de su padre de quien decíase que había sido adiestrado por el propio Apolo, el arquero divino. Kástor (tal vez el hermano de Poludeikes) le adiestró en el manejo de las demás armas; en fin, Eumolpos acabó de enseñarle la música cuya iniciación tan caro había costado a Linos.

---

[706] Otra leyenda dice lo mismo, salvo que fue *Atena* la que, pasando un día en compañía de *Hera* por un bosque de las inmediaciones de Argos (la leyenda es argiana, en vez de tebana), encontró a un niño hermosísimo, Herakles, a quien *Alkmene* acababa de dejar allí. Tan hermoso, que Atena invitó a Hera a que le acercase a su pecho. Y al hacerlo ésta ocurrió lo ya dicho.

[707] Pero ocurrió que como un día *Linos* tratase de corregir a su discípulo, que, sin duda, tenía la cabeza dura para las corcheas, el discípulo, que, además, tenía pocos aguantes, le dio con un taburete en la testa y le mató. Conducido ante un tribunal, se defendió invocando una sentencia de *Radamantos* que decía que se tenía derecho a matar en caso de legítima defensa.

Con todo ello, amueblar el espíritu y ejercitar el cuerpo, el héroe se hacía un buen mozo. Antes de los dieciocho años tenía ya cuatro codos y un pie de altura, es decir, la poco ordinaria talla de dos metros cuarenta y cinco centímetros, y nadie ha dicho que no siguiese aún creciendo. Y fue por entonces o poco después cuando hizo algo ya que fue como para dar fama al más pintado de bravo y de fuerte. Había en el Kitairón, montaña entre el Ática y la Boiotia, un león enorme y ferocísimo que iba a buen paso acabando con los rebaños tanto de Amfitrión como del rey Tespios, que reinaba sobre un país vecino a Tebas. Herakles, harto de oír las quejas que sus fechorías levantaban, decidió acabar con él. Fue, pues, hasta el país de Tespios y se instaló en el palacio de este rey desde el cual partían al alba en busca de la fiera, no regresando sino ya de noche tras haber pasado el día cazando. Cincuenta días transcurrieron de este modo hasta que al fin pudo matarle. Pero si cazaba de día, era a su vez dulcemente cazado de noche, porque su huésped, que había tenido 50 hijas con Meganedé, su mujer, deseando tener descendencia del héroe, se las arregló para meter en su alcoba una distinta, de las princesas, cada noche. Herakles, que rendido como llegaba después de trajinar de un lado para otro todo el día, se acostaba sin darse el trabajo de encender la lámpara, creyó de buena fe que la corza nocturna era siempre la misma (los que aseguran que una vez apagada la luz, todas las mujeres son iguales, se frotarán las manos); en cuanto a Tespios debió verle marchar con lágrimas en los ojos, pues sobre haberle librado del león que le robaba los rebaños, le dejó, sus hijas se los dieron pasado el tiempo necesario, cincuenta cachorros destinados a guardárselos en adelante muy bien guardados[708].

Y he aquí que cuando Herakles volvía tras haber hecho tan señalado servicio al rey vecino, encontró, según llegaba a Tebas, a los enviados por el rey de Orchómenos que venían a cobrar el tributo que los tebanos pagaban a los habitantes de este país[709]. Herakles, que ya se sentía capaz

---

[708] La aventura, pese a ser envidiable, sería un poco fuerte si no tuviese otra significación que el simple deseo del rey *Tespios* de tener cachorros de *Herakles*. Así como en la leyenda de Elis las cincuenta hijas de *Endimión* y de *Selene* (del Sol poniente y de la Luna) no son sino las cincuenta lunas que transcurren entre cada una de las fiestas de Olimpia, así, en la leyenda de Tespios, las cincuenta hijas parecen designar asimismo las cincuenta lunas tras las cuales volvía periódicamente la fiesta local de las *Erotidia*. Luego la unión de Herakles con las hijas de Tespios no representaba sino una división del tiempo, marcada a la vez por las revoluciones del Sol (Herakles) y las de la Luna.

[709] Este tributo había tenido el siguiente origen: En una fiesta en honor de *Poseidón,* celebrada en Onchestos, un tebano llamado *Peñeres* había dado muerte

de todo tras haber despoblado un bosque y poblado un palacio, cortó a los pedigüeños las narices y las orejas, y así, mutilados y con las manos atadas a la espalda, les obligó a hacer marcha atrás, mientras él, tras fabricarse un collar con lo cortado, entró satisfecho y triunfador en Tebas. Ni que decir tiene que Erginos, el monarca de Orchómenos, volvió a caer sobre Tebas; pero ni que decir tiene también, que esta vez fue batido por Herakles, que se puso a la cabeza de los tebanos tras cubrirse con las armas que le dio Atena, y, una vez vencedor, impuso a los de Orchómenos un tributo doble del que ellos habían exigido hasta entonces. Amfitrión halló la muerte combatiendo. Kreón, nuevo rey del país casó a Herakles con su hija mayor, Megara, y a la menor con Ifikles.

Herakles y Megara tuvieron varios hijos, a todos los cuales mató el héroe en un acceso de locura con que le gratificó Hera, siempre benévola; e incluso a dos de los hijos de Ifikles. E iba a hacer lo mismo con su suegro cuando Atena detuvo su brazo[710]. Al recobrar la razón y antes de marchar a Delfos a purificarse, se separó de Megara, la que dio como esposa a Iolaos, su sobrino[711]. Y una vez en Delfos, recibió el mandato (en concepto de purificación) de ir a Tirintos a ponerse a las órdenes del rey Euristeus, durante un período de doce años[712]. Y fue cuando Euristeus, por

---

a *Klimenos,* padre de *Erginos.* Este reunió un ejército y marchó contra Tebas, donde, tras matar a muchos tebanos, les impuso durante veinticinco años el tributo de los cien bueyes.

[710] Se cuenta que le golpeó el pecho con una piedra, sumiéndole en profundo sueño. La fábula de la demencia de *Herakles,* de la que se apoderaron ya Stesichoros, el poeta de Himera, Pisandros, el autor de la *Herakleia,* epopeya en la que relataba las hazañas del héroe, y Paniasis, el épico de Halikarnassos, pariente de Herodotos y autor también de otra «Herakleia», fue luego desarrollada por Eurípides en su *Herakles furioso* y más tarde por Séneca.

[711] La figura de *Iolaos,* hijo de *Ifikles,* es inseparable de la de *Herakles.* Era el conductor de su carro y su mejor ayuda en muchas ocasiones. Iolaos tuvo en Tebas una tumba, un *heroón* (templo a un héroe), e incluso un gimnasio y un estadio le fueron consagrados. El nombre de Iolaos, como el de *Iole,* la amante de Herakles, recuerdan, según Cox, los tintes violáceos de las nubes que reflejan la luz solar y que parecen acompañar al astro en su triunfo, puesto que no se les ve aparecer sino cuando el cielo queda limpio de los vapores que le oscurecen. *(Mythol, of the Aryan Nations.)*

[712] Esta idea, esencialmente griega, de la *expiación,* ha sido introducida por los mitógrafos para explicar cómo la leyenda de *Herakles* cambia de lugar, pasando de Tebas o Boiotia, donde ha transcurrido su juventud, a Argos y a la Argólide, donde transcurrirá su madurez. Es, pues, como la transición entre las dos partes de la vida del héroe, que en adelante tendrá como enemigos en sus empresas a ciertos

consejo y presión de Hera, le impuso los famosos *Doce trabajos* siguientes[713]:

LOS TRABAJOS DE HERAKLES

1.º *El león de Nemea*[714].—El león de Nemea era un monstruo hijo de Ortros, el perro hermano de Kerberos, y de Echidna. Criado y colocado por Hera en la región de Nemea con la sana intención de enfrentarle con Herakles, entre tanto, devoraba habitantes y rebaños, sin duda para abrir boca. Este león tenía como guarida una caverna con dos salidas, y era, además, invulnerable a todas armas. Herakles, tras haber ensayado en vano contra él sus flechas le persiguió hasta su antro, entró tras él cerró una de las salidas para que no pudiera escaparse, y luego, lanzándose sobre el prisionero, le estranguló valiéndose tan sólo de sus brazos. Después le desolló, y revestido con su piel entró triunfante en Tirintos[715].

---

dioses y será ayudado, en cambio, por otros. Como enemigos, a *Hera,* principalmente, y en cierto modo, a *Haides* (ni la madre de *Tifón* ni el rey de la oscura y profunda región infernal pueden ser amigos de un héroe solar); en cambio, estarán de su parte *Atena,* la diosa del fuego celeste, y *Apolo,* el Sol (éste tras el incidente del trípode de Delfos). *Hefaistos,* dios del fuego, le ayudará también gustoso si la ocasión se presenta. Como armas para triunfar en sus empresas tendrá la maza (que él mismo se procurará en su primer trabajo); una espada, regalo de *Hermes,* también su protector; una coraza dorada, don de Hefaistos, y el arco y las flechas que le cederá Apolo. Atena le obsequiará con unos peplos (capa). Sus caballos le vendrán de *Poseidón.* Otra leyenda dice que todas las armas, menos la maza, le fueron dadas por Atena.

[713] Todos los héroes solares sufrieron la misma suerte: el haber sido sometidos durante más o menos tiempo a un poder tiránico. *Apolo* tuvo que servir a *Admeíos, Perseus* a *Polidektes, Bellerojontes* al rey de Likia. En la mitología del Norte, *Siegfried* es condenado a ser esclavo de *Gunter,* rey de los burgondes. Los mitógrafos ven en estas fábulas al Sol glorioso, fuerte, triunfador durante el estío, ser vencido en otoño y en invierno por nubes, lluvias, nieves, heladas, fríos y tormentas, que parecen entorpecer su marcha y anular su fuerza y su luz.

[714] *Nemea,* ciudad y llanura de la Argólide, donde se celebraban más tarde los juegos Nemeos.

[715] Teókritos cuenta que durante mucho tiempo el héroe estuvo perplejo ante aquella piel, que no podía separar del cuerpo del animal, y en la que ni el hierro ni el fuego hacían mella. Al fin tuvo la idea de valerse contra ella de las propias garras de la bestia, gracias a lo cual consiguió su propósito. Sobre el origen de los juegos Nemeos, fundados por *Herakles* en aquella ocasión en honor de *Zeus,* hay la siguiente leyenda: Cuando cazaba al león, el héroe hizo conocimiento con un

2.º La hidra de Lerne.—La hidra de Lerne era hija de Tifón y Echidna y hermana de Ortros y de Kerberos. Era un dragón enorme con nueve cabezas (cien incluso, según ciertos autores), que habitaba el pantano de Lerne no lejos del golfo de Argos. El aliento sólo de este monstruo era mortal. Aun dormida la bestia, bastaba recibirle para que causase la muerte. Había sido criado por Hera también, para oponerle a Herakles. Lo mismo que el león de Nemea, esta serpiente enorme devoraba hombres y rebaños. Herakles, en compañía de Iolaos, fue a su encuentro, pues Euristeus le había dado orden de que le matase. Al llegar cerca de la fuente de Amimone, que servía de refugio a la bestia, bajó de su carro y empezó a asaetearla con flechas inflamadas, con objeto de hacer salir al animalote de su guarida. Una vez fuera, se arrojó sobre ella y a mazazo limpio empezó a aplastarle las cabezas. Pero es que de cada testa que anulaba ¡salían dos! Entonces llamó en su auxilio a Iolaos, y éste, que tampoco era manco por lo visto, incendió el bosque inmediato, y con tizones ardiendo empezó a chamuscar las cabezas nacientes a medida que aparecían. La última la cortó Herakles con su espada, la metió en el suelo, y puso sobre ella una piedra enorme tras haber aplastado de un mazazo un cangrejo fenomenal que Hera mandó, como de propina, contra él. Luego remojó sus flechas en la sangre del monstruo que era un poderosísimo veneno[716].

---

pobre campesino llamado *Molorchos,* que le acogió hospitalariamente y que se dispuso a inmolar, para que comiese, un carnero, único bien que poseía. Herakles se lo impidió, diciéndole que aguardase treinta días: si al cabo de ellos no le veía volver, que le considerase como muerto y entonces sacrificase el animal en memoria suya. Habiendo transcurrido el plazo sin que Molorchos le viese aparecer, disponíase a sacrificar el animal cuando le vio llegar adornado con la piel del león. Entonces el carnero fue sacrificado a Zeus *Soter* (Salvador) y Herakles fundó allí mismo los mencionados juegos. Luego se encaminó a Mikene, donde *Eurisíeus,* aterrado, le prohibió que entrase en la ciudad ordenándole que en adelante dejase el botín de sus victorias ante las puertas.

[716] Este mito ha sido interpretado del modo siguiente: La hidra o serpiente no era otra cosa sino el pantano de Lerne. Sus cabezas, los numerosos arroyos que van a parar a él. El aliento del monstruo y el veneno de su sangre, la putrefacción hedionda y los miasmas de sus aguas estancadas. En verano, el ardor del Sol, por una parte, y la falta de aportaciones acuosas, por otra, pues los arroyos se secaban, reducían a un charco de barro el pantano: la hidra había sido vencida por *Herakles.*

3.º *El jabalí de Erimantos*[717].—El tercer trabajo que Euristeus impuso a Herakles fue que le trajese vivo un jabalí monstruoso que vivía a orillas del Erimantos. El héroe fue en su busca, le obligó con gritos a salir de su cubil, le acosó, le persiguió, le hizo caer en un barranco lleno de nieve, y allí, tras acabar de fatigarle. se apoderó de él. Al verle llegar, Euristeus, con el jabalí a la espalda, se metió prestamente en una tinaja que, como refugio, para caso de peligro, había hecho que le preparasen[718]. A la caza del jabalí del Erimantos va unida la leyenda de la lucha de Herakles contra los Centauros[719]. Estos centauros, armados de rocas enormes, de pinos que arrancaron del suelo, de antorchas inflamadas y ayudados por su madre, Nefele (la Nube), que empezó a verter torrentes de lluvia, entablaron la lucha contra el héroe. Pero éste, sin arredrarse, empezó a lanzarles una granizada de dardos y de teas ardiendo: mató a unos, puso en fuga a los otros y no dejó de perseguirlos y de acribillarlos con flechas, hasta el cabo de Malea[720].

4.º *La cierva de Keruneia*[721].—Esta vez, Euristeus, desde dentro de la tinaja, o tal vez fuera ya si se le había pasado el miedo, encargó a Herakles que le trajese, viva, la cierva de Keruneia. Esta cierva, según Kallimachos, poeta y trapalón, era una de las cinco que Artemis había encontrado cierta vez paciendo tranquilamente en el monte Likeión. Las cinco tenían los cuernos de oro y eran más grandes que toros. La diosa cogió cuatro con las que hizo una de sus cuadrigas. La quinta, por orden de Hera, se refugió en el monte Keruneia, con objeto de que fuese más tarde una de las pruebas a que sería sometido el héroe. Ni que decir tiene que la ciervecita corría más que Euristeus cuando veía llegar a su primo (porque Herakles era primo de

---

[717] *Erimantos,* monte entre la Arkadia y la Elide (hoy Olonos) y nombre también de un afluente del Alfeios, hoy Diminiza o Azikolos.

[718] Sin duda, para los primitivos habitantes de la Arkadia, el jabalí no era otra cosa que el río, que, al principio de la primavera, se desencadenaba a través del angosto valle de Psofis, al que inundaba y asolaba antes de volcarse en el Alfeios. *Herakles,* persiguiendo al animal, sería el Sol del verano, secando sus aguas. En el *Rig-Vedra, Rudra,* padre de los *Maruts* (los Vientos), es invocado como jabalí celeste: los dardos del rayo escapan de una nube tempestuosa que tiene la forma también de un jabalí, con los colmillos de acero; monstruo que es vencido por *Indra.* En la mitología del Norte, *Wodan,* dios de la tempestad, tiene junto a él a un jabalí, personificación del viento tempestuoso que acompaña a la tormenta y que en la tierra destroza todo con su ímpetu violento.

[719] V. n. 226.

[720] *Malea,* cabo de Lakonia, hoy Capo Malio di San Angelo.

[721] *Keruneia,* ciudad y monte de Achaia, hoy Kenitza.

Euristeus) con sus trofeos. Llevaba, además, un collar al cuello con la siguiente inscripción: «Taigete me ha dedicado a Artemis»[722]. Era, por lo tanto, una impiedad no ya el matarla, sino el tocarla siquiera. Y atraerse la enemistad de la gran Cazadora, que como diosa y hembra, era doblemente de temer. Esta cierva que, como acabo de decir, era velocísima, obligó a Herakles a perseguirla durante un año entero. Pero al fin, habiendo conseguido herirla levemente cuando iba, huyendo siempre, al atravesar el río Ladón, pudo cogerla y cargársela a cuestas. Atravesando con ella la Arkadia, se topó con Artemis y Apolo, los cuales, ni que decir tiene que se la quisieron quitar. Le acusaban de sacrilegio y de haber intentado matarla. Pero Herakles se defendió tan hábilmente cargando la responsabilidad sobre Euristeus, al que estaba obligado a obedecer, que acabaron por dejarle que continuase su camino.

5.º *Las aves del lago Stimfalos*[723].—Estas aves, que vivían en un bosque impenetrable inmediato al lago Stimfalos, se habían multiplicado tanto y eran tan dañinas para frutos y cosechas, que Euristeus ordenó a Herakles que las exterminase. Aves monstruosas favoritas de Ares, no contentas con atacar frutos y cosechas, comían también carne humana. Por si todo ello fuese poco, cuando estaban irritadas lanzaban sus plumas como flechas. Como la gran dificultad era hacerlas salir del bosque donde se escondían, Herakles se sirvió de unas castañuelas de bronce que le dio Atena, obra de Hefaistos cuyo ruido, decir sonido es leve, no había medio de soportar. En efecto, el héroe las espantó de tal modo, que escaparon a todo batir de alas. Y entonces ya no tuvo sino acabar con ellas con sus flechas[724].

6.º *Las cuadras del rey Augeias.*—Augeias, rey de Elis (Peloponeso) e hijo del Sol, era afamado a causa de sus riquezas. Poseía, como su padre, innumerables rebaños de bueyes y ovejas, entre ellos 12 toros blancos como cisnes, uno de los cuales, Faetón, brillaba como una estrella. Pero no

---

[722] *Taigete* era una de las *Pléyades.* De *Zeus* tuvo a *Lakedaiinón.* Pero sólo pudo Zeus unirse con ella estando ya desvanecida. Avergonzada, no obstante, se escondió en el monte Taigete. Como para sustraerla a nuevas asiduidades de Zeus, *Artemis* la transformó en cierva, agradecida, cuando volvió a recobrar su forma normal, pasado el capricho del dios, dedicó a la diosa amiga la cierva de dorados cuernos, que tuvo que coger más tarde *Herakles.*

[723] *Stimfalos,* nombre también de una ciudad de Arkadia, hoy ruinas cerca de Kionia. El lago se llama actualmente Zaraka.

[724] *Herakles,* espantando a los pájaros de Stimfalos, era el dios solar que ponía en fuga a los pájaros negros de la tormenta, es decir, los vientos tempestuosos, cuya furia es siempre destructora.

hay hombre perfecto. Augeias, pese a su riqueza y limpia prosapia, era sucio él mismo. Por lo menos, descuidado, pues no limpiaba jamás sus establos, a causa de lo cual originaba varios males: primero la tristeza de sus toros blancos, que tornábanse casi negros, teniendo que acostarse sobre el fiemo; además, dejando allí la basura, privaba a la tierra de abono y la empujaba a la esterilidad. Euristeus, con la sana intención de humillar a Herakles imponiéndole un trabajo servil, le ordenó que limpiase lo que no se había limpiado nunca. El héroe no tuvo más remedio que disponerse a obedecerle. Mas previamente convino con Augeias la recompensa por su trabajo: éste le daría por su labor la décima parte de sus rebaños. Claro que si hizo este ofrecimiento fue porque estaba seguro de que el barbián se fatigaría antes de acabar la mitad del trabajo. Pero no sabía con quién tenía que habérselas, pues Herakles hizo en un solo día lo que se creía que, para empezar, haría falta un año. Y el procedimiento fue sencillo: tras hacer un agujero suficiente en la pared de los establos, lanzó a través de él la comente de dos ríos: el Alfeios y el Peneios (el Menios según otra versión), los cuales rápidamente y sin escrúpulos arrastraron más que a paso toda la basura[725]. Augeias se negó a pagar a Herakles el precio convenido pretextando no solamente que se había hecho ayudar por Iolaos, sino que tenía obligación de hacer lo que había hecho puesto que se lo había mandado Euristeus. Herakles, tras tomar por testigo a Fileis de lo que su padre hacía, se marchó. Pero para volver más tarde, como se verá, al frente de un ejército, vencer y matar a Augeias y a los Moliónides que habían venido en su ayuda, y poner en el trono a Fileis.

7.º *El toro de Krete.*—El toro de Krete era un cornúpeta que Poseidón había dado a Minos, rey de Krete, para que mejorase la raza de sus rebaños, que iban de capa caída. Minos, agradecidísimo, le prometió sacrificársele una vez que hubiese cumplido la importante misión a que había sido destinado. Pero luego, le dio lástima y le dejó tranquilamente con el resto de su ganado. Sin duda pensaba que el dios olvidaría su promesa. Pero si, si; lo que hizo Poseidón fue volver al toro furioso y hacerle que empezase a ser una verdadera calamidad para el país. La ocasión era de perlas una vez más y Euristeus ordenó a Herakles que le trajese el toro. Pero vivo y, si en la lucha no perdía el rabo, coleando. El

---

[725] *Herakles* es aquí el héroe solar cuya acción purificadora obra sobre la atmósfera. Los rebaños son las nubes encerradas durante todo el invierno en el establo del Cielo, donde se amontonan y acumulan sus inmundicias. Pero a la llegada del buen tiempo, un día le basta al Sol para barrerlo todo. Sus torrentes de luz vuelven al Cielo limpio y brillante.

héroe cuyo mayor heroísmo consistía, como se va viendo, en su paciencia, marchó a Krete, desembarcó en la isla y obtuvo fácilmente de Minos la autorización para ir en busca del animal. Herakles lo hizo, le redujo y se volvió con él a Tirintos. Euristeus quiso dedicárselo a la diosa. Pero Hera se negó y puso en libertad al animal, que cruzó la Argólide, atravesó el istmo de Korintos y llegó al Ática, donde, fijándose en la comarca de Maratón, empezó a renovar sus proezas. Por fortuna, otro héroe no manco tampoco, Teseus, le ajustó las cuentas más tarde y le sacrificó en honor de Apolo Delfinios.

8.° *Las yeguas de Diómedes.*—Diómedes, rey de Trakia, tenía cuatro yeguas que se alimentaban de carne humana[726], de las que Herakles se apoderó, y a las que hizo que se comiesen al propio Diómedes.

9.° *El cinturón de la reina Hippolite.*—Herakles, a petición de Admete, hija de Euristeus, partió hacia el reino de las Amazonas[727] para apoderarse del cinturón de su reina, llamada Hippolite. Este cinturón lo tenía la graciosa soberana de Ares, que se lo había dado como símbolo del poder que Hippolite tenía sobre su pueblo. Una vez Herakles junto a ella, sea porque le fue simpático el buen mozo, sea porque por excesivamente buen mozo, era peligroso no complacerle, le dio sin enfado lo que pedía. Pero no había contado con la huéspeda. Con la eterna huéspeda: Hera. Esta, rabiosa al ver que aquella vez no había habido trifulca, no paró hasta armarla. Para ello, tomando la apariencia de una Amazona, suscitó una disputa entre los compañeros del héroe y las compañeras de Hippolite; disputa que degeneró en batalla, pues aquellas mujeres eran muy templadas. Y ya metido en refriega, creyendo Herakles que había sido traicionado, mató a Hippolite.

10.° *Los bueyes de Gerioneus.*—Gerioneus, el gigante de cuerpo triple a partir de la cintura (tres cabezas y seis brazos), que habitaba en la isla Eriteia, cerca de Gadex, tenía un numerosísimo rebaño de bueyes que guardaba un boyero llamado Euritión, en compañía de Ortros, perro monstruoso, hermano de Kerberos, el dogo del Infierno. No lejos de ellos, Menoetés, el pastor de Haides, custodiaba los rebaños de éste. Pues bien, Euristeus, que realmente era un caprichoso (o un pelele de Hera, como se quiera), ordenó a Herakles que fuese a la mencionada isla, situada en el extremo más lejano de Occidente, «al otro lado del río Okéanos», como dice Hesiodos, y que le trajese el codiciado rebaño. Tras llegar al Okéanos, que no era ya tarea floja, se le ofreció al héroe la primera

---

[726] V. n. 278.
[727] V. n. 258.

dificultad seria, que consistía en cómo atravesarle. Para resolverla, Herakles pidió prestada *la copa del Sol* (la copa o barca que el astro tomaba todas las tardes para cruzar de Occidente a Oriente durante la noche). Para que el Sol continuase, se valió de la siguiente estratagema: atravesando el desierto de Libia, y como el calor le molestase (o fingió que le molestaba, para su plan), el héroe amenazó al Sol con asaetearle con sus flechas de seguir el Sol asaeteándole a él con sus rayos. Como el astro no podía meterse los rayos en un bolsillo, llegaron a un acuerdo: «Sudo y me aguanto si me prestas la copa». Y el Sol consintió. Otro tanto tuvo que hacer una vez embarcado. Como Okéanos encontró que el pasajero de la copa no era el de costumbre, empezó a agitarse más de lo ordinario. Pero Herakles armó su arco y Okéanos se calmó. Una vez en Eriteia, el perro Ortros se lanzó sobre él sin previo aviso. Sin previo aviso también, Herakles le rompió el cráneo con su maza y otro tanto hizo con el pastor que acudió en socorro de su perro. El otro pastor, Menoetés, que había visto la breve refriega, corrió a informar a Gerioneus. Este alcanzó al héroe cuando estaba ya a orillas del río Antemos. Pero no tardó tampoco en ser muerto por las flechas de Herakles, el cual poco después embarcaba los bueyes en la copa del Sol.

Si la ida hasta Eriteia no había carecido de dificultades (tuvo que matar una porción de monstruos en Libia, tantos, que para conmemorar sus hazañas fueron elevadas las columnas que llevan su nombre, las *Columnas de Hércules,* que separan la Libia (África del Norte), de Europa, es decir, la roca de Gibraltar y la de Ceuta); decía que si la ida no había sido fácil, la vuelta, con la impedimenta de los bueyes que iban a suscitar tantas codicias, menos. El camino que siguió esta vez para volver a Grecia fue: España (visitada una sola vez por Hércules y tantas por Caco), la Galia, Italia, Sicilia, Grecia. Inútil decir que tan largo trayecto ha sido sembrado de leyendas. En Liguria, por ejemplo, fue atacado por una porción de indígenas belicosos. Tantos, que agotadas sus flechas e incluso las piedras de que echó mano al punto, se vio obligado a invocar a Zeus, que empezó a llover pedernales, con los cuales acabó por poner en fuga a los pocos enemigos que quedaban vivos. Poco después, unos bandidos hijos de Poseidón, Alebión y Derkinos, quisieron también quitarle los bueyes. Herakles los mató y siguió su camino. Al llegar a Calabria, uno de los toros se escapó y cruzó nadando el estrecho que separa Italia de Sicilia. Herakles corrió tras él mientras Hefaistos guardaba el rebaño, y tras matar a Etix, rey de los elimes, que quiso quedarse con el toro, le pudo volver con los demás. Una vez ya en Grecia, los toros fueron atacados por un enjambre de tábanos enviados por Hera, y enloquecidos se dispersaron por todas partes. El héroe reunió los que pudo, y los otros, perdidos por las llanuras de Scitia, se volvieron salvajes. Como el río Strimón le había perjudicado mucho cuando bregaba por reunir los toros huidos, Herakles, sobre maldecirle, llenó de tal modo su curso de peñascos, que le transformó en un torrente casi impracticable. Luego pudo al fin entregar los bueyes que le quedaban a Euristeus. Este los sacrificó en honor de Hera para colmo de escarnio. Ni que decir tiene que se da una explicación natural de este mito viendo en Herakles un héroe solar; y en el rebaño de bueyes, vacas o toros, los efectos de las nubes siempre en lucha contra el Sol.

11. *Las manzanas de oro del jardín de las Hespérides.*—Cuando Zeus y Hera se casaron, Gaia les ofreció como regalo unas manzanas de oro que Hera encontró tan hermosas, que las hizo plantar en un jardín cerca del monte Atlas. Y como las hijas de Atlas tenían la costumbre de ir a merodear por allí, puso las manzanas y el árbol que éstas habían producido y que daba frutos cada vez más hermosos, bajo la custodia de un dragón inmortal, con cien cabezas, hijo de Tifón y de Echidna. Más tres ninfas, las Hespérides, cuyos nombres eran Aiglé *(la Brillante)*, Eriteia *(la Rojiza)* y Hesperaretousa *(la Aretousa del Poniente)*, cuyos nombres recuerdan el color del cielo cuando el sol va desapareciendo por las tardes[728]. Lo primero que hizo Herakles fue informarse de qué camino conducía al Jardín de las Hespérides. Luego, partió hacia el Norte, a través de Macedonia. En ruta, encontró a Kiknos[729], con el que luchó y al que mató. Luego llegó a Iliria y a las riberas del Eridanos, donde halló a las ninfas del río, hijas de Temis y de Zeus, que vivían en una gruta deliciosa. Al preguntarlas sobre el camino a seguir para llegar a donde se proponía, ellas le respondieron que el dios marino Nereus era el único que podría informarle. Luego le condujeron junto a él, que dormía por fortuna, y como también le dijeron que sólo por la fuerza se le podían arrancar sus secretos, el héroe le cogió entre sus brazos y, pese a que, como de costumbre, cuando era sorprendido, tomó varias formas por ver de escapar, tuvo que darse por vencido y decirle dónde estaba el tal jardín. A partir de este momento, el itinerario que siguió el héroe es sumamente confuso a causa de la mezcla de leyendas que le transforman en un verdadero laberinto. Apollodoros cuenta que del Eridanos fue a Libia, donde encontró y luchó con el gigante Antaios. Luego recorrió Egipto

---

[728] *El jardín de las Hespérides* era situado por unos al Oeste de Libia; por otros, al pie del monte Atlas; aún por otros, entre los Hiperbóreos.

[729] Este *Kiknos* (hay varios personajes con el mismo nombre) era hijo de *Ares* y de *Pelopia.* Violento y sanguinario, atacaba a los viajeros, los mataba y los ofrecía como sacrificio a su padre.

donde estuvo a punto de ser sacrificado por Busiris[730]. De allí pasó a Asia, por Arabía, donde mató a Ematión, hijo de Titonos. Vuelto a Libia, la atravesó hasta llegar al *Mar Exterior*. Allí se embarcó en *la copa del Sol,* llegando a la orilla opuesta, al pie del Káukasos, donde libertó a Prometeus, allí encadenado, tras matar de un flechazo al águila que le devoraba el hígado. Agradecido, Prometeus le dijo que no cogiese él mismo las manzanas, sino que se las hiciese coger a Atlas. Herakles continuó su camino, llegando al fin al país de los hiperbóreos. Tras ello fue a buscar al gigante Atlas, que sostenía el Cielo sobre sus hombros, y se ofreció a aligerarle de su carga si él consentía ir a buscar las codiciadas manzanas. Atlas aceptó gustoso. Pero de vuelta con ellas, le dijo que él mismo se las llevaría a Euristeus y que Herakles, entre tanto, siguiese sosteniendo la bóveda celeste. Herakles fingió aceptar, pero rogó a Atlas que ocupase su puesto un instante; el tiempo justo para poner un almohadón sobre sus hombros. Atlas aceptó sin desconfianza. Para qué decir que una vez libre, el héroe cogió las manzanas y escapó sin darle siquiera las gracias. Según otra tradición, Herakles no tuvo necesidad de recurrir a Atlas, sino que dominó al dragón, o le adormeció, y se apoderó del deseado fruto. Se decía también, que en castigo por haberse dejado robar las manzanas, las Hespérides fueron transformadas en árboles: un olmo, un álamo y un sauce; a la sombra de los cuales los Argonautas descansaron más tarde. El dragón fue transportado al cielo y transformado en la constelación de la Serpiente. En cuanto a Herakles, éste entregó las manzanas a Euristeus, que no sabiendo qué hacer con ellas, se las regaló al héroe, quien a su vez se las dio a Atena. La diosa las volvió al Jardín celeste, pues la ley divina prohibía que tales frutas estuviesen fuera del vergel de los dioses.

---

[730] *Busiris* era un rey de Egipto (la leyenda que lo inventó debió de confundir su nombre con el de *Osiris)* perverso y cruel. Por si ello fuese poco, un adivino, *Frasios,* al que consultó para saber qué era preciso hacer con objeto de que cesase una plaga que diezmaba el país, le aconsejó que sacrificase cada año a *Zeus* uno de los viajeros que llegase a su reino. Busiris le obedeció tan puntualmente, que empezó por sacrificar al propio Frasios. Luego, cuando *Herakles* pasó por allí, Busiris le acogió, le hizo su huésped, le llenó de cintillas, le coronó con flores y, tras todo ello, le condujo en calidad de víctima al altar. Pero Herakles, al darse cuenta del fin de las amabilidades del monarca, tiró la corona, pisoteó las cintillas, mató a Busiris, a su hijo *Amfidamas,* a todos los presentes y no deshizo el templo por milagro. Más tarde, habiendo encontrado a los hombres que había enviado Busiris al *Jardín de las Hespérides* para que le trajesen a las tres guardianas, que eran hermosísimas, los mató también.

12. *El perro Kerberos.*—El último trabajo impuesto por Euristeus a Herakles fue que bajase a los Infernos y le trajese, sin matarle, a Kerberos, el perro infernal. El héroe no hubiera podido en modo alguno cumplir lo que se le ordenaba, si por mandato de Zeus, Hermes y Atena no le hubiesen ayudado en tan arriesgada empresa. Previamente, además, se hizo iniciar en los misterios de Eleusis[731], que enseñaban a sus fieles el medio de llegar con toda seguridad al otro mundo luego de la muerte. Después, entre los muchos caminos que conducían al Infierno[732]. Herakles tomó el de Tainarón. Al verle llegar al reino de los muertos, éstos, atemorizados, huyeron. Tan sólo dos le esperaron: Medousa, la Gorgo, y Meleagros. Meleagros le contó su muerte con palabras tan conmovedoras, que el héroe se deshizo en llanto. Luego le preguntó si le quedaba en la tierra alguna hermana; y al responderle Meleagros que sí, que Deianeira, Herakles le prometió desposarla. Luego encontró a Perseus y a Peiritoos, vivos, pero encadenados por haberse atrevido a bajar hasta allí con el propósito de llevarse a Perséfone. Con autorización de ésta, Herakles libertó a Perseus, Peiritoos siguió cautivo, pues él era especialmente el que había tenido el atrevimiento de querer robar a la esposa de Haides, Perseus no había hecho sino acompañarle llevado de la amistad que los unía. Luego libertó también a Askafalos, que gemía allí bajo una enorme roca por haber dicho que Perséfone había comido un grano de granada del jardín de Haides. Lo que la obligó a seguir unida a este dios. Askafalos salió del Infierno, pero Demeter que no le perdonaba su soplonería, le transformó en lechuza. Con objeto de dar sangre a los muertos, que pueden mediante libaciones de esta sustancia recuperar por unos momentos la llorada vida, Herakles se dispuso a matar algunos de los bueyes de Haides. Pero Menoetés, el boyero, se opuso. Entonces el héroe le cogió entre sus brazos y le hubiese despachurrado de no haber intervenido Perséfone. Se libró con algunas costillas rotas. Por fin llegó ante Haides, al que pidió permiso para llevarse a Kerberos. El dios consintió en ello, pero con la condición de que se apoderase del animal sin otra ayuda que su coraza y su piel de león. Herakles atacó al animal, que a su vez se lanzó sobre él. Pero el héroe juntó los tres cuellos entre sus manos invencibles, y aunque la cola, que terminaba en dardo, le hizo algunas heridas, pronto comprendió la bestia que con aquel enemigo no había sino someterse, y se sometió. Luego salió del Infierno por la boca que comunicaba con Trezene. Pero al llegar a Tirintos con el perrito,

---

[731] V. n. 402, 403, 406 y 454.
[732] V. n. 400, 406, 440, 441 y 455.

Euristeus fue cogido de tal espanto, que se tiró de cabeza a la tinaja. No sabiendo entonces qué hacer con el can, el héroe le volvió al Infierno.

HAZAÑAS Y EMPRESAS POSTERIORES

Los *trabajos* no agotan la rica leyenda de Herakles. Al contrario, terminadas las duras pruebas que, durante doce años, le habían encadenado a su pariente, se lanzará a obrar por su cuenta, empezando la serie de sus combates no ya contra monstruos, sino contra hombres. Y es en virtud de estos combates por lo que aparecerá como el héroe guerrero siempre triunfante y cada vez más glorioso, que recorre la Grecia, ora vengando injurias que le han sido inferidas, ora prestando la fuerza de su brazo poderoso a los pueblos oprimidos. Más aún: verdadero héroe nacional llevará incluso hasta los bárbaros del Asia la gloria y fama de la raza helénica.

La primera expedición del héroe en esta segunda parte de su vida fue la que emprendió contra Euritos, rey de Oechalia[733]. Euritos cuyas flechas siempre daban donde se proponía, orgulloso de su habilidad sin igual, había ofrecido a su hija Iole como premio a quien le venciese con el arco. Herakles, que estaba enamorado de la hermosísima joven, se presentó al desafío y le venció. Pero Euritos, despechado, rabioso, sobre negarse a cumplir lo que había prometido, expulsó a Herakles de su reino. El héroe partió (ya le veremos más tarde volver, dar muerte al incumplidor, y llevarse a su amada), con el propósito en el corazón de vengar la ofensa. Poco después, en uno de los raptos de locura con que de cuando en cuando le obsequiaba Hera, sin saber lo que hacía, mató a Ifitos. Al recobrar la razón fue una vez más a Delfos a hacerse purificar. Y el dios, por boca de la Pitia, le condenó a ponerse como esclavo, durante un año, al servicio de Omfale, reina de Didia, y a dar a Euritos, para resarcirle por haber matado a su hijo, el salario que ganase por su año de esclavitud y servicios. La estancia del héroe junto a Omfale y las proezas que realizó en su servicio, pueden verse en la nota 275.

Luego acaecieron sus aventuras en Troya, que han quedado referidas en la nota 209. Al volver de esta ciudad, una tempestad promovida por Hera (que previamente había hecho que Hipnos (el Sueño) durmiese profundamente a Zeus), arrojó las naves de Herakles a las costas de Kos. Los habitantes de la isla, tomándolos por piratas, los atacaron. Lo que no impidió que el héroe, sobre defenderse tomase la ciudad, matase a su rey,

---

[733] V. n. 275.

Eurípilos, e hiciese a la hija de éste, Shalkiope, madre de Tessalos, cuyo hijo, Fidippos, tomaría parte más tarde en la guerra de Troya.

Tras lo anterior viene el castigo de Augeias que, como se sabe, habíase negado a pagar a Herakles el precio convenido por la limpieza de sus establos. El héroe le dio muerte, tras vencerle, así como a los Moliónides (gigantes gemelos, dos cabezas en un solo cuerpo monstruoso), y puso en el trono a Filéis, hijo del rey muerto.

Realizado lo anterior, marchó contra Neleis, rey de Pilos; Neleis, que tenía once hijos, el menor de los cuales era Néstor, habíase negado a purificarse tras la muerte de Ifitos, y además le había expulsado malamente de su reino. Aquello era más de lo que Herakles podía soportar sin vengarse. Y decidido a ello, fue contra él. El episodio principal de esta guerra fue el combate del héroe contra Periklimenos. Este Periklimenos, cuyo padre «divino» era Poseidón, tenía el poder de transformarse a su capricho; y, para combatir con Herakles, se cambió en abeja o avispa y se metió bajo el yugo de los caballos de la cuadriga del héroe decidido a enloquecer a los animales, para que éstos derribasen a su amo y entonces entendérselas con él. Pero Atena, que velaba siempre por él, le advirtió lo que pasaba. Entonces Herakles mató a Periklimenos, ora de un flechazo (¡qué puntería!), bien, según otra versión, aplastándole entre sus dedos. En la misma batalla, según Píndaros, Herakles hirió a Hcra, con una flecha, en el pecho, y a Ares en un muslo, Poseidón y Apolo tomaron también parte en la refriega. Muerto Periklimenos, Pilos cayó y el héroe mató a Neleis y a todos sus hijos menos a Néstor, único que había aconsejado a su padre que accediese a los ruegos del héroe y le purificase.

Como Hippokoón, rey de Esparta, había ayudado a Neleis en la guerra anterior; como, además, reinaba injustamente, pues ayudado por sus 20 hijos había expulsado del país a Ikarios y a Tindáreos, legítimos herederos del trono; y como, por si todo lo anterior fuese poco, aún, un día en que Oeonos, el sobrinito del héroe, pasaba por delante del palacio de Hippokoón, al ser atacado por un moloso de éste, cogió una piedra para defenderse con la que golpeó al animal, lo que visto por los hijos del tirano, le golpearon tan brutalmente que el niño murió; por todo ello, Herakles volvió su ejército contra Esparta, mató a Hippokoón y a sus hijos y devolvió el reino a Tindáreos y a Ikarios. En la batalla decisiva, Kefeis y sus 20 hijos, que le habían ayudado, murieron; así como Ifikles; Herakles mismo fue herido en una mano, pero Asklepios le curó al punto. En recuerdo de su victoria, Herakles erigió allí mismo dos templos: uno en honor de Atena y el otro en el de Hera, por no haberse puesto contra él aquella vez.

La alianza del héroe con Aegimios le valió tres nuevas guerras. La primera contra los lapitai que mandados por Koronos, amenazaban a

Aegimios, y a los que venció fácilmente. La segunda contra los dríopes, que vivían en el macizo del Parnasos. Con éstos tenía pendiente aún una antigua cuenta. Cuando en unión de Deianeira, al ser expulsado de Kalidón, atravesaban el país de los dríopes en compañía del primero de sus hijos, Hillos, éste, niño aún, sintió hambre. Y ocurrió, que habiendo encontrado a Teiodamas, rey del país, que estaba labrando un campo, Herakles le pidió algo de comer para su hijo. Pero Teiodamas, sobre no dárselo, le despachó de malos modos. Entonces Herakles desunció uno de los bueyes, le mató y los tres calmaron su apetito. Naturalmente, el rey corrió a la ciudad, volvió con hombres armados, y atacaron al héroe. Este los venció y mató a Teiodamas. Pero no pareciéndole bastante su castigo, cayó sobre este reino cuyos habitantes habían sostenido a los lápitas, se apoderó de él, y dispersó a sus moradores. La tercera expedición del ciclo fue la que emprendió contra la ciudad de Orminión, situada al pie del Pelión. El rey de esta ciudad, Amintor, había prohibido al héroe pasar por su territorio. Herakles le mató y se apoderó de su reino.

Vienen en seguida las aventuras que pueden calificarse de secundarias: la lucha contra los Centauros cuando estaba con Folos; el combate contra otro centauro, Euritión, que, invitado a una boda, trató de robar a la novia; Herakles llegó en aquel momento y le mató[734]; la resurrección de Alkestis, referida en la nota 207, y los combates contra Kiknos y Busiris que ya han sido referidos también.

Y ya no quedan sino sus últimas aventuras y su muerte. Estas aventuras están íntimamente unidas a su amor por Deianeira, con la que haba prometido casarse a su hermano, Meleagros, cuando bajó a los Infiernos a por Kerberos. Decidido Herakles a cumplir su promesa, se presentó a pedir su mano. Pero como he referido en la nota 143, no lo consiguió sin dificultades. Casados ya, permanecieron algún tiempo en Kalidón junto a Oineus, padre de Deianeira. Pero habiendo el héroe matado involuntariamente a Eunomos, hijo de Architelés, pariente de Oineus, niño que hacía en el palacio de copero (al echarle el niño en las manos agua templada destinada a los pies, Herakles, que en ocasiones tenía poca paciencia, le dio una bofetada; pero como tenía tanta fuerza, le mató), aunque Architelés le perdonó, el héroe, dolorido, no quiso permanecer más tiempo en Kalidón y partió, desterrándose voluntariamente,

---

[734] Otra versión dice que *Herakles* había seducido a la joven yéndose hacia el palacio de *Augeias,* tras prometerle casarse con ella a su vuelta. Durante su ausencia, el centauro la pretendió, y no atreviéndose su padre a negársela, iban a casarse cuando se presentó el héroe y mató al centauro.

llevándose con él a Deianeira y a Hillos. Y fue durante este viaje cuando tuvo que luchar por tercera vez con el centauro Nessos. Nessos habitaba a orillas del Evenos, donde ganaba la vida pasando de un lado a otro a los viajeros que se presentaban. Cuando Herakles llegó el centauro empezó por pasar a él y al niño. Pero al volver a por Deianeira, trató de violarla. Al pedir ella socorro, su marido atravesó el corazón del centauro con una flecha. En el momento de morir, Nessos dijo a Deianeira que si algún día Herakles dejaba de amarla, podía hacer renacer su amor preparando un filtro con la sangre que se le escapaba con la vida. Deianeira recogió esta sangre y la conservó. Y un día llegó, en efecto, en que Herakles, enamorado de Iole, hizo a ésta su concubina, lo que Deianeira supo por Lichas, compañero de Herakles. Entonces se acordó del filtro de amor y del consejo del centauro moribundo. Como Herakles, tras su victoria sobre Euritos, quisiese, en acción de gracias, consagrar un altar a Zeus, envió a Lichas a Trachis, para que pidiese a Deianeira una túnica nueva para ponérsela antes de la ceremonia. Y fue cuando Lichas dijo a ésta lo de los amores del héroe con Iole. Al saberlo Deianeira, celosa y deseando volver a atraerse a su marido, empapó la túnica, antes de entregársela a Lichas, en la sangre de Nessos. Naturalmente, Herakles, que no podía sospechar lo que había pasado, tras endosarse la túnica empezó a ofrecer el sacrificio. Pero a medida que la túnica se calentaba al contacto con el cuerpo, el veneno de que estaba impregnada redobló su violencia y empezó a metérsele a través de la piel. Pronto el dolor fue tal, que Herakles, incapaz de dominarse, cogió a Lichas por un pie y le lanzó al mar. Luego trató de arrancarse aquella tela que le abrasaba la carne. Pero el tejido se había pegado de tal manera al cuerpo que éste salía con él. En aquel estado, sufriendo horriblemente, fue transportado a Trachis en un barco. Deianeira, al verle llegar, dándose cuenta de lo que había hecho, se suicidó. Entonces, Herakles tomó sus últimas disposiciones. Confió a Hillos, a Iole, su amante, recomendándole que se casase con ella cuando estuviese en edad suficiente. Luego subió al monte Oeta, que estaba cerca de Trachis, y en lo más alto preparó un gran montón de leña sobre el que subió ordenando a sus servidores que le prendiesen fuego. Pero ninguno de ellos quiso obedecerle. Sólo Filoktetes (o el padre de éste, Poeas) se resignó a obedecerle apiadado de lo que sufría. En recompensa, Herakles le dio su arco y sus flechas. Mientras que la leña ardía, sonó de pronto un trueno terrible y el cuerpo del héroe fue transportado al Cielo por una nube[735].

---

[735] *Filoktetes*, depositario del arco y de las flechas de *Herakles*, había prometido a

En toda la mitología griega no hay una figura que ofrezca la variedad de caracteres que Herakles. Dios y héroe a la vez, es, ante todo, la personificación de la fuerza física y por ello protector, con Hermes y Apolo, de gimnasios y palestras. Inmediatamente y en virtud de una transición natural, es un dios de la guerra: la fuerza inclina a la violencia, la violencia a las armas, las armas a la lucha. Con lo que tenemos al Herakles *egemón* (que conduce, que manda; jefe de ejército; que manda en todos, incluso en el rey mismo), a Herakles *soter* (salvador), a Herakles *álexikakos* (que aleja los peligros). Con frecuencia era asociado también a divinidades curadoras, como Asklepios. Varios episodios de su vida hacían también de él una divinidad civilizadora. Se le invocaba asimismo como dios de la paz (la consecuencia natural de la guerra es la paz; el que domina, pacifica, al menos en apariencia) y de la riqueza: Herakles *talloforos* (portador de la rama del olivo, emblema de paz). Por gozar en el Olimpos de una juventud eterna en calidad de héroe invencible, era Herakles *kallinikos* (glorioso, vencedor). Los filósofos insistieron durante mucho tiempo sobre el carácter esencialmente moral que suponía la aceptación voluntaria por el héroe de gran número de sus pruebas y trabajos. A causa de ello, llegó a ser la personificación del deber, de la

---

éste no decir dónde había estado la hoguera sobre la que había muerto el héroe. Pero instado a declarar su secreto, para no faltar a lo jurado se limitó a ir al Oeta y a golpear con el pie, de un modo suficientemente significativo, el lugar en cuestión. En castigo, cuando marchaba en unión de todos los griegos camino de Troya, al llegar a Tenedos fue mordido en un pie por una serpiente al ir a celebrar un sacrificio. La herida se tornó al instante tan infecta y empezó a despedir un hedor tan insoportable, que *Ulises* convenció a sus compañeros de que abandonasen allí a Filoktetes. Así fue hecho, y durante diez o doce años el héroe vivió allí, en aquella isla desierta, alimentándose de las aves que cazaba con las flechas de Herakles. Otra versión decía que lo que le había herido era una de estas flechas que por descuido le cayó en el pie. Y que si le abandonaron no fue porque la herida despidiese mal olor, sino porque sufría tanto (las flechas estaban envenenadas), que incapaz de dejar de gritar, estos gritos turbaban los sacrificios. En todo caso, como al cabo de diez años Troya no había sido tomada, *Helenos,* el adivino troyano que había sido capturado por los griegos, le hizo saber que no tomarían jamás la ciudad, a menos de estar armados con las flechas de Herakles. Estas flechas la habían conquistado una vez, y sólo ellas la conquistarían la segunda. Entonces se vieron obligados a ir a buscar a Filoktetes. De ello se encargaron Ulises y *Neoptolemos.* Y una vez Filoktetes entre los griegos de nuevo, *Podaleirios* y *Machaón,* los médicos del ejército, le curaron la herida, que no tardó en cicatrizar. Tras la toma de la ciudad, Filoktetes fue de los pocos héroes griegos que pudieron volver a su patria.

abnegación y de la humanidad. No otra cosa expresaba, en resumen, la famosa alegoría *Herakles entre el Vicio y la Virtud,* de Pródikos, el sofista, tan justamente gustada y admirada en la antigüedad[736]. Una concepción diferente hace de él, apoyándose en sus viajes a los Infiernos, una divinidad chetónica.

E incluso, en virtud de una serie de degradaciones, y para que nada falte a su figura, otra concepción hacía de Herakles un héroe sensual, dado al vino y la buena mesa, de apetito voraz, bebedor infatigable, y amigo, por este concepto, de Dionisos.

Caracteres tan diversos hicieron de Herakles una de las figuras más populares de la mitología griega. De tal modo, que muchas ciudades acabaron por tomar su nombre. Y no fueron aún más, por haber tropezado en ciertos lugares con cultos locales ya muy arraigados: en Argos, a causa de Hera, su enemiga irreconciliable; en Delfos por su conflicto con Apolo por la posesión del trípode, lucha que, como se sabe, tuvo que terminar Zeus separándolos con un rayo; en Ática a causa de Teseus, héroe que tenía con él tanta semejanza. Los grandes centros del culto a Herakles eran, ante todo, el Peloponeso, donde, según Pausanias, se le ofrecían sacrificios como a un dios. En Arkadia era el héroe nacional. En Mantineia poseía un Herakleión. En Tegea era adorado al mismo tiempo que Poseidón. En Lakonia tuvo un santuario, en Esparta. En Tebas, su puesto en la religión oficial fue importantísimo; se asociaba a él a su compañero Iolaos. En Atenas tenía un santuario conocido con el nombre de Kinosarges, en la plaza de esta misma denominación, también a él consagrada, y en la que incluso había un gimnasio suyo. En las islas se han encontrado pruebas de su culto en Tasos, y, sobre todo, a lo largo del litoral de Asia Menor (Herakleia de Ponto, Kos, Rodas). De Grecia su religión pasó a Italia traída por los fundadores de colonias. Tuvo santuarios y culto muy importantes en Metaponte, Krotón, Lokres, Poseidonia, etc. De aquí pasó a Roma y de Roma a la Galia meridional.

La importancia de la figura plástica de Herakles fue enorme también, y sus aventuras los grandes manantiales de inspiración y los grandes motivos sobre los que se expansionó tantas veces el arte decorativo griego. Como ya he indicado, su imagen no faltaba jamás en palestras y gimnasios donde los que acudían a ellos, efebos y atletas, asociaban su culto al de Hermes. Pero mientras que el cuerpo de éste, de formas esbeltas y airosas, era emblema de la agilidad que reclamaban las palestras, el de Herakles,

---

[736] V. esta admirable alegoría en mi traducción de los *Recuerdos socráticos,* de Xenofón (lib. II, 1), de esta misma «Colección La Crítica Literaria».

con sus miembros poderosos y su musculatura enorme tal cual le concibió Lisippos y tal cual podemos aún hoy admitirle en el Hércules Farnesio, fue más bien la representación perfecta de la fuerza. En todo caso, en esculturas y cerámicas nos han llegado numerosas representaciones de sus trabajos. En una y otra le vemos adornado con sus atributos principales: en la época arcaica el arco, las flechas, la aljaba y la maza; como trofeo, la piel del león de Nemea. En un principio, el héroe era representado con el cabello corto (salvo algunas excepciones) y la barba crecida. El tipo perfecto de esta clase de Herakles es la mencionada estatua del Hércules Farnesio. Luego, a partir del siglo v, empieza a imponerse el tipo de Herakles imberbe. Polikleitos le representó así en una estatua célebre que tal vez estuvo primitivamente en Korintos, y que Plinio dice que fue traída a Roma. Reproducción de ella son, probablemente, la cabeza del museo Baracco y otra del Antiquarium del Caelio, ambas en Roma. El Herakles imberbe esculpido por Skopas para el gimnasio de Sikione, pasaba por una de las obras maestras del artista. Su mejor copia en la actualidad, parece ser la cabeza romana encontrada en Censano. Praxiteles había hecho también un Herakles juvenil. En fin, la cerámica y las monedas suministran más de un recuerdo de las grandes obras de los maestros mencionados, a los que imitaban a su modo.

HÉRCULES

El nombre Hércules, formado tal vez latinizando a través del etrusco el Herakles griego, va unido a una serie de leyendas romanas, sobre todo etiológicas y topográficas, que debemos a unos cuantos escritores latinos y que han sido integrados en *la vuelta tras Gerioneus*. Estas leyendas no son en modo alguno coherentes. La primera y principal es la aventura del héroe con un bandido del Aventino llamado Cacus, del que ya me he ocupado, que robó a Herakles varios de los bueyes que éste había cogido a Gerioneus. Para recuperarlos, el héroe tuvo que sostener con él un verdadero combate y darle muerte. El lugar de la lucha fue con el tiempo el *Forum boarium*. Otros detalles completan la permanencia de Herakles en el Latium: el rey Faunus le ofreció hospitalidad, pero luego quiso matarle; naturalmente, fue Hércules quien le mató a él. Propercio cuenta también, que tras su victoria sobre Cacus, sediento a causa de la lucha, pidió de beber a las sacerdotisas de la Buena Diosa, hijas de Faunus, pero éstas no le escucharon por no admitir en sus ceremonias sino mujeres ni querer trato con los hombres. Como venganza, Hércules instituyó en su propio altar un rito inverso: excluyó de él a las mujeres. La leyenda le ponía también en relación con Evandros, quien, por consejo de su madre, Carmenta (que le reveló la verdadera personalidad del héroe), le consagró un altar entre el Palatino y el Aventino. Aún se le atribuían ciertos grandes trabajos, especialmente la construcción de un dique y de un camino de ochocientos estadios (un poco más de 142 kilómetros) que separaban el mar del lago Lucrin, en la Campania.

El culto a Hércules, pese a la apariencia indígena que tomó en tiempo de Augusto, era, en Roma, de origen griego. Herakles era adorado en las principales ciudades de Italia meridional. Era el dios nacional de Metaponte, y el fundador de Krotón. Milón, el crotoniata vestido como Herakles, había conducido a sus conciudadanos a la conquista de Síbaris. De la Gran Grecia partió este culto hacia el Norte, apareciendo con el nombre de Hércules a fines del siglo vi en los monumentos etruscos. De Etruria pasó a Roma poco después. En esta ciudad tuvo Hércules varios santuarios. El más antiguo estaba en el Aventino, cerca de la puerta *Trigémina,* de donde, no tardando, entró en la ciudad. En las proximidades del Circo se le consagró el *Ara Máxima,* que hasta el año 312 a. d. J. no fue sino el santuario de una secta privada, tal vez pitagórica, de origen crotoniano. En este año, Appius Claudius suprimió secta y culto privado y transformó éste en un culto del Estado. Allí era ofrecido un sacrificio solemne cada año (un novillo o una ternera), el 12 de agosto, por el pretor urbano. Las mujeres, como en Krotón, estaban excluidas de la ceremonia, y lo mismo los esclavos, al menos al principio. También se procuraba apartar del santuario a cierta clase de animales (perros y moscas) en recuerdo de ciertas tradiciones. Luego tuvo otros santuarios en Roma, pero ya más recientes. *Hércules Cusios* (Hércules guardián, protector) tenía en el Campo de Marte, cerca del Circo Flaminius, un templo circular. No lejos de él había otro a Hércules y a las Musas, éste lleno de obras de arte, erigido el año 189 por M. Fulvius Nobilior. Esta asociación de Hércules a las Musas, por extraña que parezca, era aún un recuerdo de Krotón. Se sabe, en efecto, que los pitagóricos crotonienses habían establecido cierta relación entre Herakles y Apolo, y que se ponían siempre bajo la invocación de las Musas.

El arte romano ha dejado muchos Hércules que no son sino copias del Herakles griego. En cambio, los etruscos fueron bastante originales en sus representaciones del héroe. Luego, en la época romana, los relieves reproducían gustosos el tipo de Hércules sensual, especialmente el Hércules borracho, *Hércules bibax.*

LOS HERÁCLIDAS

Los Heráclidas, en la acepción más amplia de esta palabra, son no solamente los descendientes directos de Herakles, es decir, los hijos que el héroe tuvo con sus esposas y amantes, sino la progenie de éstos[737]. La

---

[737] DESCENDENCIA DE HERAKLES.—*Herakles* tuvo los siguientes hijos: Con las 50 hijas de Tespios, 50 hijos. Con MEGARA, la hija de Kreón, rey de Tebas, tres hijos, según Apollodoros; ocho, según Píndaros; cinco o cuatro, según otras leyendas, a todos los cuales mató en un ataque de locura. Con ASTIOCHÉ, hija de Filas, rey de los tesprotes (con la que se unió el héroe tras tomar la ciudad de Efira), a *Tleptolemos,* uno de los pretendientes de *Helene,* que se presentó en Troya con nueve navíos y fue muerto por Sarpedón. Con PARTÉNOPE, a *Everes.* Parténope era la hija de Stimfalos, héroe epónimo de la ciudad de este nombre junto al pantano célebre. Pelops, que no había podido vencerle con las armas, envenenó a este Stimfalos en un banquete. Con CHALKIOPE, la hija de Euripilos, rey de la isla de Kos, a *Tessalos.* Este envió a sus hijos Fidippos y Antifos a Troya, y al volver, tomada la ciudad, se establecieron en la región, a la que dieron el nombre de Tessalia en recuerdo de su padre. Con EPIKASTÉ, ora un hijo llamado *Tes-talos,* ora una hija llamada *Tessala.* Con AIGÉ, a *Telejos.* Aigé era hija de Aleos, rey de Tegea (Arkadia). Como un oráculo le había dicho que Aigé tendría un hijo que mataría a sus tíos (los Aloadai) y reinaría en su lugar, Aleos consagró a su hija a Atena, prohibiéndole casarse. Pero al pasar Herakles por Tegea, camino de Elis, para combatir a Augeias, estando borracho tras un banquete, violó a Aigé (sin saber que era la hija de su huésped), ora en el propio santuario de Atena, bien junto a una fuente próxima. Aleos, al ver que su hija estaba encinta, la metió, con el niño recién nacido, en un cofre que arrojó al mar. Según otra versión, la entregó a Nauplios, el navegante, para que lo hiciese él. Pero éste la vendió a unos mercaderes de esclavos, que, a su vez, se la cedieron al rey de Misia, que se casó con Aigé y adoptó a Telefos. Otra leyenda (recogida en una tragedia perdida de Sófokles) refería que Telefos quedó en un bosque de Arkadia. Que fue encontrado y criado por unos pastores. Que de mayor supo por el oráculo que su madre estaba en Misia. Y que habiendo ido allí, madre e hijo se habían reconocido cuando el rey de este país, que tenía a Aigé como a hija adoptiva, se la dio por esposa a Telefos en premio a la ayuda que éste le había prestado contra Idas, el argonauta, que quería quitarle el reino. Evitado incesto y crimen (pues Aigé, fiel al recuerdo de Herakles, había entrado en la cámara nupcial con una espada, dispuesta a matar a Telefos), madre e hijo volvieron a Arkadia. Con DEIANEIRA, a *Hillos, Klesippos, Glenos, Onités* y *Makaria.* Con OMFALE, reina de Lidia, a *Agelaos* y a *Tirsenos.* Con ASTIDAMEIA, a *Ktesippos.* Astidameia era hermana de Augeias. Casada con Kaukón, había tenido a Lepreos. Este había aconsejado a Augeias no solamente que no pagase a Herakles lo

admiración que el héroe-dios producía era tal, y su figura encarnaba tan perfectamente, sobre todo en un principio[738] el prototipo del héroe perfecto tanto por su fuerza y valor como por su moralidad (caballerosidad que diríamos hoy)[739], que muchas familias reales pretendieron ser Heráclidas,

---

convenido por limpiarle los establos, sino incluso que le encadenase y metiese en una mazmorra. Cuando el castigo de Augeias, Herakles se disponía a matar a Lepreos, pero a ruegos de Astidameia no lo hizo.

Se limitó a organizar un concurso entre él y Lepreos: a comer, a beber y a lanzar el disco. Vencido en todo, Lepreos, furioso, echó mano a las armas y atacó al héroe. Este entonces le mató. Con AUTONOÉ, Herakles tuvo a *Palaimón* (el Luchador), llamado así en recuerdo de una de las luchas de su padre. De HEBE, la hija de Zeus y de Hera, con quien se desposó en el Olimpos luego de su apoteosis, a *Alexiares* y a *Aniketos*. En fin, con MEDA, hija de otro Filas, rey éste de los dríopes, a *Antiochos,* Filas había atacado el santuario de Delfos, y por ello Herakles le combatió. Al vencerle, se llevó a Meda cautiva y la hizo su concubina.

[738] Digo en un principio porque con el tiempo, cuando ya la religión en baja y los poetas en alza, éstos se permitían en sus comedias y poemas poner en la picota a dioses y héroes. *Herakles* fue pintado ora como un héroe siempre famélico, capaz de devorar un toro entero, huesos y todo *(boufagos),* ora y bajo este segundo aspecto llegó a ser uno de los personajes favoritos de las escenas cómicas, haciéndole representar el papel de *Bakchos.* Es decir, rodeándole de un cortejo de silenos y de sátiros en estado de magnífica y total embriaguez y poniéndole como atributo, en vez de la honrosa maza, un *skifos,* vaso enorme para beber. Otros, más piadosos y amigos del héroe, si le quitaban maza y flechas era para ponerle en las manos una cítara, transformándole, a ejemplo de *Apolo,* en dios *Musagetes.*

[739] Cuando nosotros ahora, recorriendo su leyenda, vemos con la facilidad y tranquilidad con que mataba a los que consideraba sus enemigos, a veces por causas nimias, la «frescura» con que hacía suyas a cuantas mujeres le placían y la aun mayor con que, por ejemplo, *Tespios* se las arregló para que el héroe le dejase embarazadas a sus 50 hijas, no podemos menos de inclinarnos a pensar que *Herakles* era un enorme bárbaro y un asesino, más bien que un héroe, y que en punto a moralidad estaba tan necesitado de ella como todos los reyes, héroes al modo griego, dioses y semidiosas de aquel panteón. Pero claro es que nosotros pensamos así juzgando con el criterio actual y basándonos en lo que hoy se entiende por recto y por moral, conceptos que han evolucionado mucho desde entonces. En cambio, si para juzgarle nos tomamos la pena de trasladarnos con el pensamiento a su época y nos damos cuenta de que durante muchos siglos, en Grecia como en todos los pueblos de la antigüedad, el asesinato no era considerado como un crimen público cuya represión incumbía al Estado, sino como asunto privado que solucionaba bien la venganza, ora una indemnización en ganado o dinero (como hemos visto que le ocurrió al propio Herakles, que tras

para conseguir lo cual hicieron remontar su raza, sin preocuparse mucho del medio, hasta el héroe. Mas para la leyenda, los Heráclidas son, en realidad, los descendientes inmediatos de Herakles y de Daianeira, que colonizaron el Peloponeso. Veamos esta leyenda.

---

haber matado a *Ifitos* arregló el asunto dando al padre de éste lo que ganó durante su servidumbre de un año), comprenderemos que para los antiguos su manera de obrar una y otra vez no era en modo alguno criminal, sino cosa acostumbrada y corriente. En lo que afecta a su *moralidad* en relación con la cuestión sexual, esto ya, dados los vuelos que la libertad sexual va tomando en nuestros días, nos sorprende menos. El rey Tespios calculó que de un buen mozo como Herakles podía obtener lo que necesitaba: una magnífica raza de pastores para sus rebaños y de soldados para su ejército, y le fue ofreciendo sus hijas, como las gallinas de su corral a un buen gallo, sus vacas a un toro robusto y sus yeguas a un semental de raza escogida. Además, como ello no iba a impedirle casarlas, pues esto era simple cuestión de dote, ¿para qué se iba a privar de algo que mucho le convenía? Luego juzgando con el criterio de entonces, como es lógico hacerlo, no hay más remedio que reconocer no sólo que el rey Tespios era un padre excelente y un hombre sumamente previsor y avisado, sino que Herakles era el tipo acabado del *caballero,* el *gentleman* perfecto. Como no hay más remedio que justificar que las ciudades se enorgulleciesen de llevar su nombre y que muchas grandes familias hiciesen esfuerzos, aun a costa de prostituir un poquito, como hoy diríamos, quizá torpemente, a una de sus míticas antepasadas con tal de decirse descendientes del magnífico héroe. Sí; cada época tiene sus ideas. En cuanto a la moral, cosa es asimismo sumamente cambiante y elástica. Las nuestras y nuestra moral de hoy, ¿son acaso las mismas no ya que las de hace treinta siglos, sino tres siquiera, cuando Calderón de la Barca escribió sus admirables piezas teatrales basándose en los conceptos que había entonces sobre la religión, la realeza y el honor? Cuando oímos declamar ampulosamente: «Al rey la hacienda y la vida hay que dar; mas el honor es patrimonio del alma, y el alma sólo es de Dios», ¿no hay muchos que lo oyen como quien oye llover, si no es que se tuercen de risa? Pues ¿y cuando vemos a uno de los dignísimos caballeros de sus dramas creerse totalmente deshonrado porque su mujer le ha salido algo adúltera o la niña se ha permitido algunas distracciones sexuales con un afortunado varón? ¿No hace asimismo sonreír el verle dispuesto a enmendar la afrenta matando a su mujer, a su hija, al amante de ésta y a toda la familia y amigos de los burladores si viene a mano? ¿No nos choca que crea que cuanto estima que hay de mejor en él, su honra, nombre y fama, dependa de la entrepierna de su mujer, y opine asimismo que el mejor modo de lavar algo, incluso una afrenta, sea con sangre? Breve, juzguemos siempre, si queremos ser justos, a hombres y hechos según las ideas de su tiempo, no del nuestro. Y tras haber *purificado,* a mi vez, al bárbaro y simpático Herakles, hago punto.

Tras la muerte del héroe, sus hijos, desconfiando de Euristeus, se refugiaron junto a Keux, rey de Trachis. Pero éste, por temor a Euristeus, les hizo salir de su reino. Entonces, conducidos siempre por Hillos, pasaron a Atenas, donde Teseus (o sus hijos) se dispusieron a protegerlos contra Euristeus. Este, en efecto, invadió el Ática, pero fue muerto, así como sus cinco hijos[740]. Seguidamente, los Heráclidas invadieron el Peloponeso, apoderándose fácilmente de él. Pero un año después, habiendo caído sobre el país una peste terrible, el oráculo declaró que tal cosa ocurría por haberse impuesto los Heráclidas en el país antes del tiempo marcado por el Destino. Obedientes, abandonaron el Peloponeso y se instalaron en la llanura de Maratón. Mas como su ilusión era el país abandonado, volvieron a consultar el oráculo.

Éste les dijo que podrían realizar su deseo «tras la tercera cosecha». Entonces Hillos se dirigió, seguido de los suyos, hacia el istmo de Korintos. Pero el ejército de Echemos, rey de Tegea, les salió al encuentro. Habiendo desafiado Hillos a Echemos, lucharon mano a mano e Hillos fue muerto por su adversario. Entonces se retiraron. Aristomachos, nieto de Hillos, fue de nuevo a consultar el oráculo. La respuesta fue: «Los dioses te darán la victoria si atacas por los estrechos». O «por la vía estrecha». Como estas palabras eran ambiguas, Aristomachos creyó entender que la «vía estrecha» era el istmo, fue por allí y resultó muerto. Pasó el tiempo. Cuando los hijos de Aristomachos fueron mayores, el primogénito, Temenos, volvió a Delfos. Pero el oráculo se limitó a decirle lo que ya había dicho a su padre. Entonces él protestó: tanto su padre como su abuelo se habían perdido por seguir los consejos que habían recibido allí. El dios respondió a esto que la culpa no era suya, sino de quienes no habían sabido interpretar sus palabras. Por «tercera cosecha» había que entender «tercera generación»; y por «la vía estrecha», la vía del mar y de los estrechos, entre la costa de la Grecia continental y la del Peloponeso. Temenos, que con sus hermanos formaba la tercera generación, construyó una flota. Pero he aquí que un día se acercó al campo de los Heráclidas un adivino llamado Karnos. Venía con intenciones amistosas, pero ellos le tomaron por un espía, y uno de los Heráclidas, Hippotés, le mató con su jabalina. Al punto se levantó una tormenta que dispersó y arruinó los navíos al tiempo que el hambre empezaba a diezmar la tropa. El oráculo,

---

[740] La victoria les fue asegurada a *Heráclidas* y atenienses gracias al sacrificio de *Makaria,* hija menor de *Herakles* y *Deianeira,* que se ofreció voluntariamente a morir al declarar el oráculo que Atenas quedaría victoriosa si se sacrificaba a una joven noble.

al que se acudió una vez más, declaró que aquello ocurría por haber matado a Karnos; que el matador debía ser desterrado por diez años, y ellos tomar como guía en su marcha contra el Peloponeso al ser «con tres ojos». Temenos obedeció. Hippotés fue desterrado, y como a poco se presentase un tuerto montado a caballo, Oxilos, rey de Elide, expulsado de su país por un año a causa de un homicidio involuntario, Temenos comprendió que era él el de los tres ojos (el suyo y los del caballo), y dejándose guiar por él se apoderaron en breve del Peloponeso tras matar al rey de este país, Tisamenos, el hijo de Orestes.

CICLOS MÍTICOS PARTICULARES, LEYENDAS ATENIENSES

La figura más importante del ciclo ateniense es Teseus. Teseus es el más famoso de los reyes legendarios de Atenas. Ello justifica la importancia enorme que tuvo no solamente en la mitología griega, sino en la literatura y en el arte, pese a ser su vida y proezas tan semejantes a las de Herakles. Mas como si ciertamente es el más glorioso de los héroes que personificaban los fenómenos celestes del Ática, su clima y los accidentes de su suelo, en orden cronológico no es el primero, sino el último, veamos antes de llegar a él a otros personajes míticos que le precedieron, personajes también famosos, de cuyas aventuras se apoderó la poesía popular, acabando por fundar con ellas la historia primitiva de Atenas, historia no por mítica menos gustada y celebrada[741].

KEKROPS

Kekrops[742] era, según las más antiguas tradiciones, el primer rey indígena del país. Históricamente, se pretendió ver en él al jefe de una colonia egipcia. Se le suponía nacido del mismo suelo de Ática, y por ello, como todos los hijos de la tierra, tenía la parte superior del cuerpo como un hombre, la inferior en forma de cola de serpiente[743]. Se atribuía a

---

[741] Según Apollodoros (III, 14, 15), los reyes míticos del Ática se sucedieron en el orden siguiente: 1.°, Kekrops; 2°, Kranaos; 3.°, Amfiktión; 4.°, Erichtonios; 5.°, Pandión; 6°, Erechteus; 7.°, Kekrops II; 8.°, Aigeus; 9.°, Teseus. Pausanias (I, 2, 6) coloca a la cabeza de la lista a Aktaios. Ciertos de estos nombres no son sino expresiones de la configuración del Ática o de la manera de vivir en ella. *Aktaios,* por ejemplo, quiere decir: situado sobre la orilla, que vive cerca del borde, que reside junto a la orilla y la protege; *Kranaos,* duro, áspero, rocoso; *Amfiktión* envuelve la idea de habitar alrededor, de ser vecino.

[742] V. n. 184.

[743] Si se tiene en cuenta que la significación general, en la mitología indoeuropea, de estos monstruos, mitad hombres, mitad serpientes, es la de la nube tempestuosa o del relámpago, se reconoce fácilmente en las hijas de *Kekrops, Herse, Aglauros* y *Pandrosos* no solamente el rocío, como indica el nombre de la primera, sino las ninfas de la lluvia que riega y fecunda los campos. Aglauros y Pandrosos fueron siempre, además, epítetos de una diosa de la *Tierra* cuyo culto debió de ser muy antiguo en la Akrópolis de Atenas. Las atribuciones de esta diosa fueron heredadas, en parte, por *Atena.* A las mencionadas hijas de *Kekrops* fue a quienes confió esta diosa al pequeño *Erichtonios.* (V. n. 184, 185.)

Kekrops la fundación, en la parte más elevada de la Akrópolis, de la Atenas primitiva, allá por el siglo xvi a. d. J. Más tarde, cuando esta primitiva ciudad fue conquistada por el clan de Maratón, tribu que realizó la unidad del Ática en tiempos de Teseus, *Kekropeia,* nombre que había tomado el Ática a causa de Kekrops, quedó cambiado en *Atenaia.* Fue, se decía, bajo el reinado de Kekrops, cuando Atena y Poseidón se disputaron la posesión de la ciudad de la Akrópolis. Kekrops y Kranaos fueron los árbitros, según una tradición; según otra, los demás grandes dioses. Ganó la disputa Atena a causa de haber ofrecido a la ciudad el *olivo* en vez de un lago salado que Poseidón había hecho surgir de un golpe de tridente. Se decía también que Kekrops había enseñado a los hombres a construir ciudades, a enterrar a los muertos y la escritura.

KRANAOS

Kranaos, hijo también del suelo, sucedió a Kekrops en el trono de Atenas, pues el hijo de éste, Erisichtón, había muerto joven y sin descendencia. Como al fallecer Kekrops, Kranaos era el más poderoso de los ciudadanos, en él recayó el poder. De su unión con Pedias nacieron tres hijas: Kranaé, Kranaichmé y Attis. Esta dio nombre al país, que desde entonces se llamó *Ática.* Habiendo casado a una de sus hijas con Amfiktión, hijo de Deukalión, Kranaos fue desposeído del poder por su yerno. Se mostraba en Atenas la tumba de Kranaos.

AMFIKTIÓN

Sobre Amfiktión, segundo hijo de Deukalión y de Pirra, casado con una hija de Kranaos, al que expulsó del poder, como él mismo lo fue por Erichtonios diez años después, véase la nota 184.

ERICHTONIOS

Durante mucho tiempo, Erichtonios y Erechteus fueron confundidos, cual ocurre en la *Ilíada* misma. Hace falta llegar al *Kritias,* de Platón, para ver en ellos dos personajes distintos. Primitivamente uno u otro, puesto que se los confundía, eran un dios-rey mítico cuyo nombre, Erechteus, significaba «el que conmueve la tierra». Por consiguiente, este personaje plural y uno, pasaba por hijo de la tierra y como tal divinidad chetónica era representado, como Kekrops, mitad hombre, mitad serpiente. Más tarde, Erichtonios, Erisichtón y Erechteus formaron la tríada masculina correspondiente a la tríada femenina Herse, Aglaurios, Pandrosos, ramillete de seis divinidades locales agrícolas, esencialmente áticas, que acabaron por ser destronadas por Atena y Poseidón. Erechteus, sobre todo, fue absorbido por este dios, que era adorado en Atenas con el nombre de *Poseidón-Erechteus*. El lago que el dios del mar había hecho surgir de un golpe de tridente cuando su disputa con Atena por la posesión de la ciudad era llamado *Erechteis-talassa*. Pero con el tiempo el Erichtonios-Erechteus se desdobló en dos personalidades distintas, y de Erichtonios, que empezó a ser considerado como anterior a Erechteus, se refería lo siguiente: En cuanto a su origen, ora se le hacía hijo de Attis, la hija de Kranaos; ora, y era la leyenda más corriente, de Hefaistos y de Atena, en la forma que he referido ya hablando de estos dioses[744]. Como también he dicho ya, Atena confió el pequeño Erichtonios a las hijas de Kekrops, tras meterle en un cesto, recomendándoles que no lo abriesen. Empujadas por la curiosidad, desobedecieron, y al ver que del cesto salía una serpiente que corría a refugiarse junto a la estatua de la diosa, enloquecidas por el terror se mataron al precipitarse desde lo alto de las rocas de la Akrópolis.

PANDIÓN

Pandión era hijo de Erichtonios y de Praxitea, una náyade. Uniéndose a Zeuxippe, hermana de su madre, tuvo dos hijos y dos hijas. Erechteus y Boutés y Prokné y Filomela; más un bastardo, Oineus, que nada tiene que ver con el rey de Kalidón de este mismo nombre. En guerra Pandión con Labdakos, su vecino de Tebas, el primero llamó en su ayuda a Tereis, el tracio, hijo de Ares. Y habiendo obtenido con su ayuda la victoria, le casó con Prokné. Tereis, encaprichado de Filomela, la violó. Y para que no pudiese decir lo que la había ocurrido le cortó la lengua. Pero Filomela bordó en una tela su desgracia, con lo que Prokné no tardó en saberlo. Entonces, para vengarse, Prokné mató a Itis o Itilos, el hijo que había tenido con Tereis; le coció, preparó con el cocimiento un manjar y se lo hizo comer al adúltero. Luego huyó en compañía de Filomela. Al darse cuenta de lo que había ocurrido cogió un hacha y se lanzó tras ellas, alcanzándolas en Daulis (Fókide). Las dos hermanas, aterradas al verle llegar, invocaron el auxilio de los dioses. Estos, apiadados de ellas, las transformaron en aves: Prokné, en ruiseñor; Filomela, en golondrina. El propio Tereis fue cambiado en abubilla. En cuanto a Pandión, murió de pena. Se decía también que durante su reinado habían venido al ática Dionisos y Demeter. A su muerte, el poder fue dividido entre sus dos hijos: Erechteus heredó el trono; Boutés, el sacerdocio.

---

[744] V. n. 184, 185.

ERECHTEUS

Erechteus, una vez diferenciado de Erichtonios, se le hizo hijo de Poseidón y de Zeuxippe. Unido, a su vez, a Praxitea, tuvo con ella numerosos hijos[745]. En guerra con los de Eleusis, Erechteus preguntó al

---

[745] Entre las hijas de *Erechtcus,* dos, *Oreiíiia* y *Prokris,* tenían cada una su leyenda particular. Oreitiia había sido robada (o raptada, si gusta más) por *Bóreas,* el viento del Norte, un día que jugaba con sus compañeras al borde del Ilisos, y transportada por este dios en sus brazos poderosos hasta las heladas regiones de su reino, en Trakia. Oreitiia simbolizaba, tal vez, la brisa que en primavera y verano refrescaba con su soplo grato las abrasadas campiñas del Ática, hasta que era sustituida (robada, arrebatada de allí) por la violencia del viento del Norte. Como este viento frío, personificado en Bóreas, se desencadena más en Ática que en cualquier otra región griega, se comprende que llegase a ser una de las divinidades temidas y por ello héroe favorito de las tradiciones populares. Sin contar que contribuyó a ponerle en candelero el hecho siguiente: Cuando la invasión de Xerxes, la flotilla griega, refugiada en Chalkis, puerto de Euboia, esperaba con ansiedad los acontecimientos. Un oráculo consultado en aquella ocasión con doble motivo, pues el peligro era muy grande, aconsejó a los atenienses que invocasen «a su yerno» para que éste viniese en su socorro. Este yerno no podía ser otro que Bóreas, esposo de Oreitiia, hija de Erechteus, antecesor de los atenienses. Sacrificaron, pues en honor del viento del Norte, y el azar quiso que se desencadenase una tempestad que destrozó las naves persas contra los contrafuertes del Pelión. Tras el triunfo definitivo, los atenienses levantaron un altar a Bóreas al borde del Ilisos (Herodotos: *Historias,* VII, 189) para pagarle la deuda con él contraída.—Sobre Prokris, véase la nota 279. Una variante a la leyenda que en esta nota se refiere dice lo siguiente: En vez de huir Prokris a Kreta, junto a *Minos,* cuando *Kefalos* se enteró de que le engañaba con *Pteleón* (que para seducirla le había regalado una corona de oro, así como Minos, por las mismas complacencias, la jabalina que no erraba el golpe y el perro al que no se le podía escapar animal alguno al que persiguiese cazando) marchó junto a *Artemis,* adonde fue a lamentarse de su infortunio. Porque, en efecto, no deja de ser un infortunio, cuando se es infiel, que el marido se entere, sobre todo si no es de los mansos. Y a ella le había ocurrido que enamorada Eos (la Aurora) del bello Kefalos, que resistía a la diosa pretextando que le dolía engañar a Prokis, pues la creía fiel, Eos le dijo (sin duda tenía experiencia en cuestiones semejantes) que la pusiese a prueba y vería lo que duraba la tal fidelidad. Entonces Kefalos, disfrazándose de extranjero, se acercó a Prokris lleno de dádivas. Y como siempre ha sido cosa probada que «dádivas ablandan peñas», Prokris se dejó ablandar. Y fue cuando, al darse a conocer el dadivoso y ver que no era otro que su marido, Prokris, avergonzada (o temerosa), escapó junto a Artemis. Tras haber recibido de

la diosa los regalos mencionados, perro y jabalina, Artemis la envió, transformada en un joven cazador, a provocar a su marido en esta cuestión. Y al rogar Kefalos al joven afortunado que le vendiese sus dos tesoros, Prokris, recobrando su forma natural, le prometió concedérselos gustosa si él volvía a amarla como antes. La reconciliación quedó pactada, y fue a poco cuando Prokris, celosa, a su vez, de Eos, halló la muerte espiando a su marido.

Otra leyenda hace a Prokris hermana de *Prokné* y de *Filomela* y, por tanto, hija de *Pandión.* Así como una variante a la leyenda de Prokné y Filomela, referida hablando de Pandión, su padre hacía de Filomela la mujer de *Tereis,* inviniendo su papel con el de su hermana. Esta versión fue la aceptada, en general, por los poetas romanos, que hacían de Filomela el ruiseñor, y de Prokné, la golondrina. Pero la forma más antigua de este mito se encuentra en la *Odisea,* donde el pájaro lleva su nombre corriente, *Aedón.* En efecto, según este mito antiguo, Aedón, hija de *Parídmeos,* estaba casada con *Zetos.* (V. n. 105 y 108.) No teniendo sino un hijo, envidiaba la fecundidad de su cuñada *Niobe,* mujer de *Amfión.* Llevada por su envidia, trató de matar al hijo mayor de Niobe mientras dormía. Pero por error mató al suyo, It*ilos.* Incapaz de soportar su dolor, imploró la piedad de los dioses, que la transformaron en ruiseñor.

Hay aún otra leyenda interesante relativa al ruiseñor. Según ésta, Aedón estaba casada con un artista, *Politechnos* (hábil en muchas artes), y había tenido de él un hijo, *Itis.* Mientras honraron a los dioses fueron dichosos. Pero su misma dicha los cegó y empezaron a alabarse de que eran más felices que *Zeus* y *Hera.* Entonces Hera les envió a *Eris* (la Discordia), que les inspiró deseos de emulación. Se pusieron, pues, a trabajar a ver quién lo haría mejor: él, a construir un carro; ella, a tejer. El que acabase el primero daría un servidor al otro. Aedón, ayudada por Hera, ganó. Él, herido en su amor propio, decidió vengarse. Habiendo ido a Efesos, pidió permiso a su suegro para llevarse con él a Kolofón a su cuñada *Chelidón.* En camino, deshonró a ésta, le cortó los cabellos, la vistió como a un esclavo y la amenazó de muerte si decía lo que había pasado. Chelidón sirvió algún tiempo a su hermana sin ser reconocida por ésta. Pero como un día contase su infortunio a la fuente, su hermana la reconoció. Entonces ambas decidieron vengarse. Mataron a Itis y se lo hicieron comer a su padre; luego huyeron a Miletos. Politechnos, al saber por un vecino lo que habían hecho con él, salió en persecución de ambas mujeres; pero detenido por criados de *Pandáreos,* a quienes ellas habían contado todo, fue desnudado, untado de mil y expuesto, atado, en un prado. Habiendo tenido piedad de él, Aedón empezó a espantar a las moscas que le atormentaban. Pero sus hermanos, indignados, quisieron matarla. Zeus tuvo piedad de esta pobre familia y los convirtió a todos en pájaros. Pandáreos, en águila de mar; *Harmotoé,* la madre de Aedón, en alción; Politechnos, en picoverde; el hermano de Aedón, en abubilla; Aedón, en ruiseñor; Chelidón, en golondrina, como significa su nombre.

El nombre de Pandáreos iba unido también a un mito curioso. Cuando *Rea,* para salvar a Zeus de la voracidad de *Kronos,* le escondió en una caverna de Krete,

oráculo cómo podría obtener la victoria. El oráculo le respondió que sacrificando a una de sus hijas. Vuelto a Atenas, sacrificó, según unos, a Chtonia; según otros, a Protogeneia. Todas las demás hermanas, que habían hecho voto de no sobreviviría, se suicidaron. Erechteus obtuvo la victoria; pero habiendo muerto en la batalla Eumolpos, que luchaba al lado de los de Eleusis, Poseidón, su padre, obtuvo de Zeus que fulminase a Erechteus con uno de sus rayos. Se atribuía a Erechteus la introducción de

---

puso a su lado una cabra para que le alimentase y un perro mágico de oro para que cuidase de él. Pandáreos robó este perro y se lo confió a *Tántalos,* que luego, al reclamárselo, juró que no se lo había dado. Zeus intervino en la disputa, transformando a Pandáreos en roca y metiendo a Tántalos bajo el monte Sipilos, en Lidia. Otra leyenda decía que quien reclamó el perro a Tántalos fue *Hermes,* de parte de Zeus. Y que como negase siempre haberle recibido fue castigado, como queda dicho. En cuanto a Pandáreos, atemorizado, huyó con Harmotoé, su mujer, y sus hijas, primero a Atenas y después a Sicilia. Pero Zeus mató al matrimonio. En cuanto a las hijas, apiadadas de ella *Alena, Hera, Artemis* y *Afrodite,* las colmaron de excelencias. Pero un día que esta última subió al *Olimpos* a pedir a Zeus que les diese buenos maridos, las *Harpías* cayeron sobre ellas, las arrebataron y se las dieron como esclavas a las *Erinies,* en los Infiernos.

Héroe también muy popular en Atenas era *Ión,* el antecesor fabuloso de la raza que dominó en Ática y que luego sus descendientes, tras poblarlas, dieron su nombre a las florecientes colonias *iónicas* de Asia Menor. La historia de Ión es bien conocida, gracias a una tragedia de Eurípides. *Kreousa,* hija de *Erechteus,* cogía un día flores en la falda de la Akrópolis, cuando fue sorprendida por *Apolo,* que consiguió hacerse amar de la joven. De estos amores nació un hijo que Kreousa abandonó en una caverna para ocultar su vergüenza. El niño fue recogido por *Hermes,* transportado a Delfos y criado en el santuario de su padre. Cuando fue mayor, se le adscribió al culto del dios. Entre tanto, Kreousa habíase casado con *Xutos* (el rubio, el de la brillante cabellera; según los mitógrafos modernos, Apolo, transformado en héroe), hijo de *Aiolos,* en recompensa a los servicios que había prestado a los atenienses, uniéndose a *Erechteus* contra los tracios o contra los de Euboia. Pero, no teniendo hijos, fueron a consultar a Delfos. La *Pitia* les respondió que el primer ser humano que encontraría Xutos al salir del templo sería su hijo. Y como el primero que vieron sus ojos fue Ión, le reconoció como tal siguiendo la voluntad del dios. Pero, Kreousa, imaginándose que el joven era un hijo ilegítimo de su marido, trató de envenenarle. Ión, al descubrir tal proyecto, persiguió a Kreousa hasta el pie del altar de Apolo. E iba a matarla cuando la Pitia intervino, explicó el misterio y demostró a Ión que Kreousa era su madre. Madre e hijo, felices, cayeron el uno en brazos del otro. En cuanto a Xutos, se dio por satisfecho al declararle Atena y prometerle, en nombre de Apolo, que Kreousa le daría dos hijos ilustres: *Doros* y *Achacos.* Ión ocupó el trono de Erechteus, y sus hijos fueron los jefes de las cuatro tribus primitivas de Atenas.

las *Oanetoneas* y la invención del carro; éste por inspiración de Atena. Tenía un templo en Atenas, el *Erechteión*, templo doble, consagrado por una parte a Atena y por otra a Poseidón-Erechteus.

AIGEUS

Tras el breve reinado del séptimo rey de Atenas, Kekrops II, hijo de Erechteus, subió al trono Aigeus, hijo de Pandión. Éste, expulsado de Atenas por una revolución, se refugió en Megara, donde se casó con Pilia, hija de Pilas, rey de esta ciudad, con la que tuvo cuatro hijos: Aigeus, Likos, Nisos y Pallas[746]. Aigeus se casó, primero, con Meta, luego con Chalkiope. No habiendo tenido hijos de ellas y deseando tenerlos, tras introducir en Atenas el culto a Afrodite *Ourania*, a cuya cólera atribuía su esterilidad, fue a consultar al oráculo, que le dio la siguiente respuesta: «No desates, ¡oh tú el más excelente de los hombres!, la boca que sobresale del pellejo del vino antes de haber llegado a lo más alto de la ciudad de Atenas». Volviendo a esta ciudad sin haber comprendido, se detuvo en Trezene, donde fue el huésped del rey Pitteus, hijo de Pelops. Este, oyendo el oráculo que preocupaba a Aigeus, se apresuró a embriagarle y aquella noche le unió con Aitra, su hija (la misma noche en que Poseidón había violado a la doncella poco antes). Al partir, Aigeus encargó mucho a Aitra que si daba a luz un hijo le criase sin decirle el nombre de su padre, y que cuando el niño fuese ya un joven le llevase

---

[746] *Likós*, cuando los hijos de *Pandión* volvieron a Atenas, obtuvo para él una parte del Atica. Pero, expulsado pronto por *Aigeus*, se refugió en Mesina. Además de sacerdote era adivino afamado. Se le atribuía la fundación del culto a Apolo *Likio*. *Nisos*, el segundo de los hijos de Pandión, obtuvo la ciudad de Megara. Cuando *Minos* vino a sitiar esta población para vengar la muerte de *Andrógeos*, *Skille*, la hija de Nisos, se enamoró de él (Minos pasaba por muy hermoso). Ahora bien: Nisos era invencible mientras conservase un pelo purpúreo (otros dicen de oro) que tenía, entre los demás, en la bien poblada cabeza. Skille, con tal de dar la victoria al hombre que amaba, cortó el cabello en cuestión aprovechando que su afortunado propietario dormía, tras haber hecho prometer a Minos que, una vez triunfante, se casaría con ella (recuérdese un episodio semejante entre *Amfitrión* y *Komaeto*, en que el cabello estaba en la cabeza de *Pterelaos*). Gracias a Skille, Minos pudo apoderarse de Megara. Pero, en vez de casarse con ella, lo que hizo fue atarla a la proa de su navío haciendo que se ahogase. Los dioses, compasivos siempre, como es justo, con los enamorados, la transformaron en ave: la garza. *Pallas*, el más pequeño de los hermanos, se rebeló en unión de sus 50 hijos, los *Pallantides*, contra *Teseus*, al que consideraban como un usurpador. Pero fueron vencidos y Pallas muerto por el héroe.

junto a una roca enorme, bajo la cual puso sus sandalias y su espada; y cuando fuese capaz de apartarla y coger lo que encerraba, que entonces, sólo entonces supiese quién era su padre. Nació el niño, que fue Teseus. En cuanto a Aigeus, al regresar a Atenas, se encontró con Medeia, que le aseguró que si se casaba con ella cesaría su esterilidad. Aigeus la escuchó y, en efecto, tuvo con ella a Medos. Más tarde, cuando años después llegó Teseus a Atenas, Medeia quiso envenenarle. Pero habiéndose reconocido padre e hijo, fue Medeia la que tuvo que salir de la ciudad con su hijo Medos. Cuando Androgeus, hijo de Minos y de Pasifae, atleta que sobresalía en toda clase de ejercicios, vino a Atenas a tomar parte en los juegos, venció fácilmente a todos sus competidores (Teseus no estaba aún en la ciudad). Envidioso Aigeus le incitó a que fuese a matar al toro de Maratón. Obedeció el joven, pero fue muerto por este animal. A causa de ello, Minos invadió el Ática e impuso a Atenas el tributo de siete jóvenes y siete muchachas, que originó la expedición, años más tarde, de Teseus contra el Minotauros. Y fue de vuelta cuando el héroe, victorioso, llega a Atenas sin acordarse de la recomendación de su padre, que le había encargado que de no morir en la empresa cambiase las velas negras con que salía el barco por otras blancas en señal de triunfo, cuando Aigeus, que impaciente escrutaba continuamente el horizonte, al ver el oscuro velamen, creyendo que su hijo había perdido la vida en la empresa, se arrojó al mar desde el acantilado donde avizoraba. Mar que desde entonces llevó su nombre: Aigeus (Egeo).

TESEUS

Teseus, como hemos visto en la vida de Aigeus, era hijo de Aitra. Pero su padre tanto lo podía ser Aigeus como Poseidón, que la misma noche, y antes que aquél, había violado a Aitra en una isla adonde la joven, engañada por un sueño que la envió Atena, había ido a ofrecerle un sacrificio[747]. Teseus pasó su infancia en Trezene bajo la custodia de su

---

[747] *Aitra* (el aire puro), *Aigeus* (la ola que bate la orilla), *Poseidón,* el dios del mar. *Teseus,* pues, era la personificación del Sol que cada mañana levanta la cabeza sobre las olas en la magnificencia de un cielo sereno. Héroe solar, como *Herakles* (el segundo Herakles era llamado por los antiguos), su leyenda parece un calco, con leves variantes, de la del hijo de *Alkmene.* En efecto, si Zeus había engendrado a Herakles la misma noche que Alkmene se dio a *Amfitrión,* Aitra había sido violada por Poseidón la noche misma en que luego la joven fue amada por Aigeus. Si la carrera de Herakles fue una carrera ininterrumpida de victorias sobre gigantes y bandidos, la de Teseus, lo mismo. Si Herakles bajó a los

abuelo Pitteus. Aigeus, temiendo a los Pallántides, sus sobrinos, no quiso que fuese a Atenas antes de ser adulto. Pero junto a su abuelo, Teseus crecía al mismo tiempo que en años, en estatura, en fuerza y en arrojo. Se contaba que habiendo pasado un día Herakles por Trezene, al dejar en el suelo la piel de león que llevaba siempre como trofeo, todos los niños huyeron aterrados. Sólo Teseus arrancando un hacha de manos de un servidor se abalanzó al terrible despojo creyéndole un animal vivo. Adolescente, apenas de dieciséis años, Teseus era ya tan vigoroso, que tras un viaje a Delfos para ofrecer al dios sus cabellos, como era costumbre, pero que él no cortó completamente, Aitra, su madre, juzgando que era llegado el momento oportuno, le reveló el secreto de su paternidad bien guardado hasta entonces. Luego le llevó hasta la enorme piedra bajo la cual Aigeus había dejado sus sandalias y su espada. Teseus la apartó sin esfuerzo y cogió el trofeo paternal.

Como Herakles estaba en aquel momento junto a Omfale, en Lidia, y todo el país se hallaba infestado de bandidos y de peligros, Aitra y Pitteus instaron repetidamente al valeroso joven para que marchase al Ática por mar. Pero él, seducido por la gloria de Herakles y por los relatos de sus hazañas, que andaban en boca de todos, y deseando imitarle, no les quiso escuchar. Púsose, pues, en marcha por tierra, y con el primer enemigo que se encontró al llegar a Epidauros fue con Perifetes, gigante armado de una maza enorme con la que aplastaba a cuantos pasaban por allí. Teseus le mató y se apoderó de su maza, de la que en adelante hizo su atributo distintivo (exactamente como Herakles). Poco después, en el istmo de Korintos, encontró a Sinis, gigante hijo de Poseidón, dotado de fuerza prodigiosa. Era llamado «el torcedor de pinos» porque tenía la costumbre de doblar dos de estos árboles, a cuyas copas ataba a sus prisioneros, una pierna y un brazo a cada una. Luego soltaba los árboles, que al enderezarse recobrando su postura natural descuartizaban a los desgraciados. Teseus acabó con él. Un poco más lejos tuvo que habérselas con un terrible jabalí (o una cerda ferocísima), el jabalí o la cerda de Krommión. También acabó con este animal (recuérdese el jabalí del Erimantos, de Herakles). Siguió su camino. Al llegar al sitio denominado las Rocas Skironianas, se encontró con otro vástago de Poseidón, Skirón,

---

Infiernos, Teseus no dejó de hacerlo. Si Herakles encontró monstruos en su camino, Teseus también. En fin: si Herakles tuvo un fin desdichado, el de Teseus no fue afortunado tampoco en modo alguno. Todo parece indicar, pues, que los atenienses, envidiosos de la suerte de Tebas y de Argos, quisieron para ellos un héroe semejante y dieron nacimiento a Teseus.

que habíase instalado en el territorio de Megara. Este hombre, gigante y de grandísima fuerza, obligaba a cuantos pasaban por allí a lavarle los pies. Y cuando estaban haciéndolo los arrojaba al mar, donde eran devorados por una tortuga enorme, tras deshacerse contra los escollos. Por obra de Perseus, él mismo fue pasto de la tortuga. En Eleusis luchó con Kerkión (como Herakles había luchado con Antaios), al que aplastó entre sus brazos. Ya en Ática al fin, y a orillas del Kefisos, hizo justicia con otra calamidad de los caminos: un tal Damastes, gigante llamado también Prokroustes o Polipemón, que obligaba a los viajeros que caían en sus manos, si eran de buena estatura, a acostarse en un lecho muy corto, cercenando, para ajustarles a él, la parte de los pies que sobresalía; si eran de pequeña estatura, en un lecho enorme, y entonces tiraba de ellos hasta hacerlos llegar adonde se proponía. Tras matarle y ser purificado poco después por los fitálidas al borde mismo del Kefisos, entró al fin en Atenas el octavo día del mes de Hecatombaión (julio).

Como llegase ataviado aún como un efebo, su túnica demasiado larga y la compostura de sus rubios cabellos movieron a burla a los obreros que terminaban el frontón del templo de Apolo *Delfinios*. Teseus, sin responderles, se limitó a desuncir los bueyes de un carro próximo, tras lo cual cogió al carro y le lanzó muy por encima de la parte superior del edificio.

Atenas estaba a la sazón en poder de Medeia[748], que mediante sus artes y encantamientos habíase hecho dueña de la voluntad de Aigeus. La maga adivinó en seguida quién era el joven héroe que llegaba precedido de gran fama como destructor de bandidos. Y decidida a acabar con él, convenció a Aigeus de que le invitase a un banquete, preparando, para realizar su propósito, una copa con veneno. Teseus aceptó. Pero como en medio de la comida sacase su espada con el pretexto de cortar la carne, Aigeus, al verla, se dio cuenta de quién era verdaderamente, volcó la copa con el veneno, le reconoció y proclamó su personalidad ante todos los presentes, y repudió y desterró a Medeia[749].

---

[748] V. n. 374.

[749] Una variante de la leyenda dice que *Medeia* ensayó primero hacer perecer a *Teseus* animándole a combatir contra el toro de Maratón (toro famoso traído por *Herakles* de Kreta; famoso *y* terrible, pues hasta echaba fuego por las ventanas de las narices); que Teseus le capturó, le encadenó y le ofreció en sacrificio a Apolo *Delfinios*. Y que fue precisamente cuando sacaba la espada para sacrificarle, cuando su padre le reconoció. También durante esta caza, que en general es referida más tarde, se coloca el episodio contado por Kallímachos en un poemita que se hizo célebre: «Teseus había pasado la noche que precedió a la captura del

Una vez Teseus reconocido, se dedicó a consolidar la autoridad de su padre, que mucho lo necesitaba. Para ello empezó por luchar y vencer a sus primos, los 50 hijos de Pallas, que al ver amenazados sus derechos al trono de Atenas atacaron la ciudad. Luego, para hacerse más popular aún, fue a entendérselas con el toro que devastaba la región de Maratón (el famoso toro que Herakles había traído de Krete). Y apenas había acabado con él, he aquí que se presentaron los enviados de Minos a reclamar por tercera vez el tributo de siete jóvenes y otras tantas muchachas, designados a suertes, que cada nueve años iban a ser pasto del Minotauros. Teseus, ora para calmar a los atenienses que a causa de ello protestaban contra Aigeus, ora movido a compasión por las lágrimas de las víctimas y de sus parientes y allegados, decidió partir con ellos dispuesto a luchar con el monstruo. Al partir de Atenas, Aigeus dio a su hijo dos juegos de velas: unas negras, las que llevaba el barco, puesto que el viaje era funesto; otras blancas, que debería poner en lugar de las anteriores si volvía victorioso[750].

Llegado a Krete fue encerrado en unión de las catorce víctimas en el «palacio del Minotauros» (el Laberintos). Pero antes Ariadne, hija de Minos, que apenas vio a Teseus, se enamoró de él, decidida a salvarle, le dio, para que pudiese salir del Laberintos, un ovillo de hilo que encargó al

---

cornúpeta flamígero en la choza de una pobre anciana, *Hekalé,* que, sobre atenderle lo mejor que pudo, al saber lo que se proponía prometió ofrecer un sacrificio a *Zeus* si le hacía volver con vida». Cuando Teseus, en efecto, volvía, cumplida su proeza, ya la pobre anciana, que había muerto la víspera, estaba sobre la hoguera destinada a consumir su cuerpo. Teseus fundó entonces, en su honor, el culto a Zeus *Hekalesios.*

[750] Otra leyenda pretende que fue el propio *Minos* el que se presentó en Atenas a reclamar el tributo. Y que, camino ya de vuelta, se enamoró o encaprichó de una de las cautivas, *Peroboia,* que en unión de su hermana, *Eriboia* (hijas ambas del rey *Alkatoos,* de Megara), figuraba entre las víctimas destinadas al *Minotauros.* Como Minos tratase de violarla, la joven llamó en su auxilio a *Teseus.* Naturalmente, hubo sus palabras. Y como Minos mostrase desprecio hacia el intruso, Teseus le declaró que sobre estar dispuesto, si hacía falta, a demostrarle que era más fuerte que él, era asimismo tan noble como él. Pues si Minos era capaz de probar que era hijo de *Zeus,* él probaría que lo era de *Poseídón.* Minos invocó al punto a su padre, que, solícito, dejó ver un terrible relámpago. Tras ello, Minos quitándose un anillo, lo lanzó al mar e invitó a Teseus que fuese a buscarlo, demostrando lo que había dicho. Teseus se zambulló en las olas, llegó al palacio de *Neptuno* y éste le entregó el anillo. Más tarde decíase que Teseus se había casado con Periboia. Pero la gloria de ésta consistió en haber sido la madre de *Aiax,* el héroe troyano, que tuvo uniéndose a *Telamón.*

héroe que fuese devanando según avanzaban, y que, recorriéndole luego en sentido inverso, le haría dar fácilmente con la salida[751]. Teseus mató al Minotauros a puñetazos, salvó con ello a los jóvenes, y tras su hazaña se dispuso a volver a Atenas. Para ello, y como Ariadne escapaba con él, salieron de noche y luego de haber barrenado todas las naves cretenses que había en el puerto, para que no pudiesen darle alcance si les seguían. Y fue cuando, tras escapar, al llegar a la isla de Naxos, donde desembarcaron con el pretexto de descansar, el ingrato dejó a la enamorada Ariadne dormida en la playa. Cuando amaneció para la bella, la nave en que escapaba su corazón era apenas un punto en el horizonte[752].

Con tanta preocupación, Teseus olvidó la recomendación de su padre: cambiar las velas negras por las blancas. De modo que cuando el anciano, que acechaba siempre, vio llegar a lo lejos el barco sombrío, creyendo que su hijo tan esperado había muerto, se lanzó de cabeza al mar. Otra versión dice que avizoraba desde lo alto de la Akrópolis y que fue desde allí por donde se despeñó.

Las leyendas magnificaron la figura de Teseus contando que al ocupar el trono tras la muerte de su padre, tras embellecer Atenas, la dotó de una porción de reformas ejemplares, tanto políticas como sociales. Pero esto tiene poco interés desde el punto de vista mítico. Lo que importa es, que a partir de este momento, su historia, como la de Herakles, está llena de expediciones lejanas en las cuales su nombre va asociado al de Peirítoos del mismo modo que el del héroe tebano al de Iolaos. El principio de la amistad de ambos héroes es referido del modo siguiente: Peirítoos, hijo de Zeus y de Día, como quiere la *litada,* o de Día e Ixión, celoso de la gloria de Teseus y queriendo poner a prueba su fuerza y su valor, le robó los bueyes que el héroe hacía apacentar en la llanura de Maratón. Teseus, al saberlo, salió en su persecución, y al alcanzarle, Peirítoos, en vez de huir,

---

[751] Otra variante dice que lo que le dio fue una corona luminosa que *Dionisos* le había dado a ella como prenda de matrimonio. Otras veces esta corona divina era regalo de *Amfitrite* a *Teseus,* cuando éste bajó a por el anillo de *Minos* al fondo del mar.

[752] Los mitógrafos han tratado de justificar el injustificable abandono, y lo han hecho de varios modos. Ora diciendo que *Teseus* amaba a otra, a *Aiglé,* hija de *Panopeus* (héroe epónimo de Panopeia, ciudad de la Fókide), ora que si la había abandonado había sido por orden de *Dionisos,* enamorado de *Ariadne.* Otros, que este dios la había raptado mientras dormía, depositándola en la playa de Naxos para hacerse después su salvador. También que fue *Hermes* quien conminó a Teseus a abandonarla. En todo caso, Ariadne fue desposada inmediatamente con Dionisos, que la llevó en viaje de bodas al *Olimpos.*

MITOLOGÍA UNIVERSAL

se volvió dispuesto a hacerle frente. Mas apenas cara a cara, seducidos ambos a la vez cada uno por la hermosura del otro, seducidos y enamorados, en vez de combatir se dieron la mano primero, abrazándose al punto, y se juraron eterna amistad. La amistad que ha quedado luego tradicional. Y desde aquel instante fueron siempre juntos, empezando por la expedición contra las Amazonas.

A propósito de esta expedición había varias leyendas. Según una, Teseus había participado en la empresa acompañando a Herakles cuando éste marchó contra ellas, recibiendo en recompensa a Antiope. Pero la mayor parte de los mitógrafos opinan que no fue con Herakles, sino por su cuenta, decidido a raptar a la mencionada Antiope. Dicen, pues, que al llegar al país de las Amazonas fue bien recibido (a las Amazonas no las disgustaban las visitas de los extranjeros). Que, por su parte, invitó a Antiope a venir con él a ver su nave. Y que una vez en ella, se hizo a la vela, no permitiéndole desembarcar. Y ésta fue la causa de la guerra en la que las Amazonas, cayendo sobre el Ática tras apoderarse de todo a su paso, llegaron hasta las puertas de Atenas, donde acamparon dispuestas a dar la batalla decisiva al siguiente día. Pero vencidas por Teseus, tuvieron que firmar la paz. Según otra versión, las Amazonas no llegaron ante Atenas porque Teseus hubiese robado a Antiope, sino por haberla repudiado tras su matrimonio con Faidra, hija de Minos y de Pasifae y hermana de Ariadne; se la había dado por esposa Deukalión, hijo también de Minos. Y para vengarse, Antiope, que había tenido un hijo con Perseus, Hippólitos[753], organizó una expedición contra Ática, llegando a Atenas el día mismo de la boda de Perseus con Faidra. Al tener noticias de la coincidencia, trató de hacer irrupción en la propia sala donde se celebraba el festín, a la cabeza de sus amazonas, pero los conviados consiguieron no sólo cerrar las puertas, sino matar a Antiope. Otra versión decía que habiendo tratado las Amazonas de arrancar a Antiope de las manos de Teseus creyendo que éste la retenía contra su voluntad, pues el desprecio y aun el odio de las Amazonas por los hombres era cosa legendaria, Antiope, fiel a Teseus, combatió a su lado contra SUS hermanas y cayó en la batalla. Según esta versión, sólo después de la muerte de Antiope, Teseus se casó con Faidra. En fin, aún otra tradición oscura habla de Antiope sacrificada por Teseus en honor a Fobos (el Miedo), por orden del oráculo.

Como Peirítoos era lápita, Teseus participó con él en la lucha contra los Centauros. Luego, habiendo decidido ambos amigos no casarse en lo

---

[753] V. n. 253.

sucesivo sino con hijas de Zeus, puesto que ambos eran hijos a su vez de los dos grandes dioses (Peirítoos de Zeus y Teseus de Poseidón), pusieron sus ojos en Helene y en Perséfone. De la hermosura de Helene se empezaba a hablar ya, bien que aún fuese una niña; de la segunda sabían que sólo contra su voluntad moraba en los Infiernos. Echaron, pues a suertes, y Helene, que evidentemente aún no era esposa de Menelaos, le tocó a Teseus (éste tenía ya cincuenta años y Helene no era todavía núbil). Encamináronse, pues, a Esparta, la raptaron cuando se hallaba ejecutando una danza ritual en el templo de Artemis *Ortia,* huyeron llevándosela, y como su presa no estaba aún en edad de casarse, la condujeron secretamente a Afidna, demo del Ática, donde Perseus se la confío a Aitra, su madre. Tras ello, partieron dispuestos a hacer lo mismo con Perséfone que le correspondía a Peirítoos.

Mientras ambos amigos descendían al Infierno, los hermanos de Helene, Kástor y Poludeikes, invadieron el Ática a la cabeza de un ejército, en busca de la raptada. ¿Dónde estaría? Akademos, el propietario del famoso jardín donde más tarde Platón establecería su «Academia», les dijo (lo sabía por haberlo visto) dónde estaba guardada la pequeña Helene. Por ello decíase que durante las posteriores invasiones del Ática por los lacedemonios, las invasiones históricas ya, éstos respetaron siempre la Academia. Al saber los Dioskouroi dónde estaba su hermana, invadieron la ciudad, la rescataron y se llevaron prisionera a Aitra. Pero no sin instaurar antes en el trono de Atenas a Menesteus, jefe de los descontentos, especialmente los nobles, furiosos desde que Teseus había implantado las reformas democráticas, base sólida de las que más tarde darían carácter a la ciudad en la época clásica.

Entre tanto, Teseus y Peirítoos eran víctimas, en el Infierno de su temeridad y audacia. Al llegar, Haides aparentó recibirlos favorablemente e incluso los invitó a su mesa. Pero cuando acabado el banquete, trataron de levantarse de sus asientos, no pudieron conseguirlo. Y allí quedaron a merced de su huésped. Como se sabe, en uno de los viajes de Herakles al país sombrío, obtuvo la libertad de Teseus; pero Peirítoos permaneció allí sentado eternamente en la Silla del Olvido. Decíase que, a causa de los esfuerzos que había hecho Teseus para ver de arrancarse de su asiento, se había dejado pegadas a él las nalgas; y que por ello, los atenienses tenían esta parte del cuerpo poco carnosa.

Vuelto Teseus a Atenas, la encontró enteramente revuelta. Las luchas entre las dos grandes clases sociales la transformaban ya en un avispero. Tras intentar en vano imponer su autoridad, acabó por enviar en secreto sus hijos a Euboia, junto a Elefenor, y él mismo se desterró de la ciudad maldiciendo de los atenienses y yendo a refugiarse en Skiros[754], con cuyo rey, Likomedes, le unían lazos de parentesco, sin contar que tenía, además, en la isla propiedades familiares. Likomedes le acogió favorablemente, pero como Haides, ocultando su verdadera intención. Porque habiéndole llevado un día a lo alto de una montaña con pretexto de hacerle admirar el panorama que desde allí ofrecía la isla, le empujó a traición estando en lo alto de un escarpado, y le mató. Menesteus siguió reinando en Atenas, pero a su muerte, los hijos de Teseus, Akamas y Demofón, que habían estado combatiendo en Troya, volvieron y se apoderaron del poder. Tras Maratón, batalla durante la cual los atenienses habían visto a un héroe de talla gigantesca, en el que reconocieron a Teseus, combatir precediéndoles, el oráculo ordenó que se buscasen los restos del más famoso de los reyes de Atenas y fuesen traídos a su ciudad. En vista de ello, Kimón lo hizo, empezando por descubrir dónde reposaban las gloriosas cenizas, gracias a un águila que, cuando las buscaban, se posó sobre un determinado lugar y empezó a escarbar en el suelo con sus garras[755]. Buscando allí se encontraron los restos de un cuerpo prodigioso, como tamaño, más una lanza de bronce y una espada. Para alojar dignamente tales restos, Kimón hizo construir el *Teseión.*

Los atenienses rendían a su gran héroe un verdadero culto. Las fiestas en su honor se celebraban del 5 al 12 del mes de Pianespión (octubre). Tenían, sobre todo, carácter funerario. La literatura, por su parte, encontró en Teseus y sus aventuras un filón casi inagotable. Poetas épicos y líricos se ocuparon con gran frecuencia de él. Las menciones o alusiones a Teseus son frecuentes en Alkmán, Stesichoros, Simónides, Píndaros y Bakchilides. Más especialmente aún, sus aventuras y su persona fueron tema preferente, como las de Herakles, para Sofokles y Eurípides. Escultura y cerámica multiplicaron y repitieron mil veces sus principales empresas, sin contar que el Teseión fue decorado con pinturas magníficas por Polignotos y por Mikón. El famoso pórtico denominado *Poikile* que inmortalizaron los estoicos, tenía también pinturas de Mikón que representaban la lucha de Teseus contra las Amazonas. Todo lo pintado ha desaparecido, claro, pero, en cambio, quedan muchos vasos trabajados para inmortalizar sus empresas, pues Teseus fue siempre el personaje

---

[754] Skiros, una de las Sporades, isla del mar Aigeus, en la costa oeste del Asia Menor.

[755] Apollodoros, Pausanias y Ploutarchos, éste en su *Vida de Teseus,* son las grandes y mejores fuentes para el estudio de este héroe.

favorito de los vasos con figuras rojas. En el Louvre está, por ejemplo, la famosa copa de Eufronios, que representa al héroe en el esplendor de su juventud, efebo aún, recibido por Amfitrite.

LEYENDAS DE LA ARGÓLIDE

La Argólide, cuna de leyendas míticas cuya importancia hace notar Píndaros al principio de sus *Nemeas,* leyendas en las que se mezclaron algunos elementos egipcios a las tradiciones indígenas, dio nacimiento al mito de Perseus, uno de los más amables y caballerescos de Grecia, mito que desarrollado y embellecido por la poesía, acabó por cristalizar en una de las más gratas creaciones de la fantasía griega. Que por cierto, tras haberse recreado en el héroe principal, se ensañó luego, por obra de los grandes trágicos, con los descendientes de este héroe. En Perseus, en efecto, todo es claro y fácil. Ayudado por los dioses desde el primer momento, parece cumplir sus hazañas sin fatiga, peligro ni esfuerzo, pues cuando hay peligro, es la divinidad la que conduce su mano tras haberle dado medios amplios para vencer. En su descendencia, por el contrario, todo es difícil, avieso, enconado; un destino fatal parece empujarlos al odio y al crimen, y tras innumerables horrores y violencias, hace falta llegar a las postrimerías del último, Menelaos, para que haya un poco de rosa. Nacida esta leyenda en Argos, pronto se extendió por todo el Peloponeso, región de la que Perseus llegó a ser el verdadero héroe nacional, como Teseus en Atenas y Herakles en Tebas. Pero como hasta llegar a él hay unas cuantas figuras interesantes, justo es comenzar por ellas y, en primer lugar, por la que aparece a la cabeza de la genealogía mítica de esta región: Inachos.

INACHOS

Inachos, dios-río de la Argólide, era hijo, según Sófokles, de Okéano y de Tethis, y considerado como el padre de la raza humana, puesto que uniéndose a Melia, una de las Oceánidas, había engendrado a Foroneus, a Aigialeus y a Fegeus, el primero de los cuales era considerado en la leyenda argiana como el primer hombre[756]. Inachos, río torrencial que fecundaba en primavera las secas tierras de la Argólide *(polidipsión Argos,* las secas, las áridas, las sedientas tierras de Argos), se comprende que fuese adorado como un bienhechor por los primeros habitantes del país, que le debían la vida al deberle las cosechas y el verdor de sus campos. Inachos tuvo entre otros descendientes, una hija, figura

---

[756] V. n. 597 y 598.

sumamente importante en la leyenda de su país, con la que se encariñaron los trágicos tras atribuirle la mencionada paternidad a Inachos.

IO Y ARGOS

La leyenda de Io, hija de Inachos, sacerdotisa de Hera, y luego su rival al ser amada por Zeus[757], está íntimamente unida a la de cierto extraordinario boyero que llevaba el nombre de la capital de la Argólide, Argos, y que entre otras ventajas físicas (era gigantesco), tenía tres ojos que le permitían velen todas direcciones, según afirma un antiguo poema hesiódico, *Aigimios:* los normales, más uno en la nuca que le había puesto Hera, según Ferékides (lo esencial era que no se le escapase nada de cuanto podía ser mirado y visto); cien, según se decía corrientemente, e incluso innumerables según los mitógrafos más cumplidos y generosos. En algunos vasos se le ve también representado con dos caras opuestas, como el Janus latino. Esta infinidad de ojos ¿indicaba que Argos era para los griegos la personificación del cielo estrellado, o, como pretenden algunos mitógrafos modernos, los dos crepúsculos, el matutino y el vespertino? En cuanto a Io, se ha pretendido ver en ella los matices purpúreos con que se adorna el cielo al levantarse el Sol y al acostarse, los días claros. Por la mañana, Io, la vaca o la ternera brillante, es vigilada por Argos, héroe también de la luz brillante y luminosa *(argos),* personaje que lo ve todo *(panontés);* epíteto este que comparte con Helios y con Zeus mismo; por la tarde, el dios del viento hacía desaparecer a Io. Por lo demás, los viajes que ésta emprendía cuando el tábano que la envió Hera empezó a perseguirla implacablemente, son de Occidente a Oriente. Estos viajes, además, varían según la fantasía de los poetas. Aischilos, por ejemplo, los hace distintos en dos de sus obras. En *Las Suplicantes* obliga a Io a franquear el Bósforo de Trakia, y luego, a atravesar Frigia, Misia, Lidia, Kilikia y Fenicia, hasta llegar, en fin, a Egipto, a los bordes del Nilo. Mientras que en *Prometeus* este viaje es más complicado, menos directo: Aquí, pasando por el país de los escitas y el de los chalibes, alcanza el Káukasos, de donde va al país de las Amazonas y al Bósforo kimeriano, que franquea. Luego vuelve a Asia, recorre las regiones maravillosas donde vivían las Gorgonas, las de los Graiai y las de los Arimaspes (pueblo de Seitia cuyos habitantes no tenían sino un ojo, y que estaban en continua lucha con los Grifones, que le disputaban las arenas de oro que arrastraba el *Arimaspine),* y no halla «reposo» sino en tierras de

---

[757] V. n. 80, 97 y 108.

Etiopía, donde viven los hombres que habitan junto a las fuentes del Sol. Llegada allí, a la región de la luz, Io, hasta entonces ternera, recobra su primitiva forma, para lo que basta que Zeus la acaricie dulcemente con la mano. Tras ello trae al Mundo a Epafos (el hijo del tacto), cuyo nombre bastó tal vez para dar origen a la fábula de su nacimiento. Y he aquí cómo legendarias influencias egipcias pudieron llegar hasta Argos, al identificar los griegos que entraron en relación con Egipto, Epafos con Apis. Gracias a esta identificación, Epafos llegó a ser un rey del valle del Nilo, fundador de ciudades, entre ellas Memfis. Como Astarté, la diosa fenicia representada algunas veces con cuernos de vaca, fue confundida igualmente por los griegos con Io. Y a causa de ello, la fábula que recoge Apollodoros relativa a que al nacer Epafos al borde del Nilo, Hera encargó a los Kouretes[758] que le hiciesen desaparecer, lo que les costó la vida. En fin, todos los testimonios prueban que Io, a partir por lo menos de la época de Herodotos, fue confundida también con la diosa Isis. Y precisamente esta identificación de Io con Isis explica el origen egipcio de otro héroe argiano, Danaos.

DANAOS Y LAS DANAIDES

Para unir a Danaos con Io se inventó la genealogía siguiente: Epafos, hijo de Io, tuvo una hija llamada Libia (epónimo de la región de este nombre). Libia, uniéndose con Poseidón, dio nacimiento a Belos. Belos, con Anchirroé, hija del Nilo, tuvo dos hijos, Aigiptos y Danaos. El primero tuvo 50 hijos; Dañaos, 50 hijas, las Danaides. Pero habiendo estallado la discordia entre ambos hermanos (tal vez porque Belos había dado a Danaos el reino de Libia), éste construyó un navío de cincuenta pares de remos y huyó de Egipto. Tras haber tocado en Rodas, donde fundó el santuario de Atena *Lindia,* llegó a Argos, donde fue recibido hospitalariamente por el rey Gelanor, que no tardó en cederle el trono[759]. Danaos pasaba por fundador de la ciudadela de Argos. En la época clásica se mostraba en ella su tumba.

---

[758] V. n. 97 y 108.

[759] Esta cesión, según unos, fue voluntaria; según otros, precedida de una contienda oratoria ante el pueblo de Argos; contienda que terminó mediante un prodigio. Discutían siempre *Danaos* y *Gelanor,* cuando al alba un lobo salió de un bosque y atacó a un rebaño que pasaba por delante de la ciudad, cayendo sobre el toro que lo dirigía y matándolo. Los argianos, sorprendidos por la analogía entre este lobo, venido de lejos, y Danaos, vieron en ello una prueba de la voluntad divina y escogieron a Danaos como rey (V. n. 421).

En cuanto a las 50 hijas de Danaos, cuando sus 50 primos, los hijos del rey Aigiptos, vinieron a pedir su mano, Danaos, como ya ha sido dicho también, no los rechazó. Lo que hizo fue hacer jurar a sus hijas que matarían a sus maridos la noche misma de la boda, para lo cual las dio a cada una una daga. Todas obedecieron menos Hipermnestra, que salvó al suyo, Linkaios o Linkeos; decíase que porque éste la había respetado. Aunque, según una leyenda, las Danaides, que habían asesinado a sus maridos, fueron purificadas por Hermes y Atena por orden de Zeus, otra decía que tras haber sido muertas más tarde por Linkaios, así como el propio Danaos, fueron condenadas a permanecer eternamente en el Infierno ocupadas en llenar de agua un tonel sin fondo.

ABAS Y LOS PROITIDES

Hipermnestra y Linkaios tuvieron a Abas, quien uniéndose a Aglaia, dio a luz dos gemelos eternamente enemigos, puesto que ya se pegaban en el propio seno de su madre. Estos dos barbianes eran Akrisios y Proitos[760]. Las leyendas de ambos y las de las *Proitides* hijas del segundo, no solamente no carecen de interés, sino que nos llevan de la mano gracias a Danae, hija de Akrisios, hasta el gran héroe argiano: Perseus.

PERSEUS

Como se ha visto en la nota 108 hablando de Danae, Akrisios, su padre, rey de Argos, deseando tener posteridad masculina, fue a consultar el oráculo de Delfos. La respuesta fue que la tendría por mediación de su hija Danae, la cual traería un hijo al Mundo, que sería su sucesor, y cuya gloria sería sin igual. Pero que este magnífico héroe mataría a su abuelo, es decir, a él, Akrisios. En vista de ello, éste, aterrado, encerró a Danae en una cámara subterránea toda de bronce, para que no pudiese ser seducida. Precaución inútil, pues amada por Zeus, éste llegó hasta ella en forma de lluvia de oro, a través de un respiradero que había en el tejado de la prisión (lo que probaba una vez más el poder absoluto del oro, la fuerza de la riqueza sobre los corazones, y que no hay puerta, por sólidamente cerrada que esté, que no se abra al grato ruido de unas monedas). Akrisios, desatentado al ver que, no obstante todas sus precauciones, Danae había tenido un hijo, la encerró en unión del niño en un cofre, y lanzó este cofre al mar. Las olas llevaron el extraño navío hasta la isla de Serifos, que

---

[760] V. n. 108 y 248.

estaba bajo el poder de Diktis y de su hermano Polidektes. Diktis recogió el cofre, lo abrió, dio hospitalidad a madre e hijo, y éste creció a su lado, llegando con el tiempo a ser un joven de gran hermosura, de extraordinaria fuerza y de no menos extraordinario valor. Mas he aquí que Polidektes se enamora de Danae. Y como ardía en deseos de unirse con ella y la presencia de Perseus le importunaba, por ver de alejarse y poder satisfacer su pasión, ideó la estratagema siguiente: Hizo correr la voz de que tenía intención de casarse con Hippodameia, la hija de Oinomaos[761], y en un banquete expuso este propósito a los jefes de su palacio y les reclamó, según costumbre de la época, los presentes que debían ofrecerle con motivo de su boda. Todos aquellos dignatarios a sus órdenes le prometieron magníficos corceles. Al interrogar a Perseus, éste (la juventud, que es audaz, mueve a todo; además, la ocasión, el banquete, tal vez el vino) dijo que, puesto a ofrecer, él ofrecía la cabeza de Medousa[762]. El corazón de Polidektes saltó de gozo. Y cuando los demás cumplían su ofrecimiento, reclamó a Perseus la realización del suyo.

Y aquí comienzan las aventuras del héroe, que, para poder cumplir su imprudente promesa, tendría que seguir el mismo camino que Herakles en busca de Gerioneus y del Jardín de las Hespérides. Pero con buen padrino no hay mal bautizo. Zeus no abandona a su hijo bienamado que, guiado por Atena y Hermes, llega primero a la región maravillosa donde habitan las tres hijas de Forkus y de Keto, vírgenes monstruosas, como se ha visto en la nota 78, que desde su nacimiento ya tenían el aspecto de viejas *(Graiai),* y que para las tres sólo poseían un ojo y un diente de los que se servían una tras otra. Perseus se apodera por las buenas de este ojo y este diente, que no las devolverá, las dice, si no le indican el camino que conduce hasta las Gorgo[763]. Las Fórkides consienten. A la fuerza ahorcan. Y Perseus, tras cogerles aún unas sandalias aladas, unas alforjas *(kibisis)* y una especie de casco cubierto y forrado de piel de perro *(kunen)* que hacía invisible al que se lo ponía, más una hoz *(harpé)* de bronce, sumamente afilada que le da Hermes, vuela, llega a donde están las Gorgo, a las que, para colmo de fortuna, halla dormidas (ya he advertido que este héroe, aunque no lo dice la leyenda, debió de nacer de pie) y acercándose a Medousa, única de las tres que era mortal, la decapita. Por supuesto, con la

---

[761] V. n. 347.

[762] V. n. 78 y 181.

[763] Otra variante de la leyenda decía que lo que les preguntó fue el camino para ir a la morada de las *Ninfas.* Y que éstas le dieron las sandalias, las alforjas y el casco de *Haides.*

cabeza vuelta para no verla ni que ella le mire si abre los ojos, y guiado su brazo en tal trance por la mano de Atena. En seguida mete la monstruosa cabeza en las alforjas y huye perseguido por las otras dos Gorgo. Pero en vano, pues, como el casco le hace invisible, escapa sin ser advertido. Y llevado por sus sandalias aladas (otros dicen que por Pegaso, que acababa de nacer de la sangre de Medousa), llega al país más inmediato al Sol, a Etiopía, donde le aguarda aún una buena aventura.

Reinaba a la sazón en este país Kefeus, cuya mujer, Kassiopeia, pretendió rivalizar en hermosura con las Nereidas (con Hera, según otra versión). Estas pidieron a Poseidón que saliese en defensa de su amor propio ofendido, por lo que el dios del tridente, sobre inundar el país con la sana intención de hacerle estéril mediante la sal de sus aguas, envió un monstruo marino que devoraba sin piedad hombres y rebaños. En tan grave apuro fue consultado el oráculo de Ammón con objeto de ver qué era preciso hacer para remediar el mal; y el oráculo respondió que la calamidad podría ser conjurada si la hija de la vanidosa Kassiopeia, Andrómede, era librada a la voracidad del monstruo. Kefeus, en evitación de mayores males, encadenó a la hermosa virgen a una roca al borde del mar. Y allí estaba la pobre abandonada a su triste suerte cuando llegó Perseus. Verla éste, enamorarse de ella y prometer a su padre salvarla si se la daba en matrimonio fue todo uno y lo mismo. Y claro, el héroe, invencible a causa de sus armas mágicas y al casco que le hacía invisible, mató sin dificultad al monstruo, obteniendo en recompensa a su amada[764].

Tras ello partió, en compañía de Andrómede, hacia Serifos, con objeto de llevar a Polidektes el horrible despojo que le había prometido. Pero he aquí que al llegar encuentra a su madre y a Diktis al pie de los altares donde habían tenido que refugiarse perseguidos por Polidektes, que había intentado apoderarse de Danae por la fuerza. Perseus corrió al palacio del tirano, y le bastó mostrar la cabeza de Medousa para convertir al infame y a sus cómplices en estatuas de piedra. Tras ello puso en el trono a Diktis, y dando sus trabajos (leves trabajos, comparados con los de otros héroes) por terminados, devolvió sandalias, casco y alforjas a Hermes, y dio a Atena la cabeza de la Gorgo, que Atena puso en su escudo. Después volvió a Argos en unión de su madre y de su mujer.

---

[764] Una variante de la leyenda, sin duda para ver de hacerla más interesante complicándola un poco, decía que un tío de *Andrómede, Fineus,* que estaba enamorado de ella, tramó un complot contra *Perseus.* Pero que a éste le bastó poner ante Fineus y sus cómplices la cabeza de *Medousa* para dejarlos convertidos en estatuas de piedra.

En esta población reinaba siempre Akrisios, el cual, al enterarse de que su nieto llegaba, no habiendo olvidado la predicción del oráculo, huyó a Tessalia. Pero el destino es inmutable, como se va a ver una vez más. Teutamides, rey de Larissa, había organizado unos juegos fúnebres en honor de su padre, que acababa de morir. Perseus se enteró de ello y al punto—los premios eran considerables—se apresuró a acudir. Allí estaba también, como espectador, Akrisios, bien ajeno a lo que le aguardaba. Porque ocurrió que lanzando Perseus el disco, éste fue a parar a la cabeza de Akrisios, que murió del golpe (o a un pie, causándole una herida tan grave, que el resultado fue el mismo). Perseus, no atreviéndose, por decoro, a recoger la herencia del abuelo al que acababa de matar, cambió a Megapentes su reino de Tirinto contra el de Argos. Megapentes, pues, reinó en Argos. Perseus en Tirintos y en Mikene, siendo, además, el glorioso antecesor de los perseides, de los que más tarde nacería Herakles.

Perseus tuvo culto en Argos, en Mikene (ciudad también de la Argólide, hoy Charbati) y en Tirintos. La isla de Serifos, próxima a Argos, tenía por él una devoción especial. Más tarde su prestigio se extendió por toda Grecia, muy particularmente hacia el Norte. Tuvo altares en Atenas, en Boiotia, en Tessalia y hasta en Asia y en Italia. Los romanos hicieron de Perseus el hijo de Picus, rey del Latium, hijo de Saturno. Este Picus fue transformado por Kirke, la maga, en pico-verde. También vieron en él a uno de los antepasados de Turnus, el jefe de los rútulos. Los mitógrafos romanos contaban asimismo que Perseus y Danae, al ser lanzados al mar por Akrisios dentro del cofre, éste, en vez de abordar en Serifos lo había hecho en las costas del Latium, donde unos pescadores le habían recogido con su red y se lo habían llevado al rey Pilumnus. Éste se casó con Danae (demostrando con ello que a veces se pesca mejor sin red que con ella) y en su compañía fundó la ciudad de Adea. Turnus, el rey de los rútulos, provenía de este matrimonio. También se decía que Danae había tenido de Fineus dos hijos, Argos y Argeus, con los cuales vino a Italia estableciéndose donde posteriormente fue emplazada Roma. Argos fue muerto por los aborígenes de esta región, gente inculta y salvaje que habitaba los bosques. Y que el lugar de su muerte fue llamado, a causa de ello, Argiletum (nombre de un barrio de Roma, cerca del Palatino), es decir, *muerte de Argos* (Argiletum).

Tanto Perseus como diversos episodios de su leyenda fueron motivo de múltiples representaciones plásticas. Particularmente la muerte de Medousa, la liberación de Andrómede y la entrega a Atena de la cabeza de la Gorgo. Varios vasos con figuras negras reproducen también el momento en que Danae y su hijo son metidos en el cofre; y la llegada a Serifos. Mirón ejecutó una estatua de Perseus que fue colocada en la Akrópolis.

Esta estatua era célebre en la antigüedad. Se han buscado, pero en vano, copias de ella.

Al hablar de los héroes argianos no hay más remedio que citar también a los Pelópidas, es decir, a los descendientes de Pelops, héroe epónimo del Peloponeso. Tanto más cuanto que la leyenda de esta familia desdichada está sembrada de crímenes monstruosos que fueron la cantera mejor explotada por los grandes trágicos griegos.

LOS PELÓPIDAS

En el capítulo II de la *Ilíada*[765] se lee lo siguiente, a propósito de cuando Agamemnón reúne a los caudillos y soldados del ejército griego para hablarles: «Entonces se levantó el rey Agamemnón, empuñando el prodigioso cetro que Hefaistos hizo para el hijo de Kronos—Zeus se lo regaló a Hermes, quien, a su vez, se lo dio a Pelops, el habilísimo domador de caballos, Pelops se lo transmitió a Atreus, pastor de pueblos; Atreus, al morir, se lo legó a Tiestes, el de los numerosos ganados, y Tiestes lo puso en manos de Agamemnón para que reinase sobre muchas islas y en todo el país de Argos—, y apoyándose en él habló de esta manera». Por consiguiente, el poeta de la *Ilíada* consideraba a Pelops como el primer antecesor de la familia, autóctono del país al que dio nombre. Mas posteriormente, los poetas trágicos enriquecieron la tradición haciendo a Pelops hijo de Tántalos[766], y para conciliar el origen lidio del héroe con la tradición de su realeza helénica referían que habiéndose hecho odioso Tántalos a causa de su impiedad, fue expulsado de Asia por el rey de Troya y tuvo que venir a refugiarse en Grecia, donde Pelops había conseguido reinar gracias a Oinomaos[767]. Decíase también que muerto éste, Pelops se embarcó en unión de Hippodameia y de Mirtilos, el servidor infiel, que por cierto no tardó en pagar su traición, pues habiendo tratado de cobrar el servicio que había hecho obteniendo los favores de su ama, fue sorprendido por Pelops, que le tiró al mar desde lo alto del promontorio de Garaistos. Pero como Mirtilos era hijo de Hermes y muriendo invocó a este dios suplicándole le vengase, Hermes, empezó por transformar a su hijo en la constelación llamada *el Cochero;* luego su cólera, unida al crimen de Tántalos, pesó siempre sobre los descendientes de Pelops.

---

[765] *Ilíada,* II, v. 98 a 110.
[766] V. n. 107 y 108.
[767] V. n. 347.

ATREUS Y TIESTES

Entre los varios hijos de Pelops y de Hippodameia, la leyenda se fijó en dos con objeto de vincular en esta familia todos los horrores de la tragedia. Esta pareja eran Atreus y Tiestes. Pelops había tenido con la ninfa Axioché otro hijo llamado Chrisippos. Este, joven de deslumbradora belleza, fue asesinado por sus hermanos con ayuda, por lo menos con anuencia, de Hippodameia[768]; ésta, empujada sin duda por los celos; aquéllos, envidiosos de la ternura especial que su padre sentía hacia él. Pelops, desesperado, los maldijo y desterró. Entonces ellos se refugiaron en Mikene, junto a Euristeus, o según otra versión, junto a Stenelos, padre de Euristeus. Más tarde, cuando Euristeus fue muerto por Herakles, como no tenía descendencia y el oráculo aconsejó a los habitantes de Mikene que tomasen a un hijo de Pelops como rey, se fijaron en Atreus y en Tiestes, dispuestos a escoger a uno de los dos. Naturalmente, se estableció una competición durante la cual cada uno de ellos trató de alegar lo que pudo con objeto de probar que merecía, mejor que su hermano, subir al trono. Y con ello empezó el odio implacable que había de hacerles célebres. Atreus había encontrado cierta vez en su rebaño un cordero cuyos vellones eran de oro. Aunque había prometido sacrificar a Artemis el animal más hermoso que obtuviese aquel año, guardó para él tal cordero, y los vellones los escondió en un cofre. Exponiendo pues, ante el pueblo de Mikene, lo que él poseía de ventaja sobre su hermano, indicó que debería ser elegido rey, aquel que, en prueba del favor de los dioses hacia él, pudiese mostrar un vellocino de oro. Ni que decir tiene que Atreus se apresuró a aceptar. Y ello porque estando en relaciones adulterinas con Aeropé, mujer de Tiestes, sin que éste lo supiese, la infiel le había dado el vellocino de oro tras sustraérselo a su marido. Naturalmente, Tiestes ganó y estaba a punto de ser elegido cuando Zeus hizo saber a Atreus, por medio de Hermes, que conviniese con su hermano y con el pueblo que, puesto que de favor divino se trataba, sería designado rey el marcado con un prodigio: si el Sol invertía su curso, Atreus reinaría en Mikene, si no, Tiestes subiría definitivamente al poder. Todos aceptaron, Tiestes el primero, y apenas lo habían hecho, el Sol se escondió por el Este. Ni que decir tiene que viendo que Atreus contaba con el favor divino, fue aceptado como rey. Ni que decir tiene tampoco que lo primero que hizo Atreus fue desterrar a su hermano. Más tarde, habiendo sabido

---

[768] La leyenda tebana le hacía ser raptado por *Laios,* enamorado de él.

que quien le había quitado el vellocino de oro había sido Aeropé, e incluso el porqué de tal conducta, ardiendo en deseos de vengarse, fingió querer reconciliarse con su hermano y le llamó. Tiestes vino a Mikene sin la menor desconfianza, y una vez juntos, Atreus hizo matar en secreto a los tres hijos de Tiestes, y partidos en pedazos y cocidos se los sirvió en un banquete. Y una vez que el infeliz padre hubo comido a su placer, le mostró las cabezas de los tres hijos muertos. Luego le volvió a expulsar, y a Aeropé la arrojó al mar. Tiestes se refugió en Sikione. Allí, por consejo del oráculo al que consultó para saber cómo podría vengarse, engendró en su propia hija, sin que ésta consintiera ni supiese quién era su violador, al que había de vengarle: Aigistos[769]. Aigistos fue educado por Atreus tras el matrimonio de éste con Pelopia, su sobrina, madre de Aigistos, y cuando fue hombre, no sintiéndose aún Atreus suficientemente vengado, ordenó a Aigistos que fuese a matar a Tiestes. Pero habiendo descubierto a tiempo

---

[769] *Tiestes,* lejos de Mikene, en Sikione, vivía con la sola idea de vengarse de su hermano *Atreus* y de vengar asimismo la muerte de sus hijos. Habiendo consultado el oráculo, al decirle éste que el vengador sería el hijo que engendrase en su propia hija, una noche que *Pelopia* volvía de celebrar un sacrificio se arrojó sobre ella y la violó. Ésta, que no sabía quién la había brutalizado, se quedó con la espada del violador al escapar éste, cometido el atropello. Cuando meses más tarde dio a luz, abandonó al niño en un bosque. Unos pastores le recogieron y le criaron con la leche de una cabra (de donde su nombre, *Aigistos,* derivado de *aix,* cabra). Habiéndose casado Atreus con Pelopia, hizo buscar al hijo de ésta, y le acabó de criar, y le educó a su lado como a hijo propio. Hombre ya, le encargó que fuese a buscar a Tiestes y que le diese muerte. Estando a punto de hacerlo, y precisamente con la espada que su madre había arrebatado al hombre que la violó, Tiestes preguntó a Aigistos que quién le había dado aquella espada. Y al decirle Aigistos que su madre, Tiestes, le suplicó que fuese a buscarla, y, una vez juntos, confesó su violencia pasada, lo que hizo que Aigistos supiese que Tiestes era su padre. Pelopia se mató allí mismo con la espada. Aigistos, sacándola toda ensangrentado del pecho de su madre, corrió a matar a Atreus, que precisamente estaba celebrando un sacrificio, muy contento, creyendo que su hermano moría en aquel momento. Aigistos y Tiestes volvieron juntos a Mikene. Más tarde, mientras *Agamemnón* y *Menelaos* estaban en Troya, Aigistos empezó a seducir a *Klitaimnestra,* mujer de Agamemnón. En tanto que *Demodokos,* el anciano aedo, estuvo junto a su ama, ésta resistió a las asechanzas de Aigistos. Pero habiendo conseguido éste alejar al fiel servidor, ella ya no resistió más y vivió con Aigistos hasta la vuelta de Agamemnón, al que, como se sabe, asesinaron en un banquete. Aigistos reinó aún siete años en Mikene, hasta que fue a su vez muerto por Orestes, hijo de Agamemnón.

Aigistos que su padre era Tiestes, a quien mató fue a Atreus, poniendo en su lugar, en el trono, a Tiestes.

AGAMEMNÓN Y MENELAOS

Agamemnón y Menelaos eran hijos, según la tradición más corriente, de Atreus y de Aeropé, a causa de lo cual eran llamados los Atridas, bien que otra tradición los hiciese hijos de Pleistenes, hijo de Atreus, muerto joven. Agamemnón y Menelaos son los dos últimos héroes argianos. Como son muy conocidos a causa de la *Ilíada,* me limitaré a dar sobre ellos algunas indicaciones complementarias. Al morir Atreus a manos de Aigistos, Agamemnón y Menelaos, expulsados de Mikene por el matador de su padre, se refugiaron en Esparta, en la corte de Tindáreos, padre de los Dioskouroi (Kástor y Poludeikes), de Helene y de Klitaimnestra. Helene, que a causa de su gran hermosura era solicitada por todos los príncipes griegos, se casó con Menelaos, elegido por ella misma luego que Ulises consiguió de todos los pretendientes no sólo que se conformasen con la elección que hiciese la propia Helene, sino que se comprometiesen a ayudar a aquel de entre ellos que un día necesitase del auxilio de los demás. Compromiso que originaría más tarde la marcha de todos los príncipes griegos contra Troya. Por su parte, Agamemnón se unió con Klitaimnestra, la otra hija de Tindáreos. Klitaimnestra estaba casada con Tántalos, hijo de Tiestes, pero Agamemnón le mató, así como a un hijo que acababa de tener Klitaimnestra. De modo que el matrimonio de ésta con Agamemnón empezó ya maldito, como fruto de un doble crimen y maldito debía de acabar. Más tarde, cuando los Dioskouroi murieron[770]. Tindáreos legó su reino a Menelaos. Por eso cuando empezó la guerra de Troya, Menelaos reinaba en Esparta y Agamemnón en Argos.

Luego fue el rapto de Helene por Paris; los preparativos para partir contra Troya; el sacrificio, no consumado, de Ifigeneia, en Aulis; la guerra de Troya y la vuelta de los supervivientes[771]. En lo que a los Atridas afecta, la muerte de Agamemnón a manos de Aigistos y de Klitaimnestra, suerte infinitamente más desdichada que la de Menelaos, que tras largos años de felicidad junto a Helene, que sin duda no halló otro Paris en su camino, fue transportado vivo a los Campos Elíseos, honor y gracia que le concedió Zeus por haber sido marido de Helene, es decir, su yerno.

---

[770] V. n. 108.
[771] V. n. 73, 108, 213, 254, 379 y 618.

En tiempo de Pausanias mostraban aún en Esparta la casa habitada en otra época por Menelaos, al que se rendía culto como a un dios. Los hombres iban a su santuario a pedirle vigor, mientras que las mujeres suplicaban a Helene gracia y hermosura. El santuario común a ambos, estaba situado a poca distancia de Esparta, en Terapné. De Esparta pasó su culto a Arkadia. También se le ha encontrado en Kirene y en Egipto, donde la epopeya hizo permanecer a ambos esposos antes de volver a su país, una vez acabada la guerra de Troya.

ORESTES, ELEKTRA Y PÍLADES

Aunque la figura de Orestes aparece ya en las epopeyas homéricas como vengador de su padre (bien que aún no se habla de la muerte de Agamemnón por Klitaimnestra), es en los poetas posteriores, especialmente en los trágicos (Aischilos y Eurípides sobre todo) donde se completa, complica y engrandece su leyenda. En la troyana aparece a propósito de Telefos[772], pero su figura, al encariñarse con ella los trágicos, empieza a tomar importancia al regresar Agamemnón de Troya. Entonces, tras el asesinato de éste, Orestes escapa a la muerte gracias a su hermana Elektra, que le lleva en secreto hasta Strofios, rey de Krisa (Fókide), tío de ambos, puesto que estaba casado con Anaxibia, hermana de Agamemnón. Hombre ya años después, ora por consejo de Apolo, bien por insinuaciones de la propia Elektra, va a Argos a vengar la muerte de su padre, para lo cual mata no solamente a Aigistos, sino a su propia madre, Klitaimnestra. Habiendo acabado con el primero, su madre le imploró perdón, desgarrándose la túnica y mostrándole el pecho que le había criado siendo niño; y como Orestes dudase, Pílades, su primo con el que

---

[772] *Telefos,* como se ha visto en la leyenda de *Herakles,* era hijo de este héroe y de *Aigé.* Cuando los griegos, camino de Troya, se detuvieron en Misia (ora por haber errado el camino, bien por mostrar su fuerza a *Friamos), Telefos,* huyendo de *Aquiles* tras haber dado muerte a no pocos griegos, tropezó con una cepa, cayó y fue herido por el hijo de Tetis, con la lanza, en un muslo. Como la herida no curase *(Apolo* le había predicho «que sólo lo que le había herido le sanaría»), Telefos, vestido de mendigo, fue a Aulis, donde se había reunido otra vez la flota griega antes de volver sobre Troya, que no habían conseguido encontrar la primera vez. Y allí fue cuando, al maltratarle los soldados, se apoderó de Orestes, que, niño aún, dormía en una cuna, y amenazó matarle si no le dejaban tranquilo y le escuchaban. Entonces consiguió convencer a Aquiles, que consintió en curarle poniéndole en la herida un poco de herrumbre de su lanza, a condición de que guiase las naves griegas hasta el país de Príamos.

se había educado en Krisa y al que le unía una amistad que ha quedado célebre (más tarde se casará con Elektra), le recordó la promesa que había hecho a Apolo de vengar a su padre, y la mató también. Pronto fue víctima de la locura, como la mayor parte de los asesinos; pero, sobre todo, de la persecución de las Erinies (V. n. 77 y 133), de las que sólo pudo librarse tras un juicio en regla, en el que tuvo que justificar su crimen delante del Areópago. Absuelto por este Tribunal que presidía Atena, Orestes preguntó a Apolo qué debía hacer para verse libre completamente de la locura. Entonces este dios le dijo que fuese a Taúrike a buscar la estatua de Artemis, episodio referido en la nota 254. La leyenda de Orestes acababa con su matrimonio con Hermione, hija de Menelaos y de Helene (con la que tuvo a Tesamenos). Orestes reinó en Argos y en Esparta (donde sucedió a Kilarabés, muerto sin hijos). Sus últimos actos fueron enviar, por orden del oráculo y con objeto de evitar la peste que se había adueñado del país, colonias al Asia Menor para que rehiciesen las ciudades destruidas durante la expedición de los griegos contra Troya. Murió, según se decía, a los noventa años, tras setenta de reinado. En Tegea, ciudad de Arkadia (hoy ruinas cerca de Piali), mostraban su tumba. Recibió honores divinos.

En Roma contaban que Orestes había muerto en Aricia (lugar en que había culto a Artemis *Taúrike)*, y que sus huesos habían sido transportados a Roma y enterrados en el templo de Saturno.

Los episodios de la leyenda de Orestes no solamente fueron tema favorito para los poetas, sino para los artistas plásticos, que se complacieron en reproducirlos prolijamente, sobre todo en los vasos. El reconocimiento de Orestes por Elektra, la muerte de Aigistos y de Klitaimnestra, la persecución del héroe por las Furias, dieron también ocasión a que pintores y escultores ejercitasen su imaginación y su talento. Su absolución por el Areópago: su purificación en Delfos, por Apolo; su viaje a Taúrike y demás invenciones de Eurípides dieron lugar asimismo a representaciones artísticas, pero tardías.

LEYENDAS CORINTIAS

Korintos, la rica, la bien situada, la industriosa, la afamada, la fundadora de colonias, fue una de las ciudades más importantes de la antigua Grecia. Punto de entrada, por el Norte, a la Argólide, fue el centro, en la época legendaria, de la dominación heráclida en el Peloponeso. Más tarde, a causa de los juegos ístmicos, y en todo momento a causa de su lujo y buen vivir, el lugar de reunión de la aristocracia griega, tanto de la sangre como de la riqueza. Centro federal, en los días contrarios, de la Liga Acaya, bien que no inspiradora de esta Liga, si sus eternas luchas sociales impidieron a esta ciudad tener una política exterior propia, en cambio, su situación privilegiada, que la permitió durante siglos, como a la lejana Troya, imponer un derecho de pasaje a las mercancías que entraban o salían del Peloponeso, del que era la llave, la importancia de su comercio, su lujo y el brillo de sus artes, hicieron de Korintos una ciudad famosa y codiciada hasta bien entrado el siglo III de la Era cristiana. El verso de Horacio[773] que llegó a ser proverbial: «No todo el mundo puede ir a Korintos», probaba que la vida en la suntuosa urbe que se glorificaba de haber inventado la escultura, de ser creadora del más hermoso orden arquitectónico, de sus industrias (el mejor bronce de la antigüedad salía de sus hornos), de sus monumentos grandiosos, de sus ricos altares (muchos consagrados a Afrodite, reina de la ciudad), de su elegancia y de su molicie, la vida en esta ciudad, decía, sólo estaba al alcance de los ricos y de los poderosos. Naturalmente, todo ello, en particular su situación geográfica en un itsmo entre dos mares, tenía que influir en su religión. Ciudad expansiva por excelencia, puesto que, como digo, se acostaba entre dos mares, los dioses de este elemento tenían que preponderar en ella. Por otra parte, sus relaciones con pueblos distantes, a causa de su comercio, motivó la temprana llegada a Korintos de cultos extranjeros venidos del Asia Menor y de Fenicia. A causa de ello, varios de sus héroes, muy particularmente el principal, Bellerofontes, fueron juguetes de esta situación geográfica, por lo que a Bellerofontes le veremos escapar de su patria para cumplir lejos de ella su ciclo de aventuras. Para llegar ordenadamente hasta él, veamos su genealogía, empezando por Sísifos.

---

[773] «Non cuivis homini contingit adire Corinthum» *(Epístolas,* 3, 17, 35).

SÍSIFOS

Sísifos, primer eslabón de la leyenda corintia, no es por sí mismo un dios del mar, pero está unido a este elemento por Glaukos, su hijo, dios marino, casado con Merope, hija de Atlas (que habitaba en la parte occidental del mar) y de Pleione, la hija de Okéanos y de Tethis. Se hacía a Sísifos hijo de Aiolos, y entre sus numerosos hermanos estaban Atamas y Salmoneis[774]. Atribuíasele también la fundación de Korintos, cuando esta ciudad llevaba aún el nombre de Efira[775]. Pero su mejor título de gloria era pasar por el más astuto de los hombres *(kerdistos andron)* y, por supuesto, el menos escrupuloso. Estas habilidades le relacionaban con Autólikos y con Ulises, fecundos, asimismo, en recursos, como se ha visto en la nota 277[776]. Tales astucias, su habilidad para toda clase de tretas, la fecundidad en engaños, de su espíritu, sus infinitos artificios, todas estas artes más o menos torcidas tenían que acercar a él al héroe de la *Odisea,* a quien se decía hijo suyo, suponiendo que Antikleia, la madre de Ulises, antes de casarse con Laertes, había sido robada por Sísifos[777]. Por supuesto, no siempre las artes y habilidades de Sísifos se tomaban en mal sentido. El escoliasta de Aristóteles advierte que los poetas habían hecho de Sísifos el prototipo del hombre industrioso. Sókrates, por su parte—y su opinión vale bien la de muchos poetas—, le juzgaba asimismo tan favorablemente, que era uno de los que esperaba encontrar en el desconocido más allá, luego de su muerte[778]. De todas maneras, lo que hizo célebre a nuestro personaje fue el castigo a que estaba condenado, tras su muerte, en los Infiernos, castigo que refería ya la *Odisea* como visto por Ulises cuando éste bajó a la región de los muertos. Este castigo consistía en subir, rodándola penosísimamente con la ayuda de todo su

---

[774] V. n. 79, 108, 111, 267, 277, 628.

[775] Otra tradición le hacía sucesor de *Korintos,* éponimo de la ciudad, o de *Medeia.* Korintos pasaba entre los corintios por hijo de *Zeus.* Pero los demás griegos se burlaban de tal pretensión y tan despiadadamente, que la expresión *Korintos, hijo de Zeus* quedó como estribillo empleado para quitarse a alguien de encima. Se decía que de quien era hijo era de *Maratón* (héroe epónimo del demo ático de este nombre) y el que había dado las primeras leyes a esta región.

[776] Según Curtius *(Grundz. d. Griech. Etymol),* *Sísifos* fue formado, por redoblamiento, de la misma raíz que *sofos* (sabio).

[777] Sófokles, *Filoktetes,* v. 417. Virgilio, en la Eneida (VI, v. 529), llama a *Ulises Aiólides,* nieto de *Aaioios* y, por consiguiente, hijo de *Sísifos.*

[778] V. *Apología de Sókrates,* de Platón.

cuerpo, una roca enorme, por la ladera de una montaña, hasta la cima de ésta. Roca que, cuando ya alcanzaba el lugar deseado, se le escapaba de entre las manos rodando al valle de nuevo, lo que le obligaba a recomenzar la agotadora tarea. ¿Qué crimen había podido cometer Sísifos para merecer eternamente tal castigo? He aquí los diversos motivos que se alegaban (referidos ya con detalle en la nota 108 al hablar de Aigina): Haber dicho a Asopos quién era el raptor de su hija; haber revelado los secretos de Zeus o devastado el Ática; haberse burlado de Haides y de Perséfone. Hygin, en una última leyenda que nos ha llegado mutilada, daba aún, como causa de este castigo, lo siguiente: Sísifos odiaba a su hermana Salmoneis. Habiendo preguntado al oráculo cómo podría arreglárselas para «matar a un enemigo», pero sin decir quién era este enemigo ni el parentesco que le unía a él, Apolo, engañado, le respondió que encontraría quienes le vengasen dando hijos a Tiro, su sobrina precisamente, hija de Salmoneis. Sísifos se las arregló para llegar a ser el amante de la joven, y tuvo con ella dos gemelos. Pero Tiro, al saber lo que había dicho el oráculo, mató a los recién nacidos. ¿Qué hizo Sísifos entonces? Es lo que no se sabe, pues al llegar aquí está la laguna del texto. Sólo que al acabar, Sísifos lucha ya con la peña «a causa de su impiedad».

Sísifos se casó con Merope, una de las Pléyades[779]. Se le atribuía la fundación de los juegos ístmicos, y para justificarlo se decía lo siguiente: En el sitio en que Ino se arrojó al mar con el cadáver de su hijo Melikertes[780] en los brazos, entre Megara y Korintos, el cuerpo de éste fue recogido por un delfín que le dejó junto a un pino. Sísifos, hermano de Atamas, que reinaba por entonces en Korintos, encontró el cuerpo de su sobrino, lo hizo enterrar, fundó los juegos ístmicos como juegos fúnebres en sú honor e incluso dispuso que se le diese culto bajo el nombre de Palaimón, cual le ordenó una Nereida que se hiciese.

En tiempo de Pausanias mostraban aún en el Itsmo la tumba de Sísifos. Strabón y Diodoros hablan de las ruinas de un gran edificio, en mármol blanco, que se levantó en la parte superior del Akrokorintos, llamado el *Sisifeión*. A causa de ello, Salomón Reinach suponía que el suplicio a que se le decía sometido no era sino una deformación de alguna leyenda o pintura legendaria representándole en el acto de subir a la cima del Akrokorintos un enorme bloque de mármol para la construcción de su templo[781].

---

[779] V. n. 267.
[780] V. n. 274 y 628.
[781] S. Reinach, *Cuites, Mythes et Religions,* II, p. 172.

El suplicio de Sísifos había sido representado por Polignotos en una de las pinturas que adornaban el Lasché, pórtico de reunión y paseo, de Delfos. Muchas decoraciones de vasos muestran también a una Erinie golpeando a Sísifos con un látigo.

GLAUKÓS

La mitología conoce varios personajes con el nombre de *Glaukós,* entre ellos el que aquí nos interesa, al que hace hijo de Sísifos y su heredero en el trono de Efira, la primitiva Korintos. Este Glaukós era célebre, sobre todo, a causa de su muerte. Habiendo tomado parte en los juegos fúnebres celebrados en honor de Pelias[782] fue vencido en la carrera de cuadrigas por Iolaos[783]. Y al romperse su carro, caer y matarse, sus yeguas, a las que para hacer más fogosas alimentaba con carne humana (lo que precisamente atrajo sobre él la cólera de los dioses), despedazaron y devoraron su cadáver. Otra leyenda decía que la furia de las yeguas había sido causada por haberlas abrevado Glaukós en cierta fuente cuya agua era mágica. O bien que Afrodite, disgustada con él porque con objeto de que los animales fuesen más rápidos, les impedía aparearse, le había castigado de aquel modo. Esta fábula, idéntica a la de las yeguas de Diomedes[784], evoca, según los mitógrafos, una imagen de la misma naturaleza: la de las olas impetuosas que en la estación de las tempestades no conocen freno y vuelven su furor salvaje contra su amo, el héroe de la ola azulada que encarnan todos los héroes que llevan el nombre de Glaukós[785].

---

[782] V. n. 207 y 374.

[783] V. n. 711.

[784] V. n. 278.

[785] Los otros héroes con el nombre de *Glaukós* son los siguientes: Uno, el hijo de *Antenor* y de *Teano,* que ayudó a *París* a raptar a *Helene.* Según una leyenda, fue muerto por *Agamenón.* Según otra, salvado por *Ulises* y *Menelaos,* en respeto a la hospitalidad que habían recibido de él. Otro héroe de este nombre es el *Glaukós* que, en plena batalla delante de Troya, se reconoce con *Diomedes,* y en virtud de la hospitalidad también, en vez de com batir se abrazan y cambian sus armaduras; la de Glaukós, que valía cien bueyes, por la de Diómedes, que era apreciada en nueve *(Ilíada,* VI, v. 232 a 237). Muerto más tarde Glaukós por *Aiax Telamón,* su cuerpo, por orden de *Apolo,* fue transportado a Likia por los *Vientos.* De otro *Glaukós,* dios marino, me he ocupado al hablar de las divinidades de este elemento. En fin, sobre el *Glaukós,* hijo de *Sísifos,* otra leyenda decía que habiendo bebido un día de cierta agua que confería la inmortalidad, y como nadie creyese que tal le había ocurrido, para convencer a los incrédulos se arrojó al mar,

BELLEROFONTES

Bellerofontes era hijo de Poseidón y de Eurinomé o Eurimedé, hija de Nisos, rey de Megara, y esposa de Glaukós, que a causa de ello era el padre «humano», putativo, del héroe corintio por excelencia, destructor de monstruos, como Herakles, Teseus y Perseus, sólo comparable a ellos, y como ellos, héroe solar.

Su leyenda empieza cuando da muerte involuntaria a un hombre[786], a causa de lo cual tuvo que salir de Korintos e ir a Tirintos a que el rey Proitos le purificase[787]. Estando allí, Steneboia, mujer de Proitos, habiéndose enamorado de Bellerofontes, le dio una cita; pero el héroe, que había venido a purificarse y no a lo contrario, no acudió. Entonces ella, despechada, dijo a su marido que el huésped trataba a toda costa de unirse con ella. Proitos, naturalmente, se desembarazó de él enviándole, en unión de una carta que le confió, a la corte de Iobates, rey de Likia, su suegro. En tal carta encargaba a éste que hiciese matar al portador. El no lo había hecho a causa de haber llegado Bellerofontes a su palacio como huésped. Las relaciones entre huéspedes eran sagradas entre los antiguos[788]. Iobates, al leer la carta, creyó cumplir lo que se le indicaba con sólo enviar al joven a combatir contra la Chimaira[789], monstruo al que le ordenó que matase.

---

donde quedó transformado en un dios marino. Mas como sí cierto había conseguido la inmortalidad no la juventud eterna, envejecido, triste y desesperado arrastraba por entre las olas su decrepitud; a causa de lo cual, siempre furioso, causaba la muerte de cuantos marinos tenían la desdicha de encontrarle en su camino. Este Glaukós acuático inspiró a Aischilos un drama satírico.

[786] Este hombre era, ora *Deliadés,* su propio hermano, bien *Pirén* (nombre que recuerda la fuente *Pirene,* de Korintos), ya *Alkimenes,* ora, y es la tradición más seguida, puesto que de ella provenía el nombre del héroe, *Belleros* (de donde *Bellerofontes,* el matador de Belleros). Entre los mitógrafos modernos, Pott ve en Bellerofontes a *Vritrahan,* el matador de *Vritra,* es decir, *Indra.* Max Müller explica *belleros por villosus* (monstruo velludo).

[787] V. n. 108, 248.

[788] La maldad de *Stenoboia* no quedó sin castigo. Eurípides refería este castigo en una tragedia con el nombre de esta heroína, que no ha llegado hasta nosotros. Según él, al volver *Bellerofontes* de Likia, decidido a hacer pagar a la adúltera sus calumnias, *Proitos,* por salvarla, la hizo montar sobre Pegasos, el caballo alado del héroe. Pero durante su huida, habiendo sido arrancada de la silla, cayó al mar, donde se ahogó. Su cuerpo fue recogido por unos pescadores. Otra tradición decía que, al saber que llegaba el héroe, se había suicidado.

[789] V. n. 78.

Pero Bellerofontes, montado sobre Pegasos[790], acabó fácilmente con ella. Entonces Iobates le envió contra los Solimes, pueblo salvaje, belicoso y feroz, y por consiguiente vecinos más que peligrosos. Bellerofontes los deshizo en varios encuentros. Iobates le mandó al punto contra las Amazonas. El héroe hizo entre ellas una verdadera carnicería. Por último, Iobates reunió un ejército escogido entre los más valientes, los cuales tendieron a Bellerofontes una emboscada; pero hasta el último perdió la vida. En vista de ello, Iobates acabó por darse cuenta de que el joven invencible contaba con el favor divino; le dijo por qué había obrado con él como lo había hecho; le mostró la carta de Proitos, le casó con su hija Filonoé y le hizo compartir su reino. Bellerofontes tuvo con Filonoé dos hijos: Isandros e Hippolochos, y una hija, Laodameia, a quien Zeus hizo madre de Sarpedón[791].

A partir de este momento, y pese a haber emparentado con el Olímpico, la suerte de Bellerofontes cambia de medio a medio. De ser el mimado de los dioses pasa a perseguido implacablemente por ellos. Como Herakles, cuya gloriosa vida contrasta con su triste muerte, así le ocurre a él. Empieza por ver morir a dos de sus hijos: Laodameia, víctima de las flechas de Artemis; Isandros a manos de Ares en un combate contra los Solimes. El mismo Bellerofontes, abandonado por los dioses, se vio obligado a vagar triste y solo por la llanura de Aleenne «royendo su ánimo y apartándose de los hombres»[792]. La *Ilíada,* que tanto se ocupa de él, no dice por qué mereció tan triste fin; los poetas posteriores, sí; no podían dejar de justificar esta terminación, al parecer incomprensible. Según Píndaros, por haber pretendido el héroe llegar, caballero siempre sobre

---

[790] V. n. 78 y 413. *Bellerofontes* había encontrado a *Pegasos* en Korintos. El caballo alado, tras nacer de la sangre de *Medousa,* echó a volar, no parando hasta Korintos, donde sediento, se detuvo para aplacar su sed en la fuente Pirene. Bellerofontes, al verle, se acercó a él y trató de montarle, pero todos sus esfuerzos fueron vanos. Entonces, y por consejo de *Polidos,* el adivino, fue a pasar la noche al templo de *Atena,* que era una de las grandes divinidades de Korintos. La diosa se le apareció en un ensueño, le entregó un freno de oro y le dijo que se lo enseñase a *Poseidón domaios* al tiempo de ofrecerle un sacrificio consistente en un toro blanco. Obedeció el héroe, y al acercarse de nuevo a Pegasos, tras cumplir lo ordenado, éste se le sometió dócilmente, aceptó el freno divino y fue en adelante su cabalgadura. Sobre la protección especial de Poseidón por su hijo, véase la interesante relación denominada *Licias,* página 84 del primer tomo de mi traducción de *Los Tratados,* de Ploutarchos (Plutarco).
[791] V. n. 108 y 133.
[792] *Ilíada,* VI, v. 196.

Pegasos, hasta la morada de los dioses. Por mi parte, de no tratarse de una cosa seria, y sobre todo de que Píndaros debía estar mejor enterado que yo, me atrevería a opinar que sin duda trataba de hacer una visita a su suegro, quizá para preguntarle por qué había dejado que Laodameia fuese asesinada por la feroz Artemis. En la tragedia de Eurípides, Bellerofontes era el héroe audaz e impío que osaba provocar a los dioses incluso en su morada celeste. Tampoco entiendo a Eurípides. Si a mí un dios me viola una hija, voy donde hiciese falta a cantarle las cuarenta. En cambio, Eurípides encontraba normal que Zeus, tras el abuso, le castigase quedándose con su caballo y precipitándole a la Tierra, dejándole magullado y cojo (muerto, según otra leyenda) para siempre y condenado a una existencia, en adelante, penosísima y miserable; ejemplo verdaderamente sorprendente, por injustificado, de la grandeza caída y del orgullo humillado[793].

Bellerofontes tuvo culto en Korintos. Le estaba consagrado un recinto en el bosque de Kranieón. En las monedas de la ciudad se le ve montado sobre Pegasos. Su combate con la Chimaira fue continuamente reproducido por el arte antiguo.

---

[793] Los detalles sobre la tragedia de *Bellerofontes* se tienen por el escoliasta de Aristóteles.

LEYENDAS TEBANAS

Tebas *(Tebai* en griego), la de las siete puertas (noventa y tres menos que su hermana de Egipto); Tebas, de la que habla Homeros, capital un día de la Boiotia meridional, fue una ciudad más importante legendaria que históricamente[794]. Esta leyenda decía que había sido fundada por un héroe extranjero: Kadmos. Mas para llegar a él forzoso es hacer una averiguación retrospectiva hasta toparnos con un dios; pues ya se sabe la manía de ciudades y genealogías griegas de apoyarse, para mayor gloria, en una divinidad[795]. Tebas, como se va a ver, en el propio Zeus. En efecto, como ya hemos visto repetidamente, el padre de dioses y hombres, uniéndose a Io, tuvo a Epafos. Epafos se casó con Memfis, la hija del Nilo; unión de la que nació, entre otros vástagos, una hija, Libia (que dio nombre al país vecino a Egipto: en el Africa del Norte). Libia, por si aún no había en la familia bastante prosapia celestial, se unió a Poseidón, con el que tuvo dos hijos gemelos: Agenor y Belos (héroes míticos de Fenicia y de Egipto). Belos, que reinó en este último país, se unió a otra hija del dios-río, Nilo, y tuvo con ella asimismo dos gemelos: Aigiptos y Danaos (a los que se añadían, a veces, Kefeus y Fineus). Mientras que Agenor, que reinó en Tiro y en Sidón, uniéndose con Telefassa, tuvo una hija, Europe, y tres hijos: Foinix, Kilix y Kadmos. Ya hemos dado, pues, con nuestro héroe.

---

[794] Esta historia puede contarse en cuatro palabras. República oligárquica más afecta a Esparta que a Atenas en un principio, durante las guerras médicas, por odio a los atenienses, los tebanos se aliaron con los persas. La derrota de éstos, naturalmente, no les fue favorable. No obstante, poco después, en 447 a. d. *J.,* consiguieron vencer a los atenienses en Cheironeia (Coronea, junto a la ciudad de este nombre, no lejos del lago Kopais). En el mismo lugar, años más tarde, en 304, fueron a su vez vencidos por el espartano Agesilas, lo que los obligó a sufrir el yugo de Esparta hasta Pelópidas y Epameinondas, que aplastaron a sus enemigos en Leuktra. Luego, unos años breves de esplendor hasta la muerte de Epameinondas en Mantineía, victoria que costó al general tebano la vida (362). Alexandros arrasó Tebas el año 336 (menos la casa de Píndaros, que ordenó fuese salvada del incendio), y los romanos, años más tarde, acabaron de arruinarla.
[795] V. n. 110.

KADMOS

Agenor, Telefassa y sus cuatro hijos vivían tranquilos en Fenicia hasta el día en que Zeus, enamorado de Europe, la raptó[796]. Agenor, desesperado, ordenó a sus hijos que marchasen en busca de la hija amada (ignoraba, el infeliz, quién había sido el raptor), y que no volviesen sin ella. Telefassa misma fue despachada con ellos para que les ayudase a buscarla. Hijos y madre partieron, no tardando en convencerse de que, sin la menor huella de la ausente, buscaban en balde. Pero como el padre les había prohibido volver sin la hermana, los héroes fundaron ciudades y se establecieron en ellas. Foinix, sin salir de Fenicia; Kilix, en Kilikia; en cuanto a Kadmos, éste siguió con su madre hacia Occidente y tras pasar por Rodas, Tera y Tasos (en la costa de Trakia perdió y enterró a su madre), se encaminó a Delfos decidido a consultar al oráculo para ver si el dios le decía algo, si es que lo sabía y quería, sobre el paradero de su hermana. Mas lo que le dijo el oráculo fue que no se ocupase más de ella y que hiciera como sus hermanos, fundar una ciudad. Para ello habría de seguir a una vaca que encontraría en su camino, y fundar la ciudad allí donde el animal, fatigado, se detuviese. Conocería la vaca conductora en que ésta tendría en los costados el signo de la Luna llena. Kadmos se puso en camino, y atravesando la Fókide encontró el rebaño de un tal Pelagón, una de cuyas vacas tenía, en efecto, en cada íjar una mancha blanca como una Luna en todo su apogeo. Verle la vaca a él y echar a andar fue todo uno. Y ella delante y Kadmos detrás, seguido de sus compañeros, fueron hasta Boiotia, donde al fin el animal se tumbó en el sitio donde el héroe fundaría sin tardar la ciudad de Tebas con su ciudadela y todo (la Kadmeia) en su parte superior. Pero queriendo, ante todo, sacrificar a la vaca en honor de Atena, envió a algunos de sus camaradas a buscar agua para las libaciones, a una fuente próxima consagrada a Ares. Y al llegar a ella los mandados, fue cuando sucedió lo que ya he referido en la nota 59.

Kadmos y Harmonía, su mujer, tuvieron cuatro hijas y un hijo. Las hijas: Autonoé, Ino, Agaié y Semele; el hijo, Polidoros. Autonoé carece de leyenda. De lo ya me he ocupado en las notas 274 y 628. Sobre Agaié véase la nota 470. Semele, amada por Zeus, tuvo con él a Dionisos (V. n. 108). En cuanto a Polidoros, a quien su padre dejó el poder al partir un día hacia Iliria (otra tradición decía que a Penteus, el hijo de Agaié), casado

---

[796] V. n. 59 y 108.

con Nikteis, la hija de Nikteus, tuvo un hijo, Labdakos, que dio nombre a su raza (los Labdácidas), y que fue abuelo de Oidipous (Edipo).

Hacia el fin de su vida, Kadmos y Harmonía abandonaron Tebas, pasando a Iliria, donde reinaron. Luego, tanto él como su mujer fueron transformados en serpientes y llevados a los Campos Elíseos. En Iliria mostraban su tumba. Una leyenda tardía contaba que cuando Kadmos iba en busca de su hermana Europe fue cogido por Zeus para que le ayudase en su lucha contra Tifón[797]. Y que cuando este monstruo cortó a Zeus los tendones de las piernas, Kadmos, encantando al monstruo con los acordes de su lira, consiguió que le devolviera los órganos cortados con el pretexto de hacer con ellos cuerdas para sus instrumentos. Y claro, como gracias a los tendones que se volvió a insertar, el dios pudo continuar la lucha y vencer a su enemigo, en agradecimiento no solamente le casó con Harmonía, sino que luego envió a ambos a los Campos Elíseos.

Los mitógrafos, cuando estaba de moda el ver en todos los héroes dioses solares, creyeron encontrar en Kadmos, como luego en Oidipous, uno más. El Sol mismo, según alguno de ellos. Kadmos, hijo de Telefassa (la que brilla de lejos), hermano de Europe (la virgen de las amplias miradas), nombres ambos que implican la idea de meteoros luminosos, no era, en un principio, según estos sabios, otra cosa que el Sol. El Sol llegado de Oriente. El Sol empurpurado *(foinix),* epíteto que mal interpretado bastó para hacerle considerar, según ellos, como un jefe fenicio.

Los griegos atribuían a Kadmos la invención del alfabeto, el arte de trabajar las minas y la metalurgia. El combate de Kadmos contra el dragón de la fuente de Ares y su boda con Harmonía, a la que asistieron todos los dioses, fueron reproducidos en multitud de vasos.

LIKÓS, ANTÍOPE, AMFIÓN, ZETOS, AEDÓN Y NIOBE

Cuando Kadmos salió de Tebas, la tradición más general admitía que dejó en el poder a su hijo Polidoros. Pero éste fue desposeído por Penteus, hijo, a su vez, de Echión, uno de los *Spartoi,* que se había casado con Agaié, hija de Kadmos. A la muerte de Penteus (referida en la nota 470) ocupó el poder Likós, que a su vez fue muerto por Amfión y Zetos, según se ha expuesto en la nota 108 hablando de Antíope. Zetos se casó con Aedón (el ruiseñor), cuya historia ha sido referida también en la nota 745.

---

[797] V. n. 78 y 80.

Y Amfión con Niobe hija de Tántalos, cuya triste suerte ha sido expuesta en la nota 105. Pero entre todas estas leyendas, como entre todas las particularmente tebanas, ninguna llega en importancia y bárbaro dramatismo a la de Oidipous.

OIDIPOUS

La primera versión de la leyenda de este héroe, una de las más celebradas en la literatura griega, aparece en la *Odisea* (canto XI), con motivo de la bajada de Ulises al reino de las sombras. El héroe de este poema refiere, a propósito de ello, lo siguiente: «Vi también a la madre de Oidipous, Epikasté (lokaste más tarde, en los trágicos), que, sin saberlo, cometió una gran falta, casándose con su hijo; cuando éste, luego de matar a su propio padre, la tomó por esposa. Y aunque los dioses no tardaron en revelar a los hombres lo que había ocurrido, Oidipous siguió reinando en la agradable Tebas sobre los cadmeos, pues así lo quisieron los funestos designios de las deidades. Pero ella, abrumada por el dolor, descendió a la morada de Haides, pues vencida por la desesperación ató al techo de su cámara un cordón, con el que se causó la muerte, dejando, al hacerlo, a su hijo, que había llegado a ser su marido, una cantidad inacabable de males». ¿Eran referidos estos males por la epopeya tebana, *La Oidipodia*, hoy perdida? Probablemente. Mas a falta de ella, y para completar el breve relato de la *Odisea*, hay que acudir a Aischilos, a Sófokles y a sus imitadores[798].

Entre los hijos de Kadmos y de Harmonía estaba, como sabemos, Polidoros. Este, uniéndose a Nikteis (hija de Nikteus, que, a su vez, descendía de Chtonios, otro de los *Spartoi)*, engendró a Labdakos. De Labdakos decíase que durante su reinado había luchado contra Pandión, el rey de Atenas. Otra tradición cuenta que murió, como Penteus, destrozado por las Bacantes por oponerse al culto de Bakchos. Pero ahora lo que

---

[798] La leyenda de *Oidipous* era referida de punta a cabo en la citada *Oidipodia*, perdida. Aischilos hizo sobre la misma leyenda una trilogía, de la que sólo ha llegado hasta nosotros *Los Siete contra Tebas*. De Sófokles tenemos otras dos tragedias: *Oidipous, rey* y *Oidipous en Kolone*. De Eurípides: *Las fenicias*. De Estancio: *La Tebaida*. De Séneca: *Oidipous*. El tema era bastante interesante, como para mover a los dramáticos modernos a volver a ocuparse de él. La prueba es que Corneille, primero, y Voltaire, después, hicieron sendos dramas sobre Oidopous, en cinco actos (versos) cada uno. Aún más éxito obtuvo la ópera en tres actos *Oedipe a Colone*, letra de Guillard y música de Sacchini, representada en la Opera de París en 1787.

interesa es que dejó el trono a su hijo Laios. Mas como éste era aún un niño cuando murió su padre, se encargó de la regencia Likós, el hermano de Nikteus. Cuando Likós fue muerto por Amfión y Zetos y éstos se apoderaron de Tebas, Laios huyó, refugiándose en la corte de Pelops. Allí se enamoró de Chrisippos, el hijo de Pelops, inventado con ello, según algunos, el amor contra natura. Pelops le maldijo. Decíase también que a causa del hermoso Chrisippos, Laios y Oidipous, que también le amaban, disputaron, y que Oidipous mató a Laios (primer efecto de la maldición de Pelops, o de la cólera de Hera ante aquellos amores antinaturales). En todo caso, cuando Amfión y Zetos desaparecieron (el primero cuando la catástrofe de los nióbides y el segundo de pena tras la muerte de su hijo), Laios fue llamado para que ocupase el trono de Tebas. Y fue cuando, unido a Epikasté, engendraron a Oidipous. Con lo que empieza la horrenda tragedia.

Antes ya del nacimiento de Oidipous, la maldición se cernía sobre él y sobre sus padres. Según Sófokles, un oráculo había declarado que el hijo que llevaba Iokaste en el vientre «mataría a su padre». Según Aischilos y Eurípides, como Laios e Iokaste no tuviesen hijos durante mucho tiempo, fueron a consultar al oráculo para ver de conseguir descendencia, y el oráculo les advirtió el peligro que había en que se cumpliese su deseo, pues de engendrar un hijo, este hijo causaría infinitas desgracias y, entre otras, la muerte de su padre y la ruina de su generación. Pero Laios deseaba tan ardientemente un sucesor que no hizo caso de lo que le aconsejaba el oráculo, y meses después Iokaste daba a luz a Oidipous. Y fue entonces cuando Laios, temiendo lo que le había predicho el oráculo, abandonó al recién nacido en el monte Kitairón, tras haberle perforado ambos pies y haberlos atado uno a otro sólidamente mediante una correa que pasó por los agujeros. De ello mismo recibió el niño su nombre, Oidipous *(Pie hinchado,* o pies hinchados, como los tenía, a causa de la herida, cuando fue recogido). Porque, en efecto, recogido por un pastor, fue llevado por éste a su amo, el rey Polibos, de Korintos, que casado con Merope no habían tenido hijos. Polibos y Merope, pues, le adoptaron en seguida y con ellos le criaron y educaron. Adulto ya, un día, en el curso de una disputa con otros jóvenes de su edad, uno de ellos, por vejarle y ofenderle le echó en cara que no era hijo del rey, como tal vez creía, sino de padres desconocidos, y recogido por caridad cuando éstos le abandonaron. Oidipous, vuelto a palacio, preguntó a Polibos sobre su verdadero origen, y éste no tuvo más remedio que confesarle la verdad. Entonces el joven se marchó a Delfos e interrogó al oráculo, el cual no le reveló el secreto de su nacimiento, pero sí le hizo saber el funesto lote que para él había reservado el Destino: mataría a su padre y cometería incesto con su madre. Como Oidipous no podía dejar de creer, a pesar de todo, que Polibos y Merope no eran sus progenitores, decidió no volver a Korintos. Y marchando por el camino que conducía de Delfos a Daulis, en el sitio en que este camino formaba una bifurcación, encontró a su verdadero padre, a Laios, que iba en un carro tirado por dos muías conducido por Polifontés, su heraldo. Este Polifontés, diciendo al joven de malos modos que se apartase, suscitó un altercado; de las palabras llegaron a las obras, tanto más pronto cuanto que el humor de Oidipous no estaba como para soportar insolencias, y en la refriega mató no sólo a Polifontés, sino a Laios, cumpliendo con ello, bien que sin saberlo, la primera parte de su contrario destino. Muerto Laios, Kreón, hermano de Iokaste, fue llamado a ocupar el trono. Pero pronto el país fue víctima de un terrible monstruo con cabeza de mujer, cuerpo de león y, además, alado: la Esfinge. Este ser extraño y cruel habíase instalado en el monte Fikión, no lejos de Tebas, y pasaba su tiempo en caer sobre cuantos desdichados veía y en proponerles enigmas. Enigmas cuya difícil solución les costaba la vida al no descifrarlos. Ya había causado numerosas víctimas, entre ellas, según *La Oidipodia*, un hijo del propio Kreón, Haimón. A causa de ello, deseando el rey poner término a tan terrible mal, ofreció su corona y la mano de Iokaste a quien diese muerte al monstruo de los indescifrables enigmas. Estos enigmas solían ser dos: «¿Cuál es el ser que dotado de una sola voz y único entre todos los seres tiene sucesivamente cuatro patas, dos y tres, y cuya fuerza es tanto menor cuantas más patas tiene?» El segundo era: «¿Cuáles son las dos hermanas, una de las cuales engendra a la otra y la otra a la una?» La respuesta al primer enigma era: «el hombre» (puesto que de niño anda a gatas, de joven y adulto sobre dos pies y de viejo apoyándose en un bastón). La respuesta al segundo: «el día y la noche» (en griego, día—*hemera*— es femenino). Oidipous los adivinó apenas se los propuso el monstruo, y éste, rabioso, se precipitó desde lo alto de la roca de la que hacía su nido, matándose. O bien le precipitó el propio Oidipous. Con ello el héroe alcanzó el trono de Tebas, más casarse con Iokaste. Lo que cumplía la segunda parte de la amenaza del oráculo. Pero él lo ignoraba. Como ignoraba a quién había matado en el cruce de caminos. De este matrimonio fatal nacieron dos hijos y dos hijas: Eteokles, Polineikes, Antigone e Ismene[799].

El incesto atrajo la cólera de los dioses al fin, y una calamidad terrible empezó a asolar a Tebas: los frutos se secaban en la tierra antes de llegar a

---

[799] Según la *Oidipodia*, el héroe tuvo estos hijos (sin duda, trataba de disminuir el incesto) con una segunda mujer, *Euriganeia*. Ferékides citaba aún a otra, *Astimedousa*.

término y los niños lo mismo: morían en el seno de sus madres. El oráculo fue consultado por ver de atajar el mal, y su respuesta fue que todo ello sobrevenía a causa de la muerte de Laios, y que no cesaría sino tras la expulsión de Tebas del culpable. Oidipous, que ni siquiera sabía que entre los dos que mató en el cruce del camino uno era el antiguo rey, pronunció, al saber la respuesta del oráculo, las más terribles maldiciones contra el asesino. Y para tratar de saber quién podía ser asedió a preguntas a Tiresias, el adivino (V. n. 159), el cual, acosado, acabó por revelar a Oidipous la doble y terrible verdad: que Oidipous no era solamente parricida, sino incestuoso, lokaste, desesperada, se colgó de una de las vigas del palacio. Oidipous, en el colmo del dolor, reniega hasta de la luz que alumbra sus ojos y se salta éstos (o se los atraviesa con el alfiler de un broche de lokaste). Después, expulsado de Tebas por Kreón e incluso por sus propios hijos, el desdichado anciano ciego, parte al destierro sin otra ayuda que la de su hija Antigone, que se niega a abandonarle. Y al llegar al Ática, estando en el barrio de Kolone, en el bosque sagrado de las Euménides, desaparece de pronto de modo maravilloso en presencia de Teseus.

Tal es la versión inmortalizada por Sófokles. Eurípides introdujo en la leyenda algunas modificaciones, componiendo otra tragedia que no ha llegado hasta nosotros. En ella, Kreón formaba una conjuración contra Oidipous, considerándole como usurpador. Le convencía de que él era el asesino de Laios y hacía que, en castigo, le dejasen ciego. Cuando Periboia (Merope) venía a anunciar la muerte de Polibos, su marido, y refería a lokaste cómo habían encontrado a Oidipous recién nacido (el detalle, sobre todo, de los piececitos perforados y atados), lokaste comprendía entonces que su marido era su propio hijo, y se daba muerte. Otra variante decía que como el oráculo había anunciado posteriormente que el país donde estuviese enterrado Oidipous sería bendecido por los dioses, Kreón y Poluneikes habían intentado decidir al héroe, cuando éste estaba a punto de morir, a que volviese a Tebas. Pero que Oidipous, que había aceptado la hospitalidad que le brindó Teseus, se negó, pues quiso que sus cenizas y su tumba no tuviesen otro suelo que el de Ática.

Ni que decir tiene que los mitógrafos modernos, cuando en el siglo pasado, a últimos, se puso de moda ver e interpretar los héroes griegos y los dioses, como mitos solares, creyeron ver también en Oidipous un héroe de esta clase, empezando por decir que su exposición, de niño, en el Kitairón, era la imagen de la aparición del Sol, que cuando se levanta parece reposar, solitario, sobre las altas cimas. Para el resto de su leyenda encontraban aproximaciones heliófilas semejantes. Parece indudable, en efecto, que muchos de los personajes míticos no son sino personificación de los fenómenos naturales. Pero del mismo modo que el sistema «evemerista» de interpretación llevaba a conclusiones inadmisibles, el «simbólico» es a veces, creo, no menos fantástico que las leyendas y personajes que trata de explicar.

Aunque a partir de Oidipous todo el ciclo tebano pertenece más a la literatura que a la mitología, voy a decir aún unas palabras sobre los hijos del héroe para cerrar como es debido la cuestión. Lo primero, que en medio de tanto horror hay algo humano y que conmueve verdaderamente, y es la imagen del anciano ciego, perseguido implacablemente por un destino adverso que no ha estado en su mano evitar, conducido amorosamente por Antigone, su hija, que, caída también sin culpa, mendiga el pan para ambos por aldeas y caseríos. Pero el Hado cruel no estaba aún satisfecho. Muerto Oidipous, Antigone volvió a Tebas junto a Ismene, su hermana. A Tebas, donde la esperaban aún nuevas amarguras. En la guerra de los Siete Jefes contra esta ciudad, Eteokles y Polineikes, sus hermanos (ya enemigos por no haber consentido Eteokles compartir el poder con Polineikes, como habían convenido), luchaban en campos contrarios: Eteokles en el ejército tebano; Polineikes, en el que atacaba a su patria. Es decir, traidor, si se quiere, por defender sus derechos. En uno de los combates que tuvieron lugar ante las puertas de la ciudad, ambos hermanos murieron uno a manos del otro. Entonces Kreón, el rey, tío de ambos, concedió funerales solemnes a Eteokles. A Polineikes, considerándole traidor, prohibió que se le diese sepultura; mal, el peor, que podía tocarle en suerte a cualquier griego. Por lo que Antigone desobedeciéndole, extendió sobre el cadáver de su hermano insepulto un puñado de polvo, gesto ritual que bastaba para satisfacer el deber religioso y para considerar el cuerpo como enterrado. Kreón, al saberlo, recompensó este acto de piedad condenándola a muerte. ¡Y a qué muerte! Por orden suya se la encerró viva en la tumba de los labdácidas. Pero ella se ahorcó en la horrible prisión. Y tras ella, y sobre su cadáver, Haenón, su prometido, hijo de Kreón. La mujer misma de Kreón se suicidó también desesperada. Quedaba Ismene, última de la triste familia, que no podía tener mejor suerte. Ismene era amada por un joven tebano llamado Teoklimenos. Estando la ciudad sitiada por los Siete Jefes, Ismene dio una cita a su amado fuera de las murallas, junto a una fuente. A instigación de Atena, gran protectora de Tideus, héroe etolio que combatía contra Tebas, éste acechó a los jóvenes enamorados sorprendiéndoles cuando estaban juntos. Teoklimenos consiguió escapar. Pero Ismene, prisionera del feroz e implacable Tideus, bien que le imploró y suplicó que no la matase, fue inmolada sin piedad. Para alegría del lector diré aún que en el combate decisivo por la ciudad, Tideus fue herido en el vientre por Melanippos. Pero aunque la herida era mortal, aún consiguió acabar con su enemigo. Atena, que había obtenido para él, de Zeus, la inmortalidad, disponíase a concedérsela cuando Amfiaraos, que no perdonaba a Tideus el haber contribuido a la organización de la contienda (en que él mismo debía hallar la muerte), cortó la cabeza de Melanippos y se la llevó a Tideus, que luchaba entre la vida y la muerte. Pero que aún tuvo ánimo y fuerza, el bárbaro, para hendir el cráneo de su enemigo y comerse los sesos. Atena, llena de horror y de asco ante tal acción, se retiró del campo de batalla sin otorgarle la inmortalidad que le traía.

Varios episodios de la leyenda de Oidipous, muy particularmente el momento en que se enfrenta con la Esfinge, han sido temas favoritos no solamente para los artistas antiguos, sino para los modernos. Entre éstos me limitaré a mencionar dos: Ingres, cuyo cuadro «Oidipous y la Esfinge», lienzo de admirable pureza clásica, se conserva en el Louvre, y el de Gustavo Moreau, sobre el mismo tema, presentado y premiado en el Salón el año 1861.

LEYENDAS ETOLIAS

Otro gran manantial griego de leyendas heroicas fue Etolia, región comprendida entre Epiros y el golfo de Korintos, de Norte a Sur; la Lokride y la Akarnania, de Este a Oeste. Poblada durante mucho tiempo por hombres semibárbaros, valientes y amigos del pillaje y del merodeo, aún en tiempos de Toukídides hablaban una lengua que no entendían los demás griegos. Enemigos irreconciliables de los macedonios, hasta el propio Alexandros hicieron frente, y no fueron sometidos sino por Fulvius Nobilior el año 189 a. d. J. Pero todo ello no pudo impedir que ciertas de sus ciudades, como Pleurón (hoy ruinas cerca de Ghyftohastro) y Kalidón, sobre todo ésta, fuesen foco de aventuras míticas extraordinarias; aventuras muy gustadas por los griegos, tanto, que se vieron celebradas, repetidas, amañadas y magnificadas por epopeyas y tragedias que desdichadamente no han llegado hasta nosotros.

Los etolios pertenecían a la misma raza que los epeos de Elide. Estos epeos eran los descendientes de Epeios, hijo de Endimión, rey de Elide, y su sucesor. Endimión, por su parte (de quien ya me he ocupado al hablar de *Selene* y en las notas 548 y 708), era hijo de Aetlios (que a su vez lo era de Zeus), y de Kaliké. Endimión tuvo tres hijos, Paeón, Epeios y Aitolos, y una hija, Euridike (a veces se le atribuía otra; Pisa, epónimo de la ciudad eleana de este nombre). Endimión decidió que sería su sucesor en el trono aquel de sus hijos que saliese vencedor en una carrera celebrada en Olimpia. La ganó Epeios, Paeón se marchó a Macedonia. Aitolos permaneció en el Peloponeso y, al morir, Epeios le sucedió. Pero habiendo matado a Apis, rey soberano de todo el país, que se comportaba como un tirano, fue obligado por los hijos de su víctima a partir desterrado. Fuese, pues, a la parte norte del golfo de Korintos, a la desembocadura del río Acheloos, donde fue huésped de Laodokos, Doros y Polipoetés (hijos de Apolo y de Ftia), a los cuales mató sin respeto a su paternidad ni a los deberes sagrados a que encadenaba la hospitalidad. Tras ello reinó en el país luego de expulsar a los kuretes que le ocupaban desde la época más remota. Este país, a partir de aquel momento, recibió, a causa de Aitolos, el nombre de Aitolia (Etolia).

Aitolos tuvo con Pronoé, su mujer, dos hijos: Pleurón, epónimo de la ciudad de su nombre (este Pleurón fue el bisabuelo de Leda y a causa de ello tuvo un santuario en Esparta), y Kalidón, epónimo también de la ciudad etolia así llamada. Y de Pleurón, a través de su hijo Agenor, se llega al hijo de éste, Portaón, el cual, según la *Ilíada* (XIV, v. 115 y sig.), engendró a «tres hijos ilustres, que habitaron Pleurón y Kalidón la excelsa: Agrios, Melas y el dignísimo Oineus, que de los tres era el más valiente».

Con lo que ya hemos llegado, a través de una familia laberíntica, al héroe etolio por excelencia: Meleagros, cuyos padres fueron este dignísimo Oineus y la hermosa Altaia, hermana de Leda.

Por cierto que el dignísimo y valeroso Oineus pasa por el primer cultivador, en Grecia, de la también digna y esforzada vid; planta de la que Dionisos le había regalado una buena cepa, en recompensa a la hospitalidad y grata acogida que había obtenido en el palacio de Oineus. También se decía que le había hecho otro regalito: dejar a Allaia embarazada de Deianeira, la bella que más tarde Herakles disputaría encarnizadamente a Acheloos, según he referido en la nota 143. Pero esto es ya murmurar. Volvamos con el vino a propósito del cual se decía también que uno de los pastores de Oineus, llamado Orista (según otros, Stafilos), notó que uno de los machos cabríos de su rebaño se apartaba con frecuencia de las cabras para correr, goloso, hasta cierta planta extraña en el país. El pastor acabó por ir a su vez, empujado por la curiosidad; al llegar disputó al animal el desconocido fruto y al gustarle y ver luego que estrujándole un poco daba tanto y tan delicioso zumo, se le ocurrió mezclar éste con un poco de agua del Acheloos. Y el resultado le pareció tan excelente que se apresuró a comunicárselo a su amo. Éste, no menos encantado, dio al celestial zumo (celestial porque provenía de Dionisos, cuidado, no se me juzgue mal. Yo jamás bebo vino, de no ser muy bueno y nunca con agua), un nombre que derivó del suyo: de Oineus, sacó *oinos* («vino», en griego); como de la uva sacaría al punto, sin pensar ya en el Acheloos, el vino puro («No eches agua, Inés, al vino, no se escandalice el vientre», que diría siglos más tarde un entendido español: Baltasar de Alcázar). Pero lo que hizo célebre a Oineus (pues el vino, aunque él no lo hubiese fabricado hubiese venido pronto ya hecho de otra parte), fueron las aventuras, quiero decir el ser padre de dos de sus hijos que se hicieron célebres a causa de sus proezas: Meleagros y Tideus, padre éste, a su vez, del gran Diomedes.

MELEAGROS

La fábula de Meleagros, que el lector puede ver, si es que ya no la ha visto, en la nota 234, gozó de una popularidad inmensa en la antigüedad. Varios poetas trágicos, Frinichos, Sófokles, Eurípides y Antifón, se habían valido de ella para hacer buenos dramas. Naturalmente, no faltaron con ello modificaciones y variantes. Por ejemplo, la que decía que Meleagros, que era invulnerable, únicamente había podido ser abatido por una flecha de Apolo, defensor de los kuretes contra los etolios. Así como que el dolor causado por su muerte, no bastando que la mujer y la madre del héroe se matasen, desesperadas, fue extendido a sus hermanas, las *Meleagrides,* que, víctimas de inconsolable dolor, negáronse a alejarse de su tumba; por lo que acabaron por mover a compasión a la dura y montaraz Artemis, que las transformó en aves: en pintadas. Animales que «aún todavía, según Hygin y Ovidio, a cada vuelta de la bella estación, parecen llevar duelo por su hermano». Sófokles, en su tragedia *Meleagros,* hablaba de una tradición singular, según la cual, las lágrimas de estas aves habían dado nacimiento, en la India, al ámbar amarillo. Tal dice al menos Plinio en su *Historia Natural.* En los funerales solemnes que Akastos hizo a la muerte de Pelias, su padre, Meleagros, a creer a Hygin (que da la lista de los vencedores), ganó el concurso de jabalina. También se le representaba luchando al lado de los Argonautas, en Kolchis (la Colchide) y matando a Aietes.

Meleagros no tuvo culto, pero, en cambio, su historia, popular en toda Grecia, sirvió de motivo de inspiración no sólo a los poetas, sino a los artistas. La caza del jabalí de Kalidón muy particularmente, atraía a los escultores. Y ello no solamente por lo pintoresco del hecho en sí, sino por tener ocasión de representar a los muchos héroes que, según se decía, habían contribuido y concurrido a ella. Esta caza fue, por lo visto, reproducida en una metopa del tesoro de los sicionios, en Delfos. Fue asimismo esculpida en el frontón oriental del templo de Atena *Alea,* en Tegea. Y en la decoración de Heroón de Gjoelbaschi-Trysa. En cuanto a las estatuas, una de las más célebres del Vaticano es la de Meleagros (reproducción de la original de Skopas, según se cree), en la que el héroe aparece de pie, junto a un perro y llevando en la mano derecha un venablo (la izquierda falta). Junto a él, sobre un tronco de árbol, reposa la cabeza del jabalí famoso. Las pinturas descubiertas en Pompeya reproducen también con frecuencia las aventuras de Meleagros. Pero complaciéndose, sobre todo, en la parte amorosa. Es decir, dejando el puesto principal a la hermosa Atalante, de quien, como ha sido dicho, se enamoró el héroe, y a quien cedió los primeros despojos del animal, una vez muerto, generosidad que originó la reyerta con sus parientes.

ATALANTE

Atalante, la hermosa virgen cuya belleza seductora fue causa indirecta de la muerte de Meleagros, es mencionada por primera vez en Eurípides. No es una heroína etolia, pertenece más bien al ciclo arcadio o boiotio, pero en ninguna parte su puesto está más indicado que aquí, a causa de su intervención particular en la caza del jabalí de Kalidón. Fuese hija de Schoineus o de Mainalos, tanto en Arkadia como en Boiotia, lo esencial de su historia era idéntico. Helo aquí: Como su padre no quería sino hijos varones, al venir al Mundo Atalante, la abandonó en una montaña. Una osa le dio de mamar hasta que un día la encontraron unos cazadores, los cuales la recogieron y la cuidaron en adelante. Al llegar a joven, Atalante se negó a casarse. Y como Artemis, su patrona, se dio enteramente a la caza y a recorrer bosques y montes. Los centauros Roekos e Hilakos quisieron violarla; pero ella, menuda era la niña, los mató a flechazos. En los juegos fúnebres en honor de Pelias ganó el premio de carreras (o el de lucha, contra Peleus). Con motivo de la caza del jabalí de Kalidón, ya hemos visto que ella fue la primera en herir al animal, y la natural, pero funesta pasión que inspiró en Meleagros. Claro está que Atalante no podía unirse con el héroe no solamente porque éste estaba ya casado (inconveniente mínimo, por supuesto, para héroes y dioses), sino porque ella no quería nada con los hombres, aparte luchar con ellos o contra ellos; y esto, sea por fidelidad a Artemis, ya porque un oráculo la había predicho que si se casaba sería transformada en un animal: un animal distinto de la bestia de dos espaldas de que habla el poeta inglés. Por ello y con objeto de alejar a los muchos pretendientes que la solicitaban a causa de su hermosura, había proclamado que únicamente se casaría con aquel que fuese capaz de vencerla corriendo. Pero, pero grave, que de quedar victoriosa, mataría al vencido. Ni que decir tiene que si la hermosa lanzó tal desafío, era porque corría como un gamo. O como una corza, si se prefiere. Contábase, además, que daba a sus enamorados adversarios que, pese a todo, acudían atraídos por sus encantos, la longitud de una lanza, de ventaja. Y que con una lanza los atravesaba luego, una vez victoriosa. Muchos habían pagado ya con la vida la ilusión de tenerla entre sus brazos, cuando se presentó Hippomenes, hijo de Megareus, o bien Melanión, hijo de Anfidamas. De ser éste el osado, primo hermano suyo. En todo caso, joven avisado, ya que para vencerla empleó una hábil estratagema. Afrodite, que le favorecía, habíale dado unas magníficas manzanas de oro provenientes, ora de su santuario de Chipre, bien del propio Jardín de las Hespérides. Y empezada la carrera, Melanión, cada vez que era alcanzado por Atalante, dejaba caer una como por descuido. Ella se bajaba a recogerla, perdía terreno, lo volvía a ganar y nueva manzana se lo hacía de nuevo perder. Y así, el astuto enamorado consiguió vencerla. Con lo que tuvo mujer y manzanas. Adán se frotaría las manos de gusto al ver que el fruto causa de su pérdida, perdía a su vez a una mujer. Por supuesto, la pérdida no fue mucha. Al contrario, se convirtió pronto en ganancia, pues Atalante amó mucho a su marido. Tanto que en una partida de caza, empujados por su creciente pasión, entraron en un santuario de Zeus (o de Demeter, para el caso es igual), y sin respeto al lugar reanudaron el idilio que tanto les complacía entonar. Indignado el dios, o la diosa, de tal sacrilegio, transformaron a los tórtolos en dos animales infinitamente más considerables: en una pareja de leones, macho y hembra.

En la región de Epidauros mostraban una fuente que había hecho surgir Atalante, un día que yendo de caza, al sentir sed y no tener agua a mano, golpeó una roca con su lanza. No se dude del hecho. Ya se sabe que Moisés hacía otro tanto y con una simple varita. Menos de creer es que Partenopais, su hijo (más tarde uno de los Siete Jefes que marcharon contra Tebas), fuese, no hijo de Melanión, su marido al que tanto amaba, sino de Ares o de Meleagros, como decían malas lenguas.

Atalante había sido representada en el cofre de Kipselos[800], y en numerosos monumentos; ora a propósito de la caza de Kalidón, bien luchando con Peleis. Plinio menciona una pintura de Lanuvium, en que el artista había opuesto la hermosura de Atalante a la de Helene. Pero volvamos a la familia del dignísimo Oineus.

TIDEUS

Muerta Altaia, los mitógrafos aseguraban que Oineus se casó con Periboia, con la que tuvo a Tideus. Se contaba también que antes de casarse con ella, Oineus, tras seducirla, la había abandonado a sus porquerizos, y que entre éstos había crecido Tideus. También que por orden de Zeus, Oineus había amado a su hija Gorgé, y que fruto de estos amores mal aconsejados, había sido el héroe. Pero vengamos a él, que es lo interesante.

Hombre ya y a causa de haber cometido una muerte, tuvo que alejarse de su patria, acabando por ir junto a Adrastos, rey de Argos, donde también se había refugiado Poluneikes. Adrastos, sobre purificar a Tideus, le casó con una de sus hijas, Deifile; la otra, Argia, se unió con Poluneikes. Como además les prometió devolverles a cada uno su patria, Tideus tomó parte en la lucha de los Siete Jefes contra Tebas, patria de Poluneikes. Su turno le llegaría luego, si el destino lo permitía; que no lo permitió, como se va a ver. Antes, en los juegos fúnebres en honor de

---

[800] *Kipselos,* tirano de Korintos (siglo vii a. d. J.). Habiendo anunciado el oráculo de Delfos que si *Labda,* su madre, que estaba encinta, paría un hijo, este hijo sería fatal para los suyos. Labda, tras dar a luz a Kipselos, le escondió en un cofre (de donde su nombre, de *kipsele,* cofre). Como de mayor, a la cabeza del partido democrático, engrandeció a Korintos, su hijo y sucesor, *Periandros* (629-585), consagró en Olimpia, en el templo de *Hera,* el cofre en que su padre había sido ocultado. Pausanias alcanzó aún a ver el exvoto, célebre a causa de la magnificencia de los trabajos que le adornaban.

Archemoros (Ofeltés), que luego, según ciertas versiones, llegaron a ser los juegos Nemeos, Tideus había quedado vencedor en el pugilato (lucha a puñetazo libre; el «boxeo» de entonces). Lo indico para que se comprenda ya que era todo un barbián y no asombre demasiado lo que viene detrás. Luego fue enviado como embajador a Tebas. Su misión consistía en reclamar por las buenas, a Eteokles, que cediese el trono a Poluneikes, su hermano, según habían convenido. Ni que decir tiene que Eteokles no quiso ni acabar de escucharle. Entonces Tideus desafió a cuantos tebanos quisieran combatir con él mano a mano. Y a cuantos se presentaron, los venció. Se marchaba ya más contento de su brazo que de su talento como embajador, cuando los tebanos le tendieron una emboscada. Cincuenta hombres se le echaron de pronto encima, decididos a acabar con él. Pero Tideus fue el que acabó con 49 de ellos. A uno tan sólo dejó con vida, sin duda para que refiriese su hazaña: A Maión (que más tarde le devolvería el favor, enterrándole, cuando Tideus fue muerto luchando contra Tebas). En efecto, después fue el sitio de esta ciudad por los Siete Jefes, sitio en el que se distinguió particularmente nuestro héroe a causa de su fuerza, arrojo y bárbaros instintos. Hasta que a su vez le tocó morir, muerte coronada por algo atroz, referida ya en el capítulo anterior a propósito de la familia de Oidipous, al hablar especialmente de Ismene. Tideus tuvo con Deifile a otro de los grandes héroes antiguos, adalid famoso en Troya: Diomedes.

DIOMEDES

Diomedes es bien conocido por sus proezas ante la ciudad de Príamos, que refiere admirablemente la *Ilíada*. Sólo daré, pues, sobre él algunos detalles complementarios. Su primera hazaña (no le arredraban, como se sabe, ni hombres ni dioses) fue la venganza contra los hijos de Agrios, que habían quitado el reino a Oineus, príncipe de Kalidón, su abuelo, para dárselo al propio padre de los poderosos ladrones. Diomedes se presentó de incógnito en Argos y mató a todos los hijos de Agrios, salvo a dos que huyeron al Peloponeso, y que luego mataron a traición al anciano Oineus, al que Diomedes hizo funerales magníficos. Después se casó con Aigialeia, tía o prima suya; poco importa. Más en todo caso, sí la ligereza de cascos de ésta, como se va a ver.

Más tarde fue a la guerra de Troya. Y tomada la ciudad, el regreso de Diomedes a su patria. Regreso que durante mucho tiempo fue considerado como el más rápido y feliz de cuantos héroes volvieron de Troya. Pero sí el regreso fue feliz, no la llegada: Aigialeia, hay que decirlo, le había sido infiel. Había amado adúlteramente mientras él combatía heroicamente. Mientras el marido se cubría de gloria, la mujer, de oprobio. No contenta con ello, apenas el héroe en Argos le tendió tales lazos y tantas traiciones que incapaz de luchar contra ella (¡él, que había matado a tanto teucro y herido a Afrodite y al propio Ares!), tras refugiarse, como suplicante, en el altar de Hera, acabó por huir a Italia, junto al rey Daunos. Decíase que las infidelidades y asechanzas referidas de Aigialeia eran cosa de Afrodite, implacable con el héroe a causa precisamente de haberla herido éste delante de Troya. Estando con Daunos, combatió contra los enemigos de éste. Pero también debió de influir Afrodite, o una diosa peor, la codicia, pues el rey se negó a darle lo que le había prometido por su ayuda. Entonces Diomedes maldijo al rey y a su país, deseándole la más total y completa esterilidad mientras no fuese cultivado por los etolios, sus compatriotas. Luego, dicen que se apoderó de él, en todo caso por breve tiempo, puesto que Daunos consiguió al fin ser el más fuerte, vencer a Diomedes e incluso matarle o hacerle matar. Sus compañeros fueron transformados en pájaros. Pájaros mansos y amigos cuando encontraban griegos; feroces contra todo otro ser humano.

Se atribuía a Diomedes una serie de fundaciones en Italia meridional, donde su recuerdo fue objeto de culto. Una leyenda colocaba su tumba en una isla vecina del cabo Garganum. En esta isla estaba su templo, servido por sus antiguos compañeros que, como he dicho, habían sido metamorfoseados en pájaros. Se le sacrificaban caballos. Varias ciudades de la Gran Grecia le honraban como a su fundador. En la propia Grecia, Argos conservaba su escudo maravilloso, regalo de Atena. Este escudo era paseado en la procesión celebrada en honor de la diosa, cuando sus fiestas. En Salamina de Chipre, se le honraba también al mismo tiempo que a Atena, y durante mucho tiempo se le ofrecieron sacrificios humanos.

LEYENDAS TESALIAS

La Tessalia, comarca de Grecia septentrional limitada por altas montañas (el Olimpos, el Pindos—Grammos actual—, el Oite—Kumaita hoy—y el Ossa—Kissovo—, al Norte, Oeste, Sur y Este, respectivamente), y regada por el Peneios (Salambria actual), era, y es, la comarca más rica de Grecia a la vez que una de las más agrestes; pero llena de bosques pródigos en caza, campos fértiles y llanuras pobladas de ganado. Y tan rica como en bosques, cereales, olivos y rebaños, en leyendas. En la cadena de montañas que corre todo a lo largo del mar Aigeus, desde la desembocadura del Peneios al extremo sur de la península de Magnesia, más exactamente en la parte norte de esta cadena, había tenido lugar el combate de los Titanes contra los Dioses. En las pendientes del Pelión (Zagora hoy), habían pasado su infancia héroes de la talla de Iasón, Peleus y Aquiles (el Achilleus o Achuleis griego); y sus cimas abruptas y sus gargantas salvajes sirvieron de morada al sabio Cheirón y a los feroces Centauros (Kentauroi) de cuyo mito nos vamos a ocupar en primer lugar.

LOS CENTAUROS

«Montaraces e hirsutos», llama la *Ilíada* a estos monstruos mitad hombres mitad caballos (cabeza, torso y brazos de hombre; cuerpo, patas y cola de caballo), que vivían en los bosques de las montañas, se alimentaban de carne cruda y eran bestiales y salvajes en sus maneras y costumbres. Se atribuía la paternidad del primero de estos monstruos a Ixión, como puede verse en la nota 163. Kentauros, el hijo de Ixión, se unió a las yeguas de la región de Magnesia, al pie del Pelión, y pronto surgió una raza tan numerosa como temible. Por fortuna, no todos los centauros eran bestiales y perversos, sino que algunos como Cheirón el sabio y benéfico maestro y mentor de tanto héroe (del que me he ocupado en la nota 88), y Folos, el amigo de Herakles (del que he hablado asimismo en la 226), ni tenían el mismo origen que los otros (Cheirón era hijo de Filira y de Kronos, y Folos, de Silenos y de una Meliade), ni eran perversos, sino todo lo contrario, humanitarios y benéficos. Mientras que los nacidos de Ixión y de Nefele (la Nube), hasta sus nombres indicaban ya su violencia, su animalidad, sus gustos salvajes o su semejanza con ciertos meteoros dañinos y violentos[801]. Monstruos de naturaleza lasciva, belicosos e indomables, luchaban entre ellos, o con enemigos de distinta raza, valiéndose de árboles que desgajaban y lanzaban cual si fuesen flechas, y de bloques enormes de roca que arrancaban de las montañas. La rapidez e impetuosidad de sus ataques desenfrenados, sus gritos feroces y sus maneras han hecho pensar a algunos mitógrafos en *Ljeschi,* el espíritu ruso de los bosques que también aullaba como un perro, mugía como un toro y relinchaba como un caballo (ruidos del vendaval desencadenándose en los montes); y en los genios de las selvas *(Liesowiki),* a quienes atribuían las tradiciones populares rusas los destrozos que hacía el huracán, diciendo que eran ellos que se lanzaban a cien verstas de distancia (la versta tiene 1.065 metros), árboles seculares y rocas de dos toneladas de peso. Ahora veremos algo parecido en el combate de los centauros contra los Lapitas; combate que constituye su mito principal; pues sus querellas particulares, es decir, las de algunos de ellos con Herakles y Atalante, por ejemplo, ya las hemos visto al ocuparnos de estos personajes.

El arte griego dudó, al principio, sobre el tipo de los centauros. El arcaísmo iónico los concebía como hombres a los cuales se unían la parte media posterior de un caballo (el cuarto trasero y la cola). Tal aparecía en el friso del templo de Assos (Tróade), y tal se ve en algunas estatuillas de los museos actuales. Nuestro primitivo arte ibérico los concibió de la misma manera. Luego ya fue fijado el tipo del centauro tal cual se comprende hoy. Tipo consagrado definitivamente en el frontón Oeste del templo de Zeus, en Olimpia. El tema de los centauros es tanto más frecuente en el arte griego, cuanto que se prestaban a maravilla para la ornamentación de los frisos. Una *Centauromaquia* llenaba parte de las metopas del Partenón, y el mismo motivo se hallaba en el Mausoleo de Halikarnassos, que pasaba por una de las maravillas del Mundo.

---

[801] *Agrios* (salvaje, cruel), *Melaneus* (negro, sombrío), *Mermeros* (penoso, funesto, triste), *Bianor* (violento, fuerte), *Eurinomos* (que mata de lejos), *Arktos* (oso), *Demeleón* (león de pueblos), *Likos* (lobo), *Teleboas* (cuyos gritos se oyen lejos), *Erigdoubo* (de ruido penetrante), *Hilaios* (de bosque, salvaje), *Drialos* (de madera, leñoso), *Peikeidai* (como un pino), *Flejaios* (inñamado por la cólera o la pasión), *Kranaios* (de manantial, de fuente).

LOS LAPITAS

Los *Lapitai,* de los que ya me he ocupado en la nota 163, tenían, originariamente, de acuerdo con su etimología probable[802], un carácter de violencia, de genios destructores. Pero al humanizarlos la epopeya perdieron este matiz bestial para convertirse en simples guerreros valerosos. Y entonces se les atribuyó, al menos a la familia más importante, una genealogía. La siguiente: Su antepasado había sido el dios-río tesalio Peneios (epónimo del río de su nombre), casado con la ninfa Kreousa. De esta unión nacieron dos hijos, Hipseus y Andreus, y una hija que, uniéndose con Apolo, había dado origen a *Lapités,* epónimo de los Lapitai. Lapités había engendrado, a su vez, entre otros hijos, a Perifas; Perifas, a Antión. Y Antión, a Ixión. Los lapitai intervinieron en una porción de leyendas: lucharon con Herakles; participaron, algunos de ellos, en la caza del jabalí de Kalidón y en la expedición de los Argonautas; pero su principal leyenda, como acabo de decir, es la que se refiere a su combate con los centauros, que estalló del modo siguiente:

Cuando el héroe tesalio Peiritoos (al que ya conocemos a causa de su amistad con Teseus), hijo de Zeus y de Día, o de ésta e Ixión, se casó con Hippodameia (nombre que ya la emparentaba con los centauros), invitó a la boda a uno de éstos, a Euritión, su pariente (pariente ora por parte de Hippodameia, ora por la suya, puesto que, como hijo de Ixión, era hermano, de padre, de los Kentauroi). Euritión, que se había entregado sin freno ni medida a los placeres del banquete, ebrio al cabo y perdida la cabeza, llevó sus manos hacia la flamante esposa e incluso trató de llevársela. El héroe, indignado, le expulsó del palacio tras haberle cortado la nariz y las orejas. Poco después, los demás centauros, armados de rocas tremendas y de pinos enormes que manejaban a modo de lanzas y mazas, invadieron el palacio, llegaron a la sala del festín y mientras unos combatían con quienes les hicieron frente al punto, otros trataron de apoderarse de los jóvenes de uno y otro sexo para saciar en ellos su lubricidad. No pocos lapitas cayeron a sus golpes, pero pronto éstos, dirigidos por el invencible Teseus, fueron los más fuertes. En terrible lucha cuerpo a cuerpo les hicieron sentir la fuerza de sus brazos y el corte

---

[802] La palabra *Lap-it-ai* pertenece a la raíz *lap,* de la que salió el verbo *alapazo,* asolar, saquear, destruir, y el sustantivo *lailaps,* torbellino. Como esta raíz es vecina de *rap = arp,* el nombre *La-pitai* tendría un sentido análogo al de las *Harpías* (los vientos violentos).

de sus lanzas y espadas; mataron a los que intentaron resistir y a los que huyeron, persiguiéndolos hasta el Pindos, es decir, hasta que desaparecieron en lo espeso del bosque.

A esta boda tumultuosa, de trágico desarrollo, comparaban los mitólogos las supersticiones populares alemanas y rusas, que se imaginaban el huracán como la boda escandalosa del demonio de los bosques que bailaba con su esposa; o como los campesinos griegos que habitaban al pie del Parnasos, cuando creían ver, no hace mucho aún y puede que todavía, en tormentas y tempestades de nieve, el resultado de los combates furiosos allá en las alturas, de los genios de la montaña. Como personificación de fenómenos análogos consideraban a los Aloadai.

LOS ALOADAI

Los Aloadai o Aloades, eran los dos gigantes audaces e insolentes, hijos de Ifimedeia y de Poseidón, cuyos atrevimientos y fechorías he referido en la nota 79. Sus nombres indicaban ya lo violento de su naturaleza: Efialtes, «el que se lanza sobre»; Otos, «el que choca contra o el que trastorna». El carácter de estos gigantes, feroces como los centauros y tremendos de proporciones como los titanes, hacían que los mitógrafos les asimilasen a los Moliónides, Euritos y Kteatos, hijos también de Poseidón (su madre era Molioné; su padre «humano» o putativo, Aktor, rey de Elis, hermano de Augeias). Se les decía nacidos de un huevo de plata. Néstor había estado a punto de matarlos (los salvó Poseidón envolviéndolos en una nube); pero no tuvieron la misma suerte con Herakles, que acabó con ellos, como ya he referido. Y así como en los Moliónides creyeron ver ciertos mitógrafos a demonios del trueno y del relámpago, en los Aloades, comparables y comparados a ellos, lo mismo.

PELEUS, TETIS Y AQUILES

Peleus o Peleis era uno de los héroes más célebres de la región meridional de Tessalia, de cuya ciudad, Ftia, era rey. Sus aventuras dieron lugar a varias leyendas populares que, cantadas por Hesiodos o por los poetas hesiódicos, acabaron por ser reunidas en un poema, la *Peleidea*. En este poema debió inspirarse Eurípides para su tragedia *Peleus,* y más tarde Apollodoros, que recogió los hechos esenciales y que es hoy nuestra fuente principal respecto a las fábulas relativas a este héroe.

Peleus era hijo de Aiakos y de Endeis, hermano de Telamón y hermano también, pero sólo de padre, de Fokos. Envidiosos Peleus y Telamón de la habilidad de éste en toda clase de ejercicios gimnásticos, decidieron matarle. Y un día que se ejercitaban con el disco, Telamón lanzó éste

contra Fokos, que, herido en plena cabeza, sucumbió. Desterrados de
Aigina por su padre, Telamón fue a Salamina, junto al rey Kichreus, que
más tarde le hizo su heredero; Peleus, a Ftia, al lado de Euritión, quien tras
purificarle le dio a su hija Antígone y un tercio de su reino. De esta unión
nació Polidora.

Habiendo acompañado a su suegro a Kalidón cuando la caza del
famoso jabalí, Peleus tuvo aún la mala suerte de matar a Euritión, sin
querer, atravesándole con la jabalina que iba dirigida contra la bestia.
Obligado a desterrarse de nuevo, pidió hospitalidad al rey de Iolkos,
Akastos, que le acogió y purificó como antes lo había hecho el suegro
muerto. Pero aquí fue víctima aún de nuevos contratiempos a causa de otra
mujer. Peleus no tenía suerte con el bello sexo. Inmediatamente le vamos a
ver luchar como un desesperado para conseguir a Tetis. Si antes fue
víctima del odio de Psematé, la nereida madre de Fokos (que envió contra
Ftia un lobo que acababa con los rebaños y que sólo por orden de Artemis
consintió la enconada madre en transformarle en estatua de piedra), ahora
lo sería del amor de Astidameia, la mujer de Akastos. En efecto,
enamorada ésta de Peleus, le dio una cita. Pero al no escuchar el héroe sus
proposiciones, tuvo que sufrir todo lo referido en la nota 88. Habiendo
recobrado su espada ora porque se la diese Cheirón, bien Hefaistos, Peleus
volvió a Iolkos, mató a Akastos y a su mujer y se hizo dueño del país.
Según otra versión, esto lo hizo más tarde con ayuda de Iasón y de los
Dioskouroi. Según esta versión, a Astidameia la hizo pedazos, pedazos
que tiró por todas partes en la ciudad. Luego se casó con Tetis.

Este matrimonio de Peleus con Tetis, la nereida, tan celebrado por la
poesía griega y cantado asimismo por Cátulo, el latino, en un famoso
epitalamio (muy reproducido también en vasos y bajorrelieves), era objeto
de una fábula no menos popular en Tessalia que la de la caza de Kalidón.
En los poemas homéricos vemos que Hera dio como mujer a Peleus,
bienamado de los dioses, a Tetis, la hija de Nereus el Viejo del Mar. Pero
la nereida no consintió en ello sino a la fuerza. No extrañará teniendo en
cuenta que antes se había visto deseada y cortejada por grandes dioses.
Según las leyendas, Zeus y Poseidón se disputaban sus encantos. Y si
abandonaron la partida fue porque un día, en pleno consejo de los dioses,
Temis, la sabia y profética Temis predijo que el hijo que naciese de Tetis
sería más fuerte que quien le hubiese engendrado. Como llovía sobre
mojado, pues Zeus había destronado a su padre, se llamó a prudencia. Es
más, para que el mal no fuese grande, decidió al punto casarla con un
mortal. Otra leyenda decía que hizo esto furioso, por negarse Tetis a
escucharle; ésta, por fidelidad y agradecimiento a Hera, que la había
criado. En todo caso en la misma asamblea los dioses decidieron unir a
Tetis con Peleus. Pero como Tetis no estaba dispuesta, Peleus tuvo

verdaderamente que cazarla. Gracias a que era cazador expertísimo, como lo había probado cuando Akastos le llevó al Pelión, donde él solo mató infinidad de fieras, cuyas lenguas cortó para poder demostrar su hazaña. Con Tetis la caza fue de habilidad. Pues como ésta tenía el poder, heredado de su padre, de transformarse como y en cuanto quería, para escapar a los brazos de Peleus se cambió sucesivamente en fuego, agua, viento, árbol, pájaro, tigre, león, serpiente y, finalmente, en arena. Pero Peleus, bien instruido por Cheirón, no la soltó. Y cuando vuelta al fin diosa y mujer se dio cuenta de que no podía escapar, se entregó. La boda fue suntuosa. Se celebró en la amplia caverna de Cheirón en la cumbre del Pelión. Todos los dioses asistieron, como cuando el himeneo de Kadmos y Harmonía. Y sus regalos, como entonces, fueron también muchos y valiosos. Entre los principales se citaban dos caballos inmortales, Balios y Xantos (que más tarde tirarían del carro de Aquiles), armas magníficas que también usaría posteriormente el héroe, y una lanza de fresno, regalo de Cheirón, con la que igualmente un día, Aquiles, haría maravillas guerreras.

Pero el matrimonio no fue feliz, pues si bien Peleus y Tetis tenían hijo tras hijo, ésta los hacía morir llevada de la manía de hacerlos inmortales. Para conseguirlo, los metía en fuego esperando que éste eliminaría la parte deleznable y mortal que había en ellos. Pero, claro, lo que eliminaba era su vida. Así había hecho ya con seis cuando nació Aquiles. Mas esta vez Peleus, escarmentado, la vigilaba. Y cuando Tetis iba a hacer con el séptimo como con los anteriores, se lo arrancó de las manos mientras tal vez con los pies la acariciase algo tan sensible sin duda en las nereidas como en las no nereidas. Lo digo, completando la leyenda, porque Tetis abandonó a su marido junto al cual jamás consintió en volver, yéndose con sus hermanas allá al maravilloso palacio del fondo del mar.

El nacimiento e infancia de Aquiles estuvieron enmarcados en acontecimientos maravillosos. Todo el mundo sabe, por ejemplo, que Tetis le metió en las aguas del Stix para hacer su cuerpo invulnerable, salvo el talón, por donde le sujetaba al zambullirle, y donde le hirió Paris más tarde, causándole la muerte. En todo caso, cuando Tetis se fue, Peleus confió el casi invulnerable al centauro Cheirón que se encargó, tras curarle las leves heridas que le había causado su madre al acercarle al fuego (para sustituir un huesecillo quemado, del pie derecho, Cheirón, médico expertísimo escarbó en la tumba de Damisos, gigante que, cuando estaba vivo, había sido rapidísimo corriendo, y puso en lugar del huesecito quemado el del gigante, primer caso conocido, creo, de injerto humano, gracias a lo cual más tarde Aquiles sería invencible en la carrera); tras curarle, decía, le crió y educó a su lado, Filira, madre de Cheirón, y la ninfa Charikló, su mujer, se encargaron especialmente de la primera parte.

En la *Ilíada* se ve partir a Aquiles a Troya tras ir a Tessalia, a invitarle a tomar parte en la expedición, Néstor, Ulises y Patroklos. Pero los poetas posteriores, especialmente los trágicos, contaban las cosas de modo diferente. Véase cómo: Habiendo predicho Kalchas, el adivino, que Troya no sería tomada (se trataba ya de organizar la expedición, que fue empresa larga) sin Aquiles, Tetis, que velaba siempre por él, y que sabía que de ir a Troya perdería la vida, trató de evitarle tal suerte contraria, y para conseguirlo, tras vestirle con túnicas de niña (tenía entonces el futuro héroe nueve años), le llevó junto a Likomedes, rey de Skiros, que acogiéndole en su palacio le crió en unión de sus hijas. Con el tiempo, uniríase Aquiles con una de éstas, Deidameia, haciéndola madre de Pirros o Neoptolemos (a Aquiles, mientras le creyeron una jovencita le llamaban Pirra, es decir, *la Roja,* a causa del color subido de sus cabellos rubios). Pero como no podía ser tomada Troya sin él, los jefes griegos se echaron a buscarle al no hallarle en Tessalia, acabando por saber que estaba con Likomedes. Entonces Ulises, que había sido encargado especialmente de dar con él, se vistió de mercader con objeto de poder penetrar sin ser conocido en el palacio de Likomedes, y entre las varias mercancías que reunió para ofrecérselas a las princesas, telas ricas, adornos, joyas, etcétera, llevó armas excelentes, sobre las cuales fueron al punto las manos de Aquiles. Descubierto, no dudó en seguir a Ulises en cuanto éste le dijo qué se quería de él. Y aquí le dejo, puesto que sus aventuras y hazañas posteriores son bien conocidas de los lectores por la *Ilíada*.

En cuanto a Peleus, viejo ya y sin la ayuda de su hijo, que tras incubar su odio contra Agamemnón combatía en Troya, fue atacado por los hijos de Akastos. Expulsado de Ftia, se refugió en la isla de Kos, donde encontró a su nieto Neoptolemos. Allí, recogido por un descendiente de Abas llamado Molón, murió. Aparte todo lo mencionado, Peleus aparecía en las leyendas bien que con puestos secundarios, en la caza del jabalí de Kalidón, en la expedición de los Argonautas, en la de Herakles contra Troya, acompañando a su hermano Telamón, en la guerra contra las Amazonas y en los juegos fúnebres celebrados en honor de Pelias, donde, como ha sido dicho, fue vencido, en la lucha, por Atalante.

A Tessalia igualmente pertenecía una de las leyendas más importantes de la Grecia heroica, la famosísima expedición de los Argonautas, cantada por Apollonios de Rodas en un poema titulado *Argonautika*. Se llamaba *argonautas* a los tripulantes del navío *Argo* (el «rápido»), que dirigidos por Iasón, o más bien en su compañía, fueron en busca del Vellocino de Oro. Empecemos esta leyenda ordenadamente, hablando ante todo de este Vellocino.

FRISOS, HELLE Y EL VELLOCINO DE ORO

El origen del Vellocino de Oro, unido a la leyenda de Frixos y Helle, ha sido ya referido en la nota 274. Dejemos, pues, al Vellocino en el bosque sagrado de Kolchis, consagrado a Ares, clavado en la encina por mano de Aietes y bien guardado por el dragón, y vengamos a hacer conocimiento con Iasón antes de embarcarnos con él y sus compañeros en busca de este Vellocino. Ello nos permitirá volver a encontrar a una buena moza que no nos es desconocida, Medeia, que inspiró a Delacroix un cuadro admirable que honra el museo de Lille.

IASÓN, MEDEIA Y OTROS PERSONAJES INTERESANTES (LOS ARGONAUTAS Y SU FAMOSA EXPEDICIÓN)

Iasón era hijo de Aisón. Este era hermano de padre de Pelias, que le despojó del reino de Iolkos (ciudad de Tessalia que había sido fundada por Kreteus, padre de ambos) y que incluso más tarde le condenó a muerte. Habiendo podido escoger el género de muerte, Aisón pereció envenenándose con sangre de toro. Según Ovidio, su suerte fue distinta, puesto que consiguió volver a ver a su hijo e incluso fue rejuvenecido por las artes mágicas de Medeia. Una vez desposeído del poder, y temiendo por la vida de Iasón, que era aún un niño, se le confirió a Cheirón el centauro, quien al tiempo que le criaba en plena naturaleza en el Pelión, le dio, como a Aquiles más tarde, una educación fuerte y viril. Pelias, entre tanto, inquieto a causa de su mala acción, puesto que el poder correspondía a su hermano, interrogó al oráculo sobre su suerte futura. La respuesta del dios fue que desconfiase del hombre con una sola sandalia *(ton monos sandalon).* La continuación de lo ocurrido es referido de dos modos, que bien que levemente diferentes, conducen al mismo resultado. Según Píndaros en las *Píticas,* habiendo alcanzado Iasón la edad de veinte años, dejó a Cheirón y fue a Iolkos donde entró cubierto con una piel de pantera, llevando una lanza en cada mano y, en cambio una sola sandalia; el otro pie, descalzo. Llegado a Iolkos, se dio a conocer al pueblo, y reclamó a Pelias el poder que éste había usurpado a Aisón. Pelias prometió cederle el trono, pero con una condición: que fuese a buscar y le trajera el Vellocino de Oro, y con él el alma de Frixos, con objeto de que cesase la maldición que desde la muerte de Atamas (Véase nota 628) pesaba sobre la familia de los aiolides. Según Apollodoros, celebraba Pelias cierto día un sacrificio en plena plaza pública de Iolkos, cuando vio llegar a Iasón tal cual acabo de decir, o sea, con una sola sandalia, cosa funesta para él según había anunciado el oráculo. Entonces, bien que sin saber quién era, le preguntó: «¿Qué harías tú, joven, si un oráculo te hubiese predicho que morirías a mano de uno de los tuyos?» Inspirado por Hera, Iasón le respondió sin vacilar: «Le enviaría a buscar el Vellocino de Oro». Entonces Pelias le cogió la palabra, prometiéndole solemnemente dejarle el poder si se lo traía. Los poetas decían que Hera había sido la inspiradora de la idea, porque quería que Medeia viniese de Kolchis y matase a Pelias, del que estaba descontenta por no ofrecerle éste los sacrificios y honores a los que creía tener derecho.

En cuanto a Iasón, habiendo aceptado el trato, se apresuró a enviar heraldos en todas direcciones invitando a aquellos que quisieran sumarse para ir con él a la nada fácil empresa, pues que ni se sabía dónde pudiese estar el tal Vellocino de Oro. Pero bastaba la incertidumbre y el peligro para incitar a los héroes, que al punto empezaron a ofrecerse. Píndaros no cita sino a los más gloriosos y conocidos: Herakles y los Dioskouroi, hijos de Zeus; Echión y Euritos, hijos de Hermes; Zetes y Kalais, vástagos de Bóreas, cuyo papel sería importante al llegar junto a Fineus, como se va a ver. Pero a esta lista de las *Píticas* que, como se ve, sólo cita a los retoños divinos, los poetas posteriores añadieron muchos más nombres con el deseo de que su ciudad y las ciudades importantes contribuyesen cada una por lo menos con un héroe a la arriesgada empresa. En cuanto al navío, éste fue construido por un hijo de Frixos, llamado Argos, bajo la dirección de Atena, que enseñó al piloto a cargar la vela. La madera empleada en él era toda de Pelión, salvo la proa; ésta era de un pedazo de la encina profética de Dodone, que talló la propia Atena y que podía, como veremos que hizo en su día, profetizar. Hera se constituyó, según Apollodoros, en madrina de la nave.

El *Argo* construido en Pagasai, puerto de Tessalia, fue botado en presencia de gran multitud y, tras un sacrificio en honor de Apolo, sus tripulantes embarcaron. Los presagios interpretados por Idmón, el adivino de los argonautas, no podían ser más favorables: todos volverían sanos y salvos, menos él, Idmón. No obstante, no dudó en embarcar con ellos. Sobre la muerte de Idmón había varias versiones: ora se admitía que llegó a Kolchis, ora que fue muerto por un jabalí en la escala que hizo el barco en el país de los mariandinos, en Bitinia.

Pero la primera de todas las escalas fue en la isla de Lemnos. Por cierto que cuando los argonautas llegaron a ella no había sino mujeres. Ya he referido, hablando de Afrodite, que esta diosa había castigado a las mujeres de la isla, que no la honraban suficientemente, dándoles un olor tan insoportable que sus maridos, por no acercarse a ellas, se juntaban con esclavas tracias. Furiosas las desdeñadas, formaron un complot con objeto de matarlos a todos. Y, en efecto, uno tan sólo escapó a la venganza: Toas, el rey, que fue salvado por su hija Hipsipile sin que nadie lo supiese, y que pudo escapar de la isla. Naturalmente, Hipsipile fue nombrada reina, y así estaban las cosas cuando llegaron, como una bendición, los argonautas, que sin hacerse rogar (sin duda ya no olían mal o ellos aplicaron el dicho de a buen hambre no hay pan duro) les dieron hijos. Iasón tuvo con Hipsipile dos: Lineios (que es citado en la *Ilíada)* y Nefronios. Más tarde, cuando ya habían partido los argonautas, las mujeres de Lemnos supieron la traición de su reina, es decir, que había salvado a su padre, y quisieron matarla. Pero Hipsipile pudo escapar metiéndose en una barca, y cogida por unos piratas fue vendida como esclava a Likourgos, rey de Nemea, ciudad de la Argólide. Euridike, mujer de Likourgos, encargó a Hipsipile que cuidase de su hijo Ofeltés. Cuando los Siete Jefes pasaron por allí camino de Tebas, Hipsipile paseaba con el niño en brazos por un bosque. Habiéndole preguntado que dónde había una fuente, Hipsipile dejó al niño en el suelo con objeto de acompañarlos hasta ella. Pero en el breve intervalo que dejó a la criatura sola, una serpiente enorme, enroscándose en torno de su cuerpecito, le mató. Sus padres quisieron hacer lo mismo con Hipsipile, pero en aquel momento llegaron sus dos hijos. Amfiaraos, uno de los Siete, les dijo que la que iba a morir era su madre, a la que precisamente buscaban, y además calmó a los reyes. De modo que Hipsipile pudo volver a Lemnos con sus hijos y recuperar el trono.

Al salir de Lemnos, los argonautas navegaron hacia Samotrakia, donde, por consejo de Orfeus, se hicieron iniciar en los misterios (leyenda seguramente tardía cuyo origen y propósito se adivina). Luego entraron en el Hellespontos y alcanzaron la isla de Kízikos, cuyo rey del mismo nombre, que acababa de casarse con Klité, les acogió muy bien. A la noche siguiente diéronse los héroes a la vela; pero apenas se habían alejado un poco de la isla, vientos contrarios les empujaron de nuevo a la costa de los doliones. Estos, creyendo que se trataba de piratas, les atacaron y en plena oscuridad se entabló una batalla, en la que el propio Kízikos perdió la vida. Iasón mismo le atravesó con una lanza sin saber quién era. Sólo cuando fue de día reconocieron unos y otros su error. Durante tres días los argonautas se entregaron a las lamentaciones de ritual e hicieron juegos fúnebres en honor de Kízikos (cuyo nombre se dio a la isla). Klité se ahorcó desesperada. Las Ninfas lloraron tanto la muerte de su hermana, que sus lágrimas dieron origen a una fuente, que fue llamada de Klité. Los argonautas, antes de partir, erigieron en el monte Dindime, que domina la isla, una estatua a Kibele, madre de los dioses.

La etapa siguiente los llevó más al Este, hacia la costa de Misia. Al desembarcar, los habitantes de la región les ofrecieron cuanto tenían. Mientras preparaban la comida, Herakles, que había roto su remo durante la travesía, de tal modo y con tan buen ánimo le metían en el agua, fue al bosque próximo para hacerse otro, mientras que Hilai, su efebo amado (Hilai era hijo de Teoidamas, a quien, como hemos visto hablando del héroe, éste dio muerte combatiendo contra los dríopes; enamorado del niño, se lo llevó con él) iba a una fuente a por agua. Al llegar a ella encontró a las Ninfas, que bailaban en corro. Estas, sorprendidas un momento de su presencia, pero mucho más al punto de su hermosura, decidieron darle la inmortalidad y guardarle con ellas. A este objeto sumergiéronle en la fuente, donde, naturalmente, empezaron por ahogarle. Polifemos, uno de los argonautas, oyó el grito del niño cuando le zambullían y corrió en su socorro, encontrando a Herakles que volvía del bosque. Pero no al niño. Ambos entonces se pusieron a buscarle y buscándole en vano pasaron toda la noche. A causa de ello, cuando llegó el alba y el barco se hizo de nuevo a la mar, sin darse cuenta sus compañeros de que no estaban, allí se quedaron. Se ha pretendido también que se dieron cuenta de que faltaban, pero que los *Boreadai* (Kalais, «el que sopla suavemente», y Zetes «el que sopla fuerte») les aconsejaron que partiesen, y así lo hicieron. Polifemos fundó en las inmediaciones la ciudad de Kios. Herakles, suponiendo que eran los misios quienes les habían robado el niño, sobre exigirles rehenes les ordenó que buscasen a su amado. Costumbre que llegó a ser una fiesta anual durante la cual los sacerdotes iban en procesión hacía la montaña vecina gritando tres veces el nombre de Hilai.

El *Argo* llegó seguidamente al país de los bebrikes (Bebrikia), donde reinaba el rey Amikós. Este Amikós era un gigante, hijo de Poseidón, de estatura enorme y de fuerza tremenda e instintos bestiales. Había inventado el pugilato y tenía la costumbre de atacar a los extranjeros que llegaban a su país, matándolos a puñetazos. Cuando los argonautas desembarcaron, Amikós los desafió. Poludeikes aceptó el reto, y su habilidad y ligereza fueron superiores a la fuerza brutal de su contrario. Las condiciones del combate eran que el vencedor haría lo que le plugiera con el vencido. De haber triunfado Amikós, Poludeikes hubiese perdido la vida, pero éste se contentó con hacer prometer al gigante que en lo sucesivo respetaría a los extranjeros. Una tradición cuenta que Amikós se comprometió mediante juramento solemne. Otra, que al ser vencido se entabló una batalla general entre los argonautas y los bebrikes, que éstos perdieron muchos hombres y que, finalmente, huyeron a la desbandada.

Al día siguiente se dieron a la vela. Pero a causa de una tempestad, antes de entrar en el Bósforo tuvieron que hacer escala en la costa Trakia, es decir, en la orilla europea del Hellespontos. Allí dieron con el país de Fineus, personaje cuya leyenda es sumamente compleja. Unos decían que teniendo dotes de adivino había preferido vivir mucho tiempo a cambio de no ver, y que por ello estaba ciego. A causa de ello, el Sol, indignado de que hubiese preferido algo al brillo y hermosura de su luz envió contra él a las Harpías, demonios alados que le atormentaban de mil maneras y especialmente arrebatándole, en cuanto se sentaba a la mesa, los mejores bocados y ensuciando con sus deyecciones todos los demás. Otra tradición decía que estaba ciego como castigo por haber abusado de sus dotes de adivino, revelando a los hombres las intenciones de los dioses. O bien por haber indicado a Frixos el camino de Kolchis. O a los hijos de Frixos la ruta que tenían que seguir para volver a Grecia, con lo que había incurrido en la cólera de los dioses. Aún otra leyenda contaba que habiéndose casado con Kleópatra, hija de Bóreas, y tras tener con ella dos hijos, Plexippos y Pandión, la había repudiado para unirse con Idaea, hija de Dárdanos; que Idaea, envidiosa de los hijos del anterior matrimonio, los había acusado de haber intentado forzarla, y que Fineus, en castigo, les había dejado ciegos. O que ella misma les había sacado los ojos. En venganza, las Boreades, hermanas de Kleópatra, habían dejado, ellas, ciego a Fineus.

En todo caso, los argonautas pidieron a Fineus que les informase sobre la suerte de su viaje. Pero el adivino les puso como condición que le librasen de las Harpías. Entonces, cuando éstas se presentaron una vez más en el momento de sentarse Fineus a la mesa con sus huéspedes, Kalais y Zetes, que, como hijos de Bóreas, dios del viento, estaban dotados de alas, empezaron a perseguirlas hasta que rendidas prometieron por las aguas del Stix no molestar más a Fineus si ellos dejaban de perseguirlas. Entonces Fineus reveló a los argonautas una parte del porvenir. Lo que les estaba permitió conocer. Los puso en guardia, ante todo, contra un peligro que los iba a amenazar muy pronto: las Rocas Azules (las *Kuaneaipetrai,* rocas de un azul sombrío a la entrada del Bósforos [pasaje para un buey], hoy estrecho de Constantinopla), escollos movibles que chocaban uno contra otro aplastando a cuanto cogían en medio. Para que supiesen si podían pasar entre ellas, Fineus les aconsejó que al llegar allí soltasen una paloma. De pasar ésta, podrían hacerlo ellos seguidamente. Pero si los escollos se cerraban aplastando al animal era que la voluntad de los dioses era contraria a la empresa y que debían renunciar a seguir. Además, les dio algunas indicaciones útiles sobre los puntos esenciales de su propósito.

En efecto, llegados ante las Rocas Azules soltaron una paloma, que consiguió pasar. Sólo cuando ya escapaba, juntáronse de pronto cogiéndole las plumas más largas de la cola. Entonces se lanzaron a su vez, ocurriendo lo mismo: cruzaron sanos y salvos y tan sólo cuando salían del peligro, las rocas, al unirse, rozaron ligeramente la popa del navío. Desde entonces estas rocas no se volvieron a mover, pues su destino quería que en cuanto un barco hubiese conseguido pasar, su obligación de juntarse de tiempo en tiempo cesaría.

Habiendo penetrado los nautas en el Pontos Euxeinos (Mar Negro) llegaron al país de los mariandinos *(Mariandianaia),* cuyo rey, Likós, los acogió favorablemente. Aquí Idmón, el adivino, murió en una partida de caza herido por un jabalí. También murió el piloto, Tifis. Ankaios ocupó su puesto. Luego cruzaron la desembocadura del Termodón (en cuyas orillas situaban algunos el pueblo de las Amazonas), y a lo largo del Káukasos alcanzaron Kolchis por la desembocadura del Fase. Es decir, llegaron a donde se habían propuesto.

Desembarcaron, y Iasón se presentó ante Aietes exponiéndole el objeto de su viaje y la orden que había recibido de Pelias. Aietes no se negó a darle el Vellocino, pero creyendo que se podría desembarazar de él, le impuso previamente dos condiciones: primera, que pusiera el yugo, sin ayuda de nadie, a dos toros que tenía, que jamás lo habían soportado hasta entonces. Se trataba de dos toros con pezuñas de bronce, terribilísimos y que hasta echaban fuego por las ventanas de las narices. Hefaistos se los había regalado a Aietes. Una vez hecho esto, tendría que labrar con ellos un campo y sembrar en él los dientes de un dragón. Los que quedaron por sembrar cuando Kadmos lo hizo, según ya se ha visto, y que Atena había dado a Aietes. Y aún le quedaba el coger el Vellocino que, como se sabe, estaba guardado por un dragón (serpiente) enorme.

Preguntábase Iasón cómo se las arreglaría para poner el yugo a los dos toritos, cuando Medeia, hija de Aietes (a la que ya conocemos por las notas 314, 374 y 463), que se había enamorado del héroe apenas le había visto, y que era una maga consumada, le dio los medios para salir airoso de su empresa, según se ha explicado en la nota 374.

Otra versión dice que quien mató a Apsirtos, herrriano de Medeia, fue Iasón, arteramente, en un templo consagrado a Artemis, en la desembocadura del Istros (Danubio actual). En todo caso, los argonautas continuaron su ruta remontando este río hasta llegar al mar Adrático. Cuando se elaboró esta leyenda, el Istros era considerado como una arteria fluvial que comunicaba el mar Adriático con el mar Negro. Pero Zeus, disgustado por la muerte de Apsirtos, lanzó una tempestad que apartó la nave de su camino. Entonces el navío se puso a hablar (no en balde llevaba en la proa madera de Dodone), revelando la cólera de Zeus. Y añadió que no se aplacaría el dios mientras los argonautas no fuesen purificados por Kirke, la maga. Entonces el *Argo* remontó el Eridanos (confundido posteriormente con el Po) y el Ródano, a través del país de los ligures y de los celtas. De allí salió al Mediterráneo, costeó Cerdeña y llegó a la isla de Aea, donde habitaba la maga famosa que amó un día a Ulises. Kirke, tía de Medeia, purificó a los héroes, pero no los quiso admitir en su palacio, sino que les obligó a partir. Hiciéronlo así, y guiada la nave por Tetis misma (por orden de Hera), atravesó el mar de las Sirenas, donde, para no caer en sus redes, Orfeus hizo sonar su música, música tan deliciosa que los nautas olvidaron los cantos que los llamaban en vano. Tan sólo uno de ellos, Boutés, seducido, se lanzó al agua y llegó nadando hasta las rocas malditas. Pero Afrodite le cogió y transportó a Lilibeia (hoy Marsala), en la costa occidental de Sicilia.

Luego el *Argo* pasó por el estrecho de Skille y de Charibdis, después las islas errantes (tal vez las Lipari) por sobre las cuales se levantaba un humo negro. Tras ello llegaron a Kerkire (Corfú), al país de los faiakes, cuyo rey era Alkinoos. Allí encontraron una tropa enviada por Aietes en su persecución, y venida, además, para reclamar a Medeia. Alkinoos, tras consultar con Areté, su mujer, les respondió que si Medeia estaba aún virgen, que se la entregaría; pero que si ya había sido mujer de Iasón, no. Areté dijo en secreto a Medeia lo que había, ésta a Iasón, y el héroe se apresuró a salvar a la joven. Entonces los enviados, no atreviéndose a volver sin ella, se establecieron entre los faiakes. Los argonautas diéronse nuevamente a la mar.

Apenas habían abandonado Korkire, una tempestad les arrastró hacia las Sirtes, en la costa de Libia. Allí tuvieron que transportar el navío a hombros hasta el lago Tritonis, donde gracias a Tritón, dios del lago, hallaron una salida al mar y pudieron continuar su viaje en dirección a Krete, pero no sin perder a dos compañeros: Kantos y Mopsos.

En Krete, al desembarcar, se encontraron con el gigante a quien ya conocemos por las notas 108 y 298; monstruo mecánico construido por Hefaistos y a quien Minos había confiado la custodia de las costas de la isla. Lanzaba rocas enormes contra los navíos, de encontrarlos, durante las tres vueltas que daba a la isla cada día. Este gigante de metal, llamado Talos, era invulnerable, salvo en una vena que tenía en el tobillo, bajo una especie de piel allí muy espesa. De ser abierta esta vena, moriría. Medeia, mediante sus artes mágicas, consiguió enloquecerle de tal modo, que, víctima de visiones engañosas, él mismo se destrozó la vena contra las rocas, pereciendo al punto. Entonces los argonautas pudieron desembarcar y pasar la noche en la orilla. Al día siguiente, tras erigir un altar a Atena, siguieron su camino.

No habían salido aún del mar de Krete cuando fueron cogidos por una noche opaca, misteriosa, que les hizo correr los peligros más grandes. Iasón imploró a Foibos, rogándole les mostrase el camino a seguir en medio de aquella oscuridad que lo envolvía todo. Entonces Foibos-Apolo, escuchando su ruego, les envió un dardo luminoso, gracias al cual pudieron ver, muy cerca del navío por cierto, a una de las Sporades, donde seguramente sin su auxilio hubiérase deshecho el *Argo*. Allí pudieron echar el ancla. Era una isla minúscula, a la que dieron el nombre de Anafé (Isla de la Revelación), y en ella levantaron un santuario a Foibos Radiante. Mas como faltasen las ofrendas necesarias para hacer dignamente el sacrificio inaugural, hicieron las libaciones rituales con vino, en vez de con agua. Ello dio lugar a que las sirvientas de Medeia los asaeteasen con mil bromas, a las que ellos respondieron, originándose un torneo gracioso que quedó tradicional y fue ya siempre repetido en cuantos sacrificios se celebraban en la isla en honor de Apolo.

Luego hicieron escala en Aigina, y siguiendo las costas de Euboia llegaron a Iolkos, tras haber cumplido el periplo en cuatro meses y, por supuesto, con el precioso Toisón de Oro. Una vez éste en manos de Pelias, Iasón condujo el navío a Korintos, donde lo consagró en calidad de ex voto a Apolo. Las tradiciones respecto a la suerte del héroe tras ello difieren. Unas le hacían reinar en vez de Pelias; otras, vivir tranquilamente en Iolkos en compañía de Medeia, con la que tuvo un hijo llamado Medeios; otras querían que fuese Medeia la que, mediante sus artes mágicas, causase la muerte de Pelias, como ha sido referido en la nota 374.

Finalmente, Iasón, unido con Peleus, que había tenido disgustos con Akastos, volvió a Iolkos, donde reinaba este rey, hijo de Pelias, y con la ayuda de los Dioskouroi, saquearon la ciudad. Tras ello, Iasón, o bien su hijo Tessalas, reinaron en Iolkos.

Iasón, que era considerado como el más antiguo de los navegantes, recibía culto en varias ciudades griegas como patrón de la navegación.

Cierto número de monumentos antiguos refieren diversos episodios de sus aventuras. Su encuentro con Pelias es el motivo de una pintura célebre de Pompeya: el rey está al fondo, de pie, junto a sus dos hijas. Iasón, en primer plano, calzado solamente el pie derecho. Varios vasos representan sus entrevistas con Medeia, y diversos sarcófagos romanos sus hazañas en Kolchis. Una copa de Caera ofrece una variedad inédita de la escena del dragón, custodio del Vellocino: Iasón, designado por una inscripción, es arrojado, al parecer sin sentido, por la abierta boca del monstruo. El autor del vaso o estaba mal informado o era un bromista, si no un incrédulo.

Medeia, por su parte, tuvo culto en Korintos. Sus ritos debían de ser sangrientos y consistir en sacrificios humanos: inmolación de niños, seguramente, como lo prueba la fiesta anual que se celebraba en la época clásica en el templo de Hera *Akraia,* fiesta que ofrece contraste total con cuantos cultos a la misma diosa se celebraban en otros lugares. Catorce niños, siete de cada sexo, eran escogidos cada año, pertenecientes a familias nobles, para ser encerrados durante doce meses, vestidos de negro y con los cabellos cortados al rape. Se decía que era como castigo al crimen cometido por los corintios con los hijos de Medeia.

El arte griego insistió sobre todo en los talentos de Medeia como maga. En los vasos suele ser representada llevando el traje asiático de largas mangas y el bonete frigio. Como atributos, tiene una rama, ora de laurel, ya de enebro, o la caja en que guarda sus filtros mágicos. Las escenas representan el rejuvenecimiento de Aisón y de Iasón; el cocimiento del borrego en presencia de Pelias, o sus prácticas contra Talos. El fin desgraciado de sus amores es más bien tema preferido por los artistas romanos, como se ve en varios frescos de Pompeya; su rivalidad con Kreousa y la muerte de sus hijos; Medeia, furiosa, crispa la mano armada del puñal, junto a sus hijos, que juegan tranquilamente a la taba. En varios sarcófagos se reproducen también escenas de la vida de esta apasionada figura, que tanto ha interesado asimismo a no pocos artistas modernos. Aparte el mencionado cuadro de Eugenio Delacroix, Pradier hizo una estatua en bronce de Medeia, sorprendente. Crauk es autor de una «Medeia devolviendo la juventud a Aisón, su suegro». Gustavo Moreau, de una «Medeia e Isaón», por no citar sino los más conocidos y celebrados.

LEYENDAS TRACIAS

Se designaba primitivamente con el nombre de *Trake* (Tracia) a cuanta tierra, comarcas o países había al norte de Gretia. Luego se dio límites a esta región, confinándola, al Norte, con el Ister (Danubio actual); al Este, con el Pontos Euxeinos (Mar Negro); al Sur, con el mar Aigeus (Egeo), y al Oeste, con Mecedonia (Makedonia). Los primeros habitantes de esta región, que entonces parecía tan lejana, debieron de ser los pelasgos, muy diferentes de los bárbaros, que al descender los pelasgos hacia el Sur, haciendo ellos lo propio, ocuparon las tierras que aquéllos dejaban y que aún estaban en su poder cuando las guerras Médicas. Por entonces formaban un gran número de tribus de costumbres rudas, belicosas y atrasadas. En las costas había colonias griegas con las que tenían poco trato los del interior; estas colonias, además, fueron conquistadas por Dareios, que sometió a los tiranos que las gobernaban. Algo más tarde, los odrises, que habían permanecido independientes, se apoderaron de toda la Tracia, y dueños de ella siguieron hasta que Filippos les sometió el año 343 a. d. J. Posteriormente, en 275, los celtas impusieron allí su yugo. Finalmente, los romanos.

Las religiones de esta comarca son mal conocidas. Se sabe, no obstante, de un modo cierto, que su influencia fue considerable en las creencias helénicas a causa de dos grandes dioses: Ares y Dionisos, y de un mito que, desarrollado y enriquecido en Grecia, acabó por imprimir en las creencias de este país una huella tan duradera como profunda, y que luego, a través de Roma, tuvo aún no poca influencia en la formación del cristianismo primitivo, cual lo atestiguan la iconografía cristiana y algunos padres de la Iglesia, tales que Agustín Lactancio y Clemente de Alejandría, para quienes la literatura órfica era familiar. Ni que decir tiene ya que me refiero al *orfismo,* y como mito, al de Orfeus.

ORFEUS

ORFEUS, ¿es un personaje enteramente mítico? ¿Tuvo, por el contrario, existencia real, bien que distinta, evidentemente, de la legendaria, a través de la cual ha llegado hasta nosotros? ¿Fue, tal vez, el jefe de una escuela de poetas y cantores más o menos legendarios? Difícil sería pronunciarse con absoluta seguridad. Pero todo hace creer en su carácter mítico, si se tiene en cuenta, sobre todo, que otro posible jefe de escuela poética, Homeros, cuya figura parece mucho más precisa, carece, no obstante, probablemente, de realidad histórica.

En todo caso, cuando comienza la historia propiamente dicha de Grecia, es decir, a mediados del siglo VI, Orfeus, desconocido enteramente por los poetas homéricos y hesiódicos, era ya objeto de tradiciones múltiples, cierto que de origen sumamente oscuro. La primera mención de él se encuentra en Ibikos (poeta del siglo VI), que le llama «el célebre Orfeus». Luego Aischilos debió asimismo ocuparse de él, particularmente de su muerte, en una tragedia que no ha llegado hasta nosotros, las *Bassarai* (las Bacantes). Posteriormente, en la época clásica ya, es citado por Píndaros, Eurípides y Platón. Pero quien se ocupó preferentemente de él, dándonos en las *Geórgicas* la versión más rica y completa de su mito principal (su bajada a los Infiernos) fue Virgilio.

Habiéndose formado en torno a esta interesante figura no solamente un mito, sino una verdadera secta teológica encaminada a conseguir una reforma tanto dogmática como moral de la religión popular griega, vamos a ver brevemente ambas cosas, empezando por el mito que engarza su nombre.

Orfeus era considerado unánimemente como hijo de Oiagros y de la esposa de éste, la musa Kallope (según otros Polimnia y aun Kleio). Oiagros era un dios-río, hijo de Ares, y según ciertas versiones, rey de Tracia. Otras tradiciones tardías, deseando, incluso, ponerle a la cabeza de los principales músicos griegos, le hacían padre de Linos y de Marsias. En cuanto a Orfeus, tracio como las Musas, hijo de la más grande en dignidad de todas ellas, todo concurría a hacer de él el músico por excelencia, el poeta inspirado; y toda su vida no era sino la historia de los efectos soberanos e irresistibles de sus talentos como tal. Atribuíasele con frecuencia la invención de lira y cítara, o cuando menos el mérito de haber perfeccionado estos instrumentos aumentando su número de cuerdas de siete a nueve «a causa de las Musas». El maravilloso poder de seducción de su lira fue cantado por no pocos poetas antiguos. Aquella lira cuyos incomparables acordes hacían abandonar a las fieras sus guaridas para ir a escucharle, echándose a sus pies, y que ni árboles ni peñas podían oír sin conmoverse. Cuando acompañó a los argonautas, su lira calmaba a las olas del mar cuando se encrespaban. Las rocas movedizas, que amenazaban aplastar al *Argos,* deteníanse embelesadas apenas empezaba a sonar la dulce melodía. El dragón, custodio del Vellocino de Oro, sometido fue también por sus irresistibles sones. Las Sirenas mismas, oscurecidas. Cuando más tarde bajó a las regiones infernales, no solamente el horrendo Kerberos le lame los pies vencido, sino que los duros soberanos de la terrible mansión, conmovidos, no dudan en concederle lo que pide. La maravillosa armonía, aun después de muerto Orfeus, siguió dando pruebas inequívocas de sus excelencias, puesto que, según Pausanias, los ruiseñores que anidaban junto a su tumba cantaban mejor que los otros y con superior encanto. En cuanto a su lira, a la muerte del héroe transportada fue al cielo y convertida en una constelación. Así como el alma del gran músico a los Campos Elíseos donde, revestida de una túnica blanca, continuaba maravillando con sus cantos a los bienaventurados.

A propósito de la tumba de Orfeus existía en Tessalia una curiosa leyenda. Esta tumba estaba en otros tiempos en Leipetra, y un oráculo tracio había predicho que si las cenizas de Orfeus veían el Sol, la ciudad sería devastada por un puerco. Los habitantes rieron a más no poder de semejante predicción, pues aún parecía más difícil que un cerdo destruyese su ciudad, de la que estaban orgullosos, que las cenizas del incomparable cantor, bien guardadas en rico sarcófago de mármol, fuesen expuestas a la brillante luz del astro del día. Así las cosas, sucedió que una tarde, a la hora de la siesta, un pastor se quedó dormido en el mausoleo de Orfeus, bajo las columnas que sostenían el magnífico sarcófago. Y su sueño, penetrado por el espíritu del gran músico, empezó a entonar, con voz infinitamente dulce y melodiosa, himnos órficos. Pero tan grata y acompasadamente, que cuantos se hallaban por los alrededores, campesinos y pastores, abandonándolo todo, corrieron en tropel atraídos por el maravilloso canto, creyendo que el cantor sumo había resucitado. Y tan presurosos llegaron en masa, que empujadas violentamente las columnas y derribadas, dejaron caer la magnífica urna de mármol, que se hizo pedazos. Pues bien, aquella noche misma se desencadenó una tormenta violentísima acompañada de tal tromba de agua, que el Sis, río que hasta entonces había corrido mansamente junto a la ciudad sin jamás salirse de su lecho, se desbordó, inundando el poblado y destruyéndole casi por completo. Es decir, cumpliéndose el oráculo, si se tiene en cuenta que *sis,* en griego, significa cerdo, puerco.

El mito más célebre relativo a Orfeus era su bajada a los Infiernos. El objeto de tan peligroso viaje, rogar a Haides y a Perséfone que le devolviesen a Euridike, su mujer, sin la cual no podía vivir. Este mito se ha hecho popular gracias a los hermosos versos de Virgilio que lo refieren. Euridike (ninfa, dríade, o hija de Apolo), paseándose un día por la orilla de un río de Tracia, fue vista por Aristaios, a quien los lectores conocen ya por la nota 211. Verla el joven y encapricharse de su hermosura fue todo uno. Y huyendo de él, que empezó a perseguirla, puso un pie sobre una víbora, que la mordió, causándole la muerte. Orfeus, inconsolable, bajó a los Infiernos a por ella. Haides y Perséfone, conmovidos ante su amor y seducidos por sus cantos, consintieron en devolvérsela. Pero le impusieron la condición de que no se volvería para mirarla hasta estar fuera de la región infernal. ¡Dura condición para unos ojos tan enamorados! Llegaban ya a la región de la luz cuando Orfeus, incapaz de resistir más (¿sería verdad que Euridike le seguía? ¿Perséfone no se había burlado de él?), volvió la impaciente cabeza perdiendo al hacerlo a la amada. Charón, inflexible, le impidió volver a penetrar de nuevo en la región de las sombras.

La muerte de Orfeus fue objeto de numerosas leyendas. La más corriente era que pereció a manos de las mujeres de Tracia, furiosas al ver que su amor por Euridike seguía tan vivo que a ellas, enamoradas todas de él, no les hacía caso. Decíase también que no queriendo comercio con las mujeres, volvíase hacia los efebos; y que incluso había inventado la pederastía. Se citaba a Kalais, el hijo de Bóreas, con el que había ido en la expedición de los argonautas, como su preferido. Otra leyenda decía que a su vuelta de los Infiernos, instituyó los misterios que llevan su nombre, cuya iniciación negó a las mujeres; sólo los hombres reuníanse con él, por las noches, en una casa cerrada, tras dejar las armas a la puerta. Una de ellas, las mujeres acudieron, apoderáronse de estas armas, y cuando salieron los hombres entraron y dieron muerte a Orfeus. Otra leyenda atribuía aún su muerte a una venganza de Afrodite. Cuando esta diosa y Perséfone se disputaron al bello Adonis, Zeus nombró a Orfeus juez de la contienda, y éste dispuso que el hermoso galán compartiese su tiempo entre las dos. Afrodite, que le quería para ella sola, furiosa, inspiró a las mujeres de Tracia violento amor por el músico. Y como éste las desdeñase acabaron por matarle. También se decía que había sido Bakchos quien había movido a las Bacantes a destrozarle, por haber inventado Orfeus una religión cuyos misterios amenazaban destronar a los suyos. En fin, aún otra variante decía que Orfeus había muerto fulminado por Zeus, en castigo a haber revelado a los hombres los misterios sagrados.

La muerte de Orfeus había sido seguida de acontecimientos extraordinarios. Las Musas, a las que había servido durante toda su vida, le honraron a su vez tras apagarse; recogieron su cuerpo destrozado por las mujeres tracias y le dieron sepultura en su dominio sagrado de Libetrión, al pie del Olimpos. Más tarde sus huesos fueron transportados a Dión, ciudad de Macedonia. En cuanto a su cabeza y su lira, que habían sido arrojadas al Hebros (Maritza actual), este río se las llevó hasta el mar de Tracia, cuyas olas empujaron dulcemente los sagrados restos hasta Lesbos. Allí fueron piadosamente recogidos y puestos en el santuario de Bakchos, en Antissa. Decíase que del lugar en que reposaban cabeza y lira salían a veces melodías deliciosas. En todo caso, Lesbos fue la tierra por excelencia de la poesía lírica, de modo que esta leyenda viene a ser como la expresión de un hecho histórico, si se tiene en cuenta, como digo, que el arte lírico tuvo su primer desarrollo en las costas de Asia Menor, especialmente en Lesbos, y si se recuerda que Antissa era la patria de Terpandros. A propósito de los restos allí recogidos, contábase que habiéndose declarado una terrible peste en Tracia, el oráculo hizo saber que era un castigo de los dioses por la muerte de Orfeus. Y que no cesaría mientras no fuese hallada la cabeza, arrojada al Hebros, y se hicieran en su honor las honras fúnebres debidas. Tras no pocas averiguaciones, se supo que habían sido encontradas, cabeza y lira, por unos pescadores, en la desembocadura del Meles. Y que la sangre estaba aún fresca, y que el triste despojo cantaba como si todavía tuviese vida[803].

---

[803] El *orfismo* fue una verdadera doctrina religiosa. Una doctrina completa, con su «teogonía», sus «dioses» y su teoría sobre el «alma»: más una abundante «literatura órfica», todo lo cual constituyó el cuerpo de creencias de las sectas órficas, en las que no se entraba tino tras la consiguiente iniciación y dentro de las cuales eran obligatorios ritos, prácticas, plegarias y costumbres. La exposición más conocida de la doctrina órfica es la que hace Virgilio en su IV *Égloga.* Pero existen, además, fragmentos de diferentes poemas órficos, algunos de los cuales seguramente son del siglo vi a. d. J., y quién sabe si del propio Onomákritos. La doctrina propiamente dicha comprende en primer lugar una cosmogonía, cuyo análisis sumario es el siguiente: En el origen de las cosas era y estaba *Kronos* (el Tiempo). De él salieron el E*ter* y el *Caos,* cuya unión hizo aparecer el huevo cósmico, huevo de plata, enorme. De este huevo salió un dios con múltiples cabezas, macho y hembra a la vez, que contenía el germen de todo. Su nombre era *Vanes;* pero también era llamado *Protégenos, Erikapaios, Eros,* etcétera. Tras su nacimiento, la parte superior del huevo tornose el Cielo; la inferior, la Tierra. Fanés creó el Sol y la Luna. Tuvo dos hijos: la *Noche* y *Echidna.* La Noche dio nacimiento a *Ouranos* y a *Gala,* de los que nacieron los *Titanes,* los *Cíclopes* y muchos otros seres monstruosos. Ouranos, que reinaba sobre el Mundo material, fue destronado por uno de los titanes, Kronos, que a su vez lo fue por *Zeus.* Zeus devoró a Fanés, que reinaba sobre el Mundo espiritual, con lo que llegó a ser el amo y poseedor de la materia y del espíritu. Zeus, unido a su hija *Perséfone,* dio el ser a *Dionisos-Zagreus,* que más tarde debía regir o gobernar el Mundo. Pero los enemigos del niño-dios se apoderaron de él y le hicieron pedazos, repartiéndose su carne. No obstante, Zeus pudo resucitarle. Como dioses, el orfismo poseía un numeroso panteón. Primero estaban los dioses oficiales: Zeus, Dionisos, Haides, De-meter y Perséfone. Luego, numerosos dioses más, especialmente Zagreus, que llegó a ser la divinidad principal de los órficos. Después venían los dioses citados en la teogonía: Eros, Erikapaios y Fanés. Pero eran más bien símbolos divinizados, términos metafísicos. Mas como el orfismo acariciaba la idea de un dios soberano, muchos de estos dioses fueron identificados unos con otros, pues, como digo, el orfismo tendía hacia un dios único que simbolizase la vida universal. Tal demuestran las fórmulas como la siguiente: «Zeus es el primero. Zeus, el del rayo deslumbrante, es el fin. Zeus es la cabeza. Zeus es el medio. Todo viene de Zeus» («Yo soy el Alfa y el Omega, el primero y el último, el principio y el fin». San Juan, *Apocalipsis,* XXII, 13). Mucho más importante aún es la doctrina del alma y su destino. Los órficos creían

Orfeus ocupó un puesto muy importante en el arte. Figuró en numerosas pinturas, entre las cuales las dos más célebres fueron un fresco de Polignotos, en la Lesché de Delfos, representando a Orfeus en los Infiernos, y un cuadro descrito por Filostratos, en el cual se veía al héroe aplacando las olas desde la cubierta del Argos. Como escultura, Pausanias cita varias, especialmente un grupo de Olimpia en que estaban Zeus, Orfeus y Dionisos. En la cerámica empieza a aparecer a principios del siglo V. Los episodios más reproducidos son: Orfeus encantando a los animales, Orfeus en el mundo infernal y Orfeus con Euridike. Su figura pasó al arte cristiano. Ello se explica a causa de su misticismo doctrinario y de la tendencia de su religión hacia el monoteísmo. Su representación en este arte tuvo puro carácter simbólico: Orfeus maravillando a los animales era Cristo atrayendo a las almas. En cuanto a los animales, salvo en dos

---

en la naturaleza divina del alma y en el pecado original. En un principio, el alma, creada por los dioses, vivía con ellos. Pero tras una falta (no sabemos cuál), fue condenada a la vida terrestre y encerrada en el cuerpo como en una tumba (idea grata a Platón, expuesta repetidamente en el *Faidón)*. Para lavar el pecado original, el alma, inmortal, iba de un cuerpo a otro (reencarnaciones sucesivas), incluso, a veces, a cuerpos de animales. Durante estas migraciones debía de realizar su purificación mediante éxtasis, ayunos, ascetismo (abstención de alimentos animales), y, sobre todo, la iniciación en los misterios órficos, que daban reglas adecuadas para todo ello, y que revelaban a los hombres el camino de la salvación. De aquí la importancia y éxito de estos misterios, que debían permitir a sus iniciados, luego de la muerte, una vida eterna y mejor, una vez purificados y su alma limpia, en compañía de los dioses. Ello explica también su influencia sobre muchas otras sectas (por ejemplo, la pitagórica), y como tanto el orfismo como todas las doctrinas a base de *misterios, iniciaciones* y otro concepto del *más allá, con promesa de vida mejor tras la muerte,* es decir, en realidad anular ésta y el misterio que hasta entonces la envolvía, cambiaron en gran parte el sentido de la vida espiritual griega que, de clara, robusta, llena de alegría, de serenidad y de amor a los placeres de la vida, se tornó, a influencias del orfismo y demás doctrinas semejantes, en otra melancólica y pesimista, pese a la gran esperanza final que animaba a los adeptos; pues a cambio de un porvenir hipotético, de una ilusión, renunciaron a un presente antes feliz, al ensombrecerle con privaciones, ascetismos y prácticas secretas a las que se veían obligados con objeto de obtener las tan necesarias purificaciones para librarse de un *pecado original* del que eran enteramente inocentes. Sobre estas sectas se ha escrito mucho, pues mucha fue su importancia, y sigue siéndolo, por lo que de ellas pasó a la principal de las religiones actuales; pero sólo citaré una obra, precisamente por tratar especialmente sobre la cuestión: la de André Boulanger, titulada *Orphée, rapports de l'orphisme et du christianisme.*

pinturas de las catacumbas en que se le ve, como de ordinario, rodeado de fieras, eran los animales del simbolismo cristiano: borregos, ovejas, perros y palomas. Así, poco a poco, Orfeus se fue identificando con el Buen Pastor. El arte moderno tampoco ha olvidado a esta gran figura. Eugenio Delacroix embelleció uno de los hemiciclos de la biblioteca de la Cámara de los Diputados de París, con un «Orfeus llevando la civilización a los pueblos bárbaros y enseñándoles las artes de la paz»; y en una de las cúpulas de la biblioteca del palacio de Luxemburgo otro «Orfeus dictando a Hesiodos las tradiciones mitológicas de Grecia». Entre los mejores cuadros en los que interviene esta figura merecen ser citados los siguientes: de Francais, «Orfeus cantando a Euridike»; de Jalabert, «Las ninfas escuchando las canciones de Orfeus»; de Emilio Levy, «La muerte de Orfeus»; de Gustavo Moreau, una «Joven recogiendo la cabeza de Orfeus». Injalbert obtuvo el premio de Roma el año 1874 con una estatua plasmando «El dolor de Orfeus».

A Tracia pertenecen también otros cantores legendarios, tales que:

FILAMMÓN

Filammón era un poeta y adivino, hijo de Apolo. Hermosísimo, fue amado por la ninfa Argiopé. Pero, una vez esta ninfa encinta, Filammón no quiso que viviese con él. Ella entonces se marchó a Chalkídike, donde dio a luz a Tamiris. Se atribuía a Filammón la invención de los coros de muchachas y la organización de los misterios de Demeter en Lerne. Cuando los delfios fueron atacados por los flegios, Filammón acudió en su socorro a la cabeza de un ejército, pereciendo en el combate.

TAMIRIS

Tamiris es uno de los músicos míticos a los cuales han sido atribuidos no sólo poemas, sino numerosas innovaciones musicales. De Tamiris se decía que había compuesto una Teogonía, una Cosmogonía y una Titanomaquia. Se le hacía también inventor del modo dórico. Era, como he dicho antes, hijo de Filammón y de la ninfa Argiopé. Hermosísimo como su padre, era no menos experto que él cantando y tocando la lira, arte éste que enseñó a otro que se haría célebre asimismo como músico: a Linos. A veces se le hacía incluso maestro de Homeros. Este cuenta que habiendo intentado Tamiris rivalizar con las Musas, fue vencido por ellas. Y que irritadas por su vanidad, sobre arrebatarle su arte, le dejaron ciego. Él, por su parte, había exigido, si triunfaba, unirse con todas ellas, las nueve, sucesivamente. Una vez ciego, Tamiris arrojó su lira, que ya era inútil entre sus manos, puesto que había sido privado asimismo del arte de tocaría, en el río Balira (palabra compuesta de otras dos: *lanzar y lira)* del Peloponeso. Otro célebre músico primitivo era:

EUMOLPOS

Eumolpos era hijo de Poseidón y de Chioné, hija ésta a su vez de Bóreas y de Oreitiia. Chioné, por miedo a su padre, echó el recién nacido al mar. Mas Poseidón le recogió y le llevó a Etiopía, donde le confió a Bentesikimé, su hija. Esta le crió. Cuando fue mayor, el marido de su madre adoptiva le dio como mujer a cierta de sus hijas. Pero Eumolpos trató de violar a una de sus cuñadas y fue desterrado. Entonces marchó en compañía de su hijo Ismaros a Tracia cuyo rey, Tegirios, casó a Ismaros con una de sus hijas. Pero habiendo tomado Eumolpos parte en un complot contra Tegirios, complot que fue descubierto, tuvo que huir. Entonces se refugió en Eleusis, donde se hizo amar de los habitantes de esta ciudad. Más tarde, habiendo muerto Ismaros, Eumolpos se reconcilió con Tegirios, que le llamó a su lado y le legó su reino. En guerra los atenienses contra los eleusinos, éstos llamaron en su socorro a Eumolpos, su antiguo amigo. Eumolpos acudió al frente de su ejército de tracios, pero fue vencido y muerto por Erechteus, que mandaba a los atenienses. Poseidón, padre de Eumolpos, se vengó o vengó a su hijo, haciendo que Zeus fulminase a Erechteus. Se atribuía a Eumolpos la institución de los misterios de Eleusis. El fue quien purificó a Herakles tras la muerte de los Centauros por el héroe. Algunas tradiciones hacían hijo suyo a Mousaios.

MOUSAIOS

Mousaios, según las tradiciones más admitidas, pasaba, ora por amigo, ora por discípulo, ora por maestro, e incluso por hijo simplemente, o por contemporáneo, de Orfeus, del que en la leyenda antigua parece no ser sino un doble, una prefiguración. Se le atribuía también la composición de una teogonía, de una compilación de oráculos, y de fórmulas de purificación y de iniciación. También se decía que era tan gran músico, que era capaz de curar enfermedades con su arte. Incluso se le hacía adivino e introductor en el Ática de los misterios de Eleusis. Pero en realidad, su persona, como tantas otras, no pasaba de un mito, bien que este mito parezca demostrar, como el de Orfeus y demás músicos célebres que acabamos de ver, que en tiempos remotos se produjeron emigraciones de norte a sur que trajeron a la región del Olimpos, primera morada de las Musas, e incluso a Boiotia y al Ática, numerosas tradiciones relativas al arte musical y a los poemas sagrados.

LEYENDAS ESPARTANAS

Esparta *(Sparte),* la eterna rival de Atenas, capital de la Laconia *(e Lakonike),* región la más meridional del Peloponeso *(Peloponnessos),* no podía menos de tener héroes y leyendas míticas; leyendas que compartía con la región inmediata, Mesenia *(Meseniai* o *Messenia),* de la que la separaba la áspera cadena del Taigelos *(Taigetos o Taigetón).* En efecto, allí nacieron dos héroes de gran importancia, Kástor y Poludeikes (Polux), los *Dioskouroi* (Dios-euros corrientemente) y una heroína famosa, la hermosísima Helene, por quien muchos hombres murieron en Troya. Por supuesto, para llegar hasta estos tres personajes, se inventó una genealogía destinada a establecer lazos de unión y parentesco entre estos dioses-héroes y los del Olimpos. Y una vez los enlaces genealógicos hechos, fueron vinculados a las ciudades, a los ríos y a las montañas, llevados los hombres una vez más, por la inocente vanidad de desear que el suelo donde habían tenido nacimiento, estuviese unido a divinidades enteramente faltas de realidad fuera de la que ellos les atribuían tras haberlas inventado. Veamos, pues, brevemente, esta genealogía, hasta llegar a los héroes principales, es decir, a los mencionados más arriba.

A la cabeza de la raza destinada a dar lustre a Laconia, ponía a Lelex, héroe epónimo de los léleges, primer rey de Laconia, «nacido del suelo» mismo de esta región. Este rey tuvo dos hijos: Miles y Polikaón. Miles le sucedió en el trono, que más tarde heredó su hijo Eurotas (el dios-río de este nombre). Polikaón, el hermano menor, se casó con Messene, la hija de Triopas, rey de Argos, obteniendo con ello el reino de Messenia, que, como se ve, llevó el nombre de su mujer. Y ya tenemos emparentadas a ambas comarcas tanto por su proximidad natural como por su ilustre genealogía. Sigamos.

Eurotas tuvo con Kleta, su mujer, a Sparta, que, casada con Lakedaimón (hijo de Zeus y de Taigete, una de las pléyades, de la que me he ocupado en las notas 108 y 110), tuvo a su vez a Amiklas, héroe epónimo de una de las más antiguas ciudades de Laconia. Si tenemos en cuenta que Lakedaimón dio nombre a Lacedemonia y a los lacedemonios, y su mujer, Sparta, a la capital, Esparta, veremos que la geografía se va complementando a costa de héroes admirables.

Amiklas y Diomedé engendraron a otro héroe famoso, Hiakintos (Jacinto), bien amado de Apolo, del que me he ocupado en la nota 216. Otro hijo de Amiklas fue Kinortas, cuyo sucesor, Perieres, unido a una hija de Perseus, tuvo varios descendientes: Hippokoón (muerto, así como sus 12 hijos, por Herakles), Ikarios (padre de Penélope, cuya mano obtuvo Ulises, como premio, al salir vencedor en una carrera), Afareus (que reinó en Mesene), Leukippos (cuya hija, Arsinoé, amada por Apolo, según cierta tradición, había sido madre de Asklepios; en general se hace a éste hijo de Apolo y de Koronis) y Tindáreos, padre de los Dios-kouroi, de Helene y Klitaimnestra en colaboración con Leda, su mujer, y con Zeus, encaprichado, en cierta ocasión, de Leda. Y como era a éstos a los que necesitábamos llegar, puestos ya en la buena vía, sigamos por ella.

TINDÁREOS

Tindáreos, del que ya me he ocupado en la nota 108 hablando de Leda, su mujer, conoció a ésta cuando al ser expulsado de Esparta por su hermano Hippokoón se fue en unión de Ikarios, a Kalidón, junto al rey Testios, de quien Leda era hija. Cuando Herakles hizo justicia con el usurpador y con sus hijos, Tindáreos volvió a Esparta cuyo trono ocupó. Y al hacerlo trajo con él a Agamemnón y a Menelaos, que se habían refugiado también en Kalidón. Y he aquí por qué Agamemnón se casaría con Klitaimnestra y Menelaos con Helene; ella misma le escogió entre los muchos príncipes que aspiraban a su mando. Más tarde, cuando Kástor y Poludeikes fueron divinizados, Tindáreos llamó a Menelaos y le legó el reino de Esparta. Tindáreos vivía aún cuando Helene fue raptada por Paris. Y fue más tarde, durante la guerra de Troya, cuando casó a su nieta Hermione con Orestes. Se decía incluso que había sobrevivido a Agammenón y que tras el asesinato de Klitaimnestra y de Aigistos, por Orestes, había acusado a éste ante el Areópago; o en Argos mismo ante un tribunal del pueblo. Tindáreos figuraba también entre los personajes resucitados por Asklepios. En Esparta se le concedían honores como a los héroes.

LOS DIOSKOUROI (DIOSCUROS)

Los Dioskouroi, Dioskoiroi o Dioskoroi, palabra que quiere decir «hijos, muchachos jóvenes, de Zeus», ya se sabe por la nota 108 cómo vinieron al mundo. Antiguas divinidades de la raza aquea de Laconia, cuando los dorios invadieron el Peloponeso, adoptaron su culto. Como ya he indicado, los pueblos politeistas no tenían la pretensión de que sus dioses eran los únicos verdaderos, por lo que, cuando conquistaban países o ciudades, adoptaban a los de las regiones dominadas, aumentando con ellos su panteón y en paz. La leyenda de los Dioskouroi fijada ya en sus rasgos esenciales por Homeros en el capítulo XI de la *Odisea,* fue luego magnificada y engrandecida. El llama a Kástor «domador de corceles», a Poludeikes, «invencible en el pugilato». Mas, como digo, posteriormente su leyenda creció cuando se los hizo los héroes dorios por excelencia. Así,

los hemos visto, hablando de Teseus (ateniense y, por tanto, su enemigo
en principio), correr a Atenas a rescatar a Helene, su hermana, robada por
él y Peiritoos, apoderarse de la ciudad, expulsar a Akamas y Demofón,
hijos de Teseus, llevarse prisionera a su abuela, la madre del héroe, que
por entonces había bajado a los Infiernos y allí estaba prisionera, y poner
en el trono de Atenas a Menesteus. Luego tomaron parte en la expedición
de los Argonautas, donde vimos a Poludeikes luchar y vencer a Amikós, el
gigante. Intervinieron asimismo en la caza del jabalí de Kalidón, y
ayudaron a Iassón y Peleus a devastar Iolkos. Y si no se les ve figurar en la
guerra de Troya, bien que fuesen hermanos de Helene, es porque ya para
entonces no vivían; habían sido divinizados tras la aventura siguiente:
Como ha sido dicho, Tindáreos tuvo entre otros hermanos a Afareus y a
Leukippos. Afareus tenía dos hijos, Idas (el más fuerte y más atrevido de
los hombres, según la *Ilíada)* y Ligkeus (cuya vista era tan penetrante que
veía a través de una plancha de encina). Estos dos barbianes (llamados
alguna vez los dioscuros de Mesenia) estaban prometidos a sus primas
Hilara y Foibé, hijas de Leukippos. Invitados Kástor y Poludeikes a la
boda, robaron a las jóvenes. Naturalmente fueron perseguidos, hubo lucha
y en ella murieron Kástor y Ligkeus. Hasta aquí una de las versiones. Pero
otra más aceptada refiere la muerte de ambos héroes del modo siguiente:
Kástor y Poludeikes habían organizado en compañía de Idas, el capaz de
todo, como se ha dicho, y de Ligkeus, una excursión destinada a merodear
en Arkadia, donde robaron rebaños, con los que volvieron muy contentos.
La distribución del botín fue confiada a Idas. Este mató un buey, hizo con
él cuatro partes y decidió que el que comiese la suya el primero tendría la
mitad del botín; el que hubiese acabado antes otra porción, el resto. Acto
seguido consumió su parte en un momento y sin detenerse la de su
hermano. Con ello se apoderó de todo lo robado. Descontentos los
Dioskouroi, atacaron Mesenia, el país de sus primos, apoderándose no
solamente de los bueyes robados en Arkadia, sino de muchos más. Luego
se emboscaron pensando sorprender a Idas y a Ligkeus, y decididos a
hacerles pasar un mal rato. Pero éste, que tenía una vista superiormente
penetrante divisó a Kástor disimulado en el hueco de una encina
centenaria, y se lo dijo a Idas, el cual, acercándose cautelosamente, le
envasó en el pecho su lanza. Poludeikes persiguió a sus primos y mató a
Ligkeus, pero Idas le atacó a su vez lanzándole una piedra enorme
(arrancada, según se decía, de la propia tumba de su padre, Afareus), y
privándole, al golpe, de sentido. E iba a acabarle cuando Zeus, acudiendo
en socorro de su hijo, fulminó a Idas con uno de sus rayos. Otra versión
refería el combate de modo diferente: Kástor y Ligkeus habían decidido
arreglar sus diferencias combatiendo mano a mano, perdiendo el segundo
la vida. Idas entonces trata de vengar a su hermano, y estaba a punto de

conseguirlo cuando intervino Zeus con el rayo. En esta lucha, pues. Poludeikes no intervenía. En fin, Hygin cuenta a su vez que Ligkeus fue muerto por Kástor, y que cuando Idas trató de enterrarle, el matador quiso impedirlo pretendiendo que no había mostrado valor combatiendo, sino «que había muerto como una mujer». Indignado Idas, arrancó a Kástor la propia espada que llevaba a la cintura y se la metió en la ingle. O bien, le aplastó contra la columna que había levantado en honor de su hermano; siendo él muerto poco después por Poludeikes. Sobre Idas véase la nota 111.

Cuando Poludeikes vio muerto a su hermano Kástor desesperado, rogó a Zeus que le matase a él también. Pero el amo de los dioses le respondió que él no podía morir, puesto que pertenecía a una raza divina, mientras que Kástor lo había hecho por ser hijo de un mortal, y mortal asimismo, a causa de ello. No obstante, conmovido por su dolor, le permitió escoger su futuro destino: o escapaba a la vejez y a la muerte yéndose a vivir al Olimpos con los dioses, o compartir la existencia de su hermano pasando la mitad del tiempo en el reino de los muertos y la otra mitad del tiempo «en las doradas moradas del cielo». Poludeikes aceptó esta media inmortalidad, que sería también la de Kástor, y de este modo ambos hermanos, juntos siempre y del mismo modo, vivían un día cada dos, o, como decían los antiguos, uno el día y el otro la noche.

Ni que decir tiene que cuando a principios del siglo XIX se empezó a conocer a fondo la literatura védica, los mitólogos e indianistas quedaron sorprendidos ante el extraordinario paralelismo que existía entre los *Asvins* védicos y los *Dioskouroi* espartanos, únicos que conocían entonces los sabios de la escuela comparatista. En Leda mismo vieron al punto el pájaro mítico que, en las tradiciones de diferentes pueblos de la raza aria, ponía, bajo nombres diferentes (gansa, pata o gallina), huevos de oro. Y como en la mitología india el huevo de oro que nada sobre las aguas es el Sol naciente, el Sol, que, al alba, cuando está envuelto aún en los vapores matinales ofrece en el horizonte el aspecto de una bola dorada, o de un huevo de fuego, vieron inmediatamente en cuanto se relacionaba con los Dioskouri, un mito solar más. Luego, todo les pareció apoyar esta caprichosa deducción: la abnegación fraternal de Poludeikes era, evidentemente, una imagen sacada del espectáculo de la Naturaleza: Kástor y Poludeikles no eran otra cosa que el Sol y la Luna personificados en dos hermanos gemelos que morían y vivían sucesivamente. El Sol, ser poderoso e inmortal, que cada tarde desaparece en el horizonte y se esconde bajo la Tierra como para dejar sitio al astro fraternal que nace a la vida por la noche, era Poludeikles, que se sacrificaba por Kástor. Este, inferior a su hermano y al cual debía la inmortalidad, era la Luna, que, según Teofrastos, no era sino otro Sol más débil. Hasta su asociación con los Leukíppides demostraba, según estos sabios, el carácter de dioses luminosos de los Dioskouroi: Foibé (la brillante), Hilara (la alegría), Ligkeus, «aquel que entre todos los mortales tenía la vista más penetrante», es decir, el que lo veía todo (como el Sol desde la altura de su carrera), Idas (el que ve y conoce). Y si, según el autor de los *Cantos chiprescos,* Foibé e Hilara eran hijas de Apolo, Leukippos, «el héroe de los blancos corceles», no era, en realidad, distinto del dios del Delfos, y sus hijas, una creación mitológica análoga a la que había hecho nacer a Faetousa y Lampetie, las hijas del Sol. Luego, hasta los detalles fueron buenos para sostener esta opinión, pues la fe, en ciencia o religión, lo allana todo: cuando Poludeikes vencía a Amikós, el gigante, como Amikós era hijo de Tifón, al pertenecer a la familia de demonios violentos de las tempestades que sólo sucumben ante la fuerza purificadora del Sol, evidente era que los Dioskouroi (como Herakles vencedor asimismo de Antaios) eran dioses solares. En fin, al asimilar a los Dioskouroi a los Asvins védicos, como éstos personificaban ora los dos crepúsculos, bien la estrella de la mañana y la de la tarde, ya incluso el Sol y la Luna, aquéllos, naturalmente, lo mismo. Y como estos Asvins eran considerados como jinetes consumados (la palabra *Asvins* significa literalmente poseedor de caballos), Kástor era igualmente el gran domador de caballos *(hippodamos),* y Poludeikes, que empezó siendo el héroe del pugilato *(pux agados,)*no tardó en ser gran ecuestre como su hermano. Luego se los hizo dioses marinos protectores de la navegación. Las llamas fosforescentes que en épocas tempestuosas aparecen en la punta de los mástiles o en las vergas de los navíos eran indicio, para los que cruzaban por el Mediterráneo, de la presencia de los Dioskouroi. El nombre de «fuego de San Telmo» dado más tarde a este fenómeno, testimoniaba lo mucho que duran las creencias, por faltas que estén de base, ya que este nombre no era sino un derivado del de Helene, puesto que estos fuegos son llamados también fuego de «San Nicolás», de «Santa Clara» o de «Santa Elena». Sin contar que, cual ocurre con todos los dioses griegos que además de ser personificaciones de fenómenos físicos, representan también ideas morales, los Dioskouroi, de protectores de navíos y navegantes pasaron a ser protectores de todos los viajeros, terrestres o marítimos. A causa de ello fueron colocados bajo su tutela los deberes de la hospitalidad. Asimismo se les atribuía la fundación de las *Teoxenia,* festines sagrados en que los dioses de un templo invitaban hospitalariamente a los dioses vecinos. Fueron también los dioses que presidían las carreras de caballos y los concursos gimnásticos. Y, en fin, en su calidad de héroes indígenas de Laconia, forzoso era que fuesen también dioses guerreros. Según Herodotos, cuando antes de las guerras Médicas los dos reyes de Lacedemonia salían a campaña, llevaban con ellos las imágenes de los Tindáridas, y la marcha guerrera que tocaban, con acompañamiento de flauta, yendo al combate, llevaba el nombre de uno de los gloriosos protectores, de Kástor, a quien atribuían su invención *(Kastoreios nomos)*[804].

---

[804] Durante mucho tiempo se ha creído que los *Dioskouroi* o, mejor aún, el *dioscourismo,* es decir, la creencia en dioses o héroes gemelos, había nacido con los *Asvins védicos,* y que luego se había transmitido de generación en generación a través de las mitologías «indoeuropeas», como algo exclusivo a estas mitologías. Pero lo cierto, como ha sido probado posteriormente, es que se trata de una creencia existente en todas las religiones, y que tiene por base las falsas conclusiones que los pueblos no civilizados de todas las épocas y tiempos han sacado del nacimiento de los gemelos. Estas conclusiones se pueden agrupar en dos clases: o bien tal hecho, considerado anormal, es motivo de temores supersticiosos, lo que empuja a perseguir a la madre que trae al mundo dos hijos a un tiempo, y, por supuesto, a estos hijos; o, por el contrario, el nacimiento de dos gemelos es considerado en sentido favorable y como signo de fertilidad, riqueza y felicidad. Entre los primeros están, incluso actualmente, los bantúes sudafricanos, entre los que hasta hace poco, los niños gemelos eran muertos sin excepción, y la madre puesta al margen de la sociedad y considerada como una mancha para la tribu. Los indígenas de la isla de Formosa mataban igualmente a los gemelos y abandonaban el lugar en que habían nacido. Entre los negros, la muerte de los gemelos es cosa corriente, bien que lo fuese mucho más antes, cuando los europeos no ejercían sobre ellos la influencia que hoy. Ciertos indios de América, creyendo que el nacimiento de gemelos era fruto del adulterio de la madre, se contentan con matar a uno. Y lo mismo los hotentotes. Los antiguos mejicanos obraban lo mismo. En la Abisinia cristiana se considera como un pecado dar nacimiento a dos gemelos. Y entre los antiguos, igual. Los babilonios consideraban de muy mal augurio el nacimiento de gemelos. Un texto védico, citado por Morris Jastrow, declara que el nacimiento de gemelos trae desgracia; en fin (podrían acumularse los testimonios), en *Los cuarenta vizirs* se lee: «Es preciso no casarse, ni consultar para seguir sus consejos, a una mujer enana, a otra que tenga los cabellos cortos, a una loca, a una mujer estéril, a una charlatana, *a la que trae al mundo dos niños que se parecen de tal modo que se los confunde,* a una mujer con la cara pálida, a una mujer seca y a una vieja». En cambio, en otros pueblos, el nacimiento de gemelos era y es un excelente augurio. Así, entre los pescadores de la Colombia británica, los gemelos pasan por atraer el salmón y otros pescados, y se les llama *mensajeros de abundancia.* Entre los indios de Vancouver Island, el nacimiento de gemelos indica también buen año para los pescadores. Ciertos pueblos de Rodesia septentrional que cultivan palomas con especial predilección, tienen cuidado cuando construyen nuevos palomares de que los cimientos sean puestos por una mujer que ha parido niños gemelos. En Busoga (África central), cuando hay nacimiento de gemelos, son sembrados los campos en presencia de la madre y de los niños prodigios. En Uganda, para

El culto a los Dioskouroi fue muy importante, sobre todo en el Peloponeso. En Esparta mostraban su casa y la tumba de Kástor. Había, además, varios santuarios que les estaban consagrados, y en su honor se celebraban fiestas cuya parte esencial eran las danzas militares; sin contar los juegos que, en su calidad de héroes nacionales, les eran debidos. Tuvieron también templos en Argos, Terapné y Messenia. Su culto en Ática decíase establecido por Menesteus, el rival de Teseus. En Atenas tenían un templo en el cual eran asociados a un héroe misterioso, Epitegios: su sacerdote, común, tenía un puesto de honor en el teatro de Dionisos. Eran asimismo honrados en Boiotia, Kitera (ciudad—e isla— de Laconia, hoy Cerigo), Korkire, en el archipiélago y hasta en la Gran Grecia. Más tarde su culto fue introducido en Etruria y en el Latium. Kabires y Dioskouroi se ven reunidos en espejos etruscos, personificando el fuego celeste y las estrellas. En Tusculum su templo era muy antiguo. Los romanos los adoptaron definitivamente en el siglo v, cuando el momento más crítico de la conquista del Latium. En la batalla de Regille

---

obtener buenas cosechas ponen la simiente en contacto con una madre de gemelos, etc. En vista de ello se comprende la plegaria védica que dice: «Oh Asvins que humilláis a vuestros enemigos; sembrad los granos tras el arado y haced que las lluvias fertilizadoras caigan en beneficio de los hombres». Y por qué en Tebas la tierra que cubría la tumba de *Amfión* y *Zetos* se aseguraba que tenía propiedades fertilizantes muy particulares. El carácter de los gemelos védicos como dioses de la fertilidad se mostraba, además, por su riqueza en miel, sus dones de miel, el pellejo lleno de miel que iba siempre en su carro, su látigo *(kasá),* que destilaba miel; pues la miel era considerada como símbolo del rocío, personificación de la fertilidad. El carro de los Asvins era llamado *rathám vrsanam* (el carro del rocío). Las *Walkyrias* de la antigua Escandinavia, que en un principio eran dos, y gemelas, extendían el rocío en los valles sobre los que volaban en sus corceles. En fin, para acabar de demostrar que el dioscurismo no es algo exclusivamente indoeuropeo (en los relatos del *Génesis* que se podrían citar, tal vez se viesen influencias arias), acabaré dando una leyenda de las islas Hawai, citada por Frazer: «En tiempos de desgracia, un pobre pescador de la isla de Lanai construyó una modesta cabana, en la que invocaba día tras día a los gemelos divinos, *Kane* y *Kaneloa,* los hijos del Cielo, al tiempo que les ofrecía sacrificios modestos. Un día que estaba haciéndolo se le acercaron dos jóvenes y descansaron en su cabaña. Tomándoles por viajeros fatigados, les ofreció de comer. Aceptaron y pasaron la noche con él. Al día siguiente, al marcharse, se dieron a conocer y le dijeron que sus súplicas iban a ser escuchadas. Y, en efecto, al hambre sucedió una época de gran abundancia, tanta, que los habitantes, agradecidos, erigieron un gran templo de piedra en el lugar que habían honrado con su presencia los gemelos divinos».

(496 a. d. T.), el dictador A. Postumius hizo voto de erigirles un templo si era vencedor. Poco después creyó verles combatir a la cabeza de la caballería romana, y tras la victoria (que se decía que habían venido ellos mismos a anunciar al pueblo romano), se les erigió un templo en el propio Forum, cerca de la fuente de Juturna. Este templo fue reconstruido varias veces. Hoy queda aún el basamento y tres magníficas columnas corintias. El 15 de julio de cada año una procesión iba a darles las gracias por su intervención en favor de los ejércitos romanos. Los romanos, como los griegos, vieron en los Dioskouroi dioses ante todo guerreros; luego, protectores de la navegación. Y como su templo estaba en pleno centro del comercio, acabaron por ser los fiadores de la buena fe mercantil.

Como tales dioses guerreros, los Dioskouroi eran representados, en general, a caballo, o con un caballo al lado. Su tocado característico era el gorro cónico *(pileus),* en el cual una tradición veía la mitad del huevo del que habían salido. En la mano les ponían una lanza o una jabalina. En Argos, en su templo, se conservaba una estatua de ébano incrustada de marfil, obra de los famosos escultores cretenses Dipoinos y Skilos. En una de las metopas del tesoro de Sikione, en Delfos, se los ve en compañía de Idas y Ligkeus conduciendo un rebaño de bueyes. En el gran exvoto consagrado a fines del siglo v, en Delfos, por Esparta, se los asoció a Zeus, Artemis y Apolo. Pero lo que representaba de preferencia el arte griego era el rapto de las hijas de Leukippos, cual se ve en el tesoro de los sinfíes, en Delfos. Además de la estatuaria, figuran en vasos, espejos y monedas. Uno de los más hermosos vasos griegos, firmados, obra de Meidias, reproduce también el rapto de las Leukíppides. En fin, la efigie de los Dioskouroi adornaba las monedas de Esparta, de Tarento, Hefaistia, Lemos y, sobre todo, los denarios de plata de la república romana.

HELENE

De Helene (la belleza resplandeciente), hija de Zeus y de Leda, hermana de los Dioskouroi y de Klitaimnestra, esposa de Menelaos y amante de Paris, es decir, de la hermosa entre las hermosas, por cuya posesión estalló la guerra de Troya, ya me he ocupado en varias notas, especialmente en la 108 y 618. A su bien conocida leyenda poco hay que añadir de nuevo, a no ser, como curiosidad, algunos detalles complementarios. Por ejemplo, que se le atribuían cinco «mandos», a saber: Teseus, que la raptó siendo niña, como hemos visto ocupándonos de este héroe; Menelaos, su verdadero esposo; Paris, el amante de su corazón; Aquiles, a propósito del cual contaba una leyenda desconocida que como ardiese en deseos de ver a la hermosa cuya alabanza oía de continuo, Tetis, su madre, y Afrodite, siempre propicia a todos los enjuagues amorosos, le procuraron una entrevista con ella. Esta entrevista era colocada, a veces, al principio de la guerra de Troya, pero, generalmente, al final, poco antes de la muerte del héroe. Sin duda su madre no quiso que bajase al país de las sombras con su deseo, es decir, con un dolor más en el corazón. Los mitógrafos aseguran que aquella entrevista fue sumamente tierna (por supuesto, para ellos; no para Menelaos y Paris). El quinto marido fue Deifobos, otro de los hijos de Príamos. Este, tras la muerte de Paris, puso a Helene en almoneda, ofreciéndola al más valiente. Deifobos, Helenos e Idomeneus, que la amaban, se presentaron al concurso. Deifobos se la llevó. Helenos, desesperado, se marchó al Ida, donde fue hecho prisionero por los griegos.

Cuando Helene y Menelaos llegaron al fin a Grecia, antes de ir a Esparta, se detuvieron (según Eurípides) en Argos. Y, precisamente, hay casualidades fatales, el día mismo en que Orestes había dado muerte a Klitaimnestra y a Aigistos. Como el matrimonio ignoraba lo que había pasado, se encaminaron al palacio fatídico teatro del doble crimen. Orestes, al ver llegar a Helene rodeada de su servidumbre, enmarcada en fausto verdaderamente oriental, y ella misma ricamente ataviada a la usanza troyana, quiso matarla como responsable que era, en realidad, de las desdichas que ensombrecían a su linaje. Pero por orden de Zeus, Apolo la arrebató de allí y la hizo inmortal. Ni que decir tiene que esta leyenda está en desacuerdo con la clásica, que hace volver a Esparta a ambos esposos, y a Helene distinguirse en lo sucesivo (sin duda ya no fue cortejada), como modelo de virtudes domésticas. No obstante, la leyenda de la divinización de Helene tuvo autoridad, como lo demuestra el culto que, como vamos a ver, recibió posteriormente. Menelaos mismo fue divinizado a ruegos de Helene. Sin duda la bella tenía remordimientos de conciencia, y quiso recompensar de este modo lo mucho que le había engañado. Porque oficialmente se habla de cinco «esposos», pero por poco que se piense sobre esto, muy pocos son, dada su maravillosa belleza. Se atribuía también a sus ruegos (¿no sería a sus complacencias, una vez en el Olimpos, donde sus moradores no se distinguían tampoco por su moralidad?) la divinización de los Dioskouroi.

Es decir, que en este punto las leyendas se dividen en dos: las que la divinizan y las que hablan de «sus castigos». Como, por ejemplo, cierta tradición rodia que cuenta que tras la muerte de Menelaos, los hijos de éste, Nikostratos y Megapentés, la desterraron de Esparta. Entonces Helene se refugió en Rodas, junto a Polixo, su antigua amiga. Pero ésta, cuyo marido había muerto en Troya, decidió vengarse. Y para ello mandó a varias de sus sirvientas que se disfrazasen de Erinies y que atormentasen a su huéspeda sin compasión. Y tan bien lo hicieron (no hay mayor enemigo de una mujer que otra mujer), que Helene acabó por ahorcarse.

Se contaba también que Tetis, desesperada por la muerte de su hijo, había matado a Helene cuando ésta regresaba a Esparta. Entre las leyendas míticas, una la casaba con Aquiles y les hacía vivir eternamente felices, en continuos festines, en la Isla Blanca *(Leuké),* situada, tal vez para hacer el contraste más agradable, en el Mar Negro, hacia la desembocadura del Danubio. Como a éste se le canta azul, el cuadro resultaba perfecto. Por supuesto, la boda fue presidida por los dioses; en cuanto a los mortales, ninguno podía acercarse a tal isla. Aquiles y Helene tuvieron un hijo, por cierto alado (sin duda para que pudiese salir de la isla del modo más cómodo). Este hijo se llamaba Euforión, nombre que no puede ser más alegre. Este Euforión fue amado por Zeus con esa forma de amar poco disculpable, y menos en un dios.

Helene, según las leyendas, tuvo hijos con todos sus maridos-amantes, salvo con Deifobos. Con Menelaos, a Hermione y a Nikostratos. Con Teseus, a Ifigeneia. Con París, a Boumikos, Koritos, Aganos e Idaeos, más una hija que Paris quería que se llamase como él, Alexandre (el verdadero nombre de Paris era Alexandre), y Helene como ella. Como no valía la pena de pelearse por tan poco, pues bastante pelea había ya en torno a la ciudad se jugaron la suerte a la taba. Y ganó Helene. Esta hija, Helene, fue muerta, se decía, por Hekabe, su abuela. Los otros cuatro hijos perecieron aplastados por un tejado, cuando la destrucción de Troya. En fin, con Aquiles tuvo a Euforión, como queda dicho.

Helene, meteoro brillante para algunos mitógrafos, como sus hermanos los Dioskouroi, y diosa a causa de su origen divino, tuvo culto. Culto que sin ser jamás muy importante, se extendió, no obstante, a diversos puntos del mundo griego. En Esparta tenía un santuario en la ciudad misma. A poca distancia, en Terapné, era adorada juntamente con Menelaos. Las jóvenes espartanas iban a bailar ante este templo. Herodotos cuenta que solían llevarla niñas muy feas rogándole las tornase bonitas. Lo que no dice, claro, es que ocurriese jamás el milagro. En Atenas era honrada al mismo tiempo que los Dioskouroi. También era celebrada en Rodas y en Memfis, a causa de las leyendas locales que su supuesta presencia en ambos lugares había ocasionado. En cuanto a su iconografía, en varios monumentos (relieve y monedas) se ve la imagen de una mujer al lado de Kástor y Poludeikes, y hay que suponer que sea ella. Se la ve también en las monedas de Termessos.

LEYENDAS CRETENSES

Basta ver en un mapa la situación geográfica de la isla que los griegos llaman *Kreta* o *Krete,* hoy Creta o Candía, para darse cuenta que está aproximadamente a la misma distancia de la Grecia peninsular que de la isla de Rodas (la *Rodos* griega), vecina de Karia, comarca ya del Asia Menor. Y, naturalmente, no es difícil comprender que su religión tuvo que sufrir las dos influencias: la griega y la asiática; más particularmente la fenicia. Si ahora tenemos en cuenta que esta isla, llamada por Homeros «la vasta Kreta», grande, de cerca de 9.000 kilómetros cuadrados, que se extiende de O. a E. en una longitud de 260, y en cuyo suelo se levantan montañas como el famoso Ida cretense, de 2.457 metros de altura, y no es la mayor de la isla; si tenemos en cuenta, decía, que esta isla tuvo en la época protohistórica, que los arqueólogos llaman minoense, una sorprendente y rica civilización, más antigua y admirable aún que la miceniense, y que, evidentemente, ejerció una acción enorme en toda la cuenca del mar Aigeus, se comprenderá la importancia de esta isla, y por ella la de Minos, su rey, héroe histérico-legendario. Así como que, si por el hecho de haber sido colonizada por los dorios llegó a ser una metrópoli helénica, también a su vez un foco de emigraciones civilizadoras que llegaron hasta la Galia. En todo caso dos grandes hechos nos interesan ahora particularmente: primero, su grandeza primitiva y el esplendor de su civilización en tiempos en los que aún la Grecia continental se despojaba lentamente de la barbarie (civilización fuera de toda duda desde los descubrimientos arqueológicos hechos por Evans en Knosos, y eso que no ha habido medio de descifrar aún sus sistemas de escritura o si se ha conseguido ha sido muy recientemente), y segundo, que Minos, rey que se tenía como puramente legendario, responde indudablemente a un personaje de realidad histórica. Mas como lo que ahora nos interesa es su leyenda mítica, vamos a verle simplemente a través de esta faceta que no por ficticia es menos interesante.

Para llegar hasta él tenemos que remontarnos a Agenor, primer rey fenicio. Como ya he dicho en la nota 108, Zeus e lo tuvieron un hijo llamado Epafos. Este Epafos tuvo una hija, Libia, que uniéndose con Poseidón dio a luz dos gemelos: Agenor y Belos. Este, que reinó en Egipto, y Agenor, que tras establecerse en Siria fue rey de Tiro y de Sidón. Agenor tuvo con Telefassa, su mujer, varios hijos (V. n. 59) y una hija, Europe, que es la que ahora nos interesa particularmente.

EUROPE

Sobre Europe y sus amores con Zeus me he ocupado ya varias veces (V. n. 59 y 108). De estos amores nacieron varios hijos, entre ellos tres de gran importancia mitológica: Minos, Sarpedón y Radamantos; más Karnos, que fue amado por Apolo, y Dodón, personaje sin leyenda particular.

En honor de Europe se celebraban cada año en Kreta las fiestas llamadas *Hellotia.* Estas fiestas comprendían, entre otras manifestaciones, una procesión en la que se paseaba una guirnalda de 20 codos de larga (8,88 metros), que pasaba por encerrar los huesos de la heroína. Fiesta semejante, con paseo de guirnalda enorme, se celebraba también en varias ciudades griegas en honor de Atena. Se ignora si entre éstas y aquélla había alguna relación.

Europe no sólo fue cantada muchas veces por los poetas, sino que sus amores fueron tema favorito del arte y de los artistas, tanto antiguos como modernos. Las más antiguas de estas representaciones se limitan a mostrar a la bella sobre las ancas del toro, en actitud de atravesar el mar. Luego se complacieron ya en mostrarla, ora jugando en una playa, con sus amigas, bajo la vigilancia de un pedagogo; ora en el momento de acercarse al toro; bien poniendo guirnaldas de flores entre sus cuernos (momento que aprovechó el animal para levantarse y escapar con su preciosa carga); ya, luego de atravesado el mar, recibiendo en Kreta los homenajes de su raptor. Estos temas no solamente eran frecuentes en los vasos, sino posteriormente, en la época romana, en mosaicos. En Nápoles hay un fresco notable (hallado en Pompeya) donde el toro, animal de aire majestuoso, es montado por Europe, que ata su velo por sobre su cabeza; tres amigas de la joven están con ella; la más próxima llena al albo animal de caricias. Las monedas de Cortina representaban también este mito: en un lado está el toro divino; en otro, Europe sentada entre las ramas de un plátano. Los pintores modernos han gustado también de Europe y de su mito. «El rapto de Europe», de Veronés, es una de sus obras maestras (palacio de los Dux, en Venecia). Merecen citarse también los lienzos con el mismo tema de Claudio Lorrain (Buckingham Palace), Ticiano, Albane (Oficios, de Florencia), Dominiquin (Munich), Van Balen (Belvedere), Mignard, Natoire, Boucher y Moreau.

MINOS Y PASIFAE Y EL MINOTAUROS

Sobre Minos y Pasifae, su mujer, citados también frecuentemente y en especial en las notas 59, 108 y 750, poco interesante se puede añadir a lo ya dicho. Minos tuvo numerosa descendencia tanto legítima como ilegítima. De tal manera era enamorado que para sus ardores cualquier sexo era bueno. A causa de ello se le atribuía, como ya he indicado en otro sitio, la invención de la pederastia, «honor» que comparte con otros varios héroes griegos. A propósito de sus aficiones contra natura, decíase también que había sido amante de Teseus, con el que se reconcilió tras el rapto de Ariadne (sin duda al saber que la había abandonado si es cierto que le amaba él), e incluso que curado ya de su pasión, le dio por esposa a otra de sus hijas, a Faidra. Entre sus amores normales, y por comparación a los otros llamo normales a los que tuvo con mujeres distintas de la propia, se citaba su pasión por Britomartis, la «Dulce Virgen», como indica su nombre, hija de Zeus y Karmé, su hermana de padre, por tanto, pero sin duda esto tampoco contaba entonces; al menos, entre dioses y héroes. Britomartis era una virgen compañera de Arte-mis, la Artemis *Gortine,* de Kreta. Minos, enamorado de ella, la persiguió por montes y valles durante nueve meses. Al cabo de este tiempo consiguió acorralarla en la cima de un acantilado, y cuando ya creía el triunfo seguro, la bella prefirió jugarse la vida lanzándose al mar. Pero fue milagrosamente salvada por unos pescadores que la recogieron con sus redes, lo que le valió el epíteto de *Diktina* (la Hija de la red). Del desgraciado fin, por el contrario, de Skille, la hija del rey de Megara, ya me he ocupado hablando de la expedición de Minos contra Atenas. Tan aficionado era Minos al amor en todas sus variedades y, por supuesto, extraconyugal, que Pasifae, que además de muy celosa era una maga consumada, decidida a poner término a aquel despilfarro pasional que tanto la perjudicaba, le echó un «maleficio», en virtud del cual, todas las mujeres con las que se unía, perecían devoradas por escorpiones y serpientes que salían de su cuerpo. Minos fue salvado de este maleficio por Prokris (V. esta palabra), de la que también fue amante. Pero es que Prokris se salvó y le salvó, porque conocía una hierba, la *raíz de Kirke,* que rompía encantamientos y maleficios.

Minos, monarca poderosísimo al mismo tiempo que justo y sabio, dicho sea con permiso de Pasifae, de Skille y de todas sus víctimas amorosas (para alcanzar justicia y sabiduría iba cada nueve años a la caverna del monte Ida donde se había criado su padre, y éste allí, le daba lecciones seguramente de todo menos de castidad, pues de esto él mismo estaba bastante necesitado); monarca poderosísimo, decía, emprendió varias expediciones militares, siempre victoriosas, menos la última. A no ser que se considere como la mejor de las victorias, si se opina, como Silenos, el perder la vida. Esta última expedición fue contra Sicilia, o por lo menos hacia Sicilia, cuando fue a reclamar a Kokalos, rey de esta isla, a Dáidalos, que se había refugiado allí al escapar del Laberintos. Pero

Kokalos, que no quería perder al gran artista-artífice, tras haberle escondido bien escondido, le dijo que no sabía dónde estaba. Entonces Minos empleó la astucia para conseguir su propósito. Empezó a ofrecer por todas partes una gran recompensa a quien fuese capaz de pasar un hilo por las espirales de un caracol marino que presentaba. Como nadie fuese capaz de hacerlo, pues la concha del animal era también un verdadero laberinto, Kokalos, a quien el premio cuantioso le atraía, le habló del problema a Dáidalos. Este le resolvió al punto atando al extremo del hilo a una hormiga, que no tardó en salir por el otro lado tras haber pasado a través de las complicadas espirales, el hilo al que había sido atada. Naturalmente, Minos comprendió quién había sido el autor de la pequeña maravilla y de tal modo acosó a preguntas a Kokalos (a preguntas a lo policíaco, sin duda), que éste acabó por confesar que, en efecto, Dáidalos estaba allí. Pero también encargó a sus hijas que achicharrasen vivo a Minos cuando estuviese bañándose. Lo que hicieron con la ayuda siempre de Dáidalos, que mediante un sistema de cañerías de su invención, hizo caer sobre Minos, en vez de agua, pez hirviendo.

DÁIDALOS E IKAROS

Dáidalos, héroe mitológico al cual eran atribuidas todas las invenciones del arte y de las industrias primitivas, era un ateniense al que se decía descendiente de Kekrops (Kekrops-Aglauros I; Aglauros II-Ares; Alkippé-Eupalamos, Dáidalos), héroe epónimo del demo de los Daidálides, e hijo de Eupalamos o de Palamón (el hombre industrioso, el de la mano hábil), y de Alkippé. Todas las obras arcaicas, tanto del arte como de la industria, le eran atribuidas, incluso las enteramente míticas, como las estatuas animadas de las que habla Platón en el *Menón;* y muy particularmente *Talos,* el gigante de bronce, guardián de la isla de Kreta, del que me he ocupado en la nota 108 hablando de Europe. En Atenas, Talos era, como se va a ver, un sobrino de Dáidalos. Entre los trabajos que se atribuían a Dáidalos estaban el canal de Sicilia, las termas de Selinunte, las fortificaciones de Agrigente, varios templos y la creación de todos los instrumentos y útiles para trabajar la madera y para la construcción: la sierra, el hacha, el cepillo, la plomada, la barrena, la cola de pescado, etc. De todo ello se había servido para hacer, entre muchas cosas más, sus estatuas de madera *(soana).*

Pues bien, Dáidalos, bien que ateniense, pertenece también al ciclo cretense a causa de sus relaciones con Minos. En efecto, habiendo matado por envidia a su sobrino Talos, hijo de Perdix su hermana (se decía que Talos había inventado la sierra inspirándose en la mandíbula de una serpiente, y que Dáidalos, lleno de envidia, le había tirado desde lo alto de la Akrópolis), descubierto el crimen, fue acusado ante el Areópago, tribunal que le condenó a destierro. Y fue cuando marchó a Kreta, donde fue acogido con los brazos abiertos por Minos. En esta isla hizo para su protector o para Pasifae una porción de obras notables. Por ejemplo, el célebre bajorrelieve en honor de Ariadne, que representaba un coro de baile (Homeros le describe en la *Ilíada,* XVIll, v. 592 y sig.), y el famoso Laberinto *(Laberintos),* palacio que una vez dentro, no había medio de dar con la salida. Y Dáidalos fue quien inspiró a Ariadne lo del ovillo, que ella aconsejó a Teseus para que pudiese salir cuando entró a luchar con el Minotauros. Para Pasifae fabricó, asimismo, cuando ésta se enamoró del toro de Poseidón (bien como venganza de éste contra Minos, bien por obra de Afrodite, rabiosa contra Pasifae porque ésta no la concedía los honores a que creía tener derecho), una vaca o ternera tan maravillosamente hecha y dentro de la cual se metió la enamorada reina, que verla el toro divino y correr a aparearse con ella fue todo uno y lo mismo. De aquella unión había nacido el Minotauros muerto por Teseus. Y fue cuando Minos, furioso, bien por lo de la vaquita anterior, ora por lo del ovillo de Ariadne, encerró al propio Dáidalos en su laberinto. Pero éste las había conocido peores. En poco tiempo fabricó dos pares de alas, uno para él y otro para Ikaros, su hijo, que compartía su prisión, alas que se pegaron con cera al cuerpo y mediante las cuales escaparon volando. La cita era en Sicilia, en la corte de Kokalos, pero Ikaros no pudo acudir a causa de que, desoyendo los consejos de su padre, que le había dicho y repetido que volase bajo, loco de alegría al verse por el aire, se remontó tanto que el Sol fundió la cera, haciéndole caer al mar, donde se ahogó. El sitio en que halló la muerte, no lejos de la isla de Samos, recibió el nombre de mar de Icaria en recuerdo suyo *(Ikarios,* parte del mar Aigeus entre las Kiklades— Cicladas—y Karia). Dáidalos, en cambio, llegó sano y salvo a Sicilia. Y allí, donde como ya he dicho, fue Minos en busca suya, hallando la muerte por hacerlo. Para Kokalos hizo también Dáidalos obras admirables.

Los diversos episodios de la leyenda de Dáidalos sirvieron de tema a los artistas. Muy particularmente sus relaciones con Pasifae, su huida del Laberinto y la muerte de Ikaros. Como todo ello ofrecía temas interesantes, los artistas se inspiraron abundantemente, como lo demuestran numerosos vasos y los frescos pompeyanos.

DIVINIDADES ROMANAS MENORES

Como ya hemos visto, los primitivos habitantes de Italia tuvieron ciertas divinidades propias, autóctonas, creadas por ellos antes de la llegada de los griegos. Pero estas divinidades, a causa de no tener ni la importancia ni la fuerza mítica de las del Panteón griego, fueron muy pronto absorbidas por éstas, cuya influencia debió de empezar a ejercerse muy pronto, si se tiene en cuenta que se da como fecha de la fundación de Roma el año 753, y que en el siglo VII numerosas colonias griegas se establecieron en Sicilia y en la Gran Grecia (Italia meridional) fundando ciudades tales que Siracusa, Tarento, Krotón, Sibaris y Metaponte, cuya cultura y civilización eran muy superiores a las ciudades etruscas, dueñas del Latium, con las cuales entraron en contacto antes del apogeo de éste. Este prehelenismo del Panteón romano llegó a ser una asimilación completa durante los siglos lll y ll a. d. J. Si a partir de esta época quedó aún vestigio de la religión primitiva, fue porque para los romanos, el carácter esencial de sus dioses era el de «protectores», bien del Estado (dioses públicos), bien de la familia, célula del Estado (dioses particulares), y a causa de ello no renunciaron completamente a ninguna de sus divinidades; al contrario, acogieron gustosos a cuantas divinidades extranjeras llegaron a su suelo, tanto las griegas, con las que fundieron las suyas principales, como más tarde, cuando la expansión por Asia, a las que sucesivamente fueron llegando, traídas por las legiones que volvían de los países conquistados: Kibele, de Frigia; Isis y Serapis, de Egipto; Atargatis (Dea Syria), la diosa Baltis y los numerosos «Baals», de Siria y Fenicia, y muy particularmente a Mithra, dios cuyo culto tuvo una importancia tan extraordinaria en Roma, que de no haber sido vencido por Cristo, aún andaría tal vez por el Mundo.

FEBRUUS, MANCUS, LIBITINA, MANIA Y LARA. LOS LEMURES Y LOS LARVAE.

Como de todos los dioses importantes, tanto latinos como latinogriegos, ya me he ocupado, voy a citar brevemente a algunos menores que hasta ahora no se me había presentado ocasión de nombrar: empezando por FEBRUUS, dios infernal entre los etruscos, correspondiente al Dis Pater romano. Parece ser que le estaba consagrado el mes de febrero: mes de los muertos, durante el cual se hacían las purificaciones. En Etruria era invocado igualmente un cierto MANCUS, equivalente también a Dis Pater. Otra divinidad funeral, que empezó por ser una diosa agraria, era LIBITINA, diosa de los muertos, identificada algunas veces con

Proserpina. A causa de ella *(dibitina,* ataúd, administración de pompas fúnebres), eran llamados *libitinarius* los dueños de las casas de pompas fúnebres. MANÍA y LARA (que quizá eran una misma divinidad) eran consideradas como la madre, o madres de Lares y Manes. De Lara, decíase que era una ninfa a quien Júpiter había cortado la lengua para castigarla por su incorregible charlatanería. A causa de ello era llamada también *Muta* o *Tacita* (la diosa del silencio). Mania tenía puesto en las *compitalia* (fiesta en honor de los Lares protectores de los cruces de caminos), y en las *Feralia* (fiesta en honor de los dioses Manes); acabó por ser una especie de ogresa con la cual se amenazaba y asustaba a los niños. Los LEMURE y los LARVAE eran los espíritus de los muertos (almas en pena, aparecidos, espectros), fantasmas dotados de actividades maléficas que volvían a la Tierra para atormentar a los vivos. Rómulus creó las *Remuria* (que por corrupción de la primera letra llegó a ser *Lemuria)* en expiación por la muerte de su hermano Remo. Cuando esta fiesta (9, 11, 13 de mayo), los padres de familia se entregaban a ritos singulares que una vez más puede que traigan la sonrisa a nuestros labios y a nuestra mente la irónica pregunta: pero ¿es posible que creyesen tales cosas? Pero guardémonos de pensar así, pues nada nos asegura que los hombres de mañana no digan lo mismo de nosotros. Decía que los padres de familia, con objeto de alejar de su hogar los malos espíritus, levantábanse por la noche con los pies desnudos y apartaban las sombras funestas haciendo sonar los dedos, y luego se lavaban las manos tres veces. Hecho lo anterior, se llenaban la boca de habas negras y las escupían hacia atrás diciendo: «Arrojo estas habas y con ello me rescato, y a los míos». Después purificaban aún sus manos y hacían sonar un cacharro de bronce cualquiera al tiempo que repetían nueve veces: «Manes, partid, ¡marchad!; tras lo cual, y ya limpia la casa de espíritus perversos, podían mirar sin recelo hacia atrás.

TIBERINUS, ANGERONA, FIDES, DEUS FIDIUS, SEMO SANCUS, LAVERNA, SUMMANUS

TIBERINUS, nombre del rey de Alba que dio nombre al Tíber, llegó a ser luego el dios de este río y tuvo culto en Roma. Y culto importante. Con objeto de prevenir las inundaciones, las Vestales arrojaban desde el puente Sublicios (puente de madera construido por Ancus Martius) 24 maniquíes de mimbre *(Argei),* el 15 de mayo. El 17 de junio se celebraba la *ludi piscatorii,* fiesta de los pescadores, y el 17 de agosto, las *Tiberinalia.* Sobre ANGERONA, diosa que era representada con un dedo en la boca, los ojos vendados y velada, hay pocas noticias; su fiesta era la *Angeronalia.* FIDES, DEUS FIDIUS y SEMO SANCUS eran tres divinidades comerciales.

Fides personificaba la buena fe. Deus Fidius era el guardián de la hospitalidad. Semo Sancus, el dios del juramento. Si estos dioses protegían a los hombres honrados, los ladrones y los sinvergüenzas no carecían tampoco de divinidades favorecedoras: por ejemplo, la diosa LAVERNA. Otra divinidad, SUMMANUS, ofrecía dudas incluso al mismo Ovidio. ¿Era también divinidad protectora de los ladrones y merodeadores nocturnos, o de los fenómenos atmosféricos de la noche y por extensión del rocío? Había dudas, como digo, a causa del equívoco a que se prestaban las palabras *Summanus* y *summano*.

BONUS EVENTUS, VICTORIA, PAX, CONCORDIA, FELICITAS, LAETITIA, ANONA, AEQUITAS, PUDICIA, LOS GENIUS

BONUS EVENTUS presidía el éxito en las empresas. Primero fue un dios campestre protector de las cosechas, luego su protección se extendió a cuanto producía ganancia lícita. Tenía un templo en Roma y una estatua en el Capitolio. Había, en fin, una porción aún de divinidades simbólicas, tales que VICTORIA, protectora de los combatientes; PAX, diosa de la paz. CONCORDIA, diosa de la unión entre los ciudadanos; FELICITAS, personificación de los acontecimientos dichosos; LAETITIA, diosa de la alegría; ANONA, diosa de los productos comestibles, especialmente de la llegada del trigo; AEQUITAS, personificación de la honradez comercial; .PUDICIA, que velaba sobre la castidad, etcétera.

Había además, los GENIUS, espíritus protectores que aparecían al nacer cada criatura y la acompañaban siempre después. Cada niño tenía un *Genius,* cada niña una *Juno.* Estos dos genios tutelares tenían una porción de auxiliares: *Nundina* presidía la purificación del niño; *Vaticanus* le hacía dar su primer grito; *Educa* y *Potina* le enseñaban a beber y a comer; *Cuba* hacía que estuviese tranquilo en su cuna; *Ossipago* y *Carna*velaban por el desarrollo de sus huesos y de su carne; *Abeona* y *Adeona* le enseñaban a andar; *Sentinus* cuidaba de sus facultades intelectuales, etc. El culto de estos genios tutelares era muy sencillo: el día del nacimiento se les hacía una ofrenda de vino y flores y luego se bailaba en su honor. El genio familiar, representado por una estatuilla de hombre revestida con una toga, era colocado entre los Penates y los Lares.

ALGUNAS LEYENDAS POPULARES

ACCA LARENTIA

En tiempos del primer rey de Roma, Romulus, o del cuarto, Ancus Martius, para el caso es igual, el guardia del templo de Hércules de la capital del Latium invitó cierto día de fiesta, honrada sin duda con media docena de buenos tragos, a echar una partida de dados al propio dios de la maza y de los famosos «trabajos». Aunque la cosa no exigía gran esfuerzo, Hércules aceptó, sobre todo cuando su atrevido contrincante, atrevido e inocente, por supuesto, pues que osaba medirse con barbián semejante, le dijo que el precio de la victoria sería una buena comilona y como postre una muchacha guapa. Ni que decir tiene que Hércules hizo hasta las diez de últimas (si es que a los dados las hay), y que su contrincante, sobre arruinarse por satisfacer su apetito (pues era fama que el héroe-dios se comía un buey de una sentada, sin esfuerzo), con objeto de hacer las cosas bien del todo, se las tuvo que arreglar para procurarle, de postre, la joven que pasaba por más hermosa en Roma por entonces: Acca Larentia. Cuando Hércules se dio por satisfecho, la dio en pago un consejo: que entrase al servicio del primer hombre que encontrase al salir del templo. Ruego al lector que no murmure: el consejo, como consejo de un dios, valía más que una bolsa llena de oro, pues el primer hombre que halló Acca fue un etrusco llamado Tarutios, que tenía más dinero que pesaba, y por lo visto era enorme. Tarutios encontró de perlas tomar una servidora como ella, y de tal modo se aficionó a sus servicios que acabó, para asegurarlos, por hacerla su mujer. Y a su muerte, su heredera. Como esta muerte no se hizo esperar (la leyenda no habla de algún cogotazo de Hércules, pero a mí no me extrañaría), Acca se vio pronto libre del marido y atada, por el contrario, a una fortuna enorme, cosa nunca desagradable. Como esta fortuna consistía en vastos dominios, ella misma, cuando le tocó el turno de dejar la Tierra, se los legó a los romanos. Y así pudieron éstos hallar una fórmula jurídica que justificase esa forma de robo a la que se da el nombre de conquista.

AGRÓN

En la isla de Kos vivía un hombre apodado Eumelos, que tenía dos hijas, llamadas Bissa y Méropis, y un hijo que volvía la cabeza cuando se decía no muy lejos de él: ¡Agrón! Vivían los cuatro en una propiedad, trabajaban la tierra y obtenían cosechas abundantes. El bienestar tiene sus ventajas y sus inconvenientes: si hace vivir holgadamente, también a veces nos torna orgullosos e insolentes. Al menos tal se decía de Agrón, quién sabe si por murmurar, ya que no se le podía tildar de holgazán. El caso era, según se afirmaba, que si se invitaba a sus hermanas a una fiesta en honor de Atena, respondía por ellas que no les gustaban las mujeres con ojos de lechuza (cosa que se decía precisamente de los de esta diosa, a causa de su color); de invitarlas a una fiesta en honor de Hermes, entonces decía que no gustaban de los dioses ladrones; si la festejada era Artemis, respondía al punto que no gustaban de las mujeres que se complacían en corretear de noche, como hace la Luna. Todo ello era verdad, pero grave. Porque si nadie gusta de que le digan las verdades, los dioses menos. De tal modo que los tres mencionados, hartos ya de oír lo que no querían, tomando un día la modesta apariencia de dos jovencitas y un pastor, se presentaron en casa de Eumelos, donde Hermes le dijo que venía a invitarle a él y a su hijo a un banquete que los pastores daban en honor de Hermes y que mientras comían, que enviase a sus hijas a hacerlo al campo, al bosque de Atena y Artemis. Ni que decir tiene que oír el nombre de las tres divinidades y soltar las verdades que acostumbraban, fue instantáneo. Y como era lo que esperaban los visitantes, tomaron o volvieron al punto a su verdadera forma, tras la cual convirtieron a Eumelos en cuervo, a Agrón en chorlito, a Méropis en lechuza y a Bissa en gaviota. Moral: si queremos tener favorables a dioses y a hombres, no digamos nunca lo que pensamos de ellos, aunque sea verdad, si no les agrada; si quieres hacerte amigos, da o alaba.

ALKINÓN

Este nombre, aunque suene a nombre de hombre, en griego era de mujer. Y esta vez, el que le llevaba, una hermosa mujer de Korintos que habiendo alquilado a otra para que hilase mientras ella se componía, se negó luego a pagarle el precio convenido por su trabajo. La hilandera lanzó contra ella imprecaciones terribles, invocando al hacerlo a Atena, patrona de las de su oficio. La diosa, disgustada de la conducta de Alkinón, aunque lo mejor hubiese sido obligarla a pagar, se limitó, y no fue poco, a trastornarla. Pero con ese trastorno tan frecuente que unas veces sale bien y tantas mal: haciendo que Alkinón se enamorase de un huésped que tenían, diré que de Samos, bien que el detalle tenga poca importancia, y, en cambio, sí, y mucha, el que por seguirle, Alkinón abandonase a su marido y a sus hijos. Mas lo peor fue que en medio de la travesía se le pasó el trastorno, entiéndase la pasión amorosa, y que desesperada, invocando a su vez a los abandonados, se arrojó al mar. Hermosas: pagad vuestras deudas, no irritéis a Atena, no os enamoréis de vuestros huéspedes sin que os conste previamente que ellos lo están el doble de vosotras; no abandonéis a los que tanto os quieren por un capricho pasajero (lo mejor será que invoquéis a Afrodite para que os diga cómo satisfacerle sin grave daño), y sobre todo no os arrojéis jamás al mar sin tener la seguridad de que nadáis lo suficiente para poder sosteneros sobre las olas hasta que os pesquen.

AKONTIOS

Había en la isla de Keos un joven de gran hermosura, que pertenecía a una familia rica, bien que no noble. Un año fue a las fiestas de Delos y allí vio a una joven ateniense, acompañada de su nodriza, que había ido, como él, por devoción a los dioses de la isla. Akontios se enamoró de ella nada más verla: era también muy hermosa; su nombre, Kidippé. Akontios la siguió hasta el templo de Artemis y habiéndose sentado la joven mientras se celebraba el sacrificio, él cogió un membrillo, escribió en él con la punta de un cuchillo: «Juro por Artemis casarme con Akontios» y luego le lanzó hacia donde estaba la joven. La nodriza le cogió y se lo ofreció a la joven, que inocentemente leyó en voz alta la inscripción. De pronto, al darse cuenta del sentido de lo que leía, toda confusa arrojó el membrillo; pero tras haber pronunciado una fórmula que, dicha en aquel lugar, la unía a Akontios mediante palabras que oídas por la diosa equivalían a un juramento. Terminadas las fiestas, cada uno volvió a su patria, donde, mientras Akontios se consumía de amor, a ella su padre la preparaba un marido a su gusto, sin contar con la joven. Mas apenas empezaron las fiestas del prometimiento, precursoras del matrimonio, la joven cayó de tal modo enferma que hubo que suspender todo. Y otro tanto ocurrió tres veces seguidas. Habiendo llegado a oídos de Akontios lo que ocurría, corrió a Atenas cuando aún no se había repuesto Kidippé de su última recaída, y con tanto interés empezó a ocuparse hora tras hora de su estado, que su amor fue pronto la comidilla de la ciudad. A causa de lo cual no se tardó en creer que era él quien tenía embrujada a la joven. Entonces el padre de Kidippé interrogó al oráculo de Delfos, revelándole el dios que su hija estaba ligada a otro hombre distinto del que él la destinaba, mediante un juramento, y que lo que ocurría era obra de la cólera de Artemis. Al saber la verdad, el padre pidió informes del joven y de su familia, y al considerar que ésta no era inferior a la suya y el joven digno de su hija, consintió en el matrimonio.

ALKIONEUS

Alkioneus era también un joven muy hermoso. Grecia, como se ha podido ver muchas veces en el curso de esta mitología, estimaba y cantaba con gusto especial la hermosura masculina. Pero vuelvo a mi historia para que no se me tache de suspicaz y maledicente. Alkioneus era de Delfos, donde, en su tiempo, había en una montaña vecina, el nombre de esta montaña era Kirfis, una gruta; y en la gruta un monstruo cuyo nombre era Lamia, otros dicen Síbaris. Aquel monstruo, como todos los de su clase, cuando salía de su guarida era para devorar hombres y rebaños. Consultado Apolo, dijo no haber sino un medio de acabar con la terrible calamidad: ofrecer a la bestia un joven de la ciudad. Y he aquí que la suerte designó a Alkioneus para tal sacrificio. Coronado era conducido en procesión hacia la guarida del monstruo, cuando apareció otro joven, Euribatos, que ver a Alkioneus y prendarse de él apasionadamente, fue cosa de un instante. Luego, al saber adonde iba la procesión y para qué era conducido su amado, se ofreció, ¡oh fuerza y sacrificios del amor!, a morir por él. Los sacerdotes aceptaron, colocaron sobre su cabeza la corona que hasta entonces había adornado a Alkioneus, y siguieron camino de la gruta. Una vez allí, Alkioneus, con los ojos llenos de lágrimas, intentó, sin conseguirlo, dar las gracias al que iba a morir por él. Pero Euribatos, que leyó en aquellos ojos arrasados de lágrimas algo que de no concretarlo en una palabra de cuatro letras sería imposible definir, cobrando de pronto el arrojo y la fuerza de un héroe, entró en el antro, se lanzó sobre el monstruo, le arrastró fuera y tras brindársele a Alkioneus le lanzó contra una roca destrozándole la cabeza. Entonces la bestia desapareció y donde había sido estrellada surgió una fuente que fue llamada Síbaris. En recuerdo de esta fuente, cuando los locrios, a los que pertenecía Euribatos, fundaron una ciudad en Italia poco después, le dieron el nombre de Síbaris. Síbaris, ciudad floreciente cual ninguna, fue afamada a causa de su riqueza, sus placeres y la molicie de su vida. Y acabada la leyenda aquí, me detengo, pues intentar continuarla por mi parte tal vez me indujese a caer en la murmuración como ha hecho tanto historiador en mil ocasiones.

ANAXARETE

Esta historia legendaria va para aviso de esas hermosas a quienes su propia belleza vuelve implacables. Anaxarete era una joven de Chipre de familia noble, puesto que entre sus antepasados había estado Teuker, el fundador de Salamina de Chipre. Anaxarete era hermosa, era fría y era dura de corazón. Entre otros, un joven de la ciudad llamado Ifis, estaba tan enamorado de ella que para ella vivía y por ella moría. Pero ya digo que ella era orgullosa y cruel, tanto, que un día Ifis se ahorcó en la puerta misma del palacio de la joven. Anaxarete, lejos de sentir, no digo ya remordimiento, compasión siquiera, se asomó muy tranquila a la ventana para ver pasar el entierro del joven al que seguía la ciudad entera. Pero

Afrodite, indignada de su dureza, tal cual estaba de pechos sobre el alfeizar de su ventana, la transformó en estatua de piedra. Esta estatua denominada *Venus prospiciens* (la Venus-que-mira-hacia-adelante), fue colocada en uno de los templos de la ciudad.

ARACHNÉ

Arachné era una joven de Lidia que tejía y bordaba de un modo maravilloso. Tanto, que se empezó a decir que Atena, diosa de hilanderas y bordadoras, la daba lecciones sin que lo viera nadie. Pero Arachné, que no quería deber algo sino a su talento, desafió a la diosa que recogiendo el desafío, se presentó a ella bajo la apariencia de una anciana, y empezó a aconsejarle modestia y respeto hacia las divinidades. La respuesta de Arachné fue decirla que por el mismo sitio por donde se entraba se salía y que si hacía esto con más rapidez aún que aquello, no tendría mal recuerdo de su visita. Entonces la diosa revistió su verdadera forma, y ante las mujeres de la ciudad, congregadas, empezó el desafío. Atena hizo un tapiz en el que estaban representados todos los dioses del Olimpos en plena majestad, y aún, en los cuatro ángulos, cuatro episodios que demostraban la suerte que les había cabido a los insensatos que habían osado desafiarlos. Arachné, por su parte, dibujó como la diosa, antes de empezar su trabajo, a los dioses también, pero representándolos en aquellos de sus amores que no les honraban precisamente, ¡y no hizo sino una parte ínfima! , pues según dijo a su rival, para poner todos haría falta una tela tan amplia como el cielo. Furiosa Atena, rompió la tela audaz, pegó sin compasión a la joven, y no contenta aún, le saltó los ojos con la lanzadera. Arachné, al verse ciega, se ahorcó. Pero Atena, antes que muriese, la transformó en araña, para que pudiese seguir tejiendo su tela eternamente. Me dan ganas de añadir una moraleja. Pero sería tan desfavorable para la diosa de los ojos de lechuza que más vale que no lo haga. Y no por temor a ella, sino a los tan apegados y aficionados a los dioses, sean cuales sean, a causa de ser incapaces de pensar que el origen de todos, sin distinción, es el mismo (la fantasía de los hombres) y, en cambio, dispuestos, muchos de ellos, a odiar cordialmente e incluso «perjudicar», si pueden, a los que no creen y sienten como ellos, renuncio a la moraleja.

ARGIRA

Argira era una ninfa de Arkadia que amó mucho, y fue correspondida, a un pastor llamado Selemnos. Pero claro, la juventud de Selemnos pasó, no la de Argira, que, como divinidad, gozaba, entre otros dones, el de la eterna mocedad. Y claro, cuando la frescura de Selemnos se apagó, la pasión de Argira por él, también. Era natural, no se puede amar las arrugas y los achaques, ¡ay!; pero como el corazón no envejece (dicen que los ojos tampoco, pero éstos no son los mismos cuando viejos que en la juventud: pierden brillo, la piel se arruga todo alrededor; mientras que el corazón, aunque tenga achaques no se ven), decía que como el corazón no envejece, Selemnos, al ver que Argira huía de él murió de desesperación. Entonces Afrodite le transformó en río. Mas como aún, río y todo, seguía sufriendo de amor, la diosa le concedió el don de olvidar sus penas. He aquí por qué, desde entonces, cuantos se bañan en este río, de tener angustias amorosas, dejan de sufrir al instante. Este río infinitamente benéfico está... Pero no, no lo diré. Quien quiera saberlo, que me escriba contándome brevemente su tragedia. Ofrezco también el secreto a las empresas turísticas. Van a ganar tanto dinero con mi informe que bien creo merecer una comisión por corazón salvado.

ARIÓN

Arión era un músico de Lesbos que había obtenido de su señor, Periandros, autorización para recorrer la Gran Grecia y Sicilia haciéndose oír, pues tocaba y cantaba maravillosamente. Periandros era un tirano de Korintos. Pues bien, sucedió... Pero ahora me doy cuenta que iba a referir algo que ya he contado traduciendo uno de los deliciosos tratraditos de Ploutarchos, y como allí lo he hecho siguiendo al gran prosista, mejor que pudiera hacerlo por mi cuenta, so pena de repetirme, envío allí al lector.

BAUKIS Y FILEMÓN

Baukis era una mujer frigia casada con Filemón, campesino muy pobre. Un día, acogieron en su cabaña a Zeus y Hermes, que recorrían Frigia transformados en dos viajeros. Por cierto que habiendo tomado a propósito un aspecto de lo más necesitado, en todas partes les habían dado con la puerta en las narices. Sólo Baukis y Filemón los acogieron con cariño y pusieron a su disposición lo poco que tenían. Zeus, indignado contra los demás, envió un diluvio que inundó y deshizo el país. Sólo se salvó la modesta cabaña, que fue transformada por el dios en un templo magnífico a la Hospitalidad. Y como la pareja feliz cuanto pidió fue poder seguir juntos hasta su vejez, cuando ésta llegó, Zeus y Hermes los transformaron en dos encinas que se levantaban una junto a otra delante del templo que les había servido de cabaña.

KIKNOS

Lectora bella, lector amigo y amable: si os gustan las uvas, las almendras, los melocotones y el melón, id en cuanto os sea posible a una pequeña isla perdida allá en el mar Aigeus (perdida, pero que se la encuentra cuando se la busca), que en la antigüedad se llamaba Tenedos y hoy, en turco, Bogcha-Adassi, y quedaréis satisfechos. Pero, ¡cuidado!, no se os ocurra llevar una flauta, pues seríais expulsados sin remedio. He aquí por qué: Hubo en tiempos remotos un rey en Colones, ciudad no lejos de Troya, llamado Kiknos, a causa de que habiéndole abandonado su madre a la orilla del mar, fue recogido y cuidado por un cisne. Hombre más tarde, rey y casado con Prokleia, tuvo de ella un hijo y una hija: Tenés y Hemitea. Habiendo muerto Prokleia, Kiknos se casó en segundas nupcias con Filonomé, que, más enamorada del hijo que del padre, hizo a Tenés proposiciones que éste rechazó de plano. La venganza fue inmediata, Filonomé acusó a Tenés de persecuciones y propósitos de parte de éste, enteramente falsos, y Kiknos, dándole crédito, metió a Tenés y a su hermana en un cofre, y lanzó éste al mar. Ambos hermanos llegaron sanos y salvos a la isla que a causa de Tenés se llamaría Tenedos. Más tarde, mientras Kiknos se enteraba al fin de la infamia cometida por Filonomé, apoyada por un flautista llamado Eumolpos, que no había dudado en mentir añadiendo su falso testimonio al de la embustera, Kiknos, al ver que había sido engañado, mandó lapidar a Eumolpos y enterró viva a Filonomé. Luego fue a Tenedos para reconciliarse con sus hijos, pero Tenés cortó de un hachazo la amarra que sostenía el barco que había traído a su padre, a la orilla, negándose a recibirle. Desde entonces, todos los tocadores de flauta son expulsados sin compasión de aquella islita pequeña y feliz.

DIDO

La historia de Dido, reina y fundadora de Cartago es conocida a causa de la *Eneida*. Pero Virgilio llevó su fantasía sobre la interesante figura y transformó a su gusto (cierto que no mal) la primitiva leyenda, que es la que yo voy a referir. Mutto, rey de Tiro, tenía dos hijos: Pigmalión y Elissa (nombre tirio de la reina Dido). Muerto Mutto, el pueblo reconoció como rey a Pigmalión, niño aún, mientras que Elissa se casaba con su tío Sicharbas, sacerdote de Herakles y el hombre más importante del Estado, luego del rey. Pero Pigmalión hizo asesinar a Sicharbas para apoderarse de sus tesoros, y entonces su hermana decidió huir. Habiendo hecho cargar los tesoros de su marido en varios barcos, escapó seguida de cuantos descontentos quisieron acompañarla. En Chipre se unió a ellos un sacerdote de Zeus, impulsado por un aviso divino; además, los compañeros de Dido se llevaron 80 jóvenes consagradas a Afrodite, para hacer de ellas sus mujeres. Habiendo desembarcado poco después en África, fueron bien recibidos por los indígenas. Y cuando Dido les pidió tierra para establecerse, le dijeron que la permitían apoderarse «de cuanto pudiera contener una piel de buey». Dido hizo matar el mayor de los bueyes que tenían, y cortando después su piel en tiras finísimas, rodeó con éstas una cantidad regular de tierra que los indígenas, atados por su promesa, respetaron. Como al empezar a cavar, con objeto de echar los cimientos de la futura ciudad, encontrasen una calavera de buey, cambiaron de sitio, considerando el hallazgo de mal augurio. En el nuevo fue, por el contrario, un cráneo de caballo, y muy satisfechos fundaron allí la ciudad que durante mucho tiempo sería el terror de Roma. Cuando gracias a nuevos colonos llegados de la metrópoli, Cartago era ya una gran urbe, Iarbas, el rey indígena, pretendió casarse con Dido, amenazándola con la guerra si rehusaba. Dido, a quien la repugnaba unirse a Iarbas, pidió a éste un plazo de tres meses con objeto de calmar mediante sacrificios la sombra de su primer marido. Al cumplirse el plazo, se hizo preparar una gran hoguera y a ella subió contenta con tal de evitar a su pueblo una contienda.

GIGES

Giges, o cómo llegar a rey: leyenda que con apariencia de sucedido real, cuenta el más entretenido y solemne de los embusteros griegos: el historiador Herodotos. Hela aquí: Un pastor lidio llamado Giges, yendo un día tras su rebaño descubrió una especie de caverna que se hundía bajo la tierra. Empujado por la curiosidad se metió en aquel agujero, no tardando en descubrir un enorme caballo de bronce en uno de cuyos flancos había una puerta. Entró por ésta y se halló ante un esqueleto humano de talla extraordinaria, esqueleto en uno de cuyos dedos de la mano izquierda había un anillo magnífico de oro en el cual hallábase engarzada una piedra preciosa. Feliz con su hallazgo se apresuró a salir tras haber pasado el anillo a uno de sus dedos. Pero aún fue más feliz al darse cuenta de que volviendo la piedra hacia la palma de la mano, se hacía invisible. Como era ambicioso, un pensamiento le cogió al punto: ir a la corte del rey Kandaules, matarle sin que le vieran y llegar con ello a rey. Y así sucedió: llegó, sedujo a la reina, de acuerdo con ella mataron a Kandaules y Giges fue rey. Moraleja de dos caras: Cualquier pillo, primera cara, puede llegar a ser rico, y hasta rey, si halla un anillo mágico. Para esto último han sido siempre anillos mágicos la fuerza, la herencia y el servilismo (tendencia de muchos a reverenciar e inclinarse ante todo lo que relumbra, aunque el brillo no sea el del oro, sino del simple oropel). Segunda cara: Cualquier rey, por indigno que sea de serlo (y tanto más cuanto más rico sea sin razón ni motivo justificable), puede, a veces, tener que escapar para no recibir lo que verdaderamente merece. Ejemplos de esta segunda cara ha habido en la historia. Claro que no tantos como debería haber habido.

ERO Y LEANDROS

¿Quién no conoce la historia de estos dos desdichados amantes? Por supuesto, desdichados al final; antes, felicísimos. En resumidas cuentas, como todos los amantes. Pero he aquí lo que se refiere de ellos por si alguno lo ignora. Leandros era un joven de Abidos, amante de una sacerdotisa de Afrodite, llamada Ero. Esta vivía en Sestos, ciudad situada al otro lado del Hellespontos, frente a Abidos. Todas las noches, Leandros atravesaba el brazo de mar iluminado por partida doble: por su amor y por la lámpara que Ero ponía en la torre de la casa que habitaba. Una noche de tormenta, el viento apagó la luz que le guiaba hasta la torre (pues la suya interior era más útil de torre adentro), y perdido en medio del furioso oleaje, cuando llegó a la costa fronteriza a la mañana siguiente, lo que las olas ya tranquilas dejaron allí fue su cadáver. Ero, decidida a seguir al amado, se arrojó al mar desde la torre misma.

PÍRAMOS Y TISBE

Sobre estos amantes hay dos versiones. La más antigua dice que amándose tiernamente ocurrió que Tisbe se sintió embarazada antes de estar unidos por la ley. Desesperada, se suicidó. Y Piramos al saberlo lo mismo. Los dioses, enternecidos, transformaron a Piramos en el río de Kilikia, que llevaba su nombre, y a Tisbe en una fuente que vertía en él sus aguas. La segunda versión, bordada sobre ésta por Ovidio, cuenta, para empezar, lo mismo: que se amaban, pero que no podían casarse porque sus padres se oponían. Pero se veían en secreto gracias a una quiebra del muro medianero de sus casas que eran vecinas. Una noche, para encontrarse con más libertad, se dieron cita junto a la tumba de Ninos (Ovidio sitúa la acción en Babilonia). Era un lugar delicioso: junto a la soberbia tumba (pues si Semíramis no había dudado en hacer matar a su marido, tampoco en hacerle construir un mausoleo maravilloso; tal vez para que no tuviese ganas de salir de él) había una fuente, y al amor de la fuente un moral espléndido. Con todo ello, la soledad, la Luna y su amor, la noche se les aparecía como un ensueño. Pero he aquí que Tisbe llega la primera, y esperando llena de impaciencia, ve venir a una leona sedienta, a la que el agua de la fuente atraía. Ni que decir tiene que escapó espantada. Tan espantada que dejó allí su chal, que la leona, una vez apagada la sed se entretuvo en desgarrar. Y apenas partida la fiera llega Píramos, que ve el chal desgarrado y ensangrentado por las fauces de la fiera aún tintas en sangre tras la cena. Loco de dolor, saca su espada y se deja caer sobre ella. Y cuando Tisbe vuelve, esperando que la leona haya partido, le encuentra muerto. Arrancando entonces la espada del pecho de su amado, se mata a su vez. Todo al pie del moral cuyos frutos, hasta entonces blancos, tornáronse morados a causa de la sangre vertida sobre sus raíces. Las cenizas de ambos amantes fueron reunidas en la misma tumba. No es difícil reconocer en esta fábula el origen de *Romeo y Julieta* de Shakespeare.

PIGMALIÓN

Pigmalión era un rey de Chipre que solía entretener sus ocios en esculpir. Una vez labró una estatua de mujer, en marfil, tan perfecta, que se enamoró de su obra. Esto no es raro que les ocurra a todos los artistas; pero es que esta vez la pasión era insensata, pues el amor impulsa a unirse con el ser amado y aquella estatua, ¡ay!, era tan hermosa como inerte. Estaba llena de vida, sí, puesto que era perfecta, pero no de la vida que Pigmalión quería y necesitaba. En tal angustia, pidió a Afrodite, en una fiesta en honor de esta diosa, que le concediese una mujer en todo igual a su estatua. Y cuando volvió a su palacio, salió a recibirle, sonriente, la estatua, viva gracias a la diosa. Contar que se casaron y tuvieron hijos, sería ya prosaico.

FAÓN Y SAFO

No sé por qué cuento esta leyenda que es la leyenda de un necio. Pero en fin, adelante. Que sirva de ejemplo y quedaré recompensado. Había en Lesbos un barquero que ganaba su vida pobremente pasando en su barca a los que querían cruzar un río. Era viejo, pobre y, además, como era natural, feo e insignificante en todo. Pero un día llegó Afrodite, transformada en una anciana y le pidió que la pasase; Faón lo hizo y, apiadado de ella, no la quiso cobrar nada. Entonces la diosa le dio un tarrito maravilloso con un ungüento aún más maravilloso: Úntate todos los días con él, le dijo, y volverás a una juventud como jamás la tuviste. Y, en efecto, poco después Faón llegó a ser tan dispuesto y hermoso que todas las mujeres de la isla se volvían locas por él. Entre ellas Safo, la poetisa, que desdeñada por el vanidoso recompuesto, para no sufrir más, se arrojó al mar desde lo alto del promontorio de Leukade.

PSICHÉ

Esta deliciosa fábula la refiere Apuleyo en sus *Metamorfosis*. Psiché era hija de un rey y tenía dos hermanas. Estas eran muy hermosas, pero la belleza de Psiché era infinitamente superior, nunca vista, sobrehumana. Sus hermanas se casaron, pero ella no. Todos la admiraban, pero no se atrevían a pedirla, de tal modo les sobrecogía y asombraba su hermosura. Queriendo casarla a todo trance, sus padres consultaron al oráculo, que les aconsejó que la vistiesen y engalanasen como a una novia, y la llevasen hasta cierto sitio de una montaña donde un monstruo vendría a por ella. Los padres quedaron aterrados, pero no atreviéndose a desobedecer, la vistieron y adornaron y en medio de un cortejo fúnebre la condujeron al sitio donde quería el oráculo, y allí la abandonaron. Estaba Psiché toda temblorosa y aterrorizada esperando la llegada del monstruo, cuando se sintió cogida blandamente y transportada por los aires. La emoción la hizo perder el conocimiento, y al volver en sí se encontró en un palacio de ensueño todo de oro, mármoles y marfil, cuyas puertas se abrían a su paso misteriosamente, al tiempo que voces no menos misteriosas se ponían a su disposición declarándose sus esclavas. El día pasó así, de sorpresa en sorpresa, y llegada la noche, sintió junto a ella una presencia indefinible, era el monstruo del oráculo, pero, ¡qué monstruo!; jamás marido ni amante alguno más dulce, tierno, rendido y cariñoso. Aquel marido perfecto no la dijo quién era, pero sí que no era posible que le viese, que se contentase con su presencia y contacto, y que no hiciera nada por tratar de saber más, pues de lo contrario le perdería. Así pasaron varias semanas en un completo paraíso. De día, servida y atendida misteriosamente como jamás lo había estado reina ni princesa alguna; de noche, el más total y perfecto de los paraísos. Hasta que un día pensó, al fin, en su familia y sintió ganas de volver a verlos. Tras muchos ruegos, su marido la dejó partir, y antes que fuese de día, el Viento la transportó hasta la casa de sus padres no menos blandamente que la había transportado la primera vez. Sus hermanas, celosas de su suerte y de su felicidad, la instaron a que no se contentase con ignorar a su marido, e incluso le dieron una pequeña lámpara, gracias a la cual podría aclarar el misterio y conocer al fin al desconocido monstruo.

Psiché volvió a su palacio y, cual le habían dicho, aquella noche misma, al sentir que su esposo dormía, encendió cautelosamente la lámpara, encontrándose junto a un maravilloso adolescente de belleza ideal. Su vista la causó tal emoción, que su temblorosa mano dejó caer sobre el dormido una gota de aceite caliente. El Amor, pues él era y no otro el monstruo de que había hablado el oráculo, despertó, y, cual le había predicho, huyó de su lado para siempre.

Al no estar ya protegida por el Amor, Psiché empezó a vagar por el Mundo, perseguida por Afrodite, celosa de su belleza. Finalmente, esta diosa la cogió, la encerró en su palacio y tras someterla a duras pruebas y humillaciones (limpiar granos, reunir lana de carneros salvajes e hilarla, etc.), la envió a los Infiernos a pedir a Perséfone un frasco de agua de Juventud. Pero con la prohibición de abrirle, que era tanto como decirle que lo hiciera, y lo mejor para que lo realizase pronto. Así ocurrió y, apenas abierto, cayó en un profundo sueño.

Entre tanto, Amor, desesperado sin ella, no podía olvidarla. De modo que cuando la vio profundamente dormida, voló hasta ella, la despertó picándola con una de sus flechas, y subiéndola al Olimpos, pidió a Zeus permiso para casarse con ella. Zeus se lo concedió gustoso, e incluso intervino para que Afrodite se reconciliase con la que odiaba.

Una pintura pompeyana ha dado el primer tipo de Psiché en forma de niña con alas de mariposa, jugando con unos amorcillos alados como ella. Posteriormente, pintores y escultores han hecho deliciosas imágenes de esta delicada criatura, y de Amor, su amante y amado.

MITOLOGÍA CÉLTICA y Sus Grandes Ciclos

La palabra *celtas* aparece por primera vez en la *Periégesis* del geógrafo e historiador griego Hekataios de Miletos, contemporáneo de las guerras Médicas, y el primero que en sus *Historias o Genealogías* trata de separar lo real, lo histórico, de la poesía y de los mitos. Los romanos, por su parte, abrazaron con el nombre de *Galli* (galos) a todos los pueblos de raza céltica que habitaban no solamente la Italia del Norte y la Alemania del Sur, sino los países entre el Rin y los Alpes, los Pirineos y el Océano[805].

Como todos los pueblos primitivos, los celtas eran politeístas, y cada país veneraba especialmente a sus divinidades regionales, a las que vinculaban, sobre todo, en aguas, montañas y animales. Tenían también una demonología completa, más importante seguramente en la vida diaria que los grandes dioses. En efecto, ciertos escritores antiguos dicen que los galos creían en una especie de espíritus elementales llamados *Dusi*, palabra traducida por *incubi y succubi* en latín. Se atribuía a estos espíritus muy malas costumbres respecto a las mujeres, poco más o menos como a los *Gandharvas* de la India. El culto a las aguas (manantiales, fuentes o ríos) estaba muy extendido. *Diva, Deva, Devona* (la divina), era una apelación frecuente de los ríos galos. Los actuales ríos franceses que empiezan con *Dive* no son otra cosa sino los *Diua* galorromanos, deformación de *Deua, diosa, Borvo, Bormo o Bormanus* (el hirviente), dios de las fuentes termales, se reconoce aún en ciertos nombres de estaciones famosas a causa de la temperatura de sus aguas, tales que La Baurboule, Bourbonne, etc. Pero la más característica de estas divinidades de las aguas era la diosa *Epona*, especie de Hippokrene griega *(epos, ona = hippos, krene)*, fuente caballina. El caballo que la acompañaba siempre (recuérdese la importancia del caballo en la leyenda de Poseidón) formaba con ella un grupo inseparable. Era también la diosa de la abundancia agrícola; porque, ¿fertiliza algo el suelo mejor que el agua? Esta diosa fue la única divinidad celta que tuvo un puesto honroso en el panteón greco-romano. La caballería celta que combatía junto a las fuerzas romanas hizo

---

[805] Julio César empieza su «Guerra de las Galias» de este modo: «Toda la Galia está dividida en tres partes, de las cuales una pertenece a los belgas, otra a los aquitanos, la tercera a los que en su lengua son llamados *celtas* y en la nuestra galos. Y todos se diferencian entre sí en la lengua, en las instituciones y en las leyes».

popular el culto de esta diosa hasta en los países de Oriente. Naturalmente, su propio nombre *epos,* caballo, la había hecho la diosa de la caballería.

Los galos divinizaban asimismo la cima de las montañas. Algunos picos, como el Ger *(garrus deus)* de los Bajos Pirineos, fue una divinidad hasta fines de la época romana. Otros dejaron de ser divinidades para convertirse en morada de los dioses; por ejemplo, *Dumias,* dios tutelar del Puy de Dome, que acabó siendo un epíteto de *Mercurius,* cuyo templo se levantaba en su cumbre. La Montaña Negra *(Mons Abona),* los Ardennes *(silva Arquenna),* etcétera, eran también divinidades. Y como las aguas eran el elemento de vida de los bosques, árboles y bosques eran también adorados. *Vosegus* era el dios tutelar de los Vosgos. *Ardvina,* la ninfa de los Ardennes. *Robur, Fagus, Abellio, Buxeno,* eran los dioses-árboles roble, haya, manzano y boj. Y lo mismo los demás árboles corrientes. Entre los animales, el caballo, el cuervo, el toro y el jabalí eran sagrados. El toro fue objeto de culto especial. Ello se explica si se tiene en cuenta que este animal fue en muchas mitologías y religiones primitivas símbolo de la fuerza y del poder generador[806].

Pero cuando César invadió la Galia había ya, junto a los dioses-elementos primitivos[807], una trinidad antropomórfica constituida por *Esus, Taran* y *Teutates.* Esus, leñador divino que en el altar de Notre Dame hunde su hacha en el tronco de un árbol, ¿era en verdad el arquitecto del Universo o una simple divinidad de los bosques como el Silvanus latino? En general, era considerado como «el que se erguía en los altares terribles. Dios esencialmente ávido de sangre, asesino, que inspiraba los combates y llenaba de violencia las batallas» (Jullian). A él eran inmolados los enemigos en los combates; tras ellos, a los prisioneros. Pero los sacrificios que le eran más gratos consistían en ahorcar a sus víctimas de un árbol. Taran era el dios del trueno, del rayo y de las tormentas; análogo, pues, al Júpiter romano. Lo mismo que Esus, Taran es citado por Lucano (en la *Farsalia),* pero no hay otra mención que ésta. Teutates es más conocido. Como parece indicar su nombre *(teuia,* pueblo), era el *padre del pueblo,* el

---

[806] En un altar encontrado en París se ve un toro de pie apoyado en un árbol, con dos grullas en la espalda y una sobre la cabeza, el *Tervos trigaranus.*
[807] Se sabe con certeza que los celtas conocían el antiguo dios del Cielo indoeuropeo, al que llamaban, lo mismo que los germanos, *Padre de todos (Ollathai,* en irlandés; *Valupatir,* en bretón). Éste era seguramente el dios galo que César menciona, divinidad chetónica, comparándolo al *Dispater latino,* y del que dice que todos los galos estaban ciertos de descender. Y al que volvían. Tratábase, pues, de una especie de *Tierra-Madre,* pero del sexo masculino.

dios de la tribu. Jullían[808] ve en él «el principal de los dioses comunes a todos los galos. Dios nacional de la Galia, había sido a la vez su antecesor y su legislador. El guardián, el árbitro y el defensor de sus tribus». Pero como en las inscripciones se le ve asociado únicamente a Marte *(Marti Toutati),* o bien Teutates era un calificativo divino aplicado a Marte, o bien equivalía simplemente al Marte galo. Es decir, a una divinidad esencialmente guerrera.

Julio César, en *De Bello Gallico* (IV, 17), enumera, latinizándolos, los nombres de los cinco dioses principales que adoraban los galos: «En primer lugar, Mercurio, al que consideran como inventor de todas las artes útiles y protector de caminos y caminantes. Le estiman todo poderoso en negocios y cuestiones de dinero. Después de a Mercurio adoran a Apolo, a Júpiter, a Marte y a Minerva». El culto a Mercurio, dios el más popular entre todas las divinidades galas, era, naturalmente, el más extendido. De acuerdo con César, las inscripciones demuestran que era el patrón de todas las actividades de la paz y el maestro de todas las artes. Recuerdos de esta universalidad de su culto son aún nombres tales que Mercurey, Mercueil, Mercoeur, Mirecourt y Montmartre (por Montmercre monte de Mercurio). En la cima del Puy de Dome[809] hubo un enorme templo a Mercurio Arverne, y en él una estatua del escultor asirio Zenodoros, de 40 metros de alta, que le costó diez años de trabajo. Otra de plata maciza fue encontrada en el jardín de Luxemburgo, en París. Apolo, además de dios de la prosperidad financiera, lo era también de la gloria militar, a causa de lo cual era llamado *Albiorix* (rey del Mundo) y *Rigisamos* (realísimo). Mercurio tenía como compañera a *Rosamerta.* Su calidad de amo de las artes acercaba el Mercurio galo a *Lugh,* el gran dios irlandés que en la epopeya de este país lleva el nombre de *Lugh de todas las artes,* y cuya fiesta, la *Lugnasad,* se celebraba el 1 de agosto. Como los romanos en tiempos del Imperio establecieron un gran culto al emperador y a la Majestad del Imperio, cuya fiesta caía en la misma fecha, y que, además, fue localizada en Lugudunum (Lyon), capital de la Galia romana, todo induce a creer que en vez de instituir una fiesta nueva, lo que hicieron fue *romanizar,* renovar la antigua fiesta celta consagrada al más popular de los

---

[808] Jullian (Camilo), profesor e historiador francés (1859-1933), autor de una porción de obras importantes. Sobre lo que nos ocupa, la *Recherckes sur la religion gauloise* (1904).
[809] Célebre montaña del Macizo Central, a 10 kilómetros de Clermont Ferrand. Allí, en su cumbre, a 1.465 metros de altura, junto al actual observatorio astronómico, están las ruinas del antiguo templo a *Mercurio.*

dioses galos. La palabra *lugos,* de donde se había derivado el nombre del dios, quería decir *cuervo.* Era creencia corriente que estos pájaros designaron el lugar donde fue construida la antigua Lyon. En todo caso el cuervo era el ave por excelencia de los dioses germánicos identificados también con el Mercurio romano.

Bajo el nombre de Apolo fueron comprendidos en la época galorromana, varios dioses encargados especialmente de las termas. Tales *Siannus,* patrón de los baños del Mont-Doré (Puy-de-Dome), y *Borvo, Borno* o *Bormanus* (de donde salió por derivación *Bombon).* El mismo dios era venerado con el nombre de *Grannus* (el brillante), en Graunes (Vosgos), en Grahein, en Wurtemberg y en Aquae Granis (Aquisgranae-Aquisgran-Aix-la-Chapelle). La misma identificación se produjo con *Belenus* o *Belinus,* nombre que significa también brillante, resplandeciente, y que designaba, evidentemente, un dios de la luz. Este dios era también conocido de los celtas insulares, puesto que su nombre se encuentra en las novelas medievales. Las *Baltené,* una de las grandes fiestas irlandesas (1 de mayo) provenían seguramente del culto de esta divinidad. Dion Casio dice que el emperador Caracalla invocaba al Apolo celta el año 215 como igual a Esculapio o a Serapis. Este Dios fue asociado a la diosa *Sirona,* patrona de las fuentes.

Se ignora el nombre galo de la divinidad llamada Marte, por César. Probablemente, dado el carácter belicoso de los celtas, debían de tener infinidad de dioses de la guerra, uno o más tal vez, por tribu; pero, claro, tras la conquista perdieron importancia, pues dejarían de adorar a dioses que les habían abandonado. En todo caso es probable que el principal de todos ellos fuese el Teutates de que habla Lucano, nombre que, como los *Tuatha De Danann* irlandeses, los *Teutones,* el *Teutobod,* etc., derivan de una palabra celta que significa «pueblo». Como en aquella época iban a la guerra todos los hombres de la tribu, pues de la victoria dependía la vida y la libertad, se comprende muy bien que un dios del pueblo llegase a ser dios de la guerra. Debió ocurrir, pues, que los nombres primitivos de estos dioses guerreros, quedaron como apodos, tras la conquista, a causa de lo cual el Marte galo era calificado, por ejemplo, de *Segomo* (el victorioso) en el valle del Ródano y en Borgoña, de *Beladon Belatu-cadrod* (el destructor), entre los bretones, *Camulus* (el poderoso), en Auvergne, etc.

El Júpiter galo (al que sólo por equivocación se pudo identificar con el romano puesto que éste era el dios de la tormenta, mientras que el galo tenía como atributo una rueda solar), no tuvo en el panteón de este país la importancia y el lugar eminente que en el suyo ocupó el Júpiter romano. El galo, dios del Sol, era una divinidad benéfica, dispensadora del calor necesario para la maduración de los frutos. Ello no quiere decir, naturalmente, que los celtas desconociesen al dios del trueno, puesto que

Lucano menciona un dios *Tarán* o *Taranis*, palabra derivada de otra celta base asimismo del galo *tarah* y del bretón *taran* (relámpago).

Minerva era la diosa celta *Belisama* (semejante a la llama), especie de vestal, patrona de las industrias del fuego; lo mismo que Minerva, patrona de las artes y oficios. Idéntico papel se atribuía a otra diosa, a *Sirona*, la compañera de Apolo, y a *Rosamerta*, la de Mercurio. No obstante, como a esta última se la representaba con una cornucopia en las manos, pudo simbolizar también la tierra fecunda; y en este caso correspondió a la *Bona dea* de los latinos.

César daba el nombre de *Dis pater* a un dios, padre común «del que todos los galos se alababan de ser descendientes». Tal enseñaban, en efecto, los druidas[810]. Esta divinidad de naturaleza u origen subterráneo debía de ser el Plutón galo. Pero no se tiene de él otro informe que esta breve frase del conquistador romano. En la nota 807 me he referido ya a este dios.

Dejando ya a los dioses conocidos por César o por Lucano, vengamos a uno llegado posteriormente, o reconocido más tarde como dios del Panteón celta, del cual se tienen noticias gracias al retórico griego del siglo II Luciano, que le dedicó un breve tratadito. Me refiero al dios *Ogmios*, al que este retórico decía haber visto representado con los rasgos

---

[810] Los *druidas (druida* en latín, del celta *deru,* encina), sacerdotes entre los celtas, fueron los propagadores de una doctrina religiosa y filosófica que les condujo a la preponderancia política. Bien que el druismo no se confundió con la religión, a cargo de los druidas estaban ciertas funciones religiosas, como la recogida del muérdago (símbolo del antiguo culto naturista de las plantas), y los sacrificios humanos. Su filosofía es mal conocida, porque no dejaron nada escrito, transmitiendo sus enseñanzas oralmente. Según ellos, los hombres descendían del dios de la muerte, el alma era inmortal y el Mundo acabaría mediante la acción del agua y del fuego. Sobre los astros y sus movimientos, y sobre la magnitud de la Tierra y del Universo, tenían ideas que nos son desconocidas. Eran médicos, astrólogos, adivinos y brujos, y precisamente a todas estas prácticas debieron su influencia. Estaban exentos de ir a la guerra y actuaban como jueces. Sus miembros eran elegidos, sobre todo, entre la nobleza y obedecían a un gran sacerdote nombrado de por vida. Había varias categorías: los druidas propiamente dichos, los adivinos y sacrificadores *(eubages),* y los bardos o poetas. No existían druidesas. Los druidas prohibían los templos y las representaciones figuradas de los dioses. Era una religión la suya, o una doctrina, esencialmente idealista. En Galia los romanos acabaron por hacerlos desaparecer. Pero en Bretaña, y sobre todo en Irlanda, se mantuvieron mucho tiempo y sólo acabó con ellos el cristianismo y no sin trabajo. Los bardos subsistieron en el País de Gales hasta bien avanzada la Edad Media.

de un viejo arrugado y casi calvo, vestido con una piel de león y provisto de una maza. Luciano le asimilaba a Herakles, pero la fuerza de este Hércules celta no consistía en el vigor físico, sino en las cadenas (su símbolo), que unían su lengua con las orejas de quienes le escuchaban. Era, pues, un dios civilizador; el dios de la elocuencia y de los discursos persuasivos. Y lo que le hace interesante es que se le vuelve a encontrar en Irlanda como creador del alfabeto de este país, con el nombre de *Ogmé,* inventor de los caracteres ogámicos. La elocuencia, como es sabido, era una de las características nacionales de los galos: *argute loqui.*

En fin, ¿quién era y qué representaba *Sucellus* (el que pega bien), a quien se ha pretendido identificar con un personaje enigmático que se ve en ciertos monumentos como un hombre de mucho pelo y bien barbado, de cuerpo recio y pesado, vestido con una larga blusa ceñida por la cintura, llevando en las manos un martillo y un vaso? Su compañera era *Silvana* o *Nantosuelta.* ¿Quién era asimismo *Cerunnos* (el cornudo), llamado así a causa de que su frente estaba provista de una formidable cornamenta de ciervo? En cuanto al Dios-padre, éste tenía por compañera (esposa o hermana, no se sabe con precisión), a la Diosa-madre *(de mater* o Cibeles). De esta madre común, tierra generadora, nacían los hombres, los animales y las plantas. Era asimismo la guardiana de los muertos.

Las inscripciones hacen conocer a divinidades de menor importancia, pero cuyo culto era muy popular. A innumerables *matres, matronae* o *matrae,* que llevaban epítetos locales sumamente variados. Se las encontraba por grupos de tres y eran diosas protectoras de los manantiales de los que tomaban o a los que daban sus nombres. Los galos veneraban aún a las *Ninfas,* genios protectores de rocas y aguas, a las *Suleves* (diosas silvestres), asimiladas a las *Junones* (diosas cuya mirada estaba fija en los fieles), a las *Proxumes,* especie de ángeles guardianes, etc.

Respecto a los celtas insulares[811], a falta o ante la escasez de monumentos, no hay más medio de información sobre los dioses y

---

[811] Se admite generalmente que los *celtas,* salidos de la comarca comprendida entre el Rin, el Elba y el Danubio, ocho o diez siglos antes de nuestra era, pertenecían a la raza aria o indoeuropea, siendo, por tanto, hermanos de los eslavos, de los germanos, de los tracios, de los indios, de los persas y más particularmente de los italiotas y de los griegos. Cuando hacia el siglo xv antes de Jesucristo estos dos últimos grupos fueron a establecerse en la península helénica y al otro lado de los Alpes, los celtas siguieron aún en la Europa Central. Luego, hacia el siglo IX, ocuparon las tierras entre el Rin y el Sena y franquearon el Canal de la Mancha. Hacia el año 500, tras empujar a los ligures, penetraron en España; un siglo más tarde se extendieron por todo el valle del Po italiano. Y

creencias religiosas que los textos medievales, confusa mezcla fantástico-religioso-literaria. Naturalmente, los resultados son aún más inciertos e imprecisos que con los celtas continentales. Los primeros celtas *Goidels* debieron de establecerse en lo que hoy se llama Gran Bretaña hacia el siglo IX u VIII, como ha sido dicho en la nota 811. Cuándo y cómo pasaron a Irlanda, se ignora. Pero sí se sabe que en los siglos III y II a. d. J., los *Brythons* (bretones) y los belgas cruzaron el canal de la Mancha uniéndose con los Goidels o expulsándolos más hacia el interior. Por consiguiente, hay dos grupos de celtas insulares: los *goidélicos* y los bretones. Las grandes divinidades, pues, de los celtas insulares, bien que con nombres algo diferentes a causa de las evoluciones fonéticas son comunes a ambos grupos. No obstante, como es lógico, pues cada fantasía las interpretó y desenvolvió a su modo, ni sus aventuras ni su importancia es la misma. Voy a tratar de enumerarlas lo más claramente que me sea posible para no perder al lector a través de este laberinto celestial.

La madre del Panteón celta insular es la gran diosa llamada *Danu* o *Dana* en Irlanda, y *Don* en Gran Bretaña. Era la compañera del *Bile* irlandés, que parece corresponder al *Dis pater* de que creían descender los galos. Veamos su descendencia. Es decir, los *Tuatha De Danann*[812] (Tribu de la diosa Danu) o *Hijos de Don*. Son los siguientes: *Govannon* (bretón), *Goibniu* (irlandés), que quiere decir Herrero[813]. Este dios era el Vulcano de la tribu. Suministraba las armas y además un brebaje que procuraba la inmortalidad. Otro hijo de Don era *Lludd* o *Nudd*[814], llamado no se sabe por qué «el de la mano de plata». En él se encuentran algunos rasgos del Júpiter romano. Dio su nombre también a su ciudad favorita, Caer Lludd, que más tarde fue London (Londres). Un tercer hermano *Amaethon*,

---

poco después invadieron el Danubio medio y bajo, atacaron Iliria y entraron en contacto con los macedonios y los griegos, de tal modo, que en el siglo IV ningún pueblo poseía un imperio comparado al suyo en extensión. Imperio efímero, pues acabaron por dividirse pronto en una porción de pueblos distintos.

[812] *De* es genitivo de una forma femenina de *día*, dios.

[813] En el *Olimpos* irlandés había en realidad dos herreros divinos, equivalentes al *Hefaistos* de los griegos: *Creidne* y *Goibniu*, a los cuales era añadido a veces *Luchtine* el carpintero. Estas tres divinidades fabricaron las armas de los *Tuatha De Danann*. Además de herrero, Goibniu era el que distribuía a los dioses el brebaje o licor de la inmortalidad, como Hefaistos antes de que *Hebe*, y luego *Ganímedes*, fuesen encargados de tal misión.

[814] *Nudd* o *Lludd*, nombres con los que aparece en la Edad Media el dios *Nodons*, que no es seguro sea el *Nuada* irlandés, dio nombre a cierta colina de Londres llamada hoy *Ludgate Hill*.

presidía los trabajos de la agricultura. Pero muy superior a los anteriores era el dios civilizador *Gwydion,* dispensador de beneficios y propagador de las artes. Su equivalente continental era el citado *Ogmios.* La única hija de Don era *Arianrod* (rueda de plata), divinidad tutelar de la constelación Corona boralis que los galos llamaban Caer Arianrod (castillo de Arianrod). De la unión de Gwydion y Arianrod nació *Lleu* o *Llew,* apodado «el de la Mano Dura», probablemente el mismo irlandés *Lugh* o *Lug* llamado asimismo «el de la Mano Larga». Lleu y Lug eran divinidades bienhechoras; Lug irradiaba tal claridad de su rostro que ningún mortal podía mirarle cara a cara. Era el amo absoluto de las artes, tanto de las de la paz como de las de la guerra. Poseía una lanza mágica que por sí misma y sin necesidad de ser arrojada o guiada, iba a herir a los enemigos de su dueño. Su arco era el arco iris. Y la vía láctea era llamada en Irlanda la *cadena de Lug.*

Con la diosa Don estaba emparentado (no se sabe cómo) el dios *Llyr* o *Ler* (mac Lir, en irlandés; más tarde el rey Lear, de Shakespeare), nombre que probablemente designaba el Océano. Su sobrenombre, *Llediaith* (el de la media lengua), daba a entender que no se comprendía bien lo que decía. Llyr tuvo con su mujer, *Iwerydd,* dos hijos, *Bron* o *Bran* y *Mananann* (en irlandés) o *Manawyddan* (en galo), ambos más famosos que su padre. El irlandés *Bran mac Llyr* es un personaje borroso; pero el Bran mac Llyr de Gran Bretaña era un héroe temible. Tan grande era que ningún palacio ni navío podía contenerle. Para ir a combatir a Irlanda atravesó el mar de pie (recuérdese el Orión griego en el que sin duda pensó el inventor de los atributos de este personaje). Echando a través del mayor de los ríos su cuerpo servía de puente a todo un ejército. Poseía un caldero mágico en el que resucitaba a los muertos (variante del de Medeia). Arpista y músico consumado, era el protector de cantores y bardos. Rey de las regiones infernales, se batió en ellas para defender sus tesoros mágicos contra los hijos de Don, que habían ido a arrebatárselos. Herido por una flecha envenenada, ordenó que le cortasen la cabeza para ahorrarse sufrimientos; pero se le olvidó decir que la metiesen luego en unión de su cuerpo en un famoso caldero; o tal vez no cabía. Por supuesto, esta cabeza estaba aún destinada a prestar grandes servicios, pues no solamente continuó hablando, seguramente para dar buenos consejos, durante los ochenta y siete años que pasaron hasta su traslado a la sepultura que para ella fue abierta en una colina de Londres, sino que colocada en ésta hacia el Sur, preservaba a la isla de toda invasión. Por desdicha, el rey Arthur cometió la imprudencia de desenterrarla, haciendo posible con ello la conquista sajona, e incluso el que más tarde Felipe II, Napoleón e Hitler abrigasen el propósito de hacer lo mismo. Claro que quién sabe si no lo consiguieron porque algún movimiento sísmico la ha vuelto a colocar hacia el Sur. Sería muy interesante averiguarlo. Supongo que el señor Churchill, que tan brillantemente se ocupó de la historia de su país, habría pensado en ello; y que el descubrirlo le valdría una segunda vez, con no menos razón que la primera, el premio Nobel. En cuanto al magnífico Bran mac Llyr, diré aún que era considerado también como un navegante intrépido, pues bogó hacia Occidente hasta el país del Más Allá. En pago de tan señalados méritos y servicios fue incluso canonizado con el bonito nombre de *San Brandán* en atención a su último e importantísimo servicio: traer el cristianismo a la Gran Bretaña[815]. Claro que para que luego lo alterasen un poco: pero esto es ya otra cuestión.

Su hermano, *Manawyddan ab Llyr,* era en la leyenda gala un excelente agricultor y un habilísimo zapatero. Sin contar otras habilidades, puesto que había construido con huesos humanos la fortaleza de Annoeth, en la península de Gower. Su doble, el irlandés *Manannan mac Llyr* era un mago poderoso. Sin duda a causa de ello tenía un casco flameante, una coraza invulnerable, una espada que mataba al primer golpe (como todas cuando aciertan en sitio adecuado) y una capa que le hacía invisible (como el casco de Haides y el anillo de Giges). En tierra su caballo se tragaba el espacio. En el mar, su barca sin vela ni remo iba sin torcerse y con la rapidez de una motora moderna, o tal vez más, allí donde quería su dueño. Los marineros le invocaban llamándole el *Señor de los Cabos;* y los comerciantes pretendían que era el fundador de su corporación. Manannan fue, según la leyenda, rey de la isla de Man, donde se ve aún su tumba gigantesca delante del castillo de Peel. Decíase incluso que tenía tres piernas. Y sin duda era verdad, puesto que los escudos, es decir, la heráldica de la isla, lo testifica aún; y quien dudase del valor, importancia y veracidad de la heráldica podría ser considerado como un verdadero desdichado. Este rey magnífico llamado también *Barr-Find* o *Barrind* (cabeza blanca) llegó a ser con el tiempo el piloto *Barin* que llevó a *Avallón,* el paraíso celta, la deliciosa y apetecida *ínsula pomorum*[816] al rey

---

[815] La tradición gala conocía también a un héroe, navegante intrépido, que pasaba por haber descubierto América antes que Cristóbal Colón. Me refiero a la célebre leyenda del príncipe *Madoc,* que se decía había llegado a las costas de América del Norte en 1170.

[816] Los antiguos estaban de acuerdo en atribuir a los galos una creencia firme en la existencia de otra vida. Lucano dice que en estas creencias no se trata de una vida en un paraíso celeste, ni siquiera en la existencia de un mundo subterráneo, sino que tras la muerte esperaban ir a vivir *alio orbe,* es decir, en otro continente o en otro país separado del mundo de los vivos, y tal vez localizado *fuera del orbe* (del disco que era la Tierra para los antiguos). Un pasaje conocido de Procopio de

Arthur. En la hagiología cristiana para que no fuese menos que su hermano, llegó a ser San Barrí, patrón de los pescadores irlandeses, especialmente los de Man. Claro que, como nadie puede ganar sin que otro pierda, con gran detrimento de los *gadus morrhua,* pacíficos teleósteos entre los que los pescadores de Man, y otros a su ejemplo, hacen verdaderos estragos. Estos afortunados hijos de Llyr eran sin duda, primitivamente, divinidades marinas: dioses de olas y tempestades.

Otras divinidades eran *Morrigu* (en irlandés), *Morrigain* (en galo), divinidad femenina llamada también *La Gran Reina,* y asociada siempre a Llud el belicoso[817]. Esta Belona celta mostrábase bajo un aspecto horrible

---

Cesárea, el gran historiador del reino de Justiniano, confirma lo que dice Lucano. Según él, había todo a lo largo de la costa septentrional de la Galia pescadores ocupados únicamente en transportar las almas a la Isla de los Muertos. En cuanto a que los irlandeses (que eran de todos los celtas los que daban más informes sobre el otro Mundo) acogiesen como paraíso una *ínsula pomorum,* se explica si se tiene en cuenta la hermosura del País de Gales en primavera, cuando los manzanos están en flor. Sin contar que en las islas Británicas, la manzana, regalo el mejor de sus árboles, ha sido siempre la fruta por excelencia: piénsese en la manzana que un hada dio a *Condla,* manzana que no disminuía jamás, comiese lo que comiese de ella el héroe; y que de la manzana fue extraída una de las primeras bebidas alcohólicas. Por lo demás, esta isla maravillosa donde el tiempo pasaba sin sentir (luego veremos lo que le ocurrió a *Ossian),* no hizo olvidar enteramente a los celtas sus creencias primitivas en un reino de los muertos, situado en las profundidades de la Tierra; como entre los germanos, jamás tampoco el *Walhalla* celeste sustituyó enteramente la primitiva idea de los Infiernos. Los celtas conocían también un Infierno, lugar frío y húmedo, muy semejante al *Helheim* de los germanos. En muchas sagas medievales la *magmeld,* o llanura de la alegría no estaba al otro lado del Océano, sino bajo tierra; mundo subterráneo donde el tiempo se deslizaba tan de prisa como en la *Tir-nan-Og,* donde los siglos eran minutos, situada al otro lado del Océano. Un aldeano, seducido por la música de las hadas, se unió a la danza de las *side* y bailó un año entero creyendo que tan solo había pasado un cuarto de hora en aquel mundo extraño. Y si la Tir-nan-Og y la *Isla de Avallan* han desaparecido ante el más allá llevado por los misioneros cristianos, como desapareció el *Olimpos* griego y el Walhalla de los germanos, el mundo subterráneo, por el contrario, sigue vivo en Irlanda como las nereidas en Grecia, los enanos alemanes y los elfos escandinavos. En fin, aún hay que mencionar una tercera concepción del más allá; el paraíso localizado en el fondo de un lago o del Océano, del que habla un cuento galo refiriendo que en él obtuvo un campesino animales domésticos de belleza y fecundidad admirables, dote de una mujer-hada a la que se había unido.

[817] La diosa guerrera *Badb,* de la que se hablará inmediatamente hacía su aparición siempre bajo la forma de una corneja o de un cuervo. Esta aparición era

a los guerreros que partían al combate donde habían de ser deshechos y muertos. Otras divinidades crueles y sanguinarias tales que *Macha* (batalla), *Hernán* (venenosa) y *Badb,* que se ofrecía siempre como un cuervo enorme, no eran probablemente sino encarnaciones diversas de Morrigu.

El dios irlandés *Dagdé* (lo mismo que su equivalente el galo *Math)* poseía un caldero maravilloso con cuyo contenido inagotable podían alimentarse todos los hombres de la Tierra. Con dioses así da gusto, no con otros que por una manzana aún nos vemos obligados a ganarnos el pan a costa del sudor de nuestra frente. Por si fuese poco lo del caldero providente, aún el bondadosísimo Dagné llamaba a las cuatro estaciones entonando melodías dulcísimas con su arpa mística. Claro que llamar al invierno era una broma pesada, pero tal vez él tuviese sus razones, puesto que ya se sabe que los designios de los dioses son inescrutables. Uno de sus hijos, *Angus,* era el cupido irlandés (cuyo semejante era tal vez el galo *Dwyn,* o *Dwynw,* la Santa del amor). Los besos de Angus se tornaban en pajarillos suaves y delicados; tantos cuantas modulaciones tenían los cantos amorosos. Y la música que ejecutaba este Orfeus celta atraía y arrastraba tras él a cuantos la escuchaban. Su hermana *Brigt,* que llegaría a ser la santa patrona de la ciudad de Kildare, era la diosa de la poesía. Su equivalente gala era *Kerridwen,* poseedora del «caldero de la Inspiración y de la Ciencia».

Diancecht era el médico divino de los irlandeses; el dios de la salud y de las curaciones; es decir, el Esculapio o Asklepios celta. El ciclo mitológico cuenta varios de sus hechos. Por ejemplo, él fue quien en colaboración con *Creidne,* el forjador divino, hizo la mano de plata destinada a reemplazar la mano cortada de *Nuada.* Pero también sabemos algo feo de él: Diancecht tenía un hijo que prometía llegar a ser no menos hábil que él y aún más, en ciencia médica, y lleno de envidia le dio muerte. Una vez más, una leyenda griega había llegado hasta allí, pues no hay duda que el episodio está tomado de *Dáidalos,* cuando éste, por envidia asimismo, mató en Atenas a su sobrino Talos.

---

presagio infalible de muerte próxima. A *Cuchullain* no dejó de aparecérsele al ir a morir este héroe. Los textos medievales se complacen en describir su aspecto horroroso cuando se mostraba a los guerreros, a los que esperaba una derrota cierta. Tanto ella como la *Morrigu* influyeron profundamente en la mitología escandinava. Y lo mismo entre los germanos, cuyas *Walkyrias* de la *Njals Saga,* más que germánicas, son transposiciones a un medio irlandés de estas furias celtas.

Mider (irlandés), en galo *Medyr,* era un dios de los infiernos que aparece en ciertas leyendas tardías como un arquero maravillosamente hábil, como tantos arqueros famosos, griegos, o como un Guillermo Tell, galo. El gigante irlandés *Balor,* el del mal de ojo (que por cierto tiene el mismo papel en la mitología irlandesa que Akrisios en la leyenda de Perseus), lo mismo que su congénere galo *Ispaddaden,* tenía los párpados caídos y para poder ver necesitaba que una enorme horquilla se los mantuviese levantados. *Pwyll,* el galo, aliado y auxiliar de los hijos de Llyr en su lucha contra los hijos de Don, tenía por esposa a *Rhiannón* (de Rogantona, gran reina), y por hijo a *Pryderi,* que sucedió a su padre en el reino de *Annión* (el Más Allá bretón). Compartió su trono y el reino de las sombras con Manawyddan ab Llyr.

La frondosa mitología celta, de la que las líneas anteriores son apenas un somero guión, es sumamente difícil de seguir y de estudiar a través de los manuscritos irlandeses, galos o escoceses, así como de la hagiología primitiva en la que las hazañas de las divinidades paganas son atribuidas a los santos cristianos de la iglesia celta; a causa de ello hubiese sido enteramente olvidada y quedado tan sólo como tema de investigaciones eruditas, de no enraizar en ella novelas que constituyen el ciclo medieval de *Arthur,* conjunto de historias y crónicas fabulosas, montaña de leyendas míticas «evemerizadas» en las que alrededor del rey Arthur y de su pretendida historia, un gran número de los dioses anteriores, encarnados en personajes que se daba por reales, adquirieron una vida y un interés literario que les salvó del olvido[818]. Así, por ejemplo, Arthur mismo, héroe

---

[818] La cuestión de saber si el famoso rey *Arthur* era simplemente una figura mítica o había en él un fondo de leyenda apoyada en un personaje histórico, ha sido sumamente debatida, siendo hoy tendencia general el admitir esto último. Según Nennius *(Historia Britonum,* antigua crónica atribuida a Gildas, o a Marco el anacoreta, obispo irlandés, y entonces Nennius sería un simple copista), que califica a Arthur de *dux,* no de rey, este duque o monarca deshizo en doce grandes batallas a los invasores sajones. Pero la leyenda está muy modificada en Geoffroi de Monmouth, cuya obra fue acabada hacia 1136. Este, en su *Historia Regun Britanniae,* muestra a Arthur reinando sobre toda la Gran Bretaña, conquistando la Galia hasta Roma y muriendo, al fin, a manos de su sobrino *Madred* el traidor. Cierta tradición de la Edad Media en vez de darle por muerto le decía en la isla *Avallón,* guardado por nueve hadas. A estas ficciones los cuentistas galos y bretones añadieron otras muchas hasta transformar a Arthur en el héroe central de una multitud de relatos, tanto de guerra como de amor, que influyeron mucho en la literatura a través de los autores de los siglos XII y XIII, formando lo que se llamó el *Ciclo de Arthur,* conjunto de poemas en versos octosílabos y de novelas

principal de las leyendas escritas en las que figura ora como rey, ora como dios, es dotado de atributos y ejecuta como hazañas, hechos que la mitología celta atribuía a Gwydion, hijo de Don. Así como se le ve rodeado de personajes sorprendentemente semejantes a este mismo Gwydion, dios benéfico, guerrero, elocuente y magno, cuyas aventuras tanto recuerdan las de otro dios teutón, Wodan, Wotan u Odin. *Guinevre,* su mujer, sus hijos (o sobrinos) *Gwalchmai* y *Medrawt* (bueno el uno y malo el otro), sir Gauvain, sir Mordre, Merlin, etc., son *Gwenhwyard* (alcón de mayo), *Medrawt* y *Myrddin* el mago. Del mismo modo el ciclo mítico del rey *March* (Mark), de la reina *Essyllt* (Iseult), y de su sobrino *Drystan* (Tristán) se unen también al ciclo de Arthur[819] en el que una porción de personajes secundarios pierden su individualidad para fundirse

---

en prosa escritas principalmente en el siglo XIII. En los poemas, Arthur se limita a presidir majestuosamente una corte suntuosa, lugar de cita de los caballeros de la *Mesa Redonda,* que reconocen en él el tipo perfecto del valor y de la caballerosidad. En las novelas es el antiguo rey belicoso y conquistador, esposo, como en los poemas, de la hermosa *Guenievre,* la que, pese a su valor, caballerosidad y demás excelencias, le engaña con *Lancelot.* El amor caballeresco, el heroísmo guerrero y el misticismo religioso son las tendencias principales de estos poemas, primer manantial de la *novela de caballería* que tanta importancia seguiría teniendo en los siglos siguientes, y cuya obra maestra es nuestro *Amadís de Gaula.* En las novelas de la Mesa Redonda, el héroe principal es Lancelot, tipo perfecto del valor y de la cortesía que, como dicho queda, tan cortés se muestra con Guenievre, la mujer de Arthur, y tales pruebas la da de su valor, que acaba por rendirla y ser su amante. Por supuesto, este género de valor, me refiero al valor, cortesía y heroísmo de alcoba, le hace indigno de encontrar el *Santo Grial.* Las aventuras del gallardo mancebo fueron cantadas en un poema del siglo XII que es conocido gracias a una imitación alemana, en el de *La Charette,* de Chretien de Troyes, y en una novela enorme en prosa, escrita hacia 1225, que fue precisamente la que puso de moda la novela de caballería. O. Sommer la reeditó en 1915, en siete volúmenes, en Washington.

[819] *Tristán e Iseut* es la célebre leyenda de la Edad Media bien conocida. Tristán de Lenois, huérfano, robado por unos piratas, es recogido y criado por su tío *Mark,* rey de Cornouailles. Tras varias aventuras caballerescas, va a Irlanda a solicitar para su tío la mano de Iseut la Rubia. Y se la trae al rey. Pero a causa de un error fatal, bebe con ella un filtro mágico que tiene la propiedad de inflamar en los corazones un amor irresistible y eterno. Y víctima, como ella, de inextinguible pasión escapan al bosque de Morois, donde engañan al rey, bien que no dejen por ello de venerarle. Esta leyenda, nacida en país céltico, probablemente en Cornouailles mismo o en Gales, fue recogida por dos troveros (Béroul y Thomas), y tuvo en Europa un éxito enorme. Sobre ella ligeramente modificada, escribió Wagner la letra y la música de su drama lírico en tres actos *Tristán und Isolde.*

en la multitud anónima de *korreds* (enanos), *korriganes* (hadas) y
morgones (genios de las aguas) del folklore bretón de la península
armoricana[820]. Hasta lo que hay de más cristiano en la leyenda, es decir, la
busca del Santo Grial[821], se encuentra en su origen, en la mitología céltica,
en la que es un caldero-talismán dotado de virtudes maravillosas que los
dioses desean todos y que procuran quitarse unos a otros[822].

En lo que a Irlanda afecta, los orígenes de este país son referidos en el
Libro de las invasiones, que mezcla reminiscencias probables de hechos
históricos a la mitología celta evemerizada y cristianizada en virtud de
aportaciones sucesivas. He aquí en pocas líneas esta leyenda. Tras el gran
diluvio, la isla que con el tiempo sería Irlanda fue habitada por *Cessair,*
reina maga (encarnación celta, probable, de la Kirke griega), que pereció
en unión de todos los de su raza. Hacia el año 2640 a. d. *J.,* el príncipe
Portholón, que vino de Grecia con veinticuatro parejas, desembarcó en
Irlanda, que era entonces una llanura con tres lagos. Portholón la
ensanchó, y desde entonces consta de cuatro llanuras y siete lagos más.
Las veinticuatro parejas se multiplicaron, y al cabo de trescientos años
eran cinco mil. Pero una epidemia los destruyó el 1 de mayo del año 300

---

[820] Armoricana, comarca de la Galia que comprendía toda la región marítima de
este país y no tan sólo la antigua provincia de Bretaña con la que se la suele
identificar de ordinario. Literariamente, el *Ciclo Armoricano,* llamado también
Ciclo de Arthur o *Ciclo de la Mesa Redonda,* era el conjunto de novelas de la
Edad Media, en verso y en prosa, en que se referían las hazañas del rey Arthur y
de sus caballeros.

[821] Como se sabe, el *Santo Grial* era en las creencias de la Edad Media el vaso de
que se había servido Jesús durante la última cena con sus discípulos, y en el que
poco después José de Arimatea recogió la sangre que salió de la herida hecha en
el costado del Salvador por la lanza del centurión. Las leyendas relativas al Grial
no aparecen hasta fines del siglo XII. Roberto de Boron compuso sobre este tema
una trilogía *(José de Arimatea, Merlín, Perceval),* de cuyas dos últimas partes no
queda sino una versión en prosa. En ella se ve cómo el Grial llevado a Inglaterra y
oculto mucho tiempo en el castillo de Corbenic, es descubierto allí por *Perceval,
Lancelot y Galaad,* hijo de éste. Esta leyenda, mezclada con las relativas a la
Mesa Redonda, fue enriquecida con numerosos episodios en los poemas de
Chretien de Troyes *(Perceval)* y sus continuadores; en Alemania, en los de
Wolfram de Eschen bach *(Parzival* y *Titurel).* En éste se inspiró Wagner para su
famoso drama lírico.

[822] Un viejo poema galo del libro de Taliessin *Le sac d'Annion,* cuenta cómo
Arthur se apoderó del caldero mágico, pero no trayendo de la expedición
organizada para ello sino siete hombres, cuando al emprenderla había «tres veces
más de los necesarios para llenar el navío».

de su llegada. Su sepultura común es la colina de Tallaght, cerca de Dublín. Hacia el año 2600, la tribu de los *Hijos de Bemred,* originarios de Scitia, habían llegado también a la isla. Otro grupo de invasores puso el pie en ella hacia 2400. La masa principal de éstos estaba formada por los *Hombres Bolg.* En fin, procedentes de *las islas del Oeste,* donde habían estudiado la magia, llegaron los Tuatha De Danann, que, como hemos visto, eran de raza divina. Con ellos traían sus talismanes: la espada de Nuada, la lanza de Lug, el caldero de Dagdé y la *Piedra del Destino de Val,* piedra que gritaba cuando se sentaba sobre ella el rey legítimo de Irlanda. Estos invasores tuvieron que combatir, sucesivamente, con la raza de gigantes que poblaba Irlanda en un principio. De estos gigantes, unos tenían cuerpo, pero no brazos ni piernas. Otros estaban provistos de cabezas de animales (de cabra en su mayor parte). Estos monstruos se llamaban *Femoré* (de *formar,* bajo el mar) y descendían de una divinidad llamada *Domnú* (el abismo). La lucha se entabló a la llegada de los De Danann[823]. La primera batalla se libró en Moytura (Mag Tuireadh, la llanura de los pilares; es decir, de las piedras derechas, de los menhires). Los De Danann quedaron vencedores. En la batalla, el rey Nuada perdió la mano derecha. Y aunque Diancecht, el médico divino, le hizo una de plata articulada, como un rey no podía ser manco, o por mejor decir, un manco rey, fue reemplazado por *Brees,* hijo de *Fermoré Elatha* (el saber) y de *Erin* (la diosa epónima de Irlanda). Tras lo cual las dos razas enemigas se unieron mediante matrimonios. Mas como Brees era un dios tirano, al cabo de siete años fue reemplazado por Nuada. Entonces Brees persuadió a los Femoré, en una reunión celebrada en su morada submarina, de que le ayudasen a expulsar de Irlanda a los De Danann. Los preparativos de guerra duraron siete años. Durante este tiempo creció Lug, el príncipe prodigio, *amo de todas las artes,* nacido de la unión de *Cian* y de *Ethniu,* Lug organizó la resistencia mientras que *Goibniu* le forjaba armas y Diancecht hacia brotar una fuente maravillosa que curaba las heridas y reanimaba los cuerpos. Pero espías de los Femoré la descubrieron y la tornaron ineficaz llenándola de piedras malditas. Tras ello se entabló una gran batalla en la Moytura del norte[824]. Vencidos los Femoré y hecho prisionero Brees, la hegemonía de los gigantes terminó para siempre. Todos estos acontecimientos ocurrían poco más o menos cuando la guerra de Troya. Pero el apogeo de los De Danann iba a ser breve. Las deidades

---

[823] El relato de este combate es referido en un manuscrito del siglo xv.
[824] Llanura de Corrowmore, cerca de Sligo, cuyos menhires son los más importantes luego de los de Carnac (Francia).

del Imperio de los muertos, *Bilé* e *Ith,* llegaron por la desembocadura del Kenmare, para intervenir en los consejos políticos de los vencedores. Ello ocasionó de nuevo la lucha. Tras nuevos y sangrientos combates, en el último de los cuales intervino Manannam, hijo de Lir (el Océano), los tres reyes de Danann fueron muertos por los hijos sobrevivientes de *Mité,* hijo de Bilé. Un pacto de concordia fue establecido. Los De Danann cedieron la isla Erinn y se retiraron al país del Más-allá, sin exigir otra cosa sino que en lo sucesivo se celebrase culto y se sacrificase en su nombre. Con ello nació la religión en Irlanda.

Al abandonar la isla de Erinn (Irlanda), los De Danann partieron hacia una comarca lejana *más allá* de los mares de Occidente, llamada *Mag Meld* (la llanura de la alegría) o *Tir nan Og* (la tierra de la Juventud), donde los siglos son minutos, los que habitan en ella no envejecen, los prados eternamente cubiertos de flores, los ríos son de hidromiel y donde los pasatiempos favoritos son los festines y las batallas. Los guerreros comen y beben allí manjares celestiales y tienen mujeres de hermosura infinita. A este Elíseo celta, que recuerda el país de los Hiperbóreos descrito por Diodoros de Sicilia, corresponde en la mitología de la Gran Bretaña el Avallón (isla de los manzanos), donde reposaban los reyes y los héroes difuntos. Los demás De Danann (pues a la morada anterior sólo fueron una parte de ellos) encontraron retiro en magníficas mansiones subterráneas que ciertos montículos señalan a los humanos. A causa de ello, la expresión *aes sidhe* (la raza de los alcores), que abreviada en *sidhe* o *shee* emplean los irlandeses para designar el mundo invisible de las hadas. La *ban shee* (mujer hada) de las creencias populares, cuya aparición es presagio de muerte, no es otra que la diosa caída de los antiguos celtas, Goidels.

Además de la genealogía mítica de los De Danann y de las historias de las invasiones de los reyes milesios, hay otros dos grandes ciclos heroicos en Irlanda. El más interesante concierne al reino de Ulster en la época de *Conchobar* (Conahar). A causa de haber sido menos retocado, resulta más original. Las aventuras de *Cuchullain,* que constituyen la epopeya central, son aproximadamente de cuando los principios del cristianismo[825]. La tradición fija en el año 30 a. d. J. el advenimiento del rey Conchobar Mac Nessa, muerto el año 33 de nuestra Era. La breve carrera del campeón de los Ulates se desarrolla durante el reinado de este soberano. Véase un resumen de los trabajos de este héroe, Cuchullain, verdadero Aquiles de la

---

[825] Aunque este ciclo es anterior al siglo II, las primeras versiones escritas conocidas son de novecientos años más tarde.

Ilíada irlandesa; resumen ínfimo, pues para ser referidos detalladamente harían falta 76 volúmenes de 2.000 páginas cada uno. Al nacer es llamado *Setanta*. Su madre fue *Dechtiré,* hermana del rey Conchobar, casada con el profeta *Sualtam.* Pero éste no es sino su padre putativo; el verdadero es el dios Lugh («el de los Largos Brazos», mito solar de la tribu de los De Danann). Setanta, a los siete años, mató al terribilísimo perro guardián de *Culann,* jefe de los herreros de Ulster. Su fuerza era ya prodigiosa, y cuando montaba en cólera escapaba de su cuerpo un calor intenso que le daba un aspecto horroroso. Poco tiempo después mató a tres gigantes guerreros y magos que habían desafiado a los nobles de la Rama roja. Luego marchó a acabar de educarse con la maga *Seathacht* (epónimo de la isla de Skyre), que residía en Alba (Escocia), la cual le enseñó toda su ciencia mágica. Cuchullain (nombre que empezó a llevar desde que mató al perro de Culann) inutilizó, antes de marchar, al mayor enemigo de su maestra, la amazona *Aiffé,* a la que tras vencerla aún la dejó embarazada. Luego regresó a Ulster, sabio en sortilegios y provisto de armas prodigiosas. Enamorado de la hermosísima *Emer,* hija de un mago poderoso y socarrón que se la había negado cuando la pidió en matrimonio antes de partir, la raptó. Pero no sin haber matado previamente a toda la guarnición que la custodiaba y al mago mismo, todos los cuales estaban en un castillo formidable que deshizo, pese a ser un castillo mágico. A éstos siguieron una serie inacabable de duelos, hazañas y combates que justificaban más que cumplidamente su glorioso título de «campeón de los Ulates». Después, la historia de una larga y tremebunda guerra que los otros cuatro reinos de Irlanda declararon a Ulster a instigación de la pérfida reina de Connaught, la astuta *Madb* (la futura reina *Mab* de Shakespeare en *Romeo y Julieta).* El objeto de esta guerra era apoderarse de un animal mágico: *el Toro oscuro de Cooly.* Y precisamente Madb aprovecha, para declarar la guerra, una época en la que los de Ulster estaban como paralizados a causa de cierta debilidad que les hacía incapaces de batirse. Debilidad que les había sido impuesta como castigo por la diosa Macha, de la que habían osado burlarse. Mas como Cuchullain, a causa de su origen divino, había escapado al maleficio, se enfrenta él solo animosamente contra todos los enemigos. Y la lucha empieza. Lucha larga y terrible, durante la que realiza tales heroicidades, que deja en pañales a todos los héroes de Horneros juntos. La disparatada serie de las *novelas de caballería* empieza y de un modo completo. En medio de tanta atrocidad, el duelo de Cuchullain con su amigo de infancia el héroe *Ferdiad* pone una nota humana y conmovedora. Ambos camaradas se habían prometido cien veces no ser enemigos jamás; pero la infinitamente perversa Madh, tras emborrachar a Ferdiad con vinos, promesas y amor, le hace jurar que desafiará a Cuchullain. Ferdiad, al volver en sí, se niega. Pero entonces todos empiezan a burlarse de él y a tacharle de cobarde. Ante ello, y bien que su corazón sangre de dolor al hacerlo, desafía a Cuchullain. Este, infinitamente contristado también, acepta. Y el duelo empieza. Durante tres días luchan tratando de no herirse. Pero al fin el destino manda y la espada mágica de Cuchullain mata a Ferdiad. Esta victoria pone fin a sus trabajos, pues los de Ulster, vueltos en sí de su debilidad, atacan y dispersan a sus enemigos. Luego viene otro género de lucha; ésta, amorosa. Un idilio, ¡cuán dulce, tras tanto penar!, con la diosa *Fand,* esposa abandonada por Manannan Mac Lir. Pero ante las dolorosísimas quejas de Emer, la enamorada esposa, Fand, conmovida, cede su amante a la apenada mujer. Un poco más tarde, Cuchullain mata, sin saber quién es, a su hijo *Conlach,* el hijo que tuvo con Aiffé, que ésta, celosa, ha enviado a Irlanda para que provoque a su padre. Al conocer su error, Cuchullain atraviesa una crisis de locura furiosa. Pero sus males no han acabado. Más tarde, tres brujas transformadas en cuervos, engañan al héroe mediante visiones ilusorias atrayéndole en virtud de ellas hasta la llanura de Muirthemné[826]. Allí le hacen violar sus tabúes ofreciéndole carne de perro que, de aceptar, inutilizará todos sus poderes mágicos. Tras ello, los bufones de la corte de Connaught le quitan hasta su lanza mágica. Desprovisto de todos sus medios de defensa tanto sobrenaturales como naturales, el héroe es atacado por innumerables enemigos. Veinte presagios le anuncian la muerte induciéndole a huir; pero su corazón indomable no siente la «menor sombra de desfallecimiento» y se lanza a la lucha desigual. Herido de muerte al fin, su sangre empieza a correr a torrentes. Entonces se ata con su propio cinturón a una columna con objeto de morir de pie. Su caballo negro viene hasta él, le roza y luego escapa con los ojos llenos de lágrimas. Cuchullain muere al fin exangüe. Pero su espada, al caer de su mano, cercena la del enemigo que se acercaba para cortarle la cabeza, según costumbre de esta época.

El ciclo de Ulster fue amañado en ciertos pasajes por copistas cristianos con objeto de adaptarle a sus fines, en vista de su éxito creciente. Así, cuando Cuchullain parte para el combate supremo oye voces de ángeles, reconoce y confiesa la fe verdadera, y al hacerlo recibe la certeza de su salvación. Los antiguos héroes bajaban a los Infiernos, donde Haides y Perséfone incluso les sentaban a su mesa. Pero expulsados éstos y alquilados los horribles antros a Satanás, que había tenido la

---

[826] En el condado actual de Louth, entre el río Royne y la ciudad de Dundalk (el Dun Dealgan de la epopeya).

crueldad de hacerlos aún más horribles llenándoles de diablos feos e implacables con rabo, cuernos y enormes tenedores, calderas de pez hirviendo y mil cosas más atroces y dolorosísimas, no valía la pena, en verdad, de enviar allí a un tan gran héroe como Cuchullain. Mas tarde el rey Conchabar sucumbe de pena al tener noticia de la pasión de Jesús. No está mal tampoco. En fin, Cuchullain, evocado solemnemente, dejará el reino de los muertos para confirmar en presencia del rey, la verdad del cristianismo. No en vano Irlanda es, tontamente, como se ve, uno de los baluartes de la mejor de las religiones.

El ciclo de los Fenians o de Ossian, que viene después, no es de la importancia del de Ulster. Este ciclo comprende los acontecimientos históricos desarrollados entre los años 174 (batalla de Cnucha en tiempos de *Conn)* y 283 (batalla de Gavra en tiempos de *Cormac).* Los *Fenians* constituían una orden de caballería destinada a proteger Irlanda contra las invasiones. El héroe *Find Mac Cumhail* es mago y exterminador de monstruos a la vez. Y, además, poeta. Y por si todo ello fuese poco, vive fastuosamente. Se casa con *Grainné,* hija de Cormac, pero, no tengo más remedio que decirlo, la abandona por la joven y seductora *Diarmaid.* Y esto no está bien, incluso si Grainné era ya de edad y no agraciada. Find era el padre de *Ossian* y por ello abuelo de *Oscar.* Sus enemigos eran el orgulloso *Goll* y su hermano *Conan,* hijos de *Morna* y jefes de un clan temible. Se huele ya la tragedia. En efecto, en la batalla de Gavra, los Fenians son deshechos y Find mismo pierde la preciosa vida. Luego vienen una serie de aventuras maravillosas, la mayor parte de las cuales se desarrollan en países maravillosos también, evidentemente, allá en los mares lejanos. Ossian, hijo de Find, hace en todas estas aventuras el papel principal. Antes, cuando la derrota de Gavra, Ossian escapa a la suerte de los suyos gracias a la diosa-hada *Niameh,* hija de Manannan, que le salva y le conduce en su barca de cristal a *Tir nan Og,* el paraíso celta, donde Ossian pasa trescientos años en continua y deliciosa juventud, durante los cuales el Mundo da, claro, muchas vueltas. Deseando al fin saber qué ha sido de su país, obtiene, tras muchas súplicas, que Niameh le deje marchar y que incluso le preste su montura mágica. Asimismo le recomienda muy mucho que no pise el suelo terrestre. Pero la cincha se rompe, la silla se escurre y Ossian cae. Al levantarse no es sino un pobre anciano ciego, privado de todos sus dones divinos y abrumado por los trescientos años de paraíso.

Las Poesías, traducidas, de Ossian, hijo de Fingal, aparecidas de 1760 a 1763, obra de James Macpherson, que, aunque se decía traductor, cuanto hizo fue tomar de la leyenda lo que le pareció más interesante, suscitaron el entusiasmo de las almas sensibles (el romanticismo planeaba ya sobre Europa) y la admiración de los más ilustres escritores de su tiempo: Goethe, Herder, madame Stäel, Chateaubriand, Byron, Lamartine. El mismo Napoleón parece ser que leía y releía a *Ossian,* sin duda porque Macpherson había acertado a fundir los últimos vestigios de los ciclos caballerescos con el sentimentalismo romántico que, como digo, llegaba a grandes pasos.

Para terminar, añadiré que tal vez la gran originalidad de la religión celta fue la mencionada institución de los druidas: «aquella extraña corporación de filósofos espiritualistas, de físicos y de naturalistas, que eran llamados los *druidas».* Sacerdotes, adivinos, magos, consejeros políticos, ocuparon, gracias a todos estos poderes y atributos un gran puesto en el Estado. Según la *Razzia du Taureau de Cooley,* ni los Ulates debían hablar antes que su rey, ni éste antes que su druida. Estos druidas poseían los secretos de la religión y los de la ciencia mágica. Eran, además, los preceptores de los jóvenes nobles. Por todo ello no poco trabajo le costó al cristianismo suplantarles y hacerles desaparecer.

MITOLOGÍA GERMÁNICA

Los romanos denominaban *germanos* a todos los habitantes de Germania, es decir, la región de Europa central limitada por el mar del Norte y por el Báltico en su parte septentrional; al Este, por el Vístula; al Sur, por los Cárpatos y el Danubio, y al Oeste, por el Rin[827]. Cuando los romanos entraron en contacto con estos pueblos que habitaban regiones exteriores a los límites del Imperio, quedaron sorprendidos no solamente de su geografía, sino de sus costumbres. El suelo era casi un continuo bosque, en el que crecían, entre otros árboles, encinas enormes; no hallaron caminos ni veredas para cruzar estos bosques o guiarse a través de los lugares pantanosos, ni puentes para vadear los ríos; sí, en cambio, un clima que les pareció muy rudo y una fauna boreal para ellos sorprendente. En cuanto a los hombres, éstos formaban una serie de tribus que vivían de la agricultura, de la caza, de la cría de los animales domésticos; que fabricaban cerveza y que estaban continuamente en guerra unas con otras. Sus costumbres, aparte de esta verdadera manía de luchar, eran castas y sencillas. La mujer, que el hombre compraba a sus padres y quedaba bajo su tutela toda la vida, era muy considerada. Los bienes se transmitían por línea masculina. Y como clases sociales existían los nobles (que ejercían la autoridad en los cuarenta Estados que poco más o menos encontraron los romanos; Estados divididos en cantones y éstos en pueblos), los hombres libres, los libertos y los esclavos. Como las familias tenían el derecho de vengar personalmente los crímenes y afrentas hechas a cualquiera de sus miembros, a las luchas entre tribus, se unían las discordias familiares, a causa de lo cual la guerra, y con ella la anarquía, era la norma en su modo de vivir. En conjunto, este pueblo, o mejor aún, estos pueblos, estaban, cuando los romanos entraron en contacto con ellos, en un estado de civilización muy inferior a la de los países de la parte meridional de Europa. Y en esta época en que empieza para nosotros su historia, pues antes es imposible saber algo de ellos a causa de la falta de documentos escritos o figurados, aparecían divididos en tres grandes grupos: los del Este (Godos), que establecidos entre el Oder y el Vístula abandonaron esta región a fines del siglo I a. d. J., emigrando hacia el mar Negro; los del Norte, que ocuparon los países escandinavos, y los del Oeste, antepasados de alemanes y anglosajones, que emigrando de la

---

[827] Es decir, toda la Alemania de antes de la guerra, la Bohemia y la parte occidental de Polonia.

Alemania del Norte, unos bajaron hacia el Rin y el Danubio (empezando sus luchas con los romanos) y otros cruzaron el mar y se establecieron en la Gran Bretaña.

De los Godos y de los germanos del Oeste apenas sabemos nada en la cuestión que ahora nos interesa, es decir, su religión, y más particularmente su mitología. Y lo que se sabe por algunos historiadores griegos y sobre todo romanos, particularmente por César y Tácito, son informes de segunda mano que se limitan a explicar sus creencias a través de las romanas. Además, como ya a partir del siglo VII empezaron a sufrir la influencia del cristianismo y aceptaron esta religión, los misioneros, los monjes y los curas se ocuparon más de inculcar sus ideas que de recoger las de los que evangelizaban; de modo que sin los cuentos y epopeyas populares que perduraron por ser considerados como cosa de pura fantasía y gracias a los cuales se puede conocer algo relativo a las antiguas divinidades secundarias (demonios, gigantes, enanos' y espíritus de todas clases), nada sabríamos de sus antiguas creencias religiosas; creencias que si en parte se han podido completar ha sido por obra de los antiguos escandinavos, que tuvieron especial cuidado en que no se perdiese el recuerdo de sus viejas tradiciones. Gracias, pues, a los poetas y sabios de estos países que, aunque cristianos, conservaron los ritos relativos a los antiguos dioses en poemas anónimos (algunos anteriores a la implantación del cristianismo), poemas que reunidos han recibido el nombre de *Edda,* a los cantos de los escaldos[828], a las sogas[829], a los manuales poéticos y a las obras de historia y de erudición de Islandia, Dinamarca, Suecia y Noruega, de la Edad Media, podemos conocer a los dioses del Panteón germánico. Y de ellos están sacados los informes que el lector encontrará a continuación. Por mejor decir, de la obra, inspirada en ellos, de uno de los más grandes filólogos de todos los tiempos, Jacobo Grimm[830], que reunió con sagacidad admirable cuantas noticias y documentos cayeron en sus manos[831].

---

[828] Antiguos bardos escandinavos, autores de cantos heroicos y de sagas.

[829] Leyendas poéticas.

[830] *Deutsche Mythologie,* Berlín, 1875.78. Tras él, E.-H. Mayer: *Cermanische Mythologie,* Berlín, 1891; *Mythologie der Germanen,* Strasburgo, 1903, y W. Golther: *Handbuch der germanischen Mythologie,* Leipzig, 1895.

[831] Estos documentos procedían de cuatro fuentes principales: los escritores griegos y romanos de César a Procopio; los autores medievales (en latín), de los cuales el más importante es el danés de Saxon el Gramático (de fines del siglo XIII), y los viajeros árabes, en particular Ibn Fadlan; los documentos escandinavos escritos en la antigua lengua escandinava, principalmente el *Edda* poético y el

LOS ORÍGENES

Los poetas y cuentistas irlandeses dicen que en la aurora del Mundo no había ni olas frías ni arena. No existían Tierra ni Cielo ni había sitio donde pudiese crecer la hierba, pues un abismo total lo cubría todo. En la parte norte de este abismo se formó, muchos años antes de que el mar existiese, un mundo de nubes y tinieblas *Niflheim,* en medio del cual murmuraba la fuente *Hvergelmir* de la que partían doce ríos de agua helada. Al Sur, por el contrario, estaba el país del fuego, *Muspellsheim,* del que salían ríos cuyas aguas contenían un veneno acre que poco a poco se cuajaba y se hacía sólido. Este primer depósito al entrar en contacto con los hielos venidos del Norte, se cubrió de espesas capas de escarcha que fueron llenando en parte el abismo. Pero el aire caliente que llegaba del Sur empezó a fundir el hielo, y de gotas templadas que con ello se formaron nació un gigante de forma humana, el primero de todos los seres vivientes, *Ymir,* padre de todos los gigantes. Y sucedió, que estando una vez Ymir durmiendo y todo empapado en sudor, bajo su brazo izquierdo se formaron un hombre y una mujer, gigantes como él. Y al mismo tiempo, el hielo, que continuaba fundiéndose, dio origen a una vaca, a *Audumla,* que les sirvió de nodriza. Ymir se abrevó en sus tetas, de las que salían cuatro arroyos de leche. La vaca, lamiendo los bosques de escarcha nutríase de la sal que contenían. Y fundiendo al hacerlo el hielo con su lengua tibia y enorme, dio nacimiento, primero al pelo; luego, a la cabeza; finalmente, al cuerpo entero de un ser vivo, a *Buri.* Buri tuvo un hijo, *Bor,* que se casó con una hija de gigantes llamada *Bestia,* y con ella engendró a tres dioses: *Odín, Vili* y *Ve.*

Estos dioses, aunque de raza de gigantes, emprendieron contra ellos una lucha que no acabaría sino cuando su propia destrucción. Empezaron por matar al viejo Ymir de cuyo cuerpo salió tanta sangre que el abismo primitivo quedó lleno, ahogándose todos los gigantes, excepto *Bergelmir,* que pudo salvarse porque echó sobre las agitadas olas rojas una barca en la que se metió en unión de su mujer. Y de ellos, claro, nació la nueva raza de gigantes.

Entre tanto los hijos de Bor, sacando fuera de las olas el cuerpo de Ymir, hicieron con él la Tierra, que recibió el nombre de *Midgará* (la madre de en medio), pues estaba a mitad de camino entre Niflheim y

---

Edda en prosa, de Snorri Sturlusson (poeta y jefe islandés, 1178-1241); más las sagas y la poesía de los escaldos; en fin, el folklore y los elementos geográficos.

Muspellsheim. La carne del gigante se tornó suelo y su sangre en mar mugiente. Con sus huesos hicieron los montes y de sus cabellos los árboles. Luego cogieron su cráneo, y poniéndole sobre cuatro pilares muy altos formaron la bóveda del Cielo. En esta bóveda fijaron las chispas que escapaban de la región del fuego, creando con ello el Sol, la Luna y las estrellas. Y gracias al Sol, que recorriendo el cielo empezó a lanzar luz y calor por las vastas llanuras de la Tierra, aparecieron las primeras hierbas.

Entre tanto, otros dioses (que no se sabe de dónde salieron) vinieron a unirse a los hijos de Bor, y asociándose con Odín empezaron a construir las moradas celestes en un vasto lugar que fue denominado *Asgard* (la mansión de los *Ases),* donde cada uno tuvo su residencia particular[832]. Luego, entre sus mansiones y las de los hombres los dioses tendieron un gran puente: el arco iris. E inmediatamente se reunieron para deliberar sobre cómo poblarían la Tierra. Y como de los restos de Ymir, al descomponerse, se formaron larvas, con ellas hicieron *enanos,* a los que dieron la forma humana tras dotarles de razón. Pero como habían salido de la carne de Ymir, decidieron que continuasen viviendo en lo que había sido esta carne antes de transformarse en tierra y rocas. A causa de ello los enanos vivían una existencia subterránea. Y como no tenían hijos, pues carecían de mujeres, a medida que desaparecían, con objeto de que la raza no se extinguiese, dos príncipes que les dieron reemplazaban a los que desaparecían con otros amasados con tierra.

En cuanto a los hombres, éstos salieron directamente del mundo vegetal. He aquí cómo: Tres dioses, *Odín, Hoenir* y *Lodur,* recorrían un día la Tierra aún desierta. Habiendo encontrado dos troncos de árbol, decidieron hacer con ellos hombres. Odín les dio la vida, Hoenir, el alma y la facultad de razonar; Lodur, el calor y colores frescos y animados. Hicieron así una pareja para que pudieran reproducirse. El marido recibió el nombre de *Ask,* la mujer el de *Embla*[833].

La Tierra, según los germanos del Norte, era una vasta circunferencia a la que el agua rodeaba por todas partes[834]. En el océano primitivo que

---

[832] Los germanos del Norte se imaginaban los palacios de los dioses tal cual veían las grandes granjas de sus señores, cuya parte principal era una gran sala en que se recibía a los extranjeros y se celebraban los banquetes.

[833] Tácito, en su *Gemianía* atribuye a los germanos del Oeste (antecesores de los actuales alemanes) otro origen. El primer hombre, según aquellos pueblos, se llamaba *Mannus,* cuyo padre, dios o gigante, había sido *Tuisto. Mannus* tuvo tres hijos, cada uno de los cuales dio origen a una de las tres tribus principales alemanas: los ingevones, los hermiones y los istevones.

[834] Exactamente como el disco de los griegos, rodeado por el profundo Okéanos.

rodeaba al Mundo (que a su vez no tenía otro límite que la parte libre del abismo primitivo), vivía un reptil desmesurado, la *serpiente Midgard,* cuyos innumerables anillos rodeaban la morada de los hombres. Por debajo de Midgard había un tercer mundo, el Niflheim citado, morada de los muertos, infierno sombrío, húmedo, glacial, en el que vivían gigantes y enanos cubiertos de hielo y de escarcha. Este reino subterráneo era el de la diosa *Hel.* A su entrada había un perro monstruoso, *Garvn,* que cuidaba de que ningún vivo penetrase allí[835].

Otra tradición, familiar a los poetas nórdicos, consideraba el Mundo como un árbol de dimensiones inmensas. Este árbol siempre verde era el fresno *Yggdrasil,* una de cuyas raíces llegaba al mundo subterráneo, mientras que su copa era vecina de la parte más elevada del Cielo[836]. Junto a la raíz que se hundía en el país de los muertos brotaba la fuente *Hvergelmir,* manantial rumoroso de los ríos primitivos. Al lado de la segunda raíz que iba a parar al país de los gigantes cubiertos de hielo y de escarcha, corría la fuente de *Mimir,* donde residía toda la sabiduría, y donde Odín mismo deseó beber, bien que Mimir le exigiese por unos cuantos tragos el único ojo que tenía. En fin, bajo la tercera raíz, que según ciertas tradiciones era el Cielo mismo, estaba la fuente de la más sabia de las Nornes, *Urd*[837]. Día tras día, las Nornes sacaban agua de esta fuente para regar el famoso fresno con objeto de que no se secase ni se pudriese. Además, en la rama más alta de este árbol había un gallo de oro siempre vigilante, encargado de avisar a los dioses si sus enemigos, los

---

[835] La concepción de este perro pudo hacerse, naturalmente, sin que fuese imitación o préstamo de la mitología griega, es decir, del *Kerberos* del *Infierno* de este país. Como los hombres no pueden inventar nada, sino apoyándose en elementos que antes han pasado por sus sentidos, hacen por todas partes a los dioses a su imagen y semejanza; las casas de los dioses, parecidas a las suyas, bien que más grandiosas, y del mismo modo que hacen guardar sus moradas por perros, perros ponen también, cuando hacen falta guardianes, en las moradas del más allá. O monstruos. Pero sin que estos monstruos, por horrendos y grandes que los describan, sean otra cosa que los animales terrestres, bien que de mayor tamaño; o combinaciones de los seres y animales que conocían: centauros (hombre y caballo), sirenas (mujer y pájaro), dragones (serpientes magnificadas), monstruos (león, serpiente y águila; toro y hombre; toro, león y cabra, etc.).

[836] *Iggdrasil* quería decir *el corcel temible* (Odín) en la lengua de los escaldos. Y había recibido este nombre porque el caballo de Odín tenía la costumbre de pacer sus hojas.

[837] Las *Nornes* eran las diosas del *Destino* en la mitología escandinava. En sus manos estaba la vida de los hombres, pasado, presente y porvenir.

gigantes, venían a atacarles. Bajo el fresno estaba oculto el cuerno del dios *Heimdall,* que un día anunciaría el combate supremo entre los Ases y los que trataban de arruinar su poder. No lejos del tronco se hallaba el espacio sagrado, lugar pacífico donde a la sombra del árbol, los dioses se reunían para administrar justicia. En fin, en sus ramas pacía la cabra *Heidrun,* cabra que suministraba a los guerreros de Odín la leche necesaria para su sustento.

Pero los demonios malos se ingeniaban para ver de destruir este fresno sagrado. Un monstruo voraz, la serpiente *Nidhogg,* agazapada bajo la tercera raíz la roía constantemente. Entre las ramas vagaban también cuatro ciervos que se comían los brotes tiernos. No obstante, gracias a los atentos cuidados de las Nornes, el árbol estaba siempre verde y su trono indestructible se erguía majestuoso sobre la Tierra.

Pero como el Mundo no es eterno, un día acabaría por perecer, arrastrando en su caída a los dioses mismos. La última lucha entre éstos y sus enemigos sería *el crepúsculo de los dioses* y el hundimiento del Universo. Pero antes de llegar a tan terrible calamidad, hagamos conocimientos con tales dioses[838].

LOS GRANDES DIOSES GERMÁNICOS

Entre los grandes dioses tres recibieron culto en todos los pueblos germánicos: *Wodan,* que entre los germanos del Norte era llamado Odín; *Donar,* cuyo nombre escandinavo era *Thor,* y *Tiuz,* al que los alemanes del Sur llamaban *Ziu,* y los escandinavos, *Tyr.* Estos tres y algunos otros que veremos inmediatamente pertenecían a la raza de los Ases. Junto a ellos había una segunda raza, la de los *Vanes,* cuyo dios más importante era *Freyr.* Luego veremos que después de una lucha terrible llegaron a un acuerdo tras el cual Freyr fue a habitar con Odín y Thor, en Asgari. Cuando más tarde se produjese la sublevación de los gigantes, Ases y Vanes sucumbirían juntos luchando contra ellos.

---

[838] El Panteón germánico no tenía un número definido de divinidades, sino que éstas aumentaron o disminuyeron según las épocas y las tribus. Además, estos dioses germánicos no eran en realidad sino una variedad de hombres de esencia superior, puesto que estaban sometidos, como los humanos, no tan sólo a las vicisitudes y cambios del Destino, sino a la vejez (que trataban de evitar mediante manjares encantados) y a la muerte.

WODAN-ODÍN

Wodan fue durante mucho tiempo el dios principal de los germanos[839]. Antes de llegar a ser un dios poderoso, Wodan había sido simplemente una divinidad secundaria, un demonio de la tempestad. Dios de las tormentas nocturnas al que se imaginaban como a un caballero cubierto con una amplia capa, tocado con un sombrero de anchas alas y que, jinete sobre un caballo ora blanco, ora negro, recorría el espacio persiguiendo una caza fantástica. Pero al crecer, dejó de ser una divinidad de la noche, transformándose en el dios dispensador del heroísmo y de la victoria; el que desde lo alto del Cielo decidía de la suerte de los hombres; el dios, aún, del que dependían las cosas del espíritu (a causa de lo cual, sin duda los latinos le comparaban a Mercurio); en fin, el dios curandero y el dios a quienes los guerreros invocaban para obtener la victoria. Es decir, el proceso de fabricar dioses superiores siempre el mismo, muy particularmente los destinados a figurar a la cabeza de los panteones religiosos: añadirles excelencia tras excelencia. Los teólogos cristianos harían exactamente lo mismo con el que ya *universal* y *único* gracias al deutero Isaías, que transformó en tal al Yahvé «de los ejércitos», que hasta él no pasaba de simple dios de Israel, al que ellos, tras cambiarle de nombre (el Padre), acabaron de magnificarle haciéndole absolutamente grande y perfecto en todo: sabiduría, justicia, bondad, etc., empezando, naturalmente, por declararle todopoderoso. Pero si conocemos su persona

---

[839] El nombre *Wodan-Odín* es derivado de una palabra que significa *viento, aliento, alma,* desarrollo semántico que se observa también en la etimología de la palabra latina *animus, ánima,* emparentada con la griega *ánemos.* Este dios era originalmente un dios Chetónico, habiendo conservado hasta el folklore moderno su función primitiva de jefe de las almas y de los aparecidos. Lo que explica su papel en las leyendas de la Caza furiosa. El culto a *Odín* tuvo origen en los países renanos hasta principios de nuestra era; de allí se extendió por toda la Germania, y en la época de las emigraciones alcanzó Escandinavia. En un principio también era un dios intelectual y no un dios de la fuerza bruta. Había inventado las *runas,* era el inspirador de los poetas, era mago y era conductor de los muertos: por esto el que los romanos le comparasen a *Mercurio.* Luego, al suceder a *Ziu-Tyr,* llegó a ser el dios del Cielo, su manto azul la bóveda celeste y su ojo único el Sol. La magnífica escultura de H.-E. Freund, del Museo de Copenhague (inspirada en el tipo artístico conservado por Snorri), le representa con los rayos de *Júpiter,* sentado, a uno y otro lado sus lobos familiares (lobos que antes acompañaban a *Tyr),* y con los dos cuervos, *Hugín* y *Munín,* sobre sus hombros.

y sus aventuras (las de Odín), es gracias a las leyendas escandinavas en las que, como ha sido dicho, recibía este nombre.

Odín era el dios de la guerra y de lo relativo a la inteligencia. Era hermoso y tan elocuente que hacía creer cuanto decía (se expresaba con gusto en verso). Tenía el poder de transformarse instantáneamente en cuanto le placía. Cuando avanzaba dispuesto a combatir, su sola presencia volvía a sus enemigos sordos, ciegos e impotentes. El fijaba las leyes que regían las sociedades humanas. Si los muertos eran quemados era porque él lo había mandado. Su cuerpo estaba cubierto por brillantísima coraza y un casco de oro adornaba su poderosa cabeza. En sus manos refulgía una lanza, la lanza *Gungnir* forjada por los enanos, y que jamás erraba el golpe. Su caballo, *Sleipnir,* era el mejor y más ágil de todos los corceles: tenía ocho patas y no había obstáculo que no pudiese franquear. Su morada habitual era una amplia sala toda resplandeciente de oro, la *Valhalla.* Allí iban a reunirse con él los guerreros muertos en el campo de batalla que más se habían distinguido por su valor, es decir, los héroes. El tejado de la Valhalla estaba recubierto de escudos brillantes a modo de tejas. Por las noches, el lucir de las espadas en las que centelleaban los grandes fuegos encendidos en medio de las mesas enormes, contribuían a aumentar la luz. Se entraba en esta sala por cualquiera de sus 540 puertas, cada una de las cuales permitía desfilar por ella a un ejército de guerreros de a 800 por frente. En este palacio, los héroes caídos en la lucha dejaban pasar el tiempo entre continuos juegos bélicos y festines. Odín presidía teniendo sobre sus hombros dos cuervos que le decían cuanto ocurría en el Mundo. Estos cuervos se llamaban: *Hugin* (el pensamiento) y *Munin* (la memoria). Todas las mañanas, Odín los enviaba a enterarse de cuanto ocurría en el Universo. En la Valhalla vivían también junto a Odín ciertos seres sobrenaturales, las *Valkirias,* cuyo papel en el palacio era doble: guardianas y servidoras. Traían a Odín y a sus invitados los manjares, la cerveza y el hidromiel. Pero aún tenían otra misión más importante: en las batallas se mezclaban entre los combatientes no solamente para conceder la victoria a sus favoritos, sino para indicar los que debían perecer. Su apariencia era, por supuesto, enteramente guerrera: coraza, casco, escudo y una lanza en la poderosa mano. Además, eran invisibles, salvo para los héroes destinados a morir; a los que tras su muerte conducían a la Valhalla[840].

---

[840] Primitivamente, las *Walkyrias* eran dos e hijas de *Tyr.* Posteriormente, su número llegó a 27, y más tarde, bajo influencias irlandesas, fueron muchísimas más. A causa de esta influencia se acentuó su carácter guerrero y su costumbre de

Odín se mezclaba con frecuencia en la vida de los hombres. Una familia le era particularmente grata: la de los *Volsung*. Decíase que *Sigi*, el fundador de esta familia, era hijo suyo. Gracias a Odín, Sigi pudo, tras escapar a grandes peligros, conquistar un reino. Tuvo un hijo llamado *Retir*. Éste, como no tuviese posteridad, suplicó a Odín que remediase tal desgracia. Odín le escuchó y envió a su mujer una manzana. Tras haberla comido, no siempre las manzanas legendarias son fatales, la mujer de Rerir parió a *Volsung*, que llegó a ser un famosísimo guerrero. Volsung tuvo a su vez un hijo, *Sigmund*. Una tarde, estando sentado este Sigmund o Segismundo junto al fuego, en compañía de otros guerreros, en la amplia sala de su palacio, sala que sostenía un tronco enorme, entró un desconocido. Era un personaje grande, ya de edad y tuerto. Su cabeza cubríala un sombrero de anchas alas y su cuerpo iba envuelto en una amplia capa. Llevaba en la mano una espada desnuda que hundió hasta la empuñadura en el tronco que sostenía la sala. Luego declaró que el arma sería para quien fuese capaz de sacarla del tronco. Dicho esto, desapareció. Todos cuantos estaban allí ensayaron, porque la espada era magnífica, pero sus esfuerzos fueron vanos. Sólo Segismundo consiguió arrancarla de un violentísimo tirón. Desde aquel día y gracias a aquella espada divina salió victorioso en todos los combates. Pero una vez, viejo ya, en plena lucha vio aparecer ante él al mismo que años antes había entrado en la sala. Esta vez, sin decir nada, llevó su lanza hacia Segismundo, que, instintivamente, la golpeó con su espada. Al punto, la lámina hasta entonces invisible se partió en dos. El personaje era Odín, que habiendo decidido que muriese, empezaba por desarmarle. En efecto, Segismundo cayó herido por sus adversarios. Advertida *Hjordis*, su esposa, acudió para prodigarle sus cuidados. Pero Segismundo se negó a que le curase: Odín quería su muerte y él se sometía con gusto a la voluntad del dios. Sólo encargó a su mujer que recogiese los dos trozos de la espada y que los conservase para soldarlos un día. Con ellos, en efecto, su hijo realizó aún múltiples hazañas. Este hijo fue *Sigurd;* que en la tradición alemana se transformó en *Siegfried*, héroe al que la *Tetralogía* de Wagner ha hecho célebre.

Odín no solamente era un dios guerrero, sino conquistador, famoso también, de esas plazas sólo en apariencia fuertes que son los corazones. Ahora me refiero a los femeninos. Por supuesto, las almenas de los masculinos no son, para las flechas de Amor, mucho más sólidas. La

---

hartarse de sangre de los muertos y heridos en los campos de batalla, y demás visiones horribles de la *Njals Saga*, que ya no es tradición germánica.

esposa de Odín, *Frigg* (en alemán, *Frija*), no por ser la más reverenciada de las diosas se libró de ser mil veces engañada por su marido como cualquier mujer terrestre. Para Odín, como para Zeus, todas eran buenas: las hembras sobrenaturales como las gigantes, las diosas como las simples mortales. Y como gran enamorador y continuamente enamorado, era poeta y era sabio. El unir la poesía al amor es natural. El que ama, todo lo ve rosa y tiene tendencia incontenible a cantar, ensalzar y alabar lo que ama. Lo de la sabiduría, sin duda lo decían, al menos no veo otra razón, porque sabría escapar a tiempo. Además era bienhechor y favorecedor (con permiso de los engañados; por supuesto, los celos suelen ser planta de los países cálidos). Conocía además todas las fórmulas mágicas capaces de curar males y enfermedades; de hacer inofensivas las armas de los enemigos; de romper cadenas o de encadenar él, si le convenía; de calmar olas y tempestades o de suscitarlas; y ni que decir tiene, de hacerse amar de las mujeres. Era, en fin, el amo de las *runas*[841], puesto que estas runas grabadas en piedra o madera tenían siempre fuerza y significación mágica.

El gran consejero de Odín era *Mimir* (el que piensa). Mimir era un genio de las aguas muy estimado de los germanos. En la fuente que llevaba su nombre residía la sabiduría y la inteligencia[842]. Odín, ávido de saber, quiso beber en ella. Pero Mimir, pese a ser su tío materno, no se lo consintió sino cuando Odín le dio, por obtener lo que pedía, su único ojo. Mimir pereció en la guerra de Ases contra los Vanes. Pero Odín embalsamó su cabeza y gracias a las fórmulas mágicas que pronunció sobre ella la cabeza conservó la facultad de responderle y de hacerle conocer las cosas ocultas.

Como Odín arrebató a los gigantes «el hidromiel de los poetas», fue, como se ha dicho, el dios de la poesía. Este hidromiel era de origen divino. Cuando los Ases y los Vanes, tras combatir mucho tiempo, hicieron la paz, reuniéronse y escupieron unos tras otros en un ánfora. De sus salivas mezcladas nació un hombre, *Kvasir*, que sobrepujaba en sabiduría a todos los demás. Pero dos enanos le mataron sin que lo supiese nadie, mezclaron su sangre con miel y conservaron esta mezcla en dos tinajas y un caldero; en el caldero *Odrerir*. Con ello se formó el famoso hidromiel llamado también Odrerir. Quien bebía de él tornábase sabio y poeta. Pero como

---

[841] *Runas*, caracteres que empleaban los antiguos escandinavos en sus escritos.
[842] Si los escandinavos conocieron a este *Mimir*, gigante sabio, seguramente esta calidad de gigante fue invención posterior, puesto que su mismo nombre, que significa «pensamiento, recuerdo» (de idéntica raíz que el latino «memini»), es en otros textos el de un enano.

ambos enanos mataron también al padre del gigante *Suttung,* éste, en castigo, les obligó a entregarle el precioso brebaje. Una vez en su poder lo escondió en una gran sala subterránea cerrada por dos rocas enormes, y aún confió su custodia a su hija *Gunlod.* Pero Odín, decidido a apoderarse del codiciado tesoro, obtuvo del gigante *Baugi,* hermano de Suttung, al que había servido como criado algún tiempo, que hiciese un agujero en las rocas que guardaban lo que deseaba. Por él se deslizó, enamoró a Gunlod, y con el pretexto de ir a verla pudo beber del precioso brebaje. Una vez que hubo vaciado las dos tinajas y el caldero, se transformó en águila y escapó volando. Suttung, tomando también la forma de águila se lanzó en su persecución, pero no pudo alcanzarle. Una vez en Asgard, Odín devolvió en dos grandes ánforas el hidromiel que había bebido, y de este modo, poseedor del licor mágico, pudo gracias a él hacer poetas en lo sucesivo a aquellos que le placía que lo fuesen. Algunas gotas que se le cayeron durante su huida sirvieron para dar apariencia de poetas a los simples versificadores y poetastros que, codiciosos de rimar, iban a lamer la tierra donde se habían empapado[843].

DONAR-THOR

El dios del trueno fue reverenciado en todas las tribus germánicas e incluso considerado en muchas de ellas como el primero y más importante de los dioses. Los romanos, por su parte, le asimilaron a Júpiter. E

---

[843] Uno de los episodios más singulares de la leyenda de *Odín* es el relativo a su muerte y resurrección. Sabiendo que, como los hombres, los dioses estaban sujetos a la decrepitud, consintió en morir para resucitar de nuevo en todo el esplendor de la juventud. Para ello se suspendió del fresno *Iggdrasil,* se atravesó al punto con su propia lanza y allí permaneció nueve días y nueve noches sin que nadie viniese en su socorro. Mas observando con atención lo que había debajo de él, advirtió varias runas. Entonces, consiguiendo con grandísimo trabajo cogerlas, con tanto trabajo que le hizo gemir de dolor, apenas lo había hecho, se sintió libre gracias a la fuerza mágica de los caracteres, y apenas tocó el suelo al caer, recobró la juventud y el vigor. *Mimir* le hizo beber al punto unas gotas de hidromiel, del hidromiel de la sabiduría, con lo que se sintió sabio en palabras y fecundo en obras útiles. Y así se cumplió su resurrección. Se ha comparado algunas veces este mito del sacrificio voluntario de Odín a la muerte de *Jesús* en la cruz. Claro que la comparación no es muy exacta, si se tiene en cuenta que si Odín aceptó morir fue por rejuvenecerse. El hecho de que a causa de ello fuese luego útil de nuevo no es ya sino secundario a su verdadero propósito y una consecuencia del hecho mismo.

imitándoles, los germanos le consagraron el jueves: «Donnerstag», dicen aún hoy los alemanes y «Thursday» los ingleses de Donar y Thor, respectivamente.

Donar, entre los alemanes, era un dios muy temido. Cuando el trueno retumbaba, creían oír el ruido del rodar del carro del dios a través de la bóveda celeste. Cuando caía el rayo decían que el dios había lanzado su arma centelleante. Este arma se la representaban como un hacha arrojadiza o como un martillo contundente. Era para ellos, además del dios del trueno, el dios de la guerra. Tácito dice que le invocaban antes de entrar en combate. De todas maneras, jamás en Alemania fue su prestigio igual al de Wodan. En cambio, en ciertas comarcas del Norte, especialmente en Noruega, Thor (el Donar alemán) acabó por ser el principal de todos los dioses. Muchos padres daban incluso a sus hijos el nombre de Thor con objeto de ponerles bajo la protección del dios más poderoso. Por su parte, los poetas nórdicos dieron siempre a esta figura el mayor relieve. Veían en él el tipo perfecto del guerrero rudo, sencillo y noble, dispuesto siempre a afrontar animosamente peligros y combates: adversario infatigable de gigantes, monstruos y demonios; breve, el héroe, como Bayardo más tarde, sin miedo y sin tacha, desconocedor del peligro y del reposo. No obstante, en varias ocasiones los poemas del Edda se complacen en mostrar su sencillez rústica, que casi llega a torpeza, y en oponerla a la astucia de Odín, que le vencía siempre fácilmente en aquellos torneos en que el arma era la picardía y la lengua. Pero en muchas tribus era, no obstante, el dios preferido aquel guerrero imponente, sereno, invencible, de estatura colosal, barba fuerte y espesa, voz tonante que dominaba y se imponía en los más encarnizados combates[844], y cuyo martillo de piedra, que los latinos asimilaban a la maza de Hércules, era irresistible. Thor se servía de su arma predilecta tanto como maza cuanto como arma arrojadiza. Proyectil que, sobre no errar jamás el golpe, cual maravilloso boomerang, volvía, tras matar, a sus manos. Además, si era necesario tornábase tan pequeño que podía disimularlo en cualquier parte. El *Mjolnir,* nombre que daban a este martillo mágico, servía no solamente como arma, sino como emblema de obligación para establecer solemnemente toda clase de tratados y contratos tanto públicos como privados. Entre estos últimos, muy especialmente los que se hacían con motivo de los matrimonios. A causa de ello, Thor fue considerado durante mucho tiempo en Noruega como el protector de esta institución. Además

---

[844] Los germanos, imitándole, al entrar en combate trataban de asustar a sus enemigos lanzando gritos terribles semejantes a mugidos.

de este martillo-maza, Thor poseía dos talismanes valiosísimos: un cinturón que multiplicaba la fuerza de sus miembros, y unos guantes de hierro que le permitían empuñar como era debido el tremendo martillo. Tenía también, como los demás dioses, su palacio propio en Asgard. Este palacio estaba situado en la región llamada Thrudvang, es decir, «el campo de fuerza». El nombre del palacio era *Bilskirnir.* Esta morada era la más amplia que se conocía: no tenía menos de 540 salas. Thor, cuando salía de su palacio, complacíase en recorrer el Mundo montado en su carro, del que tiraban machos cabríos. Si durante el viaje tenía hambre, mataba a sus cabalgaduras y las asaba. Luego le bastaba poner su martillo sobre las pieles para que los animales adquiriesen nueva vida. La madre de Thor era la diosa *ford,* es decir, la Tierra. Su esposa, *Sif,* personificación de la fidelidad conyugal, tal vez fuese también una divinidad de la tierra de la cual sus cabellos de oro eran la vegetación primaveral. Había tenido con ella varios hijos que se distinguían como él por su fuerza prodigiosa. Dos de ellos, *Magni* (la Fuerza) y *Modi* (la Cólera), heredarían un día su martillo. Thor, tipo ideal del guerrero germánico, era el héroe popular de muchas leyendas destinadas a referir cómo había vencido a gigantes perversos. Sus perpetuas luchas con ellos recordaban a las de Indra. Con frecuencia, demonios más astutos que él le burlaban; pero combatiendo no tenía igual.

Una mañana, al despertar, Thor se dio cuenta de que su martillo había desaparecido. Consternado, fue a decírselo a *Loki,* cuya malicia astuta siempre hallaba solución para todo. Este pensó al punto que debía de haberlo raptado algún gigante, y para convencerse, pidió a la diosa *Freyja* su traje mágico de plumas, se lo puso, y voló al país de los gigantes, donde no tardó en saber por *Thrym,* al que encontró el primero, que, en efecto, él lo había robado. Y que no estaba dispuesto a devolverlo si no le daban como mujer a la propia Freyja. Loki volvió y dijo lo que ocurría a los Ases. Entonces éstos se lo hicieron saber a la interesada, que al conocer la pretensión del gigante se indignó de tal modo que el collar de oro que llevaba al cuello estalló por efecto de la hinchazón de las venas, cuyo volumen duplicó la cólera. Pero Loki ideó una estratagema: Vestir a Thor con el traje y el collar de Freyja, ponerle un velo de desposada y llevarle junto a Thrym. El mismo se dispuso a acompañarle vestido de sirviente. Así lo hicieron, pues, siendo recibidos por los gigantes de un modo magnífico. Organizado todo para la boda, en el banquete que debía precederla ocurrieron cosas extraordinarias y desacostumbradas. Primero la novia demostró tener un apetito que dejó a todos, empezando por el futuro marido, asombrados. Pues se zampó guapamente en breve tiempo todo lo destinado a las mujeres del palacio; un buey entero y no flaco, ocho salmones con todo el aderezo, una porción de cosas aun de menor cuantía, más tres tinajas de hidromiel de a cien cántaros cada una, para que pasase mejor lo sólido. Pero Loki explicó al punto: durante ocho días, la pobre enamorada no había consentido en probar bocado; tal era su nostalgia esperando poder llegar al país de los gigantes. Thrym, que era un sentimental a pesar de su aspecto tremendo, todo emocionado al oír aquello, se apresuró a abrazar a su bienamada. Mas al levantarla el velo, no pudo menos de echarse hacia atrás, espantado del extraño fulgor de los ojos que conocía tan dulces. Loki volvió a explicarse: durante ocho noches sin pegar los ojos, todo había sido lágrimas y suspiros en la alcoba de la bella, de tal modo su pecho estaba agitado por el anhelo de partir en busca de su amado. ¿A qué otra cosa sino a este deseo cada vez más vivo podía atribuirse el brillo de sus ojos? Thrym, sin poder aguantar más y muerto de impaciencia porque fuese suya, mandó traer el martillo de Thor para consagrar debidamente la ceremonia poniéndole como era costumbre, sobre las rodillas de la desposada; lo demás se adivina; apenas Thor tuvo el martillo en sus manos, mató a Thrym, a todos los demás gigantes invitados, y luego volvió tranquilo y satisfecho al país de los Ases.

Thor no solamente gustaba de combatir contra los gigantes, sino contra los monstruos. En su juventud, un día decidió ir a matar a la serpiente Midgard, cuyos anillos al moverse furiosamente, originaban, en el océano que envolvía a la Tierra, horrendas tempestades. En efecto, tras alcanzar los países remotos, pidió asilo al gigante *Hymir*. Pasó en su morada la noche, y a la mañana siguiente salieron a pescar. Como cebo, Thor mató a uno de los bueyes de su huésped y se llevó la cabeza. Echaron mar adentro, y al llegar a cierto lugar de donde Hymir no había pasado nunca, le dijo a Thor, que empuñaba los remos con un vigor que le tenía asombrado, pues le creía menos fuerte, que se detuviese. Pero Thor, sin hacerle caso, siguió avanzando, y cuando llegó al punto donde pensó que podía estar la serpiente, preparó su aparejo de pescar, enganchó en el anzuelo la cabeza del buey, y lanzó el extraño cebo al mar. Instantes después el monstruo lo tragaba ávidamente. Pero al sentir el anzuelo empezó a sacudirse tan violentamente, que Thor, que sujetaba la maroma con ambos puños, fue lanzado hacia adelante con tal fuerza que se hizo daño en las manos contra el borde de la barca. Pero pronto se rehízo, se incorporó arqueando el cuerpo, pues su enemigo cada vez se debatía con más rabia, y en el esfuerzo mutuo, el animal por soltarse y él por no soltarle, acabó por meter los pies a través de la barca, alcanzando al hacerlo el fondo del mar. Una vez en terreno sólido, muy satisfecho, empezó a tirar aún con más fuerza, y pronto parte del enorme serpentón llenaba la barca debatiéndose, resoplando fuego y arrojando veneno. Hymir, espantado, sacó un cuchillo, y mientras Thor llevaba la mano hacia su martillo, cortó de un tajo la maroma, con lo que el monstruo, que ya iba a perecer, se hundió de nuevo en el mar, donde desapareció rápidamente. Thor, furioso, asestó al gigante el golpe que destinaba a la serpiente, y ni que decir tiene que Hymir siguió el camino del animal, pero sin vida. En cuanto a Thor, volvió tranquilamente sobre sus pasos caminando sobre el fondo del mar.

Una vez tan sólo le ocurrió a Thor creerse vencido por un gigante. Por supuesto, no fue sino una ilusión: un mago hábil que consiguió engañarle. He aquí cómo. Cierto día, Thor, acompañado de Loki y de una pareja de campesinos, tras cruzar el mar para ir al país de los gigantes, se encontraron en un bosque tan grande que, no obstante haber marchado por él mientras hubo luz, no consiguieron cruzarle. Llegada la noche buscaban asilo, cuando encontraron una casa vacía. Extraña casa, pues la puerta de entrada era tan ancha como todo el edificio. Pero estaban tan cansados que sin meterse en averiguaciones entraron y poco después dormían. Pero a media noche la casa empezó a agitarse como barco zarandeado por las olas. Alarmados, se echaron fuera y habiendo encontrado otra más pequeña allí al lado, en ella se metieron. Pero esta vez Thor se quedó de guardia, pues todo alrededor se oían como rugidos. Al alba, y como no viese a nadie, Thor se aventuró por el monte, no tardando en encontrar a un gigante dormido, cuyos ronquidos era lo que había escuchado hasta entonces. Furioso, Thor iba a darle un martillazo, cuando el gigante, despertándose, se incorporó diciendo: «Yo soy *Skrimir*. En cuanto a ti, inútil preguntarte quién eres. Tú eres Thor, el As. Pero dime, ¿qué has hecho de mis guantes?» Entonces Thor se dio cuenta de que lo que habían tomado por casa era uno de los guantes del gigante, del que la casa pequeña era el pulgar. Skrimir se unió a ellos y juntos marcharon durante todo el día. Llegada la noche, de nuevo se sentaron bajo una encina, y el gigante, que se decía muy cansado, se tumbó y durmiose al punto. Ellos, como tenían hambre, dispusiéronse a cenar. Pero el gigante había apretado de tal modo los nudos del saco con las provisiones, que, pese a todos sus esfuerzos, les fue imposible abrirle. Entonces Thor, rabioso, descargó un martillazo en plena cabezota del gigante. Pero éste, sin abrir siquiera los ojos, musitó como si soñase alto: «Diríase que una hoja de la encina me ha caído en la cabeza». Y tornó a roncar. Thor, cada vez más furioso, le volvió a golpear, pero esta vez tan fuerte, que la punta del martillo le penetró en el cráneo. «Diríase, murmuró aún el gigante, que me ha caído una bellota en plena testa». Entonces Thor, sin poder dominarse, pues ya aquello hasta le ofendió, le descargó tal golpe, que martillo, mango y hasta la mano del propinante se hundieron en la cabeza del dormido. Entonces el gigante se incorporó, bostezando largamente, y exclamó: «Se conoce que hay pájaros que duermen en este árbol. Lo digo porque he sentido como si me cayese una pluma en la frente». Luego añadió: «El alba pronto. Es el momento de partir. Ya no estáis lejos de Utgard, adonde vais. Allí encontraréis otros barbianes que son menos delicados que yo». Y tras ello, cogió su saco y se metió por el bosque. Thor y sus compañeros siguieron solos y, en efecto, hacia mediodía llegaron a un castillo fortificado tan enorme, que para poder ver las almenas tuvieron que echar hacia atrás la cabeza. La entrada estaba cerrada por una reja colosal, pero como no pudieron abrirla, se deslizaron a través de los barrotes, no tardando en llegar a una sala donde había una porción de gigantes. Al verlos, el rey, que se llamaba *Utgardloki,* le preguntó cariñosamente si era él de verdad el famoso Thor. Luego les propuso a los tres hombres, a él, a Loki y al aldeano, medirse, en lo que quisieran, con tres de sus compañeros. Loki se ofreció a comer mucho y pronto. Al punto uno de los gigantes, *Logi,* se dispuso a contender con él bien que hubiese ya comido, y empezó el debate culinario. Pusieron ante ellos unas fuentes enormes llenas de carne. Loki atacó su ración y poco después no quedaba de ella sino los huesos. Pero su adversario, para cuando él acabó, habíase comido no solamente la carne de su porción, sino los huesos y hasta las fuentes. Entonces le tocó a *Thjalfi,* el aldeano, que se comprometió a correr más deprisa que el que le opusieran. Otro gigante, *Hugi,* salió del grupo de éstos. Y, en efecto, aunque Thjalfi corrió como un gamo, su contrincante siempre estaba delante de él. Entonces fue Thor quien aseguró que nadie bebería más ni mejor que él. Al oírlo, Utgardloki hizo traer un cuerno colmado de cerveza. Pero aunque Thor bebió tres veces y como era debido, al dejarle apenas el nivel había bajado un poco. Confuso, se ofreció a hacer otra cosa por ver de quedar mejor. Al punto fue invitado a levantar del suelo un gato que había allí echado. Mas, pese a todos sus esfuerzos, cuanto consiguió fue hacerle mover una de las patas. «¿Quieres, le dijo entonces Utgardloki burlonamente, luchar con *Elli,* mi nodriza? Es una pobre vieja y tal vez salgas airoso». Thor, furioso, se dispuso a hacerla gigote. Pero tanto más se esforzaba, tanto más ella parecía inquebrantable; acabando por ser Thor quien cayó sobre una de sus rodillas. Humillado y lleno de amargura disponíase a ponerse en camino con sus no menos corridos compañeros, cuando Utgardloki le dijo al fin la verdad de lo que ocurría. «Jamás te hubiese permitido entrar en mi castillo de haber sabido que tu fuerza era tan enorme. Yo mismo soy quien encontraste ayer en el bosque, no obstante, haberte dicho que me llamaba Skrimir. Y el primer martillazo que me diste me hubiese matado de no haber tenido la precaución de proteger mi cabeza con varias montañas». Y le mostró una sierra próxima toda hendida y resquebrajada a causa de sus golpes. Luego le explicó por qué habían sucumbido en las pruebas del castillo. Si Loki no había vencido a su adversario fue porque ésta era la llama misma (tal es el sentido de la palabra «Logi»). Si Thjalfi había sido también derrotado, era porque Hugi era el pensamiento, al que nadie puede igualar en velocidad. Si él no había vaciado el cuerno, era porque como la punta estaba hundida en el mar, era inagotable, pese a lo cual había hecho bajar su nivel, con lo que originó el primer movimiento de reflujo. Lo que había creído gato era la propia serpiente Midgard. En cuanto a la vieja, era *Elli,* la vejez, es decir, aquello de lo que jamás nadie consigue triunfar. Al ver de qué modo se había burlado de él, Thor empuñó su martillo dispuesto a matar a Utgardloki. Pero éste desapareció, así como el castillo mismo, y cuanto halló el dios en torno suyo fueron campos desiertos y a sus corridos compañeros. Un hermoso cuadro de Constantino Hansen, que se conserva en el Museo de Copenhague, recuerda este viaje famoso. El signo de Thor era la cruz gamada.

TIUZ-TYR

Tiuz-Tir era anterior a Wodan-Odín y a Donar-Thor. En épocas remotas todos los pueblos germanos le adoraban. Los alemanes del Sur le llamaban Ziu; los del Norte, Tiuz; los escandinavos, Tyr; los anglosajones, Tiw. Se suele admitir que estas apelaciones germánicas corresponden al sánscrito *dyaus,* al griego *zeus* y al latín *deus.* De ser así, Tiuz hubiese significado primitivamente *dios* simplemente. Más tarde este nombre sirvió para designar en varios países al dios del Cielo; pero entre los germanos, Tiuz-Tyr no fue sino el dios de la guerra. A causa de ello los romanos le identificaron con Marte. De él sacaron los ingleses la palabra marte, «Tuesday», que no era sino una transposición de la latina «Mariis dies». En alemán el mismo dios tenía un segundo nombre, *Things,* de donde proviene «Diens tag».

Como la figura de Donar oscureció muy pronto a la de Tiuz, la tradición alemana es muy pobre en lo que afecta a este dios. Y poco más o menos ocurrió en los países del Norte, pese a que los escaldos se esforzaron en unir su nombre a las grandes familias, haciéndole hijo ora del gigante Hymir, bien de Odín, ya que su nombre aparece frecuentemente en los poemas nórdicos. En todo caso pasaba por ser un dios sumamente emprendedor y valiente. Y como con frecuencia era él quien concedía la victoria, se le invocaba antes de entrar en combate. De todas maneras, véase una leyenda en la que ocupa el primer lugar. Habiendo advertido un oráculo a los dioses que *Fenrir,* el lobo gigante, era uno de sus más terribles enemigos, y que bien harían poniéndole en condiciones de no perjudicarles, decidieron no matarle, pues ello hubiera sido manchar los lugares ennoblecidos por su propia presencia al atraerle allí para hacerlo, pero sí encadenarle. Dos veces, con objeto de conseguirlo hicieron forjar lazos poderosísimos; pero el lobo, que conocía su fuerza, se burlaba dejándose hacer, pues sabía que, en efecto, le bastaba estirarse para romper las inútiles trabas. En vista de ello, rogaron a los enanos fabricasen algo que nada fuese capaz de romper. Y, obedientes, los enanos les trajeron algún tiempo después una cadena maravillosa, compuesta de seis elementos: maullidos de gato, barba de mujer, raíces de montaña, tendones de oso, aliento de pescado y saliva de pájaro. Esta cadena era unida y suave como una cinta de seda, no obstante, de una solidez a toda prueba. Entonces los dioses, seguros esta vez de poder amarrarle, volvieron a lanzar un desafío a Fenrir. Le dijeron que cada uno de ellos había ensayado romper la cadena, sin conseguirlo, y que a causa de ello se lo proponían a él a ver si tenía más suerte o más fuerza. Pero como el lobo era desconfiado y temía siempre que le tendiesen una coartada; mas, por otra parte, no quería que le tomasen por cobarde, consintió en prestarse a la prueba, bien que con una condición: que uno de los dioses metiese entre sus fauces una mano. De engañarle, la desharía inmediatamente. Los Ases se consultaron con la mirada. Sabiendo muy bien lo que ocurriría, ninguno quería exponerse a un peligro cierto. Tyr entonces, sin vacilar, extendió su mano derecha y la metió en la sima aquella que por boca tenía el lobo. Luego los demás dioses ataron al animal, que empezó a hacer esfuerzos para romper la poderosa traba. Pero cuanto más bregaba, más los mágicos lazos aprisionaban su cuerpo. Viendo que sus esfuerzos eran inútiles, todos los dioses empezaron a reír muy satisfechos. Menos Tyr, que sabía muy bien lo que le esperaba. En efecto, el animal cercenó de una dentellada la mano del dios. Tyr desde entonces fue manco. Pero su valor, su abnegación y la energía de su carácter brillaron por sobre los méritos de los demás dioses.

LOKI

Loki es uno de los dioses más antiguos del Panteón germánico[845]. En las leyendas escandinavas su nombre es por lo menos tan frecuente como

---

[845] *Loki* es una de las figuras más enigmáticas y más interesantes del Panteón germánico. Aunque primitivamente fuese, como parece seguro, un demiurgo bienhechor semejante al *Prometeus* griego y bien que su aspecto satánico, como la muerte misma de *Balder* demuestra, fuesen invenciones secundarias, esto es precisamente lo interesante de su figura y todo ello una creación feliz de los escaldos escandinavos, pues tal cual éstos le concibieron, mezcla del encanto perverso de *Lucifer,* el ángel rebelde, de la maldad pérfida de *Satanás* y de la simpatía y picardía soberanas de *Hermes,* no tiene igual, en conjunto, en ninguna otra mitología. Es una extraña y atrayente mezcla de gracia y de maldad. Gracia

los de Odín y Thor. En un principio se le consideraba como un dios bienhechor; mas poco a poco se le fue uniendo a empresas perversas. Bien que compartiendo la existencia de los demás dioses y prestándoles con frecuencia grandes servicios, no por ello trabajaba menos por disminuir su poder. Y él fue quien en resumidas cuentas causó su ruina, bien que ello le costase la vida. Para comprender, pues, el «crepúsculo de los dioses», conviene conocer la interesantísima figura de Loki. Por supuesto, ajeno a la tradición de los germanos, no es sino una creación de los escaldos escandinavos de los siglos IX y X, que han conservado en sus poemas los relatos de sus aventuras. Creación feliz en todo caso, puesto que en ningún otro panteón mitológico se encuentra nada semejante. Veamos la leyenda.

Primeramente fue concebido como un demonio del fuego. Su nombre deriva de una raíz germánica que significa «llama». Su padre era *Farbauti* (el que golpeando hace nacer el fuego); su madre, *Laufrey* (la isla de los bosques; la que suministraba la materia con que hacer el fuego). Locuciones aún hoy corrientes en los países escandinavos asocian su nombre a fenómenos en los que entra este elemento. Cuando en Noruega,

---

que le lleva a ganarse todas las voluntades para bien o para mal, y maldad que hace que una vez todo obtenido, lo juegue y lo pierda empujado por una especie de instinto de perversidad que diríase que, superior a él, no puede contener. Mezcla asombrosa de bien y mal, como éste va siempre tras aquél, prevalece sin ir seguido de arrepentimiento. Al contrario, hundiéndose cada vez más en la perversidad, cual si sólo se asomase al bien por el deseo de humillarle. Representado con gusto por los artistas nórdicos, es particularmente interesante la expresión de la estatua en yeso de H.-E. Freund de la Gliptoteca de Copenhague. Muy bueno es también el cuadro de Constantino Hansen del Museo Nacional de esta misma ciudad, en que Loki es representado expulsado por *Thor* del banquete de los dioses en el palacio de *Aegir*. Y el de Eckersberg, del mismo Museo, que representa la muerte de Balder, y en el que Loki aparece detrás de *Hod,* que acaba de lanzar contra el joven dios la varita mortífera que le ha quitado la vida. Por cierto, que si, como digo, el tipo de Loki es sorprendente por su rara maldad, no lo es menos el de este último dios, Balder, por todo lo contrario: por su dulzura y bondad infinitas. Ni hay tampoco figura en todas las religiones y mitologías que pueda compararse con él, si no es la de *Jesús.* El escultor B.-E. Fogelberg hizo de este dios delicioso una escultura sumamente hermosa, que se conserva en el Museo Nacional de Estocolmo. Volviendo a Loki, invención reciente debe ser también lo que hace a *Hel,* diosa de los Infiernos, hija de este dios. Antigua diosa de la Tierra, su aspecto chetónico hizo olvidar otras cualidades más amables de esta *Perséfone* germánica. Y lo curioso es que así como *Santa Agata* ocupó el puesto de Perséfone en las poblaciones mediterráneas, *Santa Lucía* vino a sustituir a la *Holda* germánica, pariente de Hel.

por ejemplo, se oye crepitar la leña que arde en el hogar, se dice que Loki pega a sus hijos.

A causa de ciertos juramentos de amistad cambiados entre Loki y Odín, llegaron a ser como «hermanos de sangre». Loki, hermoso y sobre hermoso solícito y hábil con las diosas, era muy del gusto de éstas. Las mujeres siempre han disculpado la picardía y aun la maldad de los hombres, cosas ambas que con frecuencia son para ellas puro talento y esto, por ser lo que más fácilmente comprenden a causa de ser ellas mismas muchas veces picardía pura también. Pero si con las diosas era todo miel y sabía dejarlas engañadas y satisfechas, ¡arte supremo de ciertos varones!, con los dioses se revelaba con frecuencia su carácter envidioso y diabólico. Si a veces, como hemos visto en la leyenda de Thor en el país de los gigantes, mostrábase buen compañero, otras, en cuanto su interés entraba en juego, no vacilaba, por egoísmo, en cometer las mayores traiciones. Es más, diríase que víctima de una fatalidad, sólo para el mal daba su inventiva, su malicia y su espíritu, todo lo que era menester. Y de entrar en juego algo que le conviniese, ni a Thor mismo respetaba.

Una vez, habiendo pedido a la diosa Freyja su vestido de plumas de halcón, voló con él hasta la morada del gigante *Geirroed,* en cuyo tejado se posó. El gigante, al ver aquel pájaro extraño, le hizo capturar y le metió en una jaula. Y en ella le tuvo no solamente prisionero, sino hambriento, pues no le daba de comer. Loki, con la esperanza siempre de escapar, aguantó el tormento tres meses. Pero viendo que no hallaba treta para salir de allí, se dio a conocer y suplicó clemencia. El gigante consintió en soltarle, pero con una condición: contra otra presa mejor. Habría de hacer venir a Thor, pero sin sus guantes, sin su cinturón y sin su martillo. Es decir, inerme, con objeto de tenerle, como a Loki en aquel momento, a su merced. Loki prometió solemnemente, y fue puesto en libertad. Volvió, pues, a Asgard, y tanto y tan bien habló al bonachón de Thor, que éste, desprovisto de sus talismanes, se encaminó a la mansión de Geirroed. Y hubiese sido su víctima de no haber encontrado en el camino a la giganta *Grid,* que le amaba (con ella había engendrado al As *Vidar),* la cual, conociendo bien a Geirroed y a Loki, sobre ponerle en guardia le prestó sus propios guantes, su cinturón y su bastón mágico. Gracias a estos talismanes, Thor consiguió deshacer todas las asechanzas de su enemigo e incluso matarle y a todos los suyos. Y lo mismo debió hacer con Loki. Pero éste, como todos los granujas, tenía suerte.

En otra ocasión fue una diosa la que Loki se dispuso a sacrificar. Un día recorría el mundo en unión de Odín y de Hoenir. Hambrientos, se detuvieron con objeto de asar un buey. Pero un águila que estaba en la copa del árbol bajo el cual habían hecho fuego, impidió, mediante un maleficio, que el buey se asase, a menos, les dijo, que la invitasen a tomar parte en el festín. Habiendo cedido los dioses para dejarse de historias, sobre todo que el hambre invitaba a ahorrar discusiones, el águila exigió aún el mejor pedazo. Furioso Loki, cogió un palo y trató de dar al ave algo en lo que no habían convenido. Pero el águila levantó el vuelo, llevándose el palo pegado al cuerpo y Loki al palo, pues por más esfuerzos que éste hizo le fue imposible abrir las manos con que le había cogido. Arrastrado, traqueteado y muy magullado, acabó por pedir gracia. Pero como el águila era, en realidad, el gigante *Thjazi,* éste, muy contento por haberse apoderado de un dios, se apresuró a imponerle condiciones. En virtud de ellas, Loki se comprometió, mediante juramento solemne, a no recobrar su libertad sino tras haber librado al gigante a la diosa *Idun,* más las manzanas que poseía esta diosa. Manzanas maravillosas que tenían el poder de devolver la juventud. Precisamente era gracias a estas manzanas por lo que los dioses evitaban el envejecer. Volvió, pues, Loki a Asgard, y engañando a Idun diciéndola que iba a enseñarle unas manzanas más hermosas aún que las suyas, la condujo hasta un bosque donde esperaba Thjazi, que se apoderó de la incauta por la fuerza. No tardaron los dioses en darse cuenta de la ausencia de Idun. Y como no querían envejecer, adivinaron que se trataba de una nueva infamia de Loki, y tales amenazas le hicieron que no tuvo más remedio que comprometerse a devolverles la diosa perdida. Para ello transformose en halcón, voló al país de los gigantes, convirtió a Idun en una nuez, la cogió con una de sus garras y emprendió el viaje de vuelta. Pero Thjazi, al darse cuenta, convirtiose a su vez en un águila y les hubiese alcanzado de no haber encendido los dioses un enorme fuego invisible, en el cual, al llegar el águila a Asgard, se abrasó las alas y cayó agonizante. Una deliciosa pintura de estilo pompeyano, de Constantino Hansen (Museo de Copenhague), nos permite conocer a Idun y sus famosas manzanas.

Sif, la esposa de Thor, fue también en cierta ocasión víctima de la perversidad de Loki, que un día la cortó taimadamente su hermosa cabellera. Al saberlo Thor, agarró a Loki entre sus robustas manos dispuesto a triturarle los huesos. No lo hizo porque Loki le prometió, mediante juramento, que obligaría a los enanos a que hiciesen brotar en la cabeza de Sif otra de oro puro. En efecto, fue a buscar a los enanos herreros y no solamente obtuvo lo que se proponía, sino que otros hijos de *Ivaldir* construyesen el navío de *Skildbladnir* que una vez tendidas las velas iba derecho allí donde era preciso que fuese. Y asimismo la lanza *Gungnir,* que una vez lanzada nada había capaz de impedir que fuese adonde se la dirigía. Estos dos últimos talismanes fueron para Odín. No satisfechos aún, el imprudente Loki apostó con otro enano llamado *Brokk* a que ni él ni su hermano *Sindri,* bien que habilísimos, serían capaces de construir objetos tan maravillosos como los que fabricaban los hijos de

Ivaldir. Brokk y Sindri se pusieron a trabajar. Como Loki había jugado en la apuesta su cabeza, temiendo que quedasen victoriosos, se transformó en tábano y empezó a importunarles para que, desesperados y rabiosos, no pudiesen acabar lo que habían empezado. No obstante, ambos hermanos hicieron el anillo *Draupnir,* que tenía la virtud de aumentar constantemente la riqueza de quien lo poseía; el jabalí de oro, que dieron al dios Freyr, y el famoso martillo de Thor. Los Ases tomados como árbitros declararon que esta última arma sobrepujaba a cuanto hasta entonces había fabricado enano alguno, y que semejante prodigio sería en lo sucesivo la mejor protección de Asgard. Con ello, Brokk y Sindri ganaron la apuesta: la cabeza de Loki les pertenecía. Este, entonces, trató de arreglar la cuestión; pero ellos se negaron. «Vuestro soy, pues, cogedme», les dijo Loki. Pero cuando trataron de apoderarse de él desapareció. Y era que Loki poseía ciertos zapatos que podían transportarle en un instante al otro lado de tierras y mares. Los enanos entonces se quejaron a Thor, que al punto se apoderó del fugitivo y se lo entregó. Y como se dispusiesen a cortarle la cabeza, Loki, que para todo tenía recursos, dijo vivamente que reconocía que tenían derecho a su cabeza, pero tan sólo a su cabeza, y que, ¡ay de ellos si tocaban la menor parcela de su cuello! Indecisos los enanos, acabaron por decir a los presentes que lo mejor era coser los labios del desvergonzado para que ya no pudiese engañar a nadie. Y así se hizo. Pero Loki arrancó al punto el hilo, curó los agujeros que le había hecho la lezna, y con poco daño escapó de un gran peligro[846].

Mas a fuerza de picardías y maldades, Loki acabó por predisponer contra él a los demás dioses. La enorme perversidad siguiente, referida en uno de los poemas del Edda, ocurrió en el palacio del gigante *Aegir,* el amo de los mares, en un banquete que había ofrecido a todos los dioses y diosas. Sólo estaba ausente Thor, por hallarse en aquel momento recorriendo los países del Este. También faltaba Loki, pero a éste, de propósito no le habían invitado, pues Aegir, como todos, tenía motivos de resentimiento contra él. Pero en medio del festín forzó la puerta de la sala y se presentó. Y tantas excusas dio y tales cosas dijo, que consiguió calmar la indignación que había causado su llegada e incluso que se le hiciese un puesto en la mesa. Mas pronto la rabia que tenía en el pecho empezó a estallar en forma de burlas y denuestos, de los que pasó a encararse con todos los presentes y a decir a dioses y a diosas,

---

[846] Seguramente Shakespeare se inspiró en esta astucia de *Loki* (lo de la cabeza y el cuello) para la escena más interesante de su *Mercader de Venecia.*

audazmente, todos sus defectos. A los dioses, sus líos extraconyugales; a las diosas, alabándose de haberlas tenido a todas en sus brazos. Llegando su audacia hasta asegurar que la propia esposa de Thor había sido su amante. Pero apenas pronunciado el nombre de la compañera de este dios, se oyó mugir lejano el ruido de la tormenta. Era Thor, que llegaba para expulsar de allí al miserable. Loki, atemorizado, retrocedió. Pero antes de salir profirió aún una amenaza: jamás Aegir tendría ocasión de ofrecer una fiesta semejante, pues pronto cuanto poseía sería pasto de las llamas. Palabras que no solamente anunciaban la destrucción del palacio de Aegir, sino la del mundo entero, como se va a ver.

HEIMDALL

Este dios, uno de los más importantes de los germanos, tan sólo es conocido gracias a algunas alusiones de los poetas[847]. Era un dios de la luz. Su nombre parece significar «el que lanza claros rayos». Los escandinavos, únicos que le nombran, dicen de él que era grande y hermoso. Sus dientes eran de oro puro. Armado de una espada fulgurante, cabalgaba sobre un caballo de resplandecientes crines. Generalmente estaba de centinela junto a *Bifrost* (el arco iris), puente que unía la morada de los dioses con las de los hombres. Desde su puesto de observación advertía a los Ases la llegada de sus enemigos. Veía lo mismo de noche que de día y no necesitaba casi dormir. Sentía crecer la hierba y lo mismo la lana entre sus dedos, si aplicaba la mano. Poseía una trompa cuyo sonido se oía en el Mundo entero. Era enemigo implacable de Loki, pues éste se burlaba sin piedad de sus funciones de guardián y vigilante de los dioses. Pero aunque modesto y amable, Heimdall, cuando la ocasión se presentaba, ajustaba las cuentas a su enemigo. Un día, Loki consiguió sustraer el collar de la diosa Freyja, y corrió a esconderle en un escollo allá lejos en el mar del Oeste. Pero Heimdall llegó, metamorfoseándose en foca, hasta este escollo, y tras larga lucha con Loki, que también se había cambiado en foca, consiguió apoderarse del collar y se lo devolvió a Freyja. Como se verá luego, en la lucha suprema será Heimdall quien dé a Loki el golpe fatal; pero él sucumbirá también por mano de su adversario.

---

[847] *Heimdall,* divinidad muy antigua, pero de la que tan sólo hay trazas entre los noruegos y los islandeses, era hijo de *Odín,* y a causa de verlo todo y oírlo todo habían hecho de él el guardián del Olimpos germánico. Su espada era llamada *cabeza de hombre,* alusión a un mito perdido.

BALDER

Balder es, como Heimdall, un dios de la luz. Era hijo de Odín y de la diosa *Frigg.* Y tan hermoso, que su presencia llenaba todo de claridad. Ninguno de los Ases, además, le igualaba en sabiduría. Bastaba verle y oírle para amarle. Era la alegría y esperanza de los dioses. Su vida, pues, transcurría feliz, sintiéndose amado y amando a su vez, cuando de pronto empezó a ser víctima de presentimientos funestos. Para calmarle, su madre hizo prometer a todos los seres de la Tierra que ninguno haría jamás algo contra él. Y como todos le querían prometieron gustosos. Vuelto a causa de ello invulnerable, los dioses, para acabar de calmarle, un día que estaban todos reunidos y de fiesta empezaron a lanzar contra él cuanto hallaron a mano: piedras, dardos, hasta sus armas, sin conseguir herirle ni hacerle daño siquiera. Loki, envidioso y perverso siempre, fingiéndose muy contento, preguntó a Frigg si verdaderamente había convencido a todos los seres del Universo de que no perjudicasen a su hijo. Frigg, incautamente, le dijo que a todos sí, excepto a uno: a una planta, a Misteltein (el muérdago), que tan débil y joven le había parecido que no había creído prudente someterla a juramento. Loki salió de la sala, voló, arrancó la planta, con su tallo y raíz construyó una varita, volvió a reunirse con los dioses, y acercándose a *Hod,* único de los dioses que no tomaba parte en el juego contra Balder a causa de ser ciego[848], le animó, le dio la varita que traía y le dijo que la lanzase en la dirección que él mismo le marcó al instante. Hod lo hizo sin desconfianza, y la leve flecha, al menos en apariencia, fue a alcanzar a *Balder* en pleno pecho, atravesándole y dejándole sin vida.

Los consternados dioses no dieron muerte inmediata al infame por hallarse, como se hallaban, en un lugar consagrado a la paz. Expulsado de entre ellos para siempre, y con la amenaza sobre su cabeza, Loki escapó. Los demás dioses, recobrada un tanto la calma, se pusieron a deliberar. La atribulada Frigg preguntó si entre todos los presentes no habría alguno que consintiese en descender al reino de *Hel* (el reino de los muertos), con objeto de rescatar a Balder. Al punto, uno de los hijos de Odín, *Hermod,* saltó sobre *Sleipnir,* el caballo de su padre, y se puso en camino. Hel no se mostró implacable: si todos los seres y todas las cosas del mundo estaban conformes en que Balder volviese a Asgard, ella con gusto le concedería la libertad. Pero sólo con esta condición. Un solo ser o cosa que se

---

[848] *Hod,* hermano de *Balder* y su matador, no figura sino en este mito. Y lo mismo le ocurre a *Valí,* el vengador del As blanco.

opusiera y le retendría para siempre. Libertad salvo condición, como cuando Orfeus bajó al reino de Haides a por su mujer. A las preguntas de los dioses, todos los seres, hombres, animales, piedras, árboles, minerales y plantas empezaron a llorar por Balder. Tan sólo en cierta caverna de una montaña una giganta llamada *Thonkk* se negó a verter ni una lágrima, pese a las súplicas de todos los dioses: «Ni durante su vida ni luego de su muerte he recibido de él servicio alguno; que Hel conserve lo que tiene». La vieja malvada era Loki mismo disfrazado. Y Balder no pudo ser rescatado.

LOS VANES

Los Ases no eran los únicos dioses germanos. En Escandinavia, y muy particularmente en Suecia, se creía en la existencia de otra raza de dioses, los Vanes, dioses que en vez de ser guerreros eran pacíficos y benévolos. Divinidades de los campos y de los prados; de los bosques, de la luz y de la fecundidad. Todos los bienes que alcanzaban los hombres, por su mediación les llegaban. Sin exceptuar el comercio, la navegación y la riqueza.

Una tradición refería su guerra con los Ases. Ocurrió del modo siguiente. Un día los Vanes enviaron a la morada de los Ases a una diosa llamada *Gullveig,* que era habilísima en artes de brujería. Gracias a ello había conseguido grandes riquezas. Los Ases, sin duda para apoderarse de sus tesoros, la sometieron a toda clase de vejaciones y torturas. Al saberlo los Vanes, reclamaron una indemnización importante. Pero los Ases prefirieron zanjar la cuestión por las armas. La guerra estalló, pues. Guerra implacable y cruel, durante la cual los Ases fueron varias veces vencidos por los Vanes. A causa de ello obligados se vieron a sellar la paz y a considerarles como iguales. La paz dio lugar a un cambio de rehenes. Los Ases dieron a los Vanes el robusto *Hoenir* y al sabio Mimir. Los Vanes enviaron a sus antiguos enemigos al poderoso *Njord* y a su hijo *Freyr,* que en adelante vivieron en Asgard y fueron confundidos con los Ases. Padre e hijo eran considerados como otorgadores de riqueza, como protectores de la navegación y como garantizadores de los juramentos[849].

---

[849] *Freyr* era un dios muy importante, sobre todo para los germanos del Báltico. Y mejor que Freyr, *Ingvi-Freyr o Frey,* puesto que esta última palabra no es sino un epíteto cultural que significa *Señor.* En cuanto a *Ingvi* o *Ing,* que etimológicamente quiere decir miembro viril, era un dios de la fertilidad vegetal y animal, del cual la bestia sagrada era el jabalí, otro símbolo de la fertilidad. Su

Njord, a quien le gustaba vivir al borde del mar, se casó con *Skadi,* que, por el contrario, prefería las montañas. He aquí cómo se celebró su unión. Skadi era hija del gigante Thjazi, que, como ya hemos visto, murió a causa de haberse apoderado de la diosa Idun, con la complicidad de Loki. Pues bien, Skadi, decidida a vengar a su padre, se armó para atacar a los Ases. Pero éstos, no queriendo combatir con una mujer, la ofrecieron como compensación escoger esposo entre ellos. Para ello pusiéronse tras una cortina, no dejándola ver sino los pies de cada uno. Skadi hubiera querido unirse con Balder, el más hermoso y mejor de todos los dioses; y creyendo que sus pies serían también los más perfectos, señaló entre todos los que veía, a aquellos que creyó pertenecían al que deseaba. Pero resultó que aquellos pies perfectos eran los de Njord, y con él se tuvo que casar. Pareja mal unida, no tardaron en separarse. Y Freyr fue el fruto de esta unión efímera. Para hacer un dios no hacía falta en Germanía, sin duda, mucho más que para hacer un hombre. En todo caso, Freyr fue el único de los Vanes que en ciertas regiones gozó de un favor y una popularidad igual a la de Odín y Thor. Sus fiestas se celebraban entre grandes regocijos, bailes y juegos.

Lo mismo que Odín y Thor, Freyr poseía servidores admirables y talismanes maravillosos. Tenía un caballo que corría con la velocidad del viento y al que ni las llamas hacía retroceder. Una espada que ella misma se movía sola. Pero la perdió en un combate, y en la última lucha la echaría mucho de menos. A su carro uncía un jabalí de oro de poderosísimos colmillos: el famoso jabalí forjado por Brokk y Sindri. Este jabalí atravesaba tierra y cielo más rápido que un caballo a todo galope, y cuando salía por la noche todo se iluminaba en torno suyo. También para él habían construido otros enanos el navío *Skidbladnir,* al que ningún otro barco era capaz de seguir, y que iba recto allí donde se le mandaba. Este barco era tan grande, que todos los Ases cabían dentro de él con sus séquitos, armas y caballos. No obstante, fuera del mar Freyr podía reducir su tamaño a voluntad hasta meterle en cualquiera de sus bolsillos.

La esposa de Freyr pertenecía, como su madre, a la raza de los gigantes. Un día que Freyr, sentado en el trono de Odín, se entretenía en

---

mujer, según una versión, era la giganta *Gerda,* sin duda una antigua *Tierra-Madre.* Según otra, su propia hermana *Freya* o *Freyja,* la *Venus* sueca, que se sentaba en un carro al que uncía gatos. Freyr y Freyja no aparecen hasta los textos medievales, que mencionan también a su padre, *Njord.* Los tres constituyen un grupo aparte distinto de los otros dioses, puesto que, como digo, eran *Vanes* y los otros *Ases.*

contemplar lo que ocurría en la Tierra, vio de pronto salir de su casa, allá en el país de los gigantes, a una joven de incomparable belleza. Era *Gerda,* la hija de *Gymir.* Freyr se enamoró súbitamente de ella. Pero con locura. Y no sabiendo cómo conseguirla, empezó a languidecer. Entonces sus padres, contristados al verle en aquel estado, encargaron a *Skirnir,* servidor fiel y amigo de Freyr, que averiguase qué le pasaba. Y al saber de lo que se trataba, se ofreció al punto a ir a entenderse con la joven. Para ello pidió a Freyr su caballo y su espada y partió. Pero la joven estaba bien guardada. A la puerta de su palacio había perros ferocísimos; en una colina próxima un pastor, sentado, vigilaba y veía a cuantos se acercaban a la mansión de su ama; y por si todo ello fuese poco, lenguas de fuego rodeaban el castillo del gigante impidiendo todo acceso a él. Mas sin arredrarse ante tanto peligro, Skirnir, bien montado, salvó todos los obstáculos y pudo llegar junto a la hermosa. Mas ésta rechazó todas cuantas ofertas la hizo. Entonces el enviado cambió de táctica y recurrió a las amenazas. Dádivas ablandan peñas, dice el adagio; pero Gerda no era, sin duda, roca; más bien toda dulzura, puesto que las dádivas no le hacían mella, y en cambio en cuanto Skirnir cambió de táctica, le ofreció, en prenda de amistad, algo dulce también: un vaso lleno de hidromiel. Y, además, consintió en ser la esposa de Freyr.

Esta historia de amor a distancia, y con Celestina macho, referida por un poeta del siglo x, iba, sin duda, seguida de otras leyendas que contaban cómo tuvo aún que sostener Freyr cruentas luchas con los gigantes hasta conseguir a su amada, y fue durante ellas cuando perdió su espada mágica. Pero ¿qué no hubiera dado por su amada Gerda?

DIOSES MENORES:
HOENIR, BRAGI, VIDAR, VALÍ, ULL

En las leyendas escandinavas aparecen una porción de dioses menores, entre los cuales los principales son: Hoenir, compañero de Odín y de Loki en las excursiones de éstos a través del Mundo. El fue quien dotó de alma a la primera pareja de mortales. Pasaba por robusto, hermoso e intrépido; pero algo limitado de espíritu. A causa de ello, cuando los Ases dieron a este dios en rehén a los Vanes al terminar la guerra entre ambos bandos, le acompañaron de Mimir, que era, por el contrario, sumamente sabio. Este debió ser, y no Hoenir, el donador del alma de los mortales, con lo que se hubiese evitado que casi todos se le pareciesen en lo de la limitación de espíritu. Pero no fue así; ¡qué le vamos a hacer!

La importancia secundaria de este dios tonto y guapo se ve en la leyenda siguiente: Un gigante obligó una vez a un aldeano a echar con él una partida de damas. El que perdiese lo haría doblemente: la partida y la vida. Habiendo ganado el aldeano, el gigante, para salvar su mejor bien, propuso al ganador el trato siguiente: si le perdonaba, se obligaba a construirle en una sola noche una granja magnífica llena de cuanto es normal en las granjas ricas: animales y provisiones. Aceptó el aldeano y, en efecto, a la mañana siguiente ocupaba, en unión de su mujer y de su hijo, la flamante casa. Con la alegría aceptó otra partida, ¡qué no obtendría si ganaba aún!; pero esta vez fue el gigante el que ganó. Y lo peor fue que el precio era el hijo del aldeano. ¿Qué hacer para burlar al gigante? El aldeano no halló mejor recurso que volverse hacia Odín, pues en todos los tiempos y lugares el límite postrero de la desgracia han sido los dioses. Aquella noche el suyo, decidido a ayudarle, hizo nacer todo un campo de cebada y transformó al hijo del aldeano en un simple grano, que escondió en una de las espigas. El gigante entonces segó la cebada y se puso a golpear las espigas decidido a aplastar los granos. Pero precisamente el que le interesaba cayó a tierra, escapando a su propósito, con lo que Odín pudo devolver al aldeano su hijo sano y salvo. Pero le dijo que era cuanto podía hacer por él. Entonces el aldeano se dirigió a Hoenir. Este acude, se lleva al niño al borde del mar, y como en aquel momento dos de siete cisnes que pasaban volando se posaron en la playa, Hoenir hizo que el niño se transformase en una de las plumas de la cabeza de uno de ellos. En esto llega el gigante, coge el ave y le corta la cabeza. Pero lo que no advierte es que al hacerlo, la pluma codiciada se desprende de la testa del animal y es arrastrada por el viento. Gracias a ello, Hoenir pudo aún devolver el niño a sus padres. Entonces el aldeano, como Hoenir no puede tampoco hacer más por él, invoca a Loki, que transforma al niño en uno de los innumerables huevos de la freza de un rodaballo hembra. Pero el gigante pesca al rodaballo y empieza a aplastar los huevos uno a uno. Mas precisamente el que buscaba se escurre entre sus dedos y cae sin que le vea el gigante. Al tocar el suelo el niño recobra su forma y echa a correr cuanto puede. Y el gigante detrás. Pero, en su precipitación y aturdimiento, cae en un cepo preparado por Loki y muere, gracias a lo cual el niño se salva. Pero se salva gracias a Loki no a Hoenir. Claro que tampoco gracias a Odín.

Menos importante aún que Hoenir es Bragi, dios de la poesía (invención tardía esta divinidad, de la fantasía escandinava). Hasta el siglo IX, Odín pasaba por haber enseñado a los hombres el arte de hacer versos; pero en este siglo vivió un escaldo tan célebre, Bragi Broddason, que tras su muerte se le deificó haciendo de él el maestro de todos los poetas, con lo que terminó con el tiempo siendo el Bragi en cuestión. Para acabar de honrarle le casaron con la diosa Idun (que tan deliciosamente, como queda dicho, ha pintado Constantino Hansen), le hicieron el escaldo de Odín, y era él quien en la Valhalla estaba encargado de ofrecer a los visitantes la copa de bienvenida y acogerles con palabras corteses. Y asimismo el que durante los banquetes entretenía a los comensales con lindas historias de los tiempos pasados, o cantando las aventuras guerreras y amorosas de los dioses. Como todo degenera, hoy en los banquetes solemnes se habla tras de beber y comer, es decir, cuando ya nadie tiene ganas de escuchar; en las comilonas entre hombres vulgares se dicen, no poesías, sino cuentos e historias indecentes.

La figura de otros dos dioses menores, *Vidar* y *Valí*, es aún más borrosa. El primero, hijo de Odín, era llamado el *As silencioso*, pues no solía despegar la boca en las asambleas de los dioses. No obstante, a pesar de su aparente candidez y modestia, era capaz de llevar a cabo empresas que no hubieran realizado otros dioses aparentemente más avisados y audaces. En la guerra entre dioses y gigantes sobrepujó en vigor a Odín mismo, y él fue el que mató a Fenrir, el gran lobo que había devorado a su padre. Sobrevivió, además, a la última lucha y fue de los dioses del mundo regenerado.

Vali, hijo también de Odín, apenas hizo algo antes de la lucha que precedió al «crepúsculo de los dioses». Poco más de vida tenía que una noche cuando emprendió la tarea de vengar en Hod la muerte de Balder. Y tan gran deseo tenía de acabar y poner sobre la hoguera al asesino, bien que involuntario, del mejor de los dioses, que ni se tomó el trabajo de lavarse y de peinar sus cabellos al ir a emprender su hazaña.

Estos dos dioses, creación de los poetas de última hora, jamás fueron divinidades populares. En cambio, *Ull* fue, en gran parte de Escandinavia, durante mucho tiempo, adorado y reverenciado. Pero luego fue oscurecido por divinidades posteriores, y estaba ya casi olvidado cuando aparecieron los escaldos. Se le decía hijo de Sif y de Thor. Su nombre, Ull, significaba *el Magnífico*. Gran cazador, su mayor placer y habilidad era recorrer, calzado con sus zapatos especiales para la nieve (tal vez fue el inventor de los «skis», no lo aseguro), las vastas llanuras heladas matando animales con sus flechas. Lleno de nobleza y majestad, los Ases le escogieron para que durante cierto tiempo ocupase el puesto de Odín, cuando éste fue desterrado del Cielo por haber engañado, mediante artes indignas de un dios, a una joven. Al cabo de diez años, Odín volvió y expulsó a Ull, que se refugió en Suecia, donde alcanzó una reputación inmensa como mago y encantador. Poseía un hueso, en el cual había grabado fórmulas mágicas tan poderosas, que incluso se podía servir de él como de un navío para cruzar el mar.

LAS DIOSAS:
FRIJA, FREYJA, GEFJÓN, NERTHUS, HEL

La principal de todas las diosas germánicas, identificadas por los romanos con Venus, era Frija (en anglosajón, Frig; en viejo nórdico, Frigg), «la bien amada», «la esposa». En su honor fue denominado el viernes «Freitag», día de Frija *(Veneris dies)*. De lo que los antepasados de los alemanes actuales pensaban de esta diosa, no se sabe nada. Tal vez la considerasen como esposa de Wodan. En cambio, los escandinavos hacen intervenir a Frija-Frig, como esposa de Odín, en varias de las aventuras de este dios y la hacen asimismo participar de su sabiduría. Por supuesto, la diosa no estaba siempre de acuerdo con su marido, y sus tretas, como las de Hera, prevalecían a veces sobre lo que disponía el Zeus Germánico. Como Hera también, Frija o Frig protegía los matrimonios y les concedía la fecundidad. En cuando a ella, demasiado coqueta, estaba muy lejos de ser fiel a Odín. Claro que éste la pagaba, y largamente, en la misma moneda.

Algunas veces, se ha confundido a Frig con Freyja, pero son distintas. Esta es la hermana de Freyr; la que recibe a los héroes muertos en los sitios de las ciudades, en una gran sala del palacio de *Folkvang.* Y ello porque era la primera de las Valkirias y su capitana. Como Frigg, Freyja gustaba mucho de las joyas. No lejos de su palacio, en una gruta que les servía de taller, trabajaban cuatro enanos que se habían hecho célebres a causa de la perfección con que manipulaban los metales. Un día que Freyja fue a visitarles, vio sobre una mesa un maravilloso collar de oro que acababan de terminar. Deseando obtenerle ofreció por él oro, plata y otros metales preciosos. Pero los enanos, que tenían de todo ello en abundancia, la dijeron que si quería el collar tenía que ser la amante de cada uno de ellos durante una noche. La diosa, con tal de obtener la joya, consintió. Pero Loki, celoso o por simple oficiosidad malsana, se apresuró a contar a Odín cómo Freyja había obtenido la joya, y el amo de los dioses ordenó al soplón que se apoderase del collar. Loki corrió a la cámara de la diosa, pero la puerta estaba herméticamente cerrada. Entonces se transformó en mosca, consiguiendo entrar por una grieta del techo. Freyja dormía. Pero estaba echada de tal suerte, que era imposible desenganchar el broche del collar. Entonces se cambió en pulga y picó a la diosa en una mejilla. Instintivamente ésta hizo un movimiento para rascarse la parte atacada y con ello se dio media vuelta. Lo que permitió a la pulga o mosca ladrona desabrochar el collar y llevársele. Al despertar Freyja, adivinó al instante quién había sido el ladrón, y corrió a quejarse a Odín. Pero éste la reprendió severamente y le impuso condiciones muy duras para volver a ser dueña del collar. La leyenda es discreta en este punto; pero es casi seguro que las tales condiciones no se diferenciaron mucho del precio que le había costado la joya[850]. Freyja era tan hermosa que muchos gigantes trataban de obtener, fuese como fuese, sus favores. Uno de ellos prometió a los dioses construirles un palacio suntuoso, en sólo un invierno, si le ayudaban a conseguirla. Pidió, además, el Sol y la Luna. Aquel gigante no trabajaba por nada. El Sol, la Luna y una estrella como Freyja era demasiado por un palacio. Pero como fácilmente da el que da de lo que no es suyo, los dioses aceptaron. Y hubiese hecho un buen negocio el gigante, y ya se frotaba las manos, cuando estaba a punto de terminar su obra, si Loki no hubiese tenido la endiablada idea de transformarse en yegua, arrastrando al hacerlo, lejos de allí, al semental de que se valía el gigante-albañil para poner a pie de obra los materiales. Naturalmente, no pudo acabar el palacio en el plazo convenido, se quedó sin Sol, sin Luna y, lo que era peor, sin estrella, y, en cambio, los dioses ganaron todo lo hecho, que ellos terminaron en breve tiempo.

Otra diosa conocida era *Gefjón* (la donadora), diosa de la fecundidad honrada, particularmente, en la isla de Seeland. Una leyenda explicaba el porqué de la predilección y de este culto. En otros tiempos reinaba en el país, llamado hoy Suecia, un rey cuyo nombre era Gylfi. Una mujer desconocida, que recorría el país, le proporcionó tanto placer en virtud de artes mágicas, que el rey la concedió cuanta tierra pudiese rodear durante un día y una noche con un arado al que estuviesen uncidos cuatro bueyes. Esta mujer era la diosa Gefjón, que había aprendido la magia con los Vanes. Unció el arado a cuatro bueyes, hijos suyos, que había tenido con un gigante, y tirado por tales bueyes, la reja del arado se hundió tan profundamente que levantó la tierra en todo su espesor. Una inmensa cantidad de tierra fue así arrastrada por ellos hasta un estrecho próximo, donde volcada en él, llenó el mar hasta el fondo, formando de este modo la isla mencionada. El sitio de donde fue arrancada la tierra es hoy, según se decía, el lago Maelar.

---

[850] Aquí se ha mezclado en el relato nórdico, como tantas veces y en tantos textos, una mano cristiana. Las condiciones eran que *Freyja* provocase una guerra entre dos reyes, cada uno de los cuales mandase, a su vez, sobre otros veinte reyes menos poderosos que él. La noche de la batalla, todos los caídos deberían resucitar para reanudar el combate al día siguiente. Y esta guerra no terminaría, pues cada vez sucedería lo mismo, hasta que un rey cristiano los venciese a todos. Sólo entonces los muertos hallarían reposo, es decir, seguirían muertos para siempre.

Tácito habla de otra diosa, *Nerthus,* en el capítulo XL de *Germania,* cuya fiesta se celebraba en primavera. Tal vez era la Tierra personificada o una divinidad de la fecundación. En un bosque de cierta isla del Océano se conservaba su carro, al que sólo el sacerdote encargado de su culto se podía acercar. Esta divinidad alemana, entre los escandinavos había cambiado de sexo y era *Njord.*

Había además de las diosas del Cielo, las de los Infiernos. Pero este Infierno de los germanos no era, como el cristiano, un lugar de castigo, sino simplemente el sitio a donde iban los hombres después de su muerte. Entre los escandinavos, *Hel,* el Infierno, acabó por ser personificado en la diosa del mismo nombre. A ésta se la decía hija de Loki (especie de Satanás germano, como se ha visto), y había sido criada en el país de los gigantes en compañía de Fenrir, el lobo, y de Midgard, la serpiente. En su morada subterránea daba asilo a ambos monstruos con frecuencia, y constantemente a otro, a Nidhogg, especie de dragón que roía día y noche las raíces del fresno Yggdrasil. Decíase también que el poder de Hel, poder que le había concedido Odín mismo, extendíase por sobre nueve mundos diferentes. La cabeza de Hel caía hacia adelante; la mitad de su cara era humana y la otra mitad negra. En su palacio, situado al fondo de Niflheim, acogía a los héroes humanos y a los dioses cuando les tocaba bajar a su reino. Cuando el dios Balder llegó allí, tras haber sido muerto por Hod, la gran sala de recepción resplandeció más que el oro bruñido y las sirvientas de Hel se apresuraron a llenar las mesas de ricos vasos llenos de hidromiel para honrar al dios y a su comitiva.

ESPÍRITUS, DEMONIOS, ELFOS Y GIGANTES

Los germanos creían que la tierra estaba poblada de seres de naturaleza sobrehumana, tales que los espíritus, los demonios, los elfos y los gigantes. Temían a las almas de los muertos en primer lugar, y a causa de ello las reverenciaban. Como no dudaban de que eran capaces de ejercer poderes mágicos y mediante ellos ser ora benéficas, ora hacer pagar a los vivos los daños y males que de ellos habían recibido, las honraban para tenerlas propicias y evitar su cólera. En una isla del Rin existía aún la Torre de los Ratones, donde la leyenda refiere que se refugió Hatto, obispo perverso, que perseguido por las almas de los que había hecho quemar, pensó que allí se salvaría; pero sus víctimas, transformadas en ratones, cruzaron a nado el río y le devoraron. Pero no todos los germanos tenían las mismas ideas sobre esta cuestión, que tanto y tan inútilmente ha preocupado siempre a los hombres: el más allá. En otras regiones se creía, por el contrario, que las almas de los muertos se agrupaban lejos de los lugares habitados y sin contacto alguno con los vivos. Las nubes tempestuosas no eran sino ellas, que seguían al demonio Wode (con el tiempo el dios Wodan), sobre los caballos aéreos, en su *caza salvaje*. En Escandinavia, la morada de los muertos era la Valhalla y aun los palacios de los dioses; sobre todo, no dejaban de ir allí los guerreros caídos en el campo de batalla; como ya se ha dicho, las Valkirias mismas los transportaban. En ciertos pueblos germánicos se creía, por el contrario, que la mansión por excelencia de los muertos era la Gran Bretaña, es decir, alguna parte en las islas al otro lado del mar. El historiador Procopio cuenta, con la mayor seriedad, que en la costa fronteriza a estas islas (sin duda, Bretaña o Normandía) había aldeas cuyos habitantes, aunque sometidos a la autoridad de los francos, no pagaban tributos a causa de estar obligados a transportar al otro lado las almas de los muertos. Hacia medianoche, golpes misteriosos dados en la puerta de sus casas, les llamaba al trabajo. Entonces, como impulsados por una fuerza irresistible, bajaban a la orilla del mar, donde encontraban barcas al parecer vacías, pero tan llenas, por el contrario, que el borde de ellas iba casi al nivel del agua. Entraban, remaban y en una hora alcanzaban la orilla opuesta, cuando de modo normal hubiesen necesitado toda la noche y aun el día siguiente. Apenas llegados, la barca parecía vaciarse. Nada veían ni durante la travesía ni al llegar, pero sí oían claramente una voz que proclamaba el nombre, condición y lugar de origen de las almas a medida que iban desembarcando.

Para los germanos, el alma era algo material. Podía hablar, moverse, obrar e incluso manifestarse bajo diversas formas: humana o de animal. Este otro «yo», semimaterial, era denominado *fylgja* (el siguiente, el segundo). Se cuenta del rey franco Gontrán, hijo de Clotario, que, yendo un día de caza en compañía de un servidor fiel, se sintió de pronto tan fatigado que se echó a dormir tomando como almohada las piernas de su criado. De pronto, éste vio salir por la boca de su señor un pequeño animal de forma de serpiente que serpeando hasta un arroyo inmediato, se detuvo al llegar allí cual ante un obstáculo imprevisto. El criado entonces, comprendiendo que quería cruzarle, sacó su espada, la puso como puente y, en efecto, el animal pasó al otro lado, no tardando en desaparecer en un agujero. Al cabo de un buen rato volvió a salir, llegó de nuevo al arroyo, le cruzó, siempre por la espada, y, alcanzando al dormido, volvió a meterse por su boca, tal cual antes había aparecido por ella. Poco después, Gontrán despertó y contó a su criado un sueño prodigioso que acababa de tener: había visto un río, un puente de metal había cruzado aquél valiéndose de éste y entrando en una caverna había podido contemplar con asombro que estaba llena de un tesoro maravilloso y de valor incalculable. Entonces el criado le dijo, a su vez, lo que él acababa de ver, y sorprendidos de la coincidencia escarbaron junto al agujero por donde había desaparecido la culebrilla, acabando por encontrar, en efecto, un subterráneo que contenía un tesoro inmenso.

Aunque el «fylgja» podía separarse del cuerpo, permanecía, no obstante, en tan íntima relación con él, que lo que se obraba sobre uno sufríalo asimismo el otro. Así, durante la Edad Media era creencia corriente que las brujas, sin abandonar su casa, podían circular fuera de ella en forma distinta de la suya propia. Es decir, tomando su «doble» otro aspecto: generalmente el de un animal. Pero si alguien hería o mataba a este animal, se encontraba a la bruja herida o muerta en su casa. A propósito de esta propiedad del espíritu de abandonar el cuerpo (artículo de fe aun para los espiritistas) y transformarse en animal, creencia que hizo falta siglos para desarraigarla del espíritu de los germanos, se contaban infinidad de leyendas que eran creídas a ojos cerrados. Por ejemplo, la siguiente: Sigmundo y Sinfjotli, vagando a través de un bosque, encontraron una vez en una cabaña a dos hombres profundamente dormidos. Por sobre sus cabezas había suspendidas dos pieles de lobo. Aquellos desconocidos habían sido transformados en animales de esta especie por obra mágica de un hechicero, pero cada diez días podían abandonar su forma animal y volver a ser hombres, como antes, durante veinticuatro horas. Sigmundo y Sinfjotli ensayaron meterse en las pieles vacías, pero una vez en ellas, convertidos a su vez en lobos, imposible les fue salir. Y como tales lobos empezaron a comportarse, atacando ganados, aullando e incluso lanzándose contra los hombres. Para evitar tanto mal volvieron a sus casas, se encerraron en ellas, esperaron diez días y al cabo de este plazo las pieles cayeron por sí mismas y volvieron a ser como eran antes. Entonces se apresuraron a quemarlas y el encantamiento cesó.

NORNES Y VALKIRIAS

Otros *espíritus* que intervenían, y mucho, en la vida humana eran las *Nornes.* Estas Nornes, como ya he dicho en varias ocasiones, eran para los germanos lo mismo que las Moiras para los griegos y las Parcas para los romanos: las hilanderas entre cuyas manos estaba la vida de los hombres, puesto que el hilo de ésta podían cortarle, en vez de seguir tejiéndole, en cada momento. De estas diosas todopoderosas en lo que afectaba al *destino* de cada uno, salieron más tarde las *hadas,* que, al nacer, venían a la cuna de cada niño para colmarle de venturas o de desgracias; para darle un porvenir risueño o adverso, según su sino. También eran dispensadoras de destino las Valkirias. Pero éstas en los campos de batalla, puesto que daban la victoria a quienes les parecía o señalaban a aquellos que asimismo las placía que muriesen. En general, las Valkirias iban vestidas como guerreros, pero otras veces la imaginación popular las veía cual simples jóvenes cubiertas con plumas de cisne en vez de corazas y casco, y gracias a las cuales volaban fácilmente. Si alguien conseguía sorprenderlas y quitarles su túnica de plumas, a su merced quedaban. El gran poema medieval *La Canción de los Nibelungos*[851] lo prueba: el feroz Hagen buscaba cierto día un sitio favorable para vadear el Danubio, cuando oyó un ligero chapotear en un laguillo próximo. Se acercó cautelosamente y vio a dos jóvenes (había también muchachas-cisnes que no eran Valkirias) que, habiéndose despojado de su plumaje, se bañaban alegremente en el agua tranquila. Hagen se apoderó al punto de las túnicas y tan sólo se las devolvió a sus dueñas cuando éstas le hicieron saber el destino del ejército de los burgondes que se había encaminado hacia el país de los hunos. En el drama musical de Wagner titulado *El anillo de los Nibelungos* es precisamente por dejarse sorprender por un hombre por lo que Brunilda, la Valkiria heroína de la obra, se atrae la cólera de Odín. Habiendo volado un día lejos de la Valhalla en unión de ocho de sus hermanas, posáronse para descansar, despojándose al hacerlo de su plumaje. El rey Agnar se apodera de estas plumas, escondiéndolas en una encina. A su discreción con ello las incautas, exigió a Brunilda que combatiese a su lado contra Hjalmgunnar e incluso que le diese muerte. Brunilda tuvo que obedecerle. Pero el muerto era protegido de Odín, éste pinchó a Brunilda con una aguja mágica, la sumió en sueño profundísimo y la encerró en una mansión rodeada de un muro de llamas. Despojada además Brunilda de su carácter divino y condenada a una pobre vida terrestre, sólo podrá casarse con el héroe capaz de atravesar las llamas que la retienen prisionera. Este héroe será Sigfrido (Sigurd, el Siegfried alemán).

Valkirias y Jóvenes-cisnes podían ser amadas y enamorarse, a su vez, de los hombres e incluso casarse con ellos. En Islandia se contaba la tierna historia de Helgi, unido por amor a Kara la Valkiria. Esta le acompañaba siempre y, por supuesto, a los combates, donde volaba muy bajo, junto a él, dejando oír cantos tan dulces y melodiosos que los enemigos, arrobados, perdían todo vigor y dejaban de combatir: de tal modo quedaban embelesados. Hasta que un día, Helgi, al levantar súbitamente la espada para abatir a su adversario, hirió a Kara, que volaba siempre por

---

[851] La raza de enanos *nibelungos* (lit. «hijos de la niebla», es decir, del mundo subterráneo) recibían su nombre a causa de su rey *Nibelung*. Estos nibelungos, como ya he dicho, poseían grandes riquezas, de las que se apoderó *Siegfried* tras matar a los dos reyes, Nibelung y *Schilbung,* y al enano *Alberich* que las custodiaba.

sobre él, matándola. Matándola y destruyendo con ello toda su felicidad y su suerte.

Los espíritus, unos eran de menguada talla, como un hombre y aun menores; otros, por el contrario, gigantes. Los pequeños eran los *elfos*. Estos elfos mostrábanse, por lo general, serviciales. Pero a veces eran también malignos. Se les decía hermosos y bien formados, pero más pequeños que los hombres. Vivían en sociedad y tenían reyes, a los que eran muy fieles. Temían la luz solar y huían de las miradas de los humanos. Si, por casualidad, cuando danzaban a la luz de la Luna, pasaba un hombre, imposible le era ya a éste apartar los ojos de las elfas, pues eran de tal modo hermosas, que quedaba prisionero de su belleza. Los *enanos,* en cambio, no eran hermosos, pero su inteligencia y su habilidad era verdaderamente prodigiosa y divina. Los mineros encontraban con frecuencia enanos en las galerías de las minas, es decir, en los huecos que iban abriendo en las montañas, lo que consideraban como felicísimo presagio, puesto que los enanos no frecuentaban sino lugares abundantes en metales preciosos. Se consideraba a los enanos como poseedores de grandes tesoros, que ocultaban en las profundidades de la tierra. Uno de estos tesoros es célebre en la poesía épica alemana: era el que poseía el rey de los Nibelungos, cuyo guardián era el enano Olberich. Sigfrido, el héroe de *La Canción de los Nibelungos,* se apoderó de él tras haber vencido al enano que le custodiaba. Y precisamente para dar a su rey este tesoro fabuloso, Hagen mató a Sigfrido.

En las aguas había también espíritus, llamados *Nixes* o *Wassertnann* (hombres de las aguas). Los nixes, cuando se mostraban a los hombres, era para perderles. Las nixes hembras eran de una hermosura deslumbradora. Pero crueles. Gustaban seducir a los hombres para verles luego sufrir abrasándose de amor por ellas.

Los *Kobolds* eran espíritus menores que vivían en las moradas de los hombres. Tenían aspecto humano incluso. En general, eran representados como viejecillos muy arrugados, pero vivos y ágiles, cuya cabeza cubría un capuchón. Solían estar en cuadras, cocheras y cuevas, y eran muy útiles, pues prestaban una porción de servicios domésticos: iban a por agua, partían leña, daban de comer a los animales, encendían y entretenían el fuego cuando los dueños de la casa estaban ausentes, etc. En una palabra, era una felicidad para la casa donde habitaban, y por sus múltiples trabajos apenas exigían sino un poco de leche y los restos de la comida. Pero si se les olvidaba, hacían toda clase de picardías y luego se les oía reír y burlarse desde el rincón en que se habían metido.

Otros espíritus habitaban los bosques y los campos. Los que residían en los árboles tenían el cuerpo velludo y como cubierto de musgo. Y la cara tan arrugada como la corteza de ciertos troncos. En general, eran muy serviciales. Pero de contrariarles, tomaban la forma de insectos y molestaban, y aun extendían ciertas plagas entre los hombres. En cuanto a los espíritus de los campos, a éstos se les daba forma animal. Cuando se recogía la cosecha escapaban delante de hoces y guadañas, refugiándose en la parte no segada o cortada aún. A veces se hacía un gesto equivalente a matarlos; pero, de ordinario, en señal de respeto, se ponía sobre la última gavilla un pequeño maniquí que les representaba o destinado a honrarles.

De los *gigantes* ya me he ocupado hablando de los dioses. Estaban repartidos, como los enanos, por todas partes y, como dicho queda, no vacilaban en enfrentarse con los dioses. Uno de ellos, llamado *Gairroed*, habiendo conseguido atraer a Thor hasta su morada, le propuso un combate singular con intención de someter al dios. De uno de los enormes fuegos que ardían, en la sala donde le había recibido e invitado, Gairroed sacó, valiéndose de unas tenazas enormes, un pedazo fenomenal de hierro al rojo. Hizo con él una bola en forma de membrillo y propuso a Thor lanzársele el uno al otro, pues tenía la esperanza de abrasar al dios y ponerle a su merced. Thor aceptó e incluso le dejó tirar el primero. Así lo hizo, lanzándole el bólido con fuerza enorme. Pero Thor, sin dar un paso atrás, le cogió en el aire según venía, y sin quemarse siquiera gracias a sus guantes mágicos. Entonces el gigante, aterrado, se refugió tras una columna de hierro. Pero Thor lanzó la bola con tal fuerza, que ésta atravesó la columna, al gigante, el ancho muro de piedra y no paró hasta clavarse en el suelo mucho más lejos. Otros gigantes habitaban las montañas. Algunos, en fin, en el mar. Entre éstos Aegir, amigo de los dioses y recibido en sus festines. Este Aegir tenía por esposa a *Ran* (la ladrona o la sustraedora), que poseía una red con la cual procuraba coger a cuantos hombres iban a nadar. Inspiraba un terror enorme. Luego de ahogar a los desdichados que pescaba, les acogía con magnificencia en su palacio y les obsequiaba con los mejores bocados. De su unión con Aegir habían nacido nueve hijas, personificación de las olas. Mimir, el sabio, era asimismo un gigante de las aguas. Pero de las aguas de manantiales y fuentes, no de la del mar. Los gigantes del fuego eran más raros y no llegaron a hacerse populares. No obstante, los fenómenos volcánicos a ellos eran atribuidos, y lo mismo los temblores de tierra. Los gigantes tenían la facultad de poder metamorfosearse a su capricho. El más conocido de éstos, que solía metamorfosearse, era *Fafnir,* que se cambiaba en dragón para custodiar mejor sus tesoros.

La creencia en enanos, gigantes y demonios subsistió mucho tiempo entre los germanos. Ciertas supersticiones han durado hasta nuestros días. Hubo un período en el siglo XI en que las leyendas paganas se amalgamaron con las cristianas. Se decía de Olaf Tryggvason, por ejemplo, uno de los misioneros más ardientes de Noruega, que había obligado a un *troll,* es decir, a un gigante, a construir una iglesia. Y se citaban casos de demonios que incluso habían deseado entrar en el seno de la religión nueva. Véase uno muy creído: Dos niños jugaban a orillas de un río, cuando de pronto salió un ondino del agua llevando un arpa, que empezó a tocar de un modo maravilloso. «¿De qué te sirve tocar tan bien —le dijeron los niños—si no por eso conseguirás salvarte?» Oyendo estas palabras, el ondino, tras romper a llorar amargamente, se hundió en el agua. Los niños, de regreso en su casa, contaron lo que les había ocurrido a su padre, que era pastor. Entonces éste les afeó su crueldad y les mandó que fuesen a consolarle, pues incluso los ondinos podían salvarse si venían al buen camino. Los niños corrieron de nuevo al borde del río, llamaron al ondino, y cuando éste apareció, siempre muy triste, le consolaron, asegurándole que, si se arrepentía, se salvaría también. Entonces el ondino secó sus lágrimas y volvió a ejecutar melodías, pero aún más hermosas.

Hoy, pese a que todo parece cambiar rápidamente, no es seguro que allá en las tierras del Norte, en las aldeas escondidas, y pese al crucifijo, que no falta en ninguna casa campesina, no se crea aún en los viejos espíritus de las antiguas leyendas y que no se los invoque calladamente para tenerlos propicios y no incurrir en su enojo, y, sobre todo, para asociarlos a ciertas prácticas de brujería, a la que tan afecta es siempre la ignorancia y la baja credulidad. Y con todo ello, ¿no se les concederá aún una especie de culto?

EL CREPÚSCULO DE LOS DIOSES

La gran catástrofe de la mitología germana es referida con solemne y grandiosa concisión en el *Voluspa,* el más hermoso de los poemas del Edda[852]. Los germanos no creían en la eternidad del Mundo, ni siquiera en la de los dioses. La muerte de éstos tenía que llegar. Y llegar como castigo a sus faltas. En un principio, las divinidades vivían en sus mansiones de Asgard una vida tranquila e industriosa. Pero luego no solamente empezaron a cometer faltas entre ellos, engaños, adulterios, incestos y demás errores semejantes, sino graves daños contra otros dioses (como

---

[852] La expresión *El crepúsculo de los dioses,* popular desde Wagner, no corresponde a la denominación que dieron al poema los antiguos poetas, puesto que la expresión empleada por ellos, *ragna rok,* quiere decir *el destino fatal, el fin de los dioses.* Pero a partir del siglo XII, los escritores nórdicos sustituyeron esta expresión por *ragna rokkr,* en la que *rokkr* quiere decir, en efecto, *oscuridad, tinieblas, crepúsculo,* y por ello el título dado por Wagner a su drama musical.

cuando torturaron a la diosa Gullveig, la enviada de los Vanes) o contra los gigantes (cuando faltaron a la palabra prometida y jurada con el que les construyó el gran palacio celeste por el que le había ofrecido a Freyja, más el Sol y la Luna). Todo ello acabó por rebajar su cualidad excelsa y, lo que aún fue más grave, abrió un período de perjurios, violencia y guerras que fue funesto, primero para los hombres, tempranas víctimas de los errores divinos, por aquello de que siempre la cuerda se rompe por la parte más floja; segundo, para ellos mismos. Y lo ya irremediable se precipitó con la muerte de Balder, muerte que los dioses juraron vengar. Como el verdadero asesino no era Hod, bien que éste también pagase sin culpa (nuevo error), sino Loki, éste fue condenado al punto. Pero rompiendo los hierros que le encadenaban, corrió a reunirse con gigantes y demonios, enemigos irreconciliables de los Ases, y la lucha no tardó en entablarse. Lo que ambos bandos emplearon en prepararse para ella, que no fue mucho.

La primera víctima fue el Sol, y con él los hombres. Una vieja giganta parió allá en un lejano bosque una horrenda carnada de lobos tremebundos, cuyo padre era el atroz Fenrir. De aquellos monstruos, uno empezó a perseguir al Sol, decidido a dejar el Mundo en tinieblas. Mientras fue pequeño no lo consiguió. Pero sí ya adulto, con lo que sumió a la Tierra en el más espantoso de los inviernos. Mientras en ella los hombres se destruían en medio del frío y de las tinieblas, dioses y gigantes, arriba, se observaban, sin dejar de aprestarse para la lucha final. En la frontera del reino de los gigantes, *Eggther* vigilaba incesantemente a hombres y dioses, mientras Garm, el perro terrible, llamaba al combate desde la orilla del río que bordeaba el Infierno, a cuantos estaban allí confiados a su incesante custodia. Al Sur, donde empezaba el país de los gigantes de fuego, *Surt,* el amo de esta región, preparaba ya su espada de llamas, al tiempo que Heimdall, el vigía de los dioses, cuya vista y oído eran más penetrantes y finos que los de otro alguno, atisbaba sin descanso a su vez. No obstante, no advirtió que su espada era robada por Loki, aprovechando que al ver avanzar a los gigantes hacía sonar su poderoso cuerno. Fue entonces, comprendiendo lo que ocurría, cuando Fenrir, el lobo inmenso, rompió al fin los lazos que le retenían, haciendo retemblar con sus esfuerzos la Tierra y el Cielo, el propio fresno Yggdrasil, y tapando las entradas de los subterráneos de los enanos, que fueron obstruidas a causa del tremendo cataclismo.

Al mismo tiempo se vio llegar un navío del Oeste, cuyo timón empuñaba el gigante *Hrym.* La ola inmensa que provocaba Midgard, la serpiente de cien mil anillos, agitados por una cólera sin límites, le hacía avanzar vertiginosamente. Por el Norte otro navío llegaba a velas desplegadas trayendo a los habitantes infernales, capitaneados por Loki, que venía a la barra. Mientras el inmenso Fenrir, cuyas fauces chorreaban sangre (la mandíbula superior le llegaba al Cielo y la inferior arrancaba todo al rozar la Tierra), sombrío y siniestro, llegaba a su lado, guardándoles y abriéndoles camino, *Surt,* por su parte, avanzaba por el Sur seguido de un ejército innumerable de gigantes de fuego, que pasando sin detenerse sobre el arco iris, tras inflamarle, le hundieron.

Los adversarios habían escogido, según la costumbre germana, como campo de lucha la llanura de *Vigrid* (inmenso cuadrado de mil leguas de lado), que se extendía delante de la Valhalla; y todos dispuestos y enardecidos, empezó la lucha, en medio de tal tumulto, que la bóveda celeste crujía y se partía en dos al empuje indescriptible de dioses y gigantes, que acompañados de guerreros en número imposible de contar, comenzaron a degollarse sin piedad.

A la cabeza de los combatientes celestes iba Odín cubierto con un casco de oro empenachado con un par de alas de águila inmensas, y blandiendo en la poderosa mano la lanza Gugnir. Detrás de él sus guerreros, que salían y salían como un torrente incontenible de la Valhalla. Sobre sus caballos resplandecientes, las Vaikirias, como un enjambre espantabilísimo, les rodeaban. No obstante, pese a todo su valor, a toda su fuerza, a todo su poder y a no faltarle ayudas, sería, de entre los dioses, la primera víctima. Pues al ver al lobo Fenrir va a su encuentro como una centella; pero las inmensas mandíbulas del monstruoso animal se cierran sobre él con golpear horrísono y le hacen perecer. Vidar, su hijo, corre a vengarle. Poniendo uno de sus pies sobre la mandíbula inferior del monstruo, pie calzado con una bota de cuero indestructible, y llevando su mano izquierda a la mandíbula superior, a la que detiene y sujeta, hunde su espada por aquella sima de boca hasta llegar al propio corazón de la fiera.

Entre tanto, Freyr, el resplandeciente Van y Surt, el jefe de los gigantes del Sur, se atacan. Pero pronto éste cae, incapaz de resistir los golpes de la maravillosa espada de su adversario, que para él forjaron los enanos. Pero al perderla pronto en la terrible lucha por reconquistar a su esposa, muere a su vez.

Thor, que ha caído sobre Midgard, la fenomenal serpiente, hunde con su martillo el enorme cráneo del anillado monstruo. Pero ha respirado tanto veneno al acercarse a ella, que al tratar de apartarse de su cadáver da, vacilante, algunos pasos y al noveno sucumbe.

Loki y Heimdall se matan uno a otro en lucha sin cuartel.

El último de los grandes Ases que queda vivo, Tyr, muere también tras haber matado al perro de los Infiernos, Garm, pues tales mordeduras éste le infiere.

Luego desaparecidos los más fuertes de uno y otro bando, la catástrofe se generaliza: la raza humana, sin protectores ya, es barrida de la superficie de la Tierra. Esta misma pierde su forma. Las estrellas se desprenden del Cielo y caen. El fuego lo cubre y devora todo, transformando el Universo en un inmenso brasero. Todos los seres son destruidos. Cuanto subsiste, cuando al fin, falta de combatientes, la lucha se apaga, es la tierra empapada de sangre y llena de armas rotas, y de cadáveres que ruedan hacia el fondo de la enorme hendidura y grietas que se han abierto abajo, frente a las no menos enormes grietas y abismos del también partido Cielo.

Todo ha acabado.

¡Pero para empezar de nuevo!

De los restos del viejo mundo surgirá otro nuevo: otras montañas, otros ríos, nuevos seres, nuevos campos y nuevos bosques. Y arriba, en la región de los dioses, una no menos flamante generación de éstos, a la cabeza de los cuales brillarán aquellos de los antiguos que no cometieron falsedades, perjurios, crímenes ni faltas. Es decir, los que por haber merecido salvarse se han librado de la terrible destrucción.

El primero en resucitar será Balder, que, en unión de su hermano, Hod, irá a ocupar la gran sala de los festines, que antes ocupaba Odín. Éste no volverá, pero sí sus hijos Vidar y Vali, y los hijos de sus hermanos, Villi y Ve. Y Hoenir, el que fue su compañero fiel, pues la amistad, flor exquisita, no puede perecer mientras haya algo con vida en el Universo. En fin, dos hijos de Thor, Magni y Modi, iniciarán con los anteriores el nuevo panteón germánico.

Abajo también, los pocos hombres que han podido escapar al cataclismo ingente, volverán de nuevo a levantar, aterrados aún, los ojos hacia lo alto, y a tener esperanzas e ilusiones; y a amar, y a trabajar, y a sufrir, comenzando con ello de nuevo la vida en la Tierra, sometida siempre, a pesar de los dioses, al triple yugo: trabajo, amor, dolor[853].

---

[853] Como se ha podido ver, la mitología germana es superior a todas las demás mitologías, si se exceptúan la griega y la hindú. Y ello no sólo por la fantasía que en ella campea, sino por la naturaleza misma de sus dioses. Sin contar que, como ya he dicho, brillan en ella dos de primera magnitud como concepción poética: *Balder,* tipo acabado de dios perfecto del bien, y *Loki,* lo mismo, sólo que del mal. La lástima es que haya llegado a nosotros tan incompleta, puesto que sólo tenemos lo que han conservado los poetas escandinavos.

MITOLOGÍA ESLAVA

Se da el nombre de *eslavos* al conjunto de pueblos que ocupan una gran parte de Europa central y toda la oriental. La región que pueblan se extiende, en grandes líneas, desde las costas balcánicas del mar Adriático, la meseta de Bohemia y el curso superior y medio de los afluentes de la orilla derecha del Veser, hasta mucho más al Este de los montes Urales, puesto que los eslavos avanzan aún por una gran parte del Asia septentrional. Rusos, rutenos, poloneses, servios, checos, eslovacos, eslovenos, croatas y búlgaros pertenecen a esta raza una y diversa. Una, pues el tronco fue el mismo, el indoeuropeo; diversa, porque dada la enorme extensión que acabaron por ocupar las distintas ramas del tronco primitivo, la geografía, obrando sobre el tipo racial originario, ha cambiado profundamente sus caracteres antropológicos: lo físico en todo caso, si no mucho lo espiritual. De tal modo que con dificultad se creería hoy que los tipos rubios del Norte son hermanos de raza de los morenos del Sur.

El primer grupo de eslavos es casi seguro que estuvo establecido entre el Oder y el Dnieper. Pero de allí se extendieron en todas direcciones, creando pueblos diferentes, con frecuencia enemigos entre sí, y sin otro carácter común, en realidad, que la barbarie, general a todos, pues su civilización fue durante muchos siglos sumamente inferior a la de los demás pueblos de Europa. Sus costumbres, en efecto, eran tan enteramente primitivas, que cuando los primeros contactos con los latinos y bizantinos, éstos no podían sufrirlas. El apóstol Bonifacio decía de ellos en el siglo VII que constituían «la más repugnante y la más vil de las razas humanas».

Su régimen de vida, aun entonces, era el patriarcal: cultivaban la tierra en común; practicaban la incineración; acompañaban sus funerales de festines y de juegos guerreros, como los griegos legendarios; las mujeres eran quemadas en la hoguera que consumía el cuerpo de sus maridos, como en ciertas regiones asiáticas, y sacrificaban a sus ídolos no sólo animales, sino los prisioneros de guerra. Antes de pasar a estos ídolos diré aún que la palabra *eslavo,* que, por lo visto, primitivamente venía de la raíz *«slav» (gloria* o *palabra),* dio origen, a través de *sklave,* nombre que daban los alemanes a los prisioneros que hacían durante las incesantes guerras de la Edad Media con sus vecinos eslavos, a la voz *esclave* francesa y a la española *esclavo,* que sustituyó en todas partes a la denominación *siervo.* Y en verdad, durante muchos siglos, incapaz aquel enjambre de pueblos, sin organización ni cultura, de constituir un núcleo poderoso, fueron víctimas, cuando no del germanismo del Oeste, de los tártaros del Este o de los otomanos del Sur. Sólo ya modernamente pudieron sacudir la dura tutela mongola, que aún les había sometido durante doscientos años, para caer en una autocracia germano-moscovita, que les tuvo sometidos hasta el año 1917, en que, como se sabe, hubo un cambio de cadena, pasando a la actual *dictadura del proletariado.*

Tras todo lo anterior, es decir, habiendo permanecido los pueblos eslavos sin contacto durante muchos siglos con los entonces civilizados, se comprenderá que nuestra ignorancia es completa o casi en lo que afecta a sus religiones y mitologías, sobre todo durante la época del paganismo. Apenas levísimas indicaciones de algún historiador romano, de algún cronista griego o de los geógrafos árabes, o bien informaciones con frecuencia falsas, tendenciosas siempre, de los monjes ortodoxos, nos dicen algo, muy poco, sobre sus creencias religiosas. De modo que sin el hecho, para lo que importa ahora, afortunado, del atraso en la evolución material y espiritual de estos pueblos durante tantos siglos, lo que ha permitido que llegasen hasta época relativamente reciente vestigios de los hábitos y modos de pensar de estos pueblos en los tiempos pasados, nada o poco más sabríamos en realidad. Pero un folklore rico en leyendas, cuentos, canciones y, sobre todo, exorcismos que ha sobrevivido, ha permitido reconstituir parte de la mitología común a todos los pueblos eslavos, mitología que se formó, como en todas partes, en virtud del deseo de protegerse contra las manifestaciones incontenibles de la Naturaleza, la necesidad de explicarse los fenómenos que les atemorizaban y el propósito de atenuar la violencia de los cataclismos, tanto celestes como terrestres, dirigiéndose a las potencias misteriosas que los desencadenaban. Incapaces estos pueblos, por otra parte, de establecer una verdadera teogonía, y menos una cosmogonía, sus creencias sobre lo misterioso son, como se va a ver, de lo más rudimentario, inocente y primitivo. Tan sólo aquellas tribus que estuvieron en contacto más inmediato, a causa de su situación geográfica, con otros pueblos más civilizados, pudieron, a imitación de éstos, como ocurrió, por ejemplo, en Kiev, capital de Ucrania, centro de un Imperio en la Edad Media y una de las ciudades santas de Rusia, y en el litoral del mar Báltico, establecer una jerarquía, por decirlo así, de divinidades superiores, ídolos groseros, sacerdotes y ritos. En lo demás todo era, seguramente, como en los otros dominios del espíritu, vago e impreciso. Veamos, no obstante, lo que se ha podido saber estudiando sagazmente los vestigios de tan oscuro pasado.

En un principio, lo primero que personificaron o deificaron los pueblos eslavos fue a la luz y las tinieblas. *Bieloboj (bieli,* blanco) y *Tchernoboj (tcherni,* negro) aparecen a la cabeza de sus creencias primitivas. Dios blanco y dios negro. Dios blanco, dios de la luz, dios del bien, dios benévolo que ayudaba a los campesinos en sus trabajos y protegía a los que se extraviaban en los bosques, y dios negro, de las tinieblas, de la noche, dios malo. Los *volkhvy* de los eslavos, medio-sacerdotes, medio-brujos, decían: «Hay dos dioses: uno arriba y otro abajo». Cuando el eslavo decía en son de plegaria y súplica levantando los ojos: «¡Cielo, tú me ves! ¡Cielo, tú me oyes!», era porque consideraba al cielo como un dios. Más tarde, personificado, este dios fue *Svarog,* palabra cuya raíz, *svar* (brillante, claro), tiene cierta genealogía sánscrita.

Un cronista bizantino, Juan Malala, resumía la mitología cosmogónica de los eslavos paganos del siguiente modo: «Tras Svarog ha reinado su hijo, llamado Sol, al cual llaman también *Dajbog.* El Sol es rey e hijo de Svarog. Es llamado Dajbog porque es un señor poderoso». Otro hijo de Svarog era *Ogón* (el Fuego). Un autor muy antiguo que se denominaba «Admirador desconocido de Cristo», dice asimismo de los eslavos paganos: «Dirigen también sus plegarias al fuego, llamándole *Svarogith».* El culto, por lo menos el respeto al fuego, sigue vivo entre muchos campesinos eslavos: los viejos prohíben a los jóvenes jugar y hablar en voz alta en el momento en que se enciende el fuego en el hogar. En los cuentos populares aparece con frecuencia la *Serpiente de Fuego,* monstruo alado que echaba fuego por la boca. En cuanto al Sol, según los mitos eslavos, habitaba en Oriente, en el país del verano perpetuo y de la eterna abundancia. Allí estaba su palacio de oro, del que salía en un carro tirado por caballos blancos, que exhalaban fuego, para recorrer la bóveda celeste. En un cuento polonés, el carro del Sol, que es de diamante, tiene dos ruedas y doce caballos blancos con las crines de oro. Según otra leyenda, los caballos son tres: uno de plata, otro de oro y el tercero de diamante. Entre los servios, el Sol es un rey joven y hermoso que habita en un reino de luz, tiene un trono de oro y de púrpura y a su lado hay dos vírgenes hermosísimas: la Aurora de la Mañana y la Aurora de la Tarde, más siete Jueces (planetas) y siete Mensajeros que vuelan a través del Universo bajo el aspecto de «estrellas con cola» (cometas). Junto a él está también «su tío el calvo, el viejo Messiatz». *Messiatz* quiere decir la Luna, palabra masculina entre los eslavos. No obstante, muchas leyendas hacen a Messiatz una joven hermosa con la que el Sol se casa a principios de verano y a la que abandona al llegar el invierno, hasta la primavera siguiente. El dios-sol (Dajbog), divinidad del día y de la luz, vencedor de las tinieblas, del frío y de la miseria, llegó a ser, como es natural, sinónimo de ventura. Los destinos humanos dependían de él. Y como era un dios justo, recompensaba a los buenos y castigaba a los malos. La aurora, *Zoria,* era también considerada como una divinidad. Dos divinidades en realidad, puesto que había la *Zoria Utrenniaia,* la de la mañana, la que abría las puertas del Cielo para que saliese el Sol, y la *Zoria Velcherniaia,* de la tarde, que las cerraba. Un mito de época posterior añadía aún una tercera: «Hay en el Cielo—dice—tres hermanitas, tres Zoritas: la de la Tarde, la de la Medianoche y la de la Mañana. Su misión es custodiar un perro que está atado con una cadena de hierro a la constelación de la Osa Menor. Cuando la cadena se rompa el fin del Mundo llegará». La estrella de la mañana y la de la tarde y los vientos eran también considerados como divinidades. Han quedado exorcismos que se pronunciaban en su nombre. Véase uno como ejemplo: «En el Mar, en el Océano y en las islas Buyán residen tres hermanos, tres Vientos: uno del Norte, otro del Este, el tercero del Oeste. Soplad. Soplad, vientos, una tristeza insoportable a... (aquí el nombre de la persona a la cual iba dirigido el exorcismo)... para que no pueda pasar ¡ni un día, ni una hora, ni un instante, sin pensar en mí!»

Los eslavos adoraban también a la Tierra, considerándola una divinidad, y la llamaban *«Mati-Sira-Zemlia»,* que quiere decir «Madre-Tierra-Húmeda»; pero no sabemos más sobre este culto. Como la Tierra era un ser supremo, consciente y justo, predecía el porvenir, que, naturalmente, se podía conocer sabiendo interpretar sus indicaciones. En ciertas regiones de Rusia, no hace mucho aún, los aldeanos hacían un pequeño agujero en el suelo, aplicaban a él una oreja y si el sonido que recogían les recordaba el ruido de un trineo cargado deslizándose sobre la nieve, ello indicaba que la cosecha iba a ser buena; si el ruido era semejante al de un trineo vacío, mala. Y como era justa la Tierra, era preciso no engañarla, por lo que durante siglos los aldeanos zanjaron sus cuestiones invocándola. Juramento hecho poniendo el que lo profería un puñado de tierra sobre su cabeza, era sagrado e inviolable.

Si el cristianismo pudo atacar con éxito a las divinidades eslavas de cierta consideración, es decir, a las mayores, a punto de que apenas quedan vestigios de ellas, no así a las menores. Y ello por la simple razón de que en lugar de aquéllas podía ofrecer, como ofreció, otras mejores, más humanas y más fáciles de comprender e incluso de llegar a ellas, mientras que en sustitución de las segundas la Iglesia no pudo dar nada equivalente, entiéndase, algo que llenase la enorme parte que en todos los pueblos ocupan las puras supersticiones; parte muy superior a la que tiene la religión misma. Esta superstición de los eslavos cristalizaba en una multitud de dioses menores, por mejor decir, de buenos y de malos *espíritus,* geniecillos, demonios o como quiera llamárseles, que, según ellos, llenaban el Mundo y que eran tanto más importantes cuanto que estaban en contacto, al menos tal creían, con ellos. Veamos los principales.

Uno de los más corrientes era *Domovoi* (dom, casa), el espíritu de la casa. Le imaginaban (tal vez aún siguen viéndole en no pocos hogares campesinos) con forma humana, muy velludo, cubierto de una especie de pelo sedoso que le salía hasta en las palmas de las manos; a veces se le atribuían incluso cuernos y rabo. Otras se le aplicaba la forma de un animal doméstico[854]. Ver al Domovoi era difícil y hasta peligroso, pero sí se le oía con frecuencia hablar. En general, lo hacía suavemente, como un murmullo ininteligible, pero otras veces se manifestaba con violencia; también gemía y sollozaba.

El origen de estos espíritus, que, como vamos a ver, andaban por todas partes, era el siguiente: Cuando el Dios supremo creó el mundo terrestre y celeste, una parte de los espíritus que le rodeaban se rebeló contra él. Entonces el Dios todopoderoso los expulsó de su lado y los lanzó a la Tierra. Los que cayeron sobre los tejados de las casas o en los patios, se refugiaron en ellas, y al contacto de los hombres acabaron por ser beneficiosos para éstos. Los que cayeron en bosques y aguas siguieron siendo malos. Por ello, el Domovoi amaba tanto la casa en que habitaba, que no quería irse de ella. El era quien prevenía a los que en ella moraban de los males que les amenazaban. Si un familiar moría, él le lloraba también. Si la mujer hacía algo indebido, la tiraba de los cabellos anunciándola con ello que su marido la pegaría.

Además del Domovoi, había en las casas el *Dvorovoi (dvor,* patio), espíritu del patio o corral; el *Bannik {barda,* baño), espíritu de los baños; el *Ovinnik (ovin,* granero), espíritu de los graneros. Los Dvorovoi detestaban a los animales de pelo blanco, gatos, perros, caballos, el que fuese. Pero las gallinas blancas no tenían nada que temer, por estar protegidas por una divinidad especial: el dios de las gallinas, representado por una piedra redonda que con frecuencia se encontraba por los campos. Si el Dvorovoi se enfadaba, nada mejor para calmarle que poner en el establo un poco de lana de oveja, algunos objetos brillantes o una rebanada de pan. A veces un Dvorovoi se enamoraba de una mujer. Uno, habiendo sido cautivado por cierta hermosa, vivió varios años con ella. La había trenzado a su gusto los cabellos y le prohibió que se deshiciese las trenzas. Mas como al fin ella pretendió casarse con un hombre, peinose de otro modo. A la mañana siguiente se la encontró estrangulada en su lecho. El Bannik, por su parte, dejaba entrar en la caseta donde estaba el baño

---

[854] Dos pintores rusos, Tcheco Potocka e I. Bilibine, modernos ambos, pero sobre todo éste (pues aquél hace unos dibujos imprecisos, oscuros, feos incluso a veces, mientras que Bilibine dibuja de un modo prodigioso, sobre ser llevada su mano por una fantasía verdaderamente extraordinaria), han interpretado de modo magistral las figuras de los pequeños dioses rusos, de los que Bilibine ha llenado maravillosamente una porción de libros de cuentos.

hasta tres series de personas que se quisiesen bañar, pero la cuarta serie era para él, y entonces invitaba a remojarse a los diablos y espíritus del bosque. Si cuando estaba con sus amigos se iba a molestarle, echaba agua hirviendo sobre los importunos, y a veces hasta los mataba. Se le podía interrogar sobre el porvenir, pues le conocía. Para ello el que tal quería no tenía sino entreabrir la puerta de la caseta donde estaban los baños y aplicar a ella su espalda desnuda. Si el Bannik le arañaba, mala señal; si le acariciaba, buena. El Ovinnik, que residía de ordinario en un rincón del granero, tenía el aspecto de un gato grande todo despeluznado. Sabía ladrar como un perro y reír a carcajadas. Sus ojos brillaban como brasas. Era tan malo, que de molestarle era capaz de incendiar el granero. El único espíritu doméstico del sexo femenino era *Kikimora*. Kikimora ayudaba al ama de la casa en sus quehaceres domésticos, si ésta era trabajadora y diligente; en caso contrario, la incomodaba mucho y hasta hacía cosquillas a los niños, por la noche, para que llorasen y tuviese que levantarse a acunarles. Para calmarla había que ir al bosque, coger helechos, hacer una tisana y lavar con ella los pucheros y las tazas en la cocina. La creencia, aún viva seguramente, en todos estos espíritus, era el residuo del culto que los eslavos primitivos daban a las numerosas divinidades protectoras del hogar. Se ha podido tener noticias de las siguientes: *Posseias* y *Krubis,* protectores de los animales domésticos; *Ratainitza,* que velaba sobre las cuadras; *Prigirstitis,* que a causa de tener el oído muy fino oía los menores ruidos y no aguantaba los gritos: era el vigilante nocturno; *Givoitis,* de figura de lagarto, que velaba sobre las provisiones; había que darle leche como alimento. Y entre las divinidades femeninas: *Matergabia,* que se ocupaba de la buena marcha de la casa y a la que se consagraba el primer pan salido del horno; *Dugnai,* que impedía que la masa para hacer el pan se estropease, y *Krimba,* diosa del hogar, adorada especialmente en Bohemia.

Como, en general, todos los países que ocupaban los eslavos estaban cubiertos de bosques, y los bosques estaban llenos de peligros (animales, pantanos, etc.), los espíritus de los bosques no podían faltar. Y, naturalmente, nació *Lechi,* geniecillo de los lugares frondosos e inextricables, al que tras imaginar, explicaron. Lechi tenía aspecto humano, pero sus mejillas eran azules, porque su sangre era azul. En cambio, no tenía o no proyectaba sombra, y su cabeza alcanzaba la copa de los árboles más altos. Por supuesto, si cuando salía de la espesura le convenía ocultarse, entonces tomaba la forma de un enanillo que desaparecía fácilmente entre la hierba. Si quería, extraviaba a los que cruzaban los bosques haciéndoles dar vueltas y revueltas para traerles siempre al misino sitio. Los que le ofendían, para ser perdonados no tenían sino sentarse en el tronco caído de un árbol, desnudarse y ponerse la ropa al revés, como gustaba él mismo hacer con frecuencia metiéndose el zapato del pie derecho en el izquierdo y al revés, y abrochándose el «caftán» en sentido contrario. A principios de octubre, cuando al empezar el mal tiempo tenía que dejar el bosque para volver en primavera, furioso a causa de ello se volvía particularmente perverso. Entonces recorría su dominio silbando, gritando, imitando a los pájaros, la risa estridente de las mujeres nerviosas y los aullidos de los animales salvajes.

Así como en cada bosque había un Lechi, en cada campo, un *Polevoi* o *Polevik (pole,* campo). El aspecto exterior de los Polevik variaba según las regiones. Tan pronto era como un cualquiera «vestido de blanco», ora su cuerpo era negro como la tierra y con cada ojo de un color. Otras veces era un ser en cuya cabeza crecían hierbas en vez de cabellos, ora un enano disforme que hablaba el lenguaje humano. Como los Lechi, los Polevik complacíanse a veces en extraviar a los caminantes retrasados. A los trabajadores que se emborrachaban y dormían en los campos en vez de trabajarlos, a veces los estrangulaban. Un medio de congraciarse con ellos consistía en dejarles en un ribazo o en una hondonada un par de huevos o un gallo viejo que ya no pudiese cantar. Pero había que hacerlo sin que lo supiese nadie. En el norte de Rusia, el Polevik era a veces reemplazado por *Poludnitza,* joven de aventajada estatura vestida de blanco, que en verano, cuando la época de la siega, de encontrar a alguien, hombre o mujer, trabajando a mediodía, le torturaba sin piedad. Gustaba también de atraer a los niños pequeños a los campos y extraviarlos. Entre las divinidades campestres que desaparecieron con el cristianismo estaban *Datan* y *Tavals* y también *Lavkapatin,* de quienes dependía la prosperidad de los campos entre los poloneses, y que presidían la labranza, y la diosa *Marzanna,* patrona de los frutos. El ganado era colocado bajo la protección de *Valgino;* de *Kurvaitchin,* que se ocupaba, sobre todo, de los corderos; de *Kremara,* que se interesaba por los puercos, y de *Pripartchis,* que era quien hacía que los lechoncitos abandonasen la teta de la madre. Entre los demás eslavos eran adorados *Kricco,* protector de la fruta; *Mokoch,* dios de los animales domésticos (tuvo en Kiev un altar); *Zosim,* divinidad tutelar de las abejas; *Zuttubur,* señor de los bosques, y *Sicksa,* genio del bosque también, que podía tomar toda clase de formas.

El espíritu de las aguas era *Vodianoi (voda,* agua). Habitaba en los estanques, manantiales, fuentes, ríos y lagos, y era divinidad malévola. Su residencia favorita, no obstante, era las inmediaciones de presas y molinos. Bajo la rueda de éstos dábanse cita con frecuencia varios Vodianoi. El aspecto de estos espíritus acuáticos era muy variado. Los había con cara humana, pero con patas en vez de manos; con largos cuernos; con cola; con los dedos gordos de los pies sumamente grandes; con ojos como carbones encendidos. Otros eran como hombres, de estatura desmesurada y enteramente cubiertos de hierba o de musgo. Otras veces tomaban el aspecto de enormes sapos de mirada humana o de viejos con la barba y los cabellos verdes pero esta barba tornábase blanca cuando la luna estaba en menguante. Otras veces se les veía semejantes a una mujer desnuda sentada al borde del agua sobre la raíz descarnada de un árbol; como un pescado enorme todo cubierto de verdín, o como un tronco de árbol dotado de alas menuditas volando a poca altura sobre el agua, como las libélulas. Los Vodianoi eran inmortales. Pero envejecían y se rejuvenecían al compás de las fases de la Luna. No amaban a los hombres; al contrario, les espiaban para atraerles hacia su elemento. Los ahogados que caían en su reino eran esclavos suyos. Ellos vivían en palacios de cristal adornados de oro y plata que provenían de los barcos que se hundían en los ríos y lagos. Una piedra mágica más brillante que el Sol alumbraba estos palacios, situados en lo más profundo del agua. Durante el día no salían de sus palacios; pero llegada la noche subían a la superficie, y si alguien se bañaba apoderábanse de él. En un lago de la región de Olonetz (Rusia del Norte) vivía un Vodianoi que tenía una familia numerosa. Para alimentarla había menester de cadáveres de hombres y animales.

Pero la gente que habitaba en las inmediaciones del lago era temerosa, por ello prudente, y no se acercaba a él ni para bañarsc ni para lavar la ropa o coger agua tan siquiera. El Vodianoi, desesperado, acabó por marcharse. Pero en su precipitación y su rabia enganchó con uno de sus pies una islilla que cayó cuando cruzaba el río, donde aún es mostrada hoy.

Cuando una muchacha se ahogaba accidental o voluntariamente, tornábase en una *Rusalka,* divinidad de las aguas. Esta creencia era común a todos los pueblos eslavos; pero la apariencia de las Rusalkas variaba según el clima, el color del cielo y el del agua. Las del Danubio azul eran criaturas graciosas que conservaban ciertos rasgos encantadores de las jóvenes. Entre los rusos del Norte eran, por el contrario, no solamente de aspecto desagradable, sino perversas. En las regiones meridionales tenían una palidez semejante a la que da a los rostros la luz de la Luna. Las Rusalkas del Danubio y del Dnieper cantaban deliciosas canciones que las de otras regiones desconocían. Las del Norte, por el contrario, no pensaban sino en apoderarse de los imprudentes que se paseaban por las orillas de ríos y lagos. Para conseguirlo les empujaban cuando iban distraídos, y una vez en el agua, se abrazaban a ellos y les ahogaban. En los países de sol y de cielo azul, morir en brazos de una Rusalka era agradable. La vida de estos seres era doble: acuática y forestal. Hasta principios de verano, es decir, hasta la *semana de las Rusalki,* vivían en el agua. A partir de este momento salían del elemento líquido para morar en los bosques. Solían escoger un sauce o un abedul de ramas péndulas sobre el agua, y en él se subían y se instalaban, pasando horas y horas en contemplarse en el agua que tenían a sus pies, como en un gran espejo. Durante las noches de Luna llena se balanceaban en las ramas, se interpelaban, reían, cantaban y luego descendían de los árboles y danzaban a coro sobre la hierba o sobre el agua sin que sus pies rozasen ésta. Donde ponían los pies la hierba crecía mejor y el trigo era más abundante. Pero también podían ser perjudiciales. Con frecuencia, si estaban de mal humor, paraban o rompían las ruedas de los molinos. O deterioraban los diques y rompían las cañas de los pescadores. Podían también enviar tormentas y lluvias torrenciales, y robar la ropa de los que se bañaban, y hasta los niños de las mujeres, que se dormían a la orilla del agua. Como, según los eslavos, los árboles verdes eran la morada de los muertos, al venir a ellos las Rusalkas cuando el Sol calentaba las aguas, hacíanse solidarias de ellos.

Como ya he indicado, los pueblos eslavos que estuvieron en contacto con otros civilizados (por ejemplo, los escandinavos o los germanos), tenían una mitología superior, por decirlo así, a la anterior puramente imaginativa e inocente de los pueblos más apartados. Así, por ejemplo, los eslavos del Báltico adoraban no a simples espíritus, sino a una divinidad llamada *Sviatovit.* La estatua de este dios en Arcona[855], colocada en un templo ricamente adornado, era de gran talla. Tenía cuatro cabezas orientadas en las cuatro direcciones principales. En su mano derecha, un cuerno de oro lleno de vino. A su lado colgaba una espada enorme, una silla y un arnés. En el templo había, además, un caballo blanco. Cada año el gran sacerdote examinaba solemnemente el contenido del cuerno: si quedaba mucho vino, era buen presagio, el año se anunciaba abundante; si no, todo lo contrario. No hay duda de que antes se daba una vuelta por los campos y el vino del cuernecito dependía de cómo se anunciasen las cosechas. El caballo blanco revelaba también el porvenir. Los sacerdotes ponían en el suelo una serie de lanzas y hacían pasar al caballo sobre ellas. Si pasaba sin tropezar ninguna, buen año; de lo contrario, malo. Guardábase, además, en el templo un estandarte de guerra (pues Sviatovit era un dios esencialmente guerrero), que los sacerdotes mostraban a los

---

[855] Arcona era la plaza principal de una poderosa tribu eslava, la de los *Rugiens* o *Ranes,* establecida en la Edad Media en la isla de Rugen. Su templo a *Sviatovit* era el más afamado de todos los templos paganos de los eslavos. Además de estar consagrado a este dios, daba oráculos célebres. Los daneses destruyeron Arcona en 1168.

adoradores del dios cuando marchaban al combate. Además de los sacerdotes, un destacamento de 300 hombres estaba adscrito a la custodia del templo, lo que basta para indicar que contenía grandes riquezas.

Otra divinidad guerrera era *Rugievit,* al que se representaba armado de ocho espadas: una en la diestra y siete en la cintura. Otra divinidad, *Larovit,* lucía un enorme escudo de oro y numerosos estandartes. Y *Radiagast,* que llevaba en la mano un hacha de doble filo, en el pecho una cabeza de toro y en el casco un cisne con las alas abiertas.

Divinidad análoga en significado e importancia a Sviatovit (que, según una antigua crónica, era el dios de los dioses y los demás tan sólo semidioses) era *Perún,* de quien sólo se sabe que un ídolo representándole, que había en Kiev, subsistió hasta el siglo x.

La mitología guerrera, por extraño que parezca, acabó por influir sobre otras, empezando por la mitología rústica. Dejará de ser extraño si se tiene en cuenta que se trataba de pueblos esencialmente guerreros y que de la suerte de la lucha dependía todo. El dios o dioses, pues, de los que dependía el triunfo, es decir, los dioses guerreros, condicionaban todo lo demás y a todas las demás divinidades, que automáticamente quedaban a sus órdenes. A causa de ello, *Voloss,* dios considerable también, por ser el dios del ganado (actividad la más importante durante la paz, más aún que la agricultura, practicada en menor escala en los claros de los bosques), acabó por ser asociado a las empresas guerreras de Perún. Lo que era lógico si se tiene en cuenta no solamente que los guerreros tenían que comer, y fuerte, sino que de triunfar, a los ganados propios se sumaban los ajenos. En cuanto a Zoria (la Aurora), a la que ya he presentado a los lectores, cuando tropezó con este dios de la guerra transformose, a su vez, en una divinidad guerrera, bien armada, patrona de los guerreros, a los que protegía envolviéndolos bajo su amplio velo. Tal vez una Valkiria había pasado por allí. Estos dioses, no obstante su apariencia solemne y el respeto de que estuvieron rodeados, no pasaron nunca de ser los dioses de una casta: la casta guerrera dominante. Por ello, cuando se cambió de divinidades, como ocurrió en tiempo de Vladimiro el Grande, de Kiev, que se convirtió a la ortodoxia bizantina y con él todos sus guerreros, el año 988, nadie se volvió a acordar de ellos, pese a que poco antes parecían tan poderosos. Mientras que las pequeñas, los espíritus populares, siguieron vivos y en la imaginación de los hombres durante muchos siglos.

Un grupo particular de dioses eslavos, dioses que podrían llamarse de la «alegría», son *Yarilo* y *Kupala.* Yarilo era el dios del amor carnal. Su culto, precisamente a causa de ser una divinidad casi humana, estaba tan extendido y arraigado, que cuando ya nadie se acordaba del paganismo, Yarilo continuaba tan vivo y festejado, que a fines del siglo XVIII, monseñor Tikhon, obispo ortodoxo de Voronege, tuvo que tomar medidas muy rigurosas contra los habitantes de su diócesis que seguían entregándose al culto de Yarilo, en honor del cual, según sabemos por un sermón del mencionado obispo, se organizaban «fiestas y juegos satánicos» que duraban varios días. Las leyendas populares han conservado el aspecto exterior de este Adonis eslavo: era joven y hermoso. Montaba un caballo blanco y con un manto blanco se cubría. Hasta ahora todo grato e incluso todo pureza. Llevaba en la cabeza una corona de flores silvestres y en la mano izquierda un puñado de espigas de trigo. Nada malo tampoco, sigamos: flores y espigas: primavera, Sol y abundancia. Sus pies iban desnudos. Como serían bonitos, adelante. Pero el culto y fiestas a Yarilo o en honor, y si se quiere con el pretexto de Yarilo, que tenían gran importancia, tanto por su duración como por la cantidad de fieles que atraían, acababan en comilonas y bailes. ¿Y qué mal hay en ello, dirían los enemigos del celoso obispo, si de «bacanales» (cual él rugía desde el púlpito) no tenían ni el aspecto, sino que tan sólo eran una manifestación, en grande, de alegría y deseo de bien vivir, sin crisis místicas, como aquellas de griegos y romanos, y tan sólo con alguna crisis no terrible, producida tal vez por el vino?

Kupala era otra divinidad de la alegría, pero en su adoración y culto entraba ya algo de misticismo. Durante sus fiestas, que se celebraban en junio, sus adoradores se bañaban en los ríos (Kupala es de la misma raíz que *kupati*, bañarse) y se lavaban con el *rocío de Kupala*, recogido la madrugada del día de la fiesta. La adoración del agua y la creencia en su fuerza mística era uno de los elementos de este culto. De la parte menos mística tal vez supiese algo la fronda que embellecía las orillas de los ríos. Pero esto ya es un secreto (a voces), que como ella no ha revelado, yo no puedo tampoco revelar. No obstante, tal vez este culto, de querer encontrar su origen, habría que buscarle en la más remota antigüedad, pues, como ya hemos visto por los múltiples «espíritus» de este elemento, los eslavos adoraron siempre al agua. Y no solamente a las fuentes «sagradas», sino a los grandes ríos (Danubio, Dnieper, Don, Vístula, etc.), que acabaron por ser glorificados, personificados y casi deificados. Y la prueba es que los *bilini* (poemas heroicos rusos) los presentan bajo el aspecto de héroes legendarios, semihombres-semidioses.

El fuego y su culto tuvo también mucha importancia entre los eslavos. Los fuegos sagrados de la noche divina de Kupala poseían virtudes purificadoras. Ya había muerto hacía mucho tiempo el paganismo, y aun durante estas fiestas se hacían ídolos de paja representándole, que a la caída de la tarde eran llevados, ora a la orilla de un río, donde se les ahogaba, bien a una hoguera, donde eran quemados. Pero la parte más pintoresca y misteriosa del culto a Kupala era la busca de hierbas y flores mágicas y sagradas. La mañana de la gran fiesta había que buscar la *plakune-trava* (hierba de las lágrimas), cuya raíz domaba a los demonios impuros. Durante el día se recogía la *razria-trava* (la hierba que quiebra), que tenía la propiedad de quebrar el hierro, el oro, la plata y el cobre, reduciéndolos a láminas o trocitos pequeños por simple contacto. Otra hierba que «carecía de nombre», tenía aún un poder más misterioso: el hombre que la llevaba con él adivinaba el pensamiento de los demás. Pero la verdadera hierba sagrada de Kupala era el helecho, que según los mitos y leyendas no daba sino una flor al año, y ello durante la noche de Kupala. Esta flor poseía un poder ilimitado. Ante quien tenía la suerte de haberla cogido se inclinaban los reyes y los más grandes potentados. Podía, además, dominar a los demonios, saber dónde estaban los tesoros y tener acceso a todas partes: a los tronos como a la riqueza, a los honores como a las mujeres más hermosas. Pero esta flor, la *flor de fuego* (la flor de Kupala), era celosamente guardada por los demonios. Para poder cogerla era preciso ir al bosque antes de media noche, que era cuando la flor mágica hacía su aparición. El botón que la encerraba subía todo a lo largo de la planta, en un momento dado, como animado de vida; luego maduraba en pocos instantes, y exactamente a media noche se rompía con estrépito formando una flor color de fuego tan luminosa y brillante que los ojos no podían soportar su resplandor. El animoso que quería apoderarse de ella tenía que trazar todo alrededor un círculo mágico y no salir de él. Y no hacer caso de los monstruos en que se transformaban los demonios con objeto de asustarle, ni responder a sus llamadas. Si no estaba perdido. En aquella famosa noche de Kupala los árboles podían salir del suelo, desplazarse y hablar entre ellos con lenguaje misterioso. Tan sólo el feliz poseedor de la flor de Kupala, la «flor de fuego», podía comprender este lenguaje.

Como dicho queda, el cristianismo venció fácilmente a los grandes dioses eslavos, pero no a los pequeños. Lo que había como religión, lo ganó en virtud de otra mejor; lo que sólo era fanatismo, superstición y creencias a base de ignorancia pura, no, ya que no pudo ofrecer algo semejante. Lo que quedó, pues, como paganismo, entre los eslavos cristianos, fue conservado en los *bilini* (plural de *bilina*, derivado de *bil*, lo que ha sido), poemas épicos y heroicos del pueblo ruso. He aquí algunas de sus leyendas. *Sviatogor*, el caudillo, era tan fuerte que su propia fuerza constituía para él «una pesada carga». Lleno de orgullo dijo un día que de poder encontrar todo el peso de la Tierra reunido, lo levantaría sin esfuerzo. Al punto halló ante sí una pequeña alforja. La tocó con su bastón, pero no la movió. La tocó con un dedo: no consiguió desplazarla. Sin bajar de su caballo trató de cogerla con la mano: no consiguió levantarla. Se apeó al punto, la agarró con ambas manos y sólo entonces consiguió levantarla hasta la altura de sus muslos. Pero al hacerlo, él mismo se hundió en el suelo hasta las rodillas, sudando, no sudor, ¡sangre!, tal esfuerzo había hecho. Y no pudiendo salir de donde se había hundido tal fue su fin. Dios castigó su orgullo. En otro bilina vemos a *Mikula,* el labrador milagroso, cuyo pequeño arado de madera era tan pesado que toda una compañía de labradores no podía moverle, mientras que Mikula le manejaba con una sola mano. Como su caballito era el mejor y más rápido de todos. Porque Mikula era amado de Madre-Tierra-Húmeda[856].

Las dos relaciones anteriores pertenecen a los bilini de los *Bogatiri mayores* (los valientes, los esforzados mayores); a los *Bogatiri menores,* las siguientes: *Ilia-Murometz* tenía un caballo que más volaba que corría. La flecha que Ilia lanzaba con su arco milagroso era como la del arco divino de Perún: estropeaba, de sólo pasar junto a ellas, las cúpulas de las iglesias y hacía de las encinas más robustas pedazos minúsculos. Paralítico durante treinta y tres años «permaneció sentado» y sin poder levantarse. Pero un día dos cantores vagabundos que pasaban le dieron a beber «bebida de miel» y al punto se sintió poseído «de enorme fuerza». Pero Ilia, buen cristiano, no cumplió sus proezas, que fueron muchísimas, sino tras haber sido bendecido por sus padres. Como siempre defendió la fe de Cristo contra los infieles, cuando le llegó el momento de morir construyó en Kiev una catedral. Tras ello murió petrificado y su cuerpo «permaneció siempre intacto».

Potok-Mikhailo-Ivanovitch, al casarse hizo, así como su mujer, promesa de que si uno moría el otro no le sobreviviría. La esposa vino a morir al cabo de año y medio, y Potok hizo labrar una tumba, «profunda y grande», a la que descendió con su mujer, su caballo y su armadura. «Por encima pusieron un techo de encina y tierra amarilla», a través de la que pasaba un cordón atado a la campana de la catedral. Potok permaneció allí, sobre su caballo, desde mediodía hasta media noche. Para darse ánimos encendía velas de cera. A media noche «se reunieron en torno suyo todos los monstruos reptiles» y al punto llegó «la gran Serpiente, que quemaba como una llama de fuego». Potok la mató, la cortó la cabeza, «y con esta cabeza frotó el cuerpo de su mujer», que resucitó inmediatamente. Entonces Potok tiró del cordón, hizo sonar la campana de la catedral y fueron sacados de allí. Los popes les salpicaron de agua bendita y les ordenaron «vivir como antes». Potok llegó a ser extremadamente viejo y lo mismo su mujer, «que fue enterrada viva con él en la tierra húmeda».

---

[856] Sobre estos dos episodios poéticos, Bilibine ha hecho dos dibujos admirables.

Veamos, para terminar, la bilina titulada «Por qué ya no hay bogatiris en la Santa Rusia». Tras un combate victorioso, uno de los bogatiri cometió la imprudencia de decir, lleno de orgullo: «Si tuviéramos delante de nosotros una fuerza del más allá, ¡igual la venceríamos!» Al punto aparecieron dos guerreros y les atacaron. Pero el que había hablado les cortó en dos con su espada. Mas al punto, en vez de dos, ¡había cuatro! Cortó por la mitad a los cuatro, ¡y fueron ocho! Y así hasta formar un número infinito. «Tres días, tres horas y tres minutos» combatieron los bogatiri con las fuerzas del más allá, que se multiplicaban siempre. Hasta que al fin tuvieron miedo. Entonces «corrieron hasta las montañas de piedra, hasta las cavernas sombrías», donde cada bogatiri que llegó quedó petrificado. «Desde entonces no hay bogatiris en la Santa Rusia»[857].

---

[857] Sobre las relaciones entre el antiguo paganismo y la Iglesia, Maximoff ha dejado un libro interesantísimo: *Poderes ocultos e impuros. Trabajo de la oficina etnográfica del príncipe Tenicheff,* Moscú, 1903.

MITOLOGÍA LITUANA

Lituania, viejísimo país absorbido hoy por la Unión Soviética, comprendía, antes de su desaparición como Estado, la región situada alrededor del Niemen medio y de la parte baja del Vilija, tierras que por el Oeste son bañadas por el mar Báltico. Pueblo cuya antigüedad se pierde en los siglos más remotos, como los vascos, los albaneses y los osetes del Cáucaso del Norte, su pasado no es más conocido que el de éstos, puesto que no aparece en la historia antes del siglo XIII. Cuanto se puede conjeturar, pues, sobre él, antes de esta fecha, es su origen ario y la mencionada antigüedad, y ello a causa de estar su lengua primitiva estrechamente emparentada con el sánscrito. Luego su historia hasta fines del siglo XVIII, en que Lituania fue casi enteramente anexionada por los rusos, fue una serie de luchas con los caballeros Teutónicos[858] al Oeste; y al Este y Sur, con los tártaros: más un período de apogeo en el siglo XIV aprovechando la anarquía en que estaba el pueblo ruso. Modernamente, víctima de la codicia de rusos y alemanes (Hitler empezó por arrancarle brutalmente Memel en 1939), Lituania pasó de unas manos a otras, sufriendo, además de incontables males y vejaciones, dos «depuraciones» rusas (una en 1940 y otra en 1944), durante las cuales, más de 250.000 personas fueron deportadas como indeseables; y una alemana que exterminó 300.000. Se calcula en 200.000 el número de lituanos que pudieron escapar y andan por el Mundo donde pueden y como pueden. Todo para una población de poco más de dos millones de habitantes a la que, claro, no fue difícil humillar por sus colosos inmediatos. Pero dejemos la historia política para venir a la religiosa. Bien que, en realidad, tanta vergüenza se sienta, con frecuencia, de pertenecer a la raza humana pensando en lo que han creído los hombres, como considerando lo que han hecho.

El cristianismo no hizo su aparición en Lituania hasta mediados del siglo XIII. Precisamente con el pretexto de imponerlo, los citados caballeros Teutónicos recorrían a sangre y fuego el país. Pero durante este medio siglo y todo el siguiente, el XIV, la nueva doctrina, que con tanta dulzura se predicaba, no hizo mella en el paganismo primitivo de los lituanos. En algunas regiones este paganismo resistía aún al catolicismo en

---

[858] Orden fundada a principios del siglo XII para ayudar a los peregrinos alemanes que iban a Jerusalén, y que tanta importancia tuvo en Prusia, Estonia, Curlandia y Pomerania hasta que su poder fue deshecho en 1410 en la batalla de Tannenberg.

la época de la Reforma. Y como al imponerse al fin fue destruyendo sistemáticamente cuando olía a religión antigua, no se sabe de ésta sino lo que posteriormente han dicho de ella los cronistas católicos. Vamos a ver, pues, en qué consistían, según éstos, las primitivas creencias del tan perseguido país.

Parece ser que los lituanos, que en tiempos remotos habitaron la región de la antigua Prusia, carecían de la noción de Dios. Consecuencia, considerar y venerar, como tal, a todas las criaturas y fenómenos que les sorprendían o atemorizaban; y a las que, por el contrario, creían favorables y benéficas. Ello les llevó a rendir culto al Sol, a la Luna, a las estrellas, al trueno y a ciertos animales; y a ciertos bosques, campos y aguas que consideraban sagrados y en los cuales no se podía ni pescar en éstas, ni trabajar o hacer leña en aquéllos. La santidad de los bosques sagrados era tal, que no tan sólo no se podía cazar en ellos o, como digo, cortar leña, sino que un hombre perseguido que conseguía refugiarse allí, estaba salvado. Este culto a los árboles era normal si se considera que suponían unida a ellos la vida y la suerte de las criaturas. Así, si tras la muerte de un hombre el árbol que había amado no se secaba, era porque el alma del difunto había pasado a él. Y que las almas seguían viviendo allí lo probaba el murmullo de hojas y ramas al ser movidas por el viento. Cuando, más tarde, los católicos, libres, naturalmente, de estos prejuicios, los derribaban, asombrábanse los lituanos de no ver correr la sangre de los árboles sacrificados y de las raíces arrancadas. Consecuencia: al ser cortado un árbol particularmente venerado, donde moría el árbol nacía la leyenda. Cuando el obispo Juan I, gran maestre de los caballeros de la Cruz, ordenó derribar cierta encina, bajo la cual los lituanos se reunían para hacer sus plegarias, se empezó a decir (Simón Grunau lo atestigua en su crónica) que tal encina estaba tan cubierta de hojas y éstas tan verdes en invierno como en verano. Y esto, a causa de que los espíritus que moraban en ella hacían el prodigio. Antes aun, en 1258, otro obispo, Anselmo, dio orden de cortar otra encina sagrada. Pues bien, por mejor decir, pues mal: el hacha sacrílega hirió al hombre a quien se había encomendado el desafuero, matándole. Entonces el obispo empuñó él mismo el acero, pero en vano. Y hubo que quemarla, puesto que el hierro no hacía mella en ella. El muérdago que crecía en ciertos de estos árboles era el mejor talismán. El hombre que llevaba con él una ramita, no solamente no podía ser herido, sino que estaba seguro de alcanzar con su flecha a aquel contra quien la lanzaba.

Otro árbol, el sauce, era también adorado. Y su culto duraba aún a principios del siglo XIX. A esta veneración va unida la leyenda de *Blinda* (palabra que en lituano quiere decir precisamente sauce). Blinda era una mujer que poseía una particularidad extraordinaria: podía dar a luz hijos, no solamente del modo natural, sino «por sus manos, sus pies, su cabeza y demás partes de su cuerpo». La Tierra acabó por envidiar fecundidad tan prodigiosa, y un día que Blinda cruzaba un prado que acababan de regar, sus pies se hundieron en el suelo. La Tierra se apresuró a sujetarlos, y de tal modo, que Blinda, incapaz de moverse se transformó en árbol.

Una bula del papa Inocencio III reprochaba a los lituanos la manía de rendir culto a los animales *(animalia bruta)*. Otro antiguo cronista, Duisburg, escribe que este culto alcanzaba «hasta a los sapos». Los alces, esos ciervos enormes de los países nórdicos con astas como palas, eran objeto de una adoración particular, pues eran considerados como *servidores de dios* y guardados en bosques especiales. Los uros, raza de bueyes salvajes, hoy extinguida, eran *patrones* protectores del pueblo uranio, y su piel era llevada por los guerreros al combate, como el amuleto más seguro. En ciertas supersticiones que por lo visto aún subsisten, se encuentran vestigios de un antiguo culto a los perros, a causa de suponérseles capaces de predecir el porvenir[859]. Los animales de color blanco (caballos, cabras, etc.) se consideraban como particularmente sagrados y eran ofrecidos en sacrificio a los dioses. Los pájaros eran también para ellos seres superiores capaces de predecir lo futuro. Ni que decir tiene que aparecieron al punto brujos, magos o sacerdotes encargados de interpretar sus predicciones. Pero entre todos los animales, ninguno tan venerado como la culebra. No había lituano que no tuviese una en su casa. Era entronizada por el mago con todas las de la ley, y luego cuidada y estimada como protectora de la casa que era[860].

En cuanto a las almas de los muertos, si unas iban a los árboles, otras pasaban a los cuerpos recién nacidos, o al de animales diversos. También podían permanecer entre los vivos compartiendo su vida con ellos. A

---

[859] ¿Quién no ha oído en España, cuando un perro aúlla con grito lastimero, que su aullido, que se interpreta funesto, presagia la muerte?

[860] Que los lituanos protegiesen culebras, pájaros, sapos y otros animales tan útiles al hombre, pues viven de animales dañinos, ¿no era mejor que el odio bárbaro del campesino español, que se ensaña en muchos animales (culebras, pájaros, murciélagos, sapos, etc.), que son sus mejores amigos y de sus campos, por pura ignorancia, cuando no por maldad innata? ¡Esos pobres murciélagos, por ejemplo, que clavan por las alas a una pared y a los que ponen un pitillo encendido en la boca! Tampoco dejaría de ser interesante recoger las leyendas que el fanatismo religioso ha sembrado durante siglos en España. El odio torpe a las culebras, nacido en la tonta fábula del Paraíso Terrenal. El respeto, por el contrario, a las golondrinas, ¡porque quitaban las espinas de la corona de Jesús en la cruz! Para qué seguir.

causa de esto la costumbre de echar algo de comida y bebida bajo la mesa, comida y bebida que les estaba destinada. Una leyenda cuenta, que en cierta ocasión, varias almas, tras haberse enterado de lo que pasaba en el otro mundo, volvieron a éste y se lo dijeron a cierto pariente. Cuando, a su vez, éste murió, encontró todo expedito el camino que tuvo que recorrer para llegar al lugar que le estaba destinado. Solía creerse, en efecto, que muchas almas iban a lugares cerrados con puertas que era preciso saber abrir. Estas moradas últimas tenían, decíase, nueve puertas. En ciertas tribus era también creencia corriente que, antes de ir al otro mundo, el alma de cada difunto debía presentarse ante el gran sacerdote del fuego. Y era que el culto de este elemento ocupaba un puesto tan importante en el paganismo lituano, que le costó mucho trabajo a la Iglesia desterrarle. En 1370 el patriarca Filoteo llamaba a los lituanos *adoradores impíos del fuego.* Parece que no hace mucho aún, cuando las mujeres de aquel país encendían los braseros, decían a modo de plegaria: «Santo fuego: danos paz y alegría». Y, por supuesto, la incineración era la forma preferida entre todos los ritos funerarios. Cuando a causa de la nueva religión se empezó a enterrar los cadáveres con vistas a la resurrección final (la Iglesia tiene también sus mitos), en vez de quemarlos, se formó la siguiente leyenda: Un hijo había enterrado el cuerpo de su padre, pero el muerto no hallaba paz en la tierra: los gusanos le devoraban. Le desenterró y le puso en el hueco de un árbol: pero las abejas y moscas le importunaban continuamente. Entonces le puso sobre una pira y le quemó. Luego, el hijo preguntó a su padre si ya estaba bien, y éste respondió: «Al fin duermo dulcemente como en una cuna».

También la adoración de los cuerpos celestes era práctica importante entre los lituanos. Como en este idioma el Sol *(saulé)* es palabra del género femenino, y, en cambio, Luna *(ménuo),* del masculino, el Sol era la mujer o la novia y la Luna el marido o el novio. El país Sol estaba en la comarca santa y feliz, es decir en Oriente (país de los antiguos lituanos), de donde salía en una carroza centelleante tirada por un caballo de oro, otro de plata y otro de diamante. Ya hemos visto que en Polonia había la misma leyenda. En ella recorría el Mundo (plano y redondo), se acercaba por la tarde al mar, para bañarse, y luego volvía a su palacio. La Luna era el dios soberano de la noche y el ordenador del tiempo. Marido inconstante, no quería seguir a su esposa, el Sol, por estar enamorado de la Estrella de la Mañana. A causa de ello, el dios *Perkimas* la cortaba con su afilada espada. La Estrella de la Mañana y la de la Tarde figuran en multitud de canciones de indudable origen mitológico. Los demás astros eran hijos del Sol y de la Luna, y llevaban en el Cielo una vida parecida a la de los hombres en la Tierra. La Vía Láctea era llamada *Paukscin Kelias,* el Camino de los Pájaros. Y la Tierra «la que hace levantarse las flores» o la «portadora de flores». La Tierra era también considerada como protectora de los hombres y de su trabajo, y a causa de ello venerada. Tenía innumerables hermanos, los *Zampatis,* cada uno de los cuales protegía la casa de un hombre.

Exactamente, como entre los eslavos, los lituanos tuvieron dos mitologías, o dos religiones si se prefiere. Una completamente rudimentaria (la que acabamos de ver), religión del pueblo concretada en supersticiones y leyendas, y otra superior especie de religión *organizada* a base de una jerarquía de dioses mayores. Naturalmente, al llegar el cristianismo, ésta, que era la religión más aparente, bien que no la más extendida, fue la primera que sucumbió. Y como los principios del catolicismo fueron impuestos por los caballeros de la Cruz espada en mano, es decir que destruían santuarios, quemaban los objetos del culto y, consecuentes con el «no matar», exterminaban a los sacerdotes paganos, no es de extrañar que no se sepa casi nada del Olimpos lituano. A causa de ello, hay que conceder crédito a los antiguos cronistas, que, por supuesto, tampoco fueron muy explícitos. No obstante, sábese por ellos que entre los dioses lituanos mayores, tres eran particularmente venerados: *Patrimpas, Pikulas* y *Perkunas.* Nombres que por sí solos son ya como para perder la tristeza. De esta pintoresca «trinidad», Patrimpas era el «dios del mar y del agua»; el que, además, «daba al hombre cuanto necesitaba para satisfacer sus necesidades más esenciales». Este doble papel, en apariencia contradictorio, se explica[861] teniendo en cuenta que la filosofía primitiva consideraba al agua como la sustancia de donde provenían todos los seres orgánicos; como el principio de toda naturaleza viviente. Dueño, pues, el admirable Patrimpas de un elemento nobilísimo, base de toda vida, era una divinidad elemental, fuente generosa de la eterna juventud y del crecimiento perpetuo de hombres, animales y plantas. Se le representaba, ora como a un joven con la cabeza coronada de espigas; bien como una culebra, de cabeza humana, que se erguía en espiral. Su emblema era un vaso lleno de agua, cubierto con una gavilla de espigas, y que servía de morada a una serpiente. Se le ofrecía ámbar. Según ciertos cronistas, hubo un tiempo durante el cual se inmolaban en su honor niños pequeños.

A Pikulas le tocaba el mal papel: era el dios del mal, del odio y de la muerte. Hasta para ser dios hace falta nacer con buen pie. Y, naturalmente, él era el encargado de hacer caer a los hombres en todos los males y de que asimismo les sobreviniesen toda suerte de calamidades y desgracias. Solía aparecerse, con frecuencia, a los humanos, bajo los rasgos de un

---

[861] Según Narbutt: *Historia antigua del pueblo lituano* (Vilna, 1835).

viejo de cara pálida, mirada dura y barba blanca. De presentarse a alguno tres veces seguidas, era que alguna calamidad le rondaba. Sólo un sacrificio en su honor podía evitarlo. Lo peor era que a veces pedía sangre humana. Su morada era el Infierno. No obstante tanto triunfo contrario, hay una leyenda en la que el endiablado Pikulas, por amor, dejó de ser malo. Leyenda, como se va a ver, inspirada en la griega de Demeter y Perséfone. *Kruminé,* reina y diosa, tenía una hija de maravillosa belleza llamada *Nijola.* El nombre es así. La amada criatura vio un día una flor hermosísima, raro nenúfar que salía del agua, en el río que corría junto al castillo de su madre. Y claro, corrió a por ella. Pero al meterse en el agua, poco profunda en aquel sitio, el lecho del río se abrió súbitamente, y se la tragó. Kruminé, inconsolable, la buscó por el Mundo entero. Al volver tan llena de lágrimas y suspiros como cuando había partido, trajo con ella, no obstante, a falta de hija, lo que había aprendido en su viaje: a cultivar la tierra, arte que enseñó a los lituanos. Labrando con sus súbditos un campo, Kruminé encontró una piedra en la que estaba grabado el destino de su hija. Sabiendo entonces lo que había sido de ella, corrió al mundo subterráneo de Pikulas decidida a arrancarle a su hija y lo que hiciese falta de propina. Mas al llegar vio con sorpresa que Nijola, vuelta inmortal, estaba feliz y rodeada de hijos que se echaron cariñosamente, a los pies de su abuela. Kruminé permanció mucho tiempo en unión de su hija. Cuando al fin volvió a la Tierra la encontró cambiada: ya no había enfermedades, guerras ni hambre. Por todas partes reinaba la paz, la prosperidad y la concordia, y todo era felicidad y alegría. Pikulas, por amor, habíase vuelto bueno. Esperemos que nuestro Diablo se enamore también.

En cuanto a Perkunas, éste era el Júpiter tonante de los lituanos. El rey de los dioses del Cielo y de la Tierra y el amo de la Naturaleza. Los letones, gente seria, llamaban a Perkunas *Debbes bujo lajs* (lo cual, aunque tiene aspecto de camelo, es una afirmación muy sonora y muy bonita: «el que bate el tambor de los cielos»). También era llamado *Vezzajs, o Vezzajs Tehvs* (Viejo, o Padre Viejo). Aun hoy parece ser que cuando truena, los campesinos lituanos dicen: «Es el viejo que murmura», o «El Viejo está siempre allí». Con lo que se ve, como lo han hecho notar los mitógrafos, que son listísimos, que hasta la divinidad más terrible ni parecía a los lituanos espantosa, ni remota siquiera. Cuando las nubes negras amenazaban dejar caer granizo, decían, y por lo visto dicen aún: «Perkunas, padrecito, no castigues mi campo y te daré una buena mitad de puerco salado». La promesa no puede ser más reconfortante para un dios que debe entrar en apetito a fuerza de tocar el tambor.

Entre las divinidades secundarias estaban: *Praamzis,* divinidad, por lo visto, la más antigua, dios del *destino* de hombres y dioses, que gobernaba el Universo. He aquí un cuento a propósito de este dios. Contemplando Praamzis la Tierra cierto día, desde la ventana de su palacio, vio que el mal la llenaba enteramente. Todo eran guerras, asesinatos, injusticias y crímenes. Decidido a acabar con tanto mal, envió dos monstruos: el Agua y el Viento. Ambos, cayendo sobre la Tierra, que era circular y plana como un taler[862], la cogieron entre sus manos y a fuerza de sacudirla durante doce días y doce noches, acabaron casi con todos los seres. Digo casi, porque Praamzis, al asomarse otra vez a la ventana de su jardín, para tirar las cáscaras de una nuez que estaba comiendo, vio a un puñado de animales, que en unión de varias parejas de hombres, se habían refugiado en la cima de la más alta de las montañas, con la esperanza de que el agua, al menos, no llegase hasta allí. Pero como ésta subía y subía, lleno de piedad escupió una de las cáscaras junto a ellos, que se apresuraron a embarcarse. Mas como los desencadenados elementos amenazaban a cada instante hacerles zozobrar, los llamó y volvió a encadenarlos. Vuelta la normalidad, hombres y animales partieron en todas direcciones, menos una pareja que se quedó allí y dio origen al pueblo lituano. Pero como esta pareja eran muy viejos y no podían tener hijos, tristísimos, pensando que nadie podría heredar sus bienes ni nadie les daría las honras fúnebres debidas, a su muerte, logaron a Praamzis, que les envió a *Linksminé,* la Consoladora. Esta les aconsejó que saltasen por sobre los huesos que había en la tierra. Así lo hicieron y de cada salto de él salió un niño; de cada salto de la mujer, una niña. Doce fueron los saltos. No pudieron dar más porque la alegría y la emoción se lo impidieron. Pero de aquellas doce parejas salió el pueblo lituano.

Ukapirmas era la divinidad del tiempo. *Virsaitis* protegía las casas y los bienes materiales, *Kovas* era el dios de la guerra. Tenía como emblema ora el caballo, ora el gallo. Le ofrendaban armas que colgaban en la rama sagrada de cierto árbol. *Ragutis,* aunque a primera vista parece el dios de la comida, lo era de la bebida (vinos, cerveza, hidromiel). El día de su fiesta su imagen era llevada de un pueblo a otro en un trineo. *Gardaitas* era el dios de vientos y tempestades. Los marineros se acordaban de é!, como otros de Santa Bárbara, cuando truena. *Krugis* era el Vulcano lituano. *Praurimé* era la diosa del fuego sagrado. *Laimé* era la divinidad de la dicha; *Pilvité,* la diosa de la riqueza, del bienestar y de la prosperidad. *Grubité,* la diosa de la primavera y de las flores. *Verpeja,* la Parca lituana. Cuando un hombre nacía, Verpeja empezaba a tejer el hilo de su vida. Al

---

[862] Moneda alemana de plata. Los antiguos talers valían tres marcos. Como se va viendo, todas las cosmogonías primitivas tenían la misma idea del Mundo.

extremo de este hilo había una estrella. Cuando el destino quería que el hombre pasase al reino de Pikulas, la estrella se apagaba, caía, rompía el hilo y el hombre moría.

Los *Dievaitis,* dioses inferiores o *hijos de dios,* eran también numerosos. Había, el dios de las enfermedades, representado por una gran culebra. El diosecillo del amor, que era, naturalmente, alado. El dios de los campos arados. El dios del umbral, protector de las casas. El dios de la alarma de guerra. El dios del eco. El dios de caminos y veredas, protector de los caminantes. Había, en fin, un diosecillo o espíritu protector de los pinos, que habitaba en las raíces de uno de estos árboles y que protegía especialmente a los hombres que eran desgraciados. Este dios mandaba en numerosos espíritus subterráneos, especie de gnomos, enanitos barbudos que robaban oro y plata a aquellos que les eran antipáticos para dárselo a los que, por el contrario, les gustaban. Los lituanos honraban a estas divinidades menores dejándoles al pie de los árboles pan, cerveza y otros alimentos.

También había en el Panteón lituano semidioses o héroes legendarios. El más famoso era tal vez *Kestutis,* hijo del Gran Duque, el cual, enamorado de cierta bella llamada *Biruté,* la raptó y la hizo su esposa en pleno siglo XIV. Este sacrilegio tenía que ser fatal a Lituania. Así ocurrió, que el hijo de ambos, *Vitautas,* fue el último gran soberano del país. Aunque pagana, Biruté era venerada como una santa. Y dícese que aún hoy los aldeanos de aquel país van en peregrinación a la pequeña capilla que en su honor existe en Palanga. De ser verdad, el caso probaría que el cristianismo aún no ha podido desterrar por completo al paganismo en aquellas tierras.

MITOLOGÍA FINLANDESA

La mitología finlandesa es común a una porción de pueblos emparentados por la raza y por la lengua, pero que vicisitudes históricas han separado de tal modo, que hoy forman diversos grupos, de los cuales el más importante y el único que todavía es un estado es Finlandia; los demás, englobados en la masa de otros países, carecen de personalidad política propia, ocupando unos la Siberia occidental, otros la cuenca del Volga en gran parte, y otros las Laponias sueca, noruega y rusa. Los magiares, que, como se sabe, forman casi toda la población de Hungría, pertenecen también al mismo grupo étnico. Todos son, en efecto, de origen mongol, y aunque separados unos de otros, y no obstante haber sufrido influencias diversas, arias, eslavas y escandinavas, influencias que les han empujado hacia religiones distintas, han conservado no pocos vestigios de sus antiguas creencias paganas, vestigios que son particularmente fuertes aún entre los grupos asiáticos. Gracias a estas supervivencias y a los muchos elementos míticos que encierra la gran epopeya de los fineses del Oeste, el *Kalevala,* se ha podido llegar a conocer cuáles eran las creencias religiosas y mitológicas de estos pueblos hermanos hoy dispersos.

Hacia el año 1828, el erudito finlandés Elias Loennrot[863] tuvo la feliz idea de buscar y reunir los numerosos cantos populares de la antigua Finlandia. Decidido a obtener el mayor número posible de ellos, se puso a recorrer el país y a recoger con paciencia y tenacidad todos los *runot* (canciones), que los campesinos se transmitían de generación en generación hacía muchos siglos. Habiendo reunido un gran número, formó con sagacidad admirable un primer poema, al que dio el mencionado nombre de *Kalevala,* que contenía unos doce mil versos, poema que publicó el año 1835. Animado por el éxito que obtuvo al punto su primer trabajo, siguió buscando, y catorce años después, en 1849, apareció la edición definitiva, compuesta esta vez de veintidós mil ochocientos versos. El argumento de este gran poema es la lucha entre Kalevala («la patria de los héroes») y *Pohja* («el país del fondo», la Finlandia más

---

[863] Elias Loenrot, escritor finlandés nacido en Karis-Lojo el año 1802, y muerto en Sammati en 1884. Médico primero, en 1853 fue llamado a Helsingfords, capital de Finlandia, para ocupar la cátedra de lengua y literatura finlandesa. Además del *Kalevala,* publicó una colección de *Proverbios finlandeses* (1842) y varías obras más sobre la lengua de su país y sus dialectos.

septentrional, la Laponia ya). La riqueza mitológica de este poema es tan grande, que basta hojearle para poder reconstruir el Panteón antiguo de los pueblos fineses. Antes de examinar esta mitología, veamos brevemente el contenido de la curiosa epopeya.

El héroe principal de Kalevala es *Vainamoinén.* Vainamoinén era hijo de la *Virgen del Aire.* El poema empieza contando el maravilloso nacimiento de este héroe, que, ya en el Mundo, trabaja la tierra, hasta entonces inculta, la siembra y la hace producir. Luego triunfa del hijo de Laponia *Jukahainén,* de cuya hermana, *Eno,* se enamora y con la que pretende casarse. Pero Eno se arroja al mar, convirtiéndose en una divinidad de las aguas. Entonces Vainamoinén, tras conseguir escapar a las asechanzas de Jukahainén, va en busca de esposa a Pohja, país en el que manda *Luhi.* Y, en efecto, Luhi le promete la mano de su hija mayor, pero con la condición de que le forje el *sampo,* talismán misterioso que no se sabe a punto fijo en qué consistía. Vainamoinén encarga a *Ilmarinen,* el habilísimo herrero, que haga el talismán, y éste, en efecto, lo hace. Pero como la prometida de Vainamoinén prefiere a Ilmarinen, la boda de ambos jóvenes se celebra con toda esplendidez. Entonces aparece un nuevo personaje, *Lemminkainén,* joven alegre, gran seductor de muchachas, batallador travieso y turbulento, que ha ido también al país de Pohja en busca de esposa. Incluso había perecido en el viaje, pero su madre, maga consumada, le había vuelto a la vida. Lemminkainén, furioso por no haber sido invitado a la boda de la hija de Luhi, emprende una expedición contra Pohja, consiguiendo incluso matar al gran jefe de la familia. Pero el pueblo entero se levanta contra él, incendia su casa, aniquila sus campos y tiene que huir. Una nueva expedición le es funesta. Los poderes mágicos de Luhi, maga también muy experta, son superiores a toda su fuerza y a todo su valor.

Entre tanto, la mujer de Ilmarinen perece devorada por los osos de *Kullervo,* el genio del mal. Entonces el maravilloso forjador va a Pohja a pedir a Luhi su segunda hija. Y como ésta no se la quiere dar, la rapta. Poco seria, la nueva esposa aprovecha el sueño de su marido para entregarse a otro hombre: Ilmarinen al saberlo la transforma en gaviota. Luego regresa a Kalevala, donde hace saber a Vainamoinén la prosperidad que el sampo, talismán maravilloso que, como ha sido dicho, había construido para Luhi, ha procurado a Pohja, el país vecino. Y los dos héroes deciden ir a apoderarse del talismán con objeto de que los beneficios que producen sean para su patria, Lemminkainén, dispuesto siempre a todo, se une a ellos. Camino de Pohja, al atravesar un río, la barca que los conduce choca contra un enorme lucio[864]. Le pescan, y con sus espinas construye Vainamoinén un *kantele* (especie de cítara) maravilloso. Gracias a él el héroe consigue adormecer a sus adversarios una vez llegados a Pohja y se apodera del talismán codiciado. Pero un canto intempestivo de Lemminkainén despierta a los de Pohja, y Luhi suscita una terrible tempestad, durante la cual el kantele es arrebatado por las olas y el sampo destrozado. Vainamoinén únicamente puede recoger los restos, pero estos restos bastan para hacer la prosperidad del país de Kalevala. Entonces Luhi, furiosa, desencadena contra Kalevala una serie terrible de calamidades; llega hasta encerrar en una caverna al Sol y a la Luna. Pero Vainamoinén acaba por triunfar. Tras ello, dando por terminada su misión, construye un navío, se embarca en él, solo, y llevado por las olas se aleja mar adentro desapareciendo para siempre.

Pese a la brevedad del resumen anterior, no es difícil advertir que el Kalevala es, ante todo, un poema en el que la *magia* cumple el principal papel. Todos, sin descontar los héroes principales, deben su poder, más que a otra cosa, a sus conjuros, encantamientos y a las fórmulas mágicas que conocen y que ponen en juego. Y como las leyendas que cosidas forman este poema eran toda la religión y toda la mitología de los antiguos fineses, no es extraño que hoy mismo pasen por maestros en cuanto atañe a las ciencias ocultas. Por supuesto, la cosa ya no tiene importancia, pero durante toda la Edad Media, en que la magia estaba a la orden del día y en que brujos, brujas, talismanes y su fuerza eran considerados como cosa real y peligrosa por satánica, abundaron los decretos de los reyes y jefes de los pueblos inmediatos a las regiones habitadas por los fineses prohibiendo todo contacto con ellos. Durante los siglos XVI y XVII, por ejemplo, las autoridades suecas buscaban y confiscaban los *tambores mágicos* de los lapones, tambores que aún son empleados, o lo eran hasta hace muy poco, por los sacerdotes-brujos, llamados *chamanes*[865]. En lo

---

[864] Los lucios, verdaderos tiburones de río, son unos peces voracísimos que pueden alcanzar más de un metro de largo y un peso superior a 25 kilos. Mucho más abundantes aún en los ríos del Norte de Europa que en los de los países del Sur, son un verdadero peligro para los demás habitantes de ríos y lagos, a costa de los que viven y a los que devoran insaciablemente. Su boca está formidablemente armada para ello, pues no poseen menos de 700 dientes. Con sus huevos hacen en Alemania una especie de caviar, pero hay que desconfiar un poco, pues son ligeramente tóxicos. Estos peces aovan en los meses de febrero, marzo y abril.

[865] *Chamán,* del palí *samana, religioso;* nombre dado a los brujos del Asia septentrional. Los chamanes siberianos son célebres por los estados de éxtasis o de tránsito que ellos mismos se provocan mediante danzas ejecutadas al son de

que al Kalevala afecta, hay que distinguir, pues, dos partes a propósito de lo que ahora nos interesa: la parte relativa a la magia y la que afecta a la mitología propiamente dicha. Aunque ésta es para nosotros lo esencial, para dar una idea de la importancia de aquélla en el poema, pongo a continuación unos ejemplos como muestra. La predestinación del imperturbable Vainamoinén es señalada ya antes de su nacimiento por circunstancias absolutamente extraordinarias: «Pasó en el seno de su madre treinta veranos y otros tantos inviernos, durante los cuales reflexiona y medita sobre cómo vivir, cómo existir en su sombría morada»[866]. A Lemminkainén, su madre, para volverle sabio, le baña tres veces una noche de verano y nueve durante otra de otoño. Luego, cuando pereció por haber intentado matar al cisne del río infernal sin conocer las palabras mágicas que protegían contra las serpientes, su madre recoge sus pedazos, como en Egipto Isis los de Osiris y en Grecia Atena los de Zagreus, y le devuelve la vida. Pero, claro, Isis y Zeus son dioses, y un dios, por principio, lo puede todo, y admitido el principio no hay por qué hacer remilgos a las consecuencias; pero es que la madre de Lemminkainén no es diosa, sino maga, como Kirke y Medeia, y es a fuerza de fórmulas mágicas como realiza el milagro. Cuando el temerario Jukahainén, «el delgado joven de Laponia», va a desafiar a Vainamoinén, en vez de desafiarle a combatir con espada, maza, flechas o garrotazos o a pedradas, lo que hace es lanzar contra él una serie de conjuros mágicos. Pero a buena parte ha ido a parar: Vainamoinén le escucha impasible; atacar a Vainamoinén con fórmulas mágicas es como atacar a un cocodrilo con una escoba. Vainamoinén le escucha sin pestañear, y luego canta a su vez, y entonces «los pantanos mugen, la tierra tiembla, las montañas se

---

sus tambores. Son considerados como adivinos y sacerdotes a la vez. El *chamanismo* es uno de los más antiguos cultos de Oriente. Está extendido, aún hoy, en Siberia y en el Altai, sobre todo. Los chamanes, una vez en estado de éxtasis, son insensibles al dolor. Los hombres y mujeres que gozan de esta propiedad son sumamente venerados. Por supuesto, no se consigue sino tras una larga práctica y una preparación que empieza desde la infancia y que se suele transmitir de padres a hijos. Las ceremonias rituales tienen lugar por la noche, a la claridad del fuego.

[866] Sabiendo esto, es decir, que ya nació de treinta años cumplidos (bien que este plazo sea leve si se tiene en cuenta que su madre, una vez fecundada, pasó siete siglos sin encontrar dónde dar a luz), se comprende por qué el notable pintor finlandés A. Gallen-Kallela le representa siempre como un hombre fuerte, pero viejo, calvo y con larga barba blanca. Este pintor ha interpretado con rara habilidad las figuras principales del *Kalevala*

bambolean y losas enormes vuelan hechas pedazos». Y no ha hecho sino cantar. Qué hubiera sido si llega a maldecir y enfadarse. No obstante, abruma a Jukahainén con sus encantamientos: transforma su trineo en un tronquillo de árbol seco, su látigo rodeado de perlas, en una de esas miserables cañas que por lo visto nacen en Finlandia al borde del mar; sin duda también por artes mágicas, su caballo de estrellada frente, en una roca como esas de las cataratas bañadas por blanca espuma, y el propio Jukahainén es precipitado por la mágica melodía, primero, en un pantano, donde se hunde hasta los riñones; luego, en un prado, donde queda clavado hasta la cintura, y después, en una tierra llena de brezos, pero esta vez hasta las mismas orejas. Y lo mismo que los hombres, animales y elementos son sometidos a los poderes de la magia. Pero vengamos a los dioses del Kalevala, que es lo que ahora nos interesa.

A la cabeza del Panteón finés o finlandés estaba *Juntala,* dios supremo. Dios creador, entidad medio abstracta de la cual la encina era, como de otros muchos dioses, el árbol favorito. Como este nombre pertenece a una raíz que significa trueno, fenómeno que, como vamos viendo, también ha dado nacimiento a no pocos dioses, Jumala debió de ser en un principio un dios del Cielo. Luego fue reemplazado, bien que sin desaparecer completamente, por otro dios supremo, *Ukko,* «padre antiguo que reina en el cielo», dios del cielo y del aire, dios que soportaba el Mundo (al Norte, como Atlas al Sur), amontonaba las nubes y hacía caer la lluvia. Especie, pues, de Zeus finlandés. No se le invocaba sino cuando tras haberse dirigido a las demás divinidades las súplicas habían sido inútiles. La esposa de Ukko era *Akka,* llamada también *Rauni,* nombre del serbal, árbol que la estaba consagrado. Otras potencias Celestes eran *Paiva,* el Sol; *Kuu,* la Luna; *Otava,* la Osa Mayor, y más importante aún *Ilma,* divinidad del aire, cuya hija *Luonnotar,* la desdichada madre de Vainamoinén (la llamo desdichada porque un embarazo de treinta años debe ser cosa dura hasta para una diosa), estaba íntimamente mezclada al mito de la creación. Por supuesto, sabiendo ya que el gran héroe finlandés pertenecía a la raza divina, no extrañará que cantase de modo terrible y prodigioso. Pero veamos el papel de su madre en la creación.

Luonnotar, cuyo nombre significa hija de la Naturaleza, aburrida de su virginidad inútil y de su existencia solitaria allá en las celestes regiones del aire, se dejó caer en el mar sobre la blanca grupa de las olas. Traída y llevada por éstas, «el soplo del viento vino a acariciar su seno y el mar la hizo fecunda». Así vagó y bogó durante siete siglos sin hallar un lugar donde descansar. Se lamentaba de ello, cuando apareció un águila (o un pato) que buscaba asimismo sitio donde hacer su nido. Y viendo una de las suaves y blancas rodillas de Luonnotar, que sobresalía del agua, le hizo sobre ella, puso sus huevos y los cubrió durante tres días. «Entonces la hija de Ilma sintió que un calor ardiente la quemaba la piel, hundió su rodilla y los huevos rodaron al abismo... Pero no se perdieron, al contrario, de la parte inferior de estos huevos se formó la Tierra, madre de todos los seres; de la parte superior, el Cielo sublime; de sus partes amarillas, el Sol radiante; de sus partes blancas, la Luna y las estrellas; de sus restos negros, las nubes de aire». Luego, Luonnotar completó la obra de la creación haciendo surgir promontorios, aplanando las orillas, formando golfos, etc.

Entre las divinidades de la Tierra, personificada ésta en la *Madre de Mannu,* hay que citar a la *Madre de Metsola,* que personificaba el bosque; a *Pollervoinén,* dios protector de los campos, amo de árboles y plantas; a *Tapio,* «el de la barba sombría, el del gorro de abeto, el del manto del musgo», que con su mujer, *Millikki,* su hijo, *Niirikki,* y su hija, *Tuulikki,* representaban las divinidades de los bosques, invocadas por los fineses con objeto de obtener caza abundante.

El dios principal de las aguas era *Ahto,* o *Ahti,* que vivía con *Vallamo,* su esposa, y sus hijas «en la extremidad del cabo nebuloso, bajo las olas profundas, en medio del fango negro, en el corazón de una enorme roca». En torno de él estaban los *Veteheinén,* genios de las aguas, en general maléficos, y los *Tursas,* genios de aspecto monstruoso. El mundo terrestre estaba también lleno de genios malos: *Lempo, Paha* e *Hiisi,* entre otros.

El infierno del Kalevala no era un lugar de castigo, sino el reino de los muertos, reino o mansión como otra cualquiera, bien que más sombría. No obstante, el Sol lucía en él y los bosques abundaban. Este infierno tenía dos nombres: *Tuonela* (país de *Tuoni,* dios o diablo de esta región) y *Manola* (país de *Mana).* Un río de ondas negras era preciso franquear para llegar hasta él. Sin contar que era menester también caminar mucho hasta alcanzar aquel lugar siniestro; marchar una semana a través de bosquecillos claros, otra a través de bosques ya grandes, y aún una tercera cruzando bosques espesos y profundos. Pero ¡ay de los que llegaban a él!, porque «muchos entran en el Manala, pero muy pocos salen», como dice el poema. Lemminkainén, que se aventuró a ir hasta la orilla del río negro dispuesto a abatir con una flecha al pájaro de Tuoni, el cisne de largo cuello, fue precipitado en los abismos del río y su cuerpo, despedazado por el sangriento hijo de Tuoni, fue dispersado por las fúnebres ondas del Manala. Tan sólo Vainamoinén escapó sin daño de la peligrosa excursión. Habiendo ido al país de Tuonela con la esperanza de encontrar allí las palabras mágicas necesarias para la construcción de su navío, vio, al llegar al borde del río, a las hijas de Tuoni (estatura mínima, cuerpo desmedrado) lavando viejos harapos en las aguas bajas. A fuerza de ruegos consiguió que le transportasen al otro lado, a la isla de *Manala,* país de los muertos, donde fue recibido por *Tuonetar,* reina de Tuonela, que cortésmente le ofreció la cerveza de bienvenida en un jarro todo lleno de ranas y de gusanos que hormigueaban en el líquido, al tiempo que le anunciaba que ya no saldría de allí. En efecto, mientras Vainamoinén dormía, el hijo de Tuoni, el de los dedos ganchudos, echó a través del río una red de mallas de hierro de mil brazas de larga, con objeto de coger en ella al héroe y mantenerle cautivo mientras durasen sus días. Pero Vainamoinén, cambiando súbitamente de forma, se lanzó a las aguas, «y se deslizó, como una serpiente de hierro, como una víbora, sobre las ondas del Tuonela, a través de la malla de Tuoni».

En Tuonela reinaban, pues, Tuoni y su esposa, Tuonetar. Sus hijas eran divinidades del sufrimiento: *Krippu-Tytto,* diosa de las enfermedades, y *Loviatar,* «la más despreciable de las hijas de Tuoni, fuente de todo mal, principio de mil calamidades; su cara era negra, su piel de un aspecto horrible». De su unión con el *Viento* (verdadero azote en las regiones glaciales del Norte, y por ello considerado como enemigo maldito) nacieron nueve monstruos: Pleuresías, Cólico, Gota, Tisis, Ulcera, Sarna, Chancro, Peste y «un genio fatal: ser devorado por la envidia», que no recibió ni nombre. Entre las diosas de las enfermedades y de los dolores estaban *Kivatur y Vammatar.* La muerte era personificada en *Kalma (kalma* significa en finés «olor a cadáver»). En el umbral de la morada de Kalma estaba el monstruo *Surma,* personificación del destino fatal o de la muerte violenta; monstruo siempre dispuesto a coger con sus dientes asesinos y a devorar con su boca enorme al imprudente que pasaba a su alcance.

Según las antiguas creencias finesas, todos los seres, hombres, animales y plantas, estaban dotados de alma *(haltia),* alma indisolublemente unida al cuerpo y sin existencia distinta de la de éste, por lo que perecía con él. Los vogules (pueblo de raza finesa establecido en los Urales) hacían residir el alma en el corazón y los pulmones, y a causa de ello comían estas vísceras a los vencidos, con objeto de absorber al hacerlo su fuerza vital. Otros pueblos, como los lapones, creían que el alma residía en el esqueleto.

El Mundo estaba, además, según ellos, lleno de espíritus o genios. Y creían en tantos, que sería pesado e inútil enumerarlos. Cada uno de estos genios estaba adscrito a una función. Las aguas especialmente estaban llenos de ellos. Como los nombres de estos espíritus vanaban con cada pueblo y éstos se dividieron en tantas ramas, su estudio resulta un verdadero laberinto. Por ejemplo, los fineses de Finlandia, entre cuyas muchas divinidades acuáticas era popular *Nakki,* aún hoy siguen creyendo que en los lagos hay sitios «sin fondo», de los que parte el camino para el reino del dios del agua, que habita un soberbio castillo lleno de riquezas. Nakki sale de su morada y visita la Tierra al levantarse y al ponerse el Sol.

Cuando se desea tomar un baño hay que decir antes de zambullirse: «Nakki, sal del agua porque yo voy a entrar». Para protegerse contra esta divinidad es conveniente también tirar al agua una moneda de metal, pronunciando al hacerlo el siguiente exorcismo: «Que yo sea ligero como una hoja y Nakki pesado como el hierro». De este modo, el dios no puede subir a coger por los pies al que se baña y ahogarle. El enumerar las supersticiones semejantes, corrientes por lo visto aún hoy, sería cuento de nunca acabar.

En cambio, los mitos propiamente dichos son raros. En el Kalevala, no obstante, hay algunos. Por ejemplo, el del origen del fuego. Véase: El fuego provenía de una chispa que Ukko hizo salir golpeándose una uña con su espada fulgurante, chispa que confió a una de las Vírgenes del Aire. Pero ésta, en un descuido, la dejó escapar abriendo sus dedos, y la chispa «rodó por entre las nubes a través de las nueve bóvedas y de las seis coberteras del aire», yendo a caer finalmente a un lago, donde fue tragada por una trucha azul, que, a su vez, fue pasto de un salmón rojo, víctima luego de un lucio plateado. Pero Vainamoinén, ayudado por Ilmarinen, consiguió apoderarse del lucio y liberó la chispa, que, tras haber producido numerosos incendios, acabó por ser capturada por el héroe bajo la raíz de un abedul, donde se había escondido, y encerrada en un vaso de cobre. Otro mito, que se ha perpetuado entre los lapones, es el relativo a la creación del hombre por una pareja divina: *Mader Atcha* y *Mader-Akka.* El primero crea el alma y su esposa el cuerpo. Si el hijo que nazca ha de ser niño, Mader-Atcha le envía a casa de su hija *Uks-Akka;* si niña, a casa de su otra hija, *Sar-Akka.* El producto de la creación celeste es depositado al punto en el seno de la madre terrestre. En mi traducción del *Kalevala,* publicado en esta misma colección «Tesoro Literario» (núm. 17), encontrará el lector narraciones curiosísimas que le permitirán conocer con más detalle esta interesante rama de la mitología nórdica.

MITOLOGÍAS ASIÁTICAS

MITOLOGÍA ASIRIO-BABILÓNICA

En aquel vivero de Imperios y civilizaciones que fue el Asia meridional varios siglos antes de nuestra era, hubo una región rica y famosa a causa de dos ríos, el Éufrates y el Tigris, a orillas de los cuales, es decir, en el mismo sitio llamado hoy Irak, región en la que el petróleo ha hecho olvidar actualmente todas las demás producciones de su suelo, existieron en la antigüedad dos grandes Imperios, cuyas capitales, Nínive y Babilonia, alcanzaron una fama tan grande que aún no se ha extinguido. Pero antes, allá a principios del tercer milenario que precedió al supuesto Jesús, existía alrededor de la cuenca de los mencionados ríos una civilización floreciente debida a dos pueblos inmediatos y rivales: los sumeros y los acadios. Los primeros al Sur. Su Imperio empezaba en las tierras que bañaba el fondo del golfo Pérsico. Eridú, junto al mar, y Nippur, por el Norte, marcaban, como ciudades, sus límites. Los segundos al Norte. La capital de éstos era Agadé, de cuyo emplazamiento ha sido imposible hallar las huellas. Los sumeros canalizaron y poblaron las pantanosas llanuras del Éufrates (que en sus crecidas inundaba, inutilizándolas, pese a fecundarlas, grandes extensiones de terreno, que luego, al encauzar la furia del río, fueron ricas), crearon la escritura cuneiforme y otros muchos elementos de civilización. Ciudades como la futura Babilonia, Borsippa, Kis, Kutha y Sippar fueron también testimonios vivos de la fuerza y poderío de sus rivales los acadios. Los Imperios posteriores no hicieron, pues, sino fomentar su grandeza sobre los sólidos cimientos que sus antecesores habían ya creado, por lo que al hablar de la mitología asirio-babilónica es preciso no olvidar que estos Imperios no hicieron sino heredar los dioses creados por los pueblos que les habían precedido, bien que ellos, naturalmente, dejando correr también su fantasía, aumentaron y transformaron a su modo el caudal de divinidades heredadas, acabando por constituir el panteón que vamos a examinar, empezando por el mito de la creación[867].

---

[867] Este mito ha sido conocido gracias a una serie de siete tabletas que pertenecieron a la biblioteca de Asurbanipal. Aunque estas tabletas son del siglo VII a. de J., seguramente reproducen originales mucho más antiguos. P. Dhorme (*Choix de textes religieux assyro-babyloniens*, París, 1907) ha dado una excelente traducción.

Al principio de las cosas, cuando «arriba, el Cielo no tenía aún denominación, y abajo, la Tierra carecía de nombre», solamente existía *Apsú,* el océano primordial, y *Tiamat,* el mar tempestuoso[868]. De sus aguas, al confundirse, salió primeramente *Mummú* (el tumulto de las olas); luego una pareja de serpientes monstruosas, *Lahmú* y *Lahamú,* que, a su vez, dieron nacimiento a *Anshar* (el mundo celeste) y a *Kishar* (el mundo terrestre). De Anshar y de Kishar nacieron los grandes dioses: *Anú,* el poderoso; *Bel Marduk,* creador del hombre más tarde; *Ea,* el de la vasta inteligencia, y las demás divinidades: los *Igigi,* que poblaron el Cielo, y los *Anunnaki,* extendidos por la Tierra y los infiernos. Mas pronto los dos primeros elementos, Apsú y Tiamat, descontentos a causa de que los dioses turbaban su reposo, decidieron destruirles. Pero Ea, que gracias a su poderosa inteligencia lo sabía todo, al darse cuenta de su propósito, se apoderó de Apsú y de Mummú empleando artes mágicas. Entonces Tiamat reunió en torno suyo cierto número de dioses, dio nacimiento a enormes serpientes y a terribles monstruos (a los Monstruos de la tempestad, a los Huracanes, a los Hombres-peces, a los Hombres-escorpiones y a los Hombres-carneros, más a los Perros furiosos) y se dispuso a luchar contra los otros dioses tras haber elegido como jefe de su tropa a *Kingú,* al que hizo soberano de los dioses clavando en su pecho las tabletas de los destinos. Por su parte, Anshar y Ea se dispusieron a hacerles frente nombrando jefe del ejército de los dioses que estaban con ellos a Bel-Marduk, al que consideraban más animoso que Anú. Bel-Marduk, tras haber recibido la autoridad suprema, cogió su arco y su carcaj, iluminó su cara con un relámpago, construyó una red para envolver en ella a Tiamat, puso a los Vientos a su lado tras desencadenarlos y al Diluvio, montó en su carro y seguido de su ejército y precedidos de horrenda tempestad, se dirigió *vestido de espanto* a desafiar a Tiamat.

El combate fue indescriptible. Pero pronto, muerto Tiamat por una flecha de Bel-Marduk, encadenado Kingú y enviado al mundo infernal y en desbandada su ejército, Bel-Marduk pudo cantar victoria. Luego hendió el cráneo de Tiamat, seccionó los conductos de su sangre, cortó el cuerpo «como un pescado en dos partes», y de una de ellas hizo la bóveda del Cielo, y de la otra, el soporte de la Tierra. Después enraizó el Mundo y le organizó; construyó en el Cielo una morada para los dioses, instaló en lo alto las estrellas y regularizó el curso de los astros. Una vez el orden celeste establecido, ocupose de la Tierra, que estaba enteramente

---

[868] El elemento primordial, pues, era el agua, tanto dulce, *Apsú,* como salada, *Tiamat.* De su fusión resultaron todos los seres, incluso los dioses.

sumergida bajo el mar. «En la superficie de las aguas trenzó un enrejado, creó el polvo y le echó sobre el enrejado», y así creó la Tierra. Y tras todo ello a la Humanidad, amasando al hombre con su propia sangre o, según otra interpretación, con la de Kingú[869]. Por último, hizo aparecer los grandes ríos y a los animales salvajes y domésticos. Con ello la creación quedó acabada.

En un principio, los dioses no eran en realidad ni representaban otra cosa que las fuerzas creadoras y soberanas de la Naturaleza. Luego se les individualizó al prestarles forma humana. Y entonces ya fueron como los tipos de una Humanidad superior, que se distinguía de la de los vulgares mortales, primero, por no estar, como éstos, sometidos a la muerte; luego, por su mayor estatura y fuerza. Por lo demás, eran víctimas de las mismas necesidades y de las mismas pasiones que los hombres, y como ellos comían, bebían, se emborrachaban, amaban, odiaban, se casaban y tenían valor o miedo, y como soberanos, servidores, soldados, corte y palacios[870].

Primitivamente todos los dioses llevaban el nombre de *Anunnaki.* Pero luego fueron repartidos en dos categorías: los *Igigi,* dioses celestes, y los *Anunnaki,* dioses terrestres e infernales. Tras la victoria de Bel-Marduk sobre Tiamat, cada divinidad recibió sus atribuciones propias. A Anú le tocó el Cielo; a Marduk, la Tierra; a Ea, el elemento líquido, quedando de este modo constituida la trinidad de los grandes dioses. Anú, cuyo nombre significa ya *el cielo,* reinaba en los espacios celestes, en lo que era llamado *el cielo de Anú.* Era el dios por excelencia, el dios supremo adorado como

---

[869] Según la *Cosmogonía caldea,* fue secundado en esta tarea de crear a la Humanidad por el dios *Ararú,* que «produjo con él la simiente de Humanidad».
[870] Ha hecho falta llegar a religiones muy posteriores, a las religiones llamadas *monoteístas,* para abandonar el concepto antropomórfico de los dioses. Y aun ello de un modo imperfecto, porque como al hombre le es imposible imaginar y representarse los conceptos abstractos, al llegar a los dioses *únicos,* a los dioses abstractos, a los dioses pura esencia, por decirlo así, se han creado, siempre imaginativamente, por supuesto, seres imposibles de comprender, dada la limitación de nuestra inteligencia (Kant demostró de un modo irrebatible esta imposibilidad), y, por consiguiente, de amarlos, puesto que no hay medio de amar lo que no se conoce. Los islamitas hablan de *Alá* y creen en Alá, pero ante quien se prosternan y al que adoran y veneran en realidad es a *Mahoma;* como los cristianos es a *Jesús* y a *María,* a los que aman porque los ven, los comprenden y hasta participan, algunos, de sus sufrimientos. Pero ¿cómo pensar en *Dios* sin ser presa al instante del antropomorfismo? Velázquez, con todo su genio y su sensibilidad pictórica, ¿pudo hacer otra cosa cuando tuvo que representar a la Sagrada Familia sino pintar a Dios bajo el aspecto de un anciano venerable?

padre y jefe por los demás dioses. Su atributo era la tiara con cuernos, emblema del todo poder. Disponía de un ejército (las estrellas) para destruir a los malos. Jamás dejaba sus dominios celestes ni descendía a la Tierra. Si se ocupaba de los asuntos humanos era como verdadera excepción. Su compañera era la diosa *Antú.* Por el contrario, Bel-Marduk intervenía en todo lo relativo a la Tierra. Otros dioses supremos de otros países, por ejemplo, *Enlil,* señor del huracán y dios de la atmósfera, de los sumeros, cuya arma era el *amarú,* es decir, el diluvio, acabaron por ser identificados con él o, si se quiere, con su nombre, que significaba *Señor* (Bel). *Bel* llegó, pues, a ser el Señor por excelencia, cuyo poder y dominio se extendía por todo el mundo terrestre. Y del mismo modo que Anú tenía reservado en el Cielo un sitio para pasearse *(el camino de Anú),* él, por su parte, *el camino de Bel;* pero de ordinario residía en la Gran Montaña del Este, donde acogía cada año a los demás dioses para determinar con ellos, en asamblea solemne, el destino del Mundo. En cuanto a los reyes de la Tierra, no eran sino los vicarios o representantes *(patesis)* suyos. Para los hombres, Bel era el dispensador de bienes y de males por excelencia. A causa de ello, él fue quien en un día de cólera envió el diluvio con objeto de destruir a la raza humana. Claro que tampoco dudaba, si era preciso, en librar a la Tierra de monstruos. Precisamente si Bel había conquistado la supremacía de la Tierra fue luego de su lucha con el dragón que tenía «cincuenta dobles leguas de largo y la boca de seis codos de ancha» (casi cuatro metros y medio). Para vencerle tuvo que volcar sobre él «el cubo de su alma». Anonadado, el monstruo expiró, tras haber perdido a chorros la sangre de su cuerpo bestial durante tres años, tres meses y un día. La compañera de Bel era *Nin-Harsag* (la dama de la Montaña); también era llamada *Belit* (la dama). La misión de Belit consistía en amamantar a los destinados a ser reyes, gracias a lo cual los soberanos de la Tierra podían glorificarse de su divino origen. Ea, el tercer dios de la trinidad, indicaba ya con su propio nombre que quería decir *casa de agua,* su naturaleza y el carácter de sus atribuciones. Pero no era una divinidad marina, una divinidad del agua salada, sino que su dominio era *Apsú,* la faja de agua dulce que rodeaba la Tierra y la servía de soporte. Todos los ríos, fuentes y manantiales venían de Ea. Era, además, el dios de la sabiduría. A su perspicacia no escapaban ni los errores de los demás dioses. Por eso fue él quien evitó, cuando Bel decidió exterminar a la raza humana mediante el diluvio, que ésta pereciese enteramente. Daba también oráculos (en concurrencia con *Shamash) y* presidía los trabajos de los hombres. Su residencia terrestre era la ciudad santa de Eridú, situada en la parte más meridional del país de Sumer, junto al golfo Pérsico. Se le representaba como una cabra montés con cola de pescado. Cuando le daban forma humana, le ponían un vaso en las manos y de sus hombros salían alas. La compañera de Ea era *Ninki (la Señora de la Tierra);* también llevaba los nombres de *Damkina* y de *Damgalnunna (la Gran Esposa del Señor).* Marduk (a quien ya conocemos por su lucha contra Tiamat), el hijo mayor de Ea, personificaba la acción fecundante de las aguas. El hacía crecer las plantas y madurar los vegetales. Su atributo era el *marrú* (la azada). Tras su victoria acabó por absorber a las demás divinidades y sustituirlas, a causa de sus diversas atribuciones. Organizador, como ya he dicho, del Universo, constructor de la morada de los dioses, regulador del curso de los astros, era también el *Maestro de la vida,* el gran curandero y el que sustituyó a Ea, su padre, en todo lo relativo a los encantamientos mágicos. Además de triunfar sobre Tiamat había realizado incontables hazañas. El privilegio supremo de los dioses o, cuando menos, uno de los más importantes, consistía en determinar el destino de los hombres. Como para ello era preciso poseer las *Tabletas del Destino,* el tenerlas era como la prenda del todo poderío. Pues bien, un día *Zu,* el pájaro-tempestad, robó estas famosas tabletas y ningún dios osaba ir a luchar con él. Pero Marduk, sin vacilar un solo instante, corrió tras el ladrón, consiguió alcanzarle, le rompió el cráneo y le quitó lo que había robado. En otra ocasión demostró también su valor indomable. Los malos genios, los *utukkú,* furiosos contra el dios *Sin,* cuya vigilancia era un grave obstáculo para los ladrones nocturnos, urdieron contra él un complot valiéndose de la complicidad de *Shamash,* de la de *Isthar* y de la de *Adad,* y entre todos consiguieron eclipsar la luz de Sin. Pero Ea y Anú se enteraron, como antes cuando el complot de Tiamat. Y advirtiendo a Marduk, éste dio la batalla a los rebeldes, los venció y devolvió a Sin su luz y brillo. Se solía representar a Marduk armado con una especie de cimitarra y derribando a un dragón cornudo. Su esposa era *Sarpanit.* En Babilonia tuvo un templo famoso. En su honor se celebraban grandes fiestas que no duraban menos de seis días. Otro gran dios era *Ashur,* divinidad nacional de los asirios. Cuando el poderío de Babilonia tuvo que inclinarse ante el de Nínive, Ashur ocupó el primer lugar entre los dioses. Para que la transición fuese menos violenta, Ashur fue identificado con *Anshar.* Hecho el arreglo, Ashur fue el rey de la totalidad de los dioses, el origen de sí mismo, padre de los demás inmortales, creador del Cielo de Anú y del Infierno, autor de la totalidad de los hombres, señor de los dioses que fijan los destinos y, en una palabra, cuanto puede ser un dios todopoderoso, pues a medida que la fantasía fue hallando atributos dignos de la divinidad, se le fueron aplicando. Bien que Ashur quisiese decir *el Benévolo,* en realidad era un dios guerrero que compartía los instintos, como es lógico, del pueblo que le había forjado a su imagen. Por ello acompañaba a los ejércitos al combate, luchaba a su lado, dirigía los golpes de los soldados para que fuesen certeros y concedía las victorias. Naturalmente, las primicias de éstas le correspondían, y los pueblos vencidos tornábanse sus esclavos. Se le solía representar bajo la forma de un disco alado o bien montado sobre un toro; a veces, flotando en el aire. Además de dios guerrero, era la gran divinidad de la fertilidad. Bajo este concepto era representado rodeado de ramas, y como atributo se ponía a su lado una cabra. Su esposa era *Isthar*.

Entre las divinidades siderales estaban: en primer lugar, *Sin*, el dios Luna, y luego sus hijos *Shamash*, el Sol, y la mencionada Isthar, el planeta Venus. Cada noche, Sin o *Nannar*, bajo cuyo nombre era también venerado (se le representaba como a un anciano de larga barba color laspislázuli y cubierto con un turbante), montaba en su barca, que los mortales veían como un brillante cuarto de luna, y recorría la vasta extensión del Cielo. Cuando el cuarto, en vez de cuarto, era luna llena, ésta era considerada como la diadema del dios. Estas transformaciones sucesivas conferían a Sin un tal aire misterioso, que se decía de él que era aquel «cuyo corazón profundísimo ningún dios podía penetrar». Además de oponerse, como acabo de decir, mediante su claridad, a los designios y manejos nocturnos de los malos, tenía entre sus atribuciones la de dividir el tiempo. Por lo demás, lleno de sabiduría, al final de cada mes los demás dioses venían a consultarle y a escuchar sus decisiones y consejos. La esposa de Sin era *Ningal (la Gran Señora)*. Además de a Shamash e Isthar, se hacía hijo suyo a *Nuskú*, el dios del fuego. Shamash, como acaba de ser dicho, era el dios del Sol. Cada mañana, los Hombres-escorpiones, que habitaban en los montes del Este, abrían en el flanco de la montaña una puerta de pesadas hojas por las que salía Shamash para recorrer su camino diario. Una vez hecho, al llegar la tarde, dirigía su carro hacia la montaña del Oeste, donde otra puerta se abría para que el dios pudiese descender a las profundidades de la Tierra. Pero durante la noche seguía su carrera con objeto de estar al alba dispuesto a salir por Oriente de nuevo. Como su luz vivísima era el terror de los malos, pues, como decían los asirios, «rompía el cuerpo del que medita el mal», era esencialmente el dios de la justicia. No sólo lo veía todo (como más tarde el Helios griego, sin duda su descendiente mitológico; como Afrodite heredó no pocos rasgos de su hermana Isthar, etc.), sino que sus rayos eran la amplia red en que quedaban presos cuantos cometían iniquidades. A causa de todo ello era el dios justiciero, y como consecuencia, llamado «Juez de los cielos y de la tierra». Y su templo en Babilonia, «la casa del Juez del Mundo». Era, además, el dios de la adivinación, es decir, el que revelaba a los hombres los secretos del porvenir. Tras los sacrificios que se le ofrecían, los adivinos observaban la forma que tomaba el aceite derramado sobre el agua del banquete sagrado, el hígado de las víctimas o la aparición de los astros y meteoros celestes, y tras ello predecían el porvenir. La esposa de Shamash era *Aia*. Sus hijos, *Kettu*, la Justicia, y *Mesharú*, el Derecho.

Isthar, personificación divina del planeta Venus, «diosa de las mañanas y diosa de las tardes», era la Afrodite asiría, una de las figuras más importantes del panteón asirio-babilónico. Como hija de Sin, era diosa guerrera; si de Anú, como otros pretendían, la divinidad del amor. Cuando se la convirtió en esposa de Ashur, empezó a seguir a su esposo en sus expediciones guerreras *cubierta de combate* y *revestida de espanto*. Se la representaba en un carro tirado por siete leones y llevando un arco en la mano. Como diosa guerrera era adorada en Nínive. En cambio, en Erech, donde se la decía hija de Anú, era, sobre todo, la diosa del amor y de la voluptuosidad. A causa de ello, la prostitución sagrada formaba parte de su culto, y cuando descendía a la Tierra se decía que iba acompañada de un cortejo de «cortesanas, de muchachas de placer y de prostituidas». Ni que decir tiene que sus amantes eran múltiples, pese a que era implacable con ellos. Su dominio era inevitable y avasallador. Los animales esclavos del amor perdían su vigor; los hombres víctimas de la misma pasión tornábanse, atormentados por los celos, semejantes a los más salvajes de los animales. Hasta para los dioses, el amor de Isthar era funesto. En su juventud, Isthar había amado a *Tammuz,* dios de las cosechas, a quien su pasión por la diosa había costado la vida. Arrepentida y precisamente deseándole al perderle, Isthar bajó a por él a los Infiernos, «a la tierra sin vuelta, a la casa de la que al entrar ya no se sale». Llegada, se hizo abrir la puerta, franqueó los siete recintos quitándose, a medida que los recorría, y en cada uno de ellos, una de las prendas de su tocado: la corona, los pendientes, el collar, los broches del pecho, el cinturón de pedrería, los brazaletes de pies y manos y, finalmente, en el último, lo único que la quedaba ya: el vestido. Y al llegar así, sin otro adorno que el de su maravillosa desnudez, junto a *Ereshkigal,* la soberana de los Infiernos, se lanzó sobre ella como una leona. Pero Ereshkigal llamó en su auxilio a *Namtarú,* su mensajero, y le ordenó que encerrase a Isthar en una cámara del palacio y que enviase contra ella a las sesenta enfermedades. Prisionera Isthar, en la Tierra fue la desolación; en el Cielo, una tristeza inmensa. Hechos dioses y hombres para amar y batallar (el amor es la más taimada de las luchas, puesto que acarrea sus desastres en plena paz), sin Isthar, decía, moríanse de hastío. En vista de ello, Shamash, su hermano, y Sin, su padre, fueron en queja a Ea, el dios sabio y poderoso. Ea, para libertar a Isthar, creó a *Asushunamir,* el afeminado, y le envió al país sin vuelta bien instruido en palabras mágicas destinadas a convencer y ablandar a Ereshkigal. Esta, abrumada por la elocuencia del apio celestial y tal vez por no verle, se apresuró a soltar a su prisionera, que rociada con las aguas de la vida y conducida por Namtarú franqueó de nuevo las siete puertas, no sin coger, de paso, lo que se había quitado al entrar. Soberana del Mundo a causa de la potencia todopoderosa del amor, Isthar fue la diosa más popular de asirios y babilonios y a la que tanto éstos como todos los inmortales honraban a diario en el templo al amor, que es la Naturaleza entera. Tanto fue su prestigio, que de ella salió la *Astarté* fenicia e incluso, como ya he apuntado, muchos de los rasgos de Isthar fueron luego heredados por la Afrodite griega.

Otra divinidad sideral era *Nin-Urta*. Aunque en realidad, Isthar completaba la gran trinidad de los dioses Astros (Sin-Shamash-Isthar), Nin-Urta fue identificado con la constitución de Orión, y por ello venerado como dios celeste también. Su nombre variaba según los lugares donde recibía culto. Así, se le ve con los nombres de *Nin-Girsú, Nin-Ib* o Nin-Urta. Más tarde se tornó en dios guerrero y cazador (como el Orión griego), y como tal era calificado de «campeón de los dioses celestes» y de «el fuerte que destruye al malo y al enemigo». A causa de ello tomó parte en una coalición en la que hasta las piedras combatieron. Vencedor Nin-Urta, no olvidó a sus humildes aliadas, y a causa de ello ciertas piedras que lucharon a su lado, como el lapislázuli y la amatista, gozan de la hermosura, que las hace tan buscadas, hermosura regalo del dios, mientras que las piedras enemigas fueron en adelante despreciadas y pisoteadas. Nin-Urta tenía como esposa a la diosa *Bau*. De esta unión habían nacido siete vírgenes gemelas. En Babilonia, Bau fue suplantada por *Nin-Karrak,* la cual, a su vez, tuvo que ceder el puesto a *Guba,* esposa definitiva de Nin-Urta.

Como dios de tormentas y vientos apareció primeramente *Enlil,* «el Señor de los Vientos», pero luego perdió este carácter y fue sustituido por *Adad,* que era representado de pie sobre un toro teniendo en la mano, como dios del relámpago y de la tempestad que era, a los rayos. Cuando Bel decretó el diluvio, Adad fue el ejecutor de sus voluntades. Pero como no siempre las lluvias eran destructoras, como muchas más veces eran benéficas y fecundantes, Adad era también el dios que traía los vientos favorables y con ellos las lluvias que daban la riqueza. También compartía con Shamash el don de revelar el porvenir. Se le asociaba a la diosa *Shala.*

La divinidad principal del fuego era *Gibil.* Otro dios del fuego era *Nuskú,* cuyo atributo era una lámpara en forma de zueco.

Enki o *La* era la divinidad principal del elemento líquido. Una hija suya, llamada *Nina,* compartía sus atribuciones. Su emblema era un vaso en el que nadaba un pez. Otra diosa de las aguas, representada por un escorpión, era *Isharra.* A estas divinidades se juntaba *Ennugi,* que en el *Poema del Diluvio* es calificado «de señor de canales y fosos». También los ríos eran divinidades.

La Tierra-madre era adorada en los tiempos más remotos con el nombre de *Gatumdug,* en Lagarh, y en otras ciudades con el de *Bau* y de *Ihnini,* o bien *Guba* o *nin harsag.* Luego hubo varias divinidades, una para cada especialidad. Por ejemplo, *Nisaba,* que presidía las cosechas; *Geshtin,* las viñas. Pero el dios más importante de la vegetación era *Tammuz,* «señor de los bosques y de la vid», cuyo padre era *Ninazú,* «señor de la adivinación por el agua». A buscar a Tammuz, de cuya muerte no se podía consolar, bajó Isthar, como se ha dicho, a los infiernos.

GRANDES HÉROES: UTANAPISHTÍN, ETANA, ADAPA, GILGAMESH

Sobre el origen del hombre había varias leyendas. En todas partes el hombre pensante ha sentido la misma inquietud y la misma curiosidad por una serie de problemas cuya solución, difícil, se ha propuesto y resuelto, no obstante, mediante dos poderosas ayudas: la fantasía y la vanidad. Mediante la primera inventó, como vamos viendo, aquí y allá, en todos los países y climas, una teogonía y una cosmogonía y se dio dioses y religión; mitología, haciendo obrar a estos dioses; mediante la segunda, al buscar su origen, no halló nada más natural que hacerse obra de los seres superiores que primeramente había compuesto tan a su imagen y semejanza, como no podía menos de ser. Aquí, como vamos a ver una vez más, si las leyendas varían al compás de las imaginaciones que las han forjado, el resultado es el mismo: determinar el origen *divino* del hombre. Una de las leyendas le hacía obra de Marduk y amasado, como ya ha sido dicho, con su propia sangre. Más divino, imposible. Otra, de la unión de este mismo dios con la diosa *Arurú;* la divinidad de la raza asegurada por partida doble. Una tercera aún le decía formado por la diosa *Mami* (creencia extendida en Eridú), con arcilla mezclada con la sangre de un dios a quien Ea había hecho morir: origen doblemente noble, si se quiere, puesto que procedía de la Madre-tierra y de la Divinidad. En todo caso, los hombres eran hijos de los dioses. No obstante, esta raza divina se manifiesta al punto demasiado, digamos, humana, mala, y los *diluvios,* medio evidentemente práctico para destruirla, aparecen por todas partes y son el arma preferida de todas las religiones y mitologías. Aquí lo mismo. Los dioses, incapaces de soportar a sus «hijos», deciden que perezcan, inundando la Tierra. Mas como, no obstante, la mala semilla sigue pululando, necesario es explicar que ha habido piedad por parte de uno de los dioses; en este caso, Ea, que mediante sus suspiros hace partícipe de sus generosos sentimientos a un seto de cañas, el cual, a su vez, mediante sus movimientos al ser mecido por el viento, informa a un habitante de Surippak, hombre listísimo que ha aprendido a descifrar los murmullos de las plantas. Y éste, cuyo nombre es *Utanapishtín,* construye un navío de 120 codos de alto (unos 86,5 metros; el largo no lo dice el poema, pero no hay duda que proporcionado y suficiente) y en él mete sus riquezas, a su familia, sus animales, más los del campo, sin olvidar a los pájaros. Apenas lo ha hecho, se desencadenan los elementos, y durante «seis días y seis noches se soltaron los vientos y el diluvio». A la madrugada del séptimo, el mal tiempo cesó, el mar volvió a recobrar la calma, pues ya todas las voces habían enmudecido (las voces de los condenados que pedían en vano clemencia), «y toda la Humanidad había sido cambiada en barro». Sobre la cumbre del monte Nisir, único lugar que emergía de las aguas, se detuvo el barco de Utanapishtín; éste soltó una paloma y una golondrina como exploradoras (la concordancia del *Diluvio* del *Génesis* con este babilónico es evidente) Ambas volvieron al barco no habiendo hallado sitio donde posarse. Más tarde soltó un cuervo. Este ya no volvió. Sin duda, cualquier cadáver flotante era bueno para él. Entonces Utanapishtín salió del barco, dio gracias al Cielo y la vida recomenzó de nuevo. Pero según las antiguas tradiciones babilónicas, el diluvio no fue la única calamidad que los dioses enviaron a los hombres. Aún les gratificaron con numerosas enfermedades y, finalmente, con una miseria tan grande, que los hombres se comían unos a otros. Por fin, a una nueva intervención del bondadosísimo Ea, la diosa Mami creó una nueva raza de hombres mejores. Para ello cortó catorce pedazos de barro y puso siete a su derecha y otros siete a su izquierda. En seguida «llamó a los inteligentes, a los instruidos, a siete más siete madres; siete construyeron los machos, siete construyeron las hembras». Luego Mami los acabó a su imagen. Desde entonces los hombres viven en paz con los dioses.

Los dioses protectores de la Humanidad eran los siguientes: *Dumsagga* y las diosas *Gatumdug* y *Bau,* que daban a los seres «el soplo de vida». *Mami* y *Nintud* velaban por el nacimiento de las criaturas. *Mamitú* fijaba su destino en cuanto venían al Mundo. Luego toda la vida de los hombres era regulada por los dioses, presididos por Marduk, el cual, ante los demás dioses arrodillados ante él, en una asamblea solemne que se celebraba a principios de cada año, sacaba de su pecho las Tabletas del destino y se las confiaba a su hijo *Nabú,* encargado de transcribir las decisiones divinas. Con ello la suerte de cada mortal quedaba fijada por un período de doce meses. Naturalmente, estas decisiones eran secretas; no obstante, los hombres podían ser advertidos mediante sueños y apariciones. Los sueños eran enviados por *Zakar,* el mensajero de Sin. Consecuencia de lo anterior era que bienes y males llegaban a los hombres por voluntad de los dioses. Cuando éstos les enviaban enfermedades, lo hacían por mediación de *Ura* y de *Namtarú,* dioses de la peste. La salud dependía de *Nin-Karrak* y de la diosa *Guba.* La vida moral dependía asimismo de los dioses. Como se ha visto, Shamash y Nuskú eran los dioses de la justicia. El mismo papel tenía *Kadi,* la diosa de Der, cuyo atributo era una serpiente terminada en un busto humano. La actividad intelectual dependía de *Nabú,* que en unión de su esposa, *Tashmetum,* había inventado la escritura. Como atributos tenían, lo mismo que Marduk, su padre, el dragón con cabeza de serpiente, el cincel y la tablilla para grabar. El dios de los carpinteros era Era; el de los orífices, *Guskindanda.*

Del Infierno ya he hablado un poco con motivo de la excursión de Isthar en busca de Tammuz, su amado. En la tristísima región de la que *no se volvía,* los *edimmú* (las almas de los muertos) se amontonaban y confundían. «El polvo era su alimento y el barro su comida». Sólo algunos edimmú privilegiados tenían derecho a cama y a un poco de agua pura. La dieta térrea era, sin duda, de rigor. Además de las almas de los muertos iban allí, a ayunar, *los dioses cautivos.* La soberana de esta purificadora región ya la conocemos, era Ereshkigal. Pero un día el dios *Nergal,* «señor de la gran morada», asaltó el Infierno. Tenía de su parte a catorce demonios, a los que apostó delante de las diferentes puertas. Por no meterse en luchas, sin duda también porque las hembras son siempre sensibles al arrojo y a la audacia, Ereshkigal consintió en tomar a Nergal por esposo. Con ello este barbián, que hasta entonces había sido el dios de la destrucción y de la guerra, llegó a ser el baal de los muertos. Su ministro era *Namtarú,* el dios de la peste; otra buena pieza. Otras divinidades infernales eran *Belili* y *Belit-Seri,* el escriba.

Inferiores a las divinidades infernales, pero de su misma naturaleza y compartiendo con ellas ciertas prerrogativas, eran los *utukkú,* genios que se dividían en dos grupos: los buenos y los malos. Estos genios, como todos los dioses menores de todas las mitologías, estaban más estrechamente unidos a la vida humana, más en contacto con los hombres que las grandes divinidades. Cumplían, como tantas veces los santos católicos, el papel de intermediarios entre éstas y los hombres. Los genios buenos eran llamados *shedú* o *lamassú,* y eran los protectores de los hombres. No solamente les defendían contra las malas potencias, sino que, como acabo de indicar, eran quienes intercedían por ellos y les conseguían los favores divinos. Estos genios benéficos eran los famosos toros con cara humana y magnífica barba rizada, tan conocidos, que los asirio-babilónicos ponían a la puerta de sus templos. Eran, además, los ángeles de la guarda de los hombres. Seguían a sus protegidos por todas partes. Y por fortuna, porque «aquel que no tiene dioses cuando va por la calle, la duda espiritual le cubre como un vestido», como se decía entonces. Entre los utukkú o espíritus maléficos estaban, en primer lugar, los *edimmú,* es decir, las almas de los muertos que no habían recibido sepultura o a las que no se les había dado el culto funerario que era preciso. Obsérvese cuanto de esta religión y mitologías pasó a la griega, posterior a ella. Estas almas venían, como luego en Grecia y más particularmente aún en Roma, a atormentar a los vivos. Para aplacarlas bastaba, por lo general, un convite funerario. Peores eran los genios maléficos que procedían del *arallú* (mundo inferior) o de la bilis de Ea. Éstos eran los que lanzaban las enfermedades, los que producían las disensiones entre las familias y los que hacían perecer el ganado o que los negocios se torciesen. Muy grave todo. Entre estos espíritus perversísimos «que no toman mujer ni procrean hijos», perversos, pero no tontos, como se ve, siete eran particularmente peligrosos: «los nacidos en la montaña del Oeste que habitan en agujeros en la tierra y moran en las ruinas de ésta». Cuando se manifestaban a los mortales tomaban formas aterradoras: cuerpo humano con cabeza de dragón erizada de cuernos y patas armadas de garras poderosas. Sólo se les podía expulsar mediante exorcismos y fórmulas mágicas.

Aunque en la mitología asirio-babilónica no había, en realidad, semidioses, sí estaba vivo el recuerdo de ciertos personajes legendarios que habían tenido relaciones directas con los dioses. Entre ellos, aparte del citado Utanapishtín, el Noé asirio, estaban *Etana, Adapa* y, sobre todo, *Gilgamesh.* Etana había sido el primer rey escogido por los dioses. Naturalmente, aquí, como en todas partes, los reyes eran hechura de la divinidad. No teniendo hijos, Etana se dirigió a sus protectores. Pero en súplica, no como esos hombres impíos y feroces que lo hacen, blasfemia en labio, por hechos mínimos, como, por ejemplo, que una mula no pueda con un carro demasiado cargado o porque un dedo se encuentre por descuido en el camino de un martillo. Etana se dirigió humildemente a Shamash, que amablemente también, le aconsejó «que fuese a la montaña». Se trata de una montaña, conviene explicarlo, donde había ocurrido un drama terrible. Vivían en ella, en otro tiempo, como buenas vecinas, un águila, seguramente caudal, y una serpiente, no lo dudemos, serpeante. Pero un día, el águila, un día en que la caza se la había dado mal, no se puede creer otra cosa, se comió, hay que decirlo puesto que así fue, se comió a las crías de su vecina la serpiente. Y échale un galgo a un águila. Cuanto pudo hacer la infeliz madre fue ir a quejarse a Shamash y a pedirle justicia. Entonces, el dios la dijo que volviese a la montaña, que él mataría a un búfalo, que se metiese en su vientre, que esperase allí, y que cuando el águila bajase a hartarse del animal, la cogiese de improviso por un ala, que se la rompiese, luego la otra, al punto las garras, y que luego la arrojase a un foso para que allí se muriese de hambre. Y así ocurrió. Pues bien, Etana, por consejo del mismo dios, fue a donde agonizaba el águila y la pidió la «hierba que daba hijos». El águila estaba bien dispuesta a servirle, pero su estado de debilidad se lo impedía. «Procúrame la fuerza que necesito—le dijo—y te llevaré en seguida». Durante ocho meses, Etana le procuró alimentos. Y cuando, al fin, el águila fue capaz de volar, se ofreció a conducirle hasta el cielo de Anú. Etana, seguro de encontrar allí lo que buscaba, montó sobre el águila y ambos compañeros se remontaron por el aire. Al cabo de tres dobles horas, el mar le pareció a Etana apenas como «una reguera de una huerta». Por fin llegaron al cielo de Anú, y allí se prosternaron ante los dioses. Pero el águila quiso llegar hasta Isthar y durante dos dobles horas aún siguió subiendo y llenando de asombro a Etana, que veía abajo, muy abajo, la Tierra como un jardín diminuto y el vasto mar semejante a una cesta. Pero a la tercera doble hora sintió que se mareaba y que un vértigo irreprimible se apoderaba de él. Entonces dijo al águila: «¡Amiga mía, imposible me es subir más! ¡Detén, detén el vuelo!» Luego fue una caída horrible. De los dos, pues, aferrado desesperadamente a su cabalgadura, la hizo caer con él. Y ambos imprudentes se aplastaron contra el suelo. Desde entonces Etana, castigado por ambicioso, está en los Infiernos con Gira, el águila atrevida.

Adapa había sido creado por Ea para que reinase, sobre los hombres, en la ciudad santa de Eridú. El dios le había dotado de un oído muy fino, de gran sabiduría y de prudencia extremada. Tan sólo le faltaba para ser un dios la inmortalidad. Cada día, Adapa salía de Eridú, se metía en su barco e íbase mar adentro a pescar. En cierta ocasión, estando en esta fanea, sopló el Viento del Sur y el barco naufragó y se fue a parar a la casa de los Peces Furiosos. Entonces Adapa rompió las alas al Viento del Sur y durante siete días éste no pudo soplar. Enterado Anú de lo que había ocurrido, hizo venir ante él a Adapa decidido a hacerle tomar un alimento de muerte. Pero Ea, que velaba por él, le dijo cómo tenía que arreglárselas para ganarse la buena voluntad de los dioses que rodeaban a Anú, y muy mucho le aconsejó, sobre todo, que no aceptase de éste ni alimento ni bebida. Llegado Adapa al cielo, los dos guardianes celestiales, *Tammuz* y *Nin Gishdiza,* le preguntaron al verle vestido de luto que por quién llevaba duelo. Adapa respondió con acento muy triste, tal cual le había aconsejado Ea: «Porque me han dicho que han perecido dos dioses. Por eso llevo vestidos de luto». «¿Y qué dioses son los que han muerto?» «Tammuz y Nin Gishdiza, los muy magníficos», añadió, fingiéndose muy compungido Adapa. Muy contentos ambos ante semejante prueba de respeto y cariño, llevaron a Adapa junto a Anú, y tan hábilmente intercedieron por él, que el dios, sobre perdonarle, hizo que le ofreciesen los alimentos de la vida. Mas como Adapa, siguiendo siempre las instrucciones recibidas de Ea, se negó a aceptar algo que entrase por el pico, perdió la ocasión de hacerse inmortal.

Pero de todos los héroes asirio-babilónicos, el principal es Gilgamesh, cuya figura y hazañas han sido inmortalizadas por la obra maestra de la literatura babilónica, titulada *El que ha descubierto el manantial* o *El que lo ha visto todo*[871]. Se supone que el héroe de este curioso poema no era puramente imaginario, sino que, en su base, hubo o fue tejido sobre la figura de un rey del país de Sumer que reinó durante el tercer milenario en Erech, donde sucedió al rey Dumuzi. Gilgamesh era un príncipe sabio, pero muy autoritario y, sobre todo, a creer al poema, un Don Juan asirio. Para él no había mujer sagrada. Solteras o casadas, de gustarle, y por lo visto no era difícil, ya eran suyas. Entre muchas excelencias tenía esta debilidad. Si debilidad se puede llamar a la potencia y gusto amoroso. «Sus dos tercios eran de un dios; el otro tercio, de hombre». En todo caso, sus súbditos, no estimando debidamente el afecto que el monarca sentía por sus hijas y esposas, se quejaron a los dioses de la ternura de Gilgamesh. Entonces éstos (las diosas seguramente estaban por él, pero no serían escuchadas) dijeron a Ararú el Grande, que puesto que había formado a Gilgamesh, que formase también a otro hombre capaz de enfrentarse ventajosamente, en cuanto a valor y puños, con él, con objeto de que en Erech los hombres pudiesen vivir tranquilos. Entonces Ararú cogió barro y formó con él a *Enkidú,* cuyo cuerpo estaba cubierto de pelo y su cabellera era larga como la de una mujer. Enkidú creció en el desierto entre los animales salvajes, y para defenderlos cegaba los fosos y trampas hechos por los cazadores, y quitaba las redes y lazos que éstos tendían. Pero como su fuerza era «como la de todo un ejército de Anú», nadie se atrevía a pedirle cuentas, ni siquiera a aventurarse por donde andaba. Hubiera hecho falta, para poder cazar como antes, apoderarse de él. Pero ¿cómo intentarlo siquiera? En tan grave apuro acudieron a Gilgamesh, quien pensando que Enkidú sería, poco más o menos, como él (pues muy cierto es que nadie puede ver a los demás sino a través de sí mismo), imaginó la siguiente treta: que un cazador fuese en unión de una buena moza de las prostituidas, si de las otras no se prestaba alguna voluntariamente, hasta el lugar donde los animales de Enkidú iban a beber. Y que cuando éste llegase tras de sus gacelas, la gacela humana se desnudase con objeto de seducirle. Y así ocurrió. Gilgamesh, en cuestión de faldas, tenía la sabiduría que sólo da la experiencia. El poema refiere que ver Enkidú los senos de la bella, sentirse inflamado de pasión y correr a su lado fue todo uno y lo mismo. Y que luego, cuando quiso volver junto

---

[871] Se ha hallado este poema en unas tabletas que formaron parte de la mencionada biblioteca de Asurbanipal, halladas en Nínive. Su fecha es el siglo VII a. de J. Pero el poema es mucho más antiguo, puesto que también ha sido encontrado un fragmento de él de principios del segundo milenario. Este poema comprende doce cantos de unos trescientos versos cada uno.

a su rebaño, las gacelas huyeron de él, pues habiendo perdido su inocencia no era digno ya de vivir en la familiaridad de los animales. Entonces volvió junto a la hermosa, que a fuer de buena prostituida le había prostituido a él, y ésta, acabando de engañarle, le aconsejó que se dejase de gacelas de cuatro patas y que se fuese con ella a Erech. Ni que decir tiene que Enkidú la siguió sin hacerse rogar.

Entre tanto, Gilgamesh tuvo un sueño que le había preocupado: se vio luchando en vano, pese a su fuerza prodigiosa, con un hombre aún más fuerte que él. Como la cosa era insólita, fue a que se la explicase su madre, *Rimat-Belit,* que sabía cuanto se podía saber. Rimat-Belit le tranquilizó al punto. El sueño quería decir que Enkidú, que era, en efecto, más fuerte que él, sería su amigo. Y así ocurrió. Gilgamesh le llamó, le alojó en su palacio y pronto eran compañeros inseparables. Allí Enkidú empezó a llevar una vida real. Hasta que una noche tuvo, a su vez, un sueño funesto: un ser extraño, de faz sombría y garras de águila, le había llevado a través del aire hasta la casa de las tinieblas, morada de *Nergal,* «la casa en la que el que entraba ya no salía», y en ella le había hundido. Cuando llegada la mañana contó su sueño a Gilgamesh, éste llenó de miel un puchero de azabache, de manteca otro de lapislázuli, y ofreció ambos a Shamash. Entonces el dios le sugirió la idea de que fuese a combatir a *Khumbaba el Fuerte,* rey de la montaña de los cedros. La empresa era inmensamente temeraria. Khumbaba era un monstruo espantoso. Además, eran necesarias veinte mil horas de marcha para llegar hasta su retiro. Pero Gilgamesh desoyendo todos los consejos, incluso los de su madre, y hasta los escrúpulos de Enkidú, luego de convencer a éste se pusieron juntos en camino. Tras larguísima caminata llegaron al fin a la montaña de los cedros. Bel había colocado a Khumbaba en aquel bosque maravilloso para que precisamente cuidase de sus cedros. Enkidú trató aún de disuadir a su amigo, pero éste, sin escucharle, le arrastró hacia aquel lugar de delicias. No olvidemos que Gilgamesh era un sensual. Pronto estuvieron ante el recinto del monstruo. Entonces Gilgamesh, tras invocar a todos los dioses, le lanzó un reto. Y no sin encomendarse aún a Shamash y ponerse bajo su protección, entabló el combate. Los dioses, que le habían escuchado complacidos, desencadenaron los elementos contra Khumbaba, que acabó por declararse vencido, siendo muerto seguidamente por su vencedor. Tras su triunfo y para purificarse, Gilgamesh se desnudó, para cambiar la ropa que había llevado durante la lucha por otra distinta. Entonces Isthar, que, como los demás dioses, le contemplaba, al ver la hermosura del héroe le propuso que fuese su amante. Mas Gilgamesh, que sabía demasiado la inconstancia de la diosa y el destino que reservaba a sus amantes cuando se cansaba de ellos, bien que sintiéndolo mucho, la rechazó duramente e incluso la echó en cara toda su existencia de prostituida. Al oírle, Isthar, llena de cólera, corrió junto a Anú, su padre, le dijo de qué modo Gilgamesh acababa de insultarla y le pidió que enviase contra el imprudente un toro celestial. Anú accedió y lanzó contra el héroe un animal terrible. Pero Enkidú acudió en socorro de su amigo, y cogiendo al animal por la cola le hizo pedazos. Luego, viendo a Isthar, que, sobre la muralla de Erech, rodeada de las cortesanas sagradas, se lamentaba de lo ocurrido, despellejó el lado derecho del monstruo que había matado y se lo arrojó a la cara diciéndole burlonamente: «Y si te cogiese a ti, ¡lo mismo haría!». Tras ello, ambos amigos, después de haberse lavado las manos en el Éufrates, entraron en Erech, en medio de las aclamaciones del pueblo.

Pero la venganza de la implacable Isthar no tardó en alcanzarle. Enkidú, víctima de terrible enfermedad, contra la que en vano luchó durante doce días, murió al decimotercero. Gilgamesh quedó doblemente desolado: no tan sólo había perdido a su mejor amigo, sino que empezó a temer si aún no satisfecha la cólera de la diosa, la muerte no le haría a él mismo su víctima. Acosado por este temor y esta duda, decidió ir a consultar con Utanapisthín, el hombre afortunado, que por haber escapado del diluvio había recibido de los dioses el privilegio de la inmortalidad. Para llegar hasta él, el camino era largo y peligroso. Mas el héroe, decidido, se puso en marcha. Habiendo alcanzado el monte Mashú, donde el Sol llega todas las tardes para descansar tras su carrera diurna, Gilgamesh se encontró con los terribles hombres-escorpiones, que guardaban la puerta de la montaña. Gilgamesh se inclinó ante ellos. Los hombres-escorpiones, por su parte, al reconocer que el héroe era de la carne de los dioses, le indicaron amablemente el camino que debía seguir, tras lo cual el héroe se metió por la espesura del bosque que cubría la montaña. Durante once dobles horas marchó en medio de una oscuridad densa. A la dozava, la luz brilló al fin, y Gilgamesh se encontró en un jardín maravilloso que corría todo a lo largo de la orilla del mar. Delante de él se erguía el *Árbol de los dioses,* cuyos frutos magníficos eran sostenidos por ramas de lapislázuli; piedras preciosas formaban el suelo. Aquel lugar de delicia era la morada de la diosa *Sidurí Sabitú* (la tabernera), «que habitaba en las extremidades del mar». La diosa, al ver al héroe vestido simplemente con una piel de animal, tuvo miedo y se encerró en su casa. Pero luego, tras escucharle, le manifestó la inutilidad de su deseo y le aconsejó que se contentase con los bienes terrestres. No dejó tampoco de decirle los enormes peligros a que se exponía de seguir obstinándose en su empeño. Mas no pudiendo vencer la voluntad de Gilgamesh, le aconsejó que fuese en busca de *Urshanabi,* el barquero de Utanapisthín, único que podría guiarle durante la arriesgada navegación que tendría que emprender. Habiendo llegado hasta él, este barquero dijo al héroe que cortase en el bosque ciento veinte pértigas de a sesenta codos cada una. Cuando lo hubo hecho, le hizo entrar, en unión de las pértigas, en su barca. Durante mes y medio ambos hombres navegaron por el Océano. Al fin llegaron a las aguas de la Muerte, que rodeaban el paraíso de Utanapisthín, y que impedían que se llegase hasta él. Porque ¡ay de quien tocaba aquellas aguas malditas! Mas, gracias a la previsión de Urshanabi, Gilgamesh pudo evitar el contacto mortal. Para cruzar a través de las fatales aguas se sirvió de las pértigas, arrojando una tras otra cuando se gastaban. Al tirar la última el difícil paso estaba franqueado, y a poco estaba en presencia de Utanapisthín, al que el héroe manifestó su temor a la muerte y el deseo que tenía, para evitarla, de alcanzar la inmortalidad. Entonces Utanapisthín le hizo saber que no podía darle el secreto de lo que deseaba, y que si él lo había conseguido fue gracias a la benevolencia de los dioses. Y para probarle que contra el Destino no se podía nada, le propuso que durante seis días y seis noches no se acostase: que huyese del sueño, ¡imagen de la muerte! Pero Gilgamesh, apenas sentado, ¡se durmió!

¿Qué remedio le quedaba, pues, sino volver sobre sus pasos y conformarse con su condición de mortal? No obstante, antes de emprender el viaje de retorno, Utanapisthín, a ruegos de su mujer, le reveló un secreto precioso: en el fondo del Océano había una planta espinosa «cuya picadura, como la zarza, atraviesa la mano, pero cuyo nombre y virtud era: 'el viejo se torna joven'». «Cómela—le dijo—y, al menos, volverás a gozar de la juventud». En efecto, ¿de qué serviría la inmortalidad sin juventud, puesto que sólo ésta hace engañosa y amable la vida? Gilgamesh, de nuevo en el mar, ató a sus piernas piedras muy pesadas, se arrojó al agua, hundiose en ella, llegó a donde crecía la planta que buscaba, la cogió, pese a que le atravesaba la mano (nada bueno se suele conseguir sin trabajo), desató las piedras y feliz volvió a la barca de Urshanabi. Al menos, su viaje no había sido inútil. Pero un día, ya de vuelta y no lejos de Erech, un día en que se bañaba en una fuente, una serpiente, atraída por el olor de la maravillosa planta, ¡se la robó! Y profundamente triste, el héroe volvió a su ciudad perseguido siempre por el temor a la muerte. Y para que Enkidú, el amigo muerto y no olvidado, le enseñase «la ley de la tierra», invocó a su sombra. Pero Enkidú no pudo describirle sino la triste condición de los encerrados para siempre en el sombrío reino de Nergal. Y con esta visión abrumadora acaban las aventuras de Gilgamesh, el más grande de los héroes asidos.

MITOLOGÍA FENICIA

Fenicia, la madre de la un día poderosa Cartago, pesadilla de los romanos, era una estrecha faja litoral de menos de 40 kilómetros de larga, limitada al Oeste por el Mediterráneo y al Este por los montes del Líbano. Fenicia fue a causa de su geografía, que es la que moldea a los pueblos y preside su historia, lo que esta geografía hizo que fuese hasta la formación de los grandes Imperios: un país ideal para el comercio marítimo. Toda costa, mar a un lado, al otro montañas llenas de cedros inmensos que ofrecían la madera mejor para la arquitectura de los barcos; al acabar estas montañas, el desierto de Siria, es decir, fuera de la vía de las migraciones normales y de las invasiones; aun ella misma cortada como en pequeños sectores por los espolones calcáreos que la cadena oriental hacía bajar hasta el mar, con lo que cada uno de estos sectores fue una ciudad cuyo territorio era la cuenca misma del torrente que bajaba del Líbano, transformado en río por los abundantes aportes fluviales, tan frecuentes en los terrenos calcáreos. Naturalmente, estas ciudades tan pobres en tierras hallaron cuanto las faltaba en el mar. Berite, Biblos, Trípoli la fenicia y otras cuantas más, ora en el continente, ya en las islas inmediatas, como Arad, fueron, gracias al comercio y a la navegación, emporios ricos y afamados, y más aún Sidón, que ostentó su hegemonía, y posteriormente Tiro. Hasta que primero los persas, luego Alexandros el Grande, más tarde la Siria de los Lágidas y, finalmente, los romanos la sometieron a su poder.

Como raza, los fenicios eran semitas. De aquellos semitas (parte del mundo cananeo) que en la aurora de los tiempos históricos se establecieron entre el Mediterráneo y el mencionado desierto de Siria. Su mitología, pues, tenía que formar parte de la de un grupo étnico mucho más vasto. Pero sobre esta mitología hasta hace muy poco apenas se sabía nada: lo que había podido colegirse gracias a algunas inscripciones y monumentos figurados, más las referencias de segunda mano de Filón de Biblos[872], de Damascio[873] y las aún más imprecisas de la *Biblia* y de

---

[872] Filón de Biblos, historiador, gramático y retórico griego nacido hacia el año 70 y que vivió en tiempos del emperador Adriano. Escribió de todo, pero sólo quedan fragmentos de sus obras.

[873] Damascio, filósofo neoplatónico, último jefe de la escuela filosófica de Atenas. Nació en Damas hacia el año 480 d. de J. Cuando Justiniano prohibió la enseñanza de la filosofía pagana, el año 529 se refugió en Persia. Pero cuatro años después volvió a su patria. No atacó nunca al cristianismo.

algunos textos asirios y egipcios. Mas gracias a las excavaciones modernas llevadas a cabo en Djebail, la antigua Cubla (la Biblios de los griegos), y en Ras Shamra, en las ruinas de lo que en la antigüedad fue Ugarit, se ha podido saber algo más de la religión y mitología de aquella región. Quedando, además, la esperanza de que cuando se reanuden las excavaciones, interrumpidas a causa de la última guerra, se puedan completar las aún imperfectas informaciones que hoy se poseen. Informaciones que voy a dar empezando por los descubrimientos mitológicos hechos en Biblos por M. Montet, pertenecientes al tercer milenario antes de nuestra era.

La divinidad principal de Biblos era la diosa *Ba'alat,* es decir, *Señora de Biblos*[874]. Como las relaciones entre Biblos y Egipto fueron constantes, pues los egipcios venían a buscar a esta población madera para diversos usos (para construir sus navíos de alta mar, para hacer los mástiles que adornados con banderolas ponían ante sus templos, para fabricar ataúdes, etc.), la *Dama de Biblos* acabó por identificarse con la gran diosa *Hathor* egipcia. Hubo también en Biblos un dios importante asimilado igualmente a otro egipcio, a *Ra.* Este dios parece ser que tenía un hijo, *Ruti,* es decir, «el que tiene la apariencia de león». El cilindro-sello que contiene los nombres anteriores da aún otro nombre de divinidad: *Haitaú,* el habitante de Nega, del cual el príncipe que grabó o hizo grabar el cilindro se dice el bienamado[875].

En las tabletas cuneiformes de Ras Shamra[876] todos los seres divinos son ya netamente antropomórficos e incluso están colocados en orden de rigurosa jerarquía. El primero era *El,* gran dios solar adorado desde los tiempos más antiguos por todos los semitas occidentales. Gobernaba el país entero de Canaán. *El* era el que hacía que los ríos se vertiesen en el océano y quien daba fertilidad a la Tierra. Era, además, el *Padre de los años,* puesto que regulaba su curso, y como *rey,* habitaba un pabellón al

---

[874] He aquí los nombres generales de las divinidades fenicias: *el* (dios), *baal* (señor), *melek* (rey), *adón* (amo), *baalat* (señora). El culto fenicio se distinguió y deshonró a causa de los sacrificios humanos.

[875] *Nega,* varias veces mencionada en los textos egipcios, era una región llena de bosques, sobre todo coníferas, adonde los egipcios iban a buscar no solamente maderas, sino las resinas, tan necesarias para sus embalsamamientos y momificaciones. *Haitaú,* su dios, prototipo de *Adonis,* era el espíritu de la vegetación, que acabó metamorfoseándose en árbol. Los egipcios adoptaron esta divinidad y la identificaron con su *Osiris.*

[876] Descubiertas por Schaeller y Chanet en 1929. Preciosos documentos escritos, o grabados mejor, en el siglo XIII a. de J.

borde del mar, allí donde se vertían los ríos. Luego de El, el más importante de los dioses era *Baal*. Al contrario que El, que era anterior a toda generación divina, Baal tenía por madre a la diosa *Acherat*. Otro dios importante era *Mot*, hijo de Él y espíritu de las cosechas. Mot dominaba en los campos en la época en que las tierras, secas a causa de los ardores del Sol, maduraban las cosechas gracias al calor de éste. Las llanuras no fecundadas por el agua de los cielos estaban en la mano de Mot, el hijo divino, pues era el vástago preferido de El. Una vez cogida la cosecha, era sacrificado por la diosa *Anat*. Mas no moría por mucho tiempo, ya que a poco volvía a renacer, sin que su reinado quedase muy interrumpido. Volvía a renacer, claro, cuando tras los cereales maduraban otros productos, como el fruto de las viñas. Mas al principio de la estación de las lluvias era vencido por *Aleyín*, hijo de Baal. Este Aleyín, enemigo de Mot, tenía como misión alimentar las corrientes acuáticas. La mayor parte de los ríos fenicios llevaban nombres que se referían al ciclo de esta divinidad. Espíritu de fuentes y manantiales, Aleyín favorecía la vegetación, que se desarrollaba durante la estación de las lluvias. Aleyín, «el que cabalga a las nubes», llevaba con él siete compañeros y eran seguidos de ocho jabalíes. La mencionada diosa Acherat, llamada la «madre de los dioses», había tenido hasta sesenta hijos. Era denominada también «creadora de los dioses» y «maestra de los dioses en sabiduría». Naturalmente, era la consejera de las demás divinidades, mas, como queda dicho, madre de Baal. *Astart* (en griego, *Astarté)* y *Elat* apenas son mencionados en los textos de Ras Shamra. *Astart de los cielos de Baal* era el más hermoso de los astros, el planeta Venus. *Elat* era la forma femenina de El. En Sidón existía una diosa de este nombre. La virgen *Anat*, hija de Baal, era hermana de Aleyín. Era una diosa combativa. Se la veía a la cabeza del asesinato anual del dios Mot. Hija del dios de la lluvia y hermana del dios de los manantiales, se esforzaba, como éstos, en ayudar a la vegetación, y para ello extendía el rocío sobre la Tierra, pues el rocío, como la lluvia, era «la grasa de la Tierra». En fin, *Kadesh*, «la salud», cuyo animal-atributo era el león en los documentos egipcios, era un simple epíteto de la diosa Anat, que bajo esta apelación era la compañera del dios *Amurrú, dios de «Occidente»*, designado en los textos egipcios con el nombre de Reshef. En tiempos de la cosecha aparecían juntos cuando el sacrificio del asno.

En cuanto a estos sacrificios que los fenicios hacían a sus dioses, varios de los cuales son mencionados en la Biblia, eran muy variados[877]. Los animales que se solían ofrecer en concepto expiatorio eran el buey, el carnero, el ternero y el cordero. No es mencionado ningún animal hembra. No debían emplearse a causa de ser más útiles para la procreación. Por lo menos en las ceremonias que acompañaban a la consagración de un templo no se sabe que fuesen empleadas. En el momento de la cosecha y luego para reavivar el espíritu de las viñas que el asno hubiera podido destruir al comerse los brotes tiernos, se hacía como sacrificio especial el de este animal. Además de los sacrificios se hacían ofrendas variadas a los dioses, puesto que éstos necesitaban alimentarse como los hombres. Las más corrientes eran pan y vino, en una mesa de oro.

Uno de los poemas encontrados en Ras Shamra refiere la lucha anual entre las dos divinidades de la vegetación: Aleyín y Mot. Cuando en la parte que se ha encontrado empieza el relato, Aleyín, hijo de Baal, acaba de morir, y tanto su abuela, Asherat, como su padre manifiestan el más vivo dolor. Latpón, otro de los hijos de Baal, va a ver a éste al pabellón donde habita, «en la confluencia de los ríos y del mar», para pedirle que dé un sucesor al muerto. Un poco más lejos, pues aquí el texto ofrece una laguna, la diosa Anat reclama a Mot que la devuelva a su hermano. Tras lanzar a sus perros contra el rebaño del asesino, se apodera de éste y le mata. Al morir Mot, el hijo divino, Aleyín, hijo de Baal, revive (alternancia de las estaciones). Las lluvias caen abundantemente, los ríos se desbordan, la inundación amenaza. Entonces El ordena a Anat que se informe de lo que ocurre. Anat se dirige a la diosa Sapas, una de las hijas de El, llamada la Antorcha de los dioses, y ésta parte en busca de Aleyín. Por último, el propio Baal interviene, cuando al cabo de siete años Mot amenaza dejar caer sobre Aleyín los siete castigos de que él mismo ha sido víctima. Aleyín le responde, y la diosa Sapas anuncia a Mot su decadencia: «¡Escucha bien, Mot!, hijo de dioses! Ocurrirá que combatirás contra Aleyín, hijo de Baal. Pero que Aleyín no tenga piedad de ti. ¡Que arranque las puertas de tu morada! ¡Que rompa el cetro de tu soberanía! ¡Que derribe el trono de tu realeza!» Mot, vencido, desciende a los Infiernos y Aleyín es restablecido en sus derechos. El triunfo de Aleyín era cantado en otro poema.

---

[877] Cuando *Anat* reprocha a *Mot* la muerte de su hermano *Aleyin,* Mot le responde: «Yo soy Mot, el hijo de *Él;* dispón, pues, el sacrificio. Yo soy el cordero que se dispone como sacrificio expiatorio, en unión de trigo puro».

Aún un tercero refiere la muerte de Baal y la de Aleyín. Habiendo ido Baal de caza a un desierto (probablemente el de Kadesh), se encuentra de pronto ante seres extraños, grandes como toros salvajes, creados por el dios El para cerrarle el paso y paridos por *Amat Asherat,* a quien el dios supremo ha expulsado al desierto. Baal los ataca y al principio lleva la ventaja. Pero al fin sucumbe y «cae como un toro». Anat interviene al punto para proceder a la inhumación del que la leyenda llama aquí hijo suyo. Cava una tumba, transforma una parte del desierto en jardín, y tras haber anunciado la muerte del dios, desciende con él a la tumba acompañada de la diosa Sol, que permanece allí hasta haber vertido tantas lágrimas que las bebe cual si fuesen vino. Aleyín muere también. Anat le lleva sobre sus espaldas hasta la montaña del Norte, donde le ofrece perfumes en sacrificio a los dioses infernales. Luego siete sacrificios de bueyes, carneros, ciervos, cabras monteses y asnos para asegurar su subsistencia durante seis meses en los Infiernos. Después manda decir al dios El que puede alegrarse, así como su mujer, Asherat, puesto que Baal y Aleyín han muerto. Ellos se alegran, mas como Aleyín tenía un papel indispensable (enviar las lluvias que hacen crecer las cosechas), tratan de buscar otro que le reemplace. Luego Anat aparece de nuevo y hace al dios Mot responsable de la muerte de su hermano.

Otro poema refiere la construcción del templo de Baal. Aunque Baal poseía el espacio entero, era mejor que tuviese, como lugar adonde dirigirse a él, una morada menos vasta, como las demás divinidades. Pero como antes de empezar la construcción era menester la autorización del dios (supremo), sin el cual todo trabajo hubiese sido vano, para obtenerla le ofrece un trono de oro y una mesa de oro también llena de manjares. El dios concede, y entonces *Hiyón,* el artista divino, se pone a trabajar provisto de fuelles y pinzas. «Funde la plata recubierta de oro» y modela toros con metal precioso para adornar el futuro santuario. Asherat se encarga de presentar la demanda del dios a El, y luego da a Latpón, el dios que comparte el don de la sabiduría, la orden de que empiece el trabajo. Cuando más tarde la diosa invita a Latpón a que des canse, Baal mismo se pone a trabajar. Con el rayo, que es «su sierra en la Tierra», derriba cedros para hacer el techo de su morada. A Aleyín, hijo de Baal, un mensaje le anuncia que se le reserva la edificación de la parte más santa. Hecho el templo al fin, Baal se instala en él y ofrece a Anat el sacrificio de un toro. Luego aparecen *Kusor* y *Hasisú,* dos hermanos, y proponen dotar al templo de ventanas, pero Aleyín no acepta. Para arreglar la cuestión es necesario dirigirse a una divinidad superior que haga de juez. Baal quizá, tal vez El, el dios supremo. Pero Aleyín propone una transacción: Kusor abrirá una ventana o tragaluz en medio del templo y Baal la grieta de las nubes. Con ello, en adelante, las aguas no caerán sobre la Tierra a la casualidad y no habrá que temer un diluvio. Baal no hará caer la lluvia sino cuando Kusor abra las ventanas del templo. Con ello este Kusor quedó como regulador del tiempo, privilegio que se añadió a los que ya tenía como encantador, adivino e inventor de los barcos de pesca y de los útiles para pescar.

Los textos de Ras Shamra no desarrollan toda la mitología en el plan divino, sino que ofrecen leyendas en las cuales la divinidad figura al lado de los dioses y de los héroes divinos que tienen relación con las hijas de los hombres. Véase una de estas leyendas: *Keret,* hijo del dios supremo El y soldado de la diosa *Sapas,* es asimismo rey de Sidón. Él, su padre, le ha dado orden de resistir a una invasión conducida por *Etrah,* o *Terah,* un dios lunar. El enemigo se ha aliado con la tribu de Zabulón (que luego será integrada en el reino de Israel) y tiene que obedecer de su parte a los keresites. Keret, en vez de obedecer, se encierra en su cámara y llora. Para animarle, ciertos ensueños vienen a anvmciarle que tendrá un hijo. Entonces se decide a obedecer. Pero antes de entrar en campaña sube a un migdol[878] y ofrece un sacrificio de vino en una copa de plata, otro de miel en un vaso de oro, más la sangre de un pájaro y la de un cordero. Luego se ocupa de aprovisionar su ciudad para seis meses. Tras ello marcha contra Terah, que ha ocupado cinco ciudades y trata de cortar en dos el territorio fenicio. Vencedor, los contrarios son obligados a emigrar. Vuelto Keret a Sidón, compra una mujer, cuyo precio paga una parte en plata y otra en oro. De esta mujer tiene un hijo hermoso como Astart y gracioso como Anat. Hijo prodigio, apenas nace exclama: «¡Odio al enemigo!» Y reclama justicia para la viuda, ayuda al huérfano y protección contra los saqueadores.

En el primer milenario antes de Jesucristo cada ciudad fenicia adoraba a su *Baal,* es decir, a su *Señor,* propietario del suelo y amo supremo de las casas. A veces, en vez de un Baal, era adorada una *Baalat,* una *Dama.* En ciertas regiones existía incluso un *Baalim.* Los nombres verdaderos de estas divinidades son raramente conocidos. No los pronunciaban jamás. Los mantenían secretos con objeto de que los extranjeros no los conociesen y con ello no pudiesen invocarles. Pues de lo contrario hubieran podido atraerse su benevolencia e incluso emplearla en contra de ellos. El Baal de Tiro fue, al principio, un dios solar. Luego, como todas

---

[878] Migdol, palabra hebrea que significa *Fortaleza, torre,* y que en su forma griega, *magdala,* entra en la composición de gran número de nombres geográficos de Palestina y de Siria. Recuérdese, por ejemplo, que María de Magdala era la llamada luego María Magdalena.

las divinidades de los puertos fenicios, se transformó en una divinidad marina. De éste sí se conoce el nombre: *Melkart,* es decir, «el dios de la ciudad». Los griegos le identificaban con Herakles. En Sidón era honrado *Eshúm,* dios chetónico que llegó a ser el dios de la salud, identificado por los griegos con Asklepios. Esta misma ciudad adoraba también a Astart, en honor de la cual el rey Salomón edificó una capilla en Jerusalén. Reyes y reinas eran sacerdotes y sacerdotisas de esta diosa lasciva, cuyo culto se celebraba en grutas en el lugar denominado hoy Maghdushé. En Beryte era adorada también una *Señora,* ninfa a la que el dios Adonis cortejó. Pero un Baal marino fue más afortunado que él. Por cierto, que las aventuras de este Adonis son las únicas que se conocen de entre todas las de los dioses de esta época. El culto de este personaje divino, que pasó a Grecia como una de las aventuras de Afrodite (hablando de esta diosa he referido la leyenda de su hermoso amado), se celebraba en toda Fenicia, pero con más pompa y solemnidad que en parte alguna en Biblos. A mitad de camino entre esta ciudad y Baalbek, lugar de extraordinaria belleza natural, en una aldea llamada Afaka, hoy Afka, había un santuario a Astart, destruido más tarde por Constantino, en el que también recibía culto Adonis. Pero las principales fiestas en honor de este dios eran las *Adonias,* que se celebraban inmediatamente después de la recogida de la cosecha.

Por Filón de Biblos sabemos algo más de la religión y mitología fenicia. Apoyándose en un escritor de este país, bastante misterioso por cierto, Sanchoniathón, Filón se propuso demostrar que la mitología griega estaba basada en la fenicia y que ésta podía explicarse mediante la historia de las primeras generaciones de los seres humanos. En los fragmentos de sus escritos que han llegado hasta nosotros se pueden distinguir una cosmogonía, una historia primitiva y otra de los Ouránides. En la *Cosmogonía* domina como principio «un aire turbio y ventoso o un soplo de viento y caos oscuro». Durante siglos sólo hubo esto, pero luego «el soplo se enamoró de sus propios principios y se produjo una mezcla: esta unión se llamó deseo. Y fue el principio de la creación de todas las cosas. Pero el soplo mismo no conocía su propia creación y de su unión con sí mismo se produjo Mot. Algunos dicen que es limo, otros que una podredumbre de compuestos acuosos. Y de ésta se originaron todos los gérmenes creados y es el origen de todas las cosas»[879]. «Habiéndose

---

[879] Los autores griegos hablan de otras cosmografías fenicias. Una de ellas, atribuida a Eudemos, el filósofo de Rodas, discípulo de Aristóteles, daba como principio de todas las cosas el Tiempo; luego, el Deseo y la Oscuridad. Según

iluminado el aire—continúa Filón—gracias a la inflamación del mar y de la tierra, se formaron vientos y nubes y enormes caídas e inundaciones de las aguas celestes. Y cuando a consecuencia del calor del Sol todas las cosas se diferenciaron y se separaron alejándose de su propio lugar para encontrarse al punto en el aire y chocar, resultó el trueno y los relámpagos. Y al estrépito del trueno, esos animales inteligentes de los que he hablado despertaron, y espantados del ruido se removieron en la tierra y en el mar, como machos y hembras». La *Historia primitiva* de Filón es la exposición de los progresos de la civilización y de la cultura. Las primeras generaciones, según él, divinizaban los productos de la tierra, los consideraban como dioses y los adoraban. Un progreso, atribuido a *Aeón,* consistió en emplear los frutos de los árboles como alimentos. La invención del fuego fue debida a los hijos mortales de la misma raza. Este progreso fue seguido de la aparición de los gigantes. Estos gigantes cuyas costumbres no podían ser más licenciosas, puesto que cada uno recibía el nombre de su madre, pues las mujeres de aquel tiempo «se entregaban al primero que se presentaba», hicieron los descubrimientos originales, desde la cabaña de junco, el papiro y los vestidos, hasta los remedios contra los animales venenosos y los encantamientos. Luego ataca Filón la *Historia de los Ouránides,* dioses de los que hace simples mortales, y los cuales toman parte en una serie de aventuras que originan la creación de la realeza, la fundación de la primera ciudad, la invención de la carretera, el arte de cultivar el trigo, la institución de los sacrificios votivos y de los humanos (distintivo de la religión fenicia), la construcción de los templos, el paso de la unión libre a la poligamia y de ésta a la monogamia y, en fin, todo cuanto entra ya en la órbita de la civilización. Y en esta historia que completa su obra, y que pretende ser, como se ve, la historia del origen y desarrollo de todas las cosas, aparecen dioses griegos (Kronos, Gaia, Ouranos, etc.) mezclados con otros fenicios (Melkart, Astart, Baltis...) y hasta egipcios (como Taaut) y otros en amable confusión. Pero, no obstante lo ambicioso del propósito, como en él hay indudables atisbos, fue muy útil para los mitógrafos. Sobre todo que mientras no se tuvo otra fuente de información sobre la religión y mitología fenicia que estas fuentes antiguas, muy poco, en realidad, se sabía de ellas.

Damascio (siglo VI d. de J.), el primer principio de los fenicios era «el Tiempo cósmico, que abraza todo en él».

LOS DIOSES DE CARTAGO

Los dioses de las colonias y factorías que fundaron los fenicios en las costas africanas y en las islas del Mediterráneo fueron, como era natural, los de sus fundadores. En la principal de estas fundaciones, Cartago, era honrado *Baal Hammón,* honorable anciano barbudo cuya cabeza adornaban unos magníficos cuernos de carnero. Los romanos hicieron de él su Júpiter Ammón. Para contraste tal vez, junto a este dios grande, adoraban a *Bes,* enano espantoso de piernas arqueadas y panza solemne, cuya imagen era colocada en la proa de los navíos. A Baal Ammón, pese a su barba blanca y a su gravedad, se le asociaba, tal vez para animarle, a la diosa *Tanit,* a la que llamaban «La cara de Baal». Se la representaba mediante un símbolo que se ha encontrado en multitud de estelas conmemorativas, pero que no ha habido medio de saber lo que quiere decir en realidad.

LOS DIOSES HITITAS

Los hititas, como se sabe, fueron un antiquísimo pueblo de Asia Menor, cuya historia y lengua han empezado a ser conocidas a partir de los comienzos del siglo actual, gracias a los descubrimientos hechos en las excavaciones practicadas cerca de la aldea de Boghaz-Keui, en Anatolia. Los hititas acabaron por constituir un Imperio cuyo poderío llegó a tal grado, que la viuda de un faraón egipcio, allá por el siglo XV antes de Jesucristo, es decir, cuando Grecia no había salido aún a la historia, escribía al rey de los hititas: «Mi esposo ha muerto y no tengo hijos. Si tú me envías uno de los tuyos haré de él mi consorte». Dado lo expuesto que es tomar esposo o melones sin previa cala, se comprende sin necesidad de más pruebas la importancia del melonar hitita. Tanta grandeza, que duró siglos, acabó, como todas las grandezas, a manos de otra superior. En este caso, los más grandes fueron los asirios. Mas fue gracias a los hititas por lo que, en cierto modo, se extendió entre los griegos de Asia y de Europa el conocimiento de la religión de Babilonia, de su magia, de su medicina, de su astronomía y de sus epopeyas, todo lo cual influyó en lo similar de estos países.

La mitología de los hititas no ha sido aún bien estudiada ni parece empresa fácil, pues su panteón es un verdadero caos en el que se mueven mil dioses y diosas procedentes de los orígenes más diversos y formando los grupos más variados. Se sabe, no obstante, que había un dios honrado en muchos lugares de dicho país, cuyo nombre se ignora, pero que no era el dios de la atmósfera. También se sabe que a la cabeza de este panteón múltiple y plural había, como en todos los panteones asiáticos, una pareja divina que simbolizaba las fuerzas vitales. Estas dos divinidades eran ya representadas en el siglo XIII *antes de Jesucristo* a la cabeza de largas procesiones de dioses, en las rocas de Yazilikaya, a dos kilómetros de las ruinas de Hattusa, capital del Imperio. Algunas divinidades femeninas tenían también, tal se cree, al menos, un papel preponderante. Por ejemplo, la diosa Sol de Arinna y la diosa de Samuha. Entre sus mitos estaban el de la *Gran Serpiente* y el de *Telepinú*. Véanse: La Gran Serpiente habíase atrevido a atacar al dios de la atmósfera. Este reclamó que fuese perseguida, *Inar*, dios venido de la India con los hititas indoeuropeos, preparó una gran fiesta e invitó a la serpiente y a sus hijos. La fiesta consistía, como suele ocurrir esencialmente entre los hombres, en dar gusto al vientre. Y, en efecto, la serpiente y sus vástagos comieron y bebieron de tal modo, que cuando al final de la comilona comprendieron el verdadero objeto de ella al verse atacados, incapaces de defenderse, trataron de salvarse ganando su agujero. Pero estaban tan llenos que no pudieron ni entrar en él y fueron muertos sin piedad. El otro mito, el de Telepinú, es idéntico al de Tammuz en Babilonia y al de Adonis en Siria, Fenicia y Grecia; un joven muy hermoso, emblema de la primavera, que alternativamente resucita para morir y renacer al año siguiente, del que se prenda una diosa: la diosa del amor. Muerto (de accidente, como en mitos semejantes), es llorado por su amante y por la Naturaleza entera. Telepinú desaparecido, toda vida se retiró de la Tierra: el fuego se apagó, los dioses se morían de hambre en sus santuarios, los animales enflaquecían en sus establos, los árboles perdían sus hojas, los prados su verdura. Entonces el Sol da una fiesta. Pero los divinos invitados no pueden comer cuanto quieren ni beber cuanto les pide su sed. El dios de la atmósfera expone la situación, dice toda la verdad: su hijo Telepinú estaba enfadado y a causa de ello habíase marchado sin decir adónde. Y lo peor era que al partir habíase llevado todos sus bienes. Entonces los dioses, tanto los grandes como los medianos y pequeños, se echan a buscar al fugitivo. El águila explora por dos veces, pero sin resultado, el país. Por fin, a una orden de las *Damas de los dioses,* la abeja parte con encargo de si encuentra a Telepinú «picarle en las manos y en los pies para obligarle a aparecer». Telepinú se rasca, comprende, vuelve y la vida recobra su curso normal. Es decir, lo mismo que vida y alegría y abundancia reaparecían cuando Adonis salía de los brazos de Perséfone.

MITOLOGÍA PERSA

ZOROASTRISMO, MAZDEÍSMO Y EL AVESTA

En una inscripción del siglo IX antes de Jesucristo se habla por primera vez de los *Parsuas,* tribus nómadas que vivían del pastoreo y de la agricultura, que hablaban una lengua indoeuropea y que tras haber estado sometidos a Nínive y a los medos se hicieron independientes a fines del siglo VIII, inaugurando la dinastía *Achámaénide.* Tal es el origen histórico de los iranios (habitantes del Irán), que etnográficamente no eran sino una rama de la raza aria (los *nobles),* que, a su vez, pertenecía al tronco indoeuropeo. Los arios debieron pasar a Asia desde la Rusia meridional, ora a través de los Dardanelos, bien por el Cáucaso; y los que se establecieron en el Irán fueron los antecesores de los actuales persas. Antes del siglo IX nada se sabe de ellos. Cuando en tiempos de la expedición de Salmansar III intervienen en la historia de Asiría, están divididos en dos grandes grupos: los parsuas o parses, localizados en las montañas del Kurdistán, y los medos, establecidos en la llanura. Cien años después, éstos han invadido la meseta que hoy es llamada Persia, constituyendo a partir de Dejocés (708-655) el Imperio medo. Medos y babilonios asociados acaban con Nínive (606), haciendo desaparecer el Imperio asirio. Medio siglo más tarde, el cuarto rey de la dinastía Achaménide, Kiros II, que había subido al trono el año 558, domina a los medos, se apodera de Babilonia (538) y crea un Imperio inmenso, sucesor en la historia del asirio-babilonio, el mayor que había habido hasta entonces. El Kurdistán, Media, Lidia, Asiría y Babilonia, las colonias griegas de Asia Menor y toda la región de este nombre pasó a su poder. Los primeros reveses de esta poderosa dinastía sólo vendrían después luchando contra unos pueblos al lado suyo, pigmeos: los griegos, aliados durante las guerras Médicas. Dos siglos más tarde el «coloso de los pies de arcilla» caería definitivamente bajo la espada de Alexandros el Grande. Pero a la muerte de este conquistador, Persia de nuevo alcanzaría su autonomía con la dinastía de los *Arsácidas,* que duró desde el año 250 antes de Jesucristo hasta el 224 después de nuestra era. Este año una revolución puso el poder en manos de la dinastía *Sasánida,* cuya mejor arma para conseguir la unidad del Imperio fue la religión de Zoroastro, expuesta en el *Avesta.* En fin, esta dinastía duró hasta la expansión árabe, que al apoderarse de Persia hizo desaparecer dinastía y religión, siendo sustituido Zoroastro por Mahoma, el mazdeísmo por el islamismo.

Hasta Zoroastro sabemos muy poco de la religión o, por mejor decir, de las religiones de los antiguos persas. Lo poco que dicen algunas inscripciones (la más precisa es la de Dareios, de Rehistun) y lo que se sabe es por referencias de las religiones de los pueblos circunvecinos. Parece ser que el fuego, antes de ser considerado como símbolo del dios supremo, era ya adorado por los iranios. *Atar,* el Fuego, al que luego se hizo hijo de *Ahura-Mazda,* seguramente era mucho más antiguo que su padre. Personificado, daba a los hombres el bienestar, la subsistencia, la sabiduría, una noble descendencia, y a los virtuosos, el paraíso. Acompañaba al carro del Sol, defendía la creación contra los ataques del Malo y un solo crimen era a sus ojos inexpiable: quemar o cocer carne muerta, insulto supremo al principio de vida. Al fondo primitivo de las creencias arias, pertenecía el mito de la *ambrosía,* brebaje de inmortalidad (el *haoma,* luego, del *Avesta,* semejante al *soma* védico)[880]. Muy antiguo también es el dios *Mitra,* que asociado a *Anáhita,* diosa de las aguas, aparece en las inscripciones de Artaxerxes Mnemón, y que también era asociado antes de Zoroastro al dios supremo Ahura. Su valor guerrero era sin igual, y como al mismo tiempo que la fuerza poseía el conocimiento, era por esencia la luz y como tal conducía a través del espacio el carro solar. Luego, bajo la influencia de la astrología caldea, los astros fueron objeto de una veneración especial: *Hvare-Khchaeta,* el Sol brillante, el carro de los caballos rápidos; *Mah,* la Luna; *Anahita,* ya citada, que llegó a ser identificada con el planeta Venus; *Tichtriya,* la estrella Sirio. La luz, tanto solar como lunar, era muy reverenciada. Pero sobre todos estos dioses, pronto *dii minores,* iba a levantarse un dios principal, nacido en virtud de la convergencia de tres influencias: la de los Magos[881], la de los

---

[880] Tanto en el *Avesta* como en el *Veda,* el licor producto del jugo de la hierba sagrada, fermentado, exaltaba la espiritualidad, y los conjuros pronunciados, bebiéndolo, expulsaba a los genios maléficos y abrían el reino del bien. Erigido *Haoma* en personaje mitológico, he aquí cómo proclama en el *Yasna,* IX, 4 y 5, al hombre que acertó a prepararle: «*Vivanhvat* fue el primer mortal del mundo corporal que me preparó. La suerte que por ello le fue acordada, la gracia que obtuvo, fue tener por hijo a *Yima,* el Espléndido, el buen pastor, el más glorioso de los nacidos, el único mortal poseedor del ojo solar, y a causa de su poder, el único asimismo capaz de hacer no mortales a hombres y bestias, y exentas de desecación al agua y a las plantas, de modo que se pudieran consumir alimentos sustraídos a todo maleficio. En el reino del potente Yima no hubo ni frío, ni calor, ni vejez, ni muerte, ni envidia, obra de los *devs* (o divs, demonios)».

[881] Los *Magos* debieron de ser una especie de corporación sacerdotal nacida de cierta tribu meda dada a la práctica de un culto propio en el que los astros tenían una parte preponderante. El fuego debió de ser también objeto especial de su culto. Simple secta en todo caso, tan sólo llegaron a constituir un sacerdocio

reyes persas y la de Zoroastro; este dios supremo sería *Mazda*[882]. Y quien reconcilió, por decirlo así, la religión de los reyes con la de los magos, Zoroastro.

Zoroastro, forma griega de Zarathustra, que es el nombre con que el reformador de la religión irania figura en el *Avesta,* nació en Media, hacia mediados del siglo VII, y murió a principios del siglo VI, el año 583. Como todos los fundadores de religiones, su vida está rodeada de leyendas. Leyendas que sustituyen bien o mal lo que la historia no puede proporcionar. La suya, referida en el *Avesta,* está salpicada de cosas maravillosas. Nació, riendo él mismo, en medio de la alegría universal. A los veinte años abandonaba la casa paterna en busca del hombre «que más desease la rectitud y más entregado estuviese a alimentar a los pobres». Alimentar a los necesitados y a los animales, tener siempre leña en el fuego y verter jugo de haoma en el agua eran, según él, las obras más piadosas. En una caverna de cierta montaña adornada con la imagen del Mundo, pasa siete años en el silencio y la meditación. A los treinta recibe de cada uno de los arcángeles revelaciones que le confieren poder sobre los diversos factores del Cosmos. Entre estos arcángeles, *Vohu Mano,* el espíritu de la sabiduría, le confiere el éxtasis en presencia de Ahura Mazda, a orillas del Daiti (Adherbaijan). Y al punto se lanza a predicar. Mediante las otras revelaciones queda iniciado sobre el modo de tratar a los animales domésticos, el fuego, los metales, la tierra, el agua y las plantas, con lo que llega a conocer cuanto precisa. Entonces *Agrá Manyú,* el espíritu del mal, viene hasta él desde el Norte con objeto de tentarle para que se abstenga de matar a los demonios, sus criaturas, y para seducirle le ofrece un reino temporal. Pero Zoroastro le rechaza. Y

---

oficial en la época de los Sasánidas, cuando fueron encargados de organizar el mazdeísmo.

[882] *Mazda* eclipsó a las demás divinidades cuando fue elegida, elevada y adorada particularmente por los Achaménides. Las esculturas de Persépolis han representado a esta divinidad, protectora de Dareios, bajo el aspecto de un hombre venerable con la barba al estilo asirio y el cuerpo empenachado con dos alas majestuosas y simétricas, más una magnífica cola de pájaro. Bien que para poder concebirle se le dio esta forma; en realidad era un dios metafísico, pues un dios que había creado a la Humanidad, siendo muy superior a ella, no podía tener mucho de común con su obra. Sin ninguna de las debilidades humanas, obraba tan sólo como espíritu puro. La ley universal de él había nacido. Los personajes celestes que le rodeaban, especie de arcángeles, eran abstracciones a las que también se prestaba forma tan sólo para que pudiesen ser concebidas. (Véase mi traducción del *Avesta.)*

empiezan las conversaciones que inaugura Vichtaspa, rey de Balk. Luego ya son innumerables. Y los milagros. Como además de la ciencia ritual conoce la física, las estrellas y las piedras preciosas, nada le es imposible. Pero lo esencial de la leyenda es, indudablemente, su triunfo contra los asaltos del Malo[883]. En cuanto al *Avesta,* libro sagrado de los antiguos persas, tal cual se tiene actualmente, parece haber sido redactado en la época Sasánida[884]. Comprende una colección de himnos, otra de cantos litúrgicos, otra de leyes sagradas, trozos míticos, rezos y fragmentos diversos.

El gran dios de los persas, según el *Avesta,* era Ahura-Mazda, que por fusión de ambos nombres se redujo a *Ormazd.* Dareios I tenía particular devoción por él. Le llamaba «el más grande de los dioses». Más tarde, en la época de Artaxerxes Mnemón, aparecieron, como ya he indicado, dos nuevos dioses, uno que con el tiempo adquiriría gran importancia, el antiguo Mitra[885], y Anahita, la Venus persa.

La religión de Ahura-Mazda era la religión de los reyes, no la del pueblo. El pueblo adoraba a los cuatro elementos: la luz, el agua, la tierra y el viento. Esta religión popular admitía los sacrificios humanos, pero habían de ser realizados en presencia de los Magos. Estos Magos pertenecían al pueblo de los medos, asimilado por Kiros. Como ha sido indicado, tenían su religión particular. Y parece ser que sus tradiciones fueron la base del *Avesta,* tal cual fue redactado en el siglo III de la Era cristiana. En todo caso, su influencia en el *Avesta* es evidente en todo cuanto se refiere a los astros.

En esta redacción se ve, junto a Ahura-Mazda, personificación de la luz y del bien, a un adversario temible, *Agra Manyú* o *Ahrimán,* espíritu de las tinieblas y del mal. Estos dos personajes marcan los polos de la existencia: el primero hace la vida; el segundo, la muerte; el primero es luz y verdad; el segundo, tinieblas y mentira. Se definen por su antagonismo: el dios,

---

[883] Este *Malo* era el Diablo o Demonio, creación de Zoroastro, de quien le tomaron los judíos cuando fueron llevados cautivos a Babilonia el año 586 a. de J., es decir, tres años después de la muerte del Reformador.

[884] El primer ejemplar completo del *Avesta* fue traído a Europa por Anquetil-Duperron en 1762 y traducido en 1771.

[885] Los dioses persas, que amenazaban imponerse por el Mundo, fueron detenidos en Salamina. Pero ocho siglos más tarde, *Mithra,* que había ganado una hache al pasar de la India a Persia (Mithra en vez de Mitra), conquistó el mundo romano. En tiempos de los Severos había en Occidente más mitraístas que cristianos. «Si el cristianismo—decía Renán—hubiese sido detenido por alguna enfermedad mortal, el mundo sería mitraísta».

como antidemonio; el demonio, como antidiós, y el resultado de su lucha es lo real. Porque entre ellos, naturalmente, no puede haber sino lucha, puesto que son principios opuestos.

He aquí la historia de la creación: Así habló Ahura-Mazda al santo Zarathustra: «Yo he creado un Universo allí donde nada existía. Si no lo hubiese hecho, el Mundo entero hubiera ido hacia el Erjana-Vaeja.—En oposición a este mundo, que es todo vida, Agra Manyú creó otro que es todo muerte, en el que no hay sino dos meses de verano, en el que el invierno tiene diez meses de duración que enfrían de tal modo la Tierra que hasta los meses de verano son helados, y el frío es el principio de todo mal.—Luego he creado Ghaón, mansión de Sughdra, lugar el más encantador de la Tierra. Todo él está sembrado de rosas. En él nacen los pájaros de plumas de rubí.—Agra Manyú creó entonces los insectos perjudiciales a las plantas y a los animales.—Luego yo fundé Murú, la ciudad santa y sublime, y Agra Manyú introdujo en ella los malos propósitos y la mentira.—Luego creé Bachdi, la encantadora, en la que flotan cien mil estandartes, rodeada de ricos pastos. Agra Manyú hizo que llegasen allí las fieras y los animales que devoran los ganados útiles al hombre.—Al punto creé Nisa, la ciudad del rezo, y Agra Manyú insinuó la duda que corroe la fe.—Yo creé Harojú, la ciudad de los ricos palacios; Agra Manyú hizo nacer en ella la pereza, con lo que al punto la ciudad fue miserable.—De este modo Agra Manyú combate cada maravilla que yo he dado a los hombres mediante un don nefasto. A él debe la tierra el estar infestada de malos instintos. El es quien establece el uso criminal de enterrar los muertos en vez de quemarlos, y todos los males que desoían la raza de los hombres» *(Fagard, I)*. La lucha entre *Ormazd*, creador, como se ve, de cuanto hay de bueno, y *Ahrimán,* creador de lo malo, duraría, según el *Avesta,* doce mil años, divididos en períodos de tres mil. Cada uno de los dos principios (bien y mal) dominaría, sucesivamente, durante cada período de tres rail años, por lo que ahora estamos en uno de los que domina el mal. Pero, finalmente, el bien vencerá al mal, la luz a las tinieblas, y con ello llegará el triunfo definitivo de Ahura-Mazda.

Ambos espíritus estaban cada uno a la cabeza de un ejército. Ahura-Mazda, jefe del ejército celeste, estaba rodeado de un consejo de seis ministros, del cual era el presidente. Estos ministros son los seis *Amchaspends* («Amecha spenta», inmortales santos), abstracciones sin ninguna realidad; arcángeles que están delante del trono de dios. Ministros encargados de la ejecución de sus órdenes: *Bahmán* («el buen pensamiento»), *Ardibibicht* («la mejor virtud»), *Chahriver* («el imperio deseado»), *Sipendarmich* («el abandono generoso»), *Khordadh* («la salud»), *Murdadh* («la inmortalidad»). El primero se ocupaba de los animales útiles; el segundo dirigía el fuego; el tercero tenía a su cargo los metales; el cuarto dominaba la tierra; el quinto, las aguas, y el sexto, las plantas. Inmediatamente venían los *Yazata* («los que merecían ser adorados»), especie de genios en número incalculable, que tutelaban cuanto existe: el Sol, la Luna, las estrellas, el aire, el fuego, etc., o que personificaban ideas abstractas: la verdad, la paz, la victoria, etc. *Atar,* el fuego en todas sus manifestaciones, era hijo de Ahura-Mazda. *Khvareno* era «la gloria», es decir, la aureola luminosa que rodeaba a la persona de los reyes. *Apo,* el agua, era objeto de una devoción particular. *Dervaspa,* el alma del buey, merecía gran respeto como protector que era del ganado. *Sroacha,* el «obediente», era el guardián del Mundo, etc. Junto a ellos estaban los innumerables también, genios femeninos, como *Anahitis,* protectora de los partos.

Frente a este ejército del bien, y con paralelismo perfecto, estaba el del mal, mandado por Agra Manyú, *el espíritu de la angustia.* El primero de los Satanes, pues a Zoroastro se debe la invención del Espíritu Malo. A sus órdenes estaba la no menos innumerable turba de *divs,* demonios. Y entre ellos seis principales correspondientes, en el mal, a los seis ministros de Ahura-Mazda: *Ako-Mano,* el mal pensamiento; *Indra,* que esperaba a las almas de los condenados en el puente Tchinvat, las reducía a expresión mínima, las precipitaba en el Infierno y en éste las castigaba; *Sorú,* el que inspiraba la tiranía a los reyes, y el robo y el bandidaje a los demás hombres; también les inspiraba la dureza de corazón y trataba de destruir los metales; *Naosihaitya* inspiraba a los hombres el orgullo, la ingratitud, la dificultad para soportar el infortunio, la terquedad; *Aechma* era el demonio de la cólera, nombre, por cierto, que se transformó en *Asmodeo* en el *Libro de Tobías.* Además de los «divs» había los *drudjes,* diablos menores, de los cuales el peor era el de la mentira, con el cual combate Dareios en la inscripción cuneiforme de Buchyansta. Otro demonio famoso era *Aji-Dahaka,* monstruo con tres cabezas. *Buchyansta* impedía entregarse a los actos de devoción; se caracterizaba por sus largas manos. En fin, *Nasu,* demonio hembra que representaba la corrupción de los cadáveres, impureza principal reconocida por el zoroastrismo; se introducía en el cuerpo en forma de mosca; la mirada de un perro podía expulsarla; a causa de ello figuraba siempre un perro en los funerales. Los *yatú* eran los brujos; las *peri,* hadas o sirenas cuya mala influencia alcanzaba a la tierra, al agua, al fuego, al ganado y a las plantas; ellas eran las que embrujaban a las estrellas para que no lloviese y las transformaban en estrellas errantes. Más demonios y monstruos creados especialmente para destruir la especie humana. Si no lo conseguían era porque frente a ellos había héroes esforzados y animosos.

Zoroastro ordenaba a sus adeptos inclinar el espíritu hacia los buenos pensamientos, las buenas palabras y las buenas obras. Tras la muerte, el alma era llevada al puente *Tchinvat,* donde había tres jueces que pesaban en una balanza los actos de su vida. De su juicio dependía la suerte futura de las almas. Este puente era ancho y cómodo para las almas buenas y justas, estrecho y tortuoso para los malos. Tan estrecho y tortuoso, que acaban por tropezar y caer al abismo que conducía al Infierno. En este abismo las tinieblas eran tan espesas, que se las podía coger con las manos.

El papel del pájaro *Simurgh* es muy importante en la epopeya persa. Es el buitre *Saetía* del *Avesta.* Cerca de su nido, en la cadena de Alburz, *Sam* hace que pongan a su hijo *Zal* (padre más tarde de *Rustem).* El buitre quiere dar la carne del niño como pasto a sus pollos, pero una voz celeste se lo impide. Entonces le cría en su nido, y ya Zal mayor le da una de sus plumas para que pueda echarla al fuego cuando necesite que vaya en su socorro. En efecto, cuando éste le llama más tarde, Simurgh cura sus heridas y las de su caballo *Rakhch.* Y le transporta en una noche al mar de China, donde se halla el árbol *gaz* (el tamarisco), con una de cuyas ramas hará Zal la flecha que matará a su enemigo *Isfendiyar.*

Otro mito iranio refiere que el primer ser era un toro, al que Agramanyús (otro de los nombres del espíritu del mal) no tardó en hacer morir a fuerza de sufrimientos, de enfermedades y de hambre. Pero Ahura-Mazda velaba como siempre, y cuando murió, de cada uno de sus miembros salieron cincuenta y cinco variedades de granos y doce especies de plantas útiles. Sin contar que su esperma, tras haber sido purificado, produjo dos seres de la misma especie, macho y hembra, de los que salieron las 272 especies de animales, con lo que la creación pudo continuar[886].

Otro mito, cuyo principio he dado antes, atribuía a Ahura-Mazda la creación de todos los animales útiles y hermosos, y a Agramanyús la de los perjudiciales y feos. Ahura-Mazda tenía siempre la iniciativa; su enemigo no hacía sino imitarle. Por ejemplo, cuando el primero creó el perro, el segundo el lobo; cuando aquél el hombre, éste el mono, etc[887].

---

[886] En los misterios de *Mithra* es este dios quien mata al toro. Y hace este sacrificio para crear el Mundo. Al final de los siglos, aun el *Mesías* inmolará al toro *Hadhayaos* o *Karsaok,* para con su medula preparar un segundo cuerpo para todos los justos, cada uno de los cuales será ya inmortal para siempre.

[887] Este mito tuvo un éxito enorme, como lo prueba el cuento que atribuye a *Adán* la creación de los animales útiles, y a *Eva,* la de los perjudiciales. Es decir, Adán tomando el puesto de Dios, y Eva, el del Diablo. Otro mito cuenta que el primer hombre, *Gayomart,* y el toro primitivo, *Goch,* fueron las criaturas iniciales, productoras de toda vida. De la simiente de Gayomart, sepultada cuarenta años en

Asimismo, los animales de presa eran creación de Ahura-Mazda, y ello porque estos animales comían los cadáveres que, en vez de ser enterrados, eran expuestos en las Torres del Silencio.

Según el *Avesta, Yima,* el primer hombre, se unió a *Yitneh,* su hermana gemela. Estos primeros seres humanos vivían en la Edad de Oro, que no conocía ni la vejez ni la muerte. A esto sigue el mito del diluvio. Ahura-

---

la tierra, nació la primera pareja humana, a la que dijo *Ormazd:* «Sois hombres, amos del Mundo. Os he creado los primeros de los seres en la perfección del pensamiento: pensad el bien, decid el bien y haced el bien. No adoréis a los *Daevas».* El primer rey había sido *Hochang,* hijo de *Siyamek.* Tras vengar a su padre, a quien un *Div* (demonio) había aniquilado, y luego de asegurar la paz de su reino, se dedicó a civilizarle y a extender la justicia por el Mundo. Inventó el arte de separar el hierro de la tierra, fue el primer herrero y el primero en fabricar hachas, sierras y azadas. Luego distribuyó las aguas para poder regar las tierras, cultivó éstas y domesticó a los animales. Enseñó también a sus súbditos a despojar a los animales de la piel para cubrirse con ella. «Murió tras haber acabado muchos trabajos con ayuda de encantamientos y pensamientos innumerables». Su hijo *Tahmuras* continuó la obra de su padre enseñando a sus semejantes a hilar la lana, a tejer tapices, a domesticar a los guepardos para cazar con ellos y lo mismo a los halcones reales. Los *Divs* se rebelaron contra él, pero los venció, matando a un tercio de ellos con su enorme maza y encadenando a los demás mediante artes mágicas. Los Divs imploraron clemencia, ofreciéndole a cambio de su perdón un arte nuevo. Tahmuras les quitó las cadenas y ellos le enseñaron la escritura «y le hicieron brillante por su saber». Otro mito era el de *Zohar,* que llegó a ser una criatura de *Ahrimán,* pero que acabó por ser vencido por *Teridún,* el bienamado de *Ahura-Mazda.* Viejo ya, Teridún repartió su reino entre sus hijos, *Selm, Tur* e *Iredj.* Pero éste, al que le había tocado el Irán, fue muerto por sus hermanos. Fue vengado por su nieto *Minutcher.* Su lugarteniente, *Sam,* tuvo un hijo, *Zal,* hermoso como el Sol, pero con los cabellos blancos, como un anciano. Su padre, avergonzado de él, le abandonó en un bosque. Un buitre, *Simurgh,* atraído por sus gritos, le llevó a su nido, situado en el monte Alborz, y le crió. Las aventuras de Zal, que de mayor llegó a ser «un hombre tan alto como un ciprés: sus pechos eran como una colina de plata; su talle, como una caña», eran innumerables. El *Chah-Nameh* las cuenta largamente, entre ellas los amores de Zal con *Rudabeh.* El hijo de ambos fue *Rustem,* el invencible, el más importante de los héroes iranios, terror de los turanios y aún más de los demonios. El valor de Rustem simbolizaba la lucha entre el Irán y el Turán, es decir, de los pueblos del Norte y del Este contra los antepasados de turcos y mongoles, que habitaban más allá del Oxus. La más célebre de sus hazañas era aquella mediante la cual dio muerte al *Demonio Blanco,* contada, así como la muerte del héroe, causada por la envidia y traición del rey mismo al que había colmado de gloria y al que tanto había servido, en *El libro de los Reyes,* de Firdusi.

Mazda dice a Yima que se encierre en una fortaleza con los mejores hombres y diversas especies de animales y plantas, y todo lo demás lo aniquila bajo las aguas[888]. La caída de Yima al final de la Edad de Oro es debida a su orgullo, pretendiendo igualarse a Dios, o por haber mentido. Hasta entonces había vivido en un verdadero paraíso[889]. Por supuesto, Agramanyús consigue entrar en este paraíso e incluso en la cocina de Yimeh y se come cuanto hay en ella. Otro mito cuenta que también consiguió Agramanyús agujerear el Cielo y penetrar en él. Naturalmente, junto al Cielo del mazdeísmo, situado en las esferas celestes[890], estaba el Infierno de los condenados, donde éstos no comían sino carnes y pescados corrompidos y fétidos, a los cuales el *Minokhired* añadía aún cierto condimento intestinal menos apetitoso[891].

La escatología mazdeísta trajo una idea nueva: el mesianismo. El mesías iranio sería ora el héroe *Keresaspa,* vencedor de dragones y monstruos, héroe que duerme, sin estar muerto, velado por 99.999 *Furuers,* bien un profeta descendiente de Zarathustra mismo. Otra versión cuenta que la esperma de Zarathustra, hacia el fin del Mundo, haría concebir a una virgen un hijo que sería el último profeta; su nombre, *Gaoshyant.* Y sería a la llegada de este profeta cuando tendría lugar la lucha final con Agramanyús, la resurrección de los muertos y el subsiguiente reino de la inmortalidad.

Como ya he indicado, la leyenda creada en torno de Zoroastro no puede ser más pintoresca. Además de haber sido señalado su nacimiento por mil prodigios, los demonios, conociendo su misión y que sería en la Tierra su peor enemigo, trataron por todos los medios de hacerle morir. Fue alimentado por ovejas celestes. Su oración era todopoderosa. Como Jesús, podía andar sobre las aguas y hacer andar por ellas a los fieles. Plinio el Antiguo dice que pasó veinte años en el desierto alimentándose de leche y queso. Breve, se le atribuyen muchas de las cosas y milagros

---

[888] Esta leyenda del *diluvio* persa es una de las cuatrocientas que se conocen, pues no hay país, religión o mitología que no tenga la suya.

[889] La palabra *paraíso* es original de la lengua irania, *eridaeza,* de lo que deriva. Xenofón fue el primero en emplearla, tomándola del persa *paradeza,* en el sentido del lugar plantado de árboles, en el que se crían y cuidan animales. Más tarde, en la Biblia llamada de los *Setenta* tomó el sentido de edén o mansión de las almas bienaventuradas.

[890] Las estrellas, el Sol y la Luna: idea que luego recogió Dante.

[891] Más tarde, *Alá,* el dios islamita, en la mesa redonda del *Infierno,* hará comer a los condenados un curioso alimento semi-líquido: agua hirviendo y pus.

que aparecen también en el Nuevo Testamento y en la biografía de Mahoma.

Respecto a éste, no hay duda alguna: sus biógrafos se han inspirado y copiado las fuentes anteriores; la cuestión de prioridad entre el mazdeísmo y el cristianismo, en lo que afecta a ciertas leyendas, es ya más difícil de establecer, puesto que habiendo sido refundida enteramente o casi aquella religión en la época de los Sasánidas, bien pudieron sus arregladores haber tomado del cristianismo e incluso de la figura de Jesús lo que mejor les pareciese para la de su profeta. Ahora, lo que no hay medio de negar es la influencia enorme que el mazdeísmo ejerció en todas las religiones posteriores.

MITOLOGÍA DE LOS MANIQUEOS

Un sistema como el de Zarathustra, que daba un papel preponderante al espíritu del mal, no pudo menos de hacer de éste una especie de héroe[892]. La consecuencia fue el nacimiento de sectas que pretendieron que el Diablo había sido tratado injustamente por su adversario e hicieron de él un dios. La doctrina de la mayor parte de estas sectas es que, al fin, *Dios* y el *Diablo* se reconciliarían, tras lo cual todo irá como sobre ruedas, y el Mundo será el mejor de los mundos posibles. La principal de estas doctrinas es la *maniqueísta,* inventada por un hombre llamado *Manes* (Mani, en realidad), que vivió bajo los Sasánidas (215-277), y que trató de fundir las doctrinas cristianas con la religión de Zoroastro, que los monarcas de esta dinastía habían restaurado. Sapor I y Hormisdas I le protegieron, pero Bahrán le hizo desollar vivo. Se dice que a los trece años empezó a tener revelaciones divinas. También que pintaba con tal talento, que sus cuadros ayudaron a la difusión de sus doctrinas. Quedan fragmentos de sus cartas, escritas en griego. Las exploraciones rusas y alemanas alrededor de Turfán (Turkestán chino) y el descubrimiento de una biblioteca medieval (por P. Elliot) en las grutas de Tuenhuang, han permitido conocer la secta maniquea mejor que hasta ahora, que sólo era conocida a través de sus detractores, cristianos, mazdeístas o musulmanes. Para Manes, la oposición de los dos principios, mal y bien, que tomó del mazdeísmo, era aún más rigurosa que en éste. De las enseñanzas de Jesús tomó tanto, por lo menos, como de las de Zoroastro. A causa de ello, durante mucho tiempo pasó por heresiarca. Los adeptos de su doctrina

---

[892] Asimismo, Milton hizo del *Lucifer* de su gran poema *El Paraíso perdido,* la figura principal de él sin darse cuenta.

multiplicaron profusamente las copias manuscritas de ella (según testimonio de San Agustín, que, como se sabe, empezó por ser maniqueo), lo que contribuyó mucho a la gran difusión que alcanzaron, puesto que llegaron por Oriente hasta China, y en Occidente hasta España y la Galia. Manes predicaba que habiendo estallado la guerra entre los dos Imperios, el de Dios, reino de luz, que se extendía hasta el infinito por el Norte, Este y Oeste, y el del Demonio, reino de las tinieblas, que corría hacia el Sur, el Padre de la Grandeza, es decir, Dios, había creado para resistir el ataque de su enemigo a la *Madre de la Vida,* que dio nacimiento al primer hombre. Este fue confundido al principio con Satanás, lo que produjo una perturbación general al mezclarse el mal y el bien; pero el ataque de Satanás fue roto por la propia confusión. Entonces la creación del *Espíritu viviente* libró al hombre y el Mundo fue creado. Manes reconocía dos almas en el hombre: una buena, de la que provenía el pensamiento, el sentimiento y el intelecto luminoso, y otra mala, en la que se daban los mismos fenómenos, pero en un estado oscuro. De la primera procedían la piedad, la buena fe, la paciencia, la sabiduría, en una palabra, todas las virtudes; la segunda mantenía, tras haberlos creado, el odio, la lujuria, la cólera, la tontería, los vicios y los pecados. Aparte lo relativo a las revelaciones que empezó a recibir de niño y que luego se renovaron cuando tenía ochenta años, la vida de Manes, pese a su largo apostolado, no es rica en leyendas. O, cuando menos, no han llegado hasta nosotros. No obstante, he aquí una procedente de un fragmento de Furfán: *Mihirschah,* hermano de *Sapor,* era hostil a Manes. «En el Paraíso que tú proclamas tanto, ¿puede haber un jardín tan hermoso como el mío?» El apóstol de la luz le respondió haciéndole una tal descripción de su Paraíso luminoso, que el príncipe estuvo en éxtasis durante tres horas.

MITOLOGÍA DE LOS MAZDEKITES

Mazdek, fundador de esta secta, nacido en Khorosán, era un propagador de las ideas comunistas, que encontró un adepto en el rey persa Kavadh (488-531). Predicaba no solamente la comunidad de bienes, sino la de las mujeres, la abolición de todos los privilegios, la prohibición de matar seres vivos para alimentarse con ellos y la existencia, como Manes, de dos principios, pero admitiendo entre ellos ciertas diferencias respecto a las ideas de éste: la luz obraba libremente, era sensible y sabia; las tinieblas obraban de casualidad, sin plan concebido de antemano. Otro tanto ocurriría con su separación, separación que tendría lugar al fin del Universo. Este estaba constituido, según Mazdek, por tres elementos: el agua, el fuego y la tierra. De su mezcla provenía el bien y el mal. El primero derivado de las partes puras; el segundo, de las turbias. Dios estaba sentado en su trono como un soberano. Ante El había cuatro fuerzas: discernimiento, inteligencia, memoria y alegría. Siete ministros dirigían los negocios del Mundo mediante doce poderes o seres espirituales.

MITOLOGÍA DE LA PERSIA MUSULMANA

El último rey de la dinastía sasánida, Yezdegerd III (632-654), atacado por los árabes se refugió en Mery, donde fue asesinado, apoderándose los invasores de Persia. La dominación árabe[893], que duró hasta el año 1220, llevó a Persia una nueva religión, el *islamismo*. Esta religión, que ardía aún en su primer fuego (su profeta hacía apenas veinte años que había muerto, se apagó el 632), fue implacable con el mazdeísmo, de tal modo que los que no consintieron en convertirse, ni siquiera en fingirlo, los *Parsis,* tuvieron que emigrar y refugiarse en la India. Nada más opuesto que la nueva religión al desarrollo de la mitología. Su concepción seca y

---

[893] Antes de su conversión al islamismo, los árabes, esparcidos por toda la Arabia pétrea, península entre el golfo Pérsico, el océano Indico y el mar Rojo, tenían una religión naturista y animista, adoraban las piedras y los árboles y creían en un mundo poblado de *genios* terribles, los *«djinns»* y los *«efrits»*. Sus dioses eran también numerosos, no pocos estelares, y tenían incluso, el *Corán* las menciona, algunas divinidades paganas, entre otras, los cinco ídolos que erigieron los descendientes de Caín: *Vad; Soya; Yaghut,* «el que ayuda», adorado al Norte del Yemen bajo la forma de un león; *Yauk,* «el que impide» o «el que guarda», y *Nasr,* «el buitre». Honraban también mucho a la diosa *El-Ozza,* a la que ofrecían sacrificios humanos; a *Kozah,* divinidad de tormentas y tempestades, y a *Isaf* y a *Naila,* representados aún hoy en La Meca mediante dos piedras levantadas. Su santuario más venerado era la famosa Kaaba de La Meca, donde estaba la piedra negra, que recibía un culto general. A ella iban en peregrinación los devotos de toda la Arabia (hoy de todo el mundo musulmán). Se decía que cuando el general abisinio Abraha, que había jurado demoler la Kaaba, llegó a La Meca, no pudo entrar porque el elefante que montaba se arrodilló y no hubo manera de levantarle. Mahoma no solamente entró, sino que deshizo los ídolos. Pero también el ejército de Abraha tuvo que escapar, perseguido por los pájaros *ababil,* que dejaban caer con el pico piedrecillas apenas como lentejas, pero que, no obstante, atravesaban a los hombres de parte a parte. Los árabes tenían también héroes, cuyas hazañas constaban en sus poemas épicos llamados *Moallakas.* El más célebre de estos héroes fue *Antara el-Absi,* hijo de *Oheddad,* guerrero y poeta a la vez, que vivió en el siglo VI. La *Novela de Antar,* que relata sus heroicos hechos y su fin glorioso, es una de las obras más populares de la literatura árabe. (Véase mi traducción de *El Corán.)*

formalista de la ley excluía no solamente todo intento de fantasía individual, sino, y por ello, de su consecuencia natural, la colectiva. Además, Mahoma, cuyo primer cuidado al entrar victorioso en La Meca había sido hacer destruir los ídolos de la Kaaba, para evitar toda posible vuelta al paganismo mediante la multiplicación de dioses y adoración de ídolos a que tan afecta es la ignorancia, prohibió no sólo las representaciones antropomórficas de la divinidad, sino, mediante la pintura y la escultura, la de las figuras humanas y de animales, que hubiesen podido acabar por conducir a lo que tanto empeño tenía en evitar. Pero el pueblo persa era demasiado artista para someterse a ojos cerrados no solamente a que la fantasía dejase de dar vida a los dogmas mediante fábulas y mitos, sino a reducir el arte a la pura decoración geométrica. Su genio natural, pues, y su repugnancia al legalismo y a la árida precisión del derecho, que para los musulmanes puros era el único tipo de verdad, hizo que los persas, apartándose de la ortodoxia musulmana, abrazasen con gusto la herejía de los *chiitas*[894], con lo que nació en esta rama del islamismo una verdadera mitología empezando por la relativa a los doce *imams*. Estos doce imams o «directores» eran *Alí* (esposo de *Fátima,* la hija de Mahoma) y sus once descendientes, que cuando a principios del siglo XVI, sobre todo, una revolución llevó al trono de Persia a una familia de derviches de Ardebil (que hizo del chiismo la religión oficial y nacional, religión que sigue siendo aún hoy mismo la religión persa), transformó a los doce imams en doce personajes semidivinos investidos de ciertas atribuciones morales que le son propias, lo que les hace objeto preferente de una constante y cotidiana piedad. Y con ello quedó la mitología establecida en pleno mahometismo. Véase: El domingo fue reservado a Alí y a su mujer Fátima. Las preces que se les dirigían este día (y se les siguen dirigiendo, pues ya digo que el chiismo es la religión oficial persa) borran los pecados. Los milagros de Alí, *el León de Dios* (Haidar), belicoso como nacido bajo la influencia de Marte, se contaban por millares. Setenta son citados particularmente. *Fátima* la «pura», «la mejor de las mujeres», es cosa admitida que hablaba ya en el seno de su madre antes de su nacimiento. Cuando vino al Mundo el suelo

---

[894] *Chutas,* nombre dado a los partidarios del califa *Alí,* que consideraban la sucesión de los tres primeros califas, Abu-Bekr, Ornar y Otman, al trono de Mahoma como ilegítima, distinguiéndose con ello de los *sunnitas.* El chiismo es el origen de las principales herejías que han dividido al Islam: *fatimitas, islamitas* o *asesinos* y *nosairis* o *alauitas.* El *chiismo* es, desde el siglo XVI, la religión oficial de la Persia.

se cubrió de flores: tulipanes, rosas y albahaca. *Rasan,* el hijo mayor de Alí y de Fátima, es el «tutor», el «puro y sin defecto». Su intervención es útil contra los disgustos y para vengarse de los enemigos. Le está reservado el lunes, como a su hermano *Hosein,* mártir de Kerbela, denominado el «padre de los pobres». Gracias a él se puede conseguir la misericordia divina y el perdón de los pecados. *Alí,* cuarto imam, «el ornamento de los devotos», «el prosternado», ponía tal ardor en sus rezos, que un día Satán, transformado en serpiente, le mordió el dedo gordo de uno de los pies, mientras oraba, y no se dio cuenta. *Mohammed el-Bakir,* «el destripador de ciencias», pues él las había sacado a la luz, es invocado para adquirirla. Se le consagra el martes, como a su padres y a su hijo, *Diafer,* «el sincero», cuya hora es la sexta (la de mediodía, por ser el sexto imam; cada uno tiene la suya). Hay que dirigirse a él para el cumplimiento de los actos de devoción. *Muza al-Kazhim,* «que refrena la cólera», tiene para él la séptima hora, que es cuando conviene peinarse los cabellos y la barba, invocándole. Por su mediación se curan las enfermedades. El octavo imam, *Alí ar-Riza,* «satisfacción de Dios», garantiza los buenos viajes, la feliz vuelta a la patria y libra de la nostalgia. *Mohammed at Taki,* «temiendo a Dios», procura el inapreciable tesoro de contentarse con poco, los beneficios que ello procura, la riqueza que da el no desear más de lo que se posee y los dones agradables. *Alí an-Nakí,* «el puro», concede la obtención de los deseos antiguos y evita la opresión. *Zakí,* «el soldado», el puro también (el soldado porque mediante un milagro hizo ver un ejército inmenso entre dos de sus dedos), ayuda a arreglar los negocios religiosos y mundanos, impide el error en estas cuestiones y concede constante alegría. Su día es el jueves. *Mohammed al-Mahdi,* «el bien dirigido», dozavo y último imam, desapareció en un subterráneo de la casa que habitaba en Sammarra, al norte de Bagdad, entre los seis y los diez años. Su meditación sirve para obtener la victoria contra los enemigos y la devolución de las cantidades prestadas. Su día es el viernes. Y un viernes volverá para anunciar el fin del Mundo. Como representar el rostro de estos imams sería gran impiedad, el arte cuando los pinta cubre sus caras con un velo. O bien simboliza su presencia mediante llamas.

Los persas musulmanes creen, como los otros musulmanes, por supuesto, en la astrología llamada *judiciaria,* es decir, la que hace conocer el porvenir mediante los astros (residuo evidente de los magos medos). El Sol es para ellos principio de calor. La Luna, de humedad. Los otros planetas, de sequedad y de frío. Júpiter y Venus ejercen influencias favorables. Saturno y Marte, lo contrario. Mercurio es ambiguo. Por ello es el patrón de los escritores, mientras Marte lo es de los sanguinarios y Júpiter de los sabios y de los religiosos. El Sol protege a las potencias de este Mundo, Saturno a los asesinos profesionales y Venus a las cortesanas.

La demonología mazdeana y los genios coránicos han llegado a formar como una amalgama. La creencia en seres sobrenaturales, monstruos, demonios, *ghuís* y *efrits* (genios gigantescos) es cosa corriente. Los que escribieron *Las mil y una noches,* los conocidos cuentos (de origen persa, árabe y egipcio) en los que la aparición de efrits y monstruos, magia y talismanes de todo género es cosa corriente, no hicieron sino dar forma amena y literaria a muchas cosas que constituían creencias corrientes[895].

---

[895] Los persas creen en la existencia de diversos seres sobrenaturales más o menos perjudiciales. Entre Teherán e Ispahán hay una región maldita que se llama *Melekol-Maut Deré* («Valle del Ángel de la Muerte»), que no puede compararse, a causa de su siniestra celebridad, sino con los *Hazar-Deré* («los Mil Valles»), al sur de Ispahán. Una multitud de cuentos han nacido en estos lugares. Allí es donde se puede encontrar con más facilidad a los *ghuls* y a los *efrits* o *ifrits,* los más corrientes y peligrosos de los genios; estos últimos bien conocidos por todos los lectores de *Las Mil y una Noches.* Los primeros se esfuerzan por apartar a los viajeros de las caravanas con objeto de hacerles perecer, para conseguir lo cual toman la apariencia de un amigo o de un pariente, empiezan a pedir socorro, y si el viajero cede a sus insistencias, le llevan a un lugar apartado, toman de pronto su forma verdadera y al punto le despedazan y devoran.

Otro monstruo que suele presentarse bajo la apariencia de un anciano todo achacoso es el *Nasnas.* Se le encuentra generalmente sentado a la orilla de un río, que no puede atravesar. Si el viajero, compadecido, le pone sobre sus hombros para hacerle vadear la corriente, al llegar al centro rodea el cuello del que le lleva con sus largas piernas y le ahoga. La antigüedad de esta tradición se puede calcular pensando que en *Sitnbad el Marino* se lee un episodio muy semejante.

Otro demonio o genio maléfico es el *Palis* («Lamedor de pies»). Este no ataca sino a los que en los desiertos son vencidos por el sueño. Y mata a sus víctimas lamiéndolas los pies hasta absorber toda su sangre. Dos camelleros de Ispahán encontraron una vez un medio para librarse de él acostándose con las plantas de los pies del uno juntas contra las del otro. El Lamedor llegó, y desesperado al no encontrarlas, pues se habían recubierto con sus vestidos no dejando fuera sino la cabeza, escapó murmurando estos versos:

Por mil treinta y tres valles he viajado hasta esta noche extraña. Pero ¡nunca! hombres con dos cabezas y sin plantas había en los desiertos tropezado.

El demonio *Al* es temido por las mujeres. Pero no dudan en invocarle contra otra cuando furiosas quieren vengarse de ella. Ataca a las que están en trance de parto, tratando de destrozar y devorar su hígado. Para evitarlo hay que poner sables u otras armas bajo la almohada de la parturienta. Si, no obstante, se ve que va a hacerlo, sus amigas la despiertan al grito de «*¡Ya, Maryam!*» («¡Eh, María!»). Este demonio Al, como todos sus congéneres, tiene, según creen, los cabellos rubios.

La mística ocupa en el islamismo persa, como en las religiones de la India, un lugar preferente. Los *sufís* persas, como los *yoquis* indios, buscan la intuición absoluta en la santidad y en la inteligencia, que se adquieren mediante una práctica perfectamente ordenada. La vocación hacia estas disciplinas y su perfección son objeto de curiosas leyendas. Véanse un par de ellas. Ibrahim ibn Edhem yendo de caza se encontró de pronto con un antílope. Preparaba rápidamente su arco cuando el animal (cual el ciervo de San Humberto) yendo hacia él le dijo: «¿Es para esto para lo que has venido al Mundo? ¿Quién te ha ordenado vivir de este modo?» Tocado por la gracia, el príncipe se hundió en la pobreza y en la soledad. Otro relato cuenta que cierto príncipe, o tal vez el anterior mismo, vio en el tejado de su palacio a extraños seres, que al interrogarles le dijeron que buscaban camellos. «¿Camellos por los tejados? ¡Qué locura!» «¿Eres tú más cuerdo—le respondieron—pretendiendo encontrar a Dios, parásito real, ladrón de tus súbditos, poltrón en un trono?»

Hay que tener también mucho cuidado con no ofender a los *Djinns.* Y no arrojar piedras sin pronunciar el nombre de Dios, *con* objeto de que escapen. Pues de alcanzar con una de ellas a uno de estos invisibles espíritus del aire, se vengaría terriblemente. Recuérdese el cuento de *Las Mil y una Noches,* en que un imprudente tira los huesos de dátil que está comiendo, da con uno de ellos en un ojo a cierto hijo de un genio que pasaba por allí y le mata, atrayéndose al hacerlo la venganza del padre del muerto.

Entre los *div* (demonios), los hay machos y hembras. Aquéllos, *ner o neré,* son los más malos. Y entre ellos los terribles por excelencia (hicieron la guerra a los antiguos reyes) son Demruk Neré, Chelán Neré y Kahmeradj Neré. Además de los *djinns,* el *Corán* conoce a los *djann,* creados antes de Adán. La larga lucha entre Djann, padre de los djinns, y Dios, especie de rebelión de los ángeles o espíritus malos contra la Divinidad, constituye una leyenda infinitamente más complicada que la de la *Biblia.*

La secta de los *Duodecimains,* a la que pertenecen los persas de nuestros días, reconocen no tan sólo a los mencionados *Inams,* sino que creen, por extraño que sea (cree, naturalmente, el vulgo, la masa ignorante, lo más bajo y lleno de ciega y absurda fe, como en todas las religiones), en todo lo mencionado.

MITOLOGÍA DE LA INDIA

MITOLOGÍA PREBRAHMÁNICA

En pocas partes de la Tierra se podría encontrar una mayor diversidad de razas, de hombres y de lenguas que en el vasto territorio del Indostán[896]. No obstante, un lazo singular ha podido encadenar a arios, dravidianos e indios y hacer de ellos una mezcla unida: el *brahmanismo.* La religión, en efecto, es lo que ha dado a la India, como a muchos otros pueblos plurales, unidad moral y social, haciendo de ellos una nación.

El período más antiguo de esta religión nos es conocido por los *Vedas*[897]. Con el tiempo, al llegar la casta sacerdotal a ser poderosa, instauró un culto muy complicado, culto minuciosamente descrito, en prosa, en los *Brahmanas,* que forman una especie de ciclo con los Vedas, a los que se unen, y con los *Upanishads,* que, a su vez, se unen con ellos. De estos últimos especialmente proceden las divinidades cósmicas (primitivas), que vamos a examinar brevemente. (Véase, para más detalles, mi traducción de *Los Vedas.)*

Deva, dios, viene de la raíz *div:* resplandeciente, brillante. Por consiguiente, la idea primitiva de *dios* iba asociada a la idea de *luz*[898].

---

[896] Siempre, en lo que la Historia puede iluminarnos, el país comprendido por las cuencas del Indus y el Ganges y la meseta del Dekkan fue una amalgama de razas diversas y de civilizaciones no menos diversas: desde las más primitivas a las que habían alcanzado un grado considerable en su evolución. En todo caso, cuando los *arios* llegados del Noroeste se instalaron primeramente en el Penjab, es decir, en los altos valles del Indus y sus afluentes, allá por el tercer milenario antes de nuestra era, debieron encontrar junto a los aborígenes de la India, es decir, junto a los *mandas* (pequeña talla, piel oscura, pelo muy rizado, nariz larga; quedan aún algo más de tres millones), salvajes o poco menos, a los *dravidianos,* también de talla reducida, pero de piel negra y de cultura bastante avanzada. Esta mezcla de blancos, menos blancos y negros, a la que se añadieron luego elementos amarillos, los *mongoles,* subsiste aún hoy día.

[897] Los *Vedas* están integrados por cuatro libros: *Rig-Veda* o «Libro de los Himnos»; *Yagur-Veda* o «Libro de las Fórmulas»; *Sama-Veda* o «Libro de los Cantos», y *Aiharva-Veda* o «Libro de las Fórmulas Mágicas», especie de tratado poético de brujería.

[898] Pero la concepción más general de un ser supremo iba unida a la palabra *asura.* Que, por cierto, cambió de tal modo que, posteriormente, en los *Brahmanas,* asura quiere decir demonio. En los *Vedas,* los asuras son seres neutros: ni buenos ni malos. Esta evolución es enteramente contraria a la ocurrida

Símbolo cósmico esencial era la pareja primordial Cielo-Tierra. El Cielo representaba, por lo general, el elemento masculino: *Diaus* (el Día, el Luminoso); *Ptithivi* (la Vasta, la Ancha), la Tierra. *Aditi,* el Espacio celeste, era la madre de los dioses. La Madre sin padre[899]. Sus hijos eran los *Aditias,* los astros del firmamento. Otra interpretación, comparándolos a los *Amchaspends* persas, hace de ellos un grupo de sátrapas cuya misión principal era proteger el orden moral. Siete Aditias vivían en el Empíreo con los otros dioses; el octavo, *Martanda,* «nacido del huevo muerto» y abandonado por su madre, estaba condenado a recorrer diariamente, en su carro tirado por siete caballos blancos o rojos, el vasto cielo. Este octavo era el Sol, llamado *Surya,* el Brillante. *Uchas,* la Aurora, era la amante, la novia o la hija del Sol. Amantes que se perseguían y buscaban siempre sin poder encontrarse. Los *caballeros* que les servían eran los *Asvins* (de *asva,*

---

en Persia, donde *Ahura* (sánscrito *asura)* significa *dios,* mientras que los demonios son los *devas.* Los asuras, pues, llegaron a ser una especie de titanes muy poderosos, magos hábiles y enemigos implacables de los devas. Y lo curioso era que su poder les había sido conferido con frecuencia por los dioses, a los que eran muchas veces superiores gracias a él. En las luchas entre devas (dioses) y asuras (demonios) es típica la leyenda de *Jalandhara.* Jalandhara era hijo de *Ganga* (el Ganges) y del Océano. De niño era llevado por los vientos por encima del mar y jugaba con los leones tras domarlos. Joven, su padre le da un reino espléndido y le casa con *Vrinda,* ninfa celeste. Luego declara la guerra a los dioses. Lucha terrible, puesto que dioses y demonios, a medida que mueren, renacen y se lanzan al combate con nueva rabia. Jalandhara, en plena lucha, trata de apoderarse de *Parvati,* mujer de *Siva,* pero ésta se libra metamorfoseándose en loto, en torno al cual vuelan sus damas de honor, cambiadas en abejas. Como desquite, *Vichnú,* tomando la apariencia de Jalandhara, consigue seducir a Vrinda, que al descubrir la verdad muere maldiciéndole. Finalmente, luchan cuerpo a cuerpo Siva y Jalandhara. Siva, blandiendo el disco, corta la cabeza a su enemigo, pero éste tiene el poder de renacer continuamente, por lo que para vencerle tiene que llamar en su auxilio a las diosas, que bebiendo la sangre de Jalandhara consiguen, al fin, inutilizarle, pudiendo con ello Siva devolver a los dioses sus bienes y su reino, que el poderoso asura les había arrebatado.

[899] *Aditi,* nombre poético de la vaca lechera. La importancia de este animal fue tan grande, a causa de su utilidad en las sociedades primitivas, que, deificada, aún hoy recibe culto en la India. Aditi significa literalmente «exento de lazos». Mitológicamente era, sin duda, el Cielo ilimitado, en el cual eran situados sus «hijos, Sol y Luna, día y noche y los demás astros». «Aditi es el Cielo, el aire, todos los dioses, los cinco pueblos (arios). Aditi es el pasado y el porvenir. La madre augusta de los mantenedores del orden *(Mitra* y *Varuna),* la esposa del Orden, la poderosa, la siempre joven, la protectora, la buena conductora, ¡Aditi!»

caballo), cuyo carácter es difícil de precisar. Venían a ser una especie de Dioskouroi indios. Agitando sus látigos extendían por la tierra el rocío. Cuando *Ratri,* diosa de la noche, que protegía a lobos y bandidos, plegaba sus sombríos velos, los ruegos iban a los Asvins. Divinidades bondadosas devolvían el color y las carnes a los enflaquecidos por penas y disgustos; a los ciegos, la luz; a los guerreros les protegían en los combates. Se les invocaba para dar fecundidad a las jóvenes. A la esposa de un eunuco la concedieron un hijo; una vaca estéril, gracias a ellos, volvió a dar leche. A una solterona la procuraron marido. Como a tres viejos: Vandana, Ciarame y Atri, les devolvió el vigor sexual, eran invocados contra debilidades y enfermedades. En fin, si se les llamaba *caballeros* no era, como se puede decir en castellano, a causa tan sólo de sus sentimientos desinteresados y generosos, sino porque literalmente asvin quiere decir *poseedor de caballos*[900].

El Jefe de los Aditias y amo del panteón védico era *Varuna* (el Ouranos de los hindúes). Resplandeciendo con *sombría claridad,* Varuna estaba en conexión particular con la Luna, depósito del licor sacrificial, el *Soma.* El velaba por la conservación de esta ambrosía a través de las alternativas de crecimiento y decrecimiento del astro de la noche. Como, además, la Luna era una de las moradas de los muertos, Varuna compartía con el primer

---

[900] Los *Asvins* eran los médicos de los dioses y los amigos de los enfermos y los desgraciados; favorecían el amor y los matrimonios. Su padre era el *Sol;* su madre, *Saranyú,* la casa de las nubes; su esposa común, *Syrya,* la hija de *Savitri,* otro aspecto de la luz solar. Su carro, de tres ruedas, había sido construido por la tríada de *Ribhús* (los ribhús eran genios, hábiles construyendo). Pese a su hermosura y a su bondad, los Asvins no tenían acceso al Cielo; pero he aquí cómo lo consiguieron; un richi anciano llamado *Ciavana* tenía una mujer joven y muy hermosa, cuyo nombre era *Sukanya.* Habiéndola visto un día los Asvins cuando se bañaba, le dijeron: «¿Por qué te ha dado tu padre, ¡oh mujer de cuerpo adorable!, a un hombre tan viejo que está cerca de la muerte? Eres radiante como el relámpago en el estío: ni en el Cielo mismo hemos encontrado nada semejante a ti. Si desprovista de ornamentos embelleces el bosque entero, ¡cuánto más hermosa estarías aún con trajes suntuosos y joyas magníficas! Deja a tu marido, ya viejo, y escoge a uno de nosotros. Piensa que la juventud es efímera». Y como ella no aceptase, le dijeron aún, demostrando la nobleza de sus sentimientos: «¿Quieres que volvamos a tu marido joven y her. moso y así podrás elegir entre los tres al que prefieras?» Sukanya se lo dijo a su esposo; éste aceptó: se bañó en el estanque con los Asvins, y al salir los tres, radiantes y llenos de juventud y hermosura, Sukanya escogió a su marido. Entonces éste, feliz de haber recobrado juventud, hermosura y mujer, obtuvo de *Indra* que los dos caballeros participasen en las ofrendas que se dirigían a los dioses y que gustasen con ellos el *soma.*

difunto, *Yama,* el título de rey de los muertos. Varuna tenía el Cielo por vestido, no conocía el sueño y nada escapaba a su vigilancia, pues sus oídos, las estrellas, eran innumerables. De su garganta manaban las siete corrientes de agua celestial, fuentes de todos los ríos de la Tierra. Dios de las Aguas y de la Verdad, enviaba la hidropesía como castigo a los malos: «Pues el Mal es la Mentira, y no hay otro bien que el Bien, que es la Verdad». Se representaba a Varuna como un hombre blanco montado sobre un monstruo marino, el *Makara,* y con un lazo en la mano: alusión a su papel de justiciero. Varuna se enamoró de la ninfa *Urvasi* al mismo tiempo que el Sol, *Surya.* Tuvieron un hijo famoso por su ascetismo, *Agastia.* Soberano del orden, tanto físico como moral, Varuna está presente en todas partes. «Sigue la huella de los pájaros que vuelan por el cielo lo mismo que el surco del navío en las aguas» *(Rig Veda,* I, 25). Conocía el pasado y el porvenir. Era testigo de toda acción y presente estaba, asimismo, en toda convención. Ninguna autoridad igualaba a la suya. Pese a tanta excelencia y prerrogativas, en los *Himnos* era ya un dios secundario[901].

---

[901] Una leyenda cuenta por qué *Varuna* dejó de exigir sacrificios humanos. La siguiente: En la India aún más que en parte alguna, el padre que no tiene hijos es considerado como abandonado de los dioses. *Harisandra,* rey de la raza solar, pese a poseer cien mujeres, no tenía hijos. A causa de ello se dirigió a Varuna haciendo el voto de que si le concedía hijos, el primero se lo sacrificaría apenas naciese. Y, en efecto, nueve meses después, una de sus esposas le daba un hijo varón. Mas apenas bañado, Harisandra, en vez de inmolarle, cuando Varuna se presentó para exigirle el cumplimiento de su promesa, le rogó que le dejase vivir unos días para que la víctima fuese aún más digna de él. El dios accedió y al cabo de diez días se presentó de nuevo. Entonces el rey le rogó que esperase hasta que echara los dientes. Y de este modo, de plazo en plazo, el niño se hizo hombre y llegó hasta estar en edad de empuñar las armas. Y como viese que su padre no se alegraba, no obstante lo fausto del momento, le preguntó la causa, y su padre se la dijo: tenía que sacrificarle a Varuna, que ya no admitía más demoras. Entonces el joven huyó y se refugió en el bosque. Allí, protegido por Indra, vivió tres años, al cabo de los cuales supo que Varuna había enviado a su padre un castigo, la hidropesía. Y pensaba cómo podría librarle del mal, cuando encontró a una familia de brahmanes pobres: padre, madre y tres hijos. Entonces propuso al brahmán un rebaño de vacas contra su hijo mayor. Pero ni el padre ni la madre aceptaron. Oyéndoles, les dijo que en vez del mayor le vendiesen el pequeño. Pero la madre se opuso esta vez. Finalmente, convinieron en cederle el segundo, llamado *Sunahcepa.* El príncipe pensó que Varuna estaría muy contento del cambio, puesto que en vez de un noble, de un kchatria como él era, iba a tener como sacrificado a un hijo de la primera casta. Una vez en el lugar del sacrificio y

Indra, dios antropomórfico que nacido casi igual a Varuna, acabó por sobrepujarle. Los arios, que habían sometido a su yugo a las poblaciones de raza negra, veían en Indra la proyección grandiosa de su propio tipo. Teniendo bajo su ley a firmamento y atmósfera, imperaba en las nubes tempestuosas cargadas de lluvia y de truenos. Para correr por el cielo, transformado en fuerza cósmica, era imaginado, como un noble, montado en su carro (el carro del Sol) y armado de flechas (los rayos). Su victoria sobre el dragón *Vritra*[902], el Envolvedor u Obstructor, tuvo por objeto

---

tras cantar los himnos, nadie se prestó, por respeto a su linaje, a sacrificar al infeliz hijo del brahmán y de la brahmina. Tan sólo éste, el brahmán, su padre, consintió en hacerlo si le daban otro rebaño de vacas, mil esta vez. Entregadas las mil vacas iba a tener lugar el sacrificio, cuando Sunahcepa dirigiéndose al gran sacerdote exclamó: «¡Oh amigo de todos! ¡Oh gran sabio Visvamitra! ¡Ten piedad de mí!» Visvamitra, el poderoso asceta, bien conocido por los lectores del *Ramayana,* le dijo que se dirigiese a Varuna, a Añi y a los Asvins, en lugar de a él. El joven lo hizo, y a medida que suplicaba, las ataduras que le sujetaban fueron cayendo, demostrando que los dioses le eran propicios. De modo que no tan sólo salvó la vida, sino que el propio Harisandra curó de la hidropesía. Y desde entonces Varuna no volvió a exigir sacrificios humanos.

Con frecuencia se unía el nombre de *Varuna* al de *Mitra,* dios benéfico, dios *amigo,* que llegaría con el tiempo a ser el dios del día. Se hacía de ellos los *Aditias,* diada hijos de Aditi. Eran llamados reyes *(rajá)* y eran los poseedores de esta soberanía, que constituía la esencia de la casta de los kchatrias o guerreros. Pero, al revés de *Indra,* carecían de figura humana. No instituían tampoco el orden universal, pero sí le mantenían: ésta era su función esencial. A causa de ello, Mitra presidía la amistad y sancionaba los contratos, y Varuna velaba por la palabra jurada. Y a causa de su papel de guardianes y de testigos, como debían ver y, en otros términos, brillar (nociones similares en las concepciones primitivas), uno, Mitra, el *Sol,* veía y brillaba durante el día, y Varuna, la *Luna,* de noche.

[902] Había una vez un poderoso brahmán llamado *Tvachtri* que no amaba a *Indra.* Decidido a que éste perdiera su trono, creó un hijo que tenía tres cabezas. Con la primera leía los *Vedas;* con la segunda se nutría; con la tercera abarcaba con la mirada todos los puntos del horizonte. Indra, al observar que la fuerza del joven aumentaba de día en día y que en vano las ninfas celestiales trataban de seducirle, le mató con su rayo. Para vengarle, Tvachtri hizo nacer un demonio inmenso, al que llamó *Vritra.* Tan enorme era Vritra, que su cabeza daba en el Cielo. Inmediatamente se entabló la lucha, durante la cual Vritra cogió al rey de los dioses y se lo tragó. Los dioses, aterrorizados, tuvieron, no obstante, la idea de hacer bostezar al gigante. Al hacerlo, Indra saltó de la abierta boca y recomenzó la batalla. Habiendo intervenido los *Richis* para evitar mayores males, aconsejaron a ambos enemigos que hiciesen la paz. Pero Vritra, para reconciliarse con Indra,

liberar las aguas. Su hazaña decidió la fecundidad de la Naturaleza[903]. Al hendir las montañas hizo correr los ríos hacia el mar; haciendo lo mismo con las nubes restituyó al Sol la fuerza de su luz y su calor. Por haber dado no solamente la luz, sino el agua, era no tan sólo el dios de la guerra y de los guerreros, sino de la fertilidad. Como casco tenía el Cielo; la Tierra estaba en el hueco de su mano: la fijaba o desplazaba a su capricho. Del mismo modo que la llanta circunscribe los radios de la rueda, Indra abrazaba el Universo todo. Su montura terrestre era *Airavata,* el elefante blanco, nacido al batir el Mar de leche. Además del rayo, que era su arma principal, tenía el disco, la aguja para el elefante y el hacha, con la que hendía los montes para hacer correr ríos y fuentes. A causa de ser belicoso y terrible era el patrón de la nobleza militar, es decir, de los *kshatriyas* o *Chatrias,* guerreros. Su pasión por el *soma* llegaba hasta la incontinencia. Y cuando el tremendo borracho inconmensurable se bamboleaba, toda la Tierra se bamboleaba con él. Por lo demás, bueno y liberal para sus fieles, multiplicaba los ganados de éstos en tiempo de paz y les ayudaba en los de guerra. Indra estaba asociado, además, a todos los meteoros del cielo. Las vacas celestes (las nubes), a las que había libertado de las garras de Vritra,

---

impuso las siguientes condiciones: «Hacedme la promesa—dijo a los Richis—, promesa solemne, de que Indra no me atacará con ningún arma de bosque, de piedra o de hierro; ni con cosa seca, ni con cosa mojada. Prometedme también que no me atacará ni de día ni de noche». Indra aceptó y el pacto quedó establecido. Pero Indra meditaba en secreto su desquite. Una tarde que se paseaba por una playa vio no lejos de él a su enemigo, y de pronto pensó: «El Sol desciende allá en el horizonte; la oscuridad se acerca; aún no es de noche, pero tampoco es enteramente de día. Si pudiera matarle ahora, entre el día y la noche, no faltaría a mi promesa». Mientras así reflexionaba, he aquí que en el mar se levantó una inmensa columna de espuma. Indra se dio cuenta de que esta espuma no estaba ni mojada ni seca; que no era ni piedra, ni hierro, ni madera. Entonces cogió la espuma y la lanzó sobre el demonio. Éste cayó muerto sobre la arena. *Vichnú* mismo había producido aquella arma extraña, y a Vichnú nada ni nadie resistía. Al morir Vritra, los dioses y la Naturaleza se llenaron de gozo; el cielo, de luz, y una dulce brisa empezó a soplar: hasta los animales de los campos se alegraron. Pero Indra sintió que caía sobre él el peso de un gran pecado por haber matado a un brahmán. De este Vritra, enorme en tamaño y perversidad, cuya cabeza daba en el cielo, debió salir el *Tifón* griego cuya cabeza asimismo llegaba a los astros, y sus brazos, al abrirlos, de Oriente a Occidente. Y que también nada más nacer empezó a luchar con *Zeus,* como Vritra con Indra.

[903] Entre todos los dioses, *Indra* era el que más se asemejaba a los hombres, tanto por sus rasgos como por sus costumbres. A causa de ello, sin duda, le fueron dirigidos más himnos (250) que a ningún otro dios.

le pertenecían. Y él era quien repartía su leche (las lluvias) por la tierra. Uno de los muchos sobrenombres de Indra era *Vritrahán* (matador de Vritra). Vritra, como se ha visto en la nota 902, era un demonio terrible, que un día se metamorfoseó en serpiente, pero tan enorme, que sus 99 repliegues obstruyeron varios ríos, produciendo trastornos terribles (recuérdese a la serpiente Midgard, de los germanos, nacida tal vez de ésta, a la que mató Thor). Ninguno de los dioses, llenos de miedo, se atrevió a combatir con ella. Pero Indra, tras haber aumentado su audacia con unos cántaros de soma, la mató. Sus aventuras amorosas eran, como las de Zeus, infinitas, pues era sumamente lascivo. Naturalmente, *Indrani,* su esposa, estaba llena de celos. Tanto, que un día, rabiosa al ver las atenciones que su marido prodigaba a cierto compañero suyo, ¡a un mono!, a *Vaichakapi* (¡aquellos dioses!), empezó a lanzar tan ardientes miradas al cuadrúmano favorito, que éste... Por fortuna, en aquel momento llegó Indra y ajustó las cuentas al simio y a su provocadora. Otra vez, en una de sus escapadas amoroso-extraconyugales, Indra encontró tan cumplidamente la horma de su zapato, que fue hecho pedazos por el que pretendía engañar (Gautama). Pero de tal modo que los dioses tuvieron que reconstituirle trozo a trozo. Mas no habiendo habido medio de encontrar uno que faltaba, con el que, sin duda, habíanse ensañado los celos del furioso cornudo, tuvieron que cercenar a un pobre morueco para completar al dios. Indra residía en el monte Merú, que se creía el centro de la Tierra, al norte del Himalaya.

Los *Maruts,* dioses del huracán, eran los fieles compañeros de Indra. Estos Maruts eran hijos de *Rudra* (el de los cabellos rojos, curandero y protector de los rebaños) y de *Prasni* (diosa de la estación oscura). Los Maruts, antes de llegar a ser genios del viento y de las tempestades, debieron representar las almas de los muertos; luego, cuando Rudra llegó a ser dios celeste, ellos lo fueron de la atmósfera. Se les representaba empujando a las nubes, conmoviendo las montañas y destrozando los bosques. Porque su fuerza era inmensa. Sus carros, cuyas ruedas estaban erizadas de espadas deslumbrantes (los relámpagos), eran los que hendían montes y rocas. Por cierto, que si los impetuosos Maruts consentían en dulcificarse, era cuando la esposa de Rudra, *Rodasí,* iba con ellos en estos carros. Lo que se llamaba la lluvia no era otra cosa que la incontinencia de sus caballos. O bien, otras veces, la de la vaca *Prasni,* madre de los

Maruts, que se vaciaba para extender sobre la Tierra su onda bienhechora[904].

DIVINIDADES DEL SACRIFICIO

Añi o Agni, cuyo nombre, emparentado con el latino *ignis,* no da lugar a dudas sobre su carácter (el Fuego)[905], era hijo del Cielo y de la Tierra (o de Brahma) y esposo de *Svaha,* con la que tuvo tres hijos: *Pavaka, Pavamana* y *Suci.* Se le representaba como un hombre rojo con tres piernas, siete brazos y los cabellos negros. Iba montado en un carnero y llevaba el cordón brahmánico con una guirnalda de frutos. De su boca salían llamas; su cuerpo irradiaba siete rayos de luz. Sus atributos eran el hacha, la leña, el soplillo (el abanico), la antorcha y la cuchara sacrificial. Añi estaba en todas partes, pero sobre todo gustaba morar entre los hombres. Las vírgenes que le despertaban, le animaban y le nutrían, es decir, las muchachas que encendían el fuego del hogar, estaban bajo su protección[906].

Otra divinidad que presidía con Añi los sacrificios era *Soma*[907]. Míticamente considerada, Soma residía en el tercer Cielo. Allí le

---

[904] En los *Vedas, Rudra* era bienhechor y generoso. En los *Brahmanas* es ya un dios repugnante y terrible, que tiene por mujer a *Rudrani,* diosa cruel y ávida de sacrificios y que desde el fondo de su antro desencadena la Enfermedad, el Temor y la Muerte.

[905] *Añi* era el amigo de los hombres. Sus formas eran múltiples: desde el rayo (y en este caso era hijo o amante de las aguas celestes) hasta el fuego que se producía voluntariamente frotando dos pedazos de madera, en cuyo caso era *arani.* Como *Sol,* era el fuego celeste; como *Kravyad,* el de los sacrificios. Kravyad (Come carne) tenía poderosas mandíbulas, y en ellas, dientes resplandecientes.

[906] Una leyenda refiere que un día las mujeres encargadas de encender el fuego en el palacio del rey *Hila* no podían conseguirlo, no obstante haber empleado para ello todos los medios y elementos inflamables. Habiendo ensayado la hija del rey, levantose al momento una hermosísima llama que corrió a acariciar los labios de coral que soplaban para animarla. Y como lo mismo ocurrió durante muchos días, se acabó por deducir que *Añi* estaba enamorado de la princesa y que quería tomarla por esposa. Lo que sucedió.

[907] *Soma,* planta embriagadora cuyo zumo, mezclado con hidromiel y leche, era utilizado en las ceremonias rituales. Fue divinizado muy pronto. Hicieron de él el hijo de *Parjanya.* Un águila-halcón la trajo a la Tierra desde los montes inaccesibles donde crecía. A causa de ello era llamada también *Sienabhrita,* traída por el águila. Planta primero, su jugo después y, finalmente, néctar dorado,

descubrió *Puchán*[908]. Cuando Surya[909], el Sol, ofreció el jugo de la planta que daba el soma a los dioses, tras haberle filtrado, y éstos al beberle se tornaron inmortales, celosos de tal tesoro, confiaron su custodia a *Gandharva,* el arquero celestial. Pero *Añi-el-Halcón* se lo robó y se lo trajo a los hombres. Soma era también el astro de la noche (la Luna). La Luna (esta palabra es del género masculino en sánscrito) había nacido del batimiento del mar (del que luego hablaré). Las veintisiete mansiones lunares eran sus esposas (hijas de *Dakcha,* suegro igualmente de *Siva* y de *Kasiapa).* El decrecimiento periódico de la Luna era considerado como el efecto de una maldición de Dakcha, por amor hacia sus hijas. Pero éstas intercedían por su esposo y éste volvía a recobrar su tamaño y hermosura[910]. Aunque, como he dicho, Soma tenía por esposas a las 27

---

brebaje de los dioses, esta preciosa ambrosía, que simbolizaba la inmortalidad, aseguraba, en efecto, a quienes la bebían, su triunfo sobre la muerte. Los mitos la presentaban bajo numerosas formas: toro celestial, pájaro, embrión, gigante de las aguas, rey de las plantas, fuerza divina que curaba todos los males, mansión de los manes, hasta ¡príncipe de los poetas! En todo caso, siempre era fuente de inspiración y de vida. También recompensaba el heroísmo y la virtud. Era aún el trazo de unión entre el hombre y el Cielo; finalmente, personificó la Luna.

[908] Se invocaba a *Puchán* como a amigo y protector: «Ojalá podamos, ¡oh Puchán!, encontrar un hombre sabio que nos dirija sin vacilar diciendo: He ahí vuestro camino». «Que Puchán siga a nuestras vacas y proteja nuestros caballos. Que nos dé el alimento. ¡Ven a nosotros, dios brillante y libertador! ¡Que podamos encontrarnos!»

[909] Un pasaje del *Brahma Purana* hace alusión a los doce nombres de *Surya,* cual si se tratase de doce divinidades solares distintas: «La primera forma del Sol es *Indra,* el señor de los dioses y el destructor de los enemigos. La segunda, *Dhata,* creador de todas las cosas. La tercera, *Parjanya,* que reside en las nubes y hace, mediante sus rayos, que llueva en la Tierra. La cuarta, *Tvachta,* que reside en todas las formas corporales. La quinta, *Puchán,* que procura el alimento a los seres. La sexta, *Ariama,* que permite conducir bien los sacrificios. La séptima, *Sikaya,* deriva su nombre de las limosnas y regocija a los mendigos mediante sus presentes. La octava se llama *Vivasván,* que asegura la digestión. La novena es *Vichnú,* que se manifiesta constantemente para destruir a los enemigos de los dioses. La décima, *Ansumán,* mantiene los órganos en buena salud. La onzava, *Varuna,* reside en el seno de las aguas y vivifica el Universo. La dozava, *Mitra,* vive en el orbe de la Luna para el bienestar de los tres Mundos. Tales son los doce esplendores del *Sol,* Espíritu supremo, que mediante ellos penetra en el Universo y se irradia hasta el alma secreta de los hombres».

[910] Tras haber celebrado el sacrificio *Rajasuya* (sacrificio que se celebraba cuando era coronado un monarca universal), *Soma,* considerando su inmenso imperio, se volvió tan arrogante y licencioso, que se atrevió a raptar a *Tara,* la esposa de

mansiones lunares o constelaciones, tan sólo *Rohini,* la Roja, reinaba en su corazón[911]. También decíase que la maldición de Dakcha era debida a esta preferencia por Rohini, en detrimento de sus otras 26 hijas.

DIVINIDADES SECUNDARIAS

Los *Gandharvas,* hombres-caballos, a los que los mitos hacían intervenir en ciertas mascaradas, como el carnaval, eran genios generadores. El papel que representaban en la fecundidad de la Naturaleza se unía al que les prestaba la reflexión abstracta: ésta llamaba gandharva a la parte del alma que transmigraba de vida en vida. Eran también músicos celestiales y guardadores celosos del soma. De todas maneras eran divinidades secundarias. Los *Himnos* sólo hablan de una de estas divinidades, de *Visvavasú* (enemigo de Indra), esposo de una ondina y padre de *Yama,* el dios de la muerte, que tenía como amante a *Yami,* su propia hermana. Los Gandharvas eran los licenciosos maridos o amantes de las *Apsaras,* ninfas acuáticas en un principio, agrestes luego, y que en los primeros tiempos del brahmanismo habitaban plátanos e higueras. Posteriormente llegaron a ser en el Cielo las cortesanas legítimas. Su belleza perfecta iba acompañada de seducciones irresistibles. Los dioses no dudaban en valerse de ellas para trastornar a sus enemigos, cuando sentían su poder amenazado. Cuando un gran asceta se aproximaba a la perfección y con ello a la divinidad, le enviaban una o varias Apsaras, que haciéndole pecar, le obligaban a empezar de nuevo sus trabajos y maceraciones. Por su parte, ellas, que además de diosas eran mujeres,

---

Brihaspati, el preceptor de los dioses. En vano fue que el propio *Brahma* le diese la orden de devolver la raptada a su esposo: hubo que emprender una gran guerra, en la que lucharon, de un lado, *Indra,* a la cabeza de los dioses, y de otro, *Soma,* aliado a los demonios. Finalmente, fue Tara misma quien acudió a Brahma, y éste obligó a Soma a devolver Tara a su marido. Pero al notar Brihaspati que estaba encinta, se negó a aceptarla antes del nacimiento del hijo. Entonces éste nació al punto. Y era tan radiante y hermoso, que Soma y Brihaspati se le disputaron. Para resolver la cuestión, Brahma preguntó al recién nacido: «Dime, hermoso niño, ¿eres hijo de Brihaspati o de Soma?» «De Soma», confesó enrojeciendo. Soma, abrazándole, exclamó: «¡Magnífico, hijo mío! ¡De veras que eres inteligente!» Y a causa de ello fue llamado *Buda* y fue considerado como el fundador de las dinastías solares. Inútil añadir que este Buda nada tiene que ver con el fundador del *budismo.*

[911] La constelación de Tauro, cuya estrella principal es rojiza.

cuando algún mortal las placía, bajaban a juntarse con él, sin perjuicio de abandonar luego al fruto de su caprichosa unión[912].

Kama Deva era el Eros de la India. Su carcaj tenía por flechas flores; su arco era asimismo todo florido: lotos, lirios, jazmines, azucenas y otras muchas flores. Su cabalgadura era un loro con aspecto de ánsar o una mezcla de ambos animales. Un Gandharva le seguía como portaestandarte. En este estandarte había la imagen de un pez. En el sur de la India su arco estaba hecho con un tallo de caña de azúcar; la cuerda de este arco era una sucesión de abejas. Breve, era un dios, como el amor mismo en pequeñas dosis, dulcísimo[913]. Kama fue enviado un día por *Parvati,* hija de *Himalaya,* junto a *Siva,* que andaba perdido en sus profundas meditaciones. El poderoso dios, con una sola mirada de su ojo vertical redujo a cenizas al diosecillo del amor. Cuando *Rati,* la diosa de la voluptuosidad, vio en tal estado a su esposo, llenó el Cielo con sus lamentos. Los dioses, apiadados de ella, intercedieron junto al gran asceta, que, conmovido a su vez, resucitó al culpable. Desde entonces Kama era llamado también *Ananga* (que no tiene miembros).

Savitar o *Savitri* era un principio de movimiento que hacía irradiar la luz solar y circular aguas y vientos. Todo cuanto obraba participaba de él: Indra, Varuna, Mitra y, sobre todo, Surya, el Sol. Como motor universal se igualaba a *Prajapati,* a *Puchan* y a *Tvahchtar.* Savitar tenía ojos, manos y lenguas de oro. Sus brazos, dorados asimismo, infundían la vida a todas

---

[912] Un día que el rey *Pururavas* cazaba en los montes del Himalaya oyó pedir socorro. Eran dos *Apsaras* que iban a ser robadas por los demonios. Pururavas, tras librarlas de sus enemigos, preguntó a una de ellas, *Urvasi,* qué podría hacer para conseguir su amor, expresándose de este modo: «¡Por el astro de la Noche, padre de mi raza! (los reyes indios eran considerados como descendientes del Sol o de la Luna). Dime, ¡oh Urvasi, hija de las celestes Aguas, yo te conjuro!, ¿qué debo hacer para conseguir ser tu amante?» «Abrazarme tres veces cada día, respetar mi libertad y procurar que no te vea desnudo». Pero una noche que estaban juntos, los *Gandharvas* se llevaron dos corderitos que Urvasi tenía siempre con ella y que al acostarse ataba a los pies del lecho. Pururavas, al darse cuenta, saltó decidido a quitárselos. No esperaban otra cosa los Gandharvas, que al instante llenaron el Cielo de relámpagos, con lo que Urvasi pudo ver a su amante como en pleno día. Y, cual le había prometido, desapareció.

[913] La mosca de miel (abeja) tenía en el Indostán una importancia metafórica muy grande: la cabellera oscura de una bella era siempre comparada a un enjambre de abejas; las combinaciones y jugueteos de una coqueta, a su vuelo; la voz de un enamorado hablando al oído de su bienamada, al zumbido de estos insectos en la corola de los nenúfares.

las criaturas al extenderse a través del Cielo como bendiciéndolas. Rey del Cielo, daba a los otros dioses la inmortalidad. Se le rogaba para que librase del pecado y condujese a las almas a la residencia de los justos. A él iba dirigido el *Gayatri,* texto el más sagrado de los *Vedas. Surya,* el Sol, era algunas veces identificado con Savitar, pero sobre todo en los *Puranas* era una divinidad de carácter bastante diferente. Se le solía describir como un hombre de color rojo oscuro con tres ojos y cuatro brazos. En dos de sus manos, nenúfares; con la tercera bendice; con la cuarta anima a sus adoradores. *Sanjna,* su esposa, tras haberle dado tres hijos, estaba tan fatigada a causa del deslumbramiento perpetuo en que Surya la tenía, que se vio obligada a abandonarle. Pero antes de escapar encargó a *Chaya* (la Sombra) que la reemplazase. Años después, Surya acabó por darse cuenta del cambio, partió en busca de Sanjna y consiguió, al fin, traerla con él. Para evitar una nueva escapada, *Visvakarma,* padre de Sanjna, quitó a Surya un octavo de su brillo. Y como era muy hábil, con el fragmento de energía radiante fabricó el disco de *Vishnú,* el tridente de *Siva,* la lanza de *Karttikeya* (el dios de la guerra) y las armas de *Kuvera* (el dios y guardián de las riquezas).

La diosa *Uchas* simbolizaba a la aurora. Los himnos que en su honor hicieron los poetas y védicos son de lo más hermoso de los *Vedas.* Se la hacía hija del Cielo y hermana de la Noche. El Sol o el Fuego eran sus amantes. Los Asvins, sus amigos. Viajaba en un carro brillante llevado por vacas o caballos rojizos. Siempre sonriente y segura de sus encantos, avanzaba entreabriendo sus velos. Disipaba la oscuridad y permitía ver los tesoros que se ocultaban en sus repliegues. Además de iluminar el Mundo, era vida y salud para todas las cosas. Y ella la que despertaba a las criaturas y las enviaba a cumplir sus diversas obligaciones. Se la rogaba para que no despertase a los malos y tan sólo a los buenos y generosos. Era joven, puesto que nacía cada mañana, y vieja, puesto que era inmortal. Todas las generaciones desaparecían unas tras otras, pero ella y la vida duraban siempre.

Puchán ponía en relación a todos los seres, móviles e inmóviles. El hacía los matrimonios. El protegía y liberaba. El aseguraba el alimento. El hacía prosperar el ganado. Frecuentemente en viaje, conocía los caminos y era el patrón y el guía de los caminantes. También conducía al otro mundo los espíritus de los difuntos. El Hermes griego tomó muchas de sus atribuciones de este Puchán, a quien un himno del *Rig-Veda* canta de este modo: «Condúcenos, Puchán, marcha delante de nosotros, espanta al lobo perverso y destructor que nos busca, aleja también a los ladrones de nuestro camino, concédenos constantemente tu ayuda, ¡oh sabio y milagroso Puchán, el de la lanza de oro!, dándonos fuerza apartando la adversidad de nuestra ruta y no olvidando tampoco de llenar nuestro vientre».

Prajapati, el amo de las criaturas, y *Visvakarma,* el agente universal, venían a ser en realidad, el primero, un calificativo o epíteto de Indra y del Sol; el segundo, de Savitar y de Soma. Luego, en virtud de un progreso de abstracción, se hicieron independientes. Visvakarma, que había ordenado todo, todo lo veía y de todo establecía los fundamentos y distinciones. Prajapati era generador y protector de la generación. Dioses y asuras eran sus hijos. En virtud aún de una abstracción más alta, llegaría a ser lo absoluto, Brahama, e incluso lo absoluto indeterminable, cuyo único nombre que le convenía era el interrogativo *¿Quién?* (Ka).

Brihaspati era el sacerdote mismo. Este dios llevaba el título de capellán de brahmanes, sacerdote brahmánico. Su función y demiurgia consistía en engendrar a los dioses o a las criaturas. Y como éstas «permanecían confusamente unidas, entra en ellas mediante la forma». Pero ya con esto se salía de la mitología para entrar en una metafísica naciente. Como *Aditi,* madre de los Adidas. Y como Mitra y Varuna, que era «el cielo, el aire, todos los dioses, los cinco pueblos (arios), el pensamiento y el porvenir». Otra especie de abstracción era *Ivachtar,* cuyo rasgo esencial era una mano que trabajaba. El había fabricado el rayo de Indra y la Luna, copa depósito de la ambrosía. Era llamado el estimulador omniforme. En cambio, otros dioses no requerían análisis ni interpretación, tales: *Vata,* el Viento; *Parjanya,* la Lluvia; *Apah,* las Aguas; *Prithivi,* la Tierra.

Y puesto que ya conocemos a las divinidades cósmicas, veamos el origen del Mundo.

El padre de la raza humana fue *Manú* (el Inteligente). Manú era hijo de los dioses. Habiendo ofrecido a Vishnú, cuando éste le salvó del diluvio, leche cuajada, nata y manteca, de esta ofrenda nació una mujer, *Ida o Ila.* Los Asvins, al verla tan hermosa, la quisieron, pero ella les dijo: «Soy de quien me ha creado», y corrió hacia Manú. Este, asombrado de su hermosura, la preguntó quién era, y ella le dijo que su hija y que nació de la ofrenda que había hecho a los dioses. Mas como Manú la deseaba también, pues ya digo que era muy hermosa, Ida se convirtió en vaca, y ni que decir tiene que Manú en toro. Luego en cabra, y él en macho cabrío. Y así sucesivamente, tomando cada vez Manú la forma del macho del animal en que ella se transformaba. Y como cada vez se unía con ella y cada unión fue fecunda, he aquí el origen de todos los animales[914].

Yama, el primer hombre que murió, nació de *Vivasvat* (el Sol) y de *Saranya,* la hija de Tvachtar. Nació, por supuesto, antes que su madre no se fatigase del brillo de su centelleante esposo. Yama y su hermana gemela, *Yami,* formaron la pareja primitiva de la que salió la Humanidad. Yama hubiera podido vivir siempre de no haber tenido la audacia de meterse por el camino del que no se vuelve. Habiéndole recorrido hasta el fin, mostró a los demás hombres la ruta que tienen que seguir durante su último viaje. Desde entonces reina en la morada de los *Manes* como rey del mundo invisible y como juez de los muertos. Allí, bañado por una luz sobrenatural, habita en el secreto santuario del Cielo. En su reino el amigo encuentra al amigo, la mujer al esposo, los hijos a sus padres, y todos viven dichosos, al abrigo de los males de la existencia terrestre. En esta región (piso tercero de los Cielos), los Manes (padres, en sánscrito *pitris),* así como los dioses que van a ella con frecuencia (está cerca de la mansión de Varuna), beben un soma que les libra de una segunda muerte. Dos perros monstruosos guardan el camino y olfatean a los que van llegando. Los mejores de entre ellos beben también el soma que les da la inmortalidad, brillan por la noche en las estrellas, gozan de felicidad sin límites y reciben ofrendas como los dioses.

El creador del Mundo fue el ya mencionado *Prajapati,* padre de dioses, demonios y hombres. Lo creó tras grandes austeridades y mediante un sacrificio: del sudor de su cuerpo se formó un huevo. Este huevo bogó sobre las aguas primordiales durante un año. Al cabo de él dio nacimiento al Mundo. La mitad superior de la cáscara constituyó el firmamento; la inferior, el océano[915].

---

[914] *Manú* fue el primer legislador y uno de los siete sabios míticos que brillan en la constelación de la Osa Mayor, en sánscrito, *Septarsi:* los Siete Sabios. (Véanse las *Leyes de Manú,* que serán publicadas de nuevo en esta misma colección.)

[915] *Prajapati* era el dios de la gente ilustrada que se inclinaba hacia el monoteísmo o, cuando menos, hacia la sistematización de los ritos. Esta tendencia al monoteísmo era asimismo sensible en el culto a *Brahma,* el Creador, figura grandiosa llena de majestad, pero vaga como todas las entidades. Los *brahmanes* habían nacido de su cabeza; los *kchatrias* (casta militar), de sus brazos; los comerciantes o *vaisias,* de su vientre; los *sudras* (casta inferior, braceros, trabajadores manuales, esclavos), de sus pies. Esta divinidad no tuvo papel activo. Siempre fue una personalidad imprecisa y abstracta. Volaba por encima de todo. Se la solía llamar *Ekahamsa* (Cisne único).

En fin, creado el Mundo y los hombres, entre los primeros mortales hubo algunos sabios míticos que inventaron y transmitieron a los humanos conocimientos preciosos. Por ejemplo, *Matarisván,* que captó el rayo del Cielo y trajo a la Tierra el secreto del elemento ígneo (como Prometeus en la mitología griega); la técnica del sacrificio mediante el fuego, conocimiento precioso entre todos. Tan gran servicio le hizo comparable a los más grandes entre los héroes. Luego, los *Bhrigús* (resplandecientes) fue una raza que enseñó a servirse del fuego, tanto en los cultos como en los demás usos humanos. El primero que llevó tal nombre fue uno de los diez patriarcas instituidos por Manú. Una leyenda prueba el gran poder de estos hombres primitivos a causa de ser poseedores de la ciencia sacrificial. No pudiendo varios sabios decidir cuál de los tres dioses: Brahma, Siva y Vishnú era el más digno de ser adorado por los brahmanes, Bhrigú fue encargado, con objeto de saberlo, de poner a prueba el carácter de los tres dioses. Acercándose a Brahma, dejó de testimoniarle, con toda intención, las pruebas de respeto que le eran debidas. El dios le reprendió, pero aceptó sus excusas y le perdonó. Bhrigú entró al punto en la morada de Siva e hizo otro tanto; iba a ser reducido a ceniza por el furioso dios cuando, a fuerza de palabras y súplicas, consiguió calmarle. Al punto fue a donde estaba Vishnú, que dormía, y le despertó dándole una patada en pleno pecho. Pero el dios, lejos de enfadarse, le preguntó si no se había lastimado el pie. «He aquí cómo reconoció Bhrigú al más grande de los dioses. Al que sobrepujaba a los otros gracias a la más poderosa de las armas: la bondad, la tolerancia y la generosidad».

MITOLOGÍA BRAHMÁNICA

LOS VEDAS

Los brahmanes se desinteresaron siempre de la mitología popular de los *Vedas*. Pero mientras el brahmanismo se dividía en múltiples sectas, aquélla, bien arraigada, siguió su curso. En todo caso, la concepción que más estrechamente une a vedismo y brahmanismo es la de la *Trimurti,* es decir, la de la Trinidad india. «Lo Absoluto se manifiesta en tres personas: Brahma el creador, Vishnú el conservador y Siva el destructor».

BRAHMA

Brahma, alma del Universo, esencia y fin de toda cosa, era demasiado metafísico, demasiado hierático para llegar a ser popular. La masa, los que necesitan dioses próximos a ellos y cultos que les satisfagan, no podían humanizar figura tan vaga y tan grandiosa; no podían someter a una entidad abstracta como la suya a ceremonias pintorescas y materiales, necesarias para apoyar la fe en algo tangible, humano. Quedó, pues, aparte, por decirlo así, mientras que Siva y Vishnú lo llenaron y absorbieron todo con su figura. Veámoslo.

SIVA

Siva, de bueno y benéfico que era en los *Himnos,* donde es llamado *Siva el Propicio,* llegó a ser, en virtud de la necesidad del contraste y de justificar el *mal* o, por lo menos, explicarle, un dios sanguinario y terrible[916]. Según se le invocase era: bien, como *Bhava,* tutelar; ora, como

---

[916] *Siva* era el jefe de los espíritus malos, de los vampiros, de los fantasmas nocturnos que rondaban por los crematorios y lugares impuros. Como *Rudra,* que era un *Pasupali,* «amo de rebaños», pero de rebaños de hambrientos, ladrones, bandidos, mendigos y faquires, todos los cuales le invocaban. El arte indio representa a Siva bajo formas diversas. Generalmente, sus esculturas tienen cuatro brazos: las dos manos superiores agarran un tamboril y una cierva; las otras hacen un gesto como si tranquilizasen. Su frente con frecuencia está estriada por tres rayas horizontales y muestra en el centro un tercer ojo. Suele ir vestido con una piel de tigre; una serpiente le sirve de collar; otra, de cordón sagrado; otras aún se enroscan en sus brazos a modo de brazaletes. Sus cabellos, unas veces están enmarañados; otras, trenzados, y no es difícil que se levanten sobre la cabeza

Kala (el Tiempo), destructor; como *Bhairaba,* dionisíaco y furioso; cual *Mahadeva,* Señor, el Gran Dios, y las otras divinidades simples emanaciones suyas. Como primero de los ascetas, era *Digambara* (vestido de aire), e iba desnudo, con el cuerpo lleno de ceniza y los largos cabellos recogidos sobre la cabeza en un enorme moño; su frente estaba surcada por tres rayas horizontales (signo de concentración profunda); en medio de esta frente tenía un ojo vertical.

Cuando se proponía ser benéfico lo era en grado sumo. *Vasuri,* rey de las serpientes, se dispone un día a vomitar una cantidad de veneno suficiente como para cubrir la superficie del mar. Las criaturas, aterradas ante tal amenaza frente a semejante diluvio, suplican a Siva que las proteja. Siva, lleno de compasión, recibe el veneno en el hueco de su mano y lo bebe. El veneno le quema la garganta de tal modo, que le sale una huella exterior. Pero salvó a la Humanidad. Desde entonces el gran asceta llevaba el nombre de *Nilakantha* (Garganta Azul). Otro día los dioses deciden, para el mayor bien de los hombres, hacer descender sobre la Tierra a la diosa *Ganga* (el río Ganges). Pero ¿cómo evitar que el peso de la enorme catarata hiciese migas la Tierra? Siva, mostrando una vez más su infinita abnegación, recibió la tromba sobre su moño, amortiguando con ello la caída.

Los *Yakshas,* genios terribles, eran los guardianes de Siva. Al frente de ellos atacó un día a Tripura, la ciudad aérea residencia de los Asuras[917], realizando mil proezas con Pinaca, su temible arco. Victorioso tras haber matado al demonio *Tripura,* Siva pisoteó su cadáver al ritmo de la Tandava[918].

---

formando un moño alto adornado con una luna en creciente y un tridente. Todos estos atributos y otros muchos corresponden a los diversos episodios de su variada leyenda.

[917] Como ya ha sido dicho, estos *Asuras* eran una especie de titanes enemigos implacables de los *Devas.*

[918] *Siva* es representado con frecuencia bajo la forma de *Nataraja* (rey de la danza). La aureola rodeada de llamas que le rodea entonces, representa el Cosmos entero. Una leyenda cuenta lo siguiente: Un día, Siva fue a visitar a diez mil richis heréticos, dispuesto a enseñarles la verdad. Estos, tras recibirle gruñendo y lanzando maldiciones, enviaron contra él, para que le devorase, un tigre tremendo. Pero el dios, sonriendo, arrancó la piel del monstruoso animal con la uña de su dedo meñique y se la puso como si fuese un chal de seda. Entonces, los richis hicieron aparecer una serpiente horrible; Siva se la puso en el cuello de collar. Al punto sobrevino un enano demoníaco, todo negro, armado con una maza enorme. Siva, poniendo un pie sobre su espalda, empezó a bailar. Los ermitaños quedaron

La esposa de Siva era *Parvati* (la Montaña), hija de Himalaya. Cuando su esposa cayó en sus brazos al fin, la Tierra entera tembló. Parvati, diosa de la Tierra, era todo lo opuesto a su marido. A veces se la adoraba llamándola la Graciosa *(Urna)*, la Madre *(Ambiká)*, la Buena Esposa *(Sati)*, la Brillante, la Dorada *(Gauri)*. Pero también la Inaccesible *(Durgá)*, la Negra *(Kalí)*, la Aterradora *(Bhairaví)*, la Horrible *(Karalá)*. Y en estos casos era la diosa de la destrucción[919].

Otra esposa de Siva era *Sati*[920].

---

como extasiados ante la rapidez maravillosa y el ritmo incomparable, no obstante, de aquella danza. Luego, como viesen que el Cielo se abría para que todos los dioses pudiesen contemplar cómo danzaba el más poderoso de ellos, cayeron de rodillas ante Siva y le adoraron. Hay muchas más leyendas sobre esta danza, mediante la cual Siva crea y destruye al mismo tiempo. La *Tandava* simboliza la actividad divina como manantial de movimiento en el Universo, particularmente bajo el aspecto de las funciones cósmicas de creación: conservación, destrucción, encarnación y liberación. Su objeto era librar a los hombres de la ilusión. Cuando el dios danzaba en los lugares de cremación, impuros y llenos de monstruos aterradores, era el terrible, el destructor, y un modo de indicar que los demonios, arrastrados en la danza de este dios universal, perdían todo su poder maléfico. Nada como la Tandava para expresar el ritmo supremo y eterno de lo durable sobre lo que tiene que desaparecer. «Lo que ningún signo puede escribir —dice un poeta sivaíta—, la danza mística de Siva hace que se comprenda». Siva ejecutará su danza triunfal y salvaje al finalizar la actual *Kali-Yuga* (Edad de hierro), es decir, el día fatídico del gran cataclismo o día *pralaya,* cuando en su alegría ante la destrucción universal se sentirá presa del mayor entusiasmo. Siva, bailando la Tandava, es uno de los motivos escultóricos más frecuentes de la mitología hindú.

[919] Como diosa perversa, se representa a *Parvati* entre su hijo *Skanda,* montado sobre un pavo real, y su otro hijo, *Ganesa,* caballero sobre una rata, blandiendo al extremo de cada dedo un arma: arpón, tridente, sable, flecha, arco, escudo, lazo, campanilla, piña y disco.

[920] *Sati* era hija de *Daksha,* hijo, a su vez, de *Aga* (el no creado, el primordial); Daksha tuvo de *Prasuti,* la hija de *Manú,* diosa generadora, «dieciséis hijas de hermosos ojos». Trece fueron dadas a *Yama* (la ley moral personificada), rey del otro Mundo; una a *Añi;* otra a *Pitris* (es decir, a los *Manes),* y la decimosexta, a *Bhava-Siva.* Pero Daksha se indignó tanto al ver que Yama merodeaba por los lugares de cremación, que no le incluyó entre los dioses al hacer el gran sacrificio. La hermosa Sati, ofendida, se arrojó al fuego que debía consumir las ofrendas. *Siva,* furiosísimo, envió a *Virabhadra* (una de sus emanaciones), que deshizo todo: los asistentes al sacrificio fueron destrozados; los dioses, puestos en fuga; Daksha, decapitado; Sati, al ver a su padre en tal estado, imploró a su marido, y éste le devolvió la vida.

Entre los hijos de Siva y Parvati, el principal era *Ganesa* o *Ganapati,* primero de los acólitos de su padre. Sus atributos eran el colmillo de elefante y el rosario. Como un día Parvati fuese sorprendida por Siva estando bañándose, pensó que haría bien buscando un guardián que cuidase de su puerta, y con el rocío de su cuerpo, mezclado con polvo, amasó un hermoso joven, del que hizo, en efecto, el guardián de la puerta de su cámara. Pero ocurrió que cuando Siva quiso entrar, Ganesa se opuso resueltamente, pero con tanta violencia que incluso golpeó al dios. Este entonces llamó a sus *bhutaganas* (tropa de demonios a su servicio) y les mandó que matasen al temerario. Pero Ganesa no solamente les hizo frente y los detuvo, sino a los mismos dioses venidos en auxilio de los maltrechos demonios. Entonces Siva no tuvo más remedio que intervenir para salvar el honor de la tropa celeste, poniendo ante Ganesa a la hermosísima Maya (la Ilusión). Y aprovechando el entusiasmo y aturdimiento subsiguiente que se apoderó del maravillado joven, le cortó la cabeza. Entonces Parvati, furiosa, entró en liza, y como el asunto se complicaba, Siva envió a los dioses hacia el Norte con orden de traer la cabeza del primer animal que encontrasen. Como fue un elefante, Ganesa, resucitado con la cabeza del elefante, y siempre valiente, fue nombrado jefe de los ejércitos de Siva. Desde entonces fue llamado *Cara de Elefante* y *Jefe de Tropas.* La rata sobre la que se le suele representar montado era un demonio al que, tras subyugar, le obligó a tomar aquella forma ignominiosa[921].

---

[921] En la magnífica cabeza de elefante con que fue obsequiado *Ganesa* para que pudiese volver a la vida no había sino un colmillo. Es decir, cuando fue puesta en vez de la suya tenía dos, como las de todos los elefantes que no han perdido uno haciendo alguna locura; pero Ganesa se privó de uno del modo siguiente: el valeroso joven, hay que decirlo, era un tragón empedernido. Y cierto día en que las ofrendas, entiéndase los *modakas* (bollos apetitosos que se ofrecían a las divinidades para que les hiciesen buen provecho a través del estómago de los sacerdotes), pues bien: los suculentos modakas y demás fruslerías comestibles habían sido más que abundantes, ¡se los zampó todos! Pensando luego que un buen paseo no le vendría mal para hacer la digestión, montó en su rata y salió al campo a tomar el aire. Pero he aquí que de pronto una serpiente enorme se cruza en su camino. La rata, asustada, se levantó sobre sus patas traseras (para salvar tal vez las delanteras) y, claro, dio con Ganesa en tierra. Pero el vientre del simpático hijo de *Parvati* estaba tan repleto de bollos, que al chocar contra el suelo se abrió como una sandía madura, dejando escapar la preciosa mercancía. Ganesa no se preocupó de otra cosa sino de recoger su tesoro, para que no se perdiese, y a este efecto lo volvió a engullir. Y con objeto de que no escapase de nuevo por el roto

La creación de *Subrahmanya,* el hermano de Ganesa, no fue menos particular que la de éste. Véase: los *richi* (ermitaños), a quienes un *asura* gigantesco molestaba, rogaron a Siva que les diese un defensor. Siva, abriendo su tercer ojo, el frontal, hundió su poderosa mirada en el lago Saravana. Y del fondo de las aguas surgieron al punto seis niños, que

---

que tenía en la panza, cogió a la culebra causante del estropicio y se la ajustó como cintura. Mas cuando se disponía de nuevo a montar sobre la rata y a seguir tranquilamente su paseo, un murmullo de risas y de cuchicheos estalló sobre su cabeza. Era el Astro de la Noche y las veintisiete Constelaciones, que reían a más no poder de su grotesca traza. Ganesa, furioso, se arrancó uno de los colmillos y lo lanzó contra la *Luna,* que alcanzada de lleno, se volvió negra como el carbón. Pero él quedó mellado para siempre. Otra leyenda explicaba el hecho de esta manera: Habiendo ido *Krichna* al monte Kailasa con objeto de devolver a *Siva* el hacha que este dios le había prestado para que combatiese a los *Kchatrias,* se encontró con Ganesa, que, siempre custodio fiel, no le dejó pasar. Razón, además de la fidelidad: que en aquel momento Siva estaba en dulce diálogo (silencioso) con Parvati, su esposa. Krichna, en un movimiento de impaciencia, lanzó el hacha a la cabeza del celoso guardián. Este pudo muy bien parar el golpe, pero no quiso hacerlo para que el arma de su padre putativo no fuese ineficaz siquiera una vez, y se contentó con recibirla en el colmillo izquierdo, que quedó partido al golpe. Hay aún una tercera versión del suceso: Vyasa, el autor del *Mahabarata,* declamaba un día su poema a Ganesa. Este, maravillado, se arrancó un colmillo con objeto de poder escribir con él los admirables versos que escuchaba. A causa de ello, el dios de la cabeza de elefante era el dios de las letras y de la inteligencia. Lo que aún se justifica con otra leyenda: Cuando Ganesa y su hermano *Subrahmanya* estuvieron en edad de tomar esposa, Siva y Parvati, sus padres, les dijeron que se casaría el primero aquel de los dos que diese más pronto la vuelta a la Tierra. Como el matrimonio entre los dioses era una cosa no tan sólo apetitosa, sino grata, puesto que, sobre poder deshacerle fácilmente, la fidelidad no era precisamente una cadena, dispusiéronse a conseguir la deseada primacía. Para ello, Subrahmanya echó a correr, como si le persiguiesen. Por supuesto, le perseguían el deseo y la ilusión, que tienen buenas piernas. Mientras que Ganesa, tras saludar respetuosamente a sus padres, empezó a dar siete vueltas en torno a ellos, de izquierda a derecha. Y como, sorprendidos, le preguntasen que por qué hacía aquello, les respondió que porque en los *Vedas* había sido dicho que el hijo que hacía siete *pradakchina* en torno a sus padres tenía tanto mérito como el que daba siete veces la vuelta a la Tierra. Su ingenio le valió no una mujer, sino dos: *Buddhi* (la Sabiduría) y *Siddhi* (el Triunfo). A Subrahmanya, cuando llegó sudando a chorros y con la lengua fuera, le dieron una silla, un abanico y un botijo. Bueno, esto no hay leyenda que lo diga; pero es seguro, porque los dioses, cuando no se equivocan, hacen las cosas bien.

fueron amamantados por las mujeres de seis richis[922]. Como Parvati tratase de abrazar a los seis a la vez, apretó tanto que los conglomeró, con lo que ya no formaron sino un cuerpo con seis cabezas. Y este niño pluricéfalo fue el que acabó con el terrible asura terror de los richis. De las dos partes que hizo del gigante, una se transformó en un pavo real (del que el vencedor hizo su montura) y la otra en un gallo, cuya imagen puso en su estandarte. Porque Subrahmanya era un dios guerrero que mandaba también las tropas de su padre.

Entre las demás emanaciones de Siva merece ser nombrado *Kubera,* dios de los tesoros, que residía en las entrañas de la Tierra, donde llevaba una vida fastuosa. Los *Kinnara,* seres fabulosos con cuerpo de hombre y cabeza de caballo (o al revés), eran sus músicos. En fin, al mismo tiempo que dios destructor, Siva lo era también de la fecundidad. Y como tal se le adoraba en forma de *linga.* Aún en la India actual se encuentran estas *lingas* por todas partes. En los caminos (como en la antigua Grecia las imágenes de Priapos), los bornes cilíndricos más o menos adornados que se hallan no son otra cosa sino lingas[923].

VISHNÚ Y SUS AVATARAS

La popularidad de Vishnú fue siempre en aumento. Dos versiones de la leyenda de «los tres pasos» (una de los *Himnos* y otra de los *Brahmanas)* muestran que el Vishnú del *Rig-Veda* era un dios lleno de poder y majestad. He aquí esta leyenda: Gigantes y dioses combatían. La victoria había vuelto la espalda a las cohortes celestiales y los Asuras iban a triunfar y a apoderarse del Mundo. Vishnú, brahmán enano, habíase refugiado en la paz de meditaciones profundas, lejos del ruido de las armas. Los dioses, viéndose sin auxilio, solicitaron la ayuda del santo personaje. Vishnú, todo mínimo como era, y sin otra arma que su inteligencia, se presentó ante *Bali,* el soldado gigantesco. «¿Qué quieres?», le preguntó el jefe de los terribles Asuras. «Que suspendas la lucha y concedas como refugio a los dioses el espacio comprendido entre tres de mis pasos: el resto del Mundo te pertenecerá». El estúpido Bali,

---

[922] Más tarde, estos niños fueron metamorfoseados en estrellas: las Pléyades (en sánscrito, *Kríttikas).*

[923] *Linga* o *lingam,* símbolo fálico de *Siva.* La linga se compone de una columna cilíndrica, levantada en medio de una especie de cubeta provista de acequias y de un vertedero llamado *yoni:* símbolos, respectivamente, de los órganos genitales masculino y femenino.

tras mirar un instante las minúsculas piernas de su interlocutor, aceptó. Y entonces tuvo lugar el prodigio: Vishnú dio un paso y franqueó el Cielo; otro, y la Tierra; el tercero, y los Infiernos. A causa de ello era llamado *Trivikrama,* es decir, *El de los Tres pasos*[924].

El Sol que se acuesta era Vishnú, que moría. Tal parece ser, al menos, el sentido esotérico de un episodio de la vida del dios, que refiere su muerte de un modo violento. La leyenda que a propósito de esto dan los *Brahmanas*[925] es la siguiente: Todo había sido creado, incluso los dioses, y todo obtenido gracias a la celebración de un sacrificio. Los dioses, pues, celebraban otro con objeto de conseguir lo único que les faltaba: la Perfección. Como Vishnú acabó el primero las ceremonias rituales, llegó por ello a ser el más perfecto y poderoso de los dioses. Pero los otros, llenos de envidia, soportaban con impaciencia su dominio y acabaron por decidir matarle. Un día le sorprendieron dormido. Mas como estaba de pie y con la cabeza apoyada sobre la cuerda de su arco, no se atrevieron a atacarle. Entonces intervinieron las hormigas. A cambio de una buena recompensa comprometiéronse a roer la cuerda del arco. Hiciéronlo así, el arco se distendió de repente y la cabeza del divino durmiente saltó. Las hormigas, que acababan de matar al más poderoso de los dioses, cual orgullosamente empezaron a proclamar, apoderáronse del *poder* de su víctima y de él hicieron tres partes. Estas tres partes son las fases principales del sacrificio.

Vishnú, dios azul oscuro vestido de amarillo, cabalgaba sobre el pájaro (o águila) *Garuda,* llevando en sus cuatro manos (se le representaba con cuatro brazos) una maza, un caracol marino, un disco y un loto. Residía en el *Vaikuntha,* paraíso de oro y de pedrería, situado en la cima del monte Merú, monte que se levantaba en el centro de Jambu-dvipa[926]. Vishnú se sentaba sobre lotos blancos, teniendo a su derecha a una de sus esposas, la brillante y perfumada *Lakchmi,* diosa de la Hermosura y de la Buena-Suerte, nacida del batimiento del mar y salpicada por el Ganges, cuyas aguas vertían sobre ella los elefantes del Cielo mediante jarras de oro. Su

---

[924] Este relato simbólico oculta probablemente un mito solar: *Vichnú* recorriendo el Cielo, los aires y la Tierra y expulsando a las tinieblas. Como, según un comentarista del *Rig-Veda,* las tres manifestaciones ígneas de *Vichnú* son la llama, el relámpago y el Sol: la llama propagándose por la tierra, el relámpago atravesando los aires y el Sol recorriendo el Cielo, tales hechos serían los tres pasos del dios. A no ser que se quiera indicar con ello las tres fases del día: la salida del Sol, su apogeo y su puesta.

[925] *Satapatha-Brahmana,* XIV, 1, 1, 5.

[926] La isla del árbol Jambú, es decir, la India.

otra esposa era *Bhumi-devi,* la diosa de la Tierra. El monte Merú, mansión de la Felicidad, corazón del gran loto que es el Mundo, veía gravitar en torno suyo a los nueve planetas y extenderse a sus pies los siete continentes. El Ganges tenía en él su nacimiento. Dueño absoluto de todo ello, Vishnú, en su calidad de dios supremo y de primer principio, recibía, entre otros epítetos, los siguientes: *Svayambhú* (que existe por sí mismo), *Atlanta* (el infinito), *Yajñesvara* (el señor del sacrificio), *Hari* (el arrebatador, pues se apoderaba de las almas para salvarlas), *Janarddana* (el que capta la adoración de la gente), *Mukunda* (el liberador), *Madhava* (el hecho de miel), *Kesava* (el cabelludo, pues sus cabellos eran los rayos solares) y *Narayana* (fuente y refugio de los seres).

Vishnú, cuyo aliento había creado el Mundo, le inhalaba al final de cada *kalpa* o ciclo. Tras ello, le exhalaba de nuevo para inhalarle otra vez. El ritmo de estos nacimientos y renacimientos alternados era el de la respiración misma del dios. Cada kalpa era el período durante el cual el Mundo vive y durante el cual su creador abre los ojos sobre su creación y el instante en que los cierra en el sopor fecundo que daba el ser al Universo regenerado. Una de las subdivisiones del kalpa era (es, si se piensa que aún hay quienes creen estas cosas) la o el *yuga,* al final del cual los malos triunfan y los buenos aguantan. Cuando tal ocurre, Vishnú, que duerme sobre las aguas cósmicas, acostado encima de la serpiente *Secha,* que con sus siete cabezas forma un palio protector sobre el dios, despierta, se encarna (cada una de estas encarnaciones es lo que se llama un *avatara),* baja del Cielo a la Tierra, lucha victoriosamente contra el Mal e inaugura una nueva era[927]. Estas alternativas de reposo y actividad, bien que cada una durase millares de siglos, eran perfectamente regulares, puesto que, como digo, constituían la respiración del dios. Tales encarnaciones eran, en principio, diez; la imaginación popular inventó luego muchas más. Veamos las principales.

AVATARA DEL PESCADO

Era al final de la kalpa que precedió a la gran sumersión (el diluvio). Manú, hijo del Sol-Vivasvat, hacía sus abluciones, cuando en el hueco de

––––––––––––––––––––––

[927] Los *amsavataras* son encarnaciones parciales en las que el dios, ora delegaba tan sólo una parte de sí mismo, ora investía con su poder, en grados diferentes, a dos o varios hombres a la vez. De este modo, *Rama,* el héroe favorito de la India, y su herma no, *Lakchamana,* fueron dos encarnaciones, una más completa que la otra, de Vichnú. (Véase mi traducción de *El Ramayana.)*

una de sus manos vio un diminuto pececillo. Iba el sabio a volverle a su elemento, cuando el animal le dijo que no lo hiciera, pues tenía miedo de ser víctima de la voracidad de los monstruos marinos. Entonces Manú le echó en un tazón. Pero al día siguiente tuvo que ponerle en una jarra grande, de tal modo había crecido. Poco después no había recipiente alguno capaz de contenerle, por lo que Manú le echó a un lago. Mas como siguiese creciendo siempre, el sabio tuvo que echarle al mar. Entonces el pez le dijo: «Dentro de siete días será el diluvio. Enviaré para ti y los siete richis un gran navío. En él embarcarás a una pareja de cuantos animales viven en la Tierra y en los aires, más la semilla de cada planta. Luego entrarás tú en el navío. Mediante la gran serpiente *Vasuki* amarrarás el navío a mi cuerpo y yo te guiaré a través de las aguas». Salvado del diluvio, Manú fue el padre de la nueva raza.

AVATARA DEL JABALÍ

La Tierra, sumergida por el diluvio, había sido capturada por los demonios, que la retenían prisionera. Vishnú, transformado en jabalí, lánzase desde el Cielo, zambúllese en las aguas, llega hasta la Tierra guiado por su olfato, mata al gigante *Daita,* que custodiaba a la Tierra prisionera, y con la ayuda de sus colmillos arranca del fondo de las aguas a *Rhumi-devi,* la Tierra, y la vuelve a su sitio.

AVATARA DE LA TORTUGA

Este avatara forma parte del famoso episodio llamado *el batimiento del mar.* Los dioses y los asuras combatían, y éstos, como ocurría con frecuencia, ganaban porque Indra, rey de los dioses víctima de un maleficio de *Durvasas,* el gran richi, había perdido, así como los tres Mundos, su vigor primitivo. Entonces los dioses supremos Indra y Varuna fueron a pedir consejo a Brahma, el cual les dijo: «Inclinaos ante el mejor de los dioses y haced lo que él os diga». Todos se arrodillaron entonces ante Vishnú, que les aconsejó hacer la paz con daitias y danayas (diferentes categorías de asuras), y de acuerdo con ellos, combinar los esfuerzos de todos con objeto de obtener el *amrita,* brebaje de inmortalidad. Dioses y daitias equipáronse al punto con objeto de batir el mar de leche, esperando con ello que subiría a la superficie cuanto encerraba de sólido, entre ello la copa que contenía el prodigioso licor. Como hacía falta un bastón proporcionado al batido que pensaban efectuar arrancaron, para servirse de él, el monte Mandara. Luego ordenaron a la serpiente *Vasuki* que se enroscase toda alrededor del monte para que sirviera como cuerda al batido. La serpiente aceptó previa promesa de una porción de amrita. Ya todo dispuesto iban a empezar la faena tirando unos de la cabeza del animal y otros de la cola, cuando los daitias se negaron a coger ésta diciendo que era la parte innoble de la serpiente y que no querían. Los dioses les cedieron la cabeza y empezó el trabajo. Pero a las primeras tracciones, el monte Mandara, que carecía de apoyo, se hundió en el mar. Y todo se hubiese perdido de no haberse transformado Vishnú en una inmensa tortuga, que se colocó sobre la montaña. Con ello, el monte tocó abajo terreno firme y dioses y demonios pudieron llevar a cabo su propósito. Pero aún hubo un momento grave: cuando Vasuki, la serpiente, a fuerza de meneo, mareada, empezó a vomitar el terrible *halahala,* veneno que hubiese acabado con todas las criaturas, incluso con los dioses y con los demonios, de no haberle recogido Siva, que velaba, en el hueco de su mano y lo hubiese bebido a costa de quemarse el gaznate y de que le saliese una mancha azul en la parte exterior del cuello. El elefante blanco *Airavata,* del que Indra hizo su montura, más los grandes elefantes sagrados que sostienen el Mundo, vertiendo sobre él el agua santa del Ganges mediante vasos de oro; la Luna, que Siva cogió y colocó en su frente; el rubí *Kostubha,* con el que Vishnú adornó su pecho; el árbol *Parijata,* árbol del paraíso, delicia de las ninfas del Cielo y que embalsamó en adelante el Mundo mediante el perfume de sus flores (Indra le plantó en su paraíso, pero luego, a causa de celos e intrigas femeninas, tuvo que cedérselo a *Krichna); Varuni,* la diosa del vino; *Lakchmi,* diosa de la fortuna; *Kamadhenú,* la de la abundancia; el fabuloso caballo color de luna *Utchtchersravas* (especie de Pegasos); las hermosísimas *Apsaras;* cantidad de tesoros y mil cosas más útiles y maravillosas, sin contar a *Surabhí,* la vaca maravillosa, madre y nodriza de todo cuanto vive, que fue la primera en aparecer, así como el último, el dios *Dhavantarí,* efebo negro, médico luego de las divinidades, que salió trayendo en las manos la famosa copa en la que burbujeaba el *amrita;* todo ello, todo y muchas cosas más salieron de aquel memorable batimiento. «Al ver la copa llena de ambrosía, los asuras, ávidos de poseer todos los bienes si se apoderaban de ella, la cogieron a toda prisa».

Pero viendo que los demonios se disponían a huir con el precioso botín, Vishnú se les apareció bajo la forma de *Maya* (la Ilusión), cuya belleza cautivó de tal modo a los asuras, que abandonaron la copa que contenía la bebida eterna. Entonces los ofidios monstruosos que pululaban en el fondo del océano trataron, a su vez, de apoderarse del codiciado filtro de inmortalidad, pero se lo impidió Garuda, su enemigo peor, bien que fuese su hermano[928]. El amrita, de la misma naturaleza que el soma, fue transportado a la Luna por el águila-halcón. Uno de los asuras le alcanzó con una flecha que le arrancó varias plumas. Estas plumas, al caer a la tierra dieron nacimiento a los árboles.

AVATARA DEL LEÓN

Este avatara tuvo por objeto humillar una vez más a los daitias o demonios. Uno de éstos, *Hiranya-Kasipú,* pretendió que le adorasen. Pero el primero en negarse fue su hijo, diciéndole que el único digno de ser

---

[928] El parentesco entre los ofidios y *Caruda* lo explica la leyenda siguiente: *Kasiapa* tenía dos esposas, ambas hijas de *Prajapati: Kadrú,* la Trigueña, y *Vinatá,* la Dócil. El gran sabio, antes de renunciar al Mundo (pues era y aún sigue siendo práctica corriente en la India que un hombre, incluso muy importante, al llegar a cierta edad abandone todo: posición, bienes y familia, para abrazar la vida mendicante), el gran sabio—decía—, antes de partir había concedido a sus dos esposas la posteridad que éstas deseaban. La ambiciosa Trigueña había pedido mil hijos. La Dócil, tan sólo dos, pero que sobrepujasen en poder a los de Kadrú. Ambas, como *Leda* más tarde, pusieron huevos, de los que al cabo de varios siglos (pues las leyendas hindúes cuentan sin dificultad por centenares de siglos), de los de Kadrú salieron mil serpientes, una de cada huevo. Y como los de Vinatá no diesen señales de nacimiento próximo, ella, impaciente por comparar a sus hijos con los de su rival, rompió nerviosa uno de los huevos, del cual salió un ser tan imperfecto, que únicamente la mitad del cuerpo estaba formado. Este ser incompleto era *Aruna,* el que posteriormente sería el conductor del carro del *Sol.* Entonces, la envidiosa Kadrú redujo a esclavitud a Vinatá; humillación que ésta sufrió durante cinco siglos, al cabo de los cuales Garuda salió, al fin, del segundo huevo. Al punto, el enorme y poderoso pájaro desafió y luchó con los *Nagas,* hijos de la Trigueña, para salvar y vengar a su madre. He aquí por qué era su enemigo. Estos Nagas, seres de naturaleza triple: divina, humana y animal, son legión en el *Mahabarata.* En los *Himnos* tan sólo es mencionado un demonio serpiente, *Ahi,* el enemigo de *Indra.* No obstante su veneno, los Nagas no siempre eran perjudiciales. A veces se mostraban buenos y generosos. Por ejemplo: *Secha (secha,* el que se queda fuera de los demás), que se declaró dispuesto a expiar los crímenes de su raza, y a quien *Brahma* dijo: «Tú eres verdaderamente Secha: en adelante vivirás siempre y te llamarás *Ananta»* (es decir, eterno). Y desde entonces, por voluntad del dios todopoderoso, Ananta sirvió de soporte a la Tierra, como más tarde, bien que éste en castigo, el *Atlas* griego. En cuanto a las *Naguinas* (Nagas hembras), eran las *Apsaras,* criaturas sumamente seductoras en general, que no desdeñaban amar a los hombres. Se las representaba (y se las representa) con la parte superior del cuerpo de mujer, y la inferior terminada en cola de pescado.

adorado era *Hari* (Vishnú), dios omnisciente y omnipotente. Hiranya-Kasipú, furioso, dando una patada a un pilar, gritó: «¡Que salga de aquí si está en todas partes!» Y al punto de la columna salió el dios en forma de león, y tras destrozar a su adversario se hizo una guirnalda con sus entrañas.

AVATARA DE KAMADHENÚ

En este avatara, Vishnú encarnado en *Kamadhenú* (la Vaca de los Deseos) cumplía sus funciones de vaca infinitamente pródiga, sin dejar por ello de sumirse en profundas meditaciones, entregada a la custodia de unos monjes. Habiendo querido los Kchatrias apoderarse de ella sin saber lo que realmente era, Vishnú, transformándose súbitamente en el brahmán *Parasurama,* los hizo pedazos.

AVATARA DE RAMA

En este avatara, Vishnú, encarnado en la persona de *Rama,* príncipe de Ayodhia (hoy Udh), bajó a la Tierra con objeto de reformar las costumbres predicando con el ejemplo. Sus aventuras en esta ocasión constituyen el argumento del *Ramayana,* el más hermoso no tan sólo de los antiguos poemas de la India, sino de todos los poemas épicos del Mundo[929].

AVATARA DE KRICHNA

El más encantador y humano de los avataras de Vishnú fue éste, cuando se transformó en *Krichna,* el príncipe *Negro,* rey de los Yadavas. *Devaki* (nombre dado con frecuencia a las Apsaras), su madre, mujer de *Vasudeva,* era hermana del rey de *Kamsa.* Este, sabiendo por una predicción que sería asesinado por el octavo de sus sobrinos, mataba apenas nacían a todos los hijos de su hermana. Estando ésta encinta del que había de ser Krichna, decidieron ella y su marido cambiarle por una niña. Y así lo hicieron, cambiándole por la hija de una pobre mujer, a la que confiaron el cuidado de Krichna. Krichna creció en un bosque, en medio de pastores, entre *Nanda* y *Yasoda,* su falsa medre, y al lado de su hermano de padre, *Balarania* (hijo de Vasudeba y de *Rohini,* otra de sus mujeres), sustraído asimismo a los furores de Kamsa. Krichna, de niño ya,

---

[929] Véase mi traducción de este magnífico poema (en prosa la más interesante de las novelas), publicada en esta misma colección.

tenía una fuerza prodigiosa. De tal modo, que su infancia ni compararse puede a la de Herakles o Aquiles. Bravo y galante, mataba monstruos y demonios y rendía a todas las hermosas. El *Gita Govinda* (el *Canto del Pastor)* celebra sus amores en alegorías semejantes a las que la mística cristiana ha dado al *Cantar de los Cantares.* Pero la época de los dulces amores correspondidos tenía que pasar, y Krichna, como los demás mortales, conoció la adversidad. Tras la muerte de su hermano Balarama el Fuerte, que le llamó estando agonizando (su alma, en forma de serpiente blanca, escapó de su cuerpo, una vez muerto, para ir a perderse en el mar en las Nagas del Océano), Krichna se refugió en la meditación. Un arquero torpe, *Jara* (la Vejez), le hirió con una flecha en un talón, único sitio vulnerable de su cuerpo, como Aquiles, y murió. Al apagarse Krichna, apagose también el Sol y el Mundo quedó en tinieblas.

En fin, al final de nuestra Edad de Hierro, Vishnú descenderá aún a la Tierra en forma de gigante hipocéfalo, *Kalkin,* para exterminar la raza de los malos. Entonces será el día *paralaya,* el día de la desagregación total, el día siniestro en que Siva bailará sobre las ruinas del Mundo su famosa *Tandava*[930]. Vishnú, por su parte, se adormecerá y absorberá nuestro Universo con objeto de crearle de nuevo.

Dentro de la selva que constituye la mitología india, fuente de todas las demás, y de la que acabamos de ver un brevísimo resumen, brilla una idea matriz: ascender hasta el misterio del origen del hombre para ver de descubrir la causa primera. Sorprender en su obra a Aquel que crea, conserva y destruye la vida, Todo está en todo. La fuente de cuanto existe, ha existido y existirá es una. Lo múltiple viene de lo uno.

Lo que caracteriza al hinduismo es, en definitiva, su tendencia al *monoteísmo.* Invoque a Prajapati, a Brahma, a Siva o a Vishnú, el pensamiento del verdadero creyente no se desvía. Los nombres, los epítetos y los atributos de tanto dios no son sino ornamentos del gran velo que, una vez levantado, revelará a *Isvara,* el Dios único, el Señor supremo. El *Rig Veda* lo dijo ya hace muchos siglos en plena floración politeísta: «Dios es Uno. Pero los sabios *(vipra)* le han dado nombres diversos».

---

[930] Véase la nota 918.

DHARMAS DISIDENTES

Después de haber visto los *dharmas*[931] védico y brahmánico, es decir, las creencias primitivas y las que luego poco a poco fueron creando los brahmanes, y dentro ya del dharma brahmánico, la mitología de la casta guerrera (Indra, Mitra, Varuna, Asvins y Ribhus), luego la de la sacerdotal (religión de Añi, Soma, Savitar, Surya, etc.), al punto la mitología popular, con sus demonios, asuras, rakchasas[932], nagas, gandharvas y apsaras, y, en fin, la mitología del hinduismo, mezcla de los ritos, creencias y supersticiones más diversas de los hindúes[933], cuyas figuras principales son Siva y Vishnú, tras todo ello hay que examinar los dharmas disidentes, o sea, las dos escuelas heréticas: *Jainismo* y *Budismo*. Heréticas porque rechazando la tradición védica se propusieron no exponer el conocimiento de los dioses, sino una doctrina de *salvación* que enseñaba a quienes la seguían a librarse de los males y cadenas de la Tierra por medio del *renunciamiento*. La doctrina, pues, de ambas sectas excluía toda teología y se limitaba, primero, a ofrecer el ejemplo perfecto de sus fundadores; luego, su predicación moral. Claro que, como siempre ocurre, dada la tendencia y gusto de los hombres hacia lo falso y maravilloso, pues la verdad cuanto más clara y sencilla más les deslumbra y menos la comprenden, pronto lo fantástico se apoderó de la biografía de los fundadores de ambas doctrinas y estas mismas fueron alteradas con aportaciones extrañas y leyendas populares. Dando como resultado, como se va a ver, no solamente una religión extraña enteramente a la doctrina original, sino una verdadera mitología. Sobre todo en la principal de estas dos sectas: el budismo.

---

[931] *Dharma*, término sánscrito empleado para designar una de las nociones esenciales de la civilización india. La ley bajo todos sus aspectos: religioso, civil, político, social o metafísico. De un modo derivado: la religión, la virtud o el bien; la existencia en tanto que sometida a la relatividad de causas y efectos. Por ejemplo: los *dharmasastras* brahmánicos son compilaciones jurídicas; el *dharmapada* búdico, un tratado de moral.

[932] *Rakchasas,* seres de naturaleza semidivina, pero inclinados por un destino invencible hacia las pasiones represibles, hacia los vicios y a intervenir de modo maléfico en la vida de los hombres.

[933] *Hindúes,* población de la India resultado de la yuxtaposición, mezcla y fusión de las razas que convergieron en esta región del Asia.

JAINISMO

El *jainismo o djainismo* es la secta o religión fundada, según se dice, en el siglo VII por *Vardhamana,* apodado *el Jina* (Victorioso) y *Mahavira* (el Gran Hombre). De su vida, del hombre que pudo ser o fue el fundador de esta secta, no se sabe nada. La leyenda del Jina o Mahavira, es decir, del ser maravilloso consagrado desde la eternidad a la salvación del Mundo, superior a los dioses mismos, puesto que éstos, igual que los hombres que creen en él, le veneran, es la siguiente: Habiendo llegado la Humanidad a un período en el que reinaba cada vez más el dolor y el sufrimiento, el Jina decidió dejar su morada celeste para venir a salvarla. Para ello tomó la forma de un embrión en la matriz de *Devanandra,* esposa de un brahmán. Pero el rey de los dioses, *Sakra,* pensó que era mejor que Jina estuviese en el seno de *Trisalá,* la esposa del chatria *Siddharta,* y encargó a *Harinagamesi* (el hombre de cabeza de antílope), jefe de la infantería celeste, que hiciese el trasplante. Cuando el embrión fue niño, y el niño nació, Siddharta le dio el nombre de Vardhamana. La noche de su nacimiento dioses y diosas bajaron del Cielo llenos de alegría. Los demonios dejaron caer sobre el palacio de Siddharta una lluvia de flores y de frutos de oro y de plata, de diamantes, de perlas y de sándalo. Durante treinta años Mahavira hizo una vida secular. Se casó con *Yasoda* y ésta le dio una hija, *Rivadarsana.* Luego distribuyó sus bienes entre los pobres, y libre de todo lazo, puesto que sus padres habían muerto, se hizo asceta, vida que llevó durante doce años. Después, tras dos días y medio de meditación profunda a la sombra de un teca, árbol de madera incorruptible, situado en las inmediaciones de un viejo templo, tuvo la iluminación. Y una vez en posesión del conocimiento supremo y absoluto, fue *kevalin* (omnisciente), *arhat* (sabio perfecto, bienaventurado); en fin, *jina,* es decir, héroe que había subyugado el mal y la miseria. El primero y más perfecto de los *Tirthamkaras.* Llega a Tirthamkara todo hombre que a fuerza de renunciamiento *se hace un vado* en la corriente tempestuosa y catastrófica del *samsara*[934].

Porque el postulado del jainismo, como el del budismo, consiste en suponer que el hombre, en lucha con las condiciones normales de la existencia, es arrastrado por una especie de corriente en la que, víctima del sufrimiento y de la miseria, tiene infinitas probabilidades de naufragar.

---

[934] Se designa con el nombre de *samsara* la serie de transmigraciones que sufren las almas a través de sus sucesivas purificaciones.

Esta concepción singular proviene de la no menos singular de considerar la existencia como el resultado de una continua actividad. Actividad que no suprime la muerte (las muertes habría que decir, ya que se renace y se muere incontables veces), puesto que tras ella hay que sufrir las consecuencias de la vida (el castigo o la recompensa), lo que suscita nuevos actos, que exigen a su vez nuevos destinos, y así hasta el infinito. Y desde el momento en que cielos e infiernos no son sino cosas provisionales, inútil esperar obtener de los dioses la salvación.

¿Qué hacer, pues, para conseguirla? Una sola cosa: encontrar o forjar mejor el vado a que he hecho referencia, cortando con él la corriente de transmigraciones. Y este vado no puede ser otro, según jainistas y budistas, que escapar, mediante la renunciación total, a la ignorancia y a la miseria a favor de un ascetismo riguroso. Como hicieron Vardhamana y Buda. Gracias a lo cual realizaron el *nirvana*[935].

El jainismo admite la existencia de dos sustancias: una grosera, inerte *(adjiva)*, que forma la parte inanimada del Universo; la otra, animada *(djiva)*, que constituye las almas *(atmán)*, desde las de las plantas hasta las de los dioses. Almas individualmente eternas e indestructibles. Revestidas de una envoltura exterior, evolúan lentamente. Sus méritos *(dharma)* disminuyen su corteza grosera; sus faltas *(karma)* la aumentan. A fuerza de méritos, el alma puede pasar de vegetal a animal, y de animal a hombre y a dios. Desembarazadas de toda materia a fuerza de meditaciones y mortificaciones, llegan a ser *siddhas,* poseedoras de la beatitud, y a conseguir el citado nirvana.

Para los jainas no hay sino dos castas: los chatrias (nobles) y los vaisias (burgueses). Hay en la India aproximadamente un millón de jainas. Como los oficios manuales les están prohibidos, tanto por la religión como por los prejuicios, son, por lo general, banqueros y negociantes. La pureza de sus costumbres y su honradez suele rodearles de estimación y de fortuna.

---

[935] El *nirvana* (beatitud) es la salida de las transmigraciones mediante el Liberamiento, objetivo supremo de jainistas y budistas. Nirvana significa *extinción*. Conseguir el nirvana y estado de beatitud consiguiente es llegar a lo mejor gracias a la supresión del deseo y de la ignorancia. Al cesar el individuo de obrar, queda libre de retribuciones ulteriores (retribuciones favorables o adversas ocasionadas por los actos de la vida) y, por tanto, de nuevas existencias. Con lo que consigue o entra en el nirvana.

BUDISMO

BUDA, SU HISTORIA Y SU LEYENDA

Buda es uno de tantos ejemplos, y quizá el más sorprendente de todos, de cómo los hombres son impulsados, de una parte, por su miseria y pequeñez y, de otra, por su fantasía, no tan sólo a inventar dioses, por absurdos que sean, bajo los cuales refugiarse al sentirse desamparados[936], sino, cosa aún más curiosa, a transformar en dioses a hombres que vivieron entre ellos sin aspirar jamás, por supuesto, a tal dignidad. Tales, por ejemplo, Confucio, Zarathustra y Buda.

Buda[937], cuyo verdadero nombre era *Gotama*[938], nació en un rincón perdido del Terai nepalés[939] a fines del siglo VI. Su padre, *Suddhodana,* era, suele decirse, al menos un rey[940]. Su madre, *Maya,* murió siete días

---

[936] «Lo mortal ha hecho lo inmortal», dice el *Rig-Veda.* El monje indio *Bodhidharma,* fundador de la escuela Dhiana, dijo delante del emperador Leang Vu Ti: «No hay *Buda* fuera del corazón. Fuera de la realidad del corazón todo es imaginario. El corazón es Buda, y Buda es el corazón. Imaginar un Buda fuera del corazón de cada uno, figurarse que se le ve en un lugar exterior, es puro delirio». «El carácter grandioso de esta raza (la raza hindú)—ha escrito Michelet—es que, adorando siempre, sabe muy bien que es ella quien ha hecho a los dioses».

[937] *Bud* quiere decir «despertar». *Buda,* el que ha despertado, el despierto, el iluminado, el clarividente.

[938] *Buda* es designado mediante los siguientes nombres: *Buda* (el iluminado); *Gotama* (su nombre patronímico); *Siddharta* (que ha realizado su fin; nombre que recibió a su nacimiento); *Sakia-muni* (de *sakia,* el sabio); *Baghabat* (el Dichoso); *Tathagata* (el que es tal, el Perfecto); *Jina* (el Victorioso).

[939] Se sabe dónde exactamente: en el jardín de Lumbini, cerca de Kapilavastu, capital de un pequeño principado fronterizo en la vertiente india del Himalaya. Y ello gracias al rey *Asoka,* que, ferviente partidario de la nueva religión, hizo levantar columnas y monumentos conmemorativos, con inscripciones que han permitido identificar los lugares principales del budismo. En cuanto a la fecha de nacimiento, según la versión tibetana, es el año 578; la muerte del Profeta, según esta misma versión, en 498. Los indianistas modernos varían estas fechas un poco, dando para la muerte los años 480, 477 ó 478.

[940] Mejor sería decir un príncipe, y aún más propiamente una especie de señor feudal. Pues todavía existen en aquellas perdidas regiones montañosas señores de pequeños reinos semi-independientes, ora de la India, bien de la China, cuya residencia real, entre granja y castillo, hace pensar en los reyes legendarios de la

después de su nacimiento. Fue educado por una tía materna, segunda esposa de su padre. Recibió la educación propia de los niños y jóvenes de su clase. Se casó y tuvo, a su vez, un hijo. Y de pronto, a los veintinueve años, víctima de una crisis psicológica[941], abandona todo: rango, comodidades y familia, minado por una angustia superior, por algo que por el momento no puede definir, concretar ni encontrar, y una vez *iluminado,* una vez en posesión de lo que cree la verdad (¡ay del hombre que encuentra su verdad!), pasa el resto de su vida, empujado y víctima de ardiente proselitismo, místico sublime como todos los fundadores de religiones, enseñando esta verdad a los demás, transformado en el más humilde, ciego y feliz de los mendigos.

Pues bien, esta vida tan sencilla (como no menos sencilla era su doctrina: «renunciar a los deseos para no ser víctima de las pasiones, causas de todo mal») fue pronto, en manos de sus discípulos y sucesores, una serie de leyendas y de milagros; su doctrina, una religión; él, fundador de una creencia atea, ¡un dios![942]. Veamos, pues, esta religión, y más especialmente la mitología que encierra; religión y mitología formadas

---

litada; reyes y príncipes en el poema, y poco más que pastores y ganaderos ricos en una posible realidad.

[941] V. n. 959.

[942] La historia de esta doctrina tras la muerte de su fundador es, en pocas palabras, la siguiente: Las conquistas del rey *Asoka,* partidario decidido de ella (274-237 a. de J.), la extendieron rápidamente por la India del Norte. Este mismo rey envió misioneros a que propagasen la buena nueva a Cachemira y a Gandhara, al Oeste, por las regiones himalayenses, e incluso a la India del Sur hasta Ceilán. Cuatro siglos más tarde, otro emperador apasionado de Buda, *Kanishka* (120-162 d. d. j.*),* la extendió aún por sus dominios, más vastos que los de Asoka. Y hasta reunió un concilio para ver de atajar las disidencias, pues a la sombra del *Iluminado,* pero olvidando su verdadera doctrina y modificándola caprichosamente, iban naciendo sectas e iglesias. Después su suerte fue varia. Cuando la invasión de los hunos, conducidos por *Toramana* y el feroz *Mihirakula,* a punto estuvo de desaparecer. Cuatro siglos después de Kanihska, el rey *Harsha* de Kahauj (616-647), la sostiene, y del siglo viii al xi vive aún con la dinastía *Pala,* de Bengala. Luego, las conquistas musulmanas arruinaron sus últimos santuarios, entre ellos la célebre Universidad de Nalanda, con lo que las orillas del Ganges, que habían visto nacer el budismo, fueron las más rápidas en olvidarle. Hoy, de toda la India, tan sólo el Nepal y la isla de Ceilán se acuerdan del *Buda.* En cambio, su doctrina y dominio espiritual se extendía (por supuesto, profundamente modificada aquélla) por todo el Extremo Oriente, hasta la aparición por aquellos países del comunismo. ¿Qué ha pasado después? Lo ignoro.

con elementos búdicos alterados con otros tomados del brahmanismo y con las creaciones de la escuela Mahayana.

Del brahmanismo conservó la nueva doctrina (repito que no tal cual la predicó el Buda, sino ya alterada, fantaseada y modificada), bien que amañándola también a su modo, la creencia en la transmigración y la noción de un mundo poblado de dioses, de seres semidivinos y de genios inferiores, en relación constante con los hombres. Los dioses *deva,* desprovistos, por supuesto, de su prestigio anterior y reducidos al estado o condición de santos menores viviendo en paraísos de placeres sensuales o de gozos intelectuales, de los que salían frecuentemente para bajar a la Tierra con objeto de acompañar al Buda, superior a ellos, y exhortarle a predicar sin desmayo su ley. En realidad, sólo Brahama e Indra conservaban su personalidad, pero reducidos a acólitos del Buda. Brahma, desalojado de su paraíso de Brahmoloka, toma el aspecto de un asceta brahmánico. Peinado con un moño de trenzas combinadas, tiene en la mano el vaso de agua. Indra, con el nombre de *Sakra,* preside el Cielo de treinta y tres dioses. Cuando la necesidad de una intervención sobrenatural se hace sentir, su trono se torna abrasador. Entonces, atraída su atención hacia las cosas terrestres, acude en ayuda del Bodhisattva (Buda en ciernes) de turno, ricamente vestido y llevando su atributo védico: el rayo.

Mara es el tentador, el Satanás de la leyenda búdica. Dios del amor y de la muerte, su papel consiste en retardar el advenimiento de la predicación de la ley. Reina en la esfera de los placeres sensibles: la Tierra, los Infiernos y los seis primeros pisos del Cielo. Manda en un ejército de demonios. Sus tres hijas son Sed, Voluptuosidad y Deseo carnal.

Por debajo de los dioses están los *Lokapalas,* es decir, los «cuatro grandes reyes» guardianes de los puntos cardinales. *Kubera* es el genio de los *Yakshas,* genios buenos o malos, y reina en la región del Norte. *Virudhaka* es el soberano del Sur; sus súbditos son los gnomos ventrudos y de miembros cortos. *Dhritarashtra,* al Este, conduce a los *Gandharvas,* músicos celestiales. *Virupaksha,* al Oeste, es el rey de los *Nagas.* Estos nagas, seres fantásticos tan importantes en la leyenda, son serpientes que viven en el fondo de los lagos, en palacios maravillosos. Su misión es custodiar tesoros fabulosos. Una piedra preciosa incrustada en su garganta o en su cráneo les concede facultades extraordinarias. Amos de las lluvias, de ellos depende la prosperidad de una región. Pero no son lo que fueron, pues, pese a todo su poder sobrenatural, son inferiores a los hombres. Bien que puedan ser peligrosos, pues su veneno, un veneno sutil, brota de su cuerpo. Los nagas son implacables enemigos de los *Carudas,* a los que temen, pues hacen de los nagas su alimento.

A estos seres poderosos hay que oponer los condenados. De éstos, unos, los *Pretas,* son espectros errantes. Su boca, fina como el agujero de una aguja, no les permite alimentarse. Tienen por ello el vientre hinchado de los famélicos. Otros están repartidos por los Infiernos y distribuidos en pisos según la clase de tortura a que están condenados. Los suplicios, infinitamente variados, dan prueba de la imaginación de los sucesivos inventores de la leyenda. Todos mueren y transmigran, pues ninguno es inmortal.

La doctrina primitiva no añadía a las categorías de divinidades conocidas sino los Budas y los Bodhisattvas. Los Budas son hombres que han vivido una existencia de caridad, de abnegación y de serenidad. Sus méritos anteriores les han permitido alcanzar la sabiduría absoluta. Obsérvese que, al revés de lo que ocurre en Sókrates y Platón, donde la sabiduría es la que confiere la santidad, aquí es la santidad la que conduce y concede la sabiduría. Los Budas son omniscientes, están libres de pasiones y seguros de escapar, tras la muerte, a la transmigración; no renaciendo más, permanecerán en el *Nirvana.* El último Buda fue *Gotama o Sakia-muni.* Más tarde, el Buda *Mitreya* vendrá a predicar la doctrina cuando ésta esté agonizante. Pero todavía Mitreya no es sino un Bodhisattva, término que indica un grado inferior al de Buda en la escala de la santidad absoluta.

Hacia el siglo I de nuestra Era, la escuela Mahayana creó todo un panteón nuevo. A los Budas humanos opuso los Budas celestes o *Budas de meditación.* Estos Budas reinan en el *Paraíso,* que llega a ser en la nueva escuela, más bien que el Nirvana, el fin de los creyentes. Extiéndese también esta innovación a lo relativo al culto concedido a las divinidades femeninas, y bajo la influencia de las doctrinas mágicas, apréndese a evocar las formas terribles de los antiguos representantes de la caridad absoluta.

Transformada de esta manera la *doctrina* de tal modo el tiempo, destructor, y el fanatismo de los hombres conducen al error tras ensuciar lo más puro, veamos en lo que asimismo la leyenda transformó la *vida* del Buda.

Empieza por situar el primer episodio de la vida del Iluminado en el cielo Tushita. El Bodhisattva, porque aún no es Buda, acaba allí su última existencia predicando la ley a la asamblea de los dioses y, finalmente, consagra a Mitreya, su sucesor, el futuro Buda humano, tras meditar lo más conveniente en cuanto a época, continente, país y familia que debe escoger él mismo, como más digno de todo ello desde su nacimiento. La familia elegida es la del rajá *Suddhodana,* de la casta chatria, rey de Sakias[943]. Luego viene lo relativo a su concepción. *Maya,* la mujer del mencionado rey, tiene un sueño durante el cual ve a un elefante de seis colmillos penetrar en ella por su costado derecho. El sueño es tan grave e importante, que al siguiente día los brahmanes le interpretan; y con sabia precisión: Maya tendrá un hijo cuyo cuerpo nacerá con los signos de los grandes monarcas. Si consiente en reinar, será un rey *Kakravartín* (soberano del Mundo). De abandonar todo para seguir la vía de los ascetas, llegará a *Buda* y librará a los hombres de los sufrimientos causados por la enfermedad, la vejez y la muerte.

Pasa el tiempo necesario, y cuando Maya siente un día que el deseado instante llega, se dirige al jardín de *Lumbini[944]*, y una vez allí, de pie, posición en la que debe dar a luz toda madre de un Buda, cogiendo con su mano derecha, levantada, la rama de un árbol *(sala),* da nacimiento a *Siddartha,* que sale de su cadera derecha sin herirla. Indra, el propio dios Indra, recibe al niño presentando una tela divina. Al punto, dos nagas, *Nanda* y *Upananda,* aparecen y crean dos corrientes de agua, fría una, caliente otra, para lavar al recién nacido[945]. Inmediatamente el niño da siete pasos en dirección de cada uno de los siete puntos cardinales (que, sin duda, se multiplican, también en honor suyo), proclamando con ello su futura gloria. A medida que anda, los lotos nacen bajo sus pies. Un sabio brahmán, el *risi-Asita,* llega desde la montaña donde vive dedicado a la meditación y reconoce en el niño los 32 signos del *gran hombre,* más las 80 señales secundarias que indican su vocación hacia el estado religioso. Luego lamenta tener que morir antes de poder escuchar las predicaciones del futuro Buda. Por su parte, Maya fallece siete días después de nacer su hijo, según el destino marca a todas las madres de los Budas[946]. Y la infancia de Siddhartha empieza, y a ella seguirá la juventud, ambas no menos maravillosas que su concepción y nacimiento. Véanse, no sin considerar antes que todo esto es artículo de fe para 500 millones de mortales, pues el budismo es hoy la religión más extendida. Mortales tan

---

[943] Pese a tratarse, como ya he indicado en la nota 940, del modesto señor de un feudo, jefe de un minúsculo principado aristocrático, los textos se complacen, para que todo sea digno del *Buda,* en describir el esplendor de la corte de su padre y la hermosura de la capital de su reino.

[944] El lugar exacto de este jardín, aldea actual de Rumindei, ha sido identificado gracias a un pilar conmemorativo que hizo levantar allí al rey *Asoka.*

[945] Según otra tradición, *Indra* y *Brahma* mismos lavaron al niño.

[946] Pues su corazón se destrozaría viendo a su hijo renunciar al Mundo y hacerse asceta errante. *Maya* va, pues, a renacer, al Cielo de los 33 dioses.

seguros de todo esto como otros 500 millones, tal vez, de cristianos de lo que dicen sus cuatro Evangelios, y muchos millones también de musulmanes, de que no hay blasfemia ni error comparable a pretender que Dios (Alá) tenga un hijo.

Mahaprajapati (hace falta casi ser Buda para pronunciar este nombre de un tirón), hermana de Maya y segunda mujer de Suddhodana, cría al niño cuya vida empieza a deslizarse gloriosamente esmaltada de episodios célebres, que sería largo e inocente enumerar. Daré, no obstante, algunos de muestra: en la escuela, maravilla a su maestro a causa de su ciencia infusa (hay precedentes y consecuentes de esta sabiduría infantil en otros dioses). Sus juegos y ejercicios físicos son causa también de innumerables prodigios. A estos ejercicios y juegos se mezclan momentos de dolorosa tristeza durante los cuales el sublime niño se acongoja contemplando un árbol caído o un animal víctima de su inferioridad ante otros. Y a profundos momentos de contemplación estática durante los cuales el futuro Buda parece ausente de este Mundo.

Cuando la hora de que contraiga matrimonio llega, su padre piensa para el hijo amado en la hermosísima *Gopa* o *Yusodhara*. Pero el progenitor de la bella está decidido a no conceder a la perla de su hija, cuyos pretendientes son numerosos, sino al vencedor en un concurso de todas las artes de fuerza, agilidad y destreza. Ni que decir tiene que el Bodhisattva triunfa de sus adversarios. Es más, en el concurso de tiro, todos los arcos se quiebran en las manos poderosas de Siddharta. Hay que ir a buscar el de su abuelo *Simhahanu,* arco que nadie pudo jamás tensar. Pero el Bodhisattva, «sin levantarse de su asiento lo coge con la mano izquierda y le tiende con un solo dedo de la derecha»[947]. La flecha sale tan rápida, que la vista no puede seguirla, atraviesa una serie de tambores de hierro (la leyenda no lo dice, pero seguramente haciendo sonar un pasodoble), y va a hundirse en tierra a una distancia de 30 kilómetros. Nada más.

Siddharta empieza una vida de placeres en su palacio, en medio de sus mujeres (que de ser tan barbián para las flechas de amor como para las otras le harían falta unas cuantas), de músicos y de danzantes. La vida corriente, la vida de trabajos y sufrimientos, le es desconocida. No sabe tan siquiera cuán efímera y breve es. Pero el momento de los *cuatro encuentros* llega. El príncipe desea ir al jardín de los entretenimientos, y su padre ordena apartar de los lugares por donde tiene que pasar «todo cuanto pueda no halagar los ojos del joven, o no serle agradable». Mas el

---

[947] *Lalita-Vistara,* cap. XII.

destino, o la voluntad de los dioses, ponen en su camino: primero a un anciano «roto y decrépito, con venas y nervios salientes por todo el cuerpo, con los dientes mal seguros, el cuerpo cubierto de arrugas, calvo, inclinado, encorvado como la viga de un techo inseguro»[948]. Breve, un anciano cien por cien. Momentos después, su cochero le dice que todos los hombres están sometidos a la decrepitud, «que no hay otra salida para las criaturas» (remacha, mintiendo, puesto que muchos se van antes de las arrugas). El príncipe vuelve a su palacio todo turbado y meditabundo.

En otras dos salidas de su mansión dorada, conoce la existencia de la enfermedad y de la muerte. Finalmente, encuentra a un asceta errante y al verle nace en su espíritu el primer brote de la fuerza que le empujará a buscar en la vida religiosa, no tardando, la serenidad exenta de pasiones. Habiendo sido conocida su idea de partir, el rey su padre hace que le vigilen de cerca, y pone en las puertas de la ciudad hombres armados, con órdenes severísimas. Manda asimismo a mujeres y concubinas que le distraigan con toda suerte de placeres, músicas y danzas. Pero el príncipe se duerme viéndolas y escuchándolas. Finalmente, una noche de insomnio se decide. Antes de escapar contempla a las mujeres de su harén, a los músicos y a danzarinas y comparsas que duermen como embrutecidos: «Unos babean y están llenos de saliva; otros aprietan los dientes; otros roncan, al contrario, con la boca abierta; algunos hablan alto en medio de su sueño. Las mujeres abren también la boca sin medida y tienen los vestidos en desorden»[949]. Le parece estar en un cementerio entre cuerpos en descomposición. Sale de la cámara, se hace traer su caballo y escapa del palacio seguido de *Chandaka,* su fiel escudero. Los dioses adormecen a los centinelas de las puertas, abren éstas ellos mismos e incluso forman el cortejo triunfal del príncipe. Los *Lokopalas* ponen sus manos en los pies de los caballos para que no hagan ruido al galopar y el futuro Buda se aleja[950].

Atrás, muy atrás ya el palacio, Siddharta se despoja de sus atavíos principescos, entrega sus joyas a Chandaka, corta de un tajo, con su espada sus largos cabellos y los arroja al viento[951], cambia sus vestidos

---

[948] *Lalita-Vistara,* cap. XIV.
[949] *Nidana-Katha.*
[950] Esta escena forma parte de uno de los cuatro grandes episodios de la vida del Buda: 1.°, «el Nacimiento o la Gran Partida»; 2.°, «la Iluminación» (el paso de Bodhisattva a Buda); 3°, «la Primera Predicación»; 4.°, «la entrada en el Nirvana».
[951] Los dioses *Trayastrimsas* se apoderan de ellos y los llevan, sin perder uno, al paraíso.

«de muselina de Benarés» contra el traje grosero, rojizo, de un cazador. Luego da el caballo a Chandaka, le despide y empieza su vida errante y miserable en busca de la verdad.

Los ascetas brahmánicos no le convencen. Otros maestros, tampoco. El ascetismo, mediante el cual durante seis años de terrible austeridad, busca lo que no encuentra mortificándose, expuesto al Sol y a la lluvia, sin cambios de postura y reduciendo su alimento muchas veces a un grano de arroz, aún menos. El ascetismo, acaba por decirse, tortura el cuerpo sin ser eficaz para el alma de los que aspiran a la perfección; sólo es bueno para los muertos de espíritu, pues para éstos, cadáveres perpetuos, toda vida, hasta la material, es superflua. Pero él, todo ardor, la verdad la encontraría, como únicamente puede encontrarse: en la *vía media,* pues sólo en el medio, en el equilibrio, puede darse, si se da, la sabiduría que conduce a la virtud; camino que más tarde enseñará a sus discípulos; vía a la misma distancia de la existencia regalada y fácil, que de las maceraciones exageradas e inútiles. Inútiles para todo bien superior, puesto que nada superior puede interesarse por la materia. ¿Y a qué quebrantar el cuerpo sin beneficio para el alma? ¡Fuera las maceraciones inútiles y torpes!

Él, decidido a alimentarse de nuevo, pues los muchos ayunos, sobre debilitar el cuerpo sólo sirven, a causa de ello, para turbar la claridad del alma, acepta, de una joven llamada *Sujata,* lo que ésta había preparado para una ofrenda: un plato de arroz con leche que ella le ofrece en un tazón que, al tocarlo Siddharta, se vuelve de oro. Luego baja al río y se baña. Después se dirige hacia Bodh-Gaya. Su cuerpo irradia ya tal luz, que *Kalipa,* un rey naga, la nota pese a hallarse en el fondo del estanque donde habita. Turbado, sale con su mujer de su morada profunda para inclinarse respetuosamente, juntando las manos con gesto de adoración, ante el Bodhisattva. Sakiamuni extiende al punto un puñado de hierba bajo la higuera de la *Inteligencia,* se sienta y pronuncia el voto siguiente, que los pájaros repiten por todas partes, en su lenguaje, hasta que es una realidad: «Aquí, en este sitio, que mi cuerpo se diseque, que mi piel, mis huesos y mi carne se disuelvan si, antes de haber obtenido la inteligencia difícil de obtener en el espacio de numerosos kalpas, muevo mi cuerpo de donde va a estar»[952].

Pero los poderes malos velaban. *Mara,* el demonio hindú, reúne su ejército de diablos y lo envía a turbar las meditaciones del Afortunado. Horribles de aspecto y montados sobre elefantes terribilísimos, tratan de atemorizarle con la amenaza y estrépito de sus armas. No consiguiéndolo,

---

[952] *Lalita-Vistara,* cap. XIX.

Mara cambia de táctica y trata de hacerle caer mediante los encantos y seducciones de la carne. Las hijas de Mara emplean contra él las 32 magias de las mujeres y las 64 del deseo. «Míranos, le dicen mientras cantan y bailan impúdicamente ante él; mira nuestras caras, semejantes a la Luna; nuestra boca fresca como un loto nuevo; escucha nuestra voz dulce y encantadora; admira nuestros dientes, semejantes a la nieve y a la plata». El Santo responde: «Lo que veo es vuestro cuerpo lleno de materias impuras y de familias de gusanos, que pronto será asaltado por la destrucción y la miseria»[953]. Hasta que al fin llega el momento capital de su leyenda: la *Iluminación* que le confiere la calidad de Buda. Una vez adquirida, dos vías se le ofrecen: o entrar en el Nirvana o retardar su propia liberación y permanecer en la Tierra sembrando la buena palabra. Mara le anima a que deje la vida. Pero los dioses corren a rodearle y le invitan, por el contrario, a predicar la ley. Y el Bienaventurado cede a sus súplicas.

Y empieza su gloriosa peregrinación sembrada de milagros. Contra él está no tan sólo Mara, su envidioso enemigo, sino su primo *Davadatta*, que tampoco le ama. El primer milagro es la sumisión del elefante real *Nalagiri*, al que emborrachan para volverle furioso. Pero que en vez de matar a Sakiamuni, contra quien le lanzan, se prosterna a sus pies. Luego vienen los milagros frente al rey *Prasenajit*, que había organizado un torneo de prodigios contra el Buda. Después el episodio del mono, que al ofrecer al Bienaventurado un cuenco lleno de miel y ver que el Buda lo acepta, se puso a saltar tan lleno de alegría, que cayó en un hoyo y perdió la vida. Mas para reengendrarse al punto como hijo de un brahmán. En seguida la conversión de los tres hermanos *Kaispas*, que vivían en Urivilva en unión de un millar de discípulos, todos los cuales fueron convertidos a la fe búdica. Después multiplica sus milagros con su propia familia, que trata de disuadirle de la vida que lleva, y a todos los cuales convierte. Tras ello empieza el ciclo *Parinirvana*, es decir, la preparación a la entrada en el Nirvana: el viaje a Kusinagara, los últimos sermones, la enfermedad, la muerte y los funerales. Buda sucumbe en Kusinagara a causa de una disentería causada por la ingestión de manjares indigestos en casa de uno de sus adeptos, el herrero *Cunda*. Puesto el cuerpo en la hoguera el fuego se enciende por sí solo, y una lluvia divina lo apaga cuando el sagrado cadáver está ya enteramente consumido. Entonces todos los reyes reclaman una parte de las santas cenizas, y disputándoselas, una guerra está a punto de estallar. Pero *Drona* invoca la doctrina pacifista del

---

[953] *Lalita-Vistara,* cap. XXI.

Buda, y los embajadores de los reyes distribuyen sus cenizas, las colocan en ricas urnas y parten con ellas felices. Siete *stupas* (mausoleos suntuosos) son levantados para contener las sagradas reliquias. La última en Ramagrama, que es confiada a los nagas. Pasado el tiempo, los viajeros perdidos en la jungla que había acabado por invadir Ramagrama vieron cómo los elefantes salvajes barrían el suelo sagrado y decoraban luego con guirnaldas de flores la stupa en ruinas. Los animales, dando ejemplo a los hombres, conservaban vivo el recuerdo del maestro.

El Buda respondía a veces a las preguntas de sus discípulos mediante apólogos o leyendas fantásticas cuyos héroes, unas veces eran los dioses, otras los nagas, ya los hombres, bien los animales. Terminado el cuento, mostraba a sus discípulos la lección moral que contenía, e identificaba los personajes. Pues en realidad no se trataba de una fábula, sino de un relato verídico ocurrido en existencias anteriores; porque lo que el hombre ignora, según él aseguraba, es que sus actos son determinados por los méritos o las faltas acumuladas durante siglos. Así, de ser rico, era a causa de haber sido caritativo en la vida precedente. Si jorobado, por haberse burlado de un asceta. Si sufría, a causa de haber él mismo maltratado a los otros. Nada más edificante que estos apólogos llamados *Jutakas* cuando se tenía, por supuesto, el espíritu simple y la credulidad fácil de todos aquellos a quienes anima la fe en pro de cuanto creen y admiran. Para que se tenga una idea de lo que eran tales jatakas, o de lo que son, pues para muchos aún seguirá siendo pan bendito, voy a referir algunos.

LOS JATAKAS

JATAKA DE SHADDANTA

Un rebaño de elefantes salvajes vivía cerca de un lago del Himalaya. Su jefe, el Bodhisattva, era un elefante real, con seis colmillos *(Shaddanta)*. Tenía, además, el cuerpo blanco como la nieve y la cabeza y los pies rojos. Un día que se paseaba con sus dos mujeres tropezó en un árbol en flor. La casualidad quiso que una de las reinas recibiese el polen y los pétalos de las flores al moverse el árbol sacudido por el elefante, y la otra tan sólo algunas ramas rotas y unas cuantas hojas secas. Devorada por la envidia y deseando vengarse formuló un voto: «¡Ojalá renazca en una familia real para poder matar a este elefante!» Se dejó morir de hambre y su voto fue realizado. Y habiendo llegado a ser la esposa principal del rey de Benarés, le dijo un día que había visto en sueños un elefante tan hermoso que no podría ya vivir sin poseer sus colmillo:;. Un cazador sin escrúpulos se dirigió al bosque, cavó un foso profundo al borde de un estanque, se metió en él y esperó arco en mano disfrazado de religioso. Cuando el Bodhisattva se acercó a beber, el cazador le envió una flecha envenenada. Al recibirla, su dolor, fue tan grande que a punto estuvo de matar a su enemigo. Pero al ver que vestía el hábito amarillo de los monjes, «emblema de santidad, sagrado para el sabio», se limitó a preguntarle la causa de su acto. Y entonces supo el extraño deseo de la reina. Inmediatamente se arrodilló para que el cazador que le había herido pudiese serrar sus colmillos. Pero la sierra no pudo hacer mella en el marfil. Fue preciso que el Bodhisattva cogiese él mismo el instrumento con su trompa e hiciese lo que no podía hacer su verdugo. Acabada la penosa tarea, murió. Vuelto el cazador a Benarés, dio los colmillos a la reina al tiempo que la contaba lo que había pasado. Esta los puso sobre sus rodillas y empezó a pensar en el que tanto había amado y la había amado en la existencia anterior. Y al hacerlo se apoderó de su corazón tal angustia que falleció aquel día mismo.

JATAKA DE SIBIS

Una paloma perseguida por un milano vino a posarse sobre las rodillas del rey Sibis implorando su protección. Los dos pájaros no eran sino *Sakra* y uno de sus devas que querían poner a prueba la caridad del rey. Este había hecho voto de salvar a todos los seres vivientes. Pero, ¿no condenaba al milano a la muerte privándole de la carne fresca de la que vivía? Entonces, el Bodhisattva pensó en salvar a la paloma dando al milano una cantidad igual al peso de ésta, de su propia sustancia. Para ello cortó dicha cantidad de carne de uno de sus muslos. «El rey hizo traer una balanza y puso en un platillo su carne y en el otro la paloma. Pero el cuerpo de la paloma era cada vez más pesado, mientras que la carne del rey cada vez era más ligera. El rey ordenó que le cortasen la carne de los dos muslos. Cuando estuvo hecho era aún demasiado ligera y no bastaba. Le cortaron sucesivamente las posaderas, los senos, el pecho y la espalda. Y cuando toda la carne de su cuerpo estuvo en la balanza, el cuerpo de la paloma era aún más pesado. Entonces el rey presentó su cuerpo entero para ofrecerlo; y acaeció que pesó tanto como el de la paloma». Sakra, recobrando su forma divina, envió un médico celeste para que curase las heridas del Bodhisattva.

JATAKA DE SIAMA

Siama vivía en el Himalaya con sus padres, que eran ciegos. El aliento venenoso de una serpiente les había privado de la vista. Y ello porque en el curso de una existencia anterior, el padre de Siama, que había ejercido la profesión de oculista, había dejado tuerto a uno de sus clientes, que era mal pagador, por consejo de su mujer. En castigo por esta falta ambos habían perdido el uso de los dos ojos. El Bodhisattva iba cada día a buscar frutas silvestres, sacaba agua del pozo, barría la ermita, no comía hasta que sus padres estaban hartos y se levantaba tres veces cada noche para ver si tenían frío o calor. Un día, el rey de Benarés vino a cazar al bosque y vio a Siama bajar a la orilla del río, llenar su cántaro, ponerle en su hombro y reunir el cortejo de ciervos que le acompañaban en sus paseos. El rey, sorprendido, se preguntó si sería un dios o un naga. Si es un dios, se dijo, escapará volando si me hago ver. Si un naga, se hundirá en la tierra. Lo mejor será que le hiera y así no podrá escapar. Tiró, pues, a Siama una flecha envenenada que entrándole por el lado izquierdo le salió por el derecho. Luego, el rey interrogó al joven caído. Este le respondió sin cólera, y le refirió su vida y el estado de sus padres. A propósito de éstos le dijo: «Su existencia está próxima a extinguirse. Las provisiones van a acabarse. Irán de aquí para allá, inquietos, por el bosque, extrañados de mi tardanza. En vano creerán oír el ruido de mis pasos y sentir mis caricias». El rey, conmovido, prometió al Bodhisattva consagrar su vida a servir a los ancianos cual si fuese su propio hijo. Luego fue a anunciar la muerte de Siama a los eremitas. Estos, pese a su desesperación no le hicieron reproche alguno. Conducidos junto al cuerpo inerte de su hijo lloraron mucho. Pero para el sabio, el testimonio de sus virtudes es siempre un buen recuerdo. La madre de Siama exclamó invocando al cielo: «Si es cierto que mi hijo no cumplió sino actos virtuosos, que el veneno en sus venas pierda la fuerza y se torne inofensivo. Si jamás profirió mentiras y es verdad que nos cuidaba día y noche, que el veneno se disipe. Puedan asimismo los méritos que hayamos acumulado mi marido y yo triunfar de la violencia del tósigo». Esta invocación fue repetida por el padre, por un devi, *Buhusodari,* que había dado nacimiento al Bodhisattva en otra existencia, y el joven se levantó y sus padres recobraron la vista.

MAHAKAPI JATAKA

Este cuento ensalza «la perfección de la energía». El Bodhisattva era un rey-mono que todos los días iba con los ochenta mil monos de su séquito a comer los frutos de un mango. Los arqueros del rey recibieron orden de exterminarlos. Para escapar estaban obligados a atravesar el Ganges. Tejieron una cuerda con bambúes y el Bodhisattva ató uno de los extremos a su cintura y de un salto prodigioso salvó el río. Pero como la cuerda era corta, cuanto pudo hacer, en vez de alcanzar la orilla, fue acogerse con ambas manos a las ramas de un árbol. Y por aquel puente pasaron los ochenta mil monos. Ahora bien, *Davadatta,* el traidor, estaba entre ellos, y pasando el último se dejó caer con todo su peso sobre la espalda del Bienaventurado y le rompió la columna vertebral. El rey de Benarés recogió el Bodhisattva, cuando caía moribundo, en una manta. Antes de morir tuvo éste tiempo aún para pronunciar ciertas sentencias morales e iluminar al rey sobre su conducta futura.

VESSANTARA JATAKA

La generosa naturaleza del príncipe *Vessantara* se manifestó en el instante mismo de nacer, al decir a su madre: «Madre: quiero practicar la caridad». A la edad de dieciséis años desposó a la princesa *Madri,* con la que tuvo un hijo y una hija. El Bodhisattva distribuía todos sus bienes en limosnas. Ahora bien, la prosperidad del país dependía de un elefante blanco, nacido el mismo día que el príncipe, y dotado del poder de hacer caer la lluvia. Y como el rey de un país vecino enviase a varios brahmanes para pedir a Vessantara el prodigioso animal y el príncipe les recibiese en su palacio, el pueblo, indignado, le expulsó de su reino. Vessantara partió acompañado de Madri y de sus hijos, tras haber agotado sus riquezas mediante el «don de los setecientos» (700 elefantes, 700 carros, 700 jóvenes, 700 esclavos de ambos sexos). Y como aún, de camino, encontrase a cuatro brahmanes que no habían llegado a tiempo cuando el reparto, a cada uno de ellos dio el Bodhisattva uno de los caballos de su carro y él mismo se puso en lugar de ellos. Luego fue el ceder el propio carro a un mendigo, con lo que Madri cargada con la niña y Vessantara con el hijo siguieron su camino hasta junto al Himalaya, donde construyeron una ermita sobre el monte Vamka, en la que empezaron a vivir como ascetas. Ahora bien, había en el reino de Kalinga un viejo brahmán afligido por las doce clases de fealdades. No teniendo dinero para comprar la esclava que su mujer, joven y perezosa, le reclamaba, y conociendo la generosidad de Vessantara, fue hasta él, esperó a que Madri partiese, como todos los días, en busca de los frutos salvajes con que se alimentaban, y reclamó al Bodhisattva sus dos hijos. Estos huyeron, escondiéndose entre los lotos de un estanque, pero su padre los llamó e incluso vio cómo el brahmán se los llevaba, maltratándolos aún al hacerlo. Entonces lloró amargamente, mientras su mujer, a quien los dioses, para evitarla tal sufrimiento, habían impedido el regreso transformándose en leones y tigres que la obligaron a dar una gran vuelta. Llegando al fin, se enteró de lo ocurrido y vio cómo Vessantara ahogaba en lágrimas su desesperación inmensa. Pero aún le faltaba al pobre príncipe la última prueba: al día siguiente fue a Madri a quien Sakra, vestido de brahmán, vino a pedir al caritativo príncipe. Cuando el Bienaventurado se la cedió muriendo de dolor, Sakra, compadecido y maravillado reveló su verdadera personalidad, los hijos fueron rescatados por su abuelo el rey y levantada la sentencia de destierro, pudo Vessantara volver con gran pompa a sus estados.

JATAKA DEL RISHI UNICORNIO

El rishi Unicornio (*Ekasringa*) era hijo de un asceta y una cierva. Criado en el bosque por su padre, no conocía del Mundo sino su ermita. Y a fuerza de estudiar los libros sagrados y mediante la práctica del éxtasis, obtuvo facultades sobrenaturales. Un día que ascendía por la montaña cayó tanta agua, que el suelo, puro barro, hizo que se escurriera y golpeándose se hiriese en un pie. Furioso, ordenó, pronunciando una fórmula mágica, que cesase de llover. Las divinidades Negras, de quienes dependía la lluvia, obligadas por su conjunto detuvieron éstas, y la miseria, al no madurar los frutos, empezó a atormentar a los hombres. Entonces, el rey de Benarés consultó el caso con sus ministros, y no encontraron sino un medio para remediar el mal: reducir a Ekasringa a la condición de hombre ordinario. Si se conseguía que cometiese una falta, el efecto de la fórmula mágica cesaría al punto. Una cortesana se ofreció a seducirle, e incluso a traerle hasta la ciudad llevándola a ella a caballo sobre sus hombros. Para ello marchó al bosque acompañada de quinientas de las de su clase, construyeron una gran cabaña no lejos de la del Unicornio, y ataviadas apenas con cortezas de árboles, se presentaron al rishi diciéndole que eran ermitañas. El joven, que jamás había visto a una mujer, aceptó sin desconfianza el vino que ellas le dijeron que era agua y los bollos a los que llamaban frutas. «Desde que he nacido—dijo el ermitaño tras haber comido y bebido cuanto pudo—, jamás había encontrado estos frutos y esta agua». Las mujeres le dijeron: «Como nosotras hacemos el bien de todo corazón, el Cielo nos ha concedido que encontremos estos frutos y esta agua». El eremita las preguntó aún: «¿Cómo es que el color de vuestra piel es tan brillante y toda ella tan tersa y tan fresca?» Ellas le respondieron: «Porque siempre comemos estas frutas y bebemos esta agua». El eremita añadió: «¿Y por qué no os quedáis a vivir entonces aquí?» Ellas respondieron: «Podemos muy bien hacerlo». Y al punto empezó a llover mucho, y lo hizo durante siete días. Ekasringa había perdido su poder mágico. Acabadas las provisiones y como encontrase insípidos los alimentos corrientes, no tuvo inconveniente en seguir a la cortesana hasta el sitio donde crecían las frutas que ya le gustaban tanto. Y como a poca distancia de la ciudad ella dijese que estaba muy cansada, el Unicornio la puso a caballo sobre sus hombros. Y así entraron en la ciudad, donde el ermitaño vivió varios días. Pero habiéndole ganado deseos de volver a su vida contemplativa, volvió a su ermita. Y allí recobró pronto sus facultades sobrenaturales.

DIVINIDADES FEMENINAS DEL BUDISMO

Las divinidades femeninas aparecieron tarde en la mitología búdica. Las más populares son: la ogresa *Hariti,* diosa de la viruela. Hariti era una *Yakshini,* madre de 500 demonios a los que alimentaba con carne humana. A causa de ello, la gente fue a quejarse al Bienaventurado. Éste se apoderó de *Píngala,* el más joven de los hijos de la terrible diosa y le metió bajo un tazón de pedir limosna. Hariti, desesperada, recorrió el Mundo durante siete días buscando en vano a su hijo. Hasta que la aconsejaron dirigirse al Buda *Omnisciente.* El Bienaventurado la dijo: ¿Cómo si tienes 500 hijos te desesperas por haber perdido uno tan sólo? Pues, ¿y los padres de este Mundo que a veces no tienen sino uno, o tres o cuatro tal vez y tú los haces morir? Hariti comprendió entonces el daño que hacía y se convirtió. *Tara* es la energía femenina. Es la «Salvadora, la que concede los favores, la que ayuda a franquear los malos pasos». Protectora de los navegantes, guía, además, a los seres por el camino de la emancipación. Pero también sus formas terribles son numerosas, por lo que se la invoca en los ritos mágicos. Otra divinidad terrible es *Marici.* Marici tiene de ordinario tres caras y en una de ellas jeta de jabalí. Montada en un carro tirado por siete puercos, va acompañada de diosas con hocicos de animales, y de *Rahú,* el demonio de los eclipses. Los atributos de Marici son el rayo, el colmillo, la flecha, la aguja, el ramo de *asoka,* el arco y el hilo. *Praiñapaparamita* con sus tres caras y ocho brazos conduce a la ausencia de temor y a la caridad.

Un dios muy popular entre los budistas es *Jambhala,* divinidad de la riqueza. Obeso y de color oro, lleva en las manos un limón y una mangosta[954]. En su forma terrible, Jambhala pisotea a un personaje que vomita joyas. *Hayagriva,* dios de la fiebre, viste una piel de tigre y lleva en la mano una *danda* (bastón). *Yumari* o *Yamantaka* es un dios terrible también. Tiene tres caras y en sus manos múltiples lleva la espada, el rayo, el hacha, el lazo y un collar de cráneos; sus pies pisotean a un búfalo. No menos terrible es *Trailokiavijaya,* cuyas cuatro caras expresan sentimientos diversos. Sus manos están también llenas de armas. Su pie derecho aplasta los senos de Parvati y el izquierdo la cabeza de Mahesvara. Si Gotama hubiese podido imaginar lo que harían los hombres con su doctrina, ¿se hubiese sacrificado por ellos?

---

[954] La mangosta, porque las bolsas para meter el dinero se solían hacer con la piel de este animal.

BUDISMO TIBETANO

El budismo en el país de los lamas[955] se caracteriza por la riqueza de las representaciones pictóricas con que ha sido plasmada la leyenda de Buda, de la que han trazado una maravillosa biografía de imágenes, siguiendo al *Vinaya,* es decir, a las *Reglas disciplinarias,* obra que sirve de punto de partida y que han facilitado los temas para las mencionadas ilustraciones cuya minuciosidad y riqueza es incomparable. La vida de placer de Siddhartha y los cuatro encuentros, el corte de los cabellos al principio de la austeridad, el asalto de Mara, y mil escenas más de la vida del Buda, han sido representadas por los artistas lamaicos de un modo admirable, siguiendo meticulosamente el canon y sin alterar ninguna de las actitudes consagradas ni olvidar ningún atributo. En cuanto a la doctrina, han introducido ligeras modificaciones en la concepción legendaria de *Amitabha (luz sin fin).* El Buda metafísico forma con Sakiamuni y con el compasivo *Avalokitesvara* una especie de trinidad. Este Avalokitesvara es el hijo espiritual del Buda Amitabha. El ser compasivo y favorecedor por excelencia. El consolador de los afligidos y de los hambrientos. Se le suele venerar en el Tíbet bajo la forma de once cabezas puestas en pirámide. La décima, gesticulante, tiene un ojo frontal. La undécima es la correspondiente al Buda Amitabha[956]. Son también particularmente

---

[955] *Lama,* del nombre tibetano *Blama,* que se pronuncia lama.

[956] Con frecuencia, los imagineros del Asia central han representado los milagros realizados por el Todo Misericordioso Avalokitesvara, para salvar a los fieles en peligro. Los piadosos artistas han sido inspirados por el capítulo vigesimoquinto de un texto búdico muy conocido, el *Loto de la Buena Ley* («Suddharmapundarika»). Suelen representar cuatro episodios. El primero (colocado en la parte superior, a la izquierda), va acompañado de una inscripción en caracteres chinos, que dice: «Si perseguido por bandidos que te derriban y te arrojan desde la cima del monte Kin-Kang, piensas que vas a morir, te bastará encomendarte al poderoso Kuan-Yin (Avalokitesvara), para que ni un solo cabello de tu cabeza sea perjudicado». Y se ve, en efecto, a un hombre, cayendo a un abismo desde lo alto de una montaña. El segundo episodio suele ser representado en la parte baja inferior, a la izquierda, donde se ve a un hombre rodeado de llamas. La inscripción correspondiente dice: «Si alguien, por perjudicarte, te arroja a un foso lleno de fuego, te bastará invocar al poderoso Kuan-Yin, para que el foso de fuego se transforme en un estanque lleno de agua». En la parte superior derecha se ve a dos hombres precipitar a un tercero desde lo alto de una roca; pero gracias a la intervención de Avalokitesvara, una nube se interpone, y la caída mortal se transforma en cómodo descenso. «Si encontrándote en la cima del Siu-

venerados, siempre en el ciclo budista, *Mitreya,* a quien Sakiamuni antes de dejar el Cielo de los Tushita confirió la investidura, el turbante y la diadema. Mitreya, solamente investido, es considerado como un Buda. El culto a *Manjusri,* que encarna la Sabiduría trascendental victoriosa del error, es objeto de una veneración particular en el Tíbet. Su animal favorito es el león. Es asimismo muy venerada *Tara,* diosa nacida de una lágrima del Todo-Compasivo Avalokitesvara. Tara simboliza la compasión quintaesenciada. Tara, divinidad femenina, es considerada en el Tíbet como un Bodhisattva. Hay, además, numerosas divinidades del propio panteón tibetano; muchas de ellas terribles; pero ajenas ya a la mitología búdica y sólo incidentalmente (en su calidad de Bodhisattvas) relacionadas con ella. Sin contar los infinitos monjes santos.

Mi (Sumerú), un hombre te empuja y te tira abajo, te bastará invocar a Avalokitesvara para encontrarte suspendido en el aire, como el Sol». La última escena representa a un hombre rodeado por una serpiente, un escorpión y un tigre. «Si amenazado por el aliento venenoso y semejante al humeante fuego, de los reptiles, de las serpientes, o de los escorpiones, o por un tigre, invocas al poderoso Kuan-Yin, al punto, al sonido de tu voz, escaparán». Y en el centro de todo se ve la figura grandiosa de Avalokistevara, servido por dos personajes que, a su pies, le ofrecen té y licores.

MITOLOGÍA Y COSMOGONÍA BÚDICA INDOCHINESA

Según los textos cambodgianos llamados *Satras,* antes que toda otra cosa existían dos seres, un hombre y una mujer, principio macho y principio hembra, de los que salieron tanto los seres animados como los inanimados. Los dioses mismos, Brahma, Siva y Vishnú, así como los semidioses y demás divinidades secundarias, fueron considerados como descendencia de esta pareja primitiva; sin contar los dragones o serpientes, de los que salieron el Sol, la Luna y los Planetas, en número de nueve. Un monstruo voraz, *Rahú,* produce los eclipses arrojándose sobre el Sol y la Luna para devorarlos. Su odio proviene de que cuando este Rahú robó a los dioses el *amrita,* licor de la inmortalidad, fue denunciado por el Sol y la Luna. La duración del Mundo dependerá de los hombres mismos. Cuanto más triunfe el bien sobre el mal, más larga será su duración. El fuego, el agua y el viento son los tres agentes de destrucción. En cuanto a Infiernos para castigar a los culpables, hay ocho, colocados unos sobre otros, y cada vez más terribles a medida que se baja en profundidad hacia el centro de la Tierra. Ahora bien, los condenados son de tiempo en tiempo mitigados de sus penas mediante permanencias más o menos largas en el Paraíso. Asimismo, no hay demonios; son los propios condenados los que se atormentan unos a otros. Además de estos ocho grandes Infiernos hay otros 32 menores, y aún otro, poblado únicamente por fantasmas. *Kruth* (el *Garuda* cambodgiano) tiene más importancia aquí que en ningún otro país o mitología asiática. Es el pájaro mítico enemigo de las serpientes (lo que prueba la abundancia de reptiles en la región). Luego vienen otras criaturas como los *Kenor* (emparentados a los *gandharvas* de la India), con alas y patas de pájaro y busto humano; animales notables a causa de sus talentos musicales (¿llegó hasta el Cambodge la idea de las *Sirenas* griegas, o viceversa?, ¿o ello es una prueba más del número ilimitado de fantasías que pueden imaginar los hombres?). Junto a todos los animales anteriores, que habitan los Infiernos situados en medio de los tres mundos, están los *Yakshas,* especie de ogros feroces, pero incautos, que pueden volar, y que son servidores de Indra y pertenecen a su cortejo. Por encima de la Tierra y colocados unos sobre otros están los 26 Paraísos, sobre el primero de los cuales está aún el

Nirvana o *Nirpean.* La vida en estos paraísos es tanto más larga cuanto más elevados son[957].

---

[957] El *Ramayana,* el más grande e interesante de los poemas épicos (véase mi traducción anotada en esta misma colección), tuvo entre los khamers un éxito que aún no se ha agotado. Por supuesto, de esta epopeya existe una versión cambodgiana y otra siamesa, ambas con variedades importantes respecto a la versión primitiva india. La escultura ha reflejado maravillosamente los principales episodios del magnífico poema. Asimismo el batimiento del mar, la vida de Krichna (otro avatara, como se sabe, de Vishnú), muy particularmente cuando levanta el monte Govardhana, «como un niño levanta una seta»; su lucha contra el asura Bana; su combate montado en Garuda, contra Karttikeya, aliado de Bana, y mil episodios más tomados de la mitología india, así como cuando Siva transforma en cenizas a Kama, el dios del amor, por haber venido a turbar sus meditaciones, son asimismo temas preferentes de los escultores khamers, que decoran hermosamente Angkor. El arte y la mitología chame (también en Indochina) tienen mucha relación con el arte y la mitología khamer del que acabo de hablar. El dios principal de la mitología chame es Siva, con su Parvati que, como él, tiene un ojo frontal, y los atributos emblemáticos y el disco y la concha (caracol marino). Sobre *Parcavi,* que es llamada con el nombre cham de la dama Po Nagar, hay la siguiente leyenda: Una pareja de leñadores que no tenía hijos encontraron una niña a la que adoptaron y criaron lo mejor que pudieron. Esta niña, teniendo siete años, encontró un pedazo de madera de águila (áloe, Aquilaria, Agallocha), que entregó a sus padres y que éstos guardaron con todo cuidado. Cuando la niña estuvo en edad de casarse, dijo a sus padres que tenía que ir a China, para hacerlo con el hijo del emperador. Era una orden del Cielo, y la prescripción, mandato de la divinidad, y ella misma, hija de esta divinidad, enviada a la Tierra con tal fin. Tras prometer a los atribulados padres que volvería, echó el pedazo de madera de águila al mar y desapareció. Un pescador que le sacó con su red reconoció en la madera una esencia sumamente preciosa y se la ofreció al emperador de la China. Este, a instancias de su hijo, que quería ofrecer un sacrificio, se la cedió, vencido por sus reiteradas insistencias. Un día, una joven se presentó a él. Al punto, nada más verla, se enamoró ciegamente y la desposó. Y de su unión nació una muchachita adorable. Pero la madre, que no olvidaba su promesa, quiso volver a ver a los leñadores que la habían criado. Y no consiguiendo que su esposo consintiera, pese a toda sus súplicas, en dejarla partir, volvió a arrojar al mar el trozo de madera de águila y desapareció. Sus padres adoptivos fueron felicísimos volviendo a verla; pero su marido, lleno de celos y de desesperación, se lanzó con su flota hacia Nhatrang. Entonces ella invocó a su verdadero padre, que hizo naufragar todas las naves menos la que llevaba al Príncipe, que fue transformada en una roca. Roca que se ve aún en medio de las aguas de una laguna con una inscripción hecha por los chams. La princesa, por su parte, se quedó en Nhatrang, prodigando sus cuidados a los habitantes y ocupándose de los enfermos. Por ello, cuando murió, elevaron en su honor el

En esta mitología pintoresca, mezcla de brahmanismo y de otras creencias asiáticas (más los elementos propios), encarnó el budismo como pudo, pero encarnó. El gusto y afición a los dioses hace prodigios de adaptación en todas partes. Y ni que decir tiene que la vida maravillosa del Profeta oriental, es decir, el tinglado de fantasías tejidas en torno a su figura modesta y admirable ha dado motivos a los artistas cambodgianos para decorar los templos, sobre todo en la época gloriosa de Angkor (es decir, del apogeo de esta ciudad cuyos monumentos de los siglos IX al XII ofrecen el ejemplo más magnífico de un arte indio y brahmánico, trasplantado a Cambodge por una dinastía de origen extranjero), tomando como pretexto el instruir a los fieles mediante las pinturas murales de las pagodas. Ni que decir tiene que el Buda es la figura principal de estas representaciones artísticas. En general, se le figura meditando. Trinidad frecuente también, pero ésta es la escultura cambodgiana, es la integrada por el Buda, colocado entre Avalokitesvara y su forma femenina *Prajnaperamita,* «la más pura manifestación de la perfección femenina, la sabiduría suprema». Hay un Buda en Cambodge (bien que muy pocos ejemplares) re presentado por la persona de *Hevajira,* divinidad con ocho cabezas y brazos múltiples, en actitud de danza. La castidad natural de los artistas cambodgianos ha suprimido el acoplamiento con su *sakti,* tan frecuente en Tíbet. Entre los atributos y signos búdicos venerados aún en Cambodge hay que notar los *prah bat* o pies sagrados, representados mediante huellas de los pies de Buda.

---

templo que lleva su nombre. Los Chams continúan rindiendo culto a la dama Po-Nagar, y su estatua ha llegado a ser un ídolo popular, o lo era al menos, hasta hace poco, entre los anamitas. Las nuevas corrientes ideológicas avanzan de tal modo en Asia, que es imposible predecir qué será dentro de poco de pueblos, creencias y religiones. En cambio, el budismo nunca tuvo entre los chams ni el número de adeptos, ni la popularidad que entre los khamers.

EL BUDISMO EN JAVA

El culto al Buda entró en Java en el siglo V cuando los budistas, expulsados de la India al suplantar el brahmanismo, en auge de nuevo, a la religión disidente, los expulsados se refugiaron en esta importante isla del archipiélago de Sonda. Buda es representado siempre en Java vestido de monje y teniendo a su lado a los seis (más tarde cinco) *fina* (Budas trascendentales). Como la veneración hacia los Bodhisattvas está muy extendida, Avalokitesvara goza, naturalmente, de un favor especial. En la imaginación popular, *Tora* es asociado a Avalokitesvara y comparte con él sus virtudes caritativas. En el panteón búdico de Java figura también *Manjusri,* que simboliza la ciencia rechazando a la ignorancia. Los episodios de la vida del Buda han sido tratados en bajorrelieves, muy particularmente en los muros de las terrazas de Borobugur, el gran monumento búdico javanés[958].

---

[958] En cuanto al Asia Central, el budismo, aunque perseguido implacablemente a causa del incontenible avance de los ejércitos mahometanos a partir del siglo viii, pudo mantenerse, sobre todo en la línea de oasis situados al Norte y al Sur del desierto de Takla-Makán. A partir de esta época, monasterios y santuarios budistas, abandonados, fueron recubiertos por la arena. La notable sequedad del clima fue más benigna con los monumentos escultóricos y pictóricos que lo habían sido el celo iconoclasta de los conquistadores musulmanes, y gracias a ello aún se pueden admirar muestras muy notables del arte religioso-búdico en muchos parajes de estas comarcas.

LOS TEMPLOS BUDISTAS EN CHINA

En China, como se sabe[959], budismo, taoísmo y confucismo formaban el panteón religioso hasta la llegada del comunismo. Los templos budistas, únicos que ahora nos interesan, tenían, como todos los edificios públicos y las propias casas privadas, dioses que guardaban la puerta de entrada, un dios del *Lugar* que protegía las habitaciones y a los monjes moradores de templo y monasterio, un dios del *Hogar,* éste en la cocina, el dios de las *Letrinas,* etc., pues había uno para cada parte de los templos como de las casas particulares. En lo que a los templos afecta, estos dioses eran personajes búdicos (de ser el templo budista, naturalmente) diferentes de los dioses de las mansiones laicas, y claro, tenían nombres y títulos particulares. Los dioses de las puertas eran el *Husmeador* o *Soplador* y el *Ronca*dor. El dios del Lugar era llamado Dios del *Sangharama,* es decir, dios del monasterio *(K'ielanchen).* El Dios del Hogar y el Dios de los Retretes eran asimismo dioses búdicos particulares. Había, además, los dioses protectores de las cuatro direcciones: los Cuatro Reyes. Otro dios sin ser el de las puertas, estaba encargado de la policía de la entrada, etc. Los devotos iban a hacer sus oraciones a la Gran Sala. Esta sala estaba colocada después de la llamada Sala Anterior, pabellón con las estatuas de los *Cuatro Reyes Celestes,* más *Mitreya,* el futuro Buda, representado con su gran panza y su cara alegre. Antes de esta Sala Anterior estaba aún el primer patio. En la Gran Sala o sala de oración los devotos encontraban a cuantos dioses quisieran dirigirse. Claro que su número no era excesivo, pues en China, en lo que afecta a los Bodhisattvas, no había sino cuatro populares: *Kuan-yin* (Avolokitesvara), *Wen-chu* (Manjusri), *P'u-hien* (Samantabhadra) y *Ti-tsang* (Kshitigar-bha). En la sala del primer edificio estaban reunidos los dioses protectores. Los dos generales Husmeador y Soplador estaban a derecha e izquierda en grandes esculturas. Uno tenía la boca abierta; el otro, cerrada. Los chinos dicen que la boca es *la puerta de la casa,* con lo que indican o indicaban simbólicamente que la protección de ambas divinidades era igual, estuviese la puerta abierta o cerrada. Otras veces eran sustituidos por los Cuatro Reyes Celestes: *Vaisramana,* el del Norte, que tenía en la diestra una bandera y en la izquierda un *stupa; Dhrtarashtra,* el del Este, con su guitarra; *Virupaksra,* el del Oeste, que

---

[959] Véase mi traducción y estudio preliminar a los textos filosófico-sagrados chinos, *Confucio y Mencio,* aparecida en esta misma «Colección La Crítica Literaria».

tenía en la diestra un relicario y en la izquierda una serpiente, y *Virudhaka,* el del Sur, que aplastaba con los pies un demonio. *Wei-t'o,* guardián también de las entradas, era representado como un joven revestido con una armadura de general, llevaba casco, estaba de pie y tenía las manos apoyadas en un bastón de nudos. Era un dios de menos importancia pese a ser el jefe de los 32 generales que dependían de los Cuatro Reyes. Pero el pueblo hizo de Wei-t'o un Bodhisattva y la costumbre quedó. También se le conocía con el nombre de general celeste *Wei.* Junto a él se solía poner la estatua de *Mi-lo* (Metreya). En fin, en la sala de las abluciones se colocaba la imagen del arhat *Bhadra,* uno de los Dieciséis Arhats que esperan en el Mundo la llegada de Metreya. Total, que si en los monasterios de la India había numerosas divinidades destinadas a protegerlos y guardarlos, los chinos añadieron aún nuevos dioses más o menos búdicos, sin duda a imitación de lo que hacían en las casas particulares. E incluso más, teniendo en cuenta que en cierto modo, los monasterios eran, desde el punto de vista religioso, la casa de todos.

LA MITOLOGÍA BÚDICA EN EL JAPÓN

Entre todos los países en los cuales se propagó el budismo, el Japón es tal vez aquel en que esta religión se ha conservado más viva. A causa de ello, el que su influencia se sienta aún tan poderosamente en el arte japonés y el que revistas muy importantes le estén aún casi exclusivamente consagradas. Desde su introducción, digamos oficial, en el siglo VI (bien que este culto hubiese sido llevado antes por monjes chinos y coreanos), las diversas sectas no han hecho sino enriquecer el panteón primitivo búdico-japonés. La primera de estas sectas, la llamada *Aanrón* («la doctrina de los tres *sastra*») fue introducida el año 625. La segunda, *Kegón-shu,* en 736 por un bonzo chino. Las *Tendai* y *Shingón,* de medio siglo más tarde, enriquecieron particularmente el panteón búdico-japonés. La *Kobo-Dai-shi* supo amalgamar el *Shinto* con el budismo. Luego, durante tres siglos, hasta la aparición de la secta *Zen,* no hubo cambios importantes en la vida religiosa del Japón. Por la misma época, otra llamada *Jodoshú* («secta de la tierra pura»), proclamó que no podía haber salvación fuera del *Buda Amida,* el Buda de *la luz eterna.* En el siglo XII, una nueva secta salida de la Jodoshú, la *Jodó-Shinshú* («la verdadera secta de la tierra pura») afirmó aún que el único y sólo Buda era Amida. La última de las sectas y la más poderosa fue la *Nichirén.* Todas ellas introdujeron multitud de divinidades. De ellas, unas han durado hasta nuestros días y conservado popularidad, otras han caído en el olvido. La palabra *eterno, eterna,* podría borrarse de los vocabularios, puesto que el Mundo mismo tendrá fin como ha tenido principio. Voy a citar, por orden alfabético, las principales divinidades que han subsistido: *Aizen-Mioo,* divinidad impregnada de amor hacia los humanos; calma las malas pasiones; su aspecto es terrible, pero su corazón es bueno. *Amida,* gran salvador de la humanidad; viene siempre en ayuda de cuantos creen en él y le dirigen plegarias y da a cada mortal la posibilidad de renacer en su Paraíso del oeste[960]. *Aahuku,* uno de los cuatro Budas; no recibe culto propiamente dicho, sólo se le encuentra entre los grupos de divinidades. *Atago Gongen,* divinidad protectora del fuego; su templo se halla en la

---

[960] El paraíso *Sukhavati,* situado al Oeste, es la residencia de *Amida.* Las almas buenas pueden ser salvadas por él, pues Amida es poderoso, de venir en persona, a la hora suprema, a por ellas. Luego, cada alma, según la piedad que su dueño ha manifestado durante su vida terrestre, renacerá en uno de los nuevos Estados *kuhón* del paraíso de Amida, donde, libre de sufrimientos, será feliz.

cima del monte Atago, donde se manifestó. *Aarada Binzuru,* que por haber quebrantado en su juventud el voto de castidad, el Buda le prohibió la entrada en el Nirvana; dios de los enfermos, él es quien les concede el curar, cuando se le invoca. *Dai Itoku-Mioo,* manifestación terrible de Amida; es uno de los cinco grandes *mioo;* combate los males, los venenos, y es más poderoso que el dragón. *Dainichi-Niorai,* divinidad fundamental de las sectas esotéricas; transmite las doctrinas secretas que forman la base de ciertas sectas. *Emma-Hoo* juzga a los pecadores y los envía, según la gravedad de sus pecados, a los diferentes lugares del Infierno; según una tradición, una hermana suya más joven que él juzga a las mujeres, él a los hombres[961]. *Fudo-Mioo* es el más importante de los cinco grandes *mioo* y una de las encarnaciones de *Danyocai* (Yamantaka); su cara tiene una expresión feroz; en la mano derecha enarbola un sable, símbolo de la Sabiduría y de la Misericordia (¡enorme contrasentido!); contra él combaten *los tres venenos:* la Avaricia, la Cólera y la Tontería; si es así, menos mal; en la mano izquierda tiene una cuerda para atar a los que se oponen al Buda. El sable que tiene la estatua del templo de Narita, construido por el emperador Shujaku (931-946), destruido más tarde y reedificado (el actual es de 1704), el sable, decía, donación del mismo

---

[961] Según las creencias búdicas populares, los Infiernos *Jigokú* son subterráneos. Hay ocho infiernos calientes donde los condenados sufren las torturas causadas por el fuego, y otros ocho helados, donde se castiga mediante el frío. Estos 16 infiernos son los principales, pero existen otros llamados *Kimpen-jigokú* que se dividen en cuatro infiernos-sucursales colocados en los puntos cardinales de cada infierno principal. Y los *Kodoku-jigokú,* que pueden manifestarse súbitamente, en las montañas, en los prados, bajo los árboles o en el aire. Pero según la creencia popular, los verdaderos son los de fuego. *Emma-Hoo,* juez de los Infiernos, tiene a derecha e izquierda, sobre dos repisas: en una, una cabeza femenina, *Mirume,* que ve todos los actos del pecador que se presenta para ser juzgado, y que, naturalmente, nada puede ocultar. La cabeza de la derecha, masculina, es *Kagu-Hana* («la nariz que huele»); ésta olfatea hasta los menores pecadillos. Por si fuera poco ser *visto* y *olido* tan profundamente, al punto un demonio conduce al contrito ante un espejo que refleja a sus aterrados ojos todos los pecados que ha cometido. Muchos ni siquiera el pobre creía que eran pecados. Pero pecados o faltas, todo es pesado al punto. Y dictada inmediatamente la sentencia y pena que ha merecido, va a los 16 infiernos, sucesivamente, si tal ha sido estimado, o a uno de ellos tan sólo. Por supuesto, los ruegos de los vivos, pero cuidado, dirigidos por la inteligente mediación de un sacerdote budista a un Bodhisattva, pueden salvar al pecador. Si tal se acuerda, la divinidad, misericordiosa, baja a los Infiernos y saca al afortunado para que renazca de nuevo en la Tierra o bien para que vaya definitivamente al paraíso.

emperador, cura la locura por simple contacto (menos la religiosa, sin duda) y libra a las personas poseídas por el espíritu del zorro. *Fugen-Bosatsu* está en la cima de la Vía de la Extinción de los Errores; como a causa de suprimir los errores se acerca a la mayor santidad, recibe el nombre de *Bhadra;* en su relación con los seres vivos, comprende el móvil de todos sus actos, gracias a la profundidad de su corazón; se le atribuye también la facultad de prolongar la vida humana; existen oraciones especiales para pedirle la longevidad. *Jizo Bosatsu,* divinidad poco conocida en el budismo indio, tiene una gran importancia en el Japón, donde numerosos templos y santuarios le están consagrados; es el gran protector de todos cuantos sufren, muy particularmente de los niños. *Kishimojín* es una divinidad femenina; era una mujer-demonio que devoraba a los niños, pero tras su conversión por el Buda tornose su protectora, así como de las mujeres en trance de parto. *Kompira* es una divinidad muy popular en el Japón; su culto es particularmente celebrado por los marinos del mar interior de este país. Cuando la tempestad ruge, un marino se corta los cabellos, los arroja al mar invocando a Kompira, y vientos y mar se calman. *Kujaku-Mioo* es una divinidad que tiene el aspecto de un Bodhisattva; se le representa siempre sentado sobre un pavo real; a causa de ello su nombre *(kujaku* quiere decir pavo real); protege contra las calamidades, y en los tiempos de sequía se le implora para que llueva. *Kvangiden* es una divinidad protectora que concede la riqueza, por lo que es invocada especialmente por cuantos desean hacer fortuna. *Kvanon* es una de las divinidades más veneradas en el Japón; la literatura japonesa abunda en milagros debidos a su maravilloso poder. *Jundei-Kvanon* es considerado como poseedor de virtudes infinitas; es capaz de salvar a los hombres, sean religiosos o laicos, puros o pecadores. *Miroku-Bora-Tsu* es el Buda futuro que bajará a la Tierra cinco mil seiscientos setenta millones de años luego de la entrada del Buda en el Nirvana; actualmente se halla en el cielo *Tushita.* En fin, *Oni* son los demonios malhechores que viven entre los hombres y que toman forma animada a veces, otras la de los objetos inanimados. Los *Oni* representaban sobre todo el mal. Un hombre perverso o una mujer desprovista de sentimientos son *oni.* Afortunadamente, su poder es inferior al de los verdaderos creyentes, por lo que no son muy temidos. E incluso pueden ser convertidos al bien. Muchas estatuillas populares representan monjes mendicantes que no son sino *onis* convertidos a la sana doctrina: al budismo.

MITOLOGÍA DE LOS KAFIRS

El Kafiristán (país de los infieles, de los paganos) es una parte poco conocida del Afganistán, entre el Basaksha, al Norte; el valle de Laghman y el Badjore, al Sur; al Este, el país de Dhyr, y al Oeste, el Kohistán. A causa de su situación geográfica, este país o región estuvo hasta fines del siglo xix, en que penetraron algunos viajeros ingleses, aislado del resto del Mundo. Hay allí unos 200.000 habitantes, divididos en tres grandes grupos, que viven en perfecta armonía dedicados al pastoreo. Comercio e industria son desconocidos en esta región. Como animales, poseen cabras, de las que tienen inmensos rebaños, cuya leche beben, cuya carne comen y con cuyos pelos tejen sus vestidos. A causa de esto, los musulmanes más próximos a ellos les llaman los *simpoch,* es decir, los vestidos negros. Su religión no se parece a ninguna otra del Asia. Creen en un solo dios, al que llaman *Imra* o *Tsokui-Daguri,* pero adoran a múltiples, a multitud de ídolos que dicen representan a héroes de los tiempos antiguos, y mediante los cuales llegan hasta la divinidad. Estos ídolos son de piedra o de madera, y tanto machos como hembras; unas veces los representan a pie y otras a caballo. Su virtud o costumbre por excelencia es la hospitalidad. Virtud, por supuesto, la mejor para ganar el Paraíso, al que llaman *Burryli-Bula.* Los viciosos van al Infierno, a éste le denominan *Burry-Duggior-Bula.* Sus fiestas principales son cuatro: Katché, en otoño; Taskhé, que corresponde al Kurbán de los musulmanes, y durante la cual cada familia debe sacrificar una cabra; Manrhu o fiesta del nuevo año, y Neminide, que se celebra en primavera. Cuanto subsiste del antiguo panteón de los Kafirs, en lo que a imaginería de ídolos respecta, está hoy en el Museo de Kabul.

MITOLOGÍA CHINA

La mitología china es el producto de la yuxtaposición, durante muchos siglos, de elementos diversos, divinidades indígenas, figuras de origen búdico, héroes históricos divinizados, personajes taoístas e incluso otros del teatro y de la novela. Como se sabe, en China hay o había hasta el advenimiento del comunismo tres religiones: confucismo, budismo y taoísmo; estas dos últimas con sus templos y sus sacerdotes (los bonzos y los taoche); la primera con templos, pero sin sacerdotes[962]. Pero error sería

---

[962] Por su parte, los personajes que integraban por decirlo así, hasta la llegada del comunismo actual, el sacerdocio de las tres creencias (bonzos budistas, religiosos y brujos taoístas, y funcionarios de todas clases para la religión oficial), vivían de modo completamente diferente. Los monjes budistas, en comunidad en los grandes templos, de los que a veces eran enviados a pequeñas capillas aisladas, desde las que volvían a la casa madre todos los años durante cuatro meses, de abril a septiembre. Se los conocía en su cabeza afeitada y en su manera de vestir. La regla imponía tres vestidos superpuestos: uno de debajo, especie de taparrabo que iba del ombligo a la rodilla; una túnica que bajaba de los hombros hasta la rodilla también, y un manto o capa llamado *sanghati,* especie de gran toga sin mangas, cubierto con un paño por encima. Este vestido era reemplazado en China por una túnica de amplias mangas. La entrada definitiva en religión iba precedida (e irá, por supuesto, entre los que queden, si es que ha quedado alguno) de una especie de noviciado más o menos largo. El candidato, tras haber sido cuidadosamente afeitado ante el capítulo en pleno, recibía los Tres Refugios: «Me refugio en Buda. Me refugio en la Ley. Me refugio en la comunidad». Luego se comprometía a poner en práctica las Diez Interdicciones: no matar seres vivos, no robar, no cometer actos impúdicos, no mentir, no beber vino, no perfumarse, no cantar ni bailar, no sentarse sobre un asiento elevado, no comer pasado el mediodía, no tocar el oro ni la plata. Con ello tornábase *chami* (sramanera). La ceremonia definitiva de entrada en la orden, celebrábase varios años después. De ella, la parte característica era, en casi todas las sectas, las quemaduras que se infligían los novicios. Cada uno de ellos iba a arrodillarse ante el abad. Luego le pegaban mediante un poco de pasta de frutas en la cabeza recién afeitada, un número variable de pequeños redondeles de incienso, que al punto encendían y dejaban que ardiese mientras él recitaba oraciones. Si oraciones sólo, era que la fe, en verdad, les embargaba. Por supuesto, los cabellos no volvían a salir en los trechos quemados, que permanecían para siempre perfectamente visibles. Estos religiosos tenían varias ceremonias regulares. Primeramente, cada mes, la reunión de la *uposatha,* el quinceavo y último día, con recitación de la regla y confesión pública. Luego otras en diversas épocas del año: la de la *avalambana;* otra, la *vulan-p'en,* ésta destinada a alimentar a los demonios hambrientos, el decimoquinto

día del séptimo mes, cuando la separación de los monjes tras los noventa días de vida común durante el verano. Y otras muchas más. La prohibición de no comer pasado el mediodía no era seguida generalmente. Por otra parte, la mendicidad, que era otra de las reglas, era reducida al mínimo posible, es decir que vivían, en general, de lo que producían las tierras que rodeaban los monasterios. Los pocos que mendigaban, como el Buda prohibió a sus monjes llamar y golpear las puertas, anunciaban su presencia agitando un bastón lleno de anillos de metal en su parte superior, llamado *khakkara,* o, como decían los chinos, la vara sonora, *cheng-tchang.* El clero taoísta se componía no tan sólo de religiosos, *taoche,* e incluso de religiosas, *tao-ku,* sino de maestros laicos, *che-kong.* Pero los primeros no tenían en modo alguno la importancia que en el budismo. La entrada en la vida religiosa no era una de las condiciones de salvación, sino simplemente un modo cómodo de poner en práctica las minuciosas reglas de la vida taoica. Los religiosos vivían ordinariamente en templos y en comunidades análogas a las de los monjes budistas. Sus templos eran llamados con un nombre particular, *kuan,* palabra que significa «mirar». El origen de este término remontaba, decíase, a la antigüedad. Varios siglos antes de nuestra era, en tiempos en que el Venerable Celeste del Origen Primero, uno de los miembros de la Triada suprema taoica, había bajado al Mundo a enseñar la Vía a los hombres, y vivía en el Oeste un adepto ferviente, el comandante Yin Hi, que se había construido una cabaña con hierbas para «mirar». ¿Qué miraba? Los autores no se han podido poner de acuerdo: según unos, advertido por una luz sobrenatural de la parte de Oriente, de la llegada del Santo, habíase construido la cabaña al borde del camino para ver por todas partes a cuantos pasaban, y así pudo reconocer a Lao-Tseu. Según otros, ocupábase de astronomía, y fue «mirando» a los astros del cielo cuando advirtió la claridad sobrenatural que anunciaba la llegada del Santo, gracias a lo que pudo ir a su encuentro. Como se sabe, Lao-Tseu había decidido entonces abandonar el Mundo, y montado en un buey verde, se fue hacia Occidente. Yin Hi se hizo su discípulo y, antes de irse definitivamente el Maestro, éste le entregó el *Libro del Primer Principio y de su Virtud,* el famoso *Taote-king,* en el que había reunido algunos aforismos sobre la Verdadera Doctrina. Y es de esta cabaña para «mirar» y ver venir al Santo de donde los templos taoístas sacan su nombre. Otras muchas cosas, un día grandes, salieron de allí. Para más detalles sobre estas religiones, consúltense *Confucio y Mencio (Los libros sagrados chinos,* publicados en esta misma «Colección La Crítica Literaria»; y mi estudio preliminar a ellos).

En los templos, los *tao-che* estaban sometidos a reglas que se asemejan mucho a las de los bonzos. Había en ellos cinco prohibiciones fundamentales, las Cinco Interdicciones del Muy Alto Señor Lao, que eran poco más o menos las mismas que los budistas imponían a los fieles laicos, a saber: no matar a ningún ser vivo, no comer carne, no beber vino, no mentir ni robar, no cometer ningún acto impúdico ni casarse. Para la ordenación, el recipiendario recibía los Tres Refugios, es decir: el Principio, *Tao;* los Libros Santos, *King,* y los Maestros, *Che.* Luego, el abad tiraba de su brazo simbolizando mediante este gesto que creer, por el hecho de haber tres religiones conviviendo pacíficamente en el mismo suelo, que, individualmente, los chinos practicaban las tres. No, los chinos no eran capaces (digo «eran» porque cualquiera sabe en lo que se cree o no se cree allí ahora) de creer, como ningún hombre de otro país cualquiera, en tres sistemas religiosos distintos a la vez. Es decir, creer a un tiempo, como *budistas*[963], que no hay un dios supremo que gobierne el Mundo, y que los llamados corrientemente dioses son seres mediocres dotados de un poder limitado, sometidos a nacimiento y muerte como los hombres e inferiores a los Budas llegados a la iluminación perfecta; como *taoístas*, que el Mundo está gobernado por una trinidad de dioses supremos, todopoderosos y eternos: los Tres Puros; en fin, como *confucistas*, que el poder supremo que gobierna es el Cielo impersonal, bien que dotado de conocimiento. Lo que sí se puede asegurar es que esta última religión fue hasta los primeros años de la República china la religión oficial, y que el pueblo conservó en su mitología ciertas divinidades, bien que transformando completamente su personalidad[964]. Y

---

entraba en la orden. En ella había tres grados que, de menor a mayor, eran: Maestro de la Conducta Maravillosa, Maestro de la Virtud Maravillosa y Maestro del Principio Maravilloso. Ordinariamente, estos iniciados iban vestidos con largos trajes grises de amplias mangas; los cabellos se los dejaban crecer y se los anudaban por sobre la cabeza, en vez de ir afeitados como los bonzos. Los vestidos de ritual se componían de un traje hecho de doscientas cuarenta piezas cosidas unas a otras, separadas por diez cintas simbolizando las tres estrellas, Sant'ai, de la Osa Mayor, más un cinturón hecho con dos bandas adornadas de nubes. Sobre la cabeza se ponían la «corona de los Cinco Picos», y en los pies calzaban sandalias de paja. Todo a lo largo del año tenían muchos días de ayuno, sin contar los propios de cada mes. Durante ellos debían abstenerse de vino, de las cinco acritudes (puerros, ajos, cebollas, mostaza y chalotas), así como de leche, fresca o fermentada, y queso. Tenían, en cambio, que lavarse con infusiones de melocotón y de bambúes, y la noche que precedía a la quinta velada, en el momento de levantarse el Sol, purificaban sus vestidos mediante una fumigación.

En fin, los sacerdotes de la religión oficial eran, como ha sido dicho, los empleados a las órdenes de los antiguos emperadores; muy especialmente los mandarines.

[963] Ya he indicado que el budismo es una religión sin dios, una religión *atea*. Y como esto parece y es un contrasentido, lo mejor es considerar, cual en efecto sucede, que el budismo puro (no esa amalgama de fantasías y mitos que el tiempo y los hombres han tejido en torno a la figura del fundador y de sus enseñanzas), más que una religión, es una doctrina filosófica.

[964] Cada año, cuando China era una monarquía, el emperador, seguido de sus guardias, ministros y cortesanos, ofrecía en primavera y en otoño un sacrificio al

que lo mismo ocurrió con las otras dos religiones: ciertas divinidades
búdicas se encuentran con frecuencia, pero con otros nombres, en la
mitología; en cuanto al taoísmo, éste fue tan completamente modificado,
que Laotseu, su fundador, de simple filósofo que era en vida (allá por el
siglo vi antes de Jesucristo, como Confucio, su contemporáneo), las
leyendas populares le confirieron la inmortalidad, el poder de vencer a los
demonios e incluso el ser la encarnación del venerable Celeste del Origen
Primero, uno de los miembros de la tríada suprema taoísta[965]. Cierto es
también que si la mayor parte de las divinidades de la mitología china son
de origen taoísta, muchas de ellas llegaron a ser populares gracias a dos
novelas muy leídas durante la época Ming (hacia el siglo xv): el *Viaje a
Occidente* y la *Novela de la investidura de los dioses*.

Otra particularidad del panteón chino, y tal vez la más curiosa, es haber
sido formado a imagen de la organización terrestre, pues se nos ofrece
como una amplia administración integrada por una serie de ministerios,
cada uno de los cuales tiene su jefe y su personal. Estos funcionarios,
perfectamente jerarquizados, son los diferentes dioses. Cada mes, sus jefes
van a dar cuenta de su gestión y de la de sus subordinados, al dios
soberano, al Augusto de Jade, que en vista de lo actuado distribuye elogios
y ascensos o censuras y destituciones. Esto de que los dioses no sean

---

Cielo, al *Sol,* a la *Luna,* al *Suelo,* al *dios de la Guerra,* a *Confucio* y a sus propios
antecesores, a cada uno en su templo respectivo. Aparte de esto, no existía culto
oficial especial, salvo quizá para Confucio, que fue siempre el dios de mandarines
y letrados.

[965] *Lao-Tseu,* tras haber extendido sus enseñanzas y entregado a su discípulo Yin
Hi el *Tao te king, o Libro del Primer Principio y de su Virtud,* montó en un buey
verde, se alejó hacia Occidente y no se Je volvió a ver. En cuanto al verdadero
fundador del taoísmo actual (el taoísmo popular), éste fue *Tchang Tao-ling,* que
vivió en el siglo n de nuestra era y que fue deificado en el siglo viii. Habiendo
recibido varias revelaciones consiguió fabricar la droga de la inmortalidad;
combatió con ocho reyes-demonios, a los que pudo vencer gracias a sus poderes
mágicos y a sus talismanes (todo el taoísmo actual es magia pura), y en fin, tras
numerosas empresas maravillosas, subió al Cielo sobre un dragón negro, en
compañía de su mujer y de dos de sus discípulos, no sin haber transmitido sus
conocimientos a su hijo. Tchang Tao-ling se concedió él mismo el título de
Maestro-Celeste *(Tien che).* Este título se transmitió de generación en generación
entre sus descendientes, y cuando al principio de la República, el Maestro-Celeste
de entonces (un muchachuelo de una docena de años) fue a Pekín y pidió
audiencia a Yuan-k'ai, primer presidente, éste le recibió con gran ceremonia y le
confirmó su título. Algún día se sabrá si su sucesor, como «confirmación»
también, no recibió una bala en la nuca.

inmutables, sino que puedan ser depuestos de sus funciones como un empleado cualquiera, es el carácter más singular de la mitología china. Y si ello puede ocurrir es porque estos dioses son, en su mayor parte, no de origen divino, sino humano: hombres que han sido divinizados después de su muerte. Esto sentado, veamos un poco estos dioses tratando de no extraviarnos por los complicados vericuetos de la mitología china, empezando por los dioses supremos.

El Mundo está, según ciertas creencias chinas, gobernado por un dios supremo, dueño y soberano de los demás dioses, el Augusto de Jade *(Yu-huang)* o Supremo Emperador Augusto de Jade *(Yu-huang Chang-ti),* o aún, como se le llama vulgarmente, el Señor del Cielo *(Lao-t'ien-ye).* Augusto de Jade es en realidad el segundo de los Tres Puros de la Trinidad taoísta. El primero, el Venerable Celeste del Origen Primero *(Yuan-che T'ien-te-suen)* gobernó antes. Pero desde hace ya mucho tiempo resignó tan pesada carga en su discípulo el Venerable Celeste Augusto de Jade, supremo dios actual, y que un día pasará su empleo al Venerable Celeste de la Aurora de Jade de la Puerta de Oro *(Kin-k'iue Yu-tchcn T'ien-tsucn),* tercera persona de la Trinidad.

El Augusto de Jade tiene una numerosa familia. Una de sus hermanas mayores es la madre de *Yang Tsien,* dios muy popular con el título de Segundo Señor de calidad *(Eul-lang),* que expulsa a los malos espíritus haciendo que sean perseguidos por *T'ien k'eu* (el Perro Celeste). La diosa *Cabeza-de-Caballo,* que se ocupa de los gusanos de seda, es una de sus mujeres de segundo orden. Una de sus hijas, *T'si-ku-niang* (la Señorita Séptima), es invocada por las jóvenes que quieren saber cómo será su marido.

El palacio del Augusto de Jade está en el Cielo, naturalmente, pero en lugar difícil de precisar. Y en él y a sus órdenes, toda una corte de funcionarios y de empleados, exactamente como en los palacios de los emperadores de la Tierra. Por supuesto, dios y ayudantes, ministros, generales y demás subordinados, no tienen otra misión ni fin que el bien material y moral del hombre, condición necesaria para la buena marcha del Mundo. Si hasta ahora este Mundo ha ido de través, ha sido por no haberles escuchado los ingratos a quienes a toda costa y con tanto esfuerzo tratan de proteger.

Cuando el pueblo habla del Señor del Cielo, se le representa bajo la forma de *Yu-huang,* es decir, como una divinidad personal; especie de gobernador celeste que gobierna el Mundo como los antiguos emperadores gobernaban la China, o sea, ayudado en su complicada función por numerosos dioses-funcionarios. En los círculos letrados, el poder supremo, por el contrario, era concedido a una potencia impersonal, a la que llamaban simplemente *T'ien* (el Cielo), en la cual había quedado absorbido el Supremo Emperador de la antigüedad, soberano celeste personal, prototipo del Augusto de Jade. En cuanto al Cielo, no era para ellos el cielo material, sino su esencia: manera concreta de designar el Principio Activo *(Li)*, que hace que se muevan todas las cosas: con lo que ninguna divinidad personal era necesaria. Mas para el pueblo, que necesita creer, y para creer dioses tangibles, había, además de los expuestos, los dioses de la Naturaleza.

Estos dioses de la Naturaleza, aunque hasta última hora los emperadores rendían culto oficial al Sol y a la Luna, no tuvieron nunca importancia suma en la religión china[966]. *Tch'ang-ngo* o *Heng-ngo* (la Mujer de la Luna), que se veía por todas partes en figurillas de bronce o barro esmaltado (tripuda, sonriente, los senos al aire y montada sobre un sapo de tres patas), era la mujer de uno de los héroes de los tiempos antiguos, de los tiempos mitológicos. Este héroe fue *Yi,* el Excelente Arquero, una de cuyas hazañas consistió en lo siguiente: Un día que los diez hermanos Soles subían juntos al Cielo, amenazando con ello abrasar a la Tierra, derribó a nueve con sus flechas. Respetó al último por escrúpulo a quedarse a oscuras. En recompensa, *Si-vang-mu,* la Reina de los Inmortales, le dio la droga que confería esta deseada calidad. Pero su mujer se la sustrajo y empezó a beber. No había acabado de consumirla cuando Yi llegó. Asustada, escapó a toda marcha. Gracias a lo que había bebido pudo elevarse hacia el Cielo. Pero como no había tomado sino la mitad, a mitad del camino también tuvo que quedarse. Es decir, en la Luna. En cuanto a Yi, poco después subió a la mansión de los Inmortales, llegando a ser el regente del Sol.

Otra Dama importante era *Sao-ts'ing* (la (Dama barre el Cielo Sereno), encargada, como su bonito nombre lo dice, de purificar el Cielo, tras la lluvia, echando a escobazo limpio a las nubes. *Lei-kong* era aún más terrible. Pero es que Lei-kong era nada menos que Monseñor el Trueno. Por supuesto, era todo bambolla, dado que no pasaba de amo del ruido: los relámpagos eran causados por *Tien-mu* (la Madre de los Relámpagos) con ayuda de dos espejos, junto a los anteriores estaban los dioses de la Lluvia y del Viento. No obstante, los que necesitaban que lloviese se dirigían a seres enteramente diferentes, bien que también muy interesantes: a los

---

[966] Los sacrificios en honor de estos astros tenían lugar cada dos años. Los impares para el *Sol,* quintaesencia del Principio Activo *(yang);* los pares para la *Luna,* quintaesencia del Principio Pasivo *(yin).* Las ofrendas consistían en tres víctimas: buey, carnero y puerco, más vino. Piezas de seda y jades rojos, para el Sol; blancos, para la Luna.

dragones; monstruos con el cuerpo recubierto de escamas, cuatro patas y tan atrevidos como para subir al Cielo por complacer a sus suplicantes, empezar a trotar sobre las nubes y, deshaciéndolas, producir la lluvia.

El Augusto de Jade, para que le ayudasen a gobernar la Tierra tenía, como ha sido dicho, una multitud de oficiales, ministros y empleados divinos. Los ministros para estar al frente, en su nombre, de las circunscripciones administrativas celestiales. Por supuesto, todos los años, ya lo he dicho también, pero lo bueno no está de más repetirlo, le daban cuenta de su administración, y según ella eran premiados o destituidos. Jefe de los funcionarios nombrados por el Augusto de Jade para el gobierno y administración de la Tierra era *T'ai-yo ta-ti,* el Gran Emperador del Pico del Este, cuya importancia el mismo nombre la proclama. Además, toda circunscripción administrativa tenía su dios protector, encargado especialmente de sus habitantes, y numerosos dioses subalternos para que todos los servicios y necesidades estuviesen atendidas. Entre ellos no puedo menos de citar a *Tch'eng huang,* dios de Muros y Fosos, importantísimo como dios titularizado de ciudades y aldeas. Inferiores a él y subordinados suyos eran los dioses de Lugar *(t'u ti),* pequeños dioses, como su modesto nombrecito indica, encargados de la custodia de un pedacito de terreno más o menos grande. A veces, hasta cada barrio e incluso cada calle tenía su t'u ti. En grado inferior aún estaban los dioses familiares, encargados de la protección de las casas y de los que en ellas moraban. Pero claro, una casa, por grande que sea, no tiene la importancia que las de toda una calle. Entre éstos estaba el Dios del Hogar y su mujer, cuya imagen no faltaba en cada casa[967].

Dioses de cierta importancia eran los de las puertas y los de las alcobas. Estos (seguramente muy discretos) eran una pareja: *Tch'uang-kong,* el Señor de la Cama, y *Tch'uang-mu,* su digna esposa la Dama de la Cama. Había también, no hubiera podido faltar dada la importancia de la pieza, la diosa de los retretes. Su interesante nombre era *K'ang san-ku* (la Tercera Dama de los Retretes). Por supuesto, esta Dama, siempre perfumada, tenía hasta su leyenda particular. Se trataba de una dama que

---

[967] Esta imagen solía ser un dibujo groseramente dado de colorines. Representaba, de ordinario, a un viejo de barba blanca, vestido como un mandarín y sentado en un sofá. Junto a él, su mujer, en pie, daba de comer a los animales domésticos (caballo, buey, cerdo, carnero, perro y gallinas). Estas imágenes se vendían por todas partes, y los chinos las compraban, las clavaban en la pared y las adoraban con la misma buena fe que los fieles de otras religiones, las estatuillas de yeso o madera, pintadas, de sus dioses y santos.

en tiempos lo había sido de carne y hueso. Véase: estando en vida (a finales del siglo VII) era mujer de segundo rango de un subgobernador. La mujer de primer rango, es decir, la esposa legítima, cuyo nombre era *Ts'ao,* en un acceso de celos mató a la de segundo rango, primera, sin duda, en la casa en gracia y picardía conyugal. El hecho fue que esta *Ts'i* pasó a mejor vida a causa de la envidia de la otra. Y la envidiosa no se contentó con matarla, sino que incluso arrojó su cadáver, ¡pobrecita!, a la letrina. A causa de ello, el justísimo Emperador Celeste la hizo divinidad del sitio reservado.

Últimamente, más importancia que todos los dioses y diosas anteriores tenía *Ts'ai-chen,* dios de la riqueza. Naturalmente. De esta adorada divinidad todas las familias tenían, por lo menos, una ficha, en la cual estaban grabados los caracteres de su nombre, clavada o pegada en la puerta de la sala principal de la casa. Los ricos, en acción de gracias y para que les conservase tan preciada cualidad, tenían no sólo su imagen, sino incluso su estatua. Tanta era su importancia que en el Cielo mismo presidía uno de los ministerios: el Ministerio de la Riqueza, con una serie numerosísima de empleados a sus órdenes.

Objeto de culto eran también los antepasados. Y de un culto regular. Eran representados mediante tablillas, en las que se inscribían las siguientes palabras: *Sitio del alma de...,* más el nombre del difunto y sus títulos si los tenía. Estas tablillas se ordenaban en un pequeño santuario llamado *ts'eu-t'ang,* que, aunque otra cosa se crea, quiere decir simplemente Tabernáculo-Templo funerario.

Todas las profesiones, corporaciones, oficios, etc., tenían, como es lógico, su dios-patrón. Dios que, por lo general, había sido el inventor del oficio o especialidad. Y los funcionarios, lo mismo. Estos dioses eran diferentes los civiles de los militares. Los funcionarios civiles tenían como patrón principal a *Ven-tch'ang ti-kium,* el dios de la Literatura, como su nombre lo indica muy clarito. También, pero menos, rendían culto a Confucio. Era lógico. Menuda diferencia entre Confucio, aunque digamos este nombre en chino, que viene a ser algo así como *K'ong Fu-tsé* (el Maestro K'ong) y el Ven-tch, etc., de su competidor. Como es natural también, el dios de la Literatura había escrito mucho. Uno de sus opúsculos más extendidos era *La Lámpara de la Cámara Oscura* (no lo pongo en chino, entre otras razones, porque no sé), tratadito reciente de temas de moral y de religión, que empieza por las vidas sucesivas del dios, referidas amablemente por él mismo. En fin, todos o casi todos los letrados tenían una tablilla con la imagen de Confucio o una estatuilla del mismo, que colocaban en su sala de estudio o en su biblioteca. Y además de tenerla, la rendían culto.

Los mandarines militares, mandarines y seguramente marimandones, rendían culto privado a *Kuan-ti,* una de cuyas fiestas, la del día 24 del sexto mes, les estaba reservada.

Los campesinos, más modestos, no tenían dios particular que les sirviese de patrón. Como la religión oficial era, antes que otra cosa, una religión agraria, y casi todas las fiestas importantes estaban destinadas a obtener buenas cosechas, ello les bastaba. Contra una de las plagas del campo más temidas, la *langosta,* invocaban al Gran Rey *Patcha,* destructor de estos animales y de otros insectos perjudiciales. «Las langostas (saltamontes) son citadas ante su tribunal y encarceladas», decía una inscripción muy corriente en los campos.

Los marineros, por su parte, tenían como protectora a una diosa que alcanzó durante los últimos siglos un puesto importante en el panteón chino, gracias al favor que la concedieron los emperadores manchúes. Esta diosa era *T'ien-heu,* la Emperatriz del Cielo, llamada también *T'ien-Chang Cheng mu* (la Santa Madre de los Cielos), y aún más familiarmente, *Matsu-p'o* (la Gran Abuela).

El patrón de comerciantes y artesanos, en general, era el mencionado dios de la Riqueza. El Gran Emperador del Pico del Este, que, como ha sido dicho, rige el Mundo terrestre por orden del Augusto de Jade, iba siendo sustituido poco a poco por otra divinidad más reciente, pero que de día en día ganaba importancia: el Emperador Kuan, llamado corrientemente *Kuan-ti.* Este emperador Kuan fue un personaje histórico que vivió en el siglo III de nuestra era. Y que, por cierto, murió miserablemente a la edad de cincuenta y ocho años (en 220), asesinado por orden del emperador de la dinastía rival de los Vu, tras la toma de la ciudad de Kian-ling, donde se había refugiado tras una derrota. Su leyenda, demasiado larga y complicada para ser referida aquí, es el tema de la más célebre y popular de las novelas chinas, la *Novela de los Tres Reinos.* Vuelto dios, el papel oficial de Kuan-ti era proteger al Imperio contra toda rebelión exterior y ocuparse especialmente de los funcionarios militares, que, por su parte, le dedicaban un culto especial. Pero la religión popular veía en él, ante todo, al gran persecutor de los demonios y al dios que quebrantaba los maleficios. A causa de ello era llamado *Fu-mo-ta-ti* (el Gran Emperador que somete a los Demonios), y se referían de él infinidad de cuentos. Véase uno: Un personaje muy rico murió joven. Un brujo *(tao-che)* se presentó en la casa ofreciéndose a resucitarle. Para ello, y de acuerdo con las reglas infernales, otra persona tenía que consentir en morir en vez de él. De sus mujeres ninguna se ofreció. Dando prueba de verdadero amor conyugal, prefirieron seguir llorándole sin consuelo a que las llorasen a ellas. Pero lo que ellas no quisieron hacer, lo hizo un viejo servidor. Este servidor que consintió en morir por su amo era gran devoto de Kuan-ti. Empezó, pues, por ir al templo a rogar que la ceremonia de la sustitución tuviese éxito. Y, en efecto, en medio de ella sonó un trueno terrible al tiempo que el brujo caía fulminado. Al punto, en su cadáver apareció un letrero que decía: «Condenado por el Cielo como corruptor de la Religión y destructor de la Ley». Porque el pícaro tao-che lo que había querido era no resucitar al muerto, sino ocupar su puesto metiendo su propia alma en el cuerpo del difunto. Pero Kuan-ti, advertido por los rezos del criado fiel, había intervenido para castigar al malvado.

Puesto que va de cuento, vaya otro: Un habitante de Pekín, llamado Ye, había ido a felicitar a un amigo con motivo de su cumpleaños. Este amigo vivía en los alrededores. En el camino encontró a un individuo que le dijo ser primo del amigo al que iba a felicitar y que él mismo se dirigía también allí con idéntico propósito. Llegados, fueron muy bien recibidos, y tras la cena, instalados en una misma alcoba, en la que también se quedó un criado por si necesitaban algo durante la noche. A su mitad, Ye se despertó y vio al primo que, sentado en el lecho, devoraba al criado y tiraba al suelo los huesos una vez bien roídos. Asustado, invocó al Gran Emperador Domador de Demonios, y al punto, con gran estrépito de tambores y de gongos, Kuan-ti apareció blandiendo un sable y se arrojó sobre el falso primo, que no era otra cosa que un perverso demonio. Este se transformó en mariposa y empezó a revolotear escapando a los sablazos. Hasta que un trueno anunciando el triunfo de Kuan-ti hizo desaparecer a dios y diablo.

No hay dos sin tres: Una compañía de actores de Pekín fue invitada un día a ir a trabajar a un palacio situado a las puertas de la ciudad. Al llegar encontraron una casa soberbia muy bien iluminada y llena de gente. Y empezaron su labor teniendo cuidado de no cantar ni representar algo en que fuese mencionada la divinidad. La dueña de la casa se lo había encargado muy bien: sólo cosas de amor y entretenimiento. Como pasaba el tiempo y no les ofrecían refrescos ni golosinas, rabiosos, acabaron por interpretar una pieza mitológica. Mas apenas empezada, Kuan-ti entró en escena sable en mano, al tiempo que casa, luces y espectadores desaparecían, quedando en su lugar la tumba de una joven de familia rica que acababa de morir. Ella era quien les había invitado, y ante un auditorio de muertos habían trabajado toda la noche. La presencia de Kuan-ti había bastado para volver todo a la realidad.

El Señor Supremo del Cielo Sombrío, último vestigio de los cinco antiguos que ayudaban a *Chang-ti,* amo del Cielo, está encargado de la parte septentrional de esta región y de la del Mundo, y es, al mismo tiempo, el regente elemental de las Aguas y el encargado de expulsar de ellas y de sus dominios a los malos espíritus.

La suerte y la salud de los hombres dependían no tan sólo de la diosa llamada Madre del Celemín *(Teu-mu)*, diosa sideral, sino de los Tres Agentes *(San-Kuan)* del Cielo, de la Tierra y del Agua, a cuyo cuidado esté también el registro y anotación de las buenas y malas acciones ejecutadas por los hombres.

Las divinidades de la dicha de cada mortal son *las Tres Estrellas (Sang-sing):* Estrella de la Felicidad *(Fusing)*, Estrella de la Dignidad *(Lusing)* y Estrella de la Longevidad *(Che-sing)*.

De proteger la religión y de instruir a los hombres están encargados varios personajes, budistas unos y taoístas otros. Los principales son, entre los primeros, los Dieciocho Arhats *(Che pa lo-han);* entre los segundos, los Ocho inmortales *(Pa-sien)*.

Las mujeres tienen sus protectoras especiales. Estas protectoras son, según las regiones, o de tipo taoísta, como la Princesa de las Nubes Abigarradas, o de tipo budista, como la Bodhisattva que Escucha los Ruidos, *Kuan-yin (Song-tseu Kuan-yin)*, que es la que da los hijos. Además de estas dos grandes divinidades protectoras de las mujeres, hay un personaje al que correspondía especialmente el sexo masculino de los hijos y al que, por consiguiente, había que invocar cuando se quería un hijo varón: el Inmortal Tchang *(Tchang sien)*.

Los *tao-che* tenían un Ministerio de Epidemias compuesto de cinco dioses que presidían estas calamidades en los cinco puntos cardinales (¿por qué no cinco, puesto que hay espacio de cuatro dimensiones?) y en las cuatro estaciones. Eran por ello los dioses de las enfermedades y los dioses curanderos. Estas divinidades no tenían culto fuera del que les concedían los brujos taoístas. Asimismo, los Miembros Celestiales del Ministerio de la Medicina y los de la Expulsión de los Maleficios no eran conocidos sino por médicos y exorcistas.

Todos los dioses anteriores (y muchos más que he omitido por ser de menor importancia), se amontonaban en la religión popular sin orden ni concierto. Pero no ocurría lo mismo con los que gobernaban a los muertos. Esto, cosa grave, estaba en ella muy bien determinado, clasificado y catalogado. Vamos a dar una vuelta por el Infierno chino.

Los Infiernos o Prisiones terrestres *(ti-yo)* eran diez, cada uno gobernado por un personaje importante. Estos diez caballeros eran los Reyes-Yama de los diez Tribunales *(Che-tien Yen-vang)*. Cada uno de ellos era el amo de un Infierno particular, en los que se castigaba, siempre del mismo modo, determinadas faltas. El primero de los Diez Reyes era no solamente el soberano del primer Infierno, sino también el jefe de los otros nueve Reyes y el amo supremo del mundo infernal. Por supuesto, bajo la dependencia del Augusto de Jade y de su regente terrestre el Gran Emperador del Pico del Este[968]. Puesto tan importante, no obstante, era ocupado por *Yama* (nombre que era pronunciado en chino *Yen-lo vang* o *Yen-vang);* pero como era demasiado bueno para los condenados (a veces hasta les permitía volver a la Tierra a rescatar sus faltas), el Augusto de Jade le quitó el mando supremo y le mandó a residir al quinto Infierno. Actualmente, pues, le reemplazaba *Ts'in-kuang-vang.* Este, cuando los méritos y deméritos de las almas se compensaban, las enviaba a renacer al Mundo, sin imponerles pena alguna. Pero a los culpables, a éstos los hacía conducir a la Terraza del Espejo de los Malos *(Sieking t'a),* donde eran puestos ante un espejo inmenso, en el que se reflejaban todas sus faltas, pecados y crímenes. De allí eran llevados a los antros de los otros Reyes, donde éstos les imponían las penas que merecían. Porque el primer Rey, como gran juez, no castigaba personalmente a nadie; no hacía sino juzgar. El segundo Rey castigaba a los *mediadores* que no habían sido honrados[969], a los depositarios infieles y a los médicos ignorantes. Dieciséis Infiernos estaban bajo su jurisdicción. Los castigos en ellos (como en los demás Infiernos) eran tan múltiples como refinados: se hundía a los condenados en estanques helados, se les ataba a columnas al rojo, se les descuartizaba lentamente, etc.[970]. Verdaderos festivales.

---

[968] El mundo infernal chino era de origen budista. Este culto introdujo en China a *Yama,* antiguo dios de los muertos del mundo iranio.

[969] Sin estos mediadores ningún matrimonio era válido en China.

[970] El alma de los muertos es llevada ante los tribunales del *Infierno* por dos satélites del *Rey Yama, Niu-t'eu* (Cabeza de Buey) y *Ma-mien* (Cabeza de Caballo), que Yama envía a su casa para que se apoderen de ella. La importancia del *dios de la Puerta* se demuestra sobre todo en esta ocasión, pues él es el que examina la orden de que son portadores los satélites en cuestión, y si no está en regla no les deja pasar. El primer juicio lo sufren las almas ante el dios de *Muros y Fosos* que, tras retenerlas durante cuarenta y nueve días, les hace sufrir el primer interrogatorio, y según lo que merezcan, las deja libres o las condena a la carga (suplicio que consiste en una tabla portátil muy pesada, con tres agujeros, en los cuales se aprisionan el cuello y las muñecas del reo) o a la paliza. Tras ello es enviada el alma al Rey Yama, que luego de juzgarla de nuevo, la envía, ora a la *Tierra de la Extremada Fidelidad del Occidente,* si es un alma justa, o a aquel de los diez infiernos que merezca, si es pecadora. Y sólo tras haber sufrido todos los castigos que merece llega al fin el alma al décimo infierno, donde aún el Rey Yama decide la forma (humana o animal) en que tiene que renacer. Por supuesto, las almas que reencarnan en animales no por ello pierden la sensibilidad de sus sentimientos humanos; de modo que si han reencarnado en gallo o en cerdo,

En el tercer Infierno eran castigados los mandarines prevaricadores y cuantos habían obrado mal con sus superiores; las mujeres desagradables con sus maridos (debía ser el Infierno más grande); los esclavos que habían perjudicado a sus amos; los condenados que habían escapado a la justicia; los falsarios y calumniadores, y aquellos que habían vendido el terreno de la sepultura familiar. En el cuarto Infierno se castigaba a los ricos avaros que no daban limosna; a los que conociendo recetas para curar las enfermedades, no las divulgaban (¿a qué Infierno iban los que recetaban y no curaban?); a los monederos falsos; a los estafadores y comerciantes no honrados (tampoco este antro debía ser pequeño); en fin, a los que cambiaban los mojones de los campos, a los blasfemos y a los ladrones de pagodas. El quinto estaba destinado a los grandes pecadores religiosos, a los lujuriosos, a los seductores, a los raptores y a cuanto concernía a la prostitución. El sexto, a los sacrílegos. El séptimo (que era el del Rey del Pico del Este) estaba destinado a acariciar infernalmente a los violadores de sepulturas, a los que vendían o comían carne humana, a los que la utilizaban para fabricar medicamentos y a los que vendían a su novia como esclava. El octavo recibía a los que carecían de piedad filial. El noveno, a los incendiarios, a los abortadores, a pintores y escultores obscenos, así como a cuantos miran, leen y se regocijan con las obras de tales pintores y escultores. En fin, el décimo decidía de las transmigraciones y de las salidas del Infierno, para lo que contaba con

---

sentirá con sensibilidad humana los efectos del cuchillo al ser degollado. Además, imposible las es expresar sus sufrimientos en lenguaje humano, pues imposible las es emplear éste luego de haber bebido el *Caldo del Olvido (Mihuen-t'ang).* Este caldo es fabricado por la *Dama Meng,* que habita en una casa situada a la salida del Infierno, y de él hace beber a todas las almas, cuando pasan por delante de su puerta para ir a la *Rueda da la Transmigración.* El Infierno es, pues, un Mundo aparte con sus ciudades y sus campos. La principal de estas ciudades es *Fong-tu,* donde está el palacio del Rey Yama y los diversos tribunales, más los lugares reservados a los suplicios y las casas de los funcionarios del Infierno. Se entra a esta ciudad por la puerta de los Demonios *(Koe-men-kuan),* y en el lado opuesto, la ciudad está limitada por un río, el río *Nai-ho,* que tiene tres puentes: uno de oro, para los dioses; otro de plata, para las almas virtuosas, y el tercero, de barro, para las almas vulgares y las criminales. Este último puente tiene varias leguas de largo y tan sólo tres palmos de ancho; además, no tiene pretiles; de modo que ciertas almas, como las que han sido desvergonzadas, poco honradas o no han respetado a sus suegros, caen irremisiblemente al río, donde son destrozadas por serpientes de bronce y perros de hierro.

cuatro negociados especiales. Ni que decir tiene que en todos ellos los castigos eran tan múltiples y variados como refinados.

Pero justo es decir también que sólo las almas de los grandes criminales permanecían *eternamente* en los Infiernos. Las demás no hacían sino pasar en ellos un período de tiempo más o menos largo, entre dos existencias terrestres. Para librar a las almas de los muertos de los suplicios infernales se imploraba a *Ti-tsang*, transcripción china del nombre sánscrito *Kshitigarbha*.

Las almas liberadas por Ti-tsang iban al Paraíso, Mundo de las Delicias de la región Occidental *(Si-fang kilo che-kiai;* en sánscrito, *Sukhavati,* la Dichosa), o a la Tierra Pura *(Ts'ing-tsing),* donde reinaba el Buda Amitabha. El Paraíso está tan perfectamente descrito en los libros budistas, que la imaginación popular no tuvo nada que añadir. En él no hay ni dolor corporal ni moral y las fuentes de felicidad son innumerables. El oro, los berilos, la plata y el cristal se ven allí por todas partes. Por todas partes también hay estanques llenos de lotos; las paredes de estos estanques son de pedrería y sus aguas limpias, frescas, dulcísimas de beber y tocar, fertilizantes, tranquilas e incluso capaces de mitigar el hambre. El fondo de estos estanques está cubierto de arenas de oro y todo lo demás en torno a ellos, en proporción. Como espero que mis lectores irán todos al Paraíso, y que incluso muchos escogerán éste de preferencia al musulmán, cuyas muchas huríes harán reflexionar a los que con una sola las hayan pasado moradas aquí, en la Tierra (los demás Paraísos son tan pálidos al lado de estos dos, que creo tendrán pocos clientes), por ello no me extiendo más, dejando para cuando les llegue el momento, el placer de que descubran ellos mismos muchísimas más delicias, que sería torpe y hasta indiscreto revelar. Pero sí añadiré que lo que no estarán es solos, pues la religión china no carecía de un acto de contrición, que en el último momento podía remediar toda una vida de picardías. En efecto, bastaba pensar una sola vez, pero de un modo sincero, reconcentrado y profundo, en el grande y bondadoso Amitabha para salvarse[971].

---

[971] La soberana de la montaña *K'uen-luen* (uno de los Paraísos; el otro es la Tierra de la Extremada Felicidad de Occidente, donde está el Buda Amitabha) es la *Dama-Reina de Occidente,* la *Reina-Madre Vang,* esposa del *Augusto de Jade,* que habita un palacio de nueve pisos construido en la cima de la montaña, en torno al cual hay maravillosos jardines en los que crece el *Melocotonero de la Inmortalidad.* A vivir en esta mansión en compañía de los Inmortales sólo son admitidos aquellos mortales que durante su vida terrestre han sido recompensados, a causa de sus virtudes, con un fruto maravilloso del Melocotonero de la Inmortalidad. Los otros bienaventurados van al otro Paraíso

Tal era allí la suerte de los hombres tras la muerte. ¡Qué pena si el comunismo ha deshecho tantas ilusiones y esperanzas por planes quinquenales y otras zarandajas y esclavitudes! Pero, ¿qué digo? Aún había más. En China se podía incluso no morir. Para ello bastaba, tras haber practicado la doctrina taoísta toda la vida, ora fabricar el elixir de larga vida o, si se quiere, de vida eterna, bien hundirse en el ascetismo, absteniéndose de cereales, de alimentos cocidos y aprendiendo a regular la respiración. También podía uno ahorrarse el último trance, retirándose a vivir en ermitas, donde los dioses iban a llevar a los bienaventurados que tal hacían la *Pesca de la Inmortalidad*. El que de uno de estos modos alcanzaba el estado de santidad, dejaba su cuerpo grosero, que quedaba como un despojo vacío, y liberando el sutil, podía volar por sobre las nubes, atravesar el agua y el fuego y, en una palabra, independiente de la materia, escapar al fin último de ésta: la muerte.

---

ya descrito, con sus estanques de piedras preciosas y sus pájaros de plumajes prodigiosos y cantos dulcísimos, mediante los cuales celebran las cinco Virtudes y las Doctrinas excelentes. Los bienaventurados, por su parte: «Todos los días, al alba, van a ofrecer flores a todos los Budas de los otros Mundos, volviendo al suyo a la hora de la comida».

MITOLOGÍA JAPONESA

La mitología del *Shinto,* es decir, de la religión nacional del Japón, se funda en dos relatos legendarios que figuran en un par de compilaciones antiguas: la *Kojiki* y la *Nihonshoki o Nihongi.* El Emperador Temmu (672-686), dándose cuenta de que las viejas familias, en sus luchas, modificaban las antiguas tradiciones para mejor establecer sus derechos y privilegios, deformaciones que podían llegar a perjudicar a la familia imperial reinante, ordenó a una Comisión, el año 681, que reuniera y pusiera por escrito tales tradiciones. Pero su muerte detuvo el trabajo, que sólo fue emprendido más tarde y presentado al fin, una vez terminado, el año 712, a la entonces emperatriz. Esta misma soberana encargó dos años después que fuese redactada una historia nacional, historia que fue acabada en 720 y que constituye el Nihongi, cuya primera parte, denominada *jindeki o libro consagrado a las generaciones divinas,* relata las leyendas mitológicas conocidas en su época. El contenido, no obstante, de ambas compilaciones dista mucho de ser claro. Al contrario, es un verdadero enmarañamiento de mitos locales amalgamados con leyendas extranjeras. Es decir, los primitivos mitos de los *Ainos,* pueblo aborigen del Japón al que encontraron al llegar a las islas las primeras invasiones de coreanos; los de estos coreanos, más los de los chinos llegados posteriormente. Esta babel de mitos, leyendas y tradiciones fue conservada y ni que decir tiene que modificada hasta el infinito (recuérdese en lo que quedó transformado nuestro *Poema del Cid,* cuando en boca de los recitadores ambulantes acabó en ese disparate épico-fantástico llamado *Las Mocedades de Rodrigo),* mediante la tradición oral, en boca de los *Kataribe* (Recitantes o Recitadores). Si a todo lo anterior se añade lo que aún trajo el budismo cuando llegó a ser la religión oficial en tiempos del Emperador Yomei (585-587), se comprenderá el laberinto que constituye esta mitología y la cautela con que hay que proceder para no extraviarse en él. Pero, en fin, con paciencia y buena voluntad voy a ver de dar una idea, ligera, pero suficiente, de este pintoresco panteón.

Para los japoneses primitivos, las divinidades no eran otra cosa que seres superiores a los hombres: *Kami,* es decir, seres *colocados más arriba,* seres *chihaya-buru,* poderosos. Estos seres superiores a ellos vivían indistintamente en el Cielo y en la Tierra. En general, las divinidades de montañas, ríos, árboles, etc., vivían en la Tierra. A veces pasaban de la Tierra al Cielo; otras, como, por ejemplo, *Izanagi* e *Izanami,* del Cielo bajaban a instalarse a la Tierra.

Ama (el cielo) era una vasta región poblada de dioses y atravesada por un río muy largo (nuestra Vía Láctea), en cuyas riberas se reunían las miríadas de divinidades para celebrar consejo. Estaba unido a la Tierra por una especie de escalera *(Amano-hashidate),* por la cual bajaban constantemente.

En oposición al Cielo, existía bajo la Tierra un lugar llamado *Yomi-tsu-Kumi* (el País de las Tinieblas), o *Neno-Kumi* (el País de las Raíces), o aún *Soko-no-Kumi* (el País Profundo); este país tri-nombre era el Infierno japonés. Un declive del terreno, que muestran aún en la provincia de Izumo, y en otra parte un abismo en el que se aseguraba que desaparecían las aguas de todos los mares, eran las entradas al País de las Tinieblas. Como en Grecia, cual se recordará, ocurría otro tanto y no hay medio de pensar en un contacto de ambos pueblos, preciso es convenir en dos cosas: en que hasta en lo ilógico hay una lógica (para entrar a cualquier parte hace falta una entrada, y el Infierno no podía menos de tener la suya) y en que la fantasía del hombre, como vamos viendo por las innumerables coincidencias de todas las mitologías, es, como todo en él, limitada. El día de la *Gran Purificación,* los fieles lavarían sus pecados en las aguas que se hundían por la mencionada grieta. Pero la idea de recompensa o castigo tras la muerte, esto no existía en el Japón antes de la llegada del budismo. Ello mueve fatalmente a otra reflexión: que las religiones superiores, en un deseo, no censurable, de perfección y tendiendo siempre a una mayor moralidad de costumbres, han labrado una escatología cuyos beneficios son muy discutibles si se tiene en cuenta que su resultado ha sido siempre acongojar a los espíritus débiles y dejar indiferentes a los fuertes.

Las primeras divinidades generadoras del Mundo eran, según la *Kojiki,* tres, y las tres invisibles. Luego se añadieron otras, y aún otras dos más. Después empezaron a nacer por parejas: una divinidad masculina y otra femenina. Así fueron creadas las cinco parejas. La última, formada por *Izanagi (el que invita)* e *Izanami (la que invita),* fueron los antepasados de todas las divinidades sintoicas posteriores. A causa de ello fueron también los verdaderos creadores del Japón.

De la unión de esta pareja nació *Hiru-Ko,* muchacho feo y endeble. Y ello porque al encontrarse frente a frente, la primera en hablar fue la mujer, lo que era, aunque normal, contrario a los ritos. En vista de ello volvieron a dar la vuelta al pilar que sostenía la habitación, y esta vez habló Izanagi el primero: gracias a ello pudieron nacer pronto las ocho islas principales del Japón[972]. Luego Izanami trajo al Mundo al dios del mar *(Ohovata-tsumi),* al dios del viento *(Shima-Tsu-Hiko),* al dios de los árboles *(Kukuno-chi),* al dios de las montañas *(Ochoyana tsu-mi)* y a

---

[972] Avaji, Shikiku, Oki, Tsukushi, Iki, Tsu, Sado y Oyamata, que es la principal.

muchos otros aún. El último fue el Rey del Fuego. Este, al nacer, abrasó a la diosa Izanami, causándola crueles sufrimientos. De sus vómitos, de su orina, de sus excrementos, nacieron todavía nuevos dioses; pero, finalmente, murió. Su esposo, Izanagi, lloró tanto que de sus lágrimas nació la diosa del Arroyo doliente. Luego, furioso contra aquel hijo que había causado la muerte de su madre, cogió su espada y le cortó la cabeza. De las gotas de sangre que de la lámina del arma cayeron a tierra nacieron ocho dioses diferentes, y de las diversas partes del cadáver otras ocho divinidades, simbolizando las diferentes montañas.

No pudiendo consolarse Izanagi de la muerte de su esposa bajó a buscarla a los Infiernos. Pero como Izanami había ya tomado alimentos en el Infierno no pudo seguirle (exactamente como en la fábula griega de Perséfone). No obstante, tras hacer prometer a su marido que no haría nada por verla antes que estuviese de regreso (aun como Orfeus y Euridike), Izanami fue a pedir a los dioses del País de las Tinieblas que hiciesen una excepción en su favor. Pero Izanagi, harto de esperar, rompió el diente macho de su peine, es decir, uno de los dos colocados cada uno en un extremo, le encendió, y sirviéndose de él como de una antorcha penetró dentro del palacio en que su mujer estaba encerrada. Allí vio, espantado, el cuerpo de su mujer todo en descomposición y lleno de gusanos, guardado por los ocho truenos. Izanami le gritó: «¡Me has humillado!», e instigó contra su marido a sus guardianes. Izanagi escapó. Al llegar a la puerta del Infierno lanzó contra sus enemigos tres melocotones. Los que le perseguían se dispersaron. Sin duda, los melocotones eran atómicos, como los que el 6 y 9 de agosto de 1945 tuvieron la bondad de dejar caer los americanos sobre Hiroshima y Nagasaki. Luego tapó la entrada de la morada profunda con una roca enorme. Echando a correr de nuevo tras haber jurado, así como su mujer, que se separarían, no paró hasta llegar al río *Voto,* donde se metió para purificarse, pues se sentía manchado por el contacto de los muertos. Al quitarse los vestidos, que arrojó lejos de sí, de cada prenda, y eran doce, nació una divinidad: Las divinidades de los diferentes males nacieron al punto de las impurezas de su cuerpo al meterse en el río. Para curar estos males, Izanagi dio nacimiento a otros dioses y a la *Diosa sagrada.* Luego se metió en el mar, y de este baño nacieron las divinidades del mar. Al lavarse la nariz nació asimismo el dios *Take-haya-no-vo.* Al lavarse el ojo derecho engendró a la divinidad de la Luna, *Tsuki-yomi.* En fin, al hacer lo mismo con el izquierdo dio vida a la diosa del Sol, *Amaterasu.* Izanagi ordenó a Amaterasu que se encargase del gobierno de la llanura celeste; a la divinidad de la Luna la confió el reino de la noche, y a *Susanoo,* el que había nacido el primero al meterse en el mar, le confió la llanura de los mares. La diosa del Sol y la divinidad de la Luna corrieron a tomar posesión del cielo y de la noche, pero Susanoo empezó a llorar y a decir que quería ir al reino de su madre muerta. Su padre se enfadó y le echó de su presencia, y entonces Susanoo se fue a ver a su hermana Amaterasu. Pero como al hacerlo hiciese temblar la tierra y sacudiese montañas y ríos (como Poseidón en Grecia), la diosa, alarmada, se armó para recibirle. Susanoo se apresuró a tranquilizarla, pero ella le exigió una prueba de sus buenas intenciones. Entonces él la propuso traer al mundo hijos: los suyos serían varones y ello probaría la sinceridad de sus propósitos. Amaterasu cogió el sable de su hermano, le rompió en tres pedazos, y tras haberlos masticado hizo salir de su boca una ligera niebla que dio nacimiento a tres diosas. Susanoo pidió a su hermana los cinco cordones de joyas que la había dado su padre al nacer, y habiéndolos triturado entre sus dientes sopló una ligera bruma de la que salieron cinco divinidades masculinas. Tan contento se puso luego de su parto, que perdiendo todo dominio de sí mismo empezó a cometer infinitas atrocidades. Tantas, que Amaterasu, aterrada, se ocultó en una gruta del Cielo, cuya puerta tapó con una enorme roca. La oscuridad que invadió la Tierra entonces empezó a favorecer la actividad de los dioses malos, con gran consternación de los buenos. Para hacer salir a Amaterasu de su escondrijo, las ochocientas miríadas de dioses idearon empezar a reír a más no poder junto a la gruta donde estaba la diosa escondida. Esta, intrigada, preguntó la razón de aquella alegría. Entonces la diosa *Ama no Uzeme* le dijo que los dioses estaban tan contentos porque poseían otra diosa superior a ella. Amaterasu, llena de curiosidad, salió un poco de su gruta. Entonces el dios de la Fuerza la cogió por una mano y la hizo salir enteramente, y luego atrancó la entrada de la gruta para que no pudiese volver a entrar. Iluminado el Mundo de nuevo y vuelta la calma, los dioses decidieron castigar a Susanoo. Para ello no sólo le exigieron una fuerte indemnización, sino que le cortaron el bigote y la barba, le arrancaron las uñas de los dedos de las manos y de los pies y, finalmente, le expulsaron del Cielo.

Susanoo, expulsado del Cielo, bajó a la provincia de Izumo. Conviene decir que no era un dios esencialmente malo, sino que tenía, como todos, sus momentos buenos y sus momentos peores. Si, por una parte, era el dios de tempestades y truenos, también de las lluvias, y por ello dios fecundante. Una vez en Izumo encontró a un anciano y una anciana que lloraban junto a una jovencita. Al preguntarles el porqué de aquellas lágrimas, el anciano le contó que había tenido ocho hijas, pero cada año una serpiente de ocho cabezas venía al país y se comía a una de sus hijas. Ya se había comido siete e iba a venir a por la octava. Susanoo les dijo quién era y les pidió que le dieran a la hija que les quedaba. Los ancianos consintieron con mucho gusto. El dios transformó en peine a la joven y puso éste en sus cabellos. Luego hizo preparar ocho recipientes con licor de arroz. Cuando la terrible serpiente apareció, atraída por el olor del aguardiente, cayó sobre los recipientes, se bebió ávidamente su contenido y quedó dormida sobre ellos. Entonces Susanoo le cortó las ocho cabezas. En medio de la cola del monstruo encontró una espada maravillosa, que ofreció a su hermana Amaterasu. Esta espada, designada en relatos posteriores con el nombre de *Kusanagi,* ha sido transmitida hasta nuestros días como una de las tres insignias del poder imperial. Parece ser que se conserva precisamente en el templo de Atsuta, cerca de la ciudad de Nagoya. Si a esto se añade que las tres hijas que había tenido Amaterasu, comiéndose la espada de su hermano, y los cinco hijos que éste parió, a su vez, triturando el collar de su hermana, son considerados, el primero, como el antecesor de los emperadores del Japón, y los otros siete, como la piedra básica de las siete grandes familias, se comprenderá la razón a causa de la cual el cuarto de kilo del anterior emperador era tan venerado.

La *Nihongi* relata el nacimiento de los dioses de un modo diferente. Sin decir nada del Fuego, cuenta que tras haber dado nacimiento a las ocho islas, a las montañas, a los árboles, etc., Izanagi e Izanami engendraron a la diosa del Sol, a la que llamaron *Ama-Tesasu-oho hirutne,* a la que cedieron el gobierno del reino del Cielo. Luego dieron nacimiento al dios de la Luna. Y aun a otros dos hijos: *Hiruko,* al que abandonaron en las olas, pues era incapaz de tenerse en pie, y *Susa-no-vo,* dios malo al que enviaron a regir el mundo subterráneo. Luego el libro refiere una serie de episodios entre Susa-no-vo y Amaterasu, es decir, entre la luz y las tinieblas, cada uno de los cuales dio lugar a nuevas divinidades, que poblaron más que suficientemente el panteón japonés.

Tras esto viene la complicada conquista de la Tierra por Amaterasu[973], que, como ha sido dicho, es la diosa del reino celeste. Una vez la Tierra

---

[973] *Amaterasu* quiso que uno de sus hijos reinase en la Tierra, .pero éste, viéndola presa de disturbios, se negó. Entonces el consejo de dioses envió a *Ame-no-Hohi* a ver qué pasaba en el «país central de la llanura de las rosas». Como pasaban tres años y no volviese, enviaron a otro hijo. Pero ocurrió lo mismo. Entonces escogieron a *Ame-no-Vakahiko,* famoso por su bravura. Pero éste, al llegar a la Tierra, se casó y se puso a reinar sin ocuparse de otra cosa. Y como transcurriesen ocho años sin noticias, los dioses enviaron todavía a un faisán a ver si con ello tenían más suerte. Pero este faisán fue atravesado por una flecha que le lanzó Ameno Vakahiko, flecha que tras matar al animal, llegó al *Cielo,* le agujereó y fue a caer a los pies de Amaterasu y de *Taka-Mi-Musubi.* Este dios, al reconocerla, la maldijo y la lanzó a su vez. Al llegar a la Tierra, el arma atravesó el corazón de Ame-no-Vakahiko. Su viuda se lamentó tanto, que sus gritos llegaron hasta el

conquistada, fue confiado su gobierno a *Ninigi,* a quien Amaterasu dio como insignias de su poder la joya *Yasaka,* el espejo fabricado por los dioses mientras estaba encerrada en la gruta (y que también emplearon para hacerla salir haciéndole brillar ante sus ojos cuando se asomó, atraída por las risas) y el sable encontrado en la cola de la serpiente de las ocho cabezas. Estos tres objetos eran la mejor garantía de su autoridad en la Tierra. Al dárselos, Amaterasu le dijo solemnemente: «Considera este espejo como si considerases mi alma y hónrale como a mí misma». Ninigi, sintiéndose capaz de todo tras estas palabras, acompañado de cinco jefes y de tres divinidades más, se encaminó hacia la Tierra. El se dispuso a reinar; los cinco jefes le dejaron para consagrarse a empleos religiosos y fueron los fundadores del clero sintoísta. Con ello, indiscutiblemente, Imperio y religión quedaron arraigados por derecho divino en el Japón. Fundamentos no menos sólidos tendrían el poder temporal y el espiritual en el resto del Mundo.

Ninigi, el nieto de Amaterasu, se casó con *Kono-Hana-Sukuya-Hime,* hija del dios de la Mañana; pero como concibiese desde la primera noche, Ninigi dudó de su fidelidad. Ella, indignada, hizo construir una casa sin puerta, y en el momento en que iba a dar a luz la prendió fuego, jurando que lo que naciese perecería si no era hijo de Ninigi. El parto fue triple, y de él nacieron *Ho-deri, Ho-susori* y *Hoho-demi.* Ho-deri, el hijo mayor de Sukuya-hime, poseía un anzuelo maravilloso, pues era un pescador empedernido, que le permitía pescar sin el menor esfuerzo cuantos peces quería. Un día Hoho-demi, el hermano menor, que era, por el contrario, un cazador consumado, le pidió que le prestase el anzuelo. Con él partió de pesca. Pero no solamente no cogió nada, sino que aún tuvo la mala suerte de perder el anzuelo. Cuando Ho-deri se lo reclamó, le contó la desdicha, lo que puso a aquél furiosísimo. Hoho-demi, por ver de reparar el mal, hizo pedazos su sable y con cada trozo fabricó un anzuelo. Pero su hermano se negó a aceptarlos. Consternado, lloraba Hoho-demi sentado al borde del mar, cuando vio llegar al dios *Shiko-zuchi,* el cual le preguntó el motivo de su llanto. Y al saberlo, le aconsejó que fuese a ver al soberano del mar, quien seguramente podría ayudarle a encontrar el anzuelo perdido. Luego le construyó un barquito. En él, Hoho-demi se dirigió al

---

Cielo, del que bajaron los parientes del muerto para asistir a sus funerales. La descripción de estos funerales tiene gran interés, pues es el documento más antiguo que hay relativo a estos ritos sintoístas. Finalmente, los dioses consiguieron dominar a *Izumo* (la tierra), y como entre tanto Amaterasu había tenido un nieto, el dios *Ninigi,* decidió enviarle a la Tierra, como ya se sabe.

palacio del dios del mar. Habiendo llegado encontró a *Toyo-Tama-bime,* hija de *Vata-tsu-mi,* rey del mar. Toyo-Tama-bime le llevó al palacio de su padre, donde fue tan bien recibido, que poco después se casaba con la princesa. Y sólo al cabo de tres años, de tal modo era feliz, se acordó de por qué había llegado hasta allí. El anzuelo de su mujer le había hecho olvidar el otro. Díjoselo entonces a su suegro, y éste, por algo era el dios del mar, no tardó en encontrar el deseado anzuelo, que, por cierto, estaba aún fastidiando la boca de un pobre besugo. Al devolvérselo a Hoho-demi le dijo: «Cuando entregues ese anzuelo a tu hermano no te olvides de repetirle lo siguiente: que ese anzuelo es malo y está deshonrado. Luego dáselo teniendo la otra mano detrás de la espalda. Tu hermano entonces querrá tener arrozales. Si los establece en terreno elevado, coloca los tuyos por la parte baja; si él siembra su arroz por las tierras bajas, siembra tú en las partes altas. De este modo, en tres años verás a tu hermano arruinarse, mientras que tú serás rico, pues como yo dirijo a voluntad las corrientes de agua, puedo secar o inundar la región que me plazca. Toma, además, estas dos joyas: las olas que la virtud de una hacen subir, descienden gracias a la otra. Si tu hermano se enfada y quiere atacarte, no dudes en ahogarle. Pero si se arrepiente, sálvale la vida». Esto diciendo, el dios del mar le entregó las dos joyas: dos caracolas de cristal de roca y nácar; aquél más puro que el diamante, éste de irisaciones mil veces más variadas y hermosas que el nácar corriente.

Hoho-demi, tras despedirse de su esposa y de su suegro, partió. Un tiburón enorme se encargó de llevarle a su destino (con lo que tuvo más suerte que Jonás, que, como se sabe, cuanto hizo fue permanecer tres días en el estómago del monstruo marino que le había tragado). Una vez allí, las cosas ocurrieron tal cual le habían sido predichas. Arruinose su hermano, se enriqueció él; aquél le atacó, Hoho-demi, a fuerza de olas y de remojarle como era debido, le obligó a someterse, y, finalmente, se hizo dueño de todas las tierras. Y un buen día llegó la princesa Toyo-Tama-bime, que iba a tener descendencia y que no había querido dar a luz lejos de su marido. A ruegos suyos, Hoho-demi le construyó una cabaña para que en ella saliese del apuro, y la princesa se encerró, rogando a su marido que no se acercara hasta que ella le llamase. Pero Hoho-demi, impaciente, se arrimó, miró por entre las cañas y vio que su mujer, que había tomado la forma de un tiburón, se agitaba violentamente, cogida por los dolores de la maternidad. Entonces huyó espantado. Pero la princesa, que sabía que había sido vista, sintió tal vergüenza, que abandonó al niño y escapó a su país. Una vez en él envió a su hermana menor, *Tama-Yori-bime,* para que cuidara al niño y le criara. La joven lo hizo así, y cuando el niño fue mayor se casó con él. De esta unión nacieron cuatro hijos. El más pequeño recibió el nombre de *Toyo-mike-nu.* Cuando fue mayor abandonó Kyushu y a la cabeza de su tribu se dirigió hacia el Este hasta alcanzar la provincia de Yamato. Luego recibió el nombre póstumo de *Jimmo Tenmo,* y como tal es considerado en la historia del Japón como primer emperador y fundador de la dinastía que, según la tradición, ocupa sin interrupción el trono imperial desde el año 660 antes de Jesucristo.

Con este acontecimiento termina la mitología oficial del Shinto. La continuación está dedicada a la vida de los emperadores. Mas los relatos que contiene encierran aún partes puramente mitológicas que poco a poco fueron dejando lugar a la historia, pero de los que, no obstante, se pueden entresacar los dioses, empezando por los que ordenaron las fuerzas de la Naturaleza.

Sin relación alguna con la tradición del Shinto, el pueblo, por su parte, inventó una multitud de *Kami* con objeto de venerar cuanto le rodeaba que era considerado fuera de lo normal. Una vez más el miedo y el interés crearon una religión y una mitología. Así nacieron los Kami del trueno, del rayo, del fuego, de los alimentos, del arroz (el principal de ellos allí) y de todos los vegetales importantes. Más los Kami de los caminos, de las piedras y de los vientos. Y los de la vida y de la muerte. Y los de los hogares y los que explicaban el origen de los nombres geográficos. En una palabra: Kamis para todo, en todo y en todas partes.

Ni que decir tiene que el Sol, adorado ya por los japoneses primitivos, lo es aún hoy bajo el nombre de *Amaterasu Ohomi-Kami.* Y lo mismo la Luna, *Tsuki-yomi.* Y las estrellas. Bien que el papel de éstas, a excepción de *Tanabala,* cuya fiesta se celebra el 15 de julio, tenga poca importancia.

El dios de las tempestades y de las aguas del mar, *Susa-no-vo,* ha perdido con los siglos su carácter impetuoso y se ha convertido en el dios del amor y de la alianza conyugal. El pueblo le llama actualmente *Gozu-Tennó,* el Emperador de la cabeza de Buey.

Los vientos, tan frecuentes en el Japón, fueron divinizados desde muy pronto. Los principales son *Shina tsu-hiko,* divinidad masculina, y *Shina-to-be,* divinidad femenina, que tiene a sus órdenes dos dioses subalternos. Ambos fueron creados por Izanagi. La segunda para que disipase la bruma que cubría el país. Los acólitos de ésta, *Tatsuta-Hiko* y *Tatsuta-Hime,* son llamados así por hallarse su santuario en Tatsuta. Se les invoca para obtener buenas cosechas. Y pescadores y marineros para que les libren de tormentas y tempestades.

De la lluvia hay dos divinidades: *Taka-okami,* que reside en las montañas, y *Kura-okami,* divinidad de lluvias y nieves, que reside en los valles. Ambas tienen la forma de serpiente o de dragón. Pero los sacerdotes sintoístas, cuando necesitan que llueva, organizan procesiones que a nosotros nos parecerían tan estúpidas y ridículas como a ellos las nuestras para los mismos efectos. A la cabeza de estas procesiones marcha un sacerdote enarbolando un *gobei* (especie de *manga* sintoísta). Detrás un campesino que sopla hasta reventarse en una concha marina. Luego un grupo de fieles llevando una especie de dragón hecho con bambúes y pajas trenzadas. Tras ellos, más hombres con oriflamas, cuyas inscripciones son ruegos dirigidos al rey de los dragones. En fin, una nube de campesinos marchando a tambor batiente y armando un ruido infernal. La ceremonia acaba a las orillas de un río o de un lago metiendo el dragón en el agua.

Los dioses de las fuentes, los de los ríos, los del mar y los de la vegetación, en gran número unos y otros, reciben también cultos múltiples y variados. Como entre las calamidades naturales hay una muy frecuente en el Japón, tal vez a causa de la naturaleza volcánica de sus islas: los terremotos, estos cataclismos aterradores no podían menos de atraer pronto la atención de sus víctimas; no obstante, en la mitología antigua no hay ningún dios de los seísmos; fue en el año 599 de nuestra era cuando, como consecuencia, sin duda, de un terremoto particularmente violento, fue instaurado el culto del dios de los seísmos, *Ne-no-Kami.* Un siglo después ya había numerosos santuarios dedicados a tan terrible divinidad.

Otro dios, y éste especial al Japón, es el dios del *eco.* Los japoneses consideraban el eco, y tal vez lo consideran aún no pocos, como una manifestación de la vida. Pensaban que los árboles estaban dotados de palabra y que respondían a las llamadas formando con ello el eco, lo que justifica el nombre que le daban: *Ko-doma,* el alma del árbol.

La divinidad del alimento ocupa en la mitología japonesa un puesto muy importante. Según una leyenda referida por la Nihongi, Amaterasu envió a la Tierra a la diosa de la Luna, *Tsuki-yomi,* en busca de la diosa del alimento, *Ukemochi-no-kami,* es decir, «la que posee el alimento». La mensajera encontró pronto a la que buscaba y ésta la invitó a cenar. La diosa de la pitanza hizo algo que su huéspeda no encontró cortés: hacía salir de su boca, tras haberlo masticado, el arroz cocido y otros muchos manjares. Furiosa al fin, se levantó y la mató.

El arroz, base de la alimentación japonesa (con el pescado), no podía dejar de tener su dios. Este se llama *Inari.* Su culto está tan extendido cuan diverso es. Sus templos son numerosísimos. Un dicho antiguo, comprobando esta abundancia de santuarios, afirma que en Edo (la antigua Tokio) había tantos templos de Inari como excrementos de perro. Se representa a este dios como a un viejo barbudo llevando un saco de arroz y con dos zorros a su lado, que son sus mensajeros. A causa de ello el pueblo ha acabado por confundir a Inari con sus mensajeros y por considerar al zorro como dios del arroz. En cambio, Inari, considerado como dios de la prosperidad en todas sus formas, ha llegado a ser el dios de los comerciantes. En la antigüedad era el patrón de los herreros, que hacían los sables.

Las montañas también tenían cada una su divinidad. Como muchas de ellas son incluso sagradas, las peregrinaciones son frecuentes. La más notable es la que tiene por objeto la ascensión al *Fuji,* el conocido volcán de este nombre. Las piedras y las rocas son también objeto de veneración en el Shinto. La emperatriz *Jingo* (170-269 después de Jesucristo) llevó en su vientre, según la leyenda, una piedra destinada a retardar su parto, a causa de dirigir personalmente una expedición militar contra Corea. Esta piedra es venerada hoy, pues pasa por ser propicia a las mujeres que dan a luz.

En cuanto al trueno, los antiguos mitos hablaban de ocho divinidades consagradas a este ruidoso fenómeno, los *Ika-zuchi,* ya mencionados como guardianes del cadáver de Izanami, y que cuando su marido bajó a los Infiernos le persiguieron. Pero como estos dioses parecían representar más bien las enfermedades que se desprenden de un cuerpo en descomposición (o los miasmas capaces de producirlas), que los ruidos subterráneos que se oyen en las proximidades de los volcanes o a la llegada de los terremotos, acabó por aparecer un dios más apropiado y exclusivo para el fenómeno. *Kami-naro,* el ruido divino. Este dios fue, además, considerado como el patrón de los artistas que fabricaban las flechas. Cuando se temía una invasión de extranjeros, los emperadores enviaban mensajeros a su templo para que le suplicasen en su nombre. Este dios, como amigo y protector de los árboles, es enemigo de los leñadores. Cuando un árbol es derribado por el rayo se le considera como santo y nadie le toca.

En fin, acabaré esta ya larga enumeración citando a los dioses del fuego, entre los que estaban o están, mejor dicho, no solamente los de los fuegos naturales más o menos devastadores, sino los benéficos de los hogares y los rituales de los templos. Como vimos, el dios del fuego mató a su madre al nacer y fue muerto por su padre. Pero en los encantamientos era siempre invocado con otro nombre, con el de *Ho-Musubi.* Este dios es muy temido por los japoneses, pues los incendios, cuando sopla el viento, destruyen fácilmente sus hogares. No quiero olvidar tampoco a las divinidades de los caminos, creadas por Izanagi tras su viaje a los Infiernos. Estos dioses, llamados *Sae-no-Kami,* protegen a los viajeros y los guardan hasta de los malos espíritus.

Existe también en el Japón el culto fálico. Los dioses del hogar. El dios de la puerta de entrada. El del horno. El de la cocina. Y el de las letrinas. Este muy respetado para que no envíe genios mensajeros de enfermedades.

Aparte de estas innumerables divinidades, vienen los hombres divinizados (emperadores, sobre todo, a los que se les han erigido templos para evitar que traten de vengarse por los sufrimientos de que fueron víctimas durante su vida), considerados en el Japón como *kami.* Pero esto es más ya del dominio de la historia que de la mitología, bien que muchas veces no tenga aquélla más verdad y realidad que ésta.

MITOLOGÍAS AFRICANAS

MITOLOGÍA EGIPCIA

Nada más impreciso, confuso y complicado que la religión y, por consiguiente, la mitología del antiguo Egipto. La falta de unidad, no sólo en lo relativo a la concepción de los dioses, sino a sus representaciones, hace sumamente difícil la tarea de exponer esta religión y esta mitología, sobre todo en pocas páginas. Porque, ¿cómo resumir lo que carece de orden, lo que además es incierto y vago de principios, lo múltiple y complicado, tanto en su fondo como en su cuerpo, y lo que parece no tener un fin determinado y preciso?

Porque no hay duda que conocemos los nombres de todos los dioses y de todas las diosas y hasta los templos en que eran adorados, pero sobre su naturaleza no sabemos nada; de sus leyendas tampoco o casi, a excepción de tres de ellos: *Isis, Osiris* y *Horus*[974]. De modo que nos ocurre como le sucedería a uno que viviendo frente a un rascacielos conociese el nombre de todos los que en él habitaban e incluso el piso, pero sólo esto: en realidad, ¿sabría algo de sus vecinos?

Pues aquí estamos en el mismo caso. Las galerías de los museos consagradas al arte egipcio son más abundantes que las de cualquier otro país en estatuas, estatuillas, vasos, placas y cuanto se pueda apetecer en gres, granito, basalto, tierra esmaltada, bronce y hasta oro; pero ¿qué adelantamos con tener ante la vista mil testigos mudos? También han llegado hasta nosotros no pocos textos religiosos llenos de alusiones a hechos mitológicos; mas como los que escribieron hacíanlo para sus contemporáneos, y éstos conocían las tradiciones de memoria a causa de ser transmitidas oralmente de generación en generación, no se detuvieron, como era lógico, a contar lo que todo el mundo sabía. Consecuencia: pese a tener muchos elementos, pero carentes entre sí de conexión, su misma pluralidad, a falta de un hilo conductor, constituye un verdadero caos, en el que si es difícil entrar, es aún más difícil salir. Salir airoso, claro está.

La causa primera de esta difusión y pluralidad religiosa está, sin duda y ante todo, en la propia evolución histórica de Egipto. En China y Japón,

---

[974] Debemos estas tres leyendas a Ploutarchos, que las refiere con todo detalle en su interesantísimo tratadito: *Sobre Isis y Osiris,* que el lector puede ver en uno de los *Tratados* de este autor, en mi traducción en nuestra «Colección La Crítica Literaria».

por ejemplo, como acabamos de ver, el panteón religioso no es menos abundante que aquí. Pero en ambos pueblos, sobre todo en el último, no solamente por el hecho de haber gozado de una mayor estabilidad histórica, sino por conservar aún la religión de sus antepasados, no es difícil meterse en sus creencias sin riesgo a no poder salir de su tampoco flojo laberinto. Mientras que con Egipto el problema es distinto. Este país, a causa de su geografía, que es la que orienta siempre la historia, por haber estado durante muchos siglos en el cruce de caminos donde bulleron las primeras civilizaciones, no sólo desarrolló una de ellas y de las más importantes, sino que, víctima de la codicia de otros pueblos, al llegar éstos a ser poderosos, pasó de unas manos a otras, cambiando de religión al mismo tiempo que cambiaba de hegemonía política. Por su religión actual, pues, nada podemos saber de la pasada, y en lo que a ésta respecta, apenas nos adentramos en ella vemos cuán difícil es hallar orden y concierto en una babel donde a los dioses universales e imprecisos que fueron venerados en todos los países y que los egipcios sospecharon, a su vez, y quizá antes que otros pueblos, se juntan, yuxtaponen y mezclan los inacabables dioses locales (pues en cuanto una ciudad conseguía la hegemonía, inmediatamente su divinidad principal ascendía a jefe del panteón nacional), sin contar la proliferación de divinidades secundarias; si a esto se añade la gran cantidad de animales divinizados (que tanto sorprendió a los griegos que visitaron y colonizaron ciertas regiones de Egipto), la divinización asimismo de objetos, de vegetales y hasta de «conceptos»; los héroes elevados a la categoría de dioses, las pequeñas divinidades populares, y como remate a tal selva religiosa los dioses extranjeros que adquirieron carta de naturaleza a orillas del Nilo, se comprenderá la dificultad que encierra dar un resumen, no muy oscuro, de la mitología del antiguo Egipto, lo que, no obstante, voy a intentar.

Como, por otra parte, si bien quedan no pocos textos religiosos, como ya he dicho, ninguno, pues no se escribió, que se sepa, exponiendo el conjunto de creencias, como ocurrió con otras religiones (Teosofías, Biblia, Evangelios, Corán), las fuentes de la religión y de la mitología egipcia ha habido que buscarlas en los textos de las inscripciones (textos descubiertos a partir de la expedición de Bonaparte a Egipto en 1798) y en los relatos de ciertos escritores clásicos, entre los cuales Herodotos, Diodoros de Sicilia, Strabón y Ploutarchos son los más importantes.

Por fortuna, y en ausencia de libros sistemáticos (explicable no solamente por la razón apuntada, sino por la dificultad, ya entonces, de unificar las diversas creencias, y tal vez también por el interés de los sacerdotes en mantener secretas las doctrinas de sus templos), en ausencia de libros sistemáticos, decía, están las mencionadas inscripciones, gracias a las cuales son conocidas muchas fórmulas religiosas y funerarias, más las compilaciones sagradas conteniendo himos y alusiones a los dioses y a los grupos a los que pertenecen. Estos elementos religiosos, pues, pueden clasificarse del siguiente modo: 1° Los Textos de las Pirámides[975]. Textos que hay que completar con los de las pirámides de los reinos de la sexta dinastía, descubiertos por el egiptólogo suizo G. Jequier. *2°* Los Textos de los Sarcófagos, que datan del Imperio Medio (entre la sexta y decimosegunda dinastías), encontrados en las paredes de los sarcófagos conteniendo momias de particulares ricos. 3.° *El Libro de los Muertos*[976]. 4° Otros dos libros, *El libro del Día* y *El libro de la Noche,* y, finalmente, y de la Época Baja, *El libro de las Respiraciones, El libro de Apofis,* otro *Libro* que empieza con la fórmula: «Que mi nombre prospere», más la *Antología de los templos ptolemaicos.*

---

[975] Textos litúrgicos grabados en las pirámides de la V y VI dinastía. Descubiertos y descifrados por primera vez, y publicados por Maspero (1880-1881), que los reunió en 453 capítulos. La edición más reciente ha sido hecha no hace mucho por el egiptólogo alemán Kurt Sethe.

[976] Libro curiosísimo conteniendo todo el ritual funerario egipcio y que se solía colocar, como guía y compañero de los muertos en el otro Mundo, entre las piernas de las momias. Véase mi traducción de este libro, el primero quizá de la Humanidad, que seguido de otro texto de la misma naturaleza (el *Bardo Thodol,* éste tibetano, de esta «Colección La Crítica Literaria»).

LEYENDAS CÓSMICAS

Estas leyendas son varias. Según una, del caos inicial, del elemento húmedo primordial, surgió un día un montículo limoso en el que se manifestaron pronto las primeras formas de vida: serpientes y ranas en número de ocho. Apareció también un huevo de pájaro, del que salió un ganso, especie de sol que disipó las tinieblas de aquel mundo oscuro y absorbió la humedad volando sobre el océano primitivo. El primer grito que lanzó *el gran cacareador* rompió el silencio que lo llenaba todo. Según otra tradición popular, cierto día apareció una vaca nadando sobre las olas cenagosas y llevando a horcajadas al niño-dios solar sobre su lomo. Una tercera aseguraba que del abismo húmedo salió antes que toda otra cosa un tallo de loto, en cuya punta y entre los pétalos de la flor que la coronaba iba el joven dios Sol. Pero la más importante de las leyendas primitivas y la que más pronto y completamente se divulgó fue la siguiente: En el alba del Mundo era el caos inorganizado, el Abiso *(abiso, sin fondo, de una profundidad inmensa; el abismo del mar)*. Este elemento de barro y agua, que contenía en potencia todos los gérmenes de vida, era el *Nun* o *Nuu*. En él anidaban un espíritu aún no diferenciado ni personalizado, *Atum* o *Tum*. Poco a poco este espíritu fue adquiriendo conciencia de sí mismo y al punto nació en él el deseo de «fundar en su espíritu todo cuanto existía». Para ello era preciso que se librase del caos que le aprisionaba, lo que hizo mediante un impulso de su voluntad, apareciendo por encima del fango e iluminando al Mundo. Pues este espíritu no era otra cosa que el Sol, que al punto se desdobló (espíritu creador y fecundante, como calor y luz que era) tomando el nombre de *Ra*. E inmediatamente (primer demiurgo) se dispone a crear dioses y hombres. En cuanto a éstos, la empresa no es difícil: no hace sino imaginarios y al punto salen de su ojo. O bien, los escupe. Otro texto dice aún que tras haberse amputado el sexo, los hombres nacieron de las gotas de sangre que cayeron en la tierra. Con ello serán hijos de ésta y del astro del cielo. En cuanto a los dioses, la empresa es más difícil, puesto que no tienen mujer. Mas sin arredrarse, por sí mismo y de sí mismo, genera una primera pareja de hijos: *Tefnet* (la humedad) y *Chu* (el aire luminoso). Tefnet parece ser más bien que una persona real una entidad teológica. Diosa rocío o diosa lluvia, de carácter solar, por consiguiente, era adorada en forma de leona o de mujer con cabeza de leona. Ayudaba a Chu a soportar el Cielo y recibía con él cada mañana al Sol naciente cuando aparecía por la montaña oriental. Los griegos la identificaron alguna vez con Artemis. Chu o *Shu,* marido y hermano de Tefnet, sostenía el Cielo, como Atlas en la mitología griega más tarde. Por orden de Ra se había escurrido entre sus dos hijos *Geb,* dios de la Tierra, y *Nut,* la diosa del Cielo, que estaban estrechamente unidos, separándolos violentamente, levantando a Nut en el aire y manteniéndola en esta posición sobre sus brazos extendidos. Chu era el vacío divinizado. Representado en forma humana, llevaba sobre la cabeza una pluma de avestruz. Sucedió a Ra como rey de la Tierra. Y cuando se cansó de reinar dejó el poder a su hijo Geb y se refugió en el Cielo tras una terrible tempestad que duró nueve días. Con Chu fue identificado muy pronto *Onuris,* que simbolizaba la fuerza cosmogónica del Sol, y considerado como la personificación guerrera de Ra, lo que hizo que los griegos le asimilasen a Ares. Se le representaba como un guerrero llevando un gorro adornado con cuatro plumas tiesas, blandiendo una lanza y teniendo en la mano una cuerda con la que traía al Sol. Durante el Nuevo Imperio fue muy popular. Le llamaban *el Salvador, el Buen Combatiente.* Herodotos habla de los bastonazos que en su honor se cambiaban entre fieles y sacerdotes durante sus fiestas en Papremis. Se le daba por esposa a *Mehit,* desdoblamiento de Tefnet, la mujer de Chu.

Chu y Tefnet procrearon a Geb (la Tierra) y a Nut (el Cielo), como ha sido dicho. Se representaba a Geb tendido a los pies de Chu, contra el que en vano había intentado luchar por defender a Nut, su mujer. Levantado sobre un codo y con las piernas plegadas, simbolizaba las ondulaciones de la corteza terrestre y las montañas. A veces se representaba su cuerpo lleno también de verdura. Tercer faraón divino, Geb sucedió a Chu en el trono del Mundo. Habiendo hecho abrir en su presencia la caja de oro en la que se guardaba el *uraeus*[977] de Ra, su bastón y una mecha de sus cabellos, la serpiente divina sopló y su aliento hizo morir al punto a todos los compañeros del dios. En cuanto a Geb, sólo pudo salvarle la mecha de los cabellos de Ra, que fue aplicada al punto sobre su herida. La potencia de esta mecha era tan grande, que cuando muchísimos años después la metieron, para purificar con ella el lago At, Nut se transformó al punto en un cocodrilo. Geb gobernó sabiamente. Luego dejó el poder a *Osiris,* su hijo mayor, y se retiró al Cielo. En cuanto a Nut, a la que los griegos identificaron alguna vez con Rea, era representada unas veces como una mujer de cuerpo entero que levantada sobre la punta de los pies, ponía

---

[977] *Uraeus,* representación de la víbora *naja.* Animal particularmente peligroso, a causa de la gravedad de su mordedura. Precisamente por ello su imagen era representada como prendida en la cabellera de los reyes, así como en la de cierto número de dioses egipcios, para mostrar con ello el terror que unos y otros debían inspirar a los hombres.

sobre la Tierra las extremidades de sus dedos, mientras que su vientre estrellado era mantenido en el aire por Chu, formando la bóveda celeste. Otras veces era representada como una vaca, forma que tomó cuando puso sobre su lomo a Ra, su abuelo, al decidir éste abandonar la Tierra tras la revuelta de los hombres. Nut, como protectora de los muertos, era representada, con figura humana, abrazando al difunto. En el interior de los sarcófagos, en la tapa, era representada estirada sobre la momia, como velando eternamente por ella.

Del Cielo y la Tierra, a su vez, nacieron *Osiris, Isis, Seth* y *Nefthis.*

Osiris, elemento fecundante del Nilo[978], dios de la Naturaleza en un principio, encarnación del espíritu de la vegetación, que moría al madurar las cosechas para renacer al germinar los granos, fue adorado más tarde como dios de los muertos, y como tal llegó a ocupar, como veremos al punto, el primer puesto en el panteón egipcio. Al nacer Osiris en Tebas, una voz misteriosa proclamó alborozada la llegada del *Amo universal.* Luego serían todo lloros y lamentaciones al saber la suerte que le estaba destinada. Osiris era muy hermoso de cara, el tono de su piel era oscuro, su talla sobrepujaba a la de todos los hombres. Al retirarse al Cielo Geb, su padre, le sucedió en el trono de Egipto, al que asoció como reina a su hermana Isis. Su primer cuidado fue abolir la antropofagia; enseñar a fabricar los instrumentos de trabajo y a hacer el pan, el vino y la cerveza; enseñar asimismo a los hombres a adorar a los dioses y a construir templos, a edificar casas y ciudades, y, en fin, una serie de reformas civilizadoras que le valieron el sobrenombre de *Unofris,* es decir, *el Ser bueno.* No contento con haber civilizado Egipto, quiso hacer lo mismo con el Mundo entero, y partió a conquistar el Asia acompañado de *Thot,* su gran visir, y de sus generales *Anubis* y *Ofois.* Pero enemigo de la violencia, hizo sus conquistas, como más tarde Dionisos la India, mediante cantos y conciertos. Antes de marchar dejó como regente a Isis. Así como Osiris fue identificado por los griegos con varias divinidades, pero especialmente con Dionisos (por sus conquistas amables) y con Haides (en su calidad de dios de los muertos), Isis lo fue con Demeter, Hera, Selene e incluso Afrodite. Con ésta, a causa de la confusión tardía de Isis con *Hathor.* Isis, primera hija de Geb y de Nut, nació el cuarto día epagomenes (los cinco días que los egipcios añadían a los trescientos

[978] Es curioso que dependiendo la vida de Egipto del Nilo, este río no fuese una de las primeras divinidades. No obstante, apenas recibió una sombra de culto secundario bajo el nombre de *Hapi,* a causa de haber sido asociado su nombre a las fiestas de *La Inundación.*

sesenta del año civil para hacer los trescientos sesenta y cinco del solar) en los pantanos del Delta. Elegida como esposa de su hermano Osiris, subió con él al trono y le ayudó en su obra civilizadora, enseñando a las mujeres a moler los granos, a hilar y a tejer; tras instituir el matrimonio, a los hombres les enseñó a curar las enfermedades y la vida de familia. *Seth*, al que los griegos llaman *Tifón* (comparándole, a causa de su maldad, a este monstruo hijo de Hera, cuyas luchas con Zeus ya conocemos), era el hermano malo de Osiris, en cuya figura acabó por encarnar el espíritu del mal, opuesto por todas partes al del bien. Hijo también de Geb y de Nut, nació antes de tiempo el tercer día epagomenes, lanzándose fuera a través de uno de los costados de su madre, a la que desgarró cruelmente al hacerlo. Violento y feroz, tenía la piel blanca y el pelo rojizo. Es decir, todo lo contrario del tipo egipcio puro, de tez morena y cabellos negros. El pelo rojizo era particularmente detestado y comparado al pelaje del asno. Seth personificaba, en la leyenda de Osiris, todo lo contrario que éste, es decir, el desierto árido y estéril, la sequedad y las tinieblas, en oposición a la tierra fértil, al agua fecundante y a la luz, todo lo cual representaba su hermano. Todo cuanto era creación beneficiosa, de Osiris venía; cuanto era destrucción y perversidad, de Seth. En la época primitiva el carácter perverso de este dios no era tan acentuado; pero luego, a medida que la leyenda de Osiris, víctima suya, se extendió, fue cada vez más detestado, llegando con la dinastía XXII, hacia mediados del siglo X, a ser de tal modo odiado que sus estatuas fueron rotas y deshechos a golpes los bajorrelieves que le representaban. Llegó hasta ser expulsado del panteón egipcio haciendo de él el dios de los impuros. Ciertos anímales, como los asnos, los antílopes y otros de los desiertos, eran considerados como engendros suyos, así como el hipopótamo, el verraco, el cocodrilo y el escorpión, en cuyos cuerpos decíase que el dios del mal y sus partidarios habían hallado refugio para escapar a los golpes de *Horus* vengador. Seth era representado como un animal fantástico, de hocico largo, delgado y curvo; las orejas, derechas y cortadas, y una cola rígida y ahorquillada; o bien como un hombre con cabeza de cuadrúpedo. En cuanto a *Nefthis,* que era representada como una mujer llevando en la cabeza los dos jeroglíficos que servían para escribir su nombre, que significaba «el Ama del castillo»: una cesta *(Neb)* puesta sobre el signo que quería decir castillo *(Het),* la leyenda hacía de ella la segunda hija de Geb y de Nut, y en un principio la reina de los muertos. Seth la había tomado como esposa, pero no teniendo hijos de él y deseando, en cambio, tener un hijo de Osiris, le embriagó e hizo que la poseyera sin darse cuenta. De su unión nació *Anubis. Neb Het,* nombre egipcio de esta diosa (Nefthis no es sino la transcripción griega), representaba el borde del desierto, estéril de ordinario, pero fecundo cuando era alcanzado por las aguas del Nilo en las grandes crecidas.

Cuando Seth mató a Osiris, Nefthis le abandonó horrorizada y se fue a ayudar a Isis a embalsamar el cadáver del dios asesinado. Por ello se solía poner a ambas diosas una a la cabeza y otra a los pies de los sarcófagos.

Pero los cuatro dioses anteriores o, si se quiere, los elementos que representaban, en un principio no estaban bien organizados aún, y el mundo que componían ofrecía un aspecto tan desordenado como el caos inicial. Por lo que fue preciso todo lo descrito, es decir, la separación de los diversos componentes, para que éstos pudiesen ser definidos, diferenciados y personificados.

Constituida la familia de demiurgos, Ra (palabra que probablemente quería decir *creador)* empezó a gobernar el Universo (el Cielo y la Tierra), tarea nada fácil, pues los dioses, no menos ingratos que los hombres, se rebelaron contra su creador, atentando no tan sólo contra su autoridad, sino contra su existencia. Y la primera, la serpiente *Apofis,* que con objeto de tragar la barca del Sol, empezó a suscitar tempestad tras tempestad. Pero Ra, el Gran Demiurgo, ayudado por sus compañeros (los *Seguidores de Ra),* consiguió triunfar. Estas luchas, que, sin duda, evocaban los primeros y frecuentes cataclismos cósmicos mientras el Mundo adquiría cierta estabilidad, acabaron por envejecer a Ra. Pero de tal modo, que llegó un momento en que «su boca temblaba y su saliva caía a la tierra». Isis entonces aprovechó la ocasión para apoderarse del poder, y mediante sus artes mágicas creó con tierra y la saliva misma de Ra una serpiente venenosa, que escondió en el camino y que al pasar éste le mordió. Abrasado por el veneno y temblando a causa del dolor, el Demiurgo reunió a los dioses. Isis, llegando la primera, le prometió curarle si la revelaba su nombre secreto. Para los egipcios, el nombre de un ser o de una cosa se confundía con lo que designaba. Pronunciar en voz alta un nombre era dar vida al ser o a la cosa invocada. Ningún ser, ninguna cosa podía existir antes de ser nombrada. Y bastaba para que la creación se realizase, que el Demiurgo pronunciase de un modo distinto los nombres de cuantos seres o cosas quería que despertasen a la vida. Esta idea de la potencia de los nombres dio lugar, por otra parte, a juegos de palabras curiosos, que en la antigüedad eran tomados en serio. Así, cuando de las lágrimas de Ra, estando furioso, nacieron los hombres, no había, en realidad, sino un *quid pro cuo* entre *remit (lágrima)* y *romet* (hombre). Mas volvamos a Ra y a Isis. Esta pide al gran dios que la revele su nombre. Pero Ra se resiste temiendo «que su poder mágico vaya a manos de un encantador enemigo suyo». Trata, pues, de salir del paso diciendo: «Yo soy Khepri por la mañana, Ra a mediodía y Atum por la tarde». Isis no se contenta con esta explicación y el veneno continúa su obra. Loco a causa del sufrimiento, Ra pronunciaba al fin su verdadero nombre al oído de Isis, y el dolor deja de atormentarle. «Pero Ra, al dar su verdadero nombre, había entregado su corazón y el secreto de su poder».

Los hombres no eran menos ingratos que los dioses con Ra, y le procuraban infinitos disgustos. Al ver que «el dios de los huesos de plata, miembros de oro y cabellos de lapislázuli» envejecía, trataron de derribarle definitivamente. Mas como sus designios no escapaban a Ra, éste reunió en consejo a Chu, Tefnet, Geb, Nut y Nuu y les expuso lo que pasaba. Nuu o Nun, el antepasado primordial (Caos primitivo), le dijo: «Ra, hijo mío: tú, que eres más grande que tu padre y sus creadores, permanece sentado en tu trono. Pero dirige tu ojo contra los conspiradores, y el temor que inspiras ya será aún mayor». Ra, siguiendo su consejo, envió contra los hombres su ojo divino en forma de diosa *Sekhmet*. Esta tomó tal venganza, que temiendo Ra que no dejase un mortal vivo, hizo preparar a toda prisa un brebaje compuesto de cerveza, cebada y una sustancia roja que le daba el aspecto de sangre humana. Siete mil tinajas de esta bebida fueron extendidas por la Tierra, que quedó cubierta hasta una altura de cuatro palmos. Sekhmet, creyendo que, en efecto, era sangre, bebió hasta embriagarse y dejó con ello de matar. De este modo, Ra salvó a la raza humana.

Pero harto al fin de tanta lucha con dioses y hombres, «mi corazón está cansado de estar con ellos», decía, se dispuso a abandonar el poder. Para ello volvió a reunir a los dioses. En la asamblea estaba Nuu de nuevo. A una señal suya, Nut tomó el aspecto de la vaca divina y se presentó delante de Ra. Este se puso sobre ella y la vaca le llevó por el aire hasta las alturas celestes. Mas como durante la ascensión fue presa de vértigo la divina vaca, Chu, por orden de Ra, vino a restablecer su equilibrio con ayuda de sus brazos. Con lo que tenemos explicado de otro modo la composición del mundo celeste y terrestre.

Ra, antes de retirarse definitivamente, hizo la paz con los hombres e incluso estableció una alianza con ellos. Su sucesor, Geb (Chu, según otra versión), conoció no menos tribulaciones que su abuelo. Pero gracias a la ayuda de *Uraeus* y de *Ra-Harakhté* pudo librarse de sus enemigos y organizar en paz su reino terrestre.

DIOSES SOLARES Y DEMIURGOS

Así como los mencionados dioses cósmicos tomaban a veces el aspecto de dioses locales, ciertos dioses locales fueron elevados a la categoría de dioses cósmicos. El ejemplo más típico de esta mutación parece ser el del dios *Horus,* el *Halcón.* En efecto, el más atrevido y rápido de los rapaces debía, desde muy pronto, encarnar al más antiguo de los dioses de la luz y del Cielo. Sus dos ojos brillantes y terribles hicieron que simbolizase enteramente al Cielo, como el Sol (Ra-Harakhté) y como la Luna. En la más antigua escritura jeroglífica, el halcón en su percha era el signo de la idea del Sol. Horus era representado, bien bajo la forma de un halcón, bien con el aspecto de un hombre con cabeza de un halcón. Como dios que veía todo, y que a causa de ello permitía que los humanos viesen a su vez, era el patrón de los ciegos y el oculista de Ra. Era también un dios músico (los ciegos eran con frecuencia arpistas) y, como tal, era esposo de *Hathor.*

Otros Horus eran: *Horoeris* u Horus el Mayor, adorado en Letópolis. En los textos de las Pirámides pasa por hijo de Ra y hermano de Seth, y la oposición eterna entre las tinieblas y la luz es simbolizada mediante combates sin fin en los cuales Seth arranca el ojo a Horus y éste emascula a su implacable adversario. A partir de la segunda dinastía, recibió el título de «Horus vencedor de Seth». Otro nombre del gran Horus era *Rehedeti,* «el de Rehedet», adorado en esta población, barrio de la antigua Edifu, la Apollinópolis Magna de los griegos, que identificaron con Apolo el dios de su santuario. Se le solía representar en forma de disco solar. Otras veces planeando en forma de gran halcón, sobre un faraón, y manteniendo en sus garras el espantamoscas místico y el anillo, símbolo de la Eternidad. *Harakhté* representaba al Sol yendo en su carrera diurna de uno a otro horizonte. Confundido muy pronto con Ra, usurpó poco a poco todas las funciones de este dios, quien a su vez, apoderándose de los epítetos de Horus, se impuso con el nombre de «Ra-Harakhté» por todo Egipto. *Harmakhis,* el «Horus que se encuentra en el horizonte», es el nombre de una gran esfinge de cerca de 20 metros de alta y más de 60 de larga, esculpida en una roca, cerca de la pirámide de Khefren, sobre cuyo rey vela hace cerca de cinco mil años. En fin, el más importante de los Horus es *Harsiesis,* transcripción de Hor-sa-iset, que significa «Horus, hijo de Isis». Concebido por esta diosa, sin marido ni amante, entró en la familia osiriana cuando Isis llegó a ser la mujer de Osiris, y desde entonces la popularidad de madre e hijo no dejó de crecer. Harsiesis, en su primera juventud, era llamado *Hor pa Kherd* (Horus el Niño), del cual salió después *Harpokrates.* Este Harpokrates era representado como un niñito enteramente desnudo, adornado tan sólo con una joya, con el cráneo completamente afeitado, a excepción de una mecha infantil que le caía por una sien. Como de ordinario le ponían un dedo en la boca, como suelen hacer los niños, este gesto, mal interpretado, pues en realidad lo que hacía era chuparse el dedo, hizo que los griegos le estimasen como signo de discreción, lo que valió al joven dios una fortuna singular como divinidad del silencio. Criado en la soledad para que escapase a la perversidad de Seth, el hijo de Isis, muy débil a su nacimiento, sí pudo salvarse de los muchos peligros que le amenazaban (mordeduras de las fieras, picaduras de los escorpiones, enfermedades, accidentes, etc.) fue gracias a los poderosos sortilegios con que le protegió su madre. Sortilegios que luego empleaban los magos para curar a sus clientes en casos análogos. Hombre ya, fue el gran ene migo de Seth. Las luchas del joven dios contra el matador de Osiris están esculpidas en las paredes del templo de Edfu, cuya divinidad, *Behediti,* fue identificada con el hijo de Isis, así como Seth fue confundido con *Apofis,* el eterno enemigo del Sol. Para terminar la guerra, los dioses hicieron comparecer ante su tribunal a los adversarios. Seth trató de demostrar que su sobrino no era sino un bastardo, pero Horus probó victoriosamente la legitimidad de su nacimiento, y los dioses, tras condenar al usurpador a restituirle su herencia, proclamaron al hijo de Isis amo de los dos Egiptos, lo que le valió el sobrenombre de *Hor-smantaui* (Horus que reúne los dos países) y *Hor-pa-neb-taui* (Horus el amo de las dos tierras). Luego reinó tranquilamente en Egipto, de donde fue siempre el dios nacional, antecesor de los faraones, cada uno de los cuales se adornaba con el título de *el Horus vivo.* Adorado en todo el Egipto al mismo tiempo que su padre Osiris y que su madre Isis, Horus figuraba también en las triadas de numerosos santuarios, ora como jefe, ora como príncipe consorte, bien como dios niño.

Otro dios demiurgo era *Atum* o *Tum,* dios local de Heliópolis, en un principio, donde tenía como animal sagrado al toro *Mnevis.* Sus sacerdotes le identificaron muy pronto con Ra; después se hizo de él una personificación del Sol poniente; luego, como antecesor del género humano, representándole con una cabeza de hombre tocada con la doble corona de los faraones, el *pschent.* Dios solitario en su origen, decíase que había sacado de sí mismo, sin ayuda de mujer, la primera pareja divina; y sólo más tarde se le dio una esposa e incluso dos, puesto que en Memfis se le unía unas veces a *Jusas* y otras a *Nebet Hotep,* de la que tuvo dos gemelos: *Chu* y *Tefnet.* Expulsado de la religión oficial del Imperio Antiguo, fue restablecido de nuevo durante el Imperio Medio, llegando a ser, por último, el dios por excelencia de Tebas.

Otro, y no el de menor importancia de los demiurgos *Thot,* al que el pueblo llamaba «Señor de las palabras divinas», y los teólogos «Lengua de Atum», era considerado como el inventor del lenguaje hablado y de la escritura. Así como de las fórmulas mágicas que dominaban hasta a los propios dioses. Thot era la inteligencia divina y el Verbo divino, y, por consiguiente, el Verbo encarnado. Y como dios de la Luna, el regulador del tiempo. El, pues, hacía reinar el orden en el Universo. En su calidad de contador de los dioses, era el dios de los escribas. Como «Grande de la Magia», reinaba sobre los magos. A causa de todas estas atribuciones, su culto gozó de particular favor entre los egipcios, lo que le valió el sobrevivir a otras divinidades. En la Época Baja se transformó en un dios cósmico universal, venerado con el nombre de *Hermes Trismegisto* (tres veces santo, o grande). Como archivero de los dioses, era por ello mismo el patrón de la historia y él era quien anotaba cuidadosamente la sucesión de los soberanos escribiendo, en las hojas del árbol sagrado de Heliópolis, el nombre del futuro faraón que la reina acababa de concebir de su unión con el Amo del Cielo; escribía asimismo sobre largos brotes de palmera los felices años de reinado que la divinidad concedía a los reyes. Los textos le dan frecuentemente como compañera a *Maat,* la diosa de la Verdad y de la Justicia, pero en ningún templo se les encuentra juntos. En cambio, se le conocen dos esposas: *Seshet y Nahmauit* (la que arranca el mal). Con la primera había tenido a *Hornub;* con la segunda, a *Nefer Hor.* Thot era representado con cabeza de ibis coronada por una luna llena. Su fiesta principal, según Ploutarchos, se celebraba el 19 del mes de Thot, a principios de año, algunos días después del plenilunio. Otras veces se le daba la forma de un cinocéfalo.

Pero el más poderoso de los demiurgos era *Raht,* dios el más venerado asimismo de Memfis, en donde su calidad de dios de la capital desde la tercera dinastía le permitió llegar a ser un dios real y el protector de la monarquía. Creador del Mundo (algunas veces se le identificaba con Nuu, el elemento húmedo que se encuentra como origen de todas las cosas), era «el Padre de todos los dioses, gran dios de los tiempos primordiales», «el Señor de los años», «el Amo de la eternidad». Los obreros de todas clases, considerándole como el Artista supremo entre los dioses, hicieron de él su patrón. Se le llamaba también «el de la Hermosa Cara».

Con el nombre de *Khnum* había cuatro dioses: uno, venerado en Hipselis; otro, en Antinoé; el tercero, en Esneh, y el cuarto, en Elefantina. Los cuatro eran dioses carneros. Su nombre no se sabe si recordaba su origen animal o su papel de dios creador. El carnero de Antinoé, demiurgo como *Path,* había moldeado el Mundo en un torno de alfarero, y lo mismo el cuerpo de los hombres. El Khnum de Elefantina, ciudad situada sobre la primera catarata, era el «Amo del agua fresca». Uno de sus primeros cuidados era vigilar al Nilo, evitando con ello que el país entero sufriese hambre si las inundaciones no se producían. Ello le valió una popularidad inmensa y el ser considerado como el más grande de los dioses del país. Se le representaba con cuerpo de hombre y cabeza de carnero.

En fin, los sacerdotes de Sabek hicieron con este nombre, *Sabek,* un demiurgo para la región de Fayum. Era un dios representado con cabeza de cocodrilo. Como era el dios del agua durante la inundación y ésta alcanzaba a todas partes todo a lo largo del Nilo, acabó por ser adorado en todas partes también. Hijo de la diosa acuática *Neith,* se alegraba al llegar la inundación. Por ello se decía de él: «hace nacer la vegetación en las orillas». Se daba como esposa suya a *Hathor,* particularmente en Kom-Ombo.

Hathor era la gran divinidad egipcia que los griegos identificaron con Afrodite. Diosa del Cielo, era considerada como hija de Ra. Su nombre era interpretado como «la morada de Horus», de quien se la hacía madre, explicando esta denominación porque el Sol, según se decía, se encerraba en su seno cada tarde para renacer al día siguiente. Los textos decían también de ella que era la gran vaca celeste que había creado al Mundo y todo cuanto contiene, incluso el Sol. A causa de ello se la representaba ora en forma de vaca, su animal sagrado, bien con cuerpo de diosa y cabeza de vaca, ya simplemente con cabeza humana adornada de cuernos o tan sólo con orejas de vaca y grandes trenzas que encuadraban su rostro. Protectora de las mujeres y de cuanto afectaba a su gracia y adornos, conoció y gozó de inmensa popularidad como diosa del amor y de la alegría. Se la proclamaba «dueña de la alegría, soberana de la danza, ama de la música, señora del canto, reina de los saltos y patrona del enlazamiento de las guirnaldas». Y a su templo: «mansión de la embriaguez y lugar de la vida agradable». Benévola con los vivos, lo era aún más con los muertos. Con el nombre de «Reina de Occidente», era la protectora de las necrópolis. También era llamada la «Dama del sicomoro», porque escondida entre las hojas de este árbol, en los límites del desierto, salía para ofrecer a los muertos el agua y el pan de bienvenida. Se decía también que ella era la que sostenía la larga escalera por la cual los justificados podían subir al Cielo. Su principal santuario estaba en Denderah.

OTRAS DIVINIDADES.—*Mont,* dios tebano de la guerra, fue identificado por los griegos con Apolo, a causa de su carácter solar. Se le representaba con cuerpo de hombre y cabeza de halcón coronada por el disco solar, más dos grandes plumas levantadas. Otras veces la cabeza era de toro, en vez de ser de halcón, pero con los mismos atributos.—*Per Uadjet* (la mansión de Uadjet), diosa protectora del Bajo Egipto, fue llamada *Buto* por los griegos. Soberana del Delta, había protegido a Isis y a su hijo. Diosa-serpiente, era representada, generalmente, en forma de cobra, alada o no, y a veces coronada; otras veces con cuerpo de mujer con un peinado en forma de buitre y sobre él la corona. La diosa-buitre y la diosa-cobra, designadas con el nombre de *Bebti* (las dos amas), figuraban juntas en el protocolo de los faraones.—*Nekhebt,* diosa protectora del Alto Egipto, lo era también de los partos, por lo que los griegos la identificaron a su Eileitiia. Era representada en forma de buitre teniendo en sus garras el sello y el espantamoscas, y planeando sobre la cabeza de los faraones; otras veces como mujer llevando la corona blanca del Alto Egipto.—*Amún* era la gran divinidad egipcia llamada por los griegos *Amón* e identificada por éstos a Zeus por llamarla los egipcios *rey de reyes.* Esta divinidad empezó a tomar importancia con el primer rey de la XII dinastía. A causa de él, Tebas era llamada *Nut Amun* (la ciudad de Amún). Era representado ora en forma humana llevando sobre la cabeza una especie de mortero adornado con dos grandes plumas rectas, ora con cabeza de carnero de cuernos retorcidos. El era el que ocasionaba y mantenía la vida en la creación y el dios de la fertilidad. Patrón de los faraones más poderosos a quienes concedía el dominio sobre sus enemigos, llegó a ser la divinidad por excelencia. Sus fieles le proclamaban *rey de los dioses* llamándole *Amún Ra.* En los cuadros de las tumbas reales él es el que, entronizado en la barca del Sol, alumbra al mundo inferior durante las doce horas de noche. Su religión y culto fue decretado el único oficial por el hijo y sucesor de Amenofis III, que cambió el nombre de Amún por el de *Atón,* y el suyo propio, Amenofis (Amón está satisfecho), por el de Akhenatón (la Gloria de Atón); abandonando asimismo Tebas, por una nueva capital que hizo construir, Ikhutatón (el horizonte de Atón), en el Egipto Medio, hoy Tell el Amarna. La nueva religión no vivió sino lo que el faraón que la había implantado mientras que la gloria de Amún siguió creciendo y llegó un momento en que su poder se extendió, fuera de Egipto, por Etiopía y por las tribus del desierto de Libia. No obstante, donde tuvo sus mejores santuarios fue en Tebas, en la orilla derecha del Nilo, en Luksor y en Karnak. Su esposa era *Mut,* identificada por los griegos a Hera. Con Amún y *Khonsú,* su hijo adoptivo, formó la célebre triada tebana. Este Khonsú, adaptación griega del nombre egipcio *Khons* (el navegante), *el que atraviesa el cielo en barca,* parece haber sido un dios lunar, al menos en su origen, y no se sabe por qué los griegos le identificaban a veces con Herakles. Fue muy venerado en Tebas y también en Ombos; uno de los meses del año llevaba su nombre, *Pakons* (el de Khons).—*Sabek* (en griego *Sukhos),* dios protector de las aguas, con cabeza de cocodrilo, era uno de los patronos de los reyes de la XIII dinastía, varios de los cuales se llamaron Sabekhotep (Shabek está satisfecho). Fue adorado sobre todo en Fayum.—*Phtah,* protector de artesanos y artistas, fue identificado a Hefaistos por los griegos. Tuvo en Memfis un templo célebre. Sethi I y Rsamsé II, de la XIX dinastía, tuvieron especial predilección por él. Su esposa era *Ekhmet* y su hijo *Nefertum.* Cerca de su santuario de Memfis, que los sacerdotes hicieron admirar a Herodotos, era alimentado cuidadosamente el célebre buey *Apis,* encarnación viva del dios. Aunque le llamaban el *hermoso de cara,* con frecuencia era representado como un enano disforme.—*Bast,* identificada por los griegos con Artemis (sin duda por error con la diosa-leona Tefnet), empezó por ser la diosa local de Per Bast (la casa de Bast), departamento del Bajo Egipto, y acabó por ser la gran diosa del reino, cuando su ciudad llegó a ser la capital en tiempos de Sheshonk, hacia el año 950 a. d. J. Diosa-leona en un principio, cuando personificaba el calor fecundante del Sol, fue más tarde una diosa de la alegría, como Hathor; amante de la música y del baile, cuya cadencia gustaba de marcar con el sistro (era representada con cabezas de gato y un sistro en la diestra; en la izquierda una égida y una cesta colgada al brazo). Aunque en su calidad de patrona de los reyes bubastites llegó a ser una de las más grandes diosas egipcias, su apogeo no lo alcanzó hasta el siglo IV a. d. J. Su magnífico templo de Bubastís, a creer a Herodotos, era uno de los más elegantes de Egipto. En él se celebraban periódicamente grandes y alegres fiestas. En un sólo día de estas fiestas bebíase más vino que durante todo el resto del año. Para ser agradables a su diosa-gata, sus devotos enterraban los cadáveres de los gatos, tras haberlos momificado, a la sombra de su santuario.—*Seker* (el *Sokaris* griego) debió de ser un dios de la vegetación antes de convertirse en el dios de los muertos en la necrópolis de Memfis. Era adorado bajo la forma de una momia verdusca, con cabeza de halcón, en un santuario denominado Ro Staú (las puertas de los corredores), que comunicaba directamente con el mundo inferior. Identificado pronto con Osiris, acabó por ser la gran divinidad funeraria de Memfis, con el nombre de *Ptah Sokar Osiris.*—*Sekhmer* era la espantosa divinidad de la guerra y de los combates representada ordinariamente como una leona, o como una mujer con cabeza de leona. Su nombre, que significa *la Poderosa,* le fue dado cuando tomando la forma de leona se arrojó sobre los hombres rebelados contra Ra, pero con tal furor que el dios-Sol, temiendo que exterminase a la raza humana, tuvo que rogarla que se detuviese. Y Ra, como ya se ha dicho, inundar el Mundo con un licor que, tomándolo la diosa por sangre, se emborrachó con él. Para acabar de calmarla, Ra decretó «que cada primero de año se la darían tantas tinajas de cerveza cuantas sacerdotisas tenía el Sol». A su culto estaban adscritos curanderos que, gracias a su intercesión, arreglaban las fracturas.—*Nefertum* (el *Iftimis* griego) era el nombre del antiguo dios hijo de la triada memfita, que los griegos identificaron con Prometeus, tal vez porque a su padre, Ptah, se le atribuía el descubrimiento del fuego. Se le solía representar como un hombre armado del sable curvo llamado *khopesh;* su cabeza está empenachada por una flor de loto, abierto, del que salía un tallo córneo; o con cabeza de león, animal sobre el que otras veces estaba de pie. Su madre era Sekhmet, la diosa-leona.— *Neit,* identificada por los griegos con su Atena, era divinidad del Delta, protectora de Sais, ciudad que llegó a ser capital del Egipto, cuando Psamétiko, fundador de la XXVI dinastía, subió al trono hacia mediados del siglo VII a. d. J. Y, naturalmente, ello aseguró la preponderancia de la que hasta entonces no había pasado de diosa local. Acabó por tener doble carácter: diosa guerrera, por una parte, y patrona de las artes domésticas y de la mujer, por otra. Hasta se la atribuyeron numerosos mitos cosmogónicos que hicieron de ella una diosa celeste como Nut y Hathor, acabando por ser declarada madre de los dioses y muy particularmente de Ra, «al que ella crió antes de que hubiese crianzas». De su famoso templo de Sais, donde cuenta Ploutarchos que podía leerse la inscripción: «Yo soy todo cuanto ha sido, es y será», no queda nada. A su santuario había anexionada una escuela de medicina, *la Casa de la vida,* dirigida por sacerdotes.

DIVINIDADES DEL NILO Y DEL DESIERTO

Khnum era el dios de la región de las cataratas. Se le representaba con cuerpo de hombre y cabeza de borrego, con grandes cuernos ondulados, pero no curvos como los de Amún. Sus dos esposas eran *Satis* y *Anukit.* Khnum significaba *el modelador,* porque se decía que él era el que había modelado el Huevo del Mundo en su torno de alfarero. A causa de su cualidad de modelador celestial, presidía la formación de los niños en el vientre de las madres. Su culto pasó de Egipto a Nubia, donde tuvo también muchos adoradores.—*Herishef* (el *Arsafes* griego), palabra que significaba «aquel que esté sobre su lago», era el nombre de un dios con cabeza de borrego, que tenía santuario en Fayum, y que los griegos identificaron con Herakles. Todos los dioses con cabeza de carnero como él eran, según Maspero, dioses del Nilo.—*Satis,* ya mencionada como esposa de Khnum (Satis es la transcripción griega del *Setet* egipcio, nombre que, según Maspero, significa «la que corre como una flecha»), era la diosa que intervenía en la rapidez de la corriente del Nilo; y, por ello, en sus inundaciones. Se la representaba como una mujer llevando en la cabeza la corona blanca del Sur, más dos largos cuernos, y en las manos el arco y las flechas. Esta diosa dio su nombre al primer nomo del Alto Egipto. Ta Setet (la Tierra de Satis). Su lugar preferido era la isla de Sahel.—*Anukit,* segunda esposa de Khnum, a la que se representaba llevando en la cabeza una alta corona de plumas, era la *Apretadora,* o *la Ceñidora,* como indica su nombre, porque ella era la que apretaba, ceñía o contenía al Nilo entre sus rocas de Filae y Siene. Gustaba también de la isla de Sahel, que la estaba consagrada.—*Minu,* identificado por los griegos con Pan, era un dios muy antiguo al que se representaba siempre de pie, tocado con una especie de mortero con dos plumas (como Amún), blandiendo un látigo, y siempre en estado itifálico. En la época clásica era adorado como dios de los caminos y protector de los viajeros en el desierto. Era también adorado como dios de la fecundidad y como protector de la vegetación y de las cosechas. Era venerado especialmente en Koptos y en Akhmin (la antigua Khemmis, la Panópolis de los griegos), donde se celebraban en su honor juegos gimnásticos. Herodotos dice, a causa de ello, que era una ciudad que gustaba de las costumbres griegas.—*Hapi,* nombre del Nilo considerado como dios. Era representado cual un hombre vigoroso, pero ventrudo y con senos, como una mujer, pero que le caían pesadamente a lo largo del pecho. Vestido al modo de barqueros y pescadores (con una faja o cinturón estrecho que sostenía su panza), llevaba en la cabeza una corona hecha con plantas acuáticas: lotos, cuando se trataba del Nilo del Alto Egipto, y papiros, si del Bajo. Decíase que tenía su residencia en la isla de Bigeh, no lejos de la primera catarata, en el fondo de una caverna desde la que vertía hacia el cielo y la tierra el agua de sus urnas. Los egipcios le hacían ofrendas para que las aguas del Nilo alcanzasen, cuando su inundación periódica, la altura necesaria (dieciséis codos sobre el nivel normal). Fuera de esto no tenía importancia ni papel alguno en la religión, ni estaba adscrito a ningún sistema teológico.

DIVINIDADES PROPICIAS A LOS NACIMIENTOS Y A LA MUERTE

Ta Urt (la Grande, en griego *Teuris)* era el nombre con que frecuentemente era adorada *Ipet,* diosa popular de los nacimientos, que simbolizaba la maternidad y la lactancia. Era representada como una hembra de hipopótamo de pechos colgantes, levantada sobre las patas posteriores, y teniendo ante ella el signo jeroglífico de la protección, *sa,* representando una estera de papiros enrollados. Si en vez de diosa protectora era vengadora, sobre el cuerpo de hipopótamo tenía una cabeza de leona, y en la pata un puñal amenazador. Fue adorada especialmente en Tebas, y durante el Nuevo Imperio gozó de gran popularidad entre la clase media, que gustaba dar su nombre a su descendencia y tener en sus casas la imagen de la diosa.—*Heket* era una diosa-rana o con cabeza de rana y cuerpo de mujer, que simbolizaba el estado embrionario cuando el grano empieza a germinar. Era una de las parteras que asistía todas las mañanas al nacimiento del Sol, y por ello figuraba, entre otras diosas, como patrona de los partos.—*Meskhenet,* diosa de los partos (era representada como una mujer llevando sobre la cabeza dos largos brotes de palmera, doblados en sus extremos), personificaba los dos ladrillos sobre los cuales, las madres egipcias se ponían en cuclillas en el momento de dar a luz. A causa de ello a veces era representada Meskhenet como un ladrillo terminado en una cabeza humana. También se la atribuía el papel de madrina para que predijese la vida del recién nacido. Un cuento relativo al nacimiento de los tres primeros reyes de la V dinastía dice que cuando la reina Ruditdidit estuvo a punto de dar a luz, Ra, que era el verdadero padre de la criatura que iba a nacer, ordenó a Isis, a Nefthis y a Meskhenet, que fuesen junto a ella. Las tres diosas se pusieron en camino seguidas del dios Khnum, y vestidas de bailarinas. Llegado el momento, Isis se puso delante de Ruditdidit; Nefthis, detrás, y Heket ayudó a la madre. El niño fue recibido por Isis. Las diosas le lavaron y luego le colocaron sobre un lecho de ladrillos. Al punto Meskhenet se acercó al niño y le dijo: «Es un rey que ejercerá su imperio sobre el país entero». Luego, Khnum le puso la salud en los miembros.—Las *Hathors* eran una especie de hadas madrinas que se mostraban a veces cuando nacían los niños egipcios, para predecirles su destino. Eran siete o nueve. Sus predicciones eran buenas o malas, pero nadie podía escapar a ellas.—*Shai,* el Destino (a veces era una diosa, *Shait),* nacía con el hombre, crecía con él y le acompañaba hasta la muerte. Cuando las almas eran puestas en presencia de Osiris para que éste las juzgase, Shai estaba allí «para dar cuenta al tribunal infernal, de un modo exacto, de las virtudes o de los crímenes del difunto, y para preparar, en su caso, las condiciones de una nueva vida».—*Raninit* era la diosa que presidía la crianza del niño. Le daba también nombre y con ello personalidad y fortuna. Tras la muerte, estaba con Shai en el momento del juicio. Se la representaba con cabeza de serpiente o de leona; o como un uraeus vestido y tocado con dos largas plumas. Dio el nombre *al mes de Raninit* (o Renenut), octavo mes, a última hora, del calendario egipcio.— *Renpet,* a la que se representaba llevando sobre la cabeza un brote de palmera doblado en su extremo (ideograma de su nombre), era la diosa del año, diosa de lo que se renovaba y, consecuentemente, de la juventud; por ello era llamada *Maestra de la eternidad.*—*Besu* (Biso o Bes) era la divinidad del matrimonio y la que presidía el tocado de las mujeres (a veces figuraba también en los nacimientos). Dios popular, era representado como un enano robusto, de aspecto bestial, cabeza gorda, enormes ojos, pómulos salientes, barba hirsuta y una lengua enorme que se veía a través de la boca abierta. Como sombrero llevaba un ramo de plumas de avestruz, y se vestía con una piel de leopardo cuya cola, cayendo por detrás, era visible entre las piernas del grotesco dios. Jovial y belicoso a la vez, gustaba del baile y de los combates. Era el bufón de los dioses. Llegó a adquirir tanta popularidad en los últimos tiempos, que la gente, sobre tener su imagen en las casas, daba su nombre a los niños. Además de presidir el adorno de las mujeres, era un excelente protector no tan sólo contra los malos espíritus, sino contra los animales peligrosos: leones, serpientes, cocodrilos. A fines del paganismo protegía a los muertos, a causa de lo cual su popularidad era casi tanta como la de Osiris. Fue transformado en demonio fuera de Egipto: Moisés tuvo que exorcizar «a un demonio malo llamado Bes que aterrorizaba a los habitantes inmediatos». Hoy mismo se dice que la puerta Sur de Karnak es la morada de un enano de piernas patizambas, cabeza enorme y terrible barba, que salta al cuello de los extranjeros y los estrangula. Es el Bes de los antiguos egipcios que no se ha resuelto a abandonar los lugares en que gozó de tanta popularidad y admiración.—*Selket* (en griego *Selkis*) es el nombre de la antigua diosa Escorpión que es representada como una mujer con cabeza de escorpión, su animal sagrado, o como un escorpión con cabeza de mujer. Se la decía hija de Ra. Protegía los matrimonios y a toda persona contra una suerte adversa. Pero, sobre todo, su papel era particularmente importante en los embalsamamientos, como protectora de las entrañas; como ella era la que velaba sobre los vasos llamados *cano pes* (vasos de tierra porosa coronados por una cabeza emblemática de Osiris; tomaron su nombre de la ciudad así llamada, Canope), en los cuales eran encerrados los intestinos de los muertos, luego de ser sacados del cadáver antes de embalsamarle. Como Isis, Neit y Nefthis, era protectora de los muertos.

Sobre el origen de los *Cuatro hijos de Horus había* dos versiones. Según una, habían sido paridos por Isis; según otra, Sabek, por orden de Ra, los había pescado con una red y sacado del agua en una flor de loto. En una flor de loto, en todo caso, asistían, de pie los cuatro, colocados ante el trono de Osiris, al acto de pesar el alma de los muertos. Encargados por Horus, su padre, de velar sobre los cuatro puntos cardinales, fueron asimismo encargados por él de cuidar del corazón y de las entrañas de Osiris y de preservar a este dios del hambre y de la sed. Desde entonces eran los principales protectores de las vísceras, que, desde los tiempos del Imperio Antiguo, había la costumbre de extraer de los cadáveres, de empaquetar separadamente y de conservar en cajas o en tinajillas llamadas erróneamente *canopes,* cada una de las cuales era confiada no solamente a la custodia de uno de los cuatro genios funerarios, sino incluso a la de una diosa. Así, *Amsiti* (con cabeza humana) velaba en unión de Isis sobre el vaso que contenía el hígado; *Hapí* (con cabeza de cinocéfalo) y Nefthis guardaban el pulmón; *Tuemeft* (con cabeza de chacal) y Neit cuidaban del estómago, y *Kebhsneuf* (el de la cabeza de halcón) y Selket, los intestinos.—*Amenti* (la Occidental), representada como una diosa llevando en la cabeza una pluma de avestruz, o una de avestruz y otra de halcón; era la diosa de la mansión de los muertos. En la puerta del más-allá, a la entrada del desierto, acogía a los muertos, saliendo del árbol que había escogido como morada y les ofrecía pan y agua. Si aceptaban, tornábanse amigos y ya no podían volver atrás.—*Marit* (la Amiga del Silencio, o la Amada del que hace el silencio; es decir, la amada de Osiris) era el nombre de la diosa-serpiente de la necrópolis de Tebas, o más exactamente, de una parte de la montaña funeraria, la cumbre en forma de pirámide que domina toda la cadena, lo que le valió a tal diosa el sobrenombre de *Ta tehnet,* la Cima. Era representada como una serpiente con cabeza humana o como una serpiente con tres cabezas: una cabeza humana, una cabeza de serpiente y la tercera de buitre. En general, era diosa benéfica, pero también sabía castigar. Una inscripción hace saber que Neferabu, modesto empleado de la necrópolis, fue abrumado por la diosa con una enfermedad por haber pecado; luego, una vez arrepentido, fue curado por la *Cima de Occidente.*—*Maat, Mait o Ma,* diosa del derecho, de la verdad y de la justicia, era hija y confidente de Ra y esposa de Thot, el juez de los dioses, llamado *el amo de Maat.* Maat formaba parte del cortejo de Osiris en la sala en que este dios, *la sala de la doble justicia,* juzgaba a los muertos. Vigilaba el platillo de la balanza con objeto de verificar si el corazón no mentía cuando decía estar libre de faltas. En realidad era una pura abstracción divinizada. Otra abstracción divinizada era *Heh* (Neheh), *la Eternidad,* que era representada como un hombre sentado en el suelo al modo egipcio, llevando sobre la cabeza un tallo de caña doblado por su extremo.

HOMBRES DIVINIZADOS

Entre los hombres divinizados, aparte de los faraones (tanto los ya fallecidos como el que vivía), que eran adorados al mismo tiempo que los dioses, sobre todo en los templos de Nubia, dos hombres particularmente habían merecido a causa de sus méritos tan alta distinción: *Imhotep* (Imuthés en griego) y *Amenhotep* (Amenofis en griego). *Imhotep* (el que viene en paz) era el más célebre de los antiguos sabios. Gran arquitecto del rey Zozer (tercera dinastía) el constructor de la más antigua de las pirámides; parece ser que fue el primero en emplear en arquitectura la columna de piedra. Patrón de los escribas y de cuantos como él se ocupaban de las ciencias y de las artes; luego lo fue igualmente de los médicos, acabando por ser el dios o semidios de la medicina, por lo que los griegos le identificaron con Asklepios. Amenhotep, ministro de Amenofis III, que vivió en Tebas en el siglo xv antes de Jesucristo, fue un «Sabio, iniciado en el libro divino, que, había contemplado las hermosuras de Thot» y el hombre de su tiempo que conocía mejor la ciencia misteriosa de los ritos. Famoso arquitecto también, entre las grandes cosas que hizo fue el templo funerario de su señor, del que sólo quedan dos estatuas, una de las cuales tan célebre fue en la antigüedad con el nombre de el coloso de Memnón. Su fama fue en aumento con los siglos, y en la época saita, Amenhotep era considerado como un hombre que, «a causa de sus conocimientos, parecía haber participado de la sabiduría divina». Se le hacía autor de libros de magia y se referían de él hechos maravillosos.

ANIMALES DIVINIZADOS Y ANIMALES SAGRADOS

El más importante de los animales *divinizados* era *Apis,* bien que no entrase en la categoría de las grandes divinidades. Este toro-dios era mantenido en el templo de Ptah, en Memfis. Apareció en la primera dinastía. En la quinta ya tenía no solamente un santuario, sino culto especial. Recibía los honores divinos en una capilla contigua al templo de Ptah. Para ser Apis el toro o buey elegido tenía que reunir los caracteres siguientes: piel negra y lustrosa, en la frente o testuz un triángulo blanco, en el lomo un águila con las alas desplegadas o una media luna blanca, en la lengua la imagen de un escarabajo. Como no hay duda que debía ser más fácil falsificar un animal así que encontrarle hecho, todos los Apis debieron ser Apis sacerdotales. Para que nada le faltase, además de rica y abundante comida, todos los años le procuraban una ternera de buen ver, que luego era inmolada, pues el dios no debía tener progenitura. Posteriormente, en el período faraónico, en vez de una ternera tuvo un harén de ellas. El aniversario del día que era introducido en el templo se celebraban fiestas que duraban siete días, al principio de la Luna llena. De llegar a los veinticinco años de divinidad, se le ahogaba. Durante setenta días sus adoradores se ponían de luto. Este plazo era el necesario para proceder a la momificación del dios-cornúpeta, antes de ocuparse de su entierro. Luego la momia era colocada en un gran sarcófago y éste en su tumba o nicho individual correspondiente. Los funerales eran tan costosos a causa de su suntuosidad, que los faraones tenían que acudir en ayuda de los sacerdotes del templo de Apis. Luego se erigía en su honor una estela funeraria en la cual se grababan los acontecimientos memorables de su carrera de dios. E inmediatamente los infatigables y excelentes sacerdotes se echaban a buscar un joven dios, que, una vez encontrado (o amañado) era solemnemente introducido en el templo en medio de grandes festejos populares. Apis, dios generador y símbolo de la fecundidad, estaba a causa de ello relacionado con Osiris, dios de la vegetación y del Nilo. Como ello le confería también cierto carácter funerario, pues ya se sabe que Osiris era el gran dios de los muertos, a partir de la decimoctava dinastía se empezó a llamar al Apis muerto *Usir Hap,* de donde salió el *Serapis* de los griegos, bien que este dios nada tuviese que ver con el torito de Memfis. Otro toro, éste adorado en Heliópolis, era *Mer-ur (Mne-nis* en griego). Se sabe muy poco sobre él y sobre su culto. Dios de la vegetación, era asociado al culto de Ra-Atum y considerado como un accesorio indispensable del gran templo de Heliópolis. La tercera forma del toro dios era el llamado *Bukhis* por los griegos, objeto de una veneración especial en Hermonthis (Heliópolis del Sur). Pero éste tenía que ser blanco con la cabeza negra. Tras el toro, uno de los animales divinos más populares fue el carnero. El culto al *Carnero de Mendés* remontaba quizá al período protohistórico. Pasaba por receptáculo de las Almas de Osiris y de Ra. De los cuadrúpedos pasamos a los pájaros, de los cuales *Bernú* era el prototipo del fénix egipcio. Aunque los textos egipcios no hacen de este animal fabuloso las descripciones que los griegos, su leyenda debió de formarse ya desde los tiempos primitivos, puesto que era *el alma del Sol Ra*, con la cual se levantaba todas las mañanas saliendo de su morada común, que era la *casa del Ben-ben*. Se le decía nacido en el árbol Iched, que adornaba el recinto del segundo templo de Heliópolis. La leyenda del fénix egipcio fue magnificada por griegos y romanos, acabando por asegurarse que volvía a Heliópolis luego de cada uno de sus largos eclipses, para dejarse ver. Según Herodotos, cada quinientos años; según Hesiodos, cada noventa y siete mil doscientos; es decir, cada vez que sentía próximo su fin y para proceder al entierro de su padre, de cuyas cenizas renacía, éste era quemado en una hoguera de mirra y maderas odoríferas, las cenizas eran mezcladas con sustancias aromáticas, y de ellas o en ellas aparecía el nuevo fénix, que al punto escapaba volando hacia Oriente (Arabia, por lo general), su patria de origen.

Los animales *sagrados* eran la multitud de bichos anónimos que eran adorados no por ser dioses ellos mismos, como los anteriores, sino por estar unidos a una divinidad de la cual eran los representantes en la Tierra. Los principales eran: el *Halcón*, animal sagrado de Horas, Khonsu, Sokaris y Mont; el *Toro* (aparte de los toros-dioses mencionados), animal sagrado de Min; la *Vaca*, animal sagrado de Hathor, Nut, Isis y Nefthis; el *Carnero*, animal sagrado de Harsafes (dios universal de Heliópolis, esposo de Hathor) y de Khnun (el dios alfarero); el *Macho cabrío*, alma de Ra, Osiris, Geb y Chu; el *Buitre*, representante de las diosas Nekhbet y Mut; la *Serpiente*, que entraba en la figuración de Horus, Buto, Atum, Renen-Utet (diosa de las cosechas) y Meresger (protectora de la necrópolis tebana); el *León*, representación de Atum, Chu y Nefertum; la *Leona*, animal sagrado de Sekhmet, de Tefnet y de Mehit, llamadas por ello diosas leonas; el *Gato*, Bastet, Pakhet y Mut eran diosas gatas; el *Chacal* o el *Perro*, animal sagrado de los dioses de las necrópolis, es decir, de Khentamentú, Anubis y Upuaut; el *Lince*, animal sagrado de Mafdet; el *Ganso*, animal sagrado de Amón; el *Hipopótamo*, cuyo cuerpo era tomado por la diosa Thueris, como hemos visto; cuando encarnaba al dios Seth era considerado como enemigo. El *Fénix*, animal fabuloso, cuyo tipo se acercaba al de la garza, y encarnaba las almas de Ra y Osiris; el *Escarabajo*, forma de dios solar; el escarabajo *Kheprí* era el sol matinal. El *Ichneumón* (especie de mangosta, que era venerado en Egipto donde es muy corriente, porque se decía que devoraba las serpientes y los huevos de cocodrilo), en que se había transformado Atum cuando tuvo que combatir con Apofis, el monstruo-serpiente; el *Escorpión,* alma de la gran diosa Selket; pero que también era odiado cuando se le hacía animal de Seth; el *Cocodrilo,* adorado con el nombre de *Sebek,* y que entraba en el «compuesto» animal de la diosa Thueris; el *Ibis,* animal sagrado de Thot; el *Mono,* también animal sagrado de Thot, y, en fin, el *Ciempiés,* adorado en Heliópolis con el nombre de *Sepa.* La veneración hacia estos animales sagrados llegó a tal punto, que, según Diodoros, la muerte de uno de ellos, incluso involuntaria, costaba la vida al que la causaba. Herodotos cuenta que cuando estallaba un incendio descuidaban el apagarle por ocuparse en salvar a los gatos, a los que el fuego hubiera podido hacer perecer. Y cuando los animales sagrados morían, nada había más meritorio que proceder a su inhumación. Si se trataba de un Apis, el rey se creía obligado a costear sus funerales, que eran costosísimos, como ya he indicado. Dará buena idea del respeto que sentían los egipcios hacia sus animales sagrados sabiendo que se han encontrado perfectamente momificados; y que la inhumación de los animales sagrados se hacía en tales proporciones, que actualmente se explota en Beni-Hassan un cementerio de gatos para extraer e industrializar el abono que en él se encuentra.

DIOSES DE LOS MUERTOS

Además de los dioses y diosas ya mencionados que tenían una relación más o menos directa con los muertos por ser divinidades de la muerte o de las necrópolis, hay que citar a tres, cuya intervención con los muertos era por decirlo así directa. *Upuaut* (el *Ofois* griego), *Inpu* (en griego Anubis) y el dios por excelencia de los muertos, y, por todos conceptos una de las más populares entre las divinidades egipcias, Osiris.

Upuaut era un dios con cabeza de chacal, como Anubis: pero que es preciso no confundir con éste. Primeramente era un dios guerrero. Como *Up Uaut* significa «el que abre los caminos», él era quien, en tierra enemiga, guiaba a los guerreros de las tribus; así como, llevado sobre su pavés, conducía el cortejo principal en las fiestas de Osiris. Pero además de dios de la guerra fue adorado como dios de los muertos, especialmente en Abidos, donde, antes que Osiris la poseyese, él era el soberano de la necrópolis bajo el nombre de *Khent-Amenti* (el que preside en Occidente). Naturalmente, su función de dios de los muertos fue una consecuencia de su prístina concepción como divinidad de la guerra. Como no podía perder una función sin perder la otra, al ser atribuida a Osiris la soberanía absoluta sobre los muertos, él, y lo mismo Anubis, fueron asociados a este dios en calidad de oficiales principales, cuando Osiris conquistó el Mundo.

Anubis, por su parte, fue identificado con el Hermes psicopompo, es decir, conductor de los muertos en el otro mundo. Era representado como un chacal negro de abundante cola, o como un hombre de carnes negruzcas y cabeza de chacal o de perro, su animal sagrado. A causa de ello los griegos llamaron Kinópolis a la Metrópoli de su culto. Desde las primeras dinastías él era quien presidía los embalsamamientos, durante los cuales los rezos funerarios le eran casi exclusivamente dedicados. En los textos de las Pirámides Anubis era designado como «cuarto hijo de Ra» y se le daba a su vez como hija a *Kebehut,* «la diosa frescura»; pero más tarde fue admitido en la familia osiriana pretendiendo que era hijo adulterino de Nefthis, que, no habiendo tenido hijos con Seth, le tuvo con Osiris. Abandonado por su padre, fue recogido por Isis, que sin sentirse celosa de la infidelidad de su marido, se encargó de educar a Anubis. Ya mayor, acompañó a Osiris a la conquista del Mundo, y cuando el *Ser Bueno* fue asesinado, ayudó a Isis y a Nefthis, por orden de Ra, a amortajarle. Fue entonces cuando inventó los ritos funerarios y cuando fajó la momia de Osiris para preservarla del contacto del aire y evitar su corrupción. Esto le valió el título de *Señor de las ventanillas.* Y con tal papel se le veía frecuentemente (y se lee aún, por supuesto, en los monumentos) procediendo al embalsamamiento de la momia de un difunto, y luego recibiéndole a la puerta de la tumba, hasta donde la hará llegar después de las ofrendas que le traigan sus herederos. En seguida tomaba a los muertos por la mano y los conducía, en su calidad de ujier, al palacio de Osiris, y los introducía ante el soberano, en presencia del cual procedía a pesar las almas. Este papel de dios de los muertos le valió a Anubis culto universal, y su admisión en la leyenda osiriana le hizo guardar adoradores hasta las épocas más recientes, cuando a causa de su identificación con Hermes psicopompos recibió su nombre de *Hermanubis.*

Pero el dios egipcio por excelencia de los muertos era *Osiris.* En este importantísimo dios, cuya leyenda nos es conocida, como ya he dicho, por Ploutarchos, de sus tres aspectos principales (dios agrario, dios de los muertos y dios cósmico), el sobresaliente y verdaderamente popular era el de divinidad de los difuntos. Osiris empezó, en efecto, por ser el dios de la vida vegetal, de la tierra, fecundada y mantenida por las crecidas del Nilo (a causa de lo cual era considerado como *el agua nueva del Nilo),* y bajo este aspecto encarnó la potencia universal de la fecundación, llegando a ser como la síntesis de las fuerzas creadoras de la Naturaleza. ¿Cómo pasó de dios agrario a dios de los muertos? Dos hipótesis pueden establecerse: la primera unida a su posible origen terrestre, del que luego fue convertido en dios. Parece ser, en efecto, que Osiris fue el primero de los grandes hombres divinizados. La leyenda tejida en torno a su figura dice que, maltratado y ahogado por su hermano y rival *Seth,* fue sucedido por su hijo *Horus.* La permanencia de la víctima en el río se relacionó con las crecidas anuales del Nilo, la naturaleza fertilizante de los aluviones fue atribuida al cuerpo del dios-rey. La prosperidad agraria anual, debida a estas crecidas del río, y el «renacer» de la vida vegetal (y por ella de la vida toda de Egipto) era considerada como una manifestación de la resurrección de Osiris en la Naturaleza entera. Y naturalmente, un dios que pasaba parte del año en el Imperio de los Muertos para luego resucitar periódicamente, lógico era que fuese un dios chetónico por excelencia. Esta segunda parte del problema: la muerte seguida de resurrección, puede ser una segunda hipótesis por sí sola, prescindiendo de la posibilidad histórica. En todo caso, formada y aceptada la leyenda, lógico era que presidiese los destinos humanos, puesto que daba con su ejemplo la solución del problema de la muerte: morir en la tierra para resucitar en otra forma, anhelo que ha sido siempre, en todos los tiempos y países, la gran preocupación de los hombres y la gran fuerza de las religiones para encadenarles. Luego, una vez reconocida y admitida su importancia como dios de la *gran función final,* esta misma función le atrajo nuevas prerrogativas. Desde el principio de la dinastía memfita, de dios de la

Tierra fue promovido a dios del Cielo. Tal vez la asimilación de sus atribuciones terrestres a las vicisitudes de la Luna, que crece y decrece sin cesar, sirvieron para conferirle su aspecto cósmico o astral. Y aún un cuarto aspecto: el de dios político y local, cuando al suplantar a *Andjiti,* el antiguo dios de Busiris, llegó a ser el soberano del Delta oriental. Con ello fue pastor de pueblos y la realeza osiriana empezaría a servir de modelo a las instituciones reales. Al transmitir el poder que él tenía de su padre a su hijo Horus, daría la pauta que siguieron las treinta dinastías faraónicas para establecer su derecho al trono, puesto que las dinastías humanas no eran sino continuación de las divinas.

Visto el dios, veamos su mito. Mito casi el único, y en todo caso el más importante de las leyendas mitológicas egipcias.

Como acabamos de ver, Osiris, de antiguo rey divinizado, llegó a ser rápidamente el dios símbolo de la fuerza fertilizante del Nilo. ¿Cómo de dios agrario, de dios de la vegetación, pasó a ser en la imaginación popular una divinidad sacrificada en beneficio de los hombres, para salvarlos simbolizando con ello el renacimiento que siempre se ha deseado siga a la muerte? Su mito nos lo va a explicar.

Según los textos de las Pirámides, Osiris era hijo de Geb y de Nut, las divinidades de la Tierra y del Cielo. Una tradición de la Epoca Baja pretendía que Nut, maldita por Ra, habíase visto en la imposibilidad de hacer nacer a los cinco hijos que esperaba (Osiris, Horoeris, Seth, Isis y Nefthis). Entonces una estratagema de Thot la sacó de apuros. Este dios creó los cinco epagomenes, y durante ellos Nut pudo dar a luz a sus hijos.

Como ya ha sido dicho, Osiris fue un gran rey. Su reinado fue todo beneficio y progreso para Egipto. Sacó a sus súbditos de la rudeza primitiva, les enseñó a cultivar la tierra, a preparar el vino, a extraer los metales del subsuelo, a disponerlos para que pudiesen ser útiles mediante las industrias, hizo nacer las artes, dio a sus súbditos leyes justas y hasta les inculcó el amor y respeto a los dioses. En su obra de civilización y bondad fue secundado infatigablemente por su hermana y mujer, Isis, gran maga, cuya ciencia sobrenatural le ayudó mucho a realizar sus invenciones, y que, sobre compartir con él el poder le reemplazaba durante sus ausencias. Thot, el escribano sagrado, administrador adicto, protector de letras, artes y ciencias, y Anubis, el dios guerrero, su compañero fiel, fueron también preciosos auxiliares de Osiris.

Todo, pues, hubiese sido perfecto de no haber tenido Osiris un hermano envidioso: Seth. Este Seth pasaba todo el tiempo maquinando intrigas contra su hermano. Pero Isis velaba y durante muchos siglos sus manejos perversos fueron inútiles. Hasta que un día Seth hizo fabricar un cofre suntuosamente decorado, de la dimensión exacta del cuerpo de Osiris. Luego celebró un banquete, en el que se sentaron a la mesa con ambos hermanos los setenta y dos cómplices de Seth. Alegres, cual se suele estar tras las buenas comilonas, Seth invitó a todos los presentes a meterse en el cofre, prometiendo un buen regalo al que lo llenase completamente. Tras haberlo intentado todos en vano, Osiris entró en él, y, en efecto, pudo ajustarse perfectamente. Mas apenas lo había hecho, los conjurados cayeron sobre él, cerraron la tapa, la clavaron sólidamente, y luego, llevándole hasta el Nilo, le arrojaron en él. El gran río recibió el cofre, y como a una nave sin timón, arrastrándola dulcemente, la condujo hasta el mar.

Al llegar aquí, tres versiones distintas cuentan la suerte futura del cofre y de su precioso contenido.

Según los textos de las pirámides, Isis, ayudada por Nefthis, acabó por encontrar el cuerpo de su esposo, pero en estado de descomposición, los huesos ya desunidos. Sus lamentos fueron tales, que Geb y Nut corrieron en su ayuda, readaptaron los miembros del cadáver, y tras ello, Ra, que sostenía la cabeza (los demás dioses estaban en torno suyo), le ordenó resucitar. A la voz del demiurgo Osiris despierta, «y ya no se corrompe ni se descompone».

La estela del Louvre, que aunque de la decimoctava dinastía no hace sino reproducir probablemente un documento original del Imperio Medio, nos da la segunda versión. Según ésta, Ra, conmovido por las lamentaciones de Isis, la envió a Anubis para que cumpliese los ritos funerales con Osiris, le envolviese en bandas apropiadas e hiciese con ello la *primera momia.*

En fin, la tercera versión, que es la referida por Ploutarchos (y de la que se hallan alusiones en algunos textos egipcios), cuenta que el cofre que contenía los restos de Osiris fue llevado por las olas hasta la costa de Fenicia, a un lugar inmediato a Biblos. Que el cofre fue a detenerse bajo un árbol *(erika),* cuyo tronco, creciendo en torno del cofre rápidamente, le envolvió disimulándole bajo su albura, y que más tarde, habiendo pasado por allí Malkandros, rey de Biblos, sorprendido de la corpulencia de árbol tan magnífico, mandó que le cortasen y del tronco hizo la columna que sostenía su palacio.

Entre tanto, Isis había empezado a buscar el cuerpo de su esposo, alcanzando al fin a saber, gracias a sus conocimientos mágicos, adónde había ido a parar. Encaminose, pues, a Biblos, y habiéndola permitido Malkandros recobrar el cofre, volvió con él a Buto, donde lo ocultó en los pantanos para evitar que Seth lo hallase. Pero éste, habiéndole encontrado por casualidad en una de sus cacerías nocturnas sacó el cuerpo del cofre, le cortó en catorce pedazos y se los entregó a sus cómplices para que éstos los dispersasen. A causa de ello Isis tuvo que echarse de nuevo en busca de los restos de su amado esposo. Infatigablemente, en una barca hecha con papiros, empezó a recorrer los pantanos, en los que tuvo la fortuna de hallar todos los trozos menos el correspondiente a las partes sexuales, que había sido devorado por los peces oxirrigchos[979]. Una vez los pedazos en su poder, se dispuso a darles vida de nuevo[980]. Para ello tomó la forma de un milano, se posó sobre el cadáver, empezó a mover suavemente las alas, y Osiris volvió inmediatamente a la vida, fecundándola al punto y dejándola embarazada de Horus. Por supuesto, como acabamos de ver, le faltaban las partes sexuales, pero, ¿qué habrá imposible para un dios? A otros muchos, ¿no los hemos visto realizar cosas no menos peregrinas y extraordinarias? Y la más extraordinaria de todas, ¿no es que durante siglos los hombres hayan creído los infinitos disparates y atentados a la razón que son las mitologías, y que en nombre de tales dioses y por ellos hayan llevado a cabo ora los mayores sacrificios, ya los más enormes crímenes? Pero volvamos con la abnegada pareja.

Tras su resurrección, Osiris escogió voluntariamente ser en adelante rey, no en este Mundo tan lleno de asechanzas y peligros, sino en el más tranquilo del otro lado, en el de los muertos. En cuanto a Isis, se refugió en el Delta para escapar a la persecución de Seth, donde, llegado el momento, en el lugar que más tarde debía ser denominado Khemnis, dio nacimiento a Horus, que un día, como es lógico, vengaría a su padre. Luego le crió y educó con celo infatigable; celo y hasta habilidad, puesto que tuvo que salvarle de las asechanzas del poderoso Seth. Hasta que ya adulto y fuerte estuvo en condiciones de combatir con el eterno enemigo de sus progenitores.

Esta lucha es de una abundancia de detalles, que referirlos sería empresa tan fatigosa como luego el leer lo referido. Imagine el lector cuanto guste y aún puede que se quede corto. Lo nacido de la fantasía sólo con la fantasía puede ser medido. Y en lo que a los dioses afecta, inútil y vano sería querer emplear otro patrón como medida. En esta epopeya egipcia hubo de todo. Hasta episodios divertidos, bien que terribles para los protagonistas, como el siguiente, por ejemplo: en uno de los infinitos encuentros y combates, éste cuerpo a cuerpo, Seth arranca un ojo a Horus, y Horus a él los divinos testículos. Naturalmente, Horus empezó a chillar,

---

[979] Oxirrigchos (hocico puntiagudo), peces semejantes a los esturiones.

[980] Los textos griegos nada dicen a este respecto. Herodotos parece tener miedo a decir la verdad, es decir, lo que sabe sobre ello: «Sobre estos misterios, escribe, que todos, sin excepción, me son conocidos, ¡que mi boca guarde un silencio religioso!» Los detalles que doy han sido recogidos en las inscripciones de ciertas tumbas y templos.

no encontrando cómodo, sin duda, estar tuerto, y su tío a lamentarse de la pérdida de órganos, a los que sin duda apreciaba mucho, bien que no fuesen indispensables para ciertas funciones tratándose de dioses (ante él estaba el tuerto, como prueba, nacido de Osiris que le engendró en Isis sin tener con qué); de todas maneras, los suspiros y bramidos de uno y de otro llegan hasta Thot, quien, apiadado, baja, se acerca a ellos y pone ojo y lo otro en su lugar con la facilidad con que un mortal mete las manos en sus bolsillos, si los tiene, o cuelga su gorra en una percha. Breve, Seth, vencedor al principio, mientras su sobrino no tiene aún experiencia guerrera, luego empieza a recibir lo que merece. Pero como la lucha tiene aspecto de nunca acabar, la cuestión es llevada a la asamblea de naciones de entonces; es decir, a la asamblea de los dioses. Y empieza un larguísimo proceso que comprende dos partes. La primera, el juicio Seth-Osiris. Llevado con todas las de la ley, acaba en favor del antiguo descuartizado. La sentencia, expuesta, como todos los trámites del juicio, en un texto de las Pirámides, dice; «Osiris, el Cielo te es dado. Te es dada, además, la Tierra, los campos, los territorios de Horus y los territorios de Seth. Te son dadas también las ciudades. Por orden de Atum son reunidos para ti asimismo los nomos» (división territorial egipcia). Como se ve, pues, justicia hecha, Osiris victorioso. Así tenía que ocurrir. La segunda parte, Seth-Horus, empieza al punto. Tras infinitos trámites e incidentes, pues hasta la justicia celestial es larga y complicada (este pleito duró ochenta años), la sentencia es favorable a Horus, que obtiene el trono de su padre. En cuanto a Seth (en cuestiones judiciales el poderoso no pierde nunca del todo), para que cese en sus maquinaciones, Ra le llama junto a él. En adelante será para Ra un hijo. Con ello, contento en el Cielo y paz y alegría en la Tierra. Sobre todo para los faraones, puesto que la sentencia celestial fue no menos importante para ellos que para los interesados: habiendo sido legitimado Horus como sucesor de su padre, los futuros faraones, y antes que ellos *Menes,* primer rey de la primera dinastía quedaban consagrados como dueños del trono por derecho divino. Todos los demás reyes del Mundo no podían ser menos. El último de España aún lo era *por la gracia de Dios,* según publicaban los mejores heraldos: las monedas. El próximo, si llega, no hay duda que por la gracia de Dios llegará también, si es que el destino ha dispuesto que llegue algún día. Que sí, lo ha dispuesto.

EL CULTO A LOS MUERTOS

La historia de las religiones, y el examen de las prácticas religiosas de los pueblos menos civilizados (que aún hoy día se pueden observar) demuestran que ninguna religión, en su principio, tuvo otro objeto que conseguir, mediante las acciones u omisiones de los seres misteriosos considerados como dioses, una vida mejor, más fácil, más cómoda, menos expuesta a desgracias, peligros y calamidades. Dos vías paralelas llevaron siempre al hombre hasta la divinidad: una, el miedo; otra, la conveniencia. Pero todo ello en relación con la vida *terrestre.* La creencia en una posible vida futura después de la muerte no apareció, no podía aparecer, sino cuando se empezó a considerar la muerte como un mal, en vez de como un simple accidente natural. Y cuando, además, habiendo adquirido desarrollo la idea religiosa, necesitó un cuerpo de funcionarios encargados de su sostenimiento, es decir, de honrar continua y particularmente a los dioses. Estos funcionarios, libres de los cuidados que a los demás hombres les imponía la dura carga de asegurar su existencia, pudieron reflexionar sobre muchas cosas, y entre ellas, que en las criaturas humanas parecía haber dos principios esencialmente distintos. De aquí pasarían a considerar que el superior no podía sino ser obra de la divinidad, puesto que hacia ella tendía en cuanto se elevaba. Y consecuencia lógica, que de ser así, no podía *perderse,* no podía anonadarse, desaparecer como el otro. Al no perderse, su vuelta a la fuente de donde procedía era la consecuencia, lógica también, de la muerte. Mas como la actuación de los hombres, durante su existencia terrestre, era tan diversa, la lógica siempre y el antropomorfismo más elemental indujeron a pensar que del mismo modo que aquí, en la Tierra, los hombres eran considerados, y en su caso juzgados, según su conducta, luego de la muerte, los dioses no podían hacer cosa distinta. Con lo que de una u otra forma y con estas o aquellas variantes se impuso en todas las creencias, primero, la necesidad de la *sobrevivencia* de la parte considerada como *mejor* del hombre; segundo, la idea de *premio* o de *castigo,* según la vida llevada en la Tierra. En todo caso, y júzguese como se juzgue el proceso ideológico anterior, su tendencia, que entrañaba una mayor moralidad, siquiera sea por temor a futuros castigos, no puede menos de ser alabada. Como hay que reconocer asimismo que el fin último de todas las religiones dignas de tal nombre tiende al perfeccionamiento del hombre. Es decir, a combatir la inclinación natural de la parte *peor* del hombre, su materia, tan dada a las pasiones y a la maldad.

Pues bien, por lo que hasta ahora se puede juzgar, los egipcios fueron el primer pueblo donde apareció esta sospecha de la posibilidad de una vida posterior, tras la muerte, con premios para los que lo habían merecido a causa de su conducta en la existencia primera, o de castigos, en caso contrario. Esto equivale a decir que fueron los primeros en hacer la distinción entre los conceptos *cuerpo* y *alma*. Por supuesto, como se va a ver, de un modo bastante complicado. Pero ya he indicado varias veces que si el hombre no complica las cosas, ni las comprende (entiéndase ahora por comprender el tragarlas a ojos cerrados, el creer) ni le divierten.

El hombre, según los textos egipcios, estaba constituido por un elemento material, el cuerpo *(djet),* que a la muerte se desdoblaba: de una parte, el cadáver tangible, el *khat* y el *khaibet;* de otra, los elementos espirituales: el *Ba,* el *Akh* y el *Ka.* ¿Qué eran el khat y el khaibet? No se sabe con seguridad. La opinión más seguida es que la primera palabra designaba el cadáver, y la segunda, su sombra. Nada distinto, pues, del cuerpo material y de sus efectos sensibles. En cuanto a las otras tres palabras, difícil es también precisar lo que entendían con ellas. El Ba parece ser que tenía la particularidad de manifestarse bajo los diferentes aspectos que deseaba tomar el difunto en cualquier lugar que le conviniese. El Ba podía además, venir a animar el cadáver y permitirle realizar su *salida al día.* El Akh, principio espiritual que concedía al difunto una especie de iluminación o de glorificación, era exclusivo, en la Tierra, a los reyes. El Ka venía a ser una variedad de genio muy complejo, pero que contenía el principio de la vida inmanente e indestructible, individualizado al mismo tiempo que el hombre y con una forma análoga a él. Los dioses y los reyes tenían este Ka unido indisolublemente a su cuerpo; los demás mortales iban a él tras la muerte. Difícil de comprender todo ello. Pero, ¿qué importaba? Repito que en ciertas cuestiones la claridad es inútil. Y hasta perjudicial. La misión del creyente siempre ha sido aceptar, no comprender ni discutir. El Ba parece ser lo más semejante a lo que llamamos alma. El Ka era una especie de principio superiormente espiritual que el hombre alcanzaba tan sólo tras la muerte; principio que por ser *indestructible* le hacía *inmortal,* y que incluso le transformaba en dios si lo había merecido en la Tierra. La inmortalidad, en caso contrario, no le servía sino para poder sufrir eternamente los castigos a que se había hecho acreedor. Mas como el Ba venía o podía venir al cuerpo para pasearle, como queda dicho, por la Tierra (en la forma y del modo que fuese), y el Ka insuflaba a este cuerpo el principio de vida y le hacía durar eternamente, de ello la necesidad del embalsamamiento y de los ritos mortuorios[981].

La determinación de la suerte futura de los muertos era hecha por Osiris mediante un verdadero juicio. Junto a él en momento tan solemne estaban los cuatro hijos de Horus y un monstruo con cabeza de cocodrilo y cuerpo de hipopótamo hembra, cuyo nombre era *la Comedora*. Allí estaban también el propio Horus, Anubis, Thot, Maat (la diosa de la Verdad) y los 42 asesores de Osiris, a cada uno de los cuales correspondía o tenía a su cargo el aquilatar un pecado diferente. El muerto, al llegar, era acogido por Maat y, una vez ante el tribunal, procedía él mismo a una doble defensa. Primero se disculpaba de cuantos pecados había cometido o le habían sido imputados; luego, en la segunda defensa, enumeraba los 42 pecados que no había cometido. Después, para saber si había dicho la verdad, se pesaba su corazón. Razón por la cual jamás el corazón era quitado a los cadáveres. Al embalsamarlos, se les dejaba el corazón y los riñones. Este corazón era colocado en uno de los platillos de la balanza que había en el centro de la sala del juicio, y en el otro se ponía la pluma o la estatuilla de la verdad. Si el corazón pesaba más, su dueño era condenado; con lo que ya jamás alcanzaría los afortunados destinos que a otros les reservaba el reino de Osiris. Otras veces era destrozado inmediatamente por la Comedora. O bien condenado a permanecer eternamente en la tumba, sin poder contemplar jamás el Sol, devorado por la sed y el hambre. De ser absuelto, era transformado en un nuevo Osiris y, resucitando, entraba en la nueva vida.

Esta nueva vida, es decir, el Paraíso o Cielo ganado gracias a una existencia primera de buenas obras, pasó por tres fases. Según la primera, la primitiva, el muerto pasaba la segunda vida en la tumba; pero podía salir de ella a voluntad para gozar, ya eternamente, de cuanto de bueno y

---

[981] Herodotos describe de la forma siguiente el modo mediante el cual se practicaban los embalsamamientos: «Primeramente sacan el cerebro por las narices, una parte mediante un hierro, el resto mediante drogas que introducen en la cabeza. Hacen al punto una incisión en el vientre, con una piedra cortante, de Etiopía, y por esta abertura retiran los intestinos y los lavan con vino de palmera. Luego los frotan bien con sustancias aromáticas. Después los llenan, así como el vientre, de mirra, de canela y de otros perfumes. Tras ello, el vientre es cosido. Finalmente, salan el cuerpo y le recubren de natrón durante setenta días. Pasado este plazo, lavan el cuerpo y le envuelven enteramente en vendas de tela». El natrón es una sal blanca, traslúcida, cristalizable y eflorescente. Aunque a veces se halla en estado natural, lo más corriente es sacarla de las cenizas de la planta denominada barrilla.

agradable había disfrutado antes y se podía conseguir en la Tierra: banquetes copiosos, partidas de caza o pesca, etc.; todo cuanto más le había agradado en vida. Este paraíso, a base de goces corporales, como el de Mahoma, demostraba que el concepto del alma como entidad espiritual estaba aún en formación, y que lo que imperaba aún era el cuerpo al que como tal, de merecerlo, había que satisfacer. Según la segunda fase, los muertos dignos de una suerte venturosa iban al *Campo de las Ofrendas,* Campos Elíseos egipcios colocados a Oriente del Cielo; especie de Egipto ideal donde todo era abundancia y felicidad, pues espíritus de nueve codos de altura cultivaban campos que producían frutos gigantescos y deliciosos, en cantidad infinita. Gozos aun, pero siempre para el cuerpo. Según la tercera modalidad, que en un principio era exclusiva de los reyes, tras una necesaria purificación, se subía al Cielo por una escalera de mano sostenida por los propios dioses (o bien tomando la forma de pájaro, de escarabajo o de saltamontes; o transformado en humo de incienso, e incluso a favor de los rayos del Sol), y una vez arriba, el alma era instalada en la barca de Ra, y durante el día atravesaba el cielo superior llevado por la barca *Mandjet,* y por la noche el inferior en la barca *Mesektet.* Siendo saludadas las almas que tal premio alcanzaban por la estrella de la mañana, guiadas por *Sothis* a través de los maravillosos caminos del cielo sembrados de constelaciones (caminos que conducen al campo de las Cañas), y acompañadas por Orión (la estrella) en su perpetua travesía. Durante ella, las almas conocían en el Cielo «la vida deliciosa, que es la del Señor del horizonte oriental», y compartían con Ra el gobierno del Universo. Aquí ya, vueltos dioses, todos eran goces espirituales.

En cambio, toda clase de tormentos les aguardaba a las almas condenadas a ir al Infierno. Donde «las almas culpables son castigadas de modos diferentes en la mayor parte de las zonas infernales que visita el dios Sol. Unos son atados fuertemente a postes, y los guardianes de la zona, enarbolando sus espadas, les reprochaban los crímenes que han cometido en la Tierra. Otros, con las manos atadas sobre el pecho y la cabeza cortada, marchan en largas filas. Algunos, con las manos sujetas por detrás de la espalda, arrastran por el suelo el corazón salido de su pecho». Otras veces el culpable era enterrado, de cabeza, hasta las pantorrillas, etc., etc. Y además de tantos y tan terribles castigos, aún estaba sobre ellos o llegaba hasta ellos, la voz implacable de Ra, recordándoles sus crímenes y asegurándoles que su condena a la Nada era ¡para siempre!

Al llegar aquí, y visto todo lo anterior (la enumerada multitud de dioses-animales que fueron adorados por obra de una «fe» que calificarla de totalmente irracional e infinitamente estúpida sería poco durante ¡más de cuatro mil años!), ¿qué pensar de los millones y millones de criaturas que tal hicieron y creyeron? ¿Y qué de los asimismo creyentes en los infinitos dioses, puras creaciones también de desenfrenadas fantasías que llenaban los panteones de todas las religiones-mitologías que hemos examinado hasta aquí? Además, con las que nos queda por ver nos va a ocurrir igual, es decir, que no son menos insensatas en cuanto a doctrina y fe, cual si bastase decir religión para que al punto las palabras mito, fábula, mentira se nos echasen encima... Lo mejor será no pensar ni decir nada y seguir enumerando lo que falta. Porque ¿encontraríamos palabras adecuadas para calificar de un modo preciso a los fanáticos seguidores de tan desatinadas fantasías? De modo que callemos, sí, y ¡adelante!

MITOLOGÍA DE LOS NEGROS AFRICANOS

La religión de los negros africanos no ha pasado aún, como ninguna de las religiones poco civilizadas de este continente, de la fase casi primitiva. El culto a los fenómenos y fuerzas naturales, Sol, Luna, cielo, montañas, ríos, etc., todo más o menos personificado, es la regla general. Y aunque no mal dispuestos a admitir la existencia de una causa o dios supremo, célula común a toda idea religiosa, creador para unos de todas las cosas de la Naturaleza y para otros del primer hombre y la primera mujer, la religión efectiva es aún el fetichismo y la idolatría, a lo cual la confianza en la brujería y en la magia y en la eficacia y poder de amuletos y talismanes, a lo que pronto conduce el antropomorfismo primitivo, forma el complemento natural de sus creencias; cual ha ocurrido siempre en los comienzos de esta forma de actividad intelectual en todos los pueblos. Por otra parte, en un estado rudimentario aún en lo que afecta a civilización, consecuencia de un desarrollo mental limitado, sus ideas religiosas no han podido cristalizar sino en mitos carentes de poesía y de grandeza, pero que, no obstante, vale la pena de examinar, siquiera no sea sino para tener una idea de lo que debieron ser los de todos los pueblos en sus primeros tiempos, cuando la religión, como todo, iba al compás del lento despertar de la aurora de la inteligencia.

Los negros de Mozambique creen en ciertas divinidades; entre otras, *Tilo,* dios del Cielo y por ello del trueno y de la lluvia. Creen también en otra vida después de ésta, y a causa de ello la costumbre de llevar comida a las tumbas para que los muertos puedan alimentarse, y ciertas prácticas, corrientes en determinadas tribus hasta hace muy poco, tales que la de meter tres esclavos vivos en las tumbas de los jefes para que les acompañasen en el otro mundo. La creencia en el poder de los fetiches y amuletos es también cosa corriente; así como la adoración del Sol y de la Luna. He aquí cómo explican por qué ésta tiene manchas: En otro tiempo, la Luna, que era muy pálida y carecía de brillo, tenía envidia del Sol, que se adornaba con plumas resplandecientes. Un día, aprovechando un descuido del Sol cuando éste miraba a la Tierra, la Luna le quitó algunas de sus plumas. Pero el Sol, al darse cuenta, furioso, empezó a tirarle barro a la cara; barro que se le quedó pegado. Desde entonces, la Luna sólo piensa en vengarse, y en cuanto el Sol se descuida, le arroja barro a su vez. Cuando esto ocurre, el Sol lleno de manchas, no puede brillar durante algunas horas, y la Tierra se pone triste, y hombres y animales, a los que de ordinario anima el Sol, tienen miedo. El mito es doblemente curioso, por demostrar el concepto que los indígenas tienen de los eclipses y de los efectos que producen en quienes los sufren.

Otro mito cuenta la creación del primer hombre y de la primera mujer. Al principio, *Mulukú* (ser supremo al que se opone *Minepa,* genio del mal) hizo dos agujeros en la tierra: de uno de ellos salió un hombre; del otro, una mujer. Dios les dio tierra cultivable, un azadón, un hacha, un martillo, platos y mijo. Y les dijo que cavasen la tierra, que en ella sembrasen el mijo, que se construyesen una casa y que cociesen los alimentos. Pero en vez de escucharle, se comieron crudo el mijo, rompieron los platos, llenaron de basura la marmita y luego se marcharon al bosque. Al verse desobedecido, Dios llamó al mono y a la mona y les dio los mismos bienes y parecidos consejos. Estos trabajaron la tierra y comieron el mijo después de haberle cocido. Entonces Dios, contento, cortó la cola de los monos, se las puso al hombre y a la mujer y les dijo: «Sed monos»; y a los monos: «Sed hombres».

Todos los negros africanos creen que la Tierra ha existido siempre. Los masés, que adoran a un dios único, *Nge,* creador del Universo, tienen el siguiente mito: En un principio sólo había en la Tierra un hombre llamado *Kintu.* Enamorada de él la hija del Cielo, Kintu consiguió que su padre se la diese como esposa. Y tras salir victorioso de las pruebas que le impuso el gran dios, gracias al poder mágico de la hija de éste, volvió con ella, luego de haberla ganado, hacia la Tierra, trayendo, al hacerlo, a los animales domésticos y a las plantas útiles, que la hija del Cielo había recibido como dote. Al despedir a los nuevos esposos, el gran dios les recomendó mucho que no volviesen sobre sus pasos, pues temía para ellos la cólera de uno de sus hijos, la Muerte, a causa de no haber sido informado del matrimonio por hallarse ausente. Mas he aquí que en el camino, Kintu se dio cuenta de que había olvidado el grano para las aves. Y pese a las súplicas de su mujer, volvió a subir al Cielo, donde precisamente acababa de llegar el dios de la Muerte. Este siguió al hombre, se puso en acecho no lejos de su casa y empezó a matar a todos los hijos que nacían de Kintu y de su mujer. Los desdichados suplicaron al gran dios, que envió a otro de sus hijos para que expulsase al dios de la Muerte. Pero éste, más diestro que su adversario, escapó a todos los lazos que su hermano le tendió, y se quedó como soberano de la Tierra.

Estos mismos masés creen que Nge coloca al lado de cada hombre un ángel guardián que, tras protegerle en vida, lleva su alma al otro mundo después de la muerte. Asimismo creen en una vida futura con recompensas y castigos (desiertos para los malos y ricas praderas para los buenos, llenas de ganado). Algunas veces las almas, según ellos, reencarnan en serpientes. A causa de lo cual prohíben dañar a estos animales. Entre ellos, el espíritu del mal está representado por *Nenonir,* demonio-dios de las tormentas. El arco iris es también una potencia mala, que hasta quiso un día tragarse al Mundo. Pero los guerreros masés le acribillaron con sus flechas y tuvo que devolver su presa.

Los negros de Madagascar creen también en un dios supremo, en torno al cual están las almas de los antepasados *(razones)*, y un genio malo llamado *Angatch.* Estas almas obran como intermediarios entre la divinidad y los hombres. Creen también en los genios de cada una de sus actividades: caza, pesca, guerra, agricultura, etc. Las almas de los jefes, al morir éstos, pasan a los cuerpos de los cocodrilos; las del pueblo, a los de los lobos cervales. La siguiente leyenda, además de explicar la aparición del hombre sobre la Tierra, muestra el origen de la muerte y de la *lluvia. Hace mucho tiempo, Ndriananahari (Dios) envió a la* Tierra a su hijo *Ataokoloinona* para que le informase acerca de la posibilidad de crear en ella seres vivientes. Ataokoloinona bajó a la Tierra. Pero hacía en ella tal calor, que por gozar de un poco de fresco se metió en el suelo, del que ya no salió. Su padre, inquieto al ver que no volvía, envió en su busca a sus servidores, los hombres. Estos, llegados a la Tierra, se extendieron en todas direcciones buscándole; pero sin éxito. Entonces enviaron a varios de ellos para que diesen cuenta a Dios de la inutilidad de sus esfuerzos y, al mismo tiempo, pedirle nuevas instrucciones. Les encargaron también que no dejasen de hacerle saber que, a falta de lluvias, la Tierra era inhabitable. Pero los enviados no volvieron (estos emisarios son los muertos), y desde entonces siguen enviándole siempre nuevos comisionados, mas sin obtener nunca respuesta. No obstante, la divinidad, para recompensar su constancia, pues siguen buscando siempre al desaparecido, envía la benéfica lluvia de cuando en cuando.

Otra leyenda prueba que los destinos que vienen de Dios son inmutables. Hela aquí: Había una vez cuatro hombres, que cada uno obraba por su cuenta. Uno de ellos, que tenía una azagaya, perseguía a cuantos animales veía, los mataba y luego los comía o los dejaba, pero sin decir jamás nada a los otros tres. El otro, con sus redes, hacía lo mismo: cazaba pájaros y otros animales y les sacaba las entrañas para leer en ellas los augurios, o los domesticaba para servirse de ellos como auxiliares en sus correrías; pero también sin ocuparse de los demás. El tercero era víctima de la curiosidad: cuando veía brillar algo (un trozo de mica, de hierro, de plata, lo que fuese), lo cogía y se ocupaba de ello todo el día sin preocuparse de más. En fin, el cuarto gustaba de remover la tierra y trabajarla. Así las cosas, un día decidieron ir a la casa de Dios con objeto de que éste arreglase sus destinos y pusiera los de los cuatro de acuerdo. Llegados a su presencia, Dios, que por ser viernes limpiaba arroz, les dijo: «Hoy estoy muy ocupado todo el día, pero tomad (y les dio a cada uno un puñado de arroz), guardad bien esto y esperadme el lunes, que iré a veros». Partieron, no tardando en separarse. El de la azagaya, viendo pasar a un perro salvaje, echó a correr tras él sin acordarse del arroz, y lo perdió. El pajarero, como oyese aquella misma noche ulular a un mochuelo, salió en su persecución, tras haber dejado el arroz en el suelo; cuando volvió, las hormigas se lo habían llevado. El tercero, al llegar a la orilla de un torrente, vio brillar algo en el fondo del agua. Dejó el arroz sobre una piedra para meterse en el agua, pero al hacerlo, su lamba (especie de taparrabo malgache), arrastró al arroz, que cayó en el elemento líquido, perdiéndose. El cuarto, habiendo encontrado tierra blanda en un sitio pantanoso, dispúsose al punto a cavarla, pero antes dejó su lamba sobre un terrón y el arroz metido en ella. Pero cuando una vez la tierra preparada se incorporó, el viento había tirado la lamba y con ella el arroz. Y aunque muy afanoso empezó a recogerle grano a grano, tan sólo una tercera parte pudo apenas reunir. Cuando el lunes vino Dios, les preguntó qué habían hecho con el arroz. Y al saberlo les dijo: «Como veis, no hay medio de cambiar el destino que os he dado a cada uno. Seguid, pues, vuestro camino, pero tú, le dijo al que gustaba de cultivar la tierra, tú serás la fuente de la subsistencia de los demás. En adelante, cada uno trabajaréis en lo vuestro, procurando que lo de cada uno aproveche a los otros». Así habló Dios, y desde entonces cada hombre tiene el lote que le gusta y lo que está conforme con su destino.

Para los bosquimanos, el Mundo está poblado de seres invisibles que únicamente sus sacerdotes-brujos pueden percibir. La magia, que éstos conocen, tiene entre ellos grandísima importancia. Su mitología se caracteriza por el gran papel que tienen en ella los animales; que, por supuesto, están dotados de palabra. Así, el león, por ejemplo, puede hablar si mete su cola en la boca. En cuanto a los hombres, éstos han nacido de un árbol llamado *Omumbo-rombonga;* y lo mismo los bueyes. Su principal divinidad es *Cagn,* la mujer de Cagn se llama *Cotí.* Sus hijos, *Cogaz* y *Gevi.* Tanto el padre como los hijos son grandes jefes. La fuerza de Cagn reside en uno de sus dientes. Los pájaros son sus mensajeros y sus confidentes. Mediante ellos sabe cuanto ocurre en el Mundo (como el Odín germánico, gracias a sus cuervos). Cagn puede metamorfosearse en cuantos anímales le plazca. Y asimismo cambiar sus sandalias en perros y lanzar a éstos contra sus enemigos. Los monos son hombres que se burlaron de él y los castigó. Las espinas, que antes eran hombres, se echaron un día sobre Cagn y le mataron. Al punto fue comido por las hormigas. Pero luego sus huesos se juntaron y resucitó.

La religión de los hotentotes parece no consistir sino en la magia y en el culto a las almas de los muertos: culto que celebran mediante cantos y danzas. Por supuesto, danzas y bailes intervienen invariablemente no solamente en la religión, sino en toda manifestación extracorriente de la vida de los salvajes. El ruido, el pintarse y ataviarse del modo más raro y estrambótico, el gusto por plumas y adornos, y muy particularmente por la danza, es tan irresistible y natural en ellos como la coz en los jóvenes civilizados actuales, que no pueden pasar junto a objeto alguno capaz de desplazarse, sin obligarle a ello mediante una cumplida patada. El dios de los hotentotes, *Heitsi-Eibib,* más que divinidad propiamente dicha, es una especie de personaje sobrenatural mezcla entre héroe y brujo, que puede tomar las formas que le apetezcan. Según un mito, nació de una vaca; según otro, de cierta virgen que había comido una hierba especial. Esta rara divinidad no ha creado a los animales, pero sí les ha dado sus características mediante maldiciones. Por ejemplo, el león vivía antes en los árboles, como los pájaros, pero una maldición de Heitsi-Eibib le hizo caer al suelo, donde ya permaneció para siempre. Asimismo maldijo a la liebre, que asustada escapó corriendo.

Los zulúes, menos religiosos que los hotentotes, creen también, no obstante, en poderes sobrenaturales; poderes que son patrimonio de sus jefes y brujos. Según uno de sus mitos, los hombres nacieron o salieron de un lecho de cañas llamado *utlanga.* El primer hombre fue *Unculunculú* (el Muy viejo), que enseñó a sus hijos el conocimiento de las artes, las leyes del matrimonio y demás elementos de la vida social: Otro mito sobre la muerte, hace de Unculunculú el Ser supremo. Véase: Un día, Unculunculú dijo al camaleón: «Parte y ve a decir que los hombres no mueran». El camaleón se puso en camino. Pero avanzaba poco porque se detenía para comer moras. Otros dicen que se subió a un árbol para calentarse y que se durmió. Entre tanto, Unculunculú, habiendo cambiado de opinión, envió a un lagarto en busca del camaleón, con objeto de que el mensaje que llevaba a los hombres fuese enteramente contrario. El lagarto partió, y al llegar dio cuenta de su mensaje: «¡Que los hombres mueran!» De modo que cuando llegó el camaleón, al fin, con el suyo, los hombres le dijeron: «No podemos creerte. El lagarto nos ha dicho todo lo contrario». Y desde entonces mueren.

Los negros de Angola son idólatras. Atribuyen a sus *nuquixis* (fetiches de madera groseramente esculpida) el don de apartar la mala suerte, y a sus brujos el poder de producir la muerte. Creen también en un ser superior, al que llaman *Zambi,* que habita en el Cielo. Un mito del Bajo Congo relativo al diluvio cuenta que en tiempos remotos el Sol encontró a la Luna y le tiró barro que disminuyó su brillo. Cuando este encuentro tuvo lugar, hubo un diluvio y los hombres de entonces fueron cambiados en monos. La raza actual es obra de una creación nueva.

Entre los fans hay la creencia de que los hombres son inmortales. Si la muerte sobreviene es porque la producen seres sobrenaturales o un accidente. Por ello cuando la muerte de un individuo es natural, los brujos sacan las vísceras del cadáver con doble objeto: de saber si es que el difunto se ha envenenado, o si alguien *ha comido su alma*. De haber sido el alma comida, el que lo ha hecho caerá enfermo y confesará su delito. Entre estos mismos fans, las tradiciones hablan de un dios único, llamado *Zame*. No se le puede representar mediante un ídolo, a causa de ser un ente vago e invisible.

Según un mito pahuín, Dios habitaba en otro tiempo en el centro de Africa, en compañía de sus tres hijos: el Blanco, el Negro y el Gorila. Era muy rico y tenía muchas mujeres y una numerosa descendencia. A su lado vivían los hombres y eran dichosos. Pero habiéndole desobedecido los negros y los gorilas, Dios se retiró hacia Occidente con su hijo Blanco y todas sus riquezas; el Gorila se fue a lo más profundo del bosque, y los negros quedaron en la pereza y la ignorancia. Este mito no debe ser muy antiguo. Tiene que haberse formado cuando la llegada de los hombres blancos, poderosos, ante ellos. Los espíritus son de dos clases: buenos y malos. Los malos son los más invocados, puesto que, naturalmente, quieren que les eviten los perjuicios y daños que causan. Estos espíritus malos vagan por el espacio, y cuando sorprenden a los hombres los matan para comerse su corazón. Tras la muerte, el alma encarna en el cuerpo de un animal: cocodrilo, serpiente, etc., o bien se localiza en los árboles, rocas, rápidos, simas de las montañas u otros lugares que se tornan sagrados. Estas almas están gobernadas por un rey muy feo y muy malo que puede condenarlas al castigo más terrible: una segunda muerte. La creación del hombre la explican del modo siguiente: Dios creó al hombre con arcilla. Primero con forma de lagarto, al que echó en un estanque. Allí le dejó siete días, tras los cuales le ordenó que saliese. Del estanque, en vez de un lagarto, salió un hombre.

Los yaundes del Camerón dicen que *Zamba* (Dios), tras haber creado la Tierra bajó a ella y en ella tuvo cuatro hijos: *N'kokón*, el sabio; *Otukut*, el idiota; *Ngi*, el gorila, y *Vo*, el chimpancé. Dios enseñó a los yaundes a evitar los males y asignó a cada uno sus deberes.

Los bomitaba, lo mismo que los kakas sus vecinos, creen en los espíritus y en la inmortalidad del alma. Estos bomitaba han conservado el siguiente relato cosmogónico relativo a la Luna y a su creación: En otro tiempo había dos soles: el que existe aún, y la Luna. Ello era muy molesto para los hombres porque continuamente rodeados de luz y de calor no podían descansar. Un día, uno de los soles propuso al otro bañarse, e hizo cual si se arrojase al río. El otro se precipitó a su vez, pero él de verdad se apagó dentro del agua. Desde entonces no hay sino un sol. Si la Luna alumbra a los hombres, en cambio, no puede enviarles calor.

Entre los upotos del Congo, un mito cuenta cómo la inmortalidad que estaba reservada para los hombres le tocó a la Luna: Un día, *Libanza* (Dios) hizo comparecer ante él a los habitantes de la Tierra y a los de la

Luna. Estos fueron inmediatamente, y Libanza, dirigiéndose a la Luna la dijo: «Para recompensarte por haber acudido a mi llamada la primera, no morirás, excepto dos días cada mes; y ello tan sólo para que descanses y puedas aparecer luego cada vez más brillante». Cuando mucho tiempo después los habitantes de la Tierra se presentaron, Libanza se enfadó y les dijo: «Por no haber acudido antes a mi llamada, seréis castigados: moriréis un día para no volver; salvo para volver hacia mí».

Los bambala del Congo cuentan, mediante un mito, el deseo que tuvieron los hombres de saber lo que era la Luna. Para ello engancharon al Sol una pértiga enorme y por ella empezaron a trepar. A la primera pértiga empalmaron una segunda, luego una tercera, y así sucesivamente. Mas cuando esta torre de Babel estaba ya a una altura considerable, se desunió arrastrando en su caída a cuantos trabajaban en construirla, que perecieron víctimas de su curiosidad.

Entre los negros de las orillas del lago Kivú existe una leyenda sobre el origen de la muerte: Dios, tras haber creado a los primeros seres humanos les dijo que no morirían, y así fue. A causa de ello, llegaron a ser numerosísimos. Entonces la Muerte les suscitó una querella. Pero como Dios vigilaba, tuvo que escapar de la Tierra. Mas habiendo faltado Dios un día, la Muerte hizo una víctima. Se cavó una tumba y fue enterrada. Pero algunos días después, la tierra se elevó sobre la tumba, cual si el cadáver que contenía fuese a resucitar. Se trataba de una vieja que al morir había dejado varios hijos casados. Una de las nueras se dio cuenta de que, en efecto, iba a resucitar, y haciendo hervir agua rápidamente, la arrojó sobre la tumba de su suegra. Luego, construyendo un pilón y un mortero, exclamó dando golpe tras golpe: «¡Muere! Lo muerto, ¡muerto debe quedar!» Al día siguiente hizo lo mismo, y la vieja, que ya iba a salir, murió definitivamente. Cuando posteriormente Dios volvió con los hombres y pasó lista, una mujer faltó a su llamada. Entonces le dijeron que había muerto. Dios dijo, al saberlo, a los demás: «Encerraos bien en vuestras casas que voy a perseguir a la Muerte y a acabar con ella para que no haga más víctimas». Así lo hicieron mientras Dios iba en busca de la que iba a inmolar, que al verle venir escapó a toda prisa. En esto, otra vieja salió de su cabaña para ir a esconderse entre las hierbas altas, creyéndose más segura. Mas de pronto se encontró ante la Muerte, que la dijo: «Ocúltame y te pagaré bien el servicio». La vieja apartó un poco, por la parte de los sobacos, la piel que la cubría, y la Muerte, escurriéndose por allí, se le metió en el vientre. En aquel momento llegó Dios y preguntó a la vieja si había visto a la Muerte. Pero antes de que ésta tuviese tiempo de responderle, Dios añadió dándose cuenta de lo que había pasado: «¿Para qué puede servir esta mujer, puesto que ya es incapaz de tener hijos? Mas vale que la mate para sacar de ella a la Muerte y matarla también». No había hecho Dios sino matar a la vieja, cuando otra mujer, ésta joven, salió de su cabaña, encontrando a Dios a punto de acabar con la vieja. La Muerte entonces, escapando de su escondite, en un abrir y cerrar de ojos se coló en el cuerpo de la joven. Dios, al verlo, dijo: «Puesto que los hombres se oponen a mis designios, que sufran las consecuencias y mueran».

Entre los congoleses están los mundangas, que viven junto al río Mayo-Kebbi. Estos mundangas poseen tres dioses: *Masim-Biembé,* dios creador, todopoderoso e inmaterial; *Febelé,* el dios macho, y *Mebelí,* el dios hembra. Estos dos tuvieron un hijo: el hombre, al que Masim-Biambé dio el alma *(tchi),* la respiración y el aliento vital. Los ministros de dios son los fetiches.

Los buchongos, que viven en el Congo belga, adoran al dios *Bumba,* que, según dicen, creó el Universo vomitando al Sol, a la Luna, a las estrellas y a las ocho variedades de animales que dieron nacimiento a los otros. El Cielo y la Tierra vivieron primero unidos; pero un día, el Cielo descontento se retiró; y desde entonces ambos elementos están separados.

Entre los indígenas de la región meridional del Nilo, *Juok* fue el dios creador de los hombres y de la Tierra. En la región de los Blancos encontró tierra y arena blancas con las que hizo a los hombres de este color. Luego vino a Egipto, donde con la arena del Nilo hizo a los hombres cetrinos. Y finalmente fue al país de los chilluks, donde con la tierra negra creó a los negros. Allí Juok dijo: «Voy a hacer un hombre, y para que pueda andar y correr, le daré largas patas, como a los flamencos». Luego añadió: «Como es preciso que pueda cultivar el mijo, le daré dos brazos: uno para que maneje el azadón, el otro para que arranque las malas hierbas». Al punto añadió: «Para que pueda ver, le daré dos ojos». Lo que hizo: «Y para que pueda comer su mijo, le daré boca». En fin, para que el hombre pudiese chillar, bailar, cantar, hablar, oír el ruido y las palabras, le dio una lengua y orejas. Así fue hecho el hombre.

En Uganda, los nandi cuentan una historia según la cual la muerte fue debida al mal humor de un perro. Obsérvese cómo la gran preocupación de todas estas tribus semisalvajes, cómo, por supuesto, la de los hombres civilizados, es la muerte. Y cómo, pese a su atraso mental, la temen del mismo modo que los que, intelectualmente son tan superiores a ellos. Epicuro, que enseñaba a no temer a los dioses, que como tales tenían que ser buenos, ni a la muerte, el bien mayor que podía alcanzar el hombre, puesto que le libraba para siempre de inquietudes y sufrimientos, no ha tenido igual entre todos los filósofos que ha habido. Pero volvamos con el perro de los nandi: Este animal, encargado de llevar a los hombres la noticia de su inmortalidad, le pareció que éstos no le habían recibido con el respeto que merecía un mensajero divino. Y para vengarse cambió su mensaje y condenó a los hombres a morir. «Todos los hombres—dijo—morirán, como la Luna, pero no resucitarán como ella. A menos que me deis de comer y de beber». Los hombres se burlaron de él y le echaron de beber bajo un escabel. El perro, furioso al ver que no era considerado como un hombre, se marchó diciendo: «¡Sólo la Luna resucitará!» A la misma región pertenece el siguiente cuento: El Sol y la Luna pusiéronse de acuerdo un día para matar a todos sus hijos. El Sol puso en práctica su proyecto; pero la Luna, habiéndose vuelto atrás perdonó a los suyos. A causa de ello el Sol no tiene hijos; mientras que la Luna tiene innumerables, que son las estrellas.

Los gallas tienen el mito siguiente relativo al origen de la muerte: Un día, Dios envió un pájaro a los hombres para anunciarles: «Seréis inmortales, y cuando os sintáis viejos y débiles no tendréis sino quitaros la piel y recuperaréis la juventud». Para que no dudasen de la autenticidad del mensaje dio al pájaro un moño como signo de sus funciones divinas. El pájaro partió. Pero en el camino encontró a una serpiente que se estaba comiendo una carroña. El pájaro, mirándola con envidia, le dijo: «Si me das un poco de carne te digo un mensaje divino». «Me tiene sin cuidado», replicó la serpiente y siguió tragando. Pero el pájaro insistió de tal modo, que la serpiente cedió. Entonces el pájaro dijo: «Cuando los hombres sean viejos morirán. Pero tú, cambiando de piel recobrarás la juventud». Dios para castigar al pájaro por haber falseado su mensaje, le abrumó con una enfermedad dolorosa, de la cual, desde las ramas de los árboles, se lamenta desde entonces.

Los grupos de negros sudaneses, aunque muchos han abrazado el islamismo, siguen conservando sus creencias animistas y conceden una importancia considerable al culto a los muertos. Además, tienen infinitas supersticiones y numerosos fetiches.

Entre los agnis, la religión, de fondo animista asimismo, se presenta hoy como un politeísmo a base de las antiguas creencias, imperfectamente influidas por el islamismo y el cristianismo. A causa de ello, aún tienen como dios principal a *Niamié,* que antes no era superior a *Asié,* la diosa de la tierra, ni a *Asié-Bassú,* el dios de la maleza, o a *Pan,* hijo de la tierra y dios de los cultivos. Junto a estas divinidades principales creen en una porción de genios y practican el culto de las aguas, de los ríos, de los arroyos, de las rocas y de muchos animales. Una leyenda demuestra que, en efecto, Niamié no tenía en un principio sino un poder limitado. Véase: Un servidor del rey, *Cumasie,* tenía una plantación a la que iba todos los días. Pero todo a lo largo del camino se lamentaba de su suerte y de su pobreza. Un día que hacía como los demás, vio bajar del Cielo una gran cubeta de cobre atada a una larga cadena. En ella había un niño blanco con grandes orejas. En él reconoció a *Namié-ama,* el hijo del Cielo. El niño le dijo: «Mi padre Niamié me envía a buscarte». El hombre se sentó a su lado, y los del Cielo empezaron a tirar de la cadena. Tras un largo viaje llegaron a una puerta que se abrió ante el hijo del Cielo. Tras ella estaba la plaza de una gran aldea donde mucha gente conversaba. En medio de la plaza había un anciano sentado en una silla de oro y ricamente vestido. Este hizo una seña al servidor de Cumasie, que se acercó: «Te quejas siempre—le dijo Niamié—de que te hago desgraciado. No obstante, no es mía la culpa. En esta aldea viven las familias de todos los hombres que están en la Tierra. Escoge la morada que te convenga para permanecer aquí». Dicho esto, Dios le facilitó un guía y con él recorrió todo, viendo casas muy hermosas cuyos habitantes no trabajaban, y otras miserables en las que los ocupantes se entregaban a las mismas tareas que en la Tierra los hombres desgraciados. En una de las moradas reconoció a sus padres, y entonces dijo a su guía: «He aquí mi casa». Luego volvió junto a Niamié. Éste le dijo: «Mira tu patio. Como ves, no tienes nada, y cual sabes muy bien, el hijo nacido de padres pobres no puede llegar a ser rico. Porque si consigue reunir algún dinero, éste escapa entre sus dedos. No obstante, te voy a hacer un regalo. He aquí dos sacos: uno grande y otro pequeño. El uno es para ti, el otro para tu amo. Pero no abrirás el tuyo sin haber entregado el otro al rey Cumasie». Tras ello el niño vino a buscarle y le bajó a la Tierra. En camino, el hombre se dijo: «Como nadie sabe que Dios me ha dado dos sacos, voy a guardar para mí el grande y daré el más pequeño a mi amo». Así lo hizo. En cuanto el niño le dejó corrió hacia Cumasie, que se regocijó al verle, pues ya le creía perdido. Luego le contó lo que le había ocurrido y le entregó el saco pequeño. El rey le abrió y estaba lleno de polvo de oro. Felicísimo el hombre que había subido al Cielo corrió hacia su plantación exclamando: «¡Soy rico! ¡Soy rico!» Pero al abrir su saco, ¡no contenía sino piedras! Con ello se cumplió la palabra de Dios: «El hombre pobre no puede llegar a ser rico».

Entre los naturales de Togo hay el siguiente mito relativo a la muerte: Un día los hombres enviaron un perro a Dios para que le pidiera, en su nombre, el poder volver a la vida luego de muertos. El perro marchó a dar cuenta de su mensaje. Pero de camino y como tuviese hambre, entró en una casa donde un hombre hacía cocer hierbas mágicas. Entre tanto, la rana había marchado a decir a Dios que los hombres preferían no volver a la vida, bien que nadie la hubiese encargado de tal comisión. El perro, que contemplaba lo que cocía, vio pasar a la rana y se dijo: «En cuanto haya comido algo no tardaré en alcanzarla». No obstante, la señora rana llegó antes que él y comunicó lo que la llevaba a Dios. De modo que cuando después el perro le manifestó, a su vez, a lo que venía, Dios dijo muy apurado: «No comprendo bien lo que pasa. Mas como la primera en venir ha sido la rana, lo que ella me ha pedido para los hombres les será concedido». A causa de ello los hombres cuando mueren no vuelven a la vida.

Entre los seres que, como los anteriores, pertenecen a los negros del Senegal existe la siguiente leyenda cosmogónica relativa al Sol y a la Luna: Un día la madre del Sol y la de la Luna se bañaban enteramente desnudas en el Narigot. Mientras el Sol se volvía para no ver a su madre de aquel modo, la Luna, por el contrario, no quitaba el ojo de la suya. Tras el baño, la madre del Sol dijo a éste: «Hijo mío: siempre me has respetado y quiero que Dios te bendiga. No has querido mirarme mientras me bañaba, y como tus ojos se apartaban de mí, deseo que Dios no permita que ningún ser vivo pueda contemplarte a ti fijamente». La Luna fue llamada, a su vez, por su madre: «Hija mía, tú no me has respetado cuando me bañaba. Me has mirado, por el contrario, fijamente, cual si yo fuese un objeto brillante. Pues bien, yo quiero que todo el mundo pueda mirarte a ti lo mismo, sin que sus ojos se fatiguen por ello». De todo lo anterior se puede sacar una consecuencia interesante: que por limitada que sea la inteligencia de los hombres, siempre la parte de ésta que primero se desarrolla, la *fantasía,* les sirve para elaborar fábulas y mitos que fatalmente versan sobre temas, ilusiones, temores o esperanzas lejos de toda realidad; todo lo que en forma de relatos más o menos brillantes constituye su «religión». Y de este hecho innegable, a su vez otra conclusión: que como el origen de todas las religiones es el mismo, la imaginación (pues aún las más perfectas son hijas mejoradas, pero hijas al fin de mitos y fantasías anteriores), lo único que hay en ellas de cierto, de posible y de verdadero es la «fe» de los que creen en ellas.

MITOLOGÍAS AMERICANAS

AMÉRICA DEL NORTE

Cuando los religiosos, que desde muy pronto cruzaron el Atlántico en compañía de los soldados y aventureros españoles que cayeron sobre el continente americano, apenas descubierto por Colón, empezaron a conocer las religiones de las tierras que iban siendo descubiertas, quedaron asombrados no sólo de la riqueza de ciertos panteones (Aztecas de México, Mayas de Yucatán, Incas del Perú), sino de encontrar en las múltiples religiones de aquel continente insospechado poco antes e incluso aislado del mundo antiguo, no solamente creencias y prácticas semejantes a otras de la mitología clásica, sino leyendas y tradiciones, como, por ejemplo, las relativas al diluvio, que no sabían que existiese fuera de la *Biblia.* Y su asombro llegó al colmo, al enterarse de que ciertas particularidades que ellos creían exclusivas del culto católico que con tanto celo se disponían a implantar, particularidades que estaban seguros de haber sido inventadas por la Iglesia, por ejemplo, la *confesión,* eran cosa establecida y practicada hacía siglos en el nuevo, inmenso, desconocido y misterioso continente. También conocían la existencia de Vírgenes-Madres: como *Coatlicue,* que había concebido por obra de la divinidad, y la *Mujer Blanca,* de Honduras. Sin contar que existía por todas partes el sistema dualista, es decir, el de dioses y demonios, seres, espíritus, principios o entidades diametralmente, enteramente opuestos, y por ello enemigos, unos productores del bien y otros del mal, como el Ariman y el Ormazd persas, el Dios y el Diablo cristianos.

¿Cómo podía ocurrir cosa tan insólita y sorprendente?

Respecto a ciertas leyendas, eco lejano de inmensos acontecimientos planetarios o de cataclismos acaecidos en nuestro globo en épocas remotas, aun, bien que no sin sorpresa, podía explicarse la coincidencia. Para justificar otras, hubiera habido que admitir, cosa improbable, que un grupo relativamente reducido de individuos, pero ya con una base religiosa sólida y un abundante caudal de mitos, habíase extendido por el Mundo llevando con ellos sus creencias y leyendas, que habían ido luego transformándose de acuerdo con los climas, los lugares, las necesidades y los tiempos. Mas esta hipótesis, si pasó un momento por la mente de alguno de aquellos celosos y admirables misioneros, sería desechada al punto. ¿Cómo hubieran podido los hombres primitivos, inermes ante los grandes obstáculos naturales, cruzar un mar que en pleno siglo XV ofrecía aún tantos peligros y dificultades?

En cuanto a la tercera cuestión, la relativa a la identidad de ciertas prácticas que creían exclusivas de la religión que ellos se proponían implantar, de esto ni trataron seguramente de hallar la causa. Debieron limitarse a hacer un razonamiento mental semejante al de Simón de Montfort, cuando al hacerle observar, pues había mandado pasar a cuchillo a todos los habitantes de Béziers, hombres, mujeres y niños (hecho ocurrido el 2 de julio de 1209), que algunos de ellos no serían herejes, respondió lleno de celo: «Que mueran todos. Dios en el Cielo separará los católicos, si los hay, de los malditos albigenses». Pues bien, ellos se dirían, poco más o menos, lo mismo: «Esto el Señor lo sabrá. Que él nos ilumine, si quiere».

No obstante, el problema no era difícil de resolver reduciéndole a su expresión más natural y sencilla. Descontando que, como en muchos otros lugares de la Tierra, el totemismo era la base, por decirlo así, de todas las religiones americanas, hubiera bastado considerar cómo han nacido las creencias religiosas para comprender que la raíz de todas es la misma. Y que luego sus variaciones, sus prácticas, sus leyendas y sus mitos no son sino producto del medio y de los siglos. De la geografía y del progreso. Así como que el ungüento de ilusiones, leyendas, mitos y fantasías de tipo religioso, éste sí, en todas partes fue igual: la *fe* destinada a aliviar temores y crear esperanzas. Veamos, pues, lo que la fantasía americana, en función de la necesidad y del tiempo, ha producido como tradiciones en aquel continente. Es decir, las variaciones introducidas por los años en ese fondo común constituido allí, como en todas partes, por los grandes fenómenos de la Naturaleza y por los cataclismos primitivos, primeras causas, en todas partes, del *miedo* a lo desconocido, y con ello del sentimiento religioso. Procedamos de Norte a Sur.

LOS ESQUIMALES

Los esquimales, últimos representantes de una raza que vivió en Europa hacia el fin del último período glacial, pueblan actualmente las regiones árticas de América y la parte más noroeste de Asia (la región comprendida entre la bahía de Hudson, el estrecho de Behring y Groenlandia). Su aislamiento casi total con el resto del Mundo hasta que empezaron de un modo regular las expediciones polares, pues hasta entonces no tenían contacto sino con los fineses y lapones (lo que hace que éstos compartan muchas de sus creencias), es la causa de que su civilización se haya estancado y de que su religión y sus ritos, pese al cristianismo, ofrezca un carácter puramente arcaico. Arcaico y salvaje, puesto que lo que modela al hombre, tanto en el aspecto físico como en el intelectual, es la geografía, y la religión de los esquimales, influida por la lucha perpetua que tienen que sostener contra los elementos, es, como estos elementos, allí extremados, bárbara y sin piedad. Y si en todas partes el fondo de las religiones es puramente utilitario (evitar males y conseguir, por el contrario, bienes con la ayuda de las potencias todopoderosas), mucho más allí en que la Naturaleza es tan hostil que todas las ayudas son pocas para subsistir. Por ello, los mitos esquimales tienen, en conjunto, un carácter marcadamente utilitario, y hasta los puramente especulativos se refieren siempre a los destinos del hombre y a la influencia que los actos pueden ejercer sobre ellos, con el fin de conciliarse a los dioses o a las potencias sobrenaturales.

La más importante de las divinidades de los esquimales, sobre todo de los que viven en Groenlandia, tierras de Baffin y demás, en contacto inmediato con el mar, es, a causa de ser la reina de las focas, gracias a las cuales ellos pueden subsistir, la *Vieja del Mar,* divinidad femenina de este elemento y de los animales que en él viven. Y como, a su vez, de ellos viven los esquimales, inútil insistir sobre la importancia de tenerla favorable, lo que tratan de conseguir siempre mediante sacrificios y ofrendas. Esta diosa tan temida y a la que los esquimales imaginan de talla gigantesca y con un solo ojo, pues el otro le fue arrancado por su padre, según se va a ver inmediatamente, vive en el fondo del mar en una mansión de hielo, de piedra o de costillas de ballena, *la casa del mundo,* recubierta de pieles de foca. Además del mencionado nombre recibe otros, según las diferentes regiones: *La Mujer majestuosa, El Espíritu de las profundidades del Mar, La Mansión de la carne.* En la isla de Baffin es conocida con el nombre de *La Mujer que fue lanzada por la borda.* Pero su nombre más corriente es el de *Sedna.* He aquí su curiosa leyenda: Sedna era una joven esquimal con la que ningún hombre se quería casar o que tal vez era *avilajok* (que no quería ella desposarse). Hija única de un hombre viudo, vivía con su padre al borde del mar. Cuando estuvo en edad de contraer matrimonio, o bien no fue cortejada, o bien, y es lo que más corrientemente se asegura, negose a casarse no encontrando a ninguno de sus muchos pretendientes, pues era muy hermosa, de su gusto. Pero un día se presentó un joven cazador extranjero, cuya natural belleza realzaban las ricas pieles que le cubrían. Llevaba una lanza de marfil y tripulaba un magnífico *kayak* que en vano las olas hubiesen intentado hacer naufragar. Al llegar a la orilla, en vez de desembarcar, empezó a llamar a Sedna con palabras tan dulces y diciéndola tales cosas de su propio país y de la vida que junto a él le esperaba, que la joven, enamorada y seducida, acabó por seguirle. Pero el hermoso seductor no era un hombre, sino el fantasma de un pájaro. Pájaro-espíritu que tenía el don de tomar la forma humana y que para poder llevarse a la joven, de la que se había enamorado, ocultó su verdadera naturaleza. Cuando Sedna supo la verdad, su desesperación fue tan grande, que todas las palabras y promesas de su amante no pudieron calmarla. En cuanto a su padre, no menos desesperado, acabó por partir hacia la costa lejana a donde su hija había sido llevada. Y habiéndola encontrado, aprovechando que el marido-amante estaba ausente, partieron a toda vela hacia el país natal. Cuando el *fulmar* (especie de petrel) llegó, empezó a buscar a su amada. Hasta que ciertos gritos misteriosos que le traía el viento, le hicieron saber lo que había ocurrido. Entonces, el pájaro, tomando la forma de un fantasma, se metió en su kayak, no tardando en alcanzar a los fugitivos. Pero en vano intentó que el padre de Sedna le devolviese a ésta. Entonces, furioso, se transformó en pájaro, voló un instante sobre los fugitivos chillando de un modo singular y al punto fue una horrosa tormenta. El padre de Sedna se aterró. Las olas reclamaban a su hija y el miedo mismo de haber ofendido, llevándosela, a las potencias del Cielo y de la Tierra, le dio ánimos para consumar el sacrificio. Arrojándose de pronto sobre Sedna, la lanzó al mar. Un momento después la joven salió a la superficie y desesperadamente se agarró al borde del kayak. El padre, enloquecido por el terror, cogió un hacha de marfil y cortó los crispados dedos. Dos veces aún intentó Sedna agarrarse a la barca; dos veces aún, su padre le cercenó lo que quedaba de las manos. Las primeras falanges cortadas se transformaron en focas; las segundas, en okujs (focas de los fondos); las terceras, en morsas; el resto de la mano, en ballenas. Consumado el sacrificio, el mar se calmó. Cuando el infortunado padre llegó, al fin, a su cabaña, se apoderó de él un profundo sueño. Durante la noche, una marea, una marea desacostumbrada, se tragó la cabaña y los dos seres que había en ella: el padre y el perro de la joven, que estaba atado al *tupik* (tienda de verano). Hombre y animal se reunieron con Sedna en el fondo del océano. En él reinan desde entonces en una región llamada *Adliden,* lugar donde las almas, luego de la muerte, son encarceladas para pagar sus culpas. La duración de esta condena depende de las faltas cometidas, por lo que puede ser temporal o eterna.

Además de esta divinidad femenina, los esquimales tienen otro gran dios representante del poder masculino, fecundador violento y severo, amo del trueno y de la nieve. Es decir, de un lado, el dios (o diosa, es igual) que les hace vivir; de otro, el que les puede matar. Esta divinidad poderosa y temible es *El Hombre de la Luna.* El Hombre de la Luna es la divinidad principal de los esquimales continentales, muy especialmente de los de Alaska, que vinculan en él hasta los poderes de Sedna. Al contrario que ésta, *El Espíritu de la Luna* habita en el mundo superior, en una casa próxima al astro de su nombre, desde donde baja a la Tierra en un trineo tirado por perros. Este mundo superior, situado más allá de la bóveda del Cielo, gira en torno a la cima de una montaña. Tiene, como la Tierra, valles y colinas, y es la mansión de los *Innuas,* cuerpos celestes que en otro tiempo eran hombres que fueron llevados al Cielo y transformados en estrellas. Por cierto, que el camino que conduce a este mundo superior está lleno de peligros. Entre otros, el siguiente: en el camino de la Luna alguien trata de hacer reír a los que pasan, y si lo consigue, les arranca las entrañas. El semejante femenino del Hombre de la Luna es el Sol, su hermana. Una leyenda refiere que pese a ser hermanos se buscaban y se unían en la oscuridad. Pero que habiendo sido descubierto el incesto, sintieron tal vergüenza que huyeron desconcertados. Desde entonces el enamorado persigue a su hermana. Pero como ésta (el Sol) subió muy arriba, no puede alcanzarla. Cada uno de ellos, muy interesado por los de su sexo, trata tanto de protegerlos como de perjudicar a los otros. Durante los eclipses de Sol, los hombres desconfían, pues el astro, para ellos femenino, ronda la Tierra. Las mujeres hacen lo mismo durante los eclipses de Luna. Esta asegura el nacimiento de los hijos varones y les preserva de enfermedades y accidentes. Si mueren, la Luna se pone de luto. Por el contrario, el Sol adorna su cabeza cuando algo va mal para el elemento macho o si, al revés, el femenino triunfa. La constelación de Orión es para los esquimales un grupo de cazadores con sus perros. Obsérvese la coincidencia con otras mitologías, especialmente con la griega. Fueron enviados al Cielo con el oso al que perseguían. Entre los esquimales existe la leyenda relativa al diluvio. Incluso hay más de una, pues la de los de Alaska es diferente de la de los que habitan en las tierras del océano Artico. Como los antiguos escandinavos, los esquimales creen que toda la Naturaleza, tanto viva como inerte, está poblada de espíritus. El jefe de estos espíritus es el temido *Sila inua* (El Hombre del Aire), en el que reúnen sus vagas nociones de aire, espacio, mundo e incluso inteligencia y poderío. Sila inua investiga la conducta de los humanos, y de transgredir los usos tradicionales, les castiga. Puede hasta expulsarles del país que habitan y no dejarles que se establezcan en otro. A una mujer, la perjudicará cambiando, en el momento del parto, su hijo en hija. Los demás espíritus son sus servidores. O los servidores de los *angakok* (brujos). Estos angakok son los que en épocas de hambre van en busca de animales, que obligan al Ama del Mar a abandonar. Pero antes tratan de averiguar por qué ha caído sobre la tribu tal calamidad. Pues entre los esquimales toda desgracia es considerada como una anomalía, cuyos verdaderos responsables son los hombres mismos, que violando las reglas establecidas turban el curso normal de los hechos naturales. Un angakok partió una vez en persecución de una foca. De pronto se vio rodeado de kayaks. Eran los espíritus del fuego que venían para apoderarse de él. Pero súbitamente se produjo entre ellos un remolino, y el angakok vio que eran perseguidos por otro kayak, cuya proa se abría y se cerraba como una boca enorme, que devoraba cuanto hallaba a su paso. Era su espíritu protector que venía a salvarle. Cuando, como acabo de decir, en épocas de hambre un angakok parte en busca de focas, para llegar a la morada del Ama del Mar tiene que atravesar, según una leyenda groenlandesa, primero el reino de los muertos, luego un abismo en el que dan vueltas sin descanso una rueda helada y un caldero lleno de agua hirviendo repleto de focas. Luego, tras haber evitado el enorme perro que guarda la puerta de entrada, aún debe franquear un segundo abismo, cruzándole por una pasarela semejante a una lámina afiladísima.. Se comprenderá que tras esto el valeroso brujo, aun si, no obstante, no llegan las focas, merece toda clase de recompensas.

Otras divinidades esquimales son: *Agloolik,* espíritu benéfico; procura animales a los cazadores. *Puekeenegak,* espíritu femenino muy bien vestido; procura alimentos, con qué confeccionar trajes e hijos a las mujeres esquimales. *Epolookvik,* espíritu perverso; muerde y trata de matar a los barqueros. *Ataksak,* vive en el Cielo y tiene forma de bola; es la alegría personificada. *Aulanerk,* mora en el mar y es el que, removiéndose, produce el oleaje; es benéfico. *Ooyarroyamitok,* no tiene morada fija; invocándole procura caza y pesca a los esquimales. *Nootaikok* es el espíritu de los icebergs; benéfico; procura focas si se le invoca. *Ookomark,* vive en la tierra; es como un hombrecillo muy robusto; hay que tener mucho cuidado con él; es peligroso verle. *Koodjanuk,* espíritu de primer orden; cura las enfermedades; al principio del Mundo era un pájaro enorme. *Noesamak,* vive en tierra; su aspecto es el de una mujer de piernas muy delgadas; es benéfico. *Oluksak,* espíritu de los lagos; él es el que inspira a los angakoks. *Kingmingoarkulluk,* vive en tierra; es de pequeña estatura y benéfico. *Tekeitserktok,* señor de los gamos; dios del país y de la tierra; su poder es superior al de las demás divinidades. *Keelut,* terrestre, maléfico; es como un perro sin pelo. *Tootegá,* tiene el aspecto de una mujercilla y puede andar sobre las olas; vive en una isla, en una casa de piedra. *Akselloak,* espíritu de las rocas inestables; benéfico. *Omani,* terrestre, guía a las ballenas. En fin, *Eeyeekalduk,* terrestre; es como un hombre de talla mediocre; tiene la cara negra; vive en una piedra; es benéfico, pero mirarle a los ojos es peligroso.

Para acabar con los esquimales, diré que el origen de la muerte fue la consecuencia de un dilema ofrecido al hombre: luz y muerte o bien oscuridad y vida. Y el hombre escogió lo primero. La diversidad de las razas humanas la explican a causa de la unión de una joven con perros diferentes. Esta leyenda se encuentra también en China, Indonesia y otros países. Los esquimales creen en la reencarnación. Los muertos renacen en los niños de la tribu.

INDÍGENAS DE AMÉRICA DEL NORTE

Se ha dado siempre el nombre de pieles-rojas[982] a los indígenas de América del Norte, otros que los esquimales de las regiones árticas y de Labrador y que los habitantes de Alaska. De un modo general, los pieles-rojas creían en un ser supremo, *El Gran Espíritu;* tributaban culto al Sol y a la Luna y a los genios, y tenían como sacerdotes a brujos que eran al mismo tiempo médicos y que gozaban de gran prestigio. Su régimen sexual era la poligamia. Los pieles-rojas, como los polinesios, tenían una concepción neta del *mana,* cuyas manifestaciones creían advertir, en grados diferentes, en cada objeto[983]. También conocían, a su manera, la famosa teoría de las *Ideas,* de Platón. Es decir, que creían que cada objeto terrestre tenía en el Cielo su prototipo, infinitamente más perfecto. Además de en el Gran Espíritu creían en la *Tierra-Madre,* sobre todo ciertas tribus agricultoras, como los iraqueses. Estos contaban que *Onatah,* hija única de la Tierra-Madre, había sido encarcelada bajo la tierra y libertada por el Sol. El simbolismo es claro: Onatah era el grano de maíz que se siembra y que el calor solar hace germinar. Sobre el maíz, base del alimento de muchas regiones americanas, abundaban, como es natural, las leyendas. Según los indios Chippeya, el espíritu del maíz fue enviado del Cielo en forma de efebo, pero un héroe mortal le venció y le encerró en la Tierra; entonces el maíz creció[984]. Según los Quiches de América Central, los animales sagrados (especie de demiurgos) habían traído el maíz del Paraíso y de esta planta hicieron al primer hombre. Entre los Aztecas, el maíz era la madre de la raza y de sus antepasados.

---

[982] Los *pieles-rojas,* llamados así a causa del color cobrizo de su piel, suelen ser hombres grandes y robustos, de cabellos negros muy lisos, ojos oscuros, nariz prominente y pómulos fuertes. Jinetes excelentes, valerosos, crueles, pero hospitalarios. Cuando eran fuertes e independientes, vivían en tribus que obedecían a jefes hereditarios. Se adornaban la cara con dibujos, y solían vivir de la caza, dejando a las mujeres, no solamente los trabajos caseros, sino los de la tierra. Ciertas tribus del Norte y del Oeste eran más pacíficas y se entregaban a la agricultura. Los que quedan (unos 200.000) se van fundiendo poco a poco con sus exterminadores: el pueblo americano.

[983] La antropología moderna se ha apoderado de la palabra oceánica *mana,* equivalente a la iroquesa *orenda* y a la *vakanda* de los siux.

[984] Como se ve, es la misma leyenda que la famosa de John Barleycorn, sólo que el maíz ocupa el lugar de la cebada.

Los pieles-rojas contaban también la aventura del Cielo separado de la Tierra, que en Grecia constituyó el mito de Ouranos y Gaia. A la Tierra-Madre la representaban con una multitud de senos (como la Artemis de Efesos). Y tributaban un culto importante al Sol. El demiurgo de los algonquines, *Glooskap,* era seguramente una figura solar. Ciertas tribus del Mississipí contaban que *Hesperus* era el hijo del Sol, que había descendido un día a la Tierra para seducir a una joven, con la que tuvo un hijo y luego se la llevó con él al Cielo, pero la advirtió que no desarraigase cierta planta. Ni que decir tiene que la prohibición tornose al punto en aliciente y que la joven arrancó la planta (un nabo) para ver a través del agujero del suelo su país natal. Entonces sintió tal nostalgia por volver a donde había nacido, que regresó a él. Mas para morir apenas había referido la aventura. Su hijo, despreciado a causa de una cicatriz que tenía, fue en busca del Sol para pedirle que le curase. Habiendo matado siete pájaros gigantescos, ganó el favor de su abuelo, que, sobre curarle cual deseaba, le enseñó la danza ritual del Sol. Sano y sabio, volvió a la Tierra, donde enseñó a los hombres a honrar al astro del día.

Además del Sol, la Luna tenía su parte en la mitología de los pieles-rojas. Sin hablar de las supersticiones relativas a los eclipses, tan abundantes en el nuevo mundo como en el viejo, los pieles-rojas atribuían al astro de la noche una influencia especial en la vegetación. Es curioso notar que esta idea había sido en ciertas regiones del Mediterráneo la base del culto a Artemis lunar, muy especialmente del que se dedicaba a la *Tenit* cartaginesa.

Los pieles-rojas compartían con las tribus siberianas la figura mitológica del *pájaro del trueno,* desconocida en América del Sur. La identificación de este pájaro con alguna especie de la fauna americana variaba, naturalmente, de tribu en tribu. El proceso de su antropomorficación estaba en estado inicial a la llegada de los blancos.

Los tuscaroras[985] hablaban de dos hermanos enemigos, *Enigorio* y *Enigohahetgea* (en épocas anteriores *Ioskeha* y *Taviscara),* el primero de los cuales mató a la rana gigante que se había tragado todas las aguas. Este mito es una representación más del antagonismo entre dos gemelos, tan

---

[985] Los tuscaroras, iroqueses de raza, estaban establecidos originariamente en Virginia y en la Carolina del Norte; hoy han sido empujados más hacia el Norte aún, y ocupan, cerca del Canadá, *una reserva* (eufemismo que viene a querer decir territorio-parque para animales humanos) cerca del Niágara. Quedan menos de un millar, que son conservados como rareza, lo mismo que los bisontes, o los rinocerontes blancos en Kenya.

frecuente en Grecia, como indican sus nombres: el *Brillante* y el *Oscuro*. En cambio, los Dioskouroi americanos son *Apocatequil* y *Piguerao,* de los que hablaré al ocuparme de los Incas. Pero no todos los demiurgos son gemelos, ni humanos tan siquiera. Hay muchos que no lo son. El más conocido es *Michabó,* la Gran Liebre de los algonquines[986], apelación en la que no hay que buscar ni un símbolo ni una equivocación: se escogió a este animal a causa de la importancia que tenía para los primitivos cazadores algonquines. Su carácter era una extraña mezcla entre demiurgo y pícaro, como corresponde a las diferentes épocas de su ciclo. Se contaba de él la aventura siguiente: En lucha con un dragón, se dejó tragar por éste, pero tan sólo para poderle matar más fácilmente una vez en su estómago. Haciéndolo libertó a las víctimas anteriores, entre ellas a sus dos hermanos. En otra versión son los pájaros del trueno los que le libran de su prisión. Decíase también que había procurado el fuego a los hombres robándolo en la cabaña de la Aurora. Tras apoderarse de él se lo confió a los pájaros del trueno, que desde entonces lo guardaban. Como verdadero demiurgo, dio al primer hombre una compañera. Pero ésta, emblema de la *mujer,* que en todas las mitologías es la misma, se apresuró a abrir una caja que le había confiado bajo promesa de no hacerlo, y que contenía no los males, como la famosa caja de Pandora, sino la inmortalidad. Esta escapó y por ello el hombre muere. Pero la obra principal de Michabó fue la creación de la Tierra en el océano primitivo. Para ello se hundió en las profundidades del agua, de donde sacó un poco de barro.

En las tribus de la costa del Pacífico y del Noroeste, el demiurgo no es la liebre, sino el cuervo. Este demiurgo puso al Sol en el Cielo y fue asimismo el que buceó en el océano primitivo para crear a la Tierra. El es igualmente el pájaro del trueno y del rayo. El, en fin, quien advirtió a los indios la llegada del diluvio. Su plumaje negro se explicaba mediante el relato que cuenta que él era quien había obtenido el fuego para el hombre y quien le había bajado del Cielo a la Tierra. El poderoso humo del sagrado elemento había cambiado, ennegreciéndolas, el color de sus plumas. En las tribus del Sudoeste es el coyote, el *lobo de las praderas* (nombre vulgar de una especie de chacal americano), el que hace el papel que la liebre cumple entre los algonquines. Entre los indios de la Guayana, una gallinácea con el pico rojo fue la que trajo el fuego. En otras tribus de América del Sur, la urraca o un demiurgo humano transformado en urraca.

---

[986] Longfellow atribuyó las aventuras de este demiurgo a *Haiwatha,* personaje histórico y especie de predecesor de Woodrow Wilson, puesto que fue el fundador de la gran liga de los iroqueses.

La escatología de los pieles-rojas está perfectamente desarrollada. Muchas tribus, especialmente los iroqueses y los algonquines, suponen que hay dos almas en cada cuerpo. A la muerte una renace en otro cuerpo, mientras que la otra va al País de los Bienaventurados. El Paraíso de los quiches (indígenas de Guatemala emparentados con los mayas de Yucatán) era *Xibalba* y estaba bajo la Tierra. El alma, o una de ellas, residía en los huesos. Ello dio como resultado que tuviesen un cuidado meticuloso con los esqueletos. Una leyenda azteca cuenta que los dioses, tras la destrucción del Mundo, decidieron, luego de haber celebrado consejo, ir a buscar un lucero al Infierno. Con él crearon al primer hombre antecesor de la nueva raza. En lo que afecta a la vida tras la tumba, falta, en general, la creencia en una posible retribución. En ciertos países, por ejemplo, en Guatemala, existe la creencia de que tan sólo los jefes de las tribus sobreviven a la muerte (como en Egipto en un principio). El único medio para un hombre vulgar de ir al Paraíso era sacrificarse por su amo o señor con objeto de acompañarle en el más allá, puesto que él solo no conocía el camino. Qué frecuente es en materia religiosa encontrar la mentira, el engaño y la astucia como puntales de la conveniencia y del interés. Los más audaces mienten; los simples de espíritu tragan las mentiras; el tiempo convierte en ley o en rito los dictados de la audacia, y la explotación de la credulidad queda establecida y hasta santificada. En las tribus belicosas (por ejemplo, entre los aztecas) había asimismo la creencia de que tan sólo las almas de los guerreros muertos en el campo de batalla eran las que sobrevivían; las otras eran destruidas al mismo tiempo que los cuerpos. Por supuesto, afirmaciones peregrinas y palabras sonoras fueron siempre y en todas partes el señuelo para empujar a morir a los muchos en favor de los pocos. Los antiguos mexicanos extendían la doctrina de la sobrevivencia hasta a las mujeres que morían al dar a luz a sus hijos. Con ello estimulaban no solamente la carne de cañón, sino a quien la procuraba. En fin, entre los hurones y los iroqueses era corriente la creencia de que para cruzar al otro mundo el alma tenía que atravesar un puente defendiéndose contra un perro infernal, y que sus brujos, como los chamanes asiáticos, podían penetrar en este otro mundo, desde esta vida, gracias a sus éxtasis.

Creencia corriente era también entre los pieles-rojas algonquines, iroqueses, hurones, etc., que todo en la Naturaleza (plantas, piedras, aguas, montañas) era habitado por potencias misteriosas que podían manifestarse al exterior e influenciar a los demás seres. Los iroqueses llamaban a esta potencia *Orenda;* los algonquines, *Manitu.* Para los algonquines del Norte, el más fuerte de estos espíritus era *Kitski Manitu* o Gran Espíritu, que era el padre de la vida y que no fue jamás creado. Él era la fuente de todo bien y en su honor fumaban el *Calumet* (pipa india) *de la paz.* Los delavares cuentan cómo el Gran Espíritu instituyó este rito. Los pueblos del Norte reunidos en consejo, habían decidido exterminar al pueblo delavare, cuando de pronto un pájaro inmaculadamente blanco se detuvo en medio de ellos, con las alas extendidas por encima de la cabeza de la hija única del gran jefe. Esta oyó una voz interior que le decía: «Reúne a todos los guerreros y diles que el corazón del Gran Espíritu está triste, envuelto en sombría nube, porque tratan de beber la sangre de sus primogénitos, los *Lenni-Lennapi,* la más antigua de las tribus. Para calmar la cólera del *Amo de la Vida* y para volver la alegría a su corazón, que todos los guerreros se laven las manos en la sangre de un cervatillo; luego, que vayan todos juntos a presentarse a sus mayores, que les distribuyan presentes y fumen con ellos el gran calumet de la paz y de la fraternidad, que les unirá para siempre».

Los pieles-rojas, y de ellos los algonquines los primeros, creen en otro espíritu poderoso: *el pájaro del trueno,* cuyos ojos lanzan relámpagos y cuyo batir de alas es el trueno. Él impide a la tierra secarse y a la vegetación perecer. Otros espíritus menos poderosos, representados en forma de pájaros semejantes a halcones o a águilas, le acompañan. Por encima de las nubes donde habitan las ráfagas y el trueno está la morada del Sol y de la Luna, representados por un hombre y una mujer, que unas veces son marido y mujer y otras hermano y hermana. Más allá del Sol y de la Luna habitan las estrellas. Los pájaros sirven de intermediarios entre los humanos y las potencias superiores, mientras que las serpientes y los animales acuáticos comunican con las inferiores. El Mundo suelen dividirlo en ocho pisos sucesivos: cuatro para el mundo superior y cuatro para el inferior. En los cuatro puntos cardinales habitan cuatro genios benéficos: el del Norte trae el hielo y la nieve, lo que permite cazar los animales salvajes; el del Sur hace crecer las calabazas, el maíz y el tabaco; el del Oeste procura la lluvia, y el del Este, la luz del Sol.

Una leyenda de los algonquines cuenta cómo Michabó, llamado también, como hemos visto, la Gran Liebre, volvió a poner el Mundo en condiciones, luego de haber sido sumergido: Hela aquí: Un día Michabó salió de caza, y los lobos que empleaba a modo de perros entraron en un lago y allí quedaron prisioneros. Como un pájaro le dijese lo que había pasado y Michabó se metiera en el agua para sacarlos, éstas se desbordaron y cubrieron a la Tierra. Michabó encargó al cuervo que le buscase un pedazo de arcilla con el cual rehacer de nuevo la Tierra, pero el cuervo no pudo encontrarlo. Michabó envió entonces a una nutria; ésta se zambulló, pero no trajo nada. Finalmente, acabó por enviar a la rata amizclada; ésta le trajo un poco de suelo, que Michabó empleó en rehacer la Tierra. Luego lanzó flechas a los troncos de los árboles, que se transformaron en ramas. Y tras vengarse de los que le habían aprisionado en el logo a sus lobos, se casó con un ratón amizclado y tuvo hijos, que repoblaron el Mundo.

Los principales dioses de los iroqueses son el Trueno, el Viento y el Eco. Creen también en una raza de gigantes, a los que tienen por magos excelentes y por cazadores no menos excelentes, que, sin necesidad de flechas ni de arcos y tan sólo con piedras, matan a cuantos animales quieren. Su fuerza es enorme, y en sus combates emplean como armas los árboles más gruesos, que arrancan con increíble facilidad. Creen también en la existencia de enanos, que dividen en tres grupos: los *Gahongas,* que habitan el agua y las rocas; los *Gandaiaks,* encargados de hacer fructificar la vegetación y guardar los peces de los ríos, y los *Ohdovas,* que viven bajo tierra y protegen toda suerte de monstruos y animales venenosos.

En fin, los pericues de California creen en un amo todopoderoso del Cielo, al que llaman *Niparaya,* creador del Cielo y de la Tierra y que da el alimento a todos los seres. Es invisible, y no tiene cuerpo semejante al de los hombres. Su mujer se llama *Amayico yondi,* y aunque no usa de ella, pues no tiene cuerpo, tuvo con ella tres hijos. Un mito de los pericues cuenta que el Cielo está más poblado que la Tierra y que en otro tiempo hubo una gran lucha entre sus habitantes. Entre ellos había uno, *Yac* o *Taparán,* que era muy poderoso. Habiéndose rebelado contra Niparaya, éste le derrotó completamente, le expulsó del Cielo y le confinó, en unión de sus partidarios, en una caverna subterránea, donde le encargó que guardase a las ballenas y las impidiese salir. Los luigenos de la baja California cuentan que un diluvio cubrió hasta las montañas más altas e hizo perecer a la mayor parte de los hombres. Tan sólo algunos se salvaron, y ello por haberse refugiado en lo más alto de *Bonsald,* una parte del país que fue respetada por las aguas.

LOS AZTECAS

Hecho común a todas las religiones politeístas fue siempre la tolerancia respecto a los dioses extranjeros, por lo que cuando un pueblo dominaba a otros, metía a los dioses de los vencidos en su panteón con objeto de que le fuesen propicios en el suelo que acababan de conquistar; terreno que creían, pensando con lógica no descaminada, que antes que a ellos pertenecía a los dioses que allí imperaban. Las religiones monoteístas, por el contrario, al creer que el único dios verdadero era el suyo y todos los demás invenciones de la fantasía, o demonios, lógicamente también (lógicamente según su lógica) tenían que perseguirlos. A causa de lo cual las atrocidades, violencias y crímenes cometidos en nombre de los dioses *únicos* fueron siempre monopolio (piénsese, por ejemplo, en la intransigencia con que los islamitas extendieron su poder, imponiendo el islamismo a sangre y fuego), no hay más remedio que confesarlo, de las religiones tenidas como más perfectas. Pues bien, los aztecas mexicanos, que aunque pueblo esencialmente conquistador no era fanático exclusivo de sus dioses, sino más bien anexionador de divinidades, natural es que ofrezca en su religión, tal cual es conocida, es decir, tal cual estaba cuando Cortés puso allí sus pies en el siglo XVI, una extremada complejidad. No obstante, pueden distinguirse de un modo general en su panteón dos grandes series de divinidades: unas en relación con la caza y con la guerra, y las otras con la agricultura.

El gran dios mexicano de la guerra era *Huitzilopochtli*[987]. Este dios era la divinidad tribal de los aztecas. La tradición decía que por orden suya su pueblo había emprendido la migración que les condujo al borde del lago Texcoco, donde fundaron su capital. Se le conocía también con el nombre de *Mexilt,* de donde la palabra México, lugar dedicado a Mexilt. Solía representársele esquemáticamente mediante un águila, símbolo azteca de la fuerza y de la intrepidez guerrera, así como del Sol mismo. Por ello la abundancia de estos animales en los blasones y escudos de armas de aquel país. Huitzilopochtli, etimológicamente, quiere decir *pájaro mosca izquierdo.* Téngase en cuenta que el lado izquierdo, en la concepción

---

[987] El dios de la guerra de los chichimeques era *Mixcoalt,* dios cazador y guerrero. El de los trascaltecas, *Camastli,* etc., cada tribu tenía el suyo. *Xipe* era el dios por excelencia de los sacrificios, bien que todas las divinidades guerreras fuesen sanguinarias y exigiesen sacrificios humanos. Xipe era, no obstante, un dios intermedio: mitad guerrero, mitad agrícola.

cósmica de los aztecas, correspondía al Sur. Sin duda, además, Huitzilopochtli era una forma del Sol, puesto que cuando se le sacrificaban víctimas los corazones eran expuestos al sol. Lo de pájaro mosca venía de la siguiente leyenda, que parece indicar que antes de llegar a ser el dios de la guerra fue un dios totémico, un colibrí: Huitzilopochtli había sido concebido por la Virgen-madre *Coatlicue* (la del traje tejido con serpientes), que era ya madre de una hija y de numerosos hijos, llamados los *Centzon-Huitznahuas* (los cuatrocientos meridionales). Coatlicue, estando un día orando en el templo del Sol, recibió del Cielo una corona de plumas de colibrí. Púsola en su seno y quedó encinta del dios de la guerra. La hija, furiosa, pues creía deshonrada a su madre, instigó a los Cuatrocientos Meridionales (es decir, las estrellas meridionales, enemigas del Sol) para que la matasen. Pero Coatlicue pudo librarse de ellos y dar a luz a Huitzilopochtli, que, por cierto, nació enteramente armado, como la Atena griega; revestido con una armadura azul, con la cabeza y la pierna izquierda adornadas con plumas de colibrí y una jabalina azul también en la diestra (signo de habilidad). Al punto, precipitándose sobre su hermana, la mató; luego, y sirviéndose de *Xiuhcoaltl,* la serpiente de fuego, su atributo distintivo, exterminó a los Centzon-Huitznahuas y a cuantos habían intrigado contra su madre.

Se solía representar a este dios como un guerrero con la parte alta de la cara pintada de negro, cubierto con una armadura de plumas y llevando en la mano izquierda un escudo y en la derecha el xiuhcoaltl. En su calidad de dios tribal, le estaba dedicado el templo de México. Los corazones de las víctimas que eran sacrificadas en su honor, eran puestos en recipientes de piedra llamados *quanhxicalli,* «recipientes del águila», alusión a una de las formas del dios. Tal vez una divinidad más antigua que él (cuyo hermano era *Tezcatlipoca,* «espejo brillante», dios del invierno y no se sabe por qué de la justicia) era sin duda *Qtietzalcoaltl,* la serpiente emplumada, que los aztecas debieron de encontrar ya al conquistar México. Decíase que esta serpiente había tenido que retirarse ante el ataque de los aztecas, acabando por embarcarse para ir hacia los países del Este, al otro lado del Atlántico. Pero que un día volvería a tomar el desquite. Esta antigua creencia no dejó de ayudar mucho a Cortés, que al tener noticia de la tradición la empleó y la explotó para sus alianzas con las tribus enemigas de Moctezuma cuando su prodigiosa conquista de México. *Tezcatlipoca* (espejo humeante) era el dios del Sol; personificaba el sol del verano, que madura las cosechas, pero que trae también la sequedad y la esterilidad. Como dios de la tarde, era asimilado a la Luna. Recibía diversos nombres, según las fiestas en que era invocado, algunas de las cuales le estaban consagradas en su calidad de dios de la música y de la danza. Era invisible e impalpable, apareciendo, a veces, a los hombres, bajo la forma de una sombra fugitiva, de un monstruo espantoso o de un jaguar. Según una leyenda, *Tezcatlipoca* erraba por las noches bajo la forma de un gigante, envuelto en un velo ceniciento y llevando su cabeza en la mano. Cuando los temerosos le veían morían, pero el hombre bravo le agarraba y le decía que no le soltaría hasta por la mañana. El gigante suplicaba que le soltase y maldecía. Si el hombre conseguía retener al monstruo hasta el alba, éste entonces cambiaba de humor, le ofrecía riquezas y poderes invencibles con tal de que le dejase partir antes de amanecer. El hombre victorioso recibía entonces del vencido cuatro espinas como prenda de su victoria. Luego el hombre valiente le arrancaba el corazón y se lo llevaba a su casa. Pero al desdoblar la tela en que lo había metido no encontraba sino plumas blancas o una espina, o ceniza, o harapos. Los aztecas le temían más que a todo otro dios y le ofrecían también sacrificios sangrientos. Cada año, el más hermoso de entre los jóvenes cautivos era escogido para personificarle. Le enseñaban a cantar, a tocar la flauta, a llevar flores y a fumar. Le vestían suntuosamente y ponían ocho pajes a su servicio. Durante todo el año le prodigaban toda clase de honores y placeres. Veinte días antes de la fecha dispuesta para el sacrificio le daban como mujeres a cuatro jóvenes, que personificaban a cuatro diosas. Luego empezaban una serie de fiestas y de danzas. Llegado el día fatal, el joven dios era conducido con gran pompa fuera de la ciudad y sacrificado en la última plataforma del templo. De un solo golpe con su cuchillo de obsidiana, el sacerdote le abría el pecho y le sacaba el corazón palpitante, que ofrecía al Sol.

Tezcatlipoca era el gran enemigo de *Quetzalcoalt,* cuyo mito parece evocar una gran lucha étnica. Tezcatlipoca no pensaba sino en la destrucción de los de Tulla, es decir, de los toltecas, de los que Quetzalcoalt era el dios más importante antes de llegar a ser, luego de la caída de los toltecas, una de las principales divinidades aztecas. Un día los de Tulla vieron entrar en la ciudad tres brujos, uno de los cuales no era otro que Tezcatlipoca bajo la apariencia de un hermoso joven. Este consiguió seducir a la sobrina de Quetzalcoalt, hija del rey Uemac, lo que le permitió extender en Tulla el gusto a la desobediencia a las layes y el vicio. En una gran fiesta bailó y entonó un canto mágico. Pronto fue imitado por un gran número de toltecas, a los que condujo a un puente, que, hundiéndose bajo su peso, hizo caer a la mayor parte al río, donde fueron convertidos en piedras. Poco después se mostró a los toltecas haciendo bailar mágicamente en su mano a un muñeco. Maravillados, se amontonaron de tal modo para ver mejor el prodigioso espectáculo, que muchos murieron asfixiados. Entonces les dijo que debían matarle por los males que había ocasionado. Le mataron, en efecto, mas al punto su cuerpo empezó a exhalar tal olor, que muchísimos toltecas morían. En fin, tras muchas pérdidas, consiguieron sacarle fuera de la ciudad cuando ya casi la había arruinado.

Tezcatlipoca era representado con cabeza de oso y ojos muy brillantes. Llevaba en la cara rayas amarillas y negras. Su cuerpo era negro también y sus tobillos estaban llenos de campanillas. Provocaba las discordias y la guerra. Pero también era dispensador de riquezas. Los aztecas le atribuían el poder de destruir el Mundo si le placía. Como la mayor parte de los otros dioses, resucitó y volvió del Cielo a la Tierra. Quetzalcoalt (serpiente-pájaro), dios del viento, amo de la vida, creador y civilizador, patrón de todas las artes e inventor de la metalurgia, era en un principio una divinidad de Chilollán; pero expulsado por las maquinaciones de Tezcatlipoca, resolvió irse a Tlapallán, tras la ruina de Tulla. Quemó sus casas, hechas de plata y de conchas, enterró sus tesoros y se lanzó por el mar del Este, precedido de sus servidores, transformados en pájaros de vivo plumaje, tras prometer a su pueblo volver. Desde entonces, centinelas colocados en la costa acechaban la llegada del dios[988]. Quetzalcoalt era representado como un viejo de larga y blanca barba y vestido con un traje muy amplio. La cara y el cuerpo pintado de negro. En la cara una careta de hocico puntiagudo de color rojo.

Entre los dioses de la agricultura, el más importante era *Tlaloc* (pulpa de la tierra), dios de las montañas, de la lluvia y de los manantiales. Pertenecía originariamente a los otomís, y era representado también pintado todo de negro, pero llevando una corona de plumas blancas empenechada de otra verde. Entre sus atributos estaba la careta de serpiente con dos cabezas. Habitaba en la cima de las montañas, y su casa, Tlalocán, estaba llena de alimentos. En ella habitaban las diosas de los cereales, muy particularmente del maíz. Tlaloc, antiguo dios de Teotihuacán, se caracterizaba por sus ojos inmensos y por sus largos dientes. Era, como digo, el dios de la lluvia, de las aguas, del trueno y de las nubes, y por ello habitaba en la cima de las montañas. Otro dios de la lluvia era *Xipe,* invocado con el título de el *Bebedor nocturno.* Para que concediese la lluvia se le sacrificaban cautivos, que eran atados a postes y

---

[988] A causa de ello, cuando vieron llegar a los españoles revestidos de corazas brillantes, en un barco que venía del Este (cuando Juan de Grijalba, en 1517, descubrió la costa mejicana de Tabasco, país al que llamó Nueva España; dos años antes que Cortés fuese enviado a conquistar México), creyeron que era *Quetzalcoalt* que volvía y corrieron a advertir al emperador Moctezuma. Este envió a los recién llegados regalos para ganarse su buena voluntad. Entre ellos, la careta de serpiente incrustada de turquesas y el manto de plumas, emblema del dios.

acribillados a flechazos. Su sangre, que caía en tierra, como la lluvia, debía de atraer a ésta. Tlaloc, por su parte, tenía cuatro grandes artesas de las que sacaba cuatro diferentes clases de agua: una buena (la útil al campo), la de la primera; la de la segunda hacía nacer las telas de araña y provocaba las enfermedades de los cereales; la de la tercera se transformaba en granizo y la de la cuarta hacía morir todos los frutos. Era, pues, un dios bueno y malo a la vez. Y precisamente porque era temido, era venerado. Su culto era el más bárbaro y sanguinario de todos. Incontables niños de pecho le eran sacrificados. Cuando sus fiestas, los sacerdotes iban en busca de víctimas tiernas, compraban los bebés a sus madres y los echaban a un lago donde los dejaban que se ahogasen. Luego los cocían y se los comían. Si los niños lloraban, los espectadores se regocijaban, pues sus lágrimas anunciaban, según decían, la lluvia. De las veinte grandes fiestas, cinco eran dedicadas a Tlaloc y a su mujer, *Chalchiutlicue* (la que tiene una falda de piedras verdes), que simbolizaba el agua en movimiento, los torrentes y los ríos. Durante estas fiestas los sacerdotes se zambullían en el lago e imitaban los movimientos y el croar de las ranas, con objeto de atraer ellos, a su vez, la lluvia. Era asociada también a Tlaloc su hermana *Chicomecoalt* (Siete Serpientes), a la que representaban con espigas de maíz en las manos. Era diosa de la fertilidad. La serpiente, cuando no tenía plumas, correspondía siempre al agua y a la fertilidad agraria.

Otra diosa agraria adorada especialmente en Cuohnahuac (hoy Cuernavaca) era *Xochíquetzal,* esposa del dios del maíz, *Centeolt.* Presidía la aparición de las flores y las fiestas musicales. Aún hay que citar, entre los dioses del maíz y de la tierra, a *Tlazolteolt,* la Venus mexicana, por la posesión de la cual los Olímpicos mexicanos se hicieron una guerra terrible. Y lo curioso era que además de presidir el amor sexual, presidía también la confesión y la penitencia. Porque uno de los aspectos religiosos de los aztecas que más sorprendió a los conquistadores españoles, como ya he indicado, fue la existencia en México de las *mortificaciones* en expiación de las faltas y la *confesión.* Esta confesión se hacía en un día determinado. El sacerdote con el que se practicaba absolvía al que se confesaba no solamente ante Dios, sino ante la justicia humana. Pero esta absolución total no podía ser dada sino una vez. No solía ser solicitada, además, sino por los ancianos. En cuanto a mortificaciones, además de ayunos rigurosísimos, se extraían sangre de diversos órganos (lengua, orejas, piernas) y se atravesaban las carnes con espinas de *aguey.* Decíase que Tlazolteolt habíase casado con Tlaloc, el dios de la lluvia, pero luego le había dejado para irse con Tezcatlipoca, divinidad del invierno. La significación de este mito es clara. Sobre la Venus mexicana hay la siguiente leyenda: Un cierto *fappán,* queriendo llegar a ser el favorito de los dioses, abandonó a su familia y todos sus bienes, decidido a llevar, en el desierto, vida de eremita. Allí, sobre una roca muy alta permaneció día y noche entregado a la devoción. Los dioses, queriendo poner a prueba su virtud, ordenaron a un demonio, *Yaolt* (el enemigo), que le tentase y, de sucumbir, que le castigara. Yaolt hizo desfilar ante él a las criaturas más hermosas, invitándole a descender de su roca; pero fue en vano. La diosa Tlazolteolt, interesada por aquel juego, mostrose a Jappán, que ante su mucha hermosura quedó todo turbado. «Hermano Jappán—le dijo la diosa—: maravillada de tu virtud y contristada a causa de tus sufrimientos, quiero reconfortarte. ¿Cómo llegar hasta ti con objeto de poderte hablar más cómodamente?» El eremita, no dándose cuenta de que era un lazo que le tendía, bajó de su roca y ayudó a la diosa a subir a ella. Y al hacerlo la virtud de Jappán cayó: Al punto acudió Yaolt, que pese a todas sus súplicas, le cortó la cabeza. Los dioses le cambiaron en escorpión, y avergonzado corrió a esconderse bajo la piedra teatro de su derrota. Luego el demonio-verdugo fue a buscar a la mujer de Jappán, *Tlahuitzin* (la inflamada), la trajo junto a la piedra donde estaba escondido su marido, le contó lo que había pasado y la cortó también la cabeza. De ella nació otra variedad de escorpión color de fuego. Uniéndose a su marido bajo la piedra, dieron nacimiento a escorpiones de diferentes colores. En cuanto a Yaolt, estimando los dioses que se había excedido le transformaron en saltamontes.

Citaré aún, omitiendo a otras muchas divinidades menos importantes, a *Xiuthtecuhtli,* dios del fuego, representado como un viejo lleno de arrugas; a *Mictlan,* el Plutón americano, rey de los muertos; a *Ixliltón,* el Asklepios azteca, y al Mercurio mexicano, *Yacatecuhtli,* dios de los comerciantes.

Las concepciones de los aztecas relativas al Universo reflejaban sus gustos trágicos y su inclinación a los sacrificios y prácticas sangrientas. La creación del Mundo había empezado por el sacrificio voluntario del dios *Nanahutzin* (dios de la sífilis, como *Amimitl* lo era de la disentería), que se arrojó a una hoguera. Quetzalcoalt había sacrificado a su hijo, que tras ello tornose en Sol. Cuatro edades o *soles* se habían sucedido, cada una de ellas terminaba por un cataclismo. Al final de la primera los hombres habían sido destruidos por los jaguares. La segunda, por el viento. La tercera acabó mediante una lluvia de fuego. La cuarta, en diluvio. Nuestra Era, colocada bajo el signo de *Nahui Ollín* (Cuatro Movimientos), perecerá mediante temblores de tierra. Los primeros sacrificios los habían hecho los dioses para alimentar al Sol con sangre de corazón.

El mundo subterráneo comprendía nueve pisos; los cielos, trece, superpuestos. En fin, práctica esencial en la religión de los aztecas eran, como ya he indicado repetidamente, los sacrificios humanos, costumbre que fue en aumento a medida que la civilización progresaba. Esto, la abundancia de dioses y su complicado ritual dio nacimiento a un cuerpo sacerdotal numerosísimo, a cuya cabeza estaban dos grandes sacerdotes, que llevaban el nombre de Quetzalcoalt. A sus órdenes se escalonaban una jerarquía complicada y una escuela encargada de la formación de novicios. Había, además, brujos y magos que, mediante remuneración, predecían el porvenir, curaban las enfermedades y hacían otros servicios análogos.

En fin, otra religión-mitología más, que prueba también en qué modo estas dos palabras son difícilmente separables, pues, como se va viendo, no solamente hasta la aparición de las llamadas grandes religiones (las debidas esencialmente a místicos geniales), las creencias estaban constituidas por puros amontonamientos de mitos, sino que estas mismas doctrinas imaginadas por un hombre (o por un cuerpo de ellos, como el judaísmo, obra de los levitas judíos) tuvieron igualmente como base y fundamento mitos, milagros y dogmas; es decir, toda suerte de fábulas y mentiras tejidas pronto en torno de sus figuras centrales. Las dos más personales de ellas, el budismo y el islamismo, la primera fue al punto prostituida por los discípulos y continuadores de su fundador. En cuanto a la segunda, ¿no empieza acaso con una tremenda fábula: las famosas entrevistas de Mahoma (Mahomet) en una cueva del monte Ira con el arcángel Gabriel, que por encargo de Dios (Alá) le decía lo que tenía que enseñar a sus compatriotas?

AMÉRICA CENTRAL

Para dar una idea de la mitología de América Central diré dos palabras sobre los lacandones (indios que viven en número reducido hoy en los bosques húmedos de la frontera méxico-guatemalteca), de los nicaraos (indios de raza azteca extendidos hasta Nicaragua) y de los mayas, cuya civilización y organización social tan floreciente era a la llegada de los españoles en el siglo XVI.

LOS LACANDONES

Los lacandones del Noroeste tienen numerosos dioses, con atribuciones bien definidas, y que forman familias cuyas relaciones y genealogías conocen bien los indios, que los reverencian. En cambio, los del Sudeste sólo tienen un dios importante: el Sol. Los demás apenas tienen nombre. Los lacandones ven a sus dioses como hombres y mujeres semejantes a ellos: viven, se alimentan, se fatigan y se casan. Pero tienen poderes sobrenaturales. Y, sobre todo, no mueren. Su morada es el Cielo. Lo que no impide que en tal o cual localidad esta caverna y aquel lago constituyan la habitación de un dios. *Atchakyún,* el dios más grande de los lacandones, mora en Yaxchilán, en las ruinas de los antiguos templos. Otra divinidad poderosa es *Atchbilán.* El dios de la lluvia es *Metsabok,* que reside en las cavernas que forman ciertos acantilados que rodean al lago Pstha Metsabok (lago de Metsabok). Con él vive *Tsebana,* su hermano, más *K'ak,* dios del fuego, y un dios que no tiene funciones determinadas: el dios-serpiente *K'imbor.* Al sur de este lago, en plena selva virgen, unas rocas asimismo cavernosas son el albergue y palacio de *Kanank'ach* (que protege el bosque), dios de árboles y espesuras. En un vasto perímetro, todo alrededor de este lugar, nadie corta ni una rama por miedo a enfurecer al dios. En otra de las cavernas del lago Psatha habita *Itsanok'u,* señor del lago, sitio adonde no se acercan los indios sino con mucho temor.

En el mundo subterráneo viven dos dioses rivales. Uno, hermano mayor de Atchakyun, es llamado por ello *Usukún* o *Usukunkyún* (su hermano mayor). El otro se llama *Kisín,* y es cuñado del anterior. Este Kisín es un dios malo y terrible. El es el que causa los temblores de tierra sacudiendo los pilares sobre los que reposa el suelo. El provoca las epidemias, atravesando a los hombres con flechas invisibles. Usukunkyún no solamente combate los malos propósitos de su cuñado, sino que cuando *K'ín,* el Sol, baja por occidente y se hunde en la tierra, le toma sobre sus espaldas para hacerle recorrer en sentido inverso el camino que ha descrito en el cielo. A medianoche el Sol se reconforta con los alimentos que le tiene preparados la mujer del dios del mundo subterráneo, y luego, llevado siempre por su transportador, emprende de nuevo su camino con objeto de aparecer por la puerta del Este. El Sol es un hombre de piel clara y cabeza soberanamente iluminada. Su mujer, *Na* u *Okná* es la Luna. Okná es también la Diosa-Madre.

Las grandes ceremonias en honor de esos dioses, durante las cuales les ofrecen copal (incienso vegetal), maíz, carne y tabaco, acaban en borracheras totales, pues ciertos hombres afamados a causa de su saber teológico preparan una bebida a base de caña de azúcar, maíz y cierta corteza sagrada *(baliche),* que los transporta al paraíso. Por cierto que la tal bebida está prohibida a las mujeres. E incluso el acercarse a la cortecita sagrada: morirían si tocasen un pedazo. Esta bebida es ofrecida a los dioses en calabazas. Pero como éstos no se deciden a ingurgitarla, pues sin duda ellos tienen licores mejores en sus cavernas, los buenos oficiantes lo hacen en su nombre, embriagándose de un modo verdaderamente celestial. Claro que se les puede excusar, pues de ordinario estos indios son sumamente sobrios. Si se embriagan, pues, en estas ocasiones solemnes, seguramente lo hacen por complacer a los dioses.

Para los lacandones el otro mundo es como éste, pero sin las penas, males, fatigas y dificultades que aquí se sufren. Los muertos viven allí una existencia feliz y tranquila. Tanto más cuanto que la vegetación del bosque invasora de los cultivos no ataca a éstos. Obsérvese una vez más cómo las religiones primitivas responden a las necesidades y temores de quienes las han creado. Tampoco hay animales salvajes. Y mucho menos, dañinos. ¿Dónde está este Paraíso? Los lacandones no lo saben exactamente. En esto están a la altura de todo creyente de cualquier religión. Ni, por supuesto, les importa. Lo que sí saben, que es lo que cuenta, es que aquello es *la tierra sin mal,* donde los cultivos son siempre prósperos, las mujeres continuamente fecundan y donde no se muere jamás.

LOS NICARAOS

Las tribus que hablan la lengua nahualt, de las cuales la más célebre era la tribu azteca, se extendieron hasta la América Central, más especialmente por el territorio de la actual Nicaragua. Pues bien, estos nicaraos fueron la población nahualt que los españoles encontraron al llegar a esta parte del Nuevo Continente. No obstante su semejanza en costumbres y cultura con los aztecas, su religión ofrecía la particularidad de haber hecho desaparecer de su panteón a las grandes divinidades de aquél. Los nicaraos atribuían la creación del Mundo a dos divinidades: *Tamagastat* y su mujer, *Cipaltonal.* De ellos provenía la especie humana.

Eran, pues, no solamente dioses creadores, sino culturales. A esta pareja asociaban otras tres divinidades que habían asistido a la creación: *Oxomogo, Calchitguegue* y *Chicociagat.* El dios de la lluvia, elemento siempre importante a causa de su necesidad, era aquí *Quiateolt* (de *quiauilt,* lluvia, y *teolt,* dios). Le sacrificaban niños y jóvenes a los que decapitaban. El dios del viento, tan en relación siempre con la lluvia y por ello con la fertilidad del suelo, era *Hecat.* Como uno de los productos más estimados en la región era el cacao, tenía su dios especial, en cuyo honor se celebraban grandes fiestas a base de danzas. Los cazadores tenían dos dioses protectores: *Masat* (en azteca, Mazalt, gamo) y *Tosté* (en azteca, Tochtli, conejo). A estos dioses consagraban la cabeza y la sangre de los gamos y de los conejos. *Mixcoa,* que en las mesetas americanas era el dios de la caza, aquí pasó a ser el de los comerciantes. La sangre extraída de la lengua y orejas de las víctimas era para él.

El Infierno estaba gobernado por *Miquentanteot.* Y, naturalmente, había también un Cielo al que iban los guerreros muertos en el campo de batalla.

La creencia en el diluvio, tan extendida en toda América, no era aquí, como puede suponerse, desconocida. Tras él, los dos grandes dioses nombrados al principio volvieron a repoblar el Mundo.

Los sacrificios humanos eran practicados en gran escala. Ciertos esclavos eran especialmente cuidados para ello, y hasta regalados con cuanto les apetecía hasta el momento del holocausto. A los prisioneros de guerra los sacrificaban arrancándoles el corazón; luego el fuego consumía el cuerpo. Sólo conservaban, como trofeo, el cráneo de las víctimas.

En fin, los nicaraos practicaban la *confesión,* como en México. Para llevarla a cabo existían sacerdotes especiales obligados a permanecer solteros, y cuya misión exclusiva era ésta. Imponían penitencias y estaban obligados al más absoluto secreto.

LOS MAYAS

La religión maya era fuertemente dualista. Frente a los dioses benéficos había siempre otros maléficos. Entre éstos, el principal era *Ah Puch,* representado por un cráneo descarnado, así como la columna vertebral y las costillas; sólo tenía carne en los brazos y las piernas. *Mitnal* era el dios de la muerte y el amo del Infierno. Entre los quiches (los vecinos del sur de los mayas), el mundo subterráneo era llamado *Xubalba,* y su divinidad principal era un dios-murciélago, *Camazotz.* La patrona de los suicidas era la diosa *Ixtab,* muy en particular de los que se ahorcaban.

Los mayas creían en los astros, especialmente en el Sol, que en Yucatán era llamado *Kinich-Ahau.* Este dios solar tenía cierta relación con la guerra, pero no tanta como entre los aztecas. El dios principal, al menos cuando la conquista, era *Itzmna*. Este dios estaba estrechamente relacionado con el dios del Sol, y asociado a otros menores, entre ellos el dios del maíz. Se le hacía incluso hijo del Sol. Itzamna pasaba por dios o héroe civilizador, inventor, entre otras cosas, del dibujo y de la escritura jeroglífica. Era representado a veces como una mano roja. También resucitaba a los muertos. A causa o en razón de ello, era objeto de un gran culto en su ciudad, Itzamal. Se le ofrecían limosnas y presentes. Numerosas peregrinaciones iban a esta ciudad todos los años en el transcurso de las cuales eran sacrificadas ardillas en su honor, y se le ofrecían telas. A cambio de ello, Itzamna aseguraba la fertilidad de los campos de maíz y la abundancia de agua.

Con el nombre de *Kukulcán* (entre los mayas quiches, *Gukumatz),* adoraban a una divinidad representada por una serpiente con plumas. Sus ondulaciones simbolizaban el movimiento del agua, del aire y, en general, de las fuerzas misteriosas del Universo. A propósito de este pájaro-serpiente había la siguiente leyenda: En cierta ocasión, Kukulcán llegó del oeste con diecinueve compañeros, de los cuales dos eran dioses de los peces; otros dos, dioses de la agricultura, y uno, dios del trueno. Permanecieron diez años en Yucatán. Kukulcán estableció allí leyes sabias. Luego se embarcó, desapareciendo en dirección por donde el Sol se levanta. Se conoce además el nombre, pero sólo el nombre, de otras divinidades: *Hunab Ku* (el dios único); pasaba a veces por jefe del panteón yucatán; era también llamado *Kinebahan* (boca y ojos del Sol); su esposa era *Ixazaluch* (el agua), creadora del arte de tejer; *Ek Ahua* (el jefe negro), era una de las varias divinidades de la guerra; *Ixchel,* diosa del arco iris y mujer de Itzamna; *Ixtuntun,* protector de los grabadores de jade; *Ixchelbelyar,* diosa de tejidos, bordados y de la pintura; *Pizlimtec,* dios del canto; *Ekchuah,* patrón de viajeros y comerciantes; *Yuncemil,* señor de la muerte; *Acat,* dios de la vida, formaba a los niños en el seno de la madre; *Backlum-Chaam* el Priapo maya; *Chin,* el dios del vicio, y los cuatro *Bacabs,* dioses del viento y pilares del Cielo.

Los mayas, como los quiches y como los aztecas, creían en cuatro edades sucesivas terminadas por cataclismo. La anterior a la nuestra había acabado mediante un diluvio. La forma quiche de estas leyendas es conocida gracias al libro sagrado *Popol-Vuh*[989]. Según él, tres dioses concurrieron a la creación de la Tierra al principio de la primera edad:

---

[989] Los mayas tenían un dios, *Patol* (del verbo «pat», modelar), que era el creador, en el sentido de que él fue quien dio forma a las cosas que antes carecían de ella.

Hunahpú, Gukumatz (la serpiente con plumas) y *Hurakán*. Este último era el dios de los huracanes, palabra que de él hemos tomado y otras lenguas de la nuestra. El primer hombre fue hecho con tierra por los dioses; pero no contentos con su obra, le destruyeron. Luego le fabricaron con madera, lo que les satisfizo más. Los sucesores de este hombre se transformaron en monos. Finalmente, la especie humana fue hecha con maíz, planta que los dioses descubrieron en un lugar denominado *Paxil*. Los cuatro puntos cardinales o cuatro direcciones fundamentales del Mundo tenían gran importancia para los mayas. Eran los mencionados *Bocabs* los que sostenían el Cielo sobre sus espaldas en los cuatro rincones del Universo. Junto a cada uno había un árbol inmenso, el *Yaxché* (Ceiba), que enraizaba en el mundo subterráneo. Sus ramas abrigaban a las almas de ciertos muertos, especialmente a las de los suicidas. Los sacrificios humanos debieron de aparecer aquí, como influencia de los mexicanos, en época tardía. El clero era también muy numeroso y su importancia muy grande. Finalmente, los bajorrelieves de los monumentos demuestran que la *penitencia* individual fue practicada siempre y con gran extensión. Se extraían sangre de las orejas y de la lengua y practicaban rigurosos ayunos. Estas prácticas, como otras semejantes de todas las religiones, eran mitad sagradas, mitad curativas. Es decir, impuestas, como los ayunos cristianos y el ramadán árabe, para obligar, mediante el temor religioso, a hacer por el cuerpo, en beneficio de éste, lo que indirectamente no viene tampoco mal al alma.

GUATEMALA

En Guatemala eran adorados el Sol y la Luna, cuyas divinidades, *Hun-Ahpu-Vuch* y *Hun-Ahpu-Mtry* (el abuelo y la abuela) eran representados con forma humana y hocico de tapir, el animal sagrado. Su hijo *Gucumatz* (la serpiente emplumada) era el dios agricultor y civilizador, que tenía el don de metamorfosearse en los animales que le convenía, y que habitaba asimismo ora el Cielo, ora el Infierno. No obstante, había otro dios aún más poderoso, puesto que el propio Gucumatz le adoraba, llamado *Hurakán,* conocido también en las Antillas. Este era el dios de tormentas y tempestades. El había sido quien dio el fuego a los mayas-quichés frotando sus sandalias. La cosmogonía de los quiches, como puede verse por la siguiente leyenda, era singular: En principio todo estaba bajo el agua; por encima planeaban Hurakán y Gucumatz, los que dan la vida. Dijeron: «¡Tierra!», y al instante la Tierra fue creada. Las montañas salieron del agua, con gran alegría de Gucumatz, que felicitó a Hurakán. La Tierra se cubrió de vegetación, los creadores la poblaron de animales y les obligaron a rendirles homenaje. Estos, incapaces de hablar, rugieron, gritaron o silbaron, pero, claro, no se hicieron comprender. Los dioses, para castigarles, decidieron que serían muertos y comidos. Luego hicieron hombres con arcilla, que no podían mover la cabeza, hablar ni entender. Entonces decidieron hacer hombres de madera; pero éstos carecían de inteligencia, de corazón y desconocían a sus autores. Los dioses les destruyeron. Pero algunos sobrevivieron y fueron los que dieron lugar a los monitos pequeños de los bosques. Habiendo celebrado consejo, Hurakán y Gucumatz resolvieron formar cuatro hombres de maíz amarillo y blanco. Pero encontrándolos demasiado perfectos acortaron su vista. Luego, mientras dormían, crearon cuatro mujeres. Estos fueron los antepasados de la raza quiché. No obstante, estas criaturas se quejaron de que no veían claro, pues el Sol no había aparecido aún, y partieron hacia Tullán, donde adquirieron el agradecimiento de sus dioses. Como hacía mucho frío allí recibieron de *Tohil* (Hurakán) el fuego. Pero como el Sol no aparecía, la Tierra continuaba húmeda y fría. Las lenguas, además, se habían dividido y los cuatro antepasados no se entendían. Entonces, conducidos por Tohil, dejaron Tullán y llegaron al país quiché. Allí el Sol apareció al fin, seguido pronto por la Luna y las estrellas. Los animales y los hombres, encantados, entonaron un himno y ofrecieron a los dioses la sangre de sus orejas y de sus espaldas. Más tarde pensaron que era mejor verter la sangre de las víctimas.

HONDURAS

En Honduras se adoraba, como en Guatemala, al Sol y a la Luna. Aquí existe una curiosa leyenda, la de la *Mujer-Blanca.* Una mujer blanca de belleza incomparable había bajado del Cielo a la ciudad de Cealcoquín. Allí construyó un palacio adornado de extrañas figuras de hombres y animales y colocó en el templo principal una piedra, que, en tres de sus caras, presentaba también figuras misteriosas. Tratábase de un talismán que la servía para vencer a todos sus enemigos. Sin dejar de ser virgen dio nacimiento a tres hijos, entre los cuales, cuando fue vieja repartió sus Estados. Luego hizo llevar su lecho a la parte más alta de su palacio y desapareció en el Cielo tras haber tomado la forma de un pájaro hermosísimo.

NICARAGUA

En Nicaragua todos los habitantes tenían la misma religión. Los dioses de los niquirans, uno de los pueblos de Nicaragua, residían en el Cielo y eran inmortales. Las dos divinidades principales eran *Tamagostad* y la diosa *Zipaltonal,* creadores de la Tierra y de cuanto ésta contiene.

Habitaban al Este. Con ellas estaban: *Ecalchot,* divinidad del viento; el pequeño *Ciaga,* divinidad acuática (ambos habían participado en la creación); *Quiateot,* dios de la lluvia; *Mixca,* dios de los mercaderes; *Chiquinau,* dios del aire y de los nueve vientos, y *Vizetot,* dios del hambre. Tras la muerte, las almas iban, según sus méritos, ora al Cielo, con Tamagostad y Zipaltonal; ora bajo la Tierra, con *Mictanteot* (el *Mictlantecutli* de México). Entre las divinidades subterráneas estaba *Masaya,* la diosa de los volcanes, a la cual sacrificaban, precipitándolas en un cráter, víctimas humanas cuando ocurrían temblores de tierra. Esta divinidad era representada como una furia de piel negra y cabellos en desorden, con los senos colgantes. Se la consultaba a causa de sus oráculos, a los que se concedía gran valor.

HAITÍ (ANTILLAS)

Entre los tainos de Haití se encuentran ídolos *(zemis)* que representan espíritus protectores, semejantes a los *nahuals* mexicanos. Estos ídolos, considerados como dioses, eran invocados tanto para vencer a los enemigos como para hacer fructificar las cosechas. Tras seis días de ayuno, estos seres superiores se mostraban a quienes tal hacían. Los tainos poseían un dios del Cielo, llamado *Jocahuva,* hijo de la diosa *Atabei,* divinidades que carecían de representación. Tras ellas venía *Guabancex,* diosa de las tempestades, de los vientos y del agua, cuyo ídolo era de piedra. Con ella estaban *Guatauva,* su mensajero, y *Costrischie,* divinidad que reunía las aguas en las montañas y luego las dejaba caer sobre los valles para devastarlos. Los haitianos creían también que el Mundo estaba poblado por los *opita,* almas de los muertos, que se reunían en la isla de *Coaibai,* y no salían sino de noche. El que encontraba un opita y quería luchar con él hallaba la muerte. Los mitos de Haití cuentan la creación del Mundo y el origen del sexo femenino tras un diluvio, en que todas las mujeres fueron ahogadas y los hombres transformados en árboles.

AMÉRICA DEL SUR

Los chibchas de Colombia central adoraban sobre todo a un gran dios solar, *Bochica,* creador de la civilización y de las artes. Un mito le representaba luchando contra el demonio, *Chibchacum,* al que, tras vencerle, le impuso como castigo el llevar la Tierra sobre uno de sus hombros. Cuando Chibchacum cambiaba su carga de un hombro a otro ocurrían los temblores de tierra. Un mito de Bochica contiene el relato de un diluvio. Véase: Hace mucho tiempo, los habitantes de la meseta de Cundinamarca, en Bogotá, vivían como puros salvajes, sin leyes, sin agricultura y sin religión. Una mañana se presentó un anciano de barba larga y espesa que se llamaba Bochica. Su raza era diferente a la de los chibchas. Bochica enseñó a aquellos salvajes a construir cabañas y a vivir en sociedad. Su mujer, que llegó después, se llamaba *Chía;* era muy hermosa, pero también muy mala, y se esforzaba por anular cuanto de bueno hacía su esposo. Incapaz de vencer el poder de Bochica, se las arregló, no obstante, mediante artificios mágicos, para que el río Funzha se saliese de madre y cubriese toda la meseta. Tan sólo escaparon aquellos de los habitantes que alcanzaron a refugiarse en la cima de las montañas vecinas. Bochica, muy enfadado, expulsó a Chía de la Tierra y la confinó en el Cielo, donde se tornó Luna, encargada de alumbrar por las noches. Luego hendió las montañas que formaban los valles de la Magdalena, de Cauca a Tequendama, con objeto de que las aguas pudiesen escapar. Los indios salvados del diluvio volvieron al valle de Bogotá, donde construyeron ciudades. El lago Guatavista quedó como prueba del diluvio. Luego, Bochica les dio leyes, les enseñó a cultivar la tierra e instituyó el culto al Sol con fiestas periódicas, sacrificios y peregrinaciones. Y tras haber dividido el poder entre dos jefes y haber permanecido, como asceta, dos mil años en la Tierra, se retiró al Cielo.

Otros dioses de los chibchas eran: *Nencatacoa,* dios de los tejedores; *Choquen,* dios protector de los límites; *Bachué,* diosa de las aguas, protectora de la vegetación y de las semillas; *Cuchavira,* amo de la atmósfera y del arco iris, que asimismo aliviaba a los enfermos y protegía a las mujeres en los partos; *Fomagata* o *Tomagata,* divinidad de aspecto terrible, dios de la tormenta, que era representado bajo la forma de un espíritu de fuego que atravesaba la atmósfera, que tiranizaba a los hombres y que incluso, a veces, se complacía en cambiarles en animales. Bochica tuvo que emplear todo su poder para librar al país de tal ser perjudicial. Desde entonces Fomagata quedó reducido a la impotencia y sin otros derechos que tomar parte en la procesión del *Guesa,* en las danzas rituales y en la asamblea de los dioses. Le representaban con un solo ojo, cuatro orejas y una larga cola. El mencionado *Guesa* (errante o vagabundo) era un adolescente destinado a ser inmolado en honor de Bochica. Tenía que ser cogido en una aldea denominada hoy San Juan de los Llanos, adonde, según se decía, Bochica había venido. El Guesa era criado hasta la edad de doce años en el templo del Sol, en Sagamozo, sin salir de él a no ser para pasear por los caminos que Bochica había seguido. Durante todo este tiempo y estos paseos o viajes era objeto de toda clase de honores y cuidados. A la edad de quince años era conducido a la columna dedicada al Sol, seguido de sacerdotes enmascarados, representando unos a Bochica; otros a *Chía,* su mujer; otros a *Ata,* la rana. Llegado al lugar de destino, la víctima era atada a una columna y muerta a flechazos. Luego se le arrancaba el corazón para ofrecérselo a Bochica, y su sangre era recogida en vasos sagrados.

Otro mito cuenta cómo el dios *Chiminiquagua* (guardián del Sol) abrió la casa en la cual este astro estaba encerrado. De la que salieron grandes pájaros negros, que extendieron los rayos del Sol por el Mundo entero.

El género humano, según los chibchas, nació de una mujer que apareció al borde del lago Iguaque teniendo su niño en los brazos. Más tarde ambos fueron metamorfoseados en serpientes y desaparecieron en el lago, al cual, por esta razón, los chibchas hacían ofrendas. Según un mito de Gundinamarca, las almas de los muertos eran transportadas al *más allá* en una canoa hecha con telas de araña, que les conducía al centro de la Tierra siguiendo el curso de un gran río subterráneo. A causa de ello el gran respeto que sentían por las arañas.

ECUADOR

La costa del Ecuador estaba habitada en la época precolombina por pueblos civilizados, llamados caraques, que adoraban el mar, los peces, los jaguares, los pumas, las serpientes y numerosos ídolos, a los que adornaban ricamente. De los dos templos que poseían, uno estaba dedicado a *Umina,* dios de la medicina, representado por una gran esmeralda, a la que tributaban honores divinos y en cuyo honor se hacían peregrinaciones. Los peregrinos ofrecían al gran sacerdote presentes de oro, plata y piedras preciosas. El otro templo estaba destinado al Sol, en cuyo honor se celebraba un culto grandioso y fiestas en el solsticio de invierno. Se hacían, para honrarle, ofrendas y sacrificios. Las víctimas eran, por lo general, animales. Pero también le sacrificaban niños, mujeres y prisioneros de guerra. Los sacerdotes predecían el porvenir mediante las entrañas de víctimas animales. En sus ritos funerarios enterraban con el difunto a la más bella y amada de sus mujeres, así como sus joyas y alimentos diversos.

Los cañarí, tribu indígena del Ecuador, cuentan la historia de un diluvio, al cual escaparon dos hermanos refugiándose en la cima escarpada de una alta montaña llamada Huacaiñán. A medida que el agua subía, la montaña aumentaba en altura, gracias a lo cual ambos hermanos pudieron escapar al cataclismo. Cuando el agua bajó, las provisiones de ambos hermanos habíanse acabado. Entonces descendieron a los valles, donde construyeron una pequeña casa, viviendo difícilmente con hierbas y raíces. Un día, agotados y muriendo de hambre, luego de una larga expedición en busca de qué comer, al llegar a su casa encontraron alimentos y *chicha* (bebida fermentada hecha con granos de maíz), sin que supieran quién se lo había llevado. Lo mismo ocurrió diez días consecutivos. Habiéndose escondido por ver de aclarar el misterio, el hermano mayor vio entrar a dos *arás* vestidos a lo cañarí. Una vez llegados ambos pájaros pusiéronse a preparar los alimentos que traían. Cuando el hombre vio que eran hermosos y que tenían cara de mujer, salió de su escondite; pero los pájaros, al verle, se enfadaron y se escaparon volando sin dejar nada. Al día siguiente fue el hermano menor quien se quedó para esperar a los pájaros. Estos volvieron al cabo de tres días y empezaron a preparar los alimentos. Los hermanos esperaron a que hubiesen acabado de hacerlo y luego cerraron la puerta. Los pájaros se pusieron furiosos al verse sorprendidos y encerrados, y mientras entre ambos hermanos dominaban al más pequeño, el otro escapó volando. Entonces los dos hermanos desposáronse con el ará y tuvieron con él seis hijos y seis hijas, de los que los cañarí son descendientes. Desde entonces la montaña Huacaiñán es considerada por los indios como un lugar sagrado. En cuanto a los arás, los veneran y estiman sus plumas, con las que se adornan en sus fiestas. Estos arás son, como se sabe, una variedad de loros de brillante plumaje y larga cola.

CHILE. LOS ARAUCANOS

Los indios araucanos, en Chile, prestan a todas sus divinidades un aspecto corporal; parecen no haber pasado del fetichismo. No creen que todos los objetos inanimados puedan servir de morada a los espíritus, pero sí que éstos puedan habitar en ellos cierto tiempo. Conocen, además, el totemismo y practican el culto de los antepasados. Lo que no reconocen es la existencia de un ser superior. Tampoco tienen templos, ídolos ni culto establecido. Los principales dioses eran imaginados por ellos como malos espíritus a los que había que apaciguar mediante sacrificios propiciatorios y expiatorios. La más poderosa entre las divinidades superiores era *Pillán,* el dios del trueno y el proveedor del fuego. Este dios provocaba los temblores de tierra, las erupciones volcánicas y los relámpagos. Era representado como una divinidad corporal, teniendo varias formas a la vez. Los jefes guerreros muertos en lucha eran reabsorbidos por Pillán o en Pillán. Los jefes tornábanse volcanes; los simples guerreros, nubes. De esta creencia procedía el mito siguiente: Durante una tempestad los indios miraban al cielo para darse cuenta de qué lado se dirigían las nubes, suponiendo que éstas representaban la batalla entre ellos y los españoles invasores. Si las nubes iban hacia el Sur, los araucanos se lamentaban; si hacia el Norte, alegrábanse de la derrota de los enemigos que ello representaba.

Pillán tenía como servidores a espíritus malos, llamados *Huecuvus,* que para hacer el mal poseían la facultad de metamorfosearse a su antojo. Los araucanos atribuían a estos espíritus todas las enfermedades y cuantos meteoros y fenómenos físicos ocurrían a destiempo: como que lloviese en el momento de recoger la cosecha, así como las plagas del campo. Entre los demás servidores de Pillán estaban los *Cherruvé,* genios representados en forma de serpiente con cabeza humana. Estos eran los que provocaban la aparición de cometas y estrellas errantes, consideradas por los araucanos como presagio de calamidades espantosas para las aldeas hacia las que se dirigían. Otra divinidad, *Meuler* (torbellino, tromba, tifón), era el dios de los vientos. Era representado como un lagarto desapareciendo bajo la tierra cuando el tifón estallaba. La única divinidad benéfica de los araucanos era *Auchimalgén,* la Luna, esposa del Sol. Protegía a los indios contra los desastres y expulsaba a los malos espíritus, que huían por miedo a ella. La Luna roja era indicio de la muerte de un gran personaje. En cambio, carecían de culto solar, no obstante sus relaciones con los incas. *Nguruvilú,* dios del agua, de los ríos y de los lagos, tomaba la forma de un gato salvaje provisto de una cola terminada en una garra terrible. Todo accidente que le ocurría a los indios que navegaban o se bañaban, a él eran atribuidos. *Huaillepenyi,* dios de la niebla, era representado en forma de oveja con la cabeza de ternera y la parte posterior de foca. Vivía al borde de ríos y lagos o en la costa del mar. Si un niño nacía deforme su monstruosidad era atribuida a este dios.

Entre las divinidades secundarias y los malos espíritus inferiores estaba *Chonchonyi,* que era representado como una cabeza humana a la que las orejas, muy largas, servían de alas, mediante las cuales revoloteaba allí donde había enfermos. Si estaban solos, estos espíritus penetraban en su habitación, luchaban con él, le mataban y chupaban su sangre. *Coco-colo* (basilisco), nacido de un huevo de gallo, provocaba la fiebre y la muerte, extrayendo la saliva de su víctima. *Pihuechenyi,* vampiro que chupaba la sangre de los que se quedaban dormidos por la noche en los bosques, era representado como una serpiente con alas.

Entre los araucanos el Infierno no existía. Cuanto creían era que tras la muerte partían en forma corporal, pero invisible, hacía otro mundo impenetrable a los malos espíritus. Los araucanos no tenían casta sacerdotal, pero sí adivinos y brujos que ejercían (y ejercen aún, como todo lo anterior, en las tribus menos civilizadas) gran influencia. Existe una tradición entre los araucanos de Chile según la cual hubo un diluvio del que pocos indios escaparon. Los sobrevivientes se refugiaron en una montaña muy alta llamada *Thegtheg* (la tenante o centelleante), que tenía tres picos y cuya propiedad era poder flotar sobre el agua. Tal diluvio fue consecuencia de una erupción volcánica, acompañada de un violento seísmo, y cada vez que se producía un temblor de tierra los indígenas iban (y van) a refugiarse a las montañas más altas. Porque siguen temiendo que inmediatamente el mar vuelva otra vez a sumergir al Mundo. En estas condiciones cada uno coge la mayor cantidad que puede como provisiones, así como escudillas de madera, para protegerse en el caso que la montaña sea llevada por las aguas hasta el Sol.

LOS INCAS

Cuando los españoles llegaron al Perú (que entonces comprendía, además del Perú actual, lo que hoy es república del Ecuador, al Norte; una parte de Bolivia, al Sudeste, y una parte, asimismo, de Chile, al Sur), Imperio fuertemente organizado y centralizado, encontraron establecida una religión oficial: el culto al Sol. Antes, los antiguos peruanos, cuando aún no habían sufrido la influencia civilizadora de los Incas, eran totemistas: adoraban a ciertos animales, plantas y piedras, e incluso se daban sus nombres. No pocos quichuas (peruanos primitivos) creían incluso descender de animales, a los cuales daban culto, por ejemplo: el cóndor, la serpiente y el jaguar; o de ríos y lagos. A estos espíritus, que juzgaban protectores, les daban el nombre de *Huaca,* nombre que abarcaba a todas las potencias misteriosas. En las costas, el principal tótem era el mar, cuyos habitantes acuáticos eran tótems menores. Pero, como digo, allí donde los Incas se establecieron, el totemismo fue reemplazado por el culto al Sol. El nombre peruano del Sol era *Inti* o *Apu Punchau* (el jefe del día). Pretendían que tenía la forma humana; su cara era representada por un disco de oro rodeado de rayos y llamas. Los Incas se consideraban descendientes de Inti y sólo ellos podían pronunciar su nombre.

Inmediatamente después del Sol venía la Luna, *Mama Quilla,* su esposa y hermana. Su imagen era un disco de plata con rasgos humanos. Era la diosa protectora de las mujeres casadas. Numerosos templos estaban consagrados a estas divinidades, pero el más célebre de todos era el *Coricancha,* de Cuzco.

Según la leyenda ortodoxa referida por Garcilaso de la Vega y otros escritores de Indias, la primera pareja de la dinastía de los Incas, *Manco*

Capac y *Mama Ullo,* hermano y hermana, eran hijos del Sol y de la Luna, quienes les habían enviado a la Tierra para extender la civilización. En su honor, un fuego sagrado ardía continuamente, no tan sólo en el mencionado templo de Cuzco, en el Coricancha, sino en todos los templos consagrados al Sol. Los cronistas de aquel país se hacen lenguas de la magnificencia del gran templo de Cuzco, que, según cuentan, estaba enteramente revestido de placas de oro. Además del numeroso sacerdocio adscrito al culto del Sol, había una especie de colegio de vestales, las *Aclla* o *Intip Chinán* (Hijas de honor del Sol), encargadas de la custodia y mantenimiento del fuego sagrado. Pero antes que el Sol fuese elevado a la categoría de dios supremo existió un dios-creador llamado *Viracocha,* en las mesetas, y *Pachacamac,* en la costa. Este Uiracocha, dios aceptado por los Incas al fundar el Imperio, tuvo un momento de esplendor con el octavo de estos soberanos, el Inca Hatún Tapac, que le eligió como patrón y protector de su estado. Llegado al poder en circunstancias trágicas, pretendía que el dios le había visitado bajo el aspecto de un anciano imponente y que le había dicho lo que tenía que hacer para triunfar. Su sucesor, Pachacutec, parece ser que aún aumentó la importancia del culto a Uiracocha. Decíase también que este dios había salido de las ondas del lago Titicaca. Otra tradición hablaba de Pachacamac, dios de los fenómenos volcánicos y enemigo de Uiracocha. En todo caso, lo cierto parece ser que los Incas, tras la conquista del Perú, creyeron conveniente respetar los cultos que encontraron establecidos, bien por fanatismo propio, ora por adivinar que nada enardece tanto como el fanatismo ese fondo insignificante y bajo que constituye la espiritualidad en los que carecen de ella, y para ganar la partida hicieron a Uiracocha, a Pachacamac y a Manco Capac (el primero de los Incas legendarios) hijos del Sol, bien que conservando para este último el pleno poder sobre las cosas sublunares, de las cuales consideraron como la más importante su origen solar, y fortificando aún la idea tan grata a los dominados de que el Sol, su dios, era el dispensador de la vida y el bienhechor por excelencia. Con lo cual todos contentos: los dominados porque veían a sus dos amados dioses en el mismo plano que el de los dominadores; éstos porque de todas maneras su dios era el reconocido como más excelente, y los Incas, porque nada mejor sostén de su poder que su origen divino, puesto que el primero de los suyos se tuteaba y convivía con los dioses más poderosos.

En cuanto al Sol, el antropomorfismo indujo al punto a asociarle a la Luna, *Quilla,* del mismo modo que el Inca Emperador tenía por esposa y compañera a *Coya,* la Emperatriz. Inca-Sol, Emperatriz-Luna: perfecto.

Y del mismo modo que el Inca tenía sus funcionarios, importantes, pero inferiores a él, asimismo bajo las grandes divinidades había otras, por lo general celestes, pero menos importantes. Por ejemplo, *Illapa,* el trueno, servidor del Sol (hoy aún, los indios de los Andes consideran sagrado el sitio donde ha caído un rayo), y *Chuychú,* el arco iris. La Luna tenía como camareras y «damas de honor» a *Chasca,* el planeta Venus y a las Pléyades.

Al absorber la religión oficial los antiguos cultos, como queda dicho, pero sin anularlos enteramente, uno de los que conservaron fue el de la Tierra-Madre *(Pacha Mama),* llamada también «la boca que devora a todas las bocas». Los indios de Tezcuco la representaban como un carnívoro con multitud de bocas chorreando sangre. «La Tierra ha comido a los hijos de los antecesores», decían.

Los Dioskouroi peruvianos eran *Apocatequil y Piguerao,* nacidos de dos huevos, y que resucitaron a su madre o la vengaron. Estaban en relación especial con el mencionado dios del trueno y del rayo, cuyo culto fueron ellos los que lo introdujeron al introducir el suyo, en el Perú. A cada nacimiento de gemelos, ora humanos, ora de llamas (animal indispensable, como se sabe, para la vida de este país, pues es un animal de carne y de carga a la vez), se ofrecían sacrificios a los dos seres divinos, asimismo gemelos. Otra pareja del mismo género eran los hermanos *Con* y *Pachacamac.* Este venció al primero en cuestiones de caza y le expulsó hacia el Norte. Irritado Con por la derrota, se llevó con él a la lluvia, a causa de lo cual la costa del Perú era (y sigue siendo, claro), desierta y árida. Una tercera pareja de gemelos estaba formada por *Temenduare* y *Arikuté,* los cuales, a causa de una querella, habían originado el diluvio. Porque el primero, para defenderse contra su hermano, que era más fuerte, hizo salir del suelo una fuente que inundó la Tierra. Una cuarta pareja, *Keri* y *Kame,* obligaron al Sol y a la Luna a seguir un curso regular[990]. Y vamos con los mitos.

---

[990] Entre los demiurgos de forma humana, hay que citar a *Tupa,* el héroe de los tupis brasileños y su dios principal y primer hombre. A su muerte fue transformado en pájaro, el pájaro del trueno, forma bajo la cual vive siempre, protegiendo a su pueblo y a las cosechas. Además de sus dioses y demiurgos, los indios americanos practicaban el culto de los árboles. En México, así como en América Central, eran adorados ciertos árboles próximos a fuentes, adonde iban en peregrinación las mujeres estériles para tener hijos. Según una leyenda de los yurucares de Bolivia, el dios *Tiri* abrió el tronco de un árbol tras la gran conflagración, para hacer salir de él a las tribus que debían poblar en adelante la Tierra. Conocían también el mito del árbol mundial, a través del cual las almas de los muertos podían escalar cómodamente el Cielo con objeto de ir al Paraíso. Por desgracia, una vieja llena de envidia se transformó en rata y royó las raíces, haciendo que cayese el famoso árbol. Para los peruvianos, la serpiente era el

Como dicho queda, *Viracocha,* dios extraño al Cielo de los Incas, fue anexionado por éstos al *culto del Sol.* Su leyenda le daba como residencia el lago Titicaca, del que representaba la fuerza fertilizadora y generadora. Era, además, el dios de la lluvia y, en general, del elemento líquido. Antes que el Sol apareciese, cuenta el mito original de Uiracocha, la Tierra estaba ya poblada. Entonces Uiracocha salió de las profundidades del lago, fabricó el Sol, la Luna y las estrellas y estableció su curso regular. Al punto, modeló varias estatuas que animó y a las cuales dio orden de salir de las cavernas donde habían sido esculpidas. Luego fue a Cuzco y dio a *Allcavica* como rey a los habitantes de esta ciudad. Los Incas descienden de este Allca-vica. Después Uiracocha se alejó y desapareció en las aguas.

Uiracocha no tenía ni carne ni huesos; no obstante, corría muy de prisa. El era quien hundía las montañas y elevaba los valles. Como dios acuático, era representado barbudo. Su esposa-hermana era, como ya he indicado, *Mama-Cocha* (la lluvia y el agua). Al lado de estas divinidades había dioses particulares y potencias de especie animal, a los cuales los indios reconocían poder misterioso. Las serpientes fueron objeto de gran veneración, así como *Urcaguay,* dios de los tesoros subterráneos, que era representado en forma de gran serpiente, con cabeza de ciervo y con cola adornada con cadenillas de oro. El cóndor pasaba por mensajero de los dioses. Antes he mencionado a las Aclla o Vírgenes del Sol, vestales encargadas de mantener el fuego sagrado bajo la vigilancia de matronas llamadas *Mama-Cuna,* que se ocupaban de instruirlas y guiarlas en sus trabajos. Estas Vírgenes del Sol eran reclutadas a la edad de ocho años y encerradas en claustros de los que no podían salir sino luego de seis o siete años, para casarse con jefes de categoría superior. Toda Aclla, convencida de relaciones con un hombre, era enterrada viva, a menos de poder probar que estaba encinta. En este caso, se suponía que lo estaba del Sol, y claro, excusada.

Durante las fiestas (anuales) en honor de Inti, Pachacamac y Uiracocha se hacían sacrificios humanos: varios niños y numerosos animales eran inmolados. Según los mitos, el Mundo era llamado *Pacha.* Por encima de la Tierra había cuatro Cielos habitados por los dioses. El gran dios residía, como es natural, en el más elevado. El Sol, Inti, tras recorrer el Cielo, se acostaba al Oeste, en el mar, al que secaba en parte. Luego volvía a la Tierra nadando y aparecía a la mañana siguiente rejuvenecido por este

---

animal chetónico por excelencia y el guardián, lo mismo que en Europa y Asia, de los tesoros.

baño. Los eclipses solares eran considerados como prueba de la cólera de Inti.

He aquí un mito relativo al diluvio: En una provincia del Perú al este de Lima, los indios cuentan que un día remoto, uno de ellos trató de atar a una llama en un buen prado. Pero el animal se resistió manifestando, a su modo, una gran tristeza. El indio le dijo: «¡Imbécil! ¿Por qué gimes y te niegas a comer? ¿No te he puesto donde hay la mejor hierba?» «¿Y qué sabes tú lo que me pasa a mí, insensato?—le respondió el animal—. Aprende que no sin motivo estoy triste: dentro de cinco días el mar subirá y toda la tierra será cubierta por sus aguas». Sorprendido el indio y atemorizado, le preguntó si no habría un medio para salvarse. La llama le respondió que cogiese provisiones para cinco días y que le siguiese hasta la cima de una alta montaña llamada Villca-Coto. El hombre cogió provisiones y se dejó conducir, llevando a la llama por el ronzal. O, más bien, tirando la llama sabía del ronzal que la había puesto el hombre. Cuando llegaron a la cima de la montaña vieron que toda clase de pájaros y de otros animales estaban ya refugiados allí. Entonces el mar empezó a subir y a cubrir llanuras y montañas, salvo la cúspide de Villca-Coto. No obstante, las olas rompían tan arriba, que los animales se vieron obligados a amontonarse completamente en lo más alto. La cola del zorro tuvo que quedar bajo el agua, tanta había; a causa de ello es negra su punta. Al cabo de cinco días las aguas se retiraron, volviendo el mar a su lecho. Pero todos los hombres se ahogaron, menos uno, del que descienden todas las naciones de la Tierra. De él y de la llama, o no hay lógica.

Otra leyenda comenta la reaparición del hombre tras el diluvio: En un lugar situado a 60 leguas de Cuzco, el creador hizo un hombre de cada nación y pintó el traje que cada uno de ellos tenía que llevar. Al que tenía que llevar cabellos, le dio cabellos; a aquel que debía tenerlos rapados, se los rapó; dio a cada uno la lengua que tenía que hablar, los cantos apropiados, las semillas y cuanto debía cultivar. Al punto dio a hombres y mujeres vida y alma, y los hizo entrar en la Tierra. Y por aquel camino cada nación se dirigió al lugar que le había sido asignado.

En fin, los antiguos peruanos tenían, no podía ser menos, su dios de los muertos, *Supai,* señor del mundo oscuro. Supai no era malo, pero sí lúgubre y voraz, y ávido de aumentar sin cesar el número de sus súbditos. Como para calmarle eran necesarias ofrendas costosas, cada año sacrificaban en su honor un centenar de niños.

BRASIL

Las antiguas religiones de los indios del Brasil están hoy representadas por las tribus aún semisalvajes, adonde la civilización y los misioneros católicos llegan todavía con dificultad. Dos de estas tribus, características, bastarán para dar una idea de las demás en cuestiones religioso-mitológicas: los *tupinambos* y los *carayas*.

Los tupinambas pertenecen a la raza guaraní. Son de estatura media, bien proporcionados y con la piel de un color bastante claro. Eran los más belicosos de los guaraníes, y cuando llegaron los primeros europeos en el siglo XVI, vivían en el litoral del Atlántico, de la caza y de la pesca. Rechazados hacia el interior, se establecieron al borde del Amazonas. Pero luego, perseguidos aún por los portugueses, acabaron por refugiarse en una de las islas del gran río, donde viven en la actualidad.

La mitología tupinamba está integrada por una serie de héroes civilizadores y creadores. El primero de estos héroes es *Monán* (antiguo, viejo), que fue el creador del hombre y que luego destruyó al Mundo mediante un diluvio y por el fuego.

Luego viene *Maira-Monán* (el transformador), que tenía el poder de hacer tomar diversas formas a hombres y animales para castigarles por sus maldades. Él enseñó a los tupinambas a cultivar la tierra y a gobernar. Un mito cuenta cómo los hombres, encolerizados contra él a causa de las metamorfosis que les hacía sufrir, le mataron. Para conseguirlo le invitaron a una fiesta, durante la cual, cuando el dios estaba más contento y dispuesto a todo, le propusieron que saltase, para demostrar su agilidad, sobre tres hogueras encendidas. La primera la pasó bien; pero al tratar de hacer lo mismo con la segunda, el humo le hizo desvanecerse y caer en ella, donde fue consumido por las llamas. Su cabeza, al estallar, produjo el trueno, las llamas se tornaron rayos. Luego fue transportado al Cielo, quedando allí transformado en una estrella.

Otro héroe muy importante en la mitología tupinamba es *Maira-atá*, y ello no solamente por su cualidad de gran brujo capaz de predecir con ayuda de los espíritus, sino por ser padre de dos gemelos míticos, *Ariconte* y *Tamendonare*, que provocaron el diluvio. Estos eran dos gemelos hijos de distintos padres, uno de Maira-atá, pero el otro, a creer a una variante del mito principal, de un simple mortal llamado *Sarigois*. La madre común, abandonada por Maira-atá, se echó a buscarle, guiada por el hijo del dios que llevaba en su seno. Un día llegó a casa de Sarigois, que la ofreció hospitalidad, y para que ésta fuese total y enteramente afectuosa, el calor de su lecho. Y fue cuando quedó encinta del otro hijo. Al día siguiente siguió la madre su camino hasta una aldea, donde fue víctima de la crueldad de los indios, que la hicieron pedazos y se la comieron. Los gemelos (no nos metamos en detalles; se trata de un mito) fueron recogidos por una mujer que los crió. Llegados a adultos, decidieron vengar a su madre. Por ello condujeron a los asesinos hasta una isla, con el pretexto de que en ella había frutas exquisitas. Y en el momento en que los indios iban hacia ella cruzando el agua, los gemelos suscitaron una tempestad que les sumergió. No contentos con ahogarles, aún les transformaron en jaguares. Calmado su deseo de venganza, se fueron en busca de su padre, al que descubrieron en una aldea, de la que había llegado a ser el brujo. Este se alegró mucho al verlos llegar; pero antes de reconocerles les sometió a varias pruebas. La primera consistió en tirar con el arco; las flechas de los gemelos se quedaron en el aire. La segunda consistió en pasar por entre las dos mitades de la piedra *Ithá-Irapi,* que se juntaban rapidísimamente. El primero que intentó pasar fue el hijo de Sarigois, y quedó hecho papilla. Entonces su hermano recogió como pudo el amasijo y lo volvió a la vida y forma anterior. Luego pasaron ambos sin mayor percance. Pero Maira-atá, no contento con estas dos pruebas exigió aún una tercera: ordenó a los gemelos que fuesen a apoderarse (no hay que decir robar, por tratarse de personajes divinos; los dioses se *apoderan;* los hombres fuertes, solos o en cuadrilla, *requisan;* robar sólo *roban* los infelices y los desdichados) del cebo mediante el cual *Agnén* pescaba los peces llamados *Alain,* que servían de alimento a los muertos. Una vez más, el hijo de Sarigois, que lo intentó el primero, fue destrozado por Agnén, y vuelto a la vida por su hermano. Luego consiguieron apoderarse del cebo y se lo llevaron a Maira-atá. Entonces éste les reconoció como hijos suyos.

Otra divinidad importante de los tupinambas es *Tupán,* demonio del trueno y de los relámpagos. Le imaginan como un hombre pequeño, cuadrado y con los cabellos ondulados (ellos los tienen lisos). No le conceden culto ni le dirigen plegarias. Tupán es el hijo más joven de *Nanderevusu,* héroe civilizador, y de su mujer *Nandeci,* a la que Tupán ama muchísimo. Por obedecerla, abandona su morada, situada al Oeste, para reunirse con ella al Este. Cada vez que lo hace provoca una tormenta: el ruido del trueno es engendrado por el sitio hueco que le sirve de barca para alcanzar el Este franqueando el cielo. En esta barca, pájaros que son sus servidores, se instalan a su lado; estos pájaros son los heraldos de las tormentas. Estas no terminan hasta que Tupán llega a casa de su madre.

Los tupinambas se creen rodeados de una multitud de espíritus o de genios. Entre ellos están los *Yurupari* (demonios), de los tupies del Norte, que habitan casas abandonadas donde fueron enterrados los muertos. Asimismo son designados con el nombre de Yurupari el conjunto de diablos o genios de la maleza, temibles a causa de su maldad. Otro genio muy temido es *Agnén,* pero no el citado antes, de este mismo nombre, al hablar de los gemelos, sino otro que lucha con ellos frecuentemente, y de los que fue víctima, no sin haber devorado antes a uno de ellos. Pero el más célebre de los demonios es *Kurupira,* gnomo del bosque, protector de la caza, pero, tal vez por ello, enemigo de los cazadores. Es representado como un hombrecillo que marcha con los pies vueltos. *Macachera,* espíritu de las veredas, es aún otro demonio, considerado benéfico por unas tribus y por otras como el enemigo de la salud. Los *Igpupiara* son los genios de los ríos, viven bajo las aguas y ahogan a los que se descuidan si se meten en ellas. En fin, los *Baetata* son los fuegos fatuos.

Entre los espíritus benéficos están los *Apoiaueue,* que hacen caer la lluvia cuando es necesaria y cuentan a Dios lo que ocurre en la Tierra. El alma, *An,* luego de la muerte, va a un paraíso cuya entrada es más o menos accesible según los méritos de cada uno. Este paraíso se llama *Tierra-sin-mal* o morada del Antepasado, *Maira,* el héroe civilizador. Maira habita en medio de una vasta estepa cubierta de flores; cerca de su morada hay una gran aldea cuyos habitantes viven en perpetua felicidad. Al llegar a viejos, en vez de morir, recobran de pronto su juventud. Los campos no necesitan ser cultivados, pues las plantas crecen por sí solas. La Tierra-sin-mal está situada al Este, según unos; al Oeste, según otros. Cuando llegaron al Brasil los primeros europeos, había en la región de Río de Janeiro la siguiente leyenda relativa al diluvio:

Un gran brujo llamado *Sommai,* o bien, *Maira-atá,* tenía dos hijos, cuyos nombres eran *Tamendonare* y *Ariconte* (los dos hermanos gemelos). El primero tenía mujer y era tan buen padre como buen marido. Por el contrario, Ariconte, su hermano, no pensaba sino en combatir, y su único cuidado era sublevar a los pueblos vecinos y burlar la justicia y bondad de su hermano. Un día que volvía de una lucha, Ariconte mostró a su hermano el brazo ensangrentado de un cadáver enemigo, y le dirigió las siguientes orgullosas palabras: «Vete de mi presencia, ¡cobarde! Me voy a quedar con tu mujer y con tus hijos, pues tú no eres bastante fuerte como para defenderlos». Tanta arrogancia contristó a su hermano, que le respondió, no obstante, con tono sarcástico: «Si eres tan valiente cual lo dices, ¿por qué no traes el cadáver entero de tu enemigo?» Ariconte, furioso, lanzó el brazo cortado contra la puerta de su hermano. Al instante mismo la aldea fue transportada al Cielo, mientras que ambos hermanos quedaban en la Tierra. Al ver esto, Temendonare, ora porque se llenase de cólera, ora a causa de su asombro, el hecho fue que golpeó el suelo con tanta fuerza con uno de sus pies, que hizo surgir una fuente cuyo chorro, subiendo más alto que las montañas, alcanzó las nubes, y cuya agua no dejó de correr hasta que la Tierra entera quedó sumergida. Ante el peligro, ambos hermanos subiéronse, en unión de sus mujeres, a la montaña más alta, tratando de salvarse agarrándose a los árboles. Tamendonare y su mujer treparon a un árbol llamado *pindora,* y su hermano y la suya a otro llamado *geniper.* Estando así encaramados, Ariconte cogió uno de los frutos de su árbol y se lo dio a su compañera, diciéndole: «Cáscale y deja caer un pedazo». Al ruido que hizo al caer en el agua reconocieron que ésta estaba aún alta y esperaron. Según la tradición, todos los hombres perecieron en el diluvio, salvo los hermanos gemelos y sus mujeres, y de ambas parejas salieron luego los dos pueblos diferentes: los *Tonnasseará,* llamados hoy *Tupinambos,* y los *Tonnaitz-Hoyana,* actualmente los *Tominú,* pueblos que no dejan, como ambos hermanos, de combatir y querellarse.

LOS CARAYAS

Los carayas son, como los tupinambas, una serie de pequeñas tribus, pero ellos pertenecientes a un pueblo que habita en las orillas de otro de los grandes ríos del Brasil, el Araguaya, curso de agua enorme de 2.500 kilómetros de largo y una anchura media de dos a seis. Los carayas, poco numerosos, tal vez en la actualidad su número no llegue a 1.500[991], pues, como todas las razas inferiores, tienden a desaparecer, viven casi exclusivamente de la pesca (no son cazadores, y como agricultores se limitan a coger los frutos naturales), tienen una civilización primitiva, una industria de las más rudimentarias[992] e incluso una religión no menos

---

[991] Entre las causas normales que pudiera decirse que contribuyen a la desaparición de estas razas, bien que la natalidad en ellas sea considerable, tal vez la principal sea la gran mortalidad infantil. Entre los carayas, esta verdadera plaga alcanza hasta el 80 por 100 de los nacimientos. Porque los blancos, digámoslo con la crudeza de la verdad, se ocupan de la salud de los negros aceitunados o cobrizos cuando estos pueblos pueden ser explotados. Entonces, sí; entonces, como ocurría con los antiguos esclavos de los romanos y otros países del mundo pagano, se los cuidaba y se los cuida hoy, porque suponían o suponen aún un *valor* mercantil. Igualmente ahora, los pueblos blancos que se sirven de los brazos de los negros en climas agotadores envían a ellos no solamente misioneros para que se ocupen de su alma y les enseñen a ser dulces y sumisos, sino médicos y cuanto hace falta en este sentido para proteger sus cuerpos. Pero si, por una u otra razón, no interesan o no pueden ser explotados, entonces allá los misioneros, si quieren, se las entiendan con ellos. Los admirables misioneros que, empujados por ardiente espíritu de proselitismo, tratan con grandísima paciencia y esfuerzo, como ocurre con los carayas, cuyo idioma hasta carece de palabras para expresar los conceptos abstractos, de sustituir sus creencias milenarias por las más perfectas que ellos llevan. Pero los cuerpos, cuando no pueden ser carne de cañón, que desaparezcan poco a poco como cosa inútil y fuera de provecho. Es una de las grandes leyes de la civilización.

[992] Como armas, arcos y flechas hechos con los elementos que hallan a mano en el bosque; como útiles caseros, cestos, que tejen con fibras vegetales, y cacharros que construyen con tierra refractaria. Sus obras maestras son las piraguas. Estas

rudimentaria, constituida, de una parte, por una serie de leyendas sobre
personajes más bien héroes que dioses (o que han llegado a esto tras pasar
por aquello), más las historias de animales, fábulas, cuentos y canciones
de pesca y caza, que hacen entrar en escena pájaros, peces y toda suerte de
animales. Veamos un poco las primeras, que son las que ahora nos
interesan, empezando por la leyenda que cuenta cómo vinieron al Mundo
los carayas.

En la isla de Bananal[993], situada hacia la mitad del curso del Araguaya,
hay un lago admirable, rodeado de grandes y magníficos árboles que se
reflejan en su agua limpia y clara. El agua de este lago es abundantísima
en peces, pero los carayas jamás van a pescar allí, pues el lago es para
ellos *tabú* a causa de la siguiente leyenda: Hace muchos años, los carayas
vivían en el fondo de este lago, en una serie de grutas que se comunicaban
con la superficie de la tierra mediante una especie de chimenea que ellos
jamás franqueaban, a causa de lo cual ignoraban lo que había al exterior de
ella. Allí llevaban una existencia monótona, cierto, no exenta a veces de
enfermedades, pero, en cambio, no morían. Mas un día el hijo de un jefe
cayó enfermo; enfermedad que se fue agravando sin que el *orotibedú*
(brujo) pudiese hacer nada por él. Entonces algunos jóvenes amigos suyos
decidieron escalar la chimenea, que no sabían adonde comunicaba, con la
esperanza de encontrar un remedio para el pobre paciente. Hiciéronlo así,
y al llegar a su parte superior quedaron maravillados al contemplar cuanto
les rodeaba. Para colmo de felicidad, *Bororé*, el gran ciervo del bosque, el
de cabeza bien cornamentada, se les acercó para decirles (pues entonces
los animales hablaban) dónde podrían hallar el remedio que buscaban; este
remedio era la sabrosísima miel de *tiubá*. Felices, volvieron a las
profundidades del lago y dieron al enfermo aquel remedio, que no tardó en
curarle. Y asimismo hablaron a todos de la maravillosa tierra que habían
conocido. La consecuencia fue que unánimemente se decidieron a
abandonar las grutas profundas para ir en busca del mundo luminoso y
mejor. Sólo el brujo, presintiendo lo que les ocurriría arriba, hizo algunas

---

las fabrican horadando, mediante fuego, grandes troncos de árboles. Algunas
tienen hasta quince metros de largas.

[993] La isla de Bananal es la mayor isla fluvial del Mundo. Mide unos cuatrocientos
kilómetros de larga por setenta de ancha, como término medio. En su centro hay
una serie de lagos que se comunican entre sí y cuyas aguas van a parar a un
afluente del Araguaya, el Vabebero, como le llaman los carayas. Río que, por
cierto, no ha merecido el honor de aparecer en ningún mapa, pese a sus doscientos
cincuenta kilómetros de curso y a tener en su desembocadura un buen kilómetro
de ancho.

objeciones, pero no fue escuchado. Partieron, pues, y el orotibedú con ellos, éste tras pensarlo mucho. Pero estaba tan gordo, que imposible le fue franquear la última parte de la chimenea, por lo que fuerza le fue quedarse abajo. Entonces, en un elocuente y vehemente discurso, trató de persuadir a los demás de que no salieran: arriba les esperaba el trabajo, la miseria, el hambre y algo que él juzgaba peor, ¡la muerte! Mas, sin hacerle caso, le abandonaron. Y, en efecto, al principio todo fue contento y felicidad, pues lo nuevo siempre parece bueno y grato. Pero cuando llegaron las calamidades, las enfermedades, la fiebre, los mosquitos, los animales peligrosos, la implacable lucha por la vida y, finalmente, ¡la muerte!, cuando conocieron tanto mal y, arrepentidos, decidieron volver a donde habían salido, imposible les fue conseguirlo: la salida de la chimenea había desaparecido.

Otra interesante leyenda cuenta cómo la luz fue dada a los hombres. Hela aquí: *Kanachyuvé,* el gran héroe de los carayas, su Hércules, su Gilgamesh, habíase casado y tenía un suegro muy viejo. Entonces, en aquel tiempo, no había otra luz en torno a los hombres que la de los hogares que ardían en cada casa. Fuera era la oscuridad total, la noche completa. Y ocurrió que un día en aquella noche, el pobre viejo tuvo que salir a buscar leña para atizar el fuego; pero habiendo tropezado y caído empezó a deshacerse en lamentaciones, y lo que fue peor, en denuestos contra Kanachyuvé, que consentía que él, viejo como era, hiciese lo que él, joven y fuerte, debía hacer: «Puesto que tanta fuerza y coraje tienes, al menos, como tal te admiran—le dijo rabioso—, ¿por qué no haces algo verdaderamente bueno? ¿Por qué no buscas y traes la luz para que yo no tenga que salir a por leña si queremos ver algo en casa?» Y como la suegra se unió a su marido, y llevada de natural elocuencia pronto le superó en imprecaciones, e incluso su mujer, animada por el ejemplo de su madre, se dispuso también a demostrarle que en lengua y mala intención no la era inferior, Kanachyuvé, que, como suele ocurrir a muchos barbianes, sólo era héroe fuera de su casa, se decidió a ir en busca de la reclamada luz. Y, en efecto, una vez al abrigo de las voces gracias a una carrera digna de ser *homologada* (como se dice ahora, aunque se trate de cosas que no son judiciales o administrativas), tuvo una idea magnífica (pues no solamente era fuerte, sino inteligente, que muchas veces es mejor), idea que puso en práctica: cogió una hoja de *imbahuba;* la peló, dejando sólo el nervio central; metió uno de sus extremos en su boca, cual si se la hubiese clavado sin querer, y se echó por tierra, con los brazos abiertos, cual si estuviese muerto. Poco después, un enjambre de moscas le rodeaba. «¡Un muerto! ¡Un muerto! ¡Ataquémosle!» «Esperad—dijo la más prudente—. Esperemos, sí, a que vengan los *urubúes».* Los urubúes, buitres negros que viven de carroña, no tardaron en llegar. Y muchos. Describiendo grandes círculos en torno de Kanachyuvé antes de caer sobre él, decían: «¡Ánimo! ¡Está muerto y bueno para ser comido!» Pero uno de ellos objetó: «Hay que esperar al urubú-rey, puesto que ya sabéis que a él corresponde el mejor pedazo». El urubú-rey no tardó en venir. Y solemnemente, como tenía por costumbre. Se trataba de un urubú blanco, ave excepcionalmente rara, y a causa de ello objeto de veneración, pues se suele estimar de preferencia lo raro que lo bueno. Llegar y posarse sobre el pecho del falso cadáver fue todo uno y lo mismo. Pero apenas lo había hecho, Kanachyuvé le cogió con arabas manos y se levantó triunfante. «Ahora que te tengo—dijo al pajarraco—, no te soltaré sin que me des la luz». «¿La luz? ¿Y de dónde sacaré yo la luz? ¡No la tengo!», respondió el urubú-rey, debatiéndose inútilmente, sin conseguir otra cosa que perder muchos pelos, pues en aquella época los urubúes en vez de plumas tenían pelo. «¡Mientes! Tienes la luz». «No, no. Cuanto tengo, te lo aseguro, es una lucecilla que no vale nada». «Házmela ver por si me basta». Entonces, allá lejos, en el cielo, apareció, en efecto, una minúscula lucecita dorada. Era *Takiná*, la estrella. Como iba muy de prisa, Kanachyuvé la hizo una sangría en la pantorrilla, y al empezar a perder sangre disminuyó su marcha. Pero su luz no le bastó al héroe, que, por supuesto, no había soltado a su presa. «Otra luz. Necesito otra luz». «No tengo más». «¡Trapalón! ¡Más luz o te dejo calvo!» «¡No! Tengo, sí, otra lucecita, pero pequeña, pequeña...» «Házmela ver». Por encima de los árboles, allá en lo alto del cielo, se mostró pronto un enorme disco plateado. Como llegaba raudo, como la estrella, el héroe le hizo su correspondiente sangría. *Arandú*, la Luna, pues era ella, acortó el paso. Kanachyuvé dijo al punto: «¡No me basta! ¡Quiero más luz!» El urubú empezó a protestar: no tenía más luz; pero al ver que el héroe empezaba a cumplir su promesa, hizo aparecer por sobre los árboles una nueva claridad, roja ésta al principio, pero cuyo resplandor, creciendo al punto, se extendió luminosísimo, encendiendo maravillosamente árboles, ríos, montañas, tierra y cielo. Era *Diyuú*, el Sol. Como también corría mucho, Kanachyuvé le sangró sin compasión. Herido en una pantorrilla, el astro siguió corriendo a la pata coja. Pero no sabía con quién tenía que habérselas; una nueva sangría le hizo entrar en razón. He aquí por qué desde entonces el Sol va despacio. El héroe le había dejado cojo. Sólo entonces Kanachyuvé soltó al urubú, y ni que decir tiene que, vuelto a su tribu, todo fue alegría; su mujer, al ver que le aclamaban, empezó a jurar y perjurar que a nadie respetaba y admiraba tanto como a su marido, y los suegros mismos se empeñaron en demostrar durante el banquete monstruo e infinitas danzas que se organizaron al punto en honor de Kanachyuvé, que entre ellos jamás había disputas y que precisamente por haber estado siempre seguros de ello le habían escogido para la paloma de su hija.

Kanachyuvé tiene un hermano llamado *Chadyú*. Este Chadyú es esencialmente malo. No piensa sino en obrar de un modo perverso: es el genio del mal. Tan malo es que ni familia tiene. Parece ser que a causa de ello a veces su hermano le envidia. Pero no murmuremos. Se cuenta que una vez untó de resina la cara de su padre, que era muy viejo ya, cuando estaba durmiendo; le arrimó luego una ramilla seca que ardía por casualidad, y el pobre murió. Mas quién sabe si es verdad. Porque si es ya difícil hacer hablar a los carayas de Kanachyuvé, pese a lo orgullosos que se muestran de él (es preciso, para que digan algo, aprovechar la sobremesa de una comida en regla), aún mucho más de Chandyú, pues le tienen un miedo horrible. Pretenden que incluso si se pronuncia su nombre se vengue implacablemente.

He aquí aún, para terminar con los carayas, su mito relativo al diluvio: Un día los carayas primitivos cazaban jabalíes. Tras haberlos hecho entrar en sus madrigueras, a medida que uno aparecía acababan con él. Como agujereasen la tierra por ver de llegar al suelo de la guarida y poder obligarles a salir de una vez, encontraron un corzo, luego un tapir, después un gamo blanco y al punto el pie de un hombre. Espantados, fueron a buscar a un poderoso brujo llamado *Anatina,* que consiguió desenterrar enteramente al hombre, simplemente cantando en lenguaje desconocido: «¡Yo soy Anatina! ¡Traedme tabaco!» Los carayas, sin comprender bien lo que decía, trajeron y le ofrecieron flores y frutas. El brujo rechazó los regalos y señaló a uno de los carayas que fumaba. Entonces ellos comprendieron y le ofrecieron tabaco. El brujo fumó hasta perder el conocimiento y caer al suelo. Entonces le llevaron a la aldea. Una vez allí despertó y se puso a bailar. Pero su conducta y su lenguaje espantaron a los carayas, que huyeron. Anatina se enfureció mucho y los persiguió llevando con él numerosas calabazas llenas de agua. Y empezó a gritar a los carayas que se detuviesen. Mas ellos no le hicieron caso. Entonces, redoblando su cólera, rompió contra el suelo una de las calabazas. El agua empezó a subir. Los carayas siguieron corriendo. Entonces rompió otra calabaza, luego otra y aún otra, y el agua subió tanto, que el país entero quedó inundado y sólo las montañas situadas en la desembocadura del Apirabis emergieron sobre las aguas. Entonces, Anatina convocó a todos los peces y les pidió que precipitasen a los hombres en el agua. Varios ensayaron, pero no lo consiguieron. Por fin, el *picudo* (pez cuya larga boca se asemeja a un pico) consiguió escalar la vertiente opuesta de la montaña, y cogiendo a los carayas por la espalda los precipitó en el agua. Una gran laguna marcó el lugar de la caída. Tan sólo algunos de ellos quedaron en la cima misma, no bajando sino una vez el diluvio terminado.

MITOLOGÍAS DE OCEANÍA

Si el exponer la mitología de ciertas regiones del Globo, sobre todo de un modo breve y sintético, no es empresa cómoda, particularmente cuando en cada región es preciso reunir, para no hacer la tarea inacabable, una serie de pueblos o de tribus cuyos panteones mítico-religiosos tienen diferencias sensibles, el problema crece hasta el punto de hacerse laberíntico, cuando, como en las mitologías de Oceanía, no se trata ya de un pueblo ni siquiera de una zona de pueblos que, por ser de origen común, sus creencias pueden tener semejanzas apreciables, sino de una vastísima parte del globo integrada por centenares, millares incluso, de islas, muchas de ellas separadas por espacios de mar tan considerables que con frecuencia la imposibilidad de contacto entre ellas excluye toda posible semejanza ideológica. Únase a esto las diferencias dialectales en un mismo grupo de islas, diferencias que hacen que un dios común, por ejemplo, pueda llamarse *Tangaroa* en un sitio, *Kanaloa* en otro y aún *Taaora* en un tercero; que una misma divinidad tiene atributos diferentes no solamente en las diversas islas de un archipiélago, sino en los diversos distritos de una isla o en el seno incluso de una misma tribu; o que, por el contrario, dioses diferentes reciban los mismos atributos, y se comprenderá y se me excusará si, con objeto de guiar al lector del mejor modo que me sea posible, me veo obligado a dar ante todo unas brevísimas nociones geográficas que nos sirvan de punto de mira para no complicar aún más el asunto.

Como se sabe, se suele dividir Oceanía, sin contar Australia y su dependencia insular, la isla de Tasmania, en cuatro grandes regiones: Malasia o Indonesia, Melanesia, Micronesia y Polinesia. *Australia* es la mayor isla del globo, y dado su enorme tamaño (casi ocho millones de kilómetros cuadrados; Europa tiene diez), el menor de los continentes. Tasmania es también una isla grande, casi tanto como Portugal. *Malasia* es la parte de Oceanía más inmediata a Asia. Está integrada por islas tan importantes como Borneo, Sumatra, Java e incluso Formosa; otras más pequeñas: Nias, Bali, Flores (Oceanía está llena de nombres españoles, lo que prueba que antes que otros pueblos los españoles pusieron allí su planta), Timor, etc., y de archipiélagos tan importantes como Filipinas, Célebes y Molucas. *Melanesia,* en la que se sitúa la importante isla llamada Nueva Guinea y una porción ya de menor importancia que forman los archipiélagos del Almirantazgo, Nueva Irlanda, Nueva Bretaña, Bismarck, Nuevas Hébridas, Nueva Caledonia, islas Salomón, islas Santa Cruz, isla Fortuna, etc., *Micronesia,* que, como su nombre indica, comprende infinidad de islas pequeñas agrupadas en archipiélagos:

Marianas, Carolinas, islas Marshall, islas Gilbert, islas Ellice, isla Pelew, grupo Ralik, etcétera. Y *Polinesia,* muchas islas, muchas, en efecto, a enormes distancias unas de otras, de las cuales la más importante es la más meridional, Nueva Zelanda (dos islas enormes), más las islas Hawai, en el extremo opuesto, y entre ellas las islas Marquesas, las de la Soledad, las Australes, Samoa, Pascua, Unión, Tonga, Cook, etc. En tan complicado laberinto no hay uniformidad ni en la manera de concebir exteriormente, físicamente, a los dioses (pues aunque esencialmente espirituales como potencias sobrenaturales que son, hay que revestirlos siempre de apariencias sensibles para poder imaginarlos), ni en su origen, ni en su número, ni en sus atributos. En cuanto a su aspecto, unas veces son dotados de forma física, bien que no se dejen ver de los hombres. Otras, en cambio, pueden ser vistos en ciertas circunstancias, pero sólo por aquellos que están dotados de facultades especiales. A veces, carentes de forma física propia, sí pueden revestir la de aquellos seres u objetos en los que encarnan o se alojan por un tiempo más o menos largo. E incluso pueden metamorfosearse tomando la forma que les plazca, por arte mágica, como los demás dioses de todas las religiones. Por lo demás, estas formas, sean propias o prestadas, son allí de una variedad riquísima: desde la forma humana, masculina o femenina, como la mayor parte de los grandes dioses de Polinesia y los espíritus protectores de Nueva Guinea, hasta las divinidades con forma de seres fantásticos[994] o de forma animal de las especies más diversas y de los tamaños más distintos[995].

---

[994] Dragones en Nueva Zelanda: animales mitad *serpiente,* mitad *peña,* en las islas Fidji (Melanesia): *Rati-Mbatindua,* dios de los *Infiernos,* en estas mismas islas Fidji (o Viti), que es un hombre con un solo diente, como su nombre indica, con el que devora a los muertos, y que en vez de brazos tiene alas que le sirven para atravesar el espacio como un meteoro incandescente. Así como otras divinidades que tienen miembros de madera, ocho ojos (símbolos de sabiduría y clarividencia), ocho manos (destreza), dos cuerpos y ochenta estómagos. O gigantes, enanos, ogros, etc.

[995] Tiburones, en Tahití (Polinesia) y Viti (Melanesia); serpientes de mar, cocodrilos, anguilas, arañas de mar, en Nueva Zelanda; lagartos, en Samoa (Polinesia); ratones, ranas, moscas, mariposas, saltamontes y pájaros, en Tahití y toda la Polinesia. El espíritu protector de los príncipes en Nueva Zelanda era una divinidad de forma de ballena. En Nueva Caledonia (Melanesia), *Kabo Mandalat,* demonio femenino que da la elefantiasis, es un caracol marino gigantesco del tipo *ermitaño,* con patas tan grandes como cocoteros. En las islas Viti no solamente diversas divinidades habitan en piedras, sino que algunas, como la madre de *Ngendei,* son consideradas como siendo verdaderas piedras. Los dioses pueden

Los atributos o poderes de estas divinidades no son menos variados. Al lado de los que podríamos llamar grandes dioses, dioses creadores (del cielo, del Sol, de la Luna, de las estrellas, de las nubes, de los vientos, de la lluvia, del mar, de la Tierra, de los hombres y de las plantas) hay infinidad de divinidades secundarias especiales de tal isla, de tal porción del suelo, de tal montaña, de tal volcán, de tal río o de tal abismo. Otras se interesan por una profesión determinada; otras por una tribu; algunos por una familia, y aun por un solo individuo. Así como las que se ocupan de la guerra, de la paz, de la medicina o de las tareas femeninas, como *Hina*, la Luna, en Polinesia. En las islas Hawai, *Kapo* es la divinidad y al mismo tiempo el instrumento tanto de la fecundidad como de los abortos. Hay asimismo divinidades para el matrimonio, para todas y cada una de las artes, para los juegos, para los ladrones, para los vicios y hasta para los amores contra natura. Esta, digamos división del trabajo, en lo que afecta a las divinidades, llega a su punto culminante en Tahití, donde sólo en lo que afecta al mar hay trece dioses, cada uno con sus atribuciones especiales. El panteón de esta sola isla comprende 360 divinidades, cada una con su papel y misión perfectamente definida.

En cuanto a su origen, pueden dividirse en dos grupos principales: los dioses propiamente dichos, que jamás fueron hombres, bien que puedan tomar esta forma, y los que vivieron en una época más o menos remota, que fueron hombres y que han llegado a ser una especie de *manes*. Los primeros han existido siempre sin haber tenido origen ni padres; son *causa sui,* como dicen los metafísicos. Los otros fueron ora creados por los dioses, ora engendrados por éstos o por otros hombres. De éstos, unos no tienen carácter divino, sino para sus descendientes; los otros son verdaderos héroes, y como tal son considerados, a causa de los servicios que prestaron a sus semejantes. Entre estos servicios y empeños famosos están, por ejemplo, el haber hecho aparecer islas pescándolas en el fondo del mar, el haber traído el fuego a la Tierra y el haber intentado, bien que sin conseguirlo y perdiendo en el intento la vida, el procurar la inmortalidad a sus semejantes.

Las almas, una vez separadas de los cuerpos (lo que origina la muerte de éstos; ellas mismas pueden llegar a aniquilarse tras varias sobrevivencias), pueden seguir viviendo no lejos de donde lo hicieron cuando estaban unidas al cuerpo, ora en las inmediaciones al sitio donde éste ha sido enterrado, bien en el otro mundo. A veces en uno y otro lado

---

también aparecer como meteoros, como chispas o como vapores, forma ésta adoptada con frecuencia, sobre todo de noche, por las almas de los muertos.

alternativamente, como se cree en Nueva Caledonia. Para llegar al otro mundo las almas tienen que hacer un largo viaje. Este viaje comprende dos partes: una, en la Tierra misma; otra, de la Tierra al otro mundo. Viaje peligroso, además, pues divinidades malhechoras, demonios y almas de otros muertos, se esfuerzan por mil medios para ver de matar las almas y comérselas. La vuelta a la vida de las almas depende también de que al llegar al término del viaje se posen en esta o en aquella roca inmediata, en esta o en aquella rama, en una o en otra raíz; o de que, una vez en el otro mundo, coman o no cierto alimento puesto ante ellas.

El emplazamiento del otro mundo no es menos variable. En general se le sitúa al Oeste. Pero una vez se le supone sobre la Tierra, otras debajo de ella o del mar, ya encima, es decir, en el cielo. El número de mansiones no es menos diverso. Como en muchos sitios de Oceanía es corriente la creencia de que los objetos tienen también alma, a veces se cree que todas las almas, las de los hombres y las de los objetos, van al mismo sitio; otras, por el contrario, que hay lugares reservados para cada variedad de almas. Así, por ejemplo, en Tahití hay para los cerdos un paraíso especial; en las islas Filipinas otro para las nueces de coco. En lo que atañe a las almas humanas, hay bien un paraíso, ora varios. En las islas Marquesas hay diversos mundos celestes para las almas privilegiadas, y cuatro mundos infernales. En Nueva Zelanda, diez.

La vida póstuma no va unida en Oceanía a tormentos y privaciones especiales. Muchas veces diríase incluso que en el otro mundo todas las almas gozan indistintamente de las condiciones reservadas en la Tierra a los privilegiados. No obstante, a pesar de la diversidad de creencias, todas parecen estar de acuerdo en que la vida póstuma, por agradable que pueda ser, no vale lo que la vida terrestre; a causa de lo cual morir es considerado como una gran desgracia. Y estando las almas destinadas a ir al otro mundo, las que permanecen en la Tierra, siendo a causa de ello desgraciadas, vuélvense malas y vengativas. Las mismas que han alcanzado el otro mundo, como sienten haber dejado éste, se llenan de envidia, odian a los humanos y no suelen ser benéficas. A causa de ello son temidas. ¿Cómo armonizar con esto el que los manes sean considerados como genios protectores naturales? No cabe sino admitir que el odio de los muertos no recae sino sobre aquellos con los que estuvieron en malas relaciones durante su vida, o sobre los extraños. Veamos las mitologías particulares.

POLINESIA

En general, los mitos cosmogónicos o mitos sobre la formación del Universo, como los antropogónicos, mitos sobre la formación del hombre, se reducen a dos tipos: el *creacionista* y el *evolucionista*. Según el primero, el Universo ha sido creado por los dioses (o por Dios, en las religiones monoteístas, de las cuales suele ponerse como tipo la judeo-cristiana). Según el segundo, el Universo se fue formando a partir del caos primitivo. En las religiones más simples de este tipo, los dioses se van formando al mismo tiempo que el Universo. Una y otra forma se encuentran en Oceanía; incluso en una misma de las regiones geográficas en que ha sido dividida esta parte del Mundo. Así, por ejemplo, en ciertas islas de Polinesia la idea creacionista está fuertemente representada por el dios creador llamado *Io* o *Taaroa,* que hace surgir a la Tierra del océano inmenso que cubría todo. En las islas Samoa y en Tonga cuéntase incluso que para conseguirlo envió a un pájaro mensajero encargándole de la tarea. Pero la mayor parte de los polinesios hacen empezar el Universo por un caos *(Po),* del que salen sucesivamente la luz, el calor y la humedad; y al fin el Cielo y la Tierra. El primer ser superior era una divinidad macho, *Rangi;* el segundo, una divinidad hembra, *Papa,* palabra que quiere decir simplemente madre. Según una leyenda de las islas Sociedad, la diosa celeste Taaroa abrazó a una roca, fundamento de todas las cosas, que a causa de ello produjo la tierra y el mar. En estas mismas islas, en las tinieblas primitivas, Taaroa existía en un huevo, del que salió después. El mismo tema se encuentra, y aún más desarrollado, en otras regiones de Polinesia. Al principio no había sino Po, vacío desprovisto de luz, de calor, de sonido, de forma y de movimiento; de esta especie de caos, o más exactamente, sustancia indiferenciada e imperceptible a los sentidos, salieron, mediante evolución gradual, el movimiento y el sonido, la luz creciente, el calor y la humedad, la materia y la forma y, finalmente, el Cielo padre y la Tierra madre, padres de los dioses, de los hombres y de la Naturaleza toda.

En la isla Sur de Nueva Zelanda, Po engendró a *Luz,* que a su vez engendró a Luz del día; ésta, a su vez, a Luz de larga duración; la cual, a su vez, engendró a Sin posesión; que, a su vez, engendró a Desagradable; éste a Inestable, generador de Sin padre, que engendró a Humedad. Esta se casó con Vasta Luz, engendrando a *Raki* (el cielo). En las islas Marquesas, asimismo, del vacío primitivo salen un hinchamiento, un arremolinamiento, un crecimiento oscuro, un burbujeamiento y un tragamiento; más una infinidad de soportes y de postes, lo grande y lo pequeño, lo largo y lo corto, lo ganchudo y lo curvo; y muy especialmente sale también el Fundamento sólido, el espacio, la luz y una multitud de rocas.

Las islas Hawai ofrecen una variación en el tipo evolucionista, puesto que el vacío tenebroso del que salen todas las cosas no era sino restos de un mundo anterior. La misma concepción se encuentra en Samoa. El Universo tiene como origen una serie genealógica de rocas: en primer lugar, las rocas de arriba y las rocas terrestres (es decir, el cielo y la Tierra), de ellas acaba por salir el pulpo, que tuvo como hijos al fuego y al agua. Entre sus descendientes se produjo una lucha violenta en la cual el agua llevó la ventaja: el Mundo fue destruido por un diluvio y luego fue creado de nuevo por *Tangaloa.*

En cuanto a Rangi y Papa (el cielo y la Tierra), decíase sobre ellos que en un principio estaban unidos. Pero de tal modo enlazados que sus hijos (tenían seis), vivían en profunda oscuridad. Cinco de ellos, hartos de aquella noche eterna, decidieron matarles. El sexto se negó. De los rebeldes, cuatro trataron de conseguir su propósito, pero todos sus esfuerzos fueron inútiles. El quinto, *Tenemahuta,* padre de bosques, pájaros e insectos, tuvo más suerte y al fin consiguió separarles. El sexto de los hermanos, *Tawhirimatea,* dios de vientos y tempestades, prefirió quedarse con su padre. Los otros se repartieron la tierra y el océano. El dios de los vientos, dispuesto a vengar a sus padres, puso en fuga a cuatro de sus hermanos, pero al quinto no pudo vencerle. Esta era *Tumatauenga,* el padre de los hombres. Pero la lucha, que fue feroz, tuvo como consecuencia la desaparición de gran parte de la tierra bajo las olas del océano. En forma más sencilla, esta leyenda relativa a la separación del cielo y de la Tierra se cuenta también en otras tribus polinesias, donde el cielo, en general, es golpeado por alguna vieja con la mano de su almirez, a causa de lo cual se retira alejándose de la Tierra. Esta misma forma de leyenda se ha encontrado también en Filipinas.

En cuanto a los cuerpos celestes, los maorís (o maoríes, nombre de los indígenas de Nueva Zelanda), para explicar su existencia recurren a la teoría genealógica, diciendo que el Sol y la Luna son los hijos de Rangi. Según otro mito, dos dioses, *Vatea* y *Tangaroa,* disputáronse al primogénito de los hijos de Papa, pretendiendo cada uno que él era su padre. Tras mucho reñir, acabaron por entenderse haciendo que Papa cortase al niño en dos. Vatea lanzó al cielo la parte que le pertenecía, que fue el Sol, Tangaroa esperó que la suya se descompusiera para hacer lo mismo. A causa de ello la palidez de la Luna comparada con la del Sol. Otro texto polinesio cuenta que en otro tiempo el Sol atravesaba el cielo con tal velocidad, que los hombres veíanse condenados a pasar la mayor parte del día en la oscuridad más completa. Para remediar tal estado de cosas, *Maui* el héroe, gran demiurgo de los polinesios, se apoderó del astro desbocado y le golpeó con una maza mágica. La paliza era tal, que el Sol, para que cesase, le prometió solemnemente moderar su marcha[996]. En las

---

[996] *Maui* es uno de los mejores ejemplos que se pueden citar para elucidar el carácter y misión de estas figuras tan interesantes. Como otros muchos héroes de epopeyas y cuentos, es el hijo menos importante, el más pequeño, de su familia, abandonado incluso, según ciertos textos, a raíz de su nacimiento, todo lo cual realizará luego su valor y su mérito. Por supuesto, el abandono no impide que un día vuelva a su casa y venza a sus hermanos en toda clase de ejercicios y juegos, tanto atléticos como de sagacidad e inteligencia. Gracias a su fuerza y a su valor, Maui llegó a ser el gran héroe de todo un ciclo de cuentos. He aquí algunas de sus hazañas: Creyendo los polinesios que en un principio la superficie de la Tierra estaba cubierta por las aguas del Océano, para explicar la existencia de sus islas contaban que la Tierra había sido pescada en el fondo del mar; y quien había realizado la proeza, Maui. Otra de sus empresas había sido la conquista del fuego, que obtuvo de las uñas de su abuelo, ser misterioso que habitaba en los Infiernos. Otras versiones cuentan que Maui fue a buscar al dios del fuego en persona, le venció y le arrancó un brazo. Se suele añadir aún que, al traer el fuego, a punto estuvo de originarse una conflagración universal y que sólo invocando a la lluvia pudo Maui salvar al Mundo. En las islas Hawai se contaba que este héroe y sus hermanos vieron de lejos una isla donde cierto pájaro encendía fuego, pero que a la llegada de un mortal lo apagaba inmediatamente. Maui, mediante la astucia, obtuvo no tan sólo un tizón, sino hasta el secreto de la producción del fuego; es decir, que lo podía originar frotando dos pedazos de madera. Posteriormente se llegó hasta atribuir a Maui la separación del cielo y la Tierra. En fin: una vez se puso en camino, decidido a ir a buscar la inmortalidad, en casa de otro de sus abuelos, para traérsela a los hombres. En este caso se trataba no de un abuelo, sino de una abuela, especie de ogresa a la que era preciso sorprender cuando dormía, pues de otro modo se corría el grave peligro de hacer conocimiento inmediatamente con sus agudos dientes. Lo que ocurrió: habiendo hecho ruido los compañeros de Maui, su abuela se lanzó sobre él, y no para desearle la bienvenida. Y como el héroe no era invulnerable (a causa de un error que se cometió al bautizarle), murió a dientes de la ogresa. Acabando con ello tristemente, como tantos otros héroes; que éste parece ser el único premio que espera a cuantos se sacrifican por los demás. Este mito explica por qué los hombres son mortales. Pero no es el único relativo a la cuestión. Ni siquiera en Polinesia. Los maoríes cuentan, por su parte, que Maui sugirió a la Luna que el hombre debía ser inmortal; pero que la Luna no quiso escucharle; siendo, por desgracia (o por fortuna: la cosa es a discutir), la opinión del astro la que prevaleció. Los indígenas de Samoa oponen la pretendida inmortalidad de las ostras a la mortalidad de los hombres. Otro mito polinesio cuenta el origen del cocotero, asegurando que salió de la cabeza amortajada de un águila, *Tuna,* que se había enamorado de cierta joven llamada *Ina,* con la que realizó un matrimonio que recuerda el célebre de *Psiché,* de la novela de Apuleyo. Los polinesios

islas Sociedad y en Hawai dicen, sin dar detalles, simplemente, que el Sol y la Luna han sido creados. En Mangea (islas Kook), el Sol y la Luna son los ojos de *Vatea.* En las islas Sociedad, en Samoa y en Nueva Zelanda son generalmente considerados estos astros como hijos del cielo que posteriormente fueron colocados en él para que fuesen sus ojos.

En las islas Cook, la Luna (que allí es del género masculino), enamorada de una de las hijas de *Kui,* el ciego, bajó a la Tierra y se la llevó. Aun se puede ver hoy en la Luna a la joven con los montones de hojas que ha reunido para hacer tapa (tela de cortezas), así como las piedras con las cuales sujeta esta tela cuando la extiende para que blanquee. Según un relato de Nueva Zelanda, un día, al claror de la Luna,

conocen también el cuento de la mujer hada (familiar asimismo en Malasia, Micronesia y Australia), que abandona a su marido y a toda su familia a causa de la violación de un tabú. *Whaitari,* divinidad del trueno y caníbal de propina, baja a la Tierra para casarse con *Kaitangata,* a la que cree caníbal también. Tras haber tenido varios hijos de él, ésta le abandona, ofendida, a causa de ciertas observaciones hechas por su marido relativas a la predilección de éste por la carne humana. Otro cuento, el de *Tawhaki,* que va en busca de su madre, raptada por los demonios, recuerda el tema, muy conocido en Escandinavia, según el cual ciertos demonios perecen cuando son heridos por los rayos del Sol. Lo que, sin duda, viene de la creencia de que el astro del día y los habitantes del Infierno (los muertos) eran incompatibles. Otro relato cuenta el viaje de un héroe al otro mundo, donde encuentra a una vieja ciega, su abuela, de la que empieza por burlarse, pero a la que acaba por devolver la vista mezclando arcilla con su propia saliva. El maravilloso procedimiento no sorprenderá demasiado a los lectores del Nuevo Testamento. Por cierto que el otro mundo está algunas veces en las regiones celestes, adonde los héroes llegan escalando ora una tela de araña, ora una vid; tema extendido también en el folklore europeo. Pero los polinesios añaden que el mortal aprende allí los sortilegios y los encantamientos; y que se trae del otro mundo una mujer celestial; o bien, que él mismo se queda allí, donde se convierte en uno de los dioses del relámpago. Otro relato muestra cómo el héroe, preparándose para una expedición de *vendetta,* se hace una canoa cortando un árbol y trabajándole. Pero con gran sorpresa suya a la mañana siguiente la canoa ha desaparecido, estando el árbol donde estaba antes de ser cortado; de modo que tiene que empezar la tarea. Hasta que acaba por saber que son los demonios de los bosques los que le persiguen y deshacen su trabajo, por haber olvidado recitar el sortilegio necesario antes de meterse en faena. Lo que recuerda el cuento galo de la fortaleza de *Vortigerne,* en la que los materiales desaparecían cada noche. Para desembarazarse de demonios y ogros, los polinesios recomendaban un método original que consistía en echarles en la boca, cuando la tenían abierta, piedras ardiendo (las piedras sobre las que guisaban). El mito del diluvio les es también familiar.

Rona fue a buscar agua a un regato vecino. Pero al llegar, la Luna desapareció tras una nube, a causa de lo cual Rona tropezó en las piedras y en las raíces. Furiosa, injurió a la Luna, la que, a su vez, indignada, bajó a la Tierra, cogió a Rona y se la llevó con su cántaro, su cesto y hasta el árbol al que para ver de impedirlo se había agarrado. Todo ello se ve aún en la Luna. Las fases de este astro tienen en otro mito maorí la explicación siguiente: Rona (que aquí es un hombre) subió a la Luna en persecución de su mujer. Al llegar allí regañó con el astro y empezaron a devorarse: disputa que aún dura y a causa de la cual la Luna palidece por efecto de la sangre que pierde. De cuando en cuando, ambos toman fuerza y vigor bañándose en las aguas del *Tane,* y una vez repuestos continúa la lucha.

En el relato maorí que cuenta la separación del cielo y de la Tierra se dice que Tane (el mar), tras alejar a sus padres uno de otro, se ocupó en vestirlos y adornarlos. Viendo que su padre, el cielo, estaba desnudo, empezó por pintarle de rojo; pero como no bastaba, fue a por las estrellas a la *Estera del Epacio* y a la *Estera del soporte del Cielo* y las colocó en el cielo, que desde entonces, bien que de día su adorno haga poco efecto, en cambio, de noche le vuelve magnífico. En las islas Marquesas, las estrellas grandes son hijas del Sol y de la Luna, que luego entre ellas se multiplicaron como las hormigas. En las islas Pascua, una mujer a quien su marido quería impedir que fuese a bañarse con otro hombre, escapó al cielo, donde se convirtió en una estrella. Su marido, llevando de la mano a cada uno de sus hijos, la siguió, y los tres forman el tahalí de Orión. Pero la mujer no quiso nada con ellos y se quedó en otro lugar del cielo. En Nueva Zelanda, diversos fenómenos atmosféricos son considerados como manifestaciones del dolor del cielo y de la Tierra, a causa de su separación. En una de las versiones, esta explicación es ofrecida, en forma de adiós que se dirigen los esposos en el momento de separarse: *Raki* (el cielo) dice a *Papa* (la Tierra): «Papa, quédate aquí. He aquí cuál será el signo de mi amor hacia ti. En el octavo mes lloraré recordándote» (estas lágrimas del cielo, llorando sobre la Tierra, son el rocío). Raki dijo aún: «Esposa querida sigue donde estás. En invierno suspiraré pensando en ti» (esto es el origen del hielo). Entonces, Papa dirigió a Raki estas palabras: «Ve, mi querido esposo. En verano seré yo quien me lamentaré por ti» (los suspiros de su amante corazón, que suben al cielo, son las nieblas).

En las islas Cook, el trueno es atribuido a la hija de *Kui,* raptada por la Luna. En su nueva morada, la joven se ocupa constantemente en hacer tapa que, cuando la extiende para que blanquee, carga de piedras para que el viento no la haga rodar y la ensucie. Cuando ya está blanca, quita las piedras y las tira. El ruido que producen cayendo es el trueno. En cuanto a la Tierra, es decir, su origen, en general, las leyendas la hacen salir del mar. Pero el tema tiene variaciones. Según los indígenas de Nueva

Zelanda, salió simplemente del mar. Según los de Minahassa, de una roca que existía ya en el mar, o de una divinidad. De una roca en Samoa. De las virutas del Carpintero celeste, en Tonga. En las islas Hawai, de un pájaro celestial que dejó caer un huevo en el mar (por asimilación a los dioses que habitando el cielo de los pájaros, dejan caer una roca al mar). Las islas son consideradas en varios archipiélagos de Polinesia como pescadas en el fondo del mar por una divinidad (mito común a otras regiones de Oceanía: islas Gilbert, Nuevas Hébridas, Fortuna, islas de la Unión). Según una leyenda de Samoa, *Tagaloa* hizo pescar el archipiélago de este nombre a dos de sus servidores para que sirviese de refugio a los dos únicos hombres que escaparon al diluvio. En Hawai, Tonga y Nueva Zelanda, la pesca de la Tierra constituye una de las hazañas de *Maui*. Los archipiélagos son debidos, según se cree en las Marquesas (y en Aniwa, isla de Nuevas Hébridas), a que una Tierra que había sido pescada de una sola vez, se rompió en varios pedazos en el momento de sacarla. Esto mismo se dice también en Hawai. En Nueva Zelanda se cuenta que cuando la isla fue sacada del mar, cual un enorme pez por Maui, ayudado de sus hermanos, éstos, en contra de lo que les había ordenado Maui, se pusieron a despedazar su presa. Los valles son los cortes que hicieron con sus cuchillos. En Hawai, cierta fuente es la piscina que el hijo de un antiguo jefe había hecho para su hermano en las cavernas en que se habían refugiado para escapar a los malos tratos de su madrastra.

En lo que a los árboles respecta, en Nueva Zelanda, plantas y árboles son considerados como adornos de la Tierra. Adornos que la han sido colocados, ora por su marido, el cielo, ora por su hijo Tane, una vez los dos esposos separados. Tane empezó por plantar los árboles con las raíces hacia arriba; pero encontrando que no producían buen efecto, los invirtió y puso tal cual están[997]. Pero, en general, se atribuye a la vegetación la misión de dar a los hombres frutos y sombra. En cuanto a su origen, ora fueron creados por los habitantes de la Tierra a los que de ordinario se les presta origen divino (islas del Almirantazgo, Carolinas occidentales), ora fueron a buscar las simientes a otra parte (Minahassa), bien fue una divinidad la que los creó (grupo Ralik de las islas Marshall, Marquesas), o

---

[997] En Borneo y en Yap (Carolinas) se hablaba de un gran árbol que colgaba del cielo, ramas hacia abajo, y que servía de medio de comunicación entre la Tierra y la mansión de los dioses. Como el arco iris en otras mitologías.

un dios trajo o envió del cielo las plantas ya hechas (Carolinas centrales, Samoa) o su simiente[998].

En lo que afecta a los animales, cuéntase en Nueva Zelanda que dos viejos salidos de un huevo que un pájaro había dejado caer al mar primitivo, se metieron en una piragua con una joven y un muchacho, más un perro y un cerdo que éstos tenían, y la piragua les condujo a Nueva Zelanda, donde se multiplicaron. En Hawai se cree que tanto los animales como los vegetales salieron del caos oscuro mediante una evolución gradual. Primero nacieron los zoófitos y los corales, seguidos de los gusanos y los moluscos, y al mismo tiempo las algas, seguidas de los juncos. Luego, cuando el limo resultante de la descomposición de los seres anteriores complació a la Tierra extendiéndose por ella, aparecieron las plantas con hojas, los insectos y los pájaros. En seguida el mar produjo sus tipos más elevados medusas, peces y ballenas, mientras que los seres monstruosos se arrastraban por el cieno. Más tarde aparecieron las plantas comestibles. Luego, en un quinto período, el cerdo; en el sexto, los ratones en tierra y los marsuinos en el mar. En fin, tras un séptimo período durante el cual se desarrollaron una serie de cualidades psíquicas abstractas que luego encarnaron en la Humanidad, un octavo período vio nacer a la mujer, al hombre y a ciertos grandes dioses. En Samoa se habla asimismo de una sucesión transformista de los vegetales.

Los mitos concernientes a los animales son poco numerosos en Polinesia y Malasia. En lo que al origen de la Humanidad respecta, según una leyenda maorí, fue Tane, especie de demiurgo del tipo Prometeus, quien creó a la pareja humana formándola con arcilla. En las islas Hawai se atribuye la creación de la pareja humana a una trinidad divina (las trinidades, como los diluvios, son cosa corriente en todas las mitologías), los dioses *Kane, Ku* y *Lono*. En Nueva Zelanda hay aún otra versión, según la cual, Tane se contentó con crear a la primera mujer, casándose con ella en seguida. A causa de ello, por las venas de los neozelandeses

---

[998] Según los kayán, del centro de Borneo, cayó del cielo el mango de un sable, que, enraizando en la tierra, se transformó en un árbol enorme; y de la Luna, una cepa, que se enroscó en torno al árbol anterior. En las islas Marquesas, la mayor parte de los árboles estaban primitivamente en el Infierno. Por ejemplo, el *mei* (árbol del pan). Pero *Pukuha Kaha* bajó al Infierno y luego regresó al Cielo, tras haber enganchado un anzuelo en el tronco del mei; y tirando poco a poco, consiguió arrancarle. El primer mei fue luego plantado por *Opimea* en la bahía de Antitoka. Otro dios, *Tamaa,* guardaba el cocotero en el Infierno. Para procurárselo, *Matala* dio su hija a Tamaa, que, viniendo a habitar en la bahía de Taiohae, se trajo el cocotero y lo plantó en ella.

corre una mezcla de sangre divino-humana. Los maoríes han tenido también sus *transformistas,* que han hecho salir al *Homo sapiens* no, cierto, de un cuadrumano superior, sino de algo mucho más bajo: de una planta acuática. Atisbo certero, pues si, como parece probable, de las formas inferiores de vida a las superiores no hay sino una cuestión de evolución y perfeccionamiento, obra del medio, de la selección, del azar a veces, y del tiempo, quien tal imaginó no dijo nada muy desacertado. En Hawai hacen salir al hombre de cierto gusano que infesta las viñas, una especie de filoxera. Ello podría explicar, de ser verdad, que el hombre vuelva con tanto gusto a la viña si de ella salió, en definitiva. Habrá que estudiar la cuestión despacio, siquiera por excusar a los que dan traspiés llevados por el caldo de la uva. En todo caso, lo que sí se sabe es que jamás los ortodoxos maoríes persiguieron a los heterodoxos autores de estas audacias científicas, lo que es un tanto a apuntar en favor de las religiones naturales[999]. También se encuentra en Polinesia la creencia

---

[999] La explicación o creencia de que los hombres han sido modelados con tierra es la más corriente. Se encuentra no solamente en Polinesia, sino en Sumatra, Halmahera, Minahassa, Mindanao, Nuevas Hébridas y en ciertas tribus australianas cerca de Melbourne. Una vez modelados los hombres, la divinidad les da vida mediante procedimientos variados. Ora mediante un encantamiento (Sumatra, islas del Almirantazgo), ora les insufla el principio vital con su propio aliento (Nuevas Hébridas, Hawai, Nueva Zelanda, tribus australianas próximas a Melbourne), bien mediante el viento (Nías), ya valiéndose de un fluido o un licor que la divinidad va a buscar al Cielo (Borneo, Halmahera). En Minahassa, la divinidad, para dar vida a las criaturas, sopló polvo de jengibre sobre su cabeza y sus orejas. Según los bagobo de Mindanao, escupió sobre ellas. A creer a los indígenas de Sumba y a los bilán de Mindanao, las azotó. Procedimiento inspirado seguramente en el medio de hacer volver a un hombre desvanecido. Según los narrinyeri de Australia del Sur, el creador de los primeros hombres, tras haberlos formado con excrementos, les hizo cosquillas con objeto de hacerles reír, y con ello darles vida. Variante curiosa del tema de la creación es la citada, en virtud de la cual la divinidad crea una mujer y luego se une con ella para dar origen al hombre. Esta creencia es no solamente propia de los polinesios, sino de los indígenas de las islas del Almirantazgo, Salomón e islas de Bouganville. Según otras leyendas, tanto el padre como la madre de los hombres son divinidades (Malasia, Marquesas, Hawai, Haithi). Ciertos mitos declaran incluso que, para cumplir tan importante misión, la pareja divina descendió a la Tierra. Y hasta hay casos en que la diosa es la que desciende a la Tierra, donde es fecundada de una manera insólita, saliendo luego sus hijos de sus ojos o de sus brazos (Carolinas centrales, Martlock). En fin: en Samoa se atribuye el origen de

(islas de Sociedad) de que primitivamente los hombres no tenían forma humana, sino de bola: brazos y piernas se desarrollaron más tarde[1000]. Por su parte, el héroe *Maui* trató de traer al hombre la inmortalidad, yendo por ella al infierno y perdiendo la vida en la empresa.

---

los primeros hombres a un coágulo de sangre; idea también muy extendida en Mindanao, islas Marshall e islas Chatham.

[1000] Una idea semejante se encuentra en diversas tribus australianas y en Tasmania, donde los propios hombres eran *inapertwa,* seres en forma de masa redondeada que no presentaban sino rudimentos de extremidades. Estaban, además, desprovistos de boca, de ojos, de orejas y de nariz. Luego fueron moldeados en forma de hombre por las divinidades o por seres sobrenaturales.

MELANESIA

Según los melanesios, cuanto existía en el universo primitivo era el océano. Algunos hablan de la serpiente mundial, imaginada sin duda para explicar las mareas. Luego, dos demiurgos, *To-Kubinana* y *To-Karvuvu,* pescaron a la Tierra, como Maui en Polinesia. Para explicar la vasta extensión del mar, dicen los melanesios que en un principio estaba confinado en un pozo cubierto. Y que cuando le destaparon, el agua surgió e inundó la Tierra[1001].

Respecto al cielo, en las islas Marshall hay la leyenda siguiente: Luego de que *Loa* hubo creado la Tierra, las plantas y los animales, una gaviota voló e hizo la bóveda del cielo del mismo modo que una araña teje su tela. Si las leyendas para explicar el origen del cielo son raras, en cambio, las que relatan su separación de la Tierra son numerosas en Melanesia. En las Nuevas Hébridas (como en Filipinas y en otras partes de Malasia y Micronesia), el cielo se separó de la Tierra por sí mismo.

En cuanto al Sol y la Luna, en las islas del Almirantazgo son dos hongos lanzados al cielo. En Nueva Guinea se cree que la Luna se escapó de un vaso destapado por un muchacho, pese a que se lo habían prohibido. El astro muestra siempre las huellas de los dedos que trataron en vano de retenerle. Según otra tradición, tras haber robado a una vieja el fuego, que

---

[1001] El mar tiene naturalmente, una importancia primordial para los pueblos insulares. A causa de ello, el que en muchas regiones de Melanesia, Malasia, Micronesia y Polinesia el mar sea considerado como el elemento primitivo sin necesidad de otra explicación. A ellos les bastó siempre tender la vista por el Océano inmenso que los rodeaba por todas partes, que era su fuente de vida y que concebían sin límite, para imaginar que había tenido que existir siempre y antes que toda otra cosa. Por eso, al principio había un mar inmenso sobre el cual bogaba un dios (islas de Sociedad y Marquesas); o por encima del cual volaba un dios (Samoa); o por sobre el cual estaban los Cielos habitados por varias divinidades (islas de Sociedad, Tonga). Existen, no obstante, algunos mitos destinados a explicar el origen del mar. Un primer tipo le atribuye a una fuente divina: fue producto del sudor de *Taaroa* en sus esfuerzos creadores (Naurú, Polinesia); salió al estallar la bolsa de tinta del Pulpo primitivo (Samoa); procede del líquido amniótico de un aborto de *Atanúa,* la hija del dios celeste *Atea* (islas Marquesas). Según otro tema, el mar es posterior a la Tierra. No era en principio sino una mínima porción de agua salada que un individuo guardaba y ocultaba. Otros quisieron cogérsela; pero, al levantar la tapa que cubría el recipiente, se extendió, produciendo una inundación (Baining, Nueva Bretaña, Samoa). Lo que al mismo tiempo constituye una de las leyendas del diluvio.

era de su propiedad, ésta lanzó al cielo lo que le quedaba para que no pudieran hacer igual, originando al hacerlo el Sol y la Luna. Otros cuentan que el Sol era originariamente un ser humano nacido de modo milagroso de la pierna de una mujer. La mayor parte de los melanesios creen asimismo que la noche no existió siempre, sino que un demiurgo llamado *Kat* se la trajo a los hombres.

En cuanto al fuego, que, como acabo de indicar, fue robado a una vieja que lo tenía, un texto de Nueva Guinea atribuye el hurto a un perro, en beneficio de los hombres. Otros pretenden que el ladrón fue un hombre. Pero, en general, sea cual sea el raptor, el fuego pertenecía a una vieja que vivía en una isla. También algunas veces es mezclada una serpiente en el asunto, y entonces es en el vientre de la serpiente donde es preciso ir a buscar el fuego. En Nueva Bretaña es un demiurgo llamado *Emakong,* el que penetrando más allá del fondo de un río trajo a los hombres el fuego, más la noche, los grillos y ciertos pájaros. En Aneityum (Nuevas Hébridas), el Sol y la Luna son considerados como marido y mujer. Primeramente habitaban en la Tierra, en alguna parte lejana allá al Este; pero luego el Sol se marchó al cielo, ordenando a la Luna que le siguiese. En las islas Banks, cuando Kat hubo formado a los hombres, a los cerdos, a los árboles y a las rocas, el día era interminable. Entonces sus hermanos le dijeron: «¡Esto es sumamente desagradable!» Al punto Kat cogió un cerdo y se fue a cambiarle por un poco de noche a la Noche, que vivía en otro país.

La Noche ennegreció las cejas de Kat, le enseñó a dormir e incluso a hacer la aurora. Kat volvió junto a sus hermanos trayendo un gallo y otros pájaros para que anunciasen el día. Una vez con ellos, les dijo que preparasen camas con hojas de cocotero. Esto hecho, vieron por primera vez descender el Sol hacia el Oeste y alarmados gritaron a Kat que el Sol se iba. Este les respondió: «Sí; pronto va a desaparecer. Si veis un cambio en la faz de la Tierra, ello será la noche». Entonces hizo venir la noche. Ellos gritaron aún: «¿Qué es lo que llega del mar y cubre el Cielo?» «La noche—les respondió Kat—. Sentaos a los lados de la casa y cuando sintáis algo en los ojos, acostaos y permaneced tranquilos». Era ya oscuro y los ojos de los hermanos de Kat empezaron a cerrarse: «—¡Kat! ¡Kat! —¿Qué ocurre? —¿Vamos a morirnos? —No. Cerrad los ojos. Así. Ahora ¡dormid!» Cuando la noche hubo durado bastante, el gallo empezó a cantar y los pájaros a gorjear. Kat cogió un pedazo de obsidiana roja y cortó la noche. La luz sobre la que la noche se había extendido, brilló de nuevo, y los hermanos de Kat despertaron. Según los sulka de Nueva Bretaña, un hombre, *Emakong,* trajo la noche al mismo tiempo que el fuego tras un viaje al país subterráneo de los hombres-serpientes. Le dieron un paquete conteniendo: noche, grillos que la anuncian y pájaros que cantan a la aurora. Una leyenda del sur de Nueva Guinea inglesa cuenta que un día un hombre, haciendo un agujero muy profundo, descubrió un pequeño objeto que brillaba allá en el fondo. Lo cogió, pero el objeto empezó a aumentar de tamaño, escapándosele de las manos. Luego se elevó hasta el cielo, donde fue la Luna. El brillo de este astro hubiese sido mayor de haber permanecido en la Tierra hasta haber nacido naturalmente. Las manchas de la Luna son también aquí objeto de explicaciones míticas, como ya hemos visto por el cuento del chico que la sacó del cántaro donde la tenía escondida una vieja. En el estrecho de Torres, que, como se sabe, separa Nueva Guinea de Australia, la constelación del Águila es una ogresa, y la del Delfín un hombre que la mató. Las tribus costeras de la península de la Gacela (Nueva Bretaña) creen que las islas que forman este archipiélago fueron pescadas por dos hermanos, que son para ellos los primeros hombres y los héroes civilizadores. Una leyenda análoga se encuentra en las Nuevas Hébridas meridionales.

Los mitos destinados a explicar no el origen de los seres vivos en su conjunto, sino los caracteres especiales de tal o cual especie son bastante raros en lo que afecta a los vegetales. No obstante, véase uno de Aoba (Nuevas Hébridas), relativo al ñame (planta de uso muy corriente en los países tropicales, cuya carne es parecida a la batata); un ñame salvaje había injuriado a un milano. Éste le cogió, echó a volar, y ya en lo alto le dejó caer. Otro milano hizo otro tanto. Al caer por segunda vez la planta se rompió en dos pedazos, que los milanos se repartieron. Ello explica por qué ciertos ñames son buenos y otros malos. Los mitos relativos a los animales, poco abundantes en Malasia y Polinesia, abundan en Melanesia y, sobre todo, en Australia. En una leyenda de Nueva Guinea inglesa, habiendo sido la tortuga sorprendida cuando se comía los plátanos y las cañas de azúcar de *Binama,* el pájaro-rinoceronte, fue cogida, llevada a la casa del pájaro y atada a un poste antes de ser muerta y comida, a lo que había sido condenada. Habiendo partido los pájaros de caza con objeto de completar el festín, la tortuga se quedó sola con los hijos de sus carceleros. Entonces les persuadió de que la desatasen para poder jugar con ellos. Una vez suelta se adornó con las joyas de Binama y se puso por sobre la espalda una escudilla de madera, lo que divirtió mucho a los hijos de los pájaros. Al oír llegar a éstos la tortuga escapó y se escondió en el mar. Los pájaros volaron tras ella y le tiraron piedras, que rompieron las joyas, pero no la escudilla. Desde entonces la tortuga lleva siempre sobre la espalda la escudilla de Binama. Un tipo frecuente de leyendas explica, al mismo tiempo que relata algo, el carácter de los animales que intervienen en ellas. Tales, los cuentos del perro y del canguro, de la península de Gacela (Nueva Bretaña) y el de la rata y el rascón (polla de agua).

En cuanto a la Humanidad, en Baining (Nueva Bretaña) y en las islas Banks se la considera salida de varias parejas de individuos. Pero la mayoría de las leyendas en todo el resto de Oceanía las hacen provenir de una pareja original. A veces el mito se contenta con explicar el origen de uno solo de los individuos, ora el varón, ora la hembra, limitándose a añadir que encontró al otro. Tal ocurre en las Nuevas Hébridas (y lo mismo en Batak de Sumatra, Minahassa, Carolinas occidentales, islas Marquesas y de Cook y diversas tribus de Australia del Norte). En las islas del Almirantazgo y en las Banks los primeros hombres fueron tallados en un tronco de árbol, dándoles luego la vida mediante un encantamiento, en las primeras, y bailando y tocando el tambor, la divinidad, en las islas Banks. En las islas del Almirantazgo hay también la leyenda que hace salir a los hombres de huevos de pájaro o de tortuga (y lo mismo en Mindanao, estrecho de Torres, Viti e islas Pascua). Ciertos mitos de las islas del Almirantazgo ofrecen una curiosa anticipación de la moderna teoría de las mutaciones: una tortuga, o una paloma, pusieron al mismo tiempo varios huevos, de los cuales unos produjeron animales y otros hombres. En otra leyenda de las islas Banks, el primer hombre fue formado con arcilla y la primera mujer fue trenzada con juncos. Entre los elemas de Nueva Guinea, el primer hombre nació del suelo, y la primera mujer de un árbol. Según los baining de la Nueva Bretaña, el Sol y la Luna, que primitivamente eran los únicos seres existentes, tuvieron como hijos piedras y pájaros: las piedras se tornaron hombres; los pájaros, mujeres. Uniéndose engendraron a los primeros bainings. En la península de la Gacela la divinidad creó a los dos primeros hombres, uno de los cuales, a su vez, hizo a las dos primeras mujeres con nuez de coco. Otras leyendas tratan incluso de explicar las diferencias de razas. En Nueva Bretaña, la diferencia entre los papúes, de piel oscura, y los melanesios, de piel clara, se explica por la diferencia de color entre las nueces de coco, que llegaron a ser las dos primeras mujeres.

Como es lógico, los melanesios tienen mitos relativos al origen de la muerte. En las islas del Almirantazgo se la atribuye a la locura del hermano de Kat, que enterró a los hombres que acababa de crear. En otras partes es atribuida la muerte a la voluntad de un dios malo, opuesto al deseo de una divinidad benéfica que prometió al hombre la inmortalidad, cambiando de piel, como las serpientes (Baining, islas Banks, Nuevas Hébridas). También en Baining, Nueva Bretaña y en las islas Pelew los hombres primitivos eran como las piedras, que no mueren; o como los árboles y plantas, que vuelven a retoñar una vez cortados. Es decir, que en un principio eran inmortales, no dejando de serlo sino más tarde. En otras islas de Melanesia la responsabilidad de que el hombre sea mortal corresponde a una mujer, que con objeto de hacerse reconocer por su hija, se volvió a poner la piel que había cambiado. En las islas del Almirantazgo se habla también de la ingratitud de un hombre protegido por un árbol, al que engañó luego. Le había prometido dos cerdos blancos y sólo le llevó uno blanco y el otro negro, pero pintado con cal. El árbol no solamente descubrió el engaño al punto, sino que le dijo que en adelante no contase con su protección, y desde entonces los hombres mueren.

En Melanesia es atribuido el diluvio, a veces, a la venganza de un demonio-pez. También es conocida la leyenda de los mortales que osan subir al Cielo por el mismo procedimiento que cuentan varias leyendas americanas: tirando una flecha que se queda enganchada en la bóveda celeste; luego otra, que se clava en el extremo libre de la primera, y así muchas más hasta formar una fila por la cual trepan los arqueros.

El papel del demiurgo no es menos considerable entre los melanesios que entre los maoríes. Pero lo que distingue en este aspecto a los mitos melanesios es su carácter sorprendentemente dualista. Aquí, en Melanesia, siempre se trata de dos hermanos, uno de los cuales es sabio y prudente y el otro tonto. O de un grupo de diez o doce hermanos, de los cuales los últimos ofrecen este contraste[1002].

[1002] Ya hemos visto cómo en Nueva Bretaña uno de los demiurgos, *To-Kabinana,* creó la primera mujer. Y cómo su hermano, *To-Karvuvu,* tratando de imitarle, creó otra, a la que enterró, causando con ello la muerte de los humanos. Cuando To-Kabinana recomienda a To-Karvuvu que tenga cuidado de la madre de ambos, éste la quema viva. Cuando To-Kabinana crea un pez útil que empuja a los otros hacia la orilla para que caigan en manos de los pescadores, To-Karvuvu crea un tiburón. O. Dahnhardt ha demostrado que ello es debido a una influencia del sistema mazdeíta llegado desde Persia. En otros sitios los héroes opuestos presentan menos diferencia. En las islas Leprés, estos héroes antagónicos son llamados *Tagaro* y *Sukematua.* El primero crea los frutos buenos para comer; el segundo no produce sino frutos inútiles, etc. A veces el demiurgo tiene varios hermanos que no le aman, lo que justifica la superioridad del héroe, el menor de la familia, como ya he dicho, que necesita mayor fuerza, valor e inteligencia para escapar a las asechanzas de los otros. Sobre Tagaro se cuenta el siguiente mito: Para desembarazarse de su hermano, que era estúpido, le pidió que le quemase dentro de su casa, con lo cual él llegaría a ser el único que tuviese poder. Su hermano se prestó con alegría a hacerlo. Pero como Tagaro se había preparado una salida por debajo de su morada, cuando ésta ardió enteramente, apareció intacto y rebosando salud. Entonces su hermano, al verle mejor que nunca, le rogó que hiciese otro tanto con él. Y, naturalmente, pereció abrasado. Este mismo relato es conocido en varias versiones de la India.

AUSTRALIA

La semejanza que se encuentra entre muchos mitos de Australia y otros de Melanesia y Polinesia induce a creer que tuvo que haber relaciones de isla a isla entre ellos; probablemente a través del estrecho de Torres. Por ejemplo, en Australia se encuentra la misma creencia que en las otras dos regiones de Oceanía de que un océano primitivo cubría toda la superficie de la Tierra. En Vitoria había asimismo el mito de que la noche era una innovación, y que al principio el Sol no se acostaba jamás. Como explican la existencia de un gran lago mediante la leyenda del pozo destapado; aquí, por varios pájaros. Imaginan también que el fuego estuvo oculto, al principio, en el cuerpo de un animal, generalmente una serpiente. La Luna condena al hombre a morir por negarse éste a traerla algunas culebras, consideradas como los perros del astro de la noche. Todo ello, más o menos modificado, ya lo hemos visto en los mitos de Melanesia y Polinesia. Claro que, como vamos a ver ahora, los australianos tienen también sus mitos propios. Por ejemplo, los antepasados-totems eran supuestos nacidos del suelo. En los casos en que los primeros hombres son imaginados como seres imperfectos, se atribuye a una divinidad celeste la tarea de perfeccionarles. En la región de Melbourne se cree en un dios monoteísta primitivo, *Pundjel,* que, como Yahvé, forma a los primeros hombres con arcilla y los anima con su aliento. En Vitoria se atribuye la creación del hombre no a Pundjel, sino a su hijo.

En lo que al Sol respecta, según diversas tribus del sur de Australia, este astro salió de un huevo de emú (especie de ñandú), lanzado al Cielo. En Queensland, el Sol (una mujer) fue hecho por la Luna, con dos piernas, como los hombres, pero con cuatro brazos, que pueden verse, extendiéndose en forma de haces de rayos, cuando se levanta o se acuesta. Según los euahlayi, en una época en que no existía el Sol, sino tan sólo la Luna y las estrellas, un hombre, habiéndose enfadado con el emú, su compañero, corrió a su nido, cogió uno de los enormes huevos y lo lanzó al cielo con toda su fuerza. Al chocar con él, se deshizo como si hubiera sido un haz de leña, inflamándose inmediatamente. Según los arunta, en el período mítico la Luna era propiedad de un hombre del tótem, Opossum. Otro hombre se la quitó. El propietario, no pudiendo alcanzarle, gritó a la Luna que se subiese al cielo, lo que ésta hizo. Según los mismos aruntas, el Sol es una mujer que salió del suelo (como muchos de los antepasados, totems primitivos), y más tarde subió al cielo llevando un tizón en las manos. A creer a los warramanga de Australia del Norte, la Luna salió del suelo con forma de hombre. Habiendo un día encontrado a una mujer, la llamó y se sentaron por tierra para charlar. Un incendio causado por la torpeza de dos halcones les rodeó de llamas y la mujer fue gravemente herida. Entonces la Luna, cortándose una vena, roció de sangre a la mujer, que gracias a ello volvió a la vida. Luego los dos subieron al Cielo. Según los ribereños de la bahía de la Princesa Carlota (Queensland), un día que dos hermanos del clan Alcotán buscaban miel, uno de ellos, que había metido un brazo en el hueco de un árbol, no pudo sacarle. Su hermano acudió en su ayuda; pero a todos a cuantos pidió que le auxiliasen se negaron, excepto la Luna. Ésta (que era hombre) trepó al árbol, metió su cabeza en el hueco que formaba el tronco por la parte superior y estornudó con mucha fuerza. Con tanta, que la presión del aire lanzó fuera el brazo prisionero. Para vengarse de cuantos se habían negado a ayudarle, el hermano prendió las hierbas con objeto de achicharrarles. Pero antes puso a la Luna en seguridad en diferentes sitios; finalmente, como el incendio lo alcanzaba todo, en el cielo, para que se salvase.

He aquí cómo explican en Australia el origen del día. Según las tribus del Sureste, cuando el huevo de emú lanzado al cielo hubo dado nacimiento al Sol, incendiándose como un haz de leña seca, él mismo decidió hacerlo así todos los días, y ello ocurre desde entonces; para que tal cosa pueda suceder, el Sol, en unión de sus servidores, amontona leña seca todas las noches, leña que luego prende al día siguiente. Según los arunta y las tribus emparentadas con ellos de la Australia central, la mujer que subiendo al cielo llegó a ser el Sol, baja cada mañana a la Tierra y vuelve a subir al cielo por la noche. En ciertos sitios dicen que hay varios soles que suben al cielo sucesivamente. Según los narrinyeri de Australia del Sur, el Sol es una mujer que cada noche va a visitar el país de los muertos. Cuando vuelve a la Tierra, los hombres la invitan a permanecer con ellos, pero no puede hacerlo sino un momento, pues es preciso que esté dispuesta para su viaje del día siguiente. En recompensa de los favores que ha concedido a este o a aquel, se le regala una piel de canguro rojo; por lo que cada mañana aparece, a su llegada, vestida de rojo. Según otro mito de los arunta, al principio un hombre del clan Opossum murió y fue enterrado. Pero algún tiempo después volvió a la vida en estado de niño. Llegado a la edad de hombre murió una segunda vez, y subió al cielo, donde llegó a ser la Luna; desde entonces ésta continúa muriendo, periódicamente, y renaciendo. En Nueva Gales del Sur, la Luna es un viejo que antes de subir al cielo se hizo daño en la espalda, cayendo desde lo alto de una roca; a causa de ello marcha inclinado; y por ello la Luna tiene la espalda recurvada cuando aparece cada mes. En los distritos del noroeste de Vitoria, a y 6 de la constelación del Centauro son dos héroes, los hermanos *Brambrambult,* que subieron al cielo tras haber realizado numerosas hazañas. Según los narrinyeri de la bahía del Encuentro (Australia del Sur), las dos mujeres de *Nepelle* le dejaron para irse con

Wuyngare. Para escapar a la venganza del marido ultrajado, los tres subieron al cielo y se convirtieron en estrellas, que aún se ven. Los euahlayi de Nueva Gales del Sur tienen leyendas parecidas.

Viniendo a los mitos de animales, según una tribu de Australia del Sur, la tortuga tenía en un principio colmillos venenosos, que no la eran indispensables, puesto que podía refugiarse en el agua. La serpiente, por el contrario, desprovista entonces de colmillos, carecía de medios de defensa. La tortuga dio sus colmillos a la serpiente, y ésta a ella una cabeza como la suya. Las manchas rojas de las plumas de diversos pájaros son atribuidas al fuego; las de la parte superior de la cabeza del rascón de agua fueron debidas a *Maui,* que le frotó la cabeza con un tizón para castigarle, pues este pájaro había querido engañarle sobre la manera de producir el fuego (Hawai); las de las plumas de la cola del reyezuelo son debidas a que cuando fue a buscar el fuego al Sol quiso quedarse con él y le escondió en su cola (Queensland). Los wongibón de Nueva Gales del Sur tienen una leyenda semejante para las cacatúas negras y para el alcotán. Los gritos de ciertos pájaros han recibido también explicaciones míticas. Según ciertas tribus del sur de Australia, cuando la divinidad celeste hubo instituido la vuelta cotidiana del día, decidió primeramente que la estrella de la tarde anunciase al Mundo la aparición próxima del Sol. Pero encontró este anuncio insuficiente a causa de que los que dormían no podían ver la estrella. Entonces encargó también al pájaro llamado gurgurgahgah que lanzase cada aurora, cuando la estrella de la tarde palidece, su grito, semejante a una risa, para despertar al Mundo anunciando que el Sol brillaría pronto. Otra leyenda australiana explica a un tiempo no tan sólo el grito del zarapito (variedad de chorlito), sino el porqué de sus patas rojas y descarnadas. El zarapito era primitivamente un halcón. Enviado por las mujeres de su tribu a cazar emúes y no habiendo sido capaz de encontrarlos, trajo, como resultado de una caza que no había hecho, pero cuyo fracaso no quería confesar, trozos de carne que se había quitado de sus propias patas. Descubierto, fue convertido en zarapito. Desde entonces este pájaro tiene las patas rojas y descarnadas y pasa la noche gritando: «Buyu-gwai-gwai», es decir: «¡Ay mis pobres patas rojas!» Otra leyenda de los euahlayi cuenta lo siguiente: En otro tiempo el cuervo era blanco. Un día que la grulla había pescado muchos peces, le pidió unos pocos. Pero ella le dijo: «Espera a que estén cocidos». Aprovechando que la grulla estaba de espaldas, el cuervo trató de quitarle algunos. Pero la grulla, habiéndolo advertido, le tiró un pez a los ojos. Cegado por el golpe, el cuervo cayó sobre la hierba quemada, revolviéndose de dolor sobre ella. Cuando se levantó tenía, como ya siempre después, los ojos blancos y el cuerpo negro. Entonces esperó la ocasión para poder vengarse. Y un día que la grulla dormía con la boca abierta, le metió una espina en la base de la lengua. Despertando la grulla trató de escupir la espina, sin poderlo conseguir. Desde entonces no puede decir sino «gah-rah-gah». Otras historias semejantes son referidas a propósito de las costumbres de los animales. Por ejemplo, ésta de Queensland: En otro tiempo, el halcón-pescador, tras haber envenenado con raíces una extensión de agua, se fue a dormir esperando que el pescado saliese a la superficie luego de amodorrarse. Entre tanto llegó un faisán, que al ver a los peces debatirse entre dos aguas, los mató a golpes de azagaya. A su vuelta, el halcón escondió la azagaya en las ramas superiores de un árbol altísimo. El faisán acabó por verla; pero demasiado perezoso para subir tan alto, causó un desbordamiento de la costa, que se llevó los peces envenenados y tras ellos al halcón-pescador. Desde entonces éste vive únicamente en la costa, mientras que el faisán continúa suspirando en vano por su azagaya junto a la copa de los árboles más altos.

Sobre la creación del hombre, algunos indígenas australianos, por ejemplo los de las islas Pelew, se contentan con decir que los primeros hombres fueron creados por una divinidad mediante alguna materia ya existente, pero sin dar otras explicaciones. Otras veces hablan del modo y aun de la materia con que fueron formados los primeros hombres. Según ciertas tribus del norte y del sur de Australia, esta materia fueron los excrementos. En cambio, los australianos de la región de Melbourne dicen que con tierra; que, desde luego, es la opinión más corriente en todos los archipiélagos de Oceanía. Y que tras haberlos formado con tierra, les dieron vida mediante su aliento. Según los narrinyeri, el creador, tras haber modelado a los hombres con excrementos, para darles vida les hizo cosquillas con objeto de que riesen. Según otras tribus de la región de Melbourne, la divinidad bailó tras formar a los primeros hombres, ora de alegría, ora para hacerles reír, ora, tal vez, como recurso mágico. En otras tribus, los antepasados totems de diferentes clanes salieron del suelo: unas veces con formas de animales, otras con forma humana. A veces las diferencias de sexo se explican en vista de la diferencia de materia empleada en la confección de los seres. En ciertas tribus de Queensland, el hombre fue hecho con piedra y la mujer con boj. Según una tribu de Vitoria, mientras los dos primeros hombres fueron creados por el dios *Pundjel* con arcilla, las dos primeras mujeres fueron encontradas en el fondo de un estanque por su hermano *Pillyán*. En las tribus de los alrededores de Melbourne, la distinción entre la raza de cabellos lisos y la de cabellos crespos asciende a los dos primeros hombres, a cada uno de los cuales el Creador dio una clase diferente de pelo.

Los australianos conocen el mito del diluvio e incluso le refieren de varios modos diferentes. Según uno, todas las aguas habían sido tragadas por una rana; la anguila consiguió hacerla reír e inmediatamente que abrió la boca las aguas se precipitaron por ella, causando una gran inundación. Según otro texto, el diluvio fue el castigo impuesto a los hombres por haber cogido a un monstruo marino.

El número de mitos que explican cómo el hombre llegó a procurarse el fuego no es menor ni de menor interés. En general, se supone que el fuego estaba en poder de algún animal y que otros animales se lo robaron para traérselo a los hombres. Ora se trata de un verdadero robo, ora de una astucia mediante la cual se hace reír a su propietario con objeto de distraerle y entonces arrebatarle el fuego. El animal portador del fuego es, por lo común, un pájaro, el cuervo. Ello, sin duda, para explicar, como en otros sitios, el porqué de su plumaje negro; plumaje extraño en países en que, por lo general, las aves están adornadas de plumas vistosísimas. En una leyenda de Queensland, el fuego estaba en el cielo, y un reyezuelo (pájaro) fue quien lo cogió y se lo trajo a los hombres. (Una leyenda absolutamente idéntica hay en las islas Normandas.) Otros cuentos etiológicos refieren cómo la grulla fue la primera en encender fuego frotando dos trozos de madera. También se encuentra otra explicación atribuyendo el hallazgo del fuego a accidente casual.

La cadena de flechas para escalar el Cielo, según hemos visto en Melanesia, existe también en Australia. Pero aquí en vez de flechas, que estos indígenas desconocen, la cadena se forma con jabalinas, que es su arma de guerra y de caza.

MICRONESIA

En Micronesia hay también la idea de que en un principio cuanto existía era el vasto océano. Luego la creación de la Tierra es atribuida, así como cuanto en ella existe, ora a la diosa *Ligobund,* ora a un ser divino, cuyo nombre es *Loa;* bien a una araña. A propósito de esta última hay el siguiente curioso mito: Al principio no había sino el mar, por encima del cual se cernía Antigua-Araña. Habiendo encontrado un día una tridacna[1003], la cogió y trató de ver si aquella cosa no tenía alguna abertura que la permitiese introducirse en ella. Pero no pudo encontrarla. Entonces la golpeó, y como sonase a hueco, dedujo que estaba vacía. Repitiendo un conjuro consiguió entreabrir un poco las valvas y se metió por la rendija aquella. Pero no podía ver qué había allí, puesto que el Sol y la Luna no existían aún. Además no podía estar de pie, pues no había sitio para ello. A fuerza de buscar por todas partes acabó por descubrir un caracol. Para darle poder le colocó bajo su brazo y luego se acostó y durmió durante tres días. Buscando aún, encontró un segundo caracol, mayor que el primero, al que trató del mismo modo. Luego dijo al primero: «¿No podrías abrir un poco esta habitación con objeto de que pudiéramos sentarnos?» El caracol dijo que sí y abrió un poco más la concha. Entonces Antigua-Araña cogió al caracol, y colocándole delante de la mitad oeste de la concha, hizo de él la Luna. Con ello hubo un poco de luz, gracias a la cual Antigua-Araña vio que del cuerpo del gusano manaba un sudor salado que, amontonándose en la valva, formó el mar. Por fin, el gusano levantó muy alta la valva superior, haciendo con ella el cielo. *Rigi,* el gusano, agotado por el esfuerzo, murió. Antigua-Araña hizo al Sol con el segundo caracol y puso a su lado la valva inferior, que fue la Tierra.

En las islas Gilberto, el Sol y la Luna, lo mismo que el mar, son hijos del primer hombre y de la primera mujer, creados éstos por *Na Reau.* Aunque al separarse de ellos les prohibió tener hijos, tuvieron a los tres mencionados: Sol, Luna y Mar. Informado el dios de su desobediencia, por el águila, su mensajera, Na Reau cogió su enorme maza y fue a la isla donde los había dejado. Espantada la primera pareja, se arrojó a sus pies suplicándole que no les matase. «Nuestros hijos—le dijeron—nos son

---

[1003] Las *tridacnas* son moluscos enormes. Tan grandes, que con sus valvas se hacen a veces pilas para el agua bendita. Las dos de la iglesia de San Sulpicio, de París, ofrecidas a Francisco I por los venecianos, pesan cada una de ellas más de cien kilos.

muy útiles: el Sol nos permite ver claro, y cuando descansamos es reemplazado por la Luna; el Mar nos alimenta con sus peces». Convencido por estas razones, Na Reau se marchó sin hacerles daño.

La Tierra fue creada por una serpiente que flotaba en el mar (islas Marshall). Según otra leyenda de las islas Norú, la Tierra fue separada del mar por una mariposa, Rigi. *Loa,* la divinidad, creó con la magia de su palabra, según dicen, en el grupo Ralik de las islas Marshall, primero la tierra firme, luego la tierra vegetal, después las plantas y, en fin, los pájaros. En cuanto al género humano, según un mito de las Carolinas occidentales, desciende de los tres hijos de la diosa Ligobund. En las Carolinas centrales se cuenta que la hija, *Ligoapup,* del dios creador *Luk,* concibió tras haberse tragado bebiendo a un pequeño animal (en la epopeya irlandesa hay un relato semejante). En otras leyendas, los hombres nacen de los brazos y de los ojos de Ligoapup. En las islas Gilbert hacen descender al género humano de una roca. En las islas Pelew, el primer hombre fue creado por el dios, y la primera mujer, por la diosa de la pareja divina primitiva.

Para explicar el origen de la muerte se imaginó la disputa entre dos divinidades: *Obagat,* favorable a los hombres, y un pájaro que no lo era. Obagat deseaba que el hombre fuese inmortal, y llegó hasta enviar a su propio hijo a buscar el agua de la inmortalidad; pero el pájaro perverso se las arregló de modo que el agua se derramase cuando el mensajero volvía con ella. A causa de ello, el árbol sobre el que cayó el agua maravillosa fue inmortal, mientras que el hombre, privado de ella, muere. Según otro texto, son un hermano y una hermana los responsables de la catástrofe. Su abuela les había pedido al morir que la enterrasen, pero que la exhumasen al séptimo día y la verían renacer joven y bella. Negligentes con tan sagrado deber, empezaron tarde la exhumación y a causa de ello los hombres mueren sin remedio.

Más de un cuento refiere en Micronesia cómo el hombre obtuvo el fuego. Según unos, Obagat fue quien enseñó a los hombres a hacer fuego frotando dos pedazos de madera. Según otros, se con tentó con enviarles un pájaro celeste portador del fuego. Una tercera versión atribuye el hallazgo del fuego a una casualidad dichosa. El mito del diluvio también es conocido en Micronesia. Tan sólo escalando las montañas más altas pudieron escapar algunos hombres.

Olafat, hijo de Luk, divinidad de un sistema vagamente monoteísta, es aquí el demiurgo; favorable unas veces a los humanos y otras adverso. Pues, por ejemplo, el tiburón, que en un principio carecía de dientes, siendo, a causa de ello, incapaz de hacer daño, Olafat se los dio, transformándole en uno de los grandes enemigos de los mortales.

MALASIA

En Malasia existe también el mito del océano primitivo anterior a toda otra cosa. Según una leyenda de Borneo, dos pájaros que volaban por encima de este mar primitivo, se zambulleron, sacando dos variedades de huevos, con los que hicieron el cielo y la Tierra. Según los kayán de Borneo, la Luna es uno de los descendientes del ser sin brazos ni piernas nacido del mango de un sable o del huevo caído del cielo. También en Borneo se cree que la Tierra era una roca lanzada desde el cielo por los dioses. En Sumatra, la Tierra se formó con la arena echada desde el cielo sobre la cabeza de una serpiente que estaba en el mar. Los kayán tienen relatos especiales en lo que afecta al origen de la tierra vegetal. Según uno de ellos, en la superficie de una roca echada en el mar primitivo, se formó limo en el que nacieron gusanos. Estos, horadando la roca produjeron arena, con lo cual la roca acabó por cubrirse de tierra. Según otro relato, un liquen cayó del cielo sobre una roca y enraizó en ella; entonces vino un gusano y sus excrementos formaron la primera Tierra. Según estos mismos kayán, los valles fueron horadados y producidos por un cangrejo caído del cielo. En el noroeste de Borneo, cuando los pájaros hubieron hecho el cielo y la Tierra con los huevos que sacaron del mar, las dimensiones de la Tierra sobrepujaban a las del cielo. Para ajustaría, la comprimieron, produciendo con ello las montañas. En diversas tribus de Sumatra, los temblores de tierra van unidos a mitos cosmogónicos. El tema general es que la creación de la Tierra molestó a un ser ya existente que reaccionó de un modo violento, destruyéndola. El creador trató de impedir mediante precauciones adecuadas, que destruyese la nueva que creó, pero el mal humor del otro sigue causando los terremotos.

En cuanto a los vegetales, éstos provienen de semillas enviadas por los dioses. Según los kayán, del cielo cayó no sólo el puño de sable que echó raíces, sino una cepa que se enroscó en él. En cuanto a las diversas especies de animales, provienen, según una creencia muy extendida en Borneo y Filipinas, de los pedazos de un ser que cambiaba y se dividía de modo diferente según las diversas regiones. Según los kayán, los animales salieron de las hojas y de las ramas del árbol milagroso que en los orígenes cayó del cielo a la Tierra.

La mayor parte de las tribus malasias hacen descender al género humano directamente de los seres celestiales que bajaron a la Tierra por una causa que se ignora. Según otra versión, en los escollos del océano primitivo nació la primera diosa, *Luminuut,* que se encargó de la construcción del Universo. Los hombres fueron hechos de hierba, según los ata de Mindanao. Con cañas, a creer a los igorot de Luzón. Con la suciedad de la piel, en opinión de los filipinos. Según los kayán, los primeros hombres eran hijos del árbol y de la vid. Pero existe aún otro relato, según el cual la primera pareja humana nació de la unión del puño de una espada y de una rueca, ambas cosas lanzadas por una pareja celestial. Los habitantes de Borneo conocen también el mito de la gran serpiente del mar, cuya cabeza estaba coronada por una joya y que llevaba y sostenía al Mundo. Esta serpiente explica, en virtud de sus movimientos, no tan sólo las mareas, sino los temblores de tierra. Otros mitos hacen nacer al hombre de un árbol tras haber sido éste fertilizado por un pájaro. En las islas Filipinas se hace nacer a la primera pareja humana de un huevo o de dos puestos por un pájaro. También existe el mito de la creación del hombre con tierra o arcilla por un demiurgo. En la isla de Borneo han sido recogidos varios relatos dualistas. Una divinidad buena forma la primera pareja humana; pero durante su ausencia (va al Cielo a pedir ayuda al ser supremo), otra divinidad mala se mezcla en el asunto y da vida a las formas perjudiciales abandonadas por la otra, formas que originan las enfermedades y la muerte.

El fuego fue obtenido gracias a un servicio prestado por varios animales. El perro y la cierva en cierta versión. Otra versión cuenta que un humano fue enviado al Cielo para que trajese el fuego. Y que el mensajero observó cómo los dioses lo obtenían mediante una piedra y un pedazo de acero. Lo que comunicó a su vuelta.

Respecto a la muerte, hay varios relatos. En Borneo se cuenta que fue el viento quien intervino cuando el demiurgo se ocupaba de dar vida a la primera pareja humana, haciendo que olvidase el pensar en la inmortalidad. En la misma isla se dice que el ser supremo, tras haber terminado la obra de la creación, proclamó que todo ser que cambiase de piel sería inmortal. La serpiente no se hizo repetir la invitación; pero el hombre que en aquel momento no estaba allí, no lo supo e imposible le fue aprovechar tan deseada, luego, oportunidad.

Como se ve, en todas partes los hechos fundamentales (aparición de la vida y con ella de cuanto existe, y su fin por obra de la muerte) preocuparon a los hombres; así como la explicación de las grandes realidades (astros que poblaban el cielo y mucho de lo que afectaba a la Tierra, especialmente los grandes cataclismos: volcanes, terremotos, inundaciones, etc.), todo lo cual, sorprendidos e inquietos, trataron de explicarse poniendo en juego la *fantasía,* facultad del espíritu que inmediatamente se puso a su disposición. Naturalmente, ello les hizo imaginar la serie de fábulas mítico-religiosas que brevemente han sido enumeradas. Pero como era natural también a causa de ser la fantasía, por rica que sea, limitada como todo lo humano, el que muchos de estos mitos religiosos (formación del Universo y de los dioses, cielos, infiernos, esperanzas póstumas, diluvios, trinidades, vírgenes-madres, actos de magia divina, etc.), apareciesen los mismos o muy semejantes en muchas partes. Pues bien, para cerrar el ciclo de fantasías mítico-religiosas no nos falta sino exponer, que es lo que vamos a hacer a continuación, una serie de ellas por las que hasta ahora no se ha entrado sin duda considerándolas, sin razón, fuera de este campo: la *mitología bíblica,* de la que pasamos a ocuparnos.

MITOLOGÍA BÍBLICA

EL ANTIGUO TESTAMENTO

Se ha pensado y se ha dicho que el hombre representa el último eslabón de la cadena de la vida en nuestro planeta. De tal modo que cuando la fantasía habla del «superhombre», es decir, de una raza o variedad de hombres superiores a los actuales, es difícil imaginar esta superioridad fuera de la esfera de la inteligencia que, a causa de haber alcanzado al fin un estado mucho más perfecto, libre a los humanos, *físicamente,* de todas o casi todas sus debilidades e imperfecciones de esta clase (enfermedades, dolores y molestias orgánicas); *mentalmente,* de la ignorancia y fanatismos que hoy dominan y ensucian la casi totalidad de los espíritus; *moralmente,* y tras haber fijado un tipo de virtud a base de serenidad y limpieza mental, que se consiga gracias a ello mirar con generosa benevolencia, pero no como cosa deseable, las que hoy muchos estiman y consideran como tales virtudes. En una palabra: una claridad y una potencia de inteligencia que hagan del hombre, si ello es posible, un verdadero «superhombre» a causa de haberle librado de las torpes, feas y falsamente culturales costras de todo tipo (morales, religiosas, políticas y hasta muchas sociales) que hoy no solamente se sufren, sino que incluso se alaban y hasta se admiran en muchos de aquellos sobre los que pesan.

Que así pueda tal vez ocurrir antes que la vida desaparezca de nuestro planeta[1004] permite hacerlo esperar su estado de desarrollo actual, fácil de

---

[1004] Siento mucho tener que decirlo por si haciéndolo mato ilusiones, pero sí, la vida desaparecerá un día de nuestro planeta, cuando el Sol, a quien se la debemos, se transforme en una «supernova» o en una «nova», lo que fatalmente ocurrirá pese a ser una bola de unos 1.370 trillones de kilómetros cúbicos de gases enormemente calientes (14 millones de grados en su núcleo), pues actualmente se ha calculado que gasta unos 660 millones de toneladas de hidrógeno por segundo, hidrógeno que se transforma en helio por obra de tan tremendo calor, liberando energía en forma de rayos gama. Si pudiera seguir gastando tan sólo los mencionados 660 millones de toneladas por segundo, podría seguir ardiendo aún millones de años; pero como no será así, en un tiempo relativamente corto, la elevación de la temperatura causada por el peso de las cenizas sobre su núcleo iniciará otro proceso nuclear y el Sol empezará a consumir su combustible con más rapidez todavía que ahora. A causa de ello llegará un momento en que comenzará a dilatarse. Con ello, bien que su fotoesfera se haga más fría, como la cantidad de energía será cada vez mayor, esta energía, que ahora es causa de vida

estimar cuando mirando hacia atrás nos representamos con la imaginación el espectáculo que ha ofrecido el Mundo desde que en él apareció esa armonía que constituye la «vida»; vida en cuya evolución de tipo animal apareció un día un orden de homínidos, en el grupo de los cuadrumanos, variedad de simios cuya inteligencia, avanzando asimismo sin cesar, llegaría un día a ser capaz de «pensar»[1005]. Luego todo lo conseguido

---

llegándonos en forma de luz y calor, así como de radiaciones invisibles, entonces, al aumentar este calor hasta 540 o más grados, lo será de muerte, pues mares, ríos y lagos se evaporarán y quedaremos poco más o menos como Venus, que ya estará frito, o Mercurio, a su vez, cocido. En cuanto al Sol, pasando de «supernova» o «nova» a enana blanca, se irá enfriando poco a poco, ennegreciéndose, sin emitir ya otros resplandores que los escasos producidos por la enorme presión gravitacional de su exhaustiva hoguera. Luego su tamaño será el de la Tierra y aún menor (hoy tiene 1.390.000 kilómetros de diámetro), y seguirá enfriándose durante miles de millones de años, sin lanzar ya otro fulgor que el de los escasos rayos ultrarrojos, para al fin enfriarse totalmente y rodar muerto, como nosotros, la Tierra, y todos sus demás satélites, por las remotas y asimismo glaciales regiones del espacio. Muertos, fríos, inertes, sí, pues las enanas blancas en que nos habremos convertido no explotan, no obstante la tremenda presión nuclear de su materia (unas 20 toneladas por pulgada cúbica), a causa de haberse transformado esta materia en ceniza nuclear incapaz de reaccionar. Y ésta será, fatalmente, la terminación de su historia, así como la nuestra, es decir, la de la Tierra, y la de todos los satélites del sistema solar, nacidos, como el Sol, hace unos cuatro mil quinientos millones de años, de una nube de gas y polvo cósmico que empezó a formar remolinos de alta densidad, que acabaron concretándose alrededor de varios centros de gravedad, el mayor de los cuales daría origen al Sol, y los demás, a los diversos satélites que desde entonces le rinden pleitesía. Claro que hay perfecto derecho a decir que todo esto son puras fantasías y que la verdad es lo que refiere el *Génesis,* del nunca bien alabado, como *divino* y *revelado* que es, *Antiguo Testamento.*

[1005] Absolutamente cierto es que apenas el hombre fue capaz de *pensar,* su tendencia a *creer* lo que su propia fantasía creaba con objeto de explicarse hechos y fenómenos que no alcanzaba a comprender fue general y constante. Así y por ello, en todas partes se empezó a admitir la existencia de una vida luego de ésta, creencia que llevó a esa especie de religión en que consiste el culto a los muertos. Franqueado este primer escalón, no tardaría en alcanzarse el segundo: la creencia en seres superiores autores de los grandes cataclismos naturales. (terremotos, tormentas devastadoras, ciclones, volcanes, etc.), ante los que temblando empezaron a doblar las rodillas. De ello a divinizarlos y multiplicarlos con motivo o pretexto de muchos hechos, fuerzas naturales (más tarde las propias necesidades), por obra del «animismo», fue un paso. Lo demás siguió o advino fácilmente, estimulado, de una parte, por la *ignorancia,* siempre aliada a la

desde aquellas primeras luces de la inteligencia hasta el estado actual ha sido obra de la infatigable «evolución», ese torbellino que impulsa a todo lo vivo a progresar hacia tipos y grados superiores; grados que parecen darse actualmente del modo más completo en los que calificamos de «genios» (naturalmente, me refiero a los que verdaderamente merecen el calificativo que hoy se prodiga con una facilidad que acaba por dar risa), hombres extraordinarios aparecidos aquí y allá, raramente, pero por fortuna algunos, en el decurso de los siglos. Y que, como decía antes, si hay tiempo para ello, pues nuestro planeta, fatalmente, como todo lo que nace, tiene que morir, será tal vez la tónica general de la inteligencia un día, en la entonces en verdad «Edad de Oro» de la Humanidad.

Entre tanto, si consideramos desapasionadamente la marcha de esta inteligencia, no se podrá menos de convenir que lleva caminando muchos siglos por senderos empedrados de engaños, torpezas, fantasías, errores, mentiras y crímenes. Camino sembrado de nubarrones y de densa oscuridad, en el que costó mucho esfuerzo y mucho dolor ir alcanzando poco a poco la luz actual, aún muchas veces turbia y tormentuosa.

Viniendo ahora a lo que particularmente nos interesa, las creencias de tipo religioso, el espectáculo, para la «razón», no puede ser más desconsolador, a causa de haber sido, invariablemente, la fantasía el móvil, la causa, el resorte de las creencias de esta clase una vez nacidas por obra del miedo y de la necesidad. Esta alada y fecunda facultad del espíritu ha constituido durante siglos la gran generadora de religiones, puras mitologías en realidad, como hemos podido ver, pues aun las fundadas por místicos geniales (Zarathustra, el Buda, Marción, etc.) fueron al punto ensuciadas por sus seguidores y discípulos con toda suerte de mitos y leyendas. En todo caso, nada mejor que ello para hacernos comprender en qué modo es extraña y varia la inteligencia humana, puesto

---

fantasía creadora, y de otra, por el *interés* de los que, más avisados, pensaron que bastaba encauzar bien las fantasías ya admitidas y completarlas con otras, éstas hijas de su ingenio y conveniencia, para conseguir un filón inagotable. Con lo que fueron apareciendo mitologías-religiones a base de mitos, fábulas y milagros, que bastaban siempre para explicar lo imposible de demostrar. Esta necesidad de *creer,* hermana gemela de la de someterse sin dificultad a *admirar,* ha sido viento que ha empujado siempre a la casi totalidad de los hombres, con tanta más fuerza cuanto mayor era su insignificancia mental, a constituir en ellos necesidades espirituales y materiales, que les ha arrastrado irresistiblemente a someterse a cuanto estimado superior, fue juzgado por ello conveniente, lo fuese o no en realidad. La última de estas grandes corrientes de pensamiento subyugador es el comunismo.

que es capaz en cierta clase de conocimientos alcanzar grados de elevación admirables a fuerza de estudio y de reflexión, así como, por el contrario, sumirse en verdaderos pantanos, en chunglas de quimeras sin realidad verdadera y positiva alguna, cuando en vez de la razón es la «fe» religiosa, en sus infinitas formas, lo que la guía. De este modo de avanzar entre selvas de quimeras obra de la fantasía, ¿cuáles han sido los resultados? Miles de religiones, se dirá. Cierto, pero ¿cuántas de ellas tenidas por no menos ciertas y verdaderas por sus partidarios, que las que las sustituyeron, por los suyos, han sobrevivido? ¿No murieron para no resucitar jamás? Pues bien, estemos seguros, absolutamente seguros, de que todas las aún en candelero, dentro de nada (unos siglos son poco más que segundos en la vida de un planeta como el nuestro) estarán tan arrinconadas y muertas como aquellas cuyas bengalas, en su día, iluminaron pueblos, generaciones e Imperios. ¿Por qué? Porque así como la casi totalidad de ellas no pasaban de montañas de fantasías mitológicas que no podían durar una vez apagada la «fe» que las sostenía, exactamente lo mismo les pasará a éstas, a causa de lo cual seguirán su misma suerte, pues como las ya olvidadas no pasan en realidad de una serie de mitos, de leyendas, de fábulas, de falsedades sin otro sostén, ¡débil sostén!, que afirmaciones absolutamente sin valor para muchos, tales como revelaciones, profecías y milagros. La primera («don sobrenatural que consiste en conocer las cosas distantes o futuras») condenada, por definición, por falsa e imposible, y las relativas a los fenómenos naturales sólo posibles a corto plazo y aún no muy seguras todavía. La segunda («manifestación de una verdad secreta y oculta; por excelencia, la manifestación divina»), en lo que a esta manifestación por excelencia se refiere, tan cierta y segura como las profecías. En cuanto a los milagros[1006], tomando esta palabra en el sentido no de suceso o cosa rara,

---

[1006] La imposibilidad de ambas cosas (revelaciones y milagros) lo demuestra su propia definición. En efecto, se entiende, como acabamos de ver, por revelación la manifestación de una verdad secreta u oculta, por excelencia la manifestación divina. Y por milagro, todo acto del poder divino superior al orden natural y a las fuerzas humanas. Luego para admitir cualquiera de ambas cosas hay que empezar por dar como verdadero el hecho *hasta ahora jamás comprobado ni demostrado,* pero de un modo serio e innegable, no por obra de fe, de que haya seres divinos tan caprichosamente y tan especialmente interesados por los humanos, como para revelarles verdades secretas u ocultas, e incluso para alterar por ellos el orden natural de las cosas produciendo con ello manifestaciones divinas extraordinarias. Mientras la existencia de tales seres siga siendo pura obra de la fantasía, como hemos visto en todo lo examinado hasta aquí, es decir, algo indemostrable y que no tuvo ni sigue teniendo verdad y realidad alguna sino para los que se las conceden a favor de actos de «fe» ajena totalmente a toda razón y experiencia, los no tocados por este tipo de fe (religiosa) seguirán encogiéndose de hombros y creyendo, seguros, que se trata de afirmaciones gratuitas y sin valor alguno.

Y puesto que he citado la «experiencia», una tenemos en todo caso innegable, ella sí, y que viene a darnos la razón: la existencia, tanto antes como ahora, de miles de religiones diferentes y de miles de dioses asimismo, sin otra cosa en común, por lo general, que su nacimiento: la fantasía de los hombres. Dioses que hasta ser sustituidos por otros fueron creídos y adorados por centenares de miles de creyentes, millones incluso, y tenidas por indudables sus manifestaciones, así como su poder por no menos divino y superior al orden natural de las cosas. Hoy, sustituidos tales dioses por otros, reconocida su falsedad, así como que todos eran hijos y producto de la fantasía humana (por lo que sólo vivieron lo que la fe que los sostenía), ¿no hay perfecto derecho a creer y decir que los actuales ni son en realidad superiores a ellos, ni tienen otro origen y fundamento que ellos, ni otro sostén que la fe de los que en ellos creen? Contra esta afirmación no cabrían ni caben sino *pruebas* y *demostraciones* sobre la existencia de tales dioses, pruebas y demostraciones que ni antes, a propósito de los desaparecidos, alguien dio jamás, pues de otro modo no hubiesen muerto, ni nadie es capaz de dar ahora en defensa de los actuales, con objeto de que sean algo más que meros supuestos teológicos, hijos, como los otros, de la fe ciega que les dio nacimiento. Luego sin *probar,* pero con algo más seguro y creíble que afirmaciones campanudas y dogmas imposibles, la existencia de tales *seres divinos,* inútil hablar de *manifestaciones divinas.* Sin *demostrar* que existen seres divinos con poder superior al orden natural de las cosas, inútil hablar de milagros. Y cuando oigamos que uno de estos dioses resucitaba muertos, aunque llevasen varios días enterrados y ya «hediesen» (Lázaro), o que tras resucitar él mismo subió a sentarse a la «diestra de Dios Padre», echando hacia arriba a cuerpo limpio ante los maravillados ojos de sus discípulos..., como si oyéramos llover.

Otra cosa es que haya hechos y fenómenos que tengan aspecto milagroso, tales como el teléfono, la aviación, la televisión, las máquinas de calcular y veinte cosas más que ya acostumbrados a ellas ni nos sorprenden siquiera, pero que no hace mucho hubiesen parecido no ya milagrosas, sino endemoniadas. Así como que haya todavía fenómenos y hechos imposibles, de explicar, a causa de no ser aún bien conocidos por los hombres de ciencia, que están lejos todavía de haber descubierto todos los secretos de la Naturaleza ni dominado sus fuerzas. Así como que en lo relacionado con la medicina, por ejemplo, haya, en lo que afecta a las enfermedades, crisis curativas distintas de las normales y que a causa de ello «parezcan» milagrosas sin que lo sean en realidad. Y la prueba es que en todo tiempo se produjeron, tanto en los asklepeiones antiguos como en los modernos (Lourdes, Fátima, Gangoitri de la India y otros). Pero milagros, verdaderos milagros, como será el que a uno que hubiesen amputado un brazo o una pierna, a fuerza de plegarias le creciese otro, esto ni ha ocurrido jamás ni ocurrirá, por la

extraordinaria y maravillosa, sino en el de «acto del poder divino superior al orden natural y a las fuerzas humanas», a menos de creer que el Universo, en su sentido de conjunto, orden y disposición de todas las cosas, es obra de un Dios personal, y que a causa de ello este Dios puede alterar, si le place, leyes creadas por él mismo y, por consiguiente, realizar milagros, a menos de creer por obra de fe esta fantasía teológica, se puede asegurar sin miedo a ser contradichos, a no ser por palabras embusteras jamás seguidas de pruebas, no sólo que jamás se produjo ninguno, sino que jamás se producirán a causa de ser absolutamente imposible dentro del orden natural de las cosas. Hechos aparentemente milagrosos, como que una enfermedad haga crisis de forma desacostumbrada y a causa de ello produzca una curación sorprendente, sí, esto puede ocurrir, y revestir con ello la apariencia de milagro, sólo la apariencia; pero tal milagro, cual lo sería que a un amputado de un brazo o una pierna le volviese a salir o crecer el miembro que le falta, esto afirmemos que es absolutamente

---

simple razón de que no puede ocurrir. (A no ser en las *Leyendas doradas,* donde se pueden leer cosas tan peregrinas como que a un Saint Denis al que le cortaron la cabeza, «se la cogió con ambas manos y se la besó».) Como no puede ocurrir que rota esa armonía que constituye la «vida», un muerto resucite. O que un supuesto hombre-dios o dios-hombre, como se quiera (primera mentira ya), calme los desencadenados elementos con sólo ordenárselo, ande sobre las aguas como si fuera tierra firme o con cinco panes y dos peces harte a muchos cientos de personas hambrientas y aún sobren varios canastos llenos de mendrugos, como aseguran con la mayor formalidad ciertos textos a los que aún se concede crédito. Decir o escribir cosas tales, es decir y escribir puras mentiras. Y el verdadero milagro es ¡creerlas! Es decir, que haya quien las crea.

Y lo mismo hablar de un Dios capaz de crear y haber creado el Universo de las galaxias (la nuestra, la Vía Láctea, es una girándula de una extensión de 100.000 años-luz en longitud y unos 25.000 en su parte central, y desde las ecuatoriales de los grandes observatorios—Halle del monte Palomar, el reflector de Mayal de Kitt Peak, el de cerro Tololo en Chile o el mayor aún de Zolinchuk en el Cáucaso—se pueden ver millones y millones de galaxias aún mayores) con sólo la magia de su palabra. ¿Para quiénes se escriben estas cosas? ¿Cómo se tiene aún la audacia de sostenerlas? ¿Qué es sino puro deseo de engañar, hacer afirmaciones imposibles de probar, y asimismo imposibles de ser creídas, a menos de llevar sobre la nariz de la inteligencia las antiparras de la «fe»? Digamos, pues, sin temor a ser desmentidos a favor de pruebas: Milagros y revelaciones divinas, ¡no! Puro engaño. Puras mentiras todo. Dioses personales mientras no se demuestre su existencia, es decir, sin que esta existencia sea cuestión de fe, ¡lo mismo! Pura mentira igualmente por solemne que fuera el tono en que sea dicho, alta la cátedra y ridícula y empinada la mitra o la tiara, con que se toque el que tal diga.

imposible, diga quien diga lo contrario y por alta que sea la cátedra desde la que se desgañite.

También es corriente decir «que la fe hace milagros» (y los que redactaron los Evangelios insistieron sobre ello convencidos, sin duda, de que los que escuchaban eran tan pobres de espíritu y tan incautos como para admitir cuanto se les decía por imposible que fuese); pero si examinamos el verdadero sentido de estas palabras, *fe* y *milagros*[1007], veremos que en realidad se dice poca cosa haciendo tal aseveración, puesto que la imposibilidad de la segunda ya la hemos visto; en cuanto a la primera, todo y cualquier diccionario nos la definirá como: «Luz y conocimiento sobrenatural con que sin ver creemos las verdades de la religión». Definición que racionalmente considerada hay que rechazar a

---

[1007] El dilema raramente desmentido en toda creencia religiosa es: Ignorar y creer o saber y no creer. Y por ello la *je* suele ser la manifestación más total y completa de ignorancia cuando se trata de cuestiones de esta índole, puesto que mueve a creer en virtud de un impulso irresistible, en el que la razón no interviene en modo alguno. Y a causa de ello he aquí por qué la curiosidad, que mueve a saber y la inclinación a buscar el cómo y el porqué de las cosas, ha sido siempre perseguida y mal tolerada en cuestiones de fe, en todo lo relativo a lo imaginado y supuesto extraterrestre, ya que invariablemente conduce a oponerse y anular la fe ciega, tan dispuesta siempre a admitir sin explicaciones y a sancionar lo admitido sin otra razón que ésta: por ser admitido. Por lo mismo, y a causa de estar muchos espíritus acostumbrados a ello, en casi todos los dominios del conocimiento los curiosos de la verdad son mal tolerados. Consecuencia: que sea regla invariable en todo aquello en que la fe domina creer sin examinar de cerca lo creído ni, esto menos aún, exigir pruebas o pedir demostraciones. Caso típico de esto es la creencia en Jesús (como lo fue durante muchos siglos la creencia en dioses hoy olvidados), no obstante no haber algo, un detalle siquiera, absolutamente histórico a propósito de él, ni saber acerca de él otra cosa que lo que refieren los Evangelios, que no pasan de relatos míticos escritos siglo y medio después de su supuesta existencia, basándose en un primero, el de Marción, compuesto por un místico de poderosa fantasía, apoyándose en lo que ya empezaba a correr a propósito del nuevo *Soter*, Dios Salvador judío. Relatos, no obstante, que no tardaron en ser admitidos y creídos como ciertos, así como la existencia del personaje al que se le atribuían, a pesar de no saberse nada ni de su fecha de nacimiento y muerte, ni sobre su apariencia física, ni sobre su vida hasta que de pronto apareció en la fábula de Marción, que le hacía descender directamente del Cielo a Cafarnaum. Y luego en los pseudo-evangelistas de modo vario y distinto, y que la fe, ¡la bendita fe!, aceptó sin necesitar más, y que sigue aceptando, pues por algo y para algo es fe.

causa de lo de *luz y conocimiento sobrenatural* y lo de *verdades de la religión,* sea ésta cual sea.

Porque de todas las mitologías-religiones que hemos examinado hasta aquí, ¿tenía una tan siquiera algo que mereciese la consideración de «luz y conocimiento sobrenatural»? ¿Y de «verdad» en cuanto afirmaba? ¿Dejaron por ello de ser ciegamente creídas durante muchos siglos por millones de hombres, por obra de esa cosa tan impremeditada, boba e infantil como es en realidad la «fe» religiosa? Pues bien, nos falta, para completar la serie de mitologías universales, examinar ese monumento religioso de singularísima importancia, para muchos todavía, que es la *Biblia*[1008], libro de los libros, como también suele decirse, a causa de ser

———————————

[1008] *Biblia.* La palabra Biblia viene del griego *ta Biblia,* plural del neutro *to biblion,* «el libro», y significaba para los Setenta, redactores de la Biblia de este nombre, *los libros.* Los Libros por excelencia. La traducción latina interpretó el plural neutro como si fuese un femenino singular: *Biblia,* «la Biblia». El texto primitivo del *Antiguo Testamento* (o Biblia) es la colección de libros religiosos del antiguo Israel, denominado por la Iglesia cristiana *Antiguo Testamento* o Antigua Alianza (el latín *testamentum* corresponde al griego *diatheké,* que significa alianza). El *Antiguo Testamento* es, pues, el libro de la supuesta antigua alianza que Dios (Yahvé) había establecido con Israel, su pueblo elegido. La nueva es la consignada en el *Nuevo Testamento,* alianza de Dios con la Humanidad pecadora por mediación de Jesucristo. Se ha dado el nombre de *canon (Kanon),* que significa *regla,* al conjunto o colección de libros del *Antiguo Testamento* cuya autoridad religiosa es norma en materia de fe. Fueron los cristianos, empezando por los Padres de la Iglesia del siglo IV, los que unieron la palabra *canon* a la idea de colección de libros divinos.

Los textos primitivos del Antiguo Testamento no han llegado hasta nosotros tal cual fueron escritos por los autores bíblicos. Los manuscritos más antiguos que se poseen no van más allá del siglo X de nuestra era. Ni que decir tiene que numerosos errores de transcripción se han deslizado en el trabajo de los copistas que nos han transmitido los libros del *Antiguo Testamento.* Los sabios rabinos de la Edad Media, conocidos con el nombre de *Masoretes* o tradicionalistas (de la palabra rabínica *masora,* que significa *tradición)* y cuyos trabajos datan del siglo IV al XI, se esforzaron por darnos un texto tan puro como les fue posible establecer. Es el texto *recibido* que los hebraístas modernos, aplicando los métodos científicos, han podido, en parte, corregir y mejorar. Pero aún no se ha establecido un texto definitivo.

Las traducciones del *Antiguo Testamento* son, en orden de importancia, las siguientes: La versión de los Setenta, traducción griega hecha entre los siglos III y II antes de nuestra era. Apareció en Alejandría. El número «setenta» dejado por la tradición, era el número de los miembros del Sanedrín de Alejandría. De esta traducción se tienen buenos manuscritos del siglo IV de nuestra era. La versión aramea llamada *Targum* (traducción), así como otras paráfrasis o traducciones más recientes, suelen ir acompañadas de comentarios más o menos breves. Los dos *Targum* más importantes son el de Onkelos sobre el *Pentateuco,* cuya última redacción es anterior al siglo v, y el de Jonatán ben Usiel, discípulo el más notable de Hillel el Antiguo, sobre los Profetas, que fue arreglado y retocado a principios del siglo IV de nuestra era. La versión siríaca llamada *Peschito,* es decir, la *simple,* la *vulgar* (en el sentido de «la Vulgata»), fue empezada hacia fines del siglo II de nuestra era. Es de gran valor. En cuanto a las traducciones latinas, las más antiguas, anteriores al siglo IV, fueron hechas tomando como modelo la griega de los Setenta. San Jerónimo emprendió la revisión de la llamada *Vetus ítala* (la antigua Itálica). Pero convencido en 392 de la insignificancia de este ensayo, empezó a traducir al latín el texto del *Antiguo Testamento.* Esta obra, importante, fue acabada en el año 405. No obstante la oposición violenta que encontró en el seno de la Iglesia, esta nueva traducción acabó por imponerse. En el siglo XIII se empezó a llamar a esta nueva edición de San Jerónimo *Editio Vulgate,* es decir, la Vulgata. Por supuesto, cada libro del *Antiguo Testamento,* tal como primitivamente fue escrito, como se verá cuando me ocupe del *Pentateuco,* fue escrito por un autor diferente. Pero todos pensados, redactados y encaminados a la gloria y en vista del poder de la *teocracia judía,* es decir, por ver de conseguir el dominio de los levitas o sacerdotes de entonces.

Las confesiones religiosas para las cuales la Biblia es una doctrina inspirada nada menos que por Dios, no obstante asegurar cosa tan admirable como caprichosa, pero que, en todo caso, debería hacer a texto tan divino y sagrado intangible en cuanto a extensión y doctrina, lejos de ello, es decir, de admitirle todas de modo igual, no lo hacen, lo que ya a los no creyentes les hace dudar de la formalidad del Espíritu Santo, inspirador máximo del admirable Libro. Veámoslo: Los judíos (Biblia hebraica) llaman a ésta *Tanak,* palabra artificial que vocaliza las tres iniciales de cada una de sus partes: la *Thorah* (Ley), los *Nebi'im* (Profetas) y los *Kethubim* (Escritos). La Ley comprende los cinco libros atribuidos a Moisés (Pentateuco). Los Profetas, a los escritos de los llamados *anteriores* (Josué, Jueces I y II, Samuel y I y II de Reyes) y los *posteriores* (todos los demás). Los Escritos: los Salmos, los Proverbios, Job, los Cantares, Ruth, las Lamentaciones, el Eclesiastés, Esther, Daniel, Esdras, Nehemías y I y II de las Crónicas.

La Biblia griega no sólo tiene más libros que la Biblia hebraica (el Espíritu Santo, sin duda, en atención a San Pablo, que habló—aunque, por lo visto, nadie le hizo caso—en el Areópago, se mostró más explícito esta vez), sino que los presenta en orden diferente. Véase: 1.° *Libros históricos:* Génesis, Éxodo, Levítico, Números, Deuteronomio, Josué, Jueces, Ruth, Samuel, I y II de Reyes, I y II de Crónicas o Paralipomenes, Esdras I (apócrifo para los cristianos), Esdras II (Esdras y Nehemías), Esther, Judit, Tobías y los cuatro libros de los Macabeos. 2.° *Libros poéticos* y *didácticos,* a saber: Salmos, Odas, Proverbios, Eclesiastés, Cantar de los Cantares, Job, Sabiduría, Sirácida o Eclesiástico y Salmos de Salomón. 3.° *Libros proféticos:* Los cuatro grandes profetas y los 12 pequeños. En cuanto a la

divino y *revelado,* como también se asegura. Es decir y en fin, en cuanto a fama[1009], superior también a cualquier otro libro a causa de ser una de sus

---

Biblia católica, la Iglesia aceptó en bloque la Biblia griega de los Setenta, pero a causa de ciertas controversias con los judíos, cuando ya se decidió que éstos eran tremendamente deicidas, acabó por excluir del Canon el I de Esdras y III y IV de los Macabeos. Posteriormente, diferencias asimismo de criterio y sin importarles dejar por embustero al Espíritu Santo, hicieron que entre católicos y protestantes surgiesen dolorosísimas diferencias a propósito del Libro, que todo aconsejaba que hubieran debido respetar a fuer de divino e intangible.

Asimismo, y con verdadera irreverencia para el pobre Espíritu Santo, de quien fatalmente tiene que proceder todo lo divino e inspirado (y que, por lo visto, no sólo estuvo muy presente en el último Concilio, en los dos últimos conclaves, en toda clase de sínodos y reuniones episcopales y hasta en las redacciones de ciertos periódicos, como uno español, en el que un día sí y otro no aconseja a modo de uno de sus muchos anuncios: «Oración al Espíritu Santo»), asimismo, decía, pocos son ya los que, monjitas bobas y creyentes de mentalidad parecida aparte, creen ya verdades de la Biblia tales como lo de Adán, Eva, la serpiente y la manzana; Torre de Babel; Diluvio; hazaña de Josué deteniendo al Sol para acabar con una de sus matanzas; la proeza de Judit degollando a Holofernes; lo de Jonás y su ballena, etc. Es decir, ninguna de las encantadoras fábulas gracias a las cuales se ha acreditado como fecundo y entretenido inspirador el Espíritu Santo y a la Biblia la han hecho que perdure, así como tampoco que el Señor Dios empezase la Creación el 23 de octubre del año 4004 antes de nuestra era, como formalmente aseguró el sumamente sabio obispo James Ussher, al que Dios tenga en su gloria. En cuanto a los profetas que decían, no menos formalmente, que la casa de David ocuparía eternamente el trono y mandaría sobre los demás pueblos de la Tierra, ¿cómo calificarles, pese a todo, su evidente poder profético? Pues, ¿y qué decir de los que en el *Nuevo Testamento* hicieron anunciar reiteradamente a su Mesías «el advenimiento inmediato del reino de su Padre»? Por supuesto, de haber existido tal Mesías y de haber dicho y hecho la casi totalidad de cuanto los Evangelios le atribuyen como andanza y milagros, ¿podríamos pensar de él otra cosa que se trata de un perturbado mental? En pocas palabras: que todo cuanto encierra el *Antiguo Testamento,* fuera de su tesoro de poesía hebraica (éste sí, admirable), lo demás, ni histórica, ni social, ni religiosamente vale gran cosa. Y lo que contiene el *Nuevo,* empezando por esa moral que aconseja ofrecer la mejilla izquierda si nos han abofeteado la derecha y amar a nuestros enemigos, lo mismo.

[1009] Cualquier diccionario nos dirá que fama es: «Noticia y voz pública de una cosa u opinión pública que se tiene de una persona». De un modo un poco más concreto: «Opinión común de la excelencia en su arte o profesión». Por su parte, un adagio latino reza: *Vox populi, vox Dei.* Y otro popularísimo: «Cría fama y échate a dormir». En todo caso, tanto el adagio latino como las definiciones del diccionario parecen establecer que la verdad de un hecho o su justicia se establecen mediante el acorde unánime de la opinión vulgar. De modo que lo

partes, el *Antiguo Testamento,* no sólo el código religioso por excelencia de una de las religiones actuales, el Judaísmo, sino fuente de la hoy considerada, en cuanto al número de fieles (y, por supuesto, importancia económica), como la primera de las religiones: el Cristianismo. Ambos *Testamentos* (el *Antiguo* y el *Nuevo*), ¿son ajenos a toda *mitología* y sólo verdaderas *religiones?* ¿O, por el contrario, montañas de leyendas entre leyes de tipo sacerdotal, testimonios históricos más o menos verdaderos, algunos textos literarios de indudable valor poético, el primero, y una colección de mitos, el segundo, sin el menor carácter histórico? Esto es lo que vamos a ver. Adelante, pues, con la Biblia, libro *divino* y *revelado,* tan afamado como poco leído. Empecemos por examinar qué puede haber, sí, de divino y revelado, empezando por el *Antiguo Testamento,* un libro que

---

esencial parece ser que la fama o notoriedad de algo, cosa o persona, se asienta, y a causa de ello es determinada, por la opinión pública, la opinión vulgar, y que la voz del pueblo y la de Dios son una misma cosa.

Bien. Ahora que lo malo es que nada garantiza que la opinión pública, la opinión vulgar, la creencia común, sea garantía de verdad ni de bondad, sino más bien de todo lo contrario. Es decir, el simple resultado de errores y fanatismo admitidos por la ignorancia en todo tiempo y en todas partes, por la ignorancia de la masa apasionada e inculta. De modo que la aparente verdad de *Vox populi, vox Dei,* sólo puede ser admitida en lo religioso, en lo que únicamente cuenta es la *je* o creencia en algo, por falso y quimérico que sea (como atestigua más que suficientemente el breve resumen de los miles de religiones-mitologías recogidas en este libro). Pero si la fama, la notoriedad, alcanza con tanta facilidad a lo falso y a lo quimérico, ¿no tenemos derecho a pensar que por grande y notoria que sea no siempre es garantía de verdad, bondad y positiva excelencia, y sí, con harta frecuencia, de lo contrario, es decir, que fue levantada por la ignorancia en torno a lo absolutamente desconocido, cuando no a lo malo, muchas veces? En lo que afecta a la fama humana, con frecuencia, lo mismo. Muy especialmente en lo relacionado con el arte, porque ¿cuántas veces el renombre de los artistas depende tan sólo de circunstancias particularísimas, tales como adhesión a lo nuevo (sobre todo si es extravagante), y por parte del público tendencia a aceptar lo celebrado por miedo a ser juzgados de ignorancia si no aplauden lo que todos aplauden? Por mi parte, creo sinceramente que una de las causas de la mediocridad artística actual, muy especialmente en pintura y música, sea debida, por una parte, a la inclinación hacia lo extravagante, campo en que puede hacerse notar con más facilidad todo aquel carente de verdadero talento; y por otra, a esa crítica tan extraviada en cuanto a gusto artístico, como hambrienta, que con tal de obtener con qué saciar su apetito no sólo alaban lo menos digno de alabanza, sino que se las ingenian para organizar certámenes, bienales y exposiciones con objeto de hallar plataformas lucrativas, tanto para su voz, como luego en periódicos y revistas, para su pluma.

en su casi totalidad no pasa de un montón de mitos, de fábulas y de leyendas hijas de la fantasía de los antiguos levitas judíos. Es decir, de *mentiras* que admitidas a ojos cerrados por obra de una fe tan ciega como inocente, han llegado a ser fuente de religiones, una de las cuales, el Cristianismo, es, como acabo de decir, en cuanto al número de adictos (más o menos creyentes y cada vez menos practicantes), la primera de las religiones actuales.

Lo primero que conviene saber, a causa de ser una verdad elemental, es que el *Antiguo Testamento* ha perdurado no por el mucho y verdadero valor de sus trozos poéticos[1010] (imposibles de apreciar, por supuesto, sin

---

[1010] Los libros poéticos son: el *Libro de los Salmos; Las Lamentaciones;* la poesía erótica representada por el *Salmo XLV* y por *El Cantar de los Cantares;* la poesía didáctica, muy particularmente el *Libro de Job* (lo mejor indudablemente de cuantos libros componen el *Antiguo Testamento* a causa de la fuerza de los pensamientos y la majestad de su estilo), más *Los Proverbios* y el *Eclesiastés,* obras maestras de la literatura hebraica.

Naturalmente, para poder gozar de su vigoroso aliento poético, su grandeza, su energía y su originalidad hay que ser un hebraísta consumado. Su origen, como se advierte por su estilo, es tardío. Y su contenido les hace escapar a la reseña que yo hago aquí, destinada únicamente a probar que la *Biblia* es, en su mayor parte, un amasijo de fábulas, mitos y leyendas. O sea, que en realidad poco hay en todo ello que no sea producto de la fantasía de los que lo escribieron. En una palabra, que tiene un carácter mítico indudable, a causa de lo cual nada más justo que hacerlo figurar en las mitologías.

Verdaderos modelos, en efecto, de poesía hebraica son muchos trozos de ciertos profetas, los Salmos y, sobre todo, el Libro de Job. Interesantes también, aunque desde un punto de vista puramente literario, ciertos libros, por decirlo así, añadidos, tales como los Proverbios, el Eclesiastés y El Cantar de los Cantares. Entre los libros proféticos, el mejor, sin duda, es el de Isaías, que fue escrito por tres manos diferentes. Es decir, que en realidad son tres libros acumulados en uno, pero tan diferentes que delatan, como digo, que fueron escritos por tres personajes distintos. El primero vivió en la época llamada asiria de la historia de Israel, reinando los reyes Osías, Jotam, Akhaz y Ezechías, de Judá. En sus discursos, escritos en lengua magnífica y en versos de poderoso lirismo, denuncia con poderosa elocuencia todos los abusos de su tiempo y de aquel pueblo, que no se explica uno cómo había sido elegido por un dios, a menos que este dios no supiese sobre el porvenir más que los hombres. Pues de haber sabido cuánto renegarían de él y cuánto pecarían, ¿los hubiese escogido? Claro que también él era un barbián y en muchas cosas digno de su pueblo. En cuanto al primer Isaías, denuncia sin morderse la lengua los positivos errores de una política ciega que parecía no darse cuenta de que los verdaderos enemigos eran los asirios y, por consiguiente, de cuya parte amenazaba el mayor peligro. Juzga también con la mayor severidad a Samaría *y* a Israel, y entreví y anuncia la llegada de la era mesiánica. En fin, la religión de Israel reviste en el primer Isaías una espiritualidad que se anticipa en varios siglos a la atribuida al fundador del Cristianismo. Para Isaías, los sacrificios, los actos exteriores del culto en el Templo, no tienen ningún valor. La religión que él predica es la de la justicia, la verdad («religión en espíritu y en verdad», de la que hablará siglos más tarde el pseudo Iuan), la de la verdadera moral y la de la caridad. Fuera de esto nada vale. Pero claro, entonces y luego, los ministros del Señor sabían que sin comedia (ayer, el papa Wojtyla acaba de tirarse al suelo para besarle cada vez que ha tocado uno diferente en los distintos países americanos que ha recorrido en busca de nuevos clientes, su éxito, como la ignorancia todavía es mucha, así como el fanatismo irreflexivo, ha sido grande), sin culto, catedrales, iglesias, ermitas, cantos, incienso, dogmas y milagros, la gente no volvería los ojos hacia ellos y sus pucheritos se llenarían con dificultad. Y, claro, la labor misionera en busca de nuevos clientes ha llegado a ser indispensable. Tanto, que los propios papas son misioneros ellos mismos porque, ante todo, hay que pensar en la Iglesia. ¿De Cristo? Si se quiere, por qué no. En todo caso, y como decía Loisy: «Jesús predicó el advenimiento del reino de Dios, y lo que vino fue la Iglesia».

El segundo Isaías (caps. XL al LV) fue el gran apóstol del *monoteísmo*. Con el lenguaje poético de los profetas, pero con estilo y dicción absolutamente distinta del primer Isaías, anunció la caída de Babilonia, el advenimiento de Ciro, y condenó a la masa de judíos culpables que volvían la espalda a Yahvé. Para él, profeta del destierro, la vuelta a Palestina era segura. Así como que Jerusalén sería el centro de la religión del Mundo y que una teocracia, reino sin rey visible, llegaría infaliblemente. Debió vivir entre los años 586 y 538. El primer Isaías lo había hecho entre el 740 y el 700.

El que escribió el tercer Isaías era muy inferior a los otros dos. Las ideas del gran profeta del destierro para él parecen no representar nada. En cambio, mucho el *sabbat,* los holocaustos, los sacrificios, etc. Especie de Lefébvre de entonces, todo fanatismo y devoción a los sentimientos religiosos del más viejo estilo, lo que para los dos primeros Isaías era sin valor, para él tenía mucho. El Templo era su obsesión y con los ojos puestos únicamente en el culto, con tal de magnificar éste, hasta los extranjeros y los eunucos tenían entrada libre en él: Dios no los excluía de la salvación si al salir o al entrar echaban una mirada a los cepillos. Todo ello prueba que vivió en la época clerical del segundo Templo, cuando ya vacilaban mucho las esperanzas tan vivas en el segundo Isaías de la restauración judía. Si abriendo los brazos se evitaban mayores males, ¿por qué no abrirlos? ¿No era mejor que esperanzas que tal vez nunca llegasen a ser realidades, realidades y ventajas tangibles? Y en verdad que tal vez tuviese razón tan ardiente partidario no de grandezas ilusorias, sino del más seguro «pasen días y vengan ollas», norma práctica tan tenida en cuenta siempre por la casi totalidad de los levitas.

El tercer gran profeta, Ezequiel, se expresa en una lengua ruda, pero incisiva. El carácter esencialmente sacerdotal de su ideal profético (aunque en emplear

ser muy versados en lengua hebrea, pues traducidos en prosa y perdida con ello la gracia, majestad y encanto poético que tienen en su idioma original resultan de un aburrimiento soberano), sino precisamente por sus fábulas, pues ¿quién desde hace veinte siglos, entre los cristianos y judíos, y hasta en otros pueblos semitas[1011], a causa de lo mucho que Mohamed

---

términos de una crudeza con frecuencia chocante con objeto de hacer su pensamiento expresivo) le hizo tener una idea de Dios puramente trascendente, que le empujaba, sin poderlo evitar, a creer y asegurar que eran absolutamente necesarios los intermediarios (levitas, sacerdotes) entre Dios y los creyentes. Su obra, bien lamentando los vicios del pueblo elegido, ora anunciando la ansiada libertad, no está, sin embargo, a la altura de la de los profetas mayores. En cuanto a los profetas calificados justamente de «menores», sin dejar de ser estimables, ora lamentando los vicios del pueblo, ora anunciando la ansiada libertad, no están a la altura de la de los «mayores».

[1011] Desde 1781, en que Schlözer propuso llamar «semitas» a los pueblos conocidos de los israelitas, citados en el capítulo X del Génesis como descendientes de Sem, uno de los hijos de Noé, se viene designando con este nombre a los pueblos que sin formar una raza semítica propiamente dicha, sí hablan lenguas estrechamente emparentadas entre ellas y que se diferencian perfectamente de otras; lenguas que eran habladas por los pueblos que el *Génesis* conexiona con Sem y que han sido divididas en cinco grupos: acado (al que pertenece el idioma hablado en la antigua Babilonia), cananeo (que comprende el fenicio), arameo, árabe del Sur y etíope.

Todos estos pueblos tenían no tan sólo parentesco de lengua, sino de religión, de prácticas y creencias de este tipo, que familiares a los israelitas de la época bíblica, muchas han sobrevivido hasta el Judaísmo actual. En cuanto a los lugares de culto (su unidad no fue impuesta en Israel hasta la reforma de Josías, que en el año 622 antes de nuestra era prohibió todo sacrificio fuera del Templo de Jerusalén), cualquier cosa o lugar era bueno para ello: árbol, manantial, caverna, la cima de una montaña, una piedra levantada o un grupo de ellas, lo que fuese. Las aguas santas, los árboles sagrados, las piedras asimismo santas, los recintos sagrados también, los sacrificios, todo esto eran elementos comunes a las religiones de los pueblos semitas. Los sacrificios con frecuencia eran humanos. Si los de los hijos (como el que la tradición asegura que estaba dispuesto a ofrecer Abraham con Isaac, *Génesis,* XXII), tal vez fuesen excepcionales. En cambio, la inmolación de prisioneros de guerra era frecuente. También el mayor interés en obtener la asistencia divina cuantas más veces mejor, pronunciando el anatema del *herén* sobre una ciudad entera, en cuyo caso degollaban a todos los seres vivos, destruían enteramente el botín y con frecuencia la ciudad misma. Esta costumbre se encontraba por todas partes: entre los latinos, entre los galos y entre los germanos. Con sobrada razón pudo decir Ovidio lo de *tantum religio potuit suadere malorum,* puesto que tal costumbre era considerada unánimemente como una satisfacción a la cólera de los dioses o diosas nacionales y practicada sin escrúpulo. Pero para qué remontarnos tanto y llegar hasta dioses capaces de encolerizarse cuando sabemos que en nombre de uno «clemente y misericordioso», Alá, fueron pasados a cuchillo durante mucho tiempo quién sabe cuántos miles de «infieles» tan sólo por esto, por infieles, es decir, por no creer en él, como creían los que les asesinaban. Y ¿cuántos asimismo fueron víctimas de la Inquisición por algo semejante? ¿Y las incontables víctimas de toda clase de luchas religiosas vivas aún? Volvamos la hoja.

Los semitas, por otra parte, es decir, los primitivos hebreos, seguro es que tuvieron, como todos los pueblos primitivos, en su primer período cara a la civilización, una idea semejante, en lo relativo a lo llamado extranatural de tipo religioso, a la de cualquiera otra agrupación humana. Y, naturalmente, la esperanza, seguridad para los más fanáticos, de una sobrevivencia en otra vida después de ésta. Luego recorrerían el mismo ciclo que los demás, pasando por el animismo y no librándose tampoco de la magia. En efecto, por lo que podemos conjeturar, los israelitas creían también en la posibilidad de obrar, en virtud de palabras pronunciadas con autoridad, sobre las cosas, las fuerzas de la Naturaleza, los espíritus y los dioses mismos. Y aunque condenaban los embrujamientos, es decir, el empleo de tales procedimientos con intención de hacer daño a otro, consideraban la magia perfectamente lícita y la practicaban. Lo prueba las ideas que corrían libremente en Israel a propósito de la maldición, de la bendición, de los juramentos, de las ordalías, la curación de las enfermedades, la obtención de lluvia, sin contar las tradiciones que prueban que la magia era para ellos no solamente posible, sino real, pues ¿no leemos aún lo de la vara o cayado de Moisés convertido en culebra y hacer brotar, tocando con él una roca, en el desierto una vena de agua? ¿Se quiere más magia, y por puras fábulas que sean, que la idea de que tales cosas se podían conseguir, contando con Yahvé, eran creídas a pies juntillas? Pues, ¿y la jabalina de Josué? ¿Y las flechas de Eliseo? Por otra parte, el culto que los semitas rendían a fuentes, manantiales, árboles y montañas prueba que el mencionado animismo no se desarraigó jamás de sus espíritus. Espíritus tan tremendamente fanáticos de todo cuanto rozase lo religioso y tan ignorantes, que muy pocas cosas quedaban fuera de este círculo que les hacía creer hasta en la posibilidad de parentesco entre un dios y un grupo de sus adoradores, como demuestran nombres tales que Abiyahú (Yahvé es mi padre), Ahibaal (Baal es mi hermano) y Ammichaddaf (el Todo-Poderoso es mi tío). Muy extendida estaba también entre ellos la idea o noción del Dios *amo,* del que los fieles se reconocían *servidores,* o más exactamente, «esclavos» *(ebed).* Esta idea nos acerca ya a la época bíblica en que dejando mucho de lo anterior atrás se había llegado a la monolatría y se pensaba en un Dios creador del Mundo y protector del pueblo de Israel.

En cuanto a este pueblo, tal vez el primer texto epigráfico que le menciona es una estela de Morneohtah, hijo de Ramsés II, de 1229. Este faraón menciona Israilu (Israel) junto a Canaam, más diversas ciudades de las regiones vencidas por él:

(Mahoma) tomó del Antiguo Testamento, no conoce las principales fábulas del *Génesis:* Adán y Eva, la serpiente parlante, la manzana, la maldición celestial, Caín y Abel, la torre de Babel, el diluvio y el arca de Noé y demás cuentecitos que nos hicieron aprender de niños, así como las hazañas de Sansón, Elías y su subida al Cielo en un carro de fuego, David y su lucha con Goliat, Judit y Holofernes, Daniel y el horno encendido donde le metieron en unión de sus compañeros y del que salieron casi tiritando, Jonás y su estancia en el vientre de la ballena que se lo tragó y otras historietas, pues no cito sino las más conocidas, que, como digo, aprendimos al mismo tiempo que a leer en la escuela? Estas fábulas y el hecho de que el texto que las contiene (el *Antiguo Testamento)* sirviesen de base al *Nuevo,* sobre el que, a su vez, se levantó el Cristianismo, es lo que ha asegurado al llamado Libro de los libros (no lo que de bueno e interesante, literariamente, tiene), la fama de que goza. Esto sentado, paso

---

«Israilu ha sido devastado; no queda semilla de él». Si se tiene en cuenta la fecha, esto debió ocurrir inmediatamente detrás del *Éxodo.* En todo caso, lo que no hay duda es de que el *Génesis* es la compilación de tres obras anteriores que cuentan, cada una a su manera, los orígenes de la nación, formada ya cuando sus redactores empezaron a fantasear a propósito de la historia de sus orígenes: la *yahvista* (J), que recogió las tradiciones que circulaban en Judá en los siglos IX, VIII y VII; la *elohísta* (E), que hizo lo mismo con las que circulaban en Efraim (Israel del Norte), y la *sacerdotal* (F), que expone las ideas que los sacerdotes (levitas) tenían a propósito de lo mismo en los siglos VI y V. Aún una cuarta tradición, que aunque no representada en el *Génesis* debía de estar muy extendida, según la cual, las relaciones entre el futuro pueblo de Israel y la divinidad que llegaría a ser su Dios nacional no empezaron sino en la época mosaica. Que esta tradición existía, lo prueba lo que se lee en el libro de Oseas dos veces: «Yo soy Yahvé, tu Dios desde la tierra de Egipto» (XII, 10, y XIII, 4). En todo caso, antes de Moisés, los hebreos no adoraban un El único, sino una multitud (politeísmo) de seres sobrehumanos, a los que denominaban los *elîm.*
Por su parte, todos los pueblos vecinos de Israel (egipcios, babilonios, fenicios, griegos, etc.) tenían sus mitos cosmogónicos. A propósito del *Génesis,* los narradores yahvistas (R) habían colocado los suyos en los once primeros capítulos de este libro, mezclados con otra versión de las mismas tradiciones redactadas hacia la época del destierro por la escuela sacerdotal. A esta versión más tardía pertenece la conocida creación del Mundo en siete días que actualmente inaugura el *Antiguo Testamento.* Pero la serie elohísta tenía también su relato de los orígenes de la Tierra y del Cielo, que nos ha sido conservado a continuación del otro, y que es infinitamente más inocente *(Génesis,* I, 1, 2, 4, el primero, y *Génesis,* II, 4 a 24, el segundo).

a señalar lo que tiene de puramente fabulesco, con objeto de demostrar que su verdadero puesto está en las Mitologías[1012].

Pero entremos por esta chungla de mitos, fábulas y leyendas, en la que vamos a tropezar al punto con la primera creación de la fantasía de los levitas que las escribieron: Yahvé[1013]. El Yahvé bíblico, figura total y

---

[1012] Parece, en efecto, difícil de no admitir que esta serie de leyendas sirvieron de base al Judaísmo, religión de uno de los pueblos más insignificantes de la antigüedad, pueblo minúsculo de cabreros que la necesidad había vuelto belicosos (lo que explica que lo fuese su dios, «el Yahvé de los ejércitos», de los profetas); que compartió, siempre en lucha con otros de su misma calaña, inquietos, recelosos, ladrones y fanáticos, durante muchos siglos, el territorio hoy llamado Palestina. Porción mínima de tierra (que actualmente sus descendientes han hecho de ella, social, política y militarmente, un ejemplo para el Mundo) situada entre dos grandes Imperios, el persa y el egipcio, de los cuales fueron muchas veces esclavos. La casualidad de que el libro basado en su religión, el *Nuevo Testamento,* sirviese de estandarte a otra, el Cristianismo, que no tardaría en imponerse a todas las creencias paganas, hizo que el *Antiguo Testamento* y sus fábulas no sólo perdurase como libro religioso, sino que incluso adquiriese un renombre que todavía no ha perdido.

[1013] En cuanto a *Yahvé,* nombre del dios nacional de los israelitas, en la época histórica aparecían a propósito de él dos formas: una que se escribía con cuatro consonantes (la escritura hebrea solía suprimir las vocales), YHWH, tetragrama sagrado que jamás se leyó *Johová* (barbarismo grosero creado por los cristianos de la Edad Media), y que se pronunciaba Yahueh, Yahvé, y otra forma más corta que se escribía: YHW, YHH, YW, YH, y que se pronunciaba, según los casos, *yahó, yahú, yaw, yo* o *yah.* De todas maneras y fuese cual fuese la forma, ésta no era específicamente israelita, puesto que era usada por diferentes pueblos antes de los tiempos mosaicos. La propia tradición hebraica sugiere que Yahvé había sido conocido y adoptado antes de Moisés por los madianitas. Según cierta tradición, Caín, el antepasado epónimo de los quenienses (tribu de la confederación madianita), llevaba ya el signo de Yahvé *(Génesis,* IV, 15). Parece indudable, en todo caso, que las tribus hebraicas al principio de su instalación en Palestina empezaron a adorar simultáneamente a Baal y a Yahvé. Pues era, y esto sí que está fuera de duda, que aquellas tribus de beduinos y cabreros, ante la dificultad, en luchas constantes con sus vecinos inmediatos, por conservar vida, bienes y libertad, agarrábanse, a causa de su fanatismo ignorante, a cualquier dios que pensaban podría ayudarles. Y anclada la idea de que los vencedores habían sido protegidos por su dios mejor que los vencidos por el suyo (¿qué sino esta idea absurda de la intervención de potencias extraterrestres en los asuntos humanos ha sido el gran motor de la fe en todas partes y en miles de religiones, y qué sino esta quimera es todavía hoy causa de cruentas e insensatas luchas [Ulster, Líbano, Irán...] y de inocentes esperanzas [Lourdes, Fátima, Gangoitri...]?), el hecho de

enteramente inventada, mediante la que convirtieron en *monolatría* el *politeísmo* que los semitas habían tenido como religión durante muchos siglos, exactamente como todos los pueblos primitivos. Por supuesto, no por llegar a la monolatría dejaron de creer en la existencia de un gran

---

que Yahvé fuese adorado por tribus vecinas que antes adoraban a otros Baales. En cuanto a la «montaña de Dios», que tanto papel tiene en las leyendas mosaicas, y desde la que Yahvé lanzaba rayos y hacía ruido mediante truenos, como Indra, Zeus y Júpiter desde otras, era llamada por ciertos narradores hebreos (J y P) Sinaí; por otros (E y D), Horeb. En todo caso, Yahvé era un dios, además de imposible, como todos los dioses inventados por los hombres, extraño. Y plural en cuanto a cualidades. Pues además de batallador, vengativo y egoísta (¡ay del que adorase a otro Dios que a él! En su «Decálogo», el primer precepto era—y sigue siendo—: «Amar a Dios sobre todas las cosas»), como tantas veces nos le ofrece el *Antiguo Testamento,* asimismo le ocurría con frecuencia olvidar ciertas faltas, al menos durante mucho tiempo. Así como castigar con más severidad las que le afectaban personalmente que las que perjudicaban a los demás *(I Samuel,* II, 14-16). Y vengar, cual si de él mismo se tratase, los males infligidos a su pueblo. Así como castigar a los hijos con frecuencia por las faltas que habían cometido sus padres; a los súbditos, por las cometidas por los reyes; al pueblo entero, por el crimen cometido por uno de sus miembros. Todo lo cual no deja de sorprender bastante y hacer que no se entienda bien la justicia divina. Cierto que también bastaba el olor de los sacrificios para aplacar su cólera y sus rencores. También sentía simpatías inexplicables: «Yo me apiado de quien me apiado», declara a Moisés, es decir, de quien me da la gana, «y amo a quien amo» *(Éxodo,* XXXIII, 19). Y cuando le placía obligaba a cometer a alguno verdaderas locuras. Incluso pecados por los que les castigaría al punto *(Éxodo,* X, 20; *I Samuel,* II, 25; *77 Samuel,* XXIX, 1; *I Reyes,* III, 15; *II Reyes,* XXIV, 19-20). Total, que aquellos levitas fueron incapaces de hacer un dios como era debido. Le inventaron, como era natural, como habían hecho antes que ellos y luego todos los fabricantes de divinidades, a su imagen y semejanza. Claro que imaginar dioses no es empresa fácil. La prueba es que hasta hoy no ha salido uno sin defectos. Los teólogos cristianos mismos, no obstante tener a su disposición todos los ensayos anteriores y lo mucho que discurrieron para fabricar el suyo, acabaron por creer que bastaba acumular sobre él excelencias, sin darse cuenta de que algunas de ellas, como, por ejemplo, la presciencia, que hacía que para él todas las cosas fuesen un eterno presente, lo que hacía era someterle, como a todos los grandes dioses antiguos, a la férula inevitable del Destino haciéndole su esclavo. Pues sabiendo lo que fatalmente iba a ocurrir, ello probaba que lo futuro no sólo estaba determinado de antemano, sino que teniendo que suceder, sin que él, por injusto y malo que fuese, pudiera evitarlo, necesario y forzoso era que la Fatalidad o Destino, que de tal modo le impedía obrar, fuese superior a él, anulando con ello su cualidad de Dios todopoderoso.

número de divinidades semejantes a su Dios nacional. Es decir, que del mismo modo que Yahvé era el Dios de Palestina, Kemoch lo era de Moab y Baal Zebuh (nombre del que, por corrupción, saldría posteriormente un gran demonio: Belcebú) de Egrón. O sea, que junto a Yahvé había varios *elohim,* como junto a los *viddeoni* (espíritus familiares), los *sabib tuvi* o «compañeros», espíritus menores destinados, como en todas las mitologías, a remediar las necesidades inmediatas o no excesivamente graves. Lo que ocurría era que Yahvé era superior, en cuanto dios, para aquellos que le habían adoptado como divinidad, a los otros dioses; incluso de naturaleza diferente. Por supuesto, aun alcanzada la monolatría tras muchos siglos de creencias politeístas, éstas habían acostumbrado de tal modo a la idea de la existencia de gran número de dioses, que en el propio *Génesis* (III, 22) podemos leer: «Díjose Yahvé Dios: 'He aquí al hombre hecho como *uno de nosotros,* conocedor del bien y del mal.'» Y a continuación: «Para que no tienda también su mano al árbol de la vida y viva para siempre», el ínclito Yahvé le expulsó del Edén tras someterle, así como a sus descendientes, a ganar el pan con el sudor de su frente, y a causa de un pecado sólo por él cometido, a quedar sujeto a redención[1014].

[1014] La idea de redención está unida a la de «pecado original». Sin la supuesta falta primera no hubiera sido necesaria la redención. Y sin redención, ¿para qué la muerte de Jesús en una cruz? Todo esto, tan importante para muchos, es una pura fábula; la fabulita del *Génesis,* doblemente idiota, puesto que los propios judíos jamás creyeron en pecados imperdonables. A propósito del Decálogo dice, y no una, sino dos veces, el *Antiguo Testamento* que incluso tan cruel y vengativo dios como Yahvé no castigaba en los hijos las faltas de los padres sino hasta la tercera generación, y ello si era odiado por los individuos de ésta.

Según Jeremías, Yahvé había dicho: «Perdonaré sus faltas y no me acordaré de sus pecados». Y Ezequiel precisa: «El hijo no soportará las faltas del padre» *(Ezequiel,* XVIII, 20). Como todos los pueblos antiguos, antes que fuese inventada la martingala de la confesión de los pecados, los hebreos acudían a expedientes tales como el del «cabrón emisario» para descargarse de sus faltas e iniquidades. Los griegos, por su parte, no obstante considerar como algo muy grave la rebelión de los Titanes contra los Olímpicos, no pensaron, sin embargo, que la Humanidad debía pagar por ellos. En ciertas leyendas asiáticas, al ser pervertidos los hombres por los espíritus celestes, no fue considerado el hecho como falta por su parte. Los gnósticos, para quienes tan importante era la naturaleza humana, no por ello hablaban de desobediencia ni de culpabilidad eterna. Los esenios, para quienes también las iniquidades de la carne «eran cosa no solamente muy grave, sino incluso congénita a ella», contaban, no obstante, con la gracia de Dios, que siempre concedía perdón. En todo caso, fue sobre todo Pablo el que, cogido de una especie de deleite morboso, insistió sobre la idea de

También sabemos por el *Génesis* (y vayamos apuntando fantasías más o menos curiosas), que el dios Yahvé *tenía hijos*[1015]: «Cuando comenzaron a multiplicarse los hombres sobre la tierra, y tuvieron hijas, viendo los *hijos de Dios* que las hijas de los hombres eran hermosas, tomaron de entre ellas por mujeres a las que bien les parecieron» *(Génesis,* VI, 1-2). Y en *Job* (I, 6) nueva mención de los hijos de Dio?; véase: «Sucedió un día que los *hijos de Dios* fueron a presentarse ante Yahvé, y vino también con ellos Satán». Luego no hay duda: la propia Biblia, libro divino y revelado como escrito por inspiración del Espíritu Santo, que no puede equivocarse, nos dice no sólo que su Dios, Yahvé, no era único (al deutero Isaías se le ocurriría después decir lo contrario, lo que prueba el crédito que hay que

---

un pecado original y de una condenación perpetua aun observando la ley y las prácticas recomendadas por ésta. Y por ver de explicar algo tan absurdo como el suplicio de un Dios intentando con ello redimir a los hombres de un pecado que no habían cometido, se esforzó insistiendo sobre tan imposible pecado.

En cuanto a los evangelistas, el único que dijo que Jesús había venido para borrar las faltas del Mundo fue Juan. Los otros no hablaron sino de un rito de iniciación y de un «bautismo de arrepentimiento» administrado por Juan el Bautista. En fin, por si todo ello fuese poco, los teólogos cristianos decidieron, no considerando, sin duda, suficiente la muerte de Jesús como redención del dichoso pecado original, cometido no por los hombres, sino por la primera pareja (de la que vergüenza les hubiera debido dar hablar), que el bautismo era el sacramento necesario para limpiar a quienes lo recibiesen del estúpido pecado. Y que sólo él (ceremonia, además, ni siquiera original, puesto que había sido y seguía siendo practicada por otras religiones, como, por ejemplo, el Mithraísmo) era la verdadera puerta para entrar en su religión. Debieron decir: el lazo para atrapar incautos, el espejuelo de las alondras cristianas, puesto que muy pocos de los que por esta puerta entran, por mejor decir, les hacen entrar de niños, cogidos luego de no menos pueriles temores relativos a una asimismo mentida vida futura, son después capaces de escapar de la red con que fueron cazados.

[1015] Aunque no sea necesario, ni siquiera indispensable, por ser recurso bien conocido, afirmaciones como ésta y otras no menos sorprendentes no preocupan gran cosa a los teólogos, que tienen respuesta y recursos para todo. Así, para salir de apuros en todos aquellos casos en que los hay, acuden al sentido «simbólico», por ejemplo, según el cual las cosas, cuando les conviene, no dicen lo que dicen, sino que, según su criterio (que entonces suele coincidir con el del Espíritu Santo), dicen lo que ellos aseguran que dicen. Así como ante las cosas inexplicables no dudan en afirmar que no conviene insistir sobre ellas: que se trata de misterios que escapan a la inteligencia humana. Y ante las totalmente imposibles, que siendo Dios *todopoderoso,* para él nada es imposible. En fin, si hace falta cerrar definitivamente las bocas atrevidas, hablan, refiriéndose a su Dios, de sus designios *inescrutables.*

conceder tanto a los profetas como a la Paloma Divina), sino que Jesús no era su único hijo, como se empeñaron en hacerle los redactores del *Nuevo Testamento*[1016]. Pero no nos desanimemos y sigamos cazando patrañas, sin apartarnos todavía, pues aún no le conocemos bien, del admirable Yahvé.

[1016] Y puesto que he mencionado el libro de *Job,* veamos a propósito de él algo sumamente curioso: A continuación de lo citado en *Job,* I, 7 y sigs., vemos a Yahvé (que a veces era no sólo un padrazo, sino muy campechano) no ya recibir a sus hijos, sino, como acabo de decir, a Satán, que venía con ellos, olvidando ya todo lo pasado (su rebelión, arrastrando consigo a gran número de ángeles, y haberle tenido que expulsar del Cielo tirándole de cabeza), que le autoriza para que tiente a Job, en cuya fidelidad y virtudes tiene gran confianza. Confianza absoluta. Lo que, en efecto, Satán pone en práctica al punto. Todo ello (olvidemos por un momento las excelencias literarias de este libro), ¿no tiene el aspecto de un hatajo de fábulas más? Claro que si fue escrito por inspiración del Espíritu Santo...

¿Pues y cuándo en otra, ésta del *Génesis,* es decir, muy anterior, hacemos conocimiento con Caín y Abel? Veamos un poco. Se trata de cuando la primera pareja acababa de ser expulsada del Edén. *«Conoció* de nuevo Adán a su mujer, que parió un hijo».* Este hijo fue Caín. En un segundo *conocimiento,* o tras un segundo conocimiento, nació Abel. Aquél se hizo labrador, y éste, pastor. «Ambos ofrecieron ofrendas a Yahvé», pero éste, caprichoso (una de sus cualidades; pronto veremos otras), aceptaba las de Abel, pero no las de Caín. Claro que si no era vegetariano, entre un cordero, cabrito o quizá un ternerillo, y unas patatas, unos nabos y unas lechugas, la elección no era dudosa. En todo caso, Caín, rabioso, mató a su hermano. Primera prueba de 'fraternidad', que luego sería con frecuencia regla en la Tierra. «Caín, maldito por Yahvé, alejose de su presencia y habitó la tierra de Nod, al Oriente del Edén, donde encontró a una mujer. La *conoció,* a su vez, y ella le dio a Enoc, su hijo». (Caramba con los «conocimientos» de entonces. Hoy algunos joden. Pero entonces no faltaba uno. Mas sigamos.) Quedábamos en que le dio a Enoc, para quien Caín «edificó una ciudad, a la que dio el nombre de Enoc, su hijo».

Luego si además de encontrar una mujer construyó él solito una ciudad (que ya es mérito aun acompañado) era, si nos decidimos a creerlo, porque por allí, bien que el libro inspirado no lo diga, había gente suficiente para habitarla. Porque de haber estado solo con la mujer y el chico, ¿no hubieran tenido bastante con una cabaña? Luego o no se cree lo de la ciudad, o si se traga la bola, hay que disponerse a tragar otras muchas también considerables. Por ejemplo, que si al Oriente del Edén había no sólo mujeres con las que hacer «conocimiento», sino hombres en cantidad como para habitar una ciudad, que no eran, como parece lógico, hijos de los padres de Caín, evidente parece que éstos no habían sido la primera pareja. O sólo la primera pareja creada por Yahvé, mientras otros dioses creaban, por su parte, a otras que se «conocieron» y empezaron a poblar el

En efecto, acerquémonos un poco más a él con objeto de ir apreciando sus méritos. Es decir, cómo los levitas que le inventaron le hicieron, no podía ocurrir otra cosa, a su imagen y semejanza[1017], no obstante asegurar

---

Mundo. De modo que, ¿qué hacemos? *Be or not to be.* «Creer o no creer». ¿Qué hacemos? ¿Nos decidimos, siquiera pensando en el Espíritu Santo, a creer mentira tras mentira, mito tras mito, empezando desde la primera página del *Génesis,* o nos limitamos, sin enfadarnos ni preocuparnos, a reconocer que el Libro de los libros es un copioso almacén de ellas?

[1017] Una de las mayores y más estúpidas mentiras del *Génesis* es: «Que Dios hizo al hombre a su imagen y semejanza». Blasfemia, además, considerable dada, por lo general, la baja calidad y condición, tanto física como mental, de los humanos. La verdad es que fueron los hombres quienes, atacados de la manía de inventar dioses, los imaginaron por obra del antropomorfismo, no podía ser de otro modo, como eran ellos, sólo que gigantescos, al suponer, dada la fuerza de los cataclismos que los aterraban, que eran poderosísimos. En todo caso, dos caminos se siguieron en la fabricación de dioses: Por el primero discurrió la fantasía de muchos, dando lugar a las primitivas creencias de este tipo, creadoras de las formas religiosas inferiores (fetichismos, totemismos, politeísmos y demás de valor semejante). Luego, el animismo empujó a dar vida particular a las fuerzas y elementos de la Naturaleza, naciendo al hacerlo, por todas partes, las mitologías propiamente dichas, de las que Egipto y la India, y más tarde Grecia, sobre todo la India y Grecia, llegaron a las formas más completas e interesantes. Formas que al evolucionar con el tiempo, hicieron que evolucionase también la idea primitiva de que existía una vida luego de ésta. Idea que el Orfismo griego llegó a suponer algo tan curioso e interesante como que la segunda vida dependía de la primera. Idea que en la India había dado lugar a la «metempsicosis», según la cual, las almas reencarnaban en cuerpos más o menos perfectos, según había sido, en la vida anterior, la destinada a reencarnar. En el Orfismo no había reencarnación, pero sí, como he indicado, la existencia posterior dependía de la primera, siendo buena si ésta había sido buena; mala, si lo contrario. Lo que entrañaba una idea moral digna, al menos, de ser tenida en cuenta por lo que representaba como progreso ético-religioso.

Un nuevo paso y se llegó a las religiones a base de misterios, para pertenecer a las cuales era preciso una iniciación; iniciación que tenía como base indispensable la adquisición de cualidades morales de orden superior a las corrientes. Y como postrera evolución de este nuevo tipo religioso, tan superior a todo lo anterior, se llegó a las religiones a base de dioses salvadores, así llamados a causa de «sacrificarse» y morir para luego resucitar con objeto de que los que creían en ellos pudiesen gozar gracias a su sacrificio de una vida ulterior, cuando a ellos les sucediese igual (que resucitasen a su vez), más perfecta y mejor.

El hecho de que el germen de esta resurrección fuese como una imagen del despertar cada año de la primavera, es decir, de la Naturaleza muerta durante todo el invierno, y que, por tanto, esta variedad de dioses fuesen, en un principio, dioses agrarios, nada tuvo que ver con su evolución posterior ni con sus consecuencias. Este fue, en grandes líneas, el primer camino.

El segundo fue el emprendido por las llamadas religiones superiores (hijas no de la fantasía popular, que pudiéramos decir, o sea, obra del tiempo y de los muchos y desconocidos, admitamos, creadores, que a fuerza de una especie de primitiva fe, fanatismo e ignorancia, e incluso sin darse bien cuenta de lo que hacían, fueron imaginando fantasías, tomadas al punto como realidades; crearon poco a poco lo que más tarde filósofos y poetas concretaron en teogonías que aún se conservan), religiones creadas por el genio de un hombre de inteligencia superior: Confucio, Zarathusíra, el Buda, etc.; religiones pronto modificadas por sus seguidores y discípulos, pero cuya fuente primitiva fueron ellos. Y tanto en unas como en otras, el campo de creencias quedó pronto dividido en dos partes: la de los más avisados y audaces, que se proclamaron servidores inmediatos de los dioses y sus representantes directos, y la de los simples creyentes, cuya misión fue en todas partes: primero, creer a ojos cerrados las mentiras ordenadas y dispuestas por los sacerdotes; segundo, dedicar una parte del beneficio de su trabajo o de su riqueza a aquello que pudiera constituir «ofrendas», es decir, elementos mediante los cuales ofrecer «sacrificios»; sacrificios realizados en honor de los dioses por los sacerdotes, y de los cuales, el humo de las grasas quemadas subía para ellos a las alturas, quedando las carnes, las magras, para los solícitos oficiantes. Estos, como aparte del trabajo de inmolar las víctimas y recoger las ofrendas no tenían otro, acabaron por dedicar sus descansados ocios a inventar nuevos dioses y nuevos procedimientos para agradarles, con lo que adquirieron una sabiduría que les hizo célebre en medio de la total ignorancia general. Sabiduría que acabó también, como sagrada, admitida sin discusión y celebrada.

Los brahmanes hindúes y los sacerdotes egipcios fueron, de un modo especial, los grandes representantes de aquellos aprovechados cuerpos de oficiantes religiosos y los que sirvieron de pauta y ejemplo para todos los de las religiones posteriores, cuadrillas cada vez mejor organizadas de parásitos encargados de mantener siempre a los dioses, además de satisfechos y contentos a fuerza de sacrificios bien guardados tras bastiones y murallas (cuyo cemento era la «fe», que no descuidaban de fomentar), de misterios que cortaban y siguen cortando a los fieles toda comunicación directa con aquellos a los que generosamente proveían de bien perfumados humos. La sabiduría teológica de estos ministros terrestres de los dioses ha llegado a ser tan perfecta en ciertas religiones superiores, como para convertir en «dogmas» las más caprichosas e imposibles afirmaciones. Por ejemplo, hacer creer que basta un gesto suyo para transformar pedacitos de harina o unas gotas de vino en cuerpo y sangre de un Dios que los fieles deben tragar para su mayor bien. Lo que éstos hacen sin ocurrírseles pensar si quiera que tan admirable beneficio, de ser verdad les obligaría a pagarlo de forma ingrata: sometiendo, por poco que fuese, a tan grande, benéfico, generoso y amado Dios a los procesos naturales de la digestión, esto en primer lugar, y luego a salir por el sitio opuesto a aquel por el que previamente entraron.

Que cosas como ésta y otras muchas que ni citar hace falta, se dijesen y fuesen creídas cuando asimismo se creía que la Tierra era el centro del Universo y alrededor de ella giraban el Sol, la Luna y las estrellas, pase. Pero hoy, cuando es cosa demostrada y admitida que es tan sólo un ínfimo átomo de polvo cósmico perdido, en forma de planeta, en uno de los millones y millones de sistemas solares de una de las galaxias, de las que asimismo hay cientos de miles de millones, es ya más difícil de comprender. Si, además, se tiene en cuenta que nuestra Tierra tiene más de cuatro mil millones de años de existencia (bien que apoyándose en el *Antiguo Testamento,* un sabio obispo inglés, cuyo nombre ya he citado, «demostrase» no sólo que tenía poco más de cuatro mil años, sino el día, mes y hora en que empezó la creación, lo que fue tan firmemente creído que cuando Buffon, en el siglo XVII, dijo que la existencia de nuestro planeta era, lo menos, de setenta y cinco mil años, tal afirmación fue considerada como atea, equivocada y tremendamente absurda. Y lo mismo cuando poco después, en 1772, el abate Giraud-Soulavie, basándose en el tiempo necesario para la formación de los valles en los basaltos, supuso también una cronología de la Tierra no conforme con la del *Génesis.* Pero como decir lo que pensaba supuso que le valdría, por lo menos, muchos sinsabores, esperó tiempos mejores para la verdad, y en 1793, al fin, se atrevió a afirmar que la usura de una colada de lava podría durar seis millones de años. En fin, descubierta la radioactividad, se sabe de un modo cierto que la base de los tiempos primitivos puede remontarse a unos doscientos mil millones de años, y que la Tierra existe desde hace más de cuatro mil millones, como he dicho), que el hombre apareció en ella en un período que se ha calculado entre seiscientos mil y un millón de años y que su inteligencia estuvo en condiciones de imaginar la posible existencia de dioses hace unos ocho o diez mil años, antes tal vez, ¿no parece que tras todo lo imaginado sin fundamento alguno y tan sólo a fuerza de fantasía durante tantos años, va siendo tiempo ya de apartarse un poco de la *religión* para acercarse asimismo un poco siquiera, como se va haciendo ya, por fortuna, a la *ciencia?*

¿Que hay derecho a no hacerlo y a seguir admitiendo como cosas verdaderas, positivas y serias verdaderas puerilidades, así como a concebir esperanzas igualmente imposibles y quiméricas? Por supuesto. Como hay derecho a lo contrario. Y a proclamar tanto una cosa como otra en nombre del sagrado derecho de libertad de conciencia. Del sagrado derecho a pensar y exponer lo pensado. Siempre, por supuesto, que lo pensado no pase de la esfera del pensamiento. Es decir, de que se esté seguro de que entre las grandes y positivas virtudes y al frente de ellas hay que llevar, como guión y estandarte, a una con frecuencia olvidada: la TOLERANCIA. Que segura de que todo en el Universo está regulado por leyes físico-químicas *invariables,* bien que no admita dioses hijos de la fantasía, revelaciones, milagros, dogmas y demás cosas semejantes, es decir, derogaciones caprichosas de estas leyes, comprendiendo que aún hay muchos

que había sido él quien había hecho a los hombres a la suya. El dios inventado por los levitas judíos era, como ellos, un dios puramente humano. Y, además, como vamos a ver, de los de condición mala, torcida, puesto que era envidioso, cruel, vengativo, feroz, implacable, capaz de todas las fechorías (como voy a demostrar citando párrafos enteros de lo que a propósito de él dice el *Antiguo Testamento),* en una palabra: un dios mal hecho, mal concebido, torpemente imaginado, así hay que presentarle y así voy a hacerlo, aunque mostrarle tal cual le hicieron obligue al lector (a no ser que su fe sea tan ciega y total que haga la cerrazón de su espíritu absolutamente irremediable) a reconocer que meterse por el *Antiguo Testamento* es como hacerlo por un bosque del cual gran parte de los árboles son puras fábulas, fantasías y mentiras que donde mejor encajan es en una mitología. Y, además, que más vale, en efecto, que se trate de cuentos, que no que fuesen el relato de majaderías, atrocidades y crímenes que tuvieron realidad un día. Todos los calificativos anteriores, a juzgar por lo que voy a transcribir, no pueden ser más ciertos; es más, a ellos hay que añadir que el tal Yahvé era tonto de solemnidad, puesto que no hacía sino crear criaturas sin sospechar siquiera que se le iban a rebelar y a desobedecerle: primero los ángeles[1018] y luego los hombres, a los que, para

---

incapaces de variar de ruta, cierra los ojos sin enfadarse, admitiendo que se piense de modo diferente de como piensa ella.

[1018] Los ángeles fueron el resultado, en la mitología bíblica, del antropomorfismo, que no podía dejar de aparecer en los que fueron inventando ésta, como en todos los que habían fabricado antes otras mitologías-religiones, así como en los que continuaron esta tarea tan universal y frecuente después. En la Tierra, los monarcas, los jefes, los caudillos, tenían ayudantes y servidores, en los que delegaban muchas de sus funciones, pues a los dioses fatalmente les tenía que ocurrir igual. Y he aquí por qué Yahvé tuvo ángeles servidores, como Ahura-Mazda tenía los suyos, aquellos arcángeles que fue enviando sucesivamente a Zarathustra para que, cada uno a favor de una visión, le fueran inspirando confianza cuando más desesperado estaba acosado por infinidad de angustias al ir a iniciar su misión redentora. Arcángeles, ángeles, servidores celestiales, dioses menores, lo que se quiera: pero una corte celestial en torno a todos los dioses, como una corte terrestre en torno a todos los monarcas. En cuanto a divinidades menores, recuérdese la riqueza de la mitología griega. Y, sobre todo, de la romana, donde no ya en forma de ninfas y diosas menores protectoras de los elementos naturales, sino para cada necesidad puramente casera y familiar había un espíritu tutelar, antecesores de los santos, que en el Cristianismo están asimismo al frente de cada necesidad, temor y hasta capricho. Así, el que no protege contra las tormentas, como Santa Bárbara, lo hace en cuestiones de negocios, como San Cayetano, o los matrimonios, como San Antonio, al que ya se empieza a suplicar mediante oraciones e incluso alguna velita en cuanto se está en edad de tener novio. Realmente en esto de ayudas celestiales para todos y cada uno de los casos de necesidad, el Catolicismo, con su nutrido santoral, no puede estar mejor servido. Sin contar que además tiene ángeles y arcángeles para las ocasiones importantes, más otras dignidades: querubines, serafines, potestades, tronos, ¡qué sé yo! (para detalles acerca de los servidores divinos de este riquísimo panteón, dirigirse a Santo Tomás de Aquino, que supo de esto más que nadie, el gran trapalón). Todo sin contar al jefe superior de tan esclarecidos espíritus protectores: el Espíritu Santo.

O sea, que los ángeles pertenecen a la gran familia de fantasías en la que fueron imaginados los considerados como genios auxiliares espirituales, los *espíritus, demonios* y ciertos *dioses menores* o semi-dioses que conocieron la mayor parte de las religiones antiguas y que, por supuesto, siguen conservando muchas de las modernas. Su origen fue Babilonia. Su número primitivo, el siete. Su nacimiento, la doctrina de Zoroastro (Zarathustra). La Iglesia primitiva, no obstante creer en ellos y estar convencida de que su función consistía en ayudar a Dios y ser sus servidores, no estableció una doctrina sobre ellos. Sin embargo, cada Padre aseguró lo que le vino en gana acerca de los tales, sin tener en cuenta otra cosa que su fantasía. Clemente de Roma, huella «del ejército de los ángeles de Dios». Según Ignacio, de que su suerte dependía de que creyesen o no en la existencia humana del Cristo (lo que parece probar que, según él, hasta en el Cielo existían terribles dudas sobre tal existencia, a la que, como sabemos, en la Tierra se oponían gnósticos y docetes). A creer a Hermas, Dios creó primero seis ángeles (obsérvese, una vez más, la audacia en el afirmar de aquellos tan celebrados varones), a los que confirió la organización y dirección del Mundo. Luego los multiplicó de tal modo que cada hombre tenía dos a su servicio: uno que le inducía al bien, y otro que lloraba cuando, no obstante, se inclinaba hacia el mal. Justino profesaba y aconsejaba el culto a los ángeles, así como el de la Trinidad. Excelente hombre este Justino también. Orígenes asignó un ángel a cada nación, menos a Israel, de cuyo país se ocupaba el propio Dios (poco, sin duda, hasta hoy, en que, por lo visto, ha decidido que tenga en jaque a todos los que adoran a su otra cara: Alá). En cambio, los gnósticos, para los que el Mundo era la obra de un dios inferior y el reino de la materia, los ángeles no eran sino los enemigos de las almas, a las que impedían entrar en la patria celestial del Dios bueno, de la que habían sido separados. En fin (el tema, bien que prolijo, es tan idiota que no merece más comentario), el que, sin duda, sabía, como he dicho, más que nadie sobre los ángeles (tal vez, a causa de revelaciones especiales) era el ínclito, seráfico y plúmbeo. Tomás de Aquino, que además de dividirlos en jerarquías fijas (ángeles, arcángeles, querubines, serafines, potestades, tronos y qué sé yo), sabía no tan sólo lo que cada jerarquía cumplía como servicio particular de Dios, sino hasta el número de ángeles que en sublime y divino equilibrio cabían en el filo de una espada. ¡No en vano es uno de los grandes doctores de la Iglesia, de la

empezar, tiene que expulsar del Paraíso y no tardando, en exterminar mediante el diluvio. Pero vamos paso a paso. Es decir, apuntando mentira tras mentira: Yahvé *envidioso:* Esto él mismo lo confiesa en *Éxodo,* XXXIV, 14, donde dice (entiéndase: le hacen decir los levitas que le van fabricando): «No adoraréis a otro Dios que a mí (se dirige a Moisés, que ha subido de nuevo al Sinaí con otras dos tablas de piedra para grabar en ellas sus 'Mandamientos', pues las primeras las rompió en un acceso de cólera), porque Yahvé se llama envidioso, es un Dios envidioso»[1019]. Que es puramente «humano», como sus inventores, lo vemos no sólo en sus errores e imprevisiones, sino en sus gustos: «Oyeron a Yahvé (Adán y Eva

---

que asimismo, en su sexo, y tampoco ligera como prosista, es la gran santa de Ávila!

Escribir siquiera parte de las infinitas estupideces y demencias que se han asegurado a propósito de los ángeles llenaría muchas páginas. Contentémonos, pues, con saber que los ángeles planetarios recibieron forma animal. El que regentaba Saturno (Iadalbaoth o Miguel) tenía cuerpo de león. El de Júpiter (Iao o Uriel), de loro. El del Sol (Gabriel o Adonai), de águila. El de Marte (Rafael o Sabaot), de hombre.

En el *Antiguo Testamento,* en un principio, no había diferencia entre Dios y el ángel que le representaba. Luego, se pensó mejor y se le hizo su enviado, para lo que, naturalmente, con objeto de que pudiera cumplir rápidamente las misiones que su Señor le confiaba, se le dotó de cuerpo con alas. Los ángeles bíblicos intervinieron en una porción de fábulas por todos conocidas. Y, como era lógico, en el *Nuevo Testamento* también tenían que aparecer. Y así vemos a uno anunciar a María lo que no se podía resolver a creer; y a otros, luego, tratar de consolar a Jesús la noche que precedió a su pasión. Y a Satán (ángel también, aunque caído y, sin duda, aturdido aún por el golpe) tentar y pretender engañar nada menos que a Jesús estando éste en el desierto. ¡Pero cuánta bobadita, por no decir otra palabra más fuerte!

Hoy, la Iglesia, sin duda, al fin bien informada, asegura que, así como Dios, los ángeles son puros espíritus. Pero antes tenían ¡hasta sexo! En el *Génesis,* el masculino, puesto que allí se asegura «que encontrando hermosas a las hijas de los hombres, se unieron con ellas» y las hicieron su barriguita. Por mejor decir, barrigota, puesto que de ellas «nacieron los gigantes». Y ya creo que es bastante sobre esto. Perdóneseme haber contado tanta mentira de un tirón.

[1019] La palabra que yo traduzco por «envidioso» se suele traducir por «celoso». Pero viendo cómo se comporta, este término no le va en el sentido de «eficaz en el cumplimiento del deber», sino que es preciso interpretarle en el de «rivalidad o emulación en cuanto a excitar, a ser y querer ser más que otro». Por consiguiente: a sentir envidia de los preferidos a él y por ello tratar de evitar que tal ocurra. Y de aquí sus palabras, palabras de gran envidioso: «No adoréis a otro Dios que a mí».

tras haber saboreado la manzana), que se paseaba por el jardín al fresco del día» *(Génesis,* II, 1), es decir, como un hortelano cualquiera. Al punto y como humano, envidioso de la primera pareja, la expulsa del Paraíso-jardín, por miedo a que lleguen a ser como él si alcanzan la inmortalidad. Y luego humano siempre, y con más instintos de hombre que de dios, en su modo de comportarse con Caín y Abel, amando a éste y aceptando sus ofertas, y no a aquél y las suyas. ¿Por qué? ¡Ah! El que inventó el episodio no lo dice. En todo caso, sin saber, una vez más, que su injustificada preferencia va a costar la vida a su favorecido. Luego viene su «cólera», puramente humana también, al ver que todos los descendientes de la primera pareja, no obstante haberse mezclado tan íntimamente con sus hijos, eran, salvo uno, Noé, rematadamente malos *(Génesis,* VI, 6): «Se arrepintió doliéndose grandemente en su corazón, y decidió destruirlos valiéndose de un diluvio»[1020]. Tras lo cual es referida la fabulita de Noé y su arca, fábula semejante a las varias docenas de ellas que, como hemos visto, adornan otras mitologías.

Luego viene la historieta de la torre de Babel (tampoco nueva). Y al punto entra en escena Abraham[1021], con el que Yahvé, que, a juzgar por las

----

[1020] Entre los recursos empleados por los dioses para deshacerse de los hombres, uno de los más utilizados es éste de hacerles desaparecer mediante un diluvio. El procedimiento, como hemos visto, se encuentra no sólo en muchas mitologías de Europa y Asia, sino en bastantes americanas. Y es que los hombres de todos los países llegados a ciertos grados de civilización, guardando recuerdos transmitidos de generación en generación de los grandes cataclismos de esta clase del período cuaternario, sabían que lo que más fácilmente podía hacerles grandes daños era, en primer lugar, el agua, y en segundo lugar, el fuego. A propósito de los diluvios y como simple curiosidad, voy a recordar otro de los diluvios famosos. En Nínive, en el palacio de Asurbanipal, se ha encontrado la copia de un antiguo poema babilónico de principios del segundo milenario, llamado *La Epopeya de Gilgamés,* en el cual se habla de un tal Uta-Napishtín, que se salvó del diluvio en un arca, en unión de varios animales. Lo que no dice el poema es que se emborrachase, como Noé.

[1021] La primera forma del nombre Abraham o Abram, de *ab,* «padre divino», y *am,* «alto, elevado», no es otra cosa sino una ortografía diferente, que no puede significar «padre de una tribu» (tribu o raza), como quiere el *Génesis* en XVII, 5. Según este libro (XI, 27 y sigs.), Abraham era hijo de Tarakhmes, originario de la ciudad de Ur, sobre el Éufrates inferior. Con su padre y su mujer, Sarai o Sara, emigró hacia Herrán, en la Alta Mesopotamia. Según *Josué* (XXIV, 2), estos emigrados adoraban allí a otros dioses distintos de Yahvé. Dioses o divinidades lunares de estas dos ciudades, es decir, el dios Sin y su esposa Sarai. En *Génesis* (XII, 13),

Abraham dejó Herrán, atravesó el país de Canaán y luego de fundar algunos santuarios, tras una corta estancia en Egipto, se fijó al oeste del mar Muerto.

En cananeo, Tarakh significa «luna», dios de la Luna, y es por Tarakh, traducción del nombre de Sin, como el dios de la Luna llegaba a Ur y a Herrán. Uno de los títulos de Sin en Babilonia (ha sido comprobado) era abuilani, «dios elevado», lo que se traduce en hebreo por *abram*, Abram. Sarai es la esposa del dios Sin, de Ur y de Harrán, al mismo tiempo que del Abraham bíblico. Luego, evidentemente, Abraham, lo mismo que Sarai (Sara) y Tarakh, eran originariamente divinidades lunares salidas del culto a Sin en Ur. Cuando al cabo de siglos y de invasiones, los israelitas y los jadeanos adquirieron la preponderancia militar y política en Palestina, y el jefe de la banda, David, consiguió crear la unidad política israelita, los levitas de Israel, que con su dios nacional tanto habían contribuido, según creencias de la época, a la unificación del reino, hicieron cuanto estuvo en sus manos para extirpar los numerosos cultos heterogéneos, entre los cuales, los antiguos cultos lunares del género del rendido o tributado a Abraham. Pero no siendo fácil acabar con la veneración enraizada profundamente en aquellos cabreros y beduinos ignorantes y fanáticos, y por lo mismo tan aferrados a sus creencias, decidieron proceder a la «humanización» de tales dioses haciéndoles antecesores humanos del pueblo de Israel (el caso era hacer creer, para que el cambio fuese más factible, que eran algo importante), y los transformaron en patriarcas. Los numerosos mitos y leyendas que habían nacido a la sombra de los santuarios de Abraham, Isaac, Jacob, etc., fueron escogidos por los levitas autores de la mixtificación con objeto de inventar nuevos mitos, que la ignorancia de los que los escuchasen creerían siempre de buena fe. De este modo, dioses hijos igualmente de la fantasía, fueron convertidos en hombres (con el mismo éxito se haría otras veces lo contrario), la mitología se transformó en historia, y así, un libro, lo menos con un 50 por 100 de puras fábulas, llegó, ¡oh santa credulidad!, a revelado, divino y triplemente santo a favor de un poco de pomada no menos verdadera: la intervención del siempre oportuno Espíritu Santo.

Y por si no hubiese bastantes ya, más leyendas. En el *Testamento de Abraham* vemos a Abel representar el papel de Juez del Mundo Inferior, es decir, como el Juma (Yima) de los aryos. Durante el exilio fue olvidado, pero luego, los levitas, siempre con más imaginación que escrúpulos, hicieron de él, llenos de santa devoción, el tipo perfecto del santo y del mártir. La Escritura no habla de su posteridad y ciertos Padres de la Iglesia aseguran (tampoco les faltaba imaginación) que no estuvo casado e incluso que murió virgen. En cambio, Caín, el mayor, «conoció» a su mujer, y como aquellos conocimientos iban siempre seguidos de un parto, su mujer tuvo a Enoc. Muy bien, pero ¿de dónde salió esta mujer? ¿De una costilla de su marido transformándose éste, imitando a Yahvé, en experto alfarero y sacando a Eva de una de las de Adán, o era simplemente hermana de Caín? Por otra parte, cuando Dios le maldijo por el crimen en el cual tenía parte a causa de haber rechazado sus ofrendas, exclamó: «Fugitivo seré y cualquiera que me encuentre me matará». ¿Cualquiera? ¿Y quién hubiera podido ser este cualquiera, puesto que el segundo hermano del asustado Caín no había nacido aún (que se sepa) y Abel había muerto sin descendencia? En fin (que todo esto es idiota, evidente, pero lo señalo para probar aún que se trata de puras fábulas que se han hecho creer y se sigue hacer creyendo como cosas divinas y reveladas), ya hemos visto que cuando Enoc nació, su padre construyó una ciudad. No sabemos si con rascacielos o dejaría que el primero de éstos fuese la torre de Babel. Total, que mírese por donde se mire el Libro de los libros, empezando por su comienzo, el *Génesis,* no es otra cosa, como se va viendo, que una Babel, ésta sí, real y positiva, de fábulas, de leyendas, de mitos y de mentiras. Confirmándolo, y puesto que esta nota ha sido a propósito de Abraham, el gran patriarca, que, como se ha visto, no existió sino en la imaginación de los que tal decidieron que fuese, veamos otro episodio curioso que a propósito de él narra el Libro indudablemente divino y revelado.

Aunque este aliado, comensal y anfitrión de Yahvé, nos es ofrecido como colmado de riquezas y más poderoso que los reyes de los países por los que pasaba empujado por su gusto por la vida errante (primera y gran imagen del judío sometido a tal destino), no por tener mucho e incluso quizá para ello y aumentarlo aún, no desdeñaba traficar con los encantos de su mujer, Sara, para lo cual, y con objeto de que tal mercancía fuese aceptada sin escrúpulos o con menos, la hacía pasar por su hermana. En *Génesis,* XII, 14 y siguientes, vemos a los jefes del Faraón encontrar a Sara muy hermosa, hablar de ella a éste y al Faraón acostarse con ella, o sea, «conocerla», tras haber colmado a Abraham, el aprovechado cornudo, de «ovejas, ganados, asnos y camellos». Hasta que Yahvé, harto de tanta desvergüenza, sin duda, se decide a intervenir. Pero en vez de decir a su protegido lo que se merecía, «inflige con grandes plagas al Faraón y a su casa, por Saria (Sara), la mujer de Abraham», al que el justamente dolido Faraón llama y dice: «¿Por qué has hecho esto? ¿Por qué no me diste a saber que era tu mujer? ¿Por qué dijiste: 'Es mi hermana', dando lugar a que la tomase por mujer? Ahora, pues, ahí tienes a tu mujer, tómala y vete». Y le despidió. Pero sin quitar al complaciente patriarca lo que había sacado a costa del engaño con ayuda de tan fina puta. Y ¿qué decir de Yahvé, al que, por lo visto, tampoco le importaba asociarse con su aliado en sus negocios de proxenetismo? ¿Querremos aún que tales contubernios sean verdad en vez de puras fábulas? Porque el tan adicto al Espíritu Santo que prefiera que se trate de reales y verdaderas historias, alégrese porque no acaban aquí. Ni mucho menos. Pues el Patriarca encontraba tan cómodo ganar rebaños, asnos, camellos y oro vendiendo a su mujer, que lo mismo que con el Faraón, hizo al rey Abimelec de Guerer, quien al saber que es su hermana, es decir, al creer la desvergüenza, gustándole también mandó que se la trajesen para «conocerla» bien conocida. Pero harto, sin duda, el divino cómplice de tales «conocimientos», se le apareció en sueños a Abimelec y le amenazó de muerte. Este, aterrado, clama *(Génesis,* XX, 4 y sigs.): «Señor, ¿matarías al inocente? ¿No me ha dicho: 'Es mi hermana', y no me ha dicho ella: 'Es mi hermano'?» A lo que el gran alcahuete celestial replica, demostrando ser digno

que hace, tiene la manía de las alianzas, pacta otra nueva. Y al que quiere tanto que un día baja a cenar con él en el encinar de Mambré *(Génesis, XX)*. Luego viene el relato, evidentemente histórico también, de lo de Sodoma y Gomorra, que nos hace saber, por mucho que nos duela, que los descendientes de Noé no habían heredado sus virtudes (borrachera aparte). Claro que hoy, que por lo visto la homosexualidad está a la orden del día, y que tal vez algún lector de esos que hacen agua por la popa me escriba protestando: «Oiga usted, amigo: ¿Quién le ha dicho a usted que un hombre no pueda ser virtuoso por el simple hecho de que le guste que le visiten el esfínter o por calmar el cosquilleo del de otros?» Cierto, cierto. Pero es que—replico—entonces no me queda más remedio que censurar a los ángeles de Yahvé, que para acabar con aquellos dos emporios de mariconería los prendieron fuego por orden suya. Pues ¡duro con Yahvé! En cuanto a sus ángeles, ¿qué se podía esperar sino envidia también, de unos seres que no tenían sexo? Además, consuélese, si necesita consuelo, con la familia de Lot, que no tiene desperdicio. ¿No andaba usted en busca de un varón virtuoso al gusto de Yahvé, puesto que le salvó haciéndole salir de la ciudad que sus ángeles iban a incendiar? Pues para usted él y sus niñas, y de propina, ya que le gustan los milagros, uno y ¡saleroso!, el de su mujer convertida en estatua de sal por curiosa. Por tratar de ver lo que ocurría en Sodoma a la llegada de los espíritus celestiales antorcha en mano.

¡Vaya encarguito! Cualquiera se atreve a recordar a esta familia. El, sin duda, sí era virtuoso, ¡pero sus hijas! Porque vamos, emborrachar a su padre para luego acostarse con él ¡y que las dejase preñadas![1022] es algo

---

protector de su protegido: «Ahora, pues, devuelve la mujer al marido, pues él, que es perfecto (perfecto no sólo como cabrón consentido, sino que incluso persiste en serlo y se revuelve en su cabronería), rogará por ti y vivirás». Y cuando Abimelec reprocha a Abraham su conducta, éste le dice, como excusándose: que si, cierto, Sara no era su hermana, casi, pues «es hija de mi padre, pero no de mi madre, y la tomé por mujer». Total (sin duda era lo que buscaba, como mejor solución, el inventor del mito), que «tuvo Abimelec que darle ovejas y bueyes, siervos y siervas, y le devolvió (de propina) a Sara, su mujer». Nada más. Pero ¡vaya Patriarca!, y ¡vaya Dios!

[1022] Veamos cómo relata el repugnante episodio el Libro de los libros, con ayuda siempre, sin duda, del Espíritu Santo: «Subió Lot desde Segor, y habitó en el monte con sus hijas, porque temió habitar en Segor. Y moró en una caverna con sus dos hijas. Y dijo la mayor a la menor: 'Nuestro padre es ya viejo y no hay aquí hombre que entre con nosotras, como en todas partes es costumbre. Vamos a embriagar a nuestro padre y a acostarnos con él a ver si tenemos descendencia.'

difícilmente disculpable, ni siquiera sabiendo que habían vivido en una ciudad en que siendo todos los varones homosexuales, ninguno las había dicho: Buenos ojos tienes. No obstante, aprovechar que su madre no podía ya impedirlo para hacer lo que hicieron con su padre, la verdad, no tiene disculpa. Tan no la tiene que es incluso el momento de recordar lo del *quandoque bonus...* de Horacio *(Arte poético,* 359), porque a veces el Espíritu Santo inspiraba a aquellos levitas unas fabulitas bastante puercas e inmorales. Olvidemos y pasemos a otra cosa.

Tras Abraham, Esaú y Jacob y la lucha de éste contra el ángel (sin duda, éstos tenían todavía cuerpo, ¿por qué se los quitarían luego dejándoles en simples espíritus puros? Porque el caso es que el de la «anunciación»... Pero no nos descarriemos). Y, finalmente, la asimismo

---

Embriagaron, pues, a su padre aquella misma noche, y se acostó con él la mayor, sin que él lo sintiera ni al acostarse ella ni al levantarse (¿ni cuando ella le animó para que la 'entrase'?). Al día siguiente dijo la mayor a la menor: 'Ayer me acosté yo con mi padre, embriaguémosle también esta noche y te acuestas tú con él, para ver si tenemos descendencia de nuestro padre.' Y se acostó también la menor, sin que al acostarse ella ni al levantarse la sintiese. Y concibieron de su padre las dos hijas de Lot (que como cachondo, distraído y garañón podía dar lecciones al más pintado). Parió la mayor un hijo (de puta), a quien llamó Moab. Este es el padre de Moab hasta hoy. También la menor parió un hijo (hijo asimismo de puta; no lo dice el texto, pero se puede afirmar sin temor a decir una cosa por otra), a quien llamó Ben Ammi, que es el padre de los Ben Ammi de hoy». Luego con Espíritu Santo o sin Espíritu Santo, los de Moab y los Ben Ammi eran hijos de las dos más cumplidas putas de que puede alabarse Palestina. Por supuesto, con el beneplácito de Yahvé, sin el cual allí no ocurría nada.

También (lo cito como otro botón de muestra de su toda bondad y omnipotencia) en *II Reyes,* XV, 16-17, puede leerse: «Salum, hijo de Jabes, comenzó a reinar el año 39 de Ozías (Azarías), rey de Judá, y reinó un mes en Samaría. Menajén, hijo de Gadí, subió de Tirsa a Samaría, hirió a Salum, hijo de Fabes, matándole, y le sucedió. Y la conspiración que tramó escrita está en el libro de las *Crónicas* de los reyes de Israel. Entonces, Menajén castigó a Tapuaj y a cuantos en ella había, en el territorio, desde Tirsa, porque no había querido abrirle sus puertas, y abrió el vientre a todas las mujeres encintas». Y, una vez más, Yahvé tan satisfecho. Como cuando las «entradas» de Lot en sus hijas. Y como ahora su segunda edición, el Padre cristiano, que no obstante poderlo todo, deja que los hombres sigan siendo crueles, malos y asesinos, y que sus elementos siembren casi continuamente el terror y la muerte (terremotos, volcanes, inundaciones, pedriscos y plagas que deshacen las cosechas, etc.). Y no obstante los que creen en él, cada vez más seguros de su bondad y de su justicia. Así como los partidarios de su tercera edición, Alá, que éste es, a su vez, clemente y misericordioso.

conocidísima historia-fábula del casto José, que mete a los israelitas en Egipto (de donde ahora no hay quien les haga salir) para con ello preparar la aparición de Moisés, cuya vida, andanzas y aventuras baten el récord en cuanto a mentiras, y con el que, al morir José, se entra en el *Éxodo*.

Y precisamente con motivo de Moisés y de su leyenda (pues acerca de él no hay testimonio histórico alguno ni otras referencias que las tan absolutamente difíciles de creer como las que refiere el segundo de los libros del *Pentateuco)*[1023] vamos a conocer no sólo la fabulosa vida del

---

[1023] *Pentateuco* fue el nombre dado por los traductores griegos a los cinco *(penta)* primeros libros del *Antiguo Testamento,* al que los judíos llamaban la *Ley (Torah,* en hebreo). Los sabios modernos han preferido llamarle *Hexateuco* (libro de seis partes, en vez de cinco), a causa de haber unido a los cinco primeros libros el de *Josué.* La tradición afirmaba que el autor del *Pentateuco* había sido Moisés, incluido, además, el relato de su propia muerte, referido al final del libro quinto, el *Deuteronomio.* Naturalmente, para ello tuvieron que afirmar que el propio Yahvé le había revelado esta muerte con objeto de que pudiera transcribirla en los últimos ocho versículos. Si a esta amable fantasía se añaden las contradicciones encontradas en los relatos históricos y en los legislativos, la más que sospechosa historicidad, las referencias paralelas de un mismo hecho, las ligaduras ficticias para ver de hilvanar ciertas partes históricas y otras legislativas, las variedades y diferencias de formas de estilo y de lenguaje, etc., es decir, las más que demasiadas máculas que se advierten, se comprende las dudas que surjan tanto a propósito de su autor como acerca de la inspiración divina de este autor. Respecto a tal autor, por ejemplo, Astruc (1684-1766) descubrió que en ciertos pasajes del *Génesis* Dios es llamado *Elohim* (nombre general de la Divinidad en hebreo) y en otros *Jehovah* (nombre particular del dios de Israel, que se pronuncia *Yahvé,* palabra cuya significación se ignora). Por lo demás, en el *Hexateuco* hay fragmentos de antiguos documentos, citas, por lo general, de poesías arcaicas, cantos que se remontan a la época primitiva o poco menos, de Israel. Por ejemplo, *los dos versos del canto al Sol* que celebran la victoria conseguida contra los amorreos, versos que dicen:

«Sol, detente sobre Gabaón.
Y tú, Luna, sobre el valle de Ajalón.
Y el Sol se detuvo, y la Luna se mantuvo inmóvil, hasta que la nación se vengó de sus enemigos».
(Josué, X, 12-3)

O sea, versos mediante los cuales el poeta quería señalar la longitud del combate, que había durado, sin duda, todo un día y toda una noche, pero que los que los recordaron más tarde, seguros de que dándoles la forma de milagros serían mejor y más fácilmente creídos, no dudaron en interpretar y afirmar que Josué había realizado lo imposible de realizar: detener el curso de los astros. Por supuesto, siempre es más fácil crear mitos que realizar milagros. Claro que tampoco es difícil realizar milagros si para certificarlos basta un mito.

En cuanto a los redactores, tanto eloístas como yahvistas, cada grupo escribió una crónica distinta que más tarde un tercero reunió en la única que constituye el *Génesis* actual. Pero dejemos el *Hexateuco* y vamos con el *Pentateuco,* con objeto de decir unas palabras acerca de su historia.,

Pentateuco, palabra griega que, como he dicho, significa «los cinco libros» del *Antiguo Testamento (Génesis, Éxodo, Levítico, Números* y *Deuteronomio* o Segunda Ley), contiene, sustancialmente, la *Alianza* que los que creían y siguen creyendo en ciertas patrañas, estableció Yahvé con su pueblo, el pueblo judío o de Israel: primera patraña. La segunda consistió y sigue consistiendo en atribuir su redacción a Moisés, personaje puramente legendario, así como cuanto se cobija bajo su nombre. Tercera fantasía: considerar el *Pentateuco* (así como el resto del *Antiguo Testamento)* como una serie de libros *divinos* y *revelados.* Frente a estas tres mentiras, la verdad, establecida por la crítica religiosa (de la cual los primeros y sólidos eslabones fueron forjados por el gran filósofo Spinoza en su *Tratado teológico-político,* demostrando la imposibilidad de muchas cosas creídas hasta entonces a ojos cerrados), viene a ser la siguiente, en síntesis: Un eclipse temporal de poder del coloso asirio (la suerte de Palestina y de los pequeños Estados limítrofes dependió durante muchos siglos de la voluntad de dos grandes países, entre los cuales estaban: Mesopotamia y Egipto), pues la salud, tanto política como militar, de los pueblos tiene altos y bajos, como la salud y prosperidad de los individuos, permitió al hondero David constituir, a fuerza de luchar victoriosamente con sus inmediatos vecinos, lo que pomposamente fue llamado su Imperio. De risa. Como si hoy hablásemos también de Imperio refiriéndonos a la Palestina actual (que no obstante y en límites restringidos es tan digna de admiración y aplauso). Pero volvamos a David, que con objeto de asentar sólidamente lo conseguido polla fuerza acudió astutamente a lo único que hacía mella en sus hordas de beduinos y pastores ignorantes y fanáticos: lo religioso. Es decir, elevando el yahvismo a religión del Estado. Pero la duración de aquel Imperio de fondo teocrático fue corta, puesto que vicisitudes históricas hicieron que hacia el año 935 lo reunido con tanto esfuerzo quedó partido en dos: Israel al Norte y Judá al Sur. Naturalmente, el yahvismo no quedó menos partido que el territorio, y con ello, era fatal que ocurriese, el poder e influencia adquirido por el clero yahvista. Entonces, dispuestos y decididos a reconquistar, como fuese y a costa de lo que fuese, lo perdido, aquellos codiciosos levitas no encontraron medio mejor que empezar a atribuir las calamidades públicas, tan frecuentes en todas las agrupaciones humanas, y tanto más cuanto menos fuertes, a «la cólera de Yahvé», a causa de la infidelidad de su pueblo, con el que había pactado alianza, en pro de la cual y de los bienes que restablecerla en toda su integridad traería, tanto los levitas de Israel como los de Judá, se pusieron a elaborar una historia del pueblo elegido, fundamentándola en lo único que podían fundamentarla: el tesoro de mitos y leyendas conservadas por el folklore popular, arreglados unos y otras como les pareció más conveniente, muy particularmente apoyando lo que empezaron a tejer en antiguos patriarcas famosos, entre ellos y los primeros: Abraham, Jacob, Isaac y Moisés. Sin preocuparse lo más mínimo si tales patriarcas habían existido o no. Esto no tenía importancia, puesto que lo que sentaban estaba destinado a ser creído, no a ser averiguado, como siempre y en todas partes lo afirmado de carácter religioso.

Así nacieron, teniendo como base el trípode conveniencia-audacia-fantasía, dos versiones semejantes, pero distintas: una, la forjada por los levitas de Israel; la otra, por los de Judá. Estos, que denominaron preferentemente a Dios, Yahvé, y los de Israel, que se inclinaron a denominarle Elohim. Particularidades que han permitido a la exégesis moderna diferenciar las dos redacciones, denominando a los *yahvistas* con la sigla J, y a los *elohístas* con la sigla E. Estas dos versiones fueron combinadas por un redactor posterior en el siglo VII, que, sin duda, pensó que mejor sería creído lo que afirmaba sin diferencias que con ellas, pues, evidentemente, la verdad, si verdad había, no podía ser sino una. Esto dio lugar a una nueva redacción o versión, conocida con la sigla R.

Ni que decir tiene que si las fantasías seudo-históricas de los levitas judíos podían tener influencia en aquellos belicosos pastores, no en los acontecimientos. Pasado el colapso asirio y recuperada por sus monarcas la tendencia a la expansión, los reyes, por mejor decir, sus tropas, invadieron el reino de Israel, reduciéndole en el año 722 al estado de provincia asiria. Tras lo cual, y luego de pasar por el minúsculo reino de Judea, penetraron en Egipto. El rey de Judea sólo salvó la vida reconociendo la supremacía asiria. Pero todo quedó trastornado. Y al paso que lo cívico-militar, lo religioso. A causa de ello, los cultos yahvistas tuvieron que ceder el paso a los que llegaban de Asiria. Todo cedió, sí, era forzoso, menos los eternos propósitos de los levitas, que apoyándose en el fanatismo de profetas tales como Isaías y Jeremías, empezaron, instados por ellos, a acusar de lo que ocurría, como he dicho, al pueblo, a causa de olvidar a Yahvé, que indignado, se vengaba abandonándoles. E insistiendo en que la única salvación estaba en aplacar la cólera del justamente indignado Dios, abandonando todos los cultos diferentes del suyo, destruyendo los ídolos, concentrando su culto en Jerusalén y, en fin, prohibiendo en absoluto la celebración de matrimonios mixtos.

Así las cosas, no muy bien, pues la agitación que producía el fanatismo religioso crecía de día en día, una rebelión en Caldea obligó a los asirios a replegar sus guarniciones de Egipto y de Judea, lo que hizo que este país empezase a respirar de nuevo aires de libertad, circunstancia que aprovecharon los levitas, callados momentáneamente, para, a favor de una audaz mixtificación, engañar al joven rey Josías (640-609) mediante una trampa teológica, que puede leerse en *II Reyes,* XXII. El engaño consistió en fingir haber encontrado arreglando el Templo un nuevo *Libro de Moisés* (compuesto por ellos), en el que se referían importantes revelaciones de Yahvé al supuesto patriarca; revelaciones que de tal modo convencieron a Josías, que éste, dominado por estúpida fe, ordenó a sus tropas que destruyesen todos los templos e ídolos del país y que trajesen a sus levitas y servidores al templo de Jerusalén, único santuario del reino en que el culto fue autorizado. Culto a Yahvé, por supuesto. Esta redacción nueva del *Libro de Moisés,* en la que las tendencias yahvistas y elohístas fueron armonizadas al gusto y conveniencia de los levitas, que la habían amañado, formó el llamado *Deuteronomio* o «Segunda Ley», designado posteriormente con la sigla D. Un gran número de incoherencias inútiles del texto del *Pentateuco* se explican por la diferencia que existe entre las tendencias J y E, por una parte, y la D, por otra.

Pero si hay algo que no cejaba fácilmente era la mezcla que formaba entonces (y siempre, por supuesto) el fanatismo religioso unido a la ignorancia, por una parte, y estimulado, por otra, por la conveniencia sacerdotal. De modo que ni las tragaderas de Josías ni las esperanzas de los levitas, que le habían dado gato por liebre, bastaron para resolver definitivamente las cosas en favor de éstos. A causa de ello siguieron suspirando por la siempre querida teocracia, teocracia que sin tapujos monárquicos siquiera, si era preciso, sometiese total y completamente poder y pueblo a su autoridad.

Por desdicha para ellos (sin duda, Yahvé, tras un nuevo acceso de cólera, dormía), el Imperio babilónico, habiendo conseguido dominar a los asirios, volvió su ejército victorioso hacia el Sur, lo que motivó la caída definitiva del reino de Judá. Resultado: que a causa de repetidas revueltas fomentadas por los rabiosos yahvistas, el año 586, Jerusalén, y con él su Templo, fueron destruidos, y la mayor parte de los que no perdieron la vida fueron conducidos cautivos a Babilonia. Años más tarde, Ciro consiguió, en 539, apoderarse de esta ciudad, fundando al hacerlo el Imperio persa, que en el momento que escribo esto—8 de febrero de 1979—, a causa de enconados fanatismos político-religiosos, está al borde de una tremenda catástrofe. Ciro, tolerante por naturaleza, no tardó en permitir a los judíos desterrados que quisieran volver a su patria, que lo hiciesen. E incluso puso a su disposición los medios para que reconstruyesen el Templo. Aquello realizaba el eterno ensueño del clero judío, que seguía con la ilusión de imponer su teocracia. De modo que no quedaba otra solución que o aceptar ésta o seguir desterrados. Y como ya en pleno exilio y a causa de las inacabables demencias de profetas tales como Ezequiel, los sacerdotes habían empezado a redactar de nuevo *El Libro de Moisés,* destinado a reemplazar los escritos pseudo-canónicos JED, una vez vueltos a Jerusalén continuaron trabajando en esta redacción, que, por lo que se calcula, quedó terminada hacia el año 444. Con ella quedó codificada la nueva situación político-religiosa del nuevo Estado teocrático judío, que, como era natural, para acabar de darle autoridad fue atribuido todo lo hecho al Yahvé del Sinaí. Consecuentemente, todo fue obra ya, empezando la situación en que quedó el pueblo, sometido totalmente a la autoridad levítica; es decir, todo, sometido a la autoridad divina, sabiamente dictada e interpretada por sus sacerdotes. No obstante, como la antigua versión JED había echado raíces muy profundas en el corazón de la masa, fue necesario, para ver de encaminar como convenía el nuevo fanatismo, proceder a una refundición por medio de la

más grande de los personajes del *Antiguo Testamento* (vida que examinada con ojos imparciales nos le va a mostrar muchas veces como un tremendo criminal), sino nuevos aspectos de su íntimo Yahvé, que cada vez nos ofrecerán una peor imagen del nada recomendable tampoco dios bíblico.

En cuanto a Moisés (dejando aparte lo de su abandono en un cesto en el Nilo, donde es encontrado por la hija del Faraón, que se encarga de su crianza, leyenda repetida muchas veces con motivo de conocidos personajes míticos antiguos), recordemos que su historia empieza con un crimen que le obliga a huir, para luego volver trayendo como protector al dios de su suegro, Yahvé, que a él se le muestra en forma de espino ardiente, inaugurando con ello la serie de milagros y fábulas que sus creadores no cesarán ya de amontonar sobre él, siempre aconsejado, protegido y ayudado por su nuevo dios (servidumbre de los israelitas en Egipto, que dará pretexto y motivo para su liberación; plagas; transformación del cayado de Moisés en serpiente, prodigio que realizan también los magos del Faraón, etc.), que empieza a entrar en escena aquí realizando un crimen tan atroz y estúpido como inexcusable: «En medio de la noche mató Yahvé a todos los primogénitos de la tierra de Egipto (patraña semejante a la posterior «matanza de los inocentes» atribuida a Herodes), desde el primogénito del Faraón, que se sienta sobre el trono, hasta el primogénito del preso en la cárcel y a todos los primogénitos de los animales» *(Éxodo,* XII, 29).

Luego Moisés; Aarón, su hermano y gran sacerdote, y los suyos, huyen, pero no sin haber los judíos, aconsejados por sus jefes, «pedido a los egipcios objetos de plata y oro, y vestidos», que obtuvieron porque «Yahvé—cómplice del robo—hizo que hallasen gracia a los ojos de los egipcios. Y se llevaron aquéllos lo que habían despojado en Egipto» *(Éxodo,* XII, 35-36). Y tras la huida, la persecución. Y el cuentecito,

---

cual la *obra sacramental* (sigla F) suministró la mitad de los materiales. La sección «histórica» fue inserta, en su mayor parte, en lo que forma el actual *Génesis* y el *Éxodo.*

Y de este modo, la redacción del *Pentateuco,* falsamente atribuida siempre a Moisés, fue escrita a través de una serie de versiones realizadas entre los siglos IX y III. Es decir, de cero a doce siglos después de la supuesta muerte de esta figura legendaria. Lo que no ha impedido que el *Antiguo Testamento* haya sido considerado y siga siéndolo no tan sólo de quien no es, sino de origen divino y revelado. Claro que como el Espíritu Santo ya había sido inventado, nada impide en realidad que revoloteáse de aquí para allá durante todos estos siglos, por orden y para gloria siempre del «Yahvé de los ejércitos».

bastante criminal también, del paso del mar Rojo, cuyas aguas separa el Dios amigo y protector, para cerrarlas al punto sobre los perseguidores: el Faraón y su ejército, que llegaba en pos de la cumplida banda de ladrones fugitivos. Tras todo esto tan edificante y muchas cosas más que pueden leerse en el texto del *Éxodo* antes de llegar hasta aquí, nuevas verdades: la llegada al desierto, donde enfadado el vengativo Dios con su pueblo, que, digno de él, tras murmurar de su protector vuelve los ojos hacia otros dioses, le haría permanecer la friolera de cuarenta años, según vemos en *Números*, XIV: «Yahvé habló a Moisés y a Aarón, diciendo: '¿Hasta cuándo voy a estar oyendo lo que contra mí murmura esa turba de depravados, las quejas contra mí de los hijos de Israel? Ninguno entrará en la tierra que con juramento os prometí (luego añadamos a todas sus excelencias la de perjuro) por habitación. En este desierto yacerán vuestros cadáveres. Vuestros hijos errarán por el desierto cuarenta años hasta que vuestros cuerpos se consuman. En este desierto se consumirán (repite y remacha); en él morirán.'» Y a creer al gran Libro, ¡más de un millón murieron condenados de aquel modo! Además (Séneca diría después: «No hay mayor crueldad que dilatar el castigo»), en vez de acabar con ellos con otro diluvio, o totalmente inclemente, de insolación, con objeto de castigarles bien castigados para que fuesen acabando poco a poco sobre las ardientes arenas, les enviaba codornices, manás y hasta chorritos de agua, tal vez fresca incluso, como el que Moisés hizo brotar de una roca con sólo tocarla con su cayado. Milagro refrescante, aunque idiota, cierto que muy a propósito para las fantasías infantiles, para las de las monjitas bobas y hasta quizá para muchos inteligentes varones tal vez afiliados al Opus Dei.

Mas otro milagro, también en el desierto, donde, pese a las murmuraciones, en un momento de clemencia, Yahvé, sin duda para consolar a los que privaba de la tierra prometida, celebra con ellos, es decir, con el pueblo de Israel, una nueva *alianza*. Ya he dicho que este dios tenía la manía de las alianzas: alianza con Adán, con Noé, con Abraham, con Moisés, ahora con Israel... Claro que si el *Antiguo Testamento* no era él mismo otra cosa que la Antigua Alianza *(testamentum,* palabra latina correspondiente a la griega *diaieké,* alianza), según determinó la Iglesia cristiana que Dios había establecido con Israel, el *Nuevo Testamento* sería la nueva alianza que Yahvé, remozado a gusto y conveniencia cristiana, haría con la humanidad pecadora por mediación de Jesús. Aquella leyenda bien valía ésta. Sigamos sin más preocupación. Pero sigamos con Yahvé, gran consejero de latrocinios, como demuestran sus palabras en *Éxodo,* III, 21-22: «Yo haré que halle el pueblo gracia a los ojos de los egipcios, y cuando salgáis no saldréis con las manos vacías, sino que cada mujer pedirá a su vecina y a la que viva en su casa objetos de plata, objetos de oro, y vestidos que pondréis a vuestros hijos y a vuestras hijas, y os llevaréis los despojos de Egipto». Luego bien claro está: instigador y cómplice de robo y protector de una pandilla de ladrones con alevosía. Y, además, embustero. Pues en *Éxodo,* XXXIII, 20, dice a Moisés: «Pero mi faz no podrás verla porque no puede hombre alguno haberla visto y vivir». Al propio Moisés, como añade al punto, cuanto permitirá que vea será sus espaldas, pero no su faz. No obstante, en *Números,* XII, 8, se contradice abiertamente (¿otra distracción de los levitas?, ¿del Espíritu Santo?), puesto que Moisés, su hombre de confianza, habla con él cara a cara y a las claras, no a medias palabras, y, además, como bien claro lo dice: «Habla con él cara a cara y contempla el semblante de Yahvé». Y en *Éxodo,* XXIV, 9-11, vemos que no sólo Moisés, sino el barbián de Aarón, su hermano, y además Nadab, Abiú y setenta ancianos de Israel vieron a Yahvé sin morir, ni siquiera indisponerse, sino que, además, ¡comieron y bebieron con él! Porque cuando se disponía a ser campechano y a alternar, se tomaba unas chuletas y se colocaba un buen litro entre pecho y espalda con quien le parecía. Como, por ejemplo, con Abraham, como vemos en *Génesis,* XVIII, al que hizo que le invitase, más a dos compadres (ángeles, sin duda, o arcángeles) con los que se presentó, estando el patriarca en el encinar de Mambré, a una merienda-cena de órdago a la grande: pan recién hecho, magras de un ternero muy gordo al que le costó el resuello el ágape divino, más leche recién ordeñada. Seguramente también, aunque el texto no lo dice, unos buenos tragos de tinto o de blanco, distintos de los de leche. Luego el excelente Yahvé, embusterillo a ratos. O por mejor decir, un solemne embustero, puesto que, como Dios, todo tenía que ser en él superlativo.

Por supuesto, cuando promete no miente con menos facilidad. En *Génesis,* XV, 18, le vemos hacer uno de sus muchos pactos. Esta vez con el mítico Abraham, al que dice: «A tu descendencia he dado esta tierra desde el río de Egipto (el Nilo) hasta el gran río Éufrates». Pues bien, como se sabe, jamás la tierra ocupada por los judíos fue superior a los 26.000 kilómetros cuadrados. Actualmente ni llega a esto si se descuenta el desierto de Sinaí tomado a los egipcios en la última contienda, y que éstos reclaman continuamente como cuestión imprescindible para la tan discutida paz. Y ya de paso recordemos, ¡qué diferencia entre aquellos beduinos y cabreros piojosos de entonces y los que hoy ocupan el mismo territorio, modelos en tantas cosas, entre ellas bravura, organización e instituciones sociales! Pero volvamos con Yahvé, del cual hasta ahora no he hecho sino enumerar algunos de sus defectos, digamos mínimos. A continuación le voy a presentar, copiando para ello con toda fidelidad párrafos del *Antiguo Testamento,* escritos, como bien sabido es, por modo divino y revelado. O sea, que no sería ni conveniente ni justo dudar de lo que dicen. Y que haciéndolo demuestran que además de vengativo, lunarcillo que creo haber citado ya, cruelísimo y ea, digámoslo de una vez por fuerte que ello parezca: decididamente criminal. Sí, hay que decirlo sin rebozos si no se quiere mentir: bastante, pero bastante criminal. Prueba al canto. A las ya citadas palabras de *Números,* XIV: «En este desierto yacerán vuestros cadáveres. Vuestros hijos errarán por el desierto cuarenta años hasta que vuestros cuerpos se consuman...» (¡Y según el gran Libro eran más de un millón! Nerón e Hitler al lado de Yahvé eran ursulinas.) Pues bien, al lado de algo tan inmisericordioso, otros hechos, que voy a seguir citando para que no se diga de mí también que prometo y no cumplo. Continúo con lo siguiente, que ordena a Josué: «Entonces da también órdenes a Josué diciendo: Con tus ojos has visto todo lo que Yahvé, vuestro Dios, ha hecho con esos dos reyes (Seón, rey de Esebón, al que, con ayuda de Yahvé, Josué y los suyos habían derrotado y dado muerte, así como a sus hijos y a todo su pueblo, cuyas ciudades tomaron 'dando al anatema todos sus lugares de habitación, hombres, mujeres y niños, sin dejar con vida uno solo', y Og, rey de Basán, a quien asimismo Yahvé entregó a Josué, y al que éste igualmente dio muerte, así como a cuantos formaban su pueblo, sin piedad ni remordimiento); así hará también Yahvé con todos los reinos contra los cuales vais a marchar. No los temas, que Yahvé, vuestro Dios, combate con vosotros». (Sabido esto, ¿extrañará que Santiago apóstol, montado en un caballo blanco, sumándose a los cristianos que luchaban contra los sarracenos, hiciese en Clavijo—batalla que jamás se celebró—verdaderos estragos, mereciendo por ello ser el patrón de la España católica?)

Y en VII, 16, del mismo libro: «Devorarás a todos los pueblos que Yahvé, tu Dios, va a entregarte. Tus ojos no los perdonarán» (es decir: no tendrás para ellos ni una mirada de piedad. ¡Rediós con el Dios!). Y en XX, aquel Dios superlativamente criminal e implacable dice aún a Josué, que también era un sentimental, que cuando vaya hacia una ciudad para sitiarla y hacerse dueño de ella, empiece por brindarla que se rinda sin condiciones y se haga esclava suya; pero que de lo contrario: «La sitiarás y una vez tomada pasarás a todos los varones al filo de la espada, pero las mujeres, los niños, los ganados y cuanto haya en la ciudad, todo será botín que tomarás para ti, y *podrás comer los despojos de tus enemigos,* que Yahvé, tu Dios, te da. En las ciudades, de las gentes que Yahvé, tu Dios, te da por heredad, no dejarás *con vida a nadie de cuantos respiran».* Naturalmente, Moisés no podía pensar, bien aconsejado por Dios tan compasivo, cosa distinta. Así, en *Números,* XXXI, le oímos ordenar que cada tribu de Israel prepare y arme a mil hombres para combatir contra los de Madián, a cuyos cinco reyes (Eví, Réquiem, Sur, Jur y Raba) mataron, así como a todos los varones de sus reinos. Y lo mismo hicieron con Balán, hijo de Beor. Y tras quemar ciudades, aldeas y tiendas, volvieron con las mujeres, niños y ganados junto al sacerdote Eleazar y Moisés, con todo el botín. Este, Moisés, enojándose contra los jefes de las centurias que volvían del combate, les dijo: «¿Por qué habéis dejado la vida a las mujeres? Matad a todas las que han conocido lecho de varón y a todos los niños».

Nuevas delicias en *Josué,* VI, 10 y siguientes. Estas con motivo de Jericó, la ciudad a propósito de la que se lee lo que aquella dulzura de Dios dice él mismo: «He puesto en tus manos a Jericó, a su rey y a todos sus hombres de guerra». ¿Por qué? ¡Ah! Un capricho más del Yahvé de los ejércitos. Pero oigamos lo que el propio libro dice: «Los sacerdotes tocaron las trompetas y cuando el pueblo, oído el sonido de las trompetas, se puso a gritar clamorosamente, las murallas de la ciudad se derrumbaron, y cada uno subió a la ciudad frente de sí. Apoderáronse de la ciudad, dieron al anatema cuanto en ella había, y al filo de la espada a los hombres y a sus mujeres, niños y viejos, bueyes, ovejas y asnos. Los hijos de Israel quemaron la ciudad con todo cuanto en ella había». Como pago y premio a tanta bestialidad (no menos bestialidad por simple leyenda, por pura fantasía, por puro y total mito que sea) asegura el Libro de los libros, cuya lectura tanto se recomienda, lo siguiente, esto al final del capítulo (el VI): «Que Yahvé fue con Josué y que su fama se extendió por toda la Tierra». Y por si fuese poco aún todo lo copiado, en Josué, XI, Yahvé dice a este caudillo: «No los temas (a los reyes del Norte y a sus tropas), porque mañana, a esta misma hora, yo te los daré traspasados delante de Israel: desjarretarás sus caballos y quemarás sus carros». Y «Josué los trató como Yahvé se lo había aconsejado: desjarretó sus caballos y dio fuego a sus carros. Entonces se volvió Josué y tomó y pasó a su rey al filo de la espada. Pasaron también a filo de espada a todos los vivientes que en Jasor, la capital, se hallaban, no quedando nada de cuanto vivía. Fuera de Jasor, Israel no quemó ninguna de las ciudades de la montaña. Todo el botín de estas ciudades y sus ganados, los cogieron los hijos de Israel para ellos, pero pasaron al filo de la espada a todos los hombres hasta exterminarlos, sin dejar uno. Lo que había mandado Yahvé a Moisés, su siervo, lo mandó éste a Josué, que lo ejecutó sin quitar palabra de cuanto Yahvé había mandado a Moisés». ¡Pillad, robad, matad a hombres jóvenes y viejos, a mujeres y niños! ¡No haya piedad! ¡Y apoderaos de cuanto sea útil a mi altar o a vosotros! ¿Qué pensar de un Dios que tal quiere y aconseja? ¿Y de los que inventaban tanta insanidad y tales bestialidades? ¿Y qué es mejor: que tales crímenes y tropelías no sean otra cosa que fábulas y mitos o que hubieran sido realidad?

Porque, además, ¡si fuese esto sólo! Pero es que los horrores, crímenes y desafueros cometidos por los servidores, favoritos y protegidos de Yahvé no acaban aquí. Y aunque no sea tarea grata referir bestialidades o estupideces, por puras leyendas y mentiras que sean, conviene hacerlo para sentar de una vez lo que es gran parte de este libro, tan aconsejado, tan vendido, pero por fortuna tan poco leído, que no pasa (fuera de las excelencias poéticas mencionadas) de una serie de fábulas, leyendas, cuentos, mitos y mentiras. Adelante, pues. Vistos brevemente el tan admirado y declamado Moisés (que lo primero que habría que demostrar sería que había existido) y Josué (el que detuvo el Sol durante una batalla para que hubiese más día con objeto de poder seguir realizando matanzas y atrocidades; milagro-fábula éste, de los buenos), veamos también brevemente a otros cuantos personajes bíblicos famosos: David, Salomón y a ciertos de los profetas, de algunos de los cuales, así como de los dos primeros, aquellos fantásticos levitas aseguraron cosas no menos embusteras y peregrinas que las atribuidas a los «héroes» y patriarcas examinados hasta aquí. Es decir, mostrándoles con ferocidad e instintos de bestia cumpliendo órdenes de Yahvé, ya pretendiendo a favor de iniciativas propias dignas de tigres hambrientos, agradarle. O sea, exactamente como Moisés, que por hacer méritos ante sus ojos transformaba los altares en mataderos, cosa que incluso, a veces, le ordenaba su Señor, como puede leerse, vaya siquiera un botón de muestra, en *Levítico,* VI, 17-18 «Yahvé habló a Moisés diciéndole: 'Di a Aarón y a sus hijos: Esta es la ley de la hostia por el pecado: Se inmolará donde se inmola ante Yahvé el holocausto. Es cosa santísima.'» Un poco más adelante (en VIII, 11 y sigs.): «Moisés, tras ungir el altar y consagrar sacerdotes a Aarón y a sus hijos, hizo traer el novillo para el sacrificio por el pecado. Y Aarón y sus hijos pusieron sus manos sobre el novillo del sacrificio por el pecado. Moisés le degolló y tomando su sangre untó con sus dedos los cuernos del animal y purificó el altar derramando sangre todo en torno de él, dejándole consagrado y dispuesto para hacer en él el sacrificio expiatorio. Tomó todo el saco que recubre las entrañas, la redecilla del hígado y los riñones con su sebo; lo quemó todo en el altar. Lo demás del novillo fue quemado fuera del campamento, como se lo había ordenado Yahvé a Moisés».

Tras Moisés ya hemos visto lo atribuido con la mayor naturalidad a Josué (personaje que fuera de la fantasía de aquellos levitas que tan denonadamente trabajaban *pro domo sua,* es decir, por hacer creer que eran uña y carne de Yahvé, probablemente no tuvo más realidad que su jefe), es decir, hacer por orden de su Dios no sólo toda clase de bestialidades, sino pretender que Yahvé era aficionado, sin duda por ser coleccionista de ellas, de las ricas «fruslerías» robadas, perdón, requisadas, a los enemigos tras degollarles. Así, en *Josué,* VI, 19, le oímos ordenar disponiéndolo todo como era debido para la toma de Jericó, ciudad donde fueron degollados todos cuantos en ella alentaban sin distinción de edad ni sexo, a excepción de una honorable puta, la cortesana Rahab, que halló gracia ante el Águila del Sinaí y su general por haber escondido a los «exploradores» (espías) que Josué había enviado. Oigamos ahora lo que dice antes del incendio y degüello: «Toda la plata, todo el oro y todos los objetos de bronce y de hierro serán consagrados a Yahvé y entrarán en su tesoro». Claro que como antes se lee lo que asimismo dice Josué a sus tropas: «Guardaos bien de lo dado al anatema, no sea que tomando algo de lo que así habéis consagrado hagáis anatema en el campamento de Israel y traigáis sobre él la confusión». (En otras palabras: «Matad, robad, violad, incendiad, haced una vez en la ciudad lo que os venga en gana, pero con aquello de valor, ¡cuidado!, que esto es de Yahvé». Pensando al decir esto: «¡Para mí y para los que han hecho sonar las trompetas para que no tuvieseis que arrimar escaleras contra las murallas!») Visto el plumero de los suaves y honorables levitas, sigamos y acerquémonos un poco a los profetas. El primero de los grandes profetas es Samuel, uña y carne asimismo de Yahvé, que un día, grande y magnífico dios él también, un día (*7 Samuel,* XV, 2 y sigs.) manda a Samuel que en su nombre ordene a Saúl: «Ve y castiga a Amalec y da al anatema a cuanto es suyo. No perdones. Mata a hombres, mujeres y niños, aun a los de pecho; más bueyes y ovejas, camellos y asnos. Y Saúl batió a Amalec, desde Evila hasta Sut. Y cogió vivo a Agag, rey de Amalec, y dio al anatema a todo el pueblo, pasándole a filo de espada». Pero como no mató también a Agag, Yahvé, furiosísimo (pasarían varios siglos hasta que convertido en Alá fuese clemente y misericordioso), se puso con Saúl como un basilisco. Finalmente, éste se humilla ante Yahvé, y para acabar de contentarle dice (dulcísimo profeta, aunque también algo asesino): «Traedme a Agag». Y una vez la regia víctima en su presencia, toda aterrada, temblorosa y suplicante, «la degolló ante Yahvé, en Gálgala» *(I Samuel,* XV, 32-33). Sí, excelente libro el *Antiguo Testamento.* Seguramente no hay terrorista que no tenga un ejemplar en su casa.

En cuanto a David, el hondero, el arpista, el de los salmos, el también muy amado de Yahvé, no era menos asesino, ni sus crímenes y atrocidades sangrientas inferiores a los de Moisés y Josué. Recuérdese, por ejemplo, cuando por agradar a Saúl, del que quería ser yerno, y no porque le agradase su hija, que en hermosura hubiese honrado a Picio, sino porque ello le acortaba el camino del trono, que codiciaba con no menos ansia que algunos políticos españoles, poner sus posaderas donde ahora las pone el actual Presidente, mata a doscientos filisteos, a los que corta el prepucio, que lleva amablemente a Saúl en ofrenda, bien que éste se hubiese contentado con ciento. (¿Le gustaban a Saúl los prepucios a la bordelesa como a nosotros los champiñones? ¿O éste los quería para una vez sequitos, sobredorados y esmaltados ofrecérselos a su niña como regalo de boda? Mientras los masoretes dilucidan la cuestión, sigamos.) Otra vez, David, siendo ya rey (hoy para alcanzar tal dignidad no hace falta, a veces, que la minina de sus futuros súbditos sufra amputaciones molestas, sino que se interese en ello un caudillo casi tan bragado como Moisés o Josué), habiendo visto a Betsabé bañándose, y deseándola al punto, preguntó quién era, y al enterarse que era «la mujer de Urías, el jateo», no solamente ordenó que se la llevasen sin que el jateo lo supiese, se acostó con ella y tan certero de verga como de honda la dejó preñada, sino que deseando a toda costa casarse con ella, pues, sin duda, la «fuga del meneo» de Betsabé era como para hacer perder la cabeza a cualquiera, decidió deshacerse de Urías, para lo cual, «a la mañana siguiente escribió David a Joab (no sabemos si en verso, como los admirables *Salmos,* que luego le fueron atribuidos) unas líneas que le mandó por manos del propio Urías, que, sin duda, estaba aún en la higuera, es decir, que no sabía que había sido burlado, líneas que decían: 'Poned a Urías en el punto donde más dura sea la pelea, y cuando arrecie el combate, retiraos y dejadle solo para que caiga muerto'» *(II Samuel,* XI, 14-15). Naturalmente, Urías murió, gloriosamente, sin duda, pues en la historia ha habido muchas traiciones gloriosas; en todo caso, Betsabé, «pasado el duelo (David, al fin y al cabo, era, si bien cachondo y asesino, también hombre fino y respetuoso con ciertas costumbres) mandó a buscarla, la introdujo en su casa (lo otro, como he dicho, ya se lo había introducido antes), la tomó por mujer, y ella le dio un hijo».

Este hijo llegó a ser otro notable personaje bíblico: el sabio e ínclito Salomón, de conocida y también fantástica memoria. Barbián, que sabio, sin duda, desde muy pronto, y como prueba también de esta sabiduría mandó matar a su hermano Adonías *(I Reyes,* II, 25), en realidad por una futesa: ser mayor que él y con más derecho al trono. Pero antes de dejar a David vaya aún otra de sus hazañas, que podemos leer en *II Samuel,* 29 y siguientes: «David reunió al pueblo y marchó contra Raba, la atacó y se apoderó de ella. Quitó la corona de Milcom de sobre su cabeza, que pesaba un talento de oro (la corona, no la cabeza, no confundirse, a pesar de lo del talento). Tenía una piedra preciosa y fue puesta en la cabeza de David, que tomó en la ciudad muy gran botín. A los habitantes los sacó de la ciudad y los puso a las sierras, a los trillos herrados, a las hachas, a los molinos y a los hornos de ladrillos. Eso hizo con todas las ciudades de los hijos de Ammón. Después se tornó David a Jerusalén con todo el pueblo». Pues bien, no obstante tanta atrocidad, tanta crueldad, tanto crimen y tanta desvergüenza, Yahvé, por algo era el Yahvé de los ejércitos y sublime carnicero a su vez, le amaba tanto que no dudó en asegurarle, muy complacido de sus hazañas y puterías (*II Samuel,* VII, 16): «Permanente será tu casa y tu reino para siempre ante mi rostro, y tu trono estable por la eternidad». Por supuesto, como ya sabemos que mentía con la misma facilidad o más que lanzaba rayos desde el Sinaí, no hacemos caso de esta nueva bola que le atribuyeron aquellos también trapisondas levitas tan fecundos en leyendas. Lo que sorprende un poco es cómo los que iban amañando la historia de Israel a fuerza de fábulas y mitos tuvieron la audacia, no obstante, de escribir cosas como las anteriores, a pesar de saber que la historia de aquel reino (el de David) había durado lo que las rosas, puesto que a la muerte de Salomón el fratricida quedó partido por gala en dos. En fin, aún vemos, sin dejar a David, que uno de sus hijos violó a su hermano. Otro mató a éste y decidido a hacer lo mismo con su padre, le obligó a escapar, siendo al fin muerto por los hombres de David. También sabemos, por este verdadero tesoro de leyendas pseudo-históricas, que David había entregado cobardemente a los hijos de Saúl, su predecesor, a los gabanitas, que «ante el Eterno» los ahorcaron en la montaña. No obstante todo ello, ¡qué grande, admirado y alabado no ha sido y sigue siendo tan apreciable bandido, del que, por cierto, fuera del *Antiguo Testamento* no hay de él testimonio histórico alguno! En todo caso, una nueva pregunta viene otra vez a los labios: ¿no valdría más que David, sus hazañas y crímenes no pasasen de una serie de leyendas en vez de constituir hechos históricos? No obstante, su fama ha sido tal que hasta en el *Nuevo Testamento* dos de los que pasan por evangelistas, olvidando que habían decidido que Jesús fuese hijo de Dios por obra y gracia del Espíritu Santo, dan sendas genealogías, cierto que diferentes, del supuesto Mártir del Gólgota, tratando de demostrar como cosa muy estimada y gloriosa que su otro padre, el terrestre, el putativo, descendía directamente del ínclito David.

Y veamos un poco, muy poco (para muestra basta un botón), a alguno de los no menos celebrados profetas que lo fueron luego de Samuel, y los que asimismo manifiestan una ferocidad ajena a todo sentimiento no ya santo, sino humano. Al menos, tal cual hoy entendemos que deben ser estimadas estas palabras. Y el procedimiento para conocerlos, el mismo: citar simplemente lo que dice el admirado y admirable Libro.

¿Quién no ha oído hablar del gran Elías, el que subió al Cielo en un carro de fuego, haya creído o no tan original y curiosa mentira? ¿Sabe asimismo que él inauguró la serie de santísimos varones, no menos vagos que santos, que a partir de él y tal vez seducidos por su ejemplo, empezaron a pasar la vida como anacoretas, en la Tebaida o en otros sitios adecuados para la total holgazanería (un lugar solitario, una caverna por si llovía, a la puerta dos palos formando una cruz y junto a ella un meritísimo varón que no servía para nada salvo para matar el tiempo en ociosa y muy estimada oración), sin hacer otra cosa, como digo, que orar y esperar al cuervecito que diariamente venía a traerle en el piquito un pan? Por supuesto, por orden, por orden y regalo del satisfechísimo Dios, como vemos aquí, en *I Reyes,* XVII, 2 y siguientes. Más adelante, cansado al fin el sin par Elías de tan santa, pero aburrida ociosidad, empezó, envidioso tal vez del milagro del cuervecito, a hacerlos él por su cuenta, con la ayuda, como es natural, de Dios. ¡Y qué milagros! Luego Jesús haría cosas semejantes y no menos creíbles. Por ejemplo, rogar a Yahvé, que había arrebatado el alma del hijo de la viuda en cuya casa, en Serapta, estaba en calidad de huésped (probablemente sin pagar y haciendo la viuda de cuervecito), que le había arrebatado el alma, decía, a causa de lo cual el cuerpo, como suele ocurrir, se había quedado de una frialdad que no había medio de templar. Naturalmente, Yahvé accede y le vuelve a la vida. (¿Nos decidimos nosotros a creerlo?) Porque si nos decidimos, también tendremos que creer algo mucho más feo que sucede al punto. Esto a propósito de los profetas de Baal (Dios que hacía la competencia a Yahvé). Tras otro milagrito, éste efectuado en un altar de Yahvé que estaba en ruinas, milagrito que convence al pueblo de que Yahvé es mucho más Dios que Baal, el dulce y benéfico Elías dice a los convencidos (XVIII, 40): «Coged a los profetas de Baal sin dejar que escape ninguno. Cogiéronlos ellos y llevolos Elías al torrente de Sisón, donde los degolló». Nada más. Los degolló con la misma facilidad y tranquilidad con que poco antes había cortado un buey en pedazos para ponerle sobre la leña en holocausto a su admirable Dios. Luego, y tras otras fabulitas más o menos idiotas, más, por lo general, entre ellas la relativa a la viña de Nabot, ocurrió lo de la subida al Cielo en el carro o torbellino de fuego. Si el Yahvé actual es, según aseguran los que saben mucho de cosas acerca de las que no hay medio humano de saber nada, si el Yahvé actual, decía, es espíritu puro, los ángeles lo mismo (pues ya, por fortuna, pasó el tiempo en que encontraban a su gusto a las hijas de los hombres), y a las almas de los bienaventurados, mientras no llegue el Juicio Final y vuelvan a recobrar el cuerpo que perdieron, les ocurre igual. ¡Con qué gusto Elías estrecharía las laceradas manos de Jesús, carne y hueso al fin, al verle llegar! ¡O con qué impaciencia le estará esperando si el Cielo está más allá de las galaxias y todavía no ha tenido tiempo de llegar! Y tras de Elías, Eliseo, que en cuanto a prodigios dejó en pañales a Elías. Y en bestialidades y crímenes, si nos decidimos a creer que hizo que dos osos devorasen a cuarenta y dos niños por una bobadita que sólo hubiera merecido una azotaina.

Pero ya estoy harto de citar algunos de los disparates de los muchos que contienen el *Pentateuco* y libros posteriores. Repito, una vez más, que el hecho de que todos ellos no pasen de una relación de puros mitos a los que se ha hecho pasar durante siglos por sucesos no tan sólo reales, sino divinos y revelados, no parece suficiente para disculpar tal serie de mentiras y disparates. Es más, lo propio del *Antiguo Testamento,* que se da como histórico, considerando como tales *Jueces, Reyes* y *Crónicas,* no tiene, en cuanto a historicidad, garantía alguna. En lo que a los *Jueces* afecta, por ejemplo (21 capítulos), surgen innumerables dudas y dificultades. No hay cronología; se ignora la época en que los pretendidos jueces vivieron; de varios tan sólo se conocen los nombres o el nombre. Entre los otros, uno hay que carece totalmente de carácter histórico: Sansón, cuya leyenda es largamente referida, cosa natural, pues se escribiría a medida que se iba inventando, y cuya leyenda es la propia de un héroe «solar», es decir, una de las numerosas formas que se poseen del mito solar: Sansón cumple doce trabajos, como Herakles (el Sol atravesando los doce signos del Zodíaco); su fuerza reside en sus cabellos (los rayos del Sol), y su carrera se divide en dos fases: período de victoria (el Sol victorioso del verano) y período de declive (el Sol de invierno). Lo demás (lucha con el león, matar a mil filisteos sirviéndose para ello de la quijada de un asno, lo de las puertas de Gaza y hasta su pintoresca muerte), pura literatura.

En cuanto a la variedad del *Antiguo Testamento* (junto a montones de mitos, libros poéticos y literarios de verdadero valor), no es sino el resultado de haber ofrecido a la posteridad cuando dos cuerpos de levitas, uno en tiempos del rey Josías[1024] y otro tras el destierro[1025], es decir,

---

[1024] Según parece, y esto sí puede que sea verdad, es decir, que ocurriese, en tiempos del rey Josías de Judá, estando arreglando la casa de Yahvé, los levitas, a cuya cabeza, en calidad de sumo sacerdote, estaba Helcías, dijeron haber hallado un libro. Aquel libro era ni más ni menos que el *Pentateuco.* Parece evidente que tal libro le habían escrito ellos recogiendo leyendas y tradiciones antiguas y amañándolas a su gusto y conveniencia, con objeto de mediante tan importante descubrimiento atraer a los que con tanta facilidad se apartaban del culto hacia el respeto y adoración de Yahvé. Y a la sombra y con pretexto de culto y ceremonias, instaurar, incluso manteniendo la realeza, la sin cesar deseada teocracia, sueño dorado de siempre de aquella ambiciosa casta sacerdotal. Al amparo de esta mentira se llevó a cabo la primera gran reforma religiosa. La segunda, complemento de ésta, sería efectuada por Esdras y Nehemías luego del destierro.

[1025] Destruida Jerusalén por Nabucodonosor, éste se llevó a los supervivientes cautivos a Babilonia, donde permanecieron setenta años, hasta el advenimiento de Ciro (Kiros), que les permitió regresar a la ciudad santa. Así lo hicieron muchos

cuando la ocasión volvió a parecer favorable para imponer la siempre ansiada teocracia, lo necesario para embaucar y engañar con el señuelo de un pasado glorioso los relatos que estaban seguros bastarían para convencer a un pueblo siempre fanático e ignorante no sólo de la grandeza de Yahvé, sino de que ellos eran sus legítimos representantes.

**

Y precisamente a causa de todo lo anterior (el interés de lo novelesco, por una parte, y de lo poético y literario, por otra), el que ninguna obra religiosa haya sido más estudiada que el *Antiguo Testamento.* Como su texto primitivo no ha llegado hasta nosotros tal cual fue escrito, puesto que los que poseemos son copias de otros anteriores hechos hacia el siglo x de nuestra era, el trabajo de los sabios rabinos, a los que ya he nombrado, conocidos con el nombre de *masoretes* o tradicionalistas, encaminados a ver de corregir los errores de traducción que fatalmente tuvieron que dejar escapar los copistas, continúa aún. Los hebraístas modernos, aplicando al *texto* recibido los métodos científicos actuales, han podido corregirle y mejorarle considerablemente. Pero, claro, estos tan meritorios esfuerzos han ido y siguen yendo a la forma de lo escrito, no al fondo. Mitos, fábulas y demás gracias a sus esfuerzos podrán resultar mejor escritos, pero no por ello perderán su carácter de relatos fantásticos y sin realidad e historicidad alguna. Yo, limitándome a señalar, como lo he hecho, que lo tenido por oro sólo era oropel, y que lo supuesto como divino y revelado no pasa de una pura broma o, si se prefiere, farsa imposible de sostener, me parece haber cumplido lo que me proponía: romper una lanza en favor de la verdad.

No me queda por decir, pues, por si alguno lo ignora, que el *Antiguo Testamento* fue escrito en dos lenguas diferentes, bien que emparentadas:

---

cuya lista es citada, que una vez llegados empezaron a reconstruir la ciudad y, como era natural, el Templo. En una segunda caravana, tiempos ya del rey Artajerjes, caravana presidida o capitaneada por Esdras, sacerdote y escriba, al que se unió Nehemías, además de reconstruir las derribadas murallas, acabaron de organizar todo lo relativo a la religión, pero ya en un régimen puramente teocrático, teocracia que duró hasta los Macabeos. Y entre Esdras, Nehemías y éstos fue completado el *Antiguo Testamento* al añadir al *Hexateuco, Jueces, Reyes* y *Crónicas* más narraciones, como la leyenda de *Judit y Holofernes, Tobías, Ester* y los Libros sapienciales: *Job,* los *Salmos* (atribuidos a David), los *Proverbios,* el *Eclesiastés,* el *Cantar de los Cantares,* la *Sabiduría* y el *Eclesiástico.* Más los libros *Proféticos y,* finalmente, los *Apocalípticos* y los *Apócrifos.*

el hebreo y el arameo. En el siglo v apareció la parte, a la vez, histórica y pseudo-histórica y legislativa, que comprende los seis primeros libros del *Antiguo Testamento,* denominados *Hexateuco*[1026], cuya redacción definitiva fue hecha hacia el año 444. Luego, en el período posterior al exilio de los judíos en Babilonia, fueron retocados y reunidos los libros históricos que llevan los nombres de *Jueces, Samuel* y *Reyes,* y se aumentó la colección de los Profetas. Es decir, que esta colección, formada en el siglo v. fue aumentada con ediciones posteriores. En el siglo ir, o sea, cuando fue acabada la traducción griega de la Biblia hebraica conocida con el nombre de versión de los Setenta, el canon del *Antiguo Testamento* estaba ya tal cual actualmente se conoce. *Canon* (Kanôn) significa *regla,* colección de libros del *Antiguo Testamento,* cuya autoridad religiosa es norma en materia de fe para aquellos que, en efecto, consideran escritos superiores y divinos esta fenomenal colección de mitos, que empieza con Adán[1027] y Eva *(Génesis)* y llega casi sin interrupción hasta Jonás (libro de Jonás).

[1026] *Hexateuco o* seis libros. A saber: *Génesis,* que relata el origen del Mundo, de la humanidad y de los israelitas, más la historia legendaria de sus patriarcas. *Éxodo,* que cuenta la salida de los israelitas de Egipto y, entre otras cosas no menos verdaderas, la entrega por Dios a Moisés de las tablas con los «Diez Mandamientos» en el monte Sinaí, más una buena cantidad de preceptos legislativos. *Levítico,* código religioso-legislativo en su casi totalidad. *Números,* que además de nuevas leyes relata la estancia de los escapados de Egipto en el desierto, más la conquista de la orilla izquierda del Jordán. *Deuteronomio* o Segunda Ley: repetición de lo ocurrido a los israelitas hasta la distribución de las tierras conquistadas en la orilla izquierda del Jordán, más el relato de la muerte de Moisés. Y *Josué,* que refiere todas las hazañas, puramente legendarias, atribuidas a este caudillo sanguinario y bestial.

[1027] Para los creyentes de varias religiones, Adán es el primer hombre creado por Dios. En todo caso, este nombre hebreo es traducido de dos modos, según el lugar en que se encuentra colocado. Es decir: *a)* «el hombre», y *b)* «humanidad o especie humana». Ha sido el lenguaje popular el que ha transformado este nombre común en un nombre propio. La doble significación se encuentra en fenicio, sabeo y asirio. Etimológicamente, Adán puede designar lo que es producido (criatura), polvo, tierra o barro rojo. El redactor antiguo de la fábula del Edén no pretendió dar o hacer un relato histórico, sino (muy particularmente haciendo hablar a la serpiente) recordar tradiciones místicas olvidadas. Asimismo, Filón, mucho más tarde, tendría razón diciendo que la creación de Eva no debía interpretarse en sentido literal, sino, como todo cuanto contiene el *Génesis,* en sentido simbólico. Si los que empezaron a inventar el mito del «pecado original» y la subsiguiente «redención» llegan a leer a Filón y le escuchan, cualquiera sabe a lo que se atribuiría hoy, es decir, cómo se justificaría que el autor de las galaxias necesitase un hijo y en virtud de qué y para qué le haría que viniese a este Mundo, uno seguramente entre los millones de ellos habitados, a morir miserablemente, como un esclavo delincuente o un prisionero de guerra, clavado en una cruz.

En el *Nuevo Testamento,* Adán es presentado como hijo de Dios y antecesor de Jesús. Pero en ciertas *Epístolas* (a los romanos y a los corintios) es lo opuesto al Cristo, puesto que desobedeció, mientras que el Cristo obedeció. Además, uno es terrestre y el que trae el pecado (por ello, por ser el primero en pecar, lo de «pecado original»); el otro, todo lo contrario: celestial y dispuesto a borrarle con su sacrificio. Por consiguiente, portador de gracia. En Adán todo muere; en el Cristo, todo vive. Como se trata de fábulas y de palabras, de hablar por hablar, aunque la consecuencia de estas palabras haya sido trágica tantas veces, de asegurar por asegurar todos pueden hacerlo. Y, por supuesto, creer que las fábulas fueron realidades e incluso que el autor del Edén y de su primera pareja era más listo de lo que era, pues creaba sin darse cuenta que una y otra vez le iba a salir el tiro por la culata (los ángeles se le rebelaron; la primera pareja, apenas formada le desobedeció). Claro que seguramente se trataba de un Dios joven y sin experiencia todavía.

En cuanto a Pablo, también cuanto dice es cuestión de fe. Que se le cree: dice verdades. Que no: lo contrario; palabras, puras palabras sin valor ni alcance alguno. En todo caso, sobre esta fantasía bíblica, es decir, a propósito de Adán, se han ido amontonando leyendas y más leyendas. Entre otras, que fue enterrado en el Gólgota. Y por ello y creyéndolo (¡a cuántos hombres les ha dado fama y ha hecho ilustres la audacia en el mentir, por tranquilidad y hasta buena fe con que lo hayan hecho, audacia sólo comparable a la candidez de los que los creyeron y llenaron de gloria!), San Jerónimo afirmó sin dudarlo un momento: «El sitio en que nuestro Señor ha sido crucificado se llama *Calvario,* porque el cráneo del hombre primero fue enterrado allí». Nada más. Es decir, sí: recordar que para escribir las cartas de tan santo y sabio varón fueron borrados muchos pergaminos, que de no haberse llevado a cabo la torpe y estúpida faena hoy podríamos, tal vez, leer obras de autores antiguos, que a causa de ello hemos perdido para siempre. Epifanio, por su parte, de acuerdo con lo que había dicho Jerónimo, escribió: «La sangre del Cristo corriendo sobre este cráneo borró los pecados del allí enterrado. (¡Oh fuerza admirable del divino detergente!) Y, además, no dudó en asegurar, por su parte (insigne trapalón también): «Que volvió a Adán a la vida». Con todo ello se formó una tradición tan verdadera que no dudaron en confirmarla Basilio, Ambrosio y otros ilustres Padres de la Iglesia.

Por supuesto, en la escritura apócrifa, el papel de Adán no es menos importante. Seguramente todavía más. Sin contar que otras cuestiones relativas a la primera pareja siguieron preocupando mucho a los teólogos. Hasta el punto de suscitar problemas que cada uno resolvió a su modo tras mucho meditar, luego de haber realizado las cumplidas digestiones. Por ejemplo, si Dios había hecho a Adán y a Eva con ombligo o sin él. Miguel Ángel y Rafael, al representar la «caída», no

El *Hexateuco* (J) no dice por quién fue compuesto. Mas la tradición acabó por atribuir sus cinco primeros libros *(Pentateuco* o la Ley) a Moisés. Pero, claro, como el *Deuteronomio* acaba precisamente refiriendo la muerte de Moisés, para explicar cómo era posible tal prodigio, el *Talmud* de Babilonia (Baba Badhra, folio 15 a) afirma que Dios reveló a Moisés los últimos versículos de este *Deuteronomio* antes que muriese, a causa de lo cual el gran profeta, cuya existencia, como ya he dicho, habría primero que demostrar, pudo referir cómo iba a acabar. Mentira más o menos donde hay tantas, lo mismo da. En todo caso, la exégesis científica moderna, iniciada por Astruc en el siglo XVIII, empezó a revelar las contradicciones, los anacronismos, las imposibilidades y demás máculas del *Antiguo Testamento,* y tras él, Graf, Reuss, Kuenen, Wellhausen, Renan, Guignebert, Loisy y veinte más han seguido haciendo notar, como digo, las imposibilidades, fábulas y mitos que integran gran parte del Libro de los libros.

El *Deuteronomio,* libro monoteísta por excelencia del *Antiguo Testamento,* fue hallado, según puede leerse en *II Reyes,* XXII, 3-10, por casualidad, al hacer obras en el Templo en tiempos del rey Josías[1028] de

---

dudaron en ponérselo (¿con la aprobación y consejo tal vez del Vaticano?). Además, y si, como afirma el *Génesis,* Dios hizo al hombre a su imagen y semejanza, Dios tiene ombligo. Lo que suscita otro problema grave, muy grave, en el que seguramente habrán pensado los teólogos, que saben tanto de estas cosas, aunque nada hayan dicho. Porque de admitir que tiene ombligo, ¿cómo no tener que admitir asimismo que tuvo que tener madre? De modo que no, Dios no tiene ombligo, y Adán y Eva no lo tuvieron tampoco, pese a Miguel Ángel y a Rafael. Y si no fuese porque tal vez alguno creyera que me gusta demasiado la murmuración, diría que a veces los artistas, sobre todo los músicos y los pintores... Porque yo, que ya soy muy viejo, he tenido ocasión de conocer a algunos, excelentes en su arte, pero fuera de él unos completos percebes. O si se prefiere—respetemos a los mariscos, que nos hacen pasar tan buenos ratos, cuando podemos alcanzarlos—, de una majadería y de una ridiculez (y conste que no apunto a ninguno especialmente, aunque otra cosa parezca) absoluta y total. Otro problema teológico a propósito de Adán: ¿Le circuncidó Dios? Seguramente sí, porque la circuncisión era (y sigue siendo, claro) el gran testimonio de la Alianza. Claro que como la primera de estas solemnes alianzas fue la pactada con Moisés, puede que la primera minina quedase intacta. Lo que, en definitiva, fue una lástima, pues de otro modo seguramente hubiera acabado por encontrarse el primer prepucio, que, tal vez en otro relicario, se enseñaría en Calcata al tiempo que se enseña el del Cristo.

[1028] En el año 18 del reinado de Josías, Chafán, el secretario de este rey, fue al Templo para recoger el dinero echado en los cepillos, con el cual se pensaba

Judá. Esta piadosa mentira de afirmar lo que convenía afirmar dándolo por ocurrido era corriente en la antigüedad. Recuérdese, por ejemplo, *El Libro de los Muertos* egipcio, al que, lo mismo que al *Antiguo Testamento,* durante mucho tiempo fue atribuido carácter divino y revelado. En todo caso, lo ocurrido con el *Deuteronomio* parece demostrar que fue escrito hacia el año 621. En lo que afecta al *Génesis,* en su redacción intervinieron dos manos: las de los llamados «elohístas» y las de los llamados «yahvistas». Los primeros emplearon la palabra Elohim para designar a Dios; los otros, Yahvé. La obra, tanto elohísta como yahvista, fue escrita entre los siglos IX y VIII. En cuanto al código sacerdotal, éste parece demostrado que fue escrito tras el destierro en Babilonia. El propio libro de Nehemías cuenta (VIII, 10) que esta legislación clerical fue introducida solemnemente por Esdras en el año 444. En cuanto a los libros históricos todas las conjeturas son posibles, y la primera, empezando por los *Jueces,* que fueron asimismo, con mucha probabilidad, es decir, lo mismo que cuanto afecta al *Génesis, Moisés* y *Josué,* pura y simplemente inventados, basándose para ello en leyendas sin valor histórico alguno. Particularmente, en lo que a los *Jueces* afecta, como ya he dicho, empieza por no haber ni rastro de cronología. El más conocido de entre ellos, Sansón, cuanto de él se dice no pasa de pura leyenda. En lo que afecta a su primera fecha de aparición, tal vez fue el siglo VIII, pero refundida posteriormente en el siglo V.

---

reparar el edificio. Entonces, el sacerdote Hilqiyy le dijo: «He encontrado en la casa de Yahvé el libro de la *tora».* Y se lo dio. El ministro se lo llevó al rey y se lo leyó. Tosías se desgarró las vestiduras: «La cólera de Yhavé es grande contra nosotros por no haber escuchado nuestros padres las palabras de este libro y no haber hecho lo en él escrito». (Es curioso el detalle relativo a la costumbre de reyes y sumos pontífices de «desgarrar sus vestiduras» como manifestación de cólera, indignación o desesperación, y, sin duda, para calmar tan desagradables manifestaciones. En el *Nuevo Testamento* vemos al sumo sacerdote, Caifás, hacer lo mismo, lleno él de indignación al oír a Jesús decirle que es hijo de Dios. En verdad, por gorda y vanidosa que fuese la mentira, no era para tanto. A no ser que las vestiduras estuviesen ya viejas y quisieran aprovechar la oportunidad para estrenar.) Tras esta redacción de la *tora* hecha por los levitas en tiempo de Tosías, hubo otra durante el cautiverio, o más bien tras él, en que los levitas de entonces volvieron a redactar las leyes sacerdotales, que fueron adoptadas por la comunidad de Jerusalén gracias a Esdras y a Nehemías, que convocaron una asamblea general, ante la cual fue leído el *Libro de la Ley.* Posteriormente, fue redactada la *tora* de Ezequiel (el llamado más tarde *Código sacerdotal),* que fue el código de Ezequiel, de cuya fusión nació el *Pentateuco.*

El libro de *Samuel,* interesante sobre todo a causa de referir la vida, proezas y aventuras de David, el héroe nacional por excelencia (relación que hace sin ocultar sus atrocidades y crímenes), debió ser escrito entre los siglos VIII y VII, y redactado definitivamente en el V. El libro de los *Reyes* es una mezcla evidente de algo de posible historia y mucho de leyenda, destinado a exaltar el ideal teocrático y profético. Así, mientras el autor o autores de este libro se complacen en contar las andanzas legendarias de los profetas Elías y Elíseo, apenas habla de un rey tal que Omri, de Israel (*7 Reyes,* 21-28), que según las inscripciones asirias desempeñó un papel tan importante en su tiempo, que Palestina era entonces conocida en el Asia eufrática con el nombre de «País de Omri». En cuanto a su fecha, todo induce a creer que fue redactado durante el cautiverio de Babilonia. En lo que afecta al *Libro de las Crónicas* (literalmente, en hebreo, *cosas, sucesos de los días),* en la traducción de los Setenta fue llamado *Paralipomenos,* es decir, *omisiones, suplementos.* O sea, como si estuviese destinado a completar los libros de *Samuel* y de los *Reyes.* Lo que en modo alguno es exacto, puesto que lo que hizo su autor fue, por lo general, copiarlos torpemente, haciendo incluso a veces adiciones defectuosas por su cuenta. Esta compilación histórica clerical fue redactada, según toda posibilidad, a principios del siglo III. En la misma fecha hay que pensar, en cuanto a composición, del *Libro de Esdras y Nehemías.* En lo tocante al *Libro de Ester,* nombre derivado de la palabra persa *sitaren* (estrella), apología exagerada del Judaísmo con todo su fanatismo, estrechez espiritual, sed de odio, de venganza y de persecución contra los enemigos de Israel, probablemente fue escrito entre los años 300 y 200 antes de nuestra era. En cuanto al Libro de Jonás, los cuatro capítulos que le componen son una fantasía de punta a cabo, escrita también hacia el siglo III antes de nuestra era. Y por si se cree que exagero diciendo lo de «pura fantasía de punta a cabo», allá va un breve resumen de su contenido: Habiendo ordenado Yahvé a Jonás ir a Nínive (sólo ya esto es para volver la página), espantado escapa hasta Joppé, donde se embarca decidido a hacer un largo viaje, seguro de que Yahvé se olvidará de él. Sí, sí. No sabía con quién tenía que habérselas. El Dios desencadena una tempestad obrando como verdadero Poseidón judío, y echado a suertes quién debía ser lanzado al mar para aplacar la cólera divina, le toca a él. Naturalmente, fue lanzado sin compasión, y un monstruo marino (que se supuso ballena por ser el animal marino más grande conocido) se lo tragó. La tempestad se calma al punto, y mientras en el barco todo es alegría, él permanece tres días y tres noches en el vientre del monstruo, hasta que éste, por orden del Neptuno del Sinaí, le vomita en una playa. Comprendiendo Jonás que no había más remedio que obedecer, va a Nínive (se supone que tras una buena comilona para calmar su hambre de tres días), donde convierte a la población de esta ciudad a la religión de Yahvé. Conocido el suceso, el que lo crea buen provecho le haga.

Luego, tras los textos anteriores vienen, en cuanto a fecha de composición, los libros poéticos, de los que ya me he ocupado diciendo que en cuanto a valor literario son lo mejor del *Antiguo Testamento.* Y ya no queda sino mencionar la literatura apocalíptica judía, de la que existen numerosas obras fuera de la *Biblia,* y que en ésta está representada por libros total y enteramente legendarios, tales como el *Libro de Daniel,* personaje inventado por un autor desconocido, anónimo, que dotó a su héroe de poderes extraordinarios y sobrenaturales gracias a los cuales podía realizar, y realizó, a creer a su fantástico inventor, lo que le hubiera sido imposible de otro modo. Entre otras cosas, hacer revelaciones sorprendentes acerca de los tiempos venideros. Está escrito en prosa y en dos lenguas: hebreo y arameo. Y gran parte de los mitos que luego corrieron y aún corren y son creídos de él proceden. Además de una angeología perfectamente organizada (sólo Tomás de Aquino parecía saber de cosa tan interesante más que él; tal vez por ello ganó la santidad), dice cosas tan importantes que luego adquirieron la categoría de «dogmas». Por ejemplo, lo relativo al Juicio Final y a la subsiguiente vida eterna. Más otras de menor importancia, pero no menos *verdaderas,* conocidas en Israel gracias a este libro desde el siglo II, y que luego fueron aceptadas como pan bendito por los inefables Padres de la Iglesia cristiana, que no dudando de su veracidad las metieron en el «Credo»[1029].

[1029] *Credo,* profesión de fe de los cristianos, llamado también «Símbolo de los Apóstoles», aunque, como bien se comprende, para que éstos hubieran tenido un símbolo, lo primero que haría falta probar sería que habían tenido existencia fuera de la fantasía de los redactores de los Evangelios, cosa imposible, por supuesto, sin previamente demostrar la de Jesús. El Concilio de Nicea (325) determinó su texto sin hacer mención alguna de tales apóstoles. Lo urgente no era, por supuesto, hablar ni recordar a estos apóstoles, sino fijar un texto para ver si mediante él se podía salir al paso de la enorme cantidad de sectas y herejías de los que no aturdidos por la fe se negaban a aceptar lo que tan audazmente se afirmaba. Y por ello la necesidad de fijar un texto que expusiese claramente lo que era necesario creer, por imposible que ello fuese, y hubiese que admitir lo que hacía admitir a ojos cerrados, es decir, sin prueba ni demostración alguna, por elementales que fuesen. Así nació el Credo, que desde entonces se hizo aprender a los niños, y que exponía con toda claridad el *Catecismo* del Padre Ripalda, en donde yo lo aprendí. Destinado el Credo a oponerse a las herejías (ya se sabe que herejías eran, y siguen siéndolo, todo lo que se oponía a lo que a la Iglesia la convenía que fuese creído, por razón que se tuviera para rechazarlo), su primera

Aparecido el *Libro de Daniel* en el momento en que estallaba, bajo el mando de los Macabeos, la guerra de independencia judía contra la tiranía del sirio Antíoco Epifanes, debió de conseguir, circulando clandestinamente, gran importancia en el desarrollo de la lucha.

Y ya no queda sino mencionar los libros *Apócrifos,* que no se encuentran en la *Biblia* hebraica (y que por su carácter escapan también a esta búsqueda mitológica), pero que fueron introducidos en el Canon del *Antiguo Testamento* por la versión griega de los Setenta, y reproducidos por la Vulgata, en la que fueron traducidos al latín. Son los cuatro *Libros de los Macabeos,* los libros polémicos y edificantes *(Libro de Judith, Epístolas de Jeremías,* el *Libro de Tobías,* las *Adiciones al Libro de Ester,* las *Adiciones al libro de Daniel,* el *Libro de Baruc* y el *Ruego y Oración de Manasés).* Finalmente, los Libros Gnómicos: *Sabiduría de Jesús hijo de Sirach* o *Eclesiástico* y la *Sapiencia o Sabiduría de Salomón,* libros todos ellos, sobre todo este último, muy próximos a la fecha en que se pretende que apareció Jesucristo, con cuya figura se entra en el *Nuevo Testamento,* acerca del cual, es decir, de lo que en él hay de puramente mítico y por ello digno de figurar en las mitologías, voy a decir a continuación unas palabras.

---

forma, por decirlo así, fue una carta escrita en griego por Marcellos, obispo de Ancyra, fechada el año 240, de la que se hicieron varias traducciones latinas a partir del año 250. Pero en ella no se hablaba de un Dios creador del Cielo y de la Tierra, ni de la bajada de Jesús a los Infiernos. Dos fantasías tan difíciles de admitir no siendo niños, a menos de, ya mayores, tener la inteligencia, para ciertas cuestiones, totalmente embargada por una «fe» que puede que a un insecto le honrase mucho, pero que a un hombre nos parece a algunos que a fuerza de ancha, larga y total, resulta humana y razonablemente estrecha. Es más, a los propios niños, a los que se obliga a aprenderlas, me parece que (por fortuna, el antiguo nublado va clareando un poco) les importa tanto lo que tienen que engullir, que con gusto no lo harían por importarles menos que una de esas bolas con que antes también jugábamos al «gua». Y me callo por temor a caer en herejía.

MITOLOGÍA DEL NUEVO TESTAMENTO

En lo que afecta a Jesús, figura central del *Nuevo Testamento,* en torno al cual, una vez transformado en el Cristo (el Ungido), se ha formado la religión a la que se ha dado el nombre de Cristianismo, hay tres escuelas, cada una de las cuales le considera de un modo diferente[1030]: la *canónica* o *teológica,* que sostiene a propósito de esta figura, es decir, como algo real y positivo, que acaeció todo cuanto dicen los *Evangelios* y demás libros canónicos; la *histórica,* cuyos partidarios admiten la posibilidad de un «mesías» de este nombre, Jesús, entre los varios que aparecieron en aquella época, cuyos nombres y suerte nos son conocidos gracias a Flavio Josefo, pero él no nombrado por el gran historiador judío, que indudablemente jamás oyó hablar ni de su persona ni de su apostolado, a causa de lo cual los partidarios de esta escuela suponen que si existió tuvo tan poca importancia que le hizo pasar inadvertido, y que sólo circunstancias posteriores e imprevistas dieron lugar a la aparición de los Evangelios, libros, según ellos, carentes de historicidad y de verdad lo que relatan, y, finalmente, la escuela llamada de los *negadores,* para quienes no hubo tal Jesús ni tal Mesías, no pasando esta figura de un mito más, sin otra realidad que la de cualquiera de los dioses antiguos.

Los «negadores» fundan su creencia y se apoyan para sostener lo que sostienen en hechos difícilmente rebatibles, al revés de sus opositores del primer grupo, que cuanto pueden esgrimir contra ellos es su «fe» en los libros admitidos como canónicos, libros que no son, a juicio de los negadores, sino una cadena de mitos sin realidad ni valor alguno a causa de su carencia total de historicidad, ya que no existe ningún testimonio ni de los historiadores ni de los hombres de letras de la época que hablen de Jesús, olvido sorprendente si se piensa no sólo en lo que dicen los Evangelios que realizó Jesús durante su apostolado (que sólo a causa de sus milagros, de ser ciertos, hubieran atraído sobre él la atención y hubiesen elevado su nombre a las nubes), sino si se tiene en cuenta los hechos extranaturales y maravillosos que acaecieron con motivo de su nacimiento y de su muerte, a creer a los mencionados Evangelios. Prodigios que, no obstante su consideración, nadie supo de ellos, así como tampoco de su autor, hasta siglo y medio después de ocurridos, es decir, cuando la leyenda cristiana, nacida ya en torno a un supuesto dios Salvador, empezó a utilizar las narraciones evangélicas como motivo de

---

[1030] Véase sobre esto el tomo IV de mi *Historia de las Religiones,* el Cristianismo.

pláticas de edificación, narraciones pronto admitidas como relatos de hechos que habían acaecido.

O sea, que los «negadores» se niegan, por ello su nombre, a creer en fábulas fáciles tan sólo de admitir por aquellos que creen en ellas por obra de «fe». Es decir, por los capaces de sumarse a cualquier tipo de creencia y a admitir toda clase de supuestas verdades sin necesidad de demostración, por obra de convicciones íntimas puramente sentimentales y completamente irreflexivas. Entiéndase, todo lo contrario de los incapaces de entregarse con los ojos cerrados y creer en lo que oyen decir que hay que creer sin poner en juego la razón, modo de obrar que durante muchos siglos ha empujado a millones de hombres a sostener miles y miles de religiones que naturalmente, como ellos, pasaron para no volver. Mientras que los *negadores,* convencidos de la absoluta imposibilidad de que sea verdad lo que afirman los Evangelios, en esto de acuerdo con los partidarios de la escuela histórica, pero más radicales, se niegan a admitir hasta la existencia de un mesías-profeta que pasó inadvertido, como aquéllos dicen que tal vez pudo ocurrir.

En cuanto al único personaje conocido que pasa por contemporáneo de Jesús, y a causa de ello se le cita como testigo seguro de su existencia, como este personaje, Pablo de Tarso, el llamado Apóstol de los gentiles (que además de no hablar en las *Epístolas* que se le atribuyen, de Jesús, sino del Cristo), tampoco hay certeza absoluta sobre su existencia, pues el primero que habló de él y trajo incluso diez Cartas (hoy la Iglesia ofrece catorce, cuya inautenticidad ha sido demostrada) fue Marción, místico genial (pero. por lo mismo, más digno de admiración que de crédito), que además de las diez mencionadas Epístolas de Pablo trajo a Roma el primer Evangelio (su *Evangelión)* en el año 144, a causa de todo ello, y precisamente por ello, los negadores se mantienen cada vez más firmes en lo que sostienen. Tanto más, y ello remacha el clavo de su increencia, cuanto que otra obrita, la que sigue en importancia a *Evangelios* y *Epístolas* de Pablo, la denominada *Hechos de los Apóstoles* (escrita para no dejar en el aire a los compañeros de Jesús, es decir, para explicar lo que fue de ellos después de la muerte de su Maestro), ha sido demostrado más que cumplidamente que se trata de una novelita, mala, en dos partes, la primera de las cuales se ocupa, como digo, de los Apóstoles (pero de modo tan absurdo y disparatado que más hubiera valido que no hubiese sido escrita), y la otra de Pablo, destinada a garantizar su figura mediante la narración de sus andanzas, llevando como guión y estandarte la figura del Cristo, con el que, a creer al autor de la narración, soñaba. Total, que los negadores, convencidos de que todo, tanto en los Evangelios como en los escritos complementarios, es puramente mítico, hablan del mito de Jesús cuando a él se refieren, mito a propósito del cual yo voy a hacer algunas consideraciones destinadas a justificar por qué no dudo en incluir el *Nuevo Testamento* en esta mitología.

Empezaré por decir que los *Evangelios* que han llegado hasta nosotros no son, ni mucho menos, los primeros que fueron escritos, sino copias de copias hechas mucho después. Los primeros que fueron escritos, a imitación del *Evangelión* de Marción, pero diferenciándose de éste, que hacía descender a Jesús directamente del Cielo a Cafarnaum, mientras que ellos le hacían nacer en la Tierra y, consiguientemente, le dotaban de un cuerpo carnal (el Jesús de Marción no, bajaba con simple apariencia de hombre, pues siendo la carne impura no podía en modo alguno tener relación inmediata con un Dios)[1031]; tales Evangelios, como digo, no han llegado a nosotros.

Marción, el primer evangelista, bordó su fantasía sobre el cañamazo de una ya abundante tradición oral que se iba formando en torno a un supuesto dios Salvador judío; imaginó un Jesús que, como digo, sirvió de pauta, en líneas generales, al que figura en todos los demás evangelios. Él transformó el Jesús *cuasi deo* de Plinio, en dios sin *cuasi,* en dios total, haciéndole, como he dicho, descender del Cielo. Pero los jefes de los cenáculos cristianos de Roma (los *episcopoi),* al no aceptar esta hipótesis e imaginar, a su vez, que había nacido en la Tierra y de un modo, por decirlo así, normal, se las ingeniaron, no obstante, para que fuese hijo de Dios, bien que nacido de mujer (cosa que estimaron que no chocaría mucho, puesto que tales uniones de dioses con mortales eran corrientes en la religión-mitología, tanto griega como romana); pero, claro, no pareciéndoles bien hacer intervenir a Dios (segunda edición del Dios único y universal creado por el deutero Isaías) en un acto carnal, como un Zeus o un Júpiter cualquiera, resolvieron la ardua tarea mediante un milagro: que fuese el Espíritu Santo el que, por voluntad de Dios, engendrase a su Hijo en el seno de María. Hijo-Verbo, por otra parte, que, según enseña el pseudo Juan, existía ya de toda eternidad. Y he aquí de qué modo verdaderamente asombroso, garantizado con afirmaciones peregrinas, nació una de las religiones hoy más extendida: el Cristianismo.

[1031] La creencia acerca de que Jesús no había tenido cuerpo carnal ni existencia física, y que, por tanto, sólo había *sido* en apariencia, y en *apariencia* tan sólo sufrido y todo lo demás, como había sostenido Marción el primero, y tras él todos los gnósticos, así como a su cabeza Valentín y Manes, escandalizaba a San Jerónimo, que escribía en *Adv. Lucf.:* «¡Ya en el tiempo mismo de los Apóstoles, cuando la sangre del Cristo aún no estaba seca, se aseguraba que el cuerpo del Redentor no era sino un fantasma! ¡Maldición a esos docetes que lo afirman y a los muchos que creen sus afirmaciones!»

Conviene decir en seguida que el arte ha contribuido mucho a la formación de la leyenda cristiana. Recordemos, por ejemplo, el admirable cuadro de Leonardo de Vinci, «La Cena», o «La boda de Caná», de Veronés, que, como pinturas, admirables, mas en cuanto a verdad a propósito de personajes, indumentaria y demás, puras fantasías. Y lo mismo las imágenes de Jesús crucificado, tanto en pintura como en escultura: cruces[1032] que jamás fueron usadas; un cuerpo en ellas que nada tiene de real, de común, en cuanto a apariencia de sufrimientos, con los que causaba este género de muerte, el más cruel de todos. Que en arte haya dominado la fantasía acaba por ser excusable, puesto que su fin esencial, más que la verdad, es la belleza, pero con los Evangelios, tan llenos de imposibilidades, prodigios y milagros, ¿se puede ser tolerante?

[1032] Hasta el Concilio de Constantinopla del año 692, la cruz no era un signo de condenación y de tortura, sino de gloria. Los Evangelios mismos hacen decir a Jesús: «Si alguien quiere venir tras de mí, que renuncie a sí mismo, que se cargue cada día de su cruz y que me siga». «Si alguien quiere venir en pos de mí, niéguese a sí mismo, tome cada día su cruz y sígame» *(Lucas,* IX, 23). Igual en *Marcos* VIII, 34, y en *Mateo,* XVI, 24. Pero hacia 338-347, en que se forja la leyenda de los lugares santos y en que incluso se encuentra la «verdadera» cruz, ¡más las de los dos ladrones!, no se empieza a trabajar seriamente, por decirlo así, sobre la Pasión, gracias a lo cual, es decir, a los nunca bien alabados esfuerzos y trabajos de santos varones, que, sin duda, no tenían mejor cosa en que emplear su tiempo (ni podían, claro está), nace el culto a la cruz. Culto tanto más digno cuanto que existen testimonios de otros dioses antiguos asimismo crucificados, de modo que por mucho culto, nunca era perdido; siempre podía recaer sobre un Dios digno de él. Entre tales dioses crucificados, recordemos la descripción de Bardesana, transmitida por Porfirio, que aquél daba del dios Brahma bajo la forma de un hermafrodita, teniendo a su derecha al Sol y a su izquierda a la Luna, y sobre sus dos brazos en cruz a una multitud de genios. En los oráculos sibilinos se lee también: «Alguien descenderá del Cielo, un hombre eminente que extendió sus brazos sobre la madera fecunda, el mejor de los hebreos, aquel que en tiempos detuvo al Sol». Aquí, la referencia es, evidentemente, a Josué (nombre, como se sabe, equivalente a Jesús). Se ha encontrado también una piedra de sortija que representa a Orfeo en cruz, es decir, tal cual era adorado en los misterios báquicos. Hay, además, otros varios testimonios: un *graffito* encontrado en el Palatino y un crucifijo hallado el año 1946 en Montagnana, representando a un personaje con cabeza de asno en una cruz, que, sin duda, era un arconte gnóstico de los que guardaban las puertas que había que franquear para llegar al Cielo. Todo lo cual prueba no sólo que crucificar personajes divinos no era nuevo, sino en qué modo las demencias religiosas han ocupado y preocupado a incontable número de hombres en todos los tiempos.

Porque con ellos tenemos hasta dos genealogías de Jesús haciéndole, no obstante ser distintas, descender de David por vía paterna. Pero, y por ello el hecho doblemente absurdo, por vía de José, el marido de su madre, que nada tenía que ver con él, puesto que los redactores del disparate querían y aseguraban que de quien era hijo era de Dios, bien que «por obra y gracia del Espíritu Santo».

O sea, que para empezar no hay más remedio que señalar ya un mito teológico destinado a hacer aparecer una tercera persona divina, y con ella un Trinidad más, que, aunque carente de originalidad, podía codearse con las ya numerosas trinidades archiconocidas. Por otra parte, en cuanto a su madre y hermanos, tampoco hay otras referencias que las que dan los Evangelios. Por cierto que Jesús reniega de ellos. Muy especialmente y de una manera áspera, de su madre, en el pseudo Juan. Y es que como los Evangelios fueron escritos, como ya he dicho, para que sirviesen entre los primeros cristianos como motivos o guiones para pláticas de edificación, cada uno de los redactores, y luego los copistas, fueron añadiendo lo que, a su juicio, convenía añadir para el mejor cumplimiento y fin a que estaban destinados, sin reparar en los absurdos y contradicciones que se deslizaban, tales, por ejemplo, las mencionadas genealogías. O cuando leemos que su madre y sus hermanos al oírle predicar creyesen que se había trastornado. En los hermanos que le habían visto soltar la garlopa para empezar a hablar del Padre celestial aún se podría admitir, pero ¿cómo que le sorprendiese a su madre? ¿Podía acaso haber olvidado de quién era hijo, pese a la «anunciación», a los prodigios acaecidos con motivo de su nacimiento y que muy niño aún había maravillado a los doctores del templo? En cuanto a nosotros, ¿qué nos parece más lógico, creer lo que refieren los Evangelios sucedió o que se trata de nuevos mitos?

Además, ¿qué pensar asimismo acerca de la veracidad de tales afirmaciones al ver que ni de María ni del gran testigo, Pablo de Tarso, ni los cristianos supieron nada ni se preocuparon durante los cuatro primeros siglos, es decir, hasta que la piedad, por una parte, y el interés, por otra (los cepillitos siempre tan en armonía con la fe), empezaron a tejer mitos y más mitos? Particularmente, en lo que a María respecta, iniciada su leyenda, su progreso fue ya infatigable e ininterrumpido. No hace mucho aún, en 1854, un nuevo artículo de fe fue introducido a propósito de ella: el de su Inmaculada Concepción. Su «asunción» milagrosa y demás prodigios jamás ocurridos, ya habían sido determinados. Y tan firmemente creídos que hasta saltaron a la onomástica. Yo tengo dos nietas (por tabla), que Asunción y Concepción se llaman, respectivamente.

¿Y qué decir de la imagen de Palestina que ofrecen los Evangelios, a no ser que ni los que los escribieron ni los que luego los fueron retocando y perfeccionando cien veces, sabían una palabra a propósito de esta región? Empezando porque en los Evangelios, Palestina en aquel tiempo era, según ellos, un remanso de paz, de tranquilidad, de seguridad y de dulzura, cuando por los historiadores de la época sabemos que, por el contrario, fue uno de los períodos más turbulentos, de mayor violencia y de mayores represalias. Que lo digan si no los 2.000 judíos sacrificados por Varus. Y para detalles, muchas veces verdaderamente horribles, los que pueden leerse en la *Historia de los judíos,* de Flavio Josefo. Y no nos metamos en detalles. Como, por ejemplo, el que cuenta cómo Jesús hizo que se metieran en cerdos los demonios que sacó del cuerpo de un poseído. ¡Cerdos que no se criaban, ni entonces ni nunca, en Palestina—en el *Antiguo Testamento* se habla de vacas y terneros, cabras y machos cabríos, ovejas y carneros, pero no de cerdos—, a causa de estar prohibido el uso de su carne! Total, que pensando bien las cosas, resulta difícil hasta admitir al modesto profeta, que, como suponen los partidarios de la escuela histórica, pasó sin pena ni gloria (pues en cuanto a pena, bastante sería la de la crucifixión, si se admite que fue crucificado; en cuanto a gloria, nadie más glorioso que él, a creer a los de la escuela oficial), que cogido de demencia mesiánica, se levantó anunciando el reino de su Padre, ya que, digno descendiente de David, iba a hacer triunfar a los judíos sobre los demás pueblos de la Tierra, como siempre esperaba el más mísero de ellos, engañado por las tontas y falsas profecías de las Escrituras[1033], verdaderas demencias de ciertos profetas[1034], entre ellos y

---

[1033] En nombre o apoyándose en las *Escrituras* se han sancionado muchas cosas que sin tan *firme* sostén no hubieran podido levantarse o hubieran caído al punto, de tal modo carecían de base. Una de ellas, e importantísima por cierto para la Iglesia católica, su «infalibilidad», que funda, para que nadie se atreva a discutirla, en ciertas palabras citadas por las *Escrituras* y que el Cristo asegura haber mencionado refiriéndose a ellas *(Mateo,* XVI, 15-16; XVII, 17; XXVIII, 20. *Juan,* XIV, 1-17). Luego, y una vez bien probada, en nombre de esta infalibilidad indica en qué sentido deben ser interpretadas las *Escrituras.* Es decir, como siempre: Empezad por *creer* lo que os digo, por absurdo e imposible que sea, pues nacida la *je* (adhesión a una creencia de la que admiten las supuestas verdades sin, necesidad de demostración y a favor simplemente de una convicción íntima puramente sentimental e irreflexiva) todo pasará fácilmente. Esto dicho, natural que la primera pregunta que viene a los labios no rendidos y cerrados por tan cómoda manera de creer es: ¿Y qué competencia tiene la Iglesia ella misma para juzgar las *Escrituras?* Porque, claro, se supone lejos de esta competencia las falsedades furiosamente defendidas por ella durante siglos, las torturas que infligió a los que no las admitían y demás actos considerados siempre, fuera de ella, como arbitrarios y criminales. Además, como ahora, claro, ya no se puede *convencer,* como antes, mediante métodos y procedimientos seráficamente inquisitoriales (los extremados o siguen creyendo, sin preocuparse de más, lo que de niños se les ha dicho que hay que creer o dejan de hacerlo, seguros, como en la U.R.S.S. y en China, como también se les ha dicho, que la «religión es el opio del pueblo»), los teólogos modernos no se atreven a asegurar que sea objeto de fe sino la creencia en la existencia de Dios, la creación por él del Universo, la falta original y la promesa en la redención. Esto en lo que afecta al *Antiguo Testamento.* En cuanto al *Nuevo,* los exegetas católicos no han tenido más remedio que reconocer, al fin, el carácter legendario de los relatos a propósito del nacimiento de Jesús referidos por el seudo Lucas y el seudo Mateo. No obstante, como una cosa es la verdad y otra la conveniencia, la Iglesia se encoge de hombros y deja que se continúe enseñando muchas fábulas bíblicas de una y otra fuente, empezando por las del *Génesis:* creación, paraíso terrenal, pecado original, diluvio, arca de Noé, etc.; como continúa celebrado la Navidad o Natividad junto al buey y el asno, la llegada de los Reyes Magos, y demás bobaditas semejantes, no obstante saber ¡y cómo ignorarlo!, que una corriente ya muy fuerte empieza a sostener ideas que cada día avanzan más, llevando como antorcha la idea de que Jesús jamás pasó por la Tierra. Pero, ¿acaso no han reaccionado contra ella, empezando, como para poner un escudo contra la incredulidad, papas profundamente creyentes sin preocuparse ya de si eran italianos o no italianos, puesto que lo que urgía era reforzar la *fe* a toda costa y salvar lo que interesaba salvar: una Iglesia cada vez más rica y cada vez más alejada del defensor de la pobreza? Pero demos marcha atrás.

El evangelio de Marción hablaba de un Dios, como sabemos, descendido del Cielo con simple apariencia de hombre. De un hombre de treinta años. La cosa era un poco fuerte pero, ¿qué no podrá hacer un Dios y qué no serán capaces de creer muchos hombres? La prueba es, que la fantasía cundió y fue creída y defendida por los gnósticos, y hasta por una secta extendida por todas partes, la de los docetes. Poco después, Trifón decía a Justino: «Seguís un vago rumor y forjáis vosotros mismos a vuestro Cristo. Que incluso si hubiese nacido y estuviese en alguna parte, nadie le conoce». Por otra parte, todo induce a creer que los Evangelios no fueron compuestos antes del año 160, por sectarios cristianos que ignoraban todo a propósito de Palestina. De la de los tiempos en que situaban en ella al Cristo. Y con objeto de que progresasen sus afirmaciones amenazadas por los gnósticos y a su cabeza Marción, más por lo que empezaron a denominar herejías (o sea, todo, por razonable que fuese, que iba contra lo que pretendían hacer creer), empezaron a luchar contra afirmaciones como las de Porfirio que aseguraba: «Que los autores de los Evangelios son los inventores, no los historiadores, de las cosas que cuentan sobre Jesús». O el propio Marción que aseguraba por su parte (según Adamastios), que los nombres mismos de los evangelistas son un puro engaño. Celso por su parte decía a los cristianos de su tiempo: «Os hartáis de fábulas sin ser capaces siquiera de darlas apariencia de verdad. Incluso algunos de vosotros habéis manoseado y alterado tres, cuatro o más veces los textos evangélicos con objeto de poder negar lo que se os objetaba».

En efecto, los evangelios atribuidos a Marcos y a Lucas, muestran trazas múltiples de falsificaciones, muy particularmente el de éste último, destinado a oponerse al de Marción. El evangelio de Mateo no es sino una versión, mejorada, del de Lucas que no dudaba en buscar, como garantía de lo que afirmaba, textos del *Antiguo Testamento,* que incluso algunas veces inventa (como en II, 23). El caso era demostrar, o intentarlo al menos, que Jesús era el Mesías prometido. En cuanto al sendo Juan, su Pasión está evidentemente inspirada en textos del *Antiguo Testamento,* muy particularmente en el *Salmo* XXII, atribuido a David. Y lo mismo la *Epístola* de Pablo a los hebreos. Las catorce *Epístolas* actuales han sido sometidas por Mac Gregory, exegeta, bien conocido, de la universidad de Glasgow, a las máquinas electrónicas, y ha quedado probado más que suficientemente que sólo las cuatro primeras son obra de una misma mano. La de Pablo o la del que fuese quien las escribió.

Del mismo modo que muchas fábulas del *Antiguo Testamento* han quedado ya esclarecidas, como por ejemplo la relativa a Abraham (véase la nota 1021), otro tanto ha ocurrido con el *Nuevo* Por simple curiosidad voy a exponer algunas: ¿Por qué Jesús inaugura la serie de sus curaciones milagrosas con la suegra de Pedro, aquejada de fiebre, en Hematha? Pues porque Hematha, en hebreo, significa a la vez ciudad termal, fiebre y suegra. ¿Por qué Jesús multiplica los panes en Bethsaida? Porque Bethsaida significa la casa de las provisiones. Se podrían multiplicar los ejemplos. Así como el desconocimiento de Palestina por los evangelistas. En lo que afecta al fin de la vida de Jesús tal como la conocemos, fue inspirada en leyendas relativas a dioses paganos. Un antiguo papiro egipcio contiene la fórmula: «Pueda este vino llegar a ser la sangre de Osiris». Otro nos muestra a Osiris bajo la forma de una copa divina en la que beben Isis y Horus. Como estas cosas eran conocidas, Justino, para salir al paso a los que las recordaban, decía, que los demonios, al corriente de las profecías, inventaron un misterio en el que Dionysos, hijo de Júpiter, había nacido copiando, sólo por fastidiar, de una virgen. Los gnósticos por su parte, para quienes tan importante era la naturaleza humana, no por ello hablaban de desobediencia ni de culpabilidad eterna a causa de ella, tremendo disparate y tremenda injusticia que cuesta trabajo admitir que se pudiera imaginar y que se haya podido creer. Los esenios por su parte para quienes también la «iniquidad de la carne» era algo ingénito, contaban con la gracia de Dios que siempre concedía perdón. En cambio Pablo, cogido fuertemente de una especie de deleite morboso, insistió sobre la idea del pecado original y de una condena perpetua aun observando la Ley y las prácticas recomendadas por ella. Y tratando de explicar cómo había sido posible el tremendo y difícilmente admisible suplicio de un Dios, muerto ignominiosamente en la cruz, no dudó en afirmar, no encontrando otra cosa que por más lógica hubiera sido más fácilmente creída, que insistir acerca de que con su sacrificio había

muy particularmente los cobijados bajo el nombre de Isaías, haciendo concebir a un pueblo fanático e ignorante esperanzas insensatas: «Reyes serán tus siervos y sus princesas tus nodrizas. Postrados ante ti, rostro en tierra, lamerán el polvo de tus pies. Con tus adversarios lucharé y salvaré a tus hijos. Y a tus opresores haré comer su propia carne y se embriagarán de su sangre como de mosto. Y adoctrinados por Yahvé, grande será la paz de tus hijos. Y la nación y los reinos que no se pongan a tu servicio perecerán, y las gentes serán totalmente exterminadas. Y a ti vendrán humillados los hijos de los tiranos y se postrarán a tus pies cuantos te infamaron» *(Isaías,* XXIII, 23 y sigs.; LIV, 13; LX, 12-13).

Desvaríos y más desvaríos, propios de mentes perturbadas, fueron las profecías de los tan celebrados profetas. En cuanto a Jesús, si hubiese

---

redimido a los hombres de una falta, ¡que no habían cometido! Idiota. Cual si pensase que cuantos le leerían o escucharían lo serían también. En cuanto a los evangelistas, el único que dijo que Jesús había venido «para borrar la falta del Mundo» fue el seudo Juan. Los otros no hablaron, sino de un rito de iniciación y de un «bautismo de arrepentimiento» administrado por el Bautista. En fin, por si todo fuese aún poco, los teólogos cristianos, honrando siempre con su insano fanatismo a las Escrituras, decidieron, creyendo sin duda poco la muerte de Jesús, que el bautismo era el sacramento necesario para liberar a los que le recibían del «pecado original», y que sólo él, a causa de esta redención, era la verdadera puerta de entrada en su religión.

[1034] Los Profetas fueron los grandes anunciadores de desastres. El primero, Amós, turbando con sus negros vaticinios la alegría general cuando en tiempos de Jeroboán, vencedor de los arameos, había conseguido con sus triunfos volver el reino a sus antiguas fronteras, haciendo que, como en tiempos de David, Israel fuese el primero de los pequeños pueblos de Palestina y sus alrededores, olvidados un momento por los poderosos y temibles ejércitos asirios de un lado, y de Egipto al otro. Pues bien, obrando de aguafiestas, Amós empezó a amenazar a Israel con una destrucción a causa (causa simpática y cierta en todo caso y en todo país y en toda época), de la tiranía que ricos y poderosos hacían sentir a los pobres. Pesado yugo que con rasgo simpático, Amós se obstinó, sin que le hiciesen caso, naturalmente, en proclamar. Así como, era hombre de buen sentido, que ello les sería más funesto todavía que las graves infidelidades cultuales que cometían olvidando a Yahvé por adorar a otros dioses tales que Asima de Samaría y a Sakkut de Keván. Además de este papel de «cenizos» nacionales y como para compensar tal manía, fueron los grandes sembradores de ilusiones anunciado Mesías que, a creerles harían de Israel el primer pueblo de la Tierra, gracias a Yahvé al que, como se sabe, para que pudiera ayudar como era debido a tan gran empresa, el deutero Isaías, transformó en un momento de arrebato y entusiasmo místico, de simple dios regional, de simple dios de Israel, en Dios único, universal todo poderoso al que tan brillante carrera le esperaba.

pasado por el Mundo alcanzado por la locura del mesianismo, hubiese sido uno más en morir, pero sin gloria alguna a causa de no haber estado a la cabeza de una banda de fanáticos armados, como otros cuyas hazañas refiere Flavio Josefo, perturbados por ilusiones que no podían prosperar, ora estas ilusiones partiesen de profetas no menos alucinados que ellos, ya de Yahvé mismo (entiéndase a él atribuidas), el Dios de Israel, que había sido el primero en prometer a su pueblo mesías cuya llegada recalcaron luego los profetas con detalles que comprobaban su extravío mental. Oigamos a Isaías: «He aquí que la *muchacha* (tal es la palabra, traducida impropiamente por *virgen* para ir acostumbrando poco a poco al milagro de la concepción virginal) quedará encinta, y dará a luz un hijo, al que pondrá el nombre de Emmanuel» (Emmanuel, no Jesús). Y en IX, 6-7: «Porque nos ha nacido un niño, nos ha sido dado un hijo que tiene entre los hombres la soberanía, y que será llamado Maravilloso Consejero, Dios fuerte, Padre sempiterno, Príncipe de la Paz, para dilatar el Imperio y para que la paz ilumine sobre el trono de David y de su reino, con objeto de afirmarle y consolidarle en el derecho y la justicia desde ahora por siempre jamás. El celo de Yahvé de los ejércitos hará esto». Más: «Y reunirá a los desterrados de Israel y recogerá a los dispersos de Judá de los cuatro extremos de la Tierra». Y en Jeremías (XXIII, 5-6): «He aquí que vienen días—oráculo de Yahvé—en que yo suscitaré a David un vástago justo, y reinará como rey prudente, y habrá derecho y justicia en la Tierra. En su día será salvada Judá e Israel habitará confiadamente, y el nombre con que le llamarán será éste: Yahvé (es) nuestra justicia». Y Miqueas (V, 2 y sigs.): «Pero tú, Belén de Efratá, pequeño entre los clanes de Judá, de ti me saldrá quien señoreará en Israel. Y la que ha de parir, parirá. Y se afirmará y apacentará con la fortaleza de Yahvé, su Dios, y morará tranquilamente porque entonces será grande (Israel) hasta los confines de la Tierra».

Como se ve, la demencia de los profetas había anunciado la venida de un Mesías que redimiría a Israel de su continua esclavitud (estas cosas se escribían cuando el cautiverio en Babilonia), y por ello el esperarle siempre. Naturalmente, llegada la moda de los dioses Salvadores, todo ello fue motivo más que suficiente para la aparición de un dios judío de esta clase nacido por voluntad de Yahvé y por él enviado. Pero en verdad, ¿tenía algo que ver este Salvador que no llegaría nunca, con el otro cuyo nombre era Emmanuel que al fin traería la grandeza de su pueblo y la paz, con el oscuro carpintero de nombre Jesús que no dudaba en declarar, según los encargados de hacer su historia (los evangelistas), que traería no la paz, sino la espada y el fuego; no la misericordia, ni tan siquiera en el seno de las familias, sino la discordia, y que exigiría el odio hacia los padres y parientes como condición indispensable para ser su discípulo, como puede leerse en el pseudo Mateo, X, 24, y en el pseudo Lucas, XII, 49?

Luego todo lo que se lee en los Evangelios puro mito una vez más, pura fábula, pura mentira. Tanto más cuanto que en el mismo Lucas, Jesús dice en otra parte, contradiciéndose (¡qué despistado el que añadió esto!): «Honra a tu padre y a tu madre». Luego nada de afirmar lo de «para que se confirmasen las Escrituras». Por lo que los judíos, viendo lo que al fin se acababa por afirmar, tenían perfecto derecho a pensar que ni tal Jesús había existido, ni nada de cuanto se le atribuía era otra cosa que una pura fábula.

Y las mismas contradicciones y las mismas fantasías con motivo de la supuesta entrada de Jesús en Jerusalén cuando, según Mateo (XXI, 8-9): «La numerosísima muchedumbre extendía sus mantos por el camino, mientras otros cortaban ramas de árboles y le alfombraban. La multitud que le precedía y la que le seguía gritaba, diciendo: '¡Hosanna al hijo de David! ¡Bendito el que viene en nombre del Señor! ¡Hosanna en las alturas!'» Luego, como puede apreciarse, nada de hijo de Dios, sino de David. Y profeta de Nazaret, no de Belén de Efratá. Además, esta multitud enloquecida de entusiasmo, según se ve, al verle llegar montado en un borrico (idiota de solemnidad la escena del principio al fin), ¿podía pocos días después desgañitarse llena de odio hacia él, a punto de pedir a Poncio Pilato: «¡Crucifícale y suelta a Barrabás»!, como se lee en Lucas?[1035]. ¿Y con todas estas fábulas se cumplía la Escritura?

Pues, ¿y la no menos famosa leyenda relativa a Judas Iscariote? La fábula a propósito de la muerte de este personaje es relatada de diversa manera por dos textos asimismo diversos e igualmente divinos e inspirados (¡aquellas distracciones del Espíritu Santo!). El pseudo Mateo asegura en XXVII, 5-6, que arrepentido de haber vendido a su Maestro, tiró las monedas que le habían dado por su traición y corrió a ahorcarse; mientras que los *Hechos de los Apóstoles,* libro no menos canónico, relata (I, 18-19) que lejos de tirar el dinero, compró con él un campo en el que se cayó rompiéndose de tal modo por la mitad, por efecto del golpe, que allí

[1035] En Palestina era desconocido esto de liberar a un delincuente con motivo de la Pascua. Donde ocurría era en Babilonia con ocasión de la fiesta de Marduk. Durante esta fiesta, el hombre que representaba a Marduk era martirizado y muerto en lugar del criminal liberado. Por consiguiente, los evangelios que citan a Barrabás no citan tampoco un hecho histórico puesto que, aunque hubiese existido Jesús, tal liberación de Barrabás no hubiese ocurrido. Por lo demás, la leyenda relativa a Marduk es muy semejante a la de Jesús bien que muy anterior a ella.

quedó tras haber extendido por el suelo sus entrañas. Nada más. A no ser, pensar: que no muy buenas debía tener al que se le ocurrió tan puerca cosa. Por supuesto, hay otras versiones. Porque como no había que pagar por mentir y sí pagaban los ávidos de mentiras (como lo prueban los evangelios apócrifos que fueron apareciendo para contar lo que no decían los sinópticos o el del pseudo Juan). Y entre estas versiones, la más optimista asegura que vivió mucho tiempo sin remordimientos de ninguna clase y, al contrario, con muy buen apetito y hasta con ganas de folgar. Es decir, sobre esto, como sobre lo demás, cada uno escribió lo que le dio la gana.

Pero ¿acaso las afirmaciones atribuidas a Jesús en los Evangelios canónicos eran más verdaderas y menos pintorescas? Digamos algunas: Por ejemplo, cuando asegura a sus discípulos en el seudo Lucas (XXII, 29-30): «Yo dispongo del reino en favor vuestro, como mi Padre ha dispuesto de él en favor mío, para que comáis y bebáis en mi mesa, en mi reino, y os sentéis sobre tronos como jueces de las doce tribus de Israel». De modo que en un reino donde el Padre y todos sus servidores eran «puro espíritu», ¿había mesas donde él y la cuadrilla comerían y beberían? ¡Magnífico! Aunque, naturalmente, los Apóstoles pasado algún tiempo. Es decir, cuando tras el Juicio Final se recompusiesen sus algo descompuestos organismos. Pero ¿para quiénes se escribían estas cosas y qué mentalidad tenían los capaces de creerlas? Además, aquellos pobres discípulos, tan ignorantes que cuando hablaba su Maestro no le entendían, ¿iban a ser un día jueces, sentados en tronos, de las doce tribus de Israel? Bueno, esto sí, claro, puesto que en Pentecostés las lengüecitas de fuego les tornarían en un instante sabios y políglotas. Pero repitamos, sí, ¿para quiénes se escribían estas cosas? ¿Y qué decir de las promesas de Jesús? (Que, naturalmente, como hijas de la piadosa fantasía estúpida del que las escribió, jamás se cumplirían.) En el mismo Lucas (XXI, 25 y sigs.) puede leerse: «Habrá señales en el Sol y en la Luna, y sobre la Tierra perturbaciones de las naciones, aterradas por los bramidos del mar y la agitación de las olas. Entonces verán al Hijo del hombre venir en una nube con poder y majestad grande». Y en el seudo Mateo (XXIV, 29 y sigs.): «Se oscurecerá el Sol y la Luna no dará su luz, y las columnas del Cielo se conmoverán. Entonces aparecerá el estandarte del Hijo del hombre en el Cielo, y todas las tribus de la Tierra le verán venir sobre las nubes del Cielo con poder y majestad grande. Y enviará a sus ángeles con poderosas trompetas, y reunirán a los elegidos desde un extremo del Cielo hasta el otro». Naturalmente, estas bobaditas inventadas para ser dichas en un cenáculo al que acudía un público tan modesto como ignorante (probablemente esclavos y libertos de la misma calaña intelectual), producirían el efecto buscado: hacerles babear de entusiasmo, llenos de lágrimas los cándidos ojos (como hoy las monjitas bobas y espíritus semejantes que acuden a la plaza de San Pedro a estremecerse de piadoso gozo al escuchar palabras de valor semejante dichas con voz augusta por el santo varón vestido de blanco). Pero si en verdad un hombre, Jesús u otro, hubiese dicho tales demencias, ¿qué se hubiera podido pensar de su estado mental? ¿Y qué de los capaces de leer o escuchar hoy tales insensateces sin dar media vuelta encogiéndose de hombros? Porque, además, todo ello era inminente: «Y yo os digo, en verdad, que esta generación no pasará sin que todo ello ocurra». ¡En verdad! ¡Y esta verdad y otras semejantes se siguen creyendo y son base de una de las grandes religiones actuales! Nada más.

Pero no, no digamos nada a propósito de este «yo os digo en verdad». No vale la pena. Más vale que, siempre a caza de «verdades», nos metamos un poco por los relatos de la Pasión y de la Crucifixión. Empecemos por la figura de Pilato, acerca de la cual sabemos, y esto sí es real e histórico, que era duro e implacable, como lo fueron durante mucho tiempo todos los romanos que gozaron de autoridad y prestigio con sus inferiores, y muy particularmente con los vencidos. Pensemos por un momento en Vercingetoris, que derrotado por Julio César (¡y se trataba de dos bravos!), al hacer éste su entrada triunfal en Roma, tras hacerle marchar como a un simple galo más en la larga fila de los vencidos, luego, tras seis años de cautiverio, hizo que fuese estrangulado. Pensando en acto tan infame, el puñal de Bruto empieza a ser simpático. Pues bien, en la fábula cristiana de la Pasión, Poncio Pilato, como condolido de tener que condenar a Jesús sólo por complacer a los sacerdotes judíos (que seguramente todos ellos juntos le importaban como un guijarro, si no era hondero, como David), se lava las manos. Limpieza de manos inventada por los forjadores de la leyenda cristiana, movidos por el caritativo deseo de echar sobre los judíos toda la responsabilidad de la muerte de Jesús. Atribución que, no obstante no pasar de una parte del tremendo mito, tan caro pagarían durante siglos los descendientes de los tan sin culpa. Y ello, a pesar de afirmar el propio Lucas en XIII, 1-2, a propósito del entonces tan suave y humanitario Pilato: «Había mezclado la sangre de los galileos con la de los sacrificios que ofrecía». Entonces, ¿en qué quedamos? Sí, la fantasía de los evangelistas no se paraba en pelillos, como decía Celso. Claro que tantos, sin contar a los copistas, metieron en ellos las manos, que nada de cuanto digan que tenga carácter de todo menos de verdad debe extrañar.

Por supuesto, si las «verdades evangélicas» vienen del seudo Juan[1036], entonces las de los otros evangelios, por absurdas que sean, resultan postulados evidentes. Juan da ciento y raya a los sinópticos en cuanto a imposibilidad de lo que relata. Por algo se trata de un texto gnóstico sólo admitido en el canon con muchísima dificultad y tras muchas y empeñadas discusiones, por el hecho de haber sido atribuido a quien era atribuido. Porque, en efecto, en él se leen cosas incomparablemente pintorescas. Por ejemplo, cuando refiere detalles del prendimiento de Jesús (en XVIII, 3 y

_____

Las diferencias entre el evangelio atribuido a Juan y los tres llamados «sinópticos» es tal, que basta su lectura para comprender que el Jesús de éstos nada tiene que ver con el Jesús de aquél y que por lo tanto que aunque conjunto de fábulas los cuatro (única semejanza que se les puede atribuir), las de los tres sinópticos nada tienen que ver con las que se leen en el del seudo Juan. Empiezan las diferencias en que en Marcos, Lucas y Mateo, la carrera misionaría de Jesús dura unos meses y en Juan más de tres años. En los sinópticos la actividad del supuesto mesías se desarrolla sobre todo en Galilea, mientras que el cuarto evangelio, en Judea y muy especialmente en Jerusalén adonde Jesús sube cuatro veces en lugar de una como en los sinópticos. En éstos los enemigos de Jesús son principalmente los fariseos, mientras que en Juan los más hostiles son los judíos en masa. En Juan los milagros son en menor número, pero uno de ellos de marca: el de Lázaro. En fin, hasta los discípulos son distintos.
Todas estas diferencias sin contar las contradicciones en cuanto a los hechos. Más lo que sorprende sobre todo es la diferencia en lo relativo a las palabras que en uno y otros pronuncia Jesús. En Juan no habla el maestro, sino simplemente el que escribe. Que por cierto le hace de un modo sencillo, e incluso, generalmente, encantador, muy agradable. Lo que prueba que la mano que trazó lo que se va leyendo fue la de un escritor nada vulgar. Es más notable. ¿Quién pudo ser el autor de este evangelio que no debió de ser admitido como «canónico» si lo eran los otros de los que de tal modo difiere, o al revés? No se sabe. En todo caso un gnóstico de talento. Pero en modo alguno el seudo Juan.
Ireneo, en su obra *Contra las herejías,* compuesta hacia el año 180, fue el primero que se le atribuyó al que pasaba por el discípulo más amado de su maestro. Así como él fue quien dijo que Juan había compuesto el evangelio que lleva su nombre, en Efesos a fines del siglo I. Lo mismo se lo pudo atribuir a otro cualquiera de los apóstoles. Pero indudablemente lo hizo, como acabo de decir, siguiendo la tradición que aseguraba que Juan había sido el discípulo predilecto de su Maestro. Otra duda subsistirá siempre: ¿qué hizo, no obstante, las dudas que como se sabe dificultaron durante mucho tiempo que el cuarto evangelio fuese declarado canónico (de tal modo eran evidentes sus diferencias con los sinópticos), que al fin fuese admitido juntamente con ellos en el canon? Claro que también figura en el canon el *Apocalipsis* que tiene tanto que ver con Jesús como éste con cualquier posible realidad.

sigs.), desconocidos de Marcos, Mateo y Lucas, tales como: «Judas, pues, tomando la cohorte y los alguaciles de los pontífices y fariseos, vino allí con linternas, y hachas, y armas. Conociendo Jesús todo lo que iba a sucederle, salió y les dijo: ¿A quién buscáis? Respondiéronle: A Jesús Nazareno. El les dijo: Yo soy. Judas el traidor estaba con ellos. Así que les dijo: Yo soy, retrocedieron y cayeron a tierra». Nada más. ¿Por qué donde dice cohorte y alguacilillos, no dice acelgas? Creo que en cuanto a verosimilitud y verdad, el relato es irreprochable.

Poco después vemos a Pedro, de quien los otros tres evangelistas cuentan que en unión de los demás apóstoles dormía a pierna suelta. «Adormilados por la tristeza» (que suele desvelar en vez de adormilar), según Lucas; según Mateo: «Los encontró dormidos, tenían los ojos cerrados», y en Marcos: «Vino y los encontró dormidos». Pues bien, en Juan, Pedro, en vez de roncar, y al contrario, perfectamente despierto y animoso, sacó una espada que tenía, e hirió con ella a un siervo del Pontífice cortándole la oreja derecha. Este siervo se llamaba 'Marco'». Acabaré esto señalando que ¿se hubiera Pilato lavado las manos, él, que de tal modo despreciaba y odiaba a los judíos, practicando precisamente una costumbre judía, al hacerlo, destinada a declarar la inocencia de un crimen, como se ve en XXI, 6-9, del *Deuteronomio?* Y lo mismo pura mentira, pudo escribir, por hacer una relación fantástica, no recordar en modo alguno un hecho histórico, lo relativo a liberar a un prisionero con motivo de la Pascua, que ni la historia romana ni la judía tenían ni idea de tal costumbre.

Todo es absolutamente falso en las cuatro descripciones de la Crucifixión. Empezando por la cruz. Las cruces, esas cruces perfectamente labradas representadas por los artistas, son una fantasía más, hija de la fe, que no ha querido jamás que un Dios tan importante muriese en dos palos cruzados en forma de te (T), es decir, el más corto, puesto sobre el más largo, para los brazos; el largo, destinado a cuerpo y piernas. Así, y no de otro modo, por lo general (a veces, pero no era corriente, se clavaba al que se crucificaba en dos palos en forma de equis [X]), las cruces empleadas para este tormento, y la altura un poco más, muy poco, que la persona destinada a ser puesta en ella. En medio del palo más largo (que era clavado, metido en el suelo de modo que quedase vertical, una vez clavado, a su vez, o atado simplemente de pies y manos el condenado a morir) había un soporte *(sedile)* destinado a, puesto entre las piernas del crucificado, que sostuviese su cuerpo, que, de otro modo, al desgarrarse las manos a causa del peso, hubiese caído. Asimismo, el soporte para los pies que suele figurar en cuadros y esculturas es otra invención de los artistas. Las piernas eran dobladas de modo que las plantas de los pies, una, por lo menos, quedase apoyada de plano en el madero y la otra sobre ella. Y así era clavado o simplemente atado. Los brazos, caso de no clavar las manos, eran pasados sobre el palo horizontal, quedando asimismo atados a él en forma violentísima y dolorosa, con lo que el supliciado quedaba a un tiempo colgado y levemente sentado, respirando, con la boca abierta, con infinita dificultad, en cuanto la cruz era levantada e hincada en tierra. E incapaz de hablar a los pocos instantes, por serle punto menos que imposible físicamente. Acabando por sobrevenirle la muerte por asfixia gaseosa al cabo de un tiempo, que podía llegar a dos y hasta tres días de martirio y sufrimientos atroces de ser el crucificado muy vigoroso. Una vez muertos, allí solían quedar hasta ser comidos por las aves de rapiña o por perros vagabundos y hambrientos, a menos que manos piadosas hiciesen caer la cruz con objeto de dar tierra al cadáver antes de la puesta del Sol, como ordenaba la ley judía. En todo caso, la guardia romana se desentendía de los crucificados una vez muertos. Luego lo que se lee en los Evangelios a propósito de José de Arimatea pidiendo permiso a Pilato para enterrar a Jesús, así como todo lo relativo al sepulcro (mujeres que aparecen con este motivo, distintas, además, según el que cuenta, más los angelitos resplandecientes que levantaron la supuesta tapa del sepulcro, etc.), no pasan, como todo, de puras fantasías. Así como sus apariciones luego de resucitar, y la subsiguiente ascensión, referida asimismo y acaecida en lugar diferente, por cada evangelista. En una palabra, el relato de la Pasión, no más verdadero, puro mito, como todo lo demás.

Por supuesto, algunos de estos relatos son verdaderamente pintorescos. Como el del seudo Juan, a propósito de cómo vio María Magdalena a Jesús, referido en XX, 11 y siguientes; véase un poco: María llega «llorando al monumento» y se encuentra a dos ángeles «vestidos de blanco sentados uno a la cabecera y el otro a los pies de donde había estado el cuerpo de Jesús. La dijeron: ¿Por qué lloras, mujer? Ella les dijo: Porque han tomado a mi Señor y no sé dónde le han puesto. En diciendo esto, se volvió para atrás y vio a Jesús que estaba allí, pero no conoció que fuese Jesús...». O sea, que la enamorada mujer, pues María Magdalena se había convertido por amor a Jesús, ¡no le reconoce y le toma por el hortelano, según afirma el verídico narrador, que luego resulta ser Juan, el discípulo predilecto!

Que tales cosas se escribiesen para lo que fueron escritas, es decir, hay que repetirlo una vez más, son objeto de que sirviesen de motivo y pretexto para pláticas piadosas dirigidas a gentes sencillas, crédulas, sin ninguna cultura ni atisbo de sentido crítico, pase. Que convertidas estas narraciones en textos canónicos, que convenía no sólo creer, sino admirar, bueno. En cuestiones de fe todo es posible, por imposible que sea y absurdo parezca a los que carecen de ella (¿podemos juzgar acaso de otro modo pensando en los miles de dioses, diosas, prácticas y cultos que hemos visto hasta llegar aquí?). Pero lo malo fue, y en cierto modo sigue siéndolo, que esta serie de leyendas y fantasías que constituyen el *Nuevo Testamento* y los *Hechos de los Apóstoles,* así como las *Epístolas* atribuidas a Pablo, todo ello escrito seguramente, al menos en un principio, por judíos ávidos del Mesías prometido por las Escrituras, una vez crecido y propagado el mito fruto de una ilusión, sirviese para lanzar sobre ellos la acusación de deicidas[1037], que hizo que durante veinte siglos

---

[1037] «Varones israelitas, que escucháis estas palabras: Jesús de Nazaret, varón probado por Dios entre vosotros con milagros, prodigios y señales que Dios hizo por él en medio de vosotros, como vosotros mismos sabéis, a éste, entregado según los designios de la presciencia de Dios, le alzasteis en la cruz y le disteis muerte por mano de los infieles» *(Hechos,* II, 22 y ss.). «Tenga pues por cierto toda la casa de Israel que Dios le ha hecho Señor y Cristo a este Jesús a quien vosotros habéis crucificado» *(Hechos,* II, 36). «Pues habéis padecido de vuestros conciudadanos, lo mismo que ellos de los judíos, de aquellos que dieron muerte al Señor y a los profetas» (Pablo, *Epístola* a los tesalónicos, II, 14-15). A causa de estas embusteras palabras, los judíos fueron implacablemente perseguidos durante siglos, acusados de «deicidas». Por una pura mentira cebo infame para el siempre tan abundante fanatismo, acosados, vejados, robados, muertos incluso, muchas veces, por leyendas, por fábulas, por simples mentiras. Este fue uno de los grandes males originados, ocasionado, por uno de los más fenomenales mitos religiosos inventado por los hombres. Lo demás, por ejemplo, que en vista de este mito se haya hecho pasar a un procurador romano cruel y sanguinario por un ángel que se lava las manos declarándose inocente de la muerte de un judío al que por complacer al sanedrín condena por hacerse pasar por Mesías, no tiene importancia al fin y al cabo. Qué más da. Como tampoco tiene importancia que haya aún cristianos que sigan esperando la «Buena nueva», es decir, la llegada que los que escribieron los evangelios pusieron, como promesa segura, en su boca, del reino de Dios. Como tampoco que haya judíos, si aún los hay, que a su vez esperen la llegada del Mesías, este hijo de David que les haga dueños de la Tierra. Las realidades cotidianas suelen ser tan desagradables que todo lo que contribuya a tener ilusiones, por imposibles que sean, démoslo por bueno. ¿No hay quien cree en los platillos volantes, e incluso quienes han visto salir de ellos terribles visitantes extraterrestres? Pues qué tiene de particular que algunos esperen ver venir a Jesús caballero en una nube dispuesto a arreglar definitivamente todo lo aún tan desarreglado. Lo malo, lo verdaderamente malo no es creer en estas o aquellas fantasías que en todo tiempo y lugar, como demuestran plenamente las páginas anteriores han constituido con el nombre de mitologías y religiones gran parte de las preocupaciones de millones de hombres durante muchos, muchísimos siglos, sino que en su nombre y con motivo de ellas se hayan cometido y sigan cometiéndose, iniquidades, tropelías y atropellos, más toda clase de atentados contra la libertad de conciencia.

fuesen implacablemente perseguidos. Que éste fue uno de los grandes males originados por uno de los más fenomenales mitos religiosos inventados por los hombres. Lo demás, por ejemplo, que hayan hecho pasar a un procurador romano cruel y sanguinario casi por un ángel, y que se lave las manos declarándose inocente de la muerte de un judío que se hace pasar por Mesías por capricho de los que inventaron la fábula, qué más da: una fábula más entre las miles que, como hemos visto, creyeron los hombres empujados irresistiblemente por esa obsesión punto menos que inevitable muchas, muchísimas veces, que es el instinto religioso labrado en las conciencias a fuerza de siglos y siglos de manías de esta clase. Como tampoco tiene importancia que haya aún cristianos que sigan esperando la «Buena nueva», es decir, la llegada, que los que escribieron los Evangelios pusieron en boca de Jesús, haciéndole asegurar, e incluso que era inminente, la llegada del reino de Dios. Como, por su parte, puede que haya judíos que todavía esperen la llegada del Mesías, hijo de David, que les hará dueños de la Tierra. Las realidades cotidianas suelen ser tan desagradables, que todo lo que contribuya a tener ilusiones, por fantásticas c imposibles que sean, démoslo por bueno. Lo verdaderamente malo no es creer en estas o aquellas fantasías, que en todo lugar y tiempo han constituido, sin excepción, las religiones, sino que en su nombre o con pretexto de ellas se sigan cometiendo iniquidades, crímenes, tropelías contra fanáticos de bandos opuestos, así como sobre algo aún si cabe más sagrado: la libertad de conciencia.

Todo lo que le ocurrió a Jesús fue, según se afirma, «con objeto de que las Escrituras fuesen cumplidas». Pues bien, las Escrituras jamás fueron escritas, puesto que lo *escrito* dice con toda claridad que «el Mesías, llamado Emmanuel, no Jesús, sería sólidamente instaurado en el trono de David, que reuniría a todos los judíos dispersos por el Mundo, que instauraría la paz y la justicia y que haría a los enemigos de los judíos lamer el polvo a sus pies». Pero no que «Dios ama tanto al Mundo (¡a este átomo que rueda entre otros muchísimos semejantes, en la inmensidad del espacio por el que corren disparadas las galaxias!), que nos ha enviado a su único hijo como víctima expiatoria de nuestros pecados» y «como Salvador» (último hasta ahora de esta variedad de dioses tan en moda cuando fue imaginado). Luego, según esta fabulita, debemos nuestra salvación a los verdugos de un Profeta cuya existencia está aún por demostrar. Claro que siempre que entremos en su redil (en el redil creado asimismo por los inventores de la fabulita) por la puerta del bautismo: «Id por el Mundo y predicad el Evangelio a toda criatura. El que creyere y fuere bautizado, se salvará; mas el que no creyere, se condenará» *(Marcos, XVI, 15-16)*. En todo caso, lógico y natural parece que una fábula enmiende o, por mejor decir, arregle o trate de hacerlo a otra fábula. A saber, que el bautismo libra del *pecado original.* Pecado jamás cometido, con cuya fábula-mentira se inicia ese almacén de ellas que es el *Génesis.*

¿Y qué pensar en cuanto a verdades y mentiras, fábulas y realidades, si nos metemos por el campo de los «milagros» atribuidos a Jesús? ¿No será mejor, tal vez, pasar de largo recordando las palabras del Talmud: «Jamás un milagro puede bastar para demostrar la verdad»? Sí, pasemos de largo. Es lo más prudente. Hay ciertos bosques por los que sin guía, de adentrarnos nos perdemos. Y éste sin el guía de la «fe» se torna al punto el más disparatado, confuso e infranqueable de los laberintos.

En cuanto a las enseñanzas que se atribuyen a Jesús y lo que se ofrece como «su moral», empecemos por hacer observar que nada aparece en ambas cosas que tenga la menor relación, es más, que ni siquiera haga mención, con los dos grandes males de la época: la *esclavitud* y el desconocimiento de los *derechos naturales,* tan dignos de respeto siempre, tanto de los hombres como de los animales. Ni una palabra tampoco contra la guerra. Ni contra vicios tales como la embriaguez. En tina palabra: contra los verdaderos males. Si a la «moral» venimos, ni se le atribuye algo de verdadero valor que no hubiese sido dicho ya antes (recuérdese el desafío de Steudel, que no ha sido recogido por ningún teólogo), ni lo que se ofrece como suyo puede ser incluido en el campo de lo moral, de tal modo es antinatural e imposible de cumplir. Cuando leemos en el seudo Lucas (VI, 27 y sigs.): «Amad a vuestros enemigos, haced bien a los que os aborrecen, bendecid a los que os maldicen y orad por los que os calumnian. Al que te hiera en una mejilla ofrécele la otra, y a quien te tome el manto no le estorbes tomar la túnica; da a todo el que te pida y no reclames a quien toma lo tuyo», ¿podemos creer, honradamente, que preceptos que de tal modo chocan a causa de su falsa e impracticable moralidad, sólo aparentemente buena y sensata, tengan algo que ver con la ética desde el momento que a causa de herir nuestros sentimientos más naturales resultan imposibles de practicar?

Sí, aconsejar actos no sólo imposibles de realizar, sino de admitir, como lo de que amemos a nuestros enemigos, no es dar preceptos morales, sino hablar por hablar. El hombre más cabal, moralmente, podría tal vez olvidar las ofensas, incluso no odiar al enemigo que a él le odia y le daña, pero amarle... O sea, que todo lo anterior tiene tanto de moral como lo siguiente, que también puede leerse en XI, 49 y sigs.: «Yo he venido a echar fuego en la Tierra, ¿y qué he de querer sino que se encienda? ¿Pensáis que he venido a traer paz a la Tierra? Os digo que no, sino la disensión. Porque en adelante estarán en una casa cinco individuos, tres contra dos y dos contra tres: se dividirán el padre contra el hijo y el hijo contra el padre, la suegra contra la nuera y la nuera contra la suegra». El que escribió esto achacándoselo a Jesús, escribió una gran verdad e incluso si pensamos lo que tantas veces es la vida corriente, y lo que por obra y culpa del cristianismo fue la vida social (herejías y su infame y brutal represión, cismas y sus terribles consecuencias, luchas religiosas) en el curso de la historia e incluso actualmente (Ulster, Líbano, etc.), una profecía. Pues, ¿y cuando leemos (XIV, 26-27): «Si alguien viene a mí y no aborrece a su padre, a su madre, a su mujer, a sus hijos, a sus hermanos, a sus hermanas y aun a su propia vida, no puede ser mi discípulo»? Luego, ¿qué pensar de un moralista que tan pronto dijese una cosa como la contraria: «Honrarás a tu padre y a tu madre?» Pues simplemente la verdad: Que estos Evangelios, como obra de veinte manos que fueron, tenían que resultar, «fe» aparte (fe, además, que cree por creer, sin motivos y sin saber siquiera lo que cree, pues de creer estas cosas, a menos de ser rematadamente idiota y cerrado de espíritu, no creería), no pasan, en verdad, de un montón de ensueños, mentiras, fábulas, contrasentidos y disparates.

¿Pondríamos también entre la moral atribuida a Jesús, su inclinación a no trabajar e inclinarnos a la ociosidad, como los pajaritos que comían sin sembrar ni cosechar? Por fortuna, salvo excepciones (los que empezaron a vivir a costa de atribuir a un Mesías que nunca existió tan peregrinas cosas, y los que empezaron a protegerlos desde los tronos pata, a su vez, ser justificados y protegidos por ellos), como la vida obligaba a todo lo contrario y era estimulada, además de por la necesidad, por doctrinas más sensatas[1038], hubo que arrimar el hombro, los hombres siguieron trabajando y la vida su curso normal unas veces, menos otras; por desgracia, esto último con tanta frecuencia, que lo anormal ha acabado por ser también una forma de normalidad. Como ha acabado por ser normal no hacer caso de «decálogos» y de «credos»[1039], buenos para ser oídos, pero,

---

[1038] En el Talmud puede leerse: «Que el que gana su vida mediante el trabajo es más grande que el que se entrega a piedad ociosa. Y que el artesano que trabaja, y cuando lo hace, no tiene por qué levantarse ante el más grande de los doctores». San Francisco de Sales, en palabras asimismo sensatas que ya he citado varias veces en otras ocasiones, se levanta también contra el parasitismo que representan muchas costumbres y prácticas religiosas, muy particularmente esa variedad de holgazanería que constituye la llamada vida contemplativa. Por lo demás, de sobra sabido es que la mejor fuente de riqueza y prosperidad es el «trabajo», por lo que huir de él pretendiendo a toda costa vivir por obra del esfuerzo ajeno es la cantera número uno de la delincuencia.

[1039] *Decálogo*, serie de mandamientos que según el *Antiguo Testamento* (*Éxodo, XX* y *Deuteronomio, V*), fueron revelados por Dios a Moisés en el Sinaí y grabados (no se dice por quien, lo que es lástima, sobre todo, que puestos a mentir

sin duda, no para practicados ni, en verdad de verdades, creídos. Tampoco los evangelistas seudomorales hicieron a Jesús condenar la guerra. Sin duda, ignoraban que Confucio (Kong-fu-tsé) había dicho hacía cinco siglos que era preciso no acoger al general vencedor con arcos de triunfo porque había hecho verter sangre humana. Olvidaron también, en lo que a los derechos de los animales respecta, cuanto los egipcios habían hecho desde hacía muchos siglos también en favor de ellos. Y, por supuesto, el «aimsa» o respeto a todo ser viviente de los djainistas.

De todas maneras, curioso es que el verdadero fundador del Cristianismo, Pablo de Tarso, si existió, o en todo caso, los que escribieron las *Epístolas* que se le atribuyen, pensase en muchas cosas de modo contrario a los que atribuyeron sus fantasías a Jesús. Este, como bien se sabe, era enemigo declarado de los ricos y de los poderosos («antes pasará un camello por el ojo de una aguja que un rico por las puertas del Cielo». Si éste está más allá de las galaxias, ¡qué cola va a encontrar cuando llegue!), mientras que Pablo decía *(Epístola a los Efesios,* VI, 5-8): «Siervos, obedeced a vuestros amos, como a Cristo, con temor y temblor, en la sencillez de vuestro corazón, no sirviendo al ojo como buscando agradar al hombre, sino como siervos de Cristo que cumplen de corazón la voluntad de Dios; sirviendo con buena voluntad, como quien sirve al Señor y no al hombre, considerando que a cada uno le atribuirá el Señor lo bueno que hiciere, esto si es siervo como si es libre». Y en la a los *Romanos* (XIII, 1-3): «Todos debéis estar sometidos a las autoridades superiores, que no hay autoridad sino en Dios, y las que hay, por Dios han sido ordenadas. De suerte que quien resiste a la autoridad, resiste a la disposición de Dios, y los que la resisten se atraen sobre sí la condenación». No creo que haya que insistir mucho sobre que esto es una estudiada interpolación a la carta primitiva, interpolación destinada a congraciarse a aquellas «autoridades superiores» cuya tiranía empezaba, sin duda, a ser notada ya demasiado por los que tenían que soportarla, y a

---

mejor hubiera sido hacerlo de un modo más completo), en dos tablas de piedra. Su texto era: «Yo soy el Eterno, tu Dios, que te hizo salir de Egipto. No tendrás otro Dios que yo. No harás esculturas de lo que hay en el Cielo, en la Tierra o en las aguas, ni te postrarás ante ellas, ni las servirás, porque yo soy Yahvé, tu Dios, un dios celoso (envidioso) que castiga en los hijos las iniquidades de los padres que me odian. En cambio tengo misericordia con los que me aman y guardan mis mandamientos. Seis días trabajarás consagrando el séptimo a Yahvé, tu Dios. Honrarás a tu padre y a tu madre. No matarás. No adulterarás. No robarás. No testificarás en falso contra tu prójimo ni desearás su casa o su mujer, ni nada de cuanto le pertenezca».

la que un refuerzo supuestamente celestial empezaba a ser muy conveniente. Apoya lo anterior, es decir, que fue una interpolación posterior, el hecho de que a Pablo, cuando se supone que vivía, nadie le hacía caso. El propio gobernador Festus le consideraba como un chiflado e incluso una vez le dijo: «Estás loco, Pablo. Tu mucho saber te hace desvariar», que se lee en los *Hechos*. Y en el Areópago de Atenas, hartos los que le escuchaban de oírle decir sabias majaderías, acabaron por gritarle: «Sobre todo esto ya te escuchamos otra vez», y le volvieron la espalda. Pero en el transcurso de los tiempos, ¿cuántos fueron víctimas de aquellos a los que Pablo mandaba obedecer a causa de proceder su autoridad del Cielo? Por ello, sin duda, hasta hace poco se ponía en las monedas, bajo la efigie de los paniaguados del Cielo: «Por la gracia de Dios». En todo caso, no siempre la autoridad celeste protegió con la misma seguridad, como podrían testimoniar Carlos I de Inglaterra, Luis XVI de Francia e incluso Napoleón I muriendo en Santa Elena.

En *Marcos,* primer Evangelio, escrito una vez que los dirigentes de la naciente comunidad cristiana de Roma decidieron oponerse a Marción y seguir aceptando la autoridad del *Antiguo Testamento,* que éste rechazaba, no hay genealogía de Jesús, como luego en Mateo y en Lucas. La fábula de la concepción de María por obra del Espíritu Santo no se había inventado aún. Al no admitir, como decía Marción inaugurando su *Evangelión,* que había descendido revistiendo apariencia de hombre directamente del Cielo a Cafarnaum, y tener que justificar su paso por la Tierra, no les quedó otro recurso que hacerle nacer en ella, y para que ello ocurriese de un modo lo más digno posible, tratándose de un Dios, inventaron todo lo relativo a María y su preñez por obra del Espíritu Santo, que se lee en Mateo y en Lucas. Y de propina, y para justificar tan prodigioso milagro como cosa ya establecida, cuatro versos que Marcos atribuye a Isaías, bien que los dos primeros sean de Malaquías. Y como en estos versos se habla «del ángel que preparará el camino del Señor» y de «voz que grita en el desierto», este evangelio de Jesús, hijo de María y de Dios, empieza uniendo sus andanzas a Juan el Bautista que en la orilla del Jordán vivía remojando a los que querían cambiar de vida y comiendo saltamontes y miel. El nuevo Mesías se hace también bautizar, tras lo cual empieza su carrera en Cafarnaum, como el de Marción, que había hecho al suyo aterrizar allí. Y reclutados Simón, Andrés, Santiago y Juan, a los que encontró pescando «caminando a lo largo del mar de Galilea», empieza, asombrando a cuantos le escuchaban, «que se maravillaban de su doctrina, pues enseñaba como quien tiene autoridad y no como los escribas», anunciando que era hijo de Dios. Y para demostrarlo empieza a realizar curaciones maravillosas. La primera con la suegra de Simón, que tenía fiebre, la cual desapareció nada más «tomarla Jesús de la mano». Y luego a una porción de «enfermos y endemoniados». Y a un leproso. Y a un paralítico, etc.[1040].

[1040] No vale la pena seguir enumerando sus milagros, harto conocidos. Por simple curiosidad se podrá citar, entre sus resurrecciones de muertos, pues hasta estos hacía, según sus biógrafos, con gran facilidad, la de Lázaro, tras varios días enterrado e incluso, como es lógico, «y que ya hedía», como dice el texto. O cuando, y ya no se trataba de resucitar muertos, sino de alimentar vivos para que no se muriesen de hambre luego de escuchar embobados, durante tres días, sin probar bocado, cuando, decía, con *cinco panes y dos peces* (que el texto no dice que fuesen como el que se tragó a Jonás, sino de los corrientes), dio de comer a cinco mil hombres más las mujeres y los niños que iban con ellos, los cuales, luego de hartarse, aún sobró como para llenar ¡doce canastos! Después, mandó a los discípulos que subiesen a la barca y fuesen al otro lado del mar de Galilea mientras él, tras despedir a los hartos se subió a un monte a orar. Entiéndase a orarse a sí mismo, puesto que era Dios. Y si se supone que a quien o por quien oraba, era a su Padre, la cosa igual, porque como dice Juan, eran la misma cosa: «El Padre y yo somos uno». Luego, cuando juzga que se ha rezado bastante, va al encuentro de sus discípulos que, sorprendidos por la tormenta tiemblan temiendo morir. Pero no sólo calma a los desencadenados elementos con sólo ordenárselo, sino que llega a la barca caminando sobre el agua como por tierra firme. No creo que valga la pena seguir enumerando memeces. Además, al que le gusten y parezcan pocas, acuda a los Evangelios. Y si éstos no le sacian, como les ocurría a los primeros cristianos, que vaya a los llamados «Evangelios apócrifos», textos que no tardaron en menudear para satisfacer la avidez de aquellos cándidos espíritus que no contentos con los evangelios atribuidos a Marcos, Lucas, Mateo y Juan que sólo contaban un breve período de vida de Tesús, y queriendo saber más no sólo a propósito de su infancia, sino de su madre y cuanto con él se relacionaba, hicieron que muchos cogiesen tablas y estilo e inventasen hasta setenta u ochenta evangelios más, que la Iglesia, alarmada, tuvo que acabar por perseguir tras renegar de ellos. Lo que ha quedado no obstante, es decir, lo que se salvó de la destrucción, puede leerse (como más patrañas no dejan de tener interés en ciertos momentos, a propósito de la infancia de Jesús—*Evangelio de la infancia*—, o de María, José y otros personajes que también salen a relucir), en «Los Evangelios apócrifos», publicados en tres tomos, en nuestra «Colección La Crítica Literaria». En fin, más milagros en los *Hechos de los Apóstoles,* sobre todo en su primera parte, milagros que empiezan con el fenomenal de Pentecostés (el de las lengüecitas de fuego que llenó súbitamente a los Apóstoles de sabiduría y conocimientos lingüísticos), y el que aún quiera más, acuda a la *Leyenda dorada* en la que, por ávido de lo maravilloso que sea, podrá hartarse aprendiendo los hechos extraordinarios realizados, o que ocurrieron por mediación de los numerosísimos santos y santas cuyos gloriosos nombres hoy apenas recordados por las hojas de calendario, continúan siendo las mejores gemas de la rica túnica religiosa cristiana.

El redactor de este primer Evangelio, hecho tras el de Marción, no hizo sino preparar el camino para que Lucas y Mateo escribiesen los suyos, añadiendo a sus fantasías otras nuevas, a sus milagros nuevos milagros, más las genealogías que encabezan sus narraciones, que nada tienen que ver con Jesús, puesto que acaban en José, sólo su padre putativo, ya que en estos Evangelios, y como primero y fenomenal milagro, es referida la preñez de su madre por obra del Espíritu Santo; prodigio milagroso que en la India había realizado no una, sino cuatro veces, el dios Vishnú, como puede leerse en el *Ramayana* (publicado en esta misma colección «Tesoro Literario»). Y nuevas parábolas. Esas tan insignificantes parábolas (salvo para los colmados de ignorancia y de fe, o de fe y fanatismo); variedades de esclavitud religiosa que, como todas las esclavitudes, siempre al servicio de aquello cuya sola calidad y presencia ya les embarga y maravilla. Más, en fin, nuevos detalles de la Pasión y de lo que acontece después.

Y tras los sinópticos, el Evangelio atribuido a Juan, enteramente diferente de sus hermanastros. Pero no menos canónico, no menos creído e igualmente admirado, aunque igualmente poco leído. Y los cuatro, base del tremendo mito forjado en torno a la hipotética, plural y cambiante figura del tan pronto Hijo del hombre como Hijo de Dios, que sigue sirviendo de pivote a la más importante, para los que creen en ella, de las religiones actuales.

Las fábulas de estos cuatro Evangelios gustaban tanto, por lo que podemos colegir, que pronto, pareciendo pocas, sobre todo que no abarcaban sino unos pocos meses de predicación y milagros, fueron apareciendo nuevos evangelios, setenta, ochenta o tal vez más, relatando la vida y más milagros de Jesús hasta el momento de empezar su actuación pública. E incluso la de sus más próximos allegados, cuyo desconocimiento empezaba ya a inquietar, muy particularmente a aquellos para cuya fe ardiente todo resultaba ya poco. Sobre esta cascada de evangelios no digo nada porque la Iglesia, alarmada ante tal inundación, peligrosa como todas las inundaciones, tuvo que poner pies en pared, como suele decirse, y declararlos *apócrifos*. Y, además, porque lo único que pretendía demostrar era que si el *Antiguo Testamento* está plagado de fábulas y mitos, el *Nuevo* le lleva la ventaja en esto de ser un puro y fenomenal mito del principio al fin.

Por consiguiente, y para terminar, me limitaré a añadir que pensando en las casi infinitas divinidades inventadas por los hombres y por los hombres creídas durante muchos siglos, pero que el tiempo y nuevas divinidades acabaron por arrinconar, no podemos menos de preguntarnos: ¿pero se pudo creer en dioses semejantes?, y ¿qué mentalidad tenían los hombres que tal hicieron? Además, lo que desconcierta un poco no es que la masa creyese, pero que hombres tales como Platón, en Grecia, y Cicerón, en Roma, no se encogiesen de hombros ante todo lo extraterrestre, como hicieron Epikouros (Epicuro) y Lucrecio; esto es, como digo, lo sorprendente. En todo caso, lo real, lo positivo, es, por increíble que parezca, no sólo que se creyó en tales dioses, sino que a su sombra se desarrollaron civilizaciones e Imperios. Y que por negarlos y por defenderlos, ¡quién sabe cuántos fanáticos verdugos y quién sabe cuántos fanáticos-mártires! Para el caso, igual. El mal, el verdadero mal, esto: el fanatismo, la ignorancia, la fe ciega, generadores, si cierto, de algunos bienes, también de muchos, de muchísimos, de incontables males.

Sobre las religiones muertas surgieron otras. Hoy mismo hay varios cientos, tal vez miles si se cuenta bien, de ellas distintas, los creyentes de cada una de las cuales creen con la misma buena fe y seguridad que la suya es la mejor y la única verdadera. Es decir, que sus mitos, sus fábulas y sus mentiras son ciertas y positivas verdades. Pues bien, mañana, cuando otros hombres consideren las religiones actuales y sus dioses, seguro que dirán, a su vez: Pero ¿cómo han podido creerse estas cosas? Y puede que añadan: Claro que la masa siempre era igual en todas partes, pero ¿y los a la cabeza de ciencias, artes y letras? Porque antes de acabar el siglo xx los hombres habían llegado ya a la Luna y tenían tesoros de conocimientos sólidos y profundos en muchas disciplinas.

La respuesta a sus dudas se la podrán dar, si acaso llegan a ellos, libros cuyo testimonio prueba que siempre hubo hombres capaces de pensar recta y desapasionadamente[1041], y que se encogieron de hombros ante los que se hincaban de rodillas tan llenos de ridículos temores como de vanas esperanzas. Así como ante las quimeras objeto de su adoración.

[1041] Cinco siglos antes de la supuesta aparición de Jesucristo, Sókrates decía encogiéndose de hombros, cuando hablaba de los dioses en candelero en su tiempo, que no valía la pena de ocuparse del Cielo cuando tantas cosas faltaban por saberse a propósito de la Tierra (Platón, *Apología de Sókrates*). Diágoras de Melos decía por su parte: «¿Dioses? ¿Dioses poderosos, justos y buenos? ¡Mentira! De haberlos, ¿habría tantos bribones en la Tierra? (Había sido despojado por unos cuantos de éstos de todo lo que poseía). Epikouros (Epicuro) a su vez: «¿Decís que hay dioses? Probadlo. En todo caso nadie los ha visto y sólo, esto sí, a los que viven asegurando que existen y que ellos son sus representantes aquí en el Mundo. En todo caso, a mí particularmente, unos y otros me tienen sin cuidado». Y continuaba enseñando sin hacer caso de los que se hincaban de rodillas y de aquellos que les movían a hacer tal gesto.

PALABRAS FINALES

Entre las religiones y las mitologías no hay sino una diferencia: la «fe», que tienen las primeras y falta en las segundas, ha fe que transforma en verdades incuestionables fábulas, engaños, mitos y mentiras. Por ello hay aún cientos de religiones, cada una de las cuales, por obra de la fe, es para sus partidarios la mejor y la única verdadera, cuando en realidad y sin excepción todas son igualmente falsas.

Leído todo lo anterior, al llegar aquí tras haber advertido que no ha habido, ni hay, una sola *religión,* pero ni una siquiera[1042], que no sea un

---

[1042] Las excepciones que se podrían hacer a propósito de media docena de ellas, ni siquiera tantas, tales como el Confucismo, el Djainismo, el Budismo, el Bahaísmo y el Islamismo (que, sobre todo las tres primeras, no nacieron siquiera como religiones, sino como simples doctrinas morales), sabiendo en qué modo los discípulos de sus fundadores las desvirtuaron llevados de ese ansia hija de la propia inferioridad humana de sublimar hasta lo que no puede o necesita ser sublimado, las desvirtuaron, decía, convirtiendo incluso en dioses a estos fundadores, tampoco a causa de ello se las puede exceptuar de la regla general. En cuanto al Islamismo, pronto fue igualmente traqueteado por sectas diferentes, como el «chiismo», herejía dentro del puro Islamismo, a causa de considerar ilegítimas—véase la nota 894—la sucesión de los tres primeros califas, Abu Bekr, Ornar y Osmán, en el trono de Mohamed (Mahoma), y sólo legítima, por el contrario, la de Alí, a causa de haber estado casado con Fátima, la hija del Profeta. El chiismo fue el origen de las principales herejías que han dividido al Islam: *fatimitas, islamitas* o *asesinos* y *mosaítas* o *alaunitas.* El chiismo es desde el siglo XVI la religión oficial de Persia, y con él nació en esta rama del Islamismo una verdadera mitología, que empezó con todo lo relativo a los doce *imams* (Alí y sus once descendientes), que acabaron por ser considerados como personajes semidivinos, y a causa de ello objetos de adoración. Así, por ejemplo, los milagros atribuidos a Alí, el *León de Dios,* se cuentan por millares, y las preces que se le dirigen los domingos, día consagrado a él y a Fátima, borran, según se asegura, los pecados.

Para más detalles vuelva a leerse la Mitología de la Persia musulmana, donde ya traté esta cuestión, y el aún no convencido de que allí, como en todas partes, la religión se hizo a fuerza de fantasías y mentiras, podrá acabar de convencerse. Empezando por la figura de Mohamed, al que ensuciando su innegable personalidad histórica (en esto aventaja a todos los fundadores de religiones, muy especialmente los anteriores a nuestra era, cuyas vidas y doctrinas nos han llegado a través de más leyendas que realidades), mediante varias fábulas, una de las

amasijo de fantasías, mitos, fábulas y leyendas, la primera pregunta que viene a los labios es: Pero entonces, ¿qué diferencia hay entre «mitologías» y «religiones», y en qué se distinguen unas de otras? Y la respuesta, si se ha de dar una respuesta honrada, no puede ser otra que ésta: Pues en tan poca cosa, en tan simples detalles, que en realidad es casi imposible diferenciarlas. Pues si *mitología* significa «historia o tratado de los mitos», *religión,* no obstante la gran cantidad de definiciones que se han dado de esta palabra[1043], no es otra cosa que una «historia de las creencias míticas» de un grupo de hombres, distintas de las de otros tan sólo en algunos detalles, tales que el número de dioses les hará *politeístas* si son muchos, o varios por lo menos, o *monoteístas* si tan sólo uno[1044]. O

---

cuales le hacía subir al Cielo. Con ello su figura empezó a empequeñecer, no obstante pretender magnificarla. ¡Esta manía de imaginar que para que un hombre sea grande hay que ensuciar su personalidad terrestre a fuerza de fantasías pseudo-cestiales! Por cierto, que a causa de esta religión-mitología que es el chiismo, en el momento que escribo esto, se están matando en Persia los partidarios del justamente odiado Sha Reza Palhevi, y los que le han expulsado. Así como éstos, además, con los simpatizantes persas del comunismo.

[1043] Véanse las principales al principio del primer tomo de mi *Historia de las religiones,* y la mía propia al final del tomo cuarto, a saber: «La creencia o serie de creencias de carácter mítico, por lo general, a las que conceden realidad la fe de los que las admiten y creen en ellas». Definición que, como se ve, evidencia lo que he dicho en la nota anterior: que salvo media docena de religiones, todas las llamadas así fueron, y siguen siendo las que quedan, *puras mitologías.* Y aun esta media docena tienen tanto o más de mitología que de religión, considerando ésta en su más aceptable sentido y elevada expresión. Léanse a propósito de esto las «Palabras finales» que cierran el mencionado tomo cuarto de mi *Historia de las religiones.*

[1044] En realidad, religiones *monoteístas* sólo hay dos: el Judaísmo y el Islamismo. Ahora bien, la inteligencia humana es cosa tan curiosa y extraña que junto a grados de asombrosa lucidez en ciertos individuos, claro que los menos, llega, por el contrario, con demasiada frecuencia a increíbles límites de torpeza, obcecación y brutalidad, así como de inclinación incontenible, decidida y hasta deleitosa hacia los supuestos más irracionales e imposibles de admitir, como cuanto se relaciona con *dioses* y *demonios.* Porque sin hablar de los cientos o miles de ellos imaginados y ya muertos, ¿cómo es posible que seres razonables, muchos de los cuales sobresalen en actividades que requieren cualidades espirituales no vulgares, admitan sin discusión y de un modo consciente y formal la existencia de un Ser creado por la fantasía de otros hombres, *absolutamente poderoso y perfecto en todo,* al que no hay medio no ya de *amar sobre todas las cosas,* como dice el primer precepto de un «decálogo» que también audazmente mintiendo se le atribuye, sino ni tan siquiera de *comprender?* Porque el que diga que puede imaginar y que, por consiguiente, sabe lo que es un Ser puro espíritu, miente también. Lo mismo que el que diga que se puede *amar* lo que no se *conoce*. O que un Dios infinitamente *bueno* y *todopoderoso* puede ser el autor de un Mundo en el que reina y siempre ha reinado el mal, el dolor y la injusticia, y en el que toda clase de calamidades, hijas de una Naturaleza ciega, que dicen obra suya asimismo, siembra de desolación y angustia a los hijos de tan amantísimo Padre. Por consiguiente, los no cegados por una *je* inocente e irracional a la par, capaz de creer estas cosas, digan, si creen que vale siquiera la pena, lo que es en realidad la inteligencia de tales hombres, y el asombroso contraste que hay entre lo mucho y bueno que son capaces de llevar a cabo en ciertos órdenes de conocimientos, y su ceguedad, su increíble torpeza, su cerrazón en otros, ora sean creyentes y adoradores de Yahvé, ora del Padre, bien de la tercera edición de este incognoscible e imposible Dios, el Alá de los musulmanes.

Pero acerquémonos un poco más al fondo de la cuestión. Es decir, al término *Dios* considerado en sí mismo. Dios es, según los *teístas,* el Ser superior, la Causa suprema y primera, existente por sí, inengendrada e increada, infinita, eterna, perfecta, omnipotente, omnisciente, más soberanamente buena, total y perfecta. Ser o Dios, además, *personal,* trascendente (o sea, que bien que distinto del Mundo se comunica y causa efectos en él), es decir, que se interesa por él de un modo activo y beneficioso, mediante revelaciones especiales. Los *deístas* creen, por el contrario, en un Dios que tras haber creado al Mundo o Universo, se ha abstenido de toda participación en él; Dios también trascendente respecto al Mundo. Una tercera escuela, la formada por los *panteístas,* éstos creen, a su vez, que Dios es todo cuanto existe. Según ellos, Dios es inmanente (no trascendente) al Mundo, que va unido inseparablemente a su esencia, aunque pueda distinguirse de ella. Es «Todo en todo», con lo que niegan su «personalidad». Aún existe una cuarta escuela, la de los ateos o *ateísmo,* cuyos partidarios, como la misma palabra indica, la palabra dios o dioses no tiene significado alguno para ellos; es un término que no corresponde a realidad alguna. Inventado para concretar fantasías productos de la imaginación humana. Dentro de esta escuela, los *agnósticos* («agnóstico», etimológicamente, el que no sabe, a causa de que la inteligencia humana tiene un límite por obra del cual no puede comprender ciertas cosas) piensan que el espíritu humano es incapaz de resolver el problema de la existencia de Dios. De modo que el ateo *crítico,* que pudiéramos decir, no cree en Dios a causa de no haber medio de probar su existencia; luego según él, se trata de una afirmación caprichosa sin valor ni consistencia alguna. Por su parte, el ateo *práctico* es el hombre que seguro de que Dios no existe, vive sin importarle este problema, sin que le preocupe y sin interesarse de cuanto a él afecta. Mientras que, por el contrario, para aquellos que consideran que la palabra Dios corresponde a una realidad, para unos esta realidad es la propia de un ser personal trascendente: el Mundo; para otros no pasa de la Causa primera, impersonal: lo Absoluto.

En cuanto al *monoteísmo* o creencia en un solo Dios o en que no hay sino un solo Dios, durante bastante tiempo se creyó que había sido la idea religiosa primordial, idea revelada por la Divinidad misma. Pero ya es cosa evidente que fue la sucesión y superación del *politeísmo,* superación, a su vez, del *fetichismo.* Porque las religiones, como todo, evolucionan.

Los primeros en concebir una Unidad primordial, la idea de lo Absoluto, a la que dieron el nombre de *Brahmán,* fueron los filósofos hindúes. Los egipcios, por su parte, tras incontables ensayos y no sin gran esfuerzo, llegaron también a imaginar a Amón-Ra como Dios superior y omnipotente. Es más, incluso gracias a Ahkenatón alcanzaron momentáneamente el monoteísmo, al declarar este faraón (Amenofis IV) que el único Dios era Atón, el Sol, gracias al cual en la Tierra había vida. Y fundando al hacerlo el «atonismo», que sólo duró lo que él, pues a su muerte, los sacerdotes, partidarios de Amón, al que habían inventado y a costa del cual (de hacer creer en él) vivían, volvieron a restaurar su culto. Los judíos, por su parte, acabaron por transformar a Yahvé, dios puramente nacional (por obra del deutero Isaías), en Dios único y universal. (Recuérdese lo que decía hace un momento del poder de ciertas inteligencias que ayudadas por circunstancias favorables son capaces de producir revoluciones espirituales e incluso materiales increíbles e insospechadas.) Platón, por su parte, y desde un punto de vista puramente filosófico, inventó su Dios, esencia de Hermosura, Bondad y Verdad; esencia, madre pródiga un día, de las inacabables fantasías celestiales de la metafísica cristiana. Aristóteles, bien que más próximo a las realidades terrestres, no podía quedarse atrás e imaginó el suyo, dios al que denominó «Primer Motor». Es decir, el que había puesto todo en movimiento. (El *coup de pouce* más tarde, del abate Lemaitre.) Kant, a su vez, habló de su Legislador supremo. Herber Spencer, de «la Causa primera incognoscible». Samuel Alexandre, del «Dios en incesante llegar a ser», y Bergson, del «Impulso vital».

La última manifestación del Yahvé, Dios único y universal, judío que tan variada y pródiga descendencia había de tener, fue el Alá mahometano. La anterior o segunda edición había sido el Padre cristiano, que a causa de su Trinidad marcó respecto al monoteísmo una verdadera regresión, sin aportar novedad alguna, puesto que las Trimurtis o Trinidades habían surgido ya en muchas religiones, destinadas todas a ver con ello de remediar más fácilmente, pues para tres es más fácil que para uno remediar algo, las necesidades de los hombres; además de hacerles más fácilmente comprensibles los grandes problemas, ya que imaginar esencias y principios absolutos no es nada fácil, a menos de ser víctima feliz de un profundo desvarío espiritual, como les ocurre a los grandes místicos. Y si esta secuencia superior es «puro espíritu», como quieren los más avisados de los teólogos cristianos imaginar tal principio absoluto, creo que nadie sea capaz fuera de ellos. Y ni siquiera ellos mismos, digámoslo con franqueza. En cambio, nada más fácil, por estar de acuerdo no sólo con la variedad de necesidades, sino con la reducida limitación intelectual de la mayor parte de los creyentes, que los politeísmos. Y como culto, que las idolatrías. Y por ello el que en este monoteísmo sólo de nombre que es el Cristianismo *(tres* personas que por obra de extraña matemática, Padre, Hijo y Espíritu Santo, quieren sus inventores que sea *una)* haya tenido que hacer la vista gorda y admitir la adoración de docenas de Vírgenes y Cristos y de centenares de Santos, que incluso fabrican en Roma con la mayor facilidad.

Otro grave inconveniente del monoteísmo es la necesidad de demostrar, o intentarlo, al menos, la existencia de un Dios único, absoluto y todopoderoso. Porque los panteístas no tienen necesidad de demostrar nada, pues basta abrir los ojos para comprender la existencia de Dios, sin necesidad de poner a prueba a la inteligencia. Los teósofos, por el contrario, en su empeño por justificar la veracidad de lo que afirman y probar, haciéndolo, la existencia de su Dios, han tenido que imaginar pruebas. Que, por supuesto, sólo lo son para los que creen en ellas. Para los demás, puros sofismas. Montañitas de palabras sin valor ni realidad alguna. Veamos las cuatro principales brevemente: Primera, la llamada prueba o argumento *ontológico* (ontología, parte de la metafísica que trata del ser en general y de sus propiedades trascendentales), inventada antes que nadie por San Anselmo, que para ello discurrió de la cándida manera siguiente: Somos capaces de pensar e imaginar a un Ser perfecto. Pero si este Ser perfecto no existiese, no sería perfecto. Luego para ser verdaderamente perfecto tiene que existir. El argumento era tan bobo, que al punto varios pensadores (y a la cabeza de ellos Tomás de Aquino) cayeron sobre él invalidándole. Y, finalmente, y mejor que todos, Kant, al decir que la existencia no puede ser considerada como una perfección, sino como una simple posición. La segunda prueba, llamada *cosmológica* o de *las causas,* es la de Aristóteles, seguida luego por Tomás de Aquino, los escolásticos y gran número de teólogos. Aristóteles partió para afirmarla de que toda causa es finita y por ello mismo nacida de otra causa. Luego (según él y los que le siguieron), ascendiendo de causa en causa, forzosamente, decía, hay que llegar a una causa primera, a la «Causa sin causa», al «Motor no movido», que es Dios. Djainistas y Budistas, ya en la antigüedad, no tenían inconveniente alguno en aceptar una infinidad de causas. ¿Por qué no? El mismo derecho hay para imaginar que llega un momento en que la causa se detiene, que en creer lo contrario. Más difícil es imaginar una causa llamada primera, nacida por arte de magia sin saber cómo. La tercera prueba es la llamada *teleológica,* fundada, por decirlo así, en el modo como vemos que ocurren las cosas. Los que la defienden, observando que todo en el Mundo, todo cuanto existe, supone la existencia del que lo ha producido, discurren de este modo: un reloj es obra de un relojero, y cualquier otra cosa lo mismo: todas suponen la existencia anterior de quienes las han hecho o producido. Luego el Mundo preciso es que alguien lo haya hecho o producido, y este alguien es Dios. Esta prueba, como la anterior, a la que se parece bastante, adolece del mismo defecto: que hay que aceptar porque sí, para hacer verdaderas sus afirmaciones, «la existencia sin causa o hacedor», que precisamente es la demostración que se busca. En fin, la cuarta prueba, la llamada *moral,* de Kant, según la cual teniendo, como tenemos, la noción del bien y del mal, es decir, que sin poner en juego la razón podemos distinguir lo justo de lo condenable (lo que tampoco es cierto de un modo absoluto, pues las ideas, tanto sociales como morales y económicas, son muy diversas y, como en las religiosas, para cada uno la única verdadera es la suya), ¿de dónde puede proceder, decía Kant, pensando que todos eran como el, nuestro sentido moral, nuestro sentido del «deber»? A lo que él mismo respondía inocentemente: de Dios.

Estas cuatro maneras de argumentar, además del grave inconveniente de llegar a un tope en el que hay que detenerse y tener que aceptar, sin haber sido en realidad demostrado lo que se quería que se demostrase, tiene otro todavía mayor y que no hay medio de ocultar ni negar: la existencia del MAL en un Mundo cuyo presunto autor es un Dios que se pinta esencialmente *bueno, justo* y *todopoderoso.* Para resolver tan grave escollo ha sido preciso imaginar varias explicaciones. En primer lugar, acudir a los llamados sistemas «dualistas», según los cuales a modo de dioses hay dos principios iguales y contrarios, uno «bueno» y el otro «malo», en lucha constante. Y de los cuales el bueno sería la causa y el autor del «bien», y el otro del «mal». Con lo que, claro, el problema resuelto: El dios bueno obra siempre bien, pero como el malo va anulando su obra, justificada con ello la existencia del mal, no obstante la bondad del primero. La primera religión de este tipo fue la Mazdeísta (véase mi traducción de *El Avesta),* en la que se inspiraron todas las llamadas grandes religiones posteriores. Entre ellas el Cristianismo, en la que hubo que inventar, para justificar la existencia del mal, el cuentecito de la rebelión de los ángeles más todo lo atribuido posteriormente al Malo, entre ello la fabulita de que tan estúpido como malo, intentó incluso engañar al propio Jesús en el desierto. Lo peor para los teólogos, claro, inventores de toda esta serie de mentiras, fue que al hacer a Dios todopoderoso, echan por tierra la existencia del Malo, pues si tan fácil le es, dado su todo poder, reducirle, al no hacerlo es, evidente que se convierte en su compinche y, por consiguiente, que se hace aún más responsable del mal. Y claro, cosa tan evidente no tenía remedio ni aun inventado lo del «libre albedrío», con el cual se pretendía cargar sobre los hombres un mal e irregularidad únicamente aplicable a los dioses, tanto al malo como al bueno. Entonces y tratando siempre de solucionar una cuestión tan espinosa como clara: «la existencia del mal en un Mundo creado por un Dios total y absolutamente bueno», se acudió a otros expedientes a ver si con ellos se tenía más éxito. Por ejemplo, la noción de un Dios *finito,* es decir, bueno y sabio, pero limitado en cuanto a poder, y que encargado de organizar una materia hostil o, por lo menos, indiferente, no es responsable a causa de su limitación, de sus imperfecciones, de sus males e incluso de sus monstruosidades. En fin, otros pensadores, siguiendo a Epikouros (Epicuro), imaginaron un Dios creador, pero sólo esto. Es decir, que una vez hecho el Mundo se desentendió de él. Tal es el Dios no sólo de Epikouros, sino el Gran Arquitecto de los masones y de cuantos creen en la posibilidad de un Dios finito. En todo caso, el problema sigue en pie y sin otra solución lógica que un panteísmo universal, sin otra ley ni leyes que las inherentes a la materia misma. En definitiva, como pasatiempo o pierdetiempo,

dualistas si a la cabeza del panteón religioso hay dos dioses enteramente opuestos, uno de los cuales tiene como misión ir deshaciendo el bien que realiza el otro (como Agra Mainyús o Ahrimán, que en la antigua religión persa se oponía, en su calidad de dios malo, a cuanto realizaba el dios bueno Ahura Mazda; o en Egipto, Seth, dios malo también, que se oponía sistemáticamente a cuanto de bueno y útil hacía Osiris). O bien diferencias consistentes en simples detalles cultuales; a decantaciones, a prácticas y a hábitos producidos por el tiempo más bien que por haber cambiado el fondo; o por alternativas de creencias. Pues tan fantástico es en realidad el origen de dioses y diosas de la religión-mitología hindú, egipcia, griega, romana o germana, como el de un Yahvé hebreo transformado más tarde en el Padre cristiano y seis siglos después en el Alá mahometano; dioses todos nacidos en la misma fuente: la imaginación de los hombres, bien que cribados a través de harneros diferentes: levítico-judío el primero, teólogo-cristiano el segundo y el tercero, aunque igual de fondo, pasado aun por el cedazo de un paranoico perseguido por alucinaciones visuales y auditivas, puesto que en una caverna de cierto monte próximo a La Meca, el monte Hira, se reunía nada menos que con el ángel o arcángel Gabriel, que por orden de su Señor (Alá), sobre animarle a fundar una religión para los beduinos y demás habitantes de la Arabia pétrea, le decía lo que tenía que enseñarles; de cuyos coloquios nació el *Corán*[1045].

De modo que diferencias esenciales entre religiones y mitologías ninguna, puesto que no solamente éstas son el cuerpo y sustancia de aquéllas, sino que las religiones, muy especialmente las principales, nacidas unas de otras, tienen tantos elementos comunes y tantas semejanzas que muchas veces acaban por no diferenciarse sino en los detalles. Semejanzas que prueban, como digo, que son simples continuaciones, mejoradas, de las que las precedieron, pero con las que siguen conservando muchas afinidades, a veces esenciales. Así, por ejemplo, ¿qué novedad y ventajas ofrece la Trinidad cristiana que la haga superior a las Trimurtis anteriores?[1046]. Porque antes que ella habían

---

esta cuestión de monoteísmo o politeísmo, pase. Como religión, salvo como curiosidad, no vale la pena de perder en ello el tiempo. Se trata, una vez más, de pura cuestión de palabras y de fe, fe que cada uno seguirá según su criterio o según lo que le hayan enseñado, es decir, según el criterio de los demás.

[1045] Véase mi traducción comentada en esta misma «Colección La Crítica Literaria».

[1046] Novedad, en efecto, ninguna. Todas ellas son triunviratos de dioses imaginados creyendo que su misión tutelar (pues siempre se trata de dioses situados a la cabeza de los panteones respectivos) será mejor cumplida por tres

nacido muchas: Brahma-Siva-Vischnú, en la India; Isis-Osiris-Horus, en Egipto; Marduk-Anu-Ea, en Babilonia; Sin-Shmash-Isthar, en Asiría; Amún-Mut-Khons, en Tebas; Venerable Celeste del Orden Primero-Venerable Augusto de Jade-Venerable Celeste de la Aurora de la Puerta de Oro, en China, etc., etc.

Y como las Trinidades, los «diluvios», de los que, como hemos visto, los hubo por docenas; porque asimismo los hombres, malos en todas las Teogonías, sus creadores, dioses torpes o tontos, tenían que eliminarlos ora mediante el agua, ya mediante el fuego. Y por todas partes también, es

---

que por uno, cuando no que representan, por voluntad de los que los imaginan, la encarnación, por decirlo así, de las esencias o destinos superiores, como Brahma, Siva y Vischnú: Brahma, el gran *Abuelo,* el mantenedor por excelencia del orden del Universo (dios admitido, bien que mal entendido y poco adorado); Siva, representación de la potencia destructiva de cosas, hombres y elementos; Vischnú, por el contrario, de las fuerzas creadoras y productivas de la Naturaleza. En cuanto a ventajas de la Trinidad cristiana sobre sus modelos anteriores, ninguna tampoco, puesto que éstas, al menos, bien que total y absolutamente irreales, son comprensibles, pero ¿cómo decir lo mismo de esta imposible y extraña unión de dos supuestas *personas* y una asimismo supuesta *excelencia* o *cualidad* elevada a la categoría de persona divina tan sólo con objeto de poder formar la deseada Trinidad? Y, no obstante ello y ser bien conocida la «historia» de esta fantasía teológica (que el lector podrá ver en el volumen, *jeschuá,* tomo quinto y último de mi *Historia de las religiones),* con motivo de los dos últimos cónclaves, ¿no hemos oído cien veces que los cardenales que en él elegirían al nuevo papa contaban «con la ayuda, especial y todo, del Espíritu Santo»? Volvamos la página. Pero no sin admirar una vez más de lo que es capaz la «fe». Bueno, puede que diciendo «admirar» haya ido un poco lejos. Porque, claro, de admirar ciertas variedades de fe, no sería justo no hacerlo con otras no menos ardientes y, en todo caso, más verdaderas, bien que bestial y estúpidamente efectivas, como la de los japoneses, que en la última guerra mundial muchos sacrificaban ciegos y felices su vida metiéndose en una bomba-torpedo-submarino destinada a explotar al chocar contra el casco de un buque enemigo, o en un miniavión-bomba, que caía asimismo, si podía sobre un barco de guerra, pero que, en todo caso, era lanzado y suponía la muerte cierta del que lo tripulaba. ¡Y se cuenta que el número de los que no dudaban en sacrificarse por el Emperador —cierto que era descendiente directo de la diosa Amaterasu—era siempre superior a los que se podían emplear! ¿Se quiere más admirable ejemplo de fe tan estúpida y ciega como irracional? ¿Pues y la de los que cegados, a su vez, por las excelencias del nacionalsocialismo alemán iban felices, entusiasmados, a millones, a perder la vida con tal de quitársela a millones también de compañeros de planeta que ningún daño les habían hecho? ¿Seguiremos alabando aún ciertas variedades de «fe» creyendo que vale la pena, tanto terrenales como pseudo-celestiales?

decir, en todas las religiones-mitologías, Cielos e Infiernos, o sea, lugares de gozo y de castigo, a propósito de los cuales (véase nota 455) la fantasía de sus caritativos creadores se desbordó[1047]. Y gigantes, que no podían faltar, sobre todo en tiempos en que el vigor físico era la suprema expresión de fuerza. Y jerarquías de dioses, hijas, como sus envidias, rivalidades y luchas, del *antropomorfismo* de sus creadores. Así como semejanzas rituales y cultuales importantes. El bautismo cristiano fue copia del bautismo mithraísta, copia éste, a su vez, de otros anteriores. Así como la comunión, también practicada por los partidarios de esta creencia. Y ciertas fechas, como los solsticios de invierno (25 de diciembre) y de verano, que fueron juzgados adecuados para el nacimiento o muerte de ciertos dioses principales. Sin contar semejanzas muy sospechosas de plagio: como, por ejemplo, el que varios siglos antes de Jesús, Djaina bajase a los treinta años del Cielo a la Tierra para salvar a los hombres, o sea, exactamente como el Jesús de Marción, que a esta misma edad descendió del Cielo a Cafarnaum; lo que, a su vez, aceptaron los «sinópticos» haciendo que en dicha edad su Jesús empezase a predicar también: en Cafarnaum, bien que haciéndole nacer aquí, en la Tierra, en vez de descender del Cielo. Asimismo, de la vida del Buda, muchos detalles, muy particularmente relacionados con su infancia, dio la casualidad que otros semejantes le ocurriesen al hijo de María. Y como hay semejanzas evidentes entre la leyenda de Jesús y la del Krichna hindú. Y es que por rica que sea la fantasía, como hemos visto a propósito de la enorme cantidad de mitos examinados, al fin y al cabo su potencia de invención es limitada, lo que hace que ciertos detalles de las mitologías sean los mismos, aun entre doctrinas que las circunstancias geográficas excluyan toda posibilidad de copia. Así, cuando los primeros misioneros cristianos llegaron a América apenas descubierta por Colón, quedáronse asombrados al ver que en las religiones que iban a echar por tierra con objeto de imponer la suya, había, por ejemplo, Vírgenes-madres, como María. Y que asimismo, la confesión de los pecados existía ya allí hacía mucho tiempo. Sin contar que había también serpientes divinas o semi-divinas y, además, ¡con plumas! Así como allí, lo mismo que aquí, en Occidente como en Oriente, el antropomorfismo había sido el gran artífice no sólo de dioses y diosas, sino de cortes y jerarquías celestiales.

Si pasamos ahora al motor, por decirlo así, que empujó a los hombres a imaginar dioses y a adorarlos, vemos que fue el mismo en todas partes: una mezcla de miedo y de interés, en primer lugar. Miedo ante los

---

[1047] Véase la nota 455, dedicada especialmente a esta cuestión.

cataclismos naturales que los hombres primitivos no podían ni explicarse ni impedir; interés a causa de su propia debilidad que les empujaba, como les sigue empujando todavía a muchos, a buscar protectores fuera de la Tierra cuando en ésta no los encuentran. Procedimiento que por quimérico que sea no deja de ser lógico. Y nacidos temores e ilusiones, ambas cosas fueron conservadas, aumentadas y codificadas, por decirlo así, por el instinto religioso nacido a su amparo. Esa tendencia irreflexiva, como todos los instintos, adquirida en un principio, como acabo de decir, y al cabo del tiempo transmitida por herencia, reforzada, del mismo modo que la tendencia hacia la esclavitud, lazo adquirido también tras muchos siglos de sumisión, impuesta, en primer lugar, a causa de la lucha por la vida, muy difícil, sobre todo en un principio, lo que obligó, a impulsos de un inevitable movimiento de defensa, a unirse para luchar mejor y con más eficacia, y a causa de ello, someterse en aquella primitiva forma de sociedad a la autoridad de los más fuertes, tanto en experiencia como en robustez física, lo que acabó por establecer liderazgos que en lo terrenal conducirían a las monarquías; en lo supuesto extraterrestre a admitir asimismo la tutela de supuestos dioses, superiores incluso a los caudillos terrestres, pero entre los que no se tardaría en establecer una sólida unión, una vez admitido que éstos, sostenidos por la «gracia» de los de arriba, tanto mejor podrían imponer su autoridad cuanto más unidos estuviesen con los representantes aquí de las supremas potencias de allá.

Esta sumisión durante muchos siglos acabó por dejar un rastro en cuerpos y espíritus hacia la servidumbre, cuyas consecuencias fueron, en lo que ya se puede considerar como tiempos históricos, la aparición de agrupaciones sociales más o menos grandes y más o menos fuertes (clanes, tribus, pueblos, Imperios, Estados, en una palabra), en los cuales y a su cabeza, siempre un jefe, autoridad superior e indiscutible, en estrecho contacto en todas partes con un cuerpo de sacerdotes, representantes inmediatos, a creerles a ellos, de la otra y verdaderamente suprema autoridad: la de las inventadas divinidades del Cielo, asimismo inventado. Alcanzado este punto, desde entonces la historia no ha sido en todas partes sino el resultado de la alianza de estos dos poderes arbitrarios, contra los sometidos a su autoridad. O sea, la lucha por sostener unos esta autoridad, los otros por ver de conseguir «derechos», aurora de una cada vez más decidida tendencia hacia la libertad. Lucha larga, difícil, sangrienta, y que aunque se ha conseguido mucho, no todo, pues, ¿acaso no quedan aún reyes «por la gracia de Dios», como decían todavía hace poco las monedas que se acuñaban con su efigie?[1048]. En la natural evolución hacia sistemas sociales más justos, se ha llegado (con excepciones todavía lamentables) a

La inclinación a admirar todo cuanto brilla, sea en realidad digno de admiración o no, es decir, todo lo que la propia limitación individual mueve incontenible mente a considerar superior, ha sido siempre y continuará aún siendo durante mucho tiempo el manantial, el filón de adhesiones, tanto religiosas como políticas. ¿Qué otra razón si no, a no ser ese sentimiento irreprimible de inferioridad unido a otro no menos irreprimible de pereza congénita que nos hace cómodos el sentirnos dirigidos y grata por ello la obediencia, podría mover a muchos a la inclinación hacia las dependencias y esclavitudes religiosas o políticas? ¿Cómo sin esta variedad de pereza intelectual, admitir esa admiración que nada justifica hacia personas sin mérito alguno particular, admiración que llega a veces a abscesos de sacrificio insensatos, como los mencionados en la nota anterior de los japoneses hacia su Emperador durante la última guerra mundial? Sin llegar a estos extremos de verdadera demencia servil, recuerdo que estando a punto de morir Jorge V de Inglaterra, los periódicos publicaron fotografías de los que arrodillados sobre la nieve junto a la verja del palacio en el que agonizaba ¡oraban pidiendo su salvación! Que se admire a un hombre digno de ser admirado a causa de sus méritos, nada más justo ni más explicable. Que se le admire sólo por la situación que ocupa o porque haya nacido en una cuna dorada; no. Que lleguen a la cabeza de los Estados los más capaces y dignos de gobernar, como a la cabeza de cualquier empresa, nada más justo. Que se llegue por otros motivos, ya me parece más difícilmente explicable, y que se sienta admiración hacia ellos, aún menos. A no ser a favor del incontenido movimiento e inclinación y la sumisión de muchos hacia todo lo que brilla sea este brillo propio o prestado, de que hablaba antes. En todo caso, como nada tan cambiante como las glorias artificiales, por arraigadas que parezcan, y los objetos de admiración irreflexiva o no del todo justificada, harán siempre bien no engañándose, por su parte, los siempre dispuestos a admirar, al tomar por oro lo que no es, asimismo, sino brillo.
Tengo a la vista una fotografía que representa un gran salón en lo que fue un suntuoso palacio en Teherán (que, por cierto, acaba de caer en manos de las hordas revolucionarias; la televisión nos ha mostrado, entre otras imágenes, la de un enorme busto, seguramente de bronce, reproduciendo la efigie del monarca depuesto, derribado y arrastrado), un gran salón, decía, en que se ve al autólico persa pasar solemnemente, uniformado y cubierto de condecoraciones y cruces, por entre dos filas de dignatarios, también uniformados, que se inclinan profundamente, ceremoniosamente. Y me pregunto, ¿de qué clase es la inteligencia de ciertos hombres que sin valor ni mérito alguno pueden pasar con el ademán y gesto que él por entre otros que, por poco que valgan, le son superiores? ¿Y cuál asimismo la de éstos que de tal modo, no obstante conocerle, le reverencian? En cuanto éstos, los inclinados, ¿les hace doblar el espinazo el peso de las monedas que reciben por hacerlo o lo hacen engañados, convencidos de que tiene excelencias que no tiene o que el poder que detenta le corresponde, a pesar

las monarquías constitucionales. Excepciones lamentables porque, ¿han desaparecido las absolutas? Para convencernos de que no volvamos los ojos hacia África. O hacia Asia, donde el detentador de una acaba de ser desposeído del absoluto poder, que sin otra razón que haberlo heredado de su padre (¡esas dichosas herencias reales que se transmiten así, alegremente, por capricho de papá, aquiescencia de los que no pierden nada con ello, y aplauso y pasividad de los aficionados ni siquiera al oro, sino al oropel!), que, a su vez, lo había usurpado a favor de circunstancias favorables; hombre absolutamente insignificante, salvo en el creer suyo lo ajeno, que durante muchos años, demasiados para los que al fin han podido deshacerse de él, reinó en calidad de monarca absoluto, en uno de los pueblos más pobres, en conjunto, no obstante el petróleo, cuyos

---

de no ser descendiente de Mohamed (Mahoma), el Profeta, y no tener de éste sino el nombre, y saber perfectamente de quién procede, es decir, movidos por una «fe» semejante en lo injustificada e irreflexiva a la de los que, a su vez, se inclinan ante «jefes» celestiales, todavía más irreales y quiméricos?

En ciertas regiones de Guatemala (en el antiguo Egipto también existía la misma creencia) fue cosa admitida durante mucho tiempo que tan sólo los jefes de las tribus escapaban a la muerte. O sea, que si morían era sólo aparentemente, puesto que resucitaban en otra parte. A causa de ello y como el único medio para los hombres vulgares de conseguir lo mismo era sacrificarse por el amo, puesto que por sí mismos eran incapaces de encontrar el camino que conducía a la eterna bienaventuranza, el obedecerles y servirles ciegamente. Es decir, una vez más, el engaño y la astucia, por una parte, y el fanatismo servil e ignorante, por otra.

En el Irán, los revolucionarios empezaron a fusilar generales tan afectos al depuesto Sha, que por mantenerle cometieron irregularidades y crímenes que han pagado con la vida. Si pensaban como los antiguos guatemaltecos, su desconsuelo habrá sido grande siendo conducidos ante el piquete de ejecución, al no tener a su lado al «jefe», que cayendo con ellos les hubiese servido de guía en el otro lado. En todo caso, la lección es buena, tanto para los parásitos reales como para los más adictos y fanáticos de sus serví dores. Claro que como nadie escarmienta en cabeza ajena, unos y otros en las cortes aún no amenazadas seguirán, los unos, pasando erguidos con el noble pecho bien condecorado; los otros, los profundamente inclinados, seguros de que haciéndolo cumplen un deber inexcusable. En todo caso, de estos ilustres parásitos, justo es reconocer que los más próximos a nosotros son una pareja encantadora. El, un modelo de discreción y de prudencia. Ella, de modestia, de sencillez, de natural y digna compostura. Si algún día, a causa de los «fedayines» de por acá, tuviesen que tomar un avión para salir de nuestro país, podrían hacerlo con toda dignidad, más el respeto de cuantos les acompañasen hasta la escalerilla. Es decir, exactamente rodeados de un respeto semejante al que mereció el italiano Amadeo I de Saboya cuando asimismo tuvo que dejar España.

inmensos beneficios afluyeron a sus bolsillos[1049] durante todo el tiempo que detentó el poder. Y que tan inmensamente rico como inmensamente torpe, sólo se ocupó de crear en torno suyo un fortísimo poder militar, creyendo que le bastaría su concurso para continuar, seguro, acaparando riqueza y despreciando el odio, que, no obstante, le ha hecho saltar. Odio encabezado, por cierto, por el jefe de la secta chiíta, iglesia-hereje islámica que constituye hace varios siglos la religión oficial de Persia.

Este hecho de que el jefe de una secta religiosa haya tenido fuerza suficiente para destronar, para hacer saltar del trono al monarca más rico de la Tierra y que más sólidamente parecía asentado gracias al respaldo de un ejército formidable, y la persona de este «ayatollah», de este *símbolo de Dios,* que es lo que significa esta palabra, del ayatollah Jomeini, merece que nos detengamos unos momentos, haciendo un inciso en lo que voy diciendo. Porque nada más curioso que comparar a dos hombres en plena actualidad en estos momentos: A este ayatollah Jomeini, papa de los chiítas, y a Karol Wojtyla, papa de los católicos. Ambos son cabeza, jefes, suprema autoridad de dos sectas religiosas (Jomeini, como acabo de decir, de los chiítas, secta disidente del Islamismo; Wojtyla del catolicismo romano, secta, a su vez, disidente, del cristianismo). Ambos creen con la misma buena fe, fuerza e intensidad en sus doctrinas respectivas (bien que estas doctrinas sean fundamentalmente opuestas, y a causa de ello, ambos enemigos absolutos, totales, en cuestión de creencias: Wojtyla está seguro de que su Dios tuvo un hijo, Jesús, al que no dudó en mandar a la Tierra para redimir, muriendo en una cruz, a los hombres. Para Jomeini no hay herejía comparable a creer y decir tal cosa. Dios es único. Dios no puede tener hijos. Si los «infieles» lo son es por creer y afirmar tal cosa. Jesús no fue, según él, sino un profeta, como Mohamed (Mahoma), sólo que inferior a éste). De modo que, con todos los respetos, Wojtyla para Jomeini no pasa de un embustero engañado, con todo su solideo y su

---

[1049] Bozagán, presidente del gobierno, procedió a la incautación de los bienes del huido Reza Pahlevi, que, por lo visto, ascendían a muchos miles de millones de dólares. Es creíble, puesto que la producción petrolífera del Irán era de seis millones de barriles diarios, que se vendían a 20 dólares barril, lo que hacía una suma de ¡120 millones de dólares cada día! Aun deduciendo los gastos de explotación y transporte, ¿cuánto quedaba libre cada veinticuatro horas en manos de tan augusto monarca? Naturalmente, no obstante lo que le costaba sostener un ejército destinado a proteger sus «ganancias» y armarle formidablemente (ejército que le abandonó apenas vio que la cosa se ponía fea), ¿cuántos miles de millones de dólares tendría en Bancos que, por evidente que sea el fraude, tan difícil será que los devuelvan?

hábito blanco. Así como Jomeini para Wojtyla, un respetable, pero pobre iluso, que en cuanto a creencias religiosas no pasa de un acumulador de mitos: los hechos atribuidos a los *imams,* en los que cree. Luego partamos de esto: de dos hombres que de toda buena fe creen en doctrinas entera y absolutamente distintas, ¿cuál de los dos tiene razón?, ¿cuál de las creencias es la verdadera? Porque esto tiene la mayor importancia dado lo que en este momento nos ocupa. Veámoslo con la mayor imparcialidad posible yendo, a favor de los medios de que disponemos, al fondo de cada una de estas doctrinas.

Para poder juzgar de un modo imparcial, empecemos por despojarnos de una traba, que de no poder librarnos de ella nos inclinaría fatalmente ora en favor del uno, ora en favor del otro, y, en cualquiera de los casos, privándonos de toda libertad de juicio: la «fe» (en una u otra de ambas creencias), que fatalmente nos arrastraría, sin que pudiéramos impedirlo, en favor de aquel que la suya fuese semejante a la nuestra. Del mismo modo que el que ama jamás puede ser imparcial en la apreciación de cualquier cosa que afecte al ser amado, pues esa variedad de fe que es el cariño le inclinará sin que lo pueda evitar a sublimar las excelencias y a disculpar los errores de aquel, aquella o aquello que ama; así, el que tiene la razón oscurecida por la fe, creerá con la misma seguridad en la doctrina que le embarga que creen, Wojtyla, que Jesús, hijo de Dios, murió en una cruz por redimir a los hombres, y Jomeini, por su parte, que Alá, su Dios, como tal, entero, total y completo Dios, no tuvo hijos, pues no tenía por qué ni para qué tenerlos; y en lo que a Jesús afecta, que no pasó, como ya he dicho, de un profeta, como Mahoma, bien que inferior a él. Que no haya ni un solo dato histórico (a excepción de los *Evangelios,* que ya sabemos cómo, por qué y para qué fueron escritos; de los *Hechos de los Apóstoles,* no más dignos de crédito, y las *Epístolas* atribuidas a Pablo, que sobre no haber nada tampoco que garantice su autenticidad y sí lo contrario, se ocupan fundamentalmente no de Tesús, sino del Cristo) a propósito de Jesús, personaje inventado casi enteramente por Marción, es algo que seguramente no ha pasado jamás por la cabeza del papa Wojtyla, cuya fe en la doctrina católica parece total y absoluta. Así como Jomeini, por lo que sabemos de él, está seguro (una de las ventajas que hay para enjuiciar debidamente a estos dos personajes es que son actuales, no como tantos que nos han llegado tras siglos de tradiciones y leyendas, y que, por tanto, a éstos, además de verlos actuar, sabemos lo que creen, lo que piensan, lo que sienten y hasta lo que quieren); Jomeini está seguro, decía, no tan sólo de que el descendiente legítimo en lo que al califato afecta fue Alí, el esposo de Fátima, la hija de Mohamed (Mahoma), sino que éste fue el gran inspirado de Dios (Alá), por lo que hacia el que se atreviese a sostener en su presencia que el suegro de Alí, si cierto era un místico genial, también y tal vez por ello un perturbado víctima de alucinaciones visuales y auditivas, sentiría al punto una aversión semejante o tal vez mayor que la que siente hacia Mohamed Reza Palhevi. Pero veamos de concretar del mejor modo posible la cuestión con objeto de poder enfocarla debidamente.

Tenemos, en primer lugar, dos jefes indiscutibles, de dos partidos religiosos. Jefes cuya personalidad conocemos sin lugar a dudas a causa de convivir, por decirlo así, con ellos y no ser, como acabo de decir, personajes pasados, cuya historia hubiera podido ser deformada antes de llegar a nosotros. Ambos, además, llegados a donde han llegado a fuerza de fe, de piedad, de ahínco religioso. El hecho de que cada uno crea en doctrinas enteramente distintas e incluso opuestas, antagónicas a las del otro, no hace al caso ahora. Como tampoco el que cada uno, dentro de la doctrina religiosa a que pertenece, no pase de jefe de una de las sectas de ellas: El chiismo respecto al Islamismo, en lo que afecta a Jomeini. El catolicismo respecto al Cristianismo, en lo que hace a Wojtyla. Pero ya digo que lo esencial y lo que ahora nos interesa es su identidad en cuanto a profundidad en la creencia respectiva de cada uno, y en la honradez y firmeza en cuanto a su fe. Fe del uno en la obra y méritos de Alí y de los once *imams* que le sucedieron, lo que le valió, a fuerza de años, alcanzar paso a paso el puesto que hoy ocupa de jefe del chiismo persa. Que para el resto de los musulmanes, es decir, para los no chiitas, su creencia no pase de una serie de patrañas constitutivas de herejía, no es cuestión que nos interese ahora. Ahora nos basta con retener su piedad sincera y su vida ejemplar, que le ha valido ocupar el puesto que ocupa y gozar de la autoridad de que goza. Como asimismo es cosa innegable la acendrada piedad del papa Wojtyla, y que ella le haya llevado a sentarse en la silla que se dice de San Pedro. ¿Cómo y por qué? Esto merece una explicación aparte.

Que la Iglesia católica, apostólica, romana, empezaba a dejar de ser lo que había sido, cosa tan evidente es que ni insistir sobre ello hace falta. ¿Causas? Esencialmente una: que tanto la *ciencia* como la *exégesis religiosa* iban desmoronando rápidamente sus mejores sostenes, los *dogmas* y *misterios*. La ciencia demostrando su imposibilidad y, por consiguiente, su falsedad. La exégesis religiosa probando además de la inexactitud de sus afirmaciones, tenidas también hasta ahora como artículos de fe, desechando, al hacerlo, las profecías y milagros, base de su hagiología. Así las cosas, un papa de buen sentido, Juan XXIII, pensando que una Iglesia remozada tal vez pudiera hacer recuperar el terreno que iba perdiendo la ya avejentada, convocó el último Concilio. Pero como las reformas que necesitaba para hacer frente a la cada vez más fuerte incredulidad (desaparición de dogmas, misterios y demás imposibilidades y mentiras), la hubieran conducido en realidad a alinearse a la incredulidad y, consiguientemente, desaparecer, cuanto se pudo hacer como remozamiento, no pasó de paños calientes, que sobre no dar el resultado apetecido, aún resultaron contraproducentes para ciertos fanáticos ciento por ciento, como el arzobispo Lefebvre, que creyendo cuanto afectaba a la Iglesia todo intangible, a punto ha estado de producir un cisma[1050].

[1050] Ante casos como este del arzobispo Lefebvre y del papa Wojtyla, que de total y absoluta buena fe creen en lo que creen y del modo que creen, queda uno perplejo. Y, por supuesto, ante los muchos hombres de positiva inteligencia que, como ya he hecho observar en alguna otra ocasión, son capaces, no obstante, de ser profundos creyentes en dioses, dogmas y misterios cuya supuesta verdad no resiste el más ligero examen. Que muchos cuya inteligencia va por otros derroteros, aunque lúcida y brillante, crean lo para otros tan difícil o imposible de creer. sorprende. Pero como, en definitiva, las cuestiones relacionadas con la fe no son su especialidad, es más a causa de estar embargado su espíritu por lo que verdaderamente constituye su oficio o profesión, parece o puede hacer suponer que todo lo demás es un poco secundario para ellos, a causa de lo cual en cuestiones de creencia se limitan a seguir aquellas o aquella que les inculcaron de niños, y que todos parecen seguir en torno suyo. Pero en aquellos hombres que precisamente han hecho de ciertas creencias, es decir, de profesarlas y enseñarlas, y que, por consiguiente, diríase que tienen, como obligación inexcusable, estar al tanto de lo que se investiga y escribe sobre ellas, sigan creyendo como lo hacen, pues de su sinceridad y buena fe no se puede dudar, esto verdaderamente sorprende. Y hasta desconcierta. Desconcierta, sí, que un hombre con la autoridad de un papa, y con su capacidad intelectual, pues no se alcanzan ciertos puestos sin un talento superior a lo normal, no solamente crea lo que indudablemente cree, sino que lo haga de un modo tan firme como para animar con su fe y su ejemplo la de millares de fanáticos que, llevados por su presencia, podrían hasta constituir incluso un peligro para los que no piensan como ellos. Porque no hay duda que entre los impulsos que en el curso de la historia han movido a los hombres a ser lobos para los hombres, las luchas a causa de las diferencias en cuanto a creencias religiosas han ocupado siempre (y siguen ocupando) un lugar preferente. Además, y volviendo al hecho de que hombres positivamente inteligentes, pero cuya carrera no es la religiosa, acepten sin discusión ni reflexión previa siquiera, aquello que les embutieron de niños, tiene un inconveniente, que éste sí debería atajarse en los países democráticos en los que todavía persiste. Me refiero al que en contra de la «libertad religiosa», se declare no sólo que el Estado tiene religión, sino que se la mantenga. Por lo visto, este mantenimiento o ayuda cuesta actualmente al erario español *siete mil millones* al año. Millones que salen, como todos los demás gastos, de los bolsillos de los contribuyentes. Y aunque, sin duda ante las protestas de algunos o de muchos, se ha dicho cosa tan peregrina como que los que tienen que pagar este impuesto pueden, si quieren, declarar que no son

Así las cosas y visto que toda tendencia verdaderamente modernizadora era imposible, es más, que los papas progresistas y liberales, como Pablo VI (elegido por unanimidad con la esperanza de que, sin saber cómo, pudiera hacer algo), pese a su talento y buena voluntad, estaban condenados al fracaso ante el avance cada vez mayor y más incontenible del ateísmo (al que de golpe, además, se habían pasado más de doscientos millones de rusos y tres veces este número de chinos, pues la fe de la masa en cuestiones religiosas y políticas con la misma facilidad que se gana, se pierde, por ser en mucho cuestión y producto de propaganda), y que la ciencia sobre todo, en su incontenible avance suscitaba, los dirigentes del cotarro católico pensaron que como lo que en

---

religiosos, en cuyo caso la cantidad que les corresponda será empleada en fines culturales u otros distintos de ir a parar a manos del clero, ¿dejarán por ello, en todo caso, que tener que soportar un tributo por culpa de una religión que les tiene sin cuidado?

Nada más democrático e incluso justo que cada uno crea lo que le parezca que debe creer. Y, por consiguiente, y en respeto a la libertad de conciencia, que se admita y hasta se proteja la libertad de cultos. Pero esta protección en modo alguno económica y que, indebidamente, alcance a todos. Las necesidades intelectuales (salvo las de educación hasta un grado determinado) deben ser, en cuanto a su satisfacción, total, entera y absolutamente voluntarias. Y así como aquel a quien le gusta la música si quiere oír un concierto no tiene sino acudir y pagar la entrada, y lo mismo el que quiere ir a un teatro, o deleitarse con las obras maestras de la pintura, a un museo, igualmente el que quiera misas, sermones, rosarios, novenas o que a sus hijos les echen agua por el cogote, que acuda a una iglesia y pague por el servicio o servicios que quiere que le presten, si los que de ello viven no tienen más remedio que cobrar su trabajo para poder subsistir. Pero que lo hagan, como digo, a costa de los que creen lo que dicen y utilizan sus consejos y su elocuencia, mas no a costa de los demás. Y, naturalmente, que el Estado cobre también por el ejercicio de esta actividad, como cobra por la autorización de todo espectáculo público. Y ni que decir tiene, por la autorización de procesiones y manifestaciones callejeras. Que, además, y no obstante cobrarlas, no deberían autorizarse sino las que se considerasen de verdadero interés turístico. Y de ningún modo las que en las grandes ciudades corten o interrumpan el tráfico. La mejor solución sería, en todo caso, para aquellas sociedades de tipo religioso que necesitasen procesiones y otras manifestaciones semejantes, que construyesen o alquilasen estadios, y dentro de ellos diesen cuantas vueltas quisieran, incluso con música, cantos e incienso, más almohadillas en los graderíos, cuya entrada pagarían los que acudiesen en proporción, como en todas partes, a lo que costase montar el espectáculo, impuestos estatales y municipales incluidos. Espero que en bien de la democracia y de los sagrados derechos económicos individuales, no se eche en saco roto esto que propongo.

realidad convenía salvar era la Iglesia y su enorme potencial económico, y que el mejor medio para ello era no perder clientes, es decir, conservar y si era posible aumentar su número, para ver de conseguirlo idearían que lo primero que convenía hacer era nombrar papas no progresistas, sino, al contrario, esencial y profundamente creyentes, para que el ejemplo viniese desde arriba. Y fallecido Pablo VI eligieron a uno seguramente menos versado en cuestiones de exégesis religiosa que él, pero, en cambio, piadoso y creyente a machamartillo. Y sin preocuparse de su constante sonrisa, es decir, olvidando el *guardate da chi ride troppo* («guárdate del que ríe demasiado»), y del asimismo proverbio latino que reza «la risa abunda en todos los estúpidos» *(risas abundans in ore stultorum)*, sentaron en el solio pontificio al constantemente regocijado Juan Pablo I.

Pero Juan Pablo I duró poco. Dios, contristado, sin duda, por el estado de su Iglesia y pensando que la alegría de su recién elegido representante tal vez era comunicativa (sin duda, le llega también un periódico español que no dudó en asegurar: «Que en un mes Juan Pablo I había conquistado el Mundo»), le llamó a su lado. Y fue entonces cuando encontrando en el cardenal Wojtyla el papa ideal a causa de no ser menos creyente que el anterior y además polaco (los cardenales de los Estados Unidos parece ser que fueron los primeros en fijarse en él y en hacer notar a los demás el detalle de que su origen podía, políticamente, ser útil), más poseer decididas inclinaciones hacia la teatralidad (sin duda, a causa de haber sido actor antes que cura), inclinación que seguramente, como ha ocurrido, le acercaría fácilmente a las masas (lo que al punto se confirmó en las multitudinarias audiencias, pagadas, de los miércoles, en las que al punto se ganó a sus visitantes levantando y abrazando niños y dando otras muestras de campechanía, y luego en México y algún otro país visitado antes, tirándose a besar el suelo o poniéndose un sombrero de charro); por todo ello se decidió elegirle, pese a no ser italiano, y fue elegido. ¡Y a esperar!

En todo caso, el primer paso de esta espera no ha podido ser más esperanzador a causa de un viaje bien meditado a un país que había roto sus relaciones estatales y diplomáticas con Roma: México. País en el que junto a una minoría poco o nada crédula, hay una masa (¡siempre la masa!) que «adora» a la Virgen de Guadalupe, hacia la que no duda en acudir de rodillas, incluso por las calles y plaza que conducen a su santuario (como hemos visto más de una vez en televisión). O sea, que el éxito «popular» del viaje, asegurado de antemano. De modo que bien que por causas distintas, el mismo entusiasmo debido a la comunidad de fe y esperanzas. La misma acogida multitudinaria y estruendosa en Irán que en México. Sólo que en Oriente, «el símbolo de Dios», Jomeini, ha ido, como estandarte de la justicia social y de la libertad, a echar por tierra una tiranía, mientras que en Occidente, el «símbolo de Roma», ¿ha hecho otra cosa sino sumar su fe a la de una masa enorme de ignorantes y de idólatras que allí, como aquí, cifran su religión y limitan su culto a hincarse de rodillas ante imágenes policromadas, engalanadas y si enjoyadas, mejor, de Vírgenes, Cristos y santos? En Oriente, contra la tiranía, la libertad. El propósito no puede ser mejor. Si no fracasa, digno de aplaudir, aunque proceda de un hombre que honradamente equivocado rece cuatro horas al día y se incline cien veces ante puros mitos. Pero ¿es que acaso en Occidente no hace lo mismo el papa Wojtyla comportándose como un viajante de comercio, cuya mercancía es una *fe* sin valor alguno para los que no gustan de ella, y unas *virtudes* ya demasiado manoseadas, rancias y pasadas de moda? En un lado, la libertad contra la tiranía. En el otro y con no menos tesón, la mentira contra la ciencia. Y puesto que de estas mentiras religiosas, de estos innumerables mitos, son prueba y testigos irrecusables las más de mil páginas anteriores, ¿no valdría la pena, en honor de la hasta ahora cenicienta, la «ciencia», hacer media docena de ellas más, páginas que tendrían, además, el interés de que sin necesidad de exégesis religiosa demostrarían que todas las fábulas que creen tanto Jomeini como Wojtyla no pasan de esto, de puras fábulas, y que basta, sin necesidad de otra demostración que exponer lo que los hombres de ciencia han descubierto ya acerca del Universo y de la vida, para que todas las cosmogonías, empezando por el *Génesis,* cayesen por tierra, y lo que aún sirve de fundamento a las religiones, mitos, milagros y dogmas, lo mismo? Como, además, el intentarlo no producirá ningún daño, pues tanto Wojtyla y Jomeini como todos los como ellos repletos de fe, por distinta que ésta sea, nada es fácil que pueda alterarla y, por otra parte, parece justo y normal acabar una mitología levantando en honor de la verdad la antorcha de la ciencia (única que puede acabar con los mitos), voy a intentar, como decía, hacer unas consideraciones finales destinadas a probar que muchas cuestiones fundamentales, tal como se exponen y creen ahora, a causa de ser puras fábulas, no valen la pena ni de ser expuestas ni de ser creídas, así como todo cuanto el Credo cristiano-católico aconseja que se crea, empezando por lo de «Dios Padre todopoderoso», acerca del que nadie, sin *mentir* al hacerlo con toda la boca, puede afirmar que hubo jamás un indicio, por pequeño que fuese, acerca de su existencia, y lo mismo sobre la existencia de otra vida después de ésta. Y vamos a ver si apoyándonos en lo que la ciencia nos ha enseñado, en lo que gracias a ella sabemos ya, distinto enteramente de lo que aún se esfuerzan por hacer creer las religiones, damos por bien empleado el tiempo que cueste leer lo que expongo a continuación.

Claro que como pasar de un salto de la *mentira* a la *verdad* sería demasiado brusco, empezaré por decir que en los comienzos, o para tratar de los «comienzos», la ciencia tiene que valerse también de *hipótesis*. Pero en todo caso, no sentando estas hipótesis como verdades absolutas, cual hacen los teólogos con las suyas, hipótesis éstas que hay que creer a ojos cerrados, puesto que *demostrarlas* es imposible. Por ejemplo, la existencia de Dios (de su Dios personal o de varios dioses) y de otra vida luego de ésta, acerca de la cual tampoco hay, como acabo de decir, ni un testimonio siquiera cierto y verdadero (olvidemos las afirmaciones de los «espiritistas») que lo compruebe. Sin hablar de otras fantasías menores, como son las que asimismo invita a creer el Credo católico. En lo que a Dios afecta, cada mitología-religión, como hemos visto, da por sentada su existencia[1051]. En todo caso, siempre confiando la veracidad de esta primera noción a la facultad de la inteligencia que mejor puede ayudar a los mitógrafos: la fantasía. Fantasía que, como es natural, la ciencia deja de lado, huyendo, por su parte, cuanto la es posible, hasta de las afirmaciones hipotéticas, que si bien imposibles de demostrar, tienen, por lo menos, algunas posibilidades de certeza[1052].

[1051] O la de varios de ellos de ambos sexos. No es difícil tampoco que el primero de los dioses sea hermafrodita. Y que tenga origen, como todo, en el Huevo cósmico. O que haya salido también, lo mismo que lo demás, de los «elementos», anteriores a él.

[1052] Ni que decir tiene que a muchos les resulta más fácil suponer y admitir que la creación fue obra de un Dios todopoderoso, que sacó porque quiso el Universo de la *nada*. Y, sin duda, por ello el abate Lemaitre, recordando que era abate, bien que probablemente no creyese en Dios (por lo menos, en el Dios *personal* en el que, sin duda, cree el papa Wojtyla), hablaba, tal vez para explicar de algún modo este paso de la *estaticidad* al *movimiento*, del «Coup de pouce» inicial. En todo caso, el momento en que pudo ocurrir el enorme empujón se calcula que pudo ser hace unos ¡doce mil millones de años! ¿Cuánto duraría este período de expansión inicial? Durase lo que durase, al acabar se iniciaría el período de contracción que daría lugar a la formación de las galaxias, integradas cada una de ellas por millones de sistemas solares, o sea, de estrellas (soles), rodeados de planetas. La nuestra, la Vía Láctea, y es una de las medianas, se calcula que tiene 100.000 millones de estrellas-soles. Y desde los telescopios de Halla (en el monte Palomar), por el telescopio reflector de Mayal (en la cima del Kitt Peak), desde el observatorio de Cerro Tololo (en Chile) y desde el todavía mayor, el de Zolinchuk (en el Cáucaso), los Huble, los Baade, en una palabra, los astrónomos más competentes y famosos, ven ¡millones de galaxias! Muchas, como digo, mayores que la Vía Láctea, que, no obstante, inmensa lenteja alargada, tiene en su parte que pudiéramos decir esto, más alargada, unos cien mil años-luz, y en la más gruesa, unos veinticinco mil. Si ahora pensamos que la luz recorre 300.000 kilómetros por segundo, y que un año-luz viene a ser equivalente a nueve billones

De modo que en lo que a la Creación afecta, la ciencia, discurriendo a favor de los datos de que puede disponer, o sea, de los que la facilita el estudio de la materia y de sus diversas manifestaciones, y luego de reconocer que hay conceptos y suposiciones que escapan a la inteligencia humana (como el de si la materia es por sí misma *increada* o si tuvo *creador,* lo que, como hemos visto, no resolvería el problema, pues al punto habría que pensar en el origen de este creador)[1053], la ciencia, decía, admite, en general, como hipótesis primera la sentada por el abate belga Lemaitre, según el cual, en un principio (o en uno de los principios si la *eternidad* se admite como expresión adecuada para calificar el *tiempo* en cuanto a su duración, y el fenómeno se repite de nuevo una vez cumplido su ciclo), la MATERIA, condensada en una tremenda bola de densidad enorme producida por la acción de sus elementos al contraerse impulsados

---

de kilómetros, un nueve seguido de 12 ceros (9.000.000.000.000), ¿podemos siquiera darnos una idea de la magnitud de nuestra galaxia? ¿Y de la del Universo, con sus millones de ellas, pues seguramente hay muchas, muchísimas más que las que entran en el campo de los telescopios? Añadamos aún que las galaxias se calcula que están a unos veinte o más millones de años-luz unas de otras (distancia que hay, por ejemplo, entre NGC 891 y la Vía Láctea). Así, y por ello, la luz de muchas estrellas tarda más en llegar a nosotros que el tiempo transcurrido desde la formación de nuestro sistema solar hasta hoy (unos cinco mil millones de años), y que estamos, es decir, nuestro Sol y todos los planetas, ¡a treinta mil años-luz del centro de nuestra galaxia! (doy todos estos datos para que, aunque ello no sea fácil, intentemos darnos una idea del tamaño de nuestro Universo). Y ello intentado, ¿se puede aún pensar, razonablemente, que algo tan inmenso pueda ser obra de un Ser que *lo sacó de la nada* con sólo la magia de su palabra? Y si se puede, si hay «fe» capaz de creerlo, felicitémosla, pues es aún mayor que el Universo todo. Y aceptemos el hecho como un verdadero milagro de... demencia. (Perdóneseme, pero he estado a punto de escribir «estupidez»).

[1053] Por supuesto, para los iluminados por la fe no hay tal problema, puesto que bien aleccionados por sabios teólogos, están seguros de que Dios, precisamente por ser Dios, es *increado,* es decir, sin *principio* y asimismo sin *fin.* Nada más. Es decir, sí: para justificar tan peregrina y verídica afirmación ponen el augusto sello de una de sus frases solemnes: «Yo soy el alfa y el omega (letras primera y última del alfabeto griego), el principio y el fin». ¡Ah estas admirables frases-mentiras de la Iglesia! De ellas y de sembrar vanas esperanzas vive y medra hace muchos siglos. Como cuando pronuncia aquella que asegura: «Lo que Dios une, que el hombre no lo separe», que defendida por leyes nacidas al amparo de creencias lejos de toda verdad y de todo buen sentido han hecho infortunadas a tantas criaturas. Ahora hemos visto que uno de los beneficios de la «democracia» es deshacer creencias y aflojar lazos asfixiantes.

por la fuerza de gravedad (es decir, por la acción de la propia energía de estos elementos, de acuerdo con la ley de Einstein: $E = mc^2$), empezó de pronto a desintegrarse reduciéndose a nubes de gas y de polvo cósmico[1054]. Tras lo cual y acabado este proceso de desintegración, se inició el inverso de concentración, que daría lugar a la formación de los casi infinitos sistemas solares de cada una de las galaxias, proceso que de acuerdo con la teoría hoy más aceptada fue el siguiente[1055]: Una nube de polvo y de gas

---

[1054] He aquí, brevemente, las teorías que se han dado para explicar el origen de nuestro sistema solar: 1.ª La de Laplace en 1796. Laplace supuso la existencia de una gran nube o nebulosa de gas cósmico, que al empezar a girar por el propio efecto de su contracción fue creciendo asimismo en velocidad de giro y a causa de ello empezó a desprender masas de gases que constituyeron los planetas. Al aumentar la temperatura a medida que la energía gravitacional era liberada por obra de la contracción, llegó un momento en que la mayor parte de la nube alcanzó tal grado de temperatura que la fortísima presión interna fue incapaz ya de producir más contracción, es decir, impidió que siguiese la contracción, con lo que detenida ésta, se originó o produjo el Sol. 2.ª La de las mareas, de Chamberlin y Moulton, según la cual fue el paso de otra estrella junto al Sol lo que arrancó a éste parte de su materia, que luego transformándose dio lugar a los planetas. 3.ª La de Fred Hoyle, según la cual el Sol era una estrella doble (como la mayor parte de ellas). Una de las dos hizo explosión, y de ella salieron los planetas. El primero en oponerse a esta teoría fue Sitzer, que dijo que el gas estelar producido por la explosión se hubiera dispersado sin formar planetas. Sin contar otras imposibilidades relacionadas con la repartición del momento angular. Todo ello hizo que esta teoría fuese, a su vez, abandonada. La 4.ª es la admitida actualmente. Por cierto, que en 1750, un astrónomo inglés, Thomas Wrigaht, propuso una teoría muy semejante a la aceptada hoy, que suscitó menos atención de la que hubiera debido suscitar (salvo para Kant, que impresionado publicó un tratadito sobre ella). Wrigaht dijo que el sistema solar había salido de una vasta nube cósmica de gas y de polvo que, bajo el efecto de su propia gravitación, se había condensado en Sol, planetas y otros cuerpos celestes. Incapaces de estudiar en aquel momento las consecuencias de esta interesante y acertada hipótesis, despertó poco interés, bien que no pudiera ser demostrada su falsedad.

[1055] Las novas, a su vez, estallan ocasionalmente. En todo caso, terminan fatalmente en «enanas blancas». Estas no explotan, no obstante la tremenda presión nuclear de su centro (unas 20 toneladas por pulgada cúbica), a causa de haberse convertido su ceniza nuclear incapaz de reaccionar. El proceso es, pues: supernovas, gigantes rojos o novas (cuando empiezan a envejecer) y enanas blancas en período de agonía. Según las deducciones de la teoría de la relatividad, durante la agonía de las estrellas gigantes se producen precisamente los curiosos «agujeros negros», que son, como digo, objetos celestes que se forman cuando las estrellas gigantes han agotado su combustible nuclear. El proceso es el siguiente:

empezó a formar por todas partes remolinos de alta densidad y a contraerse alrededor de uno o más centros de gravedad, futuros cada uno de un sistema solar. Como cuando una protoestrella se contrae sus partes centrales se calientan al liberar energía gravitacional (calor producido por los átomos que chocan al acercarse y contraerse), llega un momento en que el calor se hace tan intenso, que el hidrógeno empieza a convertirse en helio, a favor de un fenómeno de fusión. Cuando la energía producida contrarresta la fuerza gravitacional, la estrella alcanza su estado de madurez, y entonces empieza a desintegrarse a causa de las explosiones térmicas que el calor produce en su masa. Y, consecuentemente, la duración de su vida depende de su cantidad de hidrógeno. Cuando se ha consumido el 10 por 100 empiezan a acumularse cenizas en el foco, que por librarse de ellas acelera su fuerza de fusión hasta que llega un momento en que la estrella se convierte en lo que se llama una «supernova», que posteriormente acaba en «nova», como la actual nebulosa del Cangrejo[1056].

---

al apagarse el fuego central, los gases de la estrella se desploman de pronto por efecto de su propia gravedad, comprimiéndose de tal modo que quedan reducidos a una esfera de algunos kilómetros de diámetro, esfera que pesa billones de toneladas por centímetro cúbico. Estas esferas son llamadas agujeros negros porque su cuerpo gravitacional es tan intenso que no deja pasar la luz. Una motita de uno de estos agujeros negros equivale en estado normal a la masa de dos grandes asteroides. De chocar contra algo que la detuviese, dejaría escapar una energía comparable a la de una bomba de hidrógeno de diez megatoneladas.

[1056] Nova destinada a rodar inerte, muerta, fría, por el asimismo frío espacio. Todo astro una vez cumplido su período de actividad, como sol o como planeta, no tiene otro fin. Es decir, como fatalmente le ocurrirá un día a nuestra Tierra, si el Sol no la pulveriza al transformarse en supernova. O (cosa absolutamente improbable dadas las enormes distancias que separan a los astros), a menos de un choque con otro, que asimismo la pulverice. Estas distancias entre las galaxias son, como ya he dicho, de millones de años-luz, pero aun dentro de cada galaxia las distancias son enormes. Así, por ejemplo, nuestro Sol está a 150 millones de kilómetros de nosotros, y de su estrella vecina más próxima a unos 36,6 billones de kilómetros (más de cuatro años-luz). Total, que parece indudable que un día nuestra Tierra rodará muerta por el espacio, como tantos millones de astros animados un tiempo por la energía cósmica e incluso, tal vez, por una vida semejante a la nuestra. Pues del mismo modo que circunstancias especiales de proximidad al Sol fueron la causa que ocasionó que en nuestra Tierra apareciese la vida, lo mismo tiene que haber ocurrido en muchos planetas de los cientos de miles de millones de sistemas solares de las incontables galaxias. No olvidemos que se trata de cifras fabulosas, tanto en número como en distancias. Un conocido

Consumido, en efecto, el mencionado 10 por 100 de hidrógeno, el núcleo de la estrella se contrae de tal modo que alcanza temperaturas hasta de 110.000.000 de grados. Entonces deja de ser ceniza inerte al convertirse ésta en combustible. Tres átomos de helio pueden convertirse en uno de carbono. Con otro más resulta oxígeno. Y con cuatro átomos, neón. La combinación de estas reacciones genera rayos gama, que transforman la estructura inerte del núcleo en masa de gas activo y vibrante, más caliente en el centro, donde ocurren las nuevas reacciones, que en la periferia, en la que el proceso de fusión se realiza de modo normal. Hasta que llega el «fogonazo de helio», de consecuencias imprevisibles. Por ejemplo, formación a causa del estallido, de estrellas jóvenes nuevas. Si la temperatura alcanza 750 millones de grados, las cenizas de neón se activan

---

astrónomo inglés, Arthur Stanley Eddington, haciendo un cálculo muy desfavorable, es decir, suponiendo que en cada 100.000 sistemas solares tan sólo en un planeta hubiese existido o existiera vida, aun así, hubiera habido, habrá hoy o llegará a haber mañana cientos de miles, millones tal vez incluso, de Tierras como la nuestra. Es decir, con vida semejante a la de aquí. Puesto que al ser por todas partes la materia la misma (sus elementos), como demuestra no sólo el espectroscopio, sino los meteoritos que continuamente caen sobre nuestro suelo (el mayor conocido, uno que aterrizó en Oregón, descubierto en 1902, que pesa 14 toneladas), meteoritos compuestos de hierro, níquel y oliviana, la vida en cualquier planeta en que haya aparecido tendrá las mismas características que aquí, habrá pasado probablemente por los mismos ciclos o pasará, y tras las plantas y los animales habrán nacido los hombres. Y con ellos, ¡los dioses! Y como aquí, tales hombres sabrán más de su Cielo que de su Tierra. O sea, que estarán también más y mejor informados, por obra y gracia de su fantasía, de la vida y milagros de sus divinidades, que la de sus ascendientes y coetáneos, a causa de serles, como aquí ocurre, más fácil imaginar e inventar, que meterse, a fuerza de estudio y de reflexión, por los bosques de la física, de la química y de la biología, no obstante lo que tienen de fascinante los misterios científicos, sobre todo comparados con lo que de falso y artificioso tienen los de la metafísica. Los misterios aun por conocer acerca del origen del Universo, de nuestro planeta y de la vida, dado que la simple particularidad de estar vivos nos separa de la mayor parte de cuanto nos rodea, de lo que estamos en realidad más distantes a causa de la inteligencia, que la Tierra misma de los astros que discurren por el espacio. Estos, éstos son, sí, los verdaderos, los interesantes misterios. Y el de si puede la vida adaptarse, existir, en medios diferentes de los nuestros. Y si puede producirse fuera de la química del carbono, es decir, sin agua y sin carbono. Misterios fascinantes. Mucho más que el de la Trinidad, por santísima que se la suponga, o el de la Inmaculada Concepción, cuyo simple enunciado revela, salvo para la fe, claro está, su engaño y su insignificancia. Y otros muchos parecidos. Pero, en fin, ruede la bola.

generando otras de magnesio. Cuando llega a los 1.500 grados centígrados, se forman átomos de aluminio, de silicio, de azufre y de fósforo, los cuales, al llegar a 2.200 millones de grados se transforman, a su vez, en materiales más pesados, como el manganeso, el hierro, el cobalto y el níquel. Cuando ya no hay más contracciones, la estrella alcanza el estado de «enana blanca».

Todo gigante rojo cuyo núcleo ha reventado, se acerca rápidamente a esta fase de enana blanca. (Los colores de las estrellas son el azul, el amarillo, el rojo o el blanco. Los tonos azules son los propios de las estrellas jóvenes, como las Pléyades; los amarillos, los de las viejas, como Mesners.) Un astro de la magnitud de nuestro Sol alcanza este punto con facilidad. El proceso es claro: cuando una estrella consume el resto de energía nuclear del que puede prescindir, se condena por obra de la presión de su gravedad hasta que los núcleos atómicos no soportan ya más contracción. De allí en adelante, la estrella, enana blanca ya, empieza a enfriarse hasta quedar tan helada como el espacio que la rodea. Las estrellas cuyo volumen es 50 por 100 mayor que el Sol no llegan a enanas blancas con la misma facilidad a causa de uno de los principios más extraños de la Naturaleza. A saber, que no puede existir una masa de gas totalmente inerte si es más de cuatro veces mayor que el Sol, porque si existiese poseería tanta fuerza de gravedad que aplastaría hasta las moléculas de sus átomos y continuaría contrayéndose hasta la eternidad. Con ello, sus dimensiones disminuirían desde un tamaño superior al del Sol hasta el de un electrón. Como si la Naturaleza hubiese querido evitar tal proceso de consecuencias imprevisibles, es decir, el de reaccionar lo de tal modo contraído, toda enana blanca cuyo volumen se conoce tiene una dimensión inferior al «límite Chandrasekhar», de 1,4 masas solares. He escrito lo anterior con algo de recelo, porque más de uno ¿no dirá leyéndolo: Y aún se atreve este hombre a atribuir a la Naturaleza precauciones tan admirables que sólo un Dios es capaz de tener? Pues bien, al que le complazca poner Dios donde yo Naturaleza, que lo haga. Por eso no hemos de regañar. En definitiva, en perfecta democracia, como ahora estamos, tiene derecho a aplicar a lo supremo incognoscible el nombre que le sea más grato.

He aquí, pues, lo que, en síntesis muy breve, podemos saber, es decir, lo que de un modo general y en pocas líneas nos enseña la ciencia a propósito de la formación del Universo: Que este Universo no es otra cosa en realidad, esto en primer lugar, que *materia;* materia sometida fatal e invariablemente a leyes físico-químico-mecánicas, de consecuencias fatales, invariables, de su modo natural de ser y por obra de las cuales actúa y se manifiesta ciega y obligatoriamente, como lo hace. Materia que sabemos mejor adonde va[1057] que de dónde viene. Por otra parte, que la costumbre de ver que cuanto nos rodea, es decir, que cuanto ha sido hecho presupone la existencia de un hacedor, al que suelen llamar Dios e incluso todopoderoso y supremo a causa de la magnitud de lo que le atribuyen los que tal piensan; pues bien, empujados por esta costumbre, lo que hacen en realidad es una afirmación mediante palabras de una hipótesis indemostrable, hija del modo mediante el cual muchos juzgan ciertas cosas que luego no hay medio de comprobar, pues pertenecen al número de supuestos cuya comprensión escapa a la potencia de nuestra inteligencia (Dios, así como «finito» o «infinito», refiriéndonos al espacio, e incluso las mismas nociones de «espacio» y de «tiempo» en su sentido más general).

Ahora bien, esta total ignorancia de ciertas cosas, ¿nos da derecho a resolverlas mediante afirmaciones hipotéticas que no hay medio de probar ni comprobar, y a transformar estas hipótesis en realidades porque sí, porque nos da la gana, valiéndonos de afirmaciones tan peregrinas como que el supuesto hacedor de este Universo, que hoy ya no es un misterio cómo se formó, se ocupa muy especialmente de nosotros? ¿De nuestra Tierra, átomo ínfimo comparado con la galaxia a la que pertenecemos, que, a su vez, no es sino una de los muchos millones de ellas que hay, y no hablando sino de las que se ven mediante nuestros telescopios? Es más, que con tal interés se ocupa de nosotros, Mundo entre millares, seguramente millones, de otros semejantes, como para enviar un hijo único, que asimismo aseguran que tiene, para que muriese en una cruz para salvarnos con su sacrificio. Y si ahora nos detenemos un momento a pensar que sobre cosa tan absurda e imposible se levanta una de las más importantes religiones actuales, ¿qué pensar de ella, de las secundarias y de la mentalidad de cuantos creen a ojos cerrados estas montañas de fantasías (porque al lado de lo dicho hay un Juicio final y una vida

---

[1057] Lo siento por los partidarios de los ovnis, pues es triste quitar esperanzas. U ocasión de mentir a los trapalones, que porque se ocupen de ellos aseguran no solamente haberlos visto en el suelo, sino salir de ellos «marcianos», a los que contemplaron con sus propios ojos. Pero tan difícil es que nos visiten habitantes de alguno de los planetas desconocidos de nuestro sistema solar (de fuera de él imposible en absoluto a causa de las distancias), como que el Dios en que muchos creen asimismo no sólo exista, sino que al fin se decida a preocuparse de nosotros librándonos, por obra y gracia de su todo poder, de las calamidades que con tanta frecuencia nos dañan.

posterior a ésta con premios y castigos «eternos», etc.), de patrañas y de evidentes mentiras? Pero sigamos, y una vez expuesta en grandes rasgos la formación del Universo, por obra de la expansión de la materia, veamos un poco también lo que la ciencia enseña sobre la formación de nuestro sistema solar, y más especialmente sobre nuestra Tierra y la aparición en ella de la vida.

En cuanto al nacimiento de nuestro sistema solar, ya lo hemos visto, pues fue, tuvo que ser semejante al de todos los sistemas solares: Nubes de gases y de polvo cósmico se concentraron, formando el Sol y los nueve grandes planetas (Mercurio, Venus, la Tierra, Marte, Júpiter, Saturno, Urano, Neptuno y Plutón), todos los cuales, menos Mercurio y Venus, y tal vez Plutón, están acompañados de satélites o lunas. Entre Marte y Júpiter hay, además, una multitud de asteroides de diverso tamaño, entre ellos Ceres, con 767 kilómetros de diámetro. Los demás, simples amontonamientos de rocas invisibles a causa de su pequeñez, hasta para los microscopios. El anillo de Saturno es, ya creo haberlo dicho, una multitud asimismo de fragmentos rocosos cubiertos de escarcha, a causa de lo cual, es decir, de reflejar la luz del Sol, son vistos (en conjunto). Además, constituyen el gran depósito de meteoritos que caen constantemente sobre la Tierra. Son por otra parte una prueba de por qué nuestro planeta es el único que a causa de su distancia del Sol gozó del privilegio de que naciese en él la vida. En los demás, Mercurio y Venus, a causa de su proximidad al astro rey, tienen una temperatura tan alta que en ellos ha sido imposible y sigue siéndolo la formación de agua. Y en los restantes, a partir de Marte, cada vez más alejados del Sol, el fenómeno ha sido contrario, pero el resultado, siempre por falta de agua, el mismo: carencia de vida. En ellos, la que tuvieron probablemente un día, al quedar transformada en hielo produjo los mismos resultados: la imposibilidad, como digo, de que la vida apareciese. O si apareció, que continuase[1058]. Y puesto que la casualidad ha querido, a causa de una simple circunstancia de distancia (la adecuada respecto al foco que nos conserva la vida tras haber permitido que se formase), que hallamos estado en condiciones de

---

[1058] Sólo más tarde al fin, en torno a los planetas capaces de retenerla, se formaría una atmósfera compuesta de hidrógeno y de gases inertes, tales como el helio, el neón, el argón, el radón y los compuestos H_2O (agua), NH_2 (amoníaco), CHz (metano) y probablemente algo de ácido de carbono (CO) o de gas carbónico (CO_2), a causa del gran exceso de hidrógeno libre, cuya afinidad con el oxígeno es conocida. Esta atmósfera, por supuesto, desapareció por obra de cambios sucesivos, y la actual se compone de ázoe (75 partes), oxígeno (21 partes), gas carbónico (0,33 partes) y pequeñas cantidades de agua y de argón.

que tal ocurriese, vamos a ver si a propósito de la formación de nuestro pequeño planeta tenemos más suerte que con la formación del Universo. Es decir, si somos capaces de descubrir en este caso, lo que no nos ha sido posible descubrir en el otro: que acerca de su génesis, de su formación, tenga más razón el papa Wojtyla y los que le siguen ideológicamente creyendo lo que cuenta el otro *Génesis,* el bíblico, que los que damos más crédito a lo que asegura la ciencia. La cuestión es importante para los que le siguen, creen y admiran, pues de tener él razón, de seguir el buen camino, bien empleada esta admiración. De lo contrario, ¿vale la pena de admirar y reverenciar a un iluso? Claro que, en definitiva, un Padre Santo iluso más a añadir a la lista de los ya catalogados con justo derecho como tales.

La formación de nuestro pequeño Mundo, ¿empezó con un Edén por el que luego de haber creado Dios (el dios Yahvé) Cielo, Tierra, luz, plantas, animales e incluso a la primera pareja humana, gustaba «pasear disfrutando del fresco de la tarde», o no se parecía a este Edén en nada? Lo que dice acerca de esto el primer capítulo del *Antiguo Testamento* es bien conocido, siquiera sea por referencias. Menos, en cambio, y es lo que brevemente vamos a ver, lo que conjetura la ciencia que debió ocurrir. O sea, lo que debió ser la Tierra antes que en ella apareciese la vida.

¿Que para ver de dar una idea de ello tendré que valerme de la imaginación tras tanto haber reprochado a los teólogos el haberse servido de ella para inventar dioses, diosas, dogmas, misterios, milagros y demás patrañas? Cierto. Pero en todo caso yo voy a acercarme a lo que pudo ocurrir y seguramente ocurrió, llevando a la fantasía por el camino de lo posible, o sea, a favor de los elementos naturales cuyos estratos, es decir, cuyo proceso a causa de ello, aún podemos observar. Y cuyo juego y resultado (vida y movimiento) son aún visibles, observables, fáciles de comprobar. Mientras que las afirmaciones de místicos y teólogos de todas las épocas, como hemos visto abundantemente en las más de mil páginas anteriores, no pasan de mentiras, de supuestos falsos y embusteros imposibles de demostrar. Es más, ¿sería lógico intentarlo siquiera, de tal modo sus afirmaciones son fantásticas y caprichosas? Encojémonos de hombres, pues, y vamos a lo que ahora interesa exponer.

¿Cómo pudo ocurrir, en primer lugar, llegar por obra de sus propios elementos a la primitiva Tierra, una Tierra sin plantas, animales, hombres y con mares que también hasta de algas carecían? ¿En la que aún no habían aparecido siquiera las tierras hoy productivas y ni tan siquiera las de formación calcárea, es decir, en la que no había sino elementos en constante estado de violencia: aguas (calientes), rocas (peladas), vientos (en continua y desenfrenada agitación) y una atmósfera en la que no existía, o apenas, gas carbónico ni ázoe y, en cambio, sí metano (el gas de los pantanos), más amoníaco y el mortífero óxido de carbono? Suelto la imaginación y veo, antes que toda otra cosa, una especie de pequeño sol que poco a poco se va enfriando, y en el que un día aparece, al fin, en la parte más exterior de lo que continúa siendo una bola de fuego, una película como de lava, rota cien veces y agujereada por el tremendo volcán interior que ruge bajo ella. Por encima, los humos producidos por el foco central forman una densa capa de nubes espesas, y también en continuo movimiento por obra de más nubes que sin cesar suben a engrosarlas. Sigue pasando el tiempo (pero es igual porque nadie se da cuenta ni nadie tiene prisa), la corteza se hace cada vez más sólida e incluso en ella, llena de hondonadas y oquedades, se han formado, cubriéndolas, inmensos océanos calientes, cuyas aguas se lanzan ya sobre continentes mal dibujados y desnudos, cubierto el caótico todo por una atmósfera pesada e irrespirable. El fatídico conjunto envuelto en estrepitoso silencio a causa de la propia turbulencia de sus elementos. Silencio porque no era oído. Estrepitoso por obra de la ininterrumpida violencia. Y a causa, además, el silencio, de ser apagado invariablemente su fragor por el asimismo mudo espacio que le separaba de los otros focos de fuego hermanos, a causa de haber nacido poco más o menos al mismo tiempo que él. Silencio, no obstante, cortado incesantemente por tumultos espantosos, por ronquidos subterráneos, por convulsiones gigantescas casi a cada instante, coronadas muchas por torrentes de lavas encendidas que levantaban según aparecían rocas asimismo encendidas. Rocas enormes que lanzadas al espacio describían círculos gigantescos antes de caer en mares, o en un mar, de aguas turbulentas. Aguas engrosadas por lluvias torrenciales cortadas por incesantes relámpagos, que envolvían exhalaciones que se quebraban vivísimamente antes de morir apagadas en aguas o rocas con chirrido fragoroso. Chirrido que aún hubiera sido mayor sin el ensordecedor estrépito de horrísonos truenos que llenaban, retumbando, los amplios límites de un horizonte casi continuamente resplandeciente. Es decir, casi tan iluminado de noche como de día cuando era herido por la deslumbrante luz de un Sol joven también y a causa do ello infinitamente agitado y turbulento asimismo. Por todas partes, en fin, un espectáculo apocalíptico que nadie vio. Un fragor ensordecedor que a nadie ensordecía, porque por nadie era escuchado. Un terribilísimo combate de elementos del que nadie fue testigo destinado, sin que asimismo nadie lo supiese, pues nadie había entonces que pudiera darse cuenta de lo que de tan escandaloso y pertinaz modo luchaba para dar a luz, al fin, a una Tierra. Tierra que llegaría a serlo, al fin, un día. Y en la que aparecería algo menos aparatoso que lo que había constituido su parto, pero que sería el alma y notable particularidad del planeta en que surgía: la VIDA.

Hasta tan augusto momento, ¿cuánto tiempo continuó la lucha en una mayor estabilidad entre los siempre desencadenados cielos, las embravecidas y turbulentas aguas y las mil veces azotadas, rotas y destrozadas costas? ¿Cuántos siglos de hundimientos y levantamientos? Muchos miles de siglos. Muchos millones de años. En todo caso, el proceso en todos los que se transformaban en planetas, el mismo: un largo, muy largo período de enfriamiento, y a causa de él, en todos los sistemas solares del Universo el mismo proceso: en torno a las mayores aglomeraciones de materia (gases y polvo cósmico en estado de concentración), otras menores que se iban enfriando más rápidamente. Y a idéntico proceso, el mismo resultado: los planetas muy próximos al gran fuego padre, por decirlo así, muertos, achicharrados, por exceso de calor. Los excesivamente distantes, muertos también al cabo del tiempo, pero éstos por congelación a falta de calor. Y únicamente capaces no sólo de sobrevivir, sino de ser, a su vez, centro y generadores de vida, lo que, como nuestra Tierra, gozaron de una situación favorable para ello, y durante el tiempo en que esta situación continuó siendo favorable. Lo que no ocurrirá siempre, pues, como nuestra Tierra, todas las Tierras que pueda haber en el Universo, su suerte dependerá del sol, su fuente de calor y de vida. Cuando esta fuente muera o entre en período de agonía, morirán también la Tierra o Tierras a las que daba vida. Proceso fatal e inevitable, puesto que la *materia* que forma los astros es en todos ellos la misma, tanto en nuestro sistema solar como fuera de él. Y las mismas, como es natural, sus leyes. Leyes a las que está sometida. Y consistentes, en suma, en expansiones y concentraciones, generadas por dos fuerzas opuestas: la centrípeta (gravedad) y su opuesta, la centrífuga (dispersión). Fuerzas que en unión de las explosiones y los choques forman toda la dinámica del Universo.

Y ésta será nuestra suerte, y éste el panorama de Sol, Tierra y demás satélites de nuestro sistema planetario: rodar muertos eternamente, como otros planetas y otros que fueron soles, que por millones constituyeron y siguen constituyendo sistemas semejantes al nuestro en las incontables galaxias. Sin que un día nadie sepa jamás (que perdonen esta ducha de agua fría los que sueñan con paraísos «eternos», y que les haga buen provecho el chapuzón a los que se creían destinados a infiernos eternos también y no menos quiméricos) que en esta Tierra y en las demás hubo plantas y animales, y hombres de diversa condición que sufrieron y gozaron, y crearon ciencias, artes, letras, civilizaciones e Imperios. Y junto a realidades, algunas buenas y muchas malas, montañas de fantasías, de mitos y de fábulas a propósito de dioses, diosas y demencias y fantasías semejantes. Todo esto, por supuesto, a menos, claro está, que el todopoderoso Dios en el que cree el papa Wojtyla, sus ciento y pico de cardenales, los millares de obispos y los cuatrocientos, quinientos o los que sean creyentes de su religión disponga otra cosa. Que no la dispondrá.

Pero ¿he hablado de otras Tierras? Sí y no me arrepiento de haberlo hecho. Porque de esto sí que podemos estar seguros. Es decir, de que en cuantos sistemas solares haya planetas en condiciones semejantes a las nuestras, su proceso habrá sido o será el mismo y, por tanto, que en ellos habrá, como aquí, vida. E incluso y muy probablemente, una vida semejante a la nuestra: las mismas plantas (si han llegado al mismo grado de evolución que nosotros), los mismos animales y hasta hombres semejantes a nosotros. Y de ser así, ¡dioses y más dioses! ¡Fantasías y más fantasías! Y quién sabe si otro papa Wojtyla no menos seguro que el nuestro de que hubo un Edén creado por otro Yahvé que lanzaba rayos desde otro Sinaí. Que puso en el Edén a una primera pareja, pareja que cometió un «pecado original» que pesó sobre sus descendientes hasta que un hijo de aquel Yahvé, generosísimo, se decidió a borrar tal pecado de un modo también original, ¡dejando que le crucificasen aquellos a los que iba a lavar de tan terrible mancha! Y si dada la pluralidad de mundos habitados esto ha ocurrido, aunque no sea sino un millón de veces, ¡qué tarea para cualquier Redentor tener que sacrificarse un millón de veces por hombres que siendo muy generosos, la merecen apenas media vez!

Y ya no nos queda sino ocuparnos (bien que con un poco de tristeza por no haber podido aceptar el nacimiento bíblico de nuestra Tierra) de cómo en ella apareció la vida. Problema en cuya génesis y evolución difieren igualmente los hombres de ciencia, del papa Wojtyla y de todos sus admiradores y seguidores, tanto eclesiásticos como laicos. Estos, creyendo a pie juntillas que fue obra de Dios, que además de a plantas y animales, se la insufló al primer hombre, Adán, soplando sobre él tras haber formado su cuerpo con arcilla[1059]. Conocido el admirable

---

[1059] Como es cosa corriente e incluso artículo de fe admitir, como se asegura en Roma, incluso actualmente, que Dios crea el alma de cada niño que viene a la vida. Ruda tarea, aunque no se ocupe sino de los hijos de los millones de católicos que componen el redil cristiano. De todas maneras y arrebatando tal misión a la Naturaleza, que la resuelve mediante la vía de la herencia (lo que explica mediante un simple hecho fisiológico muchas semejanzas físicas y mentales entre padres e hijos). Ahora bien, si se achaca a Dios lo que es obra de la Naturaleza, ¿cómo, de creer tal insanidad, justificar el nacimiento de cuerpos con almas anormales, es decir, todas las incapacidades mentales, muchos de los cuales dentro incluso de las variedades más completas de demencia? Porque que de un alcohólico o de un drogadicto salga *naturalmente* un hijo con taras físicas más o menos graves, lógico es. Pero si el fabricante de almas es Dios, semejante

procedimiento bíblico divino (que, por cierto, como hemos visto, se les ocurrió también a otros dioses), veamos, por si nos parece más verdadero, mejor y nos gusta más, lo que dicen los hombres de ciencia.

Como ha sido expuesto, la atmósfera primitiva no contenía oxígeno, elemento indispensable para la vida[1060], ni ozono, que, como se sabe, se forma con tres átomos de oxígeno. ¿Cómo consiguió, pues, tal atmósfera hacerse respirable? Muy probablemente, del siguiente modo: Al no

---

anormalidad bastaría para dudar de su infinita bondad y de su infinita sabiduría. E incluso daría lugar a pensar cosas que dichas en voz alta escandalizarían la bendita credulidad que, no obstante, soporta satisfecha almacenar necedad tras necedad si el necio de donde provienen es su director espiritual. Pues, ¿y qué pensar cuando se trata de las almas de los ladrones, de los asesinos y demás compañeros de planeta de condición moral semejante? Además, ¿cómo culparles si fue Dios quien les hizo el regalo de su manera de ser, dotándoles de un alma sólo buena para ello? Volvamos la página.

[1060] Cuando la vida apareció en la Tierra, la atmósfera en ésta era, en efecto, muy diferente a la actual. Se componía, como se admite que estaba constituida, de vapor de agua, de gas carbónico, de amoníaco, de un poco de ázoe y de gases inertes, tales como el argón y el neón; de hidrocarburos y de cuerpos muy tóxicos, como el óxido cianhídrico. Además, estaba desprovista de oxígeno libre, que entonces hallábase combinado en forma de agua, de gas carbónico, de sílice, de óxido de hierro, de carbonatos, etc. Además, el agua de los océanos no era salada o muy poco, pues los diversos cloruros, yoduros, sulfatos y demás compuestos que constituyen la sal marina han llegado posteriormente al mar, conducidos por el agua de los ríos, que, a su vez, los han tomado a fuerza de siglos en las tierras y rocas que bañan a su paso. Se estima que cada año el aporte fluvial de sales a los océanos y mares es de unos 50 millones de toneladas. Sales que quedan, puesto que la evaporación por obra del calor solar tan sólo desposee a los mares de agua pura. Y en una atmósfera irrespirable y en mares que se iban cargando de sales, ¿cómo pudo aparecer la vida? Hasta hace poco, muy poco, era creencia admitida que la transformación de los elementos minerales, únicos que había en un principio, en compuestos orgánicos, no podía hacerse sino mediante la intervención de los seres vivos. El ciclo de la vida parecía ser: las plantas verdes, que absorbían el gas carbónico del aire, así como elementos minerales del suelo, y que gracias a la energía luminosa captada por la clorofila realizaban la síntesis de las sustancias orgánicas produciendo los azúcares, grasas y otras materias necesarias para la vida y para el crecimiento, inherente a la vida, como una de sus cualidades características. Los animales, por su parte, tomaban todo ello ya elaborado de las plantas, y de este modo, la vida asegurada. Por cierto que esto sea como proceso general, faltaba el primer eslabón, el llegar hasta las plantas (seres vivos orgánicos) desde elementos esencialmente inorgánicos, misterio hoy ya resuelto, como se va a ver.

impedir el ozono, como actualmente ocurre, que los rayos ultravioleta[1061] llegasen a la Tierra, bajo la acción de estos rayos el gas carbónico del aire se combinó con el vapor de agua a favor de una combinación relativamente simple: un átomo de carbono, un átomo de oxígeno y dos de hidrógeno; resultado: aldehido fórmico, con desprendimiento de oxígeno. O sea: gas carbónico más agua. Dicho aún de otro modo y como resultado: aldehido fórmico más oxígeno. Luego bastaría la condensación de varias moléculas de aldehido para que se produjesen azúcares o glúcidos, reacción fácil de obtener en los laboratorios, y que entonces se produjo en el inmenso de la Naturaleza. Y como a partir de los azúcares se pasa sin

---

[1061] Los rayos ultravioletas fueron los productores de una síntesis de otros elementos, que resultaron, a su vez, generadores de vida. Estos rayos, por obra de la energía solar, de la de los relámpagos y de la de las descargas eléctricas, descompusieron el agua y ciertos cuerpos no simples asimismo, y formaron otros cargados de anhídrido carbónico (HCO_3). Oparín propuso una reacción muy simple, realmente inestable, que debió producirse en los tiempos primitivos. La formación de gas acetileno ($C2H2$), resultado de la acción del agua sobre los carburos metálicos. De este modo, la química natural llegaría por sí sola a la formación, en las aguas, de los primeros elementos sencillos dotados de vida, elementos que evolucionando dieron origen a los demás: hidratos de carbono, proteínas, agua, cuerpos todos esenciales para la vida, de cuya primera manifestación fue, sin duda, una mezcla complicada de sales minerales, ácidos, bases y partículas coloidales de barro y otras materias, cuya mezcla dio lugar a la «sopa cálida diluida» de Haldane, tras la cual empezó en mares y lagos a desarrollarse la vida. Vida, por supuesto, que no es posible sino entre los límites de temperatura, dentro de los cuales los fluidos biológicos están o quedan líquidos. Hecho a causa del cual, tanto el punto de ebullición como el de congelación impiden el nacimiento de la vida o su continuación. Por ello, en los planetas dentro de estos límites o en los carentes de agua, como la Luna, la vida es imposible. Por otra parte, en el plan físico-químico, la materia viva o protoplasma presenta una especificación característica. Es esencialmente una sustancia coloidal, es decir, ni sólida ni líquida (intermedia entre las partículas sólidas que sobrenadan en un líquido, y el líquido en que se transforman una vez disueltas), constituida de proteínas (que son compuestos análogos a lo blanco de los huevos o albúmina, de donde su nombre primitivo de albuminoides), cuyo análisis muestra que está constituida de cuatro elementos esenciales: carbono, hidrógeno, oxígeno y ázoe, más algunas partículas accesorias de azufre y de fósforo. Éstos son los elementos que constituyen la célula, porción la más pequeña en la cual se manifiesta la vida, imposible sin ella o fuera de ella. Los primeros organismos vivos debieron parecerse a las bacterias actuales. Pero seguramente más sencillos, menos complejos y especificados. De todas maneras, es difícil, sobre todo desde el descubrimiento de los *virus*, decir dónde empieza y dónde se detiene la vida.

dificultad a las grasas o lípidos y a los ácidos aminados (que son los materiales constitutivos de las proteínas), lo que en nuestro matraz se hace en pequeño, la Naturaleza lo hizo en el suyo en grande, ¡y nació la vida! La vida, pues, ¡en marcha![1062].

Consecuencia de todo lo anterior: grandes masas de sustancias orgánicas amorfas y gelatinosas aparecerían en la superficie de los océanos, aún ricos en aminoácidos disueltos. Y como la atmósfera era ya suficientemente rica asimismo en oxígeno gracias a la reacción fundamental que originaba el aldehido fórmico, y al mismo tiempo el ozono producido a costa del oxígeno detenía en gran parte a los rayos ultravioleta (como sigue ocurriendo) e impidiendo la acción de su poder fuertemente abiótico, al poder producirse la vida, se produjo. Pues es ley natural también que aquello que puede producirse se produzca si las circunstancias son favorables para ello. Con lo que dejo abierta una salida para la «fe» con objeto de que pueda decir en seguida: Ley establecida por Dios, que en esto de aminoácidos y rayos ultravioleta es un as, como gran químico. Padre y arquitecto que fue y sigue siendo del laboratorio universal. Es decir, algo así como lo que afirma uno de nuestros cantares más gitanos: «Que mi padre es arquitecto de la línea del querer».

Total: que la aparición de la vida una vez los elementos capaces de producirla (y a su cabeza el agua), en condiciones adecuadas para ello, se produjo. Pero aquí una pregunta que los recalcitrantes a abandonar la idea de que el gran químico no sea Dios y, consecuentemente, mantenedores fervientes de la fabulita del *Génesis,* no dejarán de formular, porque, además, conviene no dejar cabos sueltos, no sea que el papa Wojtyla tenga interés en darse una vueltecita (porque también está saliendo corretón y turista) por Fátima, como Pablo VI, para demostrar igualmente con su presencia que lo de las apariciones de la Virgen no son ilusiones de niñas histéricas, sino cosa muy seria, y de paso enterarse bien de lo de María, la otra María, la de Lareida, que está haciendo cosas prodigiosas (curaciones sorprendentes; revolcarse en barro cuando las crisis, no manchándose sino cara, manos y lo que lleva puesto, y demás), cosas que o son obra del

---

[1062] No hace mucho, Miller, del laboratorio de Urey, en los Estados Unidos, consiguió obtener ácidos aminados sometiendo a descargas eléctricas una mezcla de metano, hidrógeno, gas amoniacal, gas carbónico y agua. Es decir, reconstituyendo artificialmente las condiciones primitivas de la atmósfera terrestre. Y de modo análogo, otro químico, el sabio hindú Bahadura, ha obtenido ácidos aminados valiéndose de la acción de la luz solar. Experiencia que ha mejorado el biólogo ruso Oparin en el Instituto de Bioquímica de Bach, de la Academia de Ciencias de la U.R.S.S., utilizando rayos ultravioleta.

Cielo o del Infierno. Lo que, por supuesto, convendría aclarar. Pues no menos útil será, supongo yo, acudir en defensa de los derechos humanos[1063], negados, por lo visto, a muchos fervientes de la Virgen de

---

[1063] ¡Bravo, papa Wojtyla! Ya era hora de que un papa se acordara de que los hombres, por el hecho de ser hombres, tienen derechos sagrados (nunca mejor empleada esta palabra), sagrados e inviolables. Porque hasta ahora, ¿reconoció Roma, la Roma papal, estos derechos? Que lo digan Constantino de Mananalia; Basilio, el jefe de los bogomiles; Giordano Bruno; Juan Huss, el jefe de los hussitas de Bohemia; Etienne Dolet; Savonarola, el caballero de la Barre, y cien más que sería largo enumerar. Más los que murieron acusados de herejía (aquellas herejías muchas veces resplandores de luz en medio de las tinieblas de las mentiras religiosas, y verdaderas antorchas contra las atroces imposibilidades de dogmas y misterios): abelianos, eutiquianos, adopcionistas, arríanos, paulicianos, los mencionados bogomiles, ¡qué sé yo! Habría que citar también un buen centenar. Pero no olvidaré a los cátaros (albigenses en la Tolosa francesa), contra los que la Iglesia se encarnizó de tan terrible modo que no ha podido ser olvidado. Como recordada es siempre y viva sigue, la tremenda bestialidad del noble y católico caballero Simont de Montfort, a quien el papa de gloriosa memoria Inocencio III encargó el exterminarlos. Lo que realizó cumplidamente: Habiendo sitiado Beziers, ciudad que no consiguió tomar sino tras dura resistencia, furioso a causa de ello dio orden de que pasasen a cuchillo a cuantos aún estuviesen vivos, hombres, mujeres y niños. Y como alguien le dijese que seguramente habría algunos que no fuesen cátaros, replicó: «No importa. Que los maten a todos, que Dios, una vez arriba, separará a los que crea que debe separar». Y así fue hecho. No olvidemos tampoco la Saint Barthelemy. Pues, ¿y los que cayeron por millares con motivo de las guerras religiosas? ¿Y los que, por supuesto, siempre *ad majorem del gloriam,* fueron convertidos en castañas asadas en los «autos de fe» organizados por la Santa Inquisición, nunca tampoco debidamente celebrada? Este tribunal de triste memoria, encargado de descubrir y extirpar las herejías, nació en el sínodo de Tolosa celebrado tras la cruzada contra los albigenses. En 1248 fue creado un tribunal especial, que fue puesto en manos de los dominicanos a causa de haberse distinguido mucho el fundador de la orden, Santo Domingo, en su celo en pro de cuanto se relacionaba con la Santa Madre Iglesia. Y, en efecto, sus hijos espirituales, los dominicanos, animados por su admirable ardor, empezaron a recorrer la región en busca de herejes. De los que aún pudieran quedar tras haber pasado por allí Simont de Montfort. Luego, en vista de lo útil que era la caza, la Inquisición se extendió por todas partes, con esa pródiga velocidad con que se extiende siempre la mala semilla. En los juicios de este tribunal, el procedimiento era generalmente secreto. Los acusados no eran confrontados con el acusador. Las delaciones siempre quedaban ocultas. En cuanto a los que habían sido acusados, de no confesar el crimen por el que habían sido detenidos, para que lo hiciesen se les sometía a tormento. Y, claro, por no

Guadalupe, que remediar la tal vez perturbada fe de los no menos fervientes de la María portuguesa, cuyos fieles, ya numerosísimos, acuden por todos los medios (hemos visto las docenas de autocares que les conducen hasta allí en la televisión), con la esperanza, sin duda, de ver ellos también a la Virgen en una de sus visitas a la bienaventurada histérica de Lareida. Y allá va la pregunta: ¿Se produjo la vida, es decir, apareció en cuanto pudo producirse, de modo espontáneo por obra de otro «Fiat» («Hágase la vida»), en cuyo caso el autor sería Dios, o fue obra de lento y costoso proceso de natural elaboración?[1064]. Esta última hipótesis

---

sufrir más acababan confesando lo que se les exigía. *Debidamente* condenados eran entregados «al brazo secular» encargado de llevar a cabo las ejecuciones. Con lo que los santos jueces, ¡limpios! Este admirable tribunal funcionó durante siglos en Francia, Italia, Portugal y España, así como en las posesiones del otro lado del mar de estos dos últimos países. El papa Pablo III, también de gloriosa memoria, fundó en Roma, para que la Inquisición quedase bien consolidada, *la Sagrada Congregación del Santo Oficio* en 1542. En España, la Inquisición fue introducida en Aragón en 1232. Y luego en toda España, gracias a los Reyes Católicos, a partir de 1489, con objeto de perseguir y acabar con los «marranos», es decir, los judíos y musulmanes, que para poder subsistir, no obstante la bendita fe que dominaba por todas partes, desde los reyes al último fanático, habían renegado de sus creencias y se habían hecho católicos. Por supuesto, y como era natural, de labios afuera. La crueldad de la Inquisición española fue pronto legendaria, y el nombre de Torquemada, tristemente famoso asimismo en el Mundo entero. Continuó funcionando en gran escala durante todo el siglo xvii (los autos de fe, celebrados, por ejemplo, en la Plaza Mayor de Madrid, constituían un verdadero festival, presididos por los reyes) y el XVIII. Le cupo a Napoleón la gloria de suspenderla. Pero a la vuelta de Fernando VII, «repugnante personaje del cual Napoleón evitaba, cuando podía, las babosas sumisiones y felicitaciones», este infinitamente miserable monarca la restableció. Al fin fue abolida definitivamente en 1834.

Total, que por unas y otras causas, durante muchos siglos la Iglesia jamás se ocupó ni preocupó de los derechos humanos, ni de otros «derechos» que los que imponía con objeto de que sus arcas estuviesen bien repletas. O el derecho que se arrogaba de hacer pagar con la vida al que no pensaba como a ella la convenía. Por supuesto, como digo, siempre «para la mayor gloria de Dios». Por lo que bien está, pero muy bien, papa Wojtyla, pues nunca es tarde si la dicha es buena, que al fin los papas, sin dejar de pensar mucho en Dios, se acuerden también un poco de los hombres. De modo que ¡bravo otra vez, papa Wojtyla!

[1064] La idea de la «generación espontánea» fue creída formalmente durante mucho tiempo. En la antigüedad, en la Edad Media e incluso hasta en tiempos muy recientes. Y no sólo a propósito de los micro-organismos, sino de los macro-organismos. Aristóteles (siglo iv antes de nuestra era) afirmaba que las

fermentaciones del fango, es decir, que en el cieno, en el légamo, se producían angulas, y que las orugas provenían de la descomposición de las plantas. Virgilio creyó ver cómo abejas recién nacidas escapaban, salían de los flancos de un toro muerto. Naturalmente, pensó que habían nacido allí espontáneamente. Otro caso, pues, de juicio emitido fiándose en observaciones no bien comprobadas, de hechos mal observados con los sentidos. Lucrecio, en su *De natura rerum*, admite el nacimiento de moscas, gusanos y pulgas, es decir, de animales cuya génesis es difícil de advertir normalmente, en las materias putrefactas, en el mucus o en el rocío. Diodoros de Sicilia (en tiempos de aquel homosexual llamado Augusto) decía que se veían salir del limo del Nilo formas animales medio bosquejadas. Posteriormente, durante la Edad Media y el Renacimiento, la teoría de la generación espontánea no fue puesta en duda a causa de haberla sostenido Aristóteles y continuar su *Organum* siendo todavía muy estudiado. Y en tiempos del rey Sol, lo mismo.

Así las cosas, hacia 1643, el médico holandés Van Helmont no sólo de acuerdo con los que antes que él habían opinado sobre esta cuestión, sino que echando, por su parte, su cuarto a espadas y para desengañar a los que pudiesen dudar de ello, dio hasta una receta para obtener no ya pulgas o moscas, sino ¡ratones! Ésta: «Tomad una camisa sucia, metedla en un recipiente perfectamente cerrado, en unión de unos granos (de trigo, de cebada, de maíz, de lo que sea) y de un pedazo de queso rancio, y al cabo de una semana tendréis un ratón». No se sabe que nadie le contradijese. Si alguien tuvo la curiosidad de hacer la prueba y no encontró al ratón pensaría que era porque no había cerrado la caja como era debido y se había escapado; o porque el queso no estaba suficientemente rancio. Además, era costumbre todavía creer a ojos cerrados lo que se afirmaba con autoridad (los procesos por brujería y cuantos eran resueltos por los tribunales de la Inquisición no eran incoados y solventados de otro modo: una acusación contra uno o contra toda una familia de brujos, de herejes o simplemente de descreimiento; un interrogatorio severo, dudas, tormento para solventarlas, inmediata confesión de cuanto había que confesar con tal de que el tormento cesase, y si la cosa no pasaba del sambenito suerte había tenido el difamado). No obstante, poco después, en 1668, el médico italiano Redi aseguró que los gérmenes de la carne procedían de larvas de huevos puestos en ella por las moscas; y como por entonces también otro médico italiano, Vallismeri, dijo lo mismo a propósito de los gérmenes de las frutas, la teoría de la generación espontánea fue abandonada. Mas para renacer con creciente fuerza al aparecer los microscopios. Al ver que se pusiese lo que se pusiese en las platinas, todo, hasta el agua, estaba plagado de microbios (ya confesaré que he perdido más del 50 por 100 de la afición que sentía hacia el jamón, al decirme un día uno de mis nietos, médico también: «Mira, abuelo, lo que con tanto gusto comes», y puso un pedacito que tomó de mi plato en el microscopio y me hizo mirar: ¡Estaba lleno de una porción de bichos como cucarachas! Desde entonces...); pues al ver, como decía, que todo estaba lleno de microbios, la teoría de la generación espontánea volvió a ponerse de

es la hoy admitida. Al mismo tiempo que la esperanza de poder un día, quizá sin tardar mucho, reproducir intencionadamente lo que la Naturaleza hizo hace millones de años combinando elementos al azar sin saber lo que hacía.

En todo caso, y esto ya es indudable, nacida la vida, su evolución no se detuvo. Esta evolución ha sido dividida en tres períodos: Período de iniciación y consolidación, que ha sido denominado antecámbrico, más cuatro grandes períodos o eras: primaria, secundaria, terciaria y cuaternaria. La primaria fue, en cuanto a fauna, la de los invertebrados; en cuanto a flora, la de las plantas criptógamas vasculares. La secundaria, la de los reptiles (que se multiplicaron en tierras y mares, y hasta en los aires, en los que precedieron a los pájaros, que harían su aparición con el archeópteryx, que poseía dientes y cuyas alas estaban provistas de garras. Fue, además, la época de los grandes saurios. Entre ellos, los terribles dinosaurios, dueños del mundo animal mientras vivieron. Algunos de aquellos monstruosos lagartos tenían hasta cuernos. Incluso tres, como los triceratops). La terciaria, edad de los mamíferos, y como flora, las angiospermas. (Como animales, desde los foraminíferos gigantes, cuya variedad y riqueza fue característica de este período, hasta los diornis asimismo gigantes de Nueva Zelanda, antecesores de los avestruces; los híppidos, que lo fueron de los caballos, y los igualmente antecesores de rinocerontes y elefantes.) En fin, la era cuaternaria, preludio de la actual, en cuyos principios, es decir, hace un millón de años, vivían seres tales como los Australopitecus y los Paranthropus, que por sus características se emparentaban con los «homínidos», de los que saldría el hombre.

Y en esto sí que no tengo más remedio que enfrentarme con el papa Wojtyla y con cuantos se obstinan en mantener, por buena fe con que lo hagan y daño que ello cause a ciertas ignorancias todavía muy arraigadas, que el «hombre» no fue hecho por Dios «a su imagen y semejanza» (Yahvé u otro, es igual), sintiéndose alfarero, con arcilla, a la que luego soplando infundió la vida y el alma. Esto, por bonito que sea, como todo cuanto afecta al Edén (manzana, creación de Eva de una costilla de Adán,

---

moda. Y de moda siguió hasta que Pasteur demostró de modo que no daba lugar a dudas, que tal forma de generación era imposible. Que no pasaba de un mito pseudo-científico. Pues el monopolio de los mitos no es exclusivo de las religiones, aunque éstas, claro, se lleven siempre, por derecho propio, la palma por obra y gracia de sus «macroscopios», donde siempre hay cabida para dioses, diosas, santos y milagros, éstos sobre todo, cuanto más grandes mejor, puesto que están más fácilmente al alcance de los ciegos de espíritu que se calan las antiparras de la fe.

serpiente parlante, etcétera, incluso «pecado original»), no pasa, por triste que sea para lo de la «redención», no pasa, sí, de una serie de inocentes fábulas. O si se prefiere, el principio de la bien surtida serie de mentiras que se pueden leer en la *Biblia*. En cambio, me parece que es muy difícil no creer, negarlo ya sería obstinarse en la insensatez, que el hombre, último eslabón de la larga cadena de la *evolución,* procede, como he dicho, de un grupo de homínidos, subgrupo, a su vez, de los primates (gibones, orangutanes, chimpancés y gorilas, que tantas semejanzas fisiológicas tienen con nosotros, empezando por la sangre), y de los que descendemos (se han encontrado los restos óseos que lo prueban, así como los fósiles que han permitido, sin autorización de Roma, establecer la escala zoológica de los animales), a través de los grupos siguientes: dryopithecus, oreopithecus (en cierto modo, hombre ya), australophitecus, parantropus, Homo erectus (primer hombre de nuestro género), Homo sapiens, hombre de Solo (raza extinguida), hombre de Rodesia, hombre de Neardental, hombre de Cro Magnon, hombre moderno.

Tampoco puedo creer, por mucho que lo sienta, que la Creación empezó (ya creo haberlo dicho) el día 23 de octubre del año 4004 antes de nuestra era, como aseguró el sabio obispo James Ussher. Prefiero la fecha, por remota que sea, de 4500 millones de años, que suponen sabios menos católicos, claro está. Así como tampoco creo, por las razones que he dado, en la generación espontánea (bien que haya visto algunas veces gusanos en el queso o lombrices cavando la tierra, cuando las buscaba para echárselas a las gallinas, a las que les gustaban mucho, allá en una finca que tuve en Getafe); ni que la vida haya venido de otro u otros planetas, como decía Arrhenius, sentándolo equivocadamente en la teoría de la «panspermia». No, nada de todo esto creo. Sino que se produjo aquí, en nuestro planeta, como he expuesto, es decir, por extraño y difícil que parezca, que de lo inorgánico, de lo inerte, de lo muerto, salga lo orgánico, lo no inerte, la vida[1065], cuyos caracteres esenciales son crecer y reproducirse. Como los de lo inorgánico, permanecer inerte[1066].

[1065] Un paso importante hacia la concepción unificada de la materia viva (desarrollada, una vez aparecida, por evolución) fue dado por el químico alemán Wólher a principios del siglo pasado, consiguiendo la síntesis de la urea: $CO(NH)_2$. Es decir, probando con ello, de un modo experimental, que lo orgánico procedía de lo inorgánico. Ahora bien, una vez dado el paso de lo inorgánico a lo orgánico, de lo muerto a lo vivo, una vez la vida aparecida, sus caracteres específicos son la tendencia a crecer y a multiplicarse. Asimismo sometida está a la irritabilidad sufrir la acción de lo exterior a ella y estar asimismo sujeta a las leyes de la *evolución,* a lo que ni lo inorgánico escapa, puesto que los astros

En una palabra: creo que el paso de lo inorgánico a lo orgánico, de lo inerte a lo con vida, fue cuestión de tiempo y de circunstancias (psíquico-químico-mecánicas) favorables. Así como bastó una presión y una temperatura adecuadas para que el carbono se transformase en diamante, de modo semejante todos los demás cuerpos, metales y metaloides tuvieron un origen parecido y luego, combinándose, dieron lugar a todo cuanto existe. En lo orgánico intervino, además de la presión y la temperatura, el grado de humedad. Como asimismo estoy seguro, dada la magnitud de las galaxias, a propósito de las cuales, tanto en lo que afecta a su tamaño como a las distancias que las separa, hay que contar por millones de años luz (cantidad que ni casi se puede escribir mediante cifras a no ser valiéndose de guarismos elevados a potencias muy altas), a causa de ello imposible me es creer, lo repito, que este Universo haya sido obra de un Dios personal al que le bastó decir: «¡Hágase!», para que quedase hecho. Y, claro, si tal afirmación me parece una pura mentira, y dado que nuestra Tierra, en relación con este Universo, es porción tan ínfima, tan poca que ni medio habría de determinar comparativamente su pequeñez respecto a la totalidad del Cosmos, ¿cómo creer que por la basura que, salvo contadas excepciones, fueron siempre los hombres pudiera interesarse un Dios tan infinitamente poderoso, tan inmenso como

---

mismos producto son de concentraciones de gases y de polvo cósmico, y su vida pasa, por obra de la evolución, de supernovas a novas, y de éstas a enanas blancas. La gravitación, la energía de la luz, las reacciones físico-químico-mecánicas, el calor, la presión, todo ello determina la evolución de los astros. Como dentro de ellos, de sus elementos, ¿pues qué sino temperaturas muy altas (2.700 grados) y presiones enormes (70.000 kilogramos por centímetro cuadrado) hicieron que el carbono se transformase en diamante? ¿Que porque Dios así lo dispuso, dirán los sometidos a la presión de la fe? Bien, digámosles que sí, esperando que algún día, a fuerza de presión, lleguen tal vez a parecerse un poco a los diamantes.

[1066] El punto intermedio, pues en los procesos naturales no parece tener interrupción (la propia teoría de las mutaciones de De Vries y de Morgan no contradicen en realidad esta ley): está representado por ciertos virus, los dichosos virus responsables de tantas enfermedades, entre ellas la llamada «mosaico del tabaco», que se produce cuando sobre una hoja de tabaco verde se ponen unos cristales de este virus, que introduciéndose al punto en las células de la planta transforma la materia celular en virus de su misma clase. Por cierto, que este fenómeno también se produce en lo, al parecer, inmaterial con determinados virus espirituales «irreflexivos», como el de la fe, que tienen el poder de adormecer las células cerebrales de aquellos en los que se introducen, haciéndoles creer lo que de otro modo seguramente no creerían.

hubiera tenido que ser el creador del Universo de las galaxias, hasta el punto de sacrificar por ellos (pasemos por alto la serie de imposibilidades y mentiras que supone todo lo relativo a la «redención») a su hijo, si posible hubiera sido aún que ser tan extraordinario hubiese tenido un hijo? ¿Por qué ni para qué? No, tal cosa imposible me es asimismo creerla. Tan imposible, que sólo pretender que se crea y con esta intención decirlo y empeñarse en explicarlo, me parece la más descarada de las audacias y la más completa y total de las demencias. Y pretender que se crea (no obstante el hecho de que millones de hombres lo hayan creído y sigan creyéndolo), tener un concepto tan bajo de la inteligencia humana (bien que ciertas variedades de «fe» pueda hundirla a límites, en lo ínfimo, tan pequeños como en lo grande todo lo relativo a las galaxias), que es rebajarla hasta la de los homínidos, cuyas nacientes luces difícil hubiera sido imaginar que con el tiempo fuesen hogueras tales como las de un Sókrates, un Cervantes o un Einstein.

Y con ello acabo esta mitología como creo que debe acabar: rechazando, tras exponerlo, a uno de los mayores mitos que se han inventado: el que ha servido de base para la todavía, según sus partidarios, hoy más importante de las religiones.

JUAN BAUTISTA BERGUA

EL CRÍTICO y EDITOR - JUAN BAUTISTA BERGUA

Juan Bautista Bergua nació en España en 1892. Ya desde joven sobresalió por su capacidad para el estudio y su determinación para el trabajo. A los 16 años empezó la universidad y obtuvo el título de abogado en tan sólo dos años. Fascinado por los idiomas, en especial los clásicos, latín y griego, llegó a convertirse en un célebre crítico literario, traductor de una gran colección de obras de la literatura clásica y en un especialista en filosofía y religiones del mundo. A lo largo de su extraordinaria vida tradujo por primera vez al español las más importantes obras de la antigüedad, además de ser autor de numerosos títulos propios.

SU LIBRERÍA, LA EDITORIAL Y LA "GENERACIÓN DEL 27"

Juan B. Bergua fundó la Librería-Editorial Bergua en 1927, luego Ediciones Ibéricas y Clásicos Bergua. Quiso que la lectura de España dejara de ser una afición elitista. Publicó títulos importantes a precios asequibles a todos, entre otros, los diálogos de Platón, las obras de Darwin, Sócrates, Pitágoras, Séneca, Descartes, Voltaire, Erasmo de Rotterdam, Nietzsche, Kant y los poemas épicos de La Ilíada, La Odisea y La Eneida. Se atrevió con colecciones de las grandes obras eróticas, filosóficas, políticas, y la literatura y poesía castellana. Su librería fue un epicentro cultural para los aficionados a literatura, y sus compañeros fueron conocidos autores y poetas como Valle-Inclán, Machado y los de la Generación del 27.

EL PARTIDO COMUNISTA LIBRE ESPAÑOL
Y LAS AMENAZAS DE LA IZQUIERDA

Poco antes de la Guerra Civil Española, en los años 30, Juan B. Bergua publicó varios títulos sobre el comunismo. El éxito, mucho mayor de lo esperado, le llevó a fundar el Partido Comunista Libre Español que llegaría a tener mas de 12.000 afiliados, superando en número al Partido Comunista prosoviético oficial existente. Su carrera política no duró mucho después que estos últimos le amenazaran de muerte viéndose obligado a esconderse en Getafe.

LA CENSURA, QUEMA DE LIBROS
Y SENTENCIA DE MUERTE DE LA DERECHA

Juan B. Bergua ofreció a la sociedad española la oportunidad de conocer otras culturas, la literatura universal y las religiones del mundo, algo peligrosamente progresivo durante esta época en España.

En el 1936 el ejército nacionalista del General Franco llegó hasta Getafe, donde Bergua tenía los almacenes de la editorial. Fue capturado, encarcelado y sentenciado a muerte por los Falangistas, la extrema derecha.

Mientras estuvo en la cárcel temiendo su fusilamiento, fueron quemados miles de libros por encontrarlos contradictorios a la Censura, todas las existencias de las colecciones de la Historia de Las Religiones y la Mitología Universal, los libros sagrados de los muertos de los Egipcios y Tibetanos, las traducciones de El Corán, El Avesta de Zoroastrismo, Los Vedas (hinduismo), las enseñanzas de Confucio y El Mito de Jesús de Georg Brandes, entre otros.

Aparte de los libros religiosos y políticos, se perdieron otras colecciones como Los Grandes Hitos Del Pensamiento. Ardieron 40.000 ejemplares de La Crítica de la Razón Pura de Kant, y miles de libros más de la filosofía y la literatura clásica universal. La pérdida de su negocio fue un golpe tremendo, el fin de tantos esfuerzos y el sustento para él y su familia…fue una gran pérdida también para el pueblo español.

PROTEGIDO POR GENERAL MOLA Y EXILIADO A FRANCIA

Cuando General Emilio Mola, jefe del Ejército del Norte nacionalista y gran amigo de Bergua, recibe el telegrama de su detención en Getafe intercede inmediatamente para evitar su fusilamiento. Le fue alternando en cárceles según el peligro en cada momento.

–El General y "El Rojo"–Su amistad venia de cuando Mola había sido Director General de Seguridad antes de la guerra civil. En 1931, tras la proclamación de la Segunda República, Mola se refugió durante casi tres meses en casa de Bergua y para solventar sus dificultades económicas Bergua publicó sus memorias. Mola fue encarcelado, pero en 1934 regresó al ejército nacionalista y en 1936 encabezó el golpe de estado contra la República que dio origen a la Guerra Civil Española. Mola fue nombrado jefe del Ejército del Norte de España, mientras Franco controlaba el Sur.

Tras la muerte de Mola en 1937, su coronel ayudante dio a Bergua un salvoconducto con el que pudo escapar a Francia. Allí siguió traduciendo y escribiendo sus libros y comentarios. En 1959, después de 22 años de exilio, el escritor regresó a España y a sus 65 años comenzó a publicar de nuevo hasta su fallecimiento en 1991. Juan Bautista Bergua llegó a su fin casi centenario.

Escritor, traductor y maestro de la literatura clásica, todas sus traducciones están acompañadas de extensas y exhaustivas anotaciones referentes a la obra original. Gracias a su dedicado esfuerzo y su cuidado en los detalles, nos sumerge con su prosa clara y su perspicaz sentido del humor en las grandes obras de la literatura universal con prólogos y notas fundamentales para su entendimiento y disfrute.

Cultura unde abiit, libertas nunquam redit.
Donde no hay cultura, la libertad no existe.

LA CRÍTICA LITERARIA

WWW.LACRITICALITERARIA.COM

TODO SOBRE LITERATURA CLÁSICA, RELIGIÓN, MITOLOGÍA, POESÍA, FILOSOFÍA...

La Crítica Literaria es la librería y distribuidor oficial de Ediciones Ibéricas, Clásicos Bergua y la Librería-Editorial Bergua fundada en 1927 por Juan Bautista Bergua, crítico literario y célebre autor de una gran colección de obras de la literatura clásica.

Nuestra página web, LaCriticaLiteraria.com, es el portal al mundo de la literatura clásica, la religión, la mitología, la poesía y la filosofía. Ofrecemos al lector libros de calidad de las editoriales más competentes.

LEER LOS LIBROS GRATIS ONLINE

www.LaCriticaLiteraria.com

La Crítica Literaria no sólo está dedicada a la venta de libros nacional e internacional, también permite al lector la oportunidad de leer la colección de Ediciones Ibéricas gratis online, acceso gratuito a más que 100.000 páginas de estas obras literarias.

LaCriticaLiteraria.com ofrece al lector un importante fondo cultural y un mayor conocimiento de la literatura clásica universal con experto análisis y crítica. También permite leer y conocer nuestros libros antes de la adquisición, y tener la facilidad de compra online en forma de libros tradicionales y libros digitales (ebooks).

COLECCIÓN LA CRÍTICA LITERARIA

Nuestra nueva **"Colección La Crítica Literaria"** ofrece lo mejor de los clásicos y análisis de la literatura universal con traducciones, prólogos, resúmenes y anotaciones originales, fundamentales para el entendimiento de las obras más importantes de la antigüedad.

Disfrute de su experiencia con nosotros.

www.LaCriticaLiteraria.com

www.ingramcontent.com/pod-product-compliance
Lightning Source LLC
Chambersburg PA
CBHW032247020726
47495CB00001B/1